編年体大正文学全集

taisyô bungaku zensyû　第五巻　大正五年

1916

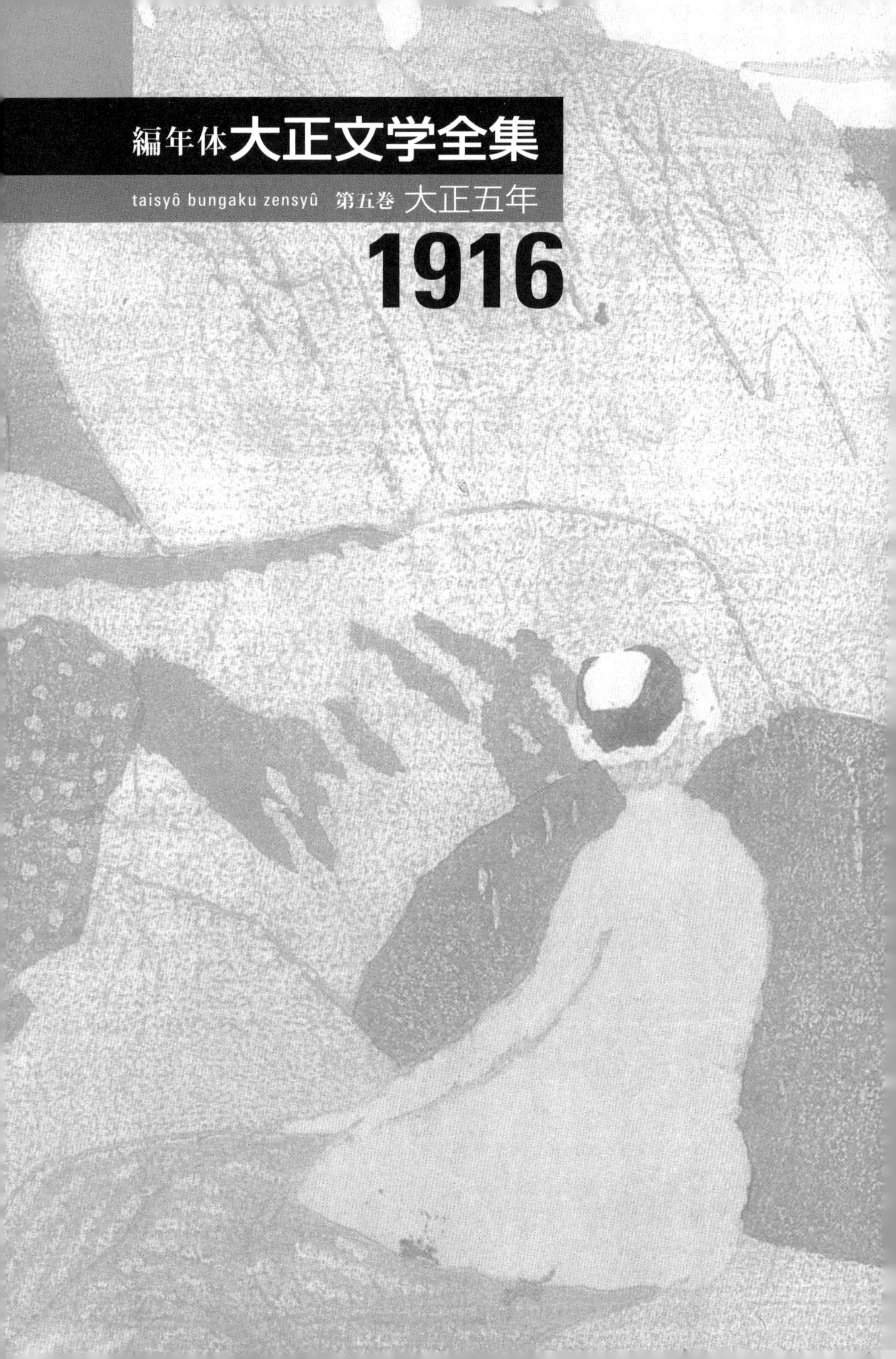

編年体　大正文学全集　第五巻　大正五年　1916

目次

創作

小説・戯曲・児童文学

評論・随筆・記録

評論

詩歌

詩・短歌・俳句

編年体　大正文学全集　第五巻　大正五年　1916

ゆまに書房

創作

小説
戯曲
児童文学

高瀬舟

森　鷗外

高瀬舟は京都の高瀬川を上下する小舟である。徳川時代に京都の罪人が遠島を申し渡されると、本人の親類が牢屋敷へ呼び出されて、そこで暇乞をすることを許された。それから罪人は高瀬舟に載せられて、大阪へ廻されることであつた。それを護送するのは、京都町奉行の配下にゐる同心で、此同心は罪人の親類の中で、主立つた一人を、大阪まで同船させることを許す慣例であつた。これは上《かみ》へ通つた事ではないが、所謂大目に見るのであつた黙許であつた。

当時遠島を申し渡された罪人は、勿論重い科を犯したものと認められた人ではあるが、決して盗をするために、人を殺し火を放つたと云ふやうな、獰悪《だうあく》な人物が多数を占めてゐたわけではない。高瀬舟に乗る罪人の過半は、所謂心得違のために、想はぬ科を犯した人であつた。有り触れた例を挙げて見れば、当時相対死《あひたいし》と云つた情死を謀つて、相手の女を殺して、自分だけ活き残つた男と云ふやうな類である。

さう云ふ罪人を載せて、入相の鐘の鳴る頃に漕ぎ出された高瀬舟は、黒ずんだ京都の町の家々を両岸に見つつ、東へ走つて、加茂川を横ぎつて下るのであつた。此舟の中で、罪人と其親類のものとは夜どほし身の上を語り合ふ。いつもいつも悔やんでも還らぬ繰言である。護送の役をする同心は、傍でそれを聞いて、罪人を出した親戚眷族の悲惨な境遇を細かに知ることが出来た。所詮町奉行所の白洲で、表向の口供を聞いたり、役所の机の上で、口書を読んだりする役人の夢にも窺ふことの出来ぬ境遇である。

同心を勤める人にも、種々の性質があるから、此時只うるさいと思つて、耳を掩ひたく思ふ冷淡な同心があるかと思へば、又しみじみと人の哀を身に引き受けて、役柄ゆゑ気色には見せぬながら、無言の中に私かに胸を痛める同心もあつた。場合によつて、非常に悲惨な境遇に陥つた罪人と其親類とを、特に心弱い、涙脆い同心が宰領して行くことになると、其同心は不覚の涙を禁じ得ぬのであつた。

そこで高瀬舟の護送は、町奉行所の同心仲間で、不快な職務として嫌はれてゐた。

いつの頃であつたか。多分江戸で白河楽翁侯が政柄を執つてゐた寛政の頃ででもあつたらう。智恩院の桜が入相の鐘に散る春の夕に、これまで類のない、珍らしい罪人が高瀬舟に載せられた。

それは名を喜助と云つて、三十歳ばかりになる、住所不定《ぢやう》の男である。固より牢屋敷に呼び出されるやうな親類はないので、舟にも只一人で乗つた。

護送を命ぜられて、一しよに舟に乗り込んだ同心羽田庄兵衛は、只喜助が弟殺しの罪人だと云ふことだけを聞いてゐた。さて牢屋敷から桟橋まで連れて来る間、この痩肉《やせじゝ》の、色の蒼白い喜助の様子を見るに、いかにも神妙に、いかにもおとなしく、自分をば公儀の役人として敬つて、何事につけても逆はぬやうにしてゐる。しかもそれが、罪人の間に往々見受けるやうな、温順を装つて権勢に媚びる態度ではない。

庄兵衛は不思議に思つた。そして舟に乗つてからも、単に役目の表で見張つてゐるばかりでなく、絶えず喜助の挙動に、細かい注意をしてゐた。

其日は暮方から風が歇んで、空一面を蔽つた薄い雲が、月の輪廓をかすませ、やうやう近寄つて来る夏の温さが、両岸の土からも、川床の土からも、靄になつて立ち昇るかと思はれる夜であつた。下京の町を離れて、加茂川を横ぎつた頃からは、あたりがひつそりとして、只舳《へさき》に割かれる水のさゝやきを聞くのみである。

夜舟で寝ることは、罪人にも許されてゐるのに、喜助は横にならうともせず、雲の濃淡に従つて、光の増したり減じたりする月を仰いで、黙つてゐる。其額は晴やかで、目には微かなかがやきがある。

庄兵衛はまともには見てゐぬが、始終喜助の顔から目を離さずにゐる。そして不思議だ、不思議だと、心の内で繰り返してゐる。それは喜助の顔が縦から見ても、横から見ても、いかにも楽しさうで、若し役人に対する気兼がなかつたなら、口笛を吹きはじめるとか、鼻歌を歌ひ出すとかしさうに思はれたからである。

庄兵衛は心の内に思つた。これまで此高瀬舟の宰領をしたことは幾度だか知れない。しかし載せて行く罪人は、いつも殆同じやうに、目も当てられぬ気の毒な様子をしてゐた。それに此男はどうしたのだらう。遊山船にでも乗つたやうな顔をしてゐる。罪は弟を殺したのださうだが、よしや其弟が悪い奴で、それをどんな行掛りになつて殺したにせよ、人の情として好い心持はせぬ筈である。この色の蒼い痩男が、その人の情と云ふものが全く欠けてゐる程の、世にも稀な悪人であらうか。どうもさうは思はれない。ひよつと気でも狂つてゐるのではあるまいか。いやいや。それにしては何一つ辻褄の合はぬ言語や挙動がない。此男はどうしたのだらう。庄兵衛がためには喜助の態度が考へれば考へる程わからなくなるのである。

暫くして、庄兵衛はこらへ切れなくなつて呼び掛けた。「喜助。お前何を思つてゐるのか。」

「はい」と云つてあたりを見廻した喜助は、何事をかお役人に見咎められたのではないかと気遣ふらしく、居ずまひを直して庄兵衛の気色を伺つた。

庄兵衛は自分が突然問を発した動機を明して、役目を離れた応対を求める分疏《いひわけ》をしなくてはならぬやうに感じた。そこでかう云つた。「いや。別にわけがあつて聞いたのではない。実はな、己は先刻からお前の島へ往く心持が聞いて見たかつたのだ。己はこれまで此舟で大勢の人を島へ送つた。それは随分いろいろな身の上の人だつたが、どれもどれも島へ往くのを悲しがつて、見送りに来て、一しよに舟に乗る親類のものと、夜どほし泣くに極《き》まつてゐた。それにお前の様子を見れば、どうも島へ往くのを苦にしてはゐないやうだ。一体お前はどう思つてゐるのだい。」

喜助はにつこり笑つた。「御親切に仰やつて下すつて、難有うございます。なる程島へ往くといふことは、外の人には悲しい事でございませう。其心持はわたくしにも思ひ遣つて見ることが出来ます。しかしそれは世間で楽《らく》をしてゐた人だからでございます。京都は結構な土地ではございますが、その結構な土地で、これまでわたくしのいたして参つたやうな苦みは、どこへ参つてもなからうと存じます。お上《かみ》のお慈悲で、命を助けて島へ遣つて下さいます。島はよしやつらい所でも、鬼の栖む所ではございますまい。わたくしはこれまで、どこと云つて自分のゐて好い所と云ふものがございませんでした。こん度お上で島にゐろと仰やつて下さいます。そのゐろと仰やる所に、落ち着いてゐることが出来ますのが、先づ何よりも難有い事でございます。それにわたくしはこんなにかよわい体ではございますが、つひぞ病気をいたしたことはございませんから、島へ往つてから、どんなつらい為事《しごと》をしたつて、体を痛めるやうなことはあるまいと存じます。それからこん度島へお遣下さるに付きまして、二百文の鳥目を戴きました。それをここに持つてをります。」かう云ひ掛けて、喜助は胸に手を当てた。遠島を仰せ附けられるものには、鳥目二百銅を遣すと云ふのは、当時の掟であつた。

喜助は語を続いだ。「お恥かしい事を申し上げなくてはなりませぬが、わたくしは今日まで二百文と云ふお足を、かうして懐に入れて持つてゐたことはございませぬ。どこかで為事に取り附きたいと思つて、為事を尋ねて歩きまして、それが見附かり次第、骨を惜まずに働きました。そして貰つた銭は、いつも右から左へ人手に渡さなくてはなりませなんだ。それも現金で物が買つて食べられる時は、わたくしの工面の好い時で、大抵は借りたものを返して、又跡を借りたのでございます。それがお牢に這入つてからは、為事をせずに食べさせて戴きます。わたくしはそればかりでも、お上に対して済まない事をいたしてゐるやうでなりませぬ。それにお牢を出る時に、此二百文を戴きましたのでございます。かうして相変らずお上の物を食べてゐて見ますれば、此二百文はわたくしが使はずに持つてゐることが出来ます。お足を自分の物にして持つてゐると云ふことは、わたくしに取つては、これが始でございます。島へ往つて見ますまでは、どんな為事が出来るかわかりませんが、わたくしは此二百文を島でする為事の本手にしようと楽んでをります。」かう云つて、喜助は口を噤んだ。

庄兵衛は「うん、さうかい」とは云つたが、聞く事毎に余り意表に出たので、これも暫く何も云ふことが出来ずに、考へ込んで黙つてゐた。

庄兵衛は彼此初老に手の届く年になつてゐて、もう女房に子供を四人生ませてゐる。それに老母が生きてゐるので、家は七人暮しである。平生人には吝嗇と云はれる程の、倹約な生活をしてゐて、衣類は自分が役目のために着るものの外、寝巻しか拵へぬ位にしてゐる。しかし不幸な事には、妻を好い身代の商人の家から迎へた。そこで女房は夫の貰ふ扶持米で暮しを立てて行かうとする善意はあるが、裕かな家に可愛がられて育つた癖があるので、夫が満足する程手元を引き締めて暮して行くことが出来ない。動もすれば月末になつて勘定が足りなくなる。すると女房が内証で里から金を持つて来て帳尻を合せる。それは夫が借財と云ふものを毛虫のやうに嫌ふからである。さう云ふ事は所詮夫に知れずにはゐない。庄兵衛は五節句だと云つては、里方から物を貰ひ、子供の七五三の祝だと云つては、里方から子供に衣類を貰ふのでさへ、心苦しく思つてゐるのだから、暮しの穴を塡めて貰つたことに気が附いては、好い顔はしない。格別平和を破るやうな事のない羽田の家に、折々波風の起るのは、これが原因である。

庄兵衛は今喜助の話を聞いて、喜助の身の上を我が身の上に引き比べて見た。喜助は為事をして給料を取つても、右から左へ人手に渡して亡くしてしまふと云つた。いかにもあはれな、気の毒な境界である。しかし一転して我が身の上を顧みれば、彼と我との間に、果してどれ程の差があるか。自分も上から貰ふ扶持米を、右から左へ人手に渡して暮してゐるに過ぎぬではないか。彼と我との相違は、謂はば十露盤の桁が違つてゐるだけで、喜助の難有がる二百文に相当する貯蓄だに、こつちはないのである。

さて桁を違へて考へて見れば、鳥目二百文をでも、喜助がそれを貯蓄と見て喜んでゐるのに無理はない。其心持はこつちから察して遣ることが出来る。しかしいかに桁を違へて考へて見ても、不思議なのは喜助の慾のないこと、足ることを知つてゐることである。

喜助は世間で為事を見附けるのに苦んだ。それを見附けさへすれば、骨を惜まずに働いて、やうやう口を糊することの出来るだけで満足した。そこで牢に入つてからは、今まで得難かつた食が、殆ど天から授けられるやうに、働かずに得られるのに驚いて、生れてから知らぬ満足を覚えたのである。

庄兵衛はいかに桁を違へて考へて見ても、ここに彼と我との間に、大いなる懸隔のあることを知つた。自分の扶持米で立てて行く暮しは、折々足らぬことがあるにしても、大抵出納が合つてゐる。手一ぱいの生活である。然るにそこに満足を覚えたことは殆無い。常は幸とも不幸とも感ぜずに過してゐる。しかし心の奥には、かうして暮してゐて、ふいとお役が御免になつたらどうしよう、大病にでもなつたらどうしようと云ふ疑懼が潜んでゐて、折々妻が里方から金を取り出して来て穴塡をしたことなどがわかると、此疑懼が意識の閾の上に頭を擡げて来るのである。

一体此懸隔はどうして生じて来るだらう。只上辺《うはべ》だけを見て、それは喜助には身に係累がないのに、こつちにはあるからだと云つてしまへばそれまでである。しかしそれは嘘である。よしや自分が一人者であつたとしても、どうも喜助のやうな心持にはなられさうにない。この根柢はもつと深い処にあるやうだと、庄兵衛は思つた。

庄兵衛は只漠然と「人の一生」といふやうな事を思つて見た。人は身に病があると、此病がなかつたらと思ふ。其日其日の食がないと、食つて行かれたらと思ふ。万一の時に備へる蓄がないと、少しでも蓄があつたらと思ふ。蓄があつても、又其蓄がもつと多かつたらと思ふ。此の如くに先から先へと考て見れば、人はどこまで往つて踏み止まることが出来るものやら分からない。それを今目の前で踏み止まつて見せてくれるのが此喜助だと、庄兵衛は気が附いた。

庄兵衛は今さらのやうに驚異の目を睜つて喜助を見た。此時庄兵衛は空を仰いでゐる喜助の頭から毫光がさすやうに思つた。

庄兵衛は喜助の顔をまもりつつ又、「喜助さん」と呼び掛けた。今度は「さん」と云つたが、これは十分の意識を以て称呼を改めたわけではない。其声が我口から出て我耳に入るや否や、庄兵衛は此称呼の不穏当なのに気が附いたが、今さら既に出た詞を取り返すことも出来なかつた。

「はい」と答へた喜助も、「さん」と呼ばれたのを不審に思ふらしく、おそる〳〵庄兵衛の気色を覗つた。

庄兵衛は少し間《ま》の悪いのをこらへて云つた。「色々の事を聞くやうだが、お前が今度島へ遣られるのは、人をあやめたからだと云ふ事だ。己に序《ついで》にそのわけを話して聞せてくれぬか。」

喜助はひどく恐れ入つた様子で、「かしこまりました」と云つて、小声で話し出した。「どうも飛んだ心得違で、恐ろしい事をいたしまして、なんとも申し上げやうがございませぬ。跡で思つて見ますと、どうしてあんな事が出来たかと、自分ながら不思議でなりませぬ。全く夢中でいたしたのでございます。わたくしは小さい時に二親が時疫で亡くなりまして、弟と二人跡に残りました。初は丁度軒下に生れた狗の子にふびんを掛けるやうに町内の人達がお恵下さいますので、近所中の走使などをいたして、飢ゑ凍えもせずに育ちました。次第に大きくなりまして職を捜しますにも、なるたけ二人が離れないやうにいたして、一しよにゐて、助け合つて働きました。去年の秋の事でございます。わたくしは弟と一しよに、西陣の織場に這入りまして、空引と云ふことをいたすことになりました。そのうち弟が病気で働けなくなつたのでございます。其頃わたくし共は北山の掘立小屋同様の所に寝起をいたして、紙屋川の橋を渡つて織場へ通つてをりましたが、わたくしが暮れてから、食物などを買つて帰ると、弟は待ち受けてゐて、わたくしを一人で稼がせては済まない〳〵と申してをりました。或る日いつものやうに何心なく帰つて見ますと、弟は布団の上に突つ伏してゐまして、周囲《まはり》は血だらけなのでございます。わたくしはびつくりいたして、手に持つてゐた竹の皮包や何かを、そこへおつぽり出して、傍へ往つて「どうした〳〵」と申しました。すると弟は真蒼な顔の、両方の頬から腮《あご》へ掛けて血に染つたのを挙げて、わたくしを見ましたが、物を言ふことが出来ませぬ。息をいたす度に、創口でひゆう〳〵と云ふ音がいたすだけでございます。わたくしにはどうも様子がわかりませんので、「どうしたのだい、血を吐いたのかい」と云つて、傍へ寄らうといたすと、弟は右の手を床に衝いて、少し体を起しました。左の手はしつかり腮の下の所を押へてゐますが、其指の間から黒血の固まりがはみ出してゐます。弟は目でわたくしの傍へ寄るのを留めるやうにして口をあきました。やう〳〵物が言へるやうになつたのでございます。「済まない。どうぞ堪忍してくれ。どうせなほりさうにもない病気だから、早く死んで少しでも兄きに楽《らく》がさせたいと思つたのだ。笛を切つたら、すぐ死ねるだらうと思つたが息がそこから漏れるだけで死ねない。深く〳〵と思つて、力一ぱい押し込むと、横へすべつてしまつた。刃《は》は翻《こぼ》れはしなかつたやうだ。これを旨く抜いてくれたら己は死ねるだらうと思つてゐる。物を言ふのがせつなくつて可けない。どうぞ手を借して抜いてくれ」と云ふのでございます。弟が左の手を弛めるとそこから又息が漏ります。わたくしはなんと云はうにも、声が出ませんので、黙つて弟の喉の創を覗いて見ますと、なんでも右の手に剃刀を持つて、横に笛を切つたが、それでは死に切れなかつたので、其儘剃刀を、刳《えぐ》るやうに深く突つ込んだものと見えます。柄がやつと二寸ばかり創口から出てゐます。わたくしはそれだけの事を見て、どうしようと云ふ思案も附かずに、弟の顔を見ました。弟はぢつとわたくしを見詰めてゐます。わたくしはやつとの事で、「待つてゐてくれ、お医者を呼んで来るから」と申しました。弟は怨めしさうな目附をいたしましたが、又左の手で喉をしつかり押へて、「医者がなんになる、あゝ苦しい、早く抜いてくれ、頼む」と云ふのでございます。わたくしは途方に暮れたやうな心持になつて、只弟の顔ばかり見てをります。こんな時は、不思議なもので、目が物を言ひます。弟の目は「早くしろ、早くしろ」と云つて、さも怨めしさうにわたくしを見てゐます。わたくしの頭の中では、なんだかかう車の輪のやうな物がぐる〴〵廻つてゐるやうでございましたが、弟の目は恐ろしい催促を罷めません。それに其目の怨めしさうなのが段々険しくなつて来て、とう〳〵敵《かたき》の顔をでも睨むやうな、憎々しい目になつてしまひます。それを見てゐて、わたくしはとう〳〵、これは弟の言つた通にして遣らなくてはならないと思ひました。わたくしは「しかたがない、抜いて遣るぞ」と申しました。すると弟の目の色がからりと変つて、晴やかに、さも嬉しさうになりました。わたくしはなんでも一と思にしなくてはと思つて膝を撞くやうにして体を前へ乗り出しました。弟は衝いてゐた右の手を放して、今まで喉を押へてゐた手の肘を床に衝いて、横になりました。わたくしは剃刀の柄をしつかり握つて、ずつと引きました。此時わたくしの内から締めて置いた表口の戸をあけて、近所の婆あさんが這入つて来ました。留守の間、弟に薬を飲ませたり何かしてくれるやうに、わたくしの頼んで置いた婆あさんなのでございます。もう大ぶ内のなかが暗くなつてゐましたからわたくしには婆あさんがどれだけの事を見たのだかわかりませんでしたが婆あさんはあつと云つた切戸をあけ放しにして置いて駆け出してしまひました。わたくしは剃刀を抜く時、手早く抜かう、真直に抜かうと云ふだけの用心はいたしましたが、どうも抜いた時の手応《てごたへ》は、今まで切れてゐなかつた所を切つたやうに思はれました。刃《は》が外《そと》の方へ向いてゐましたから、外の方が切れたのでございませう。わたくしは剃刀を握つた儘、婆あさんの這入つて来て、又駆け出して行つたのを、ぼんやりして見てをりました。婆あさんが行つてしまつてから、気が附いて弟を見ますと、弟はもう息が切れてをりました。創口からは大そうな血が出てをりました。それから年寄衆がお出になつて、役場へ連れて行かれますまでわたくしは剃刀を傍に置いて、目を半分あいた儘死んでゐる弟の顔を見詰めてゐたのでございます。」

少し俯向き加減になつて庄兵衛の顔を下から見上げて話してゐた喜助は、かう云つてしまつて視線を膝の上に落した。

喜助の話は好く条理が立つてゐる。殆ど条理が立ち過ぎてゐると云つても好い位である。これは半年程の間、当時の事を幾度も思ひ浮べて見たのと、役場で問はれ、町奉行所で調べられる其度毎に、注意に注意を加へて浚つて見させられたのとのためである。

庄兵衛は其場の様子を目《ま》のあたり見るやうな思ひをして聞いてゐたがこれが果して弟殺しと云ふものだらうか、人殺しと云ふものだらうかと云ふ疑が、話を半分聞いた時から起つて来て、聞いてしまつても、其疑を解くことが出来なかつた。弟は剃刀を抜いてくれたら死なれるだらうから、抜いてくれと云つた。それを抜いて遣つて死なせたのだ、殺したのだとは云はれる。しかし其儘にして置いても、どうせ死ななくてはならぬ弟であつたらしい。それが早く死にたいと云つたのは、苦しさに耐へなかつたからである。喜助は其苦を見てゐるに忍びなかつた。苦から救つて遣らうと思つて命を絶つた。それが罪であらうか。殺したのは罪に相違ない。しかしそれが苦から救ふためであつたと思ふと、そこに疑が生じて、どうしても解けぬのである。

庄兵衛の心の中には、いろ〳〵に考へて見た末に、自分より上《うへ》のものの判断に任す外ないと云ふ念、オオトリテエに従ふ外ないと云ふ念が生じた。庄兵衛はお奉行様の判断を、其儘自分の判断にしようと思つたのである。さうは思つても、庄兵衛はまだどこやらに腑に落ちぬものが残つてゐるので、なんだかお奉行様に聞いて見たくてならなかつた。

次第に更けて行く朧夜に、沈黙の人二人を載せた高瀬舟は、黒い水の面をすべつて行つた。

（「中央公論」大正5年1月号）

朝比奈三郎兵衛

小山内　薫

天和二年——幡随院長兵衛が水野十郎左衛門に殺された翌年——の事である。

大阪の元坪町に朝比奈三郎兵衛といふ二代続いた男達がゐた。この男達の不思議な特色は喧嘩といふものをせぬ事であつた。かれは五尺ばかりの小男で、そして力がなかつた。併し、かれが努めて喧嘩を避けたのは、その為ではなかつた。かれが身を戒めて、格闘を嫌つたのは、親譲りの「主義」であつた。

三郎兵衛が親朝比奈から譲られた男達の衣裳は、紙子であつた。かれは常にこの紙子を身に着け、髻に元結を三寸ばかり巻き立て、芝居役者の朝比奈風に、神酒徳利の口紙を結《ゆ》ひつけ、胴金作りの大脇差をさして歩いた。如何に寛濶奇異な風俗を好んだ当時にしても、男達で紙子を着たものは、日本に恐らく朝比奈一人であつたらう。

三郎兵衛は、併し、金輪際男を立てぬいた。かれは若い時から五十歳の今日《けふ》になるまで、少しの曲事をも犯さなかつた。横《わう》道手練《だうてれん》を蛇蝎のやうに嫌つた。決して追従軽薄を口にしなかつた。それ故、暮らしは常に貧しかつたが、一心は勇士にも劣らず、達引大丈夫、いざと言へば鬼神をも取りひしぐ勢ひを持つてゐた。かれは手をおろさずして、諸人に恐れられ、「大阪男達の一人武者朝比奈三郎兵衛」の名を、五幾内に鳴り響かせた。

朝比奈に二人の男の子があつた。総領は三郎介と言つて、十三歳であつた。次男は三郎九郎と言つて、八歳であつた。朝比奈は世間の如何なる親にも増して、この二人の子を寵愛した。

四月十八日の夕方の事であつた。

三郎介と三郎九郎は、いつもの通り表へ出て、近所の子供四五人と「きり〳〵もう」をして遊んでゐた。「きり〳〵もう」は江戸で謂ふ「鬼ごつこ」である。

近所の子供の中に、十太といふ十歳になるいたづら子がゐた。これがふと三郎九郎と喧嘩をし出した。二人は暫く執拗に奄り合つてゐたが、やがて十太は手に触れた棒を攫んで、三郎九郎を盲打《めくら》ちに打つた。その内どの一打かゞ急所を打つたと見えて、三郎九郎はあつと叫ぶと、目を白くして、のけざまに倒れた。

子供達は驚いて、頻に三郎九郎の名を呼んだが、三郎九郎の口はもう堅く閉ぢて動かなかつた。十太は胆を消して、跡をも見ずに逃げ帰つた。外の子供は直ぐこの由を朝比奈の家へ知らせた。兄の三郎介は弟の冷たい死骸に縋りついて、物狂ほしく泣き叫んだ。

この騒ぎに近所のおとなが驚いて出て来た。その内の二三人が三郎九郎の死骸を抱いて、朝比奈の家へ届けた。三郎介は弟の冷たい手を放さなかつた。

母は気を失ふばかりに驚いたが、父の朝比奈は眉一つ動かさずに、黙つて子供の死骸を受け取つた。そして、それを蒲団に包んで、奥の一部屋へ置き据えると、その前に双手《もろて》を組んでむんづと座つた。そしてやつぱり黙つてゐた。

十太の親は、同じ町内の播磨屋宇兵衛といふ者で、身上の好い塩物問屋であつた。十太が過《あや》まつて朝比奈の子を殺したと聞くと、宇兵衛は驚いて、早速近所の者を呼び集めた。相手が朝比奈だけに、容易な事では合点すまい。これは迚も自分一人の量見では所置が出来ぬと思つたからである。併し、この相談に口を出す者は一人もなかつた。いづれも相手が名代の者故、迂潤な挨拶はし難いと思つたのである。

と言つて、勿論その儘にして置く事は出来なかつた。時刻を移せば移す程、却つて朝比奈はむづかしく出るであらう――宇兵衛は葬金《とむらひきん》を出して詫びるより外にしやうはないと思つた。そこで、三十両の金を出して、これを近所の人々に託した。

朝比奈はやつぱり手を組んだ儘、物をも言はずに、うつ向いてゐた。

女房は堪《こら》へても堪へても出て来る涙を押し拭ひながら、不思議さうに亭主の顔を振り仰いだ――

『何をうつかりしてござるのぢや。常々は人の事さへ世話を焼いて、達引を言ふ人が、今黙つてゐてどうなるのぢや。十太めを引つ捕へて、下手人に取るまでの事。何を恐れてござるのぢや。たゞし、わしが捕へて来ようか。』

上釣つた妻の言葉を聞くと、朝比奈は目を怒らして女房を睨みつけた――

『それが朝比奈に連れ添ふ女房の言ひ草か。見苦しい女の采配、無用にせい。総体、十歳前後の子供喧嘩は、互いにたわいもない事が起りぢやで、おとなの出入に比べる事は出来ぬ。まして下手人の沙汰などには及ばぬ事ぢや。そのわけは、若しこの方の子供が人の子を殺したら、そちは下手人に出すか、俺はまあさうはせまい。総じて事を裁くには、我身を人の身に引き比べ、人を我身にして見ねば、理非は分からぬ。併し、また親々の詫言、達引のしやうによつては、この方にも又量見のある事ぢや。用なき無駄ごと利かずに、九郎めに香花でも手向けて遣れ。』

さう言つたきり、朝比奈は又双手《もろて》を組んで、黙つてゐた。

そこへ宇兵衛の使として近所の者が四五人やつて来た。かれらは言葉を尽して朝比奈に詫びた。そして、三郎九郎が葬金《とむらひきん》三十両を恐る〳〵出した。

朝比奈は金包を見ると声を上げて笑つた――

『この三郎兵衛、随分貧《ひん》には暮らしてゐますが、忰が命を売るは厭でござります。筋道違つた葬金《とむらひきん》、借用は致しますまい。おのおの方も近所の衆とて、余儀なく頼まれてお出での事でござりませうが、宇兵衛の為方《しかた》が拙者には飲み込めませぬ。一体かやうの事、おのおの方へ御苦労かけずとも、宇兵衛自身に我等方へ見え、拙者が存念一通り尋ねられた上、如何やうにも詫はつく事でござります。それに何ぞや、義理も道理もなく、自分は引つ込んでゐて、近所の方々を頼まるゝとは、押しつけ業なる致し方ではござりませぬか。宇兵衛手前の身上宜しきを鼻にかけ、三郎兵衛を見侮りし段、奇怪千万に思はれます。朝比奈は貧窮の者故に、子を殺されても仇《あだ》は取らず、金子を貰うて仕合せをしたと、世上の人に噂されては、この上朝比奈の男が立ちませうや。世間へは顔が出されず、子は殺され、その上踏みつけられては堪忍が出来ませぬ。折角お出で下されましたが、宇兵衛に直《じき》に申さでは済まぬ事故、このお扱ひは御免を蒙ります。只今三郎兵衛、播磨屋へ罷り越し、かたをつけまする故、先づおのおのはお帰り下され。』

朝比奈の言葉を尤もだと思つた近所の人々は、宇兵衛の家へ急いで、始終の話をした。そして「この上は自身息子を連れて行つて、如何やうにも朝比奈の心底に任せて見るがよい。又その上で近所の量見もあらうから。」と説き勧めた。

これには宇兵衛も当惑したが、飽くまで道理が向うにあるので、詮方なしに十太を連れて家を出た。二人が朝比奈の家へ着く時分には、近所の者も追ひ〳〵あとから集まつて来た。

宇兵衛は朝比奈の前に両手をついて、かう言つた――

『思ひもかけぬ今日の災難、忰が不届、とかうお詫のしやうもござりませぬ。殊に拙者が当惑の余りの心得違ひ、御立腹の段々一々御尤もに存じます。かやうのむづかしき事、一向弁へざる拙者とて、不調法は幾重にも御免下さりませ。さて、忰が事はお思召の程もござりませう。如何やうにも御存分にお計らひ下さりませ。』

宇兵衛はかう言つて、泣いてゐる十太を朝比奈に渡した。

朝比奈は始めて心よげに笑つた――

『さうなうては済みませぬ。おことわりは聞こえました。御子息の事は、眼前忰めが敵《かたき》故、せめては存分に取り計らひ申した上お返し申し上げませう。』

かと言ふかと思ふと、いきなり十太を小脇に抱《かゝ》へた――

『これ十太、いかに幼少ぢやとて、三郎九郎をようも〳〵むごい目にしやつた。そのむごい目を思い知らせて呉れうぞ。』

と、その儘納戸の方へ連れて行つて了つた。

宇兵衛は青くなつた。近所の人々は、手に汗を握つた。若し過ちが出来たらどうしようと思つたが、朝比奈の勢ひに気を呑まれて、誰も口を出す者はなかつた。

暫くすると、朝比奈は蒲団を抱へて出て来た――

『さて〳〵十太め、余り腹の立つ儘に、二つ三つ打ちましたところ、急所にでも当りましたか、忽ち死んでのけました。是非もない事でござります。したが、不憫の事故、死骸だけはお渡し申します。如何やうにもお計らひなさりませ。』

かう言つて、朝比奈は昂然とした。

人々は胆を消した。中にも宇兵衛は気も狂ふばかりに驚いたが、朝比奈の手前、それを色にも現す事は出来なかつた。かれは張り裂くばかりの胸を抑へ。惨み来《く》る涙をぢつと堪《こら》へながら、せめては死骸をと、震へる手を蒲団にかけた。

併し、開かれた蒲団の中の死骸は、十太ではなくて、三郎九郎であつた。

宇兵衛は二度驚いて、近所の人々と呆れた顔を見合せた。

すると、朝比奈は静かに立つて、納戸の奥から紙子姿の十太を連れて出て来た――

『いづれも御覧下されい。三郎九郎が蘇生の姿、これで朝比奈も言い分はござりませぬ。』

かう言ひながら、朝比奈は始めて涙をはら〳〵とこぼした。

宇兵衛も前後の義理と情を見ては、心を抑えてかう言はなければならなかつた――

『そなたの子息は蘇生なされましたか。こなたは可哀の十太がなきがら、早く帰つて納めませう。』

宇兵衛は泣く泣く三郎九郎が死骸を抱いて帰つた。

その後、十太の名は三郎九郎と改められた。朝比奈夫婦は新しい三郎九郎と前からの三郎介とに同じやうに紙子を着せ、腹からの兄弟のやうに不憫がつて育てた。

（「三田文学」大正5年1月号）

坑夫

宮島資夫

『坑夫』の序

宮嶋君、昨夜『坑夫』の校正刷を読んだ。坑夫の生活に関する僕の智識は、僕の故郷なる福岡県下の二三の炭坑を外部からチヨイ〳〵覗いたのと、南助松、永岡鶴蔵、林小太郎等の元坑夫諸君から足尾の銅山や北海道の炭山の話を聞いたのと、それから今一つはゾラの小説『ジエルミナル』を読んだのとに限られて居たが、今度君の『坑夫』を読んで更に一層精細に其の内面の事情や気分を分らせられた様な気持がする。僕は先づ其点に於いて君に謝する。

次に篇中の主人公石井の人物性情に対して、君が如何にも善くそれを理解し如何にも深くそれに同情して居る点に敬服した。尤も、世間からは只兇暴の一語を以て評し去らるべきあの人物の、不平と反抗心との由つて来る所を解剖し直感して、其の煩悶と欝勃と焦燥と憤怒とを描写するのは、アナキストを以て自ら任じて居る君として、さして六かしい事では無いかも知れぬが、其の謂ゆる兇暴なる人物の、他の一面の、時として現はれ来る、柔らかな情緒をも、善く具さに躍動せしめたのが、僕の稍意外とする所で、従つて又大いに敬服する所である。換言すれば、僕は君が、此の複雑なる人間の性情を頗る善く隅々まで行届いて看取した所に敬服するのである。

僕は『坑夫』を読んで居る中、絶えずジエルミナルの記憶を喚起しつゝ、互に処々を比較して考へたが、種々の点に於て君の作が決して多くゾラに劣らぬとさへ思うた。勿論、ゾラの作は君の作に比べて其の規模遥かに雄大で、其の内容が幾倍豊富である。然しそれは主として、仏蘭西の大炭坑と日本の小鉱山との差異、及び仏蘭西の（数十年前の当時に於いてすら猶爾く）進歩せる労働者と、日本の（今日に於いてすら猶爾く）無智なる労働者との差異から生ずる差異である。

斯う云へば、僕が小説界の初陣者たる君を以て直ちに欧洲の大文豪に対比する、其の乱暴さを笑ふ人が多いに違ひないが、然し君が将来必ずしも日本のゾラたり得ざる道理もない。無名なる青年の処女作に対して、実は案外感服させられながら、意識的若しくは無意識的なる種々の理由に依つて、態と無視黙殺の刑に処するか、或は臆病にも其の感服の程度を割引して発表するか、或は又自ら欺きおほせて強ひて全く感服せざらんとする、偏狭無恥なる文士批評家の多い今日に於て、僕は寧ろ誉め過ぎ、感服し過ぎの譏を甘んずる者である。

兎にかく僕の今後に望む所は、日本の坑夫なり一般労働階級なりが、更に大いに自覚の域に進んで、同時に之を描写する君の筆が、更に大いに生気を帯び光彩を増すに至らん事である。是は友人たる君の一身の為に望むと云ふよりも寧ろ多く我々の運動全体の為に望むのである。

要するに君の『坑夫』は、大正五年の文壇に於ける、少くとも一種特異の産物たる事を僕は確信する。只少しく恐れる所は、僕の如き門外漢が斯くの如き讃辞を呈するのは、或は他の多くの門内漢をして、却つて反感を起させるの種になりはせぬかと云ふ一事である。然し晩年のゾラすらも、日本の多くの文士には殆んど門外漢扱ひをされて居る世の中だ。君も門外漢として黙殺の刑を受けた所で、敢て憤慨するにも及ぶまい。

大正四年十二月九日夜　　堺　利彦

序

去年の春頃であつたか、僕が始めて宮嶋君と知つた時には、君は神楽坂の上で古本の夜店を出してゐると聞いた。けれども其の少し以前に、君の事をボテフリの魚屋さんとして聞いてゐたので、暫くの間は、其の方の印象が強く僕の頭に残つてゐた。そして此のボテさんは、僕を訪ねて来るたびに、其の商売柄とは少しも似合はない、ベルグソンの創造的進化論だとか、ラツセルの新方法論だとか、又は文壇思想界の傾向だとか云ふやうな事を、いつも話題として持つて来た。

しかも其等の話しは、多くの学生さんから聞くやうな、新聞雑誌からの受売話しではなく、君自ら其等の人々の書いたものを読んだ上での、君自身の頭から出た批評であつた。中沢臨川君が何処かで発表したラツセルの紹介などに就いても、随分手ひどい攻撃を君から聞いたやうに覚えてゐる。

僕はいろ〳〵な興味から君の経歴談も聞いて見た、君は、高等小学校を中途でよして、砂糖屋、ラシヤ屋、呉服店の小僧、歯医者の書生、牧場の雇人、メリヤス職工、砲兵工廠の職工、土方、火夫、高利貸鬼権の手代、坑山の事務員、相場師、魚屋の軽子、ボテ、古本屋、そして最後に新聞雑誌記者と云ふやうに、ことし三十になるまでの間に、随分といろ〳〵な職業や土地を放浪して来た。そして君は、此の十六七年間の放浪の間に、可なり遊びもし飲みもしながら、書物も読み、そして主として君自身の生活の経験の上から、今日の君のアナアキステツクな思想や感情を築き上げて来た。

宮嶋君と『坑夫』の主人公石井金次との間には、強烈な生活本能と叛逆本能とを持つてゐる其の気質に於て、甚だしく相似てゐる。又君の放浪の間の行為に於ても、随分と此の金次のそれに似た事が多かつたらうと思はれる。そして此の事は、金次の心理解剖に於て、君が立派に成功した原因だらうと思はれる。しかし君は猶、金次の持たない、或る特性を持つてゐた。それは、君が君自身の強烈な生活本能と叛逆本能とを発揮しつゝあつた間に、其の結果に就いての考察を忘れなかつた事である。即ち盲目的行為の間に、同時に又、強烈な知識本能をも働かしてゐた事である。君は実に、信者の如く行為しつゝ、懐疑者の如く思索しつゝあつたのである。そして此の事は、金次が単なる(と云つても可なりに複雑な心理は持つてゐるのだが)乱暴者として世を終つたのに反して、君が遂にアナアキズムにまで到達した主因だらうと思はれる。且つ其処まで到達しなければ、本当に金次の心持を理解する事が出来ないのである。

坑夫の生活は、宮嶋君の放浪の間の恐らくは最も印象の深かつた生活の一つであり、又此の金次も恐らくは其の間に君の実際に接近した最も印象の深かつた人物の一つであり、そして又此の金次に対しては前述の如く君に十分な同情と理解とがあるべき筈なのだから、此の『坑夫』はどうしても君の傑作の一つでなければならない筈である。のみならず此の『坑夫』は、坑夫の生活と云ふ背景、金次と云ふやうな特殊の人物、そして其の間にいろ〳〵と暗示される現代社会の欠陥等の点に於て、確かに日本の創作界に於ける唯一の産物である。

二三ケ月前、僕が始めて此の『坑夫』の原稿を読んだ時、僕は其の夜中強い亢奮に襲はれていろ〳〵な事を考へてゐる間に、其の亢奮がゴリキイの多くの作物を読んだ時のそれと同一であつた事を思ひ浮んだ。宮嶋君の筆致には、ゴリキイ程の、荒削り的な太い強さはない。寧ろ斯くの如き事実の描写には、弱すぎやしないかとも思はれる。又其の発想の仕方に大した独自な点も認められ得ない。しかしゴリキイの初期の作物に現はれて来る一種の叛逆者、習俗や権威に対する盲目的叛逆者の面影は、此の『坑夫』の中に十分に見る事が出来る。若し其の経歴に於ても気質に於ても甚だゴリキイと相似た宮嶋君が、更に努力して、其の放浪の間の諸印象を傾倒して、此種の作物を続けるならば、ゴリキイと等しく盲目的であつても更に多様多種な叛逆者を、そして更に進んでは、ゴリキイの後年の如く、現在に於ける自己及び其の周囲の人々の意識的叛逆も日本人の間から立派に描き出す事が出来ようと思ふ。

此等の点に於て僕は、宮嶋君の処女作たる此の『坑夫』に非常な興味を持つと共に、更に君の将来に甚だ期待する所が多く且つ大きい。

十二月十三日　　大杉　栄

一

涯《はて》しない蒼空《おほぞら》から流れてくる春の日は、常陸《ひたち》の奥に連る山々をも、同じいやうに温め照らしてゐた。物憂く長い冬の眠りから覚めた木々の葉は、赤子の手のやうなふくよかな身体《からだ》を、空に向けて勢《いきほひ》よく伸してゐた。いたづらな春風が時折そつとその柔い肌をこそぐつて通ると、若葉はキラ〳〵と音もたてずに笑つた。谷間には鶯や時鳥の狂はしく鳴き渡る声が充ちてゐた。

池井鉱山二号飯場づきの坑夫石井《いしゐ》金次《きんじ》は、その日いつものやうに闇黒《あんこく》な坑内で働いてゐた。皮がむけて、あざれた骨のやうになつた松の木で囲つた坑口《かうぐち》が、凡ての熱も光も吸ひ取つて了つてゐるので、山の肉を割き骨を刳《ゑぐ》つて切り込んだ洞《ほら》の奥には、永久《とこしへ》に動かない黒い冷たい闇が一杯にこもつてゐた。岩の裂目にかけたカンテラの、赤ずんだ弱い光が、生々しく破られた岩肌や、汚れた仕事衣を着て立つてゐる石井の姿を、僅かに照らし出してゐる許りであつた。

カンテラは絶え間なく石油臭い油煙《ゆえん》をたて丶ゐた。行き詰つた、風通の悪い洞窟の奥には、むせるやうなダイナマイトの煙が、黒い油煙に交つて、人の血を乱す荒々しい匂が濛々《もう〳〵》とこもつてゐる。

日の輝く世界と全くかけ離れたそこには、外界で起る如何なる物音も更に伝はらなかつた。死のやうな闇黒と静寂の境で、石井が振ふ鋼の鎚の冴えた響《ひゞき》が岩壁を唸つて行く絶え間には、山肌から滴る水の噎《すゝ》り泣くやうな音も聞えてゐた。

彼《か》れは泥水で地肌もわからない程汚れた仕事衣を身に纏《まと》つて、腰には筵《むしろ》で造つた四角な尻当《あてしこ》をぶら下げてゐた。長く伸びた髪の毛を鉢巻で額に止めてゐたが、蒼白い顔のせまつた眉の下で蛇のやうに光る目と、少し曲げて結んだ口が、彼の性格の何物かを語つてゐるやうであつた。

彼の前には刳られた山の肉の断面が立つてゐる。赤黒い母岩《ぼがん》を貫いて走つてゐる真白い筋のやうな、稍《やゝ》傾斜した硅石《けいせき》の脈の中には、オルフラマイトが、石炭のやうに黒く光つてゐた。真《しん》鍮《ちう》色の硫化鉄や金色の銅、緑の鮮やかな孔雀石も鏤《ちりば》んでゐる。小さな剣《つるぎ》を植ゑたやうな透明六方石のスカリは、所々に氷のやうな光を放つてゐた。カンテラの焔《ほのほ》がゆらめくと樋《ひ》の内は仏壇のやうに美しく輝いた。

山はダイナマイトをかけられる毎に、大きな身体をもだへて苦しげに呻いた。が、石井にはその轟然《がうぜん》とした凄まじい音響と共に、鉄のやうな堅岩も微塵に粉砕されるのが、日毎《ひごと》に味ふ限りない快感であつた。彼れは又何万年とも知れぬ昔から、何物にも触れた事のない山の肉を、自分の持つ鑿《たがね》の刃先で一鎚毎《つちごと》に劈《つんざ》いて行く快さをも貪り味つてゐた。鑿を持つた左の腕を真直ぐに伸して、反身にした身体を半ば開いて、右に持つた鉄鎚を遠くから勢こめて打ち下すと鑿の頭からは火花が散つて、岩に切り込む刃先からは目に見えぬ何物かゞ、手から腕へやがて全身に伝はるやうに覚えるのであつた。びちよ〳〵と血のやうに赤い冷たい水の滴る坑内でも、彼は汗をかいてゐた。

彼はその時朝から三度目の爆発穴《はつぱあな》を刳《く》つてゐた。三尺近い鉄の鑿はもう五六寸しか岩の外に現はれてゐなかつた。気の乗つた彼の目には、盃のやうにひしやげた鑿の頭より外は、何物も映らなかつた。尻当は腰の辺りで、妙な調子を取つてゆれてゐた。

石井の切り出した岩片《ずり》を一輪車に積んで、坑外に運んでゐた掘子の三吉は、岩片を出し終つてから、少し離れた彼の後に一輪車に腰をかけて、呑気らしく鉱山歌を謳つた。単調な歌の音は激しく打ち合ふ鉄の響に和して、トンネルの闇の中を、異様な声で唸つて行つた。

穴を刳り終つてから石井は、細長い爆発薬《ダイナマイト》に雷管と導火線を装置して押し込んで、息の洩れないやうに丹念に細い岩片を詰めて、やつと額の手拭をといて汗をふいた。襟のあたりから微かに立つ湯気が、カンテラの焔に白く映つた。彼れは振り返つて三吉に

『もう午《ひる》かな』と聞いた。

『まだ鈴《りん》は鳴らねえけど、もう午《ひる》でやすべえ』と三吉は待ち設けたやうに答へた。三吉は早く此の暗い冷たい坑《しき》から出たいと思つてゐた。温かな日を浴びながら乾いた砂の上に転がつて、午休みの選鉱女《せんくわうをんな》にからかう楽しさを思ひ詰めてゐたのであつた。

石井は黙つてカンテラの焔をかざして、導火線に火を点けた。白い縄はシユツ〳〵と音をたてゝ、闇の中に赤い火花を散らして燃え込んでいつた。新らしい煙硝の臭《にほひ》が二人の鼻をついた。

『三吉出よう』と云つて石井は先きに立つた。暗いトンネルをふたりは屈《こゞ》むやうにして、冷たい水を踏んで歩いた。黒い尾を曳いたカンテラの光が、濡れた岩や水に映つた。

二人が坑口を出てからダイナマイトは凄まじい響を立てゝ爆発した。肉を破られた山は苦しさうに大きな身体を震はせて、長く呻いた、前に聳《そび》えてゐる山も悲しげに反響した。悲鳴は谷を伝ひ森の木の葉を慄はせて遠く響いて行つた。

石井は坑口の傍《かたはら》の若草の上に転がつて、じつと響きの行方を追つてゐたが、響がすつかり消えると彼れの蒼白い頬に微かな笑が浮んだ。側に立つてゐる三吉に

『今の爆発薬《はつぱ》は能《よ》く利いたなあ』と云つた。

『又岩片《ずり》がうんと出たでやすべえ。石井さんについているとはあ、全く楽が出来ねえだ』と道化顔《おどけがほ》した三吉は、ジヨリンで足《あし》下《もと》の土を掻きながら云つた。

『おれにつくのがいやなら止せ』と石井はすぐ険しい眉をびりつかせた。

『さうら何か云ふとぢき怒るだから、石井さんにつくのは皆ないやがるだよ、俺あ見張で憎まれてるもんで、毎日石井さんの仕事場《きりば》にばかりつけられてはあ、やんなるだよ』

『野郎ツまだ』と石井が半ば身を起した時、三吉は身を翻へして逃げ出した。彼れは追ひかけるのも何だか慵《ものう》いので、其儘《そのまゝ》再

び若草の中に身を横たへた。若葉を漉《こ》した春の陽が彼の冷えた身体を温め、優しい春風が疲れをいたはるやうに撫で、通つた。

下の方の坑内からも、午《ひる》の揚《あが》り爆発《はつぱ》薬をかけた響がいくつも続いて起つた。が、響はやがて一つになつて、穏かな春の大気を震はせて蒼空《おほぞら》の中に拡がり消えた。遠くの選鉱場で女達が謳ふ、かすかな選鉱節の絶え間に、石を砕く響がどすつ〳〵と断え〴〵に聞えて来る、水のやうに蒼く澄んだ空を、銀色の雲が静かに流れてゐた。彼れは何となく薄ら眠くなつた。何時も彼れの心を責めてゐる苛立しい気も消えて、懐かしい夢の世界のやうな中に、じつと長く浸つてゐた。


麓の方で午《ひる》を知らせる鈴《りん》がけたゝましく鳴つた。彼れは眠りから覚めたやうにやつと身を起して、丸太で足留をした山道を下つて行つた。

下の広場に、見張所や鉱量小舎《くわうりやうごや》が向き合つて立つてゐる側の、みすぼらしい大工小舎が、坑夫の休み場とも大工の仕事場ともなつてゐた。彼れが下つて行つた時、鉱量小舎の周りに坑夫等が多勢集まつてゐた。低い杉皮で蔽はれた屋根の下は人垣の影で薄暗くなつて、中はよく見えなかつた。同じやうに土で赤く汚れた着物を着て、尻当《あてしこ》をぶら下げて、油煙《ゆえん》で目鼻の黒くなつた坑夫等は
『小幡《をばた》の野郎が悪いんだ』『やつつけちまへ』と殺気立つたことを、口々に怒号してゐた。

石井は穏かに静まつた気を掻き乱されることを厭はしくも思つた。けれども其騒ぎを冷やかに無関心で看過すには、彼れの血は余りに煮え易いものであつた。彼れは思ひ切つたやうに歩み寄つて、仲間の後ろから中を覗いてみた。鉱石を堆《うづたか》く積んだ傍《そば》に、係員の小幡が顔の半面を泥と血に滲ませて、真蒼になつて立つてゐた。廂《ひさし》を洩れた陽が切りつけたやうに傷の上に射してゐる。洋服を着た事務員が三人、眼を光らして附き添ふやうに側に立つてゐた。四辺《あたり》には、バケツや箱箕《はこみ》がだらしなく散らばつてゐた。

一同の視線は鉱量台の前に集中してゐた。其処では飯場頭の萩田《はぎた》が、佐藤といふ若い坑夫の胸倉を捉へて、片手で続けさまに彼れの横面を張り飛ばしながら、噛みつくやうに怒鳴つてゐた。

『やい手前《てめへ》は何だつてこんな生意気な真似をしたんだ、不足があるなら何故俺ん所へ云つて来ねえ。俺の面を踏み潰しやがつたな』

佐藤はまだやつと二十歳《はたち》になつた位の、薄い眉の下に太い刺青をした、生意気らしい顔をした男であつた。萩田に打たれる度《たび》にびりびりと身体を震はせるばかりで黙つて立つてゐた。

石井は原因《わけ》を知りたいと思つた。彼れが腕を組んだ儘仲間を押し分けて一番前に進み出ると、其処に立つてゐた野田《のだ》といふ坑夫が
『兄弟好いとこへ来た、小幡の野郎が余り判らねえことをいふ

もんだから佐藤が怒つて横面を蹴飛したんだ、ところが今度は頭が怒つちやつて皆手がつけられねえで困つてるんだ、何とか止めてやつて呉れよ』と佐藤のために懇願するやうな顔をして言つた。

　野田の言ひ草を聞くと、石井は無暗に腹が立つた。此間《このあひだ》から仲間の間に、鉱量係の鉱石の買方が無理だといふ苦情の起つてゐた事も知つてゐた。年の若い佐藤が皆に煽《おだ》てられて間違を起したのではないかと思つた。利口顔して能く喋舌るこの野田なんか、先きに立つて煽てたのだらうと思ふと、反感が胸を衝《つ》いた。

『お前こそ止めてやんねえな、平常《ふだん》から小幡なんか遣つゝけちまはなきや駄目だつて言つてたぢやねえか』と言つて冷笑した。野田は間の悪さうな顔をして黙つて了つた。けれども萩田がまだ怒鳴り続けてゐるのをみると、何となく佐藤が気の毒になつた。腕を組んだまゝ、仲間の群から離れた石井は二人の側に歩み寄つた。

『何だか知らねえけど兄貴、もう好《い》い加減にしてやれよ』と言つて、固く捉《つかま》へてゐる萩田の腕に手をかけた。萩田は逆ひもせず素直に手を離して

『兄弟、兎に角此奴《こいつ》を飯場に引張つて行つて呉れ、俺は見張へ行つて話をつけてすぐ行くから』と佐藤を石井に渡した。

『さあ俺と一緒に来ねえ』と言つて石井は佐藤を引いた。佐藤は黙つて小幡の顔を睨みつけてから石井の後に従つた。

事務員等は黙つて見てゐた。坑夫達は列を割つて通したが、二人が休み場の方へ道具を取りに行く後から、またぞろぞろ随いて来た。

『小幡の野郎が余り因業だから悪いんだ』

『これで下山されちや佐藤の兄弟が可哀想だ』とわや／＼喋舌つた。それを聞くと石井は又むか／＼した。彼れは振り返つて

『何だ、お前達そんなに佐藤が気の毒なら佐藤が怒つて小幡を蹴飛ばした時何故皆して鉱量小舎でも踏み潰しちまはねえんだ』

　鋭く光る眼を据ゑて言ひ放つた。坑夫達は黙つて二人から離れて行つた。

『お前誰かに煽てられたんぢやねえか』と今度は佐藤に訊いた。

『うゝん、俺あ誰にも煽てられやしねえけど、此間から小幡の野郎が癪に触つて堪らなかつたんだ。今日だつて俺が五分あるつて鉱石を、野郎二分だつて吐かしやがるから、そんなら試験してみろつて言や、俺の見た目に違ひはないつて威張るんだ、俺あもうかつとしたから台の上へ飛び上つて、奴の横面を蹴飛ばした丈《だ》けよ、もうこれで気が済んだから下山でも何でも勝手にしろだ。丁度春先きだ、浪人して歩く方が呑気で好いや、なあ伯父御《をぢご》』

『さうか、そんなら好いけど、人を煽てゝ手前が楽をしようつてけちな奴が多いからな』

『さ、道具を纏めたら飯場へ行つて縁起直しに一杯やらう』

休み場の広い土間に、幾組か鏨《たがね》や鎚《つち》が投げ出してある中から、佐藤は自分の道具を取つて縄で結へて肩に担いだ。

『忘れ物あねえか』と石井が訊いた。

『大丈夫だ』

二人は黙つて歩き出した。鉱量小舎の側を通る時

『小幡の間抜ツ、面あ見ろ』と佐藤が怒鳴つたが、中は森《しん》としてゐた。山道の片側に長く続いた選鉱小舎の前を通ると、女工達は恐相《こはさう》な顔をして窓から二人を覗いてゐた。

山裾を一つ廻つた沢の底に、坑夫長屋が立ち並んでゐた。樹《や》脂《に》のふいた松の細い柱と、薄板を打つけて、杉皮で葺《ふ》いた屋根が、褐色の太い長い線を引いてゐる下の方に、楢《なら》や山毛欅《ぶな》の丸木を柱にして、茅《かや》で囲つた小舎の中に、渡り者の人足達が、土の上に板と筵を敷いて住んでゐた。高い山が前後から圧《お》つ被《かぶ》さるやうに聳《そび》えてゐるので、これ等の家の中には、何時《いつ》もどんよりとした薄暗が漂つてゐた。

僅かに切り拓いた往還の向ふ側には、切り残されたひよろ長い杉の木が疎《まば》らな並木を作つてゐた。方々の坑内から出て一つになつた、赤ちやけた小川がその根方を流れて、所々に野菜の切り屑や瀬戸物の破片などが、汚ない塵塚を作つてゐた。

長屋の前には軒並に大きな鳥籠が伏せてあつて、赤肌に毛の抜けた鋭い眼の軍鶏《しやも》が太い声で鬨《とき》をつくつてゐた。彼等は坑夫達の荒い血を娯《たのし》ませるために飼はれてゐるのであつた。退屈になると坑夫等は筵で囲んだ土俵の中に、軍鶏を入れては蹴合はせるのであつた。同類と闘ふためばかりに生れて来たやうな鳥は、狂気《きちがひ》のやうに争つた。鶏冠《とさか》がちぎれて頸も羽根も血だらけになつて目を白黒させて倒れると、坑夫等は声を揚げて喜ぶのであつた。

午後や夜中に入坑する、昼は用のない坑夫等が、褞袍《どてら》を着て長屋の前をぶらついてゐた。二人が下つて行つた時、行き会つた一人が

『今時分どうかしたのか』と訊《たづ》ねた。

『俺あ下山だ』と言つた切り、佐藤はきつと口を結んでさつさと行き過ぎた。その様子が余り激しかつたので、誰も続いて訊《き》く者はなかつた。

煤《すゝ》け切つた薄暗い飯場にも一人者の坑夫や掘子が七八人、退屈相《さう》にごろ〳〵してゐた。誰も満足な着物なんか着てゐる者は一人もなく、中には素肌の上に垢《あか》光りのする四布蒲団《よのぶとん》を帯で巻きつけてゐる者もあつた。蒼白い顔と、蓬々《ぼう〳〵》伸びた髪の毛ばかりが薄暗い中に目立つて、汗臭い匂《にほひ》が部屋一杯に漲《みなぎ》つてゐた。

佐藤は飯場に入ると『えゝ畜生ツ』と担いでゐた道具を土間に投げつけた。鋼鉄はガチヤガチヤンと凄まじい音を立てゝ散らばつたので、寝てゐた者は驚いて起き上つた。

『何《ど》うしたんだ兄弟』

上り口近くにゐた山田といふ坑夫が、突つ立つてゐる佐藤の顔を見て訊ねた。それは蒼白く痩せた顔に、目ばかり大きい男だつた。

『小幡を蹴飛ばしたんで下山よ』と捨てるやうに言つた佐藤は、腰を下して草鞋《わらぢ》の紐を解きはじめた。

『石井の兄貴もか』

『俺は佐藤を引つ張つて来た丈《だ》けよ』と言つて石井は直ぐ下駄と手拭を持つて、前の筧《かけひ》へ顔を洗ひに行つた。長い竹樋《たけどひ》に導かれて一旦桶に溜つた水は、またぼしや〳〵と音を立てゝ流れ落ちてゐた。彼れはバケツに水が溜るのを待つてざぶ〳〵顔を洗つた。

佐藤が続いて来た時、彼れは

『飯場で飲むと五月蝿《うるせえ》から山へ行かうぢやねえか』と小声で言つた。

『うん』と点頭《うなづ》いて佐藤は、先刻《さつき》打たれたところを水で冷してゐた。

石井が着物を着換へてゐる中《うち》に、佐藤は通《かよ》ひを持つて用度掛りへ行つた。其処には田舎の荒物屋のやうに雑然といろ〳〵な品物が並べてある中に、太田といふ掛員《かゝりゐん》の爺さんが眼鏡越しに帳面を調べてゐた。佐藤は

『おい太田さん酒を一升』と通ひを前に投《ほふ》り出した。

『昼間つから山遊びか』と爺さんはビールの壜に分けて酒をつぎながら言つた。

『俺あ今日で下山だ、酒も石井の名にしといてお呉れ、もう少しこの山にゐりやあ用度へも爆発薬《ズイ》を叩き込んでやらうと思つてたんだ』

『馬鹿、用度が何を知つてるい』太田は恐ろしさうに、むきになつて言つた。

『酒が高えからよ。アハヽヽ』と佐藤は笑つて壜を持つて出た。

二人が各自《てんで》に壜と鑵詰を持つて飯場を出ると、上の方から帰つて来た萩田に出会つた。

『頭、先刻はどうも済まなかつた』佐藤は間の悪さうに頭を下げた。

『なあに、俺あ丁度見張りにゐたものだから、黙つてる訳にも行かねえで飛び出したのよ、お前にや気の毒だつたがまあ我慢しといてくれ』と優しく笑つた。

『兄貴、俺あ今日はこれで休むから届けを甘く頼むぜ、これから山へ行つて飲まうつてんだ、兄貴も行かねえか』と石井が言つた。

『表向きがあるからさうも行かねえや、見張りの山口が馬鹿に怒つて即刻《すぐ》下山させろなんて言つてやがるのを、吉田に頼んで一寸《ちよつと》納めてもらつてどんな様子だかと思つて見に来たんだ。晩にでもゆつくり別れをやるから、まあ二人でやつてゝ呉れ』と言つて、萩田は又見張りの方へ上つて行つた。

飯場と長屋の間を抜けると、裏山へ登る道が若草の中に黒くついてゐる。右へ峠を登つて隣りの沢へ通ふ道は、若葉の中に消えてゐた。両側から迫つた山の中腹に咲いた山桜が、わけて目立つて真白く見えた。二人は黙つて険しい山道を登つて行つた。何処かにかくれて咲いてゐる草花の強い香が、時折二人の

鼻を打つた。小鳥が頭の上をかすめて通つた。

頂上へ登つた時は二人とも汗ばんでゐた。赤味がゝつた芽の萌《も》えた山躑躅《やまつゝじ》や小松の生ひ茂つた中に、一本高い松の根方を切り拓いた平地が、この山の坑夫等の遊び場所になつてゐた。二人は持つて来た酒や鑵詰を其処に置いた。佐藤は落胆《がつかり》したやうに草の中に仰向けに転がつて、真蒼な空を眺めた。

『あゝあ、此処へ来るとほんとに好い心持になる、五月蠅《うるせ》え奴がゐないからな』と言つて石井は立つたまゝ両腕を幾度も振り廻した。

『俺あ何だか清々したやうな、落胆したやうな、変な気になつちやつた』

引つくら返つたまゝ佐藤が言つた。

『けちな事を言はねえで起きて飲めよ、お前《めへ》は明日つから浪人して歩くんだ、呑気で好《い》いな、起きてみろよ好い景色だ、お前《めへ》はあの山ん中を歩いて行くんだ』

石井は腰を下して懐ろから茶碗を出した。

西に廻つた春の陽は、西北に連る青葉に包まれた峰々を柔らかに照らしてゐた。遠い北国の高い山の頂きには、厚く残つた雪が金色《こんじき》に光つてゐた。所々低い山の間から紫色の煙りが立ち上るのは、其処にも人の住む村のあることを思はせた。

東の方はずつと展《ひら》けて、麓《ふもと》の村や、石塚大山《おほやま》などいふ、酒と女のある小駅が霞んだ大気の底に沈んでゐる。遠く水戸の町らしく見える先きには、海が微かに光つてゐた。

佐藤もやつと起きた。二人は和らかな春の気に包まれて、楽し気に酒を酌み交した。何時もひそめた石井の眉もやゝ開けて、険しい眼もうつとりと細くなつてゐた。彼れは麗《うら》らかな陽を浴びて長閑《のどか》な村を歩きながら若い娘にからかつたり、夕暮になると宿賃のいらない飯場に泊つて、方々の国々の様子など話しては、心ゆくまで放浪した時のことなどを想つてゐた。そして何処の山へ行つても、誰も恐ろしがつて相手にする者のない今の身を思つては、自由な旅に出られる佐藤に比べて、寂しく悲しいやうな気にもなつた。

『さ、一つ飲めよ』と茶碗を佐藤に渡してから

『かうして山へ来て酒を飲んでると、不思議に好い心持になつて来るなあ。俺《おら》あ平素《ふだん》はもう何時《いつ》でも、頭ん中がむしやくしやして、何でも癪に触つて堪らねえんだ、片つ端から爆発薬《はつぱ》で吹き飛ばしてやりたいやうな気になるんだけど、そんな時にや仕方がねえから一人で此処に来て酒を飲むんだ。怒りてえやうな相手もゐねえし、好《い》い心持になつて何だか自分の家へでも帰つて来たやうな気がするんだ。俺達みたいな風来坊は自分の家《うち》つてものあねえんだし、山で生れて山を歩いて、死んでも山に埋められるんだから、山が家《うち》みたいな気がするのも無理やねえかも知れねえやな』と言つて『あゝあ』と身体を後ろに反らした。

佐藤はこんな優しい石井を見たのは初めてゞあつた。何処の山へ行つても喧嘩ばかりして直《ぢ》きに人を傷ける——此処にゐても、平素《ふだん》飯場にゐる時は、無暗に人を怒鳴りつけてゐても誰も

恐ろしがつて逆《さから》はないその人と、同じ人間とは思へなかつた。

『伯父御《をぢご》、今日は馬鹿に気の弱えことを言ふな、お前だつてまだ三十前の身体して、どうしたつて言ふんだ』

『さうぢやねえ、俺なんか何処へ行つたつて働く山なんかありやしねえ、皆けちな了簡の奴ばかりだからな、もう駄目よ、だけど俺もお前位の時分にや随分よく浪人して歩いたもんだ、石州の笹ケ谷を脱走した時なんざ、幾日歩いても飯場あなし、兄弟分と二人してまるで乞食みてえになつちやつて、何でも丹波《たんば》辺りの川の辺で鼈《すつぽん》をうんと取つて、全焼《まるや》きにして食つたこともあつたつけ。それでも浪人して歩いてる方が呑気でよかつた、おまけに此頃のやうな春先きのぽか〳〵する日に歩くなあ、何とも言へねえ気持だからなあ』

『全くよ、俺ももう春先きになると、とてもじつとしてゐられなくなつてくるんだ。村の娘手合にでもからかひながら歩いてると、本当に好い気持だから――』

『もうそろ〳〵野州花も咲き出すから、足尾坑夫も巣立ちをする時分だなあ、初めの中《うち》は彼方《あつち》の山が好いか、此方《こつち》へ行《ゆ》きやあ甘《うま》いことがあるかと思つて、みんな当なしに歩くんだけど、段々歩きたくつて歩くやうになつちまわ、暗い坑内《しき》へ這入つて仕事してるより、銭なしでも呑気に清々と歩いてる方が好くなるからな、俺なんか何処へ行つても険呑がつて使つてくれねえから、手前で危くつて浪人することも出来なくなつた。お前歩いてる中《うち》に甘いことがあつたら呼んでくれ、え佐藤』と言つて佐藤の手を取つた。誰でも狼のやうに思つてる気の荒い石井が馬鹿気て萎《しを》れた姿を見ると、佐藤は変な気になつた。

『伯父御は女癖が悪いからなあ』と言つて強ひて笑つた。

『まあそんな事あどうでも好いや、一つ唄でも謳《うた》つて山の神様でも驚かしてやらうぢやねえか』

石井は手を拍《う》つて謳ひはじめた。

『俺あ一つ盆踊りをやる、伯父御、音頭取つてくれ』

佐藤はふら〳〵する足を踏みしめて立つた。

『よしつ、さあ謳ふぞ』と石井は

『あゝ――え――盆が来たかよ、こらしよッ』と大きな口を開いて目を細くして謳ひ出した。佐藤は両手を拍つたり振つたりして、若草に輪を描いて踊り廻つた。

春風は笑つて通つた。

騒ぎ疲れると二人は、草の中に子供のやうに転がつた。そして又冷たい酒を酌みかはした。酒に酔つて我を忘れ、邪気のない戯れに胸の開いた二人は、もう全く、優しい春の大気の中に溶け込んで了つてゐた。

夕暮になつた。陽は遠い西の山の影に落ちて、麓の村も野の森も深い靄《もや》の底に沈んで了つた。薄緑の空には夕《ゆふべ》の星が輝き初めた。快く酔つた二人はひよろつく足を踏みしめて山を下つた。途中まで来たとき石井は手にしてゐた空壜《あきびん》を谷にのぞんで突き出てゐる岩をめがけて叩きつけた。硝子は小気味よく砕けて破片は光つて飛んだ。二人は手を拍つて面白さうに笑つた。

長屋の前には蓬《よもぎ》のやうな頭をした女房達が、夕餐《ゆふげ》の支度に忙がしく笊《ざる》やバケツを持つて往来してゐた。筧の周りを取り巻いた女はよくべちや〳〵喋舌つてゐた。二人はよろけながらわざと大手を振つて歩いた。女達に行き会ふと手を拡げて抱きつかうとしては、その慌てゝ逃げるのを見て喜んで笑つた。

飯場にはいつ磨いたとも知れない煤けた洋燈《らんぷ》が、鈍い光を放つてゐた。妙な姿をした坑夫が十人計り囲炉裡《ゐろり》をかこんでゐたが、それは薄黒い大きな物の塊りのやうにも見えた。暗い片隅で蒲団を被つて寝てゐるものもあつた。そこからは変な唸り声が時々聞えて来た。坑夫等は今日の佐藤の事について話してゐた。長屋から来た野田は俺一人と云つた風な顔をして

『全く此頃のやうに鉱石の買ひ方が矢釜《やかま》しくつちや、こちとはとてもやり切れねえ。岩片《ずり》がちよいと這入つたつちや、二分引く、三分引くつて云はれたんぢや全く働く勢《せえ》がありやしねえ。第一飯の喰ひ上げだ。一体此の山の現場員なんか労働者を馬鹿にしてるからいけねえんだ、佐藤が怒つたなあ当た前《めへ》だ、なあ兄弟達』と喋舌り立てゝゐるところに、二人はぬつと這入つて来た。佐藤の顔を見ると一同《みんな》は『何処へ行つてたんだ兄弟、皆して酒を買つて待つてたのに』と云つた。

『あゝ、そんな心配かけちや済まねえ、俺《おら》あ山へ行つて石井の伯父御と飲んでたもんだから』と両手をつくとぐたりと坐つた。石井もそこに坐ると眼を据ゑて野田の顔を睨みつけた。酒に血走つたその眼には何か物狂はしいものが燃えてゐた。重く鋭いその光に出会ふと、野田は、はつといやな顔をした。

『おい野田の兄弟』と石井は圧へるやうな声で呼んだ。

『なに、何だ石井の兄弟』と云つたが、野田の陰険な顔にはもう狼狽《うろたへ》た色が浮んだ。彼れは血に餓ゑた獣の前に据ゑられたやうにおど〳〵してゐた。

『お前は随分よく喋舌つて人を煽てるけど、てめへぢやまだ何にもした事がねえな』とこんどは攻めるやうに言つた。

『だつて兄弟、話をしなけりや判らねえぢやねえか、此頃の鉱量係が余り酷過ぎるからよ』

『ぢやお前はこゝで何か愚痴をこぼしや、何《ど》うにかなる気でゐるのか、下らねえ野郎だな、お前達が泣き言をいやあ言ふ程見張の奴等あまだいぢめても大丈夫だと思つて高を括《くゝ》つてら、彼《あ》奴《いつ》らあ何でも癪《しやく》にさはつたら黙つて睨みつけて、ダイの一本も叩つ込んでみろ、慄へ上つて云ふ事を聞かあ、お前みたいに人計り煽てたり、見得で理窟を言つたつて何になるもんか、つまらねえ事あよせつてんだ』

『何も俺あ煽てたり見得で理窟なんか云やしねえ、只当り前の事を云つた丈《だ》けだ、兄弟も可笑しな事を云ふなあ』

『手前俺が知らねえと思つてそんな事を云ふんだろ、見張へ行つたつて飯場へ来たつて仲間の前だと労働者だの危険だのつて妙な漢語を使つて理窟を云やがつて、かげへ廻ると役人にペコ〳〵お辞儀してゐるんぢやねえか、手前見たいな了簡の腐つた

二た股野郎は俺大嫌ひだ』

『おい兄弟、二た股なんて余り馬鹿な事を云つてくれんな、いつ俺がそんな事をしたつて云ふんだ、お前は少し自分の癪にさはると云ひてえやうな事計り云つてるけど、ダイを投げたり暴れたりしたんぢや何もかもお終ひぢやねえか、お前はぢきそんな無茶計り云ふからいけねえつて云ふんだ』

『なにが無茶だ、手前がお喋舌りの卑怯野郎だ、何だつてお終ひまでやらなくつて事が出来るかい、野州の騒ぎの時だつて始まらねえ中《うち》はそこいら中《ぢう》無暗に喋舌つて歩きやがつて、いよ〳〵爆発薬《はつぱ》が飛んだり家が燃え出したら通洞《つうどう》ん中に隠れてゐやがつたんぢやねえか、それで騒ぎのお情を一番先きに蒙《かうむ》りやがつた事まで俺あちやんと知つてるんだ、手前見たいな二た股の意気地なし野郎が多いから、俺達がいくら何をしたつて、世間から馬鹿にされて山ん中でくすぶつて、危え仕事をして坑夫病《よろけ》になつて若死するのを何《ど》うする事も出来ねえんだ。俺あ手前の面あ見ても癪にさはつて堪らねえんだ、二た股の畜生野郎ツ』

罵《ののし》る中にも石井は激情に堪へない顔をした。びり〳〵ふるへる濃い眉の下で憎悪にみちた目は火のやうに燃えてゐた。爆発薬《はつぱ》のやうな男に逆う危険を知つてる野田は黙つて下を向いてた。傍《はた》にゐる坑夫等も、止み難い沈黙に息をつまらせてゐた。

『此んなに云はれたつて何《ど》うする事も出来ねえんだろ、口惜しくねえのか意気地なしツ』と石井は続けて罵つた。

『そんな気狂《きちがひ》の相手は俺《おら》あ御免だ』

『なにツ、気狂だ』と石井が飛びかゝらうとしたとき、佐藤が
『伯父御《おぢご》よして呉れ。こゝで喧嘩されちや俺が皆に申訳《まをしわけ》がねえから止めてくれよ』と抱きついて止めた。

『此んな野郎がゐるから手前が小幡を擲《なぐ》つたつて何にもならねえんぢやねえか、離せツ』鎖につながれた獣のやうに石井はもがいた。

『今夜だけよしてくれ、え伯父御頼むからよ』

『兄貴、まあ佐藤が可哀想だから今夜はまあ我慢しろよ』と一同もやつと起つて止めたので
『畜生ツ覚えてやがれ』と野田を睨みつけて石井も坐つた。

『さ、おそくなるから早く飲《や》り始めやう』と徳利や茶碗を出しかける者もあつた。

『俺《おら》あもう飲みたくねえから先に寝《ね》ら、佐藤、お前明日の朝早く発つんなら俺《おれ》を起して呉れ』と云つて石井は暗い隅の方へ云つて蒲団を被つて了つた。

一同は急に陽気になつた。

少時してから萩田も帰つて来た。賑やかな笑ひ声や、不器用な歌の声が夜更まで飯場の中から起つてゐた。

二

翌朝、佐藤は空も未だ薄暗い中《うち》から起き出して旅支度を始めた。前の晩、酒が済んでから別れの礼を云つた時一同《みんな》は
『下山になつたつて構ふものか、二三日ゆつくり遊んでから発

つたら好いぢやないか』と言つたが、佐藤は
『又小幡の面でも見て擲《なぐ》りたくなるといけねえから』と断つて発つ事にした。——晴れやかな日に輝き息づく若葉に充ちた野や森を渡つてくる、芳ばしい柔らかな風に吹かれて歩く、真青な麦の穂や菜種の花の咲いた畑道、或は又思ひがけない街に出て珍らかな物に気をそゝられて、当てもなく逍遥《さまよ》ふ楽しさが、彼の若い心を全《すつか》り奪つて了つてゐたのであつた。

石井は早くから起きてゐた。佐藤の支度が終ると二人は、火の気のない炉のそばで冷たい朝飯を喰つた。

『別に餞別もやれねえから塩子《しほご》まで送つて行《ゆ》かう』と石井が云つた。

『いろんな心配をかけた上そんな事をして貰つちやすまねえから』佐藤は幾度《いくたび》も辞退した。

『もう起きちやつたものを、今から寝るわけにも行かねえだろ』と石井は仕事衣を着て草鞋を履いた。

『ぢや伯父御頭《おぢごかしら》もまだねてるやうだし皆にも宜敷《よろしく》頼むぜ』

『あゝ好いとも、あとで好く云つといてやる、さ行かう』と二人は飯場を出た。佐藤は着物や道具を入れた小さな行李を横に背負つて、片手に洋傘《かうもり》を持つてゐた。


未《ま》だ明け切らない暁《あかつき》の空には、夢のやうな薄月が残つてゐた。前の山も肌《はだへ》は真白な靄に包まれて梢の若葉だけ青く現はれてゐた。草鞋を履いた二人は足音も立てずに、黙つて見張所の方へ登つて行つた。なだらな山腹に立ち並んだ、がらんとした選鉱小舎の中にも、朝靄はゆるく流れてゐた。上の方の平地《ひらち》に建てた見張所の杉皮で葺いた褐色の屋根の上には、隣村へ越える山の凹から薄蒼い空が覗いてゐた。佐藤は誰もゐない鉱量小舎に這入つて、昨日の事を新しく描くやうに見廻した。

『野郎口惜《くや》しかつたらうな』と云つて快さゝうに笑つた。

『さうよ、彼《あ》んな奴はうんと泣くやうな目に会はしてやる方が好いんだ。だけどお前も何処へ行つたつて余り暴れると終へにや俺みたいに歩けなくなつちまうぞ』と石井はしみ〴〵と訓《をし》へるやうに云つた。

『歩けなきや無理に押し歩く丈《だ》けよなあ伯父御、癪にさはる事を我慢して生きてたつて仕様がねえや』

『まつたくだ、俺も自分よか若え者を見ると、俺見たいな不自由な目にあふといけねえと思つてつい意見じみた事は云ふけど、自分ぢや兎《と》ても我慢が出来ねえんだ、どうせ仕合せだの楽な暮しだのつてもなあ俺たちと一緒に生れ合せてゐねえんだから、云ひてえ事でも云つて暴れてえだけ暴れてゞも暮さなきやあ埋め合せがつかねえのよ』

『さうだ、俺もうんと暴れて歩かれるだけ歩き廻つてやらうと思つてるんだ、伯父御もくすぶつてゐねえで歩き出せよ』

『何《ど》うせ歩き出さなきやならねえやうになるとは思つてるんだ。お前何処かへ落ちついたら手紙を寄越してくれ』

『あゝ落ちつきや直ぐ寄越すけどいつ落ちつくんだか判らねえや』

向き合つて並んだ真暗な坑口の前を抜けると、道は険しい山路《やまぢ》になつた。じめ〳〵湿つた木立の下を、佐藤は傘を力杖にして屈んで登つて行つた。まだ眠りからさめ切らない葉末からは、靄の凝つた雫が滴《したゝ》つて、精気に充ちた若葉のいきが一杯に漂つてゐた。

嶺に登り切つたとき二人は胸を張つて二三度大きくいきを吸つた。麓の村の黒ずんだ茅屋根や黄ばんだ竹藪、青い麦畑が薄れ行く朝靄を透して足下に展けてゐた。村端れを流れる広い川の面には、煙のやうな濃い靄が立ち籠めてゐた。左の方に突き出てゐる高い峯の彼方に、大きな朝陽が上り初めたのであらう、その山の裏側だけを黒く残して、空は俄に赤く輝き初めた。佐藤は二人が登つて来た麓の方を振り返つた。見張所や選鉱小舎の杉皮の家根だけ見える傍《かたはら》に、硅石を敷きつめた黄色い道が長く続いて、坑内から出る水は細く光つて流れてゐた。佐藤は『もう此《こ》んな山あ用なしだ』と云つて身体《からだ》を伸して、背負つてた行李を一とゆりゆすつた。

『さうよ帰つてくるやうな山ぢやねえや』と石井は吐き出すやうに言つた。

『こんだあ面白え山に出会《でくは》すまで歩くかな』

『面白え山なんてあるもんか、みんなそんな気で一生歩くんだけど、面白かつたなんて聞いた事がねえや、みんなつられたやうな夢を見て歩いてるんだ』

『さうとも限らねえぞ伯父御、大きな脈でも発見《めつけ》出して見ねえ、一ぺんに旦那様だあはゝゝ』

『そんな気んなつて歩いてろよ、うふゝゝん』と二人とも笑つて了つた。

『ぢや俺あその気で行くとしよう、伯父御も大事に暮してくれ』佐藤は改まつて丁寧《ていねい》に頭を下げた。

『お前も大事に行きな』

『済まねえけど皆によろしく』と云ひ残して佐藤は、朝露の閃いてる山道を下つて行つた――。岩蔭に行李計り動くのが見えるやうになつてから、石井は元と来た方へ振り向いて腕を組んで、沈んだ眼つきをして下つて行つた。――彼れは歩きさへすれば楽しい事に出逢ふやうな心で出て行つた佐藤を思ふと羨ましくなつた。そして何処の山へ行つても悪魔のやうに除け物にされる自分を思つては、遣る瀬ない激情と孤独の寂しさが胸の中に湧き上つた。命を懸けても構はない、何《ど》んな無理でも押し通して行きたいやうな焦燥が、空しく心をじりつかせた。

その日仕事場《きりは》についてからも彼れは、口を結んで目を光らせて力任せに鏨《たがね》の頭を叩きつけてゐた。煙の抜ける間もない程断えず爆発薬《はつぱ》をかけた。山は苦しさに唸りつゞけてゐた。その度毎に岩片《ずり》は夥しく出るので三吉は、呑気な歌を唄ふ隙《すき》もなく汗を滴《た》らして一輪車を押してゐた。暗黒な洞窟の奥で気に喰はない人の顔を見る事もなく、有る限りの力を振つて岩を砕いて、山の肉に突き入つて行く間だけ、彼れは凡てのいまはしさをも

忘れてゐた。交代時の鈴《りん》が鳴つて他の仕事場の坑夫は疾《とつ》くに出てしまつてからも、彼れは仕事を続けてゐた。三吉はおづ〱しながら

『石井さんもう鈴が鳴りやんした』と云つた。

『矢釜《やかま》しい、手前が上《あが》りたきや先きに上れ』と怒鳴られたので又一輪車を押し始めた。二の番の坑夫が交代に這入つて来て

『兄弟、馬鹿に稼ぐなあ、俺《おら》あとても追付《おつつ》けねえぜ』と声をかけたので、石井はやつと仕事の手を止《や》めた。仕事衣は汗に濡れてせまつた濃い眉根にも、蒼白い頬にも精一杯働き切つた労れが現はれてゐた。

『飯場へ帰つたつてつまらねえもんだから、――あゝ、疲れちやつた』と言つて彼は道具を纏め始めた。

見張所の前には交代際にごたつく坑夫の列もゐなくなつてゐた。石井が判座《はんざ》帳をとりに行つた時、窓から顔を出した事務員が

『おい馬鹿に稼ぐぢやないか』と笑い乍《なが》ら判を押した紙を渡した。石井は

『今日は少し忙がしかつたから、三吉にも分を付けてやつておくんなさい』と云つた。

『よし、後でつけといてやるから判座帳は置いて行け』と出しかけた紙を引き込ました。

『さうけえ』と三吉は莞爾々々《にこ〱》しながら、先き立つて阪路《さかみち》を馳け出して行つた。

石井は、毎日同じやうに愚痴や泣言ばかり繰り返してる仲間達が、ごちやごちや集まつてゐる、埃つぽい騒々しい飯場へ帰るのが何よりもいやだつた。けれども、飯場より他に帰るべき家のない彼れは、物憂げな顔をしてぐづ〱歩き出した。彼れは選鉱場を覗いて女達にからかつて見た。選鉱機《ジツカー》の前に立つては、ガタ〱ゆする音につれて、選《よ》り滓《かす》になつた岩が水に流し出されて落ちるのを眺めたりして、ゆつくりと帰つて行つた。

飯場の前の野天に建てた風呂場では先きに上つた坑夫等が、もう筋張つた身体を押し合つてわい〱騒いでゐた。薄暗い部屋の中にも五六人して何か無駄話をしてゐたが、今朝発つた佐藤の事などは忘れたやうに、誰れも口にする者はなかつた。石井は別れて行つた人の事を思つてゐるのは自分一人でゝもあるかと思ふと侘しくなつた。酒でも飲み合ふ時ばかり、親しく友達らしい事を云ふ、卑しい心の仲間が憎らしくなつた。彼れは並んで喋舌つてゐる人達の顔をじろつと見廻した。その氷のやうな目に出会ふと誰れも顔を顰めて黙つて了つた。彼れは仕事衣を脱ぐと風呂場へ行つた。彼の顔が見えると、そこにも冷たい沈黙が流れた。

湯槽《ゆぶね》に浸つて彼れは冷え疲れた四肢五体《ふしぶし》を温め伸ばした。湯から出たときは血が快く流れて気持も稍ゆつたりした。けれ共《ども》彼れは只管《ひたすら》に退屈だつた。彼れの顔を見ると誰もが警戒する。そのおびえたやうな眼を見ると彼れは苛々《いら〱》した。そして自分の身の廻りには、鉛のやうな重い気が漂つてゐるやうに思ふので

あつた。

　彼は遂に此の気色の悪い人々の間にゐる不快に堪へなくなつて飯場を出た。裏へ廻つて隣の沢へ通ふ道を登つて行つた。左に茂つてゐる深い木立を抜けると、そこには谷に臨んだ旧坑がある。それは佐竹時代とも烈公当時に掘《ほつ》たとも云はれてゐる錫《すゞ》の廃坑であつた。年経た洞窟の中には一面に苔が蒸して、闇を好む蝙蝠が夥しく巣くつてゐた。夕暮になると洞の中からは此の小さな動物の羽音が凄まじく聞えて来るのであつた。それは丁度烈しい風の吹くやうな響であつた。水が入口から一杯に湛つてゐた。ぴちやん／＼と岩から滴るかすかな水の音が岩壁に響いて、静かな洞の中にはいつでも優しい諧調を奏でゝゐた。

　彼《か》れは薄暗い木立を抜けてその旧坑の前まで来ると、ふと中を覗いて見た。けれ共そこには黒い冷たい闇より外には何もなかつた。洞の前は昔し切り出した岩片《ずり》で平らにならされて、谷も半ば埋められてゐた。その石塊の積つた懸崖《けんがい》にも古びた灌木が生ひ茂つて、深い谷底を隠してゐた。四辺《あたり》はたゞ静かであつた。名も知れない小鳥が思ひ出したやうにけたゝましく飛んだあとは、直ぐに圧しつけるやうな寂寥にかへつた。

　西をむいたなだらかな山腹を午後の日が照らしてゐた、彼れはその柔らかな叢《くさむら》の中に腰を下した。腕に抱へた両膝の間に顔を埋めて、恰度その静かな自然の中に置かれた岩のやうに固まつてゐた。彼の心にはその仲間に対する反感が火のやうに燃えてゐた。彼れがそれを強て圧へやうとすれば、遣る瀬ない激情になつて、骨を削り血を吸ふやうに彼を苦しめた。時としては鬱積した瓦斯《がす》のやうに爆発する事もあつた。彼れは争つて仲間を傷つけた。醒《なまぐさ》い血の香を嗅いで喜ぶ程残忍にもなつてゐた。争《あらそひ》の後の寂しさに苦しむ事も多かつた。彼は仲間の顔を見ないやうに声を聞かないやうに努めるやうになつた。深い木立の奥にも、谷間にも、高い山の嶺にも、沈黙に耽る場所を彼れは見出した。その気味の悪い沈黙と危険な争闘から仲間は段々離れて行つた。孤独になり行く寂しさも彼れは能く知つてゐた。けれ共《ども》彼れはそれ以外に出る事が出来ないのであつた。――

　彼の親も坑夫であつた。彼れが何処かの山で生み落されてからも、生活に追はれて安住の地を得られない両親《ふたおや》が、山から山へ果敢ない流浪の日を送る中に彼れは育てられた。物心のつくまで彼れは山より外《ほか》に何んな人が生活をしてゐるかさへ知らなかつた。彼《か》れが小さな身体に鉱石箱を背負つて、親父の後について暗い坑内へ掘子稼ぎに行くやうになつてからであつた。或夜、見張に宿直してゐる事務員が、寂しい夜の退屈まぎれに都の話をして聞かせた事があつた。事務員は彼れに、都には三層五層といふ立派な家が立ち並んでゐる、広い坦《たひ》らな街の両側の物売る店は、赤や黄や紫の華やかな色彩で飾られてゐる、夜も眩《まばゆ》い瓦斯や電燈の光が昼よりも明るく輝いて、美しく装ひ凝らした人々が歩いてゐる、美妙な音楽はそこゝから起つて、いつも春のやうな楽しさがあると云つた。そして絵葉書や雑誌の口絵を出して見せた。

そのとき彼れは初めて、自分が今まで見て来た寂しく荒れた山や村の生活の外に、そんな美しい華やかな世界のある事を知つたのであつた。彼れの幼い心にも、底も見えない程暗く深い井戸のやうな坑内から、朽ちか丶つた梯子を慄へる手に握りしめて登つたり、崩れ落ちる大きな岩に圧されて死ぬ事のないやうな、美しい都に安楽に生活する人々を幸福だと思ふ念が湧いた。――驚異と羨望に充ちた目をもつて、彼れはいつまでもその絵葉書に見入つてゐたのであつた。

彼れが十五の年であつた。彼れの親は長い間吸ひ込んだ鉱毒や煙毒の為に坑夫病《よろけ》になつた。執念深い病《やまひ》はその身体《からだ》から精気と力を奪つて了つた。稼ぐ事の出来なくなつた父親は土気色に瘠せ細つた顔をして、毎日力のないせきをしては黒い痰を吐いてゐたが、遂に思ひ切つて金次を兄弟分の家に預けて、仲間が作つてくれた奉願帳《ほうぐわんちやう》を胸にぶら下げて、妻を連れて、金次には『坑夫なんかしてゐると長生が出来ねえから、手前は早く足を洗へよ』と云ひ残して、果てしない旅に出たが、半歳程してから北国の山で死んだと云ふ知らせが来た。母親は新らしい亭主を持つて何処へ行つたかわからなくなつて了つた。

負け嫌ひだつた彼《か》れは、此の悲しい運命の訪《おと》づれにもめげる事なく、伸々と育つて行つた。細い少年の腕一つに己が身を支へて、山から山へ流浪もした。幼い時からその道に仕込まれた彼れは、十七八の頃にはもう人に勝れた腕前の坑夫になつて何処の山でも威張つて通れるやうになつた。若い血のそ丶るが儘に放浪もした。夢のやうな望《のぞみ》を胸に描いて、何のこだはりもなく山を歩いて、気に向けば止まつて働き、飽けば又当てもない旅に出る、身軽な自由の生活は若い彼れには楽しかつた。けれども時として何か物思ひに耽つたときなどに、枯木のやうに色も香もなく朽ち果て丶行つた父親のみじめな最期が胸に浮ぶと自分の手で自分の命を削るやうな職に従ふ果敢なさをつく〴〵と思ふのであつた。――そんな時に彼れは、美しい都に生活する人々の幸福を思つた。――

秋から冬へかけて、冷酷な自然の力に放浪の自由を奪はれる労働者は、眠《ねむり》に入る蛇のやうに物憂い退屈な時を過さなければならなかつた。野山の木の葉が色づき初めて、山路においた霜柱が、やがて来る冬の烈しい寒さを思はせるやうなときであつた。彼れは思ひ切つて、都へ生活を求めに出た。

都の街は彼れが長い間夢に描いてゐた程美しいものではなかつたが、初めて見る彼れの目を驚かすには十分の力をもつてゐた。車馬の入り乱れる巷《ちまた》にも、華やかな絃歌やさゞめきの湧く色街にも、彼れの心は巧みな手品師の前に立つた人のやうに、他愛なく引きつけられて了つてゐた。整つた家や飾りたてた店の中に住む人を見ては、彼はひたすらに羨ましく思つた。寂しい単調な山奥で獣の住むやうな茅小舎や汚れくさつた長屋に侘しい日を送る自分達の果敢なかつた暮しに比べて、都に住む人ばかり生甲斐のある日を送つてゐるやうにも思つた。彼れは大きな店にはいり込んで自分を使つてくれと頼んでみた。しかし銅山筒袖《つつぽ》に胸合せの腹掛けをかけた彼の坑夫姿と、まだ見も知らぬ人の口から出る突然の懇願は、聞く人々に怪しい警戒を与へたばかりであつた。彼れは口入屋にも行つてみたが、そこでは工夫か土方になれと云つた。がそれは坑夫に等しい職業である事を彼れはよく知つてゐた。僅かな金は直ぐに失つて了つた。餓ゑ疲れて都の町をさまよつて、嘲笑と侮辱と失望の外には、遂に何物も得られなかつた。

弱々しい冬の日が、停車場の色あせたペンキ塗りの上にしみつくやうに慄へてゐる、氷のやうな風の吹く朝、汽車賃のなくなつた彼れは、煙を吐いて行く汽車を空しく眺めて、霜柱のたつた田舎道を力なく歩いて、いやな山へ帰つて行つた。

彼れは著しく沈鬱に怒りつぽい人間になつて行つた。些細の賃金のいきさつにも好く事務員と争ふやうになつた。時には仲間の事まで買つて出た。そんな時の彼れは自分の主張の徹るまで頑固に云ひ張るやうになつた。

『坑夫だつて人間だ、石蓋を被つて働いて馬鹿にされてたまるかい』と云ふのが彼の口癖だつた。事務員と争つては、絶えず浪人をするやうにもなつた。

或る年の事だつた。雪の深い北国の山に、見込みのある金の旧坑が発見された。山が売れるか成り立つかすれば、思ひ切つて礼をするからと云つた鉱主の言葉を真に受けて、彼れは雪に囲まれた山奥へ一人して、餓《うゑ》と寒さと戦つて苦しい一と冬を過した事があつた。往古の土蜘蛛みたいに山腹へ掘り込んだ土小舎の中に送る沈黙の幾日かを寂しさに堪へないで、気も狂はしくなる事もあつた。幾日目かに町から定《き》まつて来る仕送りが、激しい吹雪に二三日遅れると心細さに堪へなかつた。

何百年か昔《むか》しに掘つた人の精の残つてゐるやうな陰惨な旧坑を見廻るのが山番の彼の役だつた。深い旧坑の奥の斜卸《シャフト》にはいつの世からとも知れない古い水が溜つてゐた。そこに行くとカンテラの火が黒い水の面《おもて》に映つて、気味の悪い淋しさがひし〳〵と襲つて来た。何百人敷きとも云ひさうな、横鏈《ひ》を追つてただ広く掘つた跡には、カンテラの弱い火は隅々までわたらなかつた。

坑道の中に岩の落ちさうな場所があると、留木を当て、繕つた。寂しく冷たい仕事に手間取つて小舎に帰ると、囲炉裡の火はいつも絶えてゐた。湿つた榾《ほだ》には容易に火がつかなかつた。濃い煙ばかりぷす〳〵たつて狭い小舎の中はすぐに息苦しくなつた。差しかけた茅屋根に積つた雪は、煙の温《ぬく》みで溶けて目の前に落ちた。煙にむせて外に出ると灰色の空からは、粉のやうな雪が風に捲かれて濃く薄く流れるやうに降つてゐた。そんな時に一面の真白な向ふの山の峠に、仕送りの荷を積んだ馬の影がぽつんと黒く見えると、彼れは跳り上つて喜んだ。小舎に来た馬方を少しでも長く止めて置きたいと思つて、彼れはよく喋舌つたが、馬方は雪の山路《やまぢ》の暮れるのを恐れて急いで帰つた。前にも増した孤独の寂しさが彼れを苦しめた。がまた、当分食物にも不自由しないと思ふと心強くもなつた。夜になると風が闇の中を吹き荒れた。雪に蔽はれた山や谷は悪魔のやうに唸つてゐた。風の絶え間には、渦を巻いて落ちて来る軽い雪片のふれるかすかな音が、死の訪れのやうに淋しく聞えた。彼れは氷のやうに冷たい蒲団にくるまつて、春になつて山が売れて沢山金を貰つたらと、楽しい空想に耽つてゐた。――暗薄いトンネルを歩くやうな、単調な日は長かつた。――春近くなつて長い間閉ぢてゐた、厚ぼつたい雲が切れて、久し振りに青空を眺めたとき、彼の心は喜びに充ちてゐた。

雪解《ゆきげ》の水に谷川の流れが増して、枯草の下に萌え出てる若芽の見られるやうになつた頃には、髯の生えた洋服姿の男や商人風の人達が、立ち替り鉱主と一緒に山を見に来た。彼れは物慣れた様子でカンテラをさげて坑内を案内した。鉱量の豊富な辺りは殊に注意して説明した。間もなく山は売れて鉱主は巨万の金を獲たが、石井に与へた恭《うやうや》しい紙包の中には十円紙幣が十枚あつた計りであつた。

凄まじい冬の自然の圧迫に堪へ、昔しの流人にも勝る孤独の寂しさを忍んで来た、命がけの労苦に対する報酬として、又鉱主の得た金に比べて、彼れはその分け前の余りに少ないのに驚いた。初め鉱主の誓つた言葉を思ふと憤怒の情に堪へなかつた。

その夜彼れは匕首を懐《ふところ》にして鉱主の宿を訪ねた。一時に巨万の富を得て気の驕つた鉱主の周囲には美しい女がゐた。前には酒が並んでゐた。それを見ると抑へてゐた怒りは彼れの胸を衝き上げた。蒼くなつてわな〳〵慄へながら坐つた彼れの物凄い形相を見たとき、鉱主は危険が迫つたのを感じた。便所に行くふりをして座敷を出た切り鉱主の姿は再び見る事が出来なかつた。

巧みにかはされた口惜さに彼れは

『やい狸野郎を出さねえか』と宿屋の中を暴れ廻つたが、その時已に来てゐた警官に押へられて了つた。彼れが留置場から放免された頃には、鉱主はもうその町にはゐなかつた。彼れの得た餓と寒さの報酬は直ぐに達磨茶屋の酒と女に消えて了つた。彼の胸に燃え初めてゐた反抗の火は、漸く強い焔になつた。

野州の山に大暴動の起つた時も、生れつきしな〳〵と機敏な身体《からだ》を持つた彼れは、暴動の主唱者よりも勇敢に闘つた。手から離れると直ぐ爆発する導火線の短いダイナマイトを投げつけ、家を焼き人を傷つけて、血と火の漲る叫喚の裡に、全身に充ち渡つた反抗の念を溶け込ましたが、怖ろしい軍隊の力に圧迫されて重だつた者の多くが捉へられたときも、素敏《すばや》い彼れは、山伝ひに巧みに逃げ終《をは》せた。

けれ共彼れが日蔭者の浪人になつて、山から山へこつそり隠れて使役を求めて渡り歩くやうになつたとき、所々の山に散在してる彼れの兄弟分や仲間達は、彼れを隠匿する事を恐れた。何処へ行つても彼は態《てい》の好い口実で追つ払はれた。突き刺すやうな冷たい山風の吹く冬になつても彼れは、薄い着物に慄へながら苦しい旅を続けなければならなかつた。

彼れは、自分が暴動の時に身に挺して働いたのは、その遣る瀬ない反抗心を満足させる為であつた事は能く知つてゐた。然し又それによつて仲間に多くの利益を与へられたとも信じてゐた。現に野州鉱山の暴動が導火になつて、二三の山に同じ事が起つて以来、何《ど》の鉱山も暴動を恐れて、坑夫に対する態度の著しく変つたのは明らかな事実であるのに、今自分を恐れ疎んずる仲間のけちな態度に出会つては、事ない時ばかり友人だの兄弟分だのと、義理堅く、死生も共にするやうな顔をしてゐて、一旦事が起ると巧みに他人の勇気を利用してひたすらに己れ等の利益と安逸とを計る、彼等の卑劣な貪欲な心を憎しみ卑しまずにはゐられなかつた。

味方と思つてゐた人々に裏切られた孤独の寂しさは、彼の心を攪《か》き乱した。そしてその仲間に対して抱くやうになつた新しい反感は、曾つて社会や資本家に対して、おぼろげに抱いてゐたそれよりも更に激しく強かつた。

警戒の手がゆるんで、彼も漸く職にありつけるやうになつてから、彼れは住み込んだ山では必ず仲間の妻を犯した。その優しい顔と兇猛な性格と敏捷な身体はいつも巧みに利用された。僅かな事にも争へば直ぐに刃物で人を傷けた。一二年の中に彼の名は何処の山でも悪魔のやうに呪はれた。彼れは又使役の口が得難くなつた。――苦しい放浪の日は再び続いた。

常陸の奥に池井鉱山が開かれて、萩田が飯場頭になつたと聞き伝へると、彼れに直ぐに尋ねて来た。萩田は彼れが愛想をつかした仲間の中で、まだ親しい情をつないでる只一人の兄弟分だつた。鬼と云ふ綽名を取つたその半生の歴史を語る、腕にも足にもある刀傷や弾痕だけでも、気の荒い坑夫共を征服する力があつた。石井が此の山に来た時見張所へ使役願を出すについても、仲間中から苦情が起つたが、萩田は石井の身に就《つい》て起つた事は凡て自分が引き受けると云つたので、誰れも遂に黙つて了つた。然し石井の素行は決して穏かにはならなかつた。彼れは三の番に入《はい》坑つた仲間の留守へも這ひ込んだ。彼れが此の山へ来てからさうして犯した女の数は尠くなかつた。怒れば直ぐに人を切る彼の荒い気は、誰れも能く知つてゐた。彼れの為る事には何の故障も起らなかつた。その意に従つた女達は余儀ない堅い沈黙を守つてゐた。けれども或時は夜中に不意に女の亭主に帰つて来られて、息を殺して低い床下を這つて逃げた事もあつた。さうした危い事に出逢ふのは彼の淫蕩を制するより、危険を好む血を湧き立たせる力があつた。然し此の放縦な思ふが儘の生活も、彼の心に燃えてゐる激情を消す事は出来なかつた。

重苦しい雲のやうな沈欝の気が、時々彼れをくるしめた。そんな時には彼れは凡《あら》ゆる物を粉砕して了ひたくなつた。見る物は凡て憎悪の種だつた。自分の身体さへ、大きな岩に圧れて薄紙のやうにへし潰れたら快からうと思ふ事さへあつた。然し繰返された苦しい経験は彼れを怪しい沈黙に導びいた。そして彼れは今日のやうに、谷間や嶺の人気のない自然の中に来て、沈思の幾時かを過すのであつた。

　そこには憎らしい人の姿も声音もなく、温かい日の光が無言の歌をうたひながら、凡ての物を同じやうに育てゝゐる。空も地も草も木もその大きな調べの中にかすかな吐息をついてゐる。彼れの心も優しい母に抱かれたやうに、静まり落ちついて行くのであつた。懐かしみや憐れみの優しい姿さへ、ふとその心に現はれたが、燃えたぎつてる激情に追ひ払はれてすぐに影を消して了つた。

　山蔭に日が沈んで、四辺《あたり》が紫色に暮れかゝると急に肌寒くなつたので、彼れは静《しづか》に起き上つた、旧坑はもう入口から真暗になつて、闇の好きな蝙蝠の羽音が、洞の中で烈しい唸りを立てゝゐた。深い木立の中にも、薄暗い夕闇が漂つて、木の葉は静《しづか》に首垂《うなだ》れてゐた。

　落ちついて歩んで行く彼の姿には、いつもの苛々しさも見えなかつた。

　その夜であつた。彼れは早くから隅の方で蒲団を被つてゐたが、中々眠りつけないので一人でじり〳〵苛ついてゐた。十時過ぎると二の番に出た坑夫や掘子が帰つて来て、飯を喰つたり湯に入つたりするので、飯場の中は一としきり騒がしくなつた。が、やがて夫等《それら》の人達も寝て了つて寂寥は再び帰つて来た。しばらくすると下の茅小舎や村から通ふ居残りをした掘子達が、各自《てん〴〵》にカンテラの油煙をあとに長く曳いて闇の山路を帰つて行つた。飯場の前を通るとき皆なが『お休みなんしよ』と声を揃へて云つた。が、赤ずんだ焔にうつる真黒な塊は、すぐに飯場の前から消えて了つた。その群が茅小舎の前へ行つた頃誰れか大きな声で選鉱歌をうたつた。『いやと思へばよ――』と高く張り揚げて長く曳いた声が、闇を美しく彩つたが、『照る日も曇るよ――』と落したときには向ふの山の峠の方に薄れて了つた。

　垢光りのした蒲団に柏餅にくるまつて寝てゐた彼の頭には、云ひ知れぬ寂しさがむく〳〵と拡がつた。いつもの様な苛ら立たしさが彼の心を襲つてきて、じつと寝てゐる事が出来なくなつた。彼は蒲団をはねて起きて見た。暗い梁から吊した洋燈《ランプ》の鈍い光が、粗雑な建物の羽目にぶら下げた汚れた仕事衣や、両側に並んで寝てゐる一人者の蒼ぶくれた顔をだるく照してゐた。いぎたなく大きな口を開けてゐる者もあつた。によきつと両腕を出してる者は土左衛門のやうに見えた。誰かぎり〳〵つと歯切しりをすると、又誰かだらけた声で歌のやうな寝言を云つた。それ等の顔は生きてる者のやうには見えなかつた。

　火の気の絶えた囲炉裡は大きな口をだらしなくぽかんと開けてゐた。

　彼れは此んな寂しい山奥で、甘《うま》い酒や美しい女に親しむ事もなく、危険の多い仕事に侘しい月日を送つて、中年になれば坑《よ》夫病《ろけ》にかゝつて、枯れ木のやうに朽ちて行く人達が、果敢ない身を不思議に思ひ患ふ事もなく安閑と寝入つてる状を見ると、片つ端から叩き起してやりたくなつた。然しそれは結局何にもならない事と思ふと、彼れは又寂しさに堪へなくなつた。

じり〳〵と寄せてくる焦燥の念に彼はじつとしてゐる事が出来なくなつた。立ち上つて寝衣《ねまき》の裾をまくつて、静《しづか》に皆の枕元を通つた。労れに深く寝入つてる人々はそれに気のつくものもなかつた。外に出ると高山の春の夜は死のやうに暗く冷たく静まり返つてゐた。暗碧《あんぺき》の空に夥しい星の光つてゐる中でも、村境の峰に輝いてる星は、殊に鋭い光を放つてゐた。前の筧《かけひ》から流れ落ちる水は夜も単調な音を繰りかへしてゐた。

彼れは誰か女のところに行きたいと思つた。三の番に入坑つてる坑夫の名を思ひ浮べて見たとき、その中に前高のゐる事を考へた。前高《まへたか》の妻のお芳は美しい女だつた。彼の身体には冒険者のやうな勇ましい血潮が湧き上つた。石ころの多い道を、静に音の立たないやうに探りながら歩いて前高の家の戸の隙から中を覗いたとき、お芳は亭主が仕事に出たあとをまだごと〳〵片づけてゐた。彼は何となく這入りにくいので少時《しばらく》木立の蔭に身をひそめて、次に覗いた時、お芳は蒲団の上に坐つて何か思ひに耽つてゐるやうであつた。

彼れは建付けの悪い戸をそつと開けて中に這入つた。不意に目前に現はれた人影に驚いたお芳は、慌てゝ声を揚げやうとしたが、彼れはすぐに匕首を抜いて見せた。そして手を振つた。お芳はそれが石井である事が判ると痙攣つたやうに声が出なくなつた。恐怖と絶望におびえた優しい目はじつと空を見詰めてゐたが、間もなく諦めたやうにがつくり首垂れて了つた。鈍い洋燈の光が、蒼くなつた横顔を照らして、身体のふるへが着物の端れで波打つてゐた。石井は匕首をしまうふと静かに戸を閉めて、何事もないやうな顔をしてお芳の側に坐つた。

『今晩は』と低く沈んだ声で言つてから

『おつかねえかいお芳さん』と言ひながら突然《いきなり》その腕を女の首に捲いた。身をすくめた女の、柔かい慄へが彼の身体に伝はつた。彼の目は蛇のやうに光つて蒼白い頬には血の色が浮んだ。

『もう仕方がねえさ、なあ』と顔を覗き込んだとき、蒼くなつた女の頬には冷たい涙が流れてゐた。その萎れた姿を見ると彼れの血は犠牲《にへ》を得た野獣のやうに荒れ狂つた。彼れは頸を伸して洋燈《ランプ》の火を吹き消した。押し倒された女は逆ひもしなかつた。

三

夜中に帰るとき彼れは

『さよなら、又来るよ』と女の耳に囁いて接吻をした。飯場へ帰つて再びそつと冷たい蒲団に入つてからも、彼れはつひに眠れなかつた。薄白い眠《ねむり》に悩む中に夜が明けると、彼れはすぐに仕事衣を着て飯場を出た。朝靄は村へ通ふ道の上を、山裾をめぐつて静かに流れて、軍鶏は太い声で鬨をつくつてゐた。

お芳ももう起きて家の前に出した、石油鑵で作つた竈《かまど》の下を焚きつけてゐた。真白なむく〳〵した濃い煙は、湿つた地面を這つて靄の中へ溶け込んでゐた。石井は側に寄つて

『お早よう』

と態《わざ》と大きな声で言つた。びつくりして顔をあげたお芳の眼には、煙に痛んだ涙が一杯溜つてゐたが、彼の顔を見るとニコツと笑つて下を向いて了つた。彼れは何となく満足を感じた。その心は喜びに跳つた。首を振つて鼻歌をうたひながら見張の方へ登つて行つた。昨日佐藤が越えて行つた山の凹みからは、今朝も晴れた空が覗いてゐた。高く抜き出て聳えた山の頂きは朝陽に赤く輝いてゐた。

見張所の土間の大きな囲炉裡には、積み上げた炭が赤くおこつて焔を立てゝるまはりを、三の番の坑夫が五六人して取り囲んで、濡れた仕事衣を乾かしてゐた。熱にふれた所だけ腹掛や股引から白い湯気が立つてゐる。空も地も闇の真夜中に、何百尺と深く掘り下げた坑底で、岩の目から雨のやうに滴る水を浴びて仕事して身体の心まで冷え労れた坑夫等は、土気色の顔をしてぶる〳〵震へてゐた。前高もその中にゐた。石井の顔を見ると

『兄弟、馬鹿に早いなあ』と云つた。

『一人者は早起きよ』と石井はいつものやうに眉をひそめながら言つた。疲れ切つた人達は交る〴〵身体の向きをかへては温めてゐた。誰ももう口をきくもの惰いやうに黙つてゐた。奥の物置のやうな宿直部屋でごと〳〵音がして、吉田と云ふ若い事務員が、眠たげに目をこすりながら出て来て

『石井は塩子から来る女でも張る気で早く来んだらう』と笑ひながら言つた。

『お前さんこそ昨夜帰らねえから村で多勢待つてますぜ』と石井はなか〳〵負けてゐなかつた。三の番の者達は吉田の顔を見ると

『旦那上りにやすこし早いけど、濡れて寒くつて仕方がないから帰しておくんなさい』とせがむやうに言つた。

『毎日早く上つちや駄目だぞ』と言ひながら、吉田が判座帳を渡すと、坑夫等はペコ〳〵お辞儀して鏨《たがね》と鎚を担いで、赤い朝陽を浴びながら麓の方へ帰つて行つた。

石井は前高の人の好い顔を見たときは、気の毒の思《おもひ》にも打たれた。がまた、彼んな奴に限つて友達がいくら難儀してゐても知らん顔をして、事務員の機嫌ばかり大事に取る奴だと思ふと、却つて小気味のいゝ気になつて後姿を見送つた。その目には勝ち誇つた色が浮んでゐた。

仕事場《きりは》についで鏨を持つて岩に対ふと、彼は熱心に働いた。堅い岩を破る快さが、凡ての念ひを奪つてゐたが、ダイナマイトをかけて気滞《けたい》の抜ける合間を坑外に出て晴れ渡つた空からたぎり落ちる春の陽を浴びて休んでゐると、お芳の事ばかりが心に浮んだ——白い柔かい肌、赤い唇、うるんだ優しい目、そしておど〳〵慄へてゐた可憐《しほ》らしい姿——それを思ふと彼れは今でも抱きしめたくなつた。

争闘や反抗の荒々しい日を送つて来た、彼の過去に恋はなかつた。彼の目に映る凡《すべて》の女は、折々身を焼くやうに起つてくる本能を満足させる道具であつた。只その昏《く》るめくやうな瞬間に

は、何《ど》んな暴力をも辞さない代りに、執着も未練もなかつた。それが今優しい恋が初めて彼の心に訪れた。彼れは甞て知らなかつた楽しく甘い空想に耽る事を覚えたのであつた。

仕事から帰りしなにも彼れは砕鉱場の入口に立つて中を覗いた。広い小舎の羽目に添つた四周《まはり》には、土間に筵を敷いて、大きな角石《かくいし》を前にした女達が列んで坐つてゐた。女達が角石の上に鉱石をのせては鉄鎚でどしつ〳〵と砕く音や、音頭に合せて歌ふ選鉱歌の声が小舎の中に溢れてゐた。頭の上に張つたマンゴク網の上から、選鉱夫が一輪車で運んで来た鉱石を明けると、長い網を転る石の音は雷《かみなり》のやうに響いて来た。廂から射し込む板のやうな日の光に、茶褐色の細粉がぎら〳〵してゐた。石井は白い手拭を冠つたお芳を隅の方に見出すと、じつと見詰めてゐたが、お芳が顔をあげたとき二人とも微かに笑つた。

『石井さあ、また見込みをつけに来たゞかね』鉱石を箱箕に入れて配つてゐた世話役のお兼といふ婆さんが、しやがれた声で突然《いきなり》怒鳴つた。

『お前達がなまけるから、俺が監督に来てやつたのよ』と石井は背中の道具をゆすりながら云つた。

『石井さあに見込まれるとはあ助からねえぞ、若え者は皆な顔隠してろよ』と婆さんが云つたので、お芳は自分の事でも云はれたやうに身をすくめた。

『くそ婆あ、余計な事を云ふな』石井は真顔になつて怒鳴つたが、そのとき鳥打帽子を頭の後に冠つて見廻りに来た事務員の安藤が、彼の後にそつと立つと肩を叩きながら

『おい石井、こゝで女にからかつてちやいけないから、早く帰つて村へでも遊びに行けよ』と云つた。石井は振返ると一寸間の悪さうな顔をしたが

『だつてお前さん。遊びに行ける程稼がせねえんぢやありませんか』と云ひながらまたお芳の方を見た。監督の姿が見えると女達は又熱心に石を砕き始めたので、どしつ〳〵といふ響《ひゞき》が強くなつて、お芳も下を向いて了つてゐた。

彼れは心に微かな喜びを感じて飯場へ帰つて行つた。

山蔭に日がかくれると家の中は早くから薄暗くなるので坑夫等は往還に出て子供のやうな戯れに耽つてゐた。陽はまだ沈み切らないので空は明るく大気は暖かだつた。石井も長屋の前をぶら〳〵往来してゐたが、ふと前高の家の前に立ち止まつて中を覗いてみた。夜を日にかへた眠《ねむり》から覚めた前高は、薄ぼんやりした顔をして火鉢の側に坐つてゐた。お芳はまだ仕事衣の儘で夕餐の支度をしてゐた。

『之れから晩飯か』と云ひながら石井は中へ這入つた。

『晩飯だか、朝飯だかよ』と前高はがつかりした声で言つた。向ふをむいて野菜を切つてゐたお芳は振りむきもしなかつた。石井が上り口に突つ立つてゐるので前高は

『まあ上つて茶でも飲んでけよ』と火鉢の側へ薄い座蒲団を押しやつた。

家の中はもう暗くなつてゐた。石井は昨夜の事を思ふてふと

見やつたが、何にも知らない前高は下を向いて、鉄瓶の湯を急須に注いでゐたので、気軽くなつた彼れは

『どうだいこんだの仕事場あ随分滴《しつ》るだらう』と訊いてみた。

『滴るつて兄弟、全で滝のやうだ。三の番ぢや外へ出たつて太陽《おてんと》さまあなしよ。焚火をすりや危ねえつて怒られるし、帰つてくると身体《からだ》中氷みてえだ。昼間あ寝られねえもんだから稼ぎもみんな水よ——あゝ全くやり切れねえ』と泣くやうな顔をした。石井は別に可哀想とも思はなかつた。それよりも彼れは働いてゐるお芳の手元に気をとられてゐた。

『三の番は全くいやだなあ』と思ひ出したやうに云つた。支度が出来るとお芳も上つて来て

『石井さんは一の番でいゝねえ』と云ひながら膳ごしらへをしてゐた。

『おれたちや昼間だつて夜だつて同じ事よなあ兄弟』と石井は薄笑ひをして前高の顔を見た。

『人なんか何《ど》うだか知らねえけど、俺《おら》あ死ぬ程いやだ』と云った勢《いきほひ》のない声は、薄暗い部屋の中に消えて了ひさうだつた。お芳は起《た》つて洋燈《ランプ》に火をつけた。狭い部屋は急に明るくなつた。前高の後から女は『早く帰つて』と言ふやうな目配ばせをしたので

『さ俺もいつて飯を喰はう』と云つて石井はたち上つた。

『一杯つきあつて行かねえか』と前高が止めたが

『俺は飯場で盛つ切りをやつた方が好いや』と言つて石井は外に出た。四辺《あたり》は柔かな薄闇がとぢてゐた。彼れは幸福を感じて歩いた。

その夜も更けてから、彼れは又お芳のとこへ行つた。お芳はもう昨夜のやうに泣きもしなかつた。両隣の家とは羽目一重で劃《しき》られて、鴨居は行き抜けてゐる部屋の中では、大きな声で語り合ふ事も出来なかつた。蒲団を被つてお芳の耳に口を寄せて

『俺《おら》あ真剣にお前《かあ》が可愛いゝんだ。此んな事をしたつて怒つてくれんな』と云つた。お芳は黙つて石井の為すが儘になつてゐた。

石井はお芳の事計り思ひ続けるやうになつた。初めて知つた恋は彼れには苦しいものだつた。眠る間さへない隠れた歓楽に耽る夜が続いて、彼の顔には激しい疲れと衰への色が現はれた。然しその目や眉にをどつてゐたとげ〳〵しい影は消えて何処かに優しさが浮んでゐた。——目付《めつ》かつたところで暴れてやる丈《だ》けだ——と思つてゐたやうな、猛々しい気は失せて、お芳の為に息をひそめて猫のやうに用心深く歩くやうにもなつた。

坑夫の仕事時間が交替になる日の前夜だつた。いつものやうに晩《おそ》くなつてから彼れはお芳のとこへ行つた。お芳はもう蒲団を被つてゐた。彼はその枕元へ坐るとほつと息をついた。むく〳〵と夜着を動かして女は目から上だけ出して彼の顔を見た。彼れは思ひ切つたやうに沈んだ声で言つた。

『なあお芳さん、明日つから前高が二の番になりや当分かうや

つて会へねえんだけど、俺あ考へると寂しくつて——つまらなくつて——なあおい俺と一緒に逃げて呉れねえか』

　それは女には思ひがけない事だつた、お芳は聞いている中《うち》に身体《からだ》をぶる〲慄はせた。

『まあ——そんな怖い事が』とひつつるやうな声でやつと言つた。

『なあに、何にも怖ねえ事ああありやしないよ、近所の山にゐて工合が悪けりや北海道だつて台湾だつて、俺達の働く山は沢山あら、前高ぐれえ追つかけて来たつて、俺あんな奴に指でもさゝせやしねえ。安心して一緒に行けよ』彼れは只お芳一人が欲しかつた。それが為なら何《ど》んな手段も苦痛もいとひはしなかつた。一日でも二日でも——それから後はどうならうと——事情も結果も思ふ暇さへないのであつた。

　そのときお芳は嵐のやうな恐怖に襲はれてゐた。寝てゐる事も出来なくなつたのでそつと起きて坐ると、蒲団の中に突伏しておろ〲泣いた。お芳の為に石井は懐かしい恋人ではないのであつた。物凄い力にひた圧しに圧しつけられて胸苦しい幾夜さかを過しはしたものゝ、憎くもない前高を捨てゝ逃げるやうな気にはなれなかつた。けれども、いやと云つたら一と挫《し》ぎに殺しかねもしない、獣のやうに荒い男の力がひし〲と身に伝はつてくるやうに感じるので、頭に中は恐れと嘆きに石のやうに固まつてしまつて、身体ばかり震はせて声さへろくに出せないでゐた。

『なんとか云はねえか。えゝ、黙つてんないやだからか』と石井は又低い沈んだ声でさゝやいた。

『え、おい』と肩口を突かれたので、お芳は涙に濡れた、おど〲した目をあげたが、火のやうに燃えてゐる石井の目に出逢ふと、直ぐに顔を伏せて了つた。

『かうしてゐたつて又会へるぢやないの、私にやそんな怖い事は出来ないもの』しばらくたつてから、震へ声でお芳はやつと言つた。女の卑怯たらしい言葉を聞くと、石井の怒《いかり》は破裂しさうになつた。手足はびり〲慄へて、眉毛も顳顬も烈しい痙攣にびく〲動いてゐた。お芳はできる丈《だ》け身体《からだ》を固く縮めて微かな苦しい息をついてゐた。——

『お前も随分不貞腐れ女だなあ、前高一人を大事にもしなけりや、俺と逃げる事も出来ねえなんて、かまはねえから俺大声で怒鳴り出すぞ』と怒りに慄える声で石井の云つたのが、お芳の耳にはもう大声で怒鳴られたやうに響いて氷のやうな恐怖がその背筋から全身に流れた。——羽目一重の上は鴨居が行き抜けてゐる此部屋で、少し大きな声でも出されて近所隣りにそれが聞えたら、二人とも簀巻《すまき》にされるか打殺《ぶちころ》されるか——何《いつ》れ無事では済まないと思ふと、お芳はどうして好いか判らなかつた。蒲団に顔を当てた儘、声を呑んで身もだへして泣いてゐた。石井はそのぶる〲震へてゐる後髪のあたりを射すやうな鋭い眼で睨んでゐた。

『あゝ、手前みたいな根性骨の腐つた女と心中したつて初まらねえや、かうやつてやらあ畜生ツ』起き上りながらお芳の背中を力任せに蹴飛した。鞠のやうに転つたお芳はその儘苦しさうに泣き続けてゐた。

『畜生ツ――此の位のこつちや――む――』突立つて唸りながら睨んでゐたが『覚えてろ』と云ひ捨てると土間に降りて外に出た。彼れの頭の中は旋風《つむじかぜ》の吹き廻るやうに掻き乱れてゐた。闇の中を吊り上つた眼を据ゑて睨みながら、我むしやらに歩いて行つた。

真暗な足下もろくに見えないやうな凸凹《でこぼこ》な山道を、彼れは無茶苦茶に歩き廻つた。――暗碧の空には無数の星が冷たく光つて、真黒な高い山は黙々として脅かすやうに闇の中に聳えてゐた。更けた夜の冷たい大気が絶えず彼れの熱した頰を冷やしてゐた。

怒りの頂点に達した瞬間には、塵一つ惜しい物もないと思つた彼の心にも、やがて燃えさかる焰を消す水のやうに、云ひ知れぬ寂しさが滲んで行つた――彼れは今日の夕方までもお芳が一緒に逃げると云つて呉れたなら、今夜の中《うち》にも支度して此の山を脱走しようと思つてゐた。お芳を伴れて歩く放浪の楽しさを胸に描いた丈《だ》けでも、その心は喜びに跳《をど》つてゐたのに――美しい幻も残ることなく消えて了つた今は、たゞ遣る瀬ない寂寥と悲哀ばかりがその心を痛ました。出来る丈け多勢の人と争つて、身体が鱠《なます》になるまでも闘つて見たいやうな気も起つた。また自分の口に爆発薬《はつぱ》を咥へて火をつけて、むづつく身体を粉粉に吹き飛ばして了ひたくも思つてゐた。

夜明け近くまで狂人《きちがひ》のやうにうろつき廻つてから、彼れはやつと飯場に帰つたが、遂に一睡もしなかつた。朝起きたとき彼の顔は凄い程青くなつてゐた。凹《くぼ》んだ眼は真赤に充血して、眉の上には抉《えぐ》つたやうに深い皺がよつてゐた。彼れはその日からお芳に出逢ふと、憎悪に充ちた目で射抜かうとするやうに烈しく睨みつけた。お芳は彼の鋭い目を恐れた。遠くからでも彼の姿が見えると物影に身をかくすようになつた。

四

みすぼらしい山桜の花が散つて、山の春はあはたゞしく過ぎて行つた。その晩春の名残を彩る山躑躅《やまつゝじ》は夕陽のやうに赤く青葉の中に燃えてゐた。若葉が放つ精気の強い香は木立の中に充ち渡つて、若い坑夫等はてん〳〵にこだはりのない放浪を夢みるやうになつてゐた。夕暮になると村境の峰には此処の飯場へ一宿を乞ひに来る、浪人の姿がきつと見えた。それは一人者が多かつたが、中には若い女房を連れた者もあつた。

飯場にゐる若い者たちも、春の誘惑にたへないやうに暇を取つては当てもない旅に出て行つた。借金の多くある為に暇を取る事の出来ない者は、夜更けてから他人の着物を盗つて着てそつと脱走する者もあつた。飯場にゐる者の頭数は殖えていたが、その顔ぶれは余程変つた。夜になると彼等は暗い洋燈《ランプ》の下に集まつて、雪の解けた北国の山や、空の碧い南国の新しい山の噂をして、旅好きの血をそゝらせてゐた。けれども石井の顔はいつもそれ等の人々の群の中には見えなかつた。

お芳を失つてから彼の心の荒《すさ》みかたは、だん〳〵烈しくなつていつた。暖かい日の照る間《あひだ》は裏山に登つたり、旧坑の前の谷の上に寝転んで、孤独の時を過してゐたが、飯場にゐると、いつもぶり〳〵怒つてゐた。少しでも気に触れば火のやうになつて怒るばかりか、どんな危険な事をも仕出かしかねないので、誰れも彼れには近づかなかつた。彼れは多勢の人の中にゐながら、彼の周囲はいつも冷たい孤独と沈黙が取りまいてゐた。

日を浴びた大地が温《ぬく》みをもつて暖かい吐息をつくやうになると、森蔭や谷間にひそんでゐた、大きな青大将や精悍な蝮の気味の悪い姿が、よく人の目につくやうになつた。石井は人の嫌な蝮を平気で捕へては好んで喰つた。彼の目に触れるのはどんな敏捷《すばや》い毒虫にも悲しい最後の運命だつた。午休みの合間にも仕事から上りしなにも彼れは根よく叢を探しまはつた。鋭い眼をした銭形のある虫の姿を見出すと、何の恐れ気もなく彼れは素早く圧へつけて、小さな焔のやうな舌を吐く口元から、直ぐに二つに割《さ》いて終つて、執念深い虫が赤身にむかれた身体《からだ》をいつまでもぴく〳〵動かせてゐるのを、彼れは平気でぶら下げて見張の前に湧いてゐる清水まで持つて来ては洗つてゐた。日の光に透して見ると皮のない虫の身体が瑪瑙のやうに美しく光るのを、彼れは楽しさうに眺めてゐた。目の悪い坑夫や、脾弱《ひよわ》い掘子が寄つて来て

『兄弟俺に眼を呉れよ』

『すまねえけど胆《きも》をおくんなんしよ』

などゝ云つては、まだ動いてる胆や、くり抜かれて可笑しく二つ列んで光つてる眼を呑んでゐた。皮は傷薬になると云つて誰かゞ大切に拾つていつた。彼は傍の岩に腰を下すと、まだ動いてゐるやうな肉を生の儘むしや〳〵噛り出した。或時東京から来た事務員が驚いて

『石井、そんなものが甘《うま》いのか』と訊いた。

『こりやお前さん鮪の刺身よか甘いんだよ、だけど此奴で酒を飲むと、あたるつてえからいけねえけど――少しやつて見ますかね』と千切つて出した。

『石井の兄弟は余り蝮ばかり喰ふもんだから、気が立つていけねえんだ』と坑夫等は噂してゐた。

晩春の沈欝な日が続いた。空には鼠色の厚い雲が重く圧《お》つ被《かぶ》さるやうに浮んでゐた。単純な労働者等もわけの判らない物思ひに耽つてゐたが、石井の顔には取り分け云ひ難い苦悶の色が浮んでゐた。彼は裏山に登つて見ても鈍色《にびいろ》の雲がすぐ頭の上から果てしなく続いてゐて、野も山も只けだるく息苦しいやうに見えるので、頭の中までその重い雲が拡がつたやうに、どんよりとした物憂さを感ずるばかりであつた。自分の身体一つを持て余した彼れは、病人のやうな顔をして、薄暗い飯場の汚れ畳の上に転がつて、長く伸びた髪をつかんでヂツと目をつぶつてゐた。

彼れの周囲にも屈託顔をした坑夫が七八人、ごろ〳〵寝てゐた。

『あゝあ、稼ぎにやならねえし、借金《さがり》にやなるし全くいやになつちまうな、——脱走でもしなきややり切れねえや』と誰か生ぬるい声でつぶやくやうに言つた。

『まつたくよ、此頃の銭にならねえつたらほんとに酷いな、そのくせ鉱《かね》は随分出るんだけど』向き合つて寝てゐた男が、勢のない声で合槌を打つた。

『なあに、鉱主が一人でうまくやつてるのよ、手前が儲けせへすりや好いもんだから、岩が堅くなるのに間代《けんだい》を下げやがるし、鉱石は矢釜《やかま》しい事ばかり云やがるしよ、癪にさはる事ばつかりだ』

『ストライキでもやらねえかなあ』と誰か云つたので、皆が笑つた。石井はそのときまで黙つてゐたが

『おい皆なもう下らねえ愚痴は止せよ、俺あ聞いてる丈《だ》けでも頭が痛くなら、お前達や意気地なし野郎ばかりだから、ストライキでもやらねえかなあ、なんて人ばかり当てにしてやがら、——株つたかりがよく揃つてら』と大きな声で我鳴《がな》つた。

『だつて兄弟、お前にやつてくれつて頼みやしねえよ』と沈んだ声の男が言つた。

『俺に言はなくつたつてよ、そんな事を言つてるひまに三番鑿でも担いで見張へ行つて掛け合つて来い、それが出来なきや黙つてろつてんだ——下らねえ』

『何もお前、愚痴を云つたつて俺達の勝手ぢやねえか』

『いけねえツ、俺あ愚痴《おら》を聞くなあ大嫌ひだから止せつてんだ、それでも云ひたきや俺と喧嘩しろツ』と彼れは突然起き上つた。然し誰れも相手になる者はなかつた。いやな顔をして苦笑しながら

『まあいゝや、お前一人で威張つてろよ』と誰か云つたがそれきり皆黙つて了つた。やがて一人減り二人減りして皆何処へか出て行つて了つた。石井は

『畜生ツ、面あみろ』と怒鳴つて又仰向けに転がつた。泣き出しさうな空が暮れて、燈《あかり》の点く頃までも彼れは身動きもせずに寝転んでゐた。出て行つた人達が帰つて来てからも、誰もいやな顔をして黙つてゐるので、そこにも重苦しい沈黙が漂つてゐた。

快く晴れた日であつた。仕事から上《あが》ると彼れは直ぐ湯に這入つた。温い液体が毛孔にしみ込んで行くと、疲れに凝つた筋は伸びて、冷えて鬱血した血はゆるやかにめぐり始めた。湯から出ると彼れは衣服を片手に下げて裸の儘、晩春の午後の陽を浴びて澄みちぎつた空を見上げたとき、その心に微かな喜びが湧いて来た。——珍らしくも人懐かしい思——彼れは、誰かと笑ひ興じて話をしたくなつたが、萩田のゐない間は飯場にも長屋にも誰れ一人話相手はゐなかつた。

飯場に這入ると彼れは棚の上から行李を下して、新しい銅山《どうざん》

筒袖《つゝぽ》や腹掛《はらがけ》や半袴衣《はんずぼん》を出して身に着けた、乾いた跣足足袋《はだしたび》をはいて外に出ると彼れは身も心も軽々と浮くやうに思つた。――下の村には甘《うま》い酒も白粉《おしろい》をつけた女もある――彼れはそこに行かうと思つてゐた。

しばらくしてから彼れは青葉に囲まれた山道を快ささうに歩いてゐた。茅小舎から二三町下の岩の間から、此の山の銀明水と呼んでゐる綺麗な水が湧き出てゐる。潔癖な坑夫の女房達は四五町の道を通つてそこまで水を汲みに来るので、彼れは道々、手桶を湛へた水の面《おもて》に大きな草の葉を浮かばせて、重さうに提げて行く女に出会つた。

『重さうだな、さげてつてやらうか』と笑ひかけた。

『石井さんに頼むと後がおつかねえからね』と女達は笑つて行き過ぎた。

『ばかあ言ふねえ――あはゝゝ』と面白さうに彼も笑つてゐた。

凸凹した岩の間《あひだ》に灌木の生ひ茂つた崖道を過ぎると、そこには広々と続いた雑木林があつた。そのあたりは、両側に連《つらな》る山も低くなつて遥かに隔たつてゐる為に、青葉の深い林の中にも明るい光が漲つてゐた。林のずつと奥からは山から来る小川をせゝらぐ音も聞えたが、年毎《としごと》の洪水に拡げられた河原には、若草が一杯に勢《いきほひ》よく蔓《はびこ》つてゐた。

彼れは道端の細い竹を折つて無暗に振り廻して歩いた。蔓草の大きな葉が目につくと、力をこめて打つて見た。竹がひゆーツと鳴ると、葉は鋭い刃物で切られたやうにひら〳〵と落ちた。彼は又大きな声で唄ひ初めた。――林の奥に響く反響《こだま》は彼と歩調を共にしてゐた――林の端れまでくると、蒼空の下に村へ越える峠の道が、青草の中に黒い線を引いてゐた。

その峠の頂きに登ると下の村はもう手に取るやうに見えた。左に小高い丘の上に建てられた事務所の白壁が、夕近い陽を浴びて光つてゐる。働きに来てゐる女達の冠つた白手拭もちら〳〵見えた。遠く福島境の連山も霞んだ大気の中に長く続いて、いぶしをかけた銀のやうに光る那河川の流れは、遠くの森や野の間にそのゆるい姿を隠見《いんけん》させてゐた。

峠の下には此の界隈でたつた一軒の茶屋があつた。足袋はだしの彼れはわざと入口から這入らずに、そのわきの崖を下りて川に臨んだ座敷の方へ廻つて行つた。火鉢のはたに閑らしい顔をして坐つてゐた女達は彼の姿を見ると

『をやいらつしやい』と笑つて愛想よく迎へた。

石井が座敷に上ると遊んでゐた女達は三人とも出て来て彼の相手をした。肥つた丸顔の団子鼻《だんごばな》の女の名はお金《きん》であつた。瘠《や》せた二人はお千代にお花と名前丈けは美しかつたが、どれも青ざれた生気のない顔をしてゐた。石井は平素《ふだん》とは全《まる》で別の人のやうに、面白さうに話して笑つてゐた。川向ふの山の新緑の梢を渡つた風がそよ〳〵と部屋の中まで訪れた。女達も酔つてくると声を揃へて歌つた。お花は立つて踊り出した。唄ひ疲れると運んで来た肴をむしや〳〵貪り喰つてゐたが、何も彼も楽しさうに彼れは眺めてゐた。

『山から随分遊びに来るかい』と石井がきくと
『え丶毎晩大てい二三人――ね』とお金は二人を見ながら云つた。

『ぢや随分兄弟分が多いわけだな』

『ふゝん』と笑つてからお千代が『だけどあなたはちつとも来ないわね、あの取立てのとき一寸《ちよ》いと来たんでしよ――あなた何んて云ふの――お名前は』と甘えるやうに云つた。

『来たくつたつて肝腎なものがなくつちや来られねえぢやないか、俺あ石井つてのよ』

『あら、あなたが石井さん！』とお花が頓狂な声を出したので、皆な顔を見合せて笑つた。

『何が可笑《をか》しいんだ』と石井は妙な顔をした。

『だづて山から来る人だつて村の人だつてみんな石井さんて人は恐い人だつて云つてるわ』とお千代が云つた。

『なにおつかねえ人なもんか、こんなに優しいぢやねえか』と石井はくすくす笑つた。

『ほんとねえ見たとこ丈《だ》けは』とお金は云ひかけてから『これからちよいちよい来て頂戴』と妙な目つきをした。

『それやお前可愛がつて呉れさへすりや』

『えゝえ、皆して命の続かない程可愛がつて上げてよ』とお花がまた大きな声で云つたのでみんなが笑つた。

　日は静《しづか》に音もなく暮れていつた。山間《やまあひ》の木立の蔭から湧く夕闇は、川面《かはづら》をこめてやがて座敷の中にまでそろ〳〵よせて来た。前の山の頂きに登つた月は、柔かな靄にうるんでゐた。――一座はふとしめやかになつた――が年量《としかさ》のお金が起つて料理場の方から、明るく磨いた洋燈《ランプ》をさげて来たので、一同《みんな》は元の陽気に帰つて騒ぎ出した。

　表の入口から客らしい声が聞えて、二階へ登る足音がしたので、目元の赤くなつたお千代とお花が起つて行つた。

『どら、邪魔になるといけねえから、俺けへるとしよう』と石井は支度を始めた。

『今夜泊つてつたつて好いんでしよ、ね』とお金は馴れ〳〵しく止めた。が酔つた女のしどけない姿を見ると彼れは何だかいやになつた。

『初めつから余り可愛がられると病みついていけねえから、まあ、勘定書《つけ》を頼ま』

『うそ、お前さんきつとお千代さんが好《よ》かつたんだろ』と云ひながらお金は立つて行つた。書き付けを持つて来た時は石井はもう足袋を穿いて外に立つてゐた。

『ほんとにまた近い中に来て頂戴。お千代さんを取り持つてあげるから』と金を受取りながらもお金は喋舌つてゐた。

『お前が一番可愛いんだよ』

『ほんとにうまい事を云ふよ此人《このひと》は』て背中を叩いて『ほんとにね、さよなら』

『あはゝゝ』と笑ひながら石井は崖を登つて往還に出た。

夏近い夜の大気はしんめりと暖かだつた。彼れは直ぐ山に帰るのも惜しいやうな気がしたので、村道をぶら〳〵歩き初めた。少し行くと右側の崖は急に深くなつた。闇の漂ふ底の方には水の面に月の光が砕けてゐた。左は一段小高い畑が目路の限り遠く広がつて、その真黒な土に植ゑられた野菜や煙草の青い葉も、遠くにぼやけた暗い森も、たゞしめやかに息づいてゐた。飛び〳〵に立つてゐる百姓家も、その白壁に月を宿して、薄黒い茅屋根はぼんやりと霞んでゐた。

　村道の片側には駄菓子や酒を売る店もあつた。障子に明るく火影の射した店は次郎と云ふ百姓が、野良仕事の片手間に床屋を営む店であつた。次郎はまだその外におすがと云ふ六十近い婆さんの男妾《をとこめかけ》までしてゐたが、四十近い頓間な顔に狐のやうな狡猾さを持つてる男であつた。

　石井は平素から次郎を憎しみ卑しんでゐた。彼は男妾と云へば強盗より醜いものと思つてゐた。いまその家の前まで来た時、彼れはふと、障子にはめた硝子をすかして中を覗いてみた。広い土間には大きな明るい洋燈《ランプ》が吊してあつて、椅子は隅の藁束を積み上げた側に寄せてあつた。婆さんが留守と見えて次郎は一人して膳に向つて、大きな茶碗を持つて晩飯を喰つてゐた。石井は、渋紙色をした間抜な顔で、締りのない口がぱく〳〵動いてゐるのを、腰を屈めて何かを狙ふやうな形をしてヂツと睨めてゐたが、酒にそゝられた荒い血が激しく彼れを衝き動かした。妙な意地悪い笑ひをその顔に浮べると、突然《いきなり》手を障子にかけて力一杯引き明けた。戸は凄まじい音を立てゝ走つた。明りは暗い道にさつと流れ出た。彼れは土間に這入ると同時に

『やい、次郎ツ』と鋭い強い声で怒鳴つた。熱心に飯を掻き込んでゐた次郎は、身体《からだ》をびくつとさせると、茶碗と箸を持つた儘機械のやうに突つ立つたが、入口の方をすかし見てから、やつと

『なんだな、次郎に何か用ですけえ』と言つた。

『用だから呼んだんだ、俺の頭を刈れ』と石井は土間の中程へ進みながら、命令するやうに云つた。次郎の眼に石井の姿が明《はつ》瞭《きり》わかると

『何《な》つ事《こ》つた此の金掘が、われ酔つてるだな』茶碗と箸を持つた手をぶるぶるつと慄はせながら叫んだ。石井はその乾からびた皮の下に汚れ腐つた血をつつんでゐるやうな顔を見ると、頭の中が焼き鉄《がね》のやうに熱して了つた。血に餓ゑた彼の目はぎら〳〵と凄く光つた。

『生意気云ふな此の芋掘りの男妾め』と飛び付きさうな風を見せた。

『何いふだ此の命知らずが、俺の棒で片輪にでもされてえか』と茶碗と箸を叩きつけた。土間に当つた瀬戸物は滅茶〳〵に砕けて飛んだ。――寝呆けたやうな次郎の顔も蒼くなつて、額には蚯蚓《みゝず》のやうな太い筋が現はれた。――変に武張つて湿《うるほ》ひのない気風の此辺《このへん》の村人は、誰れも棒の一手位は知つてゐた。分けて次郎は平素《ふだん》から自分を棒の名人と思ひ込んでゐるのであつた。

——長押にかけた六尺棒を取ると次郎は土間に飛び降りて振冠つたが、石井はその時既に逆手に握つた匕首を後に隠して身構へてゐた。次郎は呼吸をはかるやうに可笑な身振りをしてゐたが、石井は猟犬のやうに素早くその手元に飛び込むと、弱腰に抱きついて仰向けにうむと倒れた。それは次郎には全く思ひ掛けない事だつた——、棒を持つた両手を広く拡げた儘、丸太のやうに折重つて倒れた。石井は匕首をその臂《ひじ》に力任せに突きたてたので噴き出す血汐は見る間に田舎縞の汚れた着物に赤く滲んだ。『人殺しだ——助けてくれよ——』と起きも得ないで次郎は太い悲鳴を揚げた。

　石井は素早くはね起きて、蟇《がま》のやうにへたばつてゐる次郎の顔を、土足に力を込めて踏みつけた。蒼くなつた頬にぶざまな黒い泥形がついた。が、また大きな口を開けて『人殺しだよ——』と怒鳴つて手足ばかりばた〱させた。『矢釜しい。此の男妾の畜生野郎、口惜しかつたら魂でも入れかへて仕返しに来い』と云つて、丁度子供が虫でも殺したやうに、唾をぱつと吐きかけてその儘戸外《そと》に飛び出した。彼れは山の方へ一散に走つた。月を浴びた影は地上に黒く跳《をど》つて行つた。

　村と山の中頃まで来た時には、身の軽い彼れも稍息の切れるのを感じた。なだらかに開いた山裾の木立の影に腰を下して、ほつと息をついた。月を仰いで蒼くなつた彼の顔には、凄惨の気が漲つてゐた。彼れはせはしい呼吸を押しつけて二三度大きく大気を吸ふと漸く気が落ちついてきたが、身体《からだ》一杯にかいた汗の為に着物のべとつくのが心地悪《あし》くなつた。腹掛の胸のあたりが殊に濡れてゐるので、こすつて見るとぬるつく冷たい手触りがして、固まりかけた黒い血がべつとりついてきた。蒼くなつて倒れた次郎の顔が、ふと彼の目に浮んだ。そしてあの傷の為に今頃は死んでゐはしないかと思つた。今頃あの家に百姓が大勢集まつてゐるだらう——後から自分を追ひ馳けて来る者もあるだらう——と思ふと彼れは急に立ち上つて見た。が、見ゆる限りの山路《やまみち》には、木も草も岩も海のやうな青白い月の光の底に、静かに横たはつてゐるばかりで、人らしい影は見えなかつた。彼れはまたふと腹掛の丼《どんぶり》に手を入れて見た。今日山から出る時に、気が向いたら魚でも取つて見ようと思つて持つて来た爆発《はっ》薬《ぱ》が、雷管も導火線もつけた儘二本あつた。

『追つかけて来やがつたつて、こいつに火をつけて投げりや百姓達は驚いて逃げ出すだらう』と思ふと安心してまた腰をおろした。

　月は、果てしない空を静《しづか》に歩んでゐた。夜露にぬれた草の葉はしつとりと輝いてゐた。薄緑《うすみどり》の明るい空に透して見える——峰一つ向ふには飯場のある——山の頂《いたゞき》の毎日見つけた一本松は、くつきりと際立つて黒く見えた。大浪のやうに揺れてゐた心が静まつて行くと共に、彼れは淡い寂しさと悲しみの中に沈んで行つた。

　彼れは日頃から嫌ひな次郎を切つた事を思ふと、胸に蟠《わだかま》つてゐたもや〳〵した想ひが、溜つた膿でも押し出して了つたやうに、溢れ出た後の清々しい快さを感ずるのであつた。けれども若し次郎があの儘死んだなら、幾ら逃げてもきつと捉まるだらうと思ふと、また暗い不安に襲はれた。彼れはまた今日の夕方人懐かしい想を抱いて山を出た事を思ふと、僅かな時のへだゝりの間に此んな事を惹き起して、何処へ行つても結局は血を見るやうな事に終らなければ止まない、荒々しい自分の性質を悲しむやうな気にもなつた。――激しい怒《いかり》の後に襲つてくる寂しさが彼の心を暗く冷たくしていつて、その頭の中は妙な物悲しさで一杯になつて了つた。――

『どうせ打突《ぶつゝ》かるとこまで打突からなきや納まりがつかねえんだ』と彼は強て圧へつけるやうに諦めて見た。そしてこんな不自由な山奥でつまらない日を送るのも、暗い牢屋で暮すのも大した変りはあるまいと思ふと、何《ど》うでもなるやうになれと云ふやうな捨鉢の気も起つて来た。

胸の動悸が納まつて汗が冷えると、肌寒くなつたので彼れは起き上ると今度はゆつくり歩み出した。道端に生えた草も、薄明い夜の空も、峰の松も、――今夜は分けて懐かしかつた。茅小舎から洩れてくる弱々しい火影も、優しい光のふるへのやうに彼の目に映つてゐた。

山に帰つて彼れは真暗な納屋にそつと這入つた。そこには薪《たきゞ》や漬物が乱雑に押込んであつた。血だらけの腹掛を脱ぐと、手さぐりで漬物樽の後にかくしてから、素裸になつて風呂場に行つた。幸に誰れもゐなかつたが湯は垢と油汗でどろ〳〵に臭くなつてゐた。彼れが手足を洗つてゐる時下の方から人の来る気勢が段々近づいて来た。彼れはきつと誰か村からあの騒ぎを知らせに来たのだと思つた。それは果して村にゐる掘子が二人、萩田のとこへ来たのであつた。掘子等は萩田を呼び出すと何かこそ〳〵立ち話をしてゐたが、直ぐにまた村の方へ駆けて帰つた。石井が湯から出ると萩田は

『おい兄弟、ちよいと来てくれ』と自分の居間に呼び込んで膝近く坐らせて

『お前また村で何かやつて来たな』と低い声で云つた。

『うん、俺あ次郎といざこざやつて打つ切つて来たけど、もうちやんと覚悟しちやつてるから、兄貴余り心配しねえでくれ』と石井は平気な顔で言つた。

『何にもそんなに早く覚悟する事あねえさ、今掘子の話ぢや、何でも次郎の傷も深かなし、警察へも未だ届けてねえつて言ふから、俺之れから行つて話をつけてくるけど――本当に兄弟、ちつと気をつけてくれよ――お前の事ぢや始終俺んとこへ色んな事を云つてくる奴があるんだけど、お前の気は判つてゐるから鼻であしらつて追つ帰して、お前にや聞かせずにゐるんだからな』

『兄貴にや全く済まねえけど、こりやもう俺の病だな――まあ勘弁しといて呉れ、俺あ自分でも時々――苦しくつてやり切れ

なくなるんだ』

『まあ後でゆつくり話をするとしよう、兎に角俺が行つてくるまで、お前がこゝにゐて外の奴に聞えるとうるせえから、工藤の兄弟の家へ行つてゝくれ』と言つて、萩田は支度をして出て行つた。

確《しつか》りした足取を運びながら萩田は石井の事を考へてゐた。その悶へてゐる心持を能く知つてゐる彼は、石井が能く争ふのも決して無理ではないと思つた。が明日になつて此事が知れ渡れば、今度は仲間の者より見張の役員等が騒ぐだらうと思つた。勝れた腕を持つてる石井の事だから、此山を解雇されてどこに行つても威張つて通れる身ではあるけれど、その放縦と残忍に近い粗暴の性質が余りに能く知れ渡つてゐるのを気遣つた。坑夫に優しい吉田に頼んだら何うにか取り做して呉れるかと思ふと――明日は早く起きて朝の中《うち》にそつと話して見ようとも考へた。――

雑木林の中には新緑の梢を洩れた月の光が、地上に淡くゆらいでゐた。細い立木の間《あひだ》には夜の靄《もや》がうつすらとめぐつてゐた。

『あゝあ、俺でさへ時々はいやになるんだからな』と彼はふと口走つた。実際彼れも窮屈な飯場頭なんか止めて、思ひ切り喧嘩でもぶちまくつてやらう、かと思ふ事は度々あつた。

『下らない屁みたいな奴が百人ゐたつて何にもならないんだ、石井一人を助けておく方が余程いゝ』と思ふと、彼れはまた足を早めて歩いた。

次郎の家の広い土間には、村の若い衆が多勢集まつて、寝てゐる怪我人とは別の事のやうに酒を飲んで、無暗に昂奮した事をがや〳〵喋舌り合つてゐた。萩田のはいつて来た姿を見ると、皆ぴたつと黙つて目ばかり光らせた。枕元に坐つてゐたおすが婆さんは萩田の顔を仇のやうに睨めた。

『石井が暴れて飛んだ気の毒な目に遭はせたつてな、工合はどうだね』と萩田は上り口に腰をかけながら、底力のある声で言つた。

『頭まあ』と婆さんは一寸会釈してから『石井つて人は、はあ、なつたひでえ人でやんすべえ、俺《おら》が家の次郎は今迄村の衆とだつてはあ、一度だつて喧嘩なんかした事はねえでやんすよ、――誰にでも聞いて見なんしよ』と立て続けに喋舌り始めた。気の短い萩田も仕方なしに『ふむ〳〵』と云つて聞いてゐた。けれ共その口から――次郎の傷のたいして深いものでない事も、村から二里もある駐在所には未だ知らしてない事も――直ぐに知れた。喋舌りたい丈け喋舌つたので婆さんの気色が稍和らいだところ、萩田は懐中から十円紙幣を一枚出して

『どうも全く気の毒だつたよ、俺あ別に石井が可愛つてわけぢやないけど、俺の飯場から不始末な人を出しちや事務所に俺の顔が立たなくなる訳だ、それに村の人にもこんなに集まつて貰つたんぢやさぞ物入りだろ、僅かで済まないけどまあこれを薬代に取つて内済《ないさい》にして貰はうぢやないか』と押しやつた。婆さんは

『俺とこぢやはあ、別に薬代をとらうたあ思はねえんだけど、それぢや折角でやんすから頂戴しときやす、之りやかへつてはあ』と押し戴く真似をした。萩田は土間の方へ向いて『村の衆にもとんだ騒ぎをさせて済みませんでした』と叮嚀に挨拶をした。

『なあに頭こそ夜になつてはあ、大変でやんしたろ』と口々に云つた。

『さあ頭、なんにもねえけど一と口飲んでつておくんなんしよ』と婆さんは禿げかゝつた膳の上に徳利と肴をのせて出した。が、萩田は

『おら、遅くなるといけねえから、又御馳走になりにくる』と辞退してから

『ぢや折角大事に頼むよ』と云つて帰りかけた。婆さんや村人等は

『どうもほんとに御苦労さまでやんした』と幾度も繰り返して言つた。

萩田が帰ると若い衆達は又酒を飲み初めて、怪我人の事などはまるで忘れたやうに夜更けまで騒いでゐた。

ほつと安心した萩田は、更けた夜の月を浴びながら気持よく山路《やまみち》を歩いて帰つた。

工藤の家にゐた石井をまた自分の居間に呼んで来て、村での事を話すと彼れは

『兄貴にや心配ばかりかけてほんとに済まねえ。けど、金なんかやると奴等癖になら』とまだぶり〳〵怒つてゐた。

『そんな事あどうでも好いぢやねえか、それよかお前は自分の病に気をつけろよ、此頃のお前は全くたゞぢやねえぜ』

『俺だつて兄貴、ちつとも怒りてえ事あないんだけど、ほんとに苦しくつて堪らなくなるんだ、誰の面《つら》を見ても癪にさはつてやり切れなくなるんだ、全く病気だなあ』と云つて石井は長く伸びた髪の毛をむしや〳〵摑んだ。

『だから自分で癒すやうにしろよ、また面白い芽の吹くことだつてあるぢやねえか』

『芽が吹いたつてどうするもんか、俺にやちつとも面白かねえや、俺あ退屈でやり切れねえんだ――一体どうすりや好いんだ――なあ兄貴――俺つまらなくつて手がつけられねえ』石井はその濃い眉を暗くさせた。

『何《ど》うせ人間は皆くたばつちまふんだから、大して面白い世の中ぢやないに違ひないけどよ――お前みたいに怒つて計りゐたつて仕方がねえぢやないか、それよか酒でも飲んだら面白く騒いで暮らせよ、え兄弟――』と同じやうな思に苦しむでゐる萩田は、さうでも云ふより仕方がなかつた。

『俺だつて今日は初めは気持が好いもんだから村へ行つて面白く遊んだのだけど、帰りに次郎の家の前まで行つたら――こう血が煮えくりかへるやうな気がしてよ――さうなると喧嘩でもしなきや、納まりがつかなくなるんだ、矢張り病気かなあ――あゝあゝ』と頭の後に両手を組んで嘆息した。

『嬶《かゝ》あでも持つて見ろよ、ちつたあ心持が違ふかも知れねえぞ』

『俺が嬶あを持つたら兄貴、擲り殺しちまわ』

『それぢや世話も出来ねえな、あはゝゝ』と萩田が笑ふと
『嬶あでも抱いてる夢でも見て寝てる方が安心だろ』と云つて石井も淋しく笑つたが
『ぢや御免』と暗い部屋へ帰つて行つた。

　翌朝、萩田は早くから起きて自分の居間の上り口に腰をかけて、表を見張つてゐた。前の塵《ごみ》だらけの道も麗《うらゝ》かな朝陽を受けて、美しく輝き初めた頃から、村から来る掘子や選鉱女の汚い群がぞろ〳〵通つた。それが途切れてしばらくしてから、いつも外の役員とは一人切り別になつてる吉田が、鳥打帽子を冠つて、脚絆草鞋をつけた洋服の肩をそびやかして登つて来た。萩田はいきなり飛び出して、『吉田さん〳〵』と呼び留めたが、後から来る人に見られると都合が悪いので
『一寸』と手まねきして飯場の後《うしろ》へ連れていつた。

『何だい、昨夜のこつたろ』と吉田は笑ひながらそこに立つた。

『えゝ、石井の野郎がつまらない間違ひをやりやがつたもんで――』と萩田は頭を掻きながら云つた。

『僕も今朝聞いたんだよ、また山口がぐづ〳〵云ふだらうと思つて道々考へながら来たんだけど――彼奴《あいつ》は村の娘を女房にしてるもんだから、ぢきに村の方を同情するからね』

『それに石井は平素《ふだん》から乱暴なので、見張で睨まれてゐるんですから、いゝ幸ひにやられやしないかと思つて心配してるんです。彼奴あ何しろ何処へ行つても嫌はれもんですから――あなたに頼んで何とか取り做して貰ひたいと思つて実あ――』

『あゝ好いとも僕が出来る丈《だ》けの事はするよ、薬代をやつたつて、君が立て替へたのか』

『あんなもなあ、災難にあつたと思やいゝんですけど、何にしろ石井は私を頼つて来たんですし、知つての通りの男ですから、何卒《どうぞ》一つ』と萩田はまた頭を下げた。

『やるだけやつて見るさ』と言つて吉田は萩田と別れて見張の方へ登つて行つた。

　午頃になつて見張では、松板を打つつけた卓子《テーブル》を囲んで事務員が六七人、石井の事で議論を初めた。一時は随分激しく言ひ合つたが、吉田の剣幕が余り鋭いので、有耶無耶の中《うち》に済んで了つた。

　その夜、石井は萩田の居間へそつとはいつて
『兄貴、ほんとに気を揉ませてすまなかつた』と手をついて礼を言つた。萩田は
『俺よか吉田さんが馬鹿に心配してくれたんだ、序《ついで》があつたら礼を云つといてくれ』と言つた。

『さうか、俺やまあ之れからうんと稼いで早く借金を返さなきや』と独言のやうに云つた。

『けちな事を言ふな、それよかなるたけ下らねえ喧嘩なんかしないやうにしてくれよ』

『ふゝん』と頸をちゞめて『でも気がすまねえもんだから』と、どつちつかずの事を言つてゐた。

　二三日過ぎて吉田が見張で宿直した晩であつた。晩くなつてから石井はそつと出て行つた。見張所の硝子《ガラス》は夜気にうるんで洋燈《ランプ》の火影が柔かに映つてゐた。中には吉田がぽつんと一人で何か本を読んでゐたが、這入つて来た石井の姿を見ると

『どうしたんだ今頃』とけゞんな顔をして尋ねた。

『今晩は』と石井は改めて礼をしてから『こなひだは大変心配して貰つて済みませんでした』子供のやうにつかへ勝ちに云つた。

『なんだわざ〳〵礼に来たのか、僕あふだんから奴等が余り鉱主におべつかしたり、村の奴ばかり気にしてるのが癪にさはるから云つただけさ、――わざわざ来ることなんかありやしないのに』と云つてから『だけど石井もうつまらない喧嘩なんか止せよ。立派なストライキでもやつた方が好いぢやないか』とじつと石井の顔を見つめた。

『吉田さんおらストライキぢやもうこり〳〵したんですよ、今だつて何も命が惜しくつていやなわけぢやないんだけど、あれをやる前だの最中にやさんざ人を煽てやがつて、お蔭でちつたあ楽になつた奴まで後になると、人をまるで仇みたいな目に逢はせやがる――間尺にあはねえより癪にさはつて堪つたもんぢやありませんや――何にしろ仲間が意気地なしの狡猾野郎計りだから何をしたつてとても駄目でさ、奴等がもつと確りしてりや坑夫だつて威張つて世の中が渡れるんだけど、しみつたれた了簡の奴が多いから――一生働いて馬鹿にされて、若死しちまふ――好い気なもんでさ』と云つて淋しく笑つた。

『ぢや当分、酒と喧嘩と嬶盗人《かゝどろぼう》か』

『その中《うち》にやどうにかなるでしやうよ』

『全くな、嬶《かゝ》でも取られるか、痛い目にでも逢はされなきやはつきりしないやうな――僕が見てさへ歯がゆい奴が多いから、じれるのも無理はないけど――萩田は随分お前の事を思つてるから、余り心配させるな』と吉田はしみ〴〵と云つた。

『俺もさうは思つてゐるんだけど、時々調子が狂ふんですね』と仕方なしに笑つてから『何《ど》うもお邪魔しました』と云つて静《しづか》に帰つて行つた。

『あゝあ』と吉田は両腕をぬつとあげて、大きな溜息をしてから外に出た。山の中腹に稲妻形につけた道を、鉱石箱を背負つて登り降りする掘子の持つたカンテラが、闇の中に狐火のやうにちらついてゐた。真黒な山に周囲をかこまれた底から空を仰ぐと、星ばかりいかめしく光つて――静まりかへつた夜の沈黙を、どこかの坑内でかけた爆発薬《はつぱ》の響が、一時に凄まじく破つたが、響《ひゞき》が消えると同時に死のやうな静寂に返つて来た。

『まつたく癪にさはるな』と吉田はつぶやいたが、見張の中へはいつてまた本を読んでゐた。

五

梅雨《つゆ》になつて、鼠色の空から雨は毎日根気よくじけ〳〵降つた。山の心まで滲み透つた水は真暗な坑内の岩の隙間から、滝のやうな音をたて、流れ落ちた。水にゆるんだ岩が音も立てずにすと〳〵と不意に落ちるので、それに打たれて負傷する坑夫が多くなつた。飯場にも長屋にも頭や足に繃帯を巻いて蒼い顔をして遊んでゐる者が沢山出来た。

暗い坑道から更に又井戸のやうに掘下げた竪坑《シャフト》の底から、上下に別れて掘進《くつしん》した洞敷の中などは、森に夕立の注いだやうに凄まじく水が滴つてゐた。

仕事場《きりば》交代の日であつた。その日は雨に洗はれて艶々と光る木の葉も、寒さうに萎れて見える程冷々とした気が全山《ぜんざん》を閉ぢ籠めてゐた。見張所前の大工小舎や鍛冶場の中にも、五六十人の坑夫がぎし〳〵と身動きも出来ないほど詰め込んで、仕事場《きりは》を定める籤《き》の出来るのを待つてゐた。石井は一人それ等の群から離れて、侘しい雨の落ちてくる灰色の空を見上げてゐた。

見張所の硝子戸がガタツと開いた音がした。待ちあぐんでゐた籤が出来たのかと、坑夫等の視線がそこへ集まつたとこへ、吉田が首を出して

『おい、みんなあ、洞敷は濕《しつ》りがひどいから一円の本番で鉱石を買つてやるけど誰かはいらないかあ』と大きな声で怒鳴つた。坑夫等はがや〳〵云ひ始めた。

『之れから先き長く使ふ身体《からだ》だ、ふやしちまつちやつまらねえ』

『金より身体が大切よ』とぶつ〳〵言ふばかりで誰れも進んで出るものはなかつた。

『俺が這入《はい》りませう』石井は雨をよけるやうに首を伸して下を向いて、大股に窓の下まで飛ぶやうに走つた。

『たいそう慾張り始めたな』と吉田が笑ふと

『薬代を返さなくつちやならねえからね』と小声で言つてから

『引立《ひつた》ては川上を押すかね、下《しも》ですかね』

『鉱石が多いから下の方を押してくれ』

『さう定《きま》りや俺あ仕事場《きりは》へ行つて見て来て置かう』と石井はカンテラを提げて坑口の方へ歩んで行つた。

『命知らずにや丁度好かんべえ』と小舎の中で誰かつぶやいた。みんな嘲笑ふやうな顔をして彼れの後姿を見送つた。

坑内にはいつて二三間行くともう水はぴちよ〳〵滴つてゐた。進むにつれてそれは漸々《だん〳〵》激しくなつた。岩の裂目から闇の中へ噴水のやうに迸つてゐる所などは、不意に顔を水で打たれる事もあつた。下水から溢れた水は小河のやうに坑道の岩を洗つて流れてゐるので、草鞋は重くなつて歩く度にじよぼり〳〵と冷たい響をたてた。――襟元に水が垂れると背中に流れ込むのが不快《こゝろわる》いので彼れは首をすくめて歩いた。

坑口から半町程進むと、片側の岩壁へ桝のやうに大きく四角に切り込んだ所があつた。太い松丸太の柱が四本立つた中程か

ら、冷たい光を放つ、鉄の巻き揚げハンドルが突き出てゐる――その下に、深い堅坑《シャフト》が真黒な大きな口を開けてゐた。――石井はカンテラをかざしてふと中を覗いて見てから、身を屈めて梯子につかまると、する〳〵と降り初めた。

闇は一層濃くなつた。手に持つたカンテラの光が、濡れた梯子のこまを照らしてゐるばかりで、上も下もたゞ限りなく闇が続いてゐるやうだつた。途中で梯子の向きの変る所は、厚い松板が渡してあつた。彼れはそこに立つてホツと息をつくと又下つて行つた。堅坑《シャフト》の底には岩を深く掘つた大きな水溜が作つてあつた。三四時間も汲み上げずにある水は溜の周囲に、膝につく程溢れて、空桶が大きな口を明けてぽかんと浮いてゐる――そこから、上下に別れて掘進した洞の中からは、ぢやぢや――と凄まじく落ちる水の音が聞えて来た。彼れは梯子を降り切らない中にカンテラを振り廻して見て、余り水の溜つてゐるので当惑した顔をしたが、思ひ切つて降りるとじやぶ〳〵音をさせて歩き出した。俄に騒ぎ出した水の面にカンテラがぎら〳〵映つて岩は目から落ちる水は、無数の銀の棒を立てたやうに光つてゐた。

十歩と進まない中にづく〳〵に濡れて了つた腹掛や襯衣《しやつ》が、身を引き締めるやうに纏ひついた。彼れはカンテラの火を消さないやうに、半纏の裾をひろげて蔽ひながら歩いたが、岩につまづいた拍子に身体がゆれると、焔に水が当つたのでじゝつと大きな音がして、闇は僅かな光の領分をも奪つて了つた。俄に物を見る事の出来なくなつた彼れは、自分の身体の中心まで奪はれたやうな気がして、しばらくヂツと立ちすくんだ。水音ばかり急に烈しく聞えて来て、彼れの上にも容赦なく滅茶々々に降りそゝいだ。

彼れは腹掛に手を入れて燐寸《マッチ》を出して見たが、紙はべと〳〵になつて箱は彼れの手の中でぐしやつとくづれて了つたのでチヨツと舌打をして闇の中へ叩きつけて了つた。――その時彼れの頭に妙な悲しい影が射した。――彼れは、此うして此所に此儘二三時間も立つてゐれば、滴る水に身体は冷え凍えて了ふだらうと思つた。さうして一分毎にも増して行く水はやがて自分の身体を溺らして了ふだらう――真暗な洞窟の底で人知れず死んで了へば、癪にさはる事も悲しい事もなくなつて、凡ての苦しさやいまはしさから離れて、全く楽になれるやうな気がした。仲間が笑はうと人が嘲けらうとそんな事は何《ど》うでも好いと思つた――その瞬間死は彼には最も美しく楽しいものに思はれて、ヂツと立ちすくんでゐたのであつた。流るゝ水が彼の身体から熱を奪つて行くので、冷さが漸漸《だんだん》にしみ渡つて行つた。初めは胸が悪くなつた。次には気持の悪い寒さが全身を襲つた。頭ばかり熱くなつてぶら〳〵し初めた――死の手がもう眼の前に突き出された――と思ふと彼は自分のしてゐる事が馬鹿らしくなつて来た。此うしてゐればもう直ぐに死ぬかも知れないと思ふと、急いで岩壁に手を触れて、それに伝はつて探り乍ら水を蹴つて歩き出した。闇に慣れた坑夫には、それは困難な事ではなかつた。梯子に手が触れると彼れは素早く登り初めた。本坑道に出て外界から流れ込んで来る光線をかすかに認めると、身を屈めて馳け出した。鈍色《にびいろ》の空と雨に濡れた青い山を仰いだとき、彼れは矢張り生の悦びを感じた。ほーつと大きな溜息をした彼の顔は真蒼になつてゐた。飯場に帰つてから彼れは一人して、命拾ひをした祝酒《いはひざけ》を飲んでゐた。

　その翌日から彼れは、蔽ひをつけたカンテラをぶら下げて、素肌に腹掛け一つかけただけで、坑内にはいつて働いた。濡れ仏のやうに水に打たれても仕事に夢中になつてる間《あひだ》は、大して寒さをも感じなかつたが、一寸でも手を休めれば一時に冷えが身体に廻つて、唇は紫色になつてがた〱慄へ出した。八時間の規定時間も午前中丈《だ》け働くのがやつとであつた。午後になると鍛冶屋場の鞴《ふいご》の前に来ては火にあたつてゐたが、坑内監督も別に苦情を云はなかつた。

　雨は毎日根気好く降り続いた。それは別けて空の暗い日であつた。宮沢と云ふ坑夫は、本坑道《レベル》の上磐から四角な煙突のやうに高く掘り上げた打上げの仕事場《きりは》で仕事をしてゐた。岩の崩れを防ぐ為に松丸太で櫓のやうに内部を囲つてあつたが、その上の行き止りには、いつもモヤ〱した煙が滞つてゐる為にカンテラの光も薄ぼんやりとしてゐた。宮沢は丸太を十本ほど渡した足場に立つて長い鏨《たがね》を垂直に天場《てんば》に当てゝ、鎚をぶら〱振るやうにして冠り穴を刳《く》つてゐた。彼れの腕は余り達者ではなかつたが若い割に熱心に能く働いた。村のお波と云ふ娘を女房にして長屋に新しい家庭を持つた許りであつた。彼れが冠り穴を刳つてゐる時、上磐のゆるんだ大きな岩が突然頭の上に落ちて、激しい打撃に身体の中心を失つた彼れは、ふら〱つとすると足場を踏み外して、暗い穴を真逆様に落ちて了つた。途中で縦横に渡してある留木に幾度も突つかゝつて歯をかいたり鼻を挫いたりして、本坑道《レベル》へ落る迄にはもう死んでゐた。

　丁度その時一輪車を押してゐた掘子が、打上げの下まで来ると変な音がして岩片《ずり》が落ちて来るので、手前で止つて身をよけてゐる目の前の岩の上へ、ばしやつと大きな音をさせて宮沢の身体が落ちた。掘子は一輪車を握つてゐた両手をあげて『大変だ――打上げから誰か落ちた――』と怒鳴ながら夢中で坑道を馳けて出た。その声を聞き付けた事務員や坑夫は慌てゝそこに集まつた。

　宮沢の身体はもうめちや〱に打ち壊れてゐた。坑道に落ちた時、身体の重み一杯叩きつけた為だらう。頭はぐしや〱に砕けて半分飛び出した眼は怨めしげに何かを睨みつけてゐるやうだつた。柘榴のやうに裂けた唇はうぢやぢやけて、折れた首骨は無態にへし曲がつてゐた。死骸を洗つて流れる水には、赤い血汐が交つてゐた。――人間の身体を能《でき》るだけ無茶苦茶に酷たらしく破壊したやうな悲惨な姿を見た坑夫等の顔には、同じ運命に対する危惧と恐怖の色が浮んでゐた。

　選鉱場で仕事をしてゐたお波は、悲しい報らせを聞くと夢中になつて駆けて来た。真暗な坑内でカンテラの裸火《はだかび》に照らされた、宮沢の怖ろしい死顔を見ると、水の流れてゐる坑道に泣き崩れて了つた。取り巻いてゐた人達もなだめる勇気もなくなつて、深い沈黙に耽つてゐた。そのとき後《うしろ》の方で

『みんなこんな目に逢つて死《くた》ばるのか、よろけになつて厄介者にされるんだ。手前ばかり長生が出来るやうな気でゐやがるから物が間違ふんだ。此奴を見ちや考へるだろ』と沈んだ声で言つた者があつた。振り返つて見ると裸に腹掛をかけた石井が冷え切つた蒼い顔に凄い目を光らせて腕を組んで立つてゐた。誰も『また気狂《きちがひ》か』と云つた風な顔をして黙つてゐた。

『お波さん、どうせ坑夫の嬶《かゝあ》になりや皆なこんな目に会ふんだ、死んでから泣いたつて追つ付きやしねえ、一人になつて寂しけりや、俺が代つて可愛がつてやるからよ、泣きなさんな下らねえ』と突つ伏してゐるお波の肩に手をかけてゆすつた。女は肩をふるはせて一層大きな声を揚げて泣いた。然し誰も彼れの乱暴な言い草をとがめる者はなかつた。黙つて睨みつけるばかりであつた。

『あゝつまらねえこつた。――寒くつて堪らねえや、どら行つて温まらう』と言つて彼れは一人でさつさと出て行つた。

『彼奴は全く狂人《きちがひ》だな』と見送つてゐた山口が云つた。

『たゞぢやありませんとも』と後の方にゐた野田が出てきて、

『さ、お波さん、泣いてたつてしようがねえ、今俺達が担いでつてやるから、先きへ行つて家でも片附けてゐな』と云つたので、お波はやつと起きて両手で顔を抑へて、暗い坑道をよぼ〳〵出て行つた。

『さ、皆して担いで行かうや』と野田が言つた。皆気味悪さうに死骸に手をかけて、やつと持ち上げると唇の裂けて顋《あご》の外れた口が、だらりと大きく開いて、歩く度にがく〳〵ゆれた、頭からはまだ血がぼた〳〵滴つてゐた。

『おい此の顔をどうにかしろや、此奴を見てちや遣り切れねえや』と誰かゞ云つたので、野田が腰にはさんでゐた手拭を取つて顔にかけた。選鉱場の女達は泣きながら見送つてゐた。その日は終日山中が静かにしめり返つてゐた。

夕方になつても雨はまだしよぼ〳〵降つてゐた。空は厚い雲に閉ぢられて、周囲を高い山でかこまれた長屋の中には、早くから夕暗《ゆふやみ》が訪れた。平素《ふだん》は音もなく流れてゐた小河も、水量《みづかさ》が増したので矢のやうに早く走る凄まじい音ばかり響いてゐた。

宮沢の死骸を横たへた狭い家の中には一杯人が集まつてゐた。殂心《そうしん》したお波は枕元へたゞぽかんと坐つてゐるばかりなので、飯場頭や、山中大当番だの長屋世話役が代つて世話をやいてゐた。遠い村の役場や駐在所に届けたり、医者を迎へる為に行く若い者は『どうせ今夜は泊りがけだ』と空を仰いでつぶやいた。

村の事務所からも髯の生えた所長が来て弔みを述べてから『とりあへず香奠《かうでん》と見舞金を』と包み金を出して帰ると間もなく、裏山の観音堂から、頭の禿げた坊主が来て経を誦み始めた。人いきれのした部屋に線香の煙が漂つて、鐘の音や読経の声が

起ると、並んでゐた坑夫等も俄に無常を感じたやうな顔をした。経が終つてからも一としきりシンとしてゐたが、誰かゞ、

『あゝあ、死《くたば》つちまつちやつまらねえな』と泣くやうな声で云つた。

『だけど皆一度は死ぬのさ』と年老つた坑夫が云つた。諦めたやうなその声が皆なに、寂しい物悲しい思を与へた。

けれども通夜の酒が始まると——怖ろしい死——の事なぞは誰も云はなくなつて了つて、死人の側にゐる事を忘れたやうに、陽気な話を始めた。殊勝らしい顔をしてゐた坊主まで酔が廻ると、若い時の惚気《のろけ》を語り始めた。狭い部屋の中からは時々破れるやうな笑声が起つて、陰気らしい気はなくなつてゐた。

飯場にゐる一人者の連中などは、自分の仲間が悲惨な死を遂げた事などは、てんで知らないやうな顔をしてゐた。夕方みんなが集まつて飯を食ふときに誰かゞ

『宮沢の兄弟も可哀さうになあ』と云つたら

『死ぬ者貧乏よ、明き女《あもの》が一人出来たんで誰か助から』と外の者が云つたので一どに笑ひ出した。隅の方に一人離れて暗い顔をして膝を組んでゐた石井は

『誰れも自分だけ死なねえやうな面をしてやがら、今に番が廻つてくるぜ』と無気味な声を出した。

『そのときや、そんときよ、そんな事を考へてた日にや坑夫なんかできやしねえ』と太い声の男が云つた。

『生意気云つてやがら、意気地なしのくせに』石井は冷笑した。

『死人の事なんかいくら話したつてつまらねえや、さ、カブでもやらうや』と云ひ出した者があつたので、みんな洋燈《ランプ》の下に集まつて、夢中になつて花札をいぢり始めた。

翌日、午頃になつてやつと医者が来た。三里も離れた元木の町へ棺桶を買ひに出た若い者が二人して、新しい桶を担いで帰つて来たのは午過ぎてからであつた。——死骸を棺桶に納めるときもねぢれた首はなほらなかつた。顔を仰向けにすると外れた下顎《したあご》がだらりと垂れて、昬の裂けた肉がいやに無気味に白ちやけてゐた。飛出した目や腫れた鼻にも人間らしい影は見えないので、すぐに棺の蓋に釘を打つて了つた。

夜になつてから寂しい葬ひが宮沢の家を出た。真黒な闇の中に霧のやうな小雨が降つて、秋のやうな冷たい風が吹いてゐた。池井鉱山飯場だの山中大当番と書いた提灯を持つた者が、五六人先きに立つた後に、若い者に担がれた棺桶や見送りの人が続いた。雨はそれらの人達のさした傘にも棺桶にも音もなく降りそゝいだ、ひやりとする風が闇の中から吹いて来ては、附添ふ人々の面を撫でゝ過ぎて行つた。お波は門口に立つて提灯の火影に白々と映る棺桶をじつと見送つてゐたが、折曲つた沢合についと消えると、家へはいつて畳の上に突つ伏して、をいをいと声を揚げて泣き出した。手伝ひに来てゐたガサツな女房達も黙つてうつ向いて了つた。——鈍いランプの火が憂ひに沈んだ人々の姿を悲しげに照らしてゐた。

昼間から飯場で酒を飲んでゐた石井も、葬《とむらひ》の出るときわざ

〳〵外に出て雨の中に突つ立つて、いつまでも見送つてゐた、闇にゆらぐ提灯や、黙つて歩いてゆく人々をヂツと見つめてゐる彼の頭には、限りない憂愁と寂寥の念が渦巻のやうに湧き上つた。その苦しい思ひを語るべき人すらないと思ふと彼れは一層寂しくなつた。葬の列は過ぎて了つた。飯場に入つて彼れは一人して考へた。――宮沢はまだ若かつた。堪念に熱心に働いた。見張でも仲間中でも評判のいい男だつた。けれども公平で無心な岩の塊《かたまり》は平気でその善良な男の頭を叩きつぶして了つた。一目見てもぞつとする程醜く変りはてた姿は誰れからも厭はれた。棺桶に押し込まれて暗い道を担いで行かれて、土の中に埋められて了へば、冷たい雨が降りそゝぐ。その身体が腐り初める頃には誰も再び彼の事を思ひ出す者はなくなるだらう。死んで了へばどうする事も出来ないのだ。生きてる中《うち》が価値《ねうち》の世の中を、慎ましく不自由に暮した宮沢は気の毒だと思つた。又馬鹿だつたとも思つた。さう思ふ自分も又、面白くもない日を送りつゝ、何《ど》うする事も出来ずに死んで行くのが情なくも口惜しくもなつた。哀愁や憤根が彼の頭をめちや〳〵に引き掻き廻した。

『あゝあ、つまらねえな』と思はず大きな声で怒鳴つた。

『何がよ、兄弟』と側にゐた太つた男がきいた。

『だつてよ、考へて見ねえ、俺たちや何だつて此んな馬鹿げた苦しい目にばかり逢はなきやならねえんだ、蒼くなつて働いてよ、間誤《まご》つきや岩に打つつぶされて、雨の降る晩に冷てえ土ん中に埋められちまふなんて……それが当りめえの事なのか、鉱主は毎日甘《うま》い酒を飲んで美《い》い女を抱いてやがる……下らねえ端た銭の愚痴なんかこぼす時ぢやねえや。手前達やみんな寝呆けてやがら』とむか〳〵する思ひを一ぺんに吐き出すやうに云つた。

『石井の兄貴なんか、そんな事を考へねえたつて、お波つ子んとこへでも行きや好いぢやねえか』と若い坑夫がまぜつかへした。

『手前みたいな豚あ黙つて引込んでろツ』と突然傍《いきなりそば》によつて横面を力一杯擲りつけた。

『あツ』と顔を抑へたが『だつて兄貴が余り情ねえ事を云ふからよ』

『まだいやがんな、叩き切るぞ』と眼を光らしたのでその男も黙つて了つた。

石井の苛立たしさは容易に納まらなかつた。四辺《あたり》に敷きちらけた汚れた蒲団や油染みた枕からたつ湿つぽい臭い匂まで厭はしくなつて来た。

『考へてたつて始まらねえや、村へでも遊びに行つてくべえ』と独言を言つて起き上がると手早く支度して外に出た。雨はまだ降つてゐた。ぬかつて滑り易い山道を探るやうにして彼は村の方へ下つて行つた。闇の中を歩きながら、彼れは宮沢の棺も同じ此道《このみち》を通つた事を思つた。死んで担がれて行つた宮沢より、此うして女の許《とこ》に遊びに行ける自分の方がまだ仕合せだとも考へた。然しいづれ同じやうな危険な運命がつき纏つてゐる事を思ふと、堪らなくいやな気がした。

『どうだつて仕方がねえや、生れたのが不仕合せなんだ』とつぶやいた。

茶屋にいつてからも彼れは浮かない顔をして、無暗に酒を煽つてゐた。女達が、いくらはしやいでも蒼い顔をして物思ひに耽つてゐた。

『石井さん今夜はどうかしてるのね、心配事でもあるの』とお千代が訊ねた。

『みんなつまらねえんだ――うんと酒を持つて来てくれ』と云つて、死人のやうに蒼くなつて倒れるまで飲み続けてゐた。

石井の村通ひはそれからしばらくつゞいた。人のいやがる水《みづ》仕事場《きりば》で働く彼れは、稼ぎ高も多いのでその当座遊ぶ金にも不自由しなかつた。けれども宮沢の酷たらしい死態《しにざま》を見てからの彼の心は、ともすれば暗い重苦しい思ひに襲はれがちになつてゐた。茶屋の女にからかつたり不覚になる程酒に浸つてゐる間《あいだ》ばかり、僅かにその息苦しさから免れてゐても、仕事の合間にも飯場に帰つて来てからでも、まぎれる物のない時にはいつも彼の頭に暗い影が漂つてゐた。それは真黒な冷たい大きな、得体の判らない死の顔が彼の思ひに意地悪くつき纏つてゐるのであつた。

彼れはそのいまはしい脱れる事の出来ない死の手に抱かれる為に、身を苦しめて働いて疲れたり、怒つたり憎んだり慄へたりして、貧しく果敢ない寂しい日を送らなければならないかと思ふと、檻に入れられた獣のやうな窮屈と疲労を感じた。――世の中にはもつと自由に楽しく生きてゐる人もある――坑夫だつて立派な生産を営んでゐる以上、それ等の人と同じ生活を為し得る権利のある事を彼れは朧ろげながらも知つてゐた。たゞ自分達の仲間が怠惰で卑怯である為に世の中からは全《まる》で金掘りに生れて来た道具のやうに扱かはれて、凡ての力を奪はれ虐げられて、愚かな獣のやうにこき使はれて、僅かに餓ゑ死なない丈《だ》けの命をつないで、心から楽しい一日を送る事もなく空しく死んで行くのを何《ど》うする事も出来ないと思ふと、自分の孤独と無力が口惜しくなつた。愚かな仲間が憎くもなつた。不安や焦燥や憤怒の情が入り乱れて、身に喰ひ入るやうに彼れを苦しめた。

梅雨明けに近くなつて蒸暑い日が地を訪れた。空を厚く閉ぢこめた灰色の雲が裂けると、カツとした日の光が洩れて雲の切れ目が銀色《ぎんしよく》に眩しく光つた。濡れた大地や山の青葉もきら〳〵輝いた。石井の頭は破《わ》れさうに痛み悩んだ。雲がとぢると四辺《あたり》は急に暗くいきれるやうに暑くなつた。石井の頭は村の茶屋に出掛けたが、酒はたゞ苦《にが》い水だつた。いくら飲んでも冷汗ばかり出て彼れは少しも酔はなかつた。お世辞を云ふ女の声も耳元にガア〳〵空しく響くやうな気がして、彼はもう世界中に息吐《つ》き安らう僅かな場所も失つてゐた。

梅雨が霽《は》れると暑さは急に激しくなつた。坑道から流れ出る煙や白く凝つたいきも、地面を這ふやうになつて坑内は水の滴りも少くなつた、月初めの仕事場更《きりばがへ》の時には特別仕事場《きりば》もなくなつたので、石井はもう前のやうに村へ遊びに行く事も出来なくなつた。

その頃から山の鉱況は漸々《だんだん》盛んになつて来た。事務所では掘進を急ぐ為にどし〳〵人を増すので、飯場にも長屋にも坑夫は一杯になつた。風通しの悪い沢合に建てられたそれらの家の上を、日中は暑い日が容赦なくかつかと照りつけるので、夜になつても家《うち》の中はむん〳〵してゐた。そればかりでなく裸のまゝで寝る人達の汗や脂肪《あぶら》を思ひ切り吸ひ込んだ夜具や、周囲の羽目にぶら下げた汚れくさつた仕事衣からは、たえず臭い匂を放つてゐるので、室の中にはむかつくやうないきれが一杯にたゞよつてゐた。生温《なまぬる》くほてつた真黒な畳の上に、坑夫等がべと〳〵に汗をかいた儘ごろ〳〵寝転んでゐる有様は、人間の家《うち》と云ふより全く豚小舎に近いものだつた。

石井は村へ遊びに行かなくなつてからも、飯場にゐる事は稀だつた。涼しい木蔭や風通しのいゝ岩蔭をあさつて、寂しい時を過してゐた。

二日目置きに一人位づゝ増していつた坑夫は遂に飯場から溢れさうになつた、夜になると柏餅になつて寝る者が、重なり合はない丈《だ》けに押しつまるので、温気《うんき》と臭気はいやが上に烈しくなつた。蒸暑い晩などは

『あー畜生ツ苦しくつて寝られやしねえツ』とみんなして怒鳴り出した。

事務所では慌てゝ飯場の増設に取りかゝつた。職違ひの土方の群が来て、燃ゆるやうな日の光に鶴嘴やショベルを閃かして、一段上の山裾を切り開いて地ならしを始めると、新飯場の頭には誰れがなるかゞ坑夫仲間の問題になつた。野田が事務所や山口の家へお百度を踏んで、頭になる運動をしてゐると云ふ噂も起つた。実際その頃から野田は見張へ行つても、妙な理窟を云はないやうになつた。そして坑夫長屋を歩いて愛嬌を振りまいたり、夜更けてからそつと村へ下つて行つたりしてゐた。

月末には地ならしの出来た端の方から、ガサツな家が建て始められた。大きな飯場を第一にして狭い長屋の骨組ばかり並んだのは、丁度玩弄物《おもちゃ》の汽車のやうな形をしてゐた。夕方大工が帰る時分になると長屋から女房達が、笊だの炭俵をさげて来て木片《きぎれ》や鉋屑を争つて拾つてゐた。

その時分から野田の家には彼れの伯父分になる大沢と云ふ坑夫が来て泊り込んでゐた。大沢はすぐに使役願を出すでもなく、毎日酒を飲んではぶら〳〵長屋中を遊び廻つてゐた。岩のやうに頑丈な軀体と、ぐり〳〵光る目やいかつい鼻が、鈍間な猛獣を思はせるやうな男だつた。彼れは好い機嫌に酔ふと長屋に出かけて誰れをでも相手にして

『俺あ今まで随分山あ歩いたけど、何処へ行つたつて喧嘩に負た事あねえよ』と長々と腕自慢を述べ立てた。坑夫等は力の弱い野田が飯場を持つたら心張棒にする気で呼んだのだらうと云

つてゐた。そして誰れが新飯場に廻されるかと、そんな事ばかり気を揉んで寄り合つては話してゐた。

石井は、野田が飯場頭にならうと大沢がどうならうとそんな事は何《ど》うでも好いと思つてゐた。何《ど》うせ飯場に置かれた人間は、不味い菜を高く売られて汚い蒲団の損料を取られて、蒸し殺されるやうな所に寝かされて、苦しんで、甘《うま》い汁はみんな頭に吸はれるに定まつてる事だと思つた。自分達がもつと奮発しなけりやならない事は忘れて、けちな些細な事計りに心配するやうな意気地なしは、目の覚める程苦しむだ方が好いとも思つた。

暑い日は毎日続いた。晴れ渡つた真昼の空にはちか／＼した光が漲つてゐた。焼けつくやうな日に照りつけられた草木の葉は、ぐんなりと白い葉裏を見せて萎れてゐた。叢《くさむら》からはむつとしたいきれがたつばかり、そよりとした風もなく、山路《やまみち》に敷いた硅石の破片は熱し切つて焔のやうな吐息をついてゐた。坑夫も掘子も事務員も休み時間には、薄暗い坑口に吸ひ付けられたやうに集まつて、坑道から吹いてくる冷たい風に蘇つてゐた。

八月になつて山には一月遅れの盆が来た。若い坑夫や掘子達は三日間続く休みを早くから楽しんで云ひ暮してゐた。事務所では休みの中に坑夫等が余り酒に溺れて、間違ひを起されては困るので、盆の書き入れ時に鉱山を目当てに来た旅役者に、芝居をやらせる事にした。建かけの長屋は都合よく小屋になつた。敷居に劃《くぎ》られた床の土間、戸棚になるべき桟敷も、旅廻りの土臭い新派劇にはふさはしいものだつた。

足尾にゐる頃山祭りのある毎に素人芝居の俳優になつた事のある野田は、昼間から多勢の若い坑夫を指図して舞台や観客席を作つてゐた。隣り合つた長屋の戸棚の段の間には厚板を渡して、縄で結へた丸太の欄《てすり》も出来た。床板をはがして根太に渡した板は腰掛になつてゐた。――金弐拾円也、事務所より――を筆頭に鴨居に張り並べたびらが夕風に勢好く翻へる頃になつて、近くの村の百姓や娘達が見物に押し寄せて来て、長屋七八軒打ち抜いた小屋の中も直ぐに一杯になつて了つた。派手な浴衣や田舎縞の着物が揉み合つて、安白粉や油の香が漂ふ中に若い坑夫等は酒の廻つた顔を輝かして、娘達にからかつてゐた。他愛ない笑ひ声はそこゝから起つてゐた。村の事務所に帰る事の嫌ひな吉田の姿も桟敷の上に、飯場頭や山中大当番と交つて見えた。

飯場や長屋から集めてきた洋燈が小屋の中に輝き初めると、巴三寅さんえと書いた古ぼけた幕の前に野田の姿が現はれた。黒絽《くろゝ》の紋付の羽織を着て髪の毛を分けた彼れは、坑夫のやうに見えなかつた。

『えゝ御見物の方様へ、愈々《いよ／＼》狂言が始まります、一番目が御家騒動、恋の暗路《やみぢ》が三幕、中幕が喜劇、御化屋《おばけや》、二番目が孝女《かうぢよ》の一心《しん》二幕に御座います。お静に御ゆつくり御見物の程願ひ上げます』と鮮かに口上を述べ終つて幕中《まくうち》に引つ込んだ。

衣裳を持たない旅役者の女形《をんながた》は、坑夫の女房《かみ》さんの着物を借りて舞台に出た。労働者に扮した者は坑夫が水仕事場《みづきりは》に這入る時の帽子を冠つてゐた。それは誰れの目にも余り知れてる物なので、笑ひ声はどつと起つた。二た幕目に舞台の羽目に、——先祖代々之墓——と書いた字は、後から座敷の場になつても、監獄署の幕になつても消えずにちやんと残つてゐた。

二た幕目頃になつて、白い浴衣の上に紋付の薄羽織を着て、田舎医者の代診のやうななりをした石井が、ぐで〱に酔つて小屋に来た。酒臭い息を吐きながら酔つた目を据ゑて何物かをあさるやうに見物の間《なか》をうろついてゐた。娘等は彼れに見られるのを恐れるやうに身をひそめた。彼れは隣村から選鉱に通つて来る色白で小肥りに太つたお新が、若い坑夫等に囲まれてゐるのを見出すと、四辺《あたり》の人を押し分けてその側に歩み寄つた。お新の隣に腰をかけてゐた男は怨めしげに彼の顔を見たが、その鋭い眼に出会ふとひよいと立つて振り向き勝ちに歩み去つた。彼れはその空席に腰を下した。薄い浴衣を通して女の体温が伝はると汗はじと〱湧いても、彼れは平気で快さを貪つてゐた。周りにゐた若い坑夫等も気むづかしい石井が来ては面白くもないので漸々《だん〱》に遠のいて、あとには村の人や女達が入れ替つて来た。

舞台では悪人の罠に陥入つた善良な若者が、死刑執行になる瞬間を演じてゐた。若者に扮した俳優は横に長く引張つた二本の細引の間に首をはさんで立つたまゝ、身体を前後に揺つてゐた。典獄が『ひとーつ』『ふたーつ』と数を読み上げて、それが百に達した時命は絶たれるのだと宣告した。——無智な観客の気分は可成り緊張して、心はまるで舞台に吸ひつけられてゐた。——その時石井はお新に

『暑いだらう』とさゝやいた。

お新はふだんから石井は山で一番恐ろしい人だといふ事を聞いてゐた。自分の隣に来られたときは、身内がすくむやうな気がして、胸はわく〱踊つてゐた。舞台よりも隣にゐる石井にまるで心をとられて了つてゐた。始めは直ぐに外へ逃げやうかとも思つたが、執念深い男に見込まれてはそれも叶はない事と思ふと、その心も挫《くじ》けて了つた。諦めたやうに屈従してしまへば、恐怖に伴ふ快さも湧いてゐた。

『暑かないか』二度目にいつた声が耳に這入つたときは、男の腕がお新の背中を捲いてゐた。

『わしいもう暑くつて逆上《のぼ》せやんした』とお新は両手で赤くなつた頬を抑へた。強い男の腕から伝はつて来る、何とも知れない力が、女の血汐を掻き乱して了つてゐた。

『あれが済んだら外へ出よう、山は涼しいぜ』と石井が云つた。女は黙つて点首《うなつ》いて男の腕に身を任せてゐた。

舞台では典獄の読み上げる数が、九十九から百に移る刹那に、楽屋から死刑執行猶予死刑執行猶予と叫びながら劇中の名探偵が司法大臣命令書の折紙を捧げるやうに突きつけて出て来た。若者は身体を揺る事を止めた。

見物はほつと息をついた。間もなく悪人は短銃《ピストル》で自殺して幕は引かれた。我れに返つた人達は急に暑さを感じた。扇子や団

扇のばた〳〵云ふ音が俄かに起つた。小屋の空気は濁つてむし〳〵してゐた。肌と肌とすれ合ふ程圧し詰つた若い男女の血汐は、止め度なく狂つてゐた。ぞろ〳〵外に溢れ出た若い之れ等の幾組かは、真暗な木立の奥や谷間に姿を消して、いつまで経つても帰つて来なかつた。

　石井は

『さ出よう』と促した。女は黙つて立つと彼の後に従つた。息詰るやうに熱い人いきれから免れて二人は小屋の外に出た。涼しい夜風が汗ばんだ肌えを快く吹いて通つた。石井は両手で胸をくつろげて、空を仰いでほーつと息をした。秋近くなつて深く海のやうに透き徹つた夜の空には、銀河が白く縦に流れてゐた。小屋から流れ出る光は外の闇をくつきりと劃《くぎ》つてゐた。暗いとこへ来たとき石井はお新の手をとつた。日毎《ひごと》の働きに強《こは》ばつた掌《てのひら》も熱い血汐にほてつてゐた。二人は黙つて選鉱小舎の方へ登つて行つた。真暗な小舎の中には坑内から来る水が、ひそやかな音を立てゝ流れてゐた。——

　翌朝になつて書き入れ時を忙がしく廻る旅役者の群は、錻力《ぶりき》のサーベルを手にした座頭《ざがしら》を先きに立てゝ、僅かな衣裳をつめた鞄を代り合つて担ぎながら、村境の峯を越えて発つて行つた。山路の草はまだ露に濡れて、朝陽にきら〳〵輝いてゐた。

　その夜は諸国から寄り集つた坑夫等が、各自《てんでん》に生れ故郷の盆踊りをやると云つてゐたが、朝の間は皆な酒に浸つてゐた。音頭取が叩く為に用度から持つて来た醬油の空樽も飯場の前に放り出してあつた。午近くなると酒精《アルコール》の気は飯場にも長屋にも万遍なくしみ渡つて、はしやいだ人達の無揃な歌声や手拍子の響きが、門並に起つてゐた。飯場では若い坑夫等が盆踊りの予習をやり始めた。荒くれた大男が揃つて、太い毛脛を踏みしめて踊り廻る度に、黒く汚れた畳からむせつぽい煙のやうな埃が舞ひ上つた。

　石井は前の晩酒《ばんざけ》を飲みすぎて感覚が爛《たゞ》れたやうになつてから、血も上づゝた歓楽に耽つた揚句《あげく》夜更けまで、露の深い山道を歩き廻つたので、今朝起きた時は、関節は抜けさうにだるくなつて、冷汗ばかりぞく〳〵出て頭は破れさうに痛んでゐた。苦しいのを我慢して迎へ酒を飲んでから彼れは隅の方で、汗をかいてぐた〳〵に寝入つてゐたが、俄かに床を轟かす騒がしい物音に驚いて醒めた。まだ意識の判然《はつきり》しない目の前を、太い毛脛や細い足が飛廻つてゐた。彼れは何事かと思つてむくつと起き上つて瞳を定めて見ると、向ふの隅の方で一人が羽目を叩きながら音頭をとつてゐる。酔ひどれた男達が七八人しどろの足を踏みしめては、『こらしよい』と声を合せて踊り狂つてゐるのだ。目の前を過ぎる足を片端《かたつぱし》から払つてやりたい程にも苛々したが、年に一度の盆休みの事と思ふと遉《さすが》に彼れも怒る気にもなれないので、重い瞼をこすりながら、外の筧に顔を洗ひに出た。

　その日は分けて暑かつた。午近い残暑の空からたぎり落る、焰のやうな光が四辺《あたり》をかつと照りつけてゐるので、木も石も水の面《も》も燃《も》ゆるやうな光りをちかちか放つてゐた。その光に打たれると、どろんとした彼の目はづき〳〵痛んで重い頭はぐら〳〵と倒れさうになつた。彼れは急いで飯場に這入ると入り口に腰を下して静に休んでゐた。踊つてゐた人々も疲れたと見えてぐつたり坐つてだら〳〵流れる汗を拭きながら苦しさうにはつ〳〵と息をついてゐた。日が頭の真上に来たので室の中は温室のやうに暑くなつた。みんなは裸になつて獣のやうにごろ〳〵寝ころんだ。長屋の人達も暑さにめげたと見えて、歌の声も聞えなくなつた。

外には溶ろかすやうな熱い日が、杉皮の屋根や、硅石を敷いた往還の上に燃えてゐる。四方《はう》を高い山に遮ぎられて摺鉢の底のやうな此の沢合《きはあひ》には、そよりとした風も来ないので、一としきり湯釜のやうな熱さになつた。草木の葉も息を止めたやうにぐんなりと萎れ返つて、無性な女達の捨てた塵塚が煮えて、すゐるやうな匂を絶えずたてゝゐた。——此の暑さを冒して家の外に出る人もないので、あたりは森閑とした真昼の静寂に沈んでゐた。

石井は再び眠る気もしないので、手拭を肩にして上り口に腰をかけたまゝ、ヂツと暑さと戦ひ堪へるやうに空しく表を見つめてゐた。浴衣を帯なしでぱつとあふつた大沢《おほさは》が、酒臭い息をしながら這入つて来た。

『どうだ此の暑いのに、どこでもみんなよくねてるなあ、目玉も身体《からだ》も溶けちまうだに』と怒鳴り散らしてから『石井の兄弟も退屈さうだな、一杯やらねえか』と云つた。

『暑くつてしようがねえんだけど、少しなら飲《や》つても好いな』

大沢を好かない石井も退屈なまゝに言つた。

『俺あ行つて酒を持つて来るで』と大沢は足を返して外に出たが、やがて徳利をさげて来た。石井もその間に自分の箱膳を出して、帳場から肴になりさうな品《もの》を取つて来て湯呑も二つ並べて待つてゐた。

『さ、やるべえ』と二人はなるたけ風通しのよささうな所に向き合つて、飲み初めた。石井は初め二三杯飲む間は、爛れた内臓に悪くしみるやうにも思つたが、少し廻るとひそんでゐた酔も出て元気のいゝ顔になつた。

大沢は初めから酔つてゐた。それでも最初の中《うち》は二人とも、方々の山の噂などをして他愛なく笑つてゐたが、漸々《だん〳〵》酔が烈しくなると大沢はまた得意の喧嘩自慢を喋舌り出した。石井が黙つていやな顔をしてゐても、興に乗つた彼れは夢中になつて『俺赤沢《あかざは》に居た時だつけよ、賄部屋《まかなひべや》の後ろでみんなして丁半をやつてる所へお前、請願の野郎が来やがつてよ』と膝を乗り出した。

『おいもうよしてくれ、俺あ自分の喧嘩であき〳〵してるんだから』と石井は堪らなくなつたので顔をしかめて手を振つた。折角話しかけた腰を折られて、大沢はむつとした顔をしたが、相手も普通外《なみはづ》れて気の荒いのを知つてゐるので、仕方なしに黙つて了つた。二人はいやな沈黙に耽つた。酒に興奮してとがつた気と、ふだんから抱いてゐた反感がそこで音もなく争つてゐた。

石井は胡座《あぐら》の膝に頬杖をついて首をかしげて湯呑の酒を乾してゐた。彼れはもう此んな大沢を相手に酒を飲んでる事はいやになつた。――昨夜《ゆうべ》お新と別れるとき、今夜は塩子の弁天堂で逢ふ約束をした事を思つてゐた。そして早くこの熱い日が暮れて涼しく楽しい夜の来るのを待つてゐた。――大沢は石井の顔をヂツと見入つてゐたが、濃い眉をぴく〳〵と動かすと
『おい石井の兄弟』と強く呼んだ。

『なんだ』と石井は顔をあげたが、二人の目は険しく光つてゐた。

『俺が甥つ子の野田もよ、近え中に三号の頭になるかも知れねえけど、お前とも折角かうして飲み合つたゞ、兄弟の盃しようでねえか』と湯呑を突きつけた。石井の顔には激しい侮蔑と嫌悪の情が表はれた。

『俺いやだ』ときつぱり言つたので、大沢はぶる〳〵つと身体を慄はせた。

『なにが――なにがいやだ』とつめよせた。

『いやだから、いやだつてんだ――第一手前の云ひぐさが、一々癪にさはら、野田が頭になつたつて手前と俺と盃をするのに何になるんだ、下らねえ事を云ふな法螺《ほら》吹き――俺あ野田みてえなおべつか野郎は大きれえだ、手前もきれえだ』

『な、生意気云ふな二歳つ子のくせに、俺あ今まで盃しようつて弾かれた事なんかねえだ、――うぬ此山《このやま》で幅を利かしてたつて、俺が来てからさうはさせねえだ』と腕をまくつて突張つて見せた。

『馬鹿つ』と鋭い声と共に石井は立ち上りながら、右足を飛ばして大沢の胸を蹴つた。はずみを喰つた膳や徳利は、ガラ〳〵土間に転げ落ちた。倒れかゝつた身体をやつとさゝへて大沢は『やつたな野郎ツ』と叫びながら立ち上つた。その時彼の目に、横の羽目に立てかけてあつた支柱斧《しちょうき》が映つた。半月形の刃先きは研ぎ上げたばかりのやうに、薄暗い中に青く光つてゐた。大沢は身を翻すと斧をとつて振り上げた。

『しやれた真似を』と云つた石井の手にも匕首が閃《ひらめ》いてゐた。二人とも烈しく酔つてゐるので、自分ばかり確《しつ》かり闘つてゐるやうに思つても、可笑しい程ふらついてゐた。二人はめちや〳〵に獲物を振り廻した。石井がひよろけるやうに手元にくゞらうとしたとき、肩口をどしつと切られたが、それと同時に大沢の脇腹に匕首を突き通した。妙な痙攣《ひつつ》るやうな唸り声が二人の口から洩れて、夢中になつてしがみついた二つの顔は見る間に青ざめて行つた。どく〳〵噴き出す血汐は浴衣に滲んで赤く拡がつた。血に狂つた二人の眼には何物も映らなかつた。――小犬のやうにもつれて、熱い大地に転がり出した。

惨劇は咄嗟の間《ま》に行はれた。――その物音に最初に昼寝の夢を破られた男は、真赤な血の塊りの転がるのを見た――慌てゝ外に出ると両手をあげて、

『喧嘩だ——皆出ろよ——』と身を屈めて怒鳴つた。——静寂は破られた——飯場や長屋から軒並に素裸《すつぱだか》の男が飛んで出て、筧《かけひ》のそばで血みどろになつて、かぢりついてゐるのを引離したが、眼の昏《くら》んだ二人は誰れにでも狂犬のやうに飛びかゝつた。野田が大沢を後から抱き止めやうとしたが、大きな身体で暴れるので自分まで倒れさうになつた。

『誰れか手を貸してくれよ』と切なげに言つたので、四五人してばた〳〵する手足を持つて、野田の家へ担ぎ込んだ。血はまだ糸をひくやうに滴つて行つた。石井はもうあいての見境がなくなつてゐた。誰かにしがみ付かうとしたのを邪慳に突き離されると、どたんと大地に倒れた。

『うーむ』と苦しさうに呻いて手足をもがいた。

取巻いてゐた坑夫等の眼には残忍な笑《わらひ》が浮んだ。——その中《うち》には女房を弄ばれた者もあつた。彼れに怒罵《どば》されたり擲られて恨《うらみ》を忍んでゐた者もあつた。けれ共彼れの心を知つてる者は一人もなかつた——誰か最初に

『つらあ見ろ畜生ツ、余り威張りやがつたもんだから好《い》い態《ざま》だツ』と力任せに蹴飛した。せかれてゐた水口を切られたやうに、卑怯な下駄履きの足は怪我人の上に注がれた。反抗の力を失つた者にする復仇は容易《たやす》かつた。妙な唸り声は直ぐに消えて、手足のもがきも止んで了つた。

吉田はその日も朝から長屋の下の用度掛で、萩田や用度の書記を相手に酒を飲んでゐたが、その時飯場の掘子が慌たゞしく駈けて来て

『かしら——石井さんが喧嘩して切られたゞ——』と怒鳴つた。萩田は顔色をかへて盃を投《ほふ》り出して跣足で飛び出した。吉田も少し遅れてつゞいた。

二人の姿が遠くに見えると誰かゞ

『かしらが来た。よせ〳〵』と云つたのでしやがんで介抱するやうな風をする者もあつた。

併し石井の死顔は、卑怯な人々の残酷な行為を明らかに物語つてゐた。ずたずたに裂けた浴衣は、血と泥に滲んで赤黒くなつてゐた。肩口のあたりには殊に濃い血が固まつてゐた。顔は目鼻の見分けもつかない程でこぼこに紫色に腫れ上つて、ぶつ切れた所に滲んだ血がいやな色どりを見せてゐた。口惜しさうに固く結んだ口の端には汚い血汐がこびりついてゐた。

萩田はやつと馳けつけて、その恐ろしく浅猿《あさま》しい死態《しにざま》を見ると鋭い目を光らして、取り巻いてる人々の顔と死骸を見比べた。が誰れも知らん顔をしてゐた。吉田は身体をぶる〳〵慄はせて

『誰れがこんな真似をしたんだ』と口惜しさうに怒鳴つたが、それに答へる者はなかつた。四辺《あたり》に滴つた血汐は、焦げつくやうな日の力に乾きかけて薄黒くなつてゐた。

（大正5年1月、近代思想社刊）

花瓶

永井荷風

一

「お房《ふさ》、あの花瓶《はないけ》はどうなつたらうな。あんな物を盗んだつて幾何《いくら》にも成りやアしまい、馬鹿な泥棒だ。」と政吉は離座敷の竹椽に手づから茶を運んで来た妻のお房を顧みた。

　お房は朱泥の久須から古九谷《こくたに》の湯呑へ茶をつぐ手さへ留めて、いかにも遣瀬なげに俯向くのである。何も自分の誤からと云ふわけではないが、お房は良人《おつと》の口からあの花瓶のことを云出されると泣きたいやうな消えも入りたいやうな心持がして全く何と云つていゝか返事に窮してしまふのである。然しあいにくと花瓶の話は場所をかまはず時を選ばず、折々良人の口から云出される。取分け春も暮行く裏庭の竹藪に山椿の花の落る頃、又は初冬の椽先近く藪鶯の笹啼聞ゆる植込のかげに山茶花の咲出る頃にもなれば、主人はきまつて椿や山茶花を投入れるにはあの花瓶が一番よかつたのだと返へらぬ愚痴を繰返す。とは云ふものゝ政吉もお房もとも〴〵にあの花瓶がそれ程貴重な骨董品だと思つてゐるのではない。唯ふとした事から政吉夫婦の身に深い因縁を生じたが為めであつた。政吉もお房も一度《たび》あの花瓶の事に思及べば忽如として十年の昔をあり〴〵と目に浮べるのである。

　その頃お房は小房といふ藝者であつた。政吉は人知れず小房をば代地の妾宅へ囲《かこ》つた時、二人連でこま〴〵した手道具を買ひにと人形町の夜店をひやかし、不図目についたまゝ何心もなく価踏をすると、二ツ返事にまけられてしまつたので、云はゞ退引《のつぴき》ならず買取つたのである。一輪ざしにしては大き過るが、さりとて床の間に置くとしては少《すこ》し丈《せ》が低く過ぎる。政吉はそれ故妾宅の茶棚か何かの上に草花でも投入れて置くには却てよからうと思つたのだ。勿論たいしたいはれのある焼物とは覚えぬが然し琴に唐草を染付けた其の藍の色にはどうやら詳瑞《しよんずゐ》まがひらしい処が見えるのみならず、唐草模様の間に

　万事傷心在目前一身憔悴対花眠

と云ふ十四字を読得たのが、其の一刹那深く政吉の心を動したのであつた。政吉は花瓶に染め付けた万事傷心の十四字が宛《さなが》ら小房に対する自分の身の行末を占ふものゝやうな気がして、何といふ訳ともなく一味の哀愁に襲はれたのである。

　何故といふに政吉は堅い家柄の然も総領に生れた身分や何や彼やを思ふと、いかほど小房が誠を尽してくれたにした処で、其の誠を受入れて末長く女房にして添ひとげると云ふ訳には行

かない。小房も内々はそれ等の事情を承知してゐる為か、私は決して行末あなたの御迷惑になるやうな望は起しませぬ。その代り一年でも半年でもいゝから二人で家を持つて暮して見たい、それが一生の望だと云つて、抱主に対する其の身の処置をば一時《じ》どう云ふ風に咄を付けたものか自分一人で片をつけてしまつた。それまでにされては政吉も黙《だま》つてはゐられない。もと〳〵大家の若旦那の事一時にまとまつた大金を自由にする事は出来ない代り小房一人が月々のくらし位はどうにでも見てやれる処から、其の儘妾宅を借りて住はせる事にしたのであつた。政吉にはかうした小房の実意がしみ〴〵嬉しいと共に又つく〴〵気の毒でならない。元より其の場の出来心で馴染めた仲ながら、政吉は会ふ毎に二人が情交の濃《こまや》かになり行くを知るにつけ、いつか一度は泣の別をせねばなるまいと思ふと、一層今の中何とか体《てい》よく切れた方がと思ふ事も既に度々であつたのだ。其の晩夜店の花瓶に染付けた詩が偶然政吉の目にとまつたといふのも、明けては云はれぬ深い胸のおもわくからであつた。

然るに三年程して政吉と小房の仲は政吉が心配したとはまるで違つた意外な結果を示す事になつた。といふのは政吉の父が急病で世を去り忽ち其の一週忌も夢と過去つた頃、今度は政吉が或日久振で妾宅へ遊びに来たなり其の日の夕方から大熱で帰られなくなつたのが、つまりは小房の実意が天に通じた次第で、全《まる》一月ばかりは夜の目も眠らぬ介抱其の他万事の立働きをば、政吉の母親が人伝に聞伝へて、それ程実意のある女ならばと、こゝに目出度い咄の糸口が開け、いよいよ政吉が床上げする日に、お房は妾宅をたゝんで其儘政吉の本宅へお供するといふ事になつた。

政吉は晴れて藝者を女房にしやうなどとは全く夢にも思はなかつた事である。そんな事は堅気の家に対して許さるべきものでもなく、よし又許されたにした処で、云はば自分の不始末からそんな事を仕出かすのはつまり自分の耻であるやうにも思つてゐたので、政吉が意外の驚きは小房の悦びよりも更に激しい位であつた。然し政吉はいくら律儀《りちぎ》な質《たち》でも又妙に気の弱い処があつて、はたから其程までに云つて呉れるものを無気《むげ》に云退ける勇気もないので、小房はいよ〳〵お房となつて嫁入する。その道具の中にかの夜店の花瓶も荷造されて政吉の家へ送られた。

政吉が妾宅で病伏したのは丁度春から夏へと時候の変つて行く頃だつたので、かの花瓶には椿、躑躅、それから芍薬がさし替へられていつも政吉の枕元に置かれてあつた。政吉は病中に眺め飽かした枕元の花をば生涯忘れる事が出来ない。深《ふ》け行く町の拍子木のみが淋しく哀に耳立つ頃、病室の燈火に照らされる花瓶の形と、それに挿れた花の色とは、髪も櫛巻にして白粉もつけず、只管己れの看病にのみ面瘦《おもやつ》れしたお房の姿と相伴つて、今だに折々政吉の目に浮ぶ位である。さればお房が嫁入する時、夜店の花瓶は二人が仲には既に〳〵尊い宝となつて、桐の箱に入れられ政吉が家の土蔵の中へ仕舞ひ込まれた。

ところが其の年無人な屋敷と見込んでか、一夜盗賊が土蔵へ忍込んで衣類小間物なぞ盗去つた時、この花瓶も共に紛失してしまつた。程なく盗難品の大方は其の筋の手で発見されて無事に持主へ引渡されたが、かの花瓶ばかりは捨てられたのか破はされたのか、其れきり政吉の手へは戻らなかつた。

政吉の口から花瓶《はないけ》の咄が出る度に、お房が返事も出来ぬ程妙な悲しい気になるのはさういふ来歴あるによつてゞある。

二

四月も早や末近い晴れた午後である。政吉は先程から一人離座敷の竹椽に腰かけ、何を見るともなく庭先の木の間から遠くに望まれる赤城から目白の高台かけて、一帯の新緑に粧はれた山の手の眺望に対してゐた。目の下なる江戸川の桜を始めとして牛込辺の人家の屋根の間々には彼方此方《あなたこなた》にまだ八重桜の色も褪せながら残つてゐるのが、若葉になりたての木の芽の緑と打交つて却て快く眼に映じる。

庭先は竹椽から七八歩ならずして直に竹藪茂る崖になつてゐて、そこから樫や椎の大木が幾株となく聳立つてゐる。其等の常磐木からは若芽の伸びるにつれて去年の古葉が風のまに〳〵絶間なく飛散る処から、雨漏りせぬかとばかり軒傾いたこの離座敷の閑静は、障子を掠め飛石を埋むる落葉の為めにそゞろ晩秋十月の気味を覚えさせ、日は椽先に濃く樹影を描きながら、梢に響く鋭い小鳥の声はどうかすると冬の夕暮の忽然として差迫つて来たやうな心持さへさせる事がある。

政吉は父から譲受けた此の狭からぬ地面内には立派な新築の二階家がありながら、軒も半は傾きかけたこの離座敷に引籠つてお房と二人世捨人のやうに日を送つてゐるのである。西南に向いた八畳の一間をば居間客間を兼ねての書斎とし、次の六畳を夫婦の寝屋と定め、家の後の深い土庇のかげを幸にさゝやかな台所を建増して、下女もやとはず、三度々々の食事まで皆お房の手一つで準へてゐる。

政吉はお房の茶をついで出す古九谷《こくたに》の湯呑をば、何といふ事もなく其の染色でも打眺めるやうに一口呑み終つた後も猶恭々しく両手に持添へてゐたが、遠く江戸川端でも通るらしい広告の楽隊の音を聞きつけると、急に思ひ出したらしく調子もあはたゞしく

「今日は日曜日だつたね、また番町様がお出でになりやせんかな。」

「さうねえ、何とも分りませんですね。」

お房はさびし気に微笑んだ。番町様といふのは佐多子とよぶ政吉が実の妹の事である。貴族女学校を卒業して六年程前二十三の時某省の高等官松坂といふ人の家に嫁ぎ子供も今は二人まである。日曜日や大祭日なぞには折々一家族連立ち女中まで供につれて政吉の母の許《もと》に遊びに来る。政吉の母は故あつて政吉が世間を捨て崖の上なるこの離座敷に引籠つてしまつてからは、女主人も同様に表の本屋《ほんや》に住つて一家の事を取仕切つてゐる。

その相談役とも顧問役ともなつていろいろ面倒を見るのは妹婿の松坂高等官なので、政吉の家の目下の状態はまるで妹婿の松坂が後を継いだやうなもので政吉は嫡子でありながら全然《まるで》あてがい扶持の厄介者としか思はれない。それ故表の本屋《ほんや》に使はれてゐる奉公人から出入の者までいづれも松坂一家のものをば番町様と呼んで己《おの》が主人のやうに敬つてゐる。政吉は心あつて自分から世間を捨てた身の上、かうして椎の木立深い崖の上の離座敷にお房と二人閑静に暮してゐるのを無上の幸福と信じてゐるので、つまらない家事の紛々を根に持つて番町の夫婦を嫌ふのでは決してない。唯二人が夫婦揃ひも揃つて如何にも当世風な意気揚々とした姿を見ると、或時は丁度壮士芝居の舞台に出て来る新郎新婦そのまゝの様子に、折角世間を離れて心静に暮してゐるこの隠家の幽雅な気味が、滅茶々々に掻乱されてしまふやうに思はれて、それが辛《つら》くてならないからである。政吉は妹佐多子がお房をつかまへて帝国座や文展の評判なぞをば折々は妙な新しい批評の言葉を交へて喋々と弁じ立てるのを聞いてゐると到底坐に堪へられないやうな気がし出す。それと共に婿の松坂高等官がこれは又誰を見ても相手選ばず無暗矢鱈に世辞愛嬌を振撒く其の調子の余りに角が取れ過ぎてゐるのに性来無口の政吉は何と云つてよいのか挨拶に窮してしまふ処から是非にも避けて逢ふまいと願つてゐるのである。

「よくあゝお世辞が出たもんだな、尤もあゝ云ふ風でなくつちや立身出世はできんのだらう。自然の練習だな。」

「佐多子さんも近頃はすつかりお変りになりましたね。」

「亭主の好きな赤烏帽子といふが、あの位亭主かぶれのした女も珍らしい。」

「お如才のない事つたら到底商売したものだつてかないません。当節の奥様方はあゝ云ふ風でなくつちやいけませんのでせうね。先達何か御在ました時銀座通で往来の人に花を売つて慈善とかをなすつたんですつてね。」

「似たもの夫婦とはよく云つたもんだよ。ぶら〳〵散歩でもして来やうかな。」政吉は竹椽から立掛けたが又どつしり腰を落して、いかにも遣瀬ないやうな調子で、「然しどこへも行つて見る処はないな。」

お房は気の毒さうに良人の横顔を眺めたが殊更励ますやうな調子を作つて

「どこも行《い》らつしやる処がなければ、あなたいつか見て被居《いらしつ》た早稲田の植木屋へでも行つて御覧遊ばせな。」

「さうだな。」と政吉は稍元気づいた。

「今年はあの是非とも裏の垣根に葛の葉をからましたいんで御座いますよ。もう遅いでせうか。」

「秋になると葛の葉はいゝな。植忠に注文してやらう。」

「あなた、お羽織だけ着替へて居らつしやいまし、あんまりよごれて居ります。」

「構ひません。帽子を取つて下さい。」と政吉は飄然たる態度で其の儘木立の間の庭木戸を出で植込づたいに本屋《ほんや》の玄関前から外へ出て行つた。それまでお房はちやんと見送つた後、座敷へ立戻つて其の辺を片付け、静に竹椽の端へ針仕事を持出して染返しらしい小紋の小袖を縫始めた。

目白の鐘の音がうらゝかな春の日光《ひかげ》の中をゆる〳〵渡て来る。落葉する椎の梢から日脚は庭先一面に広《ひろ》がつて大木の根方を埋めた苔の色をば一入美しく輝《ひか》らせる。小島の声が俄に喧しくなつたやうな気がして黒い揚羽の蝶が二匹、狂ひ狂つては折々お房の肩を掠める。然しお房は余念もなく針を運ばせて、鐘の音鳥の声さては狂ふ蝶にも更に気を留める様子もなかつたが、あたりの静けさ、あたりの暖かさ、又となないやうに思はれるこの晩春の午過、かうして無事に暮してゐる自分の身の上がつく〴〵仕合であるやうな気がし出す。それと共に何ともつかず裏淋しいやうな気も交つて、嬉しいとも悲しいとも何ともつかぬ唯只深い心地になつた。小紋の小袖の奥身を縫ひ終つてお房は少時《しばし》仕事の手を休め深い目容《まなざし》で今更のやうに離座敷の八畳の間を眺めた。孟宗の竹柱に杉の丸太を縁《ふち》にした一間《けん》の畳床《たゝみどこ》には大沼枕山が五言絶句の一幅、下には蘭の鉢を置いてあるが、違棚の上は日頃政吉が書画の手本にしてゐる法帖画帖の幾折、大きな石の筆筒やら筆洗の類に書架も同様の混雑である。それと向ひ合つた西側の窓の下には紫檀の唐机と大きな紫綸子の座布団、壁に添うて書棚に桐の本箱が並んでゐる。

お房は折々良人の留守にあたりを片付け何心なく家の中を打眺める時、そも〳〵最初に馴染めた十年前から今日に至るまでの政吉の身の上をそれとなく考へて、しみ〴〵気の毒のやうな済まないやうな妙な心地になる事がある。自分ばかりは一生の望が叶つて朝夕に心を尽して良人に使へるといふ外何一ツ変つた事もない仕合な身に引替へて、良人の政吉はお房なぞには解《わか》らない何か深い訳があつて、会社をば無理に辞職してしまつた後は再び世間へ顔出しをせぬ処から、母とも自然意見が合はず、その為めかあらぬか、三十代から全くの隠居同様此の離座敷に引籠つてしまつた。お房は自分からも思過しとは知りながら、何となく藝者をした自分がある為めに世間を始め一家親類へ対しても、政吉の身に引目《ひけめ》がついたのではあるまいかと、しみ〴〵済《す》まないやうな気がしてならないのである。勿論お房はそう云ふ事を話し出して一言の下に叱りつけられた事も度々なのである。

黒い揚羽の蝶は狂ひ狂つて今度は土庇《とひさし》のかげから柱の間を閃きくゞつて消えてしまつた。鴉がそれを見付けたものか風を切る羽音と共に庇の板を踏む足音が聞えて、枯枝の折れたのが木の葉と共に屋根から庭先へ落ちる。お房は自分から気をまぎらすやうに二三度簪で髷の根元を掻き、再び針を取つた。

三

「奥さん、お留守ですか。」

藍微塵の結城に節糸の羽織を着た痩立の年は四十がらみ、懇意の客と見えて明けたまゝの庭木戸から案内もなく進入る。

「おや被入《いらつしや》いまし。」と振返つたお房も周章《あはて》る様子なく、膝の上にひろげた仕事をば静に片寄せながら、「只今早稲田の植木屋まで参りました。もうぢき戻りませう。さアどうぞ。」

「さうですか。どうぞ其の儘に。」と来客は竹椽の端に腰をかけ、「結構な小紋ですな。奥さんのですか。」

「大変な襤褸《ぼろ》をお目にかけました。これでもあなた私が出てゐます時分には随分流行《はや》つたんで御座いますよ。」お房は膝の上の糸屑を軽く振ひながら立つて、床の間の前に座布団を勧め、

「どうぞお上り下さいまし。」

「恐入ります。」と来客は礼をしたまゝ猶竹椽に腰をかけて、

「常磐木の落葉、いゝですな。旬になりますな。」

そのまゝ飛石の上を崖際の方へ歩み寄つて心《しん》から山の手の眺望に見惚れたといふ風で、両手を後に組みながら頻に何か口の中で呟いてゐた。お房は煙草盆に火を入れ茶をつぎ菓子鉢まで持運んだが、来客は今だに立つて景色ばかり眺めてゐるので再び椽先へ立出で、

「燕雨さん、お茶をお一ツ……。」

「どうぞお構ひ下さいますな。」来客はゆる〳〵飛石づたいに竹椽へ戻つて、其処《そこ》に置いた風呂敷包を取上げ席へつくと共に、

「いつぞや御約束の常磐木の椿餅を持参しました。」

「まア有難う御座いました。宅ではもう大の好物《かうぶつ》なんで御在いますが、ついあなた。この辺のお菓子屋にはいゝのが御座いませんものですから。」とお房はしみ〴〵燕雨の親切を嬉しさうに、菓子折を受取る時一寸軽く頂いて見せた。

「此の辺では牛込辺まで買ひにお出でになるんですか。」

「安藤坂に紅谷《べにや》といふ古い店が御座いますけれど何しろ山の手ですから気のきいたものは御座いません。ほんとに下町はよろしうムいますねえ。」

「いや近頃はもう下町も駄目です。どこへ行つても石炭の煤《すゝ》が落ちて来ますから夏なんざ風の具合で白いものは着てゐられません。」

「お宅の築地辺も矢張いけませんか。」

「いけませんとも海軍省と月島の烟が来ます。植木の葉の色なぞは此の辺と比べたらまるでお話になりません。身体《からだ》によくないのは木の葉の色で分ります。光沢《つや》がまるでありません。」

「然し便利ですわね。私共も一時晴れて斯うなれません時分に、代地の河岸に居りましたんですよ。どうなりましたか、あの家は。」

「待合になつてしまいました。いつかお宅とお一緒《しよ》に釣に行きました時船の中からあの家がさうだといろ〳〵お話を伺ひました。」

「さうで御座いますか。何しろ十年前の事で御座いますからね。」

「世の中も変りますが、人の身の上も変りますな。」

「全くで御座いますよ。お宅では別にお変りも御座いませんか。」

「いや、相変らずで弱りきります。かうしてぶら〳〵此方《こつち》へお邪魔に上るのが一番気保養になります。さう申しちや何ですが同じ商売をしたものにもいろ〳〵ありますな。私のところなぞは先づ困《こま》る方での隊長ですな。」

「外でちよい〳〵お酒なんぞ召上るからでせう。」

「いや近頃はもう、自分ながら感心する程堅いです。夜なぞも此方《こちら》でつい長々とお邪魔をする位のもんで至極無事です。何しろもう来年は四十二の大厄です。」

「それでもあなた、雀百まで踊るつて云ふぢや御座いませんか。」

「いやその元気があれば有難いんですが、もういけません。お茶屋へ行つても芝居へ行つても見るもの聞くもの皆気に入らないものばかりですからな。絵筆を下げてぶら〳〵田舎を歩くのと、こちらへ伺つて気の置けない好《す》きな話に夜を深《ふか》すのが一番楽しみです。」

云終つて来客の燕雨は全く心から懐し気に政吉が書斎をば天井から床の間違棚へとあたりをぢつと見廻した。お房はそれを機会《しほ》に久須へ湯をさしにと物静に席を立つ。其の後姿を見る気もなく見送ると、燕雨は我にもあらず己《おの》が家の住憂《すみう》い事と政吉の家の平和幸福なる事とを思比べ、女一人の為めにかうまで家の様子が違ふものかと不思議な気にもなるのであつた。さういふ時には取分け燕雨は政吉の家をば全く口に出して云ふ通り世にもなつかしく麗《うるは》しい処と思ひ、何程《なんぼ》懇意でもさぞかし迷惑な事であらうと知りながら遊びに来出すと三日も四日もつゞけて遊びに来る。燕雨と政吉とはもと〳〵学生時代からの友人であつたが、お互に四十近くなつて何ともつかず身の行末を考へ世の果敢さを思知るにつれて其の交情はこの数年来骨肉兄弟にも優《まさ》つて更に深くなつた。二人は互に相方の人物を欽慕し其の才識に敬伏し合つてゐると共に、また其の境遇に対して互に厚く同情し合つてゐる。政吉は画家たる燕雨が清貧に安じ奇骨稜々として毫も時流に佞る処のないのをば世に稀なるものとして尊んでゐると、燕雨の方では政吉の沈着篤実な人物を此の上もなく慕はしいものに思ひ、わが生涯の知己としてこの人を得た事をば何物にも替へ難い身の仕合と信じた。燕雨は日頃妻君との折合が悪い為めに一時は家を捨て自暴酒に耽つた事もあつたが、いつも政吉とお房に云慰められてどうやら斯うやら其の技藝も左程には荒《すさ》む事もなく、年と共に多少はその名も世に知られて遂に今日あるを得た。それやこれやの事情から燕雨は政吉夫婦をば己《おのれ》が技藝の恩人として常に感謝の念を忘れる事がない。丁度其と同じやうに政吉も亦他人には云へず女房には理解の出来ない自分の心中をば、言はず語らずして知つてくれるものは燕雨より外にはないと思つてゐる。

そも〳〵政吉が将来充分に出世の見込ある某会社をば断然自分から辞職してしまつたのは其の会社と政府の或代表者との間に丁度いつぞや世を騒した海軍省と三井との関係のやうなものゝ伏在してゐる事をば、事務の取扱上おのづからそれと悟つた事からであつた。然し幸にして其の事件は秘密から秘密にと全く葬去られてしまつたので、政吉が辞職の理由は誰にも分らずじまひになつてしまつた。母親は政吉がお父《とう》さんが亡《なく》なつて頭《あたま》の押手《おさへて》がないので自分勝手の我儘から職業を捨て何にもせずにぶら〳〵遊んで暮す其の非を責めた。それのみならず母は又政吉に向つて、藝者をしたお房をば私一図の量見で、堅いお父《とう》さんの亡《なく》なつた後《あと》、この家《うち》へ入れるやうにしたのは、つまり政吉の心を察してやつた親の情であるのに、それも知らず顔に母へは一言の断りもなく、大事な立身の道を捨てゝしまつた事をくど〳〵と怨んだ。政吉は何事も答へず何事も弁解しなかつた。それ以来母と政吉との間には何ともつかぬ隔《へだ》てが出来た。そして妹の佐多子と妹婿の松坂とが段々母の信用を得るやうになつて来たのである。

四

主人の政吉が早稲田の植木屋から葛の木の根をば土《どろ》のまゝ縄でさげながらぶら〳〵と帰つて来た時には晩春の長閑な日脚も幾分か傾きかけた頃であつた。

「あなたがお出でと知つたら関口なぞへ廻つて見るのぢやなかつた。あすこまで出ましたら何となく滝の音が聞きたくなりましてつい廻道をしました。山の手に居りますと水の流を見るのが何となく珍しくて能御座《ようござ》います。」

「久しく歩きませんが面影橋あたりも大分開けましたらうな。」

「いやもうお話にはなりませんて。」

「然し名前がいゝといつまでも江戸名所図会にあるやうな景色が目に浮びますな。」

「あなた、お礼を仰有《おつしや》つて下さい。頂戴いたしたんですよ。」とお房が支那焼の深い黄い菓子鉢に椿の若葉でくるんだ道明寺の菓子を入れて出した。

「これは〳〵私《わたし》の大好物だ。早速頂きませう。」と政吉は懐中の紙入から小菊半紙を一枚膝の上に敷延べ象牙の箸で椿餅を挟み取り、「お房お茶を入替へて下さい。」

「近頃は何か珍らしいものがお手に這入《はい》りましたか。」

「あなたがお出でになつたら見て頂かうと思つてゐたものが有ります。出入の古本屋が持つて参つたんですが。」と政吉は地袋戸棚から紙本の古びた一幅を取出して燕雨に渡すと燕雨は軸を取つて延べ、

「鍬形蕙斎ですな。鳥獣略画式の絵本と同じ筆法だ。これア本筋です。」

図は幹の太い柳の下にさま〴〵な形をした無数の水禽《みづとり》をば奇勁な筆で描いたものである。政吉は首を差延して、「蕙斎といふのは北尾派の浮世絵師でせう。どうもこの畠のものは私にはよくわからんですが、此れなぞは北斎の花鳥よりも却て垢抜がしてゐるやうな気がします。いかゞでせう。」

「御説の通り、遥に北斎を凌ぐと申しても差支はありますまい。兎に角北斎ほど多作した画工《ゑかき》はないので従つて駄作も多いで

す。」

「一体蕙斎と北斎とはどちらが優つてゐるんでせう。全体としては矢張北斎ですか。」

「左様さ。一朝一夕には定められませんな。嬉遊笑覧を編纂した喜多村均庭は北斎をば何でも無暗と人真似ばかりする画工だと云つてひどく貶《おとしい》れてゐますが、どういふ事実について云つたのか判然しません。然し漢画の筆法で名所絵をかいた事や、又は光琳漫画にあるやうな花鳥の略画を浮世絵でかき出したのは北斎よりも蕙斎の方が年代から云つてずつと先《さきん》じてゐたのは事実です。」

　こんな塩梅に二人は書画文藝の談話に耽けるといつも互に其の所感を述合うて時の移るのを忘れてしまふ。殊更遅い暮春の日脚も燕雨の浮世画論それに対する政吉の質問と反駁にいつか低く斜に傾き西向の窓の障子に樹の影が映り初めた。お房は最《さい》前《ぜん》から台所で早くも夕飯の仕度にいそがしい最中である。

「いやこれは見事だ。」燕雨は突然叫ぶやうに声を高めて「丸窓の障子に竹の影……このお住居《すまゐ》ばかり実にお羨しいですな。何から何まで全く画中の景です。」

「その代り夏になると到底堪《とてもたま》りません。去年は西日よけに糸瓜《へちま》の棚をこしらへたんですが、これはまるで北斎の漫画でした。」

と政吉は立つて静に丸窓の障子を明けながら、「今日も富士が見えますかどうですか。」

「いやよく見えます。」

　目白と赤城の森の間に夕日を浴びた富士は棚曳き渡る霞を抜いて紫色に濃く浮び上つてゐる。崖下《がけした》の眺望は夕日を受けて更にひろ〳〵と見え、無数の人家と其間々に繋つた若葉の木立はいづれも其半面を夕日の色に染めなされて思ひがけない処に面白い陰影の濃淡を生ぜしめた。目白台の麓から東を指して流出る江戸川の水も亦光線の具合でぎら〳〵と其の面を輝すので、俚俗大曲《おほまがり》とよぶ辺《あたり》から急に南へ向ふ其の流の末までがはつきりと見極められる。鴉の啼声が遠く近く諸処に聞え出した。燕雨は眺望の眼《め》をふと座敷の額に移して、

「初めて気がつきました。いつかお伺ひしやうと思つてゐたんですが、この襟川亭と題してあります額は、江戸川の流を襟のやうに廻《めぐら》してゐるといふ訳なのでせうな。」

「そんな事でせう。」と主人は頷付いて、「亡《なくな》つた父が書いたのですが、或は昔水道端を流れてゐた上水堀を意味したのではないかとも思はれます。江戸川を襟のやうにしてゐるといふのにはこゝからではちと距離が遠過ぎるやうな気もします。」

「左様。」と仔細らしく燕雨は首を傾げ、「然し襟川といふ字には何となく水の流が迂曲してゐるやうな心持が現れてゐますからな、これア矢張江戸川でせう。赤城から早稲田辺が開けなかつた時分はこの襟川亭の眺望は一入《しほ》見事だつたでせうな。」

「つい四五年前までは樹の茂つた間から処々に寺町辺のお寺の屋根が見えたもんですが、此頃は方々に高い西洋造が出来たので赤城明神の御堂も一向見栄がしなくなりました。早稲田辺は

秋になると田甫が一面美事に黄ばんで見えたものです……。」

「世の移変りで致方がありませんな。」

「然しこゝの家《うち》の母屋《おもや》も御覧の通り妙な破風造の二階に硝子戸を引廻した家《うち》になつてしまつたんですから、今では却て眺望と釣合《つりあ》ふ訳です。」

「私が初めて上《あが》つた時分のお屋敷は古びてゐて実に能御座いましたな。昔の家《うち》ですから少し薄暗くはありましたが、何処《どこ》となく落ち付きがあつて、かうしてお庭を眺めながら話をしてゐても自然に気が静るやうでした。」

「昔は何でも旗本の屋敷だつたさうです。父は旧弊でしたなア。其儘何処《どこ》も直さずに何十年と住んで居たんですが、母の代になつてから土台が腐つて手入をするのに費用がかゝるからと云ふんで、あゝ云ふ妙なものを拵へたです。今の人は古いものを壊《こは》すのを何とも思ひませんなア。この襟川亭もあの時すんでの事に取壊《とりこわ》されてしまふ処を私がまアやつと引留めたのです。」

「今日東京市中でかう云ふ鱗葺の家にはもう住ひたくも住へません。金で買へない宝です。私は雨が降るといつもこちらのお住居を思出します。春雨や時雨が降つても瓦屋根ぢやどうも風情が添ひませんからな。」

　家の中はいつか薄暗くなつてゐた。然しこの離座敷には電気燈の設備がない。これは政吉が釘を打つた工夫の靴で庭の苔を踏荒される事を恐れたが為めである。政吉は次の間の押入からランプを取出して火を点じた。

五

　築地明石町の旧居留地をば堀割の向に見渡す人通の少い河岸通に燕雨はさゝやかな二階建の家を借りてゐるのである。酔歩蹣跚として小石川は金剛寺坂上なる政吉の家を出たのは夜も十一時を過ぎてからの事なので、電車で両国を廻つて新富座前で下りた頃には無論もう十二時過であつた。あたりの人家は悉く戸を閉《し》めた街の上高く芝居小屋の電燈ばかりが閉場後も夜を徹して煌々と木戸前の飾物と狂言の絵看板を照してゐるのが、丁度人気のない大広間に銀燭金屏の徒に燦爛たるさまを見るやうな淋しさを覚えさせる。折から箱屋らしい男を連れた藝者が一人、真暗な河岸通から小走の下駄《げた》の音殊更せはしなく夜の影に響かせて、不図《ふと》芝居小屋の照渡る火影にその後姿をば絵のやうに映出《うつしだ》したかと思ふ間もなく、再び片側の真暗な横町へと隠れてしまつた。其の遠かり行く足音突然何処からともなく響いて来る女の笑声、つゞいて物売り歩く夜商人《よあきんど》の太い声なぞ、いづれも深け行く町の夜ならでは思知られぬ気勢《けはい》をつくるのであつた。

　燕雨は長い間電車にゆられて来た酔余の転寐《うたゝね》から今始めて眼が覚めたやうな心持がして、築地橋を渡りながら立止るともなく欄干に身をよせて川筋を眺めた。向河岸の柳の下には唯《たつ》た一ツ辻待の車の灯が残つてゐるばかり。こなたは川長、かなたは飄家桃林なぞいふ茶屋が二階にも人の気色《けはい》なく、立並ぶ両岸の家の屋根と共に合引橋の姿が其の儘いかにも静に水の上に息《やす》んでゐる。

燕雨は斯《か》ういふ市中の風景にいつも啻ならぬ画興を覚えるのである。今夜のやうな夏近い春の夜のみには限らない、川風の肌をさす冬の夜も、風が死んで眠られぬ程蒸暑い盛夏の夜半も同様燕雨は川添ひの町の夜深《よふけ》といへば如何なる場合にも無頓着に歩み過るといふ事は決してない。彼は広重と北斎と或は又西洋外光派の油画、その何れにも捉はれる事なくして、自分には一番近い風景をば何とか新しい筆法で描いて見たいとこの二三年絶えず苦心してゐながら今だに自分だけで満足する下絵すら出来ないのである。彼は十五六歳の頃まで兎角病身であつた処から其父が将来を気遣ひ中途に学校をやめさせて容斎派の某画伯について画を学ばせた。其の当時日本歴史を材とした人物画は粗放な文人画と相並んで中流社会の一部に持囃されてゐた。民間に於ても大蘇芳年が月百姿の錦絵。劇場にては団十郎の小督だの袴垂保輔見たやうな新史劇が喜ばれた。燕雨は二十一二歳頃までは何等自家の意見も趣味もなく唯師匠から習つたまゝの筆法彩色で焼野の中に立つてゐる日本武尊だの、竹藪の竹にぶらさがつてゐる熊若丸なぞを描いてゐたが、軈て新聞や雑誌に洋画南派或は紫派と称へる油画の新画家に対する是非の議論が追々に人の注意を惹くやうになつて来た時、燕雨はどういふ訳か忽然この新派の洋画に感激し、遂に容斎派の筆を捨て日々郊外へ洋風の絵具箱を携へて写生に出掛け始めた。四五年ならずして燕雨の名は早くも将来有望なる青年洋画家の中に数へられるやうになつた。一歳《とせ》実業家の団隊が支那漫遊に際し燕雨は都下の或新聞社の依頼を受け杭蘇の山水を写生して歩いた。帰朝すると燕雨は東洋の山水と東洋固有の美術との間にはどうしても引離すことの出来ない神秘な関係のある事を悟つたと云つて、洋画を捨て自分勝手の放逸な日本画を描き始めた。彼に取つてはこの覇気満々たる三十代の数年間が画家として一番幸福な時であつた。あの時分は酒がうまかつたなと何かにつけて彼は当時を思返すのである。その華やかな三十代も忽ち半を過ぎて今は大厄の年をも目の前に控えるやうになつた。家には唯一時の花とのみ思つてゐた藝者が縁は不思議なもの生涯連添ふ女房として控へてゐる。一夏不図腸を害して以来地体《ぢたい》強からぬ身は遽に気力が銷沈してしまつて、毎年の冬をば一年は一年に増してしみ〴〵と身にこたへて感じ始めた。酒がにがい。世の中が面白くない。女房が気に入らぬ。唯それ位の事ならばまだしもよい。燕雨は近頃のさめ果てた心からつい昨日までの旧作を見ると何とも云へない衒気満々たる厭味《いやみ》を覚え、出来る事なら他人に買取られたものまで皆一束にして焼捨てゝしまひたいと思ひながら、さりとて今のところ自分の心に叶ふやうな画風を発見する事も出来得ずに居るのである。

燕雨は支那から帰つて来て興の乗ずるまゝ盛に描《か》きなぐつた山水花鳥をば支那画とも日本画とも又西洋画とも何ともつかない実にいやなものだ。実にいゝ加減なものだ。実に生意気なものだ。心ある鑑識家に見られたら実に穴にも這入りたい程耻しいと思ふにつけ、彼はもつと正直な温雅な筆法で小さな目に立たない画題を撰びたい。展覧会なぞで人の注意を惹かない代り、自分だけで見ていつまでも見飽のしないやうなものを描《か》かねばならぬ。なまじ新しい変なものをかく位ならば寧忠実に古人の手法を墨守してゐる方が遥に正直である、彼はそれ以来現代の画界とは全く懸け離れてしまつた。

柳を動す川風、小夜深《さよふ》け渡れば渡る程早や夏らしく、星も月もないが何処となく明い空には昔であつたら時鳥が啼くかと思はれるやうな、何とも知らず心誘はるゝ夜のたゞずまい。燕雨は空を仰ぎながら川岸づたい軽子橋の袂を折れて漸くに我が家の門口へついた。

雨戸がしまつてゐる。手をかけて明けやうとすると錠がかゝつてゐて少しも動かない。燕雨は直に内の様子を察《さと》ると共に、あゝ実にいやだ。この儘何処までも歩いて行つて野宿でもしたいやうな気になるのを自ら制して軽く二三度戸を叩いて見た。案の通り内には忽ち戸外《そと》までも漏聞えるやうな甲走《かんばし》つた声がして「春《はる》、春《はる》」と女中を呼ぶ。暫くして四十ばかりの女中が別に慌忙《あは》てた様子も見せず雨戸を開けながら寐ぼけた声で、

「お帰りあそばせ。」

燕雨は入口の土間へ一足踏込むと上框《あがりかまち》の明け放つた障子の彼方に、煌々と輝く茶の間の電燈――幽暗な夜深《よふけ》の空を仰いで来た眼には一入眩《しほまばゆ》く照渡る電燈の光に、妻のお佐喜が長火鉢を前に上框へ上る自分の足音にも更に振向きもせず坐つたまゝで居る其の後姿、崩れ放題にした丸髷に後毛《おくれげ》を垂した横顔を見るともなく目にすると、いかにも淋しくいかにも気の毒な気がすると共に、又いかにも息のつまるやうな切ないやうな、其の一瞬間の反動としては大喝一声自分の目の前から追退けてしまいたいやうな、只々何とも云ひやうのない厭《いや》な情無《なさけな》い気がした。その儘二階の居間へ上つてしまひたいのを燕雨は再び思返してづか〳〵と長火鉢の向へ歩み寄り及腰《およびごし》に坐《すは》つて、帯から抜出す煙草入、わざと磊落な調子をつくり、

「小石川へ行つたよ。また御馳走になつた。奥さんがお前によろしくと仰有《おつしや》つた。」

「市原さんですか。そんならさうとお出掛の時に仰有つて下さればいゝのに。いつかの御礼をお頼みするんだのに。」

「行くつもりぢや無かつたんだ。途中から急に思出してお尋ねしたのさ。」

「さうでしたか。」と妻のお佐喜は言葉を切つた。それが燕雨の耳には恐しく切口上に聞えたので心の中に又始まつたなと思つたが、素知《そし》らぬ顔で火鉢の上の鉄瓶から有合ふ茶碗に湯をつぎ、

「どうも小石川へ行くといつも飲過ぎていかん。つい遠慮がなくつて気が置けないもんだからな。一体もう何時なんだらう。」

燕雨はつぎ穂なく途絶えてしまつた話を引出さうと独言のやうに呟《つぶや》くと、お佐喜も亦同じく独言のやうに、

「お宿《とま》りかと思つてました。」

燕雨は覚えずふゝツと吹出した。するとお佐喜は甚く感情を害したと見え、

「もうぢき二時ぢやありませんか。お宿《とま》りだと思つたからさう云つたんですよ。可笑《をかし》かありません。」

「そんなら起きてずと先《さき》へ寐てるがいゝぢやないか。また諸所方々へ電話を掛けたんだらう。呆《あき》れるなア。」と云ひながら長居は無用だといふ風で、燕雨はつと座を立ち其儘二階へ上つて、六畳の間に寐床の敷延べてあるのを幸。すぐさまパチリと電燈を消してしまつた。

六

燕雨は何か少し話がこぢれて妻の手前が気まづくなり出すと、もう寸時も家には落ちついてゐられない性分で、朝から家を飛出し夜は寝る時分に帰つて来るが早いか、いきなり寝床の中へもぐり込んで眠つてしまふ。その為にますく〵家の具合が悪くなればなるに従つて、三日でも四日でも、雨が降らうが風が吹かうが其様事にはお構ひなく毎日家を出てどこかで日を暮らして来る。或時は其儘旅行して十日も二十日も帰つて来ない。そしてふと何かの様子でお佐喜の方から折れて出て、自分もどうやら機嫌が直つて来るまでは決して口をきかない。きかうと思つても何となく気まづく、此方から先に折れて出るのが妙にいまく〵しいのであつた。燕雨の眼に映ずるお佐喜は虎年の五黄と云ふだけ飽くまで剛情な勝気な女で、家事の一切《さい》は云ふまでもなく外に出てからの良人の生涯まで何も彼もすつかり自分のものになしきつてしまはなければ承知も安心も出来ない女である。何事もこまぐ〵と男に相談する手間《てま》より先《さき》に、自分一人でどしく〵切廻しをつけてしまふ日頃の働振は、余所《よそ》の見る目には全く女丈夫のやうに感心されるから、それが良人の目には余りに余裕なく又女らしい優《やさ》しさが欠けてゐるやうに見えるのであつた。燕雨はお佐喜を妻にしてから始めて、二人の性質の全く相反してゐる事を知ると共に、物の役には立たずとも立居振舞から物云ふ声の最少《もすこ》し女らしい優しさに接して見たいやうな気がしたのである。

もとく〵二人がかうなつたのも矢張お佐喜の意地張つた勝気から起つた事であつた。燕雨が支那から帰つて来て再び日本画家として売出した頃、同じ日本橋の土地にもう一人馴染の女があつたが、其の女への意地張りから、お佐喜は燕雨をわがものにして景気よく此れ見よがしに素人になつてしまつたのだ。さういふ訳合《わけあひ》から、又《また》さう云ふ性質の女に限つて人並はづれて悋気が深い。一所になつた当座は何事もなかつたが、生れつき美術家肌とも云ふべき放逸な燕雨の性行は到底お佐喜の忍ぶ処許す処でない。何処へ行くとも云はずふらりと家を出ると其儘夜まで帰つて来ない。洗湯へ行つたかと思へば其の足で一日散歩して時ならぬ時分にぼんやり帰つて来る。燕雨は別に増花をつくつた訳でもないが、お佐喜の心には絶えず浮はついてゐるや

うに見えて我慢がならない。不愉快な顔をしまいと思つても自然と面に現はれる。それが燕雨には云ひやうもない程不愉快に見える。自分の性行をば絶えず監視されるやうな気がして何でもない事にも気を兼ねて、唯只自分の身のまはりが窮屈で〳〵叶はないやうになつた。

今日までに幾度となく別ればなしが出た。その度毎に燕雨はほつと息をついて独身の羈絆なき過去の生涯の再来を夢み、別離の悲劇は直にわが藝術の一大進歩のやうに心窃に勇立つのであつたが、さうなるといつも女の方から妙に折れ始めて哀つぽく訴へられ折角の夢もそれなりになつてしまふのであつた。燕雨は自分の気の弱い事を憤りもする。諦《あきら》めもする。毎年一二度づゝは必ず同じやうに紛々《ごた〳〵》を繰返し繰返しする中、いつしか年と共に彼はこの紛々と平素の不愉快とにも馴れるともなく馴れてしまつて、お佐喜のことには全く気を留ぬやうにしてしまつた。その代り其の心の中の寂しさは独身のそれとも違つて云ふに云はれぬ妙に沈んだ苦味《にが》い心持である。

其夜お佐喜は稍暫くしてから二階の六畳へ上つて来た。すぐ寝床へ這入るのかと思ひの外、正《たゞ》しく良人《おつと》の枕元に坐つて、

「あなた。」と呼んだ。

燕雨はまだ寝つかずに居たが返事をすると面倒だと思つて其のまゝ寝た振りをしてゐると、お佐喜は良人が日頃の様子に早くもそれと察してゐるらしく、

「あなた。今日は小石川ぢやありますまい。ちやんと知つてますよ。」

此方《こちら》は猶も寝た振りである。

「あなた。あなたはいつでも隠立てをなさるから妙になるんぢやありませんか。あなた。今日は小石川ぢやありますまい。下谷でせう。知つてますよ。」

「何《なに》、下谷だつて。」と燕雨はあまり意外なので覚えず顔を上げた。然し幸ひ座敷は真暗である。

「新聞に出てますよ。」とお佐喜は嘲けるやうな調子になつて、

「やまとの夕刊に出てますよ。」

「何が出てゐるんだい。」

「しらばツくれても駄目ですよ。」と畳んで懐中《ふところ》へ入れて来た新聞を布団の上に突付けた。

「何が書いてあるんだ。読んで見ろ。」

「よくそんな事を云へますね。御自分で読んで御覧なさい。」

とお佐喜は立上つて電燈を振つた。

「眩《まぶ》しいよ。そんな事は明日で沢山だ。」と云つたが、電燈の光に燕雨は目の前につき付けられた新聞を見た。

六号活字で噂の種と云ふ処に下谷の鈴花と云ふ女が帯に裾模様に煙草入に燕雨画伯が揮毫の模様を自慢にお座敷でのろけ散してゐるばかりか、簪や帯留に燕をつけて騒いでゐると云ふ事が書いてあつた。

「これア面白い。」と燕雨は覚えず手を打つた。いつぞや某画伯の画会が池の端の料理屋に開かれた折其の席にゐた藝者や女

中の云ふがまゝ酔に乗じて煙草入半襟羽織の裏なぞ無暗にかき散らした事は覚えてゐるが扨其の中のどれが鈴花と云ふのやら更に知る由もないので、新聞にはよくある誤報とは思ひながら、お佐喜の悋気が癪に触るので、からかひ半分落ちついた調子を作り、「お佐喜、これを見せてどうしやうと云ふんだ。お前の量見から先へ聞かうぢやないか。」

「ほんとなんですか。嘘なんですか。それから先に聞きませう。」とお佐喜は畳を叩かぬばかりに詰寄つた。その甲走つた鋭い声柄、眼を釣上げた険しい相恰、女らしい慎しみも嗜《たしな》みも優しさも影を留めぬ見幕に燕雨は今更ながらつく〴〵愛想もこそも尽果てた気がした。

一体燕雨は何事によらず人の性行を批評したり干渉したり意見したりする事が大嫌ひである。それ故これまで門人にしてくれと云つて来た青年がないでもなかつたが画は人に習ふものでない、自分で研究するものだと云つて避けてゐた。友人に対しても互に意気相投ずれば喜んで語る。若し意気相合はざれば黙して去ると云ふ風で、決して人と争つた事がない。争ふ必要が更にないのである。女に対しても矢張其の通りで、此方から嫉妬らしい変なことを云はなければならないやうな場合に立至ると、彼は翻然気を他に転じて其の女から遠《とほざ》かつてしまふ。面倒なことを云ふのが嫌ひな代りに女の方から面倒な事を云掛けられると、燕雨は自分の性行について妙に他《はた》から干渉されたやうな屈辱を感じて、其の窮屈な範囲から遮二無二に逃げ出したいやうな気がし出す。燕雨は詰寄るお佐喜を睨み返して、

「自分《じぶん》で嘘だと思つたらきいて見るにや当るまい。ほんとだとしたら何《ど》うするんだ。」

「覚悟があるから能御座《ようござ》んす。」

「いゝなら黙《だま》つて勝手に覚悟しろ。人に相談するな。」

「相談ぢやありません。男らしく私がいやならいやと立派に仰《おつ》有《しや》つたがいゝぢやありませんか。男らしく立派に仰有《おつしや》い。」

「云ふも云はないも、そんな事は此方《こつち》の勝手だ。余計な世話をやくな。」

「余計な世話ぢやありません。私だつてさういつまでも馬鹿にされちやアゐませんから。」

「しつツこい。さう根掘り葉掘りきかうといふんなら云つて遣る。誰が女房になつた女にさういつまでも惚れてる奴《やつ》があるか。色と女房とはちがふぜ。馬鹿。」

大喝一声、燕雨はお佐喜から遠ざかりたいにもこの夜中行くべき処もないので、がばと起上るより早く梯子をかけ下りて厠へ逃げ込んでしまつた。

七

夜が明けたらすぐにも燕雨は旅行しやうと思ひながら眠つた。お佐喜は怒狂《ひかりたけ》つた後は例の如くしく〳〵泣いてゐるのをも、燕雨は宿屋の襖一重向で夜通騒がれるよりもまだしも幸だ位に、強ひて気に止めぬやうに夜の明けるのを待ち兼ねてゐたが、い

つか寝《ね》ついて不図目を覚ますと、窓一面の日光《ひかげ》、河岸通の下駄の音、近くの小学校で子供の騒ぐ声、それに引換へ家の内は何となく寂《しん》としてゐて、いつも勝手の方から響いて来る甲走《かんばし》つたお佐喜の声も更に聞えない。ふと気がつけがお佐喜の夜具はいつの間にか奇麗に片付けてある。

燕雨は起上つて画室にしてある表の十畳の間に出で巻煙草を口に啣へたなり、早速旅先の写生に必要な道具の始末をしはじめた。突然堀割の向《むかふ》の居留地を越して、月島の沖合から汽船の汽笛が青々と晴渡つた空に長く反響した。居留地の庭々の若葉の梢に高く碇泊した船の帆柱が見える。燕雨は忽ち愉快な心になつた。そして家の事や女房の事なぞに気をくさらすのは美術家として大に間違つてゐた。女房よりも家よりも画工《ゑかき》には画が一番大事なのだと思ふと、もういろ〳〵な美しい景色が目に浮んで来て、西へ行かうか東へ走らうかと定まらぬ旅の行先に迷ふ。先湯へ行き髯でも削つてすが〳〵と旅立たう。この儘帰らずとも済むものならばいつまでも帰るまい——と雲のやうな空想に耽りなから階下《した》へ降りると、茶の間の火鉢にぼんやり心配さうな顔をして用もせずに座つてゐるは、お佐喜ではなくて女中のお春であつた。

「旦那様、どうかなすつたんぢや有りませんか。」と恐るゝやうに燕雨の顔を見た。

「どうもしないよ。湯へ行くから石鹼を出してくれ。」

「今朝お早く御飯も上らないでお参りに行くと仰有つて御出掛になつたんで御座《ござい》ますよ。」とまだ顔色を窺つてゐる。

「さうか。あれにも困《こま》りきるね。」と云つたが燕雨はお佐喜が留守と聞いて其の刹那安心したやうな落付いたやうな妙にゆつたりした長閑な心持になつた。

湯から帰つて来て日の当つた二階の椽側へ出で丁寧に両足の爪を取つた後、女中の持運ぶ朝飯《あさげ》の膳もそこ〳〵に、燕雨は再び旅行の支度に取掛つた。紙なぞ入れた小簞笥の抽出をあけた時ふと一枚いつ描《か》いたとも知れぬ下絵が目についた。見れば椿の花を挿した花瓶の図である。いつぞや政吉から彼《か》の夜店で買つた花瓶の来歴を話されて、何でもよいからせめての心遣りに其の形だけでも描《か》いて置いてくれと頼まれ、其の折話された通りに形と染付の燕様とを覚えがきにして置いたのを、其れなりにいつか忘れるとなく忘れてゐたのであつた。

燕雨は実物の花瓶を見た事はない。唯其の深い来歴を聞かされたまでの事であるが、何となく情愛の籠つた好い心持がしたので、どうかして其の心持の幾分でも観る人の目に伝へることの出来《でき》るやうな図を製作したいと思つたのである。彼は日頃心の平穏な時にはいかに性情の相違からとは云ひながら自分の思ふやうにはどうしても妻を愛してやる事が出来ないのを折々は心苦しく切なく情《なさけ》なく感じる。で、さういふ日頃の悲しい淋しい感情を慰めるには、政吉とお房との暖い恋の形見なるこの花瓶の図の製作に身魂を傾注するのが一番意味もあり又一番適当した事であらう。お佐喜はおのれをば夫婦の情愛なぞは微塵もない人非人のやうに思込んでゐるに相違ないが、人と生れて人情を知らない奴はない。自分の胸に潜んだ人情は不幸にして性質の合はない妻の身に灑ぐ事が出来ない代り、それは他にそれて親しい友達夫婦の身の上とその人達から頼まれた製作の上に灑ぎ込まれるのだ。と燕雨は旅のことも忘れてしまつて独りぢつと思ひを花瓶のことに移した。

八

今年の彼岸は中日の後先《あとさき》かけて三日もつゞいての雨や風。それに加へて夫婦とも〳〵陽気の狂ひに風邪心地《かざこゝち》、それなり心にもなく先祖の墓参をも怠つてしまつたので、午飯《ひるげ》もそこ〳〵政吉はお房をつれて、今日《けふ》しもはる〴〵小石川から深川なる霊巌寺の菩提所へ出掛けた。

まだ五月の声は聞かぬが、そよ吹く巷《ちまた》の風早や衣更《ころもか》へよと促《うなが》すらしく、一ツ小袖の裾翻す陽気に、日頃出不性の政吉もさすがに今日ばかりは晴れやかなる市中の有様に何となく浮世面白しと思ふのであつた。されば盆暮の所用礼参り、また折々の墓参神信心の外、滅多に外へ出た事のないお房には、電車の窓から看て過る町の賑が、まるで芝居へでも行つたやうな物珍らしい心持をさせるのであつた。江戸川端から神田の大通須田町柳原、さて両国橋を渡つて本所の乗換場に来るまでの長い道程《みちのり》も、つい一走《ひとはしり》のやうに残惜《のこりを》しく思はれた。弥勒寺橋《みろくじばし》を渡つてお房は政吉に注意され慌忙《あわ》てゝ、電車を降りると、左手《ひだりて》の寂しい横町に彫刻《ほり》の立派《りつぱ》な白木《しらき》の古い大きな棟門が、いつ来ても何となく目新しく、いかにも静に寂しく聳えてゐる。

ひろ〴〵した境内《けいだい》、門から正面の本堂へと真直に導《みちび》く長い敷石の上をば、政吉夫婦は右手の玄関におとづれて、暫く住僧の読経に父を始め先祖累代の遺牌を伏拝み、やがて寺男に香華を持たせて本堂裏の墓場へと廻つた。

墓場は門内と同じやうにひろ〴〵してゐる。石の玉垣を建廻し石の燈籠数多《あまた》置き据えた大名の墳墓があちらこちらに立つてゐるが、大方は荒れ果てたまゝ今は香華を手向ける人もないと見えて、中には歩み寄るべき道さへなくあたり一面沼のやうになつた雨水の溜りに、去年の蘆の枯腐つた茂りから早くも今年《ことし》の若芽が青々と萌え出してゐる。臥龍のやうな形した見事な松の其処此処《そここゝ》と目につくが中に、扉の傾き落ちた石の門を蔽うたまゝ無惨にも枯れ朽ちてしまつたのもある。小鳥は数《かず》ある石燈籠の、殊更日当りのよいのを選んで其の中に巣を営み雛をはぐゝんで、人の足音にも驚かず麗《うらゝか》な日和を喜び囀つてゐる。政吉は先祖累代の墓に香華を手向け終つた後、この麗《うらゝか》な日の光に照らされて遠くからもよく読み得られる古墳の文字を読歩きながら元来《もとき》た道を本堂の横手へ出ると、後に従ふお房を顧みて、

「これが白河楽翁公のお墓だ。」と云ひながら、立止つて合掌した。

お房は何の事かよくは分らないので石燈籠の間に佇み良人が目を閉ぢて恭しく合掌してゐる間唯《たゞ》ぼんやりと正面に一段小高

く石の玉垣を築き廻し石の門を控えた古墳の表に、故白河城主楽翁公墓と刻した文字をおそる〳〵差覗《さしのぞ》いたのである。

「お房、静で何となく気が落ちつくから、私はお墓参が一番好きだよ。お前、くたぶれたら門の側の花屋で休んでゐておくれ。私はついでだから、もすこしお墓を見て歩くから。」

「いゝえ、そんなに疲《くたぶ》れや致しませんから、よろしう御座います。」

「さうかい。それぢや少《すこ》し付合《つきあ》つておくれ。これはみんな昔の御大名のお墓だ。あつちに立てゐる円いお墓はこゝのお寺の坊さんのお墓だよ。」

「あら、大きなお地蔵様がありますよ。この前来た時分には気がつきませんでしたよ。先《せん》から在《あ》つたんですか。」

「百年位前から在るのさ。昔江戸中にかう云ふ形のお地蔵様が六体あつたから江戸の六地蔵と云ふのさ。」

お房は立止つて笠を阿弥陀に冠つて胡座《あぐら》をかいてゐる大きな地蔵尊の後姿を珍しさうに打仰ぐ。

「巣鴨の真性寺といふお寺と、それから新宿の大宗寺、それから山谷にもある、品川にもこの通笠をかぶつたお地蔵様があるのさ。もう一ツは昔深川の永代寺にあつたんだけれど、今ぢやどこへ行つてしまつたのか分らなくなつた。燕雨さんが一時熱心にさがし歩いた事があるんだけれど分らなかつたとさ。他分西洋人が買つて行つたんだらう。」

門内の敷石に大勢の人の足音がしだした。

「あなた。お葬式《ごむらひ》がありますよ。」とお房は地蔵尊の蔭から境内を見渡して「あら可哀《かあい》さうに仏様《ほとけさま》は赤坊ですね。あなた。御覧なさい。綺麗な一ツ身がお棺の上にかけてあります。」

「うむ。あれが母《おつか》さんにちがひない。」と地蔵尊の碑文を読んでゐた政吉も目を其の方に移して、

「まだ若い奥様だ。初産の子を失《なく》したんだな。」

「人事《ひとごと》だとは思はれませんわ。さぞ落胆《がつかり》なすつたでせうね。」

「家《うち》見たやうにいつそ子供なんぞ出来ない方がいゝな。」

「ほんとうねえ。あんな事になる位なら、いつそ初から無い方が思切がよう御座んすわね。」

「綺麗な奥様だ。白無垢がよく似合ふ。顔世御前のやうだ。」

「ねえ、あなた。然し私は矢張子供が一人ほしう御座んすわ。外に何にも望はないんですけども……。」とお房は愁然として、杖にした日傘へ身を寄掛けるやうに其の場へ蹲踞《しやが》んでしまつた。

長い敷石の上を行尽して葬式の人達は早くも本堂の階段に上りかけてゐる。

「お房、もう行かう。お前何か人形町で買物をするんだつけね。ぶら〳〵行つて見やうぢやないか。」

二人は霊厳寺の門を出たが折から本堂の中には儀式が始つたと見えて磬の音がかすかに往来まで漏れ聞えた。政吉は一寸振返つたが思切つたやうに電車通の方へ歩みを早めながら、

「早かつたら帰途《かへりみち》に燕雨さんの家《とこ》へでも寄つて見やうか。」

「どうなさいましたらうね。あれなりお見えになりませんね。」

「出《で》て来《こ》ない処を見るとまア無事なんだらう。」

「いゝ方《かた》ですがね。どうして奥様《おくさん》といけないんでせうね。先達も何ですかいろ〳〵こぼして居らツしやいましたよ。」

「悪縁とでもいふのだらうね。燕雨さんもいゝ人だしお佐喜さんも決して悪い人ぢやないんだが、夫婦仲といふものは又別だ。何か一ツ事がこぢれて来ると、それからそれと枝葉がさいてお互に心にもない事を云つたり為《し》たりするからね。」

「私《わたし》なんぞとは違《ちが》つてお佐喜さんは悧巧で何でもよく出来《でき》る方なんですがね。どうして燕雨さんのお気に入らないんでせう。」

「燕雨さんはいつでも性質が合はないからだと云つてゐるが、さうぢや無いね。あの夫婦はつまり同じやうな性質だからそれで衝突するんだよ。男同志の友達にした処が私と燕雨さんとは一寸見た処同じやうで性質は全然反対だからね。夫婦も矢張一人が陽気なら一人は内気と云つたやうに性質の違《ちが》つてゐる方がいゝと思ふよ。」

「私とあなたとはどうでせう。違《ちが》つてゐるんですか知ら。」

お房は急に心配らしく良人の顔を見たが、折から久しく待ちあぐんだ電車が弥勒寺橋の上に現はれたので、二人は話もこれなりに線路の近くへ歩み寄つた。

九

築地川のほとり、燕雨が家の格子戸には昼中《ひるなか》半分雨戸が引いてある。政吉夫婦は立止つて、

「兎に角こゝまで来たものだ。一寸名前だけでも云置いて行かう。」

格子外から二三度案内を請ふたが返事がない。格子戸を明けやうとしても鍵がかゝつてゐる。二人はしばらく途方に暮れた揚句、露地に面した勝手口を見付けて水口の障子をあけ、御用聞きのやうに大声で、

「御免《めん》々々、」と呼びつゞけた。一向《かう》返事がない。お房は呆《あき》れて、

「御女中さんもゐないんでせうか。不用心ですねえ。」

「実際これぢやア仕様がないな。然し画家《ゑかき》の家なぞはこう云ふ風が却ていゝ、玄関に呼鈴がついてゐて押すとすぐに門人が出て来て勿体らしく挨拶なんぞするよりも此の方が却て奥床しいよ。」

この時二階の方で音高く灰吹を叩く煙管の音がした。政吉は聞付けて、

「お房、留守ぢやないやうだ。」

「さうですね。あの音はたしかに此家《こちら》のお二階らしう御座《ござ》んすね。」

「何しろ上つて見やう。上つて呼んで見たら聞えるかも知れない。」

お房も政吉の後について台所に上り、夫婦声を合せて笑ひながら、

「お留守ですか。」

今度はたしかに聞えた。聞えたばかりではない。驚いて二階から駈降りる足音がした。がらりと勝手の障子を引明け、絵具によごれた古綿子《ふるぬのこ》に此の二三日髯も削らず顔さへ洗はぬらしい燕雨は、二人の姿を見るや否や、非常に吃驚した様子で、

「花瓶の絵を唯《たつ》た今方描《いまがたか》き上げた処なんです。そこへお揃ひでお出で下さるなんて、実に不思議ですな。」

「えツ、花瓶の絵が出来たんですつて、一昨年《おとゝし》の今頃に話したあの私の……花瓶の絵が出来たんですか。矢張今日は虫が知らせたんだ。」

政吉は燕雨よりも先に二階へ上つた。

「これです。もう落款をするばかりです。」と燕雨は毛氈の上から枠に張つた絵絹をそのまゝ傍の壁に立掛け、「実はこれまで度々下絵までかいて見たんですがどうも気に入らなかつたです。処が画興といふものは実際不思議です。先日お宅へ伺つて夜おそく帰つて来ると例の如く女房と衝突です。翌朝女房は外へ行つたまゝ帰りません。私は家がくさ〳〵するから旅行でもしやうと思つて其の支度をする途端何の気なしに下絵を見たですな。すると、どう云ふはずみか、ふいと興が乗り出して其れから丁度今日で一週間ばかりです。女房の帰つて来ないのを幸に引籠つて一心不乱に製作しました。どうでせう。御遠慮なく仰有つて下さい。お気にいらない処があつたら幾度でもやり直すつもりです。」

図は南蘋風の彩色を凝したもので、唐机の上に花瓶を置いた書斎の窓外には、一面に海棠雨に悩むさまを描いたものであつた。その濃く黒ずんだやうな臙脂の色と花瓶の藍色とには何とも知れぬ悽惨な感情が含ませてあるらしく思はれた。花瓶の口には窓外の雨に打たれて美しい翅をいた〳〵しく損《そこ》ねた蝶が一匹哀れにとまつてゐる。

「実にいゝ。何とも御礼の申様がありません。」さう云つたまゝ政吉は稍暫くの間花瓶の図を眺めてゐたが、気がついてお房の方を顧み少し席を譲つて、「お房、もつと此方《こつち》へ寄つてお前もよく拝見しなさい。」

「はい。」と答へてお房は仏画でも見るやうに恭しくお辞義をする。

燕雨は疲れたやうに少し坐《ゐ》住居《ずまゐ》を崩して、「お気に召さなかつたら、ほんとにどうか御遠慮なく仰有《おつしや》つて下さい。実はこの花瓶の図を私は無理やりにも一世一代の傑作にしたいと思つてゐるんですから、何度やり直してもかまはないです。」

「いや、私にはもうこれで……決して非の打ち処はないと思ひます。」

「さうですか。あなたにさう仰有《おつしや》つていたゞければ、それで安心しました。」燕雨は安心すると同時に連日の疲労を一時に感じ出したらしく思はず両足を投出しさうにしたのを危く気づいて後《うしろ》の障子へがたりと背をよせかけ、「製作の感興ほど不思議なものはないですな。女房が出て行つたばかりに偶然これが出来上つたんですからね。この調子で二三年来描けなかつたもの

をつゞいて仕上げてしまいたいと思つてゐます。」

政吉は花瓶の図にばかり見惚《みと》れてゐて燕雨の云ふ事も聞えぬのか、腕を組んだまゝ黙《だま》つてゐるので、お房は拠処なさゝうに、

「奥様はどうかなすつたんですか。」

「いや例のお株が始つたんですよ。これなり帰つて来てくれなければ結局相方の仕合になるんですがね。腐縁《くされえん》で仕方がありません。打捨《うつちや》つて置けばその中にまた帰つて来るでせう。何《なに》しろもう三十を越してゐるんですからな。今更他《わき》へ行つて身の振方をつけるといふ訳にも行きますまい。一生涯持てあますんですな。」

「何とか、円く治《おさ》まつて行く道はないもんでせうかね。」とお房はわがことのやうに深い吐息を漏した。

話はそれなり途絶《とだ》える。主客三人は云合したやうに再び一斉に花瓶の作に視線を注いだ。日が西向の窓にさしかけて来たので、座敷の中は却て明く、海棠の臙脂と花瓶の藍と傷付いた蝶の翅の色を始め、画家が苦心惨憺の秘術を尽した画面一体の色調が一段鮮に現はれて来た。

燕雨は甚しく神経の昂奮した鋭い眼でぢつと己が製作を見詰めてゐたが、突然政吉の方に振返つて、

「こんな事を云ふと何だか自画自賛するやうで申訳がないのですが、実の処私は今日までこの製作ほど自分で満足したものはありません。何だが当節流行の藝術論でもするやうで厭《いや》ですが、画工なんてものは実際普通の人の生活から云つたら片輪のやうなものですな。この絵なぞもまアどうやらかうやら自分だけで満足するやうに描《か》けたのは全く家庭の不和だつたおかげですよ。私は女房がありながらその女房をどうしてもしみ〴〵可愛《かあ》いと思ふ事が出来ない。時々やけな考も起ります。然しさうかと云つてもう此の年になつては二十代の若い時のやうに藝者や女郎に現《うつゝ》を抜して気をまぎらすといふわけにも行きませんし、此の三四年といふもの、私は段々考が冷酷になつて人情の暖みがなくなつて来て、妙な淋しい心で暮してゐたんですが、ふいといつぞやお宅で花瓶のお咄を伺つて其時何とも云へない暖な人情の籠つたいゝ心持がして、それからといふもの私はどうかしてこの淋しい心持を、この花瓶の製作によつて慰めやうと思立つたのです。自慢ぢやありませんが此臙脂と群青の色ですな。私は自分でもこんな色が出せやうとは思つてゐなかつたです。今まで外の製作では随分苦心した事もあるんですが、私の感情をこんなによく伝へるやうな色を使つた事は一遍もありませんでした。わけもなくすら〳〵と出来てしまつたです。何だか傍に別の人がゐて色の調合を教へてくれるやうな気がして、夜なんぞ何だか気味がわるい位でした。美術の製作ほど不思議なものはありませんよ。」

燕雨は感情の激するまゝに滔々と語りつゞけたが、ふと又疲《つか》れたやうに黙《だま》つて只ぢつと絵絹の面《おもて》を睨んだ後、静に立つて座敷の隅の机から大きな印凾を持出し、語を改めて、

「もう落款を致しても宜敷いでせうか。」

「どうぞお願ひ致します。」

燕雨は薫の高い唐墨を徐に摺つて其の名を署した後静に印を押した。

「これでまづ完成しました。」

「お祝に一酌しませう。丁度時刻もようございます。この辺では竹葉でせうか。少ししつツこくツてお酒には向かないやうですな。喜多野家の会席はどんなものでせう。」

「結構です。あすこなら新橋風の紳士も藝者も来ませんから大満足です。」

「それではそろ〳〵参りませう。」

「さ、どうぞ。」


（「三田文学」大正5年1、2月号）

球突場の一隅

豊島与志雄

一

夕方降り出した雨はその晩遅くまで続いた。しと〳〵とした淋しい雨だつた。丁度十時頃その軽い雨音が止んだ時、会社員らしい四人連れの客は慌しさうに帰つていつた。そして後には三人の学生とゲーム取りの女とが残つた。

室《しつ》の中には濁つた空気がどんよりと静まつてゐた。何だか疲れきつたやうな空虚がその中に在つた。二つの球台の上には赤と白と四つの象牙球が、それでも瓦斯《がす》の光りを受けて美しく輝いてゐた。そして窓から、外の涼しい空気がすーツと流れ込んだ時、たゞ何とはなしに皆互《たがひ》の顔を見合つた。

室《しつ》の奥の片隅にゲーム取りの女と一人の学生とが腰掛けてゐた。それと少し離れてすぐ球台の側の椅子に二人の大学生が並んでゐた。村上といふ方は、色の白い眉の太い大柄な肥つた男である。大分強い近眼鏡をかけてゐるが、態度から容貌から凡《すべ》て快活な印象を与へる。之に反しても一人の方は、細《ほっそ》りした身体《からだ》つきで、浅黒い頬には多少神経質な閃《ひらめ》きが見られた。遠くを見つめるやうな眼付をしながら、ぢつと眼を伏せる癖があつた。松井といふ姓である。

「おい！」と村上は小声で松井の方を向いた。彼は眼の中で笑つてゐた。

　松井はたゞちつと村上の顔を見返したゞけで、何とも云はなかつた。

　村上はそのまゝ視線をそらして室《しつ》の中をぐるりと見廻したが、急に立ち上つた。

「おたかさん一つやらうか。」

「えゝお願ひしませう。先刻《さつき》の仇討《かたきう》ちですよ。」

「なにいつも返り討ちにきまつてるぢやないか。」

「へえ、今のうちにたんと大きに口をきつていらつしやいよ。」

　女は立つて来て布《きれ》で球を拭いた。そしてそれを並べながら松井の方に声をかけた。

「松井さん、あちらでこちらの方と如何《いかゞ》です。」

「今日はもう疲れちやつた。」と松井は投げるやうに云つた。

　其処に主婦《おかみ》さんが奥から茶を汲んで出て来た。もう可なりのお婆さんである。いつも髪を小さく束ねて眉を剃つてゐる。妙に人の顔をじろ〱見る風があつた。

「どうかなすつたんですか。」と主婦《おかみ》さんはすぐに会話《はなし》を奪つてしまつた。

「え！」と松井は怪訝《けげん》な顔をした。

「大層沈んでゐらつしやるぢやありませんか。」

「さうですかね。」

「おや〱。まあお熱いところでも召上れ。」

　主婦《おかみ》さんはかう揶揄《からか》うやうに云ひながら彼に茶をすゝめた。そして向ふに黙つてゐるも一人の学生に声をかけた。

「林さん、こちらと一ついらつしやい。」

　林と呼ばれた男はやはり黙つたまゝ笑顔をしてこちらを見てゐた。

「さあいらつしやいよ。」と主婦《おかみ》さんはまた松井を促した。

「今日は止《よ》しませう。」と暫くして松井は云つた。

「懐《ふところ》で物案じといふんですね……」と云ひかけたが、彼女は急に調子を変へた。「まあご悠り遊んでいらつしやい。」

　そして彼女は奥には入りながら、球をついてゐた村上に声をかけた。

「村上さん沢山負かしておやりなさい。この節は鼻つぱしばかり強くていけませんよ。」

　かう云はれておたかは眼で笑つてみせた。

　夜遅くなるといつもおたか一人で、余り突けもしないが客の対手をしたりゲームを取つたりした。いつもは主人が客の対手をするんだが、もう大分《だいぶ》頭の禿げかゝつた彼は、夜は眼がよく利かないと云つて早くから奥には入るのであつた。で客の多い時は主婦《おかみ》さんが出て来て一方のゲームを取つたが、大抵はおたか一人であつた。でよく夜更けまでおたかを相手に遊んでゆく客があつた。村上と松井と林とは殊に夜更かしの連中であつた。村上と松井とは連れであつた。林はいつも一人でやつて来た。彼等が林といふ名前を知つたのも、「林さん如何《いかゞ》です」といふおたかの言葉からであつた。

　松井はその日午后《ごご》から気分が晴々としなかつた。考へるもの見るもの凡《すべ》てが、しきりに胸の奥へ沈み込んでゆくやうな心地であつた。さういふ憂欝《いううつ》は彼には珍しくもなかつた。彼はその時何時《いつ》も自然に種々《いろ〳〵》なことをしきりに考へ込んだ。

　で彼はまだぼんやりと取りとめも無い思ひに耽りながら、村上とおたかとに突かるゝ球を見てゐた。それからふと視線をそらして林を見ると、彼は一心に球の方を見つめてゐる。

　その時松井の心にふと嫌悪の情《じやう》が閃めいた。

　松井と村上とはよく遅くまで球突場を去らないことがあつた。林もよく遅くまで遊んでいつた。度々彼等は一緒になることがあつた。さういふ時は吃度《きつと》一方が帰るまで片方も立ち上らなかつた。何といふことなしに自然にさうなつたのである。

　俺は何も林の向ふを張るんぢやない、と松井は思つた。第一おたかに対しても何の感情も持つてゐない。よしまた俺のうちに自分で自覚してゐない感情があるにしても、林なんかと競争をするものか。その妙にだゞつ広い額、小鼻の低い鼻、薄い髪の毛、ゆるんだ唇、もうそれで沢山だ！

　彼はつと立ち上つて、窓框《まど》に凭れて外を眺めた。すぐ前に大きい檜葉《ひば》があつて、その向ふの右手の隅に八手《やつで》があつた。その葉には雨の露がまだ一杯たまつてゐた。でも空は綺麗に晴れて星がきら〳〵と輝いてゐた。星の光りを見てゐると、雨に清められた夜の空気が胸に染み込んでくるやうな気がした。

　暫くするとおい！と肩を叩かれたのでふり返ると、村上が立つてゐた。

「どうしたい。」

「惨々まかされちやつた。」

　女はまだ球を突いてゐたが、おしまいに失礼と云ひながら突き切つてしまつた。

「さあも一度いらつしやい。」

「もう止しだ。」

「負け腹を立てるなんか柄でもないわ。ねえ松井さん。」と女は睥むやうな眼付をした。

「おい〳〵」と村上は口を入れた。「勝つた時にも少し口を慎むものだよ。」

「その代りに何か奢りなさいよ。」

「さうだねえ……何でも御望み次第。」

「懐《ふところ》の御都合次第。」と女は村上の調子を真似ながら笑つた。

「おそば……はどうだ。」

「それから？」

「何がさ？」

「それから麦酒《ビール》といふんでせう。」

「いや今日は飲まない。それともおたかさんが半分助けてくれるといふんなら、そしてついでにお金の方もね。」

「それこそ占ひだわ。」

それをきいて松井も思はず微笑んだ。

「何が占ひだ。」

「例の君の占ひさ。」と松井が云つた。

「あゝこれは驚いた。さういつまでも覚えられてた日にはたまらないね。」

けれども村上の顔にはさういふ言葉の下からちらと淋しい影がさした。

村上の占ひといふのはさう古い話ではない。丁度七月のはじめ梅雨も霽《は》れやうといふ頃であつた。彼は少し入用《にふよう》の金が出来た。誰にも何とも云はなかつたので分らないが、前後の事情から推すと、前から大分関係があつた或る女とそれとなく別れるために二三日の旅をするつもりの金だらうと松井は思つた。兎に角彼は少しまとまつた金が入用になつて、故郷広島のさる叔父に内々無心をしたのであつた。暫く何の返事もなかつた。彼は落ち付かない日を送つた。ある晩ぶら〳〵散歩してゐると薄暗い通りに占ひの看板を見出した。変な気になつて彼は遂にその晩、怪しい老人から吉の占ひを得て帰つた。翌朝叔父から金が届いたとのことである。

「占ひをなすつたことがあるんですか。」と林は初めて口を開いた。

「いや、つまらない事なんです。」と村上は答へた。

「あれで中々面白いものでせうね。」

「さあどうですか。案外つまらないものかも知れませんよ。」

「さうですかねえ。」

それつきり一寸《ちよつと》皆黙《みなだま》つてしまつた。

「おそばももう今晩はお流れだし、」とおたかが沈黙を破つた。

「松井さん、では一ゲームいらつしやい。」

「もう今日は駄目だよ。」

「意気地なしだわねえ。林さん一つお願ひしませうか。」

林はたゞ微笑んでみせた。

おたかはもう突棒《キユー》を手にして、媚ある眼でぢつと見やつた。で林はそのまゝ立ち上つた。

林は平素よりいくらか当りが悪いやうだつた。

「大変優勢だね。」と村上はおたかに声をかけた。

「えゝ今晩は馬鹿にいゝのよ。」かう云つて彼女は怪しい笑みを洩らした。

黙つてゲームを見てゐる松井の心にある佗びしい思ひが湧いた。何といふこともなく只捉へ難い空虚の感である。瓦斯《がす》の光りが妙に淋しい。球の色艶が妙に儚《はかな》い。

彼は遠い物音をでもきくやうな気で球の音をきいてゐた。暫くして漸く心をきめた。

「おいもう帰らうよ。」

「え！」と村上は松井の顔を覗き込んだ。

「僕は先に失敬しやう。」と松井は云ひ直した。

「いや僕ももう帰るよ。」

「おやもうお帰り？」とおたかが親しい調子で云つた。「今日は大変お早いんですね。」

松井はぢろりと林を見て、それからつと外に出た。村上もすぐ後に続いた。

　大地は心地よく湿つてゐた。空は綺麗に晴れて星が輝いてゐた。清い新鮮《フレツシユ》な気が夜を罩《こめ》て、街路はひつそりと静まり返つてゐる。夜更けの瓦斯《がす》の光りには、何処にも宵の雑踏の思ひ出がなかつた。

「いゝ晩だねえ。」

「あゝ。」

　暫く無言で歩いてゐたが村上は急に思ひ出したやうに云つた。

「一体今日はどうしたんだい。」

「何が？」

「何だかいつもと調子が違ふぜ。」

「あゝさうか、」と云つたが、松井は急に種々《いろ〳〵》なことが頭の中に湧き返つた。種々《いろ〳〵》の思ひが一緒に口から出て来た。「僕はもうあの家で余り夜更しをしたくないと思つてる。球を突き倦いてしまつてからまだ愚図愚図してるのはもう嫌になつちやつた。………第一あの林といふ男は不愉快だね。あの妙に黙つたねつちりした態度が気に喰はないや。それにどうしたんだか彼奴《あいつ》が居る間は僕達もやはり帰らないやうになつちやつたんだね。何も彼奴《あいつ》の向ふを張つておたかをどうかしやうといふんぢやあるまいし、実際馬鹿げてる。…………一体余り遊んでると頭が散漫になつていけない。」

「妙な考へ方をしたもんだね。そんなことを考へるからいけないんだ。まあ君ある遊戯を二人なり三人なりでやる場合に、対《あひ》手《て》が其処に居る間はこちらもやはり遊んでゐたいといふのは、普通のことだらうぢやないかね。……君のやうに考へるのは危険だよ。君あのおたかといふ女は大抵の女ぢやないよ。どうも陰影の少い男性的な、余りほめた顔ぢやないんだが、あの眼の働きには実際豪《えら》い所があるよ。うつかりしちやいけないぜ。」

　その時松井の心におたかの顔がはつきり浮んできた。大きい束髪に結つてゐる、眉の濃い目元のしまつた男性的な顔付である。馬鹿に表情の複雑な眼が光つてゐる……。松井はその顔を不意にはつきり思ひ浮べたことを意識して、心にある動揺を感じた。

「君は一体」と村上はまた云つた。「物事を余り真面目に考へすぎるからいけないんだ。世の中のことは万事喜劇にすぎないんだからね。」

　村上に云はせると斯《か》うである——人生はある事件々々の連続である。所が事件と事件との連絡関係は人力の如何ともすべからざるものである。それは人間以外のものによつて決定される。人は只運命に任せる外はない。けれども一つの事件そのものは人の見方によつてどうにでもなるものである。見方によつて赤となり青となる。が事件そのものは常に喜劇の形を取つてゐる。其処には偶然があり意外があり無知があり滑稽がある。で人は運命に頭を下げ乍らも事物を大袈裟に考へてはいけない。物事をこき下して正当な評価《ねぶみ》をすることは、最も強く生きる途《みち》である。

「だから、」と村上は続けた。「君のやうに絶えず真面目を求めすぎると大変な損をするよ。少しは遊びをしなくてはね。」

「けれど君、」と松井は反駁した。「人事の上に超然として遊びが出来るためには自分に大なる力を持つてゐなくちやならない。さうでないとずる〳〵引きづり込まれてしまう恐れがあるんだからね。でさういふ力は何処から来るんだ？　僕は凡てを真面目に考へる処からその力が湧くんだと思つてゐる。そして真面目を徹底した処に本当の遊びがあると思つてゐる。」

「それは君の所謂《いはゆる》神の域に達したものなんだらう。けれど君さうやたらに神様になれるもんかね。さう理想と現実とをごちや〳〵にしちやあ苦しくつてやりきれない。そりやあ僕だつて神にはなりたいやね。」

「とんだ神だね。」

「なにこれで案外君より上等の神になれるかも知れないよ。」

一寸《ちよつと》言葉がと切れると、二人の心の底にある寂寥の感が湧いた。それは空腹の感じと似寄つた感じだつた。それきり二人共黙り込んでしまつた。

すつかり戸が閉されてしまつた通りには、がらんとした静けさがあつた。稀に通り過ぎる人は足を早めた。そして雨あがりの水溜りや泥濘《ぬかるみ》の上に、赤い火がきら〳〵と映つてゐた。

二

松井と村上とは相変らず球場に通つた。

夜に電燈がともるとすぐに、広い室の青い瓦斯《がす》の光りが思ひ出せた。すうつと羅紗《らしや》の上を滑つてゆく赤と白と四つの球が眼にちらついて来た。すると遠いなつかしい音をきくやうに、こーんこつといふ球音が響いてくる。そしてゲームを取るおたかの澄き通つた声までが聞えるやうに思へた。

松井と村上とは孰《いづ》れからといふことなしに誘ひ合つては球突場に行つた。

それは一種の惰性であつた。然し惰性ならぬものが次第に彼等二人のまわりに、そして林やおたかのまわりに絡まつていつた。松井村上、それと林とは、いつもよくおたかの側に夜更しの競争をした。そのことが松井を苛ら〳〵さした、村上を微笑ました、そして一層林を沈黙にさした。

おたかは時々二日三日と続けて家に居ないことがあつた。その時は大抵林も姿を見せなかつた。

妙な暗示が松井と村上とに伝はつた。

「留守見舞は余り気がきかなさすぎるね。」

球突場を出ながら村上はこんなことを云つた。

「僕はあの姿が大嫌いだ。いやな奴だ。」

「あれで中々うまいことをやってるんだね。」

「どうして?」

「どうしてってそりやあ君……」と云ひながら村上は笑ってしまつた。

それはある綺麗に晴れた晩だつた。袷の肌には外の空気が少し冷やかすぎる位であつた。松井は村上に誘はれて、ぶらり〳〵と当もなく散歩に出かけた。

彼等は明るい電車通りを選つて歩いた。村上は心に何かありさうな顔色をしてゐた。それが松井にも伝つた。孰れも球を突かうとも云ひ出さないでたゞ歩いた。然し歩いてゐるうちに歩くことが無意味に馬鹿々々しく思へて来た。

「麦酒《ビール》でも飲まうか。」と村上が云つた。

「よからう。」

二人はさる西洋料理屋の二階に上つた。そしてすぐ右手の狭い室《へや》には入つた。室には他に客はなかつた。食卓の上に只一つ蘇鉄の鉢がのつてゐて、それが向ふの柱掛《はしらかけ》鏡に映つてゐた。

二人は料理を食つて麦酒《ビール》をのんだ。それから洋酒も一二杯口にした。そして何だか互《たがひ》に視線を避けるやうな心地で居た。

「ちつとも飲まないね。」

「なにこれからだよ。」と云つて村上は洋盃《コップ》をとり上げた。

「酔つて球を突いたら面白いだらうね。」

「さう今晩また出かけやうかね。」

「あ、やつてみやうよ。」

「実は……」と云ひかけて村上は相手の顔を覗き込むやうにした。「僕はちとあの家には不愉快なことがあるんだ。」

「どうしたんだ。」

「なに昨夜ね、一人で出かけちやつたんだ。十一時頃までついたがね。おしまいには僕一人になつてしまつたんだ。林もやつて来ないしね。するとおたかがね、お対手がなくてお淋しいでせうと云つて、変に皮肉な笑ひ方をしたんだ。……一体君はおたかと林とをどう思つてる?」

「どうつて何が?」と松井はどう返事をしてい、か迷つた。

「先《せん》からあやしいんだ。君だつてそれ位のことは分つてるだらう。あの主婦《おかみ》がい、やうにしたんだね。……そこで、あさう〳〵、おたかが僕にお淋しいでせうと云つたから、僕も少しふざけて林のことでおたかを惨々《さん〴〵》ひやかしてやつたのさ。」

「へえー。」

「なに奴さん洒々《しやあ〴〵》たるもんだ。所がね、側に居た主婦が少し意地悪く出て来たんだ。村上さんも嫉妬《やきもち》やくほど御不自由でもないでせうへ、、と笑ひやがるんだ。そしておたかと顔を見合つては皮肉な笑を洩らすんだ。随分癪に障つちやつたよ。」

「それでやり込められたわけだね。」

「なにあべこべにやり込めてはやつたんだがね。君がいふ通り随分いやな婆だよ。」

「一体林とおたかのことは確かなのかい。」と松井は尋ねた。

「多分間違はないよ。勿論おたかの方から云やあ一時の撮《つま》み喰ひにすぎないんだらうがね。」

松井は黙つて洋盃《コップ》を上げた。と村上も同時にぐつと一杯やつた。

「それにね、」と村上は声を低くした。「林と云ふなあ支那人ぢやないかとも思ふんだがね。いやに黙りくさつてにこ〳〵ばかりしてゐやがつてね。りんと読めば君よく支那にある名前ぢやないか。どうもあの顔付が何だか変だよ。」

「さう云やあ、あの顔の工合なんかどうも本物らしいね。」

もう二人共可なり酔つてゐた。瞳を据ゑて互の眼を見入りながら、彼等は何かある不吉なものを感じ合つた。それは言葉にもつくせないたゞ漠然としたものだつたが、それが次第に色濃くなつてゆくのを二人共意識してゐた。

「馬鹿な話だ。」

「馬鹿な話だ。」

かう殆んど同時に二人は云つた。

「ほんとに林は支那人かね。」と暫くして松井は云つた。

「なに事実はさうぢやないだらう。只さう思つた方が面白いやね。」

「だん〳〵複雑してくるね。」

「何が?」

「何がつて……おたかの周囲《まはり》がさ。」

「僕達も当然そのうちには入るんだらうね。」と云つて村上は笑つた、「その方が面白いぢやないか。」

「どうだか。」

「だつて君はおたかが好きだらう。好きだと云ひ給ひな。」

「嫌いぢやないよ。……君はどうだ。」

「僕だつて嫌いぢやないさ。が好きでもないね。」

二人はまた酒をのんだ。

「ねえ君、」と云つて村上はすぐ松井の顔の前に自分の顔を持つて来た。「おたかが僕達二人のものだつたら、君は僕と決闘でもやるだらうかね。」

松井は黙つて村上の眼を見返した。

二人は露はに互の眼を見合つた。一瞬間其処には何の愧《は》ぢらひもなかつた。互に裸体のまゝ相手の凝視の前に立つてゐた。

松井ははつとした。それが何だかといふことがちらつと心に閃《ひら》めいたのである。彼は拳を固めた。そしてつと顔を引いたと同時に村上も顔を引いた。

「え!」と喫驚《びつくり》したやうな声を松井は出した。

「さあ飲まうよ。」と村上が云つた。

二人はまた少し酒を飲んだ。然し二人の間には軽い敵愾心があつた。妙に他処々々《よそ〳〵》しい視線を互の上に投げかけた。

二人が其処《そこ》を出たのは九時すぎであつた。二人共大分酔つてゐた。熱い頬に冷たい空気が流れた。街路《まち》の灯がいつもより赤いやうに彼等の眼に映じた。

「球を突いてゆくのか。」

「突いてゆくさ。」

そして二人は例の球突場には入つた。瓦斯《がす》の下に見馴れた球台を見出すと、彼等は急に心が和いで、先刻《さつき》のことは忘れてしまつた。

其晩林は来なかつた。村上と松井とは遅くまで無駄口をたゝきながら球を突いた。おたかが美しい声で然しい、加減にゲームを取つた。

三

一雨毎《ごと》に寒くなつていつた。百舌鳥《もず》が鳴いて銀杏の葉が黄色くなつてゐた。

その日朝から怪しい空模様だつたが、午後には大分激しい吹き降りになつた。そして晩まで続いた。

ささつ、ささつと大粒の雨が合間々々に一息しながら降り続いた。それが風に煽られながら軒や戸や葉の茂みにうち付けて一面に霧を立てた。雨と風と縺《もつ》れ合ひながら軒から軒へ通りすぎてゆく時、凡ての物音は消されて只騒然たる雨音ばかりが空間に満ちた。

おたかは一人で球突場に居た。

彼女は何かしら気がくしや〳〵してゐた。ともすると心が滅入りさうになつた。凡てのことが妙に儚く頼りなく思へるのであつた。それなのに手足の先には生々とした力が籠つて、潑溂たる運動を待ち望んでゐるかのやうな心地がした。で彼女はそつと飛び上つて球台の上に腰掛けた。そして両足をぶら〳〵と動かした。空間に触る踵《きびす》の感じと膝関接の軽い運動とが、彼女の心を楽ました。それは彼女が幼い時からそのまゝに持つてゐる唯一の感覚だつた。

その時彼女は、いつかも同じ様に球台に腰掛けてゐた時、は入つて来た客に見られて故障を申し込まれたことのあるのを、ふと思ひ出した。そして何となく可笑《おかし》しくなつた。

彼女は球台に腰掛けながら、球を拭いた。そして低い声で種《いろ》〳〵々な小唄を歌つてみた。後には幼い時覚えた唱歌までも口吟《くちずさ》んでみた。それから心の中では遠い未来の幸福を夢みた。外に荒れてゐる暴風雨《あらし》が何か思ひも寄らぬ幸福を齎すのではないかと空想した。

然し乍らその瞬間はすぐに去つた。彼女は自分の夢に自ら驚いた。それは現在のうちにちらと映ずる過ぎた幼時の心であつた。自ら識つて見ることの出来ぬ夢であつた。

おたかはちえつと舌打ちをして球台から飛び下りた。そして急いで球を拭き終つてそれを箱の中にしまつた。もう客もないと思つたのである。そして刷毛《ブラッシ》で台の羅紗《らしや》を拭いた。生に疲れたといつたやうな気分が彼女《かれ》の心を浸してゐた。

その時表に急な足音がして、入口の硝子戸ががらりと開いた。それは松井であつた。傘を手にしながら殆んど半身は雨に濡れてゐた。

「まあどうなすつたんですか。」

「球突きに来たんだよ。」

「おやそれはどうも毎度あり難う。」と云つておたかは笑つた。

「なに実はね、今日昼間から友達の処へ行つたんだ。余り止まないから帰りかけたんだが、この通りびしよ濡れになつてしまつて、仕方なしに飛び込んだんだよ。」

「あら大変濡れていらつしやるんですね。家《うち》に着換でもあるといゝんですが。……あさう〳〵、」と云つて彼女は大きく一つ息をした。「暖炉《ストーブ》を焚いてあげませう。少し早いんですけれど。ぢきに乾きますよ。」

「なにいゝんだよ。」

それでもおたかは暖炉《ストーブ》に炭をくべて、火を入れた。二人はその前に椅子を並べた。

「さすがに今日は誰も来ないんだね。」

「えゝ、わざ〳〵濡れてまでいらつしやる方はあなた一人ね。」

「これは驚いた。」

「いえ、だからあなたが一番御親切だと云ふんですよ。」

「一番親切で一番厄介だといふんだね。……だが一体こんな時には君はなにをするんだい。」

「え?」

「一人で隙《ひま》な時にさ。」

「これでも、」と云つておたかは笑つた。「種々《いろ〳〵》な用事があつて、そりや忙しいんですよ。」

「へえ。余りよくない用事ばかりでね。」

「馬鹿なことを仰言《おつしや》いよ。」

暖炉《ストーブ》の火が音を立てゝ燃え出した。竈が赤くなつて二人の顔を輝らした。珍らしく接する赤い火の色や音や匂ひまでが、全身の感覚にある悦びと輝きとを起さした。二人はふと顔を見合つてわけもなく微笑んだ。

「火といふものはいゝもんだね。」

「えゝ。ですが私は暖炉《ストーブ》よりか炬燵《こたつ》の方が好きですわ。よく暖まつてね。」

「炬燵でちびり〳〵酒でもやるなあ悪くはないね。」

「私だめ。ちつとも飲めないんですよ。」

「特別の場合を除いてはね。……だが今日のやうな暴風雨《あれ》の日には暖炉《ストーブ》もいゝね。雨音をきゝながら火を見てるなあいゝものだよ。」

「私は頭がくしや〳〵してこんな日はいやですよ。どうしていゝんでせうね。それぢや燈台守にでもおなりなさるといゝわ。」

「燈台守たあ変なことを考へたもんだね。」

「私の叔父さんに燈台守をやつてた人があつたんですよ。何でも富山の方ですつて。随分珍らしいことがあるさうですわね。」

「そりやあさうだらうね。……君は一体国は何処なんだい。」

「伊豆ですよ。」

「へえ近いんだね。……流れ〳〵て東京に着いたといふんだね。」

「ひどいことを仰言るわね。そりや種々《いろ〳〵》な事情があつたものですから。」

おたかは其処で身の上話を初めた。それは普通の小料理屋の女中が喋べるのと似寄つた経歴だつた。どこまでが本当でどこまでが嘘か分らない底《てい》のものだつた。たゞかういふ話を松井は面白くきいた。何でも彼女が浅草の叔母の所に暫く厄介になつてゐた時の話である。叔母につれられてある晩散歩に出かけた。丁度帰りに公園の中を通ると、ベンチに眠り倒れてゐる小僧があつた。でおたかはそつと持つてゐた銀貨をその側に置いてきた。家に帰ると叔母からお金を落したんだと云つて大変叱られたが、そのことは黙つて隠してしまつたさうである。

「それが私の一生のたつた一つの慈善でせう。」と云つておたかは笑つた。

　松井は、その話が余りおたかにそぐわないのでぢつとその顔を見てやつた。彼女の顔は暖炉の火を受けて赤く輝いてゐた。その時彼はふと気が付いたのであつた。おたかの顔は一体さういゝ顔ではなかつたが何処かに非常に魅力ある処があつた。何処だか松井にはその時まで分らなかつた。それは口元から頬にかけたかすかな筋肉の運動だつた。そこに人の心を唆るやうな、特に肉感を唆るやうな魅力があつた。で松井はぢつと其処に眼をつけた。

「何を見ていらつしやるんです。」とおたかはにつと笑つてみせた。

　松井ははつとして眼をそらした。然しその時彼は心に非常な動揺を感じた。ある期待と妙な不安とが彼を捉へた。

「種々《いろ〳〵》な目に逢つたんですが、何の足しにもなりませんわね。」と女はしんみりした調子で云つた。「自分の考へなんか何の役にも立ちませんわ。ずる〳〵と何かに引きづられてゆくやうな気がするんですもの。さうしちやあ自分で自分を台なしにするんですわね。此処に来る時なんかでも、もうこれから真面目になりたいと思つたんですけれど、やはり駄目ね。」

「何が駄目だい。」

「私ねまた近いうちに此処を出やうかと思つてるの。」

「そしてどうするといふんだい。」

「どうするつて、そりやあね……どうでもいゝんですわ。さうしたらあなたの処へも一度お伺ひしたいわね。」

「あゝ遊びにおいでよ。御馳走は出来ないがね。」

「ほんとにいゝんですか。お邪魔ではなくつて？……でも村上さんやなんかお友達が始終《しよつちゆう》いらつしやるんでせう。お目にかゝるといやね。」

「そんなにいつも来やしないよ。」

「さう。では屹度《きつと》お伺ひするわ。私あなたの下宿はよく知つてるから。」

　それきり一寸《ちよつと》言葉がと切れた。そして妙に落ち付きのない沈黙が続いた。

「おやもう乾いてしまつたんですね。」とおたかは急に思ひ出したやうに松井の着物に触《さは》つてみた。それから「おゝ熱い！」と云ひながら立つていつて窓を開けた。

何時のまにか暴風雨《あらし》は止んで、細い雨が降つてゐた。それでも庭の中には木の葉や紙屑が落ち散つて、その上にしと〳〵と一面に雨が音もなく降濺《ふりそゝ》いでゐた。おたかは外をぢつと眺めながら、火に熱《あぶ》つた頬を冷たい風に吹かした。後《おく》れ毛が頸すぢに戦《おのゝ》いてゐた。

松井はふり返つて女の姿を見た。

「一ゲーム御願ひしませうか。」と彼女は顧《かへり》みて微笑んだ。

「あゝ、」と松井はうつかり答へてしまつた。球なんか別に突きたくはなかつたのだが。

それでも彼は大変当りがよかつた。何だか気が軽々してゐたのである。

丁度一ゲーム終らうとする頃表の戸が開いた。林が笑顔をして立つてゐるのが見られた。

おたかは突棒《キユー》を捨てゝ立つて行つた。そして彼の手から帽子を取つて釘に掛けた。

「お茶をお一つ。」と彼女は奥の方に呼はつた。が何の返事もなかつたので、彼女はも一度「お茶をお一つですよ。」と大きい声を出した。

「あゝいますぐ。」と寝惚けた主婦の声が聞えた。

林はずつとは入つて来て不思議さうに暖炉の前に立ち留つた。

「もう暖炉を焚くんですか。」と彼は云つた。

「えゝ今ね。」と云つておたかは松井を見て卑しい笑顔を作つた。「松井さんがずぶ濡れになつてていらしたものですから、特別に焚いたんですよ。」

「もうそろ〳〵本当に焚きはじめてもいゝ時ですね。僕は火を見るのが大好きです。」

「ほんとにいゝものですわね。」

其処に主婦が茶を持つて出て来た。

「おや林さんですか。誰かと思つたら。……先日《こないだ》の晩は大変でしたせう。」

「えゝ少し……。」と云つて林はにや〳〵笑つてゐた。

主婦は林の顔を覗き込むやうにして囁くやうにかう云つた。

「大丈夫ですか。」

「えゝ。」と林は首肯《うなづ》いた。

それから林は普通の声で、主婦さんに西洋料理を二三品頼んだ。

「実は腹が空いたのでぶらりと出かけたんですが、こちらについ先に来てしまつたんです。いえなに……」と彼は時計を仰ぎ見た。それは九時を過ぎてゐた。「十時頃でいゝんですよ。まだ大分雨が降つてゐますから。」

松井は林をぢつと見た。そして支那人かも知れないと云つた村上の言葉が可笑《をか》しくなつた。然し林の妙にだゞ広い額を見てゐると急にわけもなく腹立たしくなつてきた。それでも彼は終りに綺麗に球を突き切つてしまつた。

「此度《こんど》は林さんといらつしやいよ。……林さん松井さんとお一つどうか。」とおたかが云つた。

「さあ、」と云ひ乍ら松井は突棒《キュー》を捨てゝ椅子に腰を下した。

けれど林は立つて来て球を並べながら云つた。

「一つお願ひしませう。」

松井も仕方なしに立ち上つた。

おたかは火鉢に火を入れて、それを球台の下に置いた。それからゲーム台の処に坐つてぢつと林を見た。彼女の眼からある微笑《ほゝゑ》みが出て、それが林の顔を笑《ゑ》ました。

松井は林がやつて来てから急に一種の屈辱を感じた。皆が林と影でそつと意を通じてゐること、林が主人顔に振舞つてゐること、それが松井の鋭い神経に触れたのである。そして突棒《キュー》を取つて林に向ひながら彼は強い憎悪を身内《しんない》に感じた。

松井はなるべく敵に譲る後球が悪くやるやうにした。自分で万一を僥倖《げうかう》しないで、敵に数を取らせない工夫をした。そして第一回は美事《みごと》に勝つた。第二回も勝利を得た。第三回にも同じ方法を講じた。然し林は松井の残した悪球を平気で突いた。顔の筋肉一つ動かさなかつたおたかも澄ましてゐた。で松井は苛ら〳〵して来た。やつてることが林やおたかに分らない筈はないと思つた。彼は興奮した眼を突棒《キュー》の先に注いだ。そしてゲームを突き切つた時、突棒《キュー》を捨てた。

「今日は大変お悪いですね。」とおたかが林に云つた。

「えゝ駄目です。」と林は平気でゐた。

松井はすぐに帰る仕度をした。

「まだお宜しいぢやありませんか。」

「いや少し急ぐから。」

松井が表に出やうとした時、おたかが其処に駈けて来た。

「またあしたどうぞ。」と囁くやうに云つて彼女はぢつと松井の眼の中を覗いた。

外にはまだ雨が降つてゐた。軒影や軒燈の光りがしつとりと濡れてゐた。松井は急に肌寒い思ひをしながら、傘の下に身を小くして歩いた。

彼の心は興奮したまゝ佗びしい色に包まれた。凡てのことが何かの凶兆を示すやうに思へて来た。そして彼は泥濘《でいねい》の上に映つた足下《あしもと》の灯を見て歩きながら、おたかの顔を思ひ浮べた。今日初めて気が付いたあの肉感的な頰の魅力が眼の前にちらついた。然しそれは、苛ら〳〵した興奮や、一種の敵意や、漠然とした佗びしさの被《ベール》を通して見た情慾であつた。

彼は顔の筋肉を引きしめながら、眼を上げて雨中の街路をすかし見た。

四

松井の下宿は静《しづか》な裏通りにあつた。彼の室《しつ》のすぐ前には可なりの庭があつた。彼はよく机に凭れながら更けてゆく秋を眺めた。樹の梢が高く空に聳えてゐた。夜には星が淋しく美しく輝いた。

彼はやはりよく球突に通つた。多くは村上と二人で、稀には自分一人で。然しおたかの周囲にはそれきり何の変りもなかつた。ずる〱と引きずられてゆくやうな現状が続いた。

けれどある日おたかは球場に姿を見せなかつた。そしてそのま丶五日過ぎ十日過ぎるやうになつた。と前後して林の姿も見えなくなつてしまつた。

松井と村上とは余りおたかのことについて話し合はなかつた。彼等はその話を避けるやうになつた。ある気まづい感情があつて、それがお互に心の底を隠すやうにさした。

ある晩、松井が自分の室の障子を開けて、ぼんやり空の星と庭の木立とを見てゐた時、そしてとりとめもなくおたかとその周囲とのことを腹立たしく思ひ起してゐた時、村上が急いでやつて来た。

「おいおたかに逢つたよ。」と村上は眼を丸くした。彼が友の家を訪ねて、帰りにぶらり〱広小路を歩いて来ると、向ふからおたかがやつて来るのに出逢つた。お召の着物と羽織を着てキルク裏の草履をはいてゐた。村上に気がついたかつかないのか、向ふをむいて通りすぎてしまつた。村上も黙つてゐたさうである。

「本当なのかい。」と松井は眼を輝かした。

「嘘云つてどうするんだい。」

二人はぢつと相手の眼を見入つた。

「あの婆がいけないんだよ。」

「さうだ。」と松井も応じた。

「もう余りあの家に行くのは止さうよ。」

「あ丶少しひかへやうね。」

然し二人はやはりよくその家に出かけて行つた。彼等はある一種盲目な力に引かされたのである。そしてその家には、彼等にとつてはある淋しい心安さがあつた。

丁度おたかが居なくなつて二週間ばかり過ぎた時、二人はその家に林を見出して全く意外の感に打たれた。

林は二人を見て一寸頭を下げた。村上は澄まして向ふに行つてしまつた。然しその時松井は、わけもなくほつと軽やかな心地を感じて、ずつと林の前に歩み寄つた。

「大分暫くでしたね。」と松井は云つた。その声は妙に喉の奥でかすれた。

「え丶。丁度暫く病気をやつたものですから。まだ薬を飲んでゐますけれど、もう殆んど宜しいんです。」

「それはいけませんでしたね。」

そのま丶黙つて松井は林の前につ丶立つてゐた。林は横を向いてゐた。ふと気が付くと松井は喫驚《びつくり》して村上の処へ行つた。そして台があいた時二人で球を突いた。

その晩他の客が帰ると一緒に林も早く帰つていつた。

村上と松井とは遅くまで球を突いた。訳の分らぬ感情が彼等を引きとめたのである。何か平衡を失したものが彼等の心の中に在つた。おたかの後に来た眼の細い白粉《おしろい》をつけた女がゲームを取つた。

二人が其処を出たのは十二時近くであつた。

風のない静かな晩であつた。軒燈のまわりに静かな気が渦を巻いてゐた。凡《すべ》てが今眠りにつかうとしてゐる。そして物影がぢつと沈んでゐる。

「林は病気だつて云ふのかい。」と村上は尋ねた。

「さうだ。然し君林は僕達よりずつと豪い人間のやうな気がするね。」

「いやにまた林が好きになつたもんだね。」

「さうでもないがね。……然し君は一体ひどくなげやりな空想家だね。」

「そりやあ君ほどの理想家ぢやないよ。」

二人は黙々として歩いた。彼等の心にはそれ〴〵それとも云へぬ空虚な傷があつた。其処から次第に対象の分らぬ頼り無い憤満の情が起つて来た。

「此度はどうしてかう妙な気持ちになつたんだらうね。」と松井は云つた。

「女が豪いからさ。」

「君は一体おたかをどう思つてたんだい。」

「どうつてさうきまつた感情なんかあるものかね。たゞおたかが居たんでより面白く球が突けたまでさ。」

「然しまだ妙な感情がずつと続くやうな気がするよ。僕は今は林が好きだ。」

「僕は一層嫌いだ。」

彼等は黙つて十歩ばかりした。

「僕はずうとこの事のはじめから、」と松井は云つた。「何だか神に離れてゐたといふやうな気がする。僕の心は卑しいものに浸つてゐたやうな気がする。」

「そりやあ君、女を失つたからだよ。」と村上は澄まして云つた。

「さうかも知れない。」

然し松井は眼の奥に熱い涙が湧いてくるやうな気がした。その時村上は不意に、「おーう」と通りのずつと向うまで響く大きい声を立てた。松井は喫驚《びつくり》して立ち留つた。

「何だ！」と村上の方から云つた。然し彼は頰の筋肉をぴく〳〵震はしてゐた。

二人はそのまゝ黙つてまた歩き出した。空も地も凡てが深い夜の中に在つた。

（「中央公論」大正5年2月号）

番町皿屋敷

岡本綺堂

登場人物

青山播磨《あをやまはりま》
用人柴田十太夫《ようにんしばたじふだいふ》
奴《やつこ》　権次《ごんじ》
同《おなじく》　権六《ごんろく》
青山《あをやま》の腰元《こしもと》お菊《きく》
同《おなじく》　お仙《せん》
橋場《はしば》の仁助《にすけ》
渋川《しぶかは》の後室真弓《こうしつまゆみ》
茶店の娘　お春《はる》
放駒四郎兵衛《はなれごま령ろべゑ》
並木《なみき》の長吉《ちようきち》
聖天《しやうでん》の万蔵《まんざう》
田町《たまち》の弥作《やさく》
他《ほか》に若党《わかたう》、陸尺《ろくしやく》

（一）

麹町《かうぢまち》、山王下《さんわうした》。正面は高き石段にて上には左右に石の駒寄せ、石燈籠《いしどうろう》などあり。桜の立木《たちき》の奥に社殿遠く見ゆ。石段の下には桜の大樹《たいじゆ》、これに沿うて上の方に葭簀張《よしずばり》の茶店あり。店先に床几《しやうぎ》二脚を置く。

明暦の初年、三月中旬の午後。

（幡随院長兵衛《ばんずゐゐんちやうべゑ》の子分並木の長吉、橋場の仁助、床几に腰をかけてゐる。茶店の娘お春、茶を出してゐる。宮神楽の音聞ゆ。）


お春。お茶一つおあがりなされませ。

長吉。桜も今が丁度盛りだね。

お春。こゝ四五日の所が見頃でござります。それに当年はいつもよりも取分けて見事に咲きました。

長吉。山王の桜と云へば、俺達が生れねえ先からの名物だ。山の手で桜と云やあ先《ま》づこゝが一番だらうな。

仁助。それだから俺達もわざ〳〵下町から登つて来たのだ。それで無けりやあ余《あん》まり用のねえ所だ。

長吉。これ、神様の前《めへ》で勿体ねえことを云ふな。山王様の罰《ばち》が中《あた》るぞ。

仁助。山王様だつて怖えものか。俺には観音様が附いてゐるんだ。

お春。お脊中にぢやあございませんか。（笑ふ。）

仁助。やい、やい、こん畜生《ちきしやう》。ふざけたことを云やあがるな。

長吉。まあ、静かにしろ。どうせ姐《ねえ》さんに褒められる柄ぢやねえや。はゝゝゝ。

お春。飛んだ粗匆《そそう》を申しました。


（二人は茶を飲んでゐる。石段の上より青山播磨《あをやまはりま》、廿五歳、七百石の旗本、編笠、羽織、袴。あとより権次《ごんじ》、権六《ごん》の二人、いづれも髭の生えたる奴《やつこ》にて附添ひ出づ。）


播磨。桜は好く咲いた喃《なう》。

権次。まるで作り物のやうでござりまする。

権六。七夕《たなばた》の赤い色紙《いろがみ》を引裂いて、そこらへ一度に吹き付けたら、斯うもあらうかと思はれまする。

権次。はて、むづかしいこと云ふ奴ぢや。それよりも一口に、祭の軒飾《のきかざり》のやうぢやと云へ。は丶丶丶丶丶。

（三人は笑ひながら石段を降りる。）

お春。お休みなさりませ。

（三人は上《かみ》の方《かた》の床几《しやうぎ》にか丶る。長吉《ちやうきち》と仁助《にすけ》は見て囁き合ふ。お春は茶を汲んで来て三人に出す。）

長吉。おい、姐さん。こつちへも最《も》う一杯呉んねえ。

お春。はい、はい。（茶を汲んで来る。）

長吉。（飲まうとしてわざと顔を皺《しか》める。）こりやあ熱くつて飲めねえや。

（長吉はわざと其の茶を播磨の前にぶちまける。）

権次。やあ、這奴《こいつ》無礼な奴。何で我等の前に茶をぶちまけた。

権六。斯う見た所が疎匆《そそう》でない。おのれ等、喧嘩を売らうとするのか。

長吉。売らうが売るめえが此方《こつち》の勝手だ。買ひたくなけりやあ買はねえまでだ。

仁助。一文奴《もんやつこ》の出る幕ぢやねえ、引込んでゐろ。此方《こつち》は手前達《てめへたち》を相手にするんぢやあねえや。

播磨。然らば身どもが相手と申すか。（笠を取る。）仔細も無しに喧嘩を売る、おのれ等のやうな破落戸漢《ならずもの》が八百八町に蔓延《はびこ》ればこそ、公方様お膝元が騒がしいのぢや。

（この以前より放駒《はなれごま》の四郎兵衛《ろべゑ》、町奴《まちやつこ》の拵へにて子分二人を連れ、石段を降り来り、中途に立ちて窺《うかゞ》ひゐたりしが、この時ずつと前に出る。）

四郎兵衛。仔細も無しに咬み付くやうな、そんな病犬《やまいぬ》は江戸にやあゐねえや。白柄組《しらつかぐみ》とか名を付けて、町人どもを脅して歩く、水野十郎左衛門が仲間のお侍《さむらひ》、青山播磨様《あをやまはりまさま》と仰しやるのは、たしかあなたでごぜえましたね。

万蔵。さうだ、さうだ。この正月に山村座の前で、水野と喧嘩をした時に、たしかに見かけた侍だ。

弥作。違えねえ。坂田の何とか云ふ奴と一所になつて、其の白柄をひねくり廻したのを、俺あちやんと覚えてゐるんだ。

（長吉と仁助は床几を譲り、四郎兵衛は真中《まんなか》に腰をかける。）

播磨。む丶。白柄組の一人と知つて喧嘩を売るからは、さてはおのれは花川戸《はなかはど》の幡随院長兵衛《ばんずゐゐんちやうべゑ》が手下の者か。

四郎兵衛。お察しの通り、幡随院長兵衛の身内でも、些《ちつ》とは知られた放駒《はなれごま》の四郎兵衛。

長吉。並木《なみき》の長吉《ちやうきち》。

仁助。橋場《はしば》の仁助《にすけ》。

子分一。聖天《しやうでん》の万蔵《まんざう》。

子分二。田町《たまち》の弥作《やさく》だ。

権次。やい、やい。這奴等《こいつら》素町人《すちやうにん》の分際で、歴々の御旗本衆に楯突かうとは、身の程知らぬ蚊とんぼめ等。それほど喧嘩が売りたくば、殿様におねだり申すまでもなく、云値《いひね》で俺達が買つて遣るわ。

権六。幸ひ今日は主親《しゆうおや》の命日と云ふでも無し、殺生をするには誂へ向きぢや。下町から蜿《のた》くつて来た上《のぼ》り鰻、山の手奴《てやつこ》が引摑んで、片つ端から溜池の、泥へ埋めるから然う思へ。

四郎兵衛。そんな脅しを怖がつて、尻尾を巻いて逃げる程なら、白柄組が巣を組んでゐる此の山の手へ登つて来て、わざ〳〵喧嘩を売りやあしねえ。此方《こつち》を溜池へ打込む前に其方《そつち》が山王の括り猿、御子供衆の御土産にならねえやうに覚悟をしなせえ。

播磨。われ〳〵が頭と頼む水野殿に敵意を挟んで、兎角に無礼を働く幡随院長兵衛、いつかは懲して呉れんと存じて居つたに、其の子分といふおのれ等が、わざと喧嘩を挑むからは、もはや容赦は相成らぬ。望みの通り青山播磨が直々《ぢき〳〵》に相手になつて呉るゝわ。

四郎兵衛。いゝ覚悟だ。お逃げなさるな。

播磨。何を馬鹿な。

子分四人。えゝ休めちまへ、休めちまへ。

（播磨も権次権六も身構へする。四郎兵衛、その他四人も身繕ひして詰め寄る。お春はうろ〳〵してゐる。この時、東の揚幕より陸尺《ろくしやく》に女の乗物を舁《かゝ》せ、若党二人附添ひて走らせ来り、喧嘩の真中へ乗物を卸す。）

長吉。おい、おい。お前達《めへたち》も目先が利かねえ。

仁助。こゝへそんなものを卸して何《ど》うするんだ。

二人。退《ど》いて呉れ、退いて呉れ。

（権次権六は若党の顔をみて驚く。）

権次。おゝ、こなたは小石川の。

権六。渋川様《しぶかはさま》の御乗物か。

（乗物の戸をあけて渋川の後室《こうしつ》真弓《まゆみ》、五十余歳の裲襠姿《うちかけすがた》にて出《い》づ。）

播磨。おゝ、小石川の伯母上、どうしてこゝへ……。

真弓。赤坂の菩提所へ仏参の帰り路、よい所へ来合せました。天下の御旗本ともあるべき者が、町人風情を相手にして、達引《たてひき》とか達入《たていれ》とか、毎日々々の喧嘩沙汰、さりとは見上げた心掛ぢや。不断からあれほど云うて聞かしてゐる伯母の意見も、そなたといふ暴れ馬の耳には念仏さうな。主が主なら家来までが見習うて、権次、権六、そち達も悪あがきが過ぎませうぞ。

権次。権六。あい、あい。（頭を押へて蹲《うづくま》る。）

四郎兵衛。見れば御大家の後室様、喧嘩の真中へお越し下されて、此のお捌《さば》きをお付けなさる思召《おぼしめし》でござりますか。御見物なら最う少しお跡へお退り下さりませ。

真弓。差出た申分かは知りませぬが、この喧嘩は妾《わたし》に預けては下さらぬか。播磨は後で厳しう叱ります。まあ堪忍して引いて下され。

四郎兵衛。さあ。（思案する。）

長吉。でも、此のまゝで手を引いては。

仁助。親分に云訳があるめえぜ。

万蔵。今更跡へ引かれるものか。

弥作。斯うなるからは命の取遣りだ。

四人。構はずに遣つちまへ、遣つちまへ
真弓。不承知とあれば妾《わたし》がお相手。

四郎兵衛。え。

真弓。それとも素直に引いて下さるか。

四郎兵衛。こりやあ困りましたね。いくら御武家にした所が、女を相手に町奴《まちやつこ》が真逆に喧嘩もなりますまい。喧嘩は元より出たとこ勝負、今日に限つたことでもござりませぬ。お前様《まへさま》のお扱ひに免じて、こゝは素直に帰りませう。長吉も仁助も虫を堪えろ。

真弓。よう聞分けて下された。そんならこゝは温和《おとなし》う。

四郎兵衛。どうも失礼をいたしました。もし、白柄組のお侍、いづれ又どこかで逢ひませうぜ。(長吉に仁助等に。)今聞く通りだ。さあ、皆な早く来い、来い。

長吉。仁助。あい、あい。

(四郎兵衛は先に立ちて、長吉と仁助と子分二人は向ふへ去る。)

真弓。これ、播磨。こゝは往来ぢや、詳しいことは屋敷へ来た折に云ひませうが、武士たる者が町奴《まちやつこ》とかの真似をして、白柄組の神祇《じんぎ》組のと、聞くさへも苦々しい。喧嘩が何で面白からう。喧嘩商買は今日限り思ひ切らねばなりませぬぞ。

播磨。はあ。

真弓。肯《き》かねば伯母は勘当ぢや。判りましたか。

播磨。はあ。

真弓。それ。

(真弓は眼で知らすれば、陸尺は乗物を舁き寄せる。真弓は乗物に乗りしが、再び首を出す。)

真弓。これ、播磨。そちが悪あがきをすると云ふも、一つにはいつまでも独身《ひとりみ》でゐるからの事ぢや。此の間も鳥渡《ちよつと》話した飯田町の大久保が娘、どうぢや、あれを嫁に貰うては……。

播磨。さあ。(迷惑さうな顔。)喧嘩のことは兎も角も、その縁談の儀は……。

真弓。忌《いや》ぢやと云ふのか。(考へる。)ほかの事とも違うて、これは無理強《じひ》にもなるまいか。そんなら其れはそれとして、返す〴〵も白柄組とやらの附合は、きつと止めねばなりませぬぞ。

播磨。はあ。

(真弓は乗物の戸を閉める。若党等は播磨に一礼して向ふへ乗物を舁《か》いてゆく。)

権次。殿様。悪い所へ伯母御様がお見えになりまして。

権六。わたくし共までが飛んだお灸を据ゑられました。

播磨。(笑ふ。)伯母様は苦手ぢや、所詮頭は上らぬわ。今伯母様に叱られた、其の白柄組の水野殿は、仲間の者を誘ひ合せて、今夜わが屋敷へ参らるゝ筈ぢや。酔ふたら又面白い話があらう。

(風の音して桜の花散りかゝる。)

播磨。おゝ、散る花も風情がある喃《なう》。どれ、そろ〳〵帰らうか。

権次。権六。はあ。

(権次は茶代を置く。お春は礼を云ふ。播磨は行きかゝる。)

（二）

番町青山家座敷。二重家体《やたい》にて、上の方に床の間、つゞいて襖。庭には飛び石。上の方に井戸ありて、井戸のほとりに大いなる柳を栽《う》えたり。同じ日の夕刻。

(上の方より庭伝ひに、用人《ようにん》柴田《しばた》十太夫《じふだいふ》が先に立ち、腰元お菊、お仙の二人出づ。二人は高麗焼《かうらいやき》の皿五枚を入れたる箱を一つ宛《づゝ》持つ。)

十太夫。これ、大切の御品ぢや。気をつけて持つて行け。よいか。

二人。かしこまりました。

十太夫。唯今お蔵から取出したばかりで、別に仔細もあるまいが、念には念に入れよと云ふこともある。お勝手へ持つて退るまでに兎も角も一度吟味をいたさう。その箱をそれへ運べ。

二人。はい、はい。

(二人は縁に上る。お菊は先づ箱をあけて五枚の皿を出す。十太夫は眼鏡をかけて一々に検《あらた》める。つゞいてお仙も五枚の皿を出す。十太夫は同じく検《あらた》めて首肯《うなづ》く。)

十太夫。よし、よし。十枚ともに別条ない。くどくも申すやうなれど、これは大切のお品ぢや。必ず疎匆《そそう》があつてはならぬぞ。

お仙。御用人様。この十枚のお皿が何《ど》うして其のやうに大切なのでござりまする。

十太夫。そちは新参、詳しい訳を能く知るまいが、このお皿は高麗焼で、御先祖様から代々伝はるお家の宝ぢや。万一誤つて其の一枚でも打砕いたら厳しいお仕置、先づ命は無いものと覚悟せい。

お仙。え。(顫《ふる》へる。)

十太夫。ぢやに因《よつ》て滅多に取出したことは無いのぢやが、今宵は白柄組のお頭水野十郎左衛門様がお越しに相成るに就て、殿様格別のお心入れで、御料理の器に其のお皿をおつかひなさる。又しても諄《くど》く申すやうぢやが、一枚々々叮重《ていちよう》に取扱へ。割るは勿論、疵《きづ》を着けても一大事ぢやぞ。よいか。

二人。はい、はい。

十太夫。殿様がお帰りになるまでに、あちらのお客間を取片附けて置かねばならぬ。では、そのお皿を元のやうに箱に入れて、お勝手の方へ運んで置け。やれ、忙しいことぢや。

(十太夫はそゝくさと庭に降りて上の方に去る。お仙は跡を見送る。)

お仙。ほんにいつも〳〵気急しいお人ぢや。併しそれほど大切なお皿ならよく気をつけて取扱はねばなるまい。喃《なう》、お菊どの。はて、お前《まへ》は何をうつとりとしてゐるのぢや。

お菊。(突然に。)お仙どの。

お仙。何ぢやえ。

お菊。この頃殿様は御縁談があるとか云ふ噂ぢやが、お前それを本当ぢやと思ふかえ。

お仙。さあ、それは新参の妾《わたし》には判らぬが、何やらそんな噂がないでも無いやうな。

お菊。無いでもないやうな。(口の内で繰返す。)若《も》しあつたとしたら。

お仙。おめでたいことぢや。

お菊。さうかも知れぬ。（腹立たしげに云ひしが又思ひ直して。）いや、それは嘘であらう。嘘ぢや、嘘ぢや。嘘に違ひない。

お仙。でも、殿様も既《も》うお年頃ぢや、奥様をお貰ひなさるに不思議はあるまい。

お菊。奥様……。（又腹立たしげに。）内《うち》の殿様は奥様などお貰ひなさる筈が無いのぢや。

お仙。はて、そんなに怖い顔をして、何故妾《わたし》を睨むのぢや。お前は此頃様子が変つて、じつと考へてゐるかと思へば、急に悶《じ》れたり怒つたり、何か気合でも悪いのかえ。

（お菊は黙つて俯向いてゐる。琴唄のやうな独吟になる。）

唄〽世の中の、花は短き命にて、春は胡蝶の夢うつゝ、何が恋やら情やら。

（お仙は五枚の皿を片附けて箱に入れる。お菊は矢はり考へてゐる。）

お仙。お隣のお屋敷では又いつもの琴のお浚ひが始まつたやうな。（箱を抱えて起つ。）さあ、お前も早うお勝手へ……。妾《わたし》は一足先へ行きますぞえ。

（お仙は庭に降りて下の方に去る。）

お菊。（苛々《いら〳〵》して。）えゝ、何としたものであらう。妾《わたし》といふ者を打捨てゝ、ほかの奥様をお貰ひ遊ばすやうな、そんな嘘つきの殿様でないことは、不断から能く知つてゐるもの、小石川の伯母御様の御媒介《おなかうど》で、飯田町の大久保様とやらから奥様をお迎へなさる、内相談があるとやら。（又考へる。）いや、それはほんの人の噂ぢや。おゝ、さうぢや。現にこの間も殿様にそれを云うて念を押したら、えゝ、馬鹿め、俺を疑ふにも程がある。まあ、黙つて長い目で見て居れと、たゞ一口にお叱りなされた。叱られて嬉しかつたも束の間で、又何とやら疑ひの芽が噴いて来る……。えゝ、もう何《ど》うともなれ。

唄〽物に狂ふか青柳も、風のまに〳〵縺《もつ》れて解けて、糸の乱れの果しなさ。

（お菊は少しく悶《じ》れたる気味にて皿を片附けてゐたりしが、又手を休めて考へる。）

お菊。よもやとは思ふものゝ、万一ほんとうに奥様が来るやうであつたら……。えゝ、気の揉めることぢや。たとひ口では何と仰せられても、男は偽りの多いものとやら。何とかして殿様の、心の奥の奥を確かに見極める工夫は無いものか。（思案しながら我手に持つたる皿に不図眼をつける。）お家に取つては大切な宝といふ此のお皿を、もしも妾が打砕いたら、殿様は何《ど》うなさるであらう。真実《しんじつ》妾《わたし》が可愛いと思召《おぼしめ》すならば、よもや御腹立はあるまい筈。さうぢや、寧《いつ》そ疎匆《そそう》の振をして、このお皿を一枚打毀して、お菊が大切か、宝が大切か、殿様の本心を試して見るが上分別ぢや。（又考へる。）とは云ふものゝ、大切のお道具を、むざ〳〵毀すも勿体ない。

唄〽雲さへ暗き雨催《あまもや》ひ、故郷の空はいづこぞと、ゆくてに迷ふ雁《かり》の声。

（お菊は皿を眺めて何《ど》う為やうかと迷つてゐる。）

お菊。え丶、もう寧《いつ》そのこと。

唄〽しづ心なく散り初めて、土に帰るか花の行末。

（この以前よりお仙は下手より出で来りて窺ひゐる。お菊は思ひ切つて一枚の皿を取り、縁の柱に打付けて割る。この途端に、下の方にて『お帰り』と大きく呼ぶ声。お仙は下の方へ立去る。上の方より庭伝ひにて十太夫足早に出づ。）

十太夫。お丶、もうお帰りぢや。（下《しも》の方《かた》へ行かんとしてお菊を見る。）お菊、まだそこに居つたのか。や、お皿を何《ど》うぞ致したか。これ、お菊。（慌て、縁に上《あが》る。）や、大切のお皿を真二つに……。こ、こりや何《ど》う致したのぢや。仔細を云へ、仔細を申せ。

（十太夫は驚き怒つて詰め寄る。お菊は黙つて手をついてゐる。）

十太夫。え丶、黙つてゐては判らぬ。こ、こりや一体どうしたのぢや。先刻《さつき》もあれほど申聞かせて置いたに……。斯様な疎匆《そそう》を仕出来《しでか》しては、そちばかりでない、この十太夫も何《ど》のやうな御咎めを受けるも知れぬ。こりや飛でもないことに相成つたぞ。

（十太夫途方に暮れてゐる処へ、奥の襖をあけて青山播磨つか〲出づ。）

十太夫。お帰り遊ばしませ。御出迎へと存じましたる処、思ひも寄らぬ椿事が出来《しゆつたい》いたしまして、失礼御免下さりませ。

播磨。思ひも寄らぬ椿事……。（打笑《うちゑ》む。）十太夫が又何か狼狽《うろた》へて居るな。あわて者め。は丶丶丶丶。

十太夫。いや、あわてずには居られませぬ。殿様、これ御覧下さりませ。（皿を指さす。）

播磨。（割れたる皿を見て驚く。）や、高麗の皿を真二つに……。誰が割つた。（怒る。）

お菊。わたくしが割りました。

播磨。菊、そちが割つたか、定めて疎匆であらうな。

お菊。はい、恐れ入りましてござりまする。大切なお皿を損じましたは、わたくしが重々の不調法、どのやうな御仕置を受けませうとも決してお恨みとは存じませぬ。

播磨。お丶、先づ以て神妙の覚悟ぢや。青山の家に取つては先祖伝来大切の宝ではあるが、疎匆とあれば深く咎める訳にもまゐるまい。以後を屹と慎めよ。

お菊。はい。有《あり》がたうござりまする。（安心して喜ぶ。）

播磨。幸い今夕《こんせき》の来客は水野殿を上客として、他に七人、主人を併せて丁度九人ぢや。皿が一枚欠けても事は済む。喃《なう》、十太夫。

十太夫。左様でござりまする。併し御客人の御都合は兎もあれ、折角十枚揃ひましたる大切の御道具を、一枚欠きましたる不調法は、手前も共に御詫申上げまする。

播磨。（打笑む。）いや、いや、心配いたすな。たとひ先祖伝来とは申せ、鎧兜《よろひかぶと》鎗刀《やりかたな》のたぐひとは違うて、所詮は皿小鉢ぢや。私《わし》は左のみ惜いとも思はぬ。併し昔形気《かたぎ》の親類どもに聞えると面倒、表向きは矢はり十枚揃うてあることに致して置け。

十太夫。はつ。

播磨。御客人もやがて見えるであらう。座敷の用意万端、滞《とゞこほ》りなく致して置け。そちは名代の疎忽者ぢや。手落のないやうに気をつけい。

十太夫。委細心得て居りまする。万事手ぬかりのない筈とは存じて居りますが、では最う一度念の為めに御座敷を見廻つてまゐりまする。御免下され。

（十太夫はそゝくさと再び庭伝いに上の方へ去る。お菊は残る四枚の皿を箱に入れる。）

お菊。飛んだ疎《そ》匆《そう》をいたしまして、何とも申訳がござりませぬ。（手をつく。）

播磨。はて、くどう申すな。一度詫びたら其れで可い。まことを云へば家重代の高麗皿、家来が誤つて砕く時は手討にするが家の掟ぢやが、余人は知らず、そちを手討になると思ふか。はゝゝゝゝ。砕けた皿は人の目に立たぬやうに、その井戸の中へ沈めて了へ。

お菊。はい、はい。

（お菊は嬉しげに起つて先づ皿の箱を縁先に持ち出し、更に欠けたる皿を取りて庭に降り、上の方の井戸に投げ込む。）

お菊。では、わたくしも勝手へ退りまする。（皿の箱を抱える。）御免下さりませ。

（お菊は下の方へ行きかゝる。）

播磨。待て、待て。左様に逃げてまいるな。勝手の用は他の女どもに任して置いて、まあ此処で少し話して行け。

お菊。はい。（嬉しげに縁に腰をかける。播磨も縁先に進み出る。）

播磨。母から此頃に消息《たより》はないか。

お菊。この一月ほど何の消息《たより》も聞きませぬが、大方無事であらうと存じて居りまする。

播磨。親一人子一人ぢや。寧《いつ》そ此の屋敷内へ引取つては何《ど》うぢやな。母は屋敷住居は嫌ひかな。

お菊。いえ、嫌ひではござりませぬが、母を御屋敷へ連れてまゐりまするには、何も彼も打明けねばなりませぬ。

播磨。何も彼も……。（打笑む。）隠すことは無い。母にも打明けたら可いではないか。

お菊。でも……。それは……。（耻《はづか》しげに俯向く。）

播磨。耻かしいか。もう斯うなつたら誰に憚ることもない。天下の旗本青山播磨を婿に決めましたと、母の前で立派に云へ。

お菊。云うても大事ござりませぬか。

播磨。そちの口から云はれずば、母を兎も角も屋敷へ連れてまゐれ。私《わし》から直々《じきぐ》に打明けて申すわ。若し其時に、母が播磨を婿にするは不承知ぢやと申しても、そちは矢はりこゝに居《ゐ》るであらうな。

お菊。たとひ母が何と申しませうとも……。

播磨。いつまでも此処に居《を》るか。

お菊。はい。

播磨。それを屹と忘るゝなよ。

（二人は顔を見合せて打笑む。上の方より十太夫足早に出づ。）

十太夫。殿様。そのお菊と申す女は重々不埒な者でござりまする。

（敦囲《いきま》いて云ふ。）

播磨。何が不埒ぢや、皿を割つたのは疎匆《そそう》と申すではないか。それともまだ外に何か曲事《きよくじ》を働いたか。

十太夫。いや、其の皿を割つたのは疎匆ではござりませぬ。縁の柱に打付けて、自分で割つたと申すこと。

播磨。自分でわざと割つたと申すか。

十太夫。朋輩のお仙がたしかに見届けたと申しまする。疎匆《そそう》とあれば致方もござりませぬが、大切のお品をわざと打割つたとは、あまりに法外の致し方。殿様が御勘弁なされても、手前が不承知でござりまする。屹と吟味をいたさねば相成りませぬ。

播磨。さりとは不思議のことを聞くものぢや。こりや、菊。定めて疎匆であらうな。

十太夫。いや、疎匆とは云はせませぬ。

播磨。はて、騒ぐな。どうぢや、菊。十太夫はあのやうに申して居るが、よもやさうではあるまいな。はつきりと申開きを致せ。

お菊。（胸を据えて。）実は御用人様の被仰る通り……。

播磨。わざと自分の手で打割つたか。

お菊。はい。

播磨。むゝ。（十太夫と顔を見合せる。）さりとて気が狂ふたことも思はれぬ。それには何か仔細があらう。私が直々に吟味する。十太夫は暫く遠慮いたせ。

十太夫。いや、はや、呆れた女でござる。こりや、お菊……。

播磨。（悶《じ》れる。）よい、よい。早く行け。

（十太夫は上の方に引返して去る。）

播磨。こりや、菊。そちは何と心得て、わざと大切な皿を割つた。仔細を申せ。（物柔かに云ふ。）

お菊。恐れ入りましてござりまする。

播磨。最前も申す通り、其の皿を割れば手討ちに逢ふても是非ないのぢや。それを知りつゝ自分の手で、わざと打割りしとあるからは、よく〳〵の仔細が無くてはなるまい。つゝまず云へ。どうぢや。

お菊。もう此上は何をお隠し申しませう。由《よし》ないわたくしの疑ひから。

播磨。疑ひとは何の疑ひぢや。

お菊。殿様のお心を疑ひまして……。

（播磨は黙つてお菊の顔を睨む。）

お菊。この間も鳥渡《ちよつと》お耳に入れました通り、小石川の伯母御様が御媒介《おなかうど》で、どこやらの御屋敷から奥様がお輿入《こしい》れになるかも知れぬといふお噂。明けても暮れても其ればつかりが胸に支へて……。恐れながら殿様のお心を試さうとて……。

播磨。むゝ。それで大方仔細は読めた。それに就いて此の播磨が、そちを唯一時の花と眺めて居るか、但しはいつまでも見捨てぬ心か、其の本心を探らう為に、わざと大切の皿を打割つて、皿が大事か、其方《そち》が大事か、播磨が性根を確かに見届けやうと致したのであらう。菊、たしかに然うか。

お菊。はい。

播磨。それに相違ないか。

お菊。はい。

（播磨は矢庭にお菊の襟髪を取つて縁に捻伏せる。）

播磨。え丶、おのれ、それ程までにして我が心を試さうとは、余りと云へば憎い奴。こりや能く聞け。天下の旗本青山播磨が、恋には主家来の隔てなく、召仕へのそちと云ひ交して、日本中の花と見るは我宿の菊一輪と、弓矢八幡、律義一方の三河武士が唯一筋に思ひつめて、白柄組の附合にも吉原へは一度も足踏みせず、丹前風呂でも女子《をなご》の杯《さかづき》は手に取らず。仇同士の町奴《まちやつこ》と三日喧嘩せぬ法もあれ、一夜でもそちの傍《そば》を離れまいと、堅い義理を守つてゐるのが、嘘や偽りでなることか、積つて見ても知る丶筈。何が不足で此の播磨を疑ふたぞ。

（お菊の襟髪を摑んで小突き廻す。お菊は倒れながらに泣く。）

お菊。その疑ひも既う晴れました。お免《ゆる》しなされて下さりませ。

播磨。い丶や、そちの疑ひは晴れやうとも、疑はれた播磨の無念は晴れぬ。小石川の伯母は愚、親類一門が何と云はうとも、決して他の妻は迎へぬと、あれほど誓ふたを何と聞いた。さあ、確《しか》と申せ。何が不足で此の播磨を疑ふた。何を証拠に此の播磨を疑ふた。

お菊。お前様のお心に曇りのないは、不断から能く知つてゐながらも、女の浅い心からつい疑ふたはわたくしが重々の誤り、真平御免下さりませ。

播磨。今となつて詫びやうとも、罪のない者を一旦疑ふた、おのれの罪は生涯消えぬぞ。さあ、覚悟してそれへ直れ。

（播磨はお菊を突き放して刀を引寄せる。下の方より庭伝ひに奴権《やつこごん》次《じ》走り出いづ。）

権次。もし、殿様。暫くお控え下さりませ。先刻《さつき》から物蔭で窃と立聞をして居りましたら、お菊どのが大切のお皿を割つたとやら、砕いたとやら。そりやもうお菊殿の落度は重々、その孱細《かぼそ》い素つ首をころりと打落されても、是非もない破目ではござるもの丶、多寡《たくわ》が女子《をなご》ぢや。骨《ほね》のない海月《くらげ》や豆腐を料理なされても、何の御手堪えもござるまい。先刻《さつき》の喧嘩とは訳が違ひまする。こ丶は何分この奴に免じて、其のお刀はお納めなされて下さりませ。

播磨。そちが折角の取なしぢやが、この女の罪は赦されぬ。何にも云はずに見物いたせ。

権次。一旦斯うと云ひ出したら、跡へは引かぬお気性は、奴も予《かね》て呑込んでは居りまするが、何ぼ大切の御道具ぢやと云うても、一人の命を一枚の皿と取替へるとは、此頃流行る取替べえの飴よりも余り無雑作の話ではござりませぬか。どうでもお胸が晴れぬとあれば、殿様の御名代に此の奴が、女の頬桁二つ三つ毆倒《はりたふ》して、それで御仕置はお止め〳〵。

播磨。え丶、播磨が今日の無念さは、おのれ等の奴が知る所でない。いかに大切な宝なりとも、人一人の命を一枚の皿に替へやうとは思はぬ。皿が惜さに此の菊を成敗すると思ふたら、それは大きな料見違ひぢや。菊、その皿をこれへ出せ。

お菊。はい。

(時の鐘聞ゆ。お菊は箱より恐る〳〵一枚の皿を出す。播磨は其の皿を刀の鍔に打ち当て丶割る。お菊も権次も驚く。)

播磨。それ、一枚……。菊、後を数へい。

お菊。二枚……。

(お菊は皿を出す。播磨は又もや打割る。)

播磨。それ。二枚……。次を出せ。

お菊。三枚……

(播磨は又打割る。権次も思はず伸び上る。)

権次。お丶、三枚……。

播磨。次を出せ。

お菊。四枚……。

(播磨は又もや打割る。)

播磨。四枚……もう無いか。

お菊。あとの五枚はお仙殿が別のお箱へ入れて持つてまゐりました。

播磨。む丶。播磨が皿を惜むので無いのは、菊にも権次にも判つたであらうな。青山播磨は五枚十枚の皿を惜んで、人の命を取るほどの無慈悲な男でない。

権次。それほど無慈悲でないならば何でむざ〳〵御成敗を……。

播磨。そちには判らぬ。黙つて居れ。併し菊には合点が参つた筈。潔白な男の誠を疑ふた、女の罪は重いと知れ。

お菊。はい。よう合点がまゐりました。此上は何のやうな御仕置を受けませうとも、思ひ残すことはござりませぬ。女が一生に一度の男。(播磨の顔を見る。)恋に偽りの無かつたことを、確かにそれを見極めましたら、死んでも本望でござりまする。

播磨。若し偽りの恋であつたら、播磨もそちを殺しはせぬ。偽りならぬ恋を疑はれ、重代の宝を打割つてまでも試されては、何うでも赦すことは相成らぬ。それ、覚悟して庭へ出い。

(お菊の襟髪を取つて庭へ突落す。権次は慌て丶お菊を囲ふ。播磨は庭下駄を穿きて降立つ。)

播磨。権次。邪魔するな。退け、退け。

権次。殿様。女を斬るとお刀が汚れまする。一旦柄へかけた手の遣場がないと云ふならば、お丶、さうぢや。あれ、あの井戸端の柳の幹でも、すつぱりとお遣りなされませ。

播磨。馬鹿を申すな。退かぬとおのれ蹴殺すぞ。

(権次が遮るを播磨は払ひ退ひてお菊を前に曳き出す。)

権次。え丶、殺生な殿様ぢや。お止しなされ、お止しなされ。

(権次又取付くを播磨は蹴倒す。お菊は尋常に手を合はせてゐる。播磨は一刀にその肩先より切倒す。)

権次。お丶、とう〳〵遣つてお了ひなされたか。(起き上る。)可哀想に喃《なう》。

播磨。女の死骸は井戸へ投げ捨てい。

権次。はあ。

（権次はお菊の死骸を抱き起す。上の方より十太夫は燈籠をさげて出づ。）

十太夫。お丶、お菊は御手討に相成りましたか。不憫のやうではございますが、心柄いたし方ございませぬ。

権次。殿様御指図ぢや。（井戸を指さす。）手伝うて下され。

十太夫。これは難儀な役ぢやな。待て、待て。

（十太夫は袴の股立を取り、権次と一所にお菊の死骸を上手の井戸に沈める。播磨は立寄つて井戸を覗く。鐘の声。）

播磨。家重代の宝も砕けた。播磨が一生の恋も亡びた。

（下の方より権六走り出づ。）

権六。申上げます。水野十郎左衛門様これへお越しの途中で町奴《まちやつこ》どもに道を遮られ、相手は大勢、何か彼やと云ひがゝり、喧嘩の花がさきさうでございまする。

権次。むゝ。そんならまだ先刻《さつき》の奴等が、そこらに彷徨《うろつ》いてゐたと見えるわ。

播磨。可《よし》。播磨が直に駈け付けて、町奴どもを追ひ散らして呉れるわ。

（播磨は股立を取りて縁に上り、承塵《なげし》にかけたる槍の鞘を払つて庭に駈け降りる。）

十太夫。殿様。又しても喧嘩沙汰は……。

播磨。止めいと申すか。一生の恋を失うて……。（井戸を見返る。）あたら男一匹が、これからは何をして生くる身ぞ。伯母御の御勘当受けうとまゝよ。八百八町を暴ばれ歩いて、毎日毎晩喧嘩商買。その手始めに……。（槍を取直して。）奴《やつこ》、まゐれ。

二人。はあ。

（播磨は足袋《たび》はだしのまゝにて走りゆく。権次権六も身づくろひして後につゞく。十太夫跡を見送る。）

――幕――

（大正6年12月、平和出版社刊）

フランセスの顔＝スケッチ＝

有島武郎

闌《たけなは》な秋のある一夜。

光の綾を織り出した星々の地色は底光りのする大空の紺青だつた。その大空は地の果てから地の果てにまで広がつて居た。淋しく枯れ亙つた一叢《ひとむら》の黄金色の玉蜀黍《たうもろこし》、細い蔓――その蔓はもう霜枯れて居た――から奇跡のやうに育ち上つた大きな真赤なパムプキン、最後の審判の喇叭《らつぱ》でも待つやうに、さゝやきもせず立ち連なつた黄葉の林。夫等の秋のシムボルを静かに乗せて暗に包ませた大地の色は、鈍色《にぶいろ》の黒ずんだ紫だつた。その闌《たけなは》な秋の一夜の事。

私達は彼女の家に近づいた。末の妹のカロラインが、つきまとはるサン、ベルナール種のレックスを押しのけながら、逸早く戸を開けると石油ランプの琥珀色の光が焰の剣のやうな一筋の眩しさを広縁に投げた。私と連れ立つた彼女の兄達と妹とは、孤独の客の居るのも忘れて、蛾のやうに光と父母とを目がけて駆け込んだ。私は少し当惑して這入るのをためらつた。バネ仕掛けである筈の戸が自然にしまらないのを不思議に思つてふと気が付くと、彼女が静かにハンドルを握りながら、微笑んで立つて居た。私は彼女に這入れと云つた。彼女は黙つたまゝ軽くかぶりをふつて、小しはにかみながら夫れでもぢつと私の目を見詰めて動かうとはしなかつた。私は心から嬉しく思つて先きに這入つた。その瞬間から私は彼女を強く愛した。

フランセス――然し人々は彼女を愛してファニーと呼ぶのだ。

その夜は興ある坐談に時が早く移つた。ファニーとカロラインの眠る時が来た。ブロンドの巻髪を持つたカロラインはもう眠むがつた。栗色の癖のない髪をアメリカ印度人のやうに真中から分けて耳の下でぶつりと切つたファニーの眼はまだ堅かつた。ファニーはどうしてもまだ寝ないと云ひ張つた。齢をとつたにこやかな母が怒る真似をして見せた。ファニーは父の方に訴へるやうな眼付きを投げたが、とう〳〵従順《すなほ》に母の膝に頭を埋めた。母は二人の童女の項に軽く手を置き添へて、口の中で小さな祝禱《いのり》を捧げてやつた報酬に先づ二人から寝前の接吻《きつす》を受取つた。夫れから父と兄等とが接吻《きつす》を受けた。二人が二階にかけ上らうとすると母が呼びとめてお客様にも挨拶をするものだと軽くたしなめた。カロラインは飛んで帰つて来て私と握手した。ファニーは――ファニーは頸飾りのレースだけが眼立つ程影になつた室の隅から軽く頸をかしげて微笑を送つてよこした。而して二人は押合ひへし合ひしながらガタ〳〵と小さい階子段をかけ上つて行つた。その賑やかな音の中に「ファニーのはにかみ屋奴、いたづら千万な癖に」と云ふ父の独語《ひとりごと》がさゝやかれた。

＊　＊　＊

寒く、淋しく、穏かに晩秋の田園の黎明が来た。窓硝子に霜華《フロスト・フラワ》が霞程薄く現はれて居た。衣服の着代へをしようとして厳丈一方な木製の寝台の側に立つて居ると、戸外でカロラインと気軽く話し合ふファニーの弾むやうな声が聞こえた。私はズボンつりをボタンにかけながら窓際により添つて窓外を見下ろした。

一面の霜だ。庭めいた屋前の芝生の先きに木柵があつて、木柵に併行した荷馬車の通ふ程な広さの道の向ふには、可なり大きな収穫小屋が聳えて見えた。収穫小屋の後ろには大方耡《す》き返へされて大きな土塊のごろ〳〵する畑が、荒地のやうに紫がゝつて広がつて居た。その所々は、落葉した川柳が箒を倒《さかし》まに立て連ねたやうにならんで居る。轍《わだち》の泥のかん〳〵にこびりついたまゝになつて居る収穫車の上には、仕舞ひ残された牧草が魔女の髪のやうにしだらなく垂れ下つて居た。夫等凡ての上に影と日向とをはつきり描いて旭《あさひ》が横ざしにさし始めて居た。烏の声と鶏の声とが遠くの方から引きしまつた空気を渡つて硝子越しに聞こえて来た。自然は産後の疲れにやつれ果てゝ静かに産蓐に眠つて居るのだ。その淋しさと農人の豊かさとが寛大と細心の徴象のやうに私の眼の前に展けて見えた。

私はファニーを探し出さうとした。眼の届く限りに姿は見えないなと思ふ間もなく収穫小屋の裏木戸が開いて、斑入りの白い羽を半分開いて前に行くものゝ背を乗り越し〳〵走り出た一群の鶏と一緒に二人の童女が現はれ出た。二人は日向に立つた。そのまはりには首を上に延ばしたりお辞儀をしたりする鶏が集つた。一羽はファニーの腕にさへとまつた。カロラインがかゝげて居たヱープロンをさつと振り払ふと、燕麦が金の砂のやうに凍つた土の上に散らばつた。一羽の雄《をす》鶏は群から少し離れて高々と時をつくつた。

ファニーのヱープロンの中には小屋のあちこちから集めた鶏卵があつた。彼女は夫れを一つ〳〵大事さうに取出して、カロラインと何か言ひ交はしながら、木戸を開いて母屋の方に近づいて来た。朝寒がその頬に紅をさして、白い歯なみが恥しさを忘れたやうに「ほゝゑみの戸口」から美しく現はれて居た。私はズボンつりを左手に持ち直して、右の中指で軽く窓の硝子を弾《はじ》いた。ファニーは笑みかまけたまゝの顔を上げて私の方を見た。自然に献げた微笑を彼女は人間にも投げてくれた。私の指先きは硝子の伝へた快い冷たさを忘れて熱くなつた。

＊　＊　＊

夏が来てから私は又この農家を訪れた。私は汽車の中でなだらかな斜面の半腹に林檎畑を後ろにして蹲《うづくま》るやうに孤立するフランセスの家を考へて居た。白く塗られた白堊が斑になつて木地を現はした収穫小屋、その後ろに半分隠れて屋根裏とも云へる低い二階を持つた古風な石造りの母屋、その壁面にならんで近づく人をぢつと見守つて居るやうな小さな窓、前さがりの庭に立ちそぼつ骨ばつた楡ととねりこ、而して眼をさすやうに上を向いて尖つた灌木の類、綿と棘《いばら》とに身よそほひした薊の亡骸《なきがら》、針金のやうに地にのたばつた霜枯れの蔓草、風にから〳〵と鳴るその実、糞尿に汚れ返つたエイシャー種の九頭の乳牛、飴のやうな色に氷つた水溜り、乳を見ながら飲まうともしない病児のやうに、物うげに日光を尻眼にかけてうづくまつた畑の土……。

然しその家に近づいた私の眼は私の空想を小気味よく裏切つてくれた。エメラルドの珠玉を連ねわたしたやうに快い緑に包まれたこの小楽園は一体何処から湧いて出たのだ。母屋の壁の鼠色も、収穫小屋の斑らな灰白色も緑蔭と日光との綾の中に宛《さなが》ら小跳りをして居るやうだ。木戸はきしむ音もたてずに軽々と開いた。私はビロードの足ざはりのする芝生を踏んで広縁に上つた。虫除けの網戸を開けて戸をノックした。一度。二度。三度。応へる者がない。私は何の意味もなく微笑みながら静かに立つてあたりを見廻はした。縁の欄干《てすり》から軒にかけて一面に張りつめた金網にはナスターシャムとhoney-suckleとが細かくからみ合つて花をつけながら、卵黄《きみ》程な黄金の光を板や壁の所々に投げ与へて居た。その濃緑の帷からは何処ともなく甘い香と蜂の羽音とが溢れ出てひそやかな風に揺られながら私を抱き包んだ。

突然裏庭の方で笑ひどよめく声が起つた。私は又酔ひ心地に微笑ながら、楡の花のほろ〳〵と散る間をぬけて台所口の方に廻つた。冬の間に燃《た》き捨てた石炭殻の堆《かたまり》の外には靴のふみ立て場もない程にクロバーが茂つて花が咲きほこつて居た。よく肥つた猫が一匹人おぢもせずに蹲つて草の間に惜しげもなく流れこぼれた牛の乳をなめて居た。

台所口をぬけるとむつとする程むれ立つた薔薇の香が一時に私を襲つて来た。感謝祭に来た時には荊棘《いばら》の迷路であつた十坪ほどの地面が今は隙間もなく花に埋まつて、夏の日の光の中で一番麗はしい光が夫れを押し包んで居た。私は自分の醜さを恥ぢながらその側を通つた。ふと薔薇の花がたわゝに動いた。見返へる私の眼にフランセスの顔が映つた。彼女は薔薇と一緒になつて微笑んで居た。

腕にかけた経木籃《きやうぎかご》から摘み取つた花をこぼし〳〵フランセスの馳け出す跡に私も従つた。跣足《はだし》になつた肉付きの恰好な彼女の脚は木柵の横木を軽々と飛び越して林檎畑に這入つて行つた。私は彼女の飛び越えた所に一とかたまり落ち散つた花を気ぜはしく拾ひ上げた。見るとファニーは安楽椅子に仰向き加減に坐を占めた母に抱きついて所きらはず続けさまに接吻して居た。蛛の巣にでも悩まされたやうに母が娘を振離さうとするのを、スカルキャップを被つた小柄な父は読みかけて居た新聞紙をかいやつて鉄縁の眼鏡越しに驚いて眺めて居た。此所では又酒のやうな芳醇な香が私を襲つた。シャツ一枚になつて二の腕までまくり上げた兄等の間には大きな林檎圧搾機が置かれて銀色の竜頭からは夏を煎じつめたやうなサイダーの原汁がキラ〳〵と日に輝きながら真黒に煤けた木槽にしたゞつて居た。その側に風に吹き落された未熟の林檎が累々と積み重ねられて居た。兄等は私を見付けると一度に声を上げた。而して蜜蜂に体のめぐりをわん〳〵飛び廻らせながら一人々々やつて来て大きな手で私の手を堅く握つてくれた。その手はどれも勤労の為めに火のやうに熱して居た。私は少し落付いてからファニーの方を見た。彼女は上気した頬を真赤にさせて、スカーツから下はむきだしになつた両脚をつゝましく揃へて立つて居た。あの眼は何と云ふ眼だ。この何もかにも明らさまな夏の光の下で何を訝り何を驚いて居るのだ。

＊　＊　＊

ある朝両親は毎《いつ》もの通り古ぼけた割幌の軽車を重い耕馬に牽かせて、その朝カロラインが集めて廻つた鶏卵を丹念に木箱に詰めたのを膝掛けの下に置いて、がら〳〵と轍の音をたてながら村の方に出かけて行つた。帰りの馬車は必要な肉類と新聞紙と一束の手紙類とを齎らして来るのだ。私は朝の読書に倦んでカロラインを伴《つ》れて庭に出た。花園の側に行くとその受持ちをして居るファニーが花の中からついと出て来て私達をさしまねいた。而して私を連れて林檎畑に這入つて行つた。カロラインと何かひそ〳〵話をした彼女の眼はいたづら相な光を輝いて居た。少し私をかけ抜けてから私の方を向いて立止つて私にも止まれと云つた。私は止つた。自分の方を真直に見て外に眼を移してはいけないと云つた。私はどうして他見《よそみ》をする必要があらう。一、二、三、兵隊のやうに歩調を取つて自分の所まで歩いて来い、さう彼女は私に厳命を下した。私はすなほにも彼女を突き倒す程の意気込みで歩き出した。五歩ほど来たと思ふ頃私は思はず跳り上つた。跣足になつた脚の向脛に注射針を一どきに十筒も刺通された程の痛みを覚えたからだ。ファニーとカロラインが体を二つに折つて笑ひこけて居るのをいま〳〵しく睨みつけながら足許を見ると紫の花をつけた一茎の大薊が柊のやうな葉を広げて立つて居た。私はいきなり不思議な衝動に駆られた。森の中に逃げ込むニンフのやうなファニーを追ひつめて後ろから抱きすくめた私はバッカスのやうだつた。ファニーは盃に移されたシャンパンが笑ふやうに笑ひつゞけて身もだえした。頭の上に広がつた桜の葉蔭からは桜桃についた一群の椋鳥が驚いてうとましい声を立てながら一時に飛び立つた。私ははつと恥を覚えてファニーを懐から放した。私の胸は小痛い程の動悸にわく〳〵と恐れ戦いて居た。ファニーは人の心の嶮しさを知らないのだ。踊る時のやうな手ぶりをして事もなげに笑ひ続けて居た。

＊　＊　＊

書棚とピヤノとオルガンと、にはか百姓の素性を裏切る重々しい椅子とで昼も小暗い父の書斎は都会からの珍客で賑はつて居た。凡てが煤けて見える部屋の一隅に盛り上げた雪のやうに純白なリンネルを着た貴女は滑らかな言葉で都会人らしく田園を褒め讃へて居た。今日はカロラインまでが珍らしく靴下と靴とをはいて居た。ふと其所にファニーが素脚のまゝで手に一輪の薔薇を捧げて急《いそが》しく這入つて来た。彼女は貴女の居るのに気付くと手持不沙汰相に立ちすくんだ。貴女とファニーとがこの部屋の二つの極のやうに見えた。母が母らしく立ち上つて不作法を責めながら髪をけづり衣物《きもの》を整へに二階にやらうとするのを、貴女は椅子から立上りさへして押しとゞめた。而して飾気のない姿の可憐《いとし》さと、野山に教へられた無邪気な表情とをあくまで賞めそやした。ファニーはもう通常《ふだん》の快潤さを取りかへして、はにかみもせずに父に近づいて、その皺くちやな手に薔薇の花を置いた。

「パ、、是れがこの夏咲いた花の中で一番大きな奇麗な花です」

　父はくすぐつたいやうに微笑みながら、茎を指先きに摘《つま》んでくる〳〵とまはして見た。都会人の田舎人を讃美すべきこの機会を貴女はどうしてのがして居よう。

「ファニー貴女は小さな天使そのものですね」

と奇麗な言葉で云ひながら父の方に手を延ばした。父は事もなげに花を貴女に渡すと、貴女は一寸香をかんで接吻して、驚いた表情をしながらその花に見とれて見せた。ファニーははじめてほがらかな微笑を頬に堪へて貴女の方を見た。而して脚の隠れさうな物蔭に腰から上だけを見せて座を占めた。貴女は続けて時々花の香をかぎかぎ、ファニーを相手に、怜悧《りこう》らしくちよい〳〵一座を見亙しながら、

「この薔薇は紅いでせう。何故世の中には紅いのと白いのとあるか知つてお出で?」

と首を華やかにかしげて聞いた。ファニーは「知りません」と素直に答へて頭をふつた。「夫れでは教へて上げませうね。その代り是れを下さいよ。昔ある所にね」と云ふ風にナイテーンゲールが胸を棘にかき破られてその血で白の花弁を紅に染めたと云ふオスカーワイルドの小話を語り初めた。ファニー計りでなく母までが感に入つてその滑らかな話振りに聞惚《きゝと》れた。話が仕舞はない中に台所裏で鶏がけたゝましくなき騒《さわ》いだ。鶏の世話をあづかるカロラインは大きな眼を皿のやうにして跳り上つた。家内中も一大事が起つたやうに聞耳を立てた。カロラインが部屋を飛出しながら、又レックスが悪戯《いたづら》をしたんだと叫ぶと、犬好きのファニーは無気《むき》になつて大きな声で「レックスがそんな事をするもんですか。猫よ屹度夫れは」と口惜さうに叫んだ。「ミミーなもんですか」と口返しする疳高かな妹の声はもう台所口の方で聞こえた。一座が鎮まると貴女は薔薇の話は放りやつて、父や母とロスタンのシャンテクレールの噂を初めだした。ファニーはもう会話の相手にはされて居なかつた。その当時売り出した、バリモアと云ふオペラ女優の身ぶりなどを巧みに真似ながら貴女は手に持つて居た薔薇を無意識に胸にさしてしまつた。暫く黙つて聞いて居たファニーが突然激しくパ、と呼びかけた。私はファニーを見た。いやに真面目臭つた彼女の頬は

ふくれて居た。父はたしなめるやうに娘を見やつた。ファニーは負けて居なかつた。一寸言葉を途切らした貴女が又話し続けようとすると、ファニーは又激しくパ、と云ふ。父は貴女の手前怒つて見せなければならなくなつた。

「不作法な奴だな、何んだ」

「That rose was given to *you*, Papa dear!」

「I know it.」

「You don't know it!」

仕舞の言葉を云つた時ファニーの唇は震へて居た。涙が溜つたのぢやあるまい。然し眼は輝いて居た。父は少し自分の弱味が裏切られたやうな苦笑ひをして居る。貴女は微笑んで暫く口をつぐんで居たが、又平気で前の話を始め出した。父と母とはこの場の不作法を償ひ返さうとでもするやうに、一層気を入れて貴女の話に耳を傾けた。繊細な情緒に何時でもふるへて居るやうに見えた貴女の心は、ファニーの胸の中を汲み取つてはやらぬらしい。田舎娘は矢張り田舎娘だとさへも思つては居ないやうだ。私は可哀相になつてファニーを見た。その瞬間に彼女も私を見た。私は勉めて好意をこめた微笑を送つてやらうとしたが、夫れは彼女のいら〳〵と怒つた眼付きの為めに打ちくだかれた。ファニーは軽蔑したやうに二度とは私を見返らなかつた。而して暫らくしてからふと立つて外に出て行つた。入れちがひにカロラインが這入つて来て鶏の無事だつた事を事々しく報告した。貴女は父母になり代つたやうに、笑みかまけてカロラインの報告にうなづいて見せた。

暫くしてから戸が又開いたと思ふとファニーがそつと這入つて来た。忠義を尽しながら却て主人に叱られた犬のやうな遠慮と謙遜とを身ぶりに見せながら父の側に近づいて、そつとその手に又一輪の薔薇の花を置いた。話の途切れるのをおとなしく待ちつけて、

「是れが二番目に奇麗な薔薇なの、パ、」

と云ひながら、柔和な顔をして貴女を見た。一生懸命に柔和であらうとする小さな努力が傍眼《よそめ》にもよく見えた。「さうか」無口な父は微笑を苦笑ひに押包んだやうな顔をして云つた。

「是れを○○夫人に上げませうか」

父は唯うなづいた。

「是れが貴女のです」

ファニーは夫れを貴女に渡した。貴女は軽く挨拶して夫れを受取ると先程のに添へて胸にさした。ファニーは貴女が最初の薔薇と取代へてくれるに違ひないと思ひ込んで居たらしいのに、貴女は又それには気が付かないらしい。ファニーが何時までもどかないので、挨拶がし足りないと思つたのか、

「Thank you once more, dear.」

と又軽く辞儀をした。ファニーもその場の仕儀で軽く頭を下げたものだから、もう如何する事も出来なかつた。俯向いたまゝで又室を出て行つた。その姿のいた〳〵しさは私の胸を刺すばかりだつた。

私は暫くぢつとして堪《こら》へて居たが、何んだかファニーが哀れでならなくなつて、静かに部屋をすべり出た。食堂と居間とを兼ねた隣りの部屋にも彼女は居なかつた。静かな台所でこと〳〵と音のするのを便りに其所の戸を開けて見ると、ファニーが後向きになつて洗物《すゝぎもの》をして居た。人の近づくのに気が付いて振り返つた彼女の眼は火のやうに燃えて居た。而して気でも狂つたやうに手にしたゞつた水を私の顔にはじきかけた。

貴女が暇乞をして立つ時、父は物優しくファニーの無礼をことわつて、一番美しい薔薇を返してもらつた。客の帰つたのを知つて台所から出て来たファニーが父の手にその薔薇のあるのをちらと見ると、もう堪らないと云ふやうにかけ寄つてその胸に顔を埋めた。父が何かたしなめると、

「This rose is yours any how, Papa.」

とファニーが震へ声で云つた。而して堪へ〳〵て居たすゝり泣きがやゝ暫く父の胸と彼女の顔との間からメロデーのやうに聞えて居た。

＊　＊　＊

次の年の春に私は又この一つ家を訪れた。桜の花が雪のやうに白くなつて散り始め、ライラックがそのらうたけた紫の花房と香とで畑の畦を飾り、林檎が田舎娘のやうな可憐な薄紅色の蕾を無骨《ぶこつ》な枝に処せまきまで装ひ、菫と蒲公英《たんぽゝ》が荒土を玉座のやうにし、軟かい牧草の葉が浦若いバッカスの顔の幼毛《うぶげ》のやうに生へ揃ひ、カツクーが林の静かさを作る為めに間遠に鳴き始める頃だつた。空には鳩が居た。木には木鼠が居た。地には亀の子が居た。

すべての物の上に慈悲の様な春雨が暖く静かに降りそゝいで居た。私の靴には膏薬のやうに粘る軟土が慕ひよつた。去年の夏訪れた時に誰れも居なかつた食堂を兼ねた居間には、凡ての家族が居た。私の姿を見ると一同は総立ちになつて「ハロー」を叫んだ。ファニーが毎《いつ》もの快濶さで飛んで来て戸を開けてくれた。遠慮のなくなつた私は日本人のするやうに戸口で靴をぬぎ始めた。毛の毬のやうな綺麗な仔猫が三匹すぐ背をまるめて靴の紐に戯れかゝつた。

母と握手した。彼女は去年のまゝだつた。父と握手した。彼れはめつきり齢をとつて見えた。ファニーの兄達は順ぐりに去年の兄位づゝの背丈けになつて居た。カロラインはベビーと呼ばれるのが似合はぬ位になつた。ファニーは——今まで居た筈のファニーは見えなかつた。少しせつかちな父は声を上げてその名を呼んだが答へがない。父は暫く私と一別以来の事を話し合つたりして居たが、矢張り気になると見えて、又大声でファニーを呼び立てた。その声の大きさに背負なげを喰はしてファニーの「Here you are.」と云ふ返事はすぐ二階に通ふ戸の後ろから来た。而して戸が開いた。ファニーは前から戸の間際まで来て居たのにきつかけを待つて出て来なかつたのだと知つた私は、一寸勝手が違ふやうな心持ちがした。顔中赤面しながら夫れでも恥しさを見せまいとするやうに白い歯なみをあらはに

微笑んでファニーはつか〳〵と私の前に来て、堅い握手をした。

「めかして来たな」

兄から放たれたこの簡単なからかひは、然しながらファニーの心を転倒させるのに十分だつた。顔を火のやうに赤くしてその兄を睨んだと思ふと戸口の方に引き返した。部屋中がどつと笑ひが鳴りはためいた。ファニーの眼にはもう涙の露がたまつて居た。

ファニーは決して素足を人に見せなくなつた。而して一年の間に長く延びた髪の毛は、ファウストのマーガレットのやうに二つに分けて組み下げにされて居た。それでもその翌日から彼女は去年の通りな快濶な、無遠慮な、心から善良なファニーになつた。私達はカロラインと三人でよく野山に出て馬鹿々々しい悪戯をして遊んだ。

其処に行つてから三日目に、この家で決めてある父母の誕生日が来た。兄達は鶏と七面鳥とを屠つた。私と二人の娘とは部屋の装飾をする為めに山に羊歯の葉や草花を採りに行つた。

木戸を開けて道に出ると、収穫小屋の側の日向に群つて眼を細くしながら日の光を浴びて居た乳牛が、静かに私達を目がけて木柵の際に歩みよつて来た。毛衣を着かへたかと思ふやうにつや〳〵しい毛なみは一本々々きら〳〵と輝いた。生れて程もない小牛は始終驚き通して居るやうな丸い眼で人を見やりながら、柵から首を長く延して、さし出す二本の指を、ざら〳〵した舌で器用に巻いてちう〳〵吸つた。私達は一摘みづゝの青草を万遍なく牛にやつて、又歩き出した。カロラインは始終大きな声で歌ひつゞけた。その声が軽い木魂《こだま》となつて山から林からかへつて来る。

カロラインは又電信をしようと云ひ出した。ファニーはいやだと云つた。末子のカロラインはすぐ泣き声になつてどうしてもするのだと云ひ張る。ファニーは姉らしく折れてやつて三人は手を繋いだ。私は真中に居てカロラインからファニーに、ファニーからカロラインに通信をうけつぐのだ。カロラインが堅く私の手を握ると私もファニーの手を堅く握らねばならぬ。去年までは私がファニーの手を堅くしめるとファニーも負けずにしめ返したのに、今年はどうしても堅く握り返へす事をしない。而してその手は気味の悪い程冷たかつた。ファニーから来る通信が何時でもなまぬるいのでカロラインは腹を立てゝ、わやくを云ひ出した。ファニーは「夫れではやめる」と云つた切り私の手を放してしまつた。カロラインが如何に怒つて見ても頼んでももうファニーは私と手をつながうとはしなかつた。

森に這入ると森の香が来て私達を包んだ。樫も、楡も、いたやも凡ての葉はライラックの葉程に軟くて浅い緑を湛へて居た。木の幹がその特殊な皮はだを是れ見よがしに葉漏りの日の光にさらして、その古い傷口からは酒のやうな樹液がじんわりと滲み出て居た。樹液の滲み出て居る所にはきつと穴を出たばかりの小さな昆虫が黒くなつてたかつて居た。蜘蛛も巣をかけ始めたけれども、その巣にはまだ犠牲になつた羽虫がからまつて居るやうな事はない。露だけが宿つて居た。静かに立つて耳を聳てると幽《かす》かに音が聞える。落葉が朽ちるのか、根が水を吸ふのか、巻葉が拡がるのか、虫がさゝやくのか、風が渡るのか。その静かな音、音ある静かさの間に啄木鳥《きつゝき》とむさゝびがかつ〳〵と聞えちゝと聞える声を立てる。頭を上げると高い木梢をすれ〳〵にかすめて湯気のやうな雲が風もないのに飛ぶやうに走る。その先きには光のやうな青空が果てしもなく人の視力を吸ひ上げて行く。

　私達三人は分れ〳〵になつて花をあさり競つた。余りに遠く隔ると互に呼びかはすその声が美しい丸味を持つて自分の声とは思へない程だ。私は酔ひ心地になつて、日あたりのいゝ斜面を選んで、羊歯を折敷いて腰をおろした。村の方からは太鼓ばやしを極く遠くで聞くやうな音がかすかにほがらかに伝はつて来る。足の下に踏みにじられた羊歯の青くさい香を私は耳でかいで居るやうな気がした。私は極《ごく》上面なセンチメンタルな哀傷を覚えた。而して長いとも短いとも定めがたい時が過ぎた。

　ふと私は左の耳に人の近づく気配を感じた。足音を忍んで居るのを知ると私は一種の期待を感じた。而してその足音の主がファニーであれかしと祈つた。足音は稍《やゝ》斜後ろから間近になると突然私の眼の前に野花をうざ〳〵する程摘み集めた見覚えのある経木の手籃が放り出された。私は徐ろに左を見上げた。ファニーが上気して体中ほゝゑんで立つて居た。

　暫く躊躇して居たが、ファニーは軈て私の命ずるまゝに私の側近く座つた。二人切りになると彼女は却て心のぎごちなさを感じないやうにも見えた。何か話し合つて居る中に二人はいつしか兄弟のやうな親しみに溶け合つた。彼女は手籃を引きよせて、花を引出しながらその名を教へてくれた。蕃紅花《さふらん》、毛茛《あまなのきばな》、委蕤《あまどころ》、Bloodroot, 小田巻草、ふうりん草、Pokeweed……Bloodroot はこの通り血が出る。蕃紅花《さふらん》は根が薬になる。Pokeweed の芽生えはアスパラガスの代りに食べられるけれども根は毒だから喰べてはいけない。毛茛《あまなのきばな》は可愛いではないか、王の酒盃と云ふ名もある。小田巻草は心変りの花だ。さう云ふ風に云つて来てふと暫く黙つた。而して私をぢつと見た。私は彼女の足許に肱をついて横はりながら彼女の顔を見上げた。今まで遂ぞ見た事のなかつた人に媚びるやうな表情が浮んで居た。彼女は夫れを意識せずにやつて居る。夫れは判る。然し私は不快に思はずには居られなかつた。

　There's Fennel for you, and Columbines……

　ふと彼女は狂気になつたオヘエリヤが歌ふ小歌を口ずさんで小田巻草を私に投げつけた。ファニーはとう〳〵童女の域を越えてしまつたのだ。私は自然に対して裏切られた苦々しさを感じて顔をしかめた。私はもう一度顔を挙げて「ファニー」と呼んだ。ファニーはいそ〳〵と直ぐ「何?」と応へたが私の顔にも声にも今までとは違つた調子の現はれたのを見て取て自分も妙に取りかたづけた顔になつた。

「お前はもう童女ぢやない、処女になつてしまつたんだね」

ファニーは見る〳〵額の生際まで真赤になつた。自分の肢体を私の眼の前に曝すその恥しさを如何していゝのか解らないやうに、深々とうなだれて顔を挙げようとはしなかつた。手も足も胴も縮められるだけ縮めて私の眼に触れまいとするやうに彼女は恥ぢに震へた。

火のやうなものが私の頭をぬけて通つた。ファニーは私の言葉に勘違へをしたな。私はそんな積りで云つたのぢやないと気が付くと私はたまらない程ファニーがいぢらしく可哀相になつた。

「そんなに髪を伸ばして組んだりなんぞするからいけないんだ。元のやうにおし」

然しその言葉は、落葉が木の枝から落ちて行くやうに、彼女の心に触れもしないですべり落ちた。

帰り路にカロラインは私達二人の変り果てた態度にすぐ気が付いて訝り出した。幼心に私達は口喧嘩でもしたと思つたのだらう、二人の間を行きつもどりつしてなだめようと骨折つた。

この日から私は童女の清浄と憧喜とに燃えた元のやうなファニーの顔を見る事が出来なくなつてしまつた。

＊　＊　＊

永久にこの家から暇乞ひをするべき日が来た。ファニーは朝から私の前に全く姿を見せなかつた。昼頃馬車の用意が出来たので私は家族のものに離別の握手をしたが、ファニーは矢張り居なかつた。兄等は広縁に立つて大きな声でその名を呼んで見た。無駄だつた。私は庭に降りて収穫小屋の方に行つて見た。その表戸によりかゝつて春の日を浴びながら彼女はぼんやり畑の方を見込んで立つて居た。私の独りで近づくのを見ると彼女ははつと思ひ直したやうにづか〳〵と歩みよつて来た。私はせめてはこの間の言ひ訳けをして別れたいと思つて居た。二人は握手した。冷え切つたファニーの手は堅く私の手を握つた。私がものを云ふ前にファニーは形ばかり口の隅みに笑みを見せながら「Farewell!」と云つた。

「ファニー」

私の続ける暇も置かせずファニーは又「Farewell!」と畳みかけて云つた。而してもう一度私の手を堅く握つた。

（「新家庭」大正5年3月号）

恐怖時代（二幕）

谷崎潤一郎

人物

春藤家の太守　年齢二十七八歳、残忍にして血を好む大名

春藤靭負　太守の親族、春藤家の家老職、四十才ぐらゐ、奸譎なる佞臣

磯貝伊織之介　十八九才の怜悧にして武術に達し、眉目秀麗なる小姓、太守の寵臣

細井玄沢　春藤家の医者

珍斎　甚しく臆病で瓢軽なお茶坊主

氏家左衛門　近侍の武士、忠臣

菅沼八郎　同

お銀の方　播磨守の嬖妾、二十四五才

梅野　お銀の方に仕ふる女中、三十歳前後

お由良　珍斎の娘、十六七歳、女中梅野の腰元

其の他侍、女中等数人

時——何将軍の代の何年何月とも定かならず、唯大体に旧幕時代の出来事と覚しき言語風俗を用ふれば足る。

所——江戸の深川辺の、極めて宏大なる春藤家の下屋敷

第一幕

第一場——お銀の方の部屋、正面に床の間と違ひ棚、右側に書院の窓、其れに続いて萩戸が嵌まつて、戸の外は長廊下になつて居る。廊下の彼方には、宏荘な御殿の奥庭の、池だの築山だの燈籠だのが微かに見えて、西に傾いたまんまるな月が、丁度築山の松の梢の蔭に沈まうとして居る。部屋の左側は遣《や》り水に菊の花を描いた絢爛な金襖。勿論其の金襖の向うにも、立派な座敷や畳廊下が数限りなく連なつて居るらしい。

夏の夜の大分更け渡つた刻限である。部屋の上手に七草の裾模様のある白綸子の蚊帳が釣つてある。蚊帳の中に、お銀の方が蒲団の上へうづくまつて、脇息に凭れたまゝ物思ひに耽つて居るけれど、はつきりとは動作が分らない。左手の萩戸をすつかり明け放つて、女中の梅野が鴨居際に団扇を使ひながら庭を眺めて据わつて居る。其の傍に蚊遣り火が焚かれて居る。広い坐敷に燈は僅か一点、下手の金襖に近く燭台がぼんやり灯《とも》つて居るのみで、其の外に光る物とては、沈みかゝつた月の明りと、庭先の廊下に置かれた大きな蛍籠ばかりである。涼しさうな夜風が折々室内へ吹き込んで、蚊やりの煙と白綸子の蚊帳をはたはたと揺めかせる。

幕があくと間もなく、次ぎの間の時計がぢい、ぢい、と九つを打つ。

（お銀の方、蚊帳の中より）……梅野、梅野、梅野は其処に居やるか。

（梅野）はい、最前から此の通り、蚊に喰はれながらぢつと控へて居りまする。何ぞ御用でござりまするか。

(お銀の方) 今の時計は、あれは何時《なんどき》ぢや。

(梅野) 多分九つでござりませう。築山の彼方に見える月影が、もう直き西へ沈む刻限でござります。

(お銀の方) 夏の夜は短いものと極まつて居るに、てもまあ今宵の待ち遠な。……どう遊ばした事ぞいなう。

(梅野) ほんにお部屋様の気短かな、そのやうにお急《せ》きなさらずと、やがてお越しになりませう程に、ちと縁先へお出遊ばして、涼みがてらに蛍籠なと御覧じませ。

(お銀の方) いえいえ今宵はもうあきらめて、此のま丶休んでしまうのぢや。どうせお越しがないものなら、蛍籠も蚊やり火も皆《みんな》片寄せてしまふたがよい。

(梅野) 此の目印《めじるし》の蚊やり火と蛍籠とを片寄せてしまうたら、お可哀さうに折角忍んでお出でなさる靱負様が広いお庭の道に迷ふて、御難渋遊ばすでございませう。それでなうても今宵のやうな蒸し暑い夏の夜に、まだ九つではなか〳〵局の人々も寝静まつては居りませぬ。かりにも男と名のつく者は、殿様の外に一人も這入れぬ奥御殿へ、掟を破つてお越しになるのは容易なことではござりませぬ。若しも誰ぞに見付かつたら、たとへ御家老の御身分でも命はないに極まつた訳、少しは時刻が遅れたとて、そのやうに仰つしやるものではござりませぬぞえ。

(お銀の方) 命が惜しくば来ぬがよい。命を捨て丶の恋路とは、初めからよう知れて居る筈ぢや。

(梅野) あれ、あれ、御覧なさりませ。月がすつかり西へ沈んでしまひました。(庭も面も室内も更に一層薄暗くなる。) 恋路の邪魔をする月影が、隠れてしまへばお庭は真暗。忍んでお出でなさるには、丁度此れからが究竟の刻限でござります。

一陣の夜風がさつと吹き入つて、一と入強く蚊帳に波を打たせる。燭台の火が頻りに明滅する。其の時何処やらで、風の音とも人の言葉とも判らぬやうなかすかな声が聞える。

(声) ……梅野どの、……梅野どの。

(梅野) はい、(庭の方を屹と見つめて、合図の蛍籠を高く掲げながら上げ下げする。)…今のはたしかに、……もしお部屋様、お越しなされたやうでござります。早う此方《こなた》へお出迎へ遊ばしませ。

(お銀の方) はて其のやうに騒ぐには及ばぬ。妾はお越しを待ちかねて、とうに寝入つてしまうたと、そなたからきつぱり断りを云ふて賜《たも》。情《つれ》ないお方に用はないぞえ。

(梅野) もし靱負様、……此処でござります。此処でござります。……

靱負が廊下の隅からこつそりと、這ひ上つて身を縮めながら部屋の中に這入つて来る。真黒な布で覆面をして、細かい紺絣の上布に紗の羽織を着て、袴の股立ちを取つて居る。

(梅野) 靱負様、先程からお待ち兼ねでござんすわいな。

(靱負) し、しづかに、(覆面を脱いで袴の裾を下ろす。) 色白の、小太りに太つた、見るから凛々しい水際立つた男振り。につこり笑ひながら蚊帳の中を見入る。お銀の方は寝たふりをして居る。)……お部屋様にはようお休み遊ばしてぢやな。

………

(梅野) なんでお休みなさりませう。あまりお出でが遅い故、焦れて焦れて焦れ抜いて、空寝を使つておいでなさるのでござんする。早う御機嫌の直るやうに、此れへお這入りなさりませいなあ。

梅野、靱負の手を執つて、蚊帳の方へ導かうとする。

(靱負、梅野の手を振り切る。) いやいや、今宵はそれどころではござるまいに、かねて手筈を定めて置いた大事を前に控へながら、お部屋様にも梅野どのにも、なぜそのやうな気楽を云ふておいでなさるのぢや。

(梅野) その一大事があればこそ、お部屋様には猶更お越しを待ち憧れて、御案じなされてゞござんする。………それ、あの約束の時刻には、まだ一時あまりも間《あひ》がござんする。(再び手を執つて、誘《いざな》はうとする。)

(靱負、梅野の手を払ひ除けて蚊帳の外に畏まり、お銀の方の枕許へわざとらしく慇懃に両手をつく。) お部屋様にはまだお眼覚めになりませぬかな。はしたない痴話喧嘩は下様《しもざま》の女子《をなご》のすることでござります。昔の誰かならば知らぬこと、卑しい藝者娼妓のやうに不貞寝《ふてね》をなさるとは何事でござります。…そのやうなお心がけで、殿のお家を傾ける、一大事は遂げられますまい。(お銀の方、此の言葉にびつくりして、蓐の上に起き直る。) さてさて、頼みがひのないお方ぢや。

(お銀の方) 靱負どの、又してもそのやうな嫌味ばつかり。……剣の刃を渡るやうな、危い恋路の楽みがあればこそ、そなたの悪事に加担をするのでござんせうに、どうせ妾は素性の卑しい女ゆゑ、藝者上りが悪ければ、嫌はうと捨てようと殺さうと、そなたの自由になさりませ、お家の乗取る謀が、そなた一人の力で成就するものなら、妾を殺して下さりませ。(蚊帳の外に出て、靱負の前に立て膝して据わりながら、銀の長煙管で煙草を吸ふ。) もし靱負様、今更あまりなお言葉でござんすぞえ。

(靱負、ます〳〵慇懃に頭を下げて、低い声で軽く笑ふ。) あはゝゝ。今のはほんの戯れでござります。誰がお前様の素性などを疑ふ者がござりませう。昔の事を知らぬでもない拙者奴までが、そのお立派なお姿には、勿体なくて自《おのづ》と頭が下りまする。

(お銀の方) そのやうな媚び諂ひは聞きたうもないわいの。嫌なら嫌と仰つしやつて下さりませ。

(靱負) ほんの一時の戯れを、さういつ迄もお気に障《さ》へられては拙者が難儀いたしまする。これ梅野どの、どうぞ其方《そなた》から宜しきやうに、お取りなし下されい。

(梅野) 妾風情の取りなしよりも、靱負様のお言葉一つで、直きにお部屋様の御機嫌が直りまする。……したが、大事の前の小事とやら、もうお戯れはよい程にして、お二人様ともお仲直りを遊ばしたがようござります。何ぞ密々の御談合でもござりまするなら、妾は一と先づお次ぎの間へ御遠慮いたして居りませう。

(靱負)これ梅野どの、今も拙者が申した通り、遠慮するとは意地の悪い御気遣《きづか》ひぢや。毎度ながら、其方の智慧を借用したい儀もござる。是非とも今宵の相談に与つて頂かねばなりますまい。……何は兎もあれ、廊下の雨戸が開いて居ては無用心、憚りながら彼処を締めて下さらぬか。

(梅野)畏まりました。

梅野立ち上つて、左側の庭に臨んだ廊下の雨戸を静かに締めて、蛍籠と蚊遣り火とを奥へ運び去る。それから右側の金襖を悉く明け放ち次の間の様子を窺つた後、燭台を室の中央に据えて蠟燭の心《しん》を剪る。室内が急に明るくなる。

(梅野)さあ、かうしてしまへばもう大丈夫でござります。お屋敷内でも殊更遠くかけ離れた此のお局のお庭先へ、こんな夜更けに誰も参りはいたしませぬ。どうぞ御安心遊ばして、何事なりととつくり御相談なさりませ。

(靱負お銀の方の前へ両手をつく。)お部屋様にはまだ御立腹でござるかな。あまりおむづかりなされては、又梅野どのに笑はれる事でござらう。よい加減にして拙者をお赦し下さらぬか。

(お銀の方、笑ひながら冗談のやうな調子で、)赦し難い奴なれど、大事な話とあるからは、今宵はゆるして進ぜませう。……さうして相談と仰つしやるのは、どのやうな事でござんすぞえ。

(靱負)その相談は先づゆつくりとくつろいでお話し申すでござらうが、今宵に限つて酒がなうてはあんまり淋しい。なう梅野どの、とてもの事にもう一つ心配しては下さらぬか。

(梅野)ほんに忘れて居りました。宵のうちから御酒の用意は整へて置きました程に、唯今此れへ持つて参りまする。……(立ち上る)さうしてせいせいするやうに蚊帳を外してしまひませう。

梅野蚊帳を外して次の間へ持ち去り、唐草の金蒔絵の膳に酒肴を載せて捧げて来る。お銀の方と靱負は坐を改めて席をひろげる。

(梅野、両人の間へ膳部を置き、靱負に緞子の坐蒲団をすゝめる。)さあさあ、此れへお直りなさりませ。お酒が出れば御斟酌には及びませぬ。お仲直りのお印《しるし》に、妾のお酌で、先づお部屋様から一こんお乾しなさりませ。

両人酒を飲み始める。お銀の方も男に負けず杯の数を重ねる。

(靱負)してお部屋様には、今宵の手筈によもお手ぬかりはござりませぬな。………

(お銀の方、不愉快らしい顔つきをする。)靱負どの、話の腰を折つては済まぬが、今宵に限つてさういつ迄も改まつて、「お部屋様」と仰つしやるのはお止めなされて下さりませ。ほんにほんに窮屈な。………

(靱負)あはゝゝゝ、そのお許しが出たからは、「お部屋様」は止めにいたさう。……さうして先夜の話の事は、うまく運んだでござらうの。

(梅野)お気づかひには及びませぬ。お部屋様の御云ひ附け通り、妾がすつかり彼《あ》の玄沢を云ひくるめて、納得させて置きました。……今宵丑の刻を合図に時を違へず此の長廊下の東の隅の床下へ、そつと忍んで参るやうに、申し付けてござります。

(靫負) はてさて其れは御苦労千万。……大丈夫とは存じて居つたが、てもあの玄沢め、よくも容易く承知いたしたものでござるわい。

(梅野) 一大事を打ち明けた其の後で、若しも納得しなければ斯うする(右の手で人を殺す意味を暗示する。) 積りでござりましたが、つね〴〵から慾深で女好きの玄沢ゆゑ、恐々《こはごは》ながら納得して、御注文の毒薬を、今宵手づからお部屋様へ差し上げると申しましたわいな。

(靫負) 成る程それはさうでもござらう。……なうお銀の方、味方が殖へて結構ぢやが、此の御家中でそなたの昔を存じて居るのはあの藪医者と拙者ばかり、年は取つても相手が色事師の玄沢では、どうやら拙者も気がゝりぢや。

お銀の方眉をひそめて黙つて靫負を睨めつける。

(梅野) おほゝゝゝ、そのやうな御心配は御無用でござんすが、あの玄沢はかね〴〵から身の程も知らないで勿体なくもお部屋様へ横恋慕をして居る様子、それ故にこそ今度の事も納得したのでござりませう。薬の調合に事寄せて、せめてお側へ近づきたいのが、彼奴の腹でござんする。——後でどのやうな難題を云ひ出さぬとも限りませねば、お部屋様にも御用心遊ばしたがようござります。

(靫負) それでなうても口説上手なあの玄沢、拙者も用心せねばならぬて。

(お銀の方) えゝ又しても愚かしい悪推量……かりにも大望をお抱きなさる靫負殿がそのやうな狭い御了見では覚束なうござんすぞえ。ちとおたしなみなさりませいなあ。

(靫負) 此れは強《きつ》いしつぺい返し、そのお言葉には拙者一言もござらねど、さて色恋の道ばかりは男も女も愚かになるが当り前、ましてそなたと玄沢では、つい悪推量もしたくなるでござらうが。……

(お銀の方) ほんに憎らしい舌の根ぢや。好い程になさらぬと、もうもう今度は許しませぬぞえ。(火のついた煙管の雁首の先で、男の太股をぐいと突く。)

(靫負) はてまあ御許し召されい。今のあれは冗談でござる。あはゝゝゝ。

(お銀の方) つまらぬ邪推をなさらずと、若し玄沢が無体な事を云ひかけたら、後とも云はず斬り捨てゝおしまひなさるがようござります。

(靫負) 仕儀によつたらさう致すより外はない。しかし此の先どのやうな役に立たうも知れぬ男、成る可くならば慾と色とを餌にして、当分釣り寄せて置きたうござる。

(お銀の方) それを妾も知らぬではござんせぬ。慾に眼のないばつかりか、身の程知らずの横恋慕が此方の附け目、今宵此の場へ参つたなら、手管一つで繰なして、裏の裏を掻いてやる妾の腕前を、まあ物蔭で御見物なさりませ。

(靱負)そなたの凄い腕前なら、拙者の胸にも覚えがござる。見物せずとも大丈夫ぢや。……

(梅野)それはさうと、その毒薬が手に入つてからの大事な仕事は、誰の役目でございませう。

(靱負)さあそれぢや。今宵の相談と申すのは、其の事でござるわい。……誰ぞ奥方のお側に侍る衆のうちに、頼める人はござるまいか。梅野どのにはよいお考へもござらぬかな。

(梅野)妾もそれには苦労いたして居りまする。お側の衆は多勢居ても、迂濶に頼めはいたしませぬ。……はて、何ぞよい思案はござりませぬかなう。

(お銀の方)そなたは妾の智慧袋ぢや。何ぞよい工夫をして賜らぬか。

(梅野)おゝ、よい事がござります。(ふと想ひ付いたやうに膝頭を打つ。)妾が長年召し使うて居りまする、腰元のお由良の父親《てゝおや》——あのお茶坊主の珍斎をお頼みなさりませ。あの親父めを威嚇かしたら、必ず嫌とは申しますまい。

(靱負)いかさまお茶坊主の珍斎なら、勝手気儘に誰の傍へも馴れ近づいて、可愛がられる瓢軽者、仕事をするに便利はござれど、てもあのやうな臆病者では……

(梅野)たよりにならぬと仰つしやるのでござりまするか。

(お銀の方)梅野とした事が、不思議なことを云ふではないか。臆病で瓢軽で軽口ばかり叩いて居る、珍斎のやうな男の数にも這入らぬ者に、めつたな事は明かされまいぞえ。

(靱負)女子供の相手をさせて、坐興を添へる道具には、至極重宝な人間なれど、云はゞ下様《しもざま》で幇間《ほうかん》などゝ申す輩《やから》に同じこと、大事を頼むはいかゞでござらう。……それとも梅野どのには、何か彼《あ》の男に見どころがござるかな。

(梅野)さあ、取り柄と申すではござりませねど、人に知られた臆病が此方の見つけものでござります。たとへどのやうな悪事でも、刃物《はもの》を見せて威嚇かしたら、命惜しさに必ず承知いたしまする。

(靱負)承知はするにいたしても、軽口ばかり叩くのが商売の珍斎、其の上あれ程臆病では、又外の者に威嚇されて、我等の大事を口外せぬとは限りませぬわい。

(梅野)此方の頼みを引き受けて、一旦悪事を犯した上は、それも罪に堕ちる訳、うつかり喋舌りはいたしますまい。

(靱負)そこが珍斎ではさう参らぬ。たゞ目前の命が惜しさに、何処へ行つても威嚇かされゝば、直ぐべらべらと白状するは必定ぢや。

(梅野)どうせ道具に使ふだけの人間でござんする。長い間にはそのやうな心配もござんす程に、一度お役に立てた後、こつそり片附けてしまつたなら、別段面倒はござりませぬ。その後始末は妾がきつと引き受けますれば、どうぞお任せなさりませ。それとも靱負様には珍斎の外に、お心当りがござりまするか。

(靱負)さて格別に、心当りはござらぬが、……

(梅野) そんなら猶更妾にお任せなさりませ。――珍斎を除いては、お側の衆は皆奥方に忠義な者ども、それでなうても我々を鵜の眼鷹の眼で睨んで居る、油断のならぬ人たちばかりでござんすぞえ。

(お銀の方) 成る程梅野の云ふ通り、あの珍斎を威嚇かすより外に工夫は見あたらぬ。こゝは一番梅野に任せて、仕終ふせて貰はうではござりませぬか。

(靱負) いかさまなう、外に思案のない場合、それも強ち《あながち》悪うはござるまい。随分危い計略ながら、上手に行けば此れ程都合の好いことはござらぬて。……悪事にかけては一枚上の梅野どの、そなたの御意見に従ふ事といたさうかの。

(梅野) 憚りながらきつと手落ちのないやうに、仕遂げて御覧に入れませう。殊に妾は娘のお由良を、幼い折から召し使うて居りますれば、旁々珍斎とは主従の間柄、決して嫌とは云はせませぬ。

(お銀の方) したが梅野、其方どのやうな折を窺つて、珍斎に話をしやる。なんぼ相手が臆病でも、たゞ威嚇かしや義理攻めでは、やす〳〵承知しまいがの。

(靱負) 迂濶な時には話せぬが、さればと云ふてうかうかしては居られまい。もう奥方のお産の日も、大分迫つて参つた様子、時機がおくれては一大事ぢや。

(梅野) 手筈の定まる上からは、早いに越したことはござりませぬ。明日とも云はず唯今お由良に云ひつけて、密かに連れて参るやうに致させませう。今宵此の場でお部屋様の前へ呼びつけ、靱負様を始めとして妾も玄沢も共々に、口を揃へて威嚇かして、散々胆を冷やさせたら、必ず利き目がござんする。

時計が八ツを打ツ。

(梅野) おゝ、今のは八つ時、……もう玄沢が参る時分、……

(靱負) はて、拙者はこゝに斯うしては居られぬが、……

(梅野) きつと約束の場所へ来て、待つて居るでござんせう。妾は此れから玄沢を迎へに行つて参りまする。靱負様にはお次ぎの間へお隠れなされて、様子をお聞きなされませ。

(靱負、何事か腹に一物あるやうな句調で) いやいやこゝらにうろついて、若しも彼奴に見咎められては却つて事の破れる基、玄沢も珍斎もそなたたちにお任せ申して、拙者は今宵は帰るといたさう。(立ち上る。)

(お銀の方、男の袂を捕へながら。) もし、お待ちなされませ。急にそのやうな事を云ひ出して、どうした訳でござんする。まだ其方には話もある。どうぞ物蔭に隠れて居て、様子を聞いて賜《たも》ひなう。

(靱負) あまり其方の傍《かたはら》にへたばり着いて、狭い了見と笑はれるのも心苦しい。話があらば明日の夜の事、兎に角お暇申すでござらう。

(お銀の方) さつきの話を根に持つて、又そのやうにお拗ねなさるのでござんせう。どうでも妾は帰しませぬぞえ。

（梅野）お部屋様があのやうに仰つしやるものを、此のまゝお帰りなさるとはあんまりでござんする。もし靱負様、われ〳〵二人であの玄沢をあやなすところをまあお慰みに見届けておいでなされませいなあ。

（靱負）見届けずとも拙者充分に安心いたした。――断《た》つて帰りたうはござらぬが、今日此の頃の短夜に、ぐづぐづして居て空が白んで参つたら一と難儀……願望成就するまでは、大事な上にも大事を取つて、用心せねばなりますまいに、悪くお取りなされては、拙者甚だ迷惑いたす。何卒御ゆるし下されい。

（軽くお銀の方の手を払ひ除けようとする。）

（お銀の方）そんなら今宵はどうあつても、………

（靱負）はてまあ、お放しなさりませい。（手を振り切つて廊下に出て、前の如く覆面をして改まつて鴨居際に両手をつく）。さやうならばお部屋様、梅野どの、明日の夜更けに又重ねて、………

（お銀の方）きつとお越しを待ちますぞえ。

靱負廊下の左方に立ち去る。

（お銀の方）些細な事を胸に含んで、何ぞと云ふと意地の悪い靱負どの、どうやら機嫌を損じたさうな。

（梅野）大事な用事を捨て置いて、俄かにお帰りなされたには、仔細がありさうでござんする。

（お銀の方）いづれにしても其方は此処を片附けて、早う珍斎を呼びにやつたがよいではないか。

（梅野）ほんにさやうでござります。それに大方玄沢も妾の迎ひを待つて居る筈、お由良を使ひに出した上で、唯今直きに此れへ連れて参りまする。

（お銀の方、梅野が立つて行かうとするのを呼び止める。）あ、これ梅野、待ちや。

（梅野）何御用でござりまする。

（お銀の方）ちよいと妾に耳を借しや。………

（梅野傍へ寄つて耳をつけながら、聞いて居たが、そのうちに少し顔色を変へて心配さうに四辺をぢろぢろ見廻し始める。）成る程、成る程、それも御尤もではござりますが、しかし先《さつき》の御相談では、………

（お銀の方）えゝまあ其のやうな理窟を云はずと、妾の云ふ通りにしやいなう。

（梅野、何か非常な事を覚悟したらしく、）さう仰つしやれば詮ない事、えゝようござります。

（お銀の方）そんなら早う。……必ずぬかつて賜るなや。

（梅野）心得ましてござりまする。

梅野は坐敷の内を片附けてから膳部を持つて次ぎの間へ退る。お銀の方は鏡台に据わり、やゝ暫く化粧に念を入れてから、一と入輝くばかりに美しくなつて、再び元の席へ就く。程なく梅野が、外の廊下の右手の方から玄沢を案内して這入つて来る。

（梅野、玄沢と共に廊下に畏まつて平伏する。）申し上げまする。仰せに従ひ細井玄沢を、唯今此れへ召し連れましてござりますする。

（お銀の方、故らに威儀を繕つて、）おゝ玄沢が参つたか、こんな夜更けに大儀なことぢや。早速此れへ通るがよい。

（玄沢）はゝツ、恐れ入りまする。

　玄沢、梅野に導かれて坐敷へ這入り、下手に据はる。頭を海坊主の如くくりくりと剃つた、色の青黒い、年齢の割りにでぶでぶ脂漲《あぶらぎ》つた狸のやうな男である。

（玄沢）お部屋様にはいつも御機嫌美はしう、恐悦至極に存じまする。

（梅野、急に可笑しさうに笑ひ出す。）おほゝゝゝ、これ玄沢今宵はいつもと訳が違うて、お部屋様と妾の外には、此のお局の居まはりに誰も聞いては居らぬ故、そのやうな堅苦しい挨拶は止めにして、砕けた話しをしたがよいぞえ。

（玄沢、狡猾らしい、勿体振つたお辞儀をする。）あはゝゝゝ、相も変らず御如才のない梅野さま、忝う存じまする。

（お銀の方）今は主従の間柄でも、其方と妾は昔馴染、何も遠慮はいりませぬ。

（玄沢）さやうな事を仰せられては、此の玄沢も冷汗が流れまする。

（お銀の方）また梅野とても其の通り、妾の事は常日頃から何一つ隠さず打ち明けて、姉妹のやうにして居る者ぢや、決して気づかひせまいぞや。

（玄沢）いや、お部屋様にはよい片腕をお持ちなされて、結構な事でござります。男も及ばぬ智慧才覚が備つて、度胸の据はつた梅野さま、頼もしいお人でござりますわい。

（お銀の方）ほんに其方《そち》の申す通り、妾に梅野の半分も智慧才覚があつたなら、まあどのやうに嬉しからうと羨ましう思はれる。

（梅野）飛んでもないことを仰つしやいます。妾はまたお部屋様の半分も美しい器量になりたいと、お羨み申して居りまする。

（玄沢）此れはしたり梅野さま、成る程お部屋様は格別ながら、あなた様とていつ見ても若々しう、お綺麗なことでござります。——まあ此処だけの話でござるが、あなた様の御器量は、御家中の若侍の間でもなかなか評判でござりますぞえ。

（お銀の方）それはさうと此の間、人知れず梅野に頼んで渡した筈の妾の文を、其方は読んでくれたであらう。

（玄沢）へゝ、勿体ないことでござります。憚りながら拝見いたしたればこそ、此の玄沢も命がけで、斯うして忍んで参りました。——御覧なさりませ。（懐から文を出して見せて、直ぐ又懐中へ収める。）此の通り、肌身放さず所持いたして居りまする。

（お銀の方）それを聞いて妾も満足、ほんに喜ばしう思ひますぞえ。

（梅野）さうして其方はお文の外にもう一つ、頼んで置いた品物を、持つて来てはくれなんだか。

（玄沢）持つて参らぬではござりませぬが、たとへお部屋様のお頼みでも、うかとは差し上げられぬ品、どうしたものかと、思案に余つて居りまする。

（お銀の方）これ玄沢、其方は呑み込みの悪い男ぢや。万事は妾が承知して、悪いやうにはせぬ程に、まあ其のやうな事を云はずと、素直に出したがよいではないか。

（玄沢）あはゝゝゝ、どうせ乗りかけた船でござれば、拙者も今更臂込みはいたさぬつもり、――次第に依つては随分お渡し申しまする。

（お銀の方）したが梅野、その相談は後でゆつくり聞くとして、何はともあれ酒がなうては話が乗らぬ。昔馴染の玄沢に、妾が手づから酌をして取らせう程に、何か馳走をしたがよい。

（梅野）成る程さやうでござりました。唯今直ぐに支度をして参りまする。

梅野退場

（お銀の方）なう玄沢、其方はやつぱり昔に変らず、大酒《たいしゆ》を飲むであらうなう。

（玄沢）昔に変らず嗜みまする。しかし、酒に性根を奪はれて、うま〳〵一杯喰はされるほどまだ耄碌はいたしませぬ故、其処は御承知を願ひたう存じまする。


梅野再び膳部を運んで来る。


（梅野）何を申すも夜更の事、格別馳走もないけれど、昔語りをお肴に、打ちくつろいで頂戴したがよいわいの。

（玄沢）これはこれは思ひ掛けないお心づくし、遠慮なく頂戴いたすでござりませう。

（お銀の方、親ら玄沢に酌をしてやる。）其方とかうして酌み交はすのも、今宵が丁度八年目、ほんに久しいものぢやなう。

（玄沢）あの節お生み遊ばした照千代様が、早や此の頃は腕白盛りの御《おん》若君、さうして見ればもう八年にもなることでござりませう。

（お銀の方）其方はあの頃に比べても一向年を取らぬ様子、いつも元気でめでたい事ぢや。

（玄沢）拙者は以前に変りませぬが、お変りなされたはお部屋様。慮外ながら、昔地上に咲き出でゝ、谷間の花と人に愛でられたお身の上が、今は天上の星と輝き栄え給ふ御仕合せ、御品威と云ひ、御ものごしと云ひ、あの時代の御俤はござりませぬ。御運がよいと申さうか、お羨しいと申さうか、思へば思へば拙者などは、意気地なしの骨頂でござりますわい。

（お銀の方）妾が此のやうに立身したも、元はと云へばみんな其方の骨折りぢや。なう玄沢妾はいまだに其方の親切を忘れては居ぬわいなう。

（玄沢）へゝ、さう仰つしやつて下されば、まあ忝うござります。したがお部屋様、あの節骨を折りましたのは拙者ばかりではござらぬ筈、先づ第一に御家老の靱負様、あの御人の御親切は、なか〳〵お忘れにならいと見えまする。

（お銀の方）なに靱負どのの親切ぢやと？……おほゝ、ほ、ほんにまあわつけもない、何を云ふて居やるのぢや。成る程あの方の親切を忘れては済まぬ訳なれど、どうしたものか妾は靱負どのが嫌ひ故、めつたに思ひ出しはせぬ。

（玄沢）ふん、はゝゝまあ左様でもござりませう。

（梅野）ほんにお部屋様は、靱負殿が大のお嫌ひでござんすぞえ。やゝともすれば御家老の威光を鼻にかけ昔の事を恩に着せて、考へて見ても嫌らしい、思ひありげな色目使ひ、二た言目には何のかのと、あてつけがましい事ばつかり仰つしやつて、てもまあ薄気味の悪いお人ぢやわいな。

（玄沢）その大嫌いなお人と、よう御別懇になされますると。――御酒は頂戴いたしても、拙者いさゝかも酩酊いたしては居りませぬ。失礼ながら下世話に申す蛇《じや》の道は蛇《へび》とやら、近頃格別なお部屋様と御家老との御仲を、気付かぬ程の玄沢ではござりませぬて。（お銀の方と梅野とが顔を見合せて、密かに驚く。）あはゝゝ
（梅野）酒に酔はぬと威張つて居ても、酔うたればこそ其のやうな悪推量――一体其方は何処からそんな噂を聞きやつた。証拠があるなら、兎も角も、めつたな事は云はれまいぞえ。

（玄沢）はて、何処からも聞きはいたしませぬ。拙者の外に誰も知つては居りませぬ故、まあ御安心なさりませい。――証拠を云へなら申しませうが、それでは罪が深過ぎていさゝか興が醒めまする。御自分の胸にお尋ねなさるが一番確かでござりませう。もしお部屋様、此の玄沢を味方に附けるお積りなら、そのやうな浅はかなお手際では、先づ覚束なうござりまするぞ。


此れ程までに申し上げても、やはり隠し立てをなさりますかな。

（お銀の方、暫くうつむいて相手の言葉を味つて居たが、やがて決心したやうにきつと面を擡げる。）成る程玄沢の云ふ通り、妾が悪うござんした。――昔の事は其方もあらまし知つてゞあらう。あの後図らずも殿のお情けを蒙つて、今の身の上となつてから、靱負どのとはふつつり切れて居たなれど、つい此の間奥御殿でお能拝見のあつた折、二た言三言口を利いたが縁となり、今宵忍んで行く故に是非とも会つてくれとの難題、いやぢやと云へば八年前の内証事を洗ひ立てると威嚇されて、しようこと事なく妾は納得したもの、、何で真実あの人に心を許して居ようぞえ。――現に今も此処に来て、つい今しがた戻つたばかり、ほんに妾の迷惑を、少しは察して賜ひなう。

（梅野）お可哀さうにお部屋様は、悪い虫につけ狙はれて免れる道のない御災難、四五日前から靱負殿には夜な夜な此処へお通ひなされて、今宵が丁度四度目の逢瀬、心の中では妾も共々口惜し涙にくれて居るぞえ。

（お銀の方）其方に隠し立てをするではないが、なまじ正直に打ち明けたら、却つて疑ひのかゝる基と思ふたばかりに、実は今迄黙つて居たのぢや。

（梅野）さあ、もう此のやうに何も彼も打ち明けたら、其方の胸も晴れたであらう。

（玄沢）すつかり胸が晴れましたと申し上げたい処ながら、靱負様との御仲が無理往生やら真実やら、何で拙者に解りませう。

八年前にも度び〳〵手管に繰なされて散々馬鹿を見た玄沢、今度は迂潤に欺されませぬ。

（梅野）おほゝゝゝ、まあ玄沢の疑り深い。其方を欺してよいくらゐなら、どうしてお部屋様が先日のお文を、わざ〳〵其方に渡さうぞえ。よう考へて見やいなう。

（お銀の方）いやしい藝者稼業から、一足飛びに立身したが嬉しうて、浮気はふツつり止めませうと心に誓つて居たもの、、先達靱負殿に口説かれたのが病み付きで、以前の其方の親切が煩悩の種になり、堪《こら》へ切れずに書いたあの文、決して決して偽りではないぞえ。なう玄沢、どうぞ妾をみだらな女と笑うて賜んなや。

（玄沢）………

（お銀の方）これ程云ふても疑ぐるなら、其方に聞かせる事がある。――其方や、八年前に妾が生んだ、あの若君の照千代様を、誰の種ぢやと思うて居やる。高い声では云はれぬが、あれは殿様のお子ではないのぢや。

（玄沢）さゝ、それも拙者はあの時からうす〳〵疑うて居りましたが、さてはやつぱり推量に違はず、………

（お銀の方）まことを云へば照千代様は、――これ玄沢、何を隠さう其方の子ぢやぞえ。

（玄沢）えゝ、何と仰つしやります。（一旦は非常に吃驚したが、直ぐ用心して再び皮肉な笑顔になる。）はゝ、途方もない事を仰つしやります。殿のおん子でおはさぬからは、てつきり靱負様のお種でござりませう。

（お銀の方）成る程其方がさう思ふのも無理はない。己惚れの強い靱負どのが自分の種ぢやと思ひ込んで、行く行くお家を押領したいばつかりに、妾を此のやうに引き立てゝくれた故、その積りにさせては居れど、まことを云へば照千代様は其方の子なのぢや。

（玄沢）拙者も一時は己惚れから、さうではないかと迷うた事もござりますが、今ではそんな妄想を夢にも抱いては居りませぬ。それにまた、たとへ拙者の子にしてからが何の役にも立たぬこと、無駄な詮議でござります。

（お銀の方）さあ其処ぢや。――其方は妾と心を協せて、悪企みのある靱負どのを道具に使ひ、お家を乗つ取る気はないかえ。お産の前にあの奥方をないものにして、照千代様に御家督を取らせたいとは思はぬかや。

（玄沢）いかさま其れもお部屋様には面白うござりませう。照千代様が全体誰の子供やら、そこの秘密を御存知なのはお部屋様だけでござります。うかと悪事に加担して、首尾よく事が運んでも、靱負様と玄沢では、どちらが道具に使はれるのやら、心もとなうござりますわい。

（お銀の方）其方のやうに拗《ひねく》れて、さう何処までも邪推しては、埒のあく時はないわいの。――そんならいつそ其方が安心するやうに、先づ邪魔者の靱負殿を殺してしまひ、二人で事を謀らうではないか。なう玄沢、これまで云ふても不承知かや。

（玄沢）お部屋様、そりやほんたうのお言葉でござりまするか。

（お銀の方）何で偽を云はうぞえ。どうせ長くは生かせて置けぬ靭負どの、幸ひ恐ろしい薬の利き目を試しかた〲、其方が手づから一服盛つて、そつと飲ませてしまつたら何の造作もいらぬこと、……

（梅野）それには丁度都合のよい事がござります。靭負殿には明日の夜も忍んで来るは必定故、其の折其方はお次ぎの間へ隠れて居て、妾が運ぶ銚子の中へ薬を交ぜてくれたなら、誰にも知れずに片づくわいの。

（お銀の方）奥方の方はわれ〲二人が引き受けて、必ずそつのないやうに仕遂げて見せるぞえ。

（玄沢）ようござります。それで話が拙者にも面白うなつて参りました。もう此の上はお部屋様の一味に加担いたした印に、お約束の薬三服、たしかに進上いたしまする。

（梅野）そんなら玄沢、きつと承知をしてくりやるか。

（玄沢）はて、御念には及びませぬ。

（お銀の方）妾もやうやう安心したわいの。

（玄沢、懐中から薬の包を取り出しながら、）此の粉薬は憚りながら拙者が秘伝の世に類ひない激しい魔薬、一服飲めばまたゝくうちに五体が痺れ、体中の肌《はだえ》の色が紫になつて眼と云はず鼻と云はず、あらゆる孔から毒血を吐き出し、手足を藻掻いて悶絶するは必定でござりまする。先づ手始めに靭負殿を、明日の夜拙者が試し御覧に入れませう。

（お銀の方）そんなら此の薬は、妾がたしかに貰つて置くぞえ。（三包になつた薬の袋を受け取らうとする。）

（玄沢）あ、もし、暫くお待ちなさりませい。――三服と云ふ御注文ではござつたが、靭負様を仕止めるは拙者の役目、奥方の方は一服あつたら沢山でござりまする。御用があらば又差し上げる事にして、残りの二服は拙者がお預り申して置きませう。

（梅野）したがいつ何時役に立たうも知れぬ品、奥方ばかりか此れから先、どのやうな邪魔者が出て来ないとも限らぬ故、まあ用心にそれだけ寄越してくれた方が、まさかの場合に重宝であらうぞい。

（玄沢）いかさま其れも御尤も、然らばたしかにお預け申すと致しませう。

（お銀の方、薬を受け取つて梅野に渡す。）梅野、此れを妾の手文庫の底へ、しつかり収つて置いたがよい。

（梅野）畏まりました。（違棚の下の地袋を開けて、手文庫の中へ収める。）

（お銀の方）ついでに其処から、先日整へて置いた物、此方《こなた》へ出して玄沢に渡してくりやれ。

（梅野）畏まりました。（三宝の上に金子の包を載せて、玄沢の前へ持つて来る。）――これ玄沢早速ながら、かねて約束の二百両、当座の褒美にお部屋様から下さりまする。頂いて置きやいなう。

（玄沢）はゝツ、有り難う存じまする。折角の思し召し、忝うはござりますが、此の御褒美は大望成就の暁に、いづれ纏めて頂戴いたすでござりませう。

(梅野)はてまあ、それはどうした訳ぢや。

(玄沢)もしお部屋様、拙者は此の金子より外に大事なお願ひがござりまする。

(お銀の方)身にかなうた事ならば、何でも聞届けて進ぜませうが、さうして其方の頼みとはえ?

(玄沢、安心したせゐか、だんだん酔が廻つて来て、言葉がぞんざいになつて来る。)は、、、、もしお部屋様、今更改めて申さいでも、大概おわかりになりさうなもの、は、、、、もし、さう玄沢を焦らさずと、よい程にして喜ばせて下さりませい。

(梅野)何やら知らぬが其方はほんとに可笑しなお人ぢや。謎のやうな眼つきをして遠廻しに持ちかけずと、はつきり云ふたがよいではないか。

(玄沢)いや梅野さまの性悪な。何も彼も御承知の癖にしてそ知らぬ振りをなさるとは、お情なうござるわい。お願ひと申すは実はその、其方《そなた》が居てはちいつとばかり都合が悪うござりますが、あの、それ、先日のお文に書いてござつた、金子の外のもう一つのお約束、——あの事でござりまする。

(梅野)お丶その事なら妾がちやんと心得ては居るけれど、生憎今宵はお茶坊主の珍斎が参る故、明日まで待つたがよいであらう。かう話がきまつた上は、それ程急ぐには及ばぬわいなあ。

(玄沢)なに珍斎が参りますとな。して今時分何用あつて、あの男がかやうな席へ?

(梅野)さあ、其の話は其方に今迄せなんだが、今宵ひそかにあの臆病者を呼び寄せて、三人がゝりで威嚇しつけ、奥方へ薬を上げる大事な役目を引き受けさせうと云ふのぢやわいな。

(玄沢)成る程此れはよい思ひつき。しかし彼奴は平生から口数の多い人間故、役目を果した其の後では、靱負様同様に、一服盛つてしまはねば面倒でござりませうぞ。

(梅野)それも手筈がきまつて居る。大事な薬を使はずとも、珍斎ならば妾ひとりで器用に仕止めて見せまする。

(玄沢)敵に廻せば油断がならねど、味方にすればほんに頼もしい梅野さま、此れから後は何かにつけて、拙者の為めにもよい片腕、心丈夫に存じまする。

(梅野)その片腕の妾が言葉に従つて、今宵一と夜は辛抱したが、お二人様のお為めであらう。

(玄沢)宝の山に入りながら、何とやら云ふ例《ためし》もござるが、さう云はれては拙者も手出しがなりませぬ。ても明日の夜が待ち遠でござるなあ。

(梅野)おほゝゝ、年にも似合はぬ気早やな玄沢、止めては見たが気の毒な。その待ち遠さは察して居るぞえ。

(お銀の方)これ梅野、玄沢ばかりを気の毒がらずと、少しは妾の胸を察して賜るがよいわいの。八年振りの思ひのたけを打ち明けて、誰憚らず積る話がして見たう、明け暮心に祈つて居た今宵の逢瀬、そのうれしさを堰かうと云ふは、え丶まあほんに焦れつたい、其方はあんまり酷《むご》うはないか。玄沢が承知しても、妾はなか〳〵不承知ぢや。

(梅野) これはしたり、お部屋様から其の仰せでは、妾が困つてしまひまする。

(お銀の方) 何の其方が困らうぞい。いつもいつも分別臭い事を云ふて、人の恋路の邪魔ばかりする天《あま》の邪鬼《ぢやき》、靭負どのとは訳がちがうて、今度は妾も本気ぢやぞえ。

(玄沢) 此れは此れはお出来しなされたお部屋様、さうなうてはかなはぬところぢや。あの性悪な梅野さまを、たんと懲らしめておやりなされい。あは丶丶丶。

(梅野) え丶其方までが一緒になつて、たわいのない事を云ふではない。

(お銀の方) まだ珍斎の見えるまでには時刻があらう。せめて其の間に玄沢としんみり話がしたい故、梅野はあの、お丶それそれ、紅葉の間の廊下のあたりへ行つて、珍斎の来るのを見張つて居やいなう。

(梅野) はてまあ是非がござりませぬ。どうとも御意に入るやうに致しませう。(次ぎの間へ下つて、直ぐに再び熱燗の銚子を携へて出て来る。) さあ玄沢、熱いところを其方に一つお酌をして、妾は遠慮するわいの。

(玄沢) あは丶丶、梅野さまにはいかい御迷惑いづれ御礼はいたしまする。

(梅野、冷やかに微笑する) さやうならばお部屋様、お楽しみはさる事ながら、どうぞ御油断なきやうに、くれ〳〵もお願ひ申しまする。

(お銀の方) もうもうわかつて居る程に、いらぬ心配しやんなや。

梅野退場

(玄沢) さあかうなれば誰憚からぬさし向ひ、お一ついかゞでござります。拙者のお酌も満更ではござるまいて。

(お銀の方) いえいえ妾は酔ひ過ぎて、先程から少し頭痛がする様子。昔は其方と飲みくらべをした仲なれど、もう此の頃ではとんと意気地がないわいの。――さ丶、妾がお酌をするほどに、其方こそたんと飲んだがよいぞゑ。(ぐつと擦り寄つて、片手を玄沢の膝に載せ、片手で銚子を奪ひ取る。)

(玄沢) いや、忝うござります。命がけの仕事の積りで忍んで参つた此の玄沢、却つて寿命が延びまする。

(お銀の方) 其方や、そのやうにうれしいかや。

(玄沢) うれしうなうて何といたしませう。全く今宵は夢のやうで、空恐ろしうござるわい。

(お銀の方) 忍んで来るのが命懸けなら妾の方も命懸け、このやうな空恐ろしい罪を妾が犯すのも、みんな其方の為めではないか。なう玄沢、此れから後は必ず必ず浮気をしてなりませぬ。

(玄沢) 浮気どころか拙者は又――もし、お部屋様、あなた様の方が心配でござりまする。

（お銀の方）何で浮気をしようぞい。かうなるからは妾は一生、其方と離れはせぬわいなあ。

（玄沢）しかし斯うして居りますと、失礼ながら昔のあなた様の意気なお姿が、ありありと浮んで参りまする。それ、いつぞやあの柳橋の茶屋の一と間で、拙者の端唄にあなた様が調子を合はせてお弾きなされた三味線の奥床しさ。しつとりとした撥の音を大川の流れに響かせたのも、丁度此のやうな晩でござりましたなあ。

（お銀の方）ほんにあの頃の面白さ。今では殿のお情で、お部屋様とあがめられては居るものゝ、こんな窮屈な御殿に暮らして居ようより、自由な昔の身の上が、そゞろに恋ひしい折もある。

（玄沢）殿様と云へば近頃はます〳〵あなた様に御執心、夜も昼もぺつちやりと、お側をお放しなさらぬと承つて居りましたが、今宵は全体どう遊ばした事でござります。

（お銀の方）あまり執拗く着き纏はれてうるさうてならぬ故、この十日程仮病を使つて引き籠つて居るなれど、毎日のやうにまだ直らぬかとの御催促、噂に聞けば妾に会はれぬ腹立たしさに、例の癇癪をお起しなされて、昨日も近侍の侍をお手打ちに遊ばしたとやら、ほんにほんにくさくさするわいな。

（玄沢）いやはや毎度の事とて珍らしうもござらぬが、相変らずの御乱行、あのやうな気違ひにおなりなされたも、皆お部屋様のお躾ながら、まことにたわけた馬鹿殿様でござるわい。

（お銀の方）其の乱行が此方の為めには却つて仕合せ、お家を思ふ忠義者は片つ端から手打ちにされて、殺されてしまふがよいではないか。

（玄沢）先づあの分では殿の御寿命もあまり長うはござるまいが、次第に依つたら此の方も、靱負様同様にしてしまはねばなりますまい。

（お銀の方）それも悪うはないけれど、一度にやつては嫌疑の種、よい潮時を窺つて、追ひ追ひに手を廻すのが上分別ぢや。

（玄沢、俄かに横腹を抱へて苦しみ出す。）あいた、あいた、あいた、ゝ、ゝ、ゝ。

（お銀の方）これ玄沢、どうしやつた、何処ぞ加減が悪るいのかゑ。

（玄沢）あいた、あいた、あいたゝ、ゝ、ゝ。（忽ち激しい痙攣が五体を襲つて来たらしく、太つた、だぶだぶした頬の肉や唇の周囲をぴくぴくと歪め戦かせながら、物凄く呻吟する。）

（お銀の方、玄沢の傍から逃げるやうに飛び退《しさ》つて、恐ろしく緊張した眼つきでぢつと苦悶の表情を凝視する。）これまあ其のやうに苦しみ出して、ほんにびつくりするではないか。生憎のこと梅野は居ず、妾一人で手の附けやうがないわいの。

（玄沢）うーむ、苦しい、……五臓六腑が煮えくり返つて、は、は、腸が掻き捘られるやうでござるわ。……さ、さ、さてはあなたは先刻の薬を、拙者にお飲ませなさりましたな。

お銀の方、死んだやうに堅くなつて、相変らず黙然と凝視して居る。

(玄沢) ちえゝ欺されたか、残念だツ。(云ふと同時に相手を眼がけて組み付かうと試みたが、四肢が痺れてしまつたと見え、ばつたり臀餅を舂いて四つ這ひに倒れる。やがてひいツと悲鳴をあげたかと思ふと、両腕を突張つて上半身を棒のやうに撥ね起す。見ると鼻の孔や口元から血が夥しく吐き出されて、たらたらと頤の辺を流れて居る。更に一層猛烈な痙攣が来てのたうち廻つて居るうちに、今度は仰向けにのけ反つて、手足を藻掻きながら腰の骨を中心に分廻しの如く畳の上を転り出し、甲走つた声で絶叫する。) 畜生!だ、だ、だれか来てくれ!ひ、人殺しだ!

(お銀の方、不意に大声を出されたので、狼狽しながら玄沢の傍へ近寄り、頭の所に彳んだまゝ相手の顔をつく〴〵と見下ろした後、冷やかににつこりする。) 欺されたのを今知つたとて遅いぞえ。もう大人しく観念しや。

(玄沢) ひ、ひとごろしい……

お銀の方、静かに帯の間から懐紙を取り出して玄沢の口を塞ぐ。相手はだんだん力が弱つて来て、まだ機械的に手足をふるはせて呻つて居る。舞台廻る。

第二場

場面―― 舞台の左方に梅野の部屋、部屋の前には畳廊下がついて居て、くの字なりに右側へ繞り、真直ぐに奥の方の暗闇へ走つて居る。その暗闇のつきあたりの所が丁度お銀の方の部屋らしく、襖の隙間から灯の影が洩れて居る。それ以外には舞台に一点の火光もない。

前の場面と同じやうに白綸子の蚊帳が一と張り、室内の右手寄りに吊られてある。蚊帳の中には誰も寝て居ないのであるが、万一寝て居たところで明りがないから、外より様子はわからない。その他、部屋の中の調度は凡べて朦朧と闇に浸つて居る。

畳廊下の左の方から、腰元のお由良がお茶坊主の珍斎を伴うて出て来る。右の手に雪洞を携へ、成るべく光が散らぬやうに左の袂で蔽うて居る。いかにも正直で賢さうな、うら若い愛らしい娘である。父の珍斎は、此れも娘の親とは思はれない程に顔も心も若々しい、色白の、水々とした青坊主である。著しく剽軽で臆病だと云ふ事はその眼つきを一見すれば直ちに頷かれる。

(珍斎) はて此のやうに真暗でさつぱり様子が判らぬが、……これ娘、(廊下の中程へ来て、お由良の手を摑んだまゝハタと立ち止る。) そこにふらふらと薄気味悪う動いて居る物は、あれは何ぢや。

(お由良) えゝ何処でござります。何もそのやうな気味の悪い物はござんせぬ。

(珍斎) それ、それ、そこを見やいなう。何ぢや知らぬが暗闇に白い物がふらふらと、動いて居るに違ひない。

(お由良) おほゝゝゝ、まあ父様《とゝさん》の臆病な。あれは蚊帳でござりませうが。

(珍斎) 成る程〳〵、さう云はれゝば蚊帳らしいが、どなたが休んでおいでになるのぢや。

(お由良) こゝは梅野さまのお部屋でござんすわいな。

（珍斎）なに梅野さまのお部屋ぢやと？これはしたり、何しろかやうな真暗闇でとんと見当がつかぬ為め、飛んだ疎忽をいたしてござる。（廊下に畏まり、蚊帳に向つて叩頭する。）へゝゝゝ、もし梅野さま、お召しに依つてお気に入りの珍斎めが、唯今罷り出でましてござりまする。

（お由良、雪洞で蚊帳の中を照らして見ながら）蚊帳の中は空つぽなのに、父様をして居やるぞい。大方梅野さまは、まだ奥の間でお部屋様の御相手を勤めて御いで遊ばすのでござんせう。暫くこゝにお待ち申して居ようわいの。

（珍斎）なんの事ぢや。また此の蚊帳に欺されたか。あはゝゝゝゝ。

（梅野）もし、お静かになさりませ。お声が高うござんする。

（珍斎、あはてゝ口を抑へる。）どつこい、油断がならぬわえ。頓興な声は地声故、ついつい調子が高くなる。——それにしても此の夜更けに密々のお召しとは、どう云ふ訳であらうかなう。御用を承らないうちは何やら気がゝりで溜らぬが、其方は様子を知らぬかの。

（お由良）どう云ふ訳か一向に存じませぬ。たゞ珍斎に至急頼みたい事がある故、今宵密かに連れて参れと梅野様のお云ひ附け、先刻私《わたし》が寝て居たところを起されて、急にお使ひに立たされたのでござんする。

（珍斎）その密々の御用と仰つしやるのが、どうも私《わし》には腑に落ちぬて。

（お由良）父様《とゝさん》は勿論私とても、今宵の事を口外したら許しはせぬ。事に依つたら命にもかゝはるぞと、厳しいお達しでござんしたぞゑ。

（珍斎）なに命にもかゝはると？、……う、う、嫌なこと嫌なこと、そんな恐ろしい御用には、係り合ひたくないものぢや。

（お由良）私も気味悪う思うたなれど、お言葉に従はねば又どのやうな難儀にならうも知れぬ故、よんどころなく父様《とゝさん》をお迎へに行つたのでござんする。

（珍斎）口外するなと云はれても、人一倍お喋舌りな私のこと、いつ何時うつかりと舌がすべらぬ物でもないが、それで命を取られては溜らぬわい。あゝ嫌なこと嫌なこと、思ひ出してもぞつとする。なう娘、何とかしてその話を聞いてから、今宵のところは御免しを願ふ訳には参らぬか。何だか足がすくんでしまつて、もう一寸も行かれぬわえ。

（お由良）どんな御用か聞かぬうちから、そのやうに恐ろしがつても詮ないこと、臆病も好い加減になさりませい。

（珍斎）これ、ちよいと静かにするがよい。……気のせゐか知らぬが、どうも不思議な呻り声が遠くの方から聞えて来るやうぢや。

（お由良）えつ、呻りごゑ……

（珍斎）それ、それ、あれがお前に聞えぬかいやい。

両人沈黙して耳を欹る。奥の間の方から玄沢の苦しみうめく声がかすかに響いて来る。

(お由良)お丶、あれはたしかに呻り声、……それではやつぱり推測通り、玄沢殿が……

(珍斎)なに玄沢ぢや、お医者の細井玄沢殿が、今頃此処においでなさるのか。

お由良黙つて何か考へて居る。呻り声が又聞える。

(珍斎)これ娘、急にそのやうな仔細らしい顔つきをして、何を考へ初めたのぢや。一から十まで合点の行かぬ今宵の様子、訳を知つて居るのならそつと教へてくれぬかえ。これお由良、まあ気味の悪い、どうしたと云ふ事ぢや。

(お由良)もし父様、訳をそなたに教へた事が知れたなら、私も大方命はないにきまつて居るが、たとへ教へるなと云はれても教へずには置かれぬ仕義、――お家の大事に係はること故、びつくりせずに気を落ち着けて、よう聞いて下さりませ。

(珍斎)はて滅相なことを云ふ。それだけ聞いても私はもう体中がぶるぶる顫へて、慟悸が早鐘を打つやうぢや。そのやうな空恐ろしい話なら、いつそ聞かずに置くとしようか。

(お由良)いえいえ聞くのが恐ろしうても、聞かせぬ訳には行きませぬ。常々から臆病な父様故、それを聞いたらどのやうに胆を冷やすことであらうと、今迄控へては居たなれど、遅かれ早かれどうせ一度はそなたの耳へ這入ること、覚悟をきめて私の話をとつくり聞いて下さんせ。

(珍斎)え丶、そのやうな前置きは抜きにしてくれ。威嚇し文句は真平ぢや。

(お由良)何で私が父様を威嚇かすやうな意地悪をしようぞい。しつかり心を落ち着けて、話を聞いて貰つた上、次第に依つたら父様も、お家の為めに命を捨てぬばならぬところでござんする。

(珍斎)え丶もう解つて居ると云ふに、私は覚悟をして居るから、さつさと話すがよいではないか。

(お由良)私とてもたしかな事は云へぬけれど、此の間から様子ありげな話の模様を襖越しに聞いて居ればお部屋様と御家老の靫負様とが一つになつて、お家を押領しようと云ふ悪企み、それには勿論梅野様も加《か》担人《たうど》でござんする。――もし父様、あの三人はても恐ろしいお方ばかりでござんすぞえ。……

珍斎はすつかり元気を失つて、生きた心地もないやうに俯向いたま丶聞いて居る。さうして時々、返辞の代りに怯えた眼つきで娘の顔を訴へるが如く窃み視る。

右側の廊下を梅野が忍び足で歩いて来る。暫く暗がりに彳んで、お由良の話に耳を傾けて居たが、きつと思案をしたらしく、室内へ這入つて蚊帳の中に隠れてしまふ。両人とも心つかず。

(お由良)詳しい事は知りませぬが、あのお部屋様の素性と云ふは、何でも卑しい藝者上りで、御家老様とは昔馴染の間柄、――それぱつかりか若君の照千代様は、あの二人の間に生れたお子さんでござんすわいな。

(珍斎)え丶ッ、そんなら照千代様は、殿様の御種ではないと云ふのか。

(お由良)さあ、密談の工合ではさうらしうござんする。お部屋様には其の後長らく靱負様との御縁が切れて居たところ、どう云ふ訳かつい五六日以前から昔の絢《より》が戻つた様子で、毎夜のやうに奥の間へ御家老様を忍び込ませ、不義を重ねておいでなさりまする。

（珍斎）あんまり思ひがけない話で、わしにはとても本当のやうな気持ちはせぬが、其方はたしかに御家老様の御出でのところを見届けたかな。

（お由良）それはたしかでござります。悪い事は出来ないもの、御殿の内で誰一人知る者はないと思ひの外、私がちやんと見届けて居るのぢやわいな。不義密通は、まだしもなれど、捨て置き難いは照千代様を種にして、お家を乗つ取らうと云ふ謀叛の相談――まあお聞きなさりませ、今度奥方が御妊娠遊ばしたのを残念がつて、玄沢殿に毒薬を拵へさせ、お産の前にこつそりと母君諸共胎内のお子様をない物にしてしまはうと云ふ計略……

（珍斎）して見ると、玄沢殿はお部屋様の一味ぢやな。

（お由良）一味どころか玄沢殿もお部屋様とは昔馴染、切つても切れない悪縁らしうござんする。照千代様は何を隠さう其方の子ぢやと、お部屋様にうまうま欺されて、あの慾深な玄沢殿が今宵ひそかに毒薬を持つて来たのはよいけれど、……まあ、あの呻り声をお聞きなさりませ。

（珍斎）お丶寒む、寒む、何だか私は体中がぞくぞくして来たが、もうその辺で話を止めぬかい。

（お由良）い丶え父様、これからがほんたうに大事なところ、父様のお身の上にもか丶はる話でござんすわいな。……可哀さうに玄沢どのは、悪に与した天罰とは云ひながら、お部屋様の罠にか丶つて、自分が作つた毒薬を梅野様から御酒に混じてす丶められ、ついうかうかと飲ませれて、たつた今あの通り、狂ひ死《じに》に死ぬ最中でござんする。――あの薬さへ手に入ればお部屋様には邪魔者の玄沢どの、遅かれ早かれ殺されるにはきまつて居れど、こよひ此の場であへない最後を遂げたのは、よい見せしめでござんする。

（珍斎）それにしても私への御用と云ふのは何ぢや。余計な事を喋舌らずと、梅野様が此処へお見えにならぬうち、早く其の方を教へてくれ。あ丶いやな事になつたなあ。

（お由良）先程そつと奥の間の外の廊下で立ち聴きをした塩梅では、玄沢殿の拵へた粉薬を、奥方の召し上る御膳部の中へ振り撒くのが、父様の御役目でござります。

珍斎、黙つて唯ぶるぶると顫へて居る。

（お由良）それを聞かねば殺すと云つて威嚇しつけ、是非とも父様に引き受けさせると、梅野さまが仰つしやつておいでになりましたわいな。

（珍斎）……

（お由良）もし父様、そのやうに恐がつてばかり居るところではござんせぬ。私は父様の覚悟が聞きたうござります。今にも梅野さまがお召しになつて、奥の間へつれて行かれ、大事を明かして頼まれたら、まあ何となさりまする。

（珍斎）いくらお召しになつたとて、そんなところへ私は行かれぬ。此れで御免を蒙むる故、後はよろしく其方に頼む。

（お由良、あはて丶逃げ出さうとする珍斎の袂を捕へる。）まあまあお待ちなさりませ。此のま丶逃げてよい程なら、私はわざ〳〵父様を御連れ申しはいたしませぬ。

（珍斎）はて飛んでもない事を云ふ女ぢや。そんなら私に悪企みの手伝ひをさせる了見かの。

（お由良）い丶えさうではござりませぬ。お家の為めに捨て丶置かれぬ場合故、疾うから私は密告しようと考へては居るけれど、動かぬ証拠を摑まぬうちに迂闊な真似は出来ぬと思うて、差し控へて居たのでござんす。なう父様、今宵そなたをお召しになつたはもつけの仕合せ、わざと頼みを引き受けたやうに見せかけて、一味徒党の数はもとより、事情を残らず捜つた上、私に知らせて下さんせ。まだ御家中にどのやうな加担人があらうも知れず、無闇な人には明かせぬ相談、それで父様にお願ひするのでござります。

（珍斎）密告するのもよいけれど、若しその前に見つけられたらどうするのぢや。今も其方が云ふ通りどんな所にお部屋様の味方が居ようも知れぬぞゑ。年はも行かぬ娘の癖に、そのやうな危いことには近寄らぬのが何よりぢや。先づ止めにせい、止めにせい。

（お由良）では父様はお家の大事を聞きながら、うつちやつて置く御所存かえ。

（珍斎）お家の大事も命には換へられぬ。もうそんな事は真平々々。

（お由良）そのやうに頭から恐がらずと、よう考へて下さりませ。父様の命も助かるやう、忠義の道も立つやうにしたがよいではござんせぬか。お部屋様に頼まれたら、表向きは何処までも承知して、一味に加はる誓を立てたら其の場は無事に済みまする。それから後で私と一緒に密告すれば、悪人たちは一と網に召し取られ、そなたは却つて御褒美に預るわいの。

（珍斎）それでもやつぱり裏切りをしそくなつて、見付けられたら大変ぢや。万一首尾よく行つたところで、若し一人でも一味の奴が残つて居たら、きつと意趣返しをされるであらう。そんなあぶなつかしい芸当は、とても私には出来ぬわい。

（お由良）謀叛の裏切りをしたからとて、誰が意趣返しをしませうぞえ。ほんに父様の臆病は方途が知れませぬわいな。

（珍斎）いやいやなか〳〵さうであるまい。相手がそれ程の悪人では、定めて裏切りの出来ぬやうに、充分手配りが届いて居ようぞ。そなたと私が密告したとわかつたら、たとへ御褒美を頂いても、悪人ばらに恨まれて、どんな風に讐を取られるか知れぬこと、わしは半日でもそんな苦労をするのは御免ぢや。

（お由良）そんなら父様はどうしても、私の頼みを聴いてくれぬかゑ。お家の為めに忠義を尽す積りはないかえ。

（珍斎）忠も不忠も命あつての物種ぢや。……こんな物騒なところで、いつ迄其方と話をしては居られない。ぐずぐずして居て梅野さまがおいでになつたら百年目、何しろ私は逃げ出すから、後はよろしく頼んだぞ。

（お由良、再び珍斎を引き止める。）まあお待ちなさりませ。ようございます、これ程云ふても父様が嫌ぢやと云ふなら詮ないこと、もうお頼み申しませぬ。

（珍斎）頼むと云ふても頼まれはせぬ。え丶早くそこを放してくれぬか。

（お由良）さう云ふ訳なら私も父様と御一緒に逃げまする。幼い折から大恩を受けた御主人の梅野さまを、見捨て丶は済みませぬが、此の上御奉公をして居ればいづれ私も難儀を受けるにきまつて居る。怪我誤りのないうちに私を逃がして下さんせ。

（珍斎）うん。それがい丶、それがい丶。さうきまつたら寸時も早く一緒におぢや。……（急に考へ直して又立ち止まる。）けれどもなあ、これお由良、其方《そなた》どうしても此の場を逃げる了見なら、私と別々に逃げてくりやれ。私がお前を唆かして逃がしたやうに、お部屋様から睨まれては大変ぢや。

（お由良）それは御安心なさりませ。此の場は一緒に逃げ出しても、私は父様に匿まうて頂かうとは存じませぬ。此れから直ぐに江戸を落ち伸び、お国表へ駈けつけて、謀叛のきざしを御城代へ訴へて出る所存でござんす。私独りでする仕事ゆえ、決して決して父様に御迷惑はかけませぬ。

（珍斎）やれやれ其方の忠義立てには困つたものぢや。先刻から口を酸つぱくして云ふ通り、万々が一仕損じたら其方は愚か私の首まですつ飛んでしまふわい。いくら迷惑はかけぬつもりでも、やつぱり迷惑が掛つて来る。断《た》つてそのやうな真似をするなら、親子の縁を切つてしまふからさう思へ。

（お由良）親子の縁は切られてもお家の為めならせんないこと、どうぞ父様、お許しなすつて下さりませ。

（珍斎）え丶どうなりと勝手にせい。其方のやうな向う見ずの、大それた娘とは、もうちよつとでも一緒に歩くのは迷惑ぢやが、此の暗闇では廊下の方角がさつぱりわからぬ。直き其処《そこ》辺まで案内をして貰うて、それから後は別々ぢや。さあさあ早うせぬかいな。梅野さまに見つけられたらおしまひぢやぞえ。

（お由良）ちよいと、もう一遍待つて下さんせ。証拠の品を一つも持たずに逃げて行くのも残念な、何かよい手がゝりはないものか知らん、……お丶、さうぢや、さうぢや、いつも梅野さまの枕元に置いてある、厳重な鍵のかゝつた蒔絵の手箱、あの箱の中は何か曰くがありさうぢやが、ひよつとして証拠の品が這入つて居ようも知れぬ故、ついでに盗んで行くとしよう。

（珍斎）これ！馬鹿なことをしてはならぬ。

お由良、珍斎の手を振り切つて蚊帳の中に這入る。直ぐにきやつと云ふ悲鳴が起る。夜目にも真白な綸子の蚊帳の面へ、ザッ、ザッと二度ばかり恐ろしく多量な血潮がはねかゝつて、花火のやうにバッとひろがつて流れ落ちる。同時に真赤な、奇怪な、化け物のやうな容貌を持つた物体が仰向けに蚊帳の外へ転り出す。それがお由良の死骸である。

一刀の下に眉間を割れたらしく、熱に溶《とろ》けた飴のやうに顔の輪廓が悉く破壊されて眼球と歯と舌だけがはつきり飛び出て居る。僅かに鮮血が着物の肩から胸の辺を染めたゞけで、衣紋《えもん》は少しも乱れて居ない。足袋にも皺は寄つて居ない。虚空を摑んだ両の拳も割り合ひに生々しく奇麗である。顔と髪の毛を除く外は、凡べてが生きて居た時の若々しい愛らしさを保つて居る。

(梅野、蚊帳の中から血刀を提げて現はれる、彼の女の方がより多く血を浴びて、殊に両手が鶏の砂胆《すなぎも》のやうに粘《ねば》り光つて居る。)これ珍斎、其方の娘の死に様を見や。妾に裏切りする奴は、誰であらうが此の通りぢや。わかつたかえ。

(珍斎)へ、へーえ。(と云つたまゝ、腰を抜かしてぺつたりと据はる。)

舞台が廻つて、再び第一場のお銀の方の居間になる。

第三場

お銀の方が玄沢の死骸の傍にうづくまつて煙草を吸つて居る。屍骸は悶死した形のまゝ、薄い夜着が被《かぶ》せられて、頭の項と両手の握り拳が僅かに端から見えて居る。其の他は第一場の通り。

梅野が左の襖を開けて独りで這入つて来る。衣服を改めて体の血潮をすつかり拭つてしまつた様子。

(梅野)もし、薬の利き目はいかゞでござりました。

(お銀の方)ほんに首尾よう行つたわいの。世にも物凄い毒薬ぢやと、自分で効能を述べた通り、あの杯を一つ二つ重ねるうちに、見る見る顔の色が変つて、手足を悶え苦しんで、話に聞いたと寸分違はぬ死に方をしてしまうたぞえ。まあ此の姿を見やいなう。

さう云ひながらお銀の方が死骸の夜着を払い除ける。玄沢は仰向けになつて、膝を上げ、両腕を伸ばし、殆んど裸体と云つてもよいくらゐに着物の襟を掻きひろげ、肩先から胸板から両股を露出して倒れて居る。総身が極度の紫色に変色し、眼と鼻孔と唇の周囲に吐血の痕跡を留めて居る。

(梅野)ても恐ろしい薬の利き目、まあ人間と云ふ者は、脆いものでござんする。

(お銀の方)さう云へば先此《さつき》奴が懐へ入れて居た妾の附け文、あれを此方へ取り出して賜れ。

(梅野)おゝよろしうござります。(屍骸の懐へ手を差し入れて文を取り返し、お銀の方に渡す。)

(お銀の方)此奴を欺しておびき寄せたいばつかりに、靱負殿には内証で心にもない附け文をしたものゝ、殺してしまへばあの御方のお疑ひも晴れるであらう。………

(梅野)玄沢を殺すなとは仰つしやつても、実は殺してしまひたいのが靱負様の御本心、お部屋様がお手づから御成敗遊ばしたとお聞きになつたら、きつとお喜びなさりまする。

右側の廊下にみしみしと足音がする。両人辣然として身構へをしながら音の方を見守る。靱負が再び以前の服装で覆面を取つて這入つて来る。

(梅野)おゝ、あなたは靱負様……最前お帰りになつた筈が、どうして又こゝへ?

（靫負）は丶、実は帰ると見せかけて、蔭に隠れて聞いて居りました。

（お銀の方）え丶ッ、そんなら今の一分始終を？

（靫負）面目もない次第ぢやが、お前様の実意を疑うて、玄沢との話の模様を捜つて見たのでござります。

（お銀の方）捜つて見たら妾の実意は解つたであらう。其方をいとしう思へばこそ、妾は自ら玄沢を手にかけたのでござんする。

（靫負）今となつては晴れましたが、実は先程廊下の外で聞いて居ると、やれ附け文を読んだかの、照千代様は其方の子ぢやの、揚句の果てには拙者に毒を飲ませようのと、睦しさうに語らうて居るお前様の口振りに、玄沢ばかりか拙者までが欺されて、全くハラハラいたしたわい。

（お銀の方）おほ丶丶丶、容易なことでは手管に乗らぬ玄沢ゆゑ、わざと安心させる為め心にもない其方の悪口やら附け文やら。どうぞ免してくりやいなう。

（靫負）さてもさても裏の裏かくお前様の手管の凄さ、今度はお許し申しますが、拙者にだけは其の手は真平でござりまする。

（お銀の方）其方にだけは封じて居れど、若しも浮気をした時は、どうなる事か知れぬぞえ。

（靫負）さうと聞いては猶のこと、浮気などは出来ませぬ。したが梅野どの、首尾よう薬が手に入るからは、後の役目は珍斎ぢやが、彼奴《あやつ》はいまだに参りませぬかな。

（梅野）さあ其のことでござんする。実は召し使ひのお由良奴が、年はも行かぬ娘の癖にいつの間にわれわれの相談を嗅ぎつけたのやら、先程父の珍斎を妾の留守へ呼び入れて、余計な入れ知慧をして居た故、よんどころなく其場で斬つて捨てました。

（靫負）え丶ッ、して珍斎はいかゞいたした。

（梅野）娘の最後に胆を潰して気を失うたのを幸ひに廊下の柱へ括り付け、逃がさぬやうにいたして置きました。

（靫負）さてさて其れは困つたことぢや。入れ知慧をされて居ては、尚更頼む訳には参らぬ。不憫ながら娘と一緒に片附けてしまはねばなりますまい。

（梅野）いえ〳〵其れには及びせぬ。いくら娘が裏切りをするやうに説き勧めても、それはそれはおかしい程お部屋様の御威勢を恐れ憚つて、たゞもう逃げを張つてばかり居た様子。あの分ならばきつとおどしが利きます。

（お銀の方）おどすのもよいけれど、一旦承知して置いて、後で訴人をするやうな、ひよんなことにはならぬかえ。

（梅野）いえ大丈夫でござります。訴人をしたらわれわれの一味の者にきつと讐を取られると、恐《こわ》がり切つて居りまする。あれでは此方《こちら》が威嚇さぬ前から、もう充分に威嚇されて居るのでござります。

（靫負）いかさまあの臆病では、そのくらゐな事はござらうも知れぬ。兎に角此れへ呼び出して、とくと素振りを見定めるといたさう。

（お銀の方）したが此のむごたらしい屍骸を見たら、又珍斎が気絶をするであらうぞい。何処ぞへこつそり運んでしまふ手段《てだて》はないか。

（梅野）それは一と先づお次ぎの間の、戸棚の奥へ隠して置いたがようござります。後程妾が葛籠へ入れて、目立たぬやうにお庭の古池へ沈めまする。もし靱負様、憚りながらお手をお借し下さりませ。

（靱負）お丶承知いたした。（梅野は屍骸の両脇に手をさし込み、靱負は両脚をか丶へて持ち上げる。）年は取つても水々と狸のやうに太つた男、なか〳〵重たうござるなう。

両人次ぎの間へ屍骸を運び去る。靱負だけは直ぐに戻つて来る。

（靱負）つまらぬ男の意地づくから、八年前にお前様を張り合うて、今日まで拙者の色敵になつて居たあの玄沢、これでやうやう胸がすつきりいたしたわい。

（お銀の方）ほんに妾も悪魔払ひをしたやうで、急にさつぱりしたわいなあ。

梅野、珍斎の縛めを解いて連れて来る。未だに土気色をしてぶるぶる顫へて居る。お銀の方と靱負の姿を見ると、何かに打たれたやうにぎよつとして畏まる。

（梅野）お部屋様、御家老様、仰せに従ひ珍斎めを此れへ引立て丶参りました。

（お銀の方）お丶、此れ珍斎、もそつと近う寄りや。いつもの瓢軽は何処へやら、大さう萎れて居るさうなが、今宵に限つて遠慮するには及ばぬぞえ。

（珍斎）は、はあ。（微かな声で返辞をして、先方の顔を見ないやうに唯お辞儀ばかりして居る。）

（梅野）お部屋様には其方に何やらお尋ねの筋がある筈ゆゑ、真つ直ぐに御答へをせねばならぬぞえ。

（珍斎）は、はあ。

（お銀の方）たつた今、梅野に痛い仕置きを受けた召し使ひ、あのそれ、お由良とやら云ふ大それた腰元は、其方の娘に違ひはないか。

（珍斎）い、いかにも、わ、わ、わたくしの娘ではござりましたが、ま、まつたく、以て、大それた、あらう事かあるまい事か、勿体なくもお部屋様に弓を引かうとするやうな、不埒な奴ゆゑ、先程とうに勘当したのでござります。へい、もう其の事なら梅野さまが、蔭で聞いておいでになつて、よく御存じでござります。親子の縁は切れて居るのでござります。

（お銀の方）親子の縁を切つたと云うても、繋がる血筋は争はれぬ、其方は娘の最後を見て、きつと不憫に思ふたであらう。

（珍斎）それは少しは不憫？……………でもござりますが、親の言葉を聴き入れず、娘に似げない生意気なことをする奴は、御成敗を受けまするのが当り前。もう私にさへお疑ひがか丶りませねば、それで結構でござります。結構どころか、一生御恩は忘れませぬ。

（梅野）したが珍斎、其方がどのやうに言ひ訳をしても、繋がる縁があるからは、なか〳〵お部屋様のお疑ひは晴れぬ道理。お由良と其方とは同腹ぢやと、推量されても仕方がないぞえ。

(珍斎) もし、梅野さま、それはあんまりなお情なうござります。私が同腹であるかないか、様子を聞いておいでなされたあなた様が、御存知の筈ではござりませぬか。

(梅野) 様子はすつかり聞いて居たが、お由良の奴がわれ〳〵を謀叛人ぢやの悪人ぢやのと悪口をついた度毎に、其方も同意をして居たではないか。

(珍斎) な、なるほど、たゞ口先の悪口ぐらゐは同意をしたかも知れませぬが、御部屋様の御謀叛を密告しようの何のと云ふ、そんな滅さうな、恩知らずの悪企みには、決して決して同意をいたした覚えはござりませぬ。これはたしかでござります。もそつと正直なことを申しますと、私は非常に臆病もの故、御謀叛などと云ふ、まあ孰方《どち》らかと云へば、少し物騒な御相談に係り合ふのは気味が悪い。……いえその、成る可くならば、係り合はぬ——方がよいと、かう申したゞけでござります。たとへお由良からどのやうな話を聞きましても、誰にも告げ口などを致すことではござりませぬ。もし、梅野さま、私はほんたうに嘘も掛け引きも何もない、正直正銘なことを申し上げるのでござります。どうぞお察しなされて下さりませ。同腹をしたなどゝ云ふお疑ひが晴れますやうに、お部屋様へお口添へをなさつて下さりませ。

(梅野) 妾とても其方の正直は察して居るが、たとへ同腹の疑ひが晴れたとて、其方の命を助ける訳には行きませぬ。

(珍斎) ひえーつ。それはあんまり御無体でござります。お疑ひが晴れたのに殺すと云ふのは、非道うござります。

(梅野) そりや非道いかも知れぬけれど、一味の外に一人でも此方の秘密を知つて居たら、たとへ告げ口をせぬからとて、生かしては置かれぬぞえ。気の毒ながら其方の命は貰ひまする。

(珍斎) ま、お待ちなされて下さりませ。決して決して誰にも告げ口はいたしませぬが、それでもやつぱり、どうしても命はないのでござりますか。

(梅野) さうぢやわいなあ。

(珍斎) もし、さうあなた様ばかりで独りぎめになさらずと、御部屋様や御家老様にもよく御相談をなすつて下さりませ。

(お銀の方) はてまあ其方は往生際の悪い男ぢや。今も梅野が申した通り、敵でなうても味方でなくば、大事を聞かれて助けて置く訳には行かぬ。これ程因果を含めたら、もう好い加減に覚悟をしや。

(珍斎) そんならどうでも、私の命はござりませぬか。

(梅野) 其方に恨みはないけれど、一味徒党の掟ゆゑ是非に及ばぬわいな。

(珍斎) え、、そ、そんなら仕方がござりませぬ。どのやうな御用なりとも勤めまするゆゑ、どうぞ私を、一味にお加へなされて下さりませ。

(梅野) お部屋様、珍斎が急にあのやうな事を申しますが、いかゞ取り計らひませう。

（お銀の方）味方に入れても頼みにならぬ臆病者、役に立つどころか、足手まとひになりはせぬかえ。

（靱負、其の時までわざと恐《こわ》らしく黙り込んで、ぢろぢろと珍斎を睨め付けて居たが、いかにも憎体な冷酷な句調で云ふ。）

いかさま其の御心配は御尤も。これ珍斎其方やわれ〳〵の味方になると申したが、命が惜しさに一時逃れを申すのであらう。

（珍斎）なか〳〵以てさやうではござりませぬ。……

（靱負）いや〳〵さうに違ひないわ。梅野どの、やつぱり此奴は殺してしまうたがようござる。

（珍斎）あ、もし、さう仰つしやらずにもう一遍考へ直して下さりませ。私の力で出来ます事なら、たとへどんな物騒な、どんな危い御用でもいたしまする。へい、そりやもう必ずいたしまする。

（お銀の方）えゝまあほんとうにうるさい奴ぢや。ならぬと云ふたら黙らぬかえ。

（珍斎）ちとおうるさうございませうが、私も一生懸命でござります。此れも先程お由良から聞きましたのでござりますが、現に今宵は私へ、仰せつけられる御用の筋がおありなされたのでござりませうが。……どうぞその御用を私めに勤めさせて下さりませ。もしお部屋様、御家老様、お願ひでござります。御用の筋は承知いたして居りまする。必ず立派に仕遂げますれば、お任せなされて下さりませ。今更味方に加へられぬと仰つしやるのは、お情なうござりますぞえ。

（お銀の方）いや一旦は其方に用事を頼む積りで居たなれど、愛憎のつきた臆病者、とても大事は任せぬ程に折角ながら断りまする。

（靱負）こりや珍斎、よつく承れ、成る程其方は今でこそ、立派に役目を仕遂げる覚悟で居ようも知れぬが、性得臆病な人間は、いかに勇気を起しても、大事にあたつて狼狽へ廻り、必ず仕損じがあるものぢや。拙者は勿論お部屋様も其処を御案じなさるのぢやぞ。われわれ一同其方の言葉を疑うではない。其方の正直は信じて居るが、其方の臆病には当惑して居る。生れ変つて来ぬうちは、とても其方にはやれぬ仕事ぢや。ぢやに依つて気の毒ながら手討ちにいたさねば相成らぬ。

（珍斎）へい、御家老様の仰つしやる事は、ようく解つて居りまする。いかにも私は、それはもう、きついきつい臆病者でござります。かうなつたら全く嘘は申しませぬが、つまり私はたゞ殺されるのが嫌なのでござります。たとへ殺されると極まつても、一日でも二日でも一寸逃れに生きて居たいのでござります。唯今のところ、外に望みはござりませぬが、殺さずに置いてさへ下さりましたら、こんな有り難い御恩はござりませぬ。

……

（靱負）それ見い、そのやうな臆病ものにどうして大事が勤まるのぢや。

（珍斎）……さあ、そのやうな臆病者故、生かして置いて下されば、死ぬのが恐さに却つて一生懸命になりまする。命知らずの勇者と違ひ、殺されるのが沁み沁み嫌ひな私ゆゑ、おどかされゝば本気になつて働きまする。おかしな理屈でござりますが、こればつかりはたしかでござります。

(靭負)ふゝゝゝ、さてさて其方の臆病は重宝ぢや。死ぬのが恐さに働くまではよいけれど、死ぬのが恐さに裏切りをして、余計な告げ口を致す事はあるまいかの。

(珍斎)いえいえ大丈夫でござります。私は臆病な代りに目先きは可なり利いて居りまする。なまじ裏切りなどを致せば、却つて命が危い事を充分存じて居ります。へゝゝ(何となく助かりさうなので、だんだん安心して来る。)お世辞ではござりませぬが、当時日の出の勢のお部屋様、忠義なお方は片つ端からお手討ちにされて、お部屋様のお言葉ならば邪が非でもお通しなさるお殿様に、今更告げ口を致すやうな愚な私ではござりませぬ。もうその事ならほんたうに御安心なされて下さりませ。下世話に申す馬鹿と鋏は使ひやうで切れるとやら、臆病者も使ひやうではなか／＼お役に立ちまする。どうぞ命をお助けなされて、ためしに一遍お使ひなされて下さりませ。一生のお願ひでござります。此の通りでござります。(両手を合はせ拝む。)

(お銀の方)あれ程に云ふものを、聴かぬと云ふも不憫ぢやが、なう靭負どの、どうしたものでござんせう。

(靭負)さやうでござります。先程からだんだんと珍斎の申し訳、一応は道理のやうにも聞えまする。裏切りすれば命のないと云ふ事が、よく呑み込めて居りさへしたら、あながち一味に加へられぬと極まつたものではござりますまい。……

(梅野)これ珍斎、お二人様があのやうに仰つしやるからは、次第に依れば其方に代つて、妾が命乞ひをして進ぜるが、必ず必ず其方や裏切りをしないかえ。

(珍斎)へい、こりや梅野さま忝う存じまする。今もあれ程申し上げた通り、裏切りなどは金輪際致すことではござりませぬ故、どうぞ宜しうお取りなしを願ひまする。あなた様は命の親、此の通り伏し拝んで居りまする。――(拝みながら思ひ出したやうに又附け加へる。)お部屋様の御威光は、ようく解つて居ります
る。

(梅野)その御威光が解つて居るならよいけれど、ほんに日の出の勢のお部屋様。憚りながら此の御家中の御家来衆は、誰であらうが殺さうと生かさうと思ひのまゝ。たとへ謀叛の証拠を握つて訴へる者があらうとも、肝腎の殿の御心はお部屋様のお手の内にあるのぢやぞえ。どのやうにでも云ひくるめて、忠義立てする奴原が却つて御勘気を蒙るやうに、取り繕ふのは造作もないのぢやぞえ。――それが解つて居るのぢやなあ。

(珍斎)へい、解つて居る段ではござりませぬ。お部屋様のお味方をしてさへ居れば、間違ひのない私たち、何を酔興に忠義立てをいたしませう。そのやうな馬鹿な真似は、死ぬのが恐くない方々の、する事でござります。

(梅野)もしお部屋様、御家老様、まああのやうに申します故、

今宵のところは妾に免じて珍斎めをお見逃しなされて下さりませ。その代り、少しでも不審なかどが見えましたら、その折こそは容赦なく妾が成敗いたしまする。

（靱負）別人ならぬ梅野どのゝお口添へ、まさかに否とも申しにくいが、してお部屋様の御所存は？

（お銀の方）助けたうはないけれど、味方につけてもよい程な手柄を立てゝ見せるまで、命は当分梅野に預けて置きませう。

（梅野）おゝ、忝う存じまする。これ珍斎、暫く命は助けなされて、何か手柄を立てたらばお味方に加へてやるとの有り難いお言葉ぢやぞえ。

（珍斎）へゝッ、有り難う存じまする。赦せぬところをお赦し下さるお部屋様の御恩の程、必ず必ず忘却はいたしませぬ。いやもう今宵は最初から魂が動転して、生きた心地もござりませなんだが、急に安心仕りました。

（靱負）それそれ其方はそのやうな周章《あは》て者ぢや。お部屋様は其方の命を赦すとは仰つしやらぬ。何か手柄を見せたらば味方に入れても苦しうないが、それまで首を繋いで置くとかう仰つしやつたゞけではないか。安心するにはまだ早いわ。

（珍斎、気が付いてわざと恐ろしさうな風をする。）な、なるほど、いえ私も安心をいたした訳ではござりませぬ。何か一とかどの手柄を立てゝ、一時も早くお味方に加へて頂くやうに、御奉公を励みまする。

（梅野）そんなら御奉公の手始めに、先程お由良から聞いた筈の、大事な役目を云ひ附けるが、きつと仕遂げてくれるであらうな。

（珍斎）へえへえよろしうござります。憚りながら奥方様にもえらいお気に入りの此の珍斎、隙を狙つて細工をするのは訳なしでござります。

（靱負）その役目も四五日中に果たさねば、其方の命はないのぢやぞ。

（梅野）もしも首尾よう果たしたなら、命を助けてやる上に御褒美の下るやう、妾が計らうて進ぜませう。

（珍斎、ふと何事かを想ひ出して、今度は本当に恐怖に襲はれたらしく、）御褒美などは頂かずとも結構でござりますが、……ほんたうに梅野様、もしも首尾よく参りましたら、命だけは大丈夫でござりませうな。玄沢殿のやうなことには、ならないでござりませうな。

（梅野）ほゝゝゝ、其方は目先が利いて居ると云ふたではないか。あの玄沢は勿体なくもお部屋様へ無体な事を云ひ掛けた故、それで仕置きをしたのぢやが、何で其方をあのやうな目に会はせませう。心配せぬがよいわいな。

（珍斎）ではござりますが、立派にお役目を勤めた後で、もう其の方に用はないなどゝ、仰つしやられては大変でござります。どうやら私は気がゝりでなりませぬが、大丈夫でござりませうな。

（靱負）大丈夫だと申すのに又してもうるさい奴ぢや。さ程に我等を疑ぐるなら断つて其方に頼みはせぬ。あいや梅野どの、未だにこんな事を申すやうでは、此奴《こやつ》到底怪しうござる。一層此の場で拙者が手討ちに致してくれる。

（珍斎、全く度を失つて、再び狼狽し出す。）あ、お待ち下さりませ。お待ち下さりませ。唯今申しましたことは、あれは私の思ひ違ひでございます。あなた様方をお疑り申すなどゝ、どういたしましてそのやうな了見は夢にもございませぬ。――へい、いえそりやもう、私の命はお部屋様へ差し上げたも同然故、今宵のところをお助け下さりましたらば、たとへ手柄を立てました暁に、万一御都合でどのやうなお仕置を受けましても、一向不服はないのでございます。いづれその時になりまして、お味方に加へて頂くなり、お手討ちになりますなり、改めて思し召し通りに願ひまする。先づ兎も角も御用だけは私に勤めさせて下さりませ。ご、ご、後生お願ひでございます。……

（靭負）えゝ、何とも彼とも云ひやうのない臆病者ぢや。命を差し上げたも同然ぢやと云ふ口の下から、直ぐ命乞ひを致し居る。拙者にはとんと此奴の了見が解らぬわい。これ梅野どの、かやうな奴に大事をお任せなされたら、後が面倒かなはぬ故、斬つて捨てたらようござらうが。……

（梅野）まあさう仰つしやるものではございませぬ。臆病ではございますが、妾の眼からは見どころのある此の男、四五日中に必ず手柄を立てさせて、立派な御褒美が戴けるやうに、（御褒美と云ふ言葉を意味ありげに云つて、靭負に眼くばせする。）使つて御覧に入れまする。

（お銀の方）靭負殿の腹立ちは尤もながら、何かにつけて抜け目のない梅野の頼み、聴いてやつても仔細はないでござんせう。

（靭負）それ程までに仰つしやるからは、強ひて異存は申さぬが、返す返すも呆れた奴ぢや。

（梅野、帯の間から薬を取り出す。）そんなら珍斎、最前玄沢の持つて来た此の薬を、一服其方に預けて置く。必ず共にぬかつてはならぬぞえ。

（珍斎、役目の恐ろしさと自分の運命に就いての憂慮とが、だんだん顕著になつて来て、総身に充ち溢る戦慄を我慢しながら云ふ。）畏まつてござります。

（梅野）それから其方に話がある。近う寄りや。

（珍斎）はッ。（傍へ寄つて梅野の口へ耳を付ける。恐怖が絶頂に達したらしく、死人のやうな青ざめた血色をし、眼を閉ぢてしまふ。）

（梅野）これ、何故そのやうにふるへて居るのぢや。しつかりと、話を聴き取らぬかえ。

（珍斎、びつくりして眼を開き、胸をさすつて、）はい、畏まつてござります。

（靭負）ふゝゝ、（珍斎の様子を見て微笑しながら立ちかける。）はてもう夜明けに程もあるまい。拙者は此れで御免を蒙りまする。

（お銀の方）おゝ、そんなら途中に気を付けて、……

（靫負）後は宜しくお二人様に、お任せ申すでござりませう。

（梅野）妾が其処までお見送り申しませうわいなあ。

靫負と梅野とが廊下に出る。去り際に三人顔を見合はせて気味悪さうににつこりする。珍斎が訴えるやうな、判じるやうな眼つきで三人の姿を盗み見る。

第二幕

第一場——春藤家奥庭、右方に青々と芝生の生へた円い築山、それに向ひ合つた左の方に池があつて、遠景に御殿の長廊下が見え、凡べて田舎源氏の錦絵風な配置。

舞台の左端から池を越えて中央へ土橋がかゝり、土橋の袂から少し離れて、築山の前に亭《ちん》がある、小姓の磯貝伊織之介が人待ち顔に其処へ腰を掛けて、池の向うを眺めて居る。前髪姿の、国貞流のうら若い妖艶な美男子で、女のやうな優しい口の利き方をする癖のあるのが、何となく油断のならない、狡猾らしい感じを与へる。袴も着物も恐ろしく派手でなまめかしくて、女性的の優雅と奸謡と、男性的の智慮と豪胆とが巧みに織り交ぜられた人間である事を想像させる。天気の好い夏の日の午後。幕があくと程なく、梅野が微酔の眼もとをほんのりと紅く染めて、あたりへ気を配りながら、急ぎ足に橋を渡つて来る。

（梅野、橋の中途に立ち止まり、身を屈めて亭の方を眺めやる、低い声で、）伊織之介さま、そこにおいでゞござりまするか。

伊織之介、眼を細くして嫌らしく笑ひながら頷いて見せる。梅野、ちよつと後ろを振り返つて再び庭の様子をうかゞひ、嬉しさうに馳せ寄つて男の傍へうづくまる。


（梅野、片手を伊織之介の膝に凭れ、甘へるやうに、）伊織之介さま、おそくなつて済みませぬ。そなたは先《さつき》から妾を待つて居たのかえ。

（伊織之介）さやうでござります。もう此れで小半時、おいでを待ち詫びて居りましたが、あまりお姿が見えぬゆゑ、どうした訳かと案じ暮らして居りました。

（梅野）それはあま気の毒な。かう云ふ時には得て意地の悪い、不意の御用が出来たため、思ひの外に遅刻をしたのでござんする。どうぞ許して下さんせいなあ。

（伊織之介）ほんに今日と云ふ今日は、此のやうな淋しいお庭の片隅に、たつた独りで待ちくたびれて、業を煮やして居たなれど、かうしてお前さまのお顔を見たら、すつかり胸が癒えました。もし梅野様、よくまあおいで下さりました。私《わたし》はうれしうござんすぞえ。

（梅野）いつもはそなたに待たされるのが妾の役目、たまにそなたを待たせたとて、そのやうに恨むものではござんせぬ。待たるゝ身より待つ身の辛さを、ちつとは覚えて置きやいなう。

（伊織之介）さうしてお前様は、どうやら酔つておいでなさる御様子ぢやが、何処ぞで酒《ささ》を召しましたか。

（梅野）あいなあ、今日も今日とて殿様が相変らずの御酒宴沙汰、妾もお部屋様に侍《かしづ》いて席へ列んだばつかりに、少うしばかり強ひられたのでござんすが、おもての風に吹かれた故もう直き覚めるでござんせう。妾の息の臭いのが、そなたのお気に触つたら、暫く我慢をして賜や。

（伊織之介）気に触りはいたしませねど、お前様と申し私と申し、お部屋様から大事な御用を申し付かつて居る体、いさゝかなりとも酒に心が乱れて居ては、油断の基となりまする。大望成就するまでは、どうぞ慎んで下さりませ。

（梅野）おほゝゝゝ、その心配はさる事ながら、僅かな酒に分別を失ふやうな梅野ではござんせぬ。酔つては居ても気はたしか、……おゝそれそれ、大事な御用で思ひ出したが、今日はそなたにお部屋様から、是非ともお頼み遊ばすことがありまする。幸ひ今頃女中たちは、一人残らず御酒宴の席に侍《はんべ》つて、庭には誰も居ない様子、話を聞いて下さんせ。

（伊織之介）もし、暫くお控へなさりませ。……（立つて行つて築山の周囲に人気のないのを見定め、再びもとの席へ戻る。）してお頼みと仰つしやりますのは？

（梅野）そなたもかねぐ〵知つてゞあらう。此の間御城代から江戸詰めを仰せ付かつて、お国表より出府した二人の邪魔者。……

（伊織之介）おゝ。それではあの、氏家殿に菅沼殿、あのお二人でござりまするか。

（梅野）いかにも。――あの二人は言はずと知れた御城代の廻し者、われ〳〵一味の隠謀を嗅ぎつけて、隙だにあらば証拠を握り、訴へて出ようと待ち構へて居るお目付役、なか〳〵心は許せませぬぞえ。

（伊織之介）その事ならば私も前から気が付いて居りまする。先達てから憚りもなく殿の御乱行を数へ立てて、執念深くお諫め申して居る様子。早くお手討ちになればよいに、たゞ御勘気を蒙つたばかりとは、ても運のよいお人たちでござりまする。

（梅野）先程珍斎が偵つて来た話では、今日も二人が申し合はせて、御勘気の身も顧みず、此れから直ぐに御酒宴の席へ割つて入り、命を捨てゝも殿をお諫め申すのぢやと、互ひに相談して居たとやら。ほんにほんに、余計な事をするではないか。

（伊織之介）したが、得て忠義者は命を惜しまぬ代りには、知慧の足りない方々ばかり、又懲りずまに諫言して、揚句の果てがお手討ちになるは知れたこと、お二人の最後は眼に見えて居りまする。

（梅野）さううまく行けばよいけれど、何を云ふにもあの気紛れな殿様のなさること、決してあてにはなりませぬ。どんなお気に入りの御家来でも、急にお手討ちになるかと思へば、御勘気を受けて居た方々が、忽ち御寵愛を蒙むる始末、あれでは二人の最後の程も、いつの事やら案じられる。

（伊織之介）それではお前様は、あの方々を何とかして、殺してしまふ御所存でござんすかえ。

（梅野）一日生かせば一日此方の邪魔になるゆゑ、人知れず討ち果たしてしまひたいとは思ふて居たが、知つての通りあの二人は御家中に名の響いた武藝の達者、其の上血気の若侍では、容易に手出しがなりかねて、今日まで控へて居りました。なう、もし伊織之介さま、お部屋様のお頼みと云ふのは、こゝのことでござんする。

（伊織之介）して、それはどのやうな儀でござりまするえ。

（梅野）惚れた慾眼で云ふではないが、当時御家中の人々で、あの二人に勝つた腕を持つ者は、そなたより外にござんせぬ。それを見込んでお部屋様が、早速そなたに頼みがあると仰つしやるのでござんすわいな。

（伊織之介、口では謙遜をしながら、何処やらに充分な自信を見せて云ふ。）はてまあ其れは及びもないことでござります、僅かばかりの武藝を習ひ覚えましても二十歳《はたち》にも足らぬ子供の私、何であの方々に勝つた腕がござりませう。ようお考へなされて下さりませ。

（梅野）いえ〳〵そなたの腕前は、誰も知らぬと思ひの外、妾が見抜いて居りますぞえ。女のやうな優にやさしいお姿で、鬼神を凌ぐそなたの腕前、隠さうとても隠されぬ。外の人なら兎も角も、かりにも武藝の片端を心得て居る此の梅野、どうして其れを見逃しませう。もし伊織之介さま、折角のお部屋様のお頼みをそなた聴いては下さらぬか。

（伊織之介）聴かぬと申すのではござりませぬが、若しこつそりと闇討ちにでもなさるなら、お手伝ひぐらゐはいたしまする。

（梅野）さあその闇討ちは得て仕損じの多いもの、万一相手を取り逃がして、世間へ知れたら嫌疑の種を蒔く道理、其れより今日の御酒宴のお座敷へ、二人が邪魔をしに来るのがもつけの仕合せ、わざと喧嘩を吹きかけて、その場を外さず真剣勝負を願つて出たら、日頃むごたらしい遊びのお好きな殿様ゆゑ、きつとお許しなさりまする。

（伊織之介）おゝ、そんなら御前試合に事寄せて、あのお二人を討ち果たすのでござりまするか。

（梅野）いかにもさうでござんする。いつも御酒興が昂じては、血だらけな勝負事をお好みになる殿様ぢや程に、お部屋様と妾とが口を揃へて唆かしたら、横手を拍つてお喜びなさるでござんせう。その時こそはそなた一人で引き受けて、彼奴等二人を討ち果たして下さんせ。

（伊織之介）成る程御前試合なら、斬つて捨てゝも後の面倒はござりませねど、闇討ちとは訳が違ひ、余程の技《わざ》がないからは、お二人を相手にして打ち勝つ見込みはござりませぬ。猶更以て私などの及ばぬこと、平に御容赦願ひまする。

（梅野）これ、そなたまあ何を云やるのぢや。云はずと知れた、一つ違へば大事な大事なそなたの命にかゝはること故、妾にたしかな見込みがなうて、何で斯やうな危い役目を頼みませう。謙遜《へりくだ》るのもよい程にして置きやいなう。――それともそなたは、日頃のお部屋様のお恩を無にする御所存でござんすかえ。そなたと妾の不義のいたづらを、許すばかりか庇《かば》うて下さる御情に、背かうとなさるのかえ。

（伊織之介）なか〳〵以て、さう云ふ訳ではござりませねど、……

（梅野）それでは承知をしてくりやるか。

（伊織之介）さあそれは、………

（梅野）さあ、さあ、早く返答しや。二人の為めを思ふなら、妾をいとしいと思うたら、よもや嫌とは申されまい。腕に覚えのあるそなた、かう云ふ時に空々しう、惚《とぼ》けて居るとは人が悪い。美しうてあでやかで、やさしいばかりが男の能ではないわいなあ。

（伊織之介）そのやうに仰つしやられては是非がござりませぬ。何処までも女らしう、か弱い風を装うて、世を欺いて居たいのが私の望みでござりましたが、お前様の眼力で観破れては詮ない仕儀、いかにも承知致しました。

（梅野）きつと異存はないのぢやな。

（伊織之介）不肖ながらも伊織之介、あの方々のお命は、必ず貰ひ受けまする。

（梅野）おゝ頼もしうござんする。そなたが引き受けてくりやつたら、仕損じのある筈はない。したが二人とも血気にはやる猪武者、あまり相手を侮つて、かすり傷なと負はぬやうに、用心して下されや。

（伊織之介）はて御安心なさりませ。お二人が一度にかゝつて来ても、討ち果たすのに何の造作は入りませぬ。

（梅野）却つて相手が油断して、たかゞ子供の腕前と、そなたを見くびつて居よう程に、いよ〳〵勝負が始まつたら、二人を始め一坐の者がびつくりするでござんせう。まあいゝ気味でござんする。

（伊織之介）今迄人に隠して居た腕前を、一度世間へ知られるからは、もう此の後は容赦なく、謀叛の邪魔をする方々は残らず斬つて捨てまする。

（梅野）ほんに勇ましいそのお言葉、そなたが附いて居る上は一味の者には千人力、大望成就疑ひないぞえ。

（伊織之介）その代りには梅野さま、（全く女のやうな嬌態をして、媚びるが如く笑ひながら梅野の手を取る。）どうぞ末始終私を、見捨てぬやうに可愛がつて下さりませ。

（梅野）念を押すには及ばぬこと、立派な手柄を立てさへすれば、やがて褒美にわれ〳〵二人を晴れて夫婦《めをと》にしてやると、お部屋様の有り難い仰せぢやわいな。

（伊織之介）そりや、ほんたうでござりますかえ。

（梅野）何で偽りを云ひませう。……したが伊織之介さま、妾はそなたより十の年嵩、母親のやうな此の梅野に連れ添うても、決して嫌とは云はぬかいなあ。

（伊織之介）嫌だなどゝは勿体ない。不思議な縁《えにし》でお前様に可愛がれた伊織之介、若しも添はれぬくらゐなら、何楽しみに謀叛の加担をいたしませうわい。

（梅野）それを聞いて妾も満足、真実うれしうござんする。

右の方の築山の蔭からお銀の方が窃み足で窺ひ寄り、亭の後ろに立ち止まつて不意に二人を呼びかける。

（お銀の方）これ、二人とも其処にかえ。

（伊織之介）おゝ、あのお声はお部屋さま、………

（梅野）ひよんな所を御覧に入れて、お耻かしう存じまする。

（伊織之介）もし、お部屋さま、お免しなされて下さりませ。

両人席を離れて、恭しくお銀の方の足下に跪く。

（お銀の方）何の耻かしい事があらう。いつ見ても役者のやうに美しい伊織之介、ほんに梅野は果報者ぢや、妾は真実《しんじつ》羨しいと思うて居るぞえ。

（梅野）そのやうに仰つしやられると、耻かしいやら嬉しいやらで、穴へも這入りたうござりまする。

（お銀の方）おほゝゝ、てもまあ梅野としたことが、年がひもない初《う》ひ初《う》ひしさ。——妾の前で遠慮するには及ばぬ故、たんと見せ付けるがよいわいなあ。

（梅野）えゝ、お部屋様のお口の悪い、もう好《よ》い程にお嬲りなされて下さりませ。

（お銀の方）それはさうと先程其方と手筈をきめて置いたこと、伊織之介に頼んでくれたであらうなう。

（梅野）仰せまでもござりませぬ。唯今此処でくれぐれも、申し含めて置きました。

（お銀の方）さうして其方は梅野から聞いた頼みの筋を、引き受けて賜《た》もるかえ。

（伊織之介）未熟な私の腕前が、お役に立たば此の上もない仕合はせでござりまする。何で御違背致しませう。

（お銀の方）されさへ聞けば満足ながら、そなたのやうな優男を、あの荒武者に向はせては、どうやら妾も気かゞりな。……なう梅野、其方や心配にはならぬかえ。

（梅野）その御心配は御無用になさりませ。妾の為めには掛け換いのない大事な恋人、瑕我過《けがあやまち》のあるやうな、心もとない腕前なら、妾が第一危い場所へは出しませぬ。必ず共に、御気遣ひをなされますな。

（伊織之介）憚りながら伊織之介、まだ子供ではござりますが、あの方々に後れを取らうとは覚えませぬ。勝負の程は今から見えて居りまする。

（お銀の方）ほんにけなげな其方の覚悟、頼もしう思ひますぞえ。——そなたのやうな若者に、梅野が心を寄せると云ふも無理はない。首尾よう望みを果したなら、妾がきつと二人の仲を、取り持つて進ぜるわいなう。

（梅野）そのお言葉を力にして、伊織之介さま、どうぞ立派に仕終せて下さんせいなあ。

（伊織之介）はてまあ、御念には及びませぬ。

（お銀の方）おゝそれそれ、すつかり忘れて居た事がある。（懐より一通の文を取り出す。）これ梅野、ちと知らせたい事がある程に、其方は酒宴の席に紛れて、此の文を靭負殿へ渡して賜れ。きつい急ぎの用事ゆゑ、一と足先に早う行きや。（文を梅野に渡す。）

（梅野）どんな御用か存じませぬが、幸ひ今しがた御家老様も、御酒宴に召された御様子ゆゑ、少しも早うお届致すでござりませう。

(お銀の方) 妾は其方と別々に、やがて後から行きまする。

(梅野) そんなら、お部屋さま、伊織之介さま、後刻重ねて御前でお目に懸りまする。

(お銀の方) お丶、其方も抜かりのないやうに。

(梅野) 畏まりました。


梅野、橋を越えて左方に消える。伊織之介はまだ慇懃に地上へ両手を衝いて蹲踞《うづくま》つて居る。その愛らしい肩つきをうつとりと見守つて、お銀の方が茫然と彳立して居る。暫く立つと、伊織之介は訝《いぶか》しさうに首を擡げたが、ぢつと自分を視詰めて居る女の様子に心付いて、急に恐れを感じたらしく再びこつそり俯向《うつむ》いてしまふ。同時にお銀の方がにやにやと薄気味の悪い笑顔を見せる。


(伊織之介) お部屋様、なぜそのやうに私を、いつまでも眺めておいで遊ばすのでございます。

(お銀の方) いつまで見ても見飽きのしない、そなたの器量をしみじみと眺めて居るのが悪いかえ。

(伊織之介) 悪いどころか勿体なうて、空恐ろしうございます。

(お銀の方) 恐ろしいのは疾うから其方も覚悟であらう。二人の仲が靭負殿に知れたなら妾も其方も命はないぞえ。

(伊織之介) それにつけても気の毒なは梅野さま、ようまあ彼《あ》のお人は気が付かずに居ります。

(お銀の方) 梅野を欺《だま》したいばつかりに、妾はあの、嫌な嫌な靭負殿に真実焦《しんじつこが》れて居るやうな、心にもない狂言を書く胸悪さ。察してくれたがよいわいなあ。

(伊織之介) その胸悪さは私とても同じ事、早く夫婦《めをと》になりたいと、毎日のやうに梅野様の繰り言を聞かされて、ほとほと当惑いたしまする。

(お銀の方) 梅野はいづれ折を見て、討ち果たすのに造作はないが、厄介なのは靭負どの。八年前から馴染みにして子まで儲けた仲ながら、今では二人の恋路の邪魔者、たとへ謀叛が成就して照千代様の代になつても、妾は一生彼の人の自由にならねばなりませぬ。ほんに、ほんに、気詰まりな。……

(伊織之介) 又その時にはよい分別もございませう。先づ其れまでは謀叛が大事でございます。味方に取つて此の上もない御家老様に梅野様、随分目をかけてお遣《つか》はしなさりませ。


珍斎が築山の蔭から慌《あはただ》しく走り出る。頻りに辺《あたり》をきよろきよろと見廻すうちに、睦しさうな二人の姿を認めて驚きながらうろうろして居る。お銀の方が早くもそれに眼をつける。


(お銀の方) 其処に居るのは珍斎ぢやな。

(伊織之介) なに、珍斎が？え丶胡乱な奴め。(いきなり立ち上つて珍斎の襟首を捕へ、膝下に引き据える。)

(珍斎) あ丶もし、何となされまする。何故あつて私を此のやうな目にお会はせなさります。あいた丶丶丶丶。もし御無体でございます。ど、どうぞ、お助けなされて下さりませ。あいた丶丶丶。

(お銀の方) これ珍斎、其方《そち》や今此処で、何をうろうろして居たのぢや。

(珍斎) へ丶、私は決してうろうろ致しては居りませぬ。実はお部屋様に大急ぎで、申し上げたいお話がござりまして、唯もう夢中でお庭先へ、飛んで出たのでござります。

(伊織之介) はて好い加減な嘘を申せ。其方は此の場の話の様子を、立ち聴きして居たのであらう。

(珍斎) いえいえさうではござりませぬ。なか〳〵以て私が、立ち聴きなどを致すことではござりませぬ。あいた、、、、。あいた、あいた、そのやうにきりきりと捻ぢ上げられては、腕がもげてしまひまする。もし伊織之介様、お願ひでござります。あなたはまあ、女のやうな優しいお方だと存じて居りましたに、どえらい力がお有りなさる。いやもう私の背中の骨が、折れてしまひさうでござるわい。

(伊織之介) さてさて其方は臆病の癖に横着な男と見える。痛くば早く白状したがよいではないか。

(珍斎) いえどのやうに仰つしやつても、全く覚えのないことでござります。どうぞ御勘弁なされて下さりませ。

(伊織之介) もしお部屋様、どうせ様子を知られた上は、もう一刻も生かしては置けぬ奴、幸ひ人目にかゝらぬうちに、不憫ながら私が、此奴《こやつ》の命を此の場で申し受けまする。あなた様には少しも早う、此処をお立ち退きなさりませい。

(珍斎) た、たすけてくれエ!

伊織之介、逃げようとして暴れ廻る珍斎を易々《やすく》と小脇に抱へて口を塞ぎ、脇差を抜いてあはや一と突きに突かうとする。

(お銀の方) あゝこれ、暫く待ちや。

(伊織之介) それぢやと申して此の儘には?

(お銀の方) はて其のまゝにして置いて、何の気遣ひがあらうぞえ。妾と其方と味方同士が二人《ふたり》で、話をしたのを見られたとて、格別怪しい道理はない。珍斎とても一味の者、殊には大事な役目もある。早まった事はなりませぬぞえ。(軽く伊織之介に眼くばせをして頷かせる。)

(伊織之介) そのお言葉では是非もござりませぬ。てもまあ其方は、命冥加な奴ぢやなあ。(漸く珍斎を手から突き放す。)

(珍斎) えゝ危《あぶな》いこと、危いこと、もう少うしで笠の台がすつ飛ぶところであつたわえ。いや申しお部屋様、重ね重ね命をお助け下されまして、忝う存じまする。死んでも御恩を忘れる事ではござりませぬ。

(お銀の方) さうして其方が、妾へ急ぎの話と云ふたは何事ぢや。

(珍斎) おゝ、あまりの恐さに大事の御用をすつかり忘れて居りました、実は唯今大変な事がござります。あのそれ、先刻梅野さまにお話し申して置きましたお二人の方々が、不意に御酒宴の席へ罷り越し、又しても殿様に鹿爪らしい諫言沙汰、揚句の果てに聞き捨てならない悪口雑言を吐き散らすやら、御膳部を撥ね飛ばすやら、大騒動が起つたのでござります。

(お銀の方) して殿様には何となされてぢや。二人の者の狼藉を、御了見遊ばしたかえ。

(珍斎) さあ其れからが又大珍事でござります。あの御短気な殿様が、何で御了見遊ばしませう。うぬ、無礼な奴め、勘忍ならぬと仰つしやつて、刀の柄へ手をお掛けなされたところ、……………

（お銀の方）お、、さうして二人は見事お手討ちになつたのかえ。

（珍斎）なか〳〵さうではござりませぬ。あはや殿様の御手にかゝつて真つ二つと思ひの外、どつこいさうはと二人の方々が身を交はして、あらう事かあるまい事か、勿体なくもあべこべに殿様を取つて押さへ、威丈高になつて、長たらしい御意見を申し上げて居りまする。

（お銀の方）なに、二人の者が殿様を取つて押さへたと申すのぢやな。

（珍斎）左様でござります。

（お銀の方）して多勢のお附きの者は、全体何をして居やる。誰も二人の乱暴を鎮める者は居ないのかえ。

（珍斎）何を申すも相手は自慢の腕利きゆゑ、誰あつて口を出さうとする者はござりませぬ。それにまあ生憎と、御家老様も梅野様も、先程から急にお見えにならぬ様子、其の余《よ》の者は猫に睨まれた鼠も同然、小いさくなつて顫へ上つて居りまする。

（お銀の方）え、腑がひない者共ぢやなあ。

（伊織之介）それにつけても憎いのはあの二人、僅かな武藝を鼻にかけて、威張つて居るこそ此方の仕合はせ、此れから直ぐに駈けつけて、思ひ知らせてやりまする。

（お銀の方）ほんに、其方が手柄を立てるには、こんな好い折はないわいの。――そんなら伊織之介、妾は先へ行く程に、其方も後から早う参れ。

（伊織之介）斯くなる上は、二人の首はもう手に入つたも同じこと、はて心地よいことでござります。

（珍斎、心配さうに真青になつて、）もし、伊織之介さま、あなた様がたとへ如何程お強くても、あの方々には抗ひますまい。悪い事は申しませぬ。お止しなされた方が宜うござりますぞえ。

（お銀の方）これ珍斎、余計な事を申さずと、妾と一緒に来たがよい。

（珍斎）畏まりました。

お銀の方、珍斎をつれて橋を渡つて行く。伊織之介、跪いて後影を見送る。

第二場　殿中酒宴の場

大広間の上手寄りに厚い緞子の坐布団を重ねて太守の席が設けてある。それに接して少し下手にお銀の方の席がある。脇息、煙草盆、膳部など凡べて同じやうにきらびやかな調度類が両方の席に備へられて、後ろに極彩色の金屛風が引き廻してある。広間の右側は襖、左側は縁側を隔てゝ庭に臨む。

今しも酒宴半ばに事変が起つた最中である。太守は血色の極めて青白い、眉の嶮しい、気違ひ染みた眼つきをした、神経質らしい人品で、満面に怒気を含みながら白刃を提げて自分の席に突つ立つて居る。一人の侍が中腰になつて、太守の利き腕をしつかと捕へ、物凄い表情で辺《あたり》を睨み付けて居る。それが氏家である。その傍に菅沼が傲然と端坐して太守の姿を見上げて居る。両人とも二十五六歳の、正直一図な、馬鹿に忠義に凝り固まつて聊か上気して居るやうな武士に見える。杯だの、椀だの、銚子だのが三人の足下に蹴散らかされて乱雑に転がつて居る。

遥か下手に五六人のうら若い女中達が、琴、胡弓、三味線、鼓などを前に置いて、興ざめ顔に萎垂れて控へて居る。その又下手の縁側に四五人の青侍が度を失つて平伏して居る。

(氏家) あはゝゝゝ、いかゞでござります。殿にはいか程口惜《くや》しいと思し召しても、拙者の此の手を振り離す事がお出来にはなりますまい。朝夕此やうなまめかしい、惰弱な遊戯に現《うつゝ》を抜かすお身の上で、一人前の力をお持ちなされぬは御尤も。そのお腕前で拙者などをお手討ちなさらうとは、憚りながら笑止な事でござります。

(菅沼) 家来の身をも顧みず無礼を働くわれわれ両人、どうせ命はないものと覚悟は極めて居ります。それにつけてもお情ないは殿の御心、先程から斯くまでお諫め申し上げても、お聞き入れはござりませぬか。

(太守) えゝ、うるさいわ、退り居らぬか、赦し難き奴なれど、忠義に免じて此の度だけは助けて取らせる。退れ、退れ、退れと申すに。

(氏家) お聞き入れのないうちは、何でおめ〳〵退りませう。われ〳〵二人の命は更に惜しからねど、若し近頃の御身持ちが、忝くも将軍家へ知れたなら、殿には何となされます る。

(菅沼) 昼夜を分たぬ歌舞宴楽は愚かなこと、ほんの一時の御酒興に、罪なき者を酷《むご》たらしう毎日のやうに御成敗遊ばすとは、桀紂以来暴君の例《ためし》にも聞いた覚えはござりませぬ。ても恐ろしい御乱行でござりまする。

(太守) えゝ、云はせて置けば附け上り、主人に向つて桀紂などゝは言語同断、こりや、誰ぞ居らぬか、早く此奴等を引つ立てい。

(侍一同) ははつ、(と云つて、たゞもじもじとお辞儀をして居る。)

(太守) 此奴等二人を憚つて、手出しをせぬとは卑怯な奴ばら、何をぐづぐづ致して居るのぢや。

(氏家) あはゝゝゝ、殿の大事を控へながら、青くなつて顫へて居るとは、孰《ど》れも此れも腰抜け侍、いやはや見下げ果てたる方々ぢや。

(菅沼) あれを御覧なさりませ。殿の御座興を助ける者は、皆あのやうな腰抜け武士、まさかの時に一人でも、お役に立つ者はござりますまい。その御油断があればこそ、お家を押領するなどゝ云ふ、謀叛の噂も起る道理でござりませうが。

侍二人、恐る恐る立ち上つて両人の傍へ近寄る。

(侍の一) ま、御両所、暫くお待ちなさりませ。そりやお身たちの仰つしやることも御尤もではござりますが、そのやうに事を荒立てゝては、却つて殿の御立腹を増すばかり、折角の忠義が役に立たなくなりまする。

(侍の二) いかゞでござる氏家殿、いづれにしても今日のところは我慢めされい。又その内に御機嫌のよい潮を見料つて、ゆつくりと申し上げたが上分別でござるてなう。

(氏家) え丶面倒な。

(菅沼) つべこべ云ふには及ばぬわえ。

氏家は猶も太守の腕頸を捕へたま丶、侍の一人を片手で見事に突き飛ばす。今一人の侍は菅沼に投げ返されて、鮮かなもんどりを打つて、上手の襖へどしんと打突《ぶつ》かる。両人辛くも悶絶しさうになつて、ふらふらしながら漸く腰を擡げ、這ふ這ふの体でもとの席へ戻る。

靱負と梅野とが襖を明けて這入つて来る。

(靱負) こりや、二人ともお控へめされい。して其方たちは御勘気の身も弁へず、何用あつて御酒宴の御坐敷へ、案内もなく罷り越したのぢや。

(菅沼) そのお叱りは覚悟の上、お家の為めに見るに見かねて、殿へお願ひに上つたのでござります。

(梅野) お願ひの筋があるならば、静かに云ふたがよいではないか。まあまあ此の手を除《の》けぬかいなあ。

梅野走り寄つて、捕へられた太守の手を振り放さうとする。

(氏家) はて、そなたこそお控へなさりませ。拙者の願ひをお聞き入れがないうちは、命に換えても此の手を放しはいたしませぬわい。

(梅野) さうして、其方《そなた》たちのお願ひとはえ?

(菅沼) そのお願ひは、先刻から事を分けて、幾度も殿へ申し上げて居りまする。——

(氏家) 殿の御身に喰ひ入つて、お家に仇をする毒虫のお部屋様、お銀の方のお寿命が申し受けたいのでござりまする。

(梅野) え丶つ、

(靱負) なんと申す。其方や本心で云ふのぢやな。

(菅沼) 知れたことでござりませうが。両人共に本心で、お願ひ申して居りまする。

(靱負、菅沼の前にぴたりと据わつて身構へをする。) 何故あつてお部屋様の命が欲しいと申すのぢや。お覚えめでたいお銀の方を毒虫などゝは無体であらう。両人共嗜《たしな》み居らぬか。

(菅沼) そりや御家老のお言葉とも覚えませぬ。言語に絶えた此の頃の殿のお身持ちは、抑も誰の為業《しわざ》でござります。憚りながら奸智に長けたお部屋様の、御寵愛が過ぎる故、忠臣あれどもなきが如く、御乱行は日に増し募るばかりでござる。

(氏家) 御家老ともあらう者が、斯ほどの事にお気が付かれず、佞人共の肩を持つて、媚び諂ひをなさらうとは、甚だ以て緩怠至極。

(菅沼) お部屋様を生けて置いては、百の諫言も水の泡。殿の御眼を晦まして、邪道に導く魔性の者の、命を取るに不思議はござらぬ。

(靱負) ふむ、そのやうな無法な事を云ひ張つて、若しお聞き入れがない時はいかゞ召さる丶。

(菅沼) 斯く迄お願ひ申しても、お聞き入れがなくば是非に及ばず。——

(氏家) お家の為めには換えられぬと、殿の御一命を申し受け、此の場に於いて我等も切腹いたすでござらう。

(太守) なに、余が一命を絶つと申すか。

(氏家) いかにも、さやうでござりまする。主君を弑し奉る天罰は恐ろしくとも、お家の危難を救ふ為めには余儀ない次第でござります。

(菅沼) もし、お願ひでござります。不忠に似て不忠ならざる我れ我れが申すこと、殿にはよくよく御賢察を仰ぎまする。

(氏家) さゝ、此れでもお聞き入れがござりませぬか。

(菅沼) いかゞでござります。お銀の方のお命をわれわれへ下さりまするか。

(氏家) それとも殿の御寿命を戴きませうか。

(菅沼) 殿には何となされまする。

(太守、黙然として考へて居たが、やがて徐かにきつぱりと云ひ放つ。) 何もそのやうに騒ぐには及ばぬ。余が一命を取らすであらう。

(菅沼) えゝつ、

(氏家) なんと仰つしやります。

両人愕然とする。

(太守) 家名も命も、お銀の為めには惜しうない。ささ、早う余が首を打て。早う打て。

氏家があつけに取られて手頸を放すと、太守は白刃を投げ出してどつかと据わり、大声をあげて荒れ狂ふ。

(太守) お銀を殺すくらゐなら、余が寿命を縮めてくれい。こりや氏家、斬れと申すになぜ斬らぬか、口程にもない臆病者め。

お銀の方が珍斎を従ひて、悠々と下手の縁側より入り来る。それと知つて、氏家と菅沼が怱ち気色ばむ。

(太守、お銀の方の姿を認めると、俄かに心配さうな句調で。) おゝ、これお銀、其方は彼方《あちら》へ参つて居れ、此処に居つては障《さは》りがあるのぢや。

(お銀の方) はてまあ惶《あはたゞ》しい其のお言葉。さうして此の場の狼藉は、どうした訳でござんする。

(太守) 仔細は後に語るであらう。此処に居つては其方の身が危い。こりや珍斎、早く彼方へ連れて行かぬか。

(珍斎) へい、へい、へい、もしお部屋様、殿様があのやうに仰つしやりまする。命あつての物種とやら、こんな所に長居は無益、さあさあ、彼方へ参らうではござりませぬか。

(靫負) 此のやうな気違ひ武士を相手にしては、お部屋様のお為めになりませぬ。殿の仰せを幸ひに、暫く御遠慮なされませい。

(梅野) ほんにさう遊ばしたがようござります。今も今とて此処においでの、それはそれは強《つよ》うい、えらあい、鬼のやうに恐《こは》らしいお人達が、勿体なくもお部屋様のお命が欲しいなどゝ、勝手なことをほざいて居る最中でござります。此の方々の気違ひが鎮まる迄は、それ、あの、(お銀の方に目くばせをする。) もう直きでござりませう程に、暫しの間お次ぎの間で、一服召し上つておいでなさりませ。万事は妾の胸にあること、お気づかひなさるには及びませぬ。さあ〳〵珍斎、何をうろ〳〵して居やるのぢや。ひよんな間違ひの起らぬうちに、早うお部屋様をお連れ申して、お相手を勤めぬかいなあ。

（珍斎）へい、へい、もしお部屋様、あのやうに皆様が仰つしやる事でござりまする。早くお次ぎへ罷り越し、何がな手前が、面白い軽口でもお聞かせ申すと致しませう。

（お銀の方、一同の言葉を耳にも懸けず、彳立したまゝぢつと二人の侍を睨み詰めて、）これ、其処な二人の者、妾の命が欲しいなら、いつでも其方たちに進ぜませう。（つか〳〵と二人の傍へにじり寄る。）

（太守）えゝ、其方や何としたのぢや。此れへ寄つては悪いと申すに。

（お銀の方）いえいえ、嫌でござんする。どうぞ妾の気が済むやうに、任せて置いて下さんせいなあ。（太守の傍の自分の席へ坐をしめて、体をしどけなく崩しながら脇息へ頬杖を衝く。）さあ二人の者、逃げ隠れはせぬ程に、斬るなと突くなと勝手にしや。……したが其方たちは、妾を斬つてもよいと云ふ、殿のお許しを受けたのかえ。

（梅野）おほゝゝゝ、その許しがないばつかりに、あれを御覧なさりませ。あのやうに口惜《くや》しがつて、地団太踏《ぢだんだふ》んで居りまする。

（お銀の方）さうであらう、さうであらう。命は惜しうはない程にいつでも其方たちに進ぜるが、かりそめにも御情を蒙つて居る体故、たつて欲しいと云ふのなら、殿のお許しを得たがよいぞえ。

（氏家）己れ憎《につく》きその一言、御寵愛を笠に着て、云はうやうなき気儘放埒、もう此の上は勘忍ならぬ。それ！菅沼氏。

（菅沼）おう、心得た。

両人一度に立ち上る。

（太守）えゝ何をする！

（靱負）無礼者めが！方々《かた〳〵》早うお立ち合ひなされい。

末席に控へた以前の青侍ども、ばらばらと駈け付けて二人に組み付く。氏家は刀に手を掛けてお銀の方に詰め寄る。女の危急を救はうとして藻掻いて居る太守の袖を、菅沼が攫んで居る。靱負と梅野とはお銀の方の身を庇つて、その前に据わる。折柄縁側の方で伊織之介の声がする。

（声）暫く、暫く、暫くお待ちなさりませ。

その声が聞えると、今迄縮み上つて死んだやうになつて居た四五人の侍女たちが、等しく項を上げてハラハラしたやうな顔つきをする。

（侍女の一）おゝ、あのお声は伊織之介さま。

（侍女の二）先からお姿が見えぬ故、妾は気に病《や》んで居たなれど。……

（侍女の三）こんな所へ係り合つて、あの可愛らしい御器量に、

（侍女の四）何か過《あやまち》がなければよいが、

（侍女の五）ほんに心配でござんすわいなあ。

伊織之介、勢よく広間へ馳せ入り、太守足下に恭しくひれ伏す。

（伊織之介、すぐに再び女性的な、なまめかしい言葉になつて、厭らしい嬌態を作りながら。）どうぞ皆様、暫くお待ち遊ばして下さりませ。委細の様子は物蔭で、承はつて居りました。年はも行かぬ子供の癖に、面羞《おもはゆ》うはござりますが、退引《のつぴき》ならぬ此の場の仕儀、殿様、お部屋様の御災難を、お救ひ申しに参りました。

（太守）なに、其方が加勢に来てくれたと申すのか。

（伊織之介）さやうでござります。

（太守）はゝゝ、其の志は嬉しう思ふが、其方は一体いかにして、余を救うてくれるのぢや。

（伊織之介）生意気かは存じませねど、痩せ腕ながらも此のお二方に渡り合ひ、相手を殺すか殺されるか、二つに一つの真剣勝負が願はしうござりまする。

（太守）さてさて其方はけなげな奴、余が災難を気遣ふあまり、命を捨つる覚悟と見ゆる。

（伊織之介）身に余る御寵愛を蒙つた、日頃の御恩を報ゆるため、殿様とお部屋様のお身代りに、若年ながらも私が、此のお二た方にお相手を致しまする。勝負は時の運でござります。あながち私が後《おく》れを取ると、定《き》まつた訳でもござりませぬ。

（梅野）成る程そなたの云ふ通り、孰方《どつち》が勝つやら負けるやら分りはせぬ。世間の人は知らずに居ても、そなたの手並の見事さは、妾がよう知つて居る程に、何の此れしきの気違ひ侍、恐れる事はござんせぬ。眼に物見せておやりなさるがようござります。

（太守）こりやこりや梅野、其方や何を云ふて居る。女ながらも武藝自慢の其方でさへ、此奴等が相手では抗ふまい。まいて若年の伊織之介、見す見す二人の手にかゝつて命を落すに極つた者へ、勝負を許す訳には参らぬ。

（梅野）伊織之介さまの手練の程を、御存知のない殿様故、御気づかひは御尤もでござりますが、うはべは優しいお姿の、花耻かしい若衆でも、鬼神を凌ぐ腕前の恐ろしさは、妾がたしかな証人になりまする。此処にござるお二た方のやうな、鼻息ばかり荒々しい、空威張りの名人を、片つ端から始末をするに何の雑作がござりませう。

（伊織之介）梅野さまのお言葉に、気を許すではござりませねど、少しは腕に覚えのある伊織之介、満更負ける積りではござりませぬ。どうぞ私のお願ひを、お聴きなされて下さりませ。

（侍女の一）これ申し伊織之介さま、忠義に凝るのもよいけれど、そのやうな向う見ずは思ひ止まつて下さりませ。

（侍女の二）あの猛々しい、荒鷲のやうなお人達に、雀のやうな其方が向うたら、一と摑みでござんすぞえ。

（侍女の三）まあ考へてもぞつとする。其方の命に係はる大事、ながら人事《ひとごと》とは思へませぬわいなあ。

（侍女の四）どうやら人事とは思へませぬわいなあ。

（侍女の五）もうもうふつつり止めにして、苦労をさせずに置かしやんせ。

（靫負）常々からお気に入りの伊織之介が願ひの筋、殿の御心痛はさる事ながら、本人の覚悟と申し、殊には思慮深い梅野殿がお口添へ、此れには必ず仔細がなうてはかなひませぬ。いつそのことに、お聞き届けなされては如何でござります。

(太守)いやいや何と申しても、此ればかりは許されぬわい。

(お銀の方)はて殿様のお情深い。伊織之介を不憫がつて、妾を不憫と思し召しては下さりませぬか。身代りに立つと云ふのなら、物の試《ため》しに勝負をさせて見たうござんす。

(太守)又しても其方は無法を云ひ張つて、余を苦しめると云ふものぢや。悪推量は捨てゝ置かぬか。

(お銀の方)悪推量でも無法でも、云ひ出したら後へは引かぬ妾の気象。勝負が見たうござんす故、許しておやりなさりませ。それともいとしい伊織之介が、手傷でも負ふたなら、可哀さうだと仰つしやるのでござんすかえ。

(太守)手傷は愚か、いたましい最後を遂ぐるに極まつた奴、殺したうはなけれども、其方が強ひての望みとあらば是非もない。いかにも許して取らするぞ。

(伊織之介)おゝ、お許し下さりますとな。忝う存じまする。

(梅野)さあ面白い事になりました。お許しが出るからは、もうもう此のやうな狼藉者を、生かして置くには及びませぬ。もし、伊織之介さま、早う二人の息の根を止めておしまひなさりませい。

(伊織之介、氏家と菅沼の前へ慇懃に両手をついて、飽く迄も落ち着いた、薄気味の悪い猫撫で声で。)それでは御両所様、唯今お聞きなされまする通り、お部屋様のお命を御所望遊ばすなら、先づその前に私と、御前試合をなされて下さりませ。此のやうな小童《こわつぱ》では、嘸御不満でござりませうが、一寸の虫にも五分の魂とやら、武藝勝れしお二た方の、お慰みには宜しうござりまする。

(菅沼、あまり話が突飛な為め、安心しながらも聊か驚いて。)あはゝゝゝ、先刻から黙つて様子を聞いて居れば、たわけた事を抜かし居る。其方を相手にいたしたとて、慰みにもなりはせぬ。子供の癖に邪魔立てせずと、引込んで居れ。さゝ、早う其処を退《の》け。

(伊織之介)いえ〳〵此処は退かれませぬ。子供々々と侮つて、相手にせぬとは御卑怯でござりませう。どうぞ私と真剣の勝負をお願ひ申しまする。いざ御両所様、お支度をなさりませぬかいなあ。

(氏家)えゝ、そのやうに厭らしう、拙者の傍へのめのめと寄つて参つては相成らぬ。拙者は其方が大嫌ひぢや。かりにも侍の子とあらう者が、女のやうな声を出して、河原乞食の真似を致すとは、いやはや男子の風上にも置けぬ奴。拙者は其方の顔を見ると、胸がむかむかして参るわい。

(伊織之介、ますます女らしくなる。)お気に触つたら御免なされて下さりませ。女のやうな声を出して、河原乞食の真似をする私が、あなた様に擦《かす》り傷でも負はせる事が出来ましたら、まあ何となされまするえ。

(氏家) こいつ、こましやくれた事を申すやつ。なう菅沼氏、無益の殺生致したうはござらぬが、此の青二才は侫人ばらの一味の者、毒虫奴等の片割れでござる故、不憫ながら血祭りに上げてやらうではござらぬか。

(菅沼) うん、成る程其れもようござらう。相手に致すも大人気ないが、貴殿に代つて、拙者が此奴を刀の錆に致してくれる。

(梅野) ほんにさうなうてはならぬこと、先づ順々に一人づゝ、往生するのがよい分別。

菅沼、広間の前方に走り出で、袴の股立ちを取り、上手を向いて体を構へる。

(菅沼) こりや青二才、拙者が相手になつてつかはす、命が惜しくば今のうちに逃げるがよいぞ。

(侍女の一) 伊織之介さま、ようお考へなさりませ。子供のそなたが逃げたとて、誰も卑怯とは申しませぬぞえ。

(伊織之介) 皆様の御心配は忝うござりますが、私にも覚悟のあること。――菅沼さま、いざお相手を仕りませう。

伊織之介は上手へ出て菅沼と向ひ合ふ。袴の股立ちも取らず、平然として鬢を撫でつけたり、襟を掻合はせたりする。

(菅沼) いざ、

(伊織之介) いざ、

両人刀を抜いて立つ。

(珍斎) こりやいよ〳〵大変な事になつたわえ。あゝ間違ひがなければよいが、……手前は全体あのピカピカと光る刃物が大の禁物、気のせゐか体中がうづうづして参りました。

(侍女の二) 妾も胸が冷や冷やして、見て居る気にはなりませぬ。

(侍女の三) お可哀さうな伊織之介さま、何とかしてお助け申す手だてはないものか。

(侍女の四) えゝいやなこと、いやなこと、妾は斯うして眼をつぶつて居ります。

(侍女の五) いつそのことお次ぎへ下つて、耳を抑へて居た方が増しぢやわいの。

(珍斎) いや御尤も〳〵、此処に居ては寿命が縮まる。皆さま彼方《あちら》へお出でなさりませ。いの一番に手前が御免を蒙ります。

(侍女の一) ほんに珍斎は悧巧者、其方と一緒にわれわれも逃がしてくれぬかいなあ。

(珍斎) さあ〳〵早うお越しなさりませ。

珍斎を先へ立てゝ、女中たち一同我れがちに下手へ逃げ去る。広間では既に勝負が始まつて居る。二三合闘はすうちに菅沼は忽ち伊織之介の鋭い鉾《ほこさき》に切り捲くられ、技倆の相違が歴然と曝露される。意外の結果を見て、菅沼も氏家も真青になる。

(靱負) やゝ、伊織之介はいつの間に、斯程の手練を積み居りしか。

(太守、喜色満面、子供のやうにぞく〳〵と肩を顫はせる。)

ほう、こりやまことに不思議々々々。武藝自慢の菅沼が、あの大刀先に弄ばれて居るではないか。

（梅野）それ、それ、伊織之介さま、もう一と息でござんすぞえ。え丶焦れつたい事ぢやわいなあ。

同時に「うーん」と云ふ呻きが聞えて、何処を斬られたのか、分らぬが、菅沼の体から三四尺の高さに血煙が噴き上る。体の半面が首から手から股へかけて真赤に染まつて居る。伊織之介に腰を蹴られると、よろよろとなつてばつたり倒れる。

（氏家）おのれ猪口才な小童《こわつぱ》め！覚悟いたせ。

伊織之介が屍骸の止めを刺さうとする隙を狙つて、不意に後ろから氏家が斬つてかゝる。殆んど直ちに、伊織之介が身を翻して「えい！」と鋭く抜き打ちにすると、もう氏家は眉間を割られてしまつたらしい。芋虫のやうな濃い血の塊が、額からたらと糸を垂らして居る。さうして、赤ん坊が泣き出す時のやうな表情をして顔中の筋肉を機械的に歪めて居たが、やがて声も立て得ず、棒の倒れるやうにどしんと倒れる。伊織之介、走り寄つて止めを刺さうとする。

（太守）こりや待て待て、止めを刺しては面白うない。余を散々に悩ました憎《にっく》き両人、そのまゝ息を止めずに置いて、酒の肴に嬲つてやるのぢや。

（靱負）さてさて、驚き入つたる手練の早業。殿の御恥辱を雪ぎ参らせ、お部屋様の御危難をお救ひ申したは偏へに其方が働きなるぞ。其方こそ誠にお家の忠臣、あつぱれな奴ぢやわい。

（伊織之介）未熟な腕前が、お役に立つたは何よりの仕合せ。御家老様のお褒めに預り、私も面目を施しまする。

（太守）いや、心地よし、心地よし、（血を見ると共に全く昂奮して、乱心の発作に襲はれ、狂人のやうな悽惨な眼つきになる。）早う酒を持て、此奴等の屍骸を肴に飲み直すのぢや。こりや、誰ぞ居らぬか。珍斎は居らぬか。珍斎々々、女どもを呼んで参れ。

珍斎、縁側へ駈けて来、二人の屍骸を見て仰天する。

（珍斎、けたゝましく叫ぶ。）ひえゝ！もし、皆様お喜びなさりませ。もう大丈夫でござります。伊織之介様は御無事でござりますぞえ。

（侍女の声）そりや本当でござんすかえ。

（珍斎）ほんたうとも、ほんたうとも、まあ此処へ来て御覧なさりませ。菅沼様と氏家様とが、血だらけになつて仰《の》け反《ぞ》つて居るではござりませぬか。此れで漸う一と安心をいたしました。

侍女たちが広間へ馳せ入つて屍骸の周囲を取り巻く。屍骸は二つとも仰向きになつて、未だに手足をばたばたと藻掻きながら、苦しげに呻き廻つて居る。

侍女の一人は銚子を携へて進み出で、太守に酌をする。太守、大盃をあげて立て続けに二三杯飲み乾す。

（梅野、侍女等に向ひ）さあさあ皆の衆、此の意気地ない死態《しにざま》を、息のあるうちにたんと嘲つてやつたがよい。なんと小気味よい事ではござんせぬか。

（侍女の一）それにしても此の有様はどうしたこと、

（侍女の二）うれしいやら不思議なやらで

（侍女の三）何だか夢のやうでござんする。

（侍女の四）今迄少しも知らなんだが、伊織之介さんはえらいお方でござんすわいなあ。

（太守、次第に酔が廻つて来る。）うん、それ、それ、此れから此奴等を嬲り殺しに致すのぢやが、何かよい工夫はないものか。（どんよりとした瞳を据えて、にたにたと笑ひながら考へる。やがて、出し抜けにぽんと膝を打つ。）こりや女共、此奴等の着物を剝いて、素裸体《すつぱだか》にいたせ。

（侍女一同）はゝあ。

侍女等、朱に染まつた畳の上へぺつたりと蹲踞《うづく》まつて、屍骸の衣類を剝ぎ取る。侍女等の手足も血だらけになる。

（太守）はゝ、面白い、面白い、どうぢやお銀、其方の讐を取つてやるのぢや。何と胸がせいせいしたであらうの。さゝ、余が酌をして取らする程に、其方も祝ひに飲むがよい。

太守自らお銀の方に酌をしてやる。お銀の方は黙つて杯を受けながら、うつとりと伊織之介の横顔に見惚れて居る。

（太守）伊織之介、其方にも酌をして取らするぞ。

（伊織之介）有難く頂戴いたしまする。

（太守、伊織之介の返す盃を波々と受けて喉を鳴しながら、執念深く屍骸を凝視する。）はて、まだ此れだけでは面白うない。——こりや伊織之介。

（伊織之介）はゝつ。

（太守）此奴等二人の喉頸を、真直ぐ畳まで突き通してしまへ。

（伊織之介）畏まりました。

氏家も菅沼も其の時まで右の手に刀を握つて、醜く肥えた裸体を水銀のやうにぶるぶるさせて居る。伊織之介は屍骸の上へ跨がつて立ち、持つて居る刀を奪ひ取り、その鋒《ほこさき》を喉元へあてゝ、錐《きり》を捻《ね》ぢ込むやうに垂直に畳へ突き通したまゝ、席へ戻つて来る。刀は二本の杭を打つたやうに立つて居る。

（太守）はゝ、どうぢや〳〵。皆《みんな》此れを見てやらぬか。珍斎々々、其方には此奴等の恰好が何と見ゆるな。

（珍斎、恐ろしい光景に馴れて、いつの間にかすつかり安心して居る。）へゝゝゝ、先づ斯うやつた恰好は、さしづめ人間の鰌《どじやう》が出来上つたやうなもの。いやはや何とも珍妙無類でござりまする。

（侍女一同）おほゝゝゝ。

（梅野）人間の鰌とはよう云ふた。ほんに其の通りぢやわいの。（憎々しげに屍骸の顔を睨みつけて、）どうぢや、二人共天罰と云ふものを、今こそ思ひ知つたであらう。嘸苦しからう、痛からう、おほゝゝゝ。

（太守）はて、もう息の根が止まつては、此奴等を見ても興はない。何か外に、一段と面白い事がありさうなものぢや。（きよろきよろと一座の者を見廻した後、最後に梅野へ眼をつけると、急に猛悪な相を帯びて来る。）こりや、こりや梅野。

（梅野、何かは知らず竦然として、）はゝつ、何御用でござりまする。

（太守）はゝゝゝ、何もそのやうに驚く事はない。其方はたしか、女だてらに武藝が自慢であつたなう。（突然甲高い調子になつて、）其方と伊織之介と、孰方が強いか真剣勝負を致して見い！

（梅野）ひええつ、（と云つて、腰を抜かさんばかりに惶てる。)

(太守、梅野が躊躇する体を見て、ぴりぴりと癇癪を起しながら)さゝ、真剣勝負を致して見い。余が厳命ぢや。背く事は相成らぬぞ。

お銀の方と伊織之介とが、密かに顔を見合はせる。

(靱負、当惑の色を押し隠してさあらぬ風に)あはゝゝ、殿にはあまり御冗談がお上手故、梅野殿が本気にしてびつくり致して居りまする。

(太守)えい!余は冗談を申すのではない。こりや梅野、何を致して居る。早く勝負を致さぬか。

(靱負)此れはしたり、殿にはいかゞなされました。梅野殿も伊織之介も大事な御家来、孰れが負けても殿の御損でござりませうが。

(太守)余計な事を申すに及ばぬ。それ、伊織之介、梅野がぐづぐづ致して居るなら、其方や構はずに斬つてかゝれ。

(梅野)もし、お部屋様、何とか殿様に仰つしやつて下さりませ。妾は勿論伊織之介様とても、どうして妾を斬る事が出来ませう。どうぞあなた様のお声かゝりで、二人の難儀をお助けなされて下さりませ。――伊織之介さま、そなたも共々お部屋様へお縋り申したがよいわいな。

(太守)伊織之介!其方やなぜ早う斬り付けぬのぢや。余が言葉より梅野の命が大切ぢやと申すのか。

(伊織之介)君命なれば是非なき次第、梅野さま、あなた様のお命は貰ひましたぞえ。(いきなり刀を抜いて斬りかゝる。)

(梅野)あれえ!どうぞ助けて下さりませえ!

梅野、一生懸命に叫びながら逃げようとする途端に、後ろから脳天の骨を横に殺《そ》がれる。髪の毛と頭蓋の生皮が剝ぎ落されて、真赤な、むごたらしい坊主首になる。

(梅野)きやつ(と云つて頭を抑へる。)

(珍斎)うわつ(と云つて面を掩ふ)

(梅野)えゝ、そなたはよくも妾を殺せたものぢや。あのこゝな、薄情男め。

半ば夢中になつて、しがみ着いて来る女の肩先へ、伊織之介は更に第二の太刀を浴びせ、襟髪を取つて引き擦り倒す。梅野は頻りにひいひいと悲鳴を放つ。珍斎と侍女等顔を背けて戦慄する。

(太守)うゝ、面白い、面白い。こりや珍斎を始め女ども、此方を向いて見物いたせ。

(珍斎)へい、へい、外の方なら兎も角も、梅野様ではお気の毒で、とても見物は出来かねまする。

(太守)なぜ見物が出来ぬのぢや。余が云ひ附けを用ゐぬ奴は片つ端から伊織之介に斬らするぞ。

(珍斎)ま、お待ち下さりませ。斬られては溜りませぬ。

(侍女一同)見物いたすでござりませう。

珍斎と共に侍女等も急いで正面を向く。

(太守)伊織之介、皆の見物いたす前で、梅野に止めを刺して見せい。

(伊織之介)はゝつ。――梅野さま、お免しなされて下さりませ。

伊織之介、刀を捨てゝ匕首を抜き放ち、女の胸へ乗りかゝりつゝ止めを刺す。更に一声悲鳴をあげて、激しく虚空を摑むと見る間に、梅野は喉笛を抉られる。

(太守) わッは、、、、いやもう、たわいのない者ぢやなう。

侍一人、上手の襖をあけて転ぶが如く出で来り、喘ぎ喘ぎ太守の前へ両手をつく。

(侍) 申し上げます。一大事でござります。

(太守) 何ぢや。何ぢや。

(侍) 何奴かは存じませねど、奥方の御膳部へ、毒を盛つたる者あつて、唯今夥しく吐血遊ばされ、御苦痛の御様子でござります。早や早や彼方へ、お越し下さりませ。

太守を始め一同「えゝっ」と云つて、顔を見合はせてすつくと立つ。唯独り珍斎は茫然自失した如く据わつて居る。

(太守) してして、すりや何者の為業《しわざ》とも、未だ手がゝりはないと申すか。

(侍) 手懸りとてはござりませぬが、不憫ながら其処に居ります珍斎に、聊か嫌疑がかゝつて居ります。

珍斎依然として黙つて居る。靱負が心配さうに其の態度を盗み視る。

(太守) なに、珍斎の為業ぢやと、……

(侍) 極《き》まつた訳ではござりませぬが、先刻奥方の御給仕を勤めた珍斎、どうした訳か今日に限つてこそこそと、直きに退出致した様子。彼より外に御膳部へ近付いた者もござりませねば、自然と嫌疑が懸つて居りまする。――こりや珍斎、聞いた通りの次第故、一応其方を取り調べる。身共と一緒に参るがよい。

(靱負) お待ちなされい。少しく思ふ仔細もあれば、取り調べは拙者がいたす。(珍斎の傍へ寄り、両手を背後へ廻して捕へ、慰めるやうに、) これ珍斎、よも其方の為業ではあるまいが、兎も角も拙者が糺明いたすであらう。こりや、立ちませい!

珍斎おどおどしながら引て立られる。再び襖の外に騒々しい足音と声とが聞える。

(声) 奥方の御最後でござります。早く早く、お越し下さりませ。

(太守) お、、皆参れ。

太守が真先に、靱負、珍斎、侍女、侍等悉く上手と下手へ馳せ入る。お銀の方と伊織之介とが広間に居残る。

(お銀の方) 伊織之介、

(伊織之介、跪いて女の容貌を仰ぐ、) お部屋さま、

(お銀の方) うまく行つたわいなあ。

(伊織之介) 話に聞いた毒薬が、どうやらお役に立ちさうな、……

(お銀の方) それにしても気詰《きづま》りなはあの珍斎、靱負殿の手に捕へたからは、こつそり殺してしまへばよいが、……(ふと、下を向いて梅野の屍を見る。) ほんに梅野は気の毒な。なう伊織之介、此れでも其方の妻になる気で居た女、満更憎うはなからうに、無残な事をしたわいなう。

(伊織之介) 気紛れな殿のお言葉を幸ひに、恋路の邪魔の梅野

様を、斬つて捨てたはよいけれど、謀叛の為めには大事な加《か》担《たう》人《ど》、早まつた事を致しました。

明け放された上手の襖から、靫負が密かに首を出して二人を視詰めて居る。

（お銀の方、靫負の姿に気がつく）あれつ、其処に靫負殿が、

………

（伊織之介）え、しまつた！もうかうなれば破れかぶれ。

（靫負）不義者！

と呼んで奥へ逃げ伸びようとする所を、伊織之介が刀を振り翳して追つて這入る。襖の外で「えいつ」と云ふ掛声諸共、靫負の斬り殺される呻り声が聞える。

血刀を提げて伊織之介が戻つて来る。続いて其の後から、後ろ手にぐるぐると縛り上げた珍斎の縄の先を乱暴に引き擦つて、太守が血相を変へつゝ走つて来る。

（太守）やあ〳〵此奴等、おのれ今迄余をば巧みに欺き居つたな。珍斎めが自白に依つて、罪は残らず知れたのぢや。

（お銀の方、図太い調子で）知れたが何としたのぢやえ。

（伊織之介、すつかり沈着な態度を失つて、かあつと上気する。）此の馬鹿殿め！うぬも冥途の道連れぢや！

腕白な子供のやうにがむしやらに怒鳴つて、ばらりずんと袈裟掛けに斬り落す。太守、体をろくろのやうに伸び縮みさせて顫へた揚句、ぐるりと廻つて前方へ頭を向けて仰向きに倒れる。その腹の上へ伊織之介は喪心したやうに腰掛けてしまふ。

（伊織之介）お部屋様、此処へおいでなさりませ。二人一緒に刺し違へて死にませう。

（お銀の方）お、、斯うなるからは其れより外に道はない。其方と一緒に死ぬるなら、妾は嬉しうござんすぞえ。

お銀の方、男と並んで太守の胸の上に腰を下ろす。

（伊織之介）覚悟は宜しうござりますか。

（お銀の方、につこりして）早う殺して賜ひなう。

両人重なり合つて打ち俯す。六つの屍骸のまん中に、珍斎が縛られたま、臀餅を舂いて、気絶して居る。幕。

大正五年一月作

（「中央公論」大正5年3月号）

明《めい》暗《あん》（抄）

夏目漱石

一

医者は探りを入れた後で、手術台の上から津田《つだ》を下《おろ》した。

「矢張《やつぱり》穴が腸迄《まで》続いてゐるんでした。此前探つた時は、途中に瘢痕の隆起があつたので、つい其所《そこ》が行き留《どま》りだとばかり思つて、あゝ云つたんですが、今日疎通《そつう》を好くする為に、其奴《そいつ》をがり〳〵掻き落して見ると、まだ奥があるんです」

「さうして夫《それ》が腸迄続いてゐるんですか」

「さうです。五分《ぶ》位だと思つてゐたのが約一寸《すん》程あるんです」

津田の顔には苦笑の裡に淡く盛り上げられた失望の色が見えた。医者は白いだぶ〳〵した上着の前に両手を組み合はせた儘《まゝ》、一寸《ちよつと》首を傾けた。其様子が「御気の毒ですが事実だから仕方がありません。医者は自分の職業に対して虚言《うそ》を吐く訳に行かないんですから」といふ意味に受取れた。

津田は無言の儘《まゝ》帯を締め直して、椅子の背に投げ掛けられた袴《はかま》を取り上げながら又医者の方を向いた。

「腸迄続いてゐるとすると、癒りつこないんですか」

「そんな事はありません」

医者は活発にまた無雑作に津田の言葉を否定した。併せて彼の気分をも否定する如くに。

「たゞ今迄の様に穴の掃除ばかりしてゐては駄目なんです。それぢや何時《いつ》迄経つても肉の上りこはないから、今度は治療法を変へて根本的の手術を一思ひに遣るより外に仕方がありませんね」

「根本的の治療と云ふと」

「切開です。切開して穴と腸と一所にして仕舞ふんです。すると天然自然割かれた面の両側が癒着して来ますから、まあ本式に癒るやうになるんです」

津田は黙つて点頭《うなづ》いた。彼の傍《そば》には南側の窓下《まどした》に据ゑられた洋卓《テーブル》の上に一台の顕微鏡が載つてゐた。医者と懇意な彼は先刻《さつき》診察所へ這入つた時、物珍らしさに、それを覗かせて貰つたのである。其時八百五十倍の鏡の底に映つたものは、丸で図に撮《と》つたやうに鮮かに見える着色の葡萄状の細菌であつた。

津田は袴を穿いて仕舞つて、其洋卓《テーブル》の上に置いた皮の紙入を取上げた時、不図《ふと》此《この》細菌の事を思ひ出した。すると連想が急に彼の胸を不安にした。診察所を出るべく紙入れを懐に収めた彼は既に出ようとして又躊躇した。

「もし結核性のものだとすると、仮令《たとひ》今仰《おつ》しやつた様な根本的な手術をして、細い溝を全部腸の方へ切り開いて仕舞つても癒らないんでせう」

「結核性なら駄目です。夫《それ》から夫《それ》へと穴を掘つて奥の方へ進んで行くんだから、口元《くちもと》丈《だけ》治療したつて役にや立ちません」

津田は思はず眉を寄せた。

「私のは結核性ぢやないんですか」

「いえ、結核性ぢやありません」

津田は相手の言葉にどれ程の真実さがあるかを確かめようとして、一寸《ちよつと》眼を医者の上に据ゑた。医者は動かなかつた。

「何うしてそれが分るんですか。ただの診断で分るんですか」

「えゝ。診《み》察た様子で分ります」

其時看護婦が津田の後に廻つた患者の名前を室の出口に立つて呼んだ。待ち構へてゐた其患者はすぐ津田の背後に現はれた。津田は早く退却しなければならなくなつた。

「ぢや何時《いつ》其根本的手術を遣つて頂けるでせう」

「何時《いつ》でも。貴方の御都合の好い時で宜う御座んす」

津田は自分の都合を善く考へてから日取を極める事にして室外に出た。

二

電車に乗つた時の彼の気分は沈んでゐた。身動きのならない程客の込み合ふ中で、彼は釣革にぶら下りながら只自分の事ばかり考へた。去年の疼痛《とうつう》があり〳〵と記憶の舞台に上つた。白いベツドの上に横《よこた》へられた無残《みじめ》な自分の姿が明かに見えた。鎖を切つて逃げる事が出来ない時に犬の出すやうな自分の唸り声が判然《はつきり》聴えた。それから冷たい刃物の光と、それが互に触れ合ふ音と、最後に突然両方の肺臓から一度に空気を搾《しぼ》り出すやうな恐ろしい力の圧迫と、圧《あつ》された空気が圧《お》されながらに収縮する事が出来ないために起るとしか思はれない劇しい苦痛とが彼の記憶を襲つた。

彼は不愉快になつた。急に気を換《か》へて自分の周囲《しうゐ》を眺めた。周囲のものは彼の存在にすら気が付かずにみんな澄ましてゐた。彼は又考へつゞけた。

「何《ど》うしてあんな苦しい目に会つたんだらう」

荒川堤《あらかはつゝみ》へ花見に行つた帰り途《みち》から何等の予告なしに突発した当時の疼痛に就て、彼は全くの盲目漢《めくら》であつた。其原因はあらゆる想像の外にあつた。不思議といふよりも寧ろ恐ろしかつた。

「此肉体はいつ何時どんな変に会はないとも限らない。それどころか、今現に何《ど》んな変が此肉体のうちに起りつつあるかも知れない。さうして自分は全く知らずにゐる。恐ろしい事だ」

此所《ここ》迄《まで》動いて来た彼の頭はそこで留まる事が出来なかつた。どつと後から突き落すやうな勢ひで、彼を前の方に押し遣つた。突然彼は心の中で叫んだ。

「精神界も同じ事だ。精神界も全く同じ事だ。何時《いつ》どう変るか分らない。さうして其変る所を己は見たのだ」

彼は思はず唇を固く結んで、恰も自尊心を傷《きず》けられた人のやうな眼を彼の周囲に向けた。けれども彼の心のうちに何事が起りつゝあるかを丸で知らない車中の乗客は、彼の眼遣《めづかい》に対して少しの注意も払はなかつた。

彼の頭は彼の乗つてゐる電車のやうに、自分自身の軌道《レール》の上を走つて前へ進んだ。彼は二三日前ある友達から聞いたポアンカレーの話を思ひ出した。彼の為に「偶然」の意味を説明して呉れた其友達は彼に向つて斯う云つた。

「だから君、普通世間で偶然だ偶然だといふ、所謂《いはゆる》偶然の出来事といふのは、ポアンカレーの説によると、原因があまりに複雑過ぎて一寸《ちよつと》見当が付かない時に云ふのだね。ナポレオンが生れるためには或特別の卵と或特別の精虫の配合が必要で、其必要な配合が出来得るためには、又何《ど》んな条件が必要であつたかと考へて見ると、殆ど想像が付かないだらう」

彼は友達の言葉を、単に与へられた新しい知識の断片として聞き流す訳に行かなかつた。彼はそれをぴたりと自分の身の上に当て嵌めて考へた。すると暗い不思議な力が右に行くべき彼を左に押し遣つたり、前に進むべき彼を後ろに引き戻したりするやうに思へた。しかも彼はついぞ今迄自分の行動に就いて他《ひと》から牽制を受けた覚《おぼえ》がなかつた。為《す》る事はみんな自分の力で為《し》、言ふ事は悉く自分の力で言つたに相違なかつた。

「何《ど》うして彼《あ》の女は彼所《あすこ》へ嫁に行つたのだらう。それは自分で行かうと思つたから行つたに違ない。然し何うしても彼所《あすこ》へ嫁に行く筈ではなかつたのに。さうして此己《このおれ》は又何うして彼《あ》の女と結婚したのだらう。それも己が貰はうと思つたからこそ結婚が成立したに違ない。然し己は未だ嘗て彼《あ》の女を貰はうとは思つてゐなかつたのに。偶然？ ポアンカレーの所謂《いはゆる》複雑の極致？ 何だか解らない」

彼は電車を降りて考へながら宅《うち》の方へ歩いて行つた。

三

角を曲つて細い小路へ這入つた時、津田はわが門前に立つてゐる細君の姿を認めた。其《その》細君は此方《こつち》を見てゐた。然し津田の影が曲り角から出るや否やすぐ正面の方へ向き直つた。さうして白い繊い手を額の所へ翳す様にあてがつて何か見上げる風をした。彼女は津田が自分のすぐ傍《そば》へ寄つて来る迄其態度を改めなかつた。

「おい何を見てゐるんだ」

細君は津田の声を聞くと左も驚いた様に急に此方を振り向いた。

「あゝ吃驚《びつくり》した。―お帰り遊ばせ」

同時に細君は自分の有《も》つてゐるあらゆる眼の輝きを集めて一度に夫の上に注ぎ掛けた。それから心持腰を曲めて軽い会釈をした。

半《なか》ば細君の嬌態に応じようとした津田は半ば逡巡して立ち留まつた。

「そんな所に立つて何をしてゐるんだ」

「待つてたのよ。御帰りを」

「だつて何か一生懸命に見てゐたぢやないか」

「えゝ。あれ雀よ。雀が御向ふの宅《うち》の二階の庇《ひさし》に巣を食つてるんでせう」

津田は一寸《ちよつと》向ふの宅《うち》の屋根を見上げた。然し其処《そこ》には雀らしいものゝ影も見えなかつた。細君はすぐ手を夫の前に出した。

「何だい」

「洋杖《ステツキ》」

津田は始めて気が付いた様に自分の持つてゐる洋杖《ステツキ》を細君に渡した。それを受取つた彼女は又自分で玄関の格子戸を開けて夫を先へ入れた。それから自分も夫の後に跟《つ》いて沓脱《くつぬぎ》から上つた。

夫に着物を脱ぎ換へさせた彼女は津田が火鉢の前に坐るか坐らないうちに、また勝手の方から石鹸《しやぼん》入を手拭に包んで持つて出た。

「一寸今《ちよつと》のうち一風呂浴びて入らつしやい。また其処へ坐り込むと億劫になるから」

津田は仕方なしに手を出して手拭を受取つた。然しすぐ立たうとはしなかつた。

「湯は今日は已《や》めにしようかしら」

「何故。―薩張《さつぱ》りするから行つて入らつしやいよ。帰るとすぐ御飯にして上げますから」

津田は仕方なしに又立ち上つた。室を出る時、彼は一寸《ちよつと》細君の方を振り返つた。

「今日帰りに小林さん（医者の名）へ寄つて診《み》て貰つて来たよ」

「さう。さうして何《ど》うなの、診察の結果は。大方もう癒つてるんでせう」

「所が癒らない。愈《いよ》く厄介な事になつちまつた」

津田は斯う云つたなり、後を聞きたがる細君の質問を聞き捨てにして表へ出た。

同じ話題が再び夫婦の間《あひだ》に戻つて来たのは晩食《ゆふめし》が済んで津田がまだ自分の室《へや》へ引き取らない宵の口であつた。

「厭ね、切るなんて、怖くつて。今迄の様にそつとして置いたつて宜《よ》かないの」

「矢張《やつぱり》医者の方から云ふと此儘ぢや危険なんだらうね」

「だけど厭だわ、貴方。もし切り損ないでもすると」

細君は濃い恰好の好い眉を心持寄せて夫を見た。津田は取り合ずに笑つてゐた。すると細君が突然気が付いたやうに訊いた。

「もし手術をするとすれば、又日曜でなくつちや不可《いけな》いんでせう」

細君には此次の日曜に夫と共に親類から誘はれて芝居見物に行く約束があつた。

「まだ席を取つてないんだから構やしないさ、断つたつて」

「でも夫《そり》や悪いわ、貴方。切角親切にあゝ云つて呉れるものを断つちや」

「悪かないよ。相当の事情があつて断るんなら」

「でもあたし行きたいんですもの」

「御前は行きたければ御出《おいで》な」

「だから貴方も入らつしやいな、ね。御厭《おいや》?」

　津田は細君の顔を見て苦笑を洩らした。

四

　細君は色の白い女であつた。その所為《せゐ》で形の好い彼女の眉が一際引立つて見えた。彼女はまた癖のやうに能く其《その》眉を動かした。惜《をし》い事に彼女の眼は細過ぎた。御負《おまけ》に愛嬌のない一重瞼《ひとへまぶち》であつた。けれども其一重瞼の中に輝やく瞳子《ひとみ》は漆黒であつた。だから非常に能く働いた。或時は専横《せんわう》と云つてもいゝ位に表情を恣《ほしい》まゝにした。津田は我知らず此小さい眼から出る光に牽き付けられる事があつた。さうして又突然何の原因もなしに其光から跳ね返される事もないではなかつた。

　彼が不図眼を上げて細君を見た時、彼は刹那的に彼女の眼に宿る一種の怪しい力を感じた。それは今迄彼女の口にしつゝあつた甘い言葉とは全く釣り合はない妙な輝きであつた。相手の言葉に対して返事をしようとした彼の心の作用が此の眼付の為に一寸《ちよつと》遮断された。すると彼女はすぐ美しい歯を出して微笑した。同時に眼の表情が迹方《あとかた》もなく消えた。

「嘘よ。あたし芝居なんか行かなくつても可《い》いのよ。今のはたゞ甘つたれたのよ」

　黙つた津田は猶しばらく細君から眼を放さなかつた。

「何だつてそんな六づかしい顔をして、あたしを御覧になるの。―芝居はもう已めるから、此次の日曜に小林さんに行つて手術を受けて入らつしやい。それで好《い》いでせう。岡本へは二三日中に端書《はがき》を出すか、でなければ私《わたくし》が一寸《ちよつと》行つて断つて来ますから」

「御前は行つても可いんだよ。折角誘つて呉れたもんだから」

「いえ、私《わたくし》も止しにするわ。芝居よりも貴方の健康の方が大事ですもの」

　津田は自分の受けべき手術に就いて猶詳しい話を細君にしなければならなかつた。

「手術つてたつて、さう腫物《できもの》の膿を出すやうに簡単にや行かないんだよ。最初下剤を掛けて先《ま》づ腸を綺麗に掃除して置いて、それから愈《いよ》〱切開すると、出血の危険があるかも知れないといふので、創口《きずぐち》へガーゼを詰めた儘、五六日の間は凝として寝てゐるんださうだから。だから仮令《たとひ》此次《この》の日曜に行くとした所で、何うせ日曜一日ぢや済まないんだ。其代り日曜が延びて月曜にならうとも火曜にならうとも大した違《ちがひ》にやならないし、又日曜を繰り上げて明日にした所で、明後日《あさつて》にした所で、矢張《やつぱり》同じ事なんだ。其処《そこ》へ行くとまあ楽な病気だね」

「あんまり楽でもないわ貴方、一週間も寝たぎりで動く事が出来なくつちや」

　細君は又ぴく〱と眉を動かして見せた。津田はそれに全く無頓着であると云つた風に、何か考へながら、二人の間に置かれた長火鉢の縁《ふち》に右の肘を靠《も》たせて、其中に掛けてある鉄瓶の蓋を眺めた。朱銅の蓋の下では湯の沸《たぎ》る音が高くした。

「ぢや何《ど》うしても御勤めを一週間ばかり休まなくつちやならないわね」

「だから吉川さんに会つて訳を話して見た上で、日取を極めようかと思つてゐる所だ。黙つて休んでも構はないやうなもの、、左《さ》うも行かないから」

「そりや貴方御話しになる方が可いわ。平生《ふだん》からあんなに御世話になつてゐるんですもの」

「吉川さんに話したら明日からすぐ入院しろつて云ふかも知れない」

入院といふ言葉を聞いた細君は急に細い眼を広げるやうにした。

「入院？　入院なさるんぢやないでせう」

「まあ入院さ」

「だつて小林さんは病院ぢやないつて何時《いつ》か仰やつたぢやないの。みんな外来の患者ばかりだつて」

「病院といふ程の病院ぢやないが、診察所の二階が空いてるもんだから、其処へ入ひる事も出来るやうになつてるんだ」

「綺麗？」

津田は苦笑した。

「自宅《うち》よりは少しあ綺麗かも知れない」

今度は細君が苦笑した。

五

寐る前の一時間か二時間を机に向つて過ごす習慣になつてゐた津田はやがて立ち上つた。細君は今迄通りの楽な姿勢で火鉢に倚りかゝつた儘《まゝ》夫を見上げた。

「又御勉強？」

細君は時々立ち上がる夫に向つて斯う云つた。彼女が斯ういふ時には、何時《いつ》でも其語調のうちに或物足らなさがあるやうに津田の耳に響いた。ある時の彼は進んでそれに媚びようとした。ある時の彼は却つて反感的にそれから逃れたくなつた。何方《どちら》の場合にも、彼の心の奥底には、「さうお前のやうな女とばかり遊んぢやゐられない。己には己でする事があるんだから」といふ相手を見縊つた自覚がぼんやり働いてゐた。

彼が黙つて間《あひ》の襖を開けて次の室へ出て行かうとした時、細君は又彼の背後《うしろ》から声を掛けた。

「ぢや芝居はもう御已《おや》めね。岡本へは私《わたくし》から断つて置きませうね」

津田は一寸《ちよつと》振り向いた。

「だからお前はお出でよ、行きたければ。己は今のやうな訳で、何《ど》うなるか分らないんだから」

細君は下を向いたぎり夫を見返さなかつた。返事もしなかつた。津田はそれぎり勾配の急な階子段をぎし〳〵踏んで二階へ上つた。

彼の机の上には比較的大きな洋書が一冊載せてあつた。彼は坐るなりそれを開いて、枝折《しをり》の挿んである頁《ページ》を目標《めあて》に其所《そこ》から読みにかゝつた。けれども三四日等閑《なほざり》にして置いた咎《とが》が祟《たゝ》つて、前後の続き具合が能く解らなかつた。それを考へ出さうとするためには勢ひ前の所をもう一遍読み返さなければならないので、気の差した彼は、読む事の代りに、たゞ頁《ページ》をぱら〳〵と翻《ひるがへ》して書物の厚味ばかりを苦にするやうに眺めた。すると前途遼遠といふ気が自《おの》づから起つた。

彼は結婚後二ケ月目に始めて此《この》書物を手にした事を思ひ出した。気が付いて見るとそれから今日迄にもう三ケ月以上も経つてゐるのに、彼の読んだ頁《ページ》はまだ全体の三分の二にも足らなかつた。彼は平生から世間へ出る多くの人が、出るとすぐ書物に遠ざかつて仕舞ふのを、左も下らない愚物のやうに細君の前で罵つてゐた。それを夫の口癖として聴かされた細君は、また彼を本当の勉強家として認めなければならない程比較的多くの時間が二階で費された。前途遼遠といふ気と共に、面目ないといふ心持が何処からか出て来て、意地悪く彼の自尊心を擽《くすぐ》つた。

然し今彼が自分の前に拡げてゐる書物から吸収しやうと力《つと》めてゐる知識は彼の日々の業務上に必要なものではなかつた。それには余りに専門的で、又あまりに高尚過ぎた。学校の講義から得た知識ですら滅多に実際の役に立つた例のない今の勤め向きとは殆ど没交渉と云つても可《い》い位のものであつた。彼はたゞそれを一種の自信力として貯へて置きたかつた。他の注意を惹く粧飾としても身に着けて置きたかつた。その困難が今の彼に朧気ながら見えて来た時、彼は彼の己惚《おのぼれ》に訊いて見た。

「さう旨《うま》くは行かないものかな」

彼は黙つて煙草を吹かした。それから急に気が付いた様に書物を伏せて立ち上つた。さうして足早に階子段を又ぎし〳〵鳴らして又下へ降りた。

六

「おいお延《のぶ》」

彼は襖越しに細君の名を呼びながら、すぐ唐紙《からかみ》を開けて茶の間の入口に立つた。すると長火鉢の傍《わき》に坐つてゐる彼女の前に、何時《いつ》の間にか取り拡げられた美しい帯と着物の色が忽《たちま》ち彼の眼に映つた。暗い玄関から急に明るい電燈の点いた室を覗いた彼の眼にそれが常よりも際立つて華麗《はなやか》に見えた時、彼は一寸《ちよつと》立ち留まつて細君の顔と派出やかな模様とを等分に見較べた。

「今時分そんなものを出して何《ど》うするんだい」

お延は檜扇《ひあふぎ》模様の丸帯の端を膝の上に載せた儘、遠くから津田を見遣つた。

「たゞ出して見たのよ。あたし此《この》帯まだ一遍も締めた事がないんですもの」

「それで今度その服装《なり》で芝居に出掛けようと云ふのかね」

津田の言葉には皮肉に伴ふ或冷やかさがあつた。お延は何《なん》にも答へずに下を向いた。さうして何時《いつ》もする通り黒い眉をぴくりと動かして見せた。彼女に特異な此所作は時として変に津田の心を唆かすと共に、時として妙に彼の気持を悪くさせた。彼は黙つて縁側へ出て厠の戸を開けた。それから又二階へ上がらうとした。すると今度は細君の方から彼を呼び留めた。

「貴方、貴方」

同時に彼女は立つて来た。さうして彼の前を塞ぐやうにして訊いた。

「何か御用なの」

彼の用事は今の彼に取つて細君の帯よりも長襦袢よりも寧ろ大事なものであつた。

「御父さんからまだ手紙は来なかつたかね」

「いゝえ来れば何時《いつ》もの通り御机の上に載せて置きますわ」

津田は其予期した手紙が机の上に載つてゐなかつたから、わざ〳〵下りて来たのであつた。

「郵便函の中を探させませうか」

「来れば書留だから、郵便函の中へ投げ込んで行く筈はないよ」

「さうね、だけど念の為だから、あたし一寸《ちよいと》見て来るわ」

お延は玄関の障子を開けて沓脱《くつぬぎ》へ下りようとした。

「駄目だよ。書留がそんな中に入つてる訳がないよ」

「でも書留でなくつて只のが入つてるかも知れないから、一寸《ちよつと》待つて居らつしやい」

津田は漸く茶の間へ引き返して、先刻《さつき》飯を食ふ時に坐つた座蒲団が、まだ火鉢の前に元の通り据ゑてある上に胡坐《あぐら》を掻いた。さうして其所《そこ》に燦爛と取り乱された濃い友禅模様の色を見守つた。

すぐ玄関から取つて返したお延の手には果して一通の書状があつた。

「あつてよ、一本。ことによると御父さまからかも知れないわ」

斯う云ひながら彼女は明るい電燈の光に白い封筒を照らした。

「あゝ、矢張《やつぱり》あたしの思つた通り、御父さまからよ」

「何だ書留ぢやないのか」

津田は手紙を受け取るなり、すぐ封を切つて読み下した。然しそれを読んでしまつて、又封筒へ収めるために巻き返した時には、彼の手がたゞ器械的に動く丈《だけ》であつた。彼は自分の手元も見なければ、またお延の顔も見なかつた。ぼんやり細君の余《よ》所行着《そゆきぎ》の荒い御召《おめし》の縞柄を眺めながら独りごとのやうに云つた。

「困るな」

「何《ど》うなすつたの」

「なに大した事ぢやない」

見栄《みえ》の強い津田は手紙の中に書いてある事を、結婚してまだ間もない細君に話したくなかつた。けれどもそれはまた細君に話さなければならない事でもあつた。

七

「今月は何時《いつ》も通り送金が出来ないから其方《そつち》で何うか都合して置けといふんだ。年寄は是《これ》だから困るね。そんなら左《さ》うともつと早く云つて呉れゝば可いのに、突然金の要る間際になつて、斯んな事を云つて来て……」

「一体何《ど》ういふ訳なんでせう」

津田は一旦巻き収めた手紙をまた封筒から出して膝の上で繰り拡げた。

「貸家が二軒先月末に空いちまつたんださうだ。それから塞がつてる分からも家賃が入つて来ないんださうだ。其所《そこ》へ持つて来て、庭の手入だの垣根の繕ひだので、大分《だいぶ》臨時費が嵩《かさ》んだから今月は送れないつて云ふんだ」

彼は開いた手紙を、其儘火鉢の向ふ側にゐるお延の手に渡した。お延は又何も云はずにそれを受取つたぎり、別に読まうともしなかつた。此《この》冷かな細君の態度を津田は最初から恐れてゐたのであつた。

「なにそんな家賃なんぞ当にしないだつて、送つてさへ呉れようと思へば何うにでも都合は付くのさ。垣根を繕ふたつて若干《いくら》掛るものかね。煉瓦の塀を一丁も拵へやしまいし」

津田の言葉に偽《いつはり》はなかつた。彼の父はよし富裕でない迄も、毎月《まいげつ》息子夫婦の為に其生計の不足を補つてやる位の出費に窮する身分ではなかつた。ただ彼は地味な人であつた。津田から云へば地味過ぎる位質素であつた。津田よりもずつと派出好きな細君から見れば殆ど無意味に近い節倹家であつた。

「お父さまは屹度《きつと》私達が要らない贅沢をして、無暗にお金をぱつ〳〵と遣ふ様にでも思つてゐらつしやるのよ。屹度さうよ」

「うん此前京都へ行つた時にも何だかそんな事を云つてたぢやないか。年寄はね、何でも自分の若い時の生計を覚えて居て、同年輩の今の若いものも、万事自分のして来た通りにしなければならない様に考へるんだからね。そりや御父さまの三十も己の三十も年齢《とし》に変りはないかもしれないが、周囲《ぐるり》は丸で違つてゐるんだから左うは行かないさ。何時《いつ》かも会へ行く時会費は幾《いく》何《つ》だと訊くから五円だつて云つたら、驚いて恐ろしい様な顔をした事があるよ」

津田は平生《ふだん》からお延が自分の父を軽蔑する事を恐れてゐた。それでゐて彼女の前にわが父に対する非難がましい言葉を洩らさなければならなかつた。それは本当に彼の感じた通りの言葉であつた。同時にお延の批判に対して先手を打つといふ点で、自分と父の言訳にもなつた。

「で今月は何《ど》うするの。たゞでさへ足りない所へ持つて来て、貴方《あなた》が手術のために一週間も入院なさると、また其方《そつち》の方でも幾何《いくら》か掛るでせう」

夫の手前老人に対する批評を憚つた細君の話頭は、すぐ実際問題の方へ入つて来た。津田の答へは用意されてゐなかつた。しばらくして彼は小声で独語《ひとりごと》のやうに云つた。

「藤井の叔父に金があると、彼所《あすこ》へ行くんだが……」

お延は夫の顔を見詰めた。

「もう一遍御父さまの所へ云つて上げる訳にや行かないの。序《ついで》に病気の事も書いて」

「書いて遣れない事もないが、また何とか蚊とか云つて来られると面倒だからね。御父さまに捕まると、そりや中々埒《らち》は開かないよ」

「でも外に当がなければ仕方なかないの」

「だから書かないとは云はない。此方《こつち》の事情が好く向ふへ通じるやうにする事はする積だが、何しろすぐの間には合はないからな」

「さうね」

其時津田は真ともにお延の方を見た。さうして思ひ切つた様な口調で云つた。

「何《ど》うだ御前岡本さんへ行つて一寸《ちよつと》融通して貰つて来ないか」

八

「厭よ、あたし」

お延はすぐ断つた。彼女の言葉には何の淀みもなかつた。遠慮と斟酌《しんしやく》を通り越した其語気が津田にはあまりに不意過ぎた。彼は相当の速力で走つてゐる自動車を、突然停められた時のやうな衝撃《シヨツク》を受けた。彼は自分に同情のない細君に対して気を悪くする前に、先《ま》づ驚いた。さうして細君の顔を眺めた。

「あたし、厭よ。岡本へ行つてそんな話をするのわ」

お延は再び同じ言葉を夫の前に繰り返した。

「左うかい。それぢや強ひて頼まないでも可《い》い。然し…」

津田が斯う云ひ掛けた時、お延は冷かな（けれども落付いた）夫の言葉を、掬《すく》つて追退《おひの》けるやうに遮つた。

「だつて、あたし極りが悪いんですもの。何時《いつ》でも行くたんびに、お延は好い所へ嫁に行つて仕合せだ、厄介はなし、生計《くらし》に困るんぢやなしつて云はれ付けてゐる所へ持つて来て、不意にそんな御金の話なんかすると、屹度《きつと》変な顔をされるに極つてゐるわ」

お延が一概に津田の依頼を斥けたのは、夫に同情がないといふよりも、寧ろ岡本に対する見栄に制せられたのだといふ事が漸《やうや》く津田の腑に落ちた。彼の眼のうちに宿つた冷やかな光が消えた。

「そんな楽な身分のやうに吹聴しちや困るよ。買ひ被られるのも可いが、時によると却つてそれが為に迷惑しないとも限らないからね」

「あたし吹聴した覚《おぼえ》なんかないわ。たゞ向ふでさう極めてゐる丈よ」

津田は追窮もしなかつた。お延もそれ以上説明する面倒を取らなかつた。二人は一寸《ちよつと》会話を途切らした後で又実際問題に立ち戻つた。然し今迄自分の経済に関して余り心を痛めた事のない津田には、別に何《ど》うしようといふ分別も出なかつた。「御父さまにも困つちまうな」といふ丈であつた。

お延は偶然思ひ付いた様に、今迄其方除《そつちの》けにしてあつた、自分の晴着と帯に眼を移した。

「これ何《ど》うかしませうか」

彼女は金の入つた厚い帯の端を手に取つて、夫の眼に映るやうに、電燈の光に翳した。津田には其意味が一寸《ちよつと》呑み込めなかつた。

「何《ど》うかするつて、何うするんだい」

「質屋へ持つてつたら御金を貸して呉れるでせう」

津田は驚かされた。自分が未だ嘗て経験した事のないやうな遣り繰り算段を、嫁に来たての若い細君が、疾くの昔から承知してゐるとすれば、それは彼に取つて驚くべき価値のある発見に相違なかつた。

「御前自分の着物かなんか質に入れた事があるのかい」

「ないわ、そんな事」

お延は笑ひながら、軽蔑《さげす》むやうな口調で津田の問を打ち消した。

「ぢや質に入れるにした所で様子が分らないだらう」

「えゝ。だけどそんな事何でもないでせう。入れると事が極まれば」

津田は極端な場合の外、自分の細君にさうした下卑た真似をさせたくなかつた。お延は弁解した。

「時が知つてるのよ。あの婢《をんな》は宅《うち》にゐる時分能く風呂敷包を抱へて質屋へ使ひに行つた事があるんですつて。それから近頃ぢや端書《はがき》さへ出せば、向ふから品物を受取りに来て呉れるつていふぢやありませんか」

細君が大事な着物や帯を自分のために提供して呉れるのは津田に取つて嬉しい事実であつた。然しそれを敢てさせるのは又彼に取つての苦痛に外ならなかつた。細君に対して気の毒といふよりも寧ろ夫の矜《ほこ》りを傷けるといふ意味に於て彼は躊躇した。

「まあ能く考へて見よう」

彼は金策上何等の解決も与へずに又二階へ上《あが》つて行つた。

九

翌日津田は例の如く自分の勤め先へ出た。彼は午前に一回ひよつくり階子段の途中で吉川に出会つた。然し彼は下りがけ、向《むかふ》は上りがけだつたので、擦れ違《ちがひ》に丁寧な御辞儀をしたぎり、彼は何にも云はなかつた。もう午飯に間もないといふ頃、彼はそつと吉川の室の戸を敲いて、遠慮がちな顔を半分程中へ出した。其時吉川は煙草を吹かしながら客と話をしてゐた。其客は無論彼の知らない人であつた。彼が戸を半分程開けた時、今迄調子づいてゐたらしい主客《しゆかく》の会話が突然止まつた。さうして二人とも此方《こつち》を向いた。

「何か用かい」

吉川から先へ言葉を掛けられた津田は室の入口で立ち留つた。

「一寸《ちよつと》…」

「君自身の用事かい」

津田は固《もと》より表向《おもてむき》の用事で、此室《このへや》へ始終出入すべき人ではなかつた。跋の悪さうな顔付をした彼は答へた。

「さうです。一寸…」

「そんなら後にして呉れ給へ。今少し差支へるから」

「はあ。気が付かない事をして失礼しました」

音のしないやうに戸を締めた津田は又自分の机の前に帰つた。午後になつてから彼は二遍ばかり同じ戸の前に立つた。然し二遍共吉川の姿は其処に見えなかつた。

「何処かへ行かれたのかい」

津田は下へ降りた序に玄関にゐる給仕に訊いた。眼鼻だちの整つた其少年は、石段の下に寐てゐる毛の長い茶色の犬の方へ自分の手を長く出して、それを段上へ招き寄せる魔術の如くに口笛を鳴らしてゐた。

「え丶先刻《さつき》御客さまと一緒に御出掛になりました。ことによると今日はもう此方《こちら》へは御帰りにならないかも知れませんよ」

毎日人の出入の番ばかりして暮してゐる此給仕は、少くとも此点にかけて、津田よりも確《たしか》な予言者であつた。津田はだれが伴れて来たか分らない茶色の犬と、それから其犬を友達にしようとして大いに骨を折つてゐる此給仕とを其儘にして置いて、又自分の机の前に立ち戻つた。さうして其所《そこ》で定刻迄例の如く事務を執つた。

時間になつた時、彼は外の人よりも一足後《おく》れて大きな建物を出た。彼は何時もの通り停留所の方へ歩きながら、不図思ひ出したやうに、又隠《ポツケツト》袋から時計を出して眺めた。それは精密な時刻を知るためよりも寧ろ自分の歩いて行く方向を決する為であつた。帰りに吉川の私宅《うち》へ寄つたものか、止《よ》したものかと考へて、無意味に時計と相談したと同じ事であつた。

彼はとう〳〵自分の家とは反対の方角に走る電車に飛び乗つた。吉川の不在勝《ふざいがち》な事をよく知り抜いてゐる彼は、宅《うち》迄行つた所で必ず会へるとも思つてゐなかつた。たまさか居たにした所で、都合が悪ければ会はずに帰される丈だといふ事も承知してゐた。然し彼としては時々吉川家の門を潜《くゞ》る必要があつた。それは礼儀の為でもあつた。義理の為でもあつた。又利害の為でもあつた。最後には単なる虚栄心のためでもあつた。

「津田は吉川と特別の知り合ひである」

彼は時々斯ういふ事実を脊中に脊負《しよ》つて見たくなつた。それから其荷を脊負つた儘みんなの前に立ちたくなつた。しかも自ら重んずるといつた風の彼の平生の態度を毫も崩さずに、此事《この》実を脊負つてゐたかつた。物をなるべく奥の方へ押し隠しながら、其《その》押し隠してゐる所を、却つて他に見せたがるのと同じやうな心理作用の下《もと》に、彼は今吉川の玄関に立つた。さうして彼自身は飽く迄も用事のためにわざ〳〵此所《こゝ》へ来たものと自分を解釈してゐた。

十

厳《いか》めしい表玄関の戸は何時《いつ》もの通り締まつてゐた。津田は其上半部に透し彫のやうに嵌め込まれた厚い格子の中を何気なく覗いた。中には大きな花崗石《みかげいし》の沓脱《くつぬぎ》が静かに横たはつてゐた。それから天井の真中から蒼黒い色をした鋳物の電燈笠が下がつてゐた。今迄ついぞ此所《ここ》に足を踏み込んだ例《ためし》のない彼はわざとそこを通り越して横手へ廻つた。さうして書生部屋のすぐ傍《そば》にある内玄関から案内を頼んだ。

「まだ御帰りになりません」

小倉の袴を着けて彼の前に膝をついた書生の返事は簡単であつた。それですぐ相手が帰るものと呑み込んでゐるらしい彼の様子が少し津田を弱らせた。津田はとう〳〵折り返して訊いた。

「奥さんは御出ですか」

「奥さんは居らつしやいます」

事実を云ふと津田は吉川よりも却つて細君の方と懇意であつた。足を此所迄運んで来る途中の彼の頭の中には、既に最初から細君に会はうといふ気分が大分働いてゐた。

「では何《ど》うぞ奥さんに」

彼はまだ自分の顔を知らない此新しい書生に、もう一遍取次を頼み直した。書生は厭な顔もせずに奥へ入つた。それから又出て来た時、少し改まつた口調で、「奥さんが御目にお掛りになると仰しやいますから何《ど》うぞ」と云つて彼を西洋建《せいやうたて》の応接へ案内した。

彼が其所《そこ》にある椅子に腰を掛けるや否や、まだ茶も莨盆《たばこぼん》も運ばれない先に、細君はすぐ顔を出した。

「今御帰りがけ？」

彼は卸ろした腰を又立てなければならなかつた。

「奥さんは何《ど》うなすつて」

津田の挨拶に軽い会釈をしたなり席に着いた細君はすぐ斯う訊いた。津田は一寸《ちよつと》苦笑した。何と返事をして可《い》いか分らなかつた。

「奥さんが出来た所為《せい》か近頃はあんまり宅《うち》へ入らつしやらなくなつた様ね」

細君の言葉には遠慮も何もなかつた。彼女は自分の前に年齢《とし》下《した》の男を見る丈であつた。さうして其年齢下《そのとししした》の男はかねて眼下《めした》の男であつた。

「まだ嬉しんいでせう」

津田は軽く砂を揚げて来る風を、凝として遣り過ごす時のやうに、大人しくしてゐた。

「だけど、もう余つ程になるわね、結婚なすつてから」

「えゝもう半歳と少しになります」

「早いものね、つい此間だと思つてゐたのに。――それで何《ど》うなの此頃は」

「何がです」

「御夫婦仲がよ」

「別に何《ど》うといふ事もありません」

「ぢやもう嬉しい所は通り越しちまつたの。嘘を仰しやい」

「嬉しい所なんか始めからないんですから、仕方がありません」

「ぢや是《これ》からよ。もし始めからないなら、是からよ、嬉しい所の出て来るのは」

「有難う、ぢや楽しみにして待つてゐませう」

「時に貴方《あなた》御いくつ?」

「もう沢山です」

「沢山ぢやないわよ。一寸《ちよつと》伺ひたいから伺つたんだから、正直に淡白と仰しやいよ」

「ぢや申上げます。実は三十です」

「すると来年はもう一ね」

「順に行けばまあさうなる勘定です」

「お延さんは?」

「あいつは三です」

「来年?」

「いえ今年」

十一

吉川の細君は斯んな調子で能く津田に調戯《からか》つた。機嫌の好い時は猶更であつた。津田も折々は向ふを調戯《からか》ひ返した。けれども彼の見た細君の態度には、笑談《じやうだん》とも真面目とも片の付かない或物が閃《ひら》めく事が度々《たびたび》あつた。そんな場合に出会ふと、根強い性質に出来上つてゐる彼は、談話の途中で能く拘泥《こだわ》つた。さうしてもし事情が許すならば、何処《どこ》迄も話の根を掘ぢつて、相手の本意を突き留めようとした。遠慮のために其所《そこ》迄行けない時は、黙つて相手の顔色丈を注視した。其時の彼の眼には必然の結果として何時《いつ》でも軽い疑ひの雲がかゝつた。それが臆病にも見えた。注意深くも見えた。又は自衛的に慢ぶる神経の光を放つかの如くにも見えた。最後に、「思慮に充ちた不安」とでも形容して然るべき一種の匂《にほい》も帯びてゐた。吉川の細君は津田に会ふたんびに、一度か二度屹度彼を其所迄追ひ込んだ。津田は又それと自覚しながら何時《いつ》の間にか其所へ引き摺り込まれた。

「奥さんは随分意地が悪いですね」

「何うして? 貴方方《あなたがた》の御年齢《おとし》を伺つたのが意地が悪いの」

「さう云ふ訳でもないですが、何だか意味のあるやうな、又ないやうな訊き方をして置いて、わざと其後《そのあと》を仰しやらないんだから」

「後《あと》なんかありやしないわよ、一体貴方はあんまり研究家だから駄目ね。学問をするには研究が必要かも知れないけれども、交際に研究は禁物よ。あなたが其癖を已めると、もつと人好のする好い男になれるんだけれども」

津田は少し痛かつた。けれどもそれは彼の胸に来る痛さで、彼の頭に応へる痛さではなかつた。彼の頭は此《この》露骨な打撃の前に冷然として相手を見下してゐた。細君は微笑した。

「嘘だと思ふなら、帰つて貴方の奥さんに訊いて御覧遊ばせ。お延さんも屹度《きつと》私《わたくし》と同意見だから。お延さんばかりぢやないわ、まだ外《ほか》にもう一人ある筈よ、屹度」

津田の顔が急に堅くなつた。唇の肉が少し動いた。彼は眼を自分の膝の上に落したぎり何も答へなかつた。

「解つたでせう、誰だか」

細君は彼の顔を覗き込むやうにして訊いた。彼は固《もと》より其誰であるかを能く承知してゐた。けれども細君の云ふ事を肯定する気は毫もなかつた。再び顔を上げた時、彼は沈黙の眼を細君の方に向けた。其眼が無言の裡に何を語つてゐるか、細君には解らなかつた。

「御気に障つたら堪忍して頂戴。さう云ふ積りで云つたんぢやないんだから」

「いえ何とも思つちやゐません」

「本当に？」

「本当に何とも思つちやゐません」

「それでやつと安心した」

細君はすぐ元の軽い調子を恢復した。

「貴方まだ何処か子供々々した所があるのね、斯うして話してゐると。だから男は損な様で矢つ張り得なのね。貴方はそら今仰《おつ》やつた通り丁度でせう、それからお延さんが今年三になるんだから、年齢《とし》でいふと、余つ程違ふんだけれども、様子からいふと、却つて奥さんの方が更けてる位よ。更けてると云つちや失礼に当るかも知れないけれども、何と云つたら可《い》いでせうね、まあ…」

細君は津田を前に置いてお延の様子を形容する言葉を思案するらしかつた。津田は多少の好奇心をもつて、それを待ち受けた。

「まあ老成よ。本当に怜悧《りかう》な方ね、あんな怜悧な方は滅多に見た事がない。大事にして御上げなさいよ」

細君の語勢からいふと、「大事にしてやれ」といふ代りに、「能く気を付けろ」と云つても大した変りはなかつた。

十二

其時二人の頭の上に下つてゐる電燈がぱつと点いた。先刻《さつき》取次に出た書生がそつと室《へや》の中へ入つて来て、音のしないやうにブラインドを卸ろして、又無言の儘出て行つた。瓦斯《ガス》暖炉《だんろ》の色の段々濃くなつて来るのを、最前から注意して見てゐた津田は、黙つて書生の後姿を目送《もくそう》した。もう好い加減に話を切り上げて帰らなければならないといふ気がした。彼は自分の前に置かれた紅茶茶碗の底に冷たく浮いてゐる檸檬《レモン》の一切《ひときれ》を除けるやうにして其余りを残りなく啜つた。さうしてそれを相図《あひづ》に、自分の持つて来た用事を細君に打ち明けた。用事は固より簡単であつた。けれども細君の諾否丈ですぐ決定されべき性質のものではなかつた。彼の自由に使用したいといふ一週間前後の時日を、月の何処《どこ》へ置いて可《い》いか、其処《そこ》は彼女にも丸で解らなかつた。

「何時《いつ》だつて構やしないんでせう。繰合せさへ付けば」

彼女はさも無雑作な口振で津田に好意を表して呉れた。

「無論繰合せは付くやうにして置いたんですが…」

「ぢや好《い》いぢやありませんか。明日から休んだつて」

「でも一寸《ちよつと》伺つた上でないと」

「ぢや帰つたら私《わたくし》から能く話して置きませう。心配する事も何にもないわ」

細君は快く引き受けた。恰も自分が他の為に働いてやる用事が又一つ出来たのを喜ぶやうにも見えた。津田は此機嫌のいゝ、そして同情のある夫人を自分の前に見るのが嬉しかつた。自分の態度なり所作なりが原動力になつて、相手をさうさせたのだといふ自覚が彼を猶更嬉しくした。

彼はある意味に於て、此《この》細君から子供扱ひにされるのを好《す》いてゐた。それは子供扱ひにされるために二人の間に起る一種の親しみを自分が握る事が出来たからである。さうして其親しみを能く能く立ち割つて見ると、矢張《やはり》男女両性の間にしか起り得ない特殊な親しみであつた。例へて云ふと、或人が茶屋女などに突然脊中を打《ど》やされた刹那に受ける快感に近い或物であつた。

同時に彼は吉川の細君などが何《ど》うしても子供扱ひにする事の出来ない自己を裕《ゆたか》に有《も》つてゐた。彼は其自己をわざと押し蔵《かく》して細君の前に立つ用意を忘れなかつた。斯くして彼は心置なく細君から嬲《なぶ》られる時の軽い感じを前に受けながら、背後は何時《いつ》でも自分の築いた厚い重い壁に倚りかゝつてゐた。

彼が用事を済まして椅子を離れようとした時、細君は突然口を開いた。

「また子供のやうに泣いたり唸つたりしちや不可《いけ》ませんよ。大きな体をして」

津田は思はず去年の苦痛を思出した。

「あの時は実際弱りました。唐紙の開閉《あけたて》が局部に応へて、其《その》度《たんび》にぴくんぴくんと身体全体が寝床の上で飛び上つた位なんですから。然し今度は大丈夫です」

「さう？　誰が受合つて呉れたの。何だか解つたもんぢやないわね。余まり口幅つたい事を仰しやると、見届けに行きますよ」

「あなたに見舞に来て頂けるやうな所ぢやありません。狭くつて汚なくつて変な部屋なんですから」

「一向構はないわ」

細君の様子は本気なのか調戯《からか》ふのか一寸《ちよつと》要領を得なかつた。医者の専門が、自分の病気以外の或方面に属するので、婦人などはあまり其所《そこ》へ近付かない方が可《い》いと云はうとした津田は、少し口籠つて躊躇した。細君は虚に乗じて肉薄した。

「行きますよ、少し貴方に話す事があるから。お延さんの前ぢや話しにくい事なんだから」

「ぢや其内又《そのうちまた》 私《わたくし》の方から伺ひます」

細君は逃げるやうにして立つた津田を、笑ひ声と共に応接間から送り出した。

十三

往来へ出た津田の足は次第に吉川の家を遠ざかつた。けれども彼の頭は彼の足程早く今迄居た応接間を離れる訳に行かなかつた。彼は比較的人通りの少い宵闇の町を歩きながら、やはり明るい室内の光景をちら〳〵見た。

冷たさうに燦《ぎら》つく肌合の七宝製の花瓶、其花瓶の滑らかな表面に流れる華麗な模様の色、卓上に運ばれた銀きせの丸盆、同じ色の角砂糖入と牛乳入、蒼黒い地の中に茶の唐草模様を浮かした重さうな窓掛、三隅に金箔を置いた装飾用のアルバム、―斯ういふものゝ強い刺戟が、既に明るい電燈の下を去つて、暗い戸外へ出た彼の眼の中を不秩序に往来した。

彼は無論此《この》渦まく色の中に坐つてゐる女主人公の幻影を忘れる事が出来なかつた。彼は歩きながら先刻《さつき》彼女と取り換はせた会話を、ぽつり〳〵思ひ出した。さうして其或《そのある》部分に来ると、恰も炒豆《いりまめ》を口へ入れた人の様に、咀嚼しつゝ味はつた。

「あの細君はことによると、まだあの事件に就いて、己に何か話をする気かも知れない。其話を実は己は聞きたくないのだ。然し又非常に聞きたいのだ」

彼は此矛盾した両面を自分の胸の中で自分に公言した時、忽ちわが弱点を曝露した人のやうに、暗い路の上で赤面した。彼は其の赤面を通り抜ける為に、わざとすぐ先へ出た。

「若しあの細君があの事件に就いて己に何か云ひ出す気があるとすると、その主意は果して何処にあるだらう」

今の津田は決して此問題に解決を与へる事が出来なかつた。

「己に調戯《からか》ふため？」

それは何とも云へなかつた。彼女は元来他に調戯《からか》ふ事の好《すき》な女であつた。さうして二人の間柄は其方面の自由を彼女に与へるに十分であつた。其上彼女の地位は知らず〳〵の間に今の彼女を放慢にした。彼を焦らす事から受け得られる単なる快感のために、遠慮の埒を平気で跨ぐかも知れなかつた。

「もし左うでないとしたら、……己に対する同情のため？　己を贔屓《ひいき》にし過ぎるため？」

それも何とも云へなかつた。今迄の彼女は実際彼に対して親切でもあり、又贔屓にもして呉れた。

彼は広い通りへ来て其所から電車へ乗つた。堀端を沿ふて走る其電車の窓硝子の外には、黒い水と黒い土手と、それから其土手の上に蟠まる黒い松の木が見える丈であつた。

車内の片隅に席を取つた彼は、窓を透して此さむざむしい秋の夜の景色に一寸《ちよつと》眼を注いだ後、すぐ又外の事を考へなければならなかつた。彼は面倒になつて昨夕《ゆふべ》は其儘にして置いた金の工面を何《ど》うかしなければならない位地にあつた。彼はすぐ又吉川の細君の事を思ひ出した。

「先刻《さつき》事情を打ち明けて此方《こつち》から云ひ出しさへすれば訳はなかつたのに」

さう思ふと、自分が気を利かした積で、斯う早く席を立つて来てしまつたのが残り惜くなつた。と云つて、今更其用事丈で、また彼女に会ひに行く勇気は彼には全くなかつた。

電車を下りて橋を渡る時、彼は暗い欄干の下に蹲踞まる乞食を見た。其乞食は動く黒い影の様に彼の前に頭を下げた。彼は身に薄い外套を着けてゐた。季節からいふと寧ろ早過ぎる瓦斯《ガス》暖炉の温かい焔をもう見て来た。けれども乞食と彼との懸隔《けんかく》は今の彼の眼中には殆んど入る余地がなかつた。彼は窮した人のやうに感じた。父が例月の通り金を送つて呉れないのが不都合に思へた。

十四

津田は同じ気分で自分の宅《うち》の門前迄歩いた。彼が玄関の格子へ手を掛けようとすると、格子のまだ開かない先に、障子の方がすうと開《あ》いた。さうしてお延の姿が何時の間にか彼の前に現れてゐた。彼は吃驚《びつくり》したやうに、薄化粧を施した彼女の横顔を眺めた。

彼は結婚後斯んな事で能く自分の細君から驚かされた。彼女の行為は時として夫の先を越すといふ悪い結果を生む代りに、時としては非常に気の利いた証拠をも挙げた。日常瑣末の事件のうちに、よく此《この》特色を発揮する彼女の所作を、津田は時々自分の眼先にちらつく洋刀《ナイフ》の光のやうに眺める事があつた。小さいながら冴えてゐるといふ感じと共に、何処か気味の悪いといふ心持も起つた。

咄嗟の場合津田はお延が何かの力で自分の帰りを予感したやうに思つた。けれども其訳を訊く気にはならなかつた。訳を訊いて笑ひながらはぐらかされるのは、夫の敗北のやうに見えた。

彼は澄まして玄関から上《うへ》へ上《あが》つた。さうしてすぐ着物を着換へた。茶の間の火鉢の前には黒塗の足の付いた膳の上に布巾を掛けたのが、彼の帰りを待ち受ける如くに据ゑてあつた。

「今日も何処かへ御廻り？」

津田が一定の時刻に宅《うち》へ帰らないと、お延は屹度《きつと》斯ういふ質問を掛けた。勢ひ津田は何とか返事をしなければならなかつた。然しさう用事ばかりで遅くなるとも限らないので、時によると彼の答は変に曖昧なものになつた。そんな場合の彼は、自分のために薄化粧をしたお延の顔をわざと見ないやうにした。

「中《あ》て丶見ませうか」

「うん」

今日の津田は如何にも平気であつた。

「吉川さんでせう」

「能く中《あた》るね」

「大抵容子《ようす》で解りますわ」

「左うかね。尤も昨夜吉川さんに話をしてから手術の日取を極める事にしようつて云つたんだから、中《あた》る訳は訳だね」

「そんな事がなくつたつて、妾《あたし》中《あ》てるわ」

「さうか。偉いね」

津田は吉川の細君に頼んで来た要点丈をお延に伝へた。

「ぢや何時《いつ》から、その治療に取りかかるの」

「さういふ訳だから、まあ何時《いつ》からでも構はないやうなもんだけれども……」

　津田の腹には、其治療にとりかゝる前に、是非金の工面をしなければならないといふ屈託があつた。其額は無論大したものではなかつた。然し大した額でない丈に、是といふ簡便な調達方の胸に浮ばない彼を、猶焦《いら》つかせた。

　彼は神田にゐる妹の事を一寸《ちよつと》思ひ浮べて見たが、其所《そこ》へ足を向ける気には何《ど》うしてもなれなかつた。彼が結婚後家計膨脹といふ名義の下に、毎月《まいげつ》の不足を、京都にゐる父から塡補《てんぽ》して貰ふ事になつた一面には、盆暮《ぼんくれ》の賞与で、その何分かを返済するといふ条件があつた。彼は色々の事情から、此夏《このなつ》その条件を履行しなかつたために、彼の父は既に感情を害してゐた。それを知つてゐる妹は又大体の上に於て寧ろ父の同情者であつた。妹の夫の手前、金の問題などを彼女の前に持ち出すのを最初から屑《いさぎ》よしとしなかつた彼は、此《この》事情のために、猶更堅くなつた。

　彼は已むを得なければ、お延の忠告通り、もう一遍父に手紙を出して事情を訴へるより外に仕方がないと思つた。それには今の病気を、少し手重に書くのが得策だらうとも考へた。父母に心配を掛けない程度で、実際の事実に多少の光沢を着ける位の事は、良心の苦痛を忍ばないで誰にでも出来る手加減であつた。

「お延昨夜《ゆふべ》お前の云つた通りもう一遍御父さんに手紙を出さうよ」

「さう。でも…」

お延は「でも」と云つたなり津田を見た。津田は構はず二階へ上つて机の前に坐つた。

十五

　西洋流のレターペーパーを使ひつけた彼は、机の抽斗《ひきだし》からラヱンダー色の紙と封筒とを取り出して、其の紙の上へ万年筆で何心なく二三行書きかけた時、不図気がついた。彼の父は洋筆《ペン》や万年筆でだらしなく綴られた言文一致の手紙などを、自分の伜から受け取る事を平生《ひごろ》からあまり喜こんでゐなかつた。彼は遠くにゐる父の顔を眼の前に思ひ浮べながら、苦笑して筆を擱《お》いた。手紙を書いて遣つた所で到底効能はあるまいといふ気が続いて起つた。彼は木炭紙に似たざらつく厚い紙の余りへ、山《や》羊髯《ぎひげ》を生やした細面《ほそおもて》の父の顔をいたづらにスケツチして、何うしやうかと考へた。

　やがて彼は決心して立ち上つた。襖を開けて、二階の上り口の所に出て、其処から下にゐる細君を呼んだ。

「お延お前の所に日本の巻紙と状袋があるかね。あるなら一寸《ちよいと》お貸し」

「日本の？」

　細君の耳には此《この》形容詞が変に滑稽に聞こえた。

「女のならあるわ」

　津田は又自分の前に粋な模様入の半切を拡げて見た。

「是なら気に入るかしら」

「中《なか》さへ能く解るやうに書いて上《あげ》たら紙なんか何《ど》うでも可かないの」

「左うは行かないよ。お父さんはあれで中々六づかしいんだからね」

津田は真面目な顔をして猶半切を見詰めてゐた。お延の口元には薄笑ひの影が差した。

「時を一寸《ちよいと》買はせに遣りませうか」

「うん」

津田は生返事をした。白い巻紙と無地の封筒さへあれば、必ず自分の希望が成功するといふ訳にも行なかつた。

「待つてゐらつしやい。ぢきだから」

お延はすぐ下へ降りた。やがて潜り戸が開いて下女の外へ出る足音が聞こえた。津田は必要の品物が自分の手に入る迄、何もせずに、たゞ机の前に坐つて煙草を吹かした。

彼の頭は勢ひ彼の父を離れなかつた。東京に生れて東京に育つた其父は、何ぞといふとすぐ上方の悪口を云ひたがる癖に、何時《いつ》か永住の目的をもつて京都に落ち付いてしまつた。彼が其土地を余り好まない母に同情して多少不賛成の意を洩らした時、父は自分で買つた土地と自分が建てた家とを彼に示して、「是を何《ど》うする気か」と云つた。今よりもずつと年の若かつた彼は、父の言葉の意味さへよく解らなかつた。処置はどうでも出来るのにと思つた。父は時々彼に向《むかつ》て、「誰の為でもない、みんなお前の為だ」と云つた。「今は其有難味が解らないかも知れないが、己が死んで見ろ、屹度《きつと》解る時が来るから」とも云つた。彼は頭の中で父の言葉と、其言葉を口にする時の父の態度とを描き出した。子供の未来の幸福を一手に引き受けたやうな自信に充《み》ちた其様子が、近づくべからざる予言者のやうに、彼には見えた。彼は想像の眼で見る父に向つて云ひたくなつた。

「お父さんが死んだ後で、一度にお父さんの有難味が解るよりも、お父さんが生きてゐるうちから、毎月正確にお父さんの有難味が少しづゝ、解る方が、何《ど》の位《くらゐ》楽だか知れやしません」

彼が父の機嫌を損《そこね》ないやうな巻紙の上へ、成るべく金を送つて呉れさうな文句を、堅苦しい候文《さふらふぶん》で認《したゝ》め出したのは、それから約十分後であつた。彼はぎごちない思ひをして、漸くそれを書き上げた後で、もう一遍読み返した時に、自分の字の拙《まづ》い事につく〴〵愛想を尽かした。文句はとにかく、斯んな字では到底成功する資格がないやうにも思つた。最後に、よし成功しても、此方《こつち》で要る期日迄に金はとても来ないやうな気がした。下女にそれを投函させた後、彼は黙つて床の中へ潜り込みながら、腹の中で云つた。

「其時は其時の事だ」

十六

翌日の午後津田は呼び付けられて吉川の前に立つた。

「昨日宅《きのふうち》へ来たつてね」

「え丶一寸《ちよつと》御留守へ伺つて、奥さんに御目に掛つて参りました」

「また病気ださうぢやないか」

「え丶少し…」

「困るね。さう能く病気をしちや」

「何実は此前《このまへ》の続きです」

吉川は少し意外さうな顔をして、今迄使つてゐた食後の小楊子を口から吐き出した。それから内隠袋《うちがくし》を探つて莨入《たばこいれ》を取出さうとした。津田はすぐ灰皿の上にあつた燐寸《マッチ》を擦つた。あまり気を利かさうとして急いだものだから、一本目は役に立たないで直ぐ消えた。彼は周章《あわ》て丶二本目を擦つて、それを大事さうに吉川の鼻の先へ持つて行つた。

「何しろ病気なら仕方がない、休んでよく養生したら可《い》いだらう」

津田は礼を云つて室《へや》を出ようとした。吉川は煙《けぶり》の間《あひだ》から訊いた。

「佐々木には断つたらうね」

「え丶佐々木さんにも外の人にも話して、繰合せをして貰ふ事にしてあります」

佐々木は彼の上役であつた。

「何《ど》うせ休むなら早い方が可《い》いね。早く養生して早く好くなつて、さうしてせつせと働らかなくつちや駄目だ」

吉川の言葉は能く彼の気性を現はしてゐた。

「都合が可《よ》ければ明日《あした》からにし給へ」

「へえ」

斯う云はれた津田は否応なしに明日《あした》から入院しなければならないやうな心持がした。

彼の身体《からだ》が半分戸の外へ出掛つた時、彼は又後《うしろ》から呼び留められた。

「おい君、お父さんは近頃何《ど》うしたね。相変らずお丈夫かね」

振り返つた津田の鼻を葉巻の好《い》い香《にほひ》が急に冒《をか》した。

「へえ、有難う、お蔭さまで達者で御座います」

「大方詩でも作つて遊んでるんだらう。気楽で好いね。昨夕《ゆふべ》も岡本と或所で落ち合つて、君のお父さんの噂をしたがね。岡本も羨ましがつてたよ。彼の男も近頃少し閑暇《ひま》になつたやうなもの丶矢つ張、君のお父さんの様にや行《ゆ》かないからね」

津田は自分の父が決して是等の人から羨やましがられてゐるとは思はなかつた。もし父の境遇に彼等を置いてやらうといふものがあつたなら、彼等は苦笑して、少なくとももう十年は此《この》儘《まゝ》にして置いて呉れと頼むだらうと考へた。それは固より自分の性格から割り出した津田の観察に過ぎなかつた。同時に彼等の性格から割り出した津田の観察でもあつた。

「父はもう時勢後《おく》れですから、あ丶でもして暮らしてゐるより外《ほか》に仕方が御座いません」

津田は何時《いつ》の間にか又室《へや》の中に戻つて、元通りの位置に立つてゐた。

「何《ど》うして時勢後《おく》れ所ぢやない、つまり時勢に先だつてゐるから、あゝした生活が送れるんだ」

　津田は挨拶に窮した。向ふの口の重宝なのに比べて、自分の口の不重宝さが荷になつた。彼は手持無沙汰の気味で、緩く消えて行く葉巻の煙《けぶり》を見詰めた。

「お父さんに心配を掛けちや不可《いけな》いよ。君の事は何でも此方《こつち》に分つてるから、もし悪い事があると、僕からお父さんの方へ知らせて遣るぜ、好《い》いかね」

　津田は此《この》子供に対するやうな、笑談《ぜうだん》とも訓戒とも見分のつかない言葉を、苦笑しながら聞いた後で、漸く室外に逃れ出た。

十七

　其日の帰りがけに津田は途中で電車を下りて、停留所から賑やかな通りを少し行つた所で横へ曲つた。質屋の暖簾だの碁会所の看板だの鳶《とび》の頭の居さうな格子戸作りだの左右に見ながら、彼は彎曲した小路の中程にある擦硝子《ガラス》張の扉を外から押して内へ入つた。扉の上部に取り付けられた鈴《ベル》が鋭い音を立てた時、彼は玄関の突き当りの狭い部屋から出る四五人の眼の光を一度に浴びた。窓のない其室《そのへや》は狭い許《ばか》りでなく実際暗かつた。外部《そと》から急に入つて来た彼には丸で穴蔵のやうな感じを与へた。彼は寒さうに長椅子の片隅へ腰を卸して、たつた今暗い中から眼を光らして自分の方を見た人達を見返した。彼等の多くは室《へや》の真中《まんなか》に出してある大きな瀬戸物火鉢の周囲《まはり》を取り巻くやうにして坐つてゐた。其中の二人は腕組の儘、二人は火鉢の縁に片手を翳した儘、ずつと離れた一人は其処に取り散らした新聞紙の上へ甜めるやうに顔を押し付けた儘、又最後の一人は彼の今腰を卸した長椅子の反対の隅に、心持身体を横にして洋袴《ズボン》の膝頭を重ねた儘。

　鈴《ベル》の鳴つた時《とき》申し合せた様に戸口を振り向いた彼等は、一瞥の後又《のちまた》申し合せた様に静かになつてしまつた。みんな黙つて何事をか考へ込んでゐるらしい態度で坐つてゐた。其様子が津田の存在に注意を払はないといふよりも、却つて津田から注意されるのを回避するのだとも取れた。単に津田ばかりでなく、お互《たがひ》に注意され合ふ苦痛を憚つて、わざとそつぽへ眼を落してゐるらしくも見えた。

　此《この》陰気な一群の人には、殆んど例外なしに似たり寄つたりの過去を有《も》つてゐるものばかりであつた。彼等は斯うして暗い控室の中で、静かに自分の順番の来るのを待つてゐる間に、寧ろ華やかに彩られたその過去の断片のために、急に黒い影を投げかけられるのである。さうして明るい所へ眼を向ける勇気がないので、ぢつと其黒い影の中に立ち竦むやうにして閉ぢ籠つてゐるのである。

　津田は長椅子の肱掛に腕を載せて手を額に中てた。彼は此《この》黙禱を神に捧げるやうな姿勢のもとに、彼が去年の暮以来此《この》医者の家で思ひ掛なく会つた二人の男の事を考へた。

　其一人は事実彼の妹婿《いもとむこ》に外ならなかつた。此暗い室の中で突然彼の姿を認めた時、津田は吃驚《びつくり》した。そんな事に対して比較的無頓着な相手も、津田の驚き方が反響したために、一寸《ちよつと》挨拶に窮したらしかつた。

他の一人は友達であつた。是《これ》は津田が自分と同性質の病気に罹つてゐるものと思ひ込んで、向ふから平気に声を掛けた。彼等は其時二人一所に医者の門を出て、晩飯を食ひながら、性《セツクス》と愛《ラヴ》といふ問題に就いて六づかしい議論をした。

妹婿の事は一時の驚き丈で、大した影響もなく済んだが、それぎりで後のなささうに思へた友達と彼との間には、其後《そのご》異常な結果が生れた。

其時の友達の言葉と今の友達の境遇とを連結して考へなければならなかつた津田は、突然衝撃《シヨツク》を受けた人のやうに、眼を開いて額から手を放した。

すると診察所から紺セルの洋服を着た三十恰好の男が出て来て、すぐ薬局の窓の所へ行つた。彼が隠袋《かくし》から紙入を出して金を払はうとする途端に、看護婦が敷居の上に立つた。彼女と見知り越《ごし》の津田は、次の患者の名を呼んで再び診察所の方へ引き返さうとする彼女を呼び留めた。

「順番を待つてゐるのが面倒だから一寸《ちよつと》先生に訊いて下さい。明日《あした》か明後日《あさつて》手術を受けに来て好《い》いかつて」

奥へ入つた看護婦はすぐ又白い姿を暗い室の戸口に現した。

「今丁度二階が空いて居りますから何時《いつ》でも御都合の宜しい時に何《ど》うぞ」

津田は逃れるやうに暗い室《へや》を出た。彼が急いで靴を穿いて、擦硝子の大きな扉を内側へ引いた時、今迄真暗に見えた控室にぱつと電燈が点いた。

十八

津田の宅《うち》へ帰つたのは、昨日《きのふ》よりは稍早目であつたけれども、近頃急に短くなつた秋の日《ひ》脚《あし》は疾《と》くに傾いて、先刻迄《さつきまで》往来に丈残つてゐた肌寒の余光が、一度に地上から払ひ去られるやうに消えて行く頃であつた。

彼の二階には無論火が点いてゐなかつた。玄関も真暗であつた。今角の車屋の軒燈《けんとう》を明かに眺めて来た許りの彼の眼は少し失望を感じた。彼はがらりと格子を開けた。それでもお延は出て来なかつた。昨日《きのふ》の今頃待ち伏せでもするやうにして彼女から毒気を抜かれた時は、余り好《い》い心持もしなかつたが、斯うして迎へる人もない真暗な玄関に立たされて見ると、矢張《やつぱ》り昨日《きのふ》の方が愉快だつたといふ気が彼の胸の何所《どこ》かでした。彼は立ちながら、「お延お延」と呼んだ。すると思ひ掛けない二階の方で「はい」といふ返事がした。それから階子《はしご》段《だん》を踏んで降りて来る彼女の足音が聞こえた。同時に下女が勝手の方から駈け出して来た。

「何をしてゐるんだ」

津田の言葉には多少不満の響きがあつた。お延は何にも云はなかつた。然し其顔を見上げた時、彼は何時《いつ》もの通り無言の裡に自分を牽き付けようとする彼女の微笑を認めない訳に行《ゆ》かなかつた。白い歯が何より先に彼の視線を奪つた。

「二階は真暗《まつくら》ぢやないか」

「え、。何だか盆槍《ぼんやり》して考へてゐたもんだから、つい御帰りに気が付かなかつたの」

「寐てゐたな」

「まさか」

下女が大きな声を出して笑ひ出したので、二人の会話はそれぎり切れてしまつた。

湯に行く時、お延は「一寸《ちよつと》待つて」と云ひながら、石鹸と手拭を例の通り彼女の手から受け取つて火鉢の傍を離れようとする夫を引き留めた。彼女は後ろ向になつて、重ね箪笥の一番下の抽斗《ひきだし》から、ネルを重ねた銘仙の縕袍《どてら》を出して夫の前へ置いた。

「一寸《ちよつと》着て見て頂戴。まだ圧《おし》が好く利いてゐないかも知れないけども」

津田は煙に巻かれたやうな顔をして、黒八丈の襟のかゝつた荒い竪縞の縕袍《どてら》を見守つた。それは自分の買つた品でもなければ、拵へて呉れと誂《あつら》へた物でもなかつた。

「何《ど》うしたんだい。是《これ》は」

「拵へたのよ。貴方が病院へ入る時の用心に。あゝいふ所で、あんまり変な服装《なり》をしてゐるのは見つともないから」

「何時《いつ》の間に拵へたのかね」

彼が手術のため一週間ばかり家を空けなければならないと云つて、其訳をお延に話したのは、つい二三日前の事であつた。其上彼はその日から今日に至る迄、ついぞ針を持つて裁物板《たちものいた》の前に坐つた細君の姿を見た事がなかつた。彼は不思議の感に打たれざるを得なかつた。お延は又夫の此驚きを恰《あたか》も自分の労力に対する報酬の如くに眺めた。さうしてわざと説明も何も加へなかつた。

「布《きれ》は買つたのかい」

「いゝえ、是《これ》あたしのお古《ふる》よ。此《この》冬着ようと思つて、洗張《あらひはり》をした儘仕立てずに仕舞つといたの」

成程若い女の着る柄だけに、縞がただ荒いばかりでなく、色合も何方かといふと寧ろ派出過ぎた。津田は袖を通したわが姿を、奴凧《やつこだこ》のやうな風をして少し極り悪さうに眺めた後でお延に云つた。

「とう〳〵明日《あした》か明後日《あさつて》遣つて貰ふ事に極めて来たよ」

「さう。それであたしは何《ど》うなるの」

「御前は何《ど》うもしやしないさ」

「一所に随《つ》いて行つちや不可《いけな》いの。病院へ」

お延は金の事などを丸で苦にしてゐないらしく見えた。

十九

津田の明《あく》る朝眼を覚ましたのは何時《いつ》もよりずつと遅かつた。家の内《なか》はもう一片付かたづいた後《あと》のやうにひつそり閑《かん》としてゐた。座敷から玄関を通つて茶の間の障子を開けた彼は、其処《そこ》の火鉢の傍《そば》にきちんと坐つて新聞を手にしてゐる細君を見た。穏かな家庭を代表するやうな音を立てゝ鉄瓶が鳴つてゐた。

「気を許して寐ると、寐坊をする積はなくつても、つい寐過すもんだな」

彼は云ひ訳らしい事をいつて、暦《こよみ》の上に懸けてある時計を眺めた。時計の針はもう十時近くの所を指してゐた。

顔を洗つて又茶の間へ戻つた時、彼は何気なく例の黒塗の膳に向つた。其膳は彼の着席を待ち受けたといふよりも、寧ろ待ち草臥《くたび》れたといつた方が適当であつた。彼は膳の上に掛けてある布巾を除《と》らうとして不図気が付いた。

「是《こり》や不可《いけ》ない」

彼は手術を受ける前日に取るべき注意を、かつて医者から聞かされた事を思ひ出した。然し今の彼はそれを明かに覚えてゐなかつた。彼は突然細君に云つた。

「一寸《ちよつと》訊いてくる」

「今すぐ？」

お延は吃驚《びつくり》して夫の顔を見た。

「なに電話でだよ。訳やない」

彼は静かな茶の間の空気を自分で蹴散らす人のやうに立ち上ると、すぐ玄関から表へ出た。さうして電車通りを半丁程右へ行つた所にある自動電話へ駈け付けた。其所から又急ぎ足に取つて返した彼は玄関に立つた儘細君を呼んだ。

「一寸《ちよつと》二階にある紙入《かみいれ》を取つて呉れ。御前の蟇口でも好い」

「何《なん》になさるの」

お延には夫《をつと》の意味が丸で解らなかつた。

「何《なん》でも可《い》いから早く出して呉れ」

彼はお延から受取つた蟇口を懐中《ふところ》へ放り込んだ儘、すぐ大通りの方へ引き返した。さうして電車に乗つた。

彼が可《か》なり大きな紙包《かみつゝみ》を抱へて又戻つて来たのは、それから約三四十分後で、もう午《ひる》に間もない頃であつた。

「あの蟇口の中にや少しつきや入つてゐないんだね。もう少しあるのかと思つたら」

津田はさう云ひながら腋に抱へた包みを茶の間の畳の上へ放り出した。

「足りなくつて？」

お延は細かい事に迄気を遣はないではゐられないといふ眼付を夫の上に向けた。

「いや足りないといふ程でもないがね」

「だけど何《なに》をお買ひになるかあたし些《ちつ》とも解らないんですもの。もしかすると髪結床《かみひどこ》かと思つたけれども」

津田は二箇月以上手を入れない自分の頭に気が付いた。永く髪を刈らないと、心持番《ばん》の小さい彼の帽子が、被るたんびに少しづゝきしんで来るやうだといふ、つい昨日の朝受けた新しい感じ迄思ひ出した。

「それに余《あん》まり急いでゐらつしつたもんだから、つい二階迄取りに行けなかつたのよ」

「実は己《おれ》の紙入の中にも、さう沢山入つてる訳ぢやないんだから、まあ何方《どつち》にしたつて大した変りはないんだがね」

　彼は蟇口の悪口ばかり云へた義理でもなかつた。

　お延は手早く包紙《つつみかみ》を解いて、中《なか》から紅茶の缶と、麵麭《パン》と牛酪《バタ》を取り出した。

「おや〳〵是《これ》召しあがるの。そんなら時を取りに御遣りになれば可《い》いのに」

「なに彼奴《あいつ》ぢや分らない。何を買つて来るか知れやしない」

　やがて好い香《にほひ》のするトーストと濃いけむりを立てるウーロン茶とがお延の手で用意された。

　朝飯とも午飯とも片のつかない、極めて単純な西洋流の食事を済ました後で、津田は独りごとのやうに云つた。

「今日は病気の報知《ほうち》旁《かた〴〵》無沙汰見舞《ぶさたみまひ》に、一寸《ちよつと》朝の内藤井《うちふぢゐ》の叔父の所迄《ところまで》行つて来ようと思つてたのに、とう〳〵遅くなつちまつた」

　彼の意味は仕方がないから午後に此《この》訪問の義務を果さうといふのであつた。

二十

　藤井といふのは津田の父の弟であつた。広島に三年長崎に二年といふ風に、方々移り歩かなければならない官吏生活を余儀なくされた彼の父は、教育上津田を連れて任地々々を巡礼のやうに経めぐる不便と不利益とに痛く頭を悩ました揚句、早くから彼を其弟に託して、一切の面倒を見て貰ふ事にした。だから津田は手もなく此《この》叔父に育て上げられたやうなものであつた。従つて二人の関係は普通の叔父甥の域を通り越してゐた。性質や職業の差違を問題の外に置いて評すると、彼等は叔父甥といふよりも寧ろ親子であつた。もし第二の親子といふ言葉が使へるなら、それは最も適切に此《この》二人の間柄を説明するものであつた。

　津田の父と違つて此《この》叔父はつひぞ東京を離れた事がなかつた。半世の間始終動き勝であつた父に比べると、単に此点丈でも其所《そこ》に非常な相違があつた。少くとも非常な相違があるやうに津田の眼には映《えい》じた。

「緩漫なる人世の旅行者」

　叔父がかつて津田の父を評した言葉のうちに斯ういふ文句があつた。それを何気なく小耳に挟んだ津田は、すぐ自分の父をさういふ人だと思ひ込んでしまつた。さうして今日迄その言葉を忘れなかつた。然し叔父の使つた文句の意味は、頭の発達しない当時能く解らなかつたと同じやうに、今になつても判然《はつきり》しなかつた。たゞ彼は父の顔を見るたんびにそれを思ひ出した。肉の少い細面《ほそおもて》の腮《あご》の下に、売卜者《うらないしや》見たやうな疎髯《そせん》を垂らした其姿と、叔父の此言葉とは、彼に取つて殆んど同じものを意味してゐた。

　彼の父は今から十年ばかり前に、突然遍路に倦み果てた人のやうに官界を退いた。さうして実業に従事し出した。彼は最後の八年を神戸で費やした後、其間に買つて置いた京都の地面へ、新らしい普請をして、二年前にとうたう其所《そこ》へ引き移つた。津田の知らない間に此閑静な古い都が、彼の父にとつて隠栖の場所と定められると共に、終焉の土地とも変化したのである。其時叔父は鼻の頭へ皺を寄せるやうにして津田に云つた。

「兄貴はそれでも少し金が溜つたと見えるな。あの風船玉が、じつと落ち付けるやうになつたのは、全く金の重みのために違ない」

　然し金の重みの何時《いつ》迄経つてもかゝらない彼自身は、最初から動かなかつた。彼は始終東京にゐて始終貧乏してゐた。彼は未だかつて月給といふものを貰つた覚《おぼえ》のない男であつた。月給が嫌ひといふよりも、寧ろ呉れ手がなかつた程我儘だつたといふ方が適当かも知れなかつた。規則づくめな事に何でも反対したがつた彼は、年を取つて其考《そのかんがへ》が少し変つて来た後でも、やはり以前の強情を押し通してゐた。是は今更自分の主義を改めた所で、たゞ人に軽蔑される丈で、一向得にはならないといふ事を能く承知してゐるからでもあつた。

　実際の世の中に立つて、端的な事実と組み打ちをして働いた経験のない此《この》叔父は、一面に於て当然迂濶な人生批評家でなければならないと同時に、一面に於ては甚だ鋭利な観察者であつた。さうして其《その》鋭利な点は悉《ことごと》く彼の迂濶な所から生み出されてゐた。言葉を換へていふと、彼は迂濶の御蔭で奇警な事を云つたり為たりした。

　彼の知識は豊富な代りに雑駁であつた。従つて彼は多くの問題に口を出したがつた。けれども何時《いつ》迄行つても傍観者の態度を離れる事が出来なかつた。それは彼の位地が彼を余儀なくする許りでなく、彼の性質が彼を其所《そこ》に抑へ付けて置く所為《せゐ》でもあつた。彼は或頭を有《も》つてゐた。けれども彼には手がなかつた。若《も》しくは手があつても、それを使はうとしなかつた。彼は始終懐《ふところ》手をしてゐたがつた。一種の勉強家であると共に一種の不精者に生れ付いた彼は、遂に活字で飯を食はなければならない運命の所有者に過ぎなかつた。

二十一

　斯ういふ人にありがちな場末生活を藤井は市の西北にあたる高台の片隅で、此《この》六七年続けて来たのである。つい此間《このあひだまで》迄郊外に等しかつた其《その》高台の此所《ここ》彼所《かしこ》に年々建て増される大小の家が、年々彼の眼から蒼い色を奪つて行くやうに感ぜられる時、彼は洋筆《ペン》を走らす手を止めて、能く自分の兄の身の上を考へた。折々は兄から金でも借りて、自分も一つ住宅を拵へて見ようかしらといふ気を起した。其金を兄はとても貸して呉れさうもなかつた。自分もいざとなると貸して貰ふ性分ではなかつた。「緩慢なる人生の旅行者」と兄を評した彼は、実を云ふと、物質的に不安なる人生の旅行者であつた。さうして多数の人の場合に於て常に見出される如く、物質上の不安は、彼にとつてある程度の精神的不安に過ぎなかつた。

津田の宅《うち》から此《この》叔父の所へ行くには半分道程《はんぶんみちほど》川沿《かはぞひ》の電車を利用する便利があつた。けれどもみんな歩いた所で、一時間と掛からない近距離なので、たまさかの散歩がてらには、却つて八釜しい交通機関の援《たすけ》に依らない方が、彼の勝手であつた。

二時少し前に宅《うち》を出た津田は、ぶらぶら河縁《かはべり》を伝つて終点の方に近づいた。空は高かつた。日の光が至る所に充ちてゐた。向ふの高みを蔽《おほ》つてゐる深い木立の色が、浮き出したやうに、くつきり見えた。

彼は道々《みち〳〵》今朝買ひ忘れたリチネの事を思ひ出した。それを今《け》日《ふ》の午後四時頃に呑めと医者から命令された彼には、一寸《ちよつと》薬種屋へ寄つて此《この》下剤を手に入れて置く必要があつた。彼は何時《いつ》もの通り終点を右へ折れて橋を渡らずに、それとは反対な賑やかな町の方へ歩いて行かうとした。すると新らしく線路を延長する計画でもあると見えて、彼の通路に当る往来の一部分が、最も無遠慮な形式で筋違に切断されてゐた。彼は残酷に在来の家《か》屋《をく》を掻き拐つて、無理にそれを取り払つたやうな凹凸《でこぼこ》だらけの新道路の角に立つて、其片隅に塊まつてゐる一群の人々を見た。群集はまばらではあるが三列もしくは五列位の厚さで、真中《まんなか》にゐる彼と略《ほゞ》同年輩位な男の周囲に半円形をかたちづくつてゐた。

小肥りにふとつた其男《そのをとこ》は双子《ふたこ》木綿《もめん》の羽織着物に角帯を締めて爼下駄《まないたげた》を穿いてゐたが、頭には笠も帽子も被つてゐなかつた。彼の後《うしろ》に取り残された一本の柳を盾に、彼は綿フランネルの裏の付いた大きな袋を両手で持ちながら、見物人を見廻した。

「諸君僕がこの袋の中から玉子を出す。此《この》空つぽうの袋の中から屹度《きつと》出して見せる。驚いちや不可《いけな》い、種は懐中にあるんだから」

彼は此種《このしゆ》の人間としては寧ろ不相応な位横風な言葉で斯んな事を云つた。夫から片手を胸の所で握つて見せて、其《その》握つた拳をまたぱつと袋の方へぶつけるやうに開いた。「そら玉子を袋の中へ投げ込んだぞ」と騙さない許りに。然し彼は騙したのではなかつた。彼が手を袋の中へ入れた時は、もう玉子がちやんと其中《そのなか》に入つてゐた。彼はそれを親指と人さし指の間に挟んで、一応半円形をかたちつくつてゐる見物にとつくり眺めさした後で地面の上に置いた。

津田は軽蔑に嘆賞を交へた様な顔をして、一寸《ちよつと》首を傾けた。すると突然後から彼の腰のあたりを突つつくものゝあるのに気が付いた。軽い衝撃《シヨツク》を受けた彼は殆んど反射作用のやうに後《うしろ》を振り向いた。さうして其所《そこ》にさも悪戯《いたづら》小僧らしく笑ひながら立つてゐる叔父の子を見出した。徽章《きしやう》の着いた制帽と、半洋袴《はんツボン》と、脊中にしよつた背嚢《はいなう》とが、其《その》子の来た方角を彼に語るには十分であつた。

「今学校の帰りか」

「うん」

子供は「はい」とも「えゝ」とも云はなかつた。

二十二

「お父さんは何《ど》うした」

「知らない」

「相変らずかね」

「何《ど》うだか知らない」

自分が十位《とうくらゐ》であつた時の心理状態を丸で忘れてしまつた津田には、此《この》返事が少し意外に思へた。苦笑した彼は、其処へ気が付くと共に黙つた。子供は又一生懸命に手品遣ひの方ばかり注意しだした。服装から云ふと一夜作りとも見られる其男は此時精一杯大きな声を張り揚げた。

「諸君もう一つ出すから見てゐたまへ」

彼は例の袋を片手でぐつと締扱《しご》いて、再び何か投げ込む真似を小器用にした後、麗々と第二の玉子を袋の底から取り出した。それでも飽き足らないと見えて、今度は袋を裏返しにして、薄汚い綿フラネルの縞柄を遠慮なく群衆の前に示した。然し第三の玉子は同じ手真似と共に安々と取り出された。最後に彼は恰も貴重品でも取扱ふやうな様子で、それを丁寧に地面の上へ並べた。

「どうだ諸君斯うやつて出さうとすれば、何個でも出せる。然しさう玉子ばかり出しても詰らないから、今度は一つ生きた鶏《とり》を出さう」

津田は叔父の子供を振り返つた。

「おい真事《まこと》もう行かう。小父さんは是《これ》からお前の宅へ行くんだよ」

真事《まこと》には津田よりも生きた鶏の方が大事であつた。

「小父さん先へ行つてさ。僕もつと見てゐるから」

「ありや嘘だよ、何時《いつ》迄《まで》経つたつて生きた鶏なんか出て来やしないよ」

「何《ど》うして？　だつて玉子はあんなに出たぢやないの」

「玉子は出たが、鶏は出ないんだよ。あゝ云つて嘘を吐いて何時迄も人を散らさないやうにするんだよ」

「さうして何《ど》うするの」

さうして何《ど》うするのか其後の事は津田にも些《ちつ》とも解らなかつた。面倒になつた彼は、真事《まこと》を置き去りにして先へ行かうとした。すると真事《まこと》が彼の袂《たもと》を捉《つかま》へた。

「小父さん何か買つてさ」

宅《うち》で強請《ねだ》られるたんびに、此次《このつぎ》此次《このつぎ》といつて逃げて置きながら、其次《そのつぎ》行く時には、つい買つてやるのを忘れるのが常のやうになつてゐた彼は、例の調子で「うん買つて遣るさ」と云つた。

「ぢや自動車、ね」

「自動車は少し大き過ぎるな」

「なに小さいのさ。七円五十銭のさ」

七円五十銭でも津田には慥《たしか》に大き過ぎた。彼は何にも云はずに歩き出した。

「だつて此前《このまへ》も其前《そのまへ》も買つて遣るつていつたぢやないの。小父さんの方があの玉子を出す人より余つ程嘘吐きぢやないか」

「彼奴《あいつ》は玉子は出すが鶏なんか出せやしないんだよ」

「何《ど》うして」

「何《ど》うしてつて、出せないよ」

「だから小父さんも自動車なんか買へないの」

「うん。―まあ左右《さう》だ。だから何《なに》か外《ほか》のものを買つて遣らう」

「ぢやキツドの靴さ」

　毒気を抜かれた津田は、返事をする前に又黙つて一二間《けん》歩いた。彼は眼を落して真事《まこと》の足を見た。左程見苦しくもない其靴は、茶とも黒とも付かない一種変な色をしてゐた。

「赤かつたのを宅でお父さんが染めたんだよ」

　津田は笑ひだした。藤井が子供の赤靴を黒く染めたといふ事柄が、何だか彼には可笑しかつた。学校の規則を知らないで拵へた赤靴を規則通りに黒くしたのだといふ説明を聞いた時、彼は又叔父の窮策《きうさく》を滑稽的に批判したくなつた。さうして其窮策《そのきうさく》から出た現在のお手際を擽《くす》ぐつたいやうな顔をして眺めた。

二十三

「真事《まこと》そりや好《い》い靴だよ、お前」

「だつて斯んな色の靴誰も穿いてゐないんだもの」

「色は何《ど》うでもね、お父さんが自分で染めて呉れた靴なんか滅多に穿けやしないよ。有難いと思つて大事にして穿かなくつち不可《いけな》い」

「だつてみんなが尨犬《むくいぬ》の皮だ〳〵つて揶揄《からか》ふんだもの」

　藤井の叔父と尨犬の皮、此《この》二つの言葉をつなげると、結果は又新しい可笑《おかし》みになつた。然し其可笑《そのおかし》みは微かな哀傷を誘つて、津田の胸を通り過ぎた。

「尨犬ぢやないよ、小父さんが受け合つてやる。大丈夫尨犬ぢやない立派な…」

　津田は立派な何といつて可いか一寸《ちよつと》行き詰つた。其所《そこ》を好い加減にして置く真事《まこと》ではなかつた。

「立派な何さ」

「立派な―靴さ」

　彼はもし懐中《くわいちう》が許すならば、真事のために、望み通りキツドの編上《あみあげ》を買つて遣りたい気がした。それが叔父に対する恩返しの一端になるやうにも思はれた。彼は胸算《むなさん》で自分の懐《ふところ》にある紙入の中を勘定して見た。然し今の彼にそれ丈の都合を付ける余裕は殆んどなかつた。もし京都から為替《かはせ》が届くならばとも考へたが、まだ届くか届かないか分らない前に、苦しい思ひをして、それ丈の実意を見せるにも及ぶまいといふ世間心も起つた。

「真事、そんなにキツドが買ひたければね、今度宅《うち》へ来た時、小母さんに買つてお貰ひ。小父さんは貧乏だからもつと安いもので今日は負けといて呉れ」

　彼は賺《すか》すやうに又宥《なだ》めるやうに真事《まこと》の手を引いて広い往来をぶら〳〵歩いた。終点に近い其通りは、電車へ乗り降りの必要上、無数の人の穿物で絶えず踏み堅められる結果として、四五年この方町並が生れ変つたやうに立派に整つて来た。所々のショー井ンドーには、一概に場末ものとして馬鹿に出来ないやうな品が綺麗に飾り立てられてゐた。真事《まこと》は其間を向ふ側へ馳け抜けて、朝鮮人の飴屋の前へ立つかと思ふと、又此方側《こちらがは》へ戻つて来て、金魚屋の軒の下に佇立《たゝず》んだ。彼の馳け出す時には、隠袋《ポツケツト》の中でビー玉の音が屹度《きつと》ぢやら〳〵した。

「今日学校で斯んなに勝《かつ》ちやつた」

彼は隠袋《ポッケット》の中へ手をぐつと挿し込んで掌《てのひら》一杯に其ビー玉を載せて見せた。水色だの紫色だのゝ丸い硝子玉《ガラスだま》が迸ばしる様に往来の真中《まんなか》へ転がり出した時、彼は周章《あは》てゝそれを追ひ掛けた。さうして後《うしろ》を振り向きながら津田に云つた。

「小父さんも拾つてさ」

最後に此目《このめ》まぐるしい叔父の子のために一軒の玩具屋へ引き摺り込まれた津田は、とう〳〵其所《そこ》で一円五十銭の空気銃を買つて遣らなければならない事になつた。

「雀なら可《い》いが、無暗《むやみ》に人を狙つちや不可《いけな》いよ」

「こんな安い鉄砲ぢや雀なんか取れないだらう」

「そりやお前が下手だからさ。下手ならいくら鉄砲が好くたつて取れないさ」

「ぢや小父さん是で雀打つてくれる？　是《これ》から宅《うち》へ行つて」

好い加減をいふとすぐ後から実行を逼《せま》られさうな様子なので、津田は生返事をしたなり話を外《ほか》へそらした。真事《まこと》は戸田だの渋谷だの坂口だのと、相手の知りもしない友達の名前を勝手に並べ立てゝ、其友達を片端《かたつぱし》から批評し始めた。

「あの岡本《をかもと》つて奴、そりや狡猾《ずる》いんだよ。靴を三足も買つて貰つてるんだもの」

話は又靴へ戻つて来た。津田はお延と関係の深い其岡本の子と、今自分の前で其《その》子を評してゐる真事《まこと》とを心の中で比較した。

二十四

「御前近頃岡本の所へ遊びに行くかい」

「うゝん、行かない」

「又喧嘩したな」

「うゝん、喧嘩なんかしない」

「ぢや何故行かないんだ」

「何《ど》うしてでも――」

真事《まこと》の言葉には後がありさうだつた。津田はそれが知りたかつた。

「彼所《あすこ》へ行くと色んなものを呉れるだらう」

「うゝん、そんなに呉れない」

「ぢや御馳走するだらう」

「僕こないだ岡本の所でライスカレーを食べたら、そりや辛かつたよ」

ライスカレーの辛い位は、岡本へ行かない理由になりさうもなかつた。

「それで行くのが厭になつた訳でもあるまい」

「うゝん。だつてお父さんが止せつて云ふんだもの。僕岡本の所へ行つてブランコがしたいんだけども」

津田は小首を傾けた。叔父が子供を岡本へ遣りたがらない理《わ》由《け》は何《なん》だらうと考へた。肌合の相違、家風の相違、生活の相違、それ等のものがすぐ彼の心に浮かんだ。始終机に向つて沈黙の間に活字的の気焔を天下に散布してゐる叔父は、実際の世間に於て決して筆程の有力者ではなかつた。彼は暗《あん》に其距離を自覚してゐた。其自覚は又彼を多少頑固《かたくな》にした。幾分か排外的にもした。金力権力本位の社会に出て、他から馬鹿にされるのを恐れる彼の一面には、其金力権力のために、自己の本領を一分でも冒《をか》されては大変だといふ警戒の念が絶えず何処《どこ》かに働いてゐるらしく見えた。

「真事《まこと》何故《なぜ》お父さんに訊いて見なかつたのだい。岡本へ行つちや何故《なぜ》不可《いけな》いんですつて」

「僕訊いたよ」

「訊いたらお父さんは何と云つた。―何とも云はなかつたらう」

「うゝん、云つた」

「何と云つた」

真事《まこと》は少し羞恥《はにか》んでゐた。しばらくしてから、彼はぽつり〱句切を置くやうな重い口調で答へた。

「あのね、岡本へ行くとね、何でも一《はじめ》さんの持つてるものをね、宅《うち》へ帰つて来てからね、買つて呉れ、買つて呉れつていふから、それで不可《いけな》いつて」

津田は漸く気が付いた。富の程度に多少等差のある二人の生《くら》活向《しむき》は、彼等の子供が持つ玩具《おもちや》の末に至る迄に、多少等差を付けさせなければならなかつたのである。

「それで此奴《こいつ》自動車だのキツドの靴だのつて、無暗《むやみ》に高いもの許り強請《ねだ》るんだな。みんな一《はじめ》さんの持つてるのを見て来たんだらう」

津田は揶揄《からか》ひ半分手を挙げて真事《まこと》の背中を打たうとした。真事は跋《ばつ》の悪い真相を曝露された大人に近い表情をした。けれども大人の様に言訳がましい事は丸で云はなかつた。

「嘘だよ。嘘だよ」

彼は先刻《さつき》津田に買つてもらつた一円五十銭の空気銃を担いだ儘どん〱自分の宅《うち》の方へ逃げ出した。彼の隠袋《かくし》の中にあるビー玉が数珠を劇しく揉むやうに鳴つた。背嚢の中では弁当箱だか教科書だかゞ互《たがひ》に打つかり合ふ音がごとりごとり聞こえた。

彼は曲り角の黒板塀の所で一寸《ちよつと》立ち留まつて鼬《いたち》のやうに津田を振り返つた儘、すぐ小さい姿を小路《こうぢ》のうちに隠した。津田が其小路を行き尽して突き中りにある藤井の門を潜つた時、突然ドンといふ銃声が彼の一間ばかり前で起つた。彼は右手の生垣の間《あひだ》から大事さうに彼を狙撃してゐる真事《まこと》の黒い姿を苦笑をもつて認めた。

二十五

座敷で誰かと話をしてゐる叔父の声を聞いた津田は、格子の間《あひだ》から一足の客靴を覗いて見たなり、わざと玄関を開けずに、茶の間の縁側の方へ廻つた。もと植木屋ででもあつたらしい其庭先には木戸の用心も竹垣の仕切もないので、同じ地面の中に近頃建て増された新しい貸家の勝手口を廻ると、すぐ縁鼻迄歩いて行けた。目隠しにしては少し低過ぎる高い茶の樹を二三本通り越して、彼の記憶に何時迄《いつまで》も残つてゐる柿の樹の下を潜つた津田は、型の如く其所に叔母の姿を見出した。障子の嵌《は》め入硝子《ガラス》に映る其横顔が彼の眼に入つた時、津田は外部から声を掛けた。

「叔母さん」

叔母はすぐ障子を開けた。

「今日は何《ど》うしたの」

彼女は子供が買つて貰つた空気銃の礼も云はずに、不思議さうな眼を津田の上に向けた。四十の上をもう三つか四つ越した此《この》叔母の態度には、殆ど愛想といふものがなかつた。其代り時と場合によると世間並の遠慮を超越した自然が出た。其中には殆ど性《セックス》の感じを離れた自然さへあつた。津田は何時でも此叔母と吉川の細君とを腹の中で比較した。さうして何時《いつ》でも其相違に驚いた。同じ女、しかも年齢《とし》のさう違はない二人の女が、何《ど》うして斯んなに違つた感じを他に与へる事が出来るかといふのが、第一の疑問であつた。

「叔母さんは相変らず色気がないな」

「此年齢《このとし》になつて色気があつちや気狂《きちがひ》だわ」

津田は縁側へ腰を掛けた。叔母は上れとも云はないで、膝の上に載せた紅絹《もみ》の片《きれ》へ軽い熨斗《ひのし》を当てゝゐた。すると次の間からほどき物を持つて出て来たお金さんといふ女が津田にお辞儀をしたので、彼はすぐ言葉を掛けた。

「お金さん、まだお嫁の口は極りませんか。まだなら一つ好《い》い所を周旋しませうか」

お金さんはえへゝと人の好《よ》ささうに笑ひながら少し顔を赤めて、彼の為に座蒲団を縁側へ持つて来ようとした。津田はそれを手で制して、自分から座敷の中に上《あが》り込んだ。

「ねえ叔母さん」

「え丶」

気のなささうな生返事をした叔母は、お金さんが生温《なまぬ》るい番茶を形式的に津田の前へ注いで出した時、一寸《ちよつと》首をあげた。

「お金さん由雄さんによく頼んでお置きなさいよ。此男《このをとこ》は親切で嘘を吐かない人だから」

お金さんはまだ逃げ出さずにもぢもぢしてゐた。津田は何とか云はなければ済まなくなつた。

「お世辞ぢやありません、本当の事です」

叔母は別に取り合ふ様子もなかつた。其時《そのとき》裏で真事《まこと》の打つ空気銃の音がぽん〳〵したので叔母はすぐ聴耳《きゝみゝ》を立てた。

「お金さん、一寸《ちよいと》見て来て下さい。バラ丸《だま》を入れて打つと危険《あぶな》いから」

叔母は余計なものを買つて呉れたと云はん許《ばかり》の顔をした。

「大丈夫ですよ。能く云ひ聞かしてあるんだから」

「いえ不可《いけま》せん。屹度《きつと》あれで面白半分にお隣りの鶏を打つに違ないから。構はないから丸丈《たまだけ》取り上げて来て下さい」

お金さんはそれを好《い》い機《しほ》に茶の間から姿をかくした。叔母は黙つて火鉢に挿し込んだ鏝《こて》を又取り上げた。皺だらけな薄い絹が、彼女の膝の上で、綺麗に平たく延びて行くのを何気なく眺めて居た津田の耳に、客間の話し声が途切れ〳〵に聞こえて来た。

「時に誰です、お客は」

叔母は驚いたやうに又顔を上げた。

「今迄気が付かなかつたの。妙ね貴方の耳も随分。此所《ここ》で聞いてたつて能く解るぢやありませんか」

二十六

津田は客間にゐる声の主を、坐つたまゝ突き留めようと力《つと》めて見た。やがて彼は軽く膝を拍つた。

「あゝ解つた。小林でせう」

「えゝ」

叔母は嫣然《にこり》ともせずに、簡単な答を落付いて与へた。

「何だ小林か。新しい赤靴なんか穿き込んで厭にお客さん振つてるもんだから誰かと思つたら。そんなら僕も遠慮しずに彼方《あつち》へ行けば可《よ》かつた」

想像の眼で見るには余りに陳腐過ぎる彼の姿が津田の頭の中に出て来た。此夏《このなつ》会つた時の彼の異《い》な服装《なり》もおのづと思ひ出された。白縮緬の襟のかゝつた襦袢の上へ薩摩絣《さつまかすり》を着て、茶の千筋の袴《はかま》に透綾《すきや》の羽織をはおつた其拵へは丸で傘屋の主人《あるじ》が町内の葬式の供に立つた帰りがけで、強飯《こはめし》の折でも懐《ふところ》に入れてゐるとしか受け取れなかつた。其時彼は泥棒に洋服を盗まれたといふ言訳を津田にした。それから金を七円程貸して呉れと頼んだ。是《これ》はある友達が彼の盗難に同情して、若《も》し自分の質に入れてある夏服を受け出す余裕が彼にあるならば、それを彼に遣つても可《い》いと云つたからであつた。

津田は微笑しながら叔母に訊いた。

「彼奴《あいつ》又何だつて今日に限つて座敷なんかへ通つて、堂々とお客振を発揮してゐるんだらう」

「少し叔父さんに話があるのよ。それが此所《ここ》ぢや一寸《ちよつと》云ひ悪い事なんでね」

「へえ、小林にもそんな真面目な話があるのかな。金の事か、それでなければ…」

斯う云ひ掛けた津田は、不図真面目な叔母の顔を見ると共に、後を引つ込ましてしまつた。叔母は少し声を低くした。其声は寧ろ彼女の落ち付いた調子に釣り合つてゐた。

「お金さんの縁談の事もあるんだからね。此所《ここ》であんまり何かいふと、彼《あ》の子が極りを悪くするからね」

　何時《いつ》もの高調子と違つて、茶の間で聞いてゐると一寸《ちよつと》誰だか分らない位な紳士風の声を、小林が出してゐるのは全くそれがためであつた。

「もう極つたんですか」

「まあ旨く行きさうなのさ」

　叔母の眼には多少の期待が輝いた。少し乾燥《はしや》ぎ気味になつた津田はすぐ付け加へた。

「ぢや僕が骨を折つて周旋しなくつても、もう可《い》いんだな」

　叔母は黙つて津田を眺めた。たとひ軽薄とまで行かないでも、斯ういふ巫山戯《ふざけ》た空虚《からつぽ》な彼の態度は、今の叔母の生活気分と丸で懸け離れたものらしく見えた。

「由雄さん、お前さん自分で奥さんを貰ふ時、矢つ張りそんな料簡で貰つたの」

　叔母の質問は突然であると共に、何ういふ意味で掛けられたのかさへ津田には見当が付かなかつた。

「そんな料簡つて、叔母さん丈承知してゐるぎりで、当人の僕にや分らないんだから、一寸《ちよつと》返事のしやうがないがな」

「何も返事を聞かなくつたつて、叔母さんは困りやしないけれどもね。—女一人を片付ける方の身になつて御覧なさい。大抵の事ぢやないから」

　藤井は四年前長女を片付ける時、仕度《したく》をして遣る余裕がないので既に相当の借金をした。其借金が漸く片付いたと思ふと、今度はもう次女を嫁に遣らなければならなくなつた。だから此所でもしお金さんの縁談が纏まるとすれば、それは正に三人目の出費《ものいり》に違なかつた。娘とは格が違ふからといふ意味で、出来る丈倹約した所で、現在の生計向《くらしむき》に多少苦しい負担の暗影《あんえい》を投げる事は慥《たしか》であつた。

二十七

　斯ういふ時に、責《せ》めて費用の半分でも、津田が進んで受け持つ事が出来たなら、年頃彼の世話をしてきた藤井夫婦に取つては定めし満足な報酬であつたらう。けれども今の所財力の上で叔父叔母に捧げ得る彼の同情は、高々真事《まこと》の穿きたがつてゐるキッドの靴を買つて遣る位なものであつた。それさへ彼は懐《ふところ》都合で見合せなければならなかつたのである。まして京都から多少の融通を仰いで、彼等の経済に幾分の潤沢《うるほひ》を付けて遣らう抔《など》といふ親切気は天で起らなかつた。是《これ》は自分が事情を報告した所で動く父でもなし、父が動いた所で借りる叔父でもないと頭から極めてかゝつてゐる所為でもあつた。それで彼はたゞ自分の所へさへ早く為替《かはせ》が届いて呉れゝば可いといふ期待に縛られて、叔母の言葉には余り感激した様子も見せなかつた。すると叔母が「由雄さん」と云ひ出した。

「由雄さん、ぢや何《ど》んな料簡で奥さんを貰つたの、お前さんは」

「まさか冗談に貰やしません。いくら僕だつて左《さ》う浮ついた所ばかりから出来上つてるやうに解釈されちや可哀相だ」

「そりや無論本気でせうよ。無論本気には違《ちがひ》なからうけれどもね、其本気にも亦色々段等《だんとう》があるもんだからね」

　相手次第では侮辱とも受け取られる此叔母の言葉を、津田は却つて好奇心で聞いた。

「ぢや叔母さんの眼には僕は何《ど》う見えるんです。遠慮なく云つて下さいな」

　叔母は下を向いて、ほどき物をいぢくりながら薄笑ひをした。それが津田の顔を見ないせゐだか何だか、急に気味の悪い心持を彼に与へた。然し彼は叔母に対して少しも退避《たじろ》ぐ気はなかつた。

「是《これ》でもいざとなると、中々《なか〳〵》真面目な所もありますからね」

「そりや男だもの、何処かちやんとした所がなくつちや、毎日会社へ出たつて、勤まりつこありやしないからね。だけども——」

　斯う云ひ掛けた叔母は、そこで急に気を換へたやうに付け足した。

「まあ止《よ》しませう。今更云つたつて始まらない事だから」

　叔母は先刻《さつき》熨斗《ひのし》を掛けた紅絹《もみ》の片《きれ》を鄭寧に重ねて濃い渋を引いた畳紙《たたう》の中《なか》へ仕舞ひ出した。それから何《なん》となく拍子抜けのした、しかも何所かに物足らなさうな不安の影を宿してゐる津田の顔を見て、不図気が付いたやうな調子で云つた。

「由雄さんは一体贅沢過ぎるよ」

　学校を卒業してから以来の津田は叔母に始終斯う云はれ付けてゐた。自分でも亦さう信じて疑はなかつた。さうしてそれを大した悪い事のやうにも考へてゐなかつた。

「え、少し贅沢です」

「服装《なり》や食物《たべもの》ばかりぢやないのよ。心が派出で贅沢に出来上つてるんだから困るつていふのよ。始終お馳走はないか〳〵つて、きよろ〳〵其所《そこ》いらを見廻してる人見た様で」

「ぢや贅沢所か丸で乞食ぢやありませんか」

「乞食ぢやないけれども、自然真面目さが足りない人のやうに見えるのよ。人間は好い加減な所で落ち付くと、大変見つとも好《い》いもんだがね」

　此時《この》津田の胸を掠めて、自分の従妹《いとこ》に当る叔母の娘の影が突然通り過ぎた。其娘は二人とも既婚の人であつた。四年前に片付いた長女は、其後《そのゝち》夫に従つて台湾に渡つたぎり、今でも其所《そこ》に暮してゐた。彼の結婚と前後して、つい此間《このあひだ》嫁に行つた次女は、式が済むとすぐ連れられて福岡へ立つてしまつた。其《その》福岡は長男の真弓《まゆみ》が今年から籍を置いた大学の所在地でもあつた。

　此二人の従妹《いとこ》の何方《どつち》も、貰はうとすれば容易《たやす》く貰へる地位にあつた津田の眼から見ると、決して自分の細君として適当の候補者ではなかつた。だから彼は知らん顔をして過ぎた。当時彼の取つた態度を、叔母の今の言葉と結び付けて考へた津田は、別に是《これ》ぞと云つて疾《や》ましい点も見出し得なかつたので、何気ない風をして叔母の動作を見守つてゐた。其叔母はついと立つて戸棚の中にある支那鞄《カバン》の蓋を開けて、手に持つた畳紙《たたう》を其中《そのなか》に仕舞つた。

二十八

奥の四畳半で先刻《さつき》からお金さんに学課の復習をして貰つてゐた真事《まこと》が、突然お金さんには丸で解らない仏蘭西《フランス》語の読本を浚《さら》ひ始めた。ジユ、シユイ、ポリ、とかチユ、エ、マラード、とか、一字一字の間《あひだ》にわざと長い句切を置いて読み上げる小学二年生の頓狂な声を例《いつも》ながら可笑しく聞いてゐる津田の頭の上で、今度は柱時計がボン／＼と鳴つた。彼はすぐ袂《たもと》に入れてあるリチネを取り出して、飲みにくさうに、どろ／＼した油の色を眺めた。すると、客間でも時計の音に促された様な叔父の声がした。

「ぢや彼方《あつち》へ行かう」

叔父と小林は縁伝ひに茶の間へ入つて来た。津田は一寸《ちよつと》居住《ゐずま》居《ひ》を直して叔父に挨拶をしたあとで、すぐ小林の方を向いた。

「小林君大分景気が好《い》いやうだね。立派な服を拵へたぢやないか」

小林はホームスパン見た様なざらざらした地合の脊広を着てゐた。何時《いつ》もと違つて其洋袴《そのズボン》の折目がまだ少しも崩れてゐないので、誰の眼にも仕立卸としか見えなかつた。彼は変り色の靴下を後《うしろ》へ隠すやうにして、津田の前に坐り込んだ。

「へ、、冗談云つちや不可《いけな》い。景気の好いのは君の事だ」

彼の新調は何処《どこ》かのデパートメント、ストアの窓硝子《まどガラス》の中に飾つてある三つ揃に括り付けてあつた正札を見付けて、其値段通りのものを彼が注文して拵へたのであつた。

「是《これ》で君二十六円だから、随分安いものだらう。君見たいな贅沢やから見たら何《ど》うか知らないが、僕なんぞにや是で沢山だからね」

津田は叔母の手前重ねて悪口を云ふ勇気もなかつた。黙つて茶碗を借り受けて、八の字を寄せながらリチネを飲んだ。其所《そこ》にゐるものがみんな不思議さうに彼の所作を眺めた。

「何だいそれは。変なものを飲むな。薬かい」

今日迄《こんにちまで》病気といふ病気をした例《ためし》のない叔父の医薬に対する無智は又特別のものであつた。彼はリチネといふ名前を聞いてすら、それが何の為に服用されるのか知らなかつた。あらゆる疾《しつ》病《ぺい》と殆ど没交渉な此叔父の前に、津田が手術だの入院だのといふ言葉を使つて、自分の現在を説明した時に、叔父は少しも感動しなかつた。

「それで其《その》報知にわざ／＼遣つて来た訳かね」

叔父は御苦労さまと云はぬばかりの顔をして、胡麻塩《ごましほ》だらけの髯《ひげ》を撫でた。生やしてゐると云ふよりも寧ろ生えてゐると云つた方が適当な其《その》髯は、植木屋を入れない庭のやうに、彼の顔を所 所《ところどころ》爺々むさく見せた。

「一体今の若いものは、から駄目だね。下らん病気ばかりして」

叔母は津田の顔を見てにやりと笑つた。近頃急に「今の若いものは」といふ言葉を、癖のやうに使ひ出した叔父の歴史を心得てゐる津田も笑ひ返した。余程以前此《この》叔父から惑病《わくびよう》は同源だの疾患は罪悪だのと、さも偉さうに云ひ聞かされた事を憶ひ出すと、それが病気に罹らない自分の自慢とも受け取れるので、猶のこと滑稽に感ぜられた。彼は薄笑ひと共に今度は小林の方を見た。小林はすぐ口を出した。けれども津田の予期とは全くの反対を云つた。

「何《なに》今の若いものだつて病気をしないものもあります。現に私なんか近頃ちつとも寝た事がありません。私考へるに、人間は金が無いと病気にや罹らないもんだらうと思ひます」

津田は馬鹿々々しくなつた。

「詰らない事をいふなよ」

「いえ全くだよ。現に君なんかがよく病気をするのは、する丈の余裕があるからだよ」

此《この》不論理な断案は、云ひ手が真面目な丈に、津田を猶失笑させた。すると今度は叔父が賛成した。

「さうだよ此上《このうへ》病気にでも罹つた日にや何《ど》うにも斯うにも遣り切れないからね」

薄暗くなつた室《へや》の中で、叔父の顔が一番薄暗く見えた。津田は立つて電燈のスヰツチを捩《ねぢ》つた。

二十九

何時《いつ》の間にか勝手口へ出て、お金さんと下女を相手に皿小鉢の音を立てゝゐた叔母が又茶の間へ顔を出した。

「由雄さん久し振りだから御飯を食べておいで」

津田は明日の治療を控へてゐるので断つて帰らうとした。

「今日は小林と一所に飯を食ふ筈になつてゐる所へお前が来たのだから、ことによると御馳走が足りないかも知れないが、まあ付合つて行くさ」

叔父に斯んな事を云はれつけない津田は、妙な心持がして、又尻を据ゑた。

「今日は何事かあるんですか」

「何ね、小林が今度―」

叔父はそれ丈云つて、一寸《ちよつと》小林の方を見た。小林は少し得意さうににやにやしてゐた。

「小林君何《ど》うかしたのか」

「何、君、なんでもないんだ。いづれ極つたら君の宅《うち》へ行つて詳しい話をするがね」

「然し僕は明日から入院するんだぜ」

「なに構はない病院へ行くよ。見舞かたがた」

小林は追ひ掛けて、其病院のある所だの、医者の名だのを、左も自分に必要な知識らしく訊いた。医者の名が自分と同じ小林なので「はあそれぢやあの堀さんの」と云つたが急に黙つてしまつた。堀といふのは津田の妹婿の姓であつた。彼がある特殊な病気のために、つい近所にゐる其医者の許《もと》へ通つたのを小林はよく知つてゐたのである。

　彼の詳しい話といふのを津田は一寸《ちよつと》聞いて見たい気がした。それは先刻《さつき》叔母の云つたお金さんの結婚問題らしくもあつた。又さうでないらしくも見えた。此思はせ振な小林の態度から、多少の好奇心を唆《そゝ》られた津田は、それでも彼に病院へ遊びに来いとは明言しなかつた。

　津田が手術の準備だと云つて、折角叔母の拵へて呉れた肉にも肴《さかな》にも、日頃大好《だいすき》な茸飯にも手を付けないので、流石《さすが》の叔母も気の毒がつて、お金さんに頼んで、彼の口にする事の出来る麵麭《パン》と牛乳を買つて来させようとした。ねと〳〵して無暗《むやみ》に歯の間に挟まる此所《ここ》いらの麵麭《パン》に内心《ないしん》辟易しながら、又贅沢だと云はれるのが少し怖いので、津田はたゞ大人しく茶の間を立つお金さんの後姿を見送つた。

　お金さんの出て行つた後で、叔母はみんなの前で叔父に云つた。

「何《ど》うかまあ彼《あ》の子も今度の縁が纏まるやうになると仕合せですがね」

「纏まるだらうよ」

　叔父は苦のなささうな返事をした。

「至極宜《よ》ささうに思ひます」

　小林の挨拶も気軽かつた。黙つてゐるのは津田と真事《まこと》丈であつた。

　相手の名を聞いた時、津田は其男に一二度叔父の家で会つたやうな心持もしたが、殆ど何等の記憶も残つてゐなかつた。

「お金さんは其人を知つてるんですか」

「顔は知つてるよ。口は利いた事がないけれども」

「ぢや向ふも口を利いた事なんかないんでせう」

「当り前さ」

「それでよく結婚が成立するもんだな」

　津田は斯ういつて然るべき理窟が十分自分の方にあると考へた。それをみんなに見せるために、彼は馬鹿々々しいといふよりも寧ろ不思議であるといふ顔付をした。

「ぢや何《ど》うすれば好いんだ。誰でもみんなお前が結婚した時のやうにしなくつちや不可《いけな》いといふのかね」

　叔父は少し機嫌を損じたらしい語気で津田の方を向いた。津田は寧ろ叔母に対する積でゐたので、少し気の毒になつた。

「さういふ訳ぢやないんです。さういふ事情のもとにお金さんの結婚が成立しちや不都合だなんていふ気は全くなかつたのです。たとひ何《ど》んな事情だらうと結婚が成立さへすれば、無論結構なんですから」

三十

　それでも座は白けてしまつた。今迄心持よく流れて居た談話が、急に堰き止められたやうに、誰も津田の言葉を受け継いで、順々に後へ送つて呉れるものがなくなつた。

　小林は自分の前にある麦酒《ビール》の洋盃《コップ》を指して、内所のやうな小さい声で、隣にゐる真事に訊いた。

「真事《まこと》さん、お酒を上げませうか。少し飲んで御覧なさい」

「苦いから僕厭だよ」

　真事《まこと》はすぐ跳ね付けた。始めから飲ませる気のなかつた小林は、それを機には、と笑つた。好《い》い相手が出来たと思つたのか真事《まこと》は突然小林に云つた。

「僕一円五十銭の空気銃を有つてるよ。持つて来て見せようか」

　すぐ立つて奥の四畳半へ馳け込んだ彼が、其所《そこ》から新しい玩《おも》具《ちゃ》を茶の間へ持ち出した時、小林は行きがかり上、ぴか／＼する空気銃の嘆賞者とならなければ済まなかつた。叔父も叔母も嬉しがつてゐるわが子のために、一言の愛嬌を義務的に添へる必要があつた。

「何《ど》うも時計を買への、万年筆を買へのつて、貧乏な阿爺《おやぢ》を責めて困る。それでも近頃馬丈《うまだけ》は何《ど》うか斯うか諦らめたやうだから、まだ始末が好い」

「馬も存外安いもんですな。北海道へ行きますと、一頭五六円で立派なのが手に入ります」

「見て来たやうな事を云ふな」

　空気銃の御蔭で、みんなが又満遍《またまんべん》なく口を利くやうになつた。結婚が再び彼等の話頭《わとう》に上つた。それは途切れた前の続きに相違なかつた。けれどもそれを口にする人々は、少しづゝ前と異つた気分によつて、彼等の表現を支配されてゐた。

「是《これ》ばかりは妙なものでね。全く見ず知らずのものが、一所になつたところで、屹度《きっと》不縁になるとも限らないしね、又いくら此人《このこと》ならばと思ひ込んで出来た夫婦でも、末始終《すゑしじう》和合するとは限らないんだから」

　叔母の見て来た世の中を正直に纏めると斯うなるより外に仕方なかつた。此大《このおほ》きな事実の一隅《ぐう》にお金さんの結婚を安全に置かうとする彼女の態度は、弁護的といふよりも寧ろ説明的であつた。さうして其説明は津田から見ると最も不完全で又最も不安全であつた。結婚に就いて津田の誠実を疑ふやうな口振を見せた叔母こそ、此点《このてん》にかけて根本的な真面目さを欠いてゐるとしか彼には思へなかつた。

「そりや楽な身分の人の云ひ草ですよ」と叔母は開き直つて津田に云つた。「やれ交際だの、やれ婚約だのつて、そんな贅沢な事を、我々風情が云つてられますか。貰つて呉れ手、来て呉れ手があれば、それで有難いと思はなくつちやならない位のものです」

　津田はみんなの手前《てまへ》今のお金さんの場合に就いて彼是《かれこれ》云ひたくなかつた。それをいふ程の深い関係もなく又興味もない彼は、たゞ叔母が自分に対して有つ、不真面目といふ疑念を塗り潰すために、向ふの不真面目さを啓発して置かなくては不可《いけ》ないといふ心持に制せられるので、黙つて仕舞ふ訳に行かなかつた。彼は首を捻つて考へ込む様子をしながら云つた。

「何もお金さんの場合を兎や角批評する気はないんだが、一体結婚を、さう容易《たやす》く考へて構はないものか知ら。僕には何だか不真面目な様な気がして不可《いけな》いがな」

「だつて行く方で真面目に行く気になり、貰ふ方でも真面目に貰ふ気になれば、何所と云つて不真面目な所が出て来よう筈がないぢやないか。由雄さん」

「さういふ風に手つとり早く真面目になれるかゞ問題でせう」

「なれゝばこそ叔母さんなんぞは此《この》藤井家へお嫁に来て、ちやんと斯うしてゐるぢやありませんか」

「そりや叔母さんは左右《さう》でせうが、今の若いものは…」

「今だつて昔だつて人間に変りがあるものかね。みんな自分の決心一つです」

「さう云つた日にや丸で議論にならない」

「議論にならなくつても、事実の上で、あたしの方が由雄さんに勝つてるんだから仕方がない。色々選り好みをした揚句、お嫁さんを貰つた後でも、まだ選り好みをして落ち付かずにゐる人よりも、此方《こつち》の方が何の位真面目だか解りやしない」

先刻《さつき》から肉を突ツついてゐた叔父は、自分の口を出さなければならない時機に到着した人やうに、皿から眼を放した。

三十一

「大分《だいぶ》八釜《やかま》しくなつて来たね。黙つて聞いてゐると、叔母甥の対話とは思へないよ」

二人の間に斯う云つて割り込んで来た叔父は其実《そのじつ》行司でも審判官でもなかつた。

「何だか双方敵愾心を以て云ひ合つてるやうだが、喧嘩でもしたのかい」

彼の質問は、単に質問の形式を具へた注意に過ぎなかつた。真事《まこと》を相手にビー珠《だま》を転がしてゐた小林が偸《ぬす》むやうにして此方《こつち》を見た。叔母も津田も一度に黙つてしまつた。叔父は遂に調停者の態度で口を開かなければならなくなつた。

「由雄、御前見たやうな今の若いものには、一寸《ちよつと》理解出来悪《にく》いかも知れないがね、叔母さんは嘘を吐いてるんぢやないよ。知りもしない己の所へ来るとき、もうちやんと覚悟を極めてゐたんだからね。叔母さんは本当に来ない前から来た後《あと》と同じやうに真面目だつたのさ」

「そりや僕だつて伺はないでも承知してゐます」

「所がさ、其叔母さんがだね。何《ど》ういふ訳でそんな大決心をしたかといふとだね」

そろ〳〵酔の廻つた叔父は、炎熱《ほて》つた顔へ水分を供給する義務を感じた人のやうに、又洋盃《コツプ》を取り上げて麦酒《ビール》をぐいと飲んだ。

「実を云ふと其訳を今日迄まだ誰にも話した事がないんだが、どうだ一つ話して聞かせようか」

「えゝ」

津田も半分は真面目であつた。

「実はだね。此《この》叔母さんはこれでこの己に意《こゝろ》があつたんだ。つまり初めから己の所へ来たかつたんだね。だからまだ来ないうちから、もう猛烈に自分の覚悟を極めてしまつたんだ。―」

「馬鹿な事を仰《おつし》やい。誰が貴方のやうな醜男《ぶをとこ》に意《こゝろ》なんぞあるもんですか」

津田も小林も吹き出した。独りきよとんとした真事《まこと》は叔母の方を向いた。

「お母さん意《こゝろ》があるつて何《なに》」

「お母さんは知らないからお父さんに伺つて御覧」

「ぢやお父さん、何さ、意《こゝろ》があるつてのは」

叔父はにや〳〵しながら、禿げた頭の真中《まんなか》を大事さうに撫で廻した。気の所為《せゐ》か其禿が普通の時よりは少し赤いやうに、津田の眼に映つた。

「真事《まこと》、意《こゝろ》があるつてえのはね。―つまりそのね。―まあ、好きなのさ」

「ふん。ぢや好《い》いぢやないか」

「だから誰も悪いと云つてやしない」

「だつて皆な笑ふぢやないか」

此《この》問答の途中へお金さんが丁度帰つて来たので、叔母はすぐ真事《まこと》の床を敷かして、彼を寝間の方へ追ひ遣つた。興《きよう》に乗つた叔父の話は益《ます〳〵》発展するばかりであつた。

「そりや昔だつて恋愛事件はあつたよ。いくらお朝が怖い顔をしたつてあつたに違ないが、だね。其所《そこ》にまた今の若いものには到底解らない方面もあるんだから、妙だらう。昔は女の方で男に惚れたけれども、男の方では決して女に惚れなかつたもんだ。―ねえお朝さうだつたらう」

「何《ど》うだか存じませんよ」

叔母は真事の立つた後へ坐つて、さつさと松茸飯を手盛《てもり》にして食べ始めた。

「さう怒つてつた仕方がない。其所に事実があると同時に、一種の哲学があるんだから。今己が其哲学を講釈してやる」

「もうそんな六《む》づかしいものは、伺はなくつても沢山です」

「ぢや若いもの丈《だけ》に教へてやる。由雄も小林も参考のために能く聴いとくが可い。一体お前達は他の娘を何だと思ふ」

「女だと思つてます」

津田は交ぜ返し半分わざと返事をした。

「さうだらう。たゞ女だと思ふ丈で、娘とは思はないんだらう。それが己達とは大違ひだて。己達は父母から独立したたゞの女として他人の娘を眺めた事が未だ曾てない。だから何処のお嬢さんを拝見しても、そのお嬢さんには、父母といふ所有者がちやんと食つ付いてるんだと初めから観念してゐる。だからいくら惚れたくつても惚れられなくなる義理ぢやないか。何故と云つて御覧、惚れるとか愛し合ふとかいふのは、つまり相手を此方《こつち》が所有してしまふといふ意味だらう。既に所有権の付いてるものに手を出すのは泥棒ぢやないか。さういふ訳で義理堅い昔の男は決して惚れなかつたね。尤も女は慥《たしか》に惚れたよ。現《げん》に其所で松茸飯を食つてるお朝なぞも実は己に惚れたのさ。然し己の方ぢやかつて彼女《あれ》を愛した覚《おぼえ》がない」

「何《ど》うでも可いから、もう好い加減にして御飯になさい」

　真事《まこと》を寝かし付けに行つたお金さんを呼び返した叔母は、彼女にいひつけて、みんなの茶碗に飯をよそはせた。津田は仕方なしに、ひとり不味《まづ》い食麵麭《しよくパン》をにちやにちや嚙んだ。

三十二

　食後の話はもうはづまなかつた。と云つて、別にしんみりした方面へ落ちて行くでもなかつた。人々の興味を共通に支配する題目の柱が折れた時のやうに、彼等はてんでんばらばらに口を聞いた後で、誰もそれを会話の中心に纏めようと努力するものゝないのに気が付いた。

　餉台《ちやぶだい》の上に両肱《りやうひぢ》を突いた叔父が酔後《すゐご》の欠《あくび》を続けざまに二つした。叔母が下女を呼んで残物《ざんぶつ》を勝手へ運ばした。先刻《さつき》から重苦しい空気の影響を少しづゝ感じてゐた津田の胸に、今夜聞いた叔父の言葉が、月の面《おもて》を過ぎる浮雲のやうに、時々薄い陰を投げた。そのたびに他人から見ると、麦酒《ビール》の泡と共に消えてしまふべき筈の言葉を、津田は却つて意味ありげに自分で追ひ掛けて見たり、又自分で追ひ戻して見たりした。其所《そこ》に気の付いた時、彼は我ながら不愉快になつた。

　同時に彼は自分と叔母との間に取り換はされた言葉の投げ合も思ひ出さずにはゐられなかつた。其投げ合《あひ》の間《あひだ》、彼は始終自分を抑へ付けて、成るべく心の色を外へ出さないやうにしてゐた。其所に彼の誇りがあると共に、其所《そこ》に一種の不快も潜んでゐたことは、彼の気分が彼に教へる事実であつた。

　半日以上の暇を潰した此《この》久し振の訪問を、単に斯ういふ快不快の立場から眺めた津田は、すぐ其対照として活発な吉川夫人と其綺麗な応接間とを記憶の舞台に躍らした。つゞいて近頃漸く丸髷に結ひ出したお延の顔が眼の前に動いた。

　彼は座を立たうとして小林を顧みた。

「君はまだゐるかね」

「いや。僕ももう御暇しよう」

　小林はすぐ吸ひ残した敷島《しきしま》の袋を洋袴《ヅボン》の隠袋《かくし》へねぢ込んだ。すると彼等の立ち際に、叔父が偶然らしく又口を開いた。

「お延は何《ど》うしたい。行かう〳〵と思ひながら、つい貧乏暇なしだもんだから、御無沙汰をしてゐる。宜しく云つて呉れ。お前の留守にや閑《ひま》で困るだらうね、彼《あ》の女も。一体何をして暮らしてるかね」

「何つて別にする事もないでせうよ」

　斯う散漫に答へた津田は、何と思つたか急に後《あと》から付け足した。

「病院へ一所に入りたいなんて気楽な事をいふかと思ふと、やれ髪を刈れの湯に行けのつて、叔母さんよりも余つ程八釜《やかま》しい事を云ひますよ」

「感心ぢやないか。お前のやうなお洒落にそんな注意をしてくれるものは外にありやしないよ」

「有難い仕合せだな」

「芝居は何うだい。近頃行くかい」

「え丶時々行きます。此間《このあひだ》も岡本から誘はれたんだけれども、生憎《あいにく》此病気の方の片を付けなけりやならないんでね」

津田は其所《そこ》で一寸《ちよつと》叔母の方を見た。

「何《ど》うです、叔母さん、近い内帝劇へでも御案内しませうか。偶《たま》にやあ丶いふ所へ行つて見るのも薬ですよ。気がはれ〴〵してね」

「え丶有難う。だけど由雄さんの御案内ぢや――」

「お厭ですか」

「厭より、何時《いつ》の事だか分らないからね」

芝居場などを余り好まない叔母の此《この》返事を、わざと正面に受けた津田は頭を掻いて見せた。

「さう信用がなくなつた日にや僕もそれ迄だ」

叔母はふ丶んと笑つた。

「芝居は何《ど》うでも可いが、由雄さん京都の方は何《ど》うして、それから」

「京都から何とか云つて来ましたか此方《こつち》へ」

津田は少し真剣な表情をして、叔父と叔母の顔を見比べた。けれども二人は何とも答へなかつた。

「実は僕の所へ今月は金を送れないから、そつちで何《ど》うでも為《し》ろつて、お父さんが云つて来たんだが、随分乱暴ぢやありませんか」

叔父は笑ふ丈であつた。

「兄貴は怒つてるんだらう」

「一体秀《ひで》が又余計な事を云つて遣るから不可《いけな》い」

津田は少し忌々しさうに妹の名前を口にした。

「お秀に咎《とが》はありません。始めから由雄さんの方が悪いに極つてるんだもの」

「そりや左うかも知れないけれども、何処の国にあなた阿爺《おやぢ》から送つて貰つた金を、きちん〳〵返す奴があるもんですか」

「ぢや最初からきちん〳〵返すつて約束なんかしなければ可《い》いのに。それに……」

「もう解りましたよ、叔母さん」

津田はとても敵《かな》はないといふ心持を其様子に見せて立ち上がつた。然し敗北の結果急いで退却する自分に景気を添へるため、促がすやうに小林を引張つて、一所《しよ》に表へ出る事を忘れなかつた。

三十三

戸外《そと》には風もなかつた。静《しづか》な空気が足早に歩く二人の頬に冷たく触れた。星の高く輝く空から、眼に見えない透明な露がしと〳〵降りてゐるらしくも思はれた。津田は自分で外套の肩を撫でた。其外套の裏側に滲み込んでくるひんやりした感じを、はつきり指先で味はつて見た彼は小林を顧みた。

「日中は暖かだが、夜になると矢張《やつぱ》り寒いね」

「うん。何と云つてももう秋だからな。実際外套が欲しい位だ」

小林は新調の三つ揃《そろひ》の上に何にも着てゐなかつた。ことさらに爪先を厚く四角に拵へたいかつい亜米利加型《あめりかがた》の靴をごと〳〵鳴らして、太い洋杖《ステツキ》をわざとらしく振り廻す彼の態度は、丸で冷たい空気に抵抗する示威《じゐ》運動者に異ならなかつた。

「君学校にゐた時分作つたあの自慢の外套は何《ど》うした」

彼は突然意外な質問を津田に掛けた。津田は彼に其外套を見せびらかした当時を思ひ出さない訳に行かなかつた。

「うん、まだあるよ」

「まだ着てゐるのか」

「いくら僕が貧乏だつて、書生時代の外套を、さう大事さうに何時迄《いつまで》着てゐるものかね」

「さうか、それぢや丁度好《い》い。あれを僕に呉れ」

「欲しければ遣つても好《い》い」

津田は寧ろ冷やかに答へた。靴足袋まで新しくしてゐる男が、他の着古した外套を貰ひたがるのは少し矛盾であつた。少くとも、其人の生活に横はる、不規則な物質的の凹凸《たかひく》を証拠立てゝゐた。しばらくしてから、津田は小林に訊いた。

「何故其脊広と一所に外套も拵へなかつたんだ」

「君と同なじやうに僕を考へちや困るよ」

「ぢや何《ど》うして其脊広だの靴だのが出来たんだ」

「訊き方が少し手酷《てきび》し過ぎるね。なんぼ僕だつてまだ泥棒はしないから安心して呉れ」

津田はすぐ口を閉ぢた。

二人は大きな坂の上に出た。広い谷を隔てゝ向に見える小高い岡が、怪獣の背のやうに黒く長く横はつてゐた。秋の夜の燈火が所々に点々と少量の暖かみを滴《したゝ》らした。

「おい、帰りに何処かで一杯遣らうぢやないか」

津田は返事をする前に、まづ小林の様子を窺つた。彼等の右手には高い土手があつて、其土手の上には蓊鬱《こんもり》した竹藪が一面に生ひ被さつてゐた。風がないので竹は鳴らなかつたけれども、眠つたやうに見える其笹の葉の梢《こずゑ》は、季節相応な蕭索《せうさく》の感じを津田に与へるに十分であつた。

「此所は厭に陰気な所だね。何処かの大名華族の裏に当るんで、何時迄《いつまで》も斯うして放つてあるんだらう。早く切り開いちまへば可いのに」

津田は斯ういつて常面の挨拶を胡麻化《ごまくわ》さうとした。然し小林の眼に竹藪なぞは丸で入らなかつた。

「おい行かうぢやないか、久し振りで」

「今飲んだ許《ばか》りだのに、もう飲みたくなつたのか」

「今飲んだ許りつて、あれつばかり飲んだんぢや飲んだ部《ぶ》へ入らないからね」

「でも君はもう十分ですつて断つてゐたぢやないか」

「先生や奥さんの前ぢや遠慮があつて酔へないから、仕方なしにあゝ云つたんだね。丸つきり飲まないんなら兎も角も、あの位飲ませられるのは却つて毒だよ。後から適当の程度迄酔つて置いて止めないと身体に障《さわ》るからね」

　自分に都合の好い理窟を勝手に拵へて、何でも津田を引張らうとする小林は、彼に取つて少し迷惑な伴侶《つれ》であつた。彼は冷かし半分に訊いた。

「君が奢るのか」

「うん奢つても好《い》い」

「さうして何処へ行く積なんだ」

「何処でも構はない。おでん屋でも可《い》いぢやないか」

　二人は黙つて坂の下迄降りた。

三十四

　順路からいふと、津田は其所《そこ》を右へ折れ、小林は真直《まつすぐ》に行かなければならなかつた。然し体よく分れようとして、帽子へ手を掛けた津田の顔を、小林は覗き込むやうに見て云つた。

「僕も其方《そつち》へ行くよ」

　彼等の行く方角には飲み食ひに都合のいゝ町が二三町続いてゐた。其中程《そのなかほど》にある酒場《バー》めいた店の硝子戸が、暖かさうに内側から照らされてゐるのを見付けた時、小林はすぐ立ち留まつた。

「此所《こゝ》が好い。此所へ入らう」

「僕は厭だよ」

「君の気に入りさうな上等の宅《うち》は此所いらにないんだから、此所で我慢しようぢやないか」

「僕は病気だよ」

「構はん、病気の方は僕が受け合つてやるから、心配するな」

「冗談云ふな。厭だよ」

「細君には僕が弁解してやるから可いだらう」

　面倒になつた津田は、小林を其所《そこ》へ置き去りにした儘、さつさと行かうとした。すると彼とすれ〳〵に歩を移して来た小林が、少し改まつた口調で追究した。

「そんなに厭か、僕と一所に酒を飲むのは」

　実際そんなに厭であつた津田は、此《この》言葉を聞くとすぐ留《と》まつた。さうして自分の傾向とは丸で反対な決断を外部《そと》へ現はした。

「ぢや飲まう」

　二人はすぐ明るい硝子《ガラス》戸を引いて中へ入つた。客は彼等の外に五六人居たぎりであつたが、店があまり広くないので、比較的込み合つてゐるやうに見えた。割合楽に席の取れさうな片隅を択んで、差し向ひに腰を卸ろした二人は、通した注文の来る間、多少物珍らしさうな眼を周囲《あたり》へ向けた。

　服装から見た彼等の相客中に、社会的地位のありさうなものは一人もなかつた。湯帰りと見えて、縞の半纏の肩へ濡れ手拭を掛けたのだの、木綿物に角帯を締めて、わざとらしく平打《ひらうち》の羽織の紐の真中《まんなか》へ擬物《まがひもの》の翡翠《ひすゐ》を通したのだのは寧ろ上等の部であつた。ずつと非道《ひど》いのは、丸で紙屑買としか見えなかつた。

腹掛股引も一人交つてゐた。

「何《ど》うだ平民的で可《い》いぢやないか」

　小林は津田の猪口《ちよく》へ酒を注ぎながら斯う云つた。其言葉を打ち消すやうな新調したての派出な彼の脊広が、すぐ殊更らしく津田の眼に映つたが、彼自身は丸で其所《そこ》に気が付いてゐないらしかつた。

「僕は君と違つて何《ど》うしても下等社界の方に同情があるんだからな」

　小林は恰もそこに自分の兄弟分でも揃つてゐるやうな顔をして、一同を見廻した。

「見玉《みたま》へ。彼等はみんな上流社会より好《い》い人相をしてゐるから」

　挨拶をする勇気のなかつた津田は、一同を見廻す代りに、却つて小林を熟視した。

「少くとも陶然としてゐるだらう」

「上流社会だつて陶然とするからな」

「だが陶然としかたが違ふよ」

　津田は昂然として両者の差違を訊かなかつた。それでも小林は少しも悄気《しよげ》ずに、ぐい〳〵杯を重ねた。

「君は斯ういふ人間を軽蔑してゐるね。同情に価しないものとして、初めから見縊《みくび》つてゐるんだ」

　斯ういふや否や、彼は津田の返事も待たずに、向ふにゐる牛乳配達見たやうな若ものに声を掛けた。

「ねえ君。さうだらう」

　出し抜けに呼び掛けられた若者は倔強な首筋を曲げて一寸《ちよつと》此方《こつち》を見た。すると小林はすぐ杯《さかづき》をそつちの方へ出した。

「まあ君一杯飲みたまへ」

　若者はにや〳〵と笑つた。不幸にして彼と小林との間《あひだ》には一間程の距離があつた。立つて杯《さかづき》を受ける程の必要を感じなかつた彼は、微笑する丈で動かなかつた。しかしそれでも小林には満足らしかつた。出した杯を引込めながら、自分の口へ持つて行つた時、彼は又津田に云つた。

「そらあの通だ。上流社会のやうに高慢ちきな人間は一人も居やしない」

三十五

　インヴネスを着た小作りな男が、半纏の角刈と入れ違《ちがひ》に這入つて来て、二人から少し隔たつた所に席を取つた。廂を深く卸した鳥打を被つたまゝ、彼は一応ぐるりと四辺《あたり》を見廻した後で、懐《ふところ》へ手を入れた。さうして其所《そこ》から取り出した薄い小型の帳面を開けて、読むのだか考へるのだか、ぢつと見詰めてゐた。彼は何時迄《いつまで》経つても、古ぼけたトンビを脱がうとしなかつた。帽子も頭へ載せた儘であつた。然し帳面はそんなに長くひろげてゐなかつた。大事さうにそれを懐《ふところ》へ仕舞ふと、今度は飲みながら、じろり〳〵と他の客を、見ない様にして見始めた。其相間々々には、ちんちくりんな外套の羽の下から手を出して、薄い鼻の下の髭を撫でた。

先刻《さつき》から気を付けるともなしに此《この》様子に気を付けてゐた二人は、自分達の視線が彼の視線に行き合つた時、ぴたりと真向になつて互《たがひ》に顔を見合はせた。小林は心持前へ乗り出した。

「何だか知つてるか」

津田は元の通りの姿勢を崩さなかつた。殆ど返事に価しないといふ口調で答へた。

「何だか知るもんか」

小林は猶声を低くした。

「彼奴《あいつ》は探偵だぜ」

津田は答へなかつた。相手より酒量の強い彼は、却て相手程平生を失はなかつた。黙つて自分の前にある猪口《ちよく》を干した。小林はすぐそれへなみ〳〵と注いだ。

「あの眼付を見ろ」

薄笑ひをした津田は漸く口を開いた。

「君見たいに無暗に上流社会の悪口をいふと、早速社会主義者と間違へられるぞ。少し用心しろ」

「社会主義者?」

小林はわざと大きな声を出して、ことさらにインヴネスの男の方を見た。

「笑かせやがるな。此方《こつち》や、かう見えたつて、善良なる細民の同情者だ。僕に比べると、乙に上品振つて取り繕つてる君達の方が余つ程の悪者だ。何方《どつち》が警察へ引つ張られて然るべきだか能く考へて見ろ」

鳥打の男が黙つて下を向いてゐるので、小林は津田に喰つてかゝるより外に仕方がなかつた。

「君は斯うした土方《どかた》や人足《にんそく》をてんから人間扱ひにしない積《つもり》かも知れないが」

小林は又斯う云ひ掛けて、其所《そこ》いらを見廻したが、生憎《あゐにく》どこにも土方や人足はゐなかつた。夫でも彼は一向構はずに喋舌りつゞけた。

「彼等は君や探偵よりいくら人間らしい崇高な生地《きぢ》をうぶの儘有《も》つてるか解らないぜ。たゞ其《その》人間らしい美しさが、貧苦といふ塵埃《ほこり》で汚れてゐる丈なんだ。つまり湯に入れないから穢《きた》ないんだ。馬鹿にするな」

小林の語気は、貧民の弁護といふよりも寧ろ自家の弁護らしく聞こえた。然し無暗《むやみ》に取り合つて此方《こつち》の体面を傷けられては困るといふ用心が頭に働くので、津田はわざと議論を避けてゐた。すると小林がなほ追懸《おつかけ》て来た。

「君は黙つてるが僕のいふ事を信じないね。たしかに信じない顔付をしてゐる。そんなら僕が説明してやらう。君は露西亜《ロシア》の小説を読んだらう」

露西亜の小説を一冊も読んだ事のない津田は矢張何《なん》とも云はなかつた。

「露西亜の小説、ことにドストエヴスキの小説を読んだものは必ず知つてる筈だ。如何に人間が下賤であらうとも、又如何に無教育であらうとも、時として其人の口から、涙がこぼれる程有難い、さうして少しも取り繕はない、至純至精の感情が、泉のやうに湧き出して来る事を誰でも知つてる筈だ。君はあれを虚偽と思ふか」

「僕はドストエヴスキを読んだ事がないから知らないよ」

「先生に訊くと、先生はありや嘘だと云ふんだ。あんな高尚な情操をわざと下劣な器《うつは》に盛つて、感傷的に読者を刺戟する策略に過ぎない、つまりドストエヴスキが中つた為に、多くの模倣者が続出して、無暗に安つぽくしてしまつた一種の藝術的技巧に過ぎないといふんだ。然し僕はさうは思はない。先生からそんな事を聞くと腹が立つ。先生にドストエヴスキは解らない。いくら年齢《とし》を取つたつて、先生は書物の上で年齢を取つた丈だ。いくら若からうが僕は…」

小林の言葉は段々逼つて来た。仕舞に彼は感慨に堪へんといふ顔をして、涙をぽた〳〵卓布《テーブルクロース》の上に落した。

三十六

不幸にして津田の心臓には、相手に釣り込まれる程の酔が廻つてゐなかつた。同化の埒外から此興奮状態を眺める彼の眼は遂に批判的であつた。彼は小林を泣かせるものが酒であるか、叔父であるかを疑つた。ドストエヴスキであるか、日本の下層社会であるかを疑つた。其何方《そのどつち》にした所で、自分とあまり交渉のない事も能く心得てゐた。彼は詰らなかつた。又不安であつた。感激家によつて彼の前に振り落された涙の痕を、たゞ迷惑さうに眺めた。

探偵として物色された男は、懐《ふところ》から又薄い手帳を出して其中《そのなか》へ鉛筆で何かしきりに書き付け始めた。猫のやうに物静かでありながら、猫のやうに凡てを注意してゐるらしい彼の挙動が、津田を変な気持にした。けれども小林の酔は、もうそんな所を通り越して居た。探偵などは丸で眼中になかつた。彼は新調の脊広の腕をいきなり津田の鼻の先へ持つて来た。

「君は僕が汚ない服装《なり》をすると、汚ないと云つて軽蔑するだらう。又会《たま》に綺麗な着物を着ると、今度は綺麗だと云つて軽蔑するだらう。ぢや僕は何《ど》うすれば可いんだ。何うすれば君から尊敬されるんだ。後生だから教へて呉れ。僕はこれでも君から尊敬されたいんだ」

津田は苦笑しながら彼の腕を突き返した。不思議にも其腕には抵抗力がなかつた。最初の勢《いきほひ》が急に何処かへ抜けたやうに、大人しく元の方角へ戻つて行つた。けれども彼の口は彼の腕程素直ではなかつた。手を引込ました彼はすぐ口を開いた。

「僕は君の腹の中をちやんと知つてる。君は僕が是《これ》程下層社会に同情しながら、自分自身貧乏な癖に、新らしい洋服なんか拵へたので、それを矛盾だと云つて笑ふ気だらう」

「いくら貧乏だつて、洋服の一着位拵へるのは当り前だよ。拵へなけりや赤裸《はだか》で往来を歩かなければなるまい。拵へたつて結構ぢやないか。誰も何とも思つてやしないよ」

「所がさうでない。君は僕を唯めかすんだと思つてる。お洒落だと解釈してゐる。それが悪い」

「さうか。そりや悪かつた」

もう遣り切れないと観念した津田は、とう〳〵降参の便利を悟つたので、好い加減に調子を合せ出した。すると小林の調子も自然と変つて来た。

「いや僕も悪い。悪かつた。僕には洒落気はあるよ。そりや僕も十分認める。認めるには認めるが、僕が何故今度この洋服を作つたか、其訳を君は知るまい」

そんな特別の理由を津田は固より知らう筈がなかつた。又知りたくもなかつた。けれども行き掛り上訊いて遣らない訳にも行かなかつた。両手を左右へひろげた小林は、自分で自分の服装を見廻しながら、寧ろ心細さうに答へた。

「実はこの着物で近々《きん〳〵》都落《みやこおち》をやるんだよ。朝鮮へ落ちるんだよ」

津田は始めて意外な顔をして相手を見た。序《ついで》に先刻《さつき》から苦になつてゐた襟飾の横つちよに曲つてゐるのを注意して直させた後で、又彼の話を聴きつゞけた。

長い間叔父の雑誌の編輯をしたり、校正をしたり、其間には自分の原稿を書いて、金を呉れさうな所へ方々持つて廻つたりして、始終忙がしさうに見えた彼は、とう〳〵東京に居たゝまれなくなつた結果、朝鮮へ渡つて、其所の或新聞社へ雇はれる事に、略《ほゞ》相談が極つたのであつた。

「斯う苦しくつちや、いくら東京に辛抱してゐたつて、仕方がないからね。未来のない所に住んでるのは実際厭だよ」

其《その》未来が朝鮮へ行けば、あらゆる準備をして自分を待つてゐさうな事をいふ彼は、すぐ又前言を取り消すやうな口も利いた。

「要するに僕なんぞは、生涯漂浪《へうらう》して歩く運命を有つて生れて来た人間かも知れないよ。何《ど》うしても落ち付けないんだもの。たとひ自分が落ち付く気でも、世間が落ち付かせて呉れないから残酷だよ。駈落者になるより外に仕方がないぢやないか」

「落付けないのは君ばかりぢやない。僕だつてちつとも落付いてゐられやしない」

「勿体ない事をいふな。君の落ち付けないのは贅沢だからさ。僕のは死ぬ迄麵麭《パン》を追懸けて歩かなければならないんだから苦しいんだ」

「然し落ち付けないのは、現代人の一般の特色だからね。苦しいのは君ばかりぢやないよ」

小林は津田の言葉から何等の慰藉《ゐしや》を受ける気色もなかつた。

三十七

先刻《さつき》から二人の様子を眺めてゐた下女が、いきなり来て、わざとらしく食卓《テーブル》の上を片付け始めた。それを相図《あひづ》のやうに、インヴネスを着た男がすうと立ち上つた。疾うに酒をやめて、たゞ話ばかりしてゐた二人も澄ましてゐる訳に行かなかつた。津田は機会を捉へてすぐ腰を上げた。小林は椅子を離れる前に、先づ彼等の間に置かれたM、M、C、の箱を取つた。さうして其中《そのなか》から又新しい金口を一本出してそれに火を点けた。行き掛けの駄賃らしい此所作《このしよさ》が、煙草の箱を受け取つて袂へ入れる津田の眼を、皮肉に擽《くす》ぐつたくした。

時刻はそれ程でなかつたけれども、秋の夜の往来は意外に更け易かつた。昼は耳に付かない一種の音を立てゝ、電車が遠くの方を走つてゐた。別々の気分に働らき懸けられてゐる二人の黒い影が、まだ離れずに河の縁《ふち》をつたつて動いて行つた。

「朝鮮へは何時《いつ》頃行くんだね」

「ことによると君の病院へ入いつてゐるうちかも知れない」

「そんなに急に立つのか」

「いやさうとも限らない。もう一遍先生が向ふの主筆に会つて呉れてからでないと、判然《はつきり》した事は分らないんだ」

「立つ日がかい。或は行《ゆ》く事がかい」

「うん、まあ―」

彼の返事は少し曖昧であつた。津田がそれを追究もしないで、さつさと行き出した時、彼は又云ひ直した。

「実を云ふと、僕は行きたくもないんだがなあ」

「藤井の叔父が是非行けとでも云ふのかい」

「なにさうでもないんだ」

「ぢや止したら可《い》いぢやないか」

津田の言葉は誰にでも解り切つた理窟な丈に、同情に飢ゑてゐさうな相手の気分を残酷に射貫いたと一般であつた。数歩の後、小林は突然津田の方を向いた。

「津田君、僕は淋しいよ」

津田は返事しなかつた。二人は又黙つて歩いた。浅い河床《かはどこ》の真中《まんなか》を、少しばかり流れてゐる水が、ぼんやり見える橋杭の下で黒く消えて行く時、幽かに音を立てゝ、電車の通る相間々々に、ちよろ〳〵と鳴つた。

「僕は矢つ張り行くよ。何うしても行つた方が可いんだから

ね」

「ぢや行くさ」

「うん、行くとも。斯んな所にゐて、みんなに馬鹿にされるより、朝鮮か台湾に行つた方がよつぽど増しだ」

彼の語気は癇走つてゐた。津田は急に穏かな調子を使ふ必要を感じた。

「あんまりさう悲観しちや不可《いけ》ないよ。年齢《とし》さへ若くつて身体《からだ》さへ丈夫なら、何所へ行つたつて立派に成効出来るぢやないか。―君が立つ前一つ送別会を開かう、君を愉快にするために」

今度は小林の方が可《い》い返事をしなかつた。津田は重ねて跋《ばつ》を合はせる態度に出た。

「君が行つたらお金さんの結婚する時困るだらう」

小林は今迄頭のなかになかつた妹の事を、はつと思ひ出した人のやうに津田を見た。

「うん、彼奴《あいつ》も可哀相だけれども仕方がない。詰り斯んなやくざな兄貴をもつたのが不仕合せだと思つて、諦めて貰ふんだ」

「君がゐなくつたつて、叔父や叔母が何《ど》うかして呉れるんだらう」

「まあそんな事になるより外に仕方がないからな。でなければ此結婚を断つて、何時《いつ》迄も下女代りに、先生の宅《うち》で使つて貰ふんだが、—そいつは先《ま》あ何方《どつち》にしたつて同じやうなもんだらう。それより僕はまだ先生に気の毒な事があるんだ。もし行くとなると、先生から旅費を借りなければならないからね」

「向ふぢや呉れないのか」

「呉れさうもないな」

「何《ど》うにかして出させたら好《い》いだらう」

「さあ」

一分ばかりの沈黙を破つた時、彼は又独り言のやうに云つた。

「旅費は先生から借りる、外套は君から貰ふ、たつた一人の妹は置いてき堀《ぼり》にする、世話はないや」

是《これ》が其晩小林の口から出た最後の台詞《せりふ》であつた。二人は遂に分れた。津田は後をも見ずにさつさと宅《うち》の方へ急いだ。

三十八

彼の門は例の通り締まつてゐた。彼は潜り戸へ手を掛けた。所が今夜は其潜り戸も亦開かなかつた。立て付けの悪い所為《せゐ》かと思つて、二三度遣り直した揚句、力任せに戸を引いた時、ごとりといふ重苦しい鐉《かきがね》の抵抗力を裏側に聞いた彼は漸く断念した。

彼は此予想外の出来事に首を傾けて、しばらく戸の前に佇立んだ。新しい世帯を持つてから今日に至る迄、一度も外泊した覚のない彼は、たまに夜遅く帰る事があつても、まだ斯うした経験には出会はなかつたのである。

今日の彼は灯点し頃から早く宅《うち》へ帰りたがつてゐた。叔父の家で名ばかりの晩飯を食つたのも仕方なしに食つたのであつた。進みもしない酒を少し飲んだのも小林に対する義理に過ぎなかつた。夕方以後の彼は、寧ろお延の面影を心に置きながら外で暮してゐた。其薄ら寒い外から帰つて来た彼は、丁度暖かい家庭の燈火《ともしび》を慕つて、それを目標《めあて》に足を運んだのと一般であつた。彼の身体《からだ》が土塀に行き当つた馬のやうに留まると共に、彼の期待も急に門前で喰ひ留められなければならなかつた。さうしてそれを喰ひ留めたものがお延であるか、偶然であるかは今の彼に取つて決して小さな問題でなかつた。

彼は手を挙げて開かない潜り戸をとん〳〵と二つ敲いた。「此所を開けろ」といふよりも「此所を何故締めた」といつて詰問する様な音が、更け渡りつゝある往来の暗がりに響いた。すると内側ですぐ「はい」といふ返事がした。殆ど反響に等しい位早く彼の鼓膜を打つた其声の主は、下女でなくてお延であつた。急に静まり返つた彼は戸の此方《こちら》側で耳を澄ました。用のある時丈使ふ事にしてある玄関先の電燈のスヰツチを捩る音が明かに聞えた。格子がすぐがらりと開いた。入口の開き戸がまだ閉てゝない事は慥であつた。

「どなた？」

潜りのすぐ向ふ側迄来た足音が止まると、お延は先づ斯う云つて誰何《すゐか》した。彼は猶の事急ぎ込んだ。

「早く開けろ、己だ」

お延は「あらッ」と叫んだ。

「貴方《あなた》だつたの。御免遊ばせ」

ごと〳〵云はして鐶《かきがね》を外した後で夫を内へ入れた彼女は何時《いつ》もより少し蒼い顔をしてゐた。彼はすぐ玄関から茶の間へ通り抜けた。

茶の間は何時もの通りきちんと片付いてゐた。鉄瓶が約束通り鳴つてゐた。長火鉢の前には、例によつて厚いメリンスの座蒲団が、彼の帰りを待ち受ける如くに敷かれてあつた。お延の坐りつけた其向には彼女の座蒲団の外に、女持の硯箱《すゞりはこ》が出してあつた。青貝で梅の花を散らした螺鈿《らでん》の蓋は傍へ取り除けられて、梨地の中に嵌め込んだ小さな硯がつや〳〵と濡れてゐた。持主が急いで座を立つた証拠に、細い筆の穂先が、巻紙の上へ墨を滲ませて、七八寸書きかけた手紙の末を汚してゐた。

戸締りをして夫の後から入つてきたお延は寝巻の上へ平生着《ふだん》の羽織を引つ掛けた儘其所《そこ》へぺたりと坐つた。

「何《ど》うも済みません」

津田は眼を上げて柱時計を見た。時計は今十一時を打つたばかりの所であつた。結婚後彼が此位な刻限に帰つたのは、例外にした所で、決して初めてではなかつた。

「何だつて締め出しなんか喰はせたんだい。もう帰らないとでも思つたのか」

「いゝえ、さつきから、もうお帰りか、もうお帰りかと思つて待つてたの。仕舞にあんまり淋しくつて堪らなくなつたから、とう〳〵宅《うち》へ手紙を書き出したの」

お延の両親は津田の父母と同じやうに京都にゐた。津田は遠くから其書きかけの手紙を眺めた。けれどもまだ納得が出来なかつた。

「待つてたものがなんで門なんか締めるんだ。物騒だからかね」

「いゝえ。—あたし門なんか締めやしないわ」

「だつて現に締まつてゐたぢやないか」

「時《とき》が昨夕締めつ放しにしたまんまなよ、屹度《きつと》。いやな人」

斯う云つたお延は何時《いつ》もする癖の通り、ぴく〳〵彼女の眉を動かして見せた。日中用のない潜り戸の鐶を、朝外し忘れたといふ弁解は、決して不合理なものではなかつた。

「時《とき》は何《ど》うしたい」

「もう先刻《さつき》寝かしてやつたわ」

下女を起してまで責任者を調べる必要を認めなかつた津田は、潜り戸の事を其儘にして寝た。

（「朝日新聞」大正5年5月26日〜12月14日）

鴉

後藤末雄

去年の夏であつた。熱苦しい昼間と蒸熱い夜が続いてゐた。そのせゐか姉の病勢が俄かに革《あらたま》つてこの二三日が瀬戸際だといふ電話に接したので、私は早速見舞に出掛けた。その頃私自身も慢性の肋膜肺炎を悩んでゐたから見舞に往くことは仲々、臆劫であつた。無論、熱もないし、気分も悪くはない。唯だ朝夕、咳が出て多少、息苦しい許りであつた。そのほかには相変らずの肥つた、赤ら顔の青年で、誰れしも病人と請け取るものはなかつた。併し姉の病気を見舞に往くには異常な恐怖と危険を冒かさなければならなかつた。冒険といふ言葉が当時の心境を克《よ》く説明してゐた。なぜと言へば姉は三年このかた肺を悩んで、今は此の恐ろしい、目に見えない病菌に肉体を蝕まれて漸次《ぜんじ》、冷めたい死の暗闇に曳摺り込まれてゐたから……

実際、私は伝染を怖れてゐた。併し世間の義理と姉弟《きやうだい》の情愛は私を病室に運ばずには置かなかつた。彼女は衰弱し果てゝ、折々、眼を微かに見開きながら神秘な啓示でも捉へるやうに、衰へた視力の届く範囲から何物か見いださうと努めてゐた。そして私の顔が映つたのか、何にやら言ひだした。それは微かな呼吸が声帯を振るはし、僅かな筋肉の力が舌と唇を動かして漏れ出る言葉であつた。嗄がれた、囁きに過ぎなかつた。それほど明晰を欠いてゐた。私は耳を峙《そばだ》てて、すがれた魂の余韻を聴かうとした。

「此んなに身内がくるから此んどは駄目……」

「いゝえ、そんな事はありません。」私は慰藉《なぐさめ》の言葉を与へない訳には往かなかつた。併し彼女は一言斯ういつた許りで、咳きこむと真青な咯痰《かくたん》を吐かうとした。併し独りの力では吐きだすことが出来ないほど衰弱してゐた。白衣《びやくい》の看護婦は芳野紙《よしのがみ》で、真青な粘液を拭き取つて枕許の茶筒に収めた。私は知らず〳〵息をとめた。ぞつとするほど真青な、粘液は、充分肉体を滅すだけの力を持つてゐた。

病人の髪は無造作に束ねてあつた。髪は房々として、まだ艶も落ちてはゐなかつた。眉毛も濃かつたし、唇の色も赤かつた。額には氷嚢が載つてゐた。殊に発熱の激しいせゐか至つて血色が好く、顔も其れほど痩せてゐるとは思はなかつた。私は一月ほど以前に見舞に来た時の印象を思ひだした、其れほど病勢が進んで死期が近《ちかづ》いたとは受け取れなかつた。併し呼吸の苦しい様子と、言語の明晰を欠いてゐることが危篤状態を裏書してゐた。何によりも異様な悪臭——酸つぱいやうな、饐《すゑ》たやうな病床の香《にほひ》が鼻に泌みた。八月中ばの暑気に蒸された、また病菌に蝕《しよく》された腐敗の臭気に、知らず〳〵顔を素向けない訳には往かなかつた。

枕許には薬瓶、ガーゼ、芳野紙、検温器なぞが置かれて、蒼蠅の群や、本所名代《ほんじよなだい》の藪蚊なぞが病床の悪臭に誘惑されて、枕許に翼を鳴らしてゐた。看護婦や家の人達が絶えず団扇《うちは》で追つてゐた。

病人は何時も何事か饒舌《しやべ》つてゐた。囈語《うはごと》のやうにも思はれたし、愁訴のやうにも思はれた。そして病人の頼みを理解してやらないと、妙に悲しい金切声を絞り立てては、自烈《じれ》ぬいてゐた。その都度、病人は苦しげに咳き込んで、自ら痰を吐くだけの力がなかつた。看護婦は甲斐〳〵しく介抱してゐた。病人は何《な》にやら呻いて、頻りに訴えてゐた。一人の看護婦は病人の口先に耳を澄ました。

「足が御痛みなのですか。それぢや、御さすり申しませう……」

病人は肯いた。一人の看護婦は足下にきて、薄い掻巻を押しのけた。私は本能的に視線を素向けて了つた。何故といへば気味の悪いほど痩せこけた、骨と皮ばかりの両足が私の目に留つたからであつた。まつたく骸骨同様で骨と皮と外には殆んど肉が見当らなかつた。蒼白色の皮膚の下から大《おほき》い腓骨が現はれて、殊に足先は痛々しいほど骨が出てゐた。そして手先も同じやうに骨ばかりであつた。私は顔を見た時には其れほど危篤だとは思はなかつたが、痩せ細つた手先を見ると、もう到底駄目だと諦めない訳には往かなかつた。そして自《おのづか》ら涙つぽい心持になつて了つた。

病人は絶えず苦痛を訴えて、遣場のない手足を持ちあつかつてゐた。看護婦が幾ら足をさすつても苦痛は薄らがなかつた。患者は左右の肺臓を冒され猶激烈な肋膜炎に悩み、剰《あまつさ》へ神経痛に苦悶してゐた。高い熱と、衰弱とが患者を睡眠に導かうとしても、肉体の疼痛が覚醒させておいた。勿論、斯かる病人の常として意識は、はつきりしてゐるだけに苦痛が一そう激しいらしかつた。もう病人は死を待つてゐるに違ひなかつた。永遠の安眠を熱望してゐるらしかつた。病人に取つては死こそ安楽に違ひないと考へて私は姉の顔を打守つてゐた。病人は折々顔を顰めてゐた。熱にうるんだ瞳にも私の顔が映つてゐた。最愛の弟の顔が映つてゐた。すると彼女は俄かに涙ぐんでゐた。そして長い眉毛にも涙が一杯溜つてゐた。それは弟が見舞に来たのを感謝する意味ばかりの涙ではないらしかつた。弟に死を覚悟した絶望を告げる涙らしかつた。あらゆる人間の欲望をあきらめた、切ない涙であつた。魂の底からにじみだす涙であつた。死を迎へる涙であつたらう。少くとも弟の私には斯う思はれたのであつた、そして今、病床に横はつて死に啄まれてゐるこの若い婦人が、あの快濶な、勝気な、子供のころは克《よ》く喧嘩をした姉だとは思へなかつた。如何ほど姉だと思つても思ふことが出来なかつた。私は悪い夢でも見てはゐないかと思ひながら目をこすりたいほどであつた。併し其は現実其物よりも現実的な悼《いたま》しい事実に違ひなかつた。危篤に瀕した姉の顔立は病苦のために憔悴し果てたとはいへ、昔の快濶な、幸福と歓喜に充ちた顔立の名残を見いだすことが出来た。殊に子供のころ、悪口の種になつた泣黒子《なきぼくろ》が眼許《めもと》に残つてはゐなからうか。病床の人は私の姉に他ならない。この死骸のやうな婦人こそ私の姉であつた。斯う思ふと自《おのづ》から涙ぐまれて私はそつと半巾で涙を拭つたのであつた。暗い、冷たい哀愁が私の魂を蔽ひかくして、涙は留度もなく流れてきた。そばには親戚の人達や、看護婦などがゐたので、私は涙を見せまいとした。妙な事には斯かる真実の涙を溌すことが男らしからぬ行為のやうに思はれたのであつた。私は縁側の方へ目をそらした。病人の目を慰めるためか、大きい金魚鉢が置かれて、折々真赤な鱗が硝子越しに透いて見えた。簾垂と簾垂の間から真黄いろな、細い、日光が斜に縁側を焦して、簾垂の端からは海のやうな空が見えてゐた。庭の立木には蟬が鳴き立ててゐた。母親の死といふ痛ましい事実を理解する事の出来ない二人の子供は松の葉かげに戯れてゐた。私は無心な幼心を考へてゐた。

　私は姉の短かい生涯、過ぎ去つたこと、現在のことなどを考へて、様々の追懐に耽《ふけ》つてゐた。それは淋しい、悲しい、一種の運命的《ファタール》な心持であつた。私が学校を卒業した時、姉は適当と思はれる令嬢を探し出し、その家系や、家庭を調べて私に結婚を勧めた。併し学校を卒業したてで、詰らぬ学士号以外には、何等の資格も、実力もなく、随つて収入もない私は、妻を養ひ兼ねるといふ理由から膠《にべ》もなく姉の勧告を排《しりぞ》けた。すると姉は「もう一生、御上さんを世話してやらないから……」と好意を無にされた怒りを現はしてゐた。私は余計な御世話やきだと言はんばかりの冷やかな顔付さへしてゐた。猶その年の春であつたらう。姉の病気が其れほど進まないころ、床を取つてぶら〳〵してゐた時分、私は帯留の金物を貰ひにいつた。いつたい私は妙な性分で着物や持物の凝るのが好きである。まつたく近代人らしからぬ道楽には違ひないが、私は斯かる趣味を度外《どぐわい》しては生活することが出来ない。それで近頃流行る鎖代用の時計さげに帯留の金具をしたかつた。それは赤銅の丸に五三の桐を散らした御家彫《おいへぼり》の目貫で、なか〳〵渋ひものであつた。そして私の心持では姉が死を覚悟してゐるから生遺品《いきかたみ》として此の金具を呉れることと考へてゐた。そして生遺品を貰ふ積りで頼んだのであつた。勿論、生遺品だとは口にしなかつた。

「彼《あ》れを上《あ》げると癒つたとき困るよ。戸外《おもて》へ締めて出られるのはあればかりだもの……」と姉は何気なく答へた。此の言葉をきくと私は驚いて了つた。姉は医師から三年持たないと言はれて、とうから死を覚悟してゐた。そして何時《いつ》でも笑ひ乍《なが》ら死ぬ死ぬと言ひ立てゝ、世間を超越した顔付をしてゐた。少しく誇張して言へば恋人が恋人を待つやうに死の歓びを待つてゐたとも言へよう。とにかく死といふ悲惨な事実に対しては常に冷然と雲烟過眼視《うんえんくわがんし》してゐた。とはいへ「あれを上げると癒つた時、困るよ……」といふ言葉をきくと、如何に万事に絶望して、今は世間の迷執を脱した顔付をしてゐても、やつぱし心の隅には、万死に一生を得たい一種の僥倖心が潜在してゐることを否定することは出来なかつた。併し其れが人情の常だらうと考へて姉の心持を充分理解して同情してゐた積りであつた。

　私は此等の悲しい事実を思ひ出しながら、凝つと金魚鉢を眺めてゐた。折々、金魚が日に当つた硝子鉢の横を通ると、鱗が驚くほど大きく、真赤に輝いてゐた。私の眼は此の有様を見てゐたが、心は他の事を考へてゐた。すると油蟬がきつきと鋭い鳴音《なくね》を立てながら梢から梢へ飛んでいつた。

　病室には異様の沈黙が鎖《とざ》してゐた。病人は微かに呻いてゐた。誰も話す人はなかつた。用のある時は耳こすりをしてゐた。人々は病人を見守つて、死に行く身を憐れみ、その苦痛と苦悶とに同情して、時には汗を拭ふふりをして涙をふいてゐた。襖《ふすま》をあける人も静かに開けた。襖を立てる時にも、そつと立てて、開閉《あけたて》の音が病人の頭脳を刺戟しまいかと気遣つてゐた。病人は良人《をつと》なる人の片手を堅《し》つかり握つて安心を得たらしかつた。まつたく悲しい、粛《し》めやかな、湿つぽい静寂が病室に漂つてゐた。台所では氷をかく音がして、庭では油蟬や、「おしいつく〳〵」が梢々に鳴き立ててゐた。

　病人は咳き込んだ。真青な粘液は病人の喉へからみついて、弱い呼吸を閉塞するほど執拗であつた。姉は息苦しい呻の声を立てた。看護婦は小さい銀の針に綿をまきつけて真青な粘液を喉から拭きとつた。私は其の真青な色を見ると、思はず知らず息をとめて縁側に出て了つた。それは暑さ凌ぎのせゐではなかつた。有体《ありてい》に言へば病気の伝染を怖れたせゐであつた。そして病床から遠ざかれば遠ざかるほど伝染の憂《うれひ》は少いと考へてゐた。

　あゝ私は何んといふ不人情な男だらう。何んといふ恩義知らずの弟だらう。看護婦よりも誰れよりも真先に慰問の言葉をかけ、病人の介抱をして、病人の苦痛が薄らぐために、足をさすり、手を揉むのが弟の義務ではなからうか。それこそ友愛の真情ではなからうか。然るに縁側に立ち去つて、病床から遠ざかるとは何事だらう。私自身も斯う考へて、飽くまで利己的な、不人情な行為に愛想を尽かして了つた。恩知らず、不義理ものとは充分、知つてゐながら、病床に進むことが出来なかつた。私は深い苛責に打たれた。私の良心は私の魂を鞭ちながら、その不人情を責めてゐた。私は両手で胸を抱いたほど斯る浅猿《あさま》しい心持に悶えてゐた。そして義理知らずの魂を見まいとして私は暫時《ざんじ》、目を潰《つぶ》つたのであつた。

　併し私は姉の殉死をしたくはなかつた。私が手篤く姉を介抱したために、病毒を感染して姉の後を追つたなら、世間は親切な、感心な弟として私の殉死に感嘆し、同情して呉れる事だらう。併し其は無益な殉死である。無意義な感嘆だ。私は無価値な死をとげたくはない。青年として生れた私は、生れ落ちるや否なやそれ〴〵重荷を脊負つてきた。なるほど我々人間の事業は海辺《うなべ》に砂山を築く子供の稚戯に等しく、一波《ぱ》一浪《らう》のために奪ひ去られるとは言ひながら、我々青年は遠い昔から、今は地球上に名のみ留め、若しくは名さへ留めずに壊滅した無数の故人や、または現代に生息する老人達が額に汗して、建設してきた殿堂の工事を完成す可き使命を帯てゐた。私達青年の手には一箇の煉瓦《れんが》が載つて居ることも私は自覚してゐた。その煉瓦を積まないうちに死んだら、如何ほど無意義な、無価値な生存ではなからうか。姉の病気を手篤く看護し、そのために病毒を感染して殉死を遂げることは、殿堂の建設には何等の効果もない。何故なら斯かる殉死は煉瓦を積む事でないからだ。併し私が完全に一片の煉瓦を積み立てたら姉は如何ほど歓ぶことだらう。それゆゑ病床を離れて縁側に出たのには、畢竟、将来煉瓦を積んで、青年として義務を果し、姉に対する弟の最高な義務を尽すためであつた。そして私は現在姉に対して不義理の債務を脊負《しょっ》てゐるとも近き将来に於ては利子までつけて弁済する覚悟を極《きは》めてゐた。かように私は飽くまで利己的行為を弁解して、漸く魂の活路を見いだしたやうに感じてゐた。併し心は何うしても満足しなかつた。不人情者の弟よ、恩義知らずの弟よと叫ぶ声が何処かで聞えてゐた。

姉はやつと眠りに就いたらしかつた。ふと大い黒い蠅が頰辺《ほつぺた》に留まつてゐるのが目についた。枕許で氷枕の世話をしてゐた看護婦は毎日毎夜の疲労から思はず知らず、うと〳〵睡気を催したらしい眼付をして、蠅の留《と》まつてゐるのにも気が付かなかつた。大い蠅は凝つと翼を休めて、小さい、鋭い嘴《くちばし》を憔悴し果てた顔面の皮膚に刺し貫《とほ》して、死に瀕した病体の血管から滋養分を吸取してゐるらしかつた。病人は夢心地にも蠅の留《とま》つたのを煩さがるやうに時々、眼許を痙攣させてゐた。それでも蠅は飛び去らなかつた。私は痛々しい心地がしてもう見てゐることが出来なかつた。

「眼許に蠅が留まつてゐますよ。」

「……」看護婦は答へなかつた。そして余計なお世話だといふやうに頰辺《ほつぺた》を膨らしながら、赤い、太い手先で蠅を追ふと、蠅は行方も知らず飛んでいつた。私はほつと安心した。そして死に掛つた姉のために一かどの義務を果し、慰安を与へた心持がして嬉しかつた。姉はもう眼許を痙攣させなかつた。そして微な寝息が聞えてゐた。人々は多少、安心したらしい顔付をして、頻りに汗を拭いてゐた。病人の眠つてゐる時は看護人の骨休めの時らしかつた。看護婦は新しい氷嚢を取り代へながら「御熱が高いもんですから、十五分もたつと直ぐ溶けます」と低《こ》声《ごゑ》で言つて、古い氷嚢を女中に渡した。女中は、抜足差足、襖に近づいて、四辺《あたり》にそつと気を配りながら、静かに出ていつた。誰も話さなかつた。隣室の掛時計が滅亡に迫つた姉の生命を数へるやうに時間を刻んでゐた。私は初めて此の音に気がついた。そして私は涙ぐましい心持を感じない訳には往かなかつた。

私は早く帰りたかつた。私自身も病気を考へ、この狭い病室には無数の結核菌が充満してる事を考へると、一刻も早く帰ることが得策らしかつた。併し今帰つては姉に済まないと考《かんが》へた。また看護してる良人に対して、親戚の人達に対して甚だ不人情らしかつた。私は他人の前に冷酷な、非人情な自分の魂を見せたくはなかつた。打ちあけて言へば姉に対して済まないといふ苛責の情よりは寧ろ他人に対する思惑の方が私を病室へ引留めておいた。

蒸し熱い真夏の午後、妙に粛めやかな、いきれ臭い病室にゐることは大へん苦痛であつた。まして刻一刻と衰滅に近づく姉の姿を見てゐることは出来なかつた。私は汗を拭きながら金魚鉢を見たり、または床の間の隅に置かれた、真黒なほど蠅の取れた硝子の壺を見たりして奇異な倦怠を慰めてゐた。時には入道雲の湧き立つた青空を眺めたり、向《むかふ》の物干にさがつた肩抜きの小意気な浴衣を見詰めたり、蟬の鳴音を聞きながら、悲しい事を考へまいと努めてゐた。この姉はちやうど三十三の厄年であつた。私の兄も矢つぱし此の厄年で、此の同じ病から死んで了つた。私も三十三になつたら、この病気で死ぬのではなからうか。私はぞつとした。そして今、姉の見舞に来た私は、近い将来に於て、姉と同様に不治の病に冒され、骨と皮ばかりに痩せ細り、高い熱に苦しめられ、執拗な咯痰《かくたん》に喉を締めつけられて懊悩し苦悶するのではなからうか。恐らく伝染を恐れる友達は見舞に来なからうし、来たとて直ぐ帰つて了ふことだらう。この悲惨な有様こそ軈《やが》て私が通る可き道ではなからうか。私は将来の悲しい自分の姿を現在、目にしてゐるのではなからうか。私は斯う考へると思はず知らず心の底がぞつと冷え渡つて、妙に悲惨な、絶望的な気分になつて了つた。そして一種の迷信からか、姉のために手篤い看護がしたかつた。

姉は咳き込んだ。看護婦は手早く、渇いた唇に水を含ませてゐた。私はふり向くと、姉の顔にはまたもや大《おほき》い黒い蠅が留つてゐた。多分同じ蠅だらう。執つこく病人の目許に翼を休めて嬉しげに肢を動かしてゐた。そして病人が苦しげに咳き込んでも、鋭い嘴を病人の顔に立てながら貪るやうに営養分を吸取してゐるかと思はれた。私は病人の枕許に近づいて、団扇の先で追ひ払ふと、その蠅は高く翼を鳴らしながら飛んでいつた。何んといふ煩《うる》さい蠅なのだらう。併し私は宜い心持がしてゐた。そして姉のために最も手篤い看護をしたかと思はれた。不図ボードレールの名高い「腐屍《シヤローギユ》」といふ詩が心に浮んできた。

病人は眼を醒ますと俄に何にやら苦痛を訴えだした。人々は辛じて病人の要求を理解することが出来た。看護婦は蒲団の裾に往つて脚をさすりだした。すると稍々《やゝ》苦痛が薄らいだらしかつた。姉は微に上目を使つて私が枕許にゐるのを見いだして、微かな安心と感謝とを顔に浮べた。私の思ひなしか、さう見えたのであつた。

「末《すゑ》ちやんに御蕎麦《おそば》を取つて下さい。」と姉は苦しい息使ひの下から斯ういつた。

此の言葉を聴くと私は感謝しない訳には往かなかつた。死の懊悩に苦しみながら、また肉体の破壊する苦痛に駆られながら、姉は弟の蕎麦好きなことを忘れなかつた。そして見舞に来て貰ひ、枕許で看護して貰ふ感謝のために、異常な苦痛を冒《お》かして、弟に好物を喰べさして呉れと云つた言葉と、その心尽しを思ひやると私は姉の優しい心、骨肉の美しい情愛に打たれて了つた。そして伝染を怖れて早く帰らうとした自身の不人情が恥しかつた。私は自から鼻じろんで、俄かに涙が涌いてきた。併し其は弟の心の底からにじみだした感謝の涙であつた。私は半巾で其の涙を拭ひながら、言ひ知らぬ幸福を感じてゐた。斯かる優しい姉を持つた自分の幸福を泌々と感じてゐた。そして病人の優しい心持には他人さへ涙を催したのだらう、誰れも涙を啜つてゐた。

　軈て注文の蕎麦が来た。場末の蕎麦とは言ひながら、私は姉の心尽しを味ひながら悲しい心持で美味しく喰べ終つた。

　本所名代の藪蚊がそろ〳〵攻めて来たころ、私は帰り支度をした。

「それぢや御大事に……また直き来ますよ」と私が病人の耳許で言ふと、姉は微かに肯いた。

　戸外《おもて》へ出ると、私はほつと息をついて額の汗を拭いた。そして解放されたやうな心持で空を仰いだ。涼風《すゞかぜ》の吹きだした日暮であつた。金龍山待乳山《きんりうざんまつちやま》の一帯には真赤な夕焼がして、まんまるな宵月が淡い影を見せてゐた。もう町では燈火《ともしび》がついて、子供の集つた駄菓子店を覗くと今戸焼の豚から蚊遣の煙が立ち上つてゐた。御内儀《おかみ》さんらしいのが諸肌ぬきで夕餉の仕度をしてゐた。肩揚の房々しい娘が店番をしてゐた。私は死にかゝつた姉のあることをば考へながら、妙に果敢ない心持で曳船河岸《ひきふなかし》を歩いてゐた。すると、工場の汽笛がぽつと鳴りだして長い〳〵余韻を残してゐた。

　折柄の上げ潮に檝《かぢ》の音が響いてゐた。水戸様の邸内から欝蒼と梢をさし交はした樹蔭には、氷屋が店をだしてゐた。函館《はこだて》氷《こほり》とかいた小さい旗が川風に動いて、葭簀《よしず》のかげには若い男が床机《しやうぎ》のうへに仮寝《うたたね》をしてゐた。その隣には赤い白酒売の荷が置かれて、白い手甲を穿めた小意気な御老爺《おぢい》さんが、隅田川の夕景色に見取れながら、ゆつたりと煙管を咬へてゐた。夕闇が金龍山待乳山の方からそろ〳〵川を裹《つゝ》んで、白帆の影が薄れてゐた。すると梢から日暮らしが、かな〳〵と鳴きだした。私はこの鳴声をきくと、言ひ知らぬ悲しい、淋しい心持で枕橋を渡つていつた。

　姉の容態は依然として変らなかつた。多少食物のいけるせゐか、さほど衰弱も増さなかつた。多分、八月一杯は持つに違ひないし、涼風の立ちだす頃が、危い瀬戸際だと医師は言つてゐた。私は隔日に見舞にいつてやつた。病人の意識は益《ます》〳〵鮮明で、病床に横りながら、看護婦の苦労を思ひやつたりなぞしてゐた。「早く死なせて下さい」と医師に駄々をこねてゐたさうであつた。

　私は何時《いつ》でも家《うち》にゐた。何時何時《いつなんどき》、真逆《まさか》の事があるかも知れないと思つて、用達しに出るときは出先をちやんと知らせておいた。

　八月廿七日の事であつた。その日は朝から激しい雨が降り続き、午後からは風が吹きだして、嵐に変つて了つた。私は雨戸を曳いた薄暗い部屋で机に向つてゐた。雨戸はがた〳〵揺れて閾《しきひ》には水が溜つてゐた。風の音、立木の動く音、雨の香《にほひ》に、何処となく冷え〴〵として、羽織がほしいほどであつた。時には総毛立つほど涼しかつた。この嵐からめつきり涼風が立ちだして、初秋の冷やかな時候になる事と考へてゐた。そして時節の推移が姉の生命を奪ひ去る原因かも知れないなぞとも考へてゐた。それで思ひは夫れから其れへと飛んでいつた。

　四時ごろになると嵐がやんで、空模様も明るくなつてきた。併しまだ小雨がふつてゐた。すると向島の松崎君から電話が掛つてきた。

「やあ、この間は失敬、遊びに来ないか。一寸《ちよつと》、頼みたい事があるから……」

「遊びに往つても好いが天気が悪いからね。」

「天気が悪いたつて直《ぢ》きぢやないか。雷門から俥で来給《きたま》い、直《す》ぐ知れるよ。」

「それぢや往かう……」と私は約束して了つた。電話を切つた途端に姉の病状を思ひだした。併し昨日見舞に往つた時には、まだ別に変りもなく今月一杯は確かだと医師のいつた言葉を思ひだすと、私も安心して家《うち》から出掛けた。

「直ぐ帰つてきます」と私は下宿の女中に言つた許りで、何《ど》うした訳か出先を言ふのは忘れて了つた。

　雷門から俥に乗つて枕橋を渡りだした頃には雨が上つてゐた。深幌の中から覗くと、「言問《こととひ》」とかいた番傘が横町を曲つたばかりで、傘を射してる人はなかつた。空は薄墨《うすずみ》を流したやうに曇つてゐた。私は松崎君と久々で話すのが楽しみであつた。いつぞや田甫《たんぼ》の大金《たいきん》で「惜春会《せきしゆんくわい》」の催された時、私は二年ぶりで松崎君にあつた。松崎君は旅から旅へと放浪して久しく行方を踏晦《くらま》してゐたが、此んど妻君を迎へて向島へ新居を構へたさうであつた。松崎君の事だから、嘸《さぞ》かし、おきやんな美人を迎へたに相違ないと考へながら、俥の上で取留めもない空想に耽つてゐた。

　松崎君の家は直《ぢ》きに解つた。流石《さすが》に小梅の寮らしい家構へであつたが、玄関に這入ると、濡れた畳の上に小さい盥《たらひ》が置かれて、まだ天井から、ぽた〳〵雨漏りがしてゐた。

　私は二階に通された。床付の六畳で、しどけなく炬燵に睡《ねむ》りかゝつた長襦袢姿の浮世絵が掛軸になつてゐた。違棚には裸体の石膏像が幾つも載つてた。片隅の机に向ひながら、悪魔主義者の松崎君が長い髪の毛をふり乱してゐた。

「僕は昨日も此の近所へ来たよ。」

「何《ど》うして……」

「姉が病気で死に掛つてゐるからね。」と私は説明した。

　まだ雨滴れの音が折々聞えてゐた。妻君が雨戸をあけると俄かに明るくなつて曙のやうな心持がした。雨を含んだ冷たい風が、肌にしみて、隣の瓦屋根に生えのびた無名草《ななしくさ》の緑が鮮《あざやか》に匂つて濡れた縁側の手摺には薄日がさしてゐた。それから障子をあけて妻君が這入つてきて丁寧に初対面の挨拶をした。悪魔主義者の松崎君には余りに温良な繊麗な妻君であつた。何《ど》う見ても黒人《くろうと》らしい処はなかつた。女学生上りかとも思はれた。

「このごろは田中にも逢はないが、和田には帝文の会で一遍あつたきりだ。」

「やつぱし和田の行き方が悧口だつたね。」

　私達は「新思潮」当時の回想談に耽つて、其れから其へと話の花が咲いていつた。もう五年ほど前の事であつた。まだ松崎君を初め、私達が大学の角帽を被つてゐたころ、自然主義の跋《ばつ》扈《こ》してゐた文壇に青二才の名乗をあげた無暴な、無遠慮な、自《うぬ》惚《ぼ》れぬいた青年の事業には面白い談片が充ちてゐた。ほんとに私たちは若かつた。そして松崎君が音頭取りで、所謂、社会教育を施された。そして華魁買《おひらんかひ》も藝者遊びも知らない純潔な私達は冷笑されてゐた。いつぞや松崎君の尻について品川の遊廓を素見《しやか》したこともあつた。または卑しい遊びの通を聞かせられて大《おほい》に辟易した事もあつた。その当時から見ると皆んな大そう違つて了つた。松崎君は一躍して文壇の大家になつたが私は相変らずの駈出し文士で、傍《かたは》ら陸軍の先生を勤めてゐたが、職務怠慢のかどで職を解れて了つた。その他の同人も皆な納まる処へ納まつて今は顔も会はせない。まつたく離散して了つた。私と松崎君は当時の追懐談をして、其のころの若い気分を喚びさましてゐた。松崎君は記憶の底をさぐるやうな眼付をして斯ういつた。

「あの、お歌は何《ど》うしたらう。」

「何《ど》うしたかね。もう好い年増になつたらう。」

「一寸《ちよつと》、好《よ》い女だつたね。」と松崎君は言ひ添へた。新思潮の編輯局は芝園館《しばぞのくわん》といふ料理店のなかにあつた。その芝園館には多くの女中が居たが、中でもお歌といふのは江戸前の美人であつた。そして松崎君が最も御執心であつた。今は何うしてゐるだらう。人妻になつたか。それとも囲者《かこひもの》にでもなつて旦那の御機嫌を迎へてゐるのか。それとも待合の御女将にでもなつたのか。嘸かし瑞々《みづ〱》しい髷に、抜《ぬ》き衣紋《えもん》の小意気な年増になつた事だらう。彼女の行方や、現在の境遇は分らないまでも、私達が時間の制裁を受けて一人前になつたと同様に、彼女が年増になつたことは逃れることの出来ない運命であつた。私は斯う考へて過去の暗闇からお歌の娘らしい顔付、眉の濃い、目許の涼しい、笑靨《ゑくぼ》の可愛らしい面影を思ひ浮べてゐた。すると微かに肩揚の残つた後姿が目に浮んだ。私はふと懐しくなつた。私自身もお歌に恋してゐたのだらう。何処となく粛《しめ》やかな、沁々した心持で、私は横雲の切れ間を眺めてゐた。

　裏町では鶏《にはとり》が一声ないた。流石に場末らしい心持がしてきた。

「芝園館は何うしてるだらう。」

「待合をしてゐたが、近ごろは代が変つたさうだ。」

「さうかね。」と松崎君は嘆いてゐた。

　二年ぶりに逢つたせゐか、話の種は尽きなかつた。「新思潮」同人の一人であつた大川の話も出て、愛妻と愛児を残して若死をしたこの青年詩人の身の上を悲しく思はない訳には往かなかつた。結婚式に招待された私達は翌年会葬しなければならなかつた。閑寂な玉川の里、秋の日の午後、彼の棺は静かに煉《ね》つてゐた。棺のあとから若い妻君が啜り泣きながら跟《つ》いていつた光景《ありさま》も目に浮んできた。

「君は大川君の家へ往かないかね。」

「往かないよ。往く必要もないし、往くとバツが悪さうだからね。」松崎君は斯う答へて長煙管《ながぎせる》で灰吹きを叩いてゐた。大川君の死後、その愛妻が弟の妻に配したことも私達は克《よ》く知つてゐた。

もう夕暮であつた。何処かで豆腐屋の喇叭《らつぱ》が響いてゐた。工場の汽笛が長い余韻を濡れた空気中に残してゐた。そろ〳〵蚊の鳴声が聞えてきた。蚊遣香《かやりかう》を運んできたのは夫人であつた。

私達は晩餐を認《したゝ》めながらまた一しきり話してゐた。学生時代の若い気分が心に甦つてきた。そして八時ごろ一緒に出掛けた。雨上りの涼しい夜風が吹いてゐた。もう秋の夜らしいほど肌寒く、熱い〳〵と団扇を放さなかつた夏も何時《いつ》しか過ぎて、何処からか蟋蟀《こうろぎ》が聞える淋しい時節が来たらしかつた。濃い紺色の空は澄み渡つて星がきら〳〵輝いてゐた。私はこの近所に死に掛つた姉のあることを考へると、妙に果敢ない心持がして、私が斯うしてるうちに死ぬまいかと懸念せずには居られなかつた。

「君と話してるうちに姉が死んだら大変だなあ……」

「そんなに悪いのかい。」

「悪いにや悪いが今月一杯は確かだらう。」私は斯ういふものゝ、真逆の事があるまいかと思はれて気が咎めてゐた。併し昨日見舞に往つた具合では些《すくな》くとも今月一杯は大丈夫らしかつた。

私は夏外套を着て、傘を持ちながら、からころと曳摺つてゐた。大雨に洗はれて小石の顔をだした往来に下駄を、からころと曳摺つてゐた。沢山御馳走になつたせゐか腹工合がもたれて、歩くのが物ういほどであつた。松崎君は頻りに興奮して道々《みち〳〵》饒舌《しやべ》つてゐた。派手な浴衣を着た仇つぽい女が小窓から顔をだしてゐた。厚化粧の濃艶な顔が、夕闇のなかに、くつきりと浮んでゐた。そのそばには蛍籠が吊るされて、燐光性の青い光が女の横顔を薄く染めてゐた。

「囲ひものかね。」

「まあ、そんな処だらう。やつぱし小梅は小梅だけあるよ。」

私は斯う答へて、妾宅の立ち並んだ片側を歩いていつた。濡れた瓦から雨の香が薫つてゐる。

私達は吾妻橋を通ると、相変らず賑やかであつた。金龍山の空は火事のやうに赤く染まつて、異様な喧噪が潮《うしほ》のやうに押しよせてきた。若い男女の姿、その囁き、下駄の音、広告燈の閃めき、南千住行きの電車は鈴生りの御客を載せて重さうに馬道通りへ曲つて行つた。私達は人込みをさまよつてゐた。

「何処《どこ》かい往かうか……」

「さうだね、何処《どこ》かい往きたいね。」

「この儘ぢや納まらないね。」つひ先頃妻を迎へて家庭を作つた松崎君から此の言葉をきくと独り身の私は異様に感じた。そして「新思潮」当時の松崎君を見いだした心持がしてゐた。

「吉原へ往かうか。」松崎君は妙に言葉尻を上げて私の顔を覗いた。

「往かう。」と私は快く賛成して了つた。併し姉の事を思ひ出さない訳には往かなかつた。とはいへ昨日見舞に往つた様子では今月一杯は大丈夫らしかつたので、私は一晩ぐらゐ遊んだとて死目に逢へない事はあるまいと考へてゐた。併し何処となく気が咎めてゐた。殊に瀕死の姉を控へながら華魁買に行くことが大そう私の良心を責めてゐた。けれども私の好奇心は其れ以上に盛んであつた。何故なら私は華魁買に往つたことは殆んど無かつたから。酒も煙草も飲まない私には不幸にして耽溺とか放蕩とかいふ可き道楽の趣味を解することが出来ない。たとへ若い寂しい心持は数々私を逸楽の巷に誘《いざな》つて行つたにしろ、私は痛ましい悔悟と苛責を購つて帰るのが常であつた。そして何時でも批評的や分析的な私は最も美しく着飾つた形体の下から最も愚かな、卑しい魂を見いだして何時も驚異の情に打たれてゐた。それゆゑ私は世間の謂ゆる放蕩児となることが出来ない。併し今、松崎君から誘はれると、放蕩児らしい心持で賛成して了つた。それほど若々しい感激に打たれてゐた。殊に松崎君のやうな通人《つうじん》に引張つて往かれゝば気丈夫のやうにも感じてゐた。

　程なく私達はある引手茶屋に上つた。そして二人ほど藝者を呼んだ。藝者は絶えず唄つたり、弾いたりして、御客の気分を引き立てようとしてゐた。松崎君は旦那然《ぜん》と脇息《きやうそく》に凭り掛つて頻りに杯を重ねてゐた。併し私は無理に差された杯《さかづき》を一口嘗めた許りで置かない訳には往かなかつた。今まで忘れてゐた姉のことを思ひだしたからであつた。私が茶屋の二階で藝者を上げとる時に、瀕死の姉は何うしてゐるだらう。若しや終焉の呼吸に苦しんでゐないだらうか。そして人々は私を探しぬいてはゐないか。臨終の苦しみ、終焉の息づかひ、死顔、私は死の苦痛を想像したり、姉の死目に逢ひそびれた不徳を予想すると、何処となく気分が滅入つて了つた。

「此方はお杯がいけないからサイダに致しませう。」

「サイダでも飲んで御発《おはつ》しなさいよ。」藝者は御酒の飲めない私を馬鹿したやうな、白い歯をむきだして、卑しい笑ひを見せた。私は何んとも言へない嫌な心持がしてゐた。そして藝者の影法師が屏風に揺らぐのを見詰めてゐた。松崎君は御得意の「三千歳《みちとせ》」を唄つたり、「薄墨《うすずみ》」を唄つて、細い目付きをしながら、世間の煩累も藝術の苦悩を忘れたらしい顔付をしてゐた。私はふと「新思潮」当時の事を考へて、

「羽左衛門の声色をやらないかい。」と勧めた。

「羽左衛門も近頃は土左衛門だよ。」と松崎君は答へて、歌ひながら盃《さかづき》を乾してゐた。私は少々噪《はしや》いだかと思ふと、また姉のことを思ひだしてやつぱし気が引き立たなかつた。胸に蟠《わだか》まりがあるやうで、何をしても面白味がなかつた。いつそ是から家へ帰らうかと思つたが、それも男らしくないと考へて、面白くもない遊興を冷やかに眺めてゐた。そして何とも言へない心懸

りな、嫌な気分であつた。私は嘸《さぞ》かし欝《ふさ》いだ、苦々しい顔付をしてゐた事だらう。若しや姉が死なないかと私は私の心に尋ねた。併しそんな事はない、取越苦労だと私は無理に答へて、やつと心の安息を見いだしてゐた。私は燥いだり、欝いだりしてゐた。

仲の町の通りは大した騒ぎであつた。前の茶屋では底ぬけ騒ぎが始まつて、大乱痴気であつた。その隣の二階では太鼓持が踊つてゐた。三味線や、下方《したかた》の音がしてゐた。不夜城のさゞめきは今が酣《たけなは》であつた。

私達は茶屋の女中に送られて稲本へ登《あが》つた。

私の相方は小肥りな肌の好い華魁《おいらん》で円顔の可愛らしい口許をしてゐた。源氏名を何といつたか今は忘れて了つた。この華魁は横山町《よこやまちやう》、橘町《たちばなちやう》、馬喰町《ばくろちやう》から浜町《はまちやう》　近辺《きんぺん》へ掛けて門並《かどなみ》に知つてゐた。殊に柳橋附近の料理屋、待合、藝者家などを知りぬいてゐた。

「君は藝者をしてゐたのかい。」

「いゝえ。」と華魁は答へた。併し藝者をしたらしかつた。私は其れとなく問ひたゞすと浜町に名高い待合「御半《ぎよはん》」の御女将《おかみ》は稲本の娘ださうであつた。それゆゑ人聞《ひとぎゝ》に柳橋の噂を知つてゐると華魁は答へた。

「柳橋へ往つたら「御半」に行つて下さいよ。」華魁は妙な処で義理を立てゝゐた。華魁と私は時代こそ違へ小学校も一つであつた。なんでも私の家の近所らしい様子であつた。横山町あたりの老舗《しにせ》が落ちぶれてその独娘が苦海《くかい》に身を沈めたらしくも思はれた。私はなるたけ人情本の情趣を味はうとして、さうも考へてみた。それから身上話をきいたが華魁は言葉を紛らして空恍《そらとぼ》けてゐた。併し私と同じ処で育つたことだけは事実であつた。私が小学校を下がるころ彼女は尋常一二年ぐらゐで嘸かし可愛らしい生徒であつたらう、華魁と私は教場の廊下や運動場なぞで顔を見交したに違ひない。運動会には列を組んで上野の竹の台や向島の秋葉の原へ行つたことだらう。併し彼女は尋常科を終るころ、遠い山国へ連れて行かれたさうであつた。ほんとに運命ほど不思議なものはない。この夜、計らずも同じ小学校の下級生を華魁として見いださうとは思ひも懸けなかつた。

「広くつて狭い世間だね。」

「ほんとね……。」と華魁は答へた。

私達は暫らく黙つてゐた。私は懐かしい、果敢ない心持がして、沁々と世間の悲しみを味つたやうに思はれた。

ふと私は姉のことを思ひだした。死に掛つた姉のことを思ひだしたのであつた。私が斯う華魁と話してる間に姉は死んではゐまいか。死に掛つてはゐまいか。私は斯う考へると、一刻も凝つとしてはゐられなかつた。併し昨日の容体ではまだ大丈夫であつた。そんなことはない。取越し苦労だと考へて気を鎮めやうとした。併し姉が死に掛つてるやうな心持がして仕方がなかつた。

「そんなことは有りやしない。気の迷ひだ。」と考へた。併し心は満足しなかつた。虫が知らすか、何処となく胸騒ぎがしてゐた。ふと姉の死顔が眼を掠めた。私はぞつとして心の底が冷え渡つた。すると二時が打つた。不夜城の賑ひも段々寂れて夜風が身にしみてきた。そして疲労が睡《ねむり》の国に誘つていつた。

翌日は好い天気であつた。昨日、大雨の降つたせゐか空には一片の雲もないほど澄み渡つて、朝空が濃い紺色を見せてゐた。もう秋らしかつた。そして秋風が冷え〲と肌に沁みてゐた。

松崎君と私は大門を出た。

「君、家《うち》の妻《やつ》には内所だぜ。君に柳橋を奢られて君の家へ泊つたふりにしておくよ。」と松崎君は言つた。

「さうかい。大丈夫だよ。」と答へた。二人は雷門で袂を分つた。

私は蛇の目をさげ、夏外套を抱へながら、足駄を曳摺り〲路を急いだ。空を仰げば光線が目にしみて寝足りない頭が痛かつた。電車を降りて下宿に近づく時分には姉の事が気に懸つて堪らなかつた。若しや私の留守に死にはしまいか。家《うち》の人は私を探しぬくまいか私はもう取り返しの付かない事をして了つた心地がして堪らなかつた。併し真逆そんな事はあるまいと考へても、さうらしい気分がしてゐた。そして地獄の門をあけるやうな、怖ろしい、悩ましい心持で下宿の戸をあけた。

「まあ、何《ど》うなすつたのです。昨日から電話で大へんでしたのに。御姉さんが……」

「もう解つてるよ。」と私は手早く外套を投げだし、下駄を穿き違へた。

「大へん御心配して探し申しましたけれどもお出先が解りませんから……」

「もう好いよ。」私は耳を塞ぎたかつた。そして宿の女中が物見高くずらりと玄関にならんで、不人情者の私を、きよろ〲見詰めてゐた。案の定死目に逢ひそくなつたと考へて私は深い呵責に打たれた。

私は雷門で電車を棄てると直ぐ車に乗つた。いかほど、もどかしかつたらう。如何ほど焼きもきした事だらう、もう死んで了つたか。それとも危篤状態で纔《わず》かに余喘《よぜん》を俟《ま》つてゐようか。さうあつて呉れれば何れほど好い事だらう。息のあるうちに一目逢ひたい。私も斯う考へて俥を急がせた。姉の家《うち》の門前までくると、新しい絆纏を着た出入の者が、俯向きながら、ゆつたり歩いてきた。私は凋《しほ》れた其の横顔を見た。そしてもう死目に逢へなかつたと悟つたのであつた。

私は一種、恥かしい顔付をしながら親戚の立ち並んだ室内に這入つた時には、なんとも言へない呵責の感に打たれてゐた。果して姉は死んでゐた。もう枕許には御線香が上つてゐた。まだ逢つた事のない親戚の人達が、きよろ〲私を眺めてゐた。

「昨夜は遂ひ雨に降られたので友達の家に泊つて了ひました。すぐ近所にゐたのです。一昨日、伺つたときには、まだ大丈夫だと思ひましたから、つひ気を許して……」と私は嘘をついたり弁解をしたりした。義理ある兄はやつぱし遊んだ人だけに私が家《うち》をあけた理由をちやんと想像してゐるらしかつた。私の邪推か、姉の死目に逢はなかつたのが不満らしかつた。

「真逆斯んなに早いとは思ひませんでした。医者も今月一杯は確《たしか》だと思つてゐましたからね、けれども病人が疳癪《かんしやく》を起したので……」義兄《あに》は言つた。

この言葉を聞いたとき、私はほつと胸を撫で下ろした。一晩あけたのが尤《もつとも》らしく思はれて弁解の立つたやうな気がしたのであつた。義理ある兄の言葉に依れば、姉は看護の仕方が気に入らないと言つて頻りに疳癪を起した。そして我が手で軽い掻巻を押しやるほど怒つた。その疳癪が彼女《かれ》の死期を早めた。俄かに心臓を害して瀕死の状態に陥つたさうであつた。そして夜中の二時に永い眠りに就いたのであつた。

「二時ですか……」私は問ひ返した。何故と言へば私は華魁の強い音があり〳〵と耳に残つてゐた。この二時を確かに聞いたのであつた。今でも掛時計の寝床で、この二時を確かに聞いたのであつた。姉の死顔を目に浮べてぞつとしたのも此の刻限であつた。姉の魂は私の胸に通じた。彼女は如何ほど弟に逢ひたかつたらう。掛時計の二つの音は殊さら強く打つて此の時刻を私に告げたのだ。それも姉の魂が私の胸を死ぎはに音づれたのだ。あゝ私は死目に逢ひそくなつて了つた。それも華魁買にいつたせゐであつた。私は神秘な感情に打たれると同時に深い後悔と呵責とに胸を衝かれてゐた。

「御線香でも上げて下さい。」と義理ある兄から言はれて私は益々気まづい思をしてゐた。私は静《しづか》に死骸の枕許に進んで、何んとも言へない心持で二三本の線香に燭台から火を移して炮烙《はうろく》皿の上に立てた。自然と涙ぐまない訳には往かなかつた。

あの姉は冷たい死骸になつてゐた。顔には新しい手拭が掛けてあつた。私は手拭を取つて死顔を見るだけの勇気もなかつた。手拭の端から濃い眉毛が少しばかり見えてゐた。私は凝つと見守つてゐた。死人の髪は昔ながらに黒かつたが、気のせゐか艶が落ちてゐた。唇は黄白色《くわうはくしよく》を呈して、額の肉が弛緩してゐた。そして手拭の下から鼻が高く持ち上つてゐた。枕許には魔除けの太刀が置いてあつた。もう硬張つた両腕を胸の上にきちんと組み合せてあつた。手先も艶のない黄白色を呈して、長く伸びた爪先に真黒な爪垢が溜つてゐた。長く伸びた爪先と真黒な爪垢は永い病気を裏書して、黄白色の死骸に鮮やかな神秘な印象を与へてゐた。もう死骸の香《にほ》ひが鼻をついた。

「死目に逢はなくつて僕が悪かつた……」私は心のなかであやまつた。そして私には此れ以上の言葉が云へなかつた。なんとも言へない感情に胸が塞がれて、知らず〳〵涙が湧いてきた。私はもう一遍死骸に目を注いだ。蒼蠅が死骸の腕から飛びたつのが目に留まつた。私は静かに枕許を引き下つた。

「死ぬ時は苦しみましたか。」

「それほど苦しみませんでした。何にしろ覚悟してゐましたから。貴方には別に何にも遺言はありませんでしたが、豪《えら》くなつて呉れと言つてました。」義理ある兄から斯う言はれると、私は泣き出さずには居られなかつた。豪くなれといふ遺言をきくと溜涙が頬に伝はつてきた。死ぎはにも私の豪くなるのを願つてゐた。そして苦しい息の下から言ひのこして冷めたい死骸になつて了つた。姉は私を忘れなかつた、沁々、姉の優しい心持が身にしみて、悲しいやうな、嬉しいやうな心持がしてきた。そして涙は留度が無かつた。いくら半巾《はんけち》で拭いても涙は尽きなかつた。ほんとに私は心から泣いた。それは生れて初めて泣くことが出来たと思ふほど純潔な、真実の涙であつた。私は泣顔をしながら次の間へ引下つた。其処には女達が集まつて、饒舌《しやべ》りながらお昼の支度などをしてゐた。

「何処へ行つたのです。遊んでゐて姉さんの死目に逢はないなんてほんとに道楽者ね。」

「どれだけ待つてゐたか解りませんよ。それに家《うち》の方の身内は妾《わたし》きりだから、どんなに心細かつたか知れやしない。」

私は姉達にひどく毒つかれても返す言葉がなかつた。私は口を噤んで涙をふいてゐた。

台所では折々螽蟖《きり〴〵す》がないてゐた。人々は病人の死態《しにざま》を話して、痰が喉に絡んで苦しがつた様子や、最後の呼吸を引取る時には微に身体を持ち上げて悶絶した事を話して聞かせた。私は先刻《さつき》、義理ある兄から病人が苦しまずに息を引取つたと聞いてゐたのに此の話とは大へん違つてゐた。そして愛妻が臨終に苦しみ抜いたとは口にすることの出来ない良人《をつと》の心持だらうと私は思ひやつてゐた。

病人は兼ねて伝染病だと知つてゐたから子供を病室に入れなかつたが、もう臨終が近づいたと知つた時には子供を枕許に呼びよせて、懇々と訓誡を施した。そして兄は医師になり弟は家業を嗣げと言ひ聞かしたのであつた。

「阿母《かあ》ちやんが書いたのだよ。」と弟の方が私に皺くちやの紙を見せた。其処には読みにくい草書が一字かいてあつた。私は読み煩《わづら》つてゐた。

「もう痰が絡んで口がおきけにならないので水とおかきになつたのです。」と看護婦が説明して呉れた。なるほど水といふ字の草書であつた。是れこそ姉の絶筆であつたらう。私は凝つとこの紙切れを見詰めて死に掛つた姉の心持と、其の苦痛を想像してゐた。それから子供に返した。すると弟の子供は其の紙切れを叮嚀《ていねい》に畳んで懐に収《しま》つた。幼心にも母親の絶筆が貴い追憶であつたらう。私はこの紙切れを大事さうに収つた子供の意地らしさを眺めると涙を飲み込まない訳には往かなかつた。

姉は死んだら見て呉れろと兼ね〲言つてゐた手紙を置いていつた。それは遺書であつた。子供の処置なぞも書き添へてあつたが、財政の許す限り葬式を立派に出して貰ひたい事と絶対に火葬を避けて土葬にして貰ひたいことを頼んでゐた。

「お坊ちやんの時に灰が少ないから隠亡《おんぼ》が棺に入れたものを盗んだり、着物をはいだと仰有《おつしや》つて其れから焼くのは嫌だと仰有つてました。」と古く居馴れた女中が説明してゐた。姉は死骸となつても棺を毀《こぼ》たれて着物を剥れたりするのを怖れてゐた。

そして姉の生命を奪つたのも愛児の死であつた。姉は妊娠中に肺尖加答児《はいせんかたる》に冒された。そして子供を生むと病勢が進んで、とう〳〵本当の肺病になつて了つた。医師は三年持たないと言つてゐた。併し転地もしなかつた。そして此の末子を可愛がるのに余念がなかつた。この愛児のためには身分の不相当の贅沢をさして、それこそ蝶よ花よと可愛がつてゐた。併し可愛い盛りのころ急性脳膜炎に罹つて此の子供は死んで了つた。姉の失望は如何ばかりであつたらう。貴重な皿が手から滑つて粉々にかけたやうに、暫時途方に暮れて死骸を見詰めてゐた。併し夢ではなかつた。痛ましい出来事であつた。私が御通夜に往つたとき、

「今に私が後から往つて、賽の河原で御守をしてやるよ。」と姉は冗談らしく言つてゐた。その時、私は姉の切ない心持を思ひやつて充分心根を汲みとつてやつた。そしてあの「賽の河原の地蔵尊、十歳《とう》にも足らぬ幼児が、一つ積んでは父のため、二つ積んでは母のため……」といふ悲しい御詠歌をも思ひだした。また子供のころ回向院《えかうゐん》で見た地獄極楽の覗き眼鏡の絵、賽の河原で数かぎりない子供が地蔵尊の足もとに小石を積んでる有様《ありさま》を思ひ浮べて悲しい心持に打たれてゐた。

　愛児を失つてから姉はどつと床に就いてゐた。そして二年ばかり病室で死を待つてゐた。とう〳〵昨夜死に迎へられて、遠い天国に旅立つのであつた。

　私は死目に逢はなかつた罪亡しのため絶えず御線香を上げてやつた。御線香を多く上げれば上げるほど死骸の苦痛が薄らぐやうな心持がしてゐた。迷執が消えて極楽浄土へ往けるかと思つた。それは菩提を弔《とむら》ふ悲し味であつた。私は幾度も姉の死骸を見詰めて深く印象を残さうとした。最早、埋葬されると永遠に見ることが出来ない姉の姿を記憶のうちに残さうと試みた。そのためには死骸を見ては目を潰つて其の印象を脳髄に刻みつけてゐた。そのうちに日がくれて了つた。賑やかな御通夜であつた。

　八時ごろ私達は死骸を棺に納めた。私が死骸の肩に手をあてた時、何んといふに言へない重たさと、冷たさを感じた。そして私は手拭を取つて死顔を見ようとしたが、其れだけの勇気もなかつた。すると慌忙《あはたゞ》しく見なれない女中が駈けきて棺に取り縋ると直ぐ、死顔から手拭を取つて、「奥さん〳〵……」とおい〳〵泣いてゐた。私も貰泣きをせずには居られなかつた。姉の病床に附き添つてゐた女中であつたとか。

　女達は戸棚の隅々から種々《いろ〳〵》な玩具を取りだし棺の隙間に詰めてゐた。それは愛児の玩具《おもちや》で、姉が死んだら棺に詰めて呉れと頼んで置いたさうであつた。斯かる頼みを言ひのこした姉の心持、苦しい、切ない絶望、愛児に再会する死後の楽しみを思ひやると、泣きからした目にも涙が湧いてきた。白い犬、小さい太鼓、または美しいリボンの着いた帽子、涎掛けの類まで棺に入れてやつた。私は「私が後から往つて賽の河原で御守りしてやるよ。」といふ姉の言葉を思ひだした。そして賽の河原で親

子の対面する有様《ありさま》、母と子の歓び、姉が河原で御守をする様子、棺に入れてきた玩具《おもちゃ》や衣類を取りだして遊ばせたり、着替へさせたりする光景をあり〳〵と心に描きだして私は啜り泣いてゐた……

私は十二時ごろ二階へ上つて床に就いた。明朝早く起きて池上の本門寺へ墓地を買ひに往くのが私の役目であつた。そのためには睡眠を取るのが必要であつた。私は蚊帳に這入つて枕に就いたが眠られなかつた。賑やかな読経の声、話声、笑声が私の眠りを妨げてゐた。様々の追憶、子供のときの思ひ出、今のこと、行末のことが胸を往来して目が冴えて了つた。殊に昨夜の事が私を苦しめてゐた。昨夜《ゆふべ》の今頃こそ姉は苦悶の真最中であつた。併し私は何処で何をしてゐたらう……そのせゐで死目にも逢はなかつた。私ほど不人情なものはない。私ほど不徳なものはない。

何時か二時が打つた。私はこの二時を忘れることが出来ない。昨夜、姉が永遠に目を閉ぢてから一昼夜立つて了つた。今は御通夜の二時が打つたのであつた。昨夜、あり〳〵と姉の死を意識し、死顔を思ひ浮べたのも此の時刻であつた。姉の霊魂が弟の胸に死を告げて来た。苦悶の瞳を微かにあけて弟の顔を求めたに違ひない。併し私は居なかつた。それゆゑ姉の魂が私の胸を音《おと》づれたのであつた。あゝ死にゆく姉と生き残る弟とは如何ほど最後の一瞥を惜しみたかつたらう。その時の胸騒ぎくらゐ不思議なものはない。私は霊魂の交渉を明かに意識して、神秘の感に打たれてゐた。そして死水を取らなかつた事を考へると姉に対して重い負債を脊負《しよ》つてる気がしてゐた。夜は更けていつた。裏町では犬の遠吠が聞えてゐた。ふと豪くなつて呉れといつた姉の遺言を思ひだすと、私の心は坐《そぞ》ろに躍り立つた。私は何うしても眠られなかつた。

翌朝私は池上の本門寺へ出掛けて清麗な墓地を買ひ整へた。五重塔ぎはの静かな墓地であつた。塔影の下に亡き姉は安らかな、永い眠りを続ける筈であつた。私は其れから引返して午後の葬列に加はることが出来た。棺車が池上の本門寺に着いた時には、もう黄昏であつた。

墓の穴は疾うに掘れてゐた。白木の寝棺は太い綱に結ばれて深い穴の底へ静かに下つていつた。それから近親の人達が鍬《くは》を取つて土を掛けてやつた。黒い湿つた粘土が異様な響を立てゝ棺の上に落ち掛かつた。私は棺に入れられて冷めたい穴に埋められる姉の心持を想像しながら、その土が棺に当つた音をきくと耳をふさいでゐた。死人に魂のないことも私は忘れてゐた。そして鍬《くは》を取つて沢山の土を静かにかけてやつた。それが死目に逢はなかつた弟の心やりであつた。程なく穴掘の男が、どん〳〵土をかけて瞬く閑《ひま》に埋め終ると、新しい白木の墓標と塔婆を立てた。それから香炉を供へて近親の人達は線香を上げてやつた。

夕陽は広々とした墓地を照らしてゐた。何処にも墓標が立ち並んでもう秋草が咲き乱れてゐた。塔影が長く墓地に落ちてゐた。黄昏の風が吹きだして薄ら寒かつた。

　姉の姿は永遠に地球上から隠れて了つた。私は姉を失つた。あの姉は此の冷めたい土の下で日《ひ》毎《ごと》日《ひ》毎《ごと》に亡びてゆく。もう逢ふこと話すことも出来ない。姉は三十三の厄年で死んだのであつた。私の兄も同じ病気で同じ厄年で死んで了つた。この私も三十三になつたら同じ病気で……私は暗い、冷めたい心持で青空の薄い宵月を見あげた。

　何処かで鴉が、かあ〳〵鳴いてゐた。……


（「新小説」大正5年6月号）

廃兵院長

中村星湖

一

　これは或臆病者《あるおくびやうもの》が見た或私立廃兵院長《あるしりつはいへいゐんちやう》の一生である。他《ほか》の人ならば、また違つた意味をそこに見出だすであらう。

　その臆病者は、東京市の西北《にしきた》のはづれに近い淋しい高台に住んで、伯母の為めに幾軒かの貸家の差配を勤めてゐた。彼や彼の家族が電車通りへ出る為めの道は二筋あつた。一つは坂下の停留所へ、も一つは坂上の停留所へ、彼等を導いた。菓子だの砂糖だの魚だの八百屋物《やほやもの》だのいふ日用品の買入れに直ぐ下の谷間《たにあひ》のやうになつてゐる街へ出懸けて行く彼の妻などとは反対に、彼、臆病者はよく遠い下町へ乗つて行かなければならなかつたので、坂上の停留所に近い方の道を取るのを常とした。

　その道は幾曲りか曲りくねつた果てに、凡《およ》そ二三十間口だけ真直になつてゐて、その取着《とつつ》きまで行くと向うの端の建物と建物との間から、極狭くではあるが、電車通りが一目《ひとめ》に見えた。

そこは横町になつてゐて、或所はひどく狭いので、雨の降る日なぞには、向うから来た傘《からかさ》とこちらから行く傘《からかさ》とが避け合ふのに困難な程であつたが、或秋、東側の寺がその囲ひの石壁を半間程引込ませた上に、西側の幾軒かの建物も垣根や門構へをすさらせたので、道が余程広くなつた。そしてそこに白い玉川砂利さへ敷かれたので、以前のやうに雨が降つても濘《ぬか》る事もなく、また傘《かさ》の閊《つか》へる心配も無くなつた。彼は、特に彼の出入の為めに道普請が出来たやうな気がして、勝手な喜びを感じながら、そこをゆつたりした足取りで歩いてゐた。

　しかし、彼が初めてその高台に住み着いた四五年前には、彼はその横町を通りながら、西側の中程に立つてゐる大きな石の門柱に掛かつてゐる古い木の名札に『××××』と筆太に書かれた、しかしもう墨の色は消えさうになつて、筆の跡だけが浮彫のやうに認められる文字を仰いでは、その頃内務省の警保局長を勤めて辣腕と同時に傲慢不遜を以て聞えてゐたその名前の持主を、何《ど》んな人だらうと想像した事があつた。ちよい／＼気を付けてゐても、その人らしい人に彼は出逢はなかつた。五十余りの年配で、肥つて、色が黒くて、虎髯があつて……と、写真からか、仕事のやり口からか、彼自身でも曖昧な材料を寄せ集めて、その東洋豪傑風のその人の容貌を空想すると、そのやうな有名な紳士の住居としては、邸内は可なり広い事は広いが、妙に引込んだ、陰気さうな建物だと考へた。その人は、官を罷《や》めると殆んど同時に、彼、臆病者の差配地内からすこし距《へだ》たつて北に当つてゐる大きな寺地を買込んで、崖を削いだり、地ならしをしたり、小さな城にでもありさうな、高い石垣を積み上げたりした。

『はゝあ、あんな引込んだ所にゐるのが厭になつたのだな！……それにしても、官吏位で、どうしてあんな広い土地を買つて、あんな大規模の建築に取懸る程の金を拵へたらう』

　彼がそんな疑ひを起した時分から間もなく、ちやうど、あの横町の道普請が出来上つた頃に、その前の警保局長、法学博士××××氏は乳兄弟《ちきやうだい》だとかいふ同居人の何某が、上海《シャンハイ》の或支那人と共謀して支那の通用紙幣の贋造をした事件の連累者《れんるゐしや》として拘引された。さう言へば、その乳兄弟とかいふ男の名札も並んで掛かつてゐたと思つて、彼が通りすがりに改めて見上げると、主人の名札はあつたが、その男の名札は取去られて、石の柱に打込んだ鉄釘《かなくぎ》だけが、どうしても抜けなかつたらしく、残つてゐた。

『はゝあ……』と臆病者は××××氏の為めに再び、感心したやうな歎息を発した。『新聞には、局長時代の結托のやうに書いてあつたが、まだ単なる嫌疑に過ぎないとしても、いかにもその人らしい大きな遣り口だな。日本と支那に跨つてゐるのだから。』

　或時、山勢《やませ》といふ先輩が彼と一緒に、その横町を通つた時言つた。

『××さんもとう／＼引連《ひつぱ》られたな。今度の事件には実際の関係があるか無いか解らないが、またコンミツシヨンを六万円取つたとか十万円取つたとか言ふのは嘘で、まだ約束だけだつたとも言ふが、兎に角、何代かの内閣に歴任した警保局長で、やり方が余り酷だつたので、司法官の中にも、内々《ない〳〵》劫《がふ》を煮やしてゐた者が多くて、やれ〳〵！ といふわけで網を拡げたのだとも聞いてゐる。……それに、他の話を聞いてもひどいんだよ。ソラ、そこに宮沢つてのがあるね。これが僕の家主の弟で、やはり此辺の家主をしてゐるさうだが、この宮沢の話に、この道をこんなに広げさせたのは、××さんが局長の権威を笠に、無理強ひにやつた仕事ださうだ。』

　さう言つて山勢は、ちよつと立止まつて、改めて横町の様子を見廻した。

『見給へ。東側も以前から見れば引込んでるし、西側だつて。……何でも、あつちの寺地に普請を始めるに就いて、こつちの家屋敷を売りたかつたのださうだ。ところが、以前のやうだと、屋敷の広い割には入口が狭くて、自働車なぞは入らないから、それが不便だといふので買手は付いても話が纏まらなかつたのだね。大将は市の道路課の地図か何かを楯にやかましい事を言つて行くものだから、面倒臭いので、宮沢でも、寺の方でも、言ふなりに三尺づゝ引込んだつて話だ。』

『はゝあ、そんなわけだつたかね。』と臆病者は言つた。『僕は、砂利だけは××さんが敷いたらうと思つたが、石垣を新しくしたのは寺の都合で、東側が綺麗になつたから西側でも門を建て直したり塀を繕つたりしたんだらうと軽く想像してゐたんだ。』

『この道が広がるか広がらないのに、あんな事件が起こつたものだから、宮沢はざまを見ろ！ と言つて痛快がつてゐた。』

『さうかねえ……』

　二人は話しながら電車通りへ出た。

　山勢は今一度その横町を振顧つて遠くを覗くやうにして言つた。

『こちらからの入口はあゝ広がつたが、向うはづれは相変らず狭いだらう。あれは、ずつと以前に、あそこの爺《おやじ》が××さんと喧嘩して、わざと竹垣を突出して通行の邪魔をしてゐるのださうだ。強情を張つた為めに、今となつては、あそこの爺《おやじ》が一番の勝利者だ。』

　崖下の寺地は、石垣を積んだまゝ、地ならしをしたまゝに打棄てられ、紙幣贋造事件の噂も次第に薄らいで、例の横町を通つても、彼は石の門柱の名札を振仰ぐ事もなくなつた。その横町は何となく淋《さび》れた。と思つてゐるうちに、またそこに臆病者の眼を惹く物が現はれた。それは、今度は寺の石垣のある側の中程で、前警保局長の留守宅からは斜向《すぢむか》ひの、門も板壁も黒く塗つた家に、俄に薬嚢の提げた廃兵が幾人となく出入するやうになつたのである。

　屋根のある木造の門の一方の柱には『私立東京廃兵院製薬部』といふ大きな看板が下がり、他《た》の一方の柱には『斎藤重吉』と楷書で見事に、力強く書かれた、大きくはないが厚みのある名札が打たれた。その名札の木はなま新しかつた。

二

臆病者の記憶では、東京には、たしか巣鴨あたりに、大きな、官営の廃兵院がある筈であつた。それにも拘《かゝ》はらず、こんな所に、こんな看板が掛るのは、わが国の廃兵の数は殆んど無限で、きまつた人数しか収容する事の出来ない官営の物だけでは足らないからであるに相違ない、と彼は考へた。

この頃、急に廃兵の往来が繁く、彼の家なぞへも日毎のやうに薬の強《し》ひ売りに来るのも、こんなに近くにこんな廃兵院が出来た（或《あるひ》は何処からか引越して来た）為めだといふ事も、彼に合点された。

粗い麻布《あさぬの》で出来た括り頭巾のやうな物を被り、汚れたカーキ色服に従軍徽章なぞをブラ下げて、褐色《とびいろ》の巻脚半をした利かない片脚を曳摺りながら、杖をたよりに歩いてゐる廃兵もあつた。潰れた両眼の醜くさを隠す為めにか、黒い色眼鏡を掛けて、五体の丈夫さうな戦友（多分さうであらう、なぜならば同じ服装をしてゐたから）に手を曳かれて、門毎で、『旅順二〇三高地』の戦ひを低声で呟く者もあつた。時として、三人の廃兵が一緒に歩くのを見掛けたが、その中の一人は子供のやうな背たけで、それで鬚なぞを生やした四十男であつた。よく〳〵見ると、両脚が膝関節《しつくわんせつ》あたりで切断されて、その端に靴代り、草鞋代りの襤褸布が捲き着けられてあつた。その男は可なり楽々と電車なぞの乗り降りもひとりでした。

けれども、臆病者は、さういふ浅ましい姿に長く眼を止めてゐるに堪へなかつた。雨に濡れて急いで帰つて行く彼等を見たりすると、彼等にも国には親兄弟や妻子もあるであらう事を考へて、眼に涙を浮べて、戦争といふ事、その副産物である彼等、その直接産物である地下の無数の勇士達の為めに、彼は憂ひ悲しむのであつた。何故だらう？無論個人の意志ではない！では国家の意志、民族の意志……けれども、個人を、国民を死なせたり殺したりするのが国家や民族の意志であらう筈はない……そんなら、何だ？大の虫、小の虫……けれども、嚙み合ふ本能にのみは生きない人間を、そんな古い動物的の比喩で胡麻化す事は出来ない！そんなら、何だ……

臆病者は、兎に角、戦ふとか、殺すとか、死ぬとか言ふ事が嫌ひであつた。枯れて役立たなくなつたら、自分からでも、可るべく早く片を付けて、醜くさを曝したり他人の厄介になつたりするのを避けなければならないが、まだ若い、生きてゐたいといふ要求のある間は、生きたり生かしたりしなければならないと思つてゐた。それには、万人の事情や境遇が同じでない以上は、生存の為めに余儀ない争ひを時々刻々に行はれるにしても、肉と肉とを擲ち合ふやうな戦ひは、何かの大きな誤解、何人かの、或限られた少数の人々の理不尽から来る、としか彼には考へられなかつた。

『暴力に対するに暴力を以ってする。』

それが普通に言ふ「正義の戦ひ」の内容である。それでは何時まで経つても戦争の歇《や》む時はない。死人や負傷兵がなんぼでも後から〳〵造り出される……彼はその事を考へて戦慄した。

だが、時としてそのやうな推論《リイズニング》をする癖を持つた彼も、廃兵の由来といふやうな、抽象的の事ばかりを考へてはゐられなかつた。彼は、兎に角、人間社会の一現象である廃兵の現在を如何にすべきかと云ふ問題に突き当つた。それは、彼が或劇的の光景を瞥見した為めであつた。

それは時雨《しぐ》れかゝつた或夕景《ゆうぐれ》の事で、彼は彼が差配をしてゐた貸家に就いて伯母と相談をしに行つた帰りを、坂上の停留所で降りて、寺の石垣に添つて歩いて来たのであつた。石垣を通り越しそれに続いた仕舞家《しもたや》をも二三軒過ぎて、まさに前警保局長の門前に差掛らうとした時、東側の家の薄暗い門の耳門《くゞり》にぴたりと身を寄せるやうにして、その日の行商から帰つたばかりらしい廃兵が、闇にも見える例の服装で立つて、押殺したやうな、しかしまさしく憤つた声で叫んでゐた。ふと気が付くと、その側に、黒つぽい普通の和服を着た脊の高い男も立つてゐて、何か言ひ和《なだ》める様子であつた。

『余《あんま》りだ！大抵の事なら僕は我慢をする。けれども今日は余りだ！……僕が……』

『まあ、そんなに腹を立て給ふな。僕も側で聞いてゐてさへ……まあ入り給へ。まあ……』

臆病者が普通よりは心持遅い歩調《あしどり》でその前を過ぎて間もなく、背後《うしろ》で耳門《くゞり》の鳴るらしい音が聞えた。彼はずつと狭くなつた横町のはづれの竹垣の所まで来て振顧《ふりかへ》つた。そして何処からか射してゐる軒燈の光で透《すか》すやうにしたが、私立廃兵院のあたりには、今見た人影は見えなかつた。

『廃兵同士の喧嘩ではない、』と彼の直覚は言つた。『憤激してゐた男の言葉の端は、彼及び彼等の支配者の、恐らく上官の暴戻《ぼうれい》を暗示してゐる。彼等は国家の為めの戦争で不具者になつたゞけで沢山なのに、死損ね、生残つた罰としてあんな便りない、自分でも恥かしからう、押売商売をしなければならない、それぱかりか、それぱかりか彼等は、健全であつた日でさへ堪へ難かつたであらう専制の下に苦しまなければならない。あの男は、今怒つてあそこを出て行かうとしたに相違ない。なぜ、あの和服の友達は引留めたらう？何処へ行つても同じ苦しさを忍ばなければならない事を知つてゐる聡明からか？そしてあの腹を立てた男は？やはり得心して引返したとすると、……オ、気の毒な兄弟！お前は……』

よく忍んでくれた、と彼は心に言はうとしたのであつた。彼は争ひ事が嫌ひだからである。忍ぶと言ふ事は神の、天地の神の思召《おぼしめし》であり、人間の生活の動物のそれと異なる、一番尊い所だと思つてゐたからである。けれども、彼は或言明しがたい憤りを感じて、それが為めに静まりかけた心をまた掻き乱された。

彼は闇の中で涙《なみだ》ぐ含んだ。

三

彼が差配してゐた貸家のうち、一軒だけは、新しく建てゝから半年余り経つても住む人が無かつた。それは、建物に相応に金が掛かつてゐたし、眺めなぞもよかつたので、伯母が慾張つて高く貸さうとしたからであつた。

『二円や三円は安くても、早く塞げた方が得ではありませんか?』

彼は伯母に逢ふ度にさう言つたが、彼女は好い返事をしなかつた。それに、田舎から出て来てゐた若い叔父が、十露盤《そろばん》を弾いて、資本が幾何《いくら》懸かつてゐるの、地代が幾何《いくら》々〳〵に当るの、家屋税が何うだの、月に二円違つても年には二十四円違ふのといふ、細かい、しかしながら解り切つた勘定をして一緒に不賛成を称へたので、前勘定ばかりは損が行かないやうに行届いて、実際収益といつては鐚《びた》一文《もん》も揚がらない財産を、見す〳〵打棄て〻置かねばならなかつた。

彼にしても、うつかりひどい借り手に入られて、家賃の催促に手古摺《てこず》るよりは、さうして空けて置く方が結句楽《けつくらく》であつた。けれども、余り長く空けて置いては、ひとりでに家が古びたり畳に黴が生えたりすると言つて、五月雨《さみだれ》の頃から若い叔父がその空家へやつて来て、晴れた日にはそこらを明け払つて、襯衣《しやつ》一枚になつて掃除をしたり雑巾を掛けたりし、雨の降る日なぞには、南米殖民地に関するいろんな参考書や世界地図やを拡げた机に向つて、熱心にノートを取つたり考へたりしてゐた。その叔父は暫く相場なぞに手を出してみたが、日本にゐてはは発展する余地が無いし、何をするにも資本が乏しくてはだめだと言つて、その頃人気の立つてゐたブラジルへと渡航しようと企てゝゐたのである。食事は大抵、臆病者の家から運んだ。

『オイ〳〵、今かういふ人が家を借りに来たが何うだらうなあ?』

或日叔父はさう言つて名刺を持つて彼に相談に来た。

『家賃も敷金もこちらの言ふ通りで好いと言ふのだ。たゞ馬鹿に引越しを急ぐんだよ。きまれば明日の朝にも入りたいつて』

『誰か来たやうだと思つて、私も二階からその人を見ましたよ。』

さう言つて、彼は叔父の手から名刺を受取つた。前警保局長の屋敷のある町名と番地と『斎藤重吉』といふ名前が刷つてあつた。

『はゝあ、あそこの横町の廃兵の薬屋ですね。あれが、あの肥つた若い男がさうですか?』

『お前知つてるのか?』

『その人は今日始めて見たのですが、あそこの前を始終通るから名前とだけは馴染です。まだ居ますか?』

『いや、もう帰つた。夕方までに相談して置くからと言つたら。』

『さうですか?あれが、あの私立廃兵院長ですかねえ?』と言つて臆病者は、つい先刻窓から見下した体格の立派な、まだ四十にはなるまいと思はれる偉丈夫を改めて眼前に描き出した。

『私はまた、皺だらけの、ひねこびた、士官の古手か何かだらうと想像してゐました。』

『ぢやナニかえ？』と叔父は問ひ返した。『御商売はと訊くと、製薬業です、と言つてゐたが、例の廃兵を使つて売らせるのか？』

『さうですよ。』

『それでは家を荒されるな。』

『まづさう思はなければなりませんね。半分は廃兵の合宿所見たいになるのでせうから。』

『それとは知らずに、殆んど承知したやうな返事をして置いて悪かつたなあ』

『でも、誰に貸したつて、さう金蒔絵《きんまきゑ》の重箱のやうに鄭重に扱つてくれる人は無いでせうから、お赤飯であれ馬糞であれ、入つた所勝負《ところしようぶ》として、敷金でも十分に出すのなら貸してみたが好いぢやありませんか？』

『さう……』

　叔父はちよつと笑ひながら、しかし躊躇してゐるらしい返辞をした。

　その夕暮に、二人が戸外《そと》で、晴れた夕空を仰ぎながら、遠い外国の殖民地の話や、それとはまるで縁の無いやうな文学藝術の話なぞをしてゐる所へ、斎藤が勢ひよく入つて来た。

　叔父は丁寧な調子で、対手《あひて》の商売にやゝ深く立入つた質問をし、建物はまだ一度も他人《ひと》に貸したのでないから乱暴に使用されては困るといふ事を婉曲に言つた揚句に、『敷金は今朝程は二月と申上げましたが、あれは三月分お願ひします』と附足した。

　斎藤はいくらかムツとしたらしく殆んど無言で叔父の言葉を聞いてゐたが、その時、始めて『ハア？敷金は三月《みつき》分、さうですか？』と言つた。さう言つた切りで、ちよつと帽子に手を掛けてお辞儀の恰好をすると、その儘くるりと体の向きを変へてサツサと門を出て行つた。

　臆病者は、側《はた》から若い叔父と斎藤とを見較べてゐた。どちらもよく肥つてゐたが、叔父の色白な脂肪肥りの前では、斎藤の方が堅く引締つてゐるらしく、色も黒かつた。年齢はどちらが兄か弟か解らなかつたが、叔父の方には何処か子供らしい点があつたが、斎藤にはそんな風はすこしも見えなかつた。

『一癖ありますね？』

『なか〳〵。』

『あの男は、これまで私の知つてゐる誰かに似てゐますよ。けれどそれが誰であつたかちよつと思ひ出せない。』

『あゝいふタイプの男はよくあるものだ。』

　斎藤の出て行つた後で、四歳《よつゝ》か五歳《いつゝ》しか違はぬ叔父と甥との間にそんな会話があつた。

　臆病者は、ふといつぞやの夕暮、あの横町を通つた折に見かけた廃兵の事を思ひ出してそれをも話した。

『案外に単純で好人物かも知れませんが』と割註をしながら、なほ何くれと斎藤に対して批評がましい事を言つた。そして、二人の会話は、場所の関係から前警保局長の上に移つて行つた。

『新聞で見ると××さんはまだ判決にならないやうだな。あれが事実であつたにしても、××さんの価値に何の関係も無い。と言ふよりはます〳〵あの人が凡人でなかつた事を証拠立てる。』

叔父は感慨深いやうな眼つきをしてさう言つた。臆病者は一方に同感しながらも、『この人も昔ながらのドリイマアだ！』と思つた。用意周到な計画は立てるが、実行の一段になると、年取つた母親の取越苦労なぞに妨げられて……。

斎藤廃兵院長は、その後《のち》一週間程して、彼の家の門前を通りながら、チラと空家の方を振向いて行つたといふ事を、彼の妻は臆病者に話した。彼の心の底には、斎藤に済まない事をしたやうな気もあつた。

何時か、あの横町にはあの廃兵院は無くなつて、あの門には違つた名札が掛かげられた。

一年近くも空けて置いて、予定の屋賃より余程安くして、やつと借り手を見付けると、叔父はその仮住居《かりずまゐ》から引揚げて行つた。秋になると直ぐに出懸けるらしい口振であつたブラジル行も、冬が来ても実行されなかつた。

臆病者は、食慾が減退して、始終五体に疲労を覚えるので、つとめて朝早く起きては近所を散歩した。そして或朝、彼は電車通を越えて二三丁行つた所の静かな裏街の、木造の洋風建築の門柱に、あの逞ましい文字で書かれた斎藤の名札を見た。

『はゝあ、こゝへ移《こ》して来たのか？』

さう思つて彼は、もと西洋人が住んでゐた薄青色のペンキ塗の、玻璃戸などのある家を覗いた。その時は、廃兵の姿はすこしも見えなかつた。

『先の家よりは見付《みつ》きが好い。屋賃も高からう。商売が余程儲かると見える。』

その街《とほり》には、葉の落ち尽した桜の大木が両側に並んで、茂つた梢でトンネルを造つてゐた。

四

或日山勢がまた訪ねて来た。用向きの話が済んだ後で、臆病者に『大弓をやらないか？』と勧めた。

『あなたは前からやつてるんですか？』と言つて、彼は山勢を見た。

彼も山勢も、小柄で痩せ削《こ》けてゐるのでは互に劣らなかつた。

『僕やつてるんだよ。朝鮮に行つてゐた時分から。』と山勢はガラ〳〵したやうな持前の声で答へた。『つい近所に好い矢場があるから行かないか？僕、一と月程前に見付けたのだが、この下の町の交番の角から入つた所だ。そこをやつてゐる夫婦が実に好い人間なんだ。……けれども営業矢場になつてゐないから維持が困難なので、常連が幾人かで相談して、会員組織にしてやらうといふわけだ。』

　山勢はそこへ集まる人達の皆相応に教養もあり品格もあつて、曖昧な矢取女《やとりをんな》なぞを置く営業矢場と自ら選を異《こと》にしてゐる事や、会費の安い事や、会員になりたくない者でもわづかな道具料で歓迎する事やを話した。

『僕も何かうまい運動の方法は無いかと探してゐた所だから、すこし仕事が閑暇《ひま》になつたら出懸けてみよう。それに、弓なら、余りやつた事はないけれど、子供の時分から好きは好きだつた。』

『さうし給へ。僕は朝行き昼間行き、時としては夜も行くんだ。僕等のやうな消化不良の人間には非常に好いんだよ。僕は今では弓を引かない日は一日気持が悪い位ゐだ。……ぢや、失敬、帰りにまた寄つて行くんだ。』

　山勢は懐《ふところ》から革製の手套を出して振つて見せた。

　それから間もない日曜日に、『今日は競射の会がある。見るだけでも見に行かないか?』と言つて、山勢はまた臆病者を誘ひに来た。

　彼が、下の谷間《たにあひ》の街《とほり》の横町の大弓場に通ひ始めたのはその時からであつた。古《いにしへ》の武士の殺人器も、時代の遠く推移《おしうつ》つた今日では、閑人《かんじん》の遊戯の具、高く見積つて半病人の体操器械と化してしまつた。けれども、臆病者は、着物の片肌を脱いで、籠手《こて》を掛けて、黒く漆で塗つた弓なぞを握る時、一種の武者振ひを禁じ得なかつた。

　　もの丶ふの矢なみつくらふ籠手《こて》の上に
　　　あられたばしる那須のしのはら

　彼はそんな歌を思ひ出した事もあつた。薄尾花《すゝきをばな》の靡いてゐる荒野《あらの》や、桜の花の散りかゝる山間《やまあひ》を、緋縅《ひをどし》の鎧着て、白馬に銀《ぎん》鞍《あん》を置いた若武者が、重籐《しげとう》の弓を携へてゐる様なぞが、古い記憶の画面から抜け出して来たりした。子供の頃、カツの木の弓に苧殻《をから》の矢を番《つが》へて、戦《いくさ》ごつこをした事までも……。

　けれども、それはほんの最初の夢で、射術の手心がいくらか解つて来ると、白紙に黒の星や輪を描いた標的を覘ふ以外には無私念で、キリキリと引絞られる弓弦《ゆづる》の軋り、徐々と一ぱいに溜た息を、矢を放つと同時に放つ微妙な呼吸、そんな事が彼の興味を惹いて来た。それに矢が当るか当らぬかといふ、本能的の勝負癖、賭博癖も手伝つた。いつか、熱心さでは山勢にも劣らないやうになつて、半月程経つと、稽古弓を一本折つてしまつた。

　或日、その矢場へ斎藤が、セルの袴なぞ穿いて、更紗の袋に納めた弓を担《かつ》いで入つて来た。皆は彼に親しげな挨拶をした。

『あゝこの男もこゝの会員か?』

　さう思つて、臆病者は眼を瞬つて斎藤を見た。

新しさうな黒の七子《なゝこ》の羽織を脱ぎ棄てると、私立廃兵院長は、腰にさげて来た環から弦を抽《ぬ》き出し、袋を外した塗りのない弓を柱へ当てゝ、弦を張つた。かけと簡単に呼ばれてゐる籠手の道具も、彼のは可なり贅沢であつた。袴をサツと踏開いて、出腹《でばら》を一層突出した彼の身構へは見事であつた。口を一文字に結んで弓を引絞る時、彼の露《あら》はな両腕や脊の赤黒い筋肉は盛りあがつて見えた。

『見事!見事!』と臆病者は叫びたいやうな気がした。

呼吸の切り具合も、弓の返し加減も、院長のは冴えてゐた。放たれた矢は、篦深《のふか》く、時として羽根の端まで的に貫り土に喰ひ入つた。彼は好んで四寸の的を射た。矢場の長さは十五間あつた。

『好い体だなあ!』と臆病者は羨ましげに考へた。『修練であゝなれるものならば……』

見よ〳〵、その盛り上る肉、その健かな呼吸!板の間に両脚を踏張つた斎藤の姿は、健康その物、力その物のやうに感ぜられた。

彼が帰つて行く時、十銭の銀貨を矢場の主人《あるじ》に渡すのを臆病者は見た。

『あの人、会員ではないのかね?』

『へえ、会員ではありませんが、あゝして始終お見えになります。』と主人は答へた。

『あれ廃兵の薬屋の親方ですね。』

『あゝ、さうだ。』とちやうどそこに居合せた山勢が、瘠せ削けた色沢《いろつや》のよくない顔を振向けて言つた。『君知つてるかい?』

『知つてると言ふわけぢやないが、折々見懸けたのだ。あの人もと××さんの横町にゐたから。』

『あゝ、さうだつた。』

『やつぱり軍人上りかね?』

『曹長だつたといふ事だ。』

『ちつとも廃兵らしくはないぢやありませんか?』

『あれで、股や腕に貫通銃創の痕《あと》がある。日露戦役の勇士なんだよ。』

『さうかねえ?……』

五

臆病者の矢場熱は次第に嵩じて、山勢なぞの行かない日にも、或時はたつた一人で、夜遅くに灯を点けて弓を引いてゐる事もあつた。山勢が好人物揃ひだと云つた矢場の夫婦の気心や素性もうす〳〵解つて来たが、それにも増して、主人や山勢を通して見えて来た斎藤の日常生活や性格やが、矢場での「弓」以外の彼の興味であつた。

山勢は、時々早稲田の穴八幡や市ケ谷八幡の矢場へも廻つて行くが、そこらに斎藤の姿の見えない日はないと言つた。してみれば、斎藤は忙しい仕事の暇《ひま》を盗んでは、弓を楽しみに歩くのではなくて、あの立派の体格が湛へてゐる精力を消耗しようが為めに、あんな光る着物なぞを着て来るのだ、と臆病者は考へた。彼が資本主だから、さうして日を送る余裕のあるのはまあ当然と見て、使用されてゐるのは憐《あはれ》な廃兵達ではないか?あれも世間普通の営利であつて、彼はたゞ普通の商売人がその雇人達に対すると等しい態度を取つてゐるに過ぎないかも知らないが、何かそこにひどい横暴が行はれてゐるやうな気がするのであつた。

斎藤が非常に短気で、移り気で、その短気に移り気を、彼自らは「日本魂《やまとだましひ》」と称してゐる事が、矢場へ集る人達の間には古くから伝はつてゐたらしかつた。

『え、、「日本魂《やまとだましひ》」でやつ、けろ！』

山勢までがそんな事を言つて笑つた。

臆病者が、弓を新調しなくてはならないと言つた時、帰りかけてゐた斎藤は言つた。

『この弓をお譲りしませうか？まだ新しいんですよ。すこし上《うは》端《はし》に癖が出て来たといふだけです。これでも買つた時には十二円取られたが、五円ならお譲りします』

上端の曲りがすこしひどかつたので臆病者は黙つてゐた。

『譲つて貰つたら好い。五円では安い。』と山勢が言つた。そして斎藤が帰つて行つた後で『あの弓なら五円は安いもんだ。あの男とはきめた時に直ぐ取引をしてしまはないとダメだ。明日は何と変るかわからない。決して約束の守れない。』と言つた。

『ナニ、あの弓は此間から厭気が差してゐるのだから、こちらから言へば譲りますよ。』と主人《あるじ》は口を挟んだ。『けれど、五円では安いなんて言はれたから、明日は七円か八円でなければと云ひ出すかも知れない。弓を取換へ〳〵するのは好いが、細君をしよつちう取換えるのには驚いてしまふ……』

矢場では、斎藤が前の細君を追ひ出して、新しく良い家の娘を迎へたといふ噂があつた。もう何度目の結婚か解らないとも言はれた。彼の女道楽の話は、よく矢場の主人の口から漏れた。

『あの人が、両国のむきみ屋の娘と関係しましてねえ、……え、細君を持つてからですとも。そのお惚《のろけ》話の聞き賃に、私は一と晩奢つて貰つた事があります。』

臆病者は、彼の記憶の誰かと斎藤が似てゐる〳〵と思つてゐたが、それは彼の郷里の隣村の医者であつた。二人はどちらも男らしいキリツとした顔立で、そのキリツとした中に一種の狂暴な獣性の閃めきがあつた――さういふ結論に彼が達したのは、彼の知つてゐる田舎医者も、斎藤と同じやうに非常な女好きであつたからである。

『あゝいふタイプはよくあるものだ。』

何時やら、誰かゞ、斎藤に対して発した言葉が臆病者の胸に甦つて来た。あゝいふタイプと云へば、無論比較する事は馬鹿げてゐる程偉大ではあるが、戦争も強く、婦人に対して本能的の暴君であつたナポレオンの如きも、そのタイプの一人だとも考へられた。皇后を変へた事もあつた。露西亜《ロシア》遠征の際には、哀れな波蘭《ポーランド》の花のやうな若い伯爵夫人の貞操を蹂躙した。けれども、キイルランドがその『ウオータールーの戦ひ』に描いたナポレオンが真に迫つてゐるものならば、白馬に跨つて青い狂気じみた無言の顔をして、雲のやうにもや〳〵した軍勢の間を往来したボナパルトには、神気があり鬼気があつた。わが重吉氏には、いかにも曹長上りらしい赭ら顔と鉄のやうな体とがあるだけであつた。その背景の廃兵の色の褪めたやうな様々の顔を並べる時、彼もまた一人のナポレオンであるやうな気がした。

臆病者は空想家であつた。

『きのふ、斎藤さんが妻君携帯でお見えになりましたよ。あゝして方々を引廻して腕前を見せるんです。』

矢場の主人《あるじ》は或時さう言つて笑つた。

『先の奥さんは藝者だとか言つて、大層意気な方でしたが、』と主人の妻が相槌を打つた。『今度の奥さんは、まだ赤い帯なんか締めて、まるで子供ですよ。』

臆病者は、さうして幾度も新婚して、細君携帯で遊び廻つてゐる廃兵院長を想像してみた。彼自身や山勢や矢場の主人《あるじ》のやうな、一人の女を守つて、それに幾人もの子を産ませて、産まれた子供等に痩せ腕へ縋り着かれて苦しんでゐる、世間普通の男の生活に比べて、斎藤重吉氏の自由な我儘な生活が、いかに爽快であるかを考へた。その考へは或時は怖ろしさに変りまた羨ましさに変つた。

けれども、斎藤に対する臆病者は、直接の利害関係には一度も立つた事のない、言はゞ傍観者であつたので、深く憤つたり恨んだりする事はなかつた。彼の感ずる一切は、その貧弱な肉体に受ける今一つの強健な肉体のそれとしもない圧迫感に源因してゐるらしかつた。

年の暮近い或日に皆が矢場に集まつてゐると、チラ〳〵と白い物が、黒く塗られた板囲ひを掠めるのが見えた。暫くすると、皆は板の間から火鉢の置いてある畳の上へのぼつて行つた。主人《あるじ》は税務署の役人として信州に勤めてゐた頃の冬の話をした。

『僕も、冬に、あつちへ行つた事があるが、』と斎藤が口を挟んだ『田舎は汚くてとても叶はん。お茶を淹《い》れてくれるのに、子供の小便臭いやうな炬燵の掛蒲団の下から鉄瓶を引出して、客の前でそれを構はず急須に差すのだから……』

そんな話があつた後、どうした機会《はずみ》からか、彼は戦場の話を始めた。着物の裾をかゝげたり、襦袢の肩を脱いだりして弾丸《たま》創《きず》の痕を示した。腰の一と所は陽気の変り目には今もなほ痛むとも言つた。

『運の強い人だ、そんなに幾箇所も弾丸《たま》に当つても、斯うして人並よりも丈夫に暮してゐるんだから。』と誰かゞ言つた。

『運てものは解らない、解らないから勝手な事をやらなくちや損だね。』

それが幾度か生死《しやうし》の間を潜つて来た斎藤の人生観らしかつた。

やがて彼は続けた。

『弾丸《たま》のドン〳〵来る間で働いても僕のやうに死なゝい者もある。小銃弾なんか屁でもない。塹壕の中にゐた奴が、ちよつと首を出したばかりでやられたのもある。……また、味方の弾丸《たま》で死んだ奴もよくありましたよ。ある時、こんな事もあつた。

沙《さ》河に近い森かげに夜営して、皆が背嚢を枕に眠りに就いた時に、急にポン〳〵と二発ばかり銃の音がしたと思ふと、ガラ〳〵アツと叉銃《さじう》を蹴倒して一疋の馬が暴れ込んだわけです。あんな厭な気持のした事はありませんよ。ソレ夜襲！と言つて跳ね起きたが、その一疋の馬が皆の間を跳ね廻るだけで、あとから続く敵もなかつたのです。木立を楯にして向ふを見たがサツパリ様子が知れないのです。そのうちに歩哨の方から報告があつて、味方の騎兵斥候を二人まで打つた事がわかりました。彼等はすこし深入りをして敵に追はれて味方の陣へ逃げ込んで来たのだつたらしいです。一生懸命に駈けさせたものだから、歩哨に咎められたけれど、隋勢《だせい》で馬を止める事も出来なければ、自分達も呼吸が迫つてゐるので口が利けなかつたのですね、きつと。誰何《すゐか》しても答へが無くて駈け込んで来るから敵だと思つてやつてしまつたのです。一人の兵は其場で馬と一緒に斃《たほ》れ、も一人は鞍から振落されて、馬だけが陣へ駈け込んだのです……』

一方の者の口が利けなかつたばつかりに味方が味方を殺してしまつた。それは如何《いか》に意味深い事か！と臆病者は考へた。さうした戦場の諸事件は斎藤に何を教へたか？敵を殺すばかりでなく、味方を殺すのも戦争の常だと思つてゐるらしい口振であつた。『あんな厭な気持のした事はありませんよ。』とは何を指したのであらう。彼の本能に隠された神性が、その時、蔽ひの隙間からチラと或物を認めたのではなかつたか？臆病者はさう考へながら、軽く、勇ましげに滑つて行くもとの曹長の思ひ出話を聞いてゐた。

『そんな境を通つて来た者には、すべての生活の享楽は、無条件で許さるべきものかも知れない。』

臆病者はさうも考へた。

六

彼は、一時あれ程熱心に矢場通ひをしてゐたが、雪が降る日に肌脱《はだぬ》ぎになつたりしてすこし無理をした為めに風邪を引いたのと、彼の本業である書き物が急に忙しくなつたのとで、翌《あくる》年《とし》になると、あまり弓の事を思はなくなつた。

山勢が不思議がつて一二度誘ひに来たが、新調したばかりの矢なぞを矢場に残したまゝ、閑暇《ひま》は出来てもそこへは足踏みもしなくなつた。興味が無くなつたといふ外には何の理由も無かつた。臆病者にはそんな癖があつた。

『時間の長短と表現の遅速があるだけで、僕もなか〳〵飽きツぽい性分だ。斎藤の事は嗤《わら》へやしない。人間てものは、殊に男つてものは、皆んなあんなものかも知れない。』

臆病者は、山勢を対手《あひて》に、そんな事を言つて笑つた。その頃、彼は妻以外の或若い女と往来してゐた。矢場通ひは口実で、女の許へ行くのではないかと、彼は彼の妻に跟《つ》けられた事もあつた。

その後、暫くすると、矢場もとう〳〵持ち切れなくなつて、主人《あるじ》が変つたと言ふ事が山勢から伝はつた。

　その年の夏には、ヨオロッパに大きな戦争が始まつた。ロシアやイギリスやフランスはドイツ一国を共同敵として奮ひ起つた。てんでに、正義は自分の方にあるやうな顔をして。間もなく日本もドイツに対して宣戦の布告をした。臆病者は身ぶるひをした。

『どうだい、大変な事になつちやつたね。』

　さう言つて、或暑い日に、久し振で山勢が訪ねて来た。日に焼けた為めか、彼の顔は一層痩て見えた。彼等は戦乱の予想を話し合つた。

『時に斎藤が死んだよ。』と山勢はガサ〳〵した声で、改めて言つた。

『斎藤誰？』

『斎藤重吉さ！あのよく弓引きに来た廃兵の薬屋が！』

『ホウ、あれが？何《ど》うして？』

　臆病者は呆れるよりもさきに疑つた。

『まるで嘘見たいな話さ。』と山勢は続けた。『あの殺しても死にさうになかつた男が……』

『流行病か何かで？』

『ナアニ、雷様《かみなりさま》に打たれたのだ。雷《かみなり》ではいかに彼だつて叶はない。……生きてる時は、自分とは何の関係もないが小面の悪い程傲慢な我武者な男だつた。死んで見ると可哀想にもなる。』

『彼が雷《かみなり》に打たれた、何処で？』と言つて臆病者はあの廃兵院長の逞しい顔を思ひ浮べた。『あの男の最後かね、それが？何だか落し話の落《さ》げのやうだねえ。』

『君は覚えてゐなかつたか？先達ての東京新聞に出てゐたんだよ。あれは馬入川《ばにふがは》だか酒匂川《さかはがは》だかの上流に××町といふのがある、あそこで東京から行つた避暑客が雷に打たれて死んだと言ふ事が可なり詳しく書いてあつたよ。』

『僕気が付かなかつた。』

『斎藤はまだ去年の冬時分、相摸の××町に別荘を求めたから、来年の夏には避暑に出懸ける、君等も来給へなんて言つてゐたが、例の其時限りの大風呂敷で当てになるものかと思つてゐると、後で聞くと、実際貸金の代償《かた》にひどい手段で捲き上げた物だといふ事が解つた。そこへ新細君を引連れて乗込んだものと見える。或日、ちやうど天気の曇り具合が香魚《あゆ》を釣るに好いといふので、川岸の釣場へ行つたものだ。すると急に雷は鳴る、雨は降り出したので、連の者は、その中には細君も居たさうだが、皆引揚げようと言つたが、彼一人はナニこれしきの雨が……と言つて、木の蔭に残つたのださうだ。』

『それで雷がその木に落ちたのかね？』

『木にも落ちたのかも知れない。兎に角ひどい雷鳴雷雨の後、空は段々に晴れて行つたが、もう帰るか〳〵と待つてゐた大将が夜になつても帰つて来ないものだから、皆が騒ぎ出して、木の下へ行つて見ると、大将草の上に仰向けに大の字になつて死んでゐたんだとさ。あんな男だから、釣に行くのにまで金指環を穿めて行つたんだ。それから感電したといふ医者の診断で、ちやうど鉄砲丸が通つたやうに指環から腕へ、腕から腹へ、あの肥つた大きな腹へ円い穴が明いてゐたさうだ。』

『へーえ、不思議な死態《しにざま》をしたものだねえ！』と臆病者は感歎の声を発した。

『最初僕が新聞で見た時には「進藤重吉」と出てゐたから、こりやあ別の人だらうとも思つたり、たしかその町に彼が避暑すると言つてゐたから彼に相違ないと思つたりしてゐたが、此頃彼の弟に逢つて事実であつた事が知れたんだ。』

『ふうむ、』と臆病者は真顔になつて深い歎息をした。『不思議な事もあるものだ！』

『人間の手には負へない奴にもそんな日が来るんだ。実際、「天網《てんまう》恢々《くわいくわい》粗《そ》にして漏さず」とはよく言つたものだ。』

山勢は、いつぞや、前警保局長の末路を批評した時と同じやうな調子で言つた。

『いや、そんな旧式の因果律は信じられない。勿論、偶然の死さ。……金指環なんかを穿めて行つたばかりに感電して死んだとなると、何か斯う低級な教訓談にでもありさうだが、あんな男でない、もつと素直な男でも、その時、そこに金指環を穿めてゐたらきつと死んだに相違ない。』

臆病者は、彼としては珍らしくキツパリと言ひ切つたもの丶、あとから〳〵色んな事が思ひ出された。斎藤の死は彼一人の死でなくて、或階級を代表して死んだもの丶やうな気がした。すると、かう、世の中がいくらか楽になつたやうな気がした。恐れるとか許し合ふとかいふ事は、どちらも可い加減な人間同士の事だつたと思つた。

彼はひとりで赤くなつた。

（「新小説」大正5年6月号）

善心悪心

里見　弴

てきぱきしない昌造の性分では、種々《いろ〳〵》な対象との間に結ばれた困つた関係が、根を断たれないで、いつまでも、ぐづり〳〵尾を引いて残つた。さう云ふ幾条かの尾に纏《まつ》はられて、彼の生活が次第に息苦しく、甚だしく活気を失つて来た。彼にはそれを可なり切実に感じることは出来た。悶掻いて、そこから浮び上らうと希ふ心も決して弱くはなかつた。唯それを実行に持ち来たす意力の点になると、彼は全くだらしがなかつた。こゝに問題は元に還《かへ》る——昌造は若いに似合はない、誠にてきぱきしない、歯切れの悪い青年である……

二十五歳の春、彼は今度こそいよ〳〵、今迄の生活からすツぽり蝉脱して了はうと計画した。第一に始末をつけなければならないのは、或る年上の女との関係だつた。それは案外にも易く成就されたが、その顛末は茲には省く。次には、もう一人の年上の女——お京——との関係だつた。

ところで、彼には、「俺はもうお前がいやになつた」と、女に面と向つて云ふだけの勇気は未《おろ》か、さう考へる勇気さえもなかつた。——からして、さうは考へなかつた。

相手が自分に対して好意を有《も》つてゐると考へられる間は、誰に限らず、こつちからその人に対して悪意を抱くことの出来憎いのが、彼の性分の一つだつた。併も、その女とは、兎も角も三年越しの関係だつた。そこで、彼がいやで堪らなくなつた「生活」と云ふもの、なかゝらは、その女は全く控除されてゐた。実際彼にはその女に対してまだ仲々未練もあつたが、それよりも、自分の方から先に相手が嫌ひになり、随つてまた、その女から薄情者のやうに思はれ、さう記憶されることの方が更に辛かつた。別れて了つた後までも、女の胸のなかで、懐《ゆか》しい昔の恋人として永く生きてゐたい慾があつた。そこで「生活」を一変すると云ふ漠然とした考から発して、女とのこれまでの関係を続けると云ふことが、勢また不可能になると云ふ結論の方へ自分を導いた。然し彼は夢にもさう意識的に工《たく》らむだ覚えはない。そんな悖徳（？）なことを自分の考へとして考へ得るだけの勇気があれば、もつと手ツ取早く事が運ぶ。自分を悖徳漢なりと意識することを恐れる彼は、その恐れてゐると云ふことをも意識に上ぼせないでゐる。（かう云ふ融通の利《き》くあたまを必ずしも狡猾と識ることは出来ない——それよりももう少し悪い「怯惰」と呼ぶ方が、もつと適当である。）だから彼は自分を、お目出度いほど善い人間だと思つてゐられた——決してほぢくらうと試みなかつた或る微かな不満足な心持を除けば。

（さうだ。さうして彼は慥かにお目出度いほど善い人間だ――たゞ、大分卑怯なだけで。そしてまた、善い人間には多くの場合、大抵かやうな弱点が伴ふのを常とする。）

この女と、決して再び会はないつもりで別れて来る、歓ばしかるべき日は、実際彼にとつて随分悲しかつた。房事と飲酒とでヒドく衰弱してゐたあたまは、可なり感傷的に傾いてゐたとは云へ、彼は永い間畳の上に泣き伏して、いつになつたらこの悲みが忘れられるだらうと思つたりした。イゴイストなる彼は、別れて行く自分を潔くするために、同時にまた善良なる彼は、女の幸福のために、それまでに女から立替えて貰つた遊蕩費の二三倍にも当る金を女に贈ることにした。それを以て女が、ヒドい商売に繫《つな》がれてゐる身の自由を購ふことが出来るだけ多く。そのために昌造はかう云ふ犠牲を払つた。

四月中ばの埃立《ほこりだ》つ日だつた。彼は定期預金の証書を懐中して京橋の銀行へ向つた。この預金は名義上にも事実上にも彼に属したものではあつたが、彼自身の労苦とは全く無関係に、親から伝はつた彼の財産の一部であつた。その上それは、実印と共に、堅く母親の保監の下に置かれてあつた。その朝、母親の留守中にそつとその証書を取り出し、裏書をして、実印を捺したも彼は、如何に自ら弁護しても、懐中してゐるものと、「贓品」と云ふ意識とを引き離すことは出来なかつた。鉛のやうな罪の感じは胸いつぱいになつて、時々体《からだ》が微かに顫えるのを覚えた。勿論それは決行する前から当然覚悟されてゐた筈である、その盗みであることは。それにしても、この胸の暗さは全く予想外であつた。

「お出しになるのですな」

預金係の男は彼の顔を見ながら慥めた。いま彼の運命の毬《いとだま》が、この生若いへツぽこ行員の手に握られてゐると思ふと、彼は忽ち自分の顔から血の気の引いて行くのが感じられた。

「さうです」と喰ひ締めた歯の間から纔かに答へる。暫くして、

「これはと、何んですな」別な行員が停車場の出札口のやうな穴へ顔を差し出して云つた。「これはつい先達書変えになつて居りますが」

「はア、期限前だと出せませんのですか」彼はもうそれを証書の儘で返して貰ひたくなる。もうその上恐ろしい瞬間に堪えきれなくなつた。

「いえ、さう云ふことはありませんが、たゞ利子が何んですが、それさえ御承知でしたらこちらはいつでもよろしいので」

彼は危機が去つたのを感じると急に図々しくなつて、一と思ひに承知の旨を答へて了つた。ほどなく札の束を握つた時に、彼にはもう犯罪人らしい自棄《やけ》くそな度胸が据つて、直ぐその足で、女の手へ渡して貰ふ約束になつてゐる友達のうちへ、それを届けた。一時間ほどの後に、彼は十四五の時分から買ひ集めた錦画を擁えて、今度は顔名染の古道具屋の店に現はれた。そ

こで、まるで踏みつけられるやうな思ひを我慢しながら、愛着の深い秘蔵の品を二束三文で金に代へた。盗むだ金で義理以上の慈善をなした彼は、まだその上にも、こんな血の出るやうな金を、女やその周囲の者ども（彼を度々隠険な手段で苦しめた者ども）に贈らうとする。それで別れの紀念になるやうな品を調へて貰ふことを頼まうとして、また以前の友と、今度は出先に近いミルクホールで落ち合つた。盗むだ金の一文も自分の手には残らず、総ての計画が一と先づ滞りなく片づいたので、彼の心は今やゝ落ちついてゐた。そして、この大きな犠牲の報酬としては、彼は二度と再び言葉も交はさない筈の女と、電話で話すだけの釈弁《エキスキユース》を、自分自身に対して拵えた。そのミルクホールの帳場に近い電話口で、友達が呼びだしてくれた女と、何か、この大きな犠牲の報酬としては甚だ平凡なことを二分間ほど話し合つて、満足して、電話を切つた。

前からの約束があつて、友達と別れると、その儘すぐ帝国劇場へ、そこで両親や兄弟たちと一緒になるために急ぐ。或る不愉快な社会劇の幕が明いてゐる。扁平な頭をした畸形児のやうな子役が、彼と同じ名の少年の役を勤めてゐる。この少年に何か悪い遺伝が現はれて来る場《シイン》が演じられてゐた。

「昌造さん、あなたまア……」甲高《かんだか》な女優の声が響く。――その一日種々《さまぐ》な、色の濃い刺激に悩まされた彼の神経は衰れに痩せ細つてゐた。丁度声がわりの時期にゐる畸形児のやうな少年が、頻りに昌造昌造と呼ばれるたびに、彼は腹も立たないで、擽《くすぐ》つたいやうな、泣き出したいやうな気持になつた。やがて時間を見計らつて、家《うち》の者に別を告げて、直ぐ新橋の停車場へ行つた。そこから彼は、逃げるやうに、京都への旅に上つた。

夜汽車のなかの昌造を外的に写し出すならば、それは悔恨と不安とに身の置き所もなく悩むでゐる青年の、立派な、然しどこか空虚な記述が出来上つて行くだらう。彼は非常な速さで走つてゐる汽車のなかにゐて、併も刻々追ひ縋つて来るものがあるやうに感じた。ふと、殺人犯が高飛びをする場合の心理が思はれる。母親の用簞笥に鍵を差し込む時の、戦く胸の、恐ろしい瞬間を思ひ出す。彼は頭を振つて、立ち上つて、食堂車へ酒を飲みに行く。その酒が醒めて行く時分にまた飲む。――かう云ふ風に書いて来ると、然し、その次に来るべき、「たうとう彼は、翌朝米原で目を覚ますまで、何んにも知らずにぐツすりと深い眠に就く」と云ふ本当の記述が、前半と互にその功果を食ひ合ふやうな形を免れなくなる。然し茲で作者が出会はなければならないこの矛盾は、そのまゝ作中の主人公の方へ転嫁して差し支えない。彼は体中《からだぢう》の筋肉を搾《しぼ》り上げながら心で叫ぶ。「あ、俺もたうとう泥棒だ！」と。さうして肚《はら》のなかで何か呻きながら杯の酒をガブリとあほる。然し次の三分が経《た》たないうちに、彼は今度は冷かな笑ひを浮べる。「不安と悔恨か。筋書通り！」そして酒飲みらしい手つきで唇へ持つて行つた杯を一寸嘗めて味ふ。「お前が今日一日に仕遂げたことを、何故杯を挙げて祝す気になつてはいけないんだ！　お前は何か悪いことでもしたのか？」更にまた次の三分が経たないうちに、「いくら自ら欺かうとしたつて、良心の声に耳を塞ぐことは出来ない！」――かくの如くにして、決局どつちが本当の自分の心なのだか、決して彼には解らなかつた。解らうとして、深く追究しやうともしなかつた。作者も亦その孰れにも与しない。「彼は煩悶する」「彼は安眠する」小説的功果を互に相殺するこの二つの事実も、そのまゝ事実として止めるより仕方がない。――既にこの小説の冒頭にも云つた通り、彼は少し卑怯なだけで、慥かに善い人間で、正直であるから。さうして、さう云ふ型《タイプ》の人間は、二つの全く矛盾した思想に支配されることに馴れてゐるから。

　京都には全く違つた春が彼を待つてゐた。着いた日の晩、彼と友達の佐々とが工事中の四条大橋の竹矢来について、御影石の破片が沢山落ち散つてゐる泥濘《ぬかるみ》に悩みながら、仮橋の方へ曲らうとした時に、大学の制服を着た市村が、突然うしろから、「オーイ、昌坊主」と声をかけた。痩せてヒヨロ〳〵とした体が、ダブ〳〵な、薄い夏服のなかでピエロオのやうに気軽で、滑稽で、放埒に見えた。その印象と、旅先で久し振の友達に会つた喜びとで、昌造は急にウキ〳〵して来た。京都に住むでゐる市村は彼等をお茶屋へ案内すると云つて自働電話に這入る。昌造は遊びの興を色々に予想しながら半鐘の梯に凭りかかつて待つてゐた。

　ほどなく彼等が銘々の間に脇息を控えて座つた、（それと調和するにはみんな痩せて見すぼらし過ぎたから、やゝ荷厄介に持て扱つてゐた）茶がゝつた庭に面した座敷に、猿のやうに赤い頬をして、髪《あたま》の仰山な飾にそぐわないポソ〳〵とした装《なり》の娘が、何か叫びながら飛び込んで来た。これが、昌造が初めて見る舞妓だつた。頬を思ひ切り臙脂で染めて、眉を粗雑《ぞんざい》に紅で引いた顔の扮《つく》りは、遠くから見るによい都踊のこしらえで、髪も同様、たゞ衣装だけが近くで見るによい自分の襟かけの着物に変つた所から起る不調和であることも聞かされたが、当分の間どうも彼には美しくは見えなかつた。直ぐ、やゝ小ぶりで同じものがその隣に座つた。

　その晩彼等はそこの二階で雑魚寝《ざこね》をした。その時分には舞妓の言葉がいくらか昌造にも通じるやうになつたが、彼は故ら選むで市村と同じ布団のなかで寝た。夜中に彼は何かヒドく堅いもので頭を打たれて目を覚ました。佐々が独でクツクと云つて笑つてゐる。丁度目を覚してゐた彼の話で、初め市村も昌造も自分たちの枕を外《はず》してゐたが、そのうち昌造は自分のでなく、市村の枕をして了つた。すると暫くして、市村も枕をしやうとして、いきなり昌造の頭へイヤと云ふほど自分の頭をぶつけたのだと云ふことがわかる。一部始終を見てゐた佐々の可笑しさが思ひやられて、彼等も痛い頭を擦りながら長い間笑つた。床の上に延び上つて、ほの暗い行燈の光影に舞妓の寝姿を眺めて、

「相手があ、云ふ尫弱《ひよわ》な破《こわ》れものでなくつてよかつた」など、云つてまた笑つた。

その翌々晩位には昌造はもうすツかり舞妓好きになつてゐた。唐木の机を前にして彼等は纏まりのないことを話す。寧ろ舞妓たちの話してゐるのを傍聞きする。サイダアのコツプのなかを箸でくる〳〵掻き廻してから、玉虫色に光る小さな唇へ持つて行くのを眺める。中で年かさの勝弥が生意気にコツプ酒など飲むでトロンとなつて、独で喋つてゐた。その容子に、才はじけた一奴が何か適評をした。小さな酔ツぱらいが聞き咎めて、一人前らしく、グツと開き直つて、

「一奴はん、あんたあてをあなづつとゐるゑなあ」その「あなづつとゐる」の辺《へん》で呂律《ろれつ》が廻り切れなくなる。

「へえ、あなづつてます」一奴は平然として受ける。昌造は何んとも云へず嬉しくなつた。――そとには春雨がシト〳〵と降つてゐた。

翌る朝雑魚寝の布団の上に市村が起き上つて、宿酔の脂ぎつた蒼白い顔をして生欠伸を嚙みながら、帯しろ裸になつて了つた前をかい合せてゐた。

「まアま、市村はん帯とつて情のあること」この一奴の言葉に市村は、「こいつ」と云つて立つて捕えに行く真似をして見せた。彼の隣には、まだもの心もつかないほどの少さな子が口をあけてスヤ〳〵眠つてゐた。

或晩昌造はヒドく酔つてどうして寝たかも覚えなかつた。ふと目をあくと、雨戸をたてない部屋のなかに紫色の美しい暁が静かに立ち止つてゐた。寝返りを打つと見ると、一つ布団のなかで、思ひかけなくおそめが寝てゐた。この悧口な舞妓はいつからともなく昌造の心を惹いてゐた。彼は自分の酒臭い息を恥ぢる。おそめの寝顔をつく〴〵眺めてゐるうちに、いつかそつと小さな掌を握る。それは案外にもさう柔ではなかつた。仲々起きさうもないので段々にジツと力を入れる。さうしてゐると、涙ぐましいやうな恋心が起る。若しや、寝てゐると思つたおそめの方からもそつと握り返しはしないだらうか、極く微かにでも。さう思つて掌に神経を集注して待つてゐたが、どんな微かな手答もなかつた。彼は悲しく、泣きたくなつた。

活動写真小屋の椅子に、おそめと小龍とを彼等の間に腰かけさせてゐた時には、たうとう昌造も市村もすツかり労れ切つて、感傷的になつてゐた。この五六日殆ど昼も夜もぶツつゞけに一緒にゐて、都踊の花道と見物席とでも目と目で笑ひ合ふ位までに心やすくなつて了つた可愛らしい舞妓が、まるで彼等のもの悲しい心とは没交渉に、時々何か面白さうに私語き合ひながら、一生懸命活動写真ばかり見てゐる。それは当然《あたりまへ》のことで、それ以上可愛らしいことで、併も彼等の心を苦しめた。それならばどうすれば満足するかと云ふに、それは彼等にも解らなかつた。たゞ何んとなくそれでは物足らない気がした。

そこを出てからみんなに別れて、彼等は久し振りで自分たち

ばかりになつた。まるで憑《つき》ものが落ちたやうにポカンとして、何故かお互ひ同仕でうら恥しいやうな気持もする。俄に、ウカ〳〵と遊び過ぎて了つたことが、取り返しのつかないことのやうに、他愛もなく心苦しくなる。悪戯《いたづら》をして、先生の叱言が目前に迫つてゐる小学校の生徒のやうにたよりない気がする。二人とも黙つて、薄ら寒く曇つた夕方の町をぶら〴〵歩いた。

「あゝあ」思はず一人が洩した溜息で相手が噴飯《ふきだ》して了つた。いかにも同感なので。そのまゝ又黙つて歩く。銘々色々なことを、反芻動物の食物《くひもの》のやうに、一つ〳〵丁寧に味ひ反してみながら。


彼等の充分でもない小使は、「男性の gallantry（婦人に慇懃なること）」と云ふこの遊蕩の間に新らしく出来た、冗談とも本気ともつかない箴言が繰り返へされる度ごとに、小間物屋の帳場などへまでも滑つて行つて了つた。昌造は黒谷に住むでゐた友達から帰りの旅費を借りて来たが、市村はまるで予算が狂つて了つた財布を持つて、それから暫くの間下宿の二階に立て籠るにしては、余りに「男性の gallantry」が発達し過ぎて了つた。たうとう彼は、もう目の前に迫つてゐる試験も顧ずに、昌造と一緒に東京へ帰ることにした。それでも彼等は、東京へ着いたら一文なしになる覚悟で、先に帰つてゐた佐々に電報で、金を持つて新橋に出迎へろと云つてやつて置いて、大風《おうふう》な顔をして昼の急行の二等に乗つた。


彼等の話は舞妓遊びで持ち切つた。おそめや一奴やコップ酒を飲むだ勝弥などが代る〳〵彼等の話頭に上り、同時に眼前に髣髴した。全く覚える気もなしに聞いてゐたつもりの唄の一節などが、どうかしたはずみにヒヨイと口に出た。

「羅《うすもの》の軽き袂に通ふなり」云々と云ふその年の都踊の立唄を頻りに繰り返す。

「（どんたくお見舞申します）か」

「（オヤ〳〵お前はどんたくさん）サ。（そこは端近《はしぢか》いざまづこれえ）か」

「（然らば通るで御座んせう）だね。（然しゆうべの……）」

「（夜前《やぜん》の）だよ」こんな稽古を初める。

「（づうき〳〵とするであろ）」

「（オホ、）」

「（アハ、）」

「（ヨ、イガヨイ）」

「（ツ、ツ、、トントロ、ツテツ、トントロ」彼等は夢中になつて同時に声を合せる。そしてあたりの人に聞かれはしなかつたらうかと見廻して、その当座だけ低声《こごえ》になる。——まるで京都に浮かされてゐた。そのくせ二人とも殆ど恋らしい心は有《も》つてゐずに。


東京へ帰つても市村は自宅《うち》には寄りつかないで、郊外に住む妻帯した友達のうちに泊り込むでゐた。五月になつても京都から着て来た綿入を着て、することもなくブラ〳〵してゐたゞげに、京都の余熱《ほとぼり》が仲々醒め憎くかつた。相変らず「男性の gallantry」を包んだ胸を、懐手をした掌でピタ〳〵叩きながら、友達の庭の西洋花を見て廻つたりしてゐた。そこに昌造や佐々が誘ひ出しに来た。東京の雛妓を相手に遊んでも、彼等はどこかに京都の舞妓の誰かとの似寄りを見つけ出して、「和製のおとめはん」などと呼んだり、京都で覚えて来た「でえんこ〳〵、誰の隣に誰がゐる」と云ふ他愛のない遊戯をしたりして、せめても、「心ゆかせの薄荷パイプ」（そんな流行《はやり》言葉も出来た）にしてゐた。

それ程の京都熱も次第に醒めて行つた。殊に銘々が一人でゐる時には、夢のやうな思出ばかりでは何んのたしにもならなかつた。中にも昌造は愛慾に渇いて、陰欝な心でゐた。それでも彼は、時々お京らしい女から知らない名前で掛つて来る電話には決して出ないでゐた。

カラッと晴れ亘つた初夏の或る日のこと、彼は倖夫が持つて来たと云ふ一封の手紙を受け取つた。一目見てそれはお京の手《て》績であつたが、彼はそれをどう処置してい丶か解らなかつた。矢ツ張りあけて読んだ。そこには、昌造のうちから余り遠くない或る四辻まで、兎も角一寸でもい丶から来てくれ、と書いてあつた。暫く考へてゐたが、矢ツ張り彼は出て行つた。殊更に、どうにでもなれ、と云ふやうな気持になつて。そこには、お京が廓にゐた頃使つてゐた少女《こをんな》が一人で立つてゐた。彼はふと、女が瀕死の床にでもゐるのかとも思つた。然し彼等が一町と行かないうちにお京はどこからか出て来て、二三間あとからついて歩いてゐた。電車道へ出た時に女は追ひついて来て、毎日会つてゐる人にでも云ふやうに、いきなり、

「築地に一寸変つた料理屋が出来ましたつて……行つてご覧にならない？」

かう云ふ場合、相手の意表外なことを云ふのが女の慣用手段だつた。復《また》か、と思ひながら昌造は暫く女の顔を見返してゐた。お京は金歯を出して、「駄目よ！」とでも云ふやうにウフフフと笑つた。彼も誘ひ込まれて、一寸笑つて、そこへ来た電車に乗つた。その料理屋の二階で、

「一体どう云ふつもりなんだ」と昌造は、改まつた顔をして云つた。そこに酒や料理が来て話が迯れる。暫くして酔つた。

「一体どう云ふつもりで俺を呼び出したんだ」昌造はもう一度繰り返した。

「どうつて……」女は甘えるやうに、口に入れたものをカチ〳〵噛んでゐたが、「これからうちへいらつしやらない？　そりや汚いんですよ。吃驚《びつくり》なさるわね、きつと」と少女の方を向いて云つた。

「吃驚するもしないも、まだ誰も行くとは云つてやしないぢやないか」

この返事で、お京のうちへ行くことか殆どきまつたことになつて了つた。——やがて酔つた体が電車で揺られる。浅草のゴ

ミ〳〵した街の古道具屋の店先から二階へ上る。お京の母親がゐて初対面の挨拶をする。酒が出て更に酔ふ。母親と少女がいつの間にかゐなくなる。暫くして昌造は、男便所のない、汚いはゞかりのなかで前後にフラ〳〵しながら、「成程かう云ふつもりだね。……さう云ふ俺は？　矢ツ張りかうなるつもりか。フン」と自分で自分を嘲笑つた。世の中と云ふものはみんな馬鹿げた下らないことで埋まつてゐる。俺ばかりぢやアない。こんな心持が、今まで見聞きした様々な醜怪事《スキャンダルス》でつまつてゐるあたまの一隅から湧き出した。そのはきだめのやうな一隅には、老《としと》つた昌造の父親が、手燭を持つて、いぎたなく寝くたれてゐる女中どもの姿に見入つてゐる恐ろしい夏の夜の絵があつた。彼の情婦であつた女中が、彼の兄の部屋から、赤くなつた耳のそばの毛を掻き上げながら出て来る絵もあつた。その他茲に書くことが許されない様々な醜怪事——虚飾と獣心とが背合《せなかあは》せに貼りつけられてゐる人間の住んでゐるどんな所からでも嗅ぎ出すことの出来る醜悪な絵が、その時彼のあたまのなかで一時に跳梁を極めた。その仲間では、彼のしたことは——血の出るやうな思ひをして別れた女と、忽ちまたヅル〳〵に関係して了つたと云ふ、たゞそれだけのことは、ほんの些細に馬鹿げたことだつた。世界には、たゞ一人或は二人の人が知つてゐて、その人たちの死と共に何んの痕跡もなく消えて了つた恐ろしい程の醜怪事が山ほどあるに違ひない。昌造に醜怪邪悪を喜ぶ心がふと頭を擡げる時、よく彼はそれを感じる。そして一種憧憬に近い心持で、その永久に知られざる秘密の臭を嗅ぎつけたい慾望に捕えられる。桀紂とか、テイベリウスとかクレオパトラとか云ふ暴王の話を読む時、誰でも、多少ともその慾望を感じない人があるだらうか。そこに至ると昌造はいつも邪悪な秘密の前に頭を下げたくなる。たゞそれが卑近な例としてある時は、彼の頭の一隅にはきだめのやうに汚らしく積まれてゐた。そしてそれを、良心を鈍らす必要のある場合に、丁度死体を柔かにする時に振りかける御土砂のやうに、あたまのなかにいつぱいに振り撒いて了ふ。

「いづれは他愛ないもんさね」女の傍に帰つて来た時に昌造はかう云つた。女は顳顬の所を抑えて、畳の上にうつ伏せになつてゐた。

ほどなくお京は目黒に一軒小さな家をもつた。山の手線の停車場を出て、ヂリ〳〵と焦《や》きつける光を洋傘越しに受けながら、昌造は急な坂を下りた。廓で会つてゐた頃とは全く違つた趣がそこで彼を待つてゐた。北窓の青葉の反射《てりかへし》で無智な女の額も、時に神経質らしく、蒼白く見えることがある。西日が次の六畳まで差し込むやうな暑い台所で、丈のヒヨロ長いお京の母親がセツセと夕飯の仕度をしてゐた。女がクス〳〵笑ひながら何か半紙に包んだものを持つて来て、黙つて昌造の前に置いた。昔風な字で「神様のもの」としてある。あけて見ると、昌造が忘れて行つた手巾《はんけち》が綺麗に洗濯されて這入つてゐた。

「うちのお母さんは貴方のことをいつでも神様々々つて云ふのよ」

昌造は本当に神様のやうに、心からニコ〱して、それを彼に与へてくれた者に感謝したいやうな心持になる——さう呼ばれてもい丶、何かを。

永い薄暮の時に彼等は競馬場の高台の方へ、蜩のトンネルの下を、径づたいに登つた。ハンデイキヤツプをつけておいて、埒に沿つて、砂を蹶立て丶彼等は駈け出す。きめて置いた決勝点まで行かないうちに、女は急に、「妾いや」と云つて、浴衣の両袖で顔を隠して娘のやうなそぶりをした。向ふの茂みの間から十三四の小娘が飛んで来た。続いて切り下げにした茶の湯の師匠が遠くから、「まアお京さん」と声をかけながら近づいて来た。彼等は野花を摘むで、帰りには師匠の家で娘のお手前を一服御馳走になる。人通のない道を二人は戯れながら、小さな住家へ帰る。……翌る朝、「神様」は何んとなく不機嫌に、怒りツぽくなつて坂道を上る。か、さもなければ、(更に機嫌の悪い時には)昼近くまで床のなかにゐて、起きると直ぐ酒にした。——その間に彼のうちでは、もつと不機嫌に、もつと怒りツぽくなつた彼の母親が女中たちに当り散らした。そして彼の書斎に這つて入つて、乱雑になつた机の上から書きかけの原稿を取り上げて、一二枚読むでみて、舌皷を打つて下りて行つた。

秋が来た。澄み透つた空には、吹き千切られたやうな笹毛を出した美しい雲が流れた。光と雨とを得て、果《み》は熟し葉は落ちる。齢《とし》を逐《を》ふて書かれてゐた昌造の長い自叙伝は、十四歳の或る日、或る暗い事実にぶつかつてこの方、机の上で埃を浴びてゐた。

或る日昌造は、友達の北島と一緒に「和製のおとめさん」に会つてゐたが、彼が夢想したほどには相手が何んとも思つてないことを知つて、ムシヤクシヤして、友達と別れてからお京のうちへ廻つた。お京はもう目黒のうちを畳むで、また浅草へ(古巣のある区へ)帰つて、ひとの二階を借りて住むことになつてゐた。

昌造は露次の溝板を踏むでそこの勝手口へ廻つた。丁度そこにゐたお京は、一寸狼狽《うろた》へた色を見せたが、直ぐ決心したやうに先に立つて二階へ上つた。六畳の部屋中いつぱいに物が取り散らされてゐる。そのなかで男が古新聞で瀬戸物を包んでゐた。お京は突立つたま丶、

「もうこ丶も落城……明け渡し」

「さうして?」

「叔父さんの所へ転げ込むの……い丶え、それは別よ」かう云つて道具屋の手から、嘗て昌造が描《か》いた楽焼の菓子皿を取り戻して、うつ伏せに胸に当てがつて、(何これしきの悲運に!)と云ふ風に微笑むだ。——「神様さんは婆《ばあ》奉公」

「一家散乱だね」昌造は冷かに云つた。前に別れる時にはあれ

だけのことをした。もう今度は俺の知つたことぢやアない。と云ふ心持で、――「俺の三味線は？」

「売つちまつた」

道具屋がへ、ラ笑ひをして昌造の顔を見上げた。そこへ、つい近所にゐるお京の叔父の娘が荷物を運びに来て、昌造を見て、羞渋《はにか》むで直ぐ下りて行かうとした。女は呼び止めて、挨拶をさせてから、何か二品三品持たせてやる。その晩彼等は、黄色い薔薇のやうな顔色をした内気な娘をつれて外で食事をして帰つてから、何一つないガランとした明き屋のやうな六畳で、明る過ぎる電澄の下でねる。寐ながら昌造は、先刻《さつき》なか見世で半襟を買つてやつた娘の、日本人に独特な、黄色い薔薇の花のやうな、わりに光沢《つや》のない、細かなきめの皮膚を思ふ。――蠅が一疋、寐静まつた夜に、甲虫ほどの羽音をブン／＼云はせながら、彼等の露はな体に来てはとまつた。


お京の叔父の家は六畳と長四畳の二間きりだつた。四畳の方には、上さんが鼻緒を縫ふミシンもあり長火鉢もある。そこへ叔父夫婦と娘とお京親子とが、昌造を上座に据ゑてギツシリつまつて別れの宴を張つた。お京の母親の兄に当る叔父は、職業に要求されるまゝに売卜者然とした山羊髯を撫でながら、松茸の土瓶蒸しの通を云ふ。さうして自らその料理を用意する。杯がそれからそれへ廻つた。

「……どうぞ今後とも末永く面倒を見てやつて下さい。これだつて」と自分の妹を指して叔父は続けた。「この年になつて、こんな思ひをしやうとは夢にも思はなかつたでせうが、まアま、みんな持つて生れた運でさア。ねえ、人間は七転び八起さ……」

こんな話になつて来ると、心のいゝ、デブ／＼と肥つた上さんは、直ぐに亭主の言葉に感動して、半纏の袖で鼻の穴を突き上げるやうにしながら目を繁叩いた。

「申しちやア何んですが、妾もこれで元はと云へば日本橋で五本の指に数えられる位の問屋で、まア、御新造さん／＼と云はれたこともある女なんで御座んすが……」お京の母親が亢奮して、いつものオドオドした容子に似げなく、かう、上は釣つた顫えを帯びた声で始めた。「それが貴方、まア恥を申し上げなければ分りませんけども……」

「およしよヲお母さん」お京は故ら平気を装つて、みんなをセンテイメンタリズムから陽気な世間話にでも誘《をび》き出さうと、晴やかに笑つてみせたりする所に、また、彼女は彼女らしいセンテイメンタリズムに裏切られながら、「昔は昔今は今さ。面白くもない……」

母親は恨しさうに娘の顔を眺めてゐたが、「さうさねえ、下らないね。……だがね叔父さん、お前さんだけはみんな知つてるがね、考へてみりやア、あれもこれもみんな妾の身から出た錆さ。これと云ひ、長三郎と云ひ……」かう云ふうちに、彼女の老つた目から大きな涙の筋がボロ／＼とこぼれて来た。「あゝあ、この年になつて、一度は二十人三十人の奉公人を使つたこともある身が、他人の釜の飯を食べなきアならないやうな端目になると云ふのも、みんな……」

「大袈裟だねえ」と女は鼻の先で。

「いゝえちつとも大袈裟ぢやアないよ。お前は知るまいがね、ねえ叔父さん、まだ先の旦那の生きてなすつた頃にやア……」

「奉公人のことなんぞ云つてるんぢやアないよ。そんな者アよし四十人が五十人だつて、どの道今のたしにやアならないやね、下らない」お京は酔つて、目を据えて、ガミ〱嚙みつくやうに云つた。「さうさ、全くお母さんの云ふ通りだよ、みんなお前さんから出たことさ」

「お京さん、まアお前さん何んだね」と上さんが聞き兼ねて宥《なだ》めた。

「ハツハツハア」と叔父は咽で笑つて、「いゝえね、貴方の前ですが、兎角女てえ奴は愚痴な奴でがしてね、アツハ、、、」さう云つて彼は、可笑し涙でも拭くやうに目の廻りを擦つた。その時老つた兄妹の心には古い日のことが、同じやうに徂来《ゆきゝ》してゐた。黄色い娘はいつの間にか八畳の方へ寝に行つて了つた。お京の母親は上さんを捕へて娓々と泣言を聞かせては、二人して襦袢の袖で目を拭いてゐた。昌造と叔父とは下らないことをポツリ〱話しながら頻りと飲む。お京は急に黙り込んで了つてボンヤリ一つ所を見詰めてゐたが、

「さアもう寐ませう〱。いつまで云つてたつておんなじことさア」と大声に云つて、昌造を促して、近所で借りて来た屛風で囲《かこ》つた寐床に這入つた。屛風一重向ふには山羊髯を胸の上に載せて、叔父が盛な鼾をかき始めた。上さんと母親とでカタコトとあと片づけをして了つてから、四畳の方にたつた一つある電燈を消さうとした。

「叔母さん、点《つ》けといて」お京の嗄《しやが》れた気狂ひじみた声が屛風の裏から聞える。「そいからおしやを一杯、コツプに」

昌造の荒びた心は、この陋巷の棟割長屋の屋根の下に、一家が散乱しやうとしてゐる光景《ありさま》のなかに、みんな少しづゝ亢奮して苛立ち易くなつてゐる無智な、善良な人々の間に、最も居心地のよい安住の地を見出した。普段いやに常識主義なお京までが、苛々と反抗的に、捨て鉢になつてゐるのも、彼には変つた興味を与へた。そこでは、総ての感情が、善悪美醜ともに浅墓で小規範で、昌造の小さな心も、それを分解したり味つたりするのに充分広かつた。彼はその小さな世界を肴に、エゴイスティツクな立場に泰然と搆えて、欲するだけの慾を充分に飲みながら、引止められるまゝに、二晩ほど彼等の間で暮して了つた。

深く靄の降りた朝、昌造は珍らしく早起きをして、愈々一同に別れを告げて出た。病気上句に久し振で外に出た時のやうに、爽かな朝の空気は却つて彼の皮膚に強すぎるやうに感じ、足腰にも力がなかつた。そこらまで送ると云つて、女がついて

来た。電車道まで来ると、もう少し歩かうと云ふ。彼等は一銭蒸気で向島へ渡つた。お京は、まだ廓にゐた時分随分贔負にされた老つた発句の宗匠の庵室めいた家を土手の上から眺めて、自分の永い間の遊女生活をボンヤリ思ひ出しながら歩いた。だん〳〵靄が晴れて日光が彼等の上に照り始めた。百花園へ這入つた。若い藝者風な女と、昌造よりもまだ若いほどの青年が石の上に腰を下ろして、肩を押しつけ合つて休んでゐた。彼等は、一組づゝ互に、互の前の晩を想像し合ふ。さうして自分たちをちつとも幸福だとは感じない。——不穏な沈黙を続けたまゝ彼等はそこを出た。心の上からクルツと濡紙を貼りつけられたやうに、総て彼等の感情は、今鈍く、息苦しかつた。彼等は通りがかりの人のやうな心採で唯並んで歩いた。

　昼近くまで歩き続けて人形町へ出て来た時には、日射で体がグタ〳〵にだるくなつて了つた。或る鳥屋へ這入つて酒を飲むだ。焦《や》け爛れた胃の腑に、溜飲に似た苦さで酒がチリ〳〵と滲みる。酔ふに従つて彼等は少しづゝ生き〳〵して来た。

「これから先一体お前はどうして行く気なんだ」昌造は、言はず語らずのうちに愈々別れる時が来たと思つて、それをもう既定のことゝして、殆ど義理一扁にさう尋ねた。

「どうにかなりませうさ」

「女にやすたりがないか」と毒々しく、「然しいつまで叔父さんの厄介にもなつてゐられまい」

　お京は、（それぢやア云つて聞かせやうか、）と云ふやうに、暫く男の顔を見詰めて勿態らしい間《ま》を置いてから、「今夜から活動に出て唄を唄ふんですとさ、××館でね」

　それを今まで隠してゐて、今になつて云つて了つた女の心持を直ぐに感じて、昌造は苦笑ひを浮べたゞけで黙つてゐた。それでも、活動小屋の内部を思ひ描くと、流石に堕《お》ちて行く女の運命を哀れまずにはゐられなかつた。出獄したゝめに、獄中より、入獄以前より更に悪い暗い生活へ這入らなければならなくなつたとしても、それは獄吏の知つたことぢやアないが、然し俺は、どんなに控え目に考へても、少くとも、女をより不幸にしやうと思つて彼女の身の自由を購つてやつた訳ではなかつた。それが、その結果は！　六十近い母親は婆や奉公に出る。女は浅草の活動小屋で唄を唄ふ。人間の善良な意思が、思ひがけぬ不幸の因をなした例は山ほどある。「運命」の皮肉な悪戯！　人間の道義心を嘲笑ふ「運命」の悪戯！——昌造は自分の一時の出来心に等しい「善良な意思」、それを貫徹させることに全く無努力無責任だつたこれまでの態度、そんなことは全く棚に上げて置いて、この不幸の源を、「運命の悪戯」と云ふ、決して不服の出ない、うまい所へおツ被せて了つた。そしてその考へにあほられて傲慢になつて、まるで彼が意地悪な「運命」とグルになつて、初めからこの結果を見越してゐながら、「善良な意思」でお京親子を不幸の穴へ落し込みでもしたやうに、その企が愈々思ふ壺へ嵌つて来たやうにさえ思ひ曲げて、私かに邪悪な心に阿つた。悪心が満足して、出かした〳〵と褒めた。

　鳥屋を出るとお京は或る用事で横浜へ行くから、新橋の停車場まで一緒に行かうと云つた。新橋まで来るともう横浜行はよしたと云ふ。いよ〳〵別れやうとした。すると女が、もう一生会はないとしても、場合によつては、手紙は上げるかも知れないと云ひ出した。昌造はもうムカ〳〵して来て、「断然いかん！」と往来なかで大きな声を立てた。この争ひの間に彼等は日比谷公園に這入つた。夕栄えが永田町の岡の上に美しく空を染めてゐた。落ち葉の浮いてゐる池で水禽が群れたり離れたりしてゐる。――むつくりした胸で水を分けて、丸い黒い目であたりを見廻しながら、自分の行きたい方へ勝手に游いで行く。或る一羽がどう思つてか陸へ上つて、身震ひをして水を切る。岸の丸石が少し濡れたゞけで何んにも重大な結果を生まない。昌造は、人間の行動の一寸した左右から分れて来る善悪の結果と、同じく自由な意思を以て行動してゐる禽の、全く善悪のない結果とをボンヤリ思ひ比べてゐた。それが難《むつ》かしい理窟になつて行かずに、たゞ何んとなく彼の心も禽のやうにゆつたりと緩むで来た。胸の閊《つかえ》が消えて長閑な鳥獣の世界を感じる。――ふと後を向くと、女が労れ切つたやうに口をあいて夕日を見詰めながらボンヤリ立つてゐた。ほんの瞬間的に、昌造は雄鳥が雌鳥を愛するやうな心持ちになつた。が、直ぐまた苦い顔をして黙つて歩き出す。広い芝生の所へ来た。あたりにはまるで人影がなかつた。

「オイもう帰れよ、いゝ加減に」

「近いうちにもう一度だけ会はない？」

「いやだ」

「いやならよござんす」何んの執着もなく云ふ。昌造はカツとなつた。

「そんなら何故初めツからそんな余計なことを聞くんだ。俺をいやがらせるだけの目的で云ふんだな」

「貴方はもうすツかり気が変つてお了ひなすつたのね。妾憎い？」

　言葉に現はせない程の憎さを、充分に伝えてやりたい慾望で胸がいつぱいになつて、口が利けなくなつて、洋傘の柄を力まかせに握り締めたまゝ、昌造はブル〳〵顫えてゐた。

「おいやでせうね、××館の下座《げざ》を情人《いろ》にしてゐると云はれちやアね」

　昌造は女の代りに大地を力まかせに打つた。洋傘の先が折れて飛んだ。女はその飛んで行つた先を見てゐた。草のなかで金物が光つてゐる。

「俺を責める気だな、貴様。貴様が一体俺のよし悪を云ふなんて、第一考へるなんて……」

　頭の上を鳥の群が鳴きながら帰つて行つた。女は一寸上は目づかいに見上げた。羽音が静かな夕空に遠ざかつて行く。暫くして女は落ちつき払つて云つた。

「人間てものは誰でも倦きるわ」

「生意気云ふとなぐるぞ」

「貴方はどうかしてらつしやるのね」

「もういゝ〳〵。どうしてゐやうとお前の世話にやアならない」

「勘忍して下さいね、妾が悪かつたから」

「なアにあやまらなくつたつていゝよ。お前と云ふ人間はさう云ふ人間なんだ。あやまつたりすると又嘘になる。本性を現はしたまゝで引き下つた方が男らしいぞ」

「何をそんなに怒つてらつしやるの？」

「もういゝんだよ。これですツかり片がついたんだ」

「なにが」とゆつくり引張つて云つた。

「俺たちが一番お仕舞に本当の肚を云ひ合つて別れるんだ。それでいゝぢやアないか」

さう云つて了つて昌造は歩き出した。それでも彼の注意は後に惹かれた。どうしたらう？

烈しい怒のあとで彼の心は次第にもの柔かになつて来た。少し云ひ過ぎたやうな気もして女が哀れでもあつた。然し彼は努めてその心を抑えつけた。暫くして、二三間あとから女の足音がついて来るのを知つた時、彼はまアよかつたと思つた。彼は電車の方に出ずにそのまゝ家のある方へ歩いて行つた。女がついて来ることが出来るやうに。

足がうちに向ふと同時に彼の心は重くなつた。永い間無断で、電話一つかけないでうちを明けてゐた結果を彼はよく知つてゐた。屢々繰り返したことだが、両親は仲々それに馴れなかつた。父の怒、母の心配、兄弟の迷惑。彼も仲々それに馴れなかつた。結局彼は友達のうちに寄つて、そこから兄でも呼び出して、一緒に帰つて貰はうと思つた。

その友達のうちの門の前に来た時に、昌造は振り返つて、今度はまるで違つた優しい声で労《いたわ》るやうにかう云つた。

「北島の所へよるがね、若し留守だつたら直ぐ出て来るけれど、ゐたらもう別に断りには来ないからね、五分ほど待つてみて、出て来なかつたら帰つておくれ」

もう全く夜だつた。女の顔がほの白くたゞ頷くやうに見えた。

「ぢやアさいなら」昌造はサツサと門のなかに這入つた。北島は彼を見るなり、

「オイ〳〵、冗談ぢやアないぜ。一体あれからどこに行つてたんだい。君のうちぢやア大騒動だぜ。何遍電話口に呼び出されたか知れやアしない」

同じ夜の八時頃、俊之助兄の後から昌造がシヨンボリ部屋へ這入つて来た時に、父母は「まア助かつた」と思つた。五人の男の子のうちで、この四男のやうな放蕩者は初めてだつた。どの悴《せがれ》もどの悴も成年になる前後に、きつと何か知らんで苦労をかけたけれども、昌造のやうに無遠慮に彼等を苦しめた者もなかつた。

「一体どこへ行つてたんだ！」父親の今迄の心弱い不安が急に劇しい怒に変らうとした。然しその時彼は悴の、三四日の間にゲツソリ痩せて了つた顔を見た。蒼く椽《ふち》どられた目は、労れて力なく見えながらも、思ひ迫つたやうに潤むで、深い縦皺を刻むだ眉の下に落ち込んで光つてゐる。髯なども汚らしく延びて一層顔色が悪く見える。口にこそ一言も出しはしなかつたけれども、心のごく底の底では、実際生命さえ気づかつてゐた我が子の、かう云ふ衰へ切つた容子を見ると、流石に父親も哀を誘はれた。母親は情ないことだと思ふと、ハラ〳〵と心弱い涙を落した。昌造は自分を一文の値うちもない放蕩者だと心から感じて、父母の前に身の置き所もないやうに恐縮してゐた。然しそこには、どこか人の心に触れるものもあつた。例へば、悪心の風に吹き曝され、善心の雨にたゝかれながら、面俏《おもやつ》れるまで誘惑の旅をさ迷ひ廻つた足弱な旅人が、宿を頼むのも恥ぢらはれて、軒先でウヂ〳〵してゐるやうな趣があつた。

「俺は何んにも尋ねまい」と暫く沈黙が続いた後に父親が云つた。「また叱りもしまい。が、これからはもう少し気をつけてくれ。老つた親たちのことも思つてくれ。よウく自分で一度考へてごらん。……然し、それよりもまア、今夜はゆつくりお休み、まるで……」身投げでもしかけて助けられて来た男のやうな顔つきをしてゐる、と父親はその時思つたけれども、元よりそれは口へは出さなかつた。

昌造は労れ切つて自分の書斎へ這入ると、これと云ふ理由もなく、声を立てゝ泣き出して了つた。久し振りで父母に対する愛を感じながら、小供のやうに泣きながら寝入つた。

或る日の午後、昌造は佐々を尋ねやうと思つて電話で容子を訊くと、市村と牧野とが来てゐるがよければ、と云ふ返事だつた。昌造はその明け方「蟬脱とづる〳〵べつたり」と題する、幾度か生活を改めやうと志しては幾度も失敗に終る意力のない生活を書いた自叙伝風な小説を脱稿した。それは出来次第に、そのなかの副主人公のモデルである佐々に見せる約束になつてゐた。それで佐々は、他に来客があつてはと云ふ遠慮を言葉のうちに現はしたが、昌造は一寸考へて見て、却つてその方がいゝと思つて行くことに約束して電話を切つた。――この小説のなかで、昌造は佐々に対して身を切られるやうな思ひで或ることを白状してゐた。それは下のやうな事件だつた。

一体佐々は昌造の兄の俊之助の友達だつた。随つて年も六つほど上だつた。早熟な昌造はこの友達と対等に交際《つきあ》ひたい慾望から、往々自分を実力以上に釣るし上げなければ丈が届かなかつた。その釣るし上つた足と地面との距りがこの友達との関係に於て昌造の最初の弱味になつた。上釣《うわづ》つた彼の言説でも時には鈍厚な佐々には才気煥発に聞えた。だから彼等の交際は、はたからは、年のわりには対等らしく見えた。然しその実は、昌造の宙にぶら下つた足と地面との間には、佐々の思想、趣味、道徳などが芝居の岩のやうに一見頑丈らしく踏み台にされてゐた。昌造もそれに心づいてゐて、幾度その空洞な足つぎを自分の大地にまで踏み砕いて了はうと悶掻いたり、或はまたそこから飛び下りて了はうと企てたか知れない。然しかの張子の岩の周囲は、日と共に膨大して、遂には己の立つてゐる大地を見失つて了ひさうな有様になつて来た。その時分彼は或る英国人の友達からオオガスト・ジヨンと云ふ画家やその周囲の友達の話を聞いた。まだ若冠のジヨンは恐ろしいやうな一種の強い性格を享《も》つた男だつた。彼の性癖は一々オリヂナルだつた。彼の周囲には、磁力に引き寄せられる鉄片のやうな崇拝者が常に必ず五六人づゝはあつた。そのなかの一人であつたオスボルンと云ふ画家は立派な己自身の才能を享つてゐながら、彼の作画はどう悶掻いてもジヨンのあとから〱と従つて行くやうになつた。たうとう彼はロンドンを去つて、或る田舎に引込むで一向《ひたすら》自然を観て描いた。オスボルンはその一枚が出来上つた時分にピストルの弾丸《たま》を己の頭脳《あたま》へ射むで死んで了つた。――そこにゐ合せた昌造と佐々とは殆ど同時に尋ねた。

「その一枚は?」

「オヽ。非常なもの。彼自身の藝術!」

この話を聞いてから二三日の間昌造は佐々を殺さうと云ふ考に haunt された。自分が殺されて了ふよりは……と思つた。

昌造と佐々との間にはまだ次のやうな関係もあつた。仲間の中にまだ一人も遊びを始めた者がなかつた以前に、昌造は家《うち》で使つてゐた年上の下婢と通じてゐた。このことは最も親しい友達の佐々にも打ち明けずにあつたが、唯彼が童貞ではないと云ふだけの輪廓は話してあつた。その後或る冬の晩、佐々が遊びを始めたことを肇めて昌造に打ち明けた時に、昌造はそれに対する償ひのやうに彼自身の秘密をも語れと迫られた。その時以来四年ほどの間、佐々は、昌造の相手が神田に住む煙草を商ふ女だと云ふ虚構《つくりごと》を信じさせられた。彼は独りであの下婢ではないかと想像してゐて、さう突込んで尋ねたこともあつたが、昌造はどこまでも嘘を云つた。この嘘のために、昌造は益々佐々の前に己を暗く弱く感じなければならなくなつて了つた。遂に彼は名を創作に藉りて、佐々に本当のことを白状しやうとし、同時に今迄の関係にも幾分か光明を持つて来やうと企てた。「蟬脱とづる〱べつたり」の一部分がこの目的のために割かれてゐた。昌造にとつてどの道それは苦しい仕事には違ひなかつたが、この頃になつて彼にそれを成すだけの勇気が湧いて来たと云ふよりも、寧ろさうするだけの図々《づうづう》しさが出来て来たのだと云つた方が当つてゐる。小説のなかで、彼は、人を陥れやうとした嘘の穴のなかで如何に己自らが苦しむだかと云ふ事実を書き、(そこには少しの誇張はあつたとしても無根の嘘はなかつた)また作者の主観としては、苛酷なまでに主人公を鞭うつて、恰もそれで永い間友達を偽つてゐた罪が償はれるやうに感じた。そこには、友達の前に罪を謝する代りに、この労作に藝術品としてのよい批評でも受けながら、対等な笑ひ顔のうちに、永い間の嘘を白状し同時にまた過去に葬つて了はうと云ふ、(さう明かに意識しないまでも)甚だ横着な態度が潜むでゐた。かう云ふヒドイ意味の作を佐々の手に渡すには、差し向ひで目の前で読まれるよりは、相客があつた方がいゝと感じて、原稿を袱紗に包んで、昌造が佐々のうちへ出掛けたわけであつた。

先に来てゐた友達はもう倦んじ果てたやうに、仰ぬけに寝ころんで出鱈目な鼻唄を唄つたり、両膝を抱いて床柱に凭れながらユサ〳〵体を揺つたりして、中心になる感情も話題も明かに失はれてゐるやうに見えた。この空気はいま昌造が身を置くに最も適してゐた。佐々はこの空気のなかゝら昌造の創作を持つて隣の部屋へ出て行つた。昌造の心はワク〳〵して来た。それを紛らすには、あたりの空気を一層ダルにすることが有効だつた。

四年の間親しい友達に偽られてゐたことを知つた時には、人を信じることの厚い佐々は可なり不愉快な心持になつた。その上、読み終つてからもとの座敷へ帰つて見ると、そこでは昌造がダラケ切た冗口《むだぐち》をたゝいてゐて、恬として恥じる様子もなかつた。佐々は大抵の場合この年下の友達に対して兄貴らしい愛情や寛大や、尚また相応の尊重をも失つたことはなかつたが、その時には彼を下等だと思つた。

「どうだつたい?」と昌造が殊更ら平気を装うて訊いた時に、「その内ゆつくり話さう」とたゞ一言云つたゞけで、佐々は苦り切つた顔をしてゐた。

その晩彼等は酔つて吉原へ這入つて雨に遇つてたが、牧野の童貞に敬意を払つて、或る名染のない引手茶屋へ上つた。また酒を飲むだり、藝妓たちが来たりした。昌造は乱れ箱のなかに原稿の袱紗包を見つけて、「こんなものが顔を出してちや面白くねえ」など、云つて帽子の下に隠してから、頻りと燥ぎ始めた。「蝉脱とづる〳〵べつたり」を読むだ後《あと》で佐々がさして不機嫌でもないのが昌造には嬉しかつた。と同時に、友達の目色を窺ふやうな己の態度に劇しい不愉快をも感じた。酒がその不愉快に働いて、ガサツな無神経な酔漢を拵えた。――藝妓の一人に佐々の心は惹かれた。然しそれは誰にも心附かなかつた。たゞ昌造はそのみさ子と云ふのが一番佐々を厚くもてなすと思つて、微かな嫉妬を感じてゐた。然しその嫉妬に根ざす意地悪は、友達の方へは決して向けられないで、その女に対して、殊更らに佐々の方へ押しやると云ふ心持の、謂はゞ幸福と云ふ形で苦しめるとでも云ふべき心持で現はれて来た。銀貨隠しの遊びをしてゐた時に佐々の拳固を指して、「その熊のやうな手!」と云つたのも、翌朝藝妓たちが帰つて了つた時に「あゝあ、御婦人連がゐなくなると、急にみんな気をぬいて了つて、惘然《ぼんやり》した顔をしてるぜ」と云つたのも、昌造の心持には無遠慮過ぎたと云ふ以外には全く咎められるべき何んの他意もなかつた。所が二三日してから昌造は、「あの晩君が僕に対して為《し》た下劣な『心の遊戯』で僕は君に対して可なり不愉快を感じた。そしてその心持を今小説に書いてゐるから当分君とは遇ひたくない」

と云ふ意味の佐々の手紙を受け取つた。佐々は自分がみさ子に対して抱いた可なり真面目な愛情を昌造が馬鹿にして、わざと女の前で自分の毛だらけな手を熊のそれに譬《と》へたりしたのだと釈つたのだつた。

それ以来暫く二人は遇はなかつた。昌造は自分に対する佐々の不愉快が毎日彼の原稿紙の上に形を取りつゝあることを思ふと、ふと苛立たしく感じたやうな日もあつた。然し彼はこの友達との間に、どんな形でゞも変化の来ることは、心私かに望むでゐた所だつたから、さしてそれを苦にもせず、他の友達と相変らず遊び歩いてゐた。

もう冬が来てからの或る日のことであつた。昌造は北島からかゝつて来たと云ふ電話に出た。すると、

「妾よ、わかつて?」かう云ふのがお京の声だつた。彼は直ぐ電話を切らなければならぬと感じながら、矢ツ張り受話器を耳に当てがつてゐた。

「何んと思つて電話なんぞかけるんだ」

「たゞよ。急にかけて見たくなつたのよ」お京は明かに余程酔つてゐた。デレ〳〵とよく廻らない舌で下らないことを喋り続けた。その後《うしろ》からは、楽隊の音や人の話し声などが騒々しく聞えてゐた。活動小屋の楽屋の酒宴《さかもり》。酔ぱらつた下座の女。堪らなく下愉快になつて、昌造は黙つて電話を切つて了つた。

この時肇めて昌造は、別れて後のお京の生活を目前《まのあたり》に思ひ浮べて見た。彼は何んとなく胸苦しく情なく感じた。

「いやだ〳〵。たまに善いことをすりアその結果はこんなもんだ」その秋同じことを鳥屋の二階で感じた時と比べると、彼はヅツと簡単に、概念的にこの問題を片づけて了つた。人の心に在る善の力が如何に成すなきかを思ふことは、一面から彼の生活をジヤステイフアイし、不安を麻痺させる功力があつた。併も彼は善のために悲しまなければならないやうに感じた。末世の世には善もその力を収めなければならないことを。そしてこの幻滅は、(彼の考に従へば)末世の世に目を開く前に必ず受けなければならない dub であつて、これを経て後、人は、自分達のうちに何か或る尊いものを建立《こんりふ》し、常にそれを力綱としてゐずには一日も生きて行かれないやうなヒロイズムの時代から、肇めて現実に面接する不屈の力を備えた成熟の時代に這入るので、恰も彼が今その一転期の時に際して別れて行く過去の時代を懐しみ、且つは幻滅の悲みに逅《あ》つてゐる自分であると、かう昌造は自ら解釈した。――然しまた別な見地から云へば、彼の所謂 dub は、徴兵検査のやうに、誰でも人が受けなければならない「凡人検査」の試験であつて、昌造がそれの甲種合格者であつたと云ふことも出来る。この考に従へば、その日の短い電話が、彼を立派な「凡人」に「成熟」させた。昌造はそれを進歩だと考へる――それも事実である。人は幻滅を恐れてはならない。

社会的に名誉も位置もない「素町人」が何んでもするやうに、（と昌造は或る友達への手紙に書いた。）心の上に君臨するものゝない「素人間」はまたどんなことでも恐れない。何かの役《ロール》に拵《こしら》えてない役者の顔を素顔と云ふやうに、俺は今全く「役《ロール》」のない「素人間」になつたやうな気がする。早熟な、何んでも知つた風な顔をしたがる少年——無自覚な煩悶を道楽にする青年——漁色家——情人、こんな様々な「役」を了へて、俺は顔を洗つて了つた。その時、かう云ふ「役」が思ひがけず心の状態の君主であることを知つた。自由な心の所有者は、「素人間」に限られてゐる。然しその「素人間」がまた今の俺の心の君主でないとは云へない。が、兎も角俺は永い間望むでゐた心の自由を近頃になつて得たやうな気がする。所がそれは、言葉を代へて云ふなら、「自棄的な所のない放埒」と云つてもよいやうなものだつた。俺に於てはそれは淋しい空虚に等しかつた。俺はこれに馴れなければならないのだらうか。この行手に本当の大きな自由が待つてゐるのだらうか……。

（一週間ほどたつてからの手紙に、）

　吾々は「自由」と云ふものを摑むことが出来やうか。他人との対立に於てゞなく、自分一人の、絶対の自由を。

　自由とは畢竟「意識の自由」であることは論を俟たない。人はごく不自由な自分を自由であると意識する自由も、どんな自由な自分を不自由であると意識する自由も、決して失ふことはない。要はたゞその「意識」が外的な何物かに支配されるか否かに帰する。絶対の自由とは開放されたる意識である。外的な何者をも含まない「人格的意識」、もつと砕いて云ふなら「自然な心」「素な心」それだけが自由だ。僕は近頃かう思つて、為《し》たいことを為、思ひたいことを思ひ、全く何んの目標もなく、批判もなく暮してゐる。が、然しどうも淋しい。

　かう云ふのが昌造の「成熟」した「自由な心」の哲学だつた。彼の心のなかに「建立《こんりふ》」された尊かるべき筈の哲学だつた。——それは丁度、輸入される時に少々損じた上に、日本人の性情にはピタリとは合ひ憎い「自然主義」と云ふものが、青年の心に種々《いろ〳〵》な形をとつて働き始める時代だつた。——哲学はそれでよい。所で彼の「自由」な生活とはどんなものだつたらう。

　翌年の二月頃、昌造は汚い小さな待合の長火鉢の置いてある部屋で、連れの友達が二階から降りて来るのを待つてゐた。そこに友達の呼んだ女だけが先に降りて来て、一寸上さんに挨拶をして帰つて行つた。——三四時間後に、友達と別れてから、彼はその近所の或る他の待合にゐた。

「フム、貴方だつたの。よくない人ね、貴方は」先刻友達の呼んだ女が座敷に這入つて来てかう云つた。昌造はニヤリ〳〵笑つてゐた。

「お名染かい」

「あの方と?……いゝえ」

「何、お名染だつて構やしないがね。さつきお前が帰る所を見《み》初《そ》めたと云ふわけだ」

帰る時分には、昌造はこの色白で小肥な、女学生上りのスレツカラシを、「ガラ〱蛇」と字名して、それからまた一週間もすると、直ぐ文通などを始めたりした。

この女の生家《うち》は江戸川の終点の近くにあつた。そつちへ帰つてゐるから、一緒にどこかへ遊びに行くから、誘ひに来いと云ふ手紙を受け取つた昌造は、約束の時間に終点で降りて、夕闇のなかに人待ち顔に立つてゐる「ガラ〱蛇」を見つけた。彼はこの女相応の、(或はそれがまた彼自身の財布にとつても相応の)料理屋へでも行つて、飲み食ひしたりする気でゐたが、女は頻りに「活動」へ行かうと云つて強請《せが》むだ。その時昌造にはふとかう云ふ名案が浮んだ。――この女と並むで腰かけながら、××館でお京の声を聞かうと。この思ひ付きが頗る彼を興がらせたので、快く承知して、二人は電車で浅草へ向つた。所が行つて見ると、相憎××館は表がかりの改築中で、折角の「名案」も駄目になつて了つた。それで他の小屋で、立廻りの多い旧劇の写真を我慢しなければならなかつた。暫して、やつと女に頼むやうにして彼等はそこを出た。

けちな鰻屋の入れ込みの二階で晩い夜食を終る頃には、女はすつかり酔つてゐた。

「ちよいと姐さん〱。これで熱く煎《い》れ変えて来たつてえのかい」

まだよからうと思つてゐるうちに、ガクリ酔はれたので昌造は面喰つてゐた。――「何んだね、お前さんとこの脂ツこい稼《しよう》業《ばい》でさ、熱ウいお出花を飲ませることも知らないなんて……もう一度煎れ変えといで」

昌造は厄介なことになつて来たと思ひながら、やつと女を宥めて連れ出さうとした。入れ込みの相客はジロ〱二人の顔を眺めて、お互に私語き合つてゐた。

「何んだつて? 六区だつて? 巫山戯ちやいけないよ……」

その上、「かう見えたつて」までやられてはと、可笑しくもあり、恥しくもあり、昌造は女を引きづるやうにして往来に出た。実は彼とても可なり酔つてゐたのだか、「ガラ〱蛇」の景気に怖れをなして、醒めて了つた。外《おもて》へ出ると、「これから吉原へ繰り込むのだ」と云つて、女は何んと宥めても聴かなかつた。「俥夫《くるまや》ア、二挺だよ」などゝ叫んだりした。吉原では彼女は衆目を一身に集めて了つた。着物を前はだかりにして、ヒヨロ〱よろけて行くのを、妓夫どもはよい慰みものが這入つて来たと、てんでに巧な冷罵を呈した。辻卜売りの洟ツ垂れも、「ヤア女の酔ツぱらひ〱」などと囃し立てゝ、ゾロ〱跡からついて歩いた。いかな昌造も側へよれなかつた。時々「女の酔ツぱらひ」は後を振り返つて、昌造の姿が見えればよし、一寸でも見附からないと、委細かまわず大声で彼の姓を呼び立てた。昌造が知らん顔をして段々近よつて行くと、見附けて、安心してまたヒヨロ〱歩いて行く。群集は彼女の視線をたどつて連れの男を見附け出さうとする。そのなかで昌造も群集の一人のやうなもの好きな顔をしてあたりを見廻したりした。――大分遅れてゐた昌造が仲の町の通りに出た時に、「ガラ〳〵蛇」は姿が見えないほどの人立ちに囲まれてゐた。彼女は辻卜売の子が五月蠅いと云つてその一人の頭を打つた。それを見咎めた矢ツ張り酔ツぱらひの義憤家が女と喧嘩を始めた。昌造は今度こそ知らん顔をして先へ帰つて了はうと思つたが、それが出来る性分ならもう夙《とう》に浅草で女を捲《ま》いてゐたらう。彼は人立を分けて這入つて行つて、女の手首を取ると、黙つてグン〳〵大門の方へ引ツ張り出して来た。「ヤア刑事だ〳〵」など云ふ声を後に聞きながら。

荒れ狂ふ女を無理に俥に乗せて、低声《こゞゑ》で俥夫に所番地を云つて聞かせてから、「刑事」はやつと肩の荷を下ろしたやうに、人通りの比較的少ない三の輪の方へ歩いて行つて、やがて俥に乗つた。寒い月が天に冴えてゐた。俥は鷲谿の下の方へ出る淋しい町を走つてゐた。それほどの目に遇はされた「ガラ〳〵蛇」が、彼には、まださういやではなかつた。何か哀れなやうな愛情さえ感じた。灯《あかり》をとられた提燈を点火《とも》さうとしてゐる俥があつた。梶棒を下ろさずに、後押《あとおし》の俥夫が前に行つてマツチを擢つてゐた。俥の上には「ガラ〳〵蛇」が寝入つたやうにグツタリ首を曲げてゐた。

「オイ気をつけてやつておくれよ」昌造は俥の上から声をかけて行き過ぎやうとした。

「何んだ貴方だね。わかつてらア」と女は急に顔を振り上げた。その顔にいつぱいに月がさして蒼白く美しく見えた。

その晩二時頃に、若い泥酔してゐる女を、知れ憎い露次の奥の小さな汚い家へ送り届けた二人の俥夫は、家中には彼女の妹らしい娘が二人ゐるきりで男や大人がゐないことを慥めた時に、「わつちらもこれから仲まで帰りや夜が明けちまいますから、どこの隅でもよござんさア、一晩泊めてやつておくんなさいな」と科白のやうな口を利いた。俥は露次の奥に霜と月光とを浴びて朝までそこにあつた。

露骨この上なしと云ふ「ガラ〳〵蛇」からこの話を聞かされた時には、流石「自由な心」の持有者《もちぬし》も悄《しよ》げ返つて了つた。

再び夏が環つて来てからのことであつた。その時分には既に以前のやうな友誼に復してゐた昌造と佐々とは、嘗て一週間のうち少くも二日まではさうしたやうに、一緒に連れだつて街を散歩してから、その年納涼のために公開された御台場の一つへ渡つて見やうと云ふことになつて、芝浦の埋立地の海岸に立つた。旧暦十五日の月が上りか、つてゐたが、いかにも夏らしく、夢のやうに足もとが暗かつた。ボウ〳〵と締りのない、生温く湿つた風は肌にベトついて快くなかつた。それで、御台場に渡す艀の出る所は一寸知れもしなかつたが、乗り気になつて探してみる気もなかつた。堤防近く舫つてある舷の高い和船の舳から暗い海の水へドブン〳〵と飛び込んでゐる若者たちの呑気な夜の水浴が、元来かう云ふことの大好きな昌造にも妙に危《あぶな》つかしく思はれるやうな晩だつた。それは耳朶を鳴らしてボー〳〵と吹いて行く、日照り続きの海上で温められた風や、その下を薄雲が流れる度に息をつくやうに明るくなつたり暗くなつたりする寝惚けた夏の月光のせいであつたらう。彼等がいくらか予期して来たやうな爽かな涼味とは丁度正反対と云つてもいゝやうな、怠けた、或はそれ以上不気味な感じを受けながら、二人は下駄を揃えてぬいた上へ腰を下ろして、晦い水平線を望むでゐた。潮の匂に混つて腐つた魚の匂もして来た。それが、湯のやうになつた海の上へ白い腹を出して浮んだ死魚の体からでも匂つて来るやうな心持ちをさせた。

広々とした埋立地の草原を横ぎつて、彼等はそろ〳〵帰りかけた。往き道には心附かなかつた小屋がけの素人相撲の前へ出た。彼等はそこに這入つて、猿股の上から緋金巾の褌など締めた逞しい青年たちを、薄暗いカンテラの光の下に眺めた。好悪の劇しい彼等は、数の知れた力士たちのなかゝら直ぐに贔負々々を見つけ出した。規定の時間が来て、木戸番の爺に追ひ立てられるやうにして、最後に彼等がそこを出た時には、いくらか元気を回復したやうな気がした。もう月は天心に昇つて青く澄むでゐた。桟橋のやうな危《あぶな》つかしい橋を一つ渡つてから、安譜請の小料理屋や小待合のゴチヤ〳〵と建て込むだ一廓へ、例の好奇心から折れ込むで這入つた。その道は湯屋の前へ出て行き止つて了つた。片側は石炭殻がガスガス頽《なだ》れ落ちて来る暗い斜傾で、上には鉄道のシグナルが雲を突くやうに立つてゐた。あと戻りをするのが業腹《ごうはら》なので、彼等に構《かま》はず鉄道線路の土手へ登つた。そこを横切れば直ぐ田町の通りに下りられると思つてゐたが、上つて見ると、土手と向ふ側の往来との間には、コンクリートの壁が何か工事中らしく、その上案外往来は低くかつた。

「こりや下りられない。廻らうか」

「なに、線路についてもうちつと行つてみやう。大抵下りられるよ」

彼等は新橋の方へ向つて線路のわきを歩いて行つた。そこへ前の方から大地を震動させて下り列車が来た。

「危いよ」

「大丈夫だ。こいつは気違ひぢやアないから」

自働車のことをケンノン性な牧野が「気違ひ電車」と呼んだ。電車も怖《こわ》いが、自働車と来たらいつ何時どこへどう逸れて来るか分らないのだから、これほど怖いものはないとよくその友達が云つてゐた。それでも彼等は出来るだけ線路から離れて、土手の草を踏むくらゐの端《はし》を歩いてゐた。下り列車は彼等の歩いてゐる側からは一番向ふのはづれの線路の上を轟々と凄じい響をたゝて走つて行く――昌造のつひ目の前を歩いてゐた浴衣がけの佐々の薄ら白い後姿がパツと消えてなくなつた。途端に昌造は非常な音響と、吹きよろめかされる程の空気の攪乱に会《あ》つた。熱く感じるほどの、焦臭《こげくさ》い風が裾をあほる。直ぐ頭の上を四角な明るいものがチカ〳〵チカツと飛び過ぎる。次の瞬間に昌造は目の前に山の手電車の岡のやうに大きな後姿と赤いランプの光を見る。恐らく三秒よりも短い間にこれだけのことを感覚する一方では、佐々が鞠のやうに五六間さきへケシ飛んで行く瞬間の姿をも見た。そしてその次の瞬間には、切腹した人のやうにうツぶしてゐる佐々を、後《うしろ》から抱き起してゐる己を感じた。額から鼻柱の横へ流れてゐる血を見た。目はあいてゐる――

「大丈夫か」

「大丈夫だ」

怪我人の声は思つたよりシツカリしてゐて、何か自ら嘲笑ふやうな調子さえあつた。けれども昌造は、「こりや佐々は死ぬかも知れない」と思つた。「どうして死ぬのだらう」と自問して、その時初めて佐々が山の手電車に触れたと云ふ事実をはつきり意識した。――もう一筋の血が唇から顎へ流れてゐた。これが血へドなら助からない!

「シツカリしてくれ!」

「大丈夫だ。大丈夫だ」佐々は一言《こと》づゝ惜めるやうに云つた。

そこは往き道に彼等も潜《くゞ》つた三丈ほどある陸橋の天端《てんば》で、佐々の膝頭から一尺とはない所から下の往来へ石垣の高い絶壁になつてゐた。そのツイ鼻の下を涼みの客がゾロ〳〵歩いてゐる。それが彼等とは交渉を許されない他界の人々のやうに、こつちを振り仰ぎながらも、立ち停りも慌てもせずに、平調な足なみでゾロ〳〵動いてゐる――昌造は心細くなつて来た。

「誰か来て下さい。大変です」と彼は幾度も呼んだ。谷の底で、「どうしました」と云ふ声が聞えた。

「誰か早く来て下さい」

その間佐々は膝で立つて前こゞみになつたまゝ、一言も口を利かなかつた。昌造は後から、その前こゞみにならうとする頭を顎で支へるやうにして、脇の下から差し込んだ両腕でシツカリと抱いて、指を佐々の乳のあたりで組み合せてゐた。その昌造の指の上にまた佐々の手が軽く載せてあつた。そこには、生温い、サラ〳〵に乾いた、アレ性の、いつも通りの佐々の掌の感覚があつた。それがいくらか昌造に勇気を与へた。「大丈夫だらう」とも思つた。そして急に、「兎も角こりや大変なことが出来て了つた。」と初めてさう感じた。……どこからともなく彼等の周囲には人々が上つて来た。角燈を持つた線路工夫もゐた。

「どうしました」

「電車です……大変です」

「兎に角往来まで下ろさなくつちやいけない。お待ち」かう云つて手を藉《か》しに寄つて来た中年の男はヒドく酒の匂ひをさせてゐた。

「貴方はいけない」昌造はその男の手を払ひのけてあたりを見廻した。湯屋の帰りらしく手拭を下げた屈強の若者が目に這入つた。「さつきの相撲とりの一人だナ」と彼は心丈夫に思つた。

「貴方すみませんが手を藉してくれませんか」

その若者は、人々がかう云ふ場合に会ふと陥り易い、義に勇むと云ふ風な気負《きほ》ひ立つた容子もなく、無愛想に近よつて来た。昌造はそれが気に入つて、その若者に対しては無遠慮になつてもいゝやうな心持で、下げてゐた手拭を貰ひ受けた。それで佐々の頭に後鉢巻をした。濡手拭はグ、グツと堅く締つた。髪の毛のなかで傷の在《あり》かは知れないから、顳顬の動脈を締めつけて置いたらいくらか違ふだらうと。

そこへ白服の巡査が来て、「医者はまだ来ないか」と云つた。その時佐々が肝癪を立てたやうな声で、

「警察医なんぞに来て貰はなくつてもいゝ。それよか早くどこか病院に連れてつて貰はう」

昌造は自分がすつかり顚倒してゐるのに、怪我人の方が却つてはつきりこんな思慮を保つてゐるのを嬉しく心丈夫に思つた。

「さうか〳〵。だけど……大丈夫か」

気だけはシツカリしてゐても、案外途中で……とそれも案じられるので、昌造はたのめない当人にそれを慥める。何しろ傷の程度がちつとも分らないので、彼の不安は手遅れと云ふ点にあつた。そこには、「若し手遅れにでもなつたら申訳がない」と云ふ自分を護る自己本位の考も混つてゐた。

「大丈夫だ」佐々は受け合ふやうにシツカリと答へた。

「それぢやア医者はいりませんから、大急ぎで俥を云つてくれませんか」

巡査は昌造にものを云ひつけられたので、ヒドく感情を害したらしく「そんなことは自分でしろ」と云ふやうな言葉を残して去つた。兎に角往来へ下ろすことになつて湯帰りの若者が前に廻つて背負つた。昌造が後から助け載せやうとすると、突然怪我人が、「痛い〳〵」と叫んだ。見ると背で浴衣が五六寸ほど破れてゐた。彼の心はまた暗くなつた。

自分のステツキと、丁度持つて歩いてゐた「罪と罰」の英訳本と、佐々の下駄の片一方とを拾つて、昌造は人々のあとから危つかしい所を田町の往来へ下りた。誰が呼んで来たのか俥が二台待つてゐた。

「一緒に乗らなくつてもいゝか。一人で大丈夫か」

「大丈夫だ」

佐々は俥の腰かけの端の所へ一寸腰をかけて、前こゞみに窮屈さうにしてゐるので、昌造がうまく掛け直させやうとすると、「体を延ばすと背が痛いのだ」と云つた。そこに、ヅク濡れになつた佐々の麦藁帽や下駄の片一方を持つて来てくれた人があつた。昌造は先刻拾つた片々の下駄を、「こんなもの片ツぽだけ持つてどうする気だ」と心附いて、どこかにまた捨てゝ来たのだ。帽子は自分のゝ下から二重に被つたが、下駄は目立たないやうにそつとまた捨てゝ了つた。もう出かけやうとした時に、

「君等逃げて了つちやイカンぢやアないか」

と云つて巡査が近よつて来た。昌造は腹を立てゝ、

「逃げやしないが、何か用があるのか」と喰つてかゝつた。兎も角交番まで来いと云ふので、佐々の俥夫に田町の通りをソロ〳〵先へ行くやうに云ひつけて置いて、昌造は交番へ行つた。いつの間にかあたりは大変な人立ちだつた。巡査は彼等二人の姓名職業住所などを訊かうとした。昌造は人立ちのなかでそれを口にしたくなかつたので、自分の名刺に佐々の姓名や番地を書き添えて、精しいことはこれからU病院に行くから、そつちに調べに来いと云つて俥に乗つた。怪我人の注文でソロ〳〵引いて行く俥は往来の視線を集めた。湿つた手拭が赤黒く血で染つてゐるので人目を惹き易かつた。で、昌造は暗い裏通の方を行かせた。そしてU病院、彼の親戚の男が外科の主任をしてゐるそのU病院へ行かうと、佐々に告げた。

「U病院で不愉快なことはないか」佐々がかう云つた。昌造にはその意味が解らなかつた。

「何故……ないだらう」

「俺はこの頃K病院に通つてるんぢやアないのか」

「ウン」と答へはしたが昌造はギヨツとした。それを人に憶めるとは……。

「そんなら矢ツ張りK病院して貰はう」

佐々はその時分K病院で治療を受けてゐた病気を、友達の親類などに知られたくないと、それを気にしてゐるのだつた。

「でも大変遠いよ」

「タクシイを云つて貰つたら直ぐだ」

「それでもいゝがU病院ではいやかい」

「不愉快なことがありさうだ。我儘を云つてすまないが矢つ張りK病院にして貰はう」

そこで、新橋のタクシイへ電話をかけて、彼等の行く道を逆に迎ひに来させやうと云ふことにして、昌造の俥だけ先に自働電話のある街角まで走らせた。色々の名で引いてみたが気が急いてゐるせいかどうしても番号が知れないので、昌造がひとりでワク〳〵してゐる所へもう佐々の俥が来た。その由を告げながら、自働電話の灯で佐々の顔を見ると、蒼ざめてもゐたが、瞳孔が開いたとはかう云ふのを云ふのだらうと思はれるやうな生気のない、凄い目付をして一つ所を見詰めてゐた。昌造はこりやいけないと思つた。

「U病院で我慢して貰はう。それだともう直ぐなんだから」

「さうか、ぢやアさうしやう」案外佐々は柔順《すなほ》だつた。昌造はU病院に電話で知らせて置くことにして佐々の俥を先にそこへ向はせた。電話で大分手間取つて、彼が再び俥に乗つた時には、急にゐても立つてもゐられないやうな不安が襲つて来た。

「大急ぎ〳〵」と彼は俥の上でぢだんだを踏むだ。俥夫も人通りの少ない公園を一生懸命に走つた。然しいくら急いでも、行手に佐々の俥が見えなかつた。昌造は目を睜りながら、両手に力を込めて、手拭を絞るやうに、ステツキをギリ〳〵捩り廻してゐた。濡れた佐々の帽子で箍をはめられたやうに堅く締めつ

けられてゐる彼の頭は、なかゞキユーン〳〵と鳴つてゐるやうな気がした。

——佐々は死ぬかも知れない！

昌造は四五年前オ、ガスト・ジヨンとオスボルンの話を聞いた時に佐々を殺さうと思つたことはあつた。しかし、佐々が死ぬかも知れない！と云ふ心持に面接したのは初めてだつた。それは全く有り得べからざる、考へても考へられないやうなことだつた。その言葉には意味があるやうでないやうだつた。

佐々は死ぬかも知れない！

いくら思つても、恐ろしくも、悲しくも、嬉しくも、尚更ら可笑しくも——どんな感情も一つも浮び上つて来なかつた。その癖彼は嘗て自分が彼を殺さうと思つたことも知つてゐた。さうかと思ふと、佐々の遺稿のあとにでも書くやうな、追憶の文章の突飛な一部分がアリ〳〵と脳《あたま》に浮んで来た。佐々が死ねば彼は非常に悲むだらうとは思はれた。しかし、死ぬかもしれない！と云ふ事実に伴ふ感情は、あるやうで、漠々として霧のやうに取りとめなく脳《あたま》のなかに広がつてゐた。

その晩昌造は怪我人の枕もとで一晩あかした。医者は傷としては生命に関するやうな重傷では勿論ないが、右の肩胛骨の下の打撲傷から何か内臓に余病を引き起せば……と危むだ。その上佐々は全く記憶を失つて了つた。手術を終つて病室の寝床に横へられた時に、彼にヒドく亢奮して、機嫌よくニコ〳〵と笑つてゐた。さうして、

「一体俺はどうしたんだい」と昌造に尋ねた。あらましのことを話して聞かすと、「さうか電車でやられたのかい。さうかなア、随分間脱けなことをしたもんだなア」と笑つた。それから、K病院に通つてゐるのかどうかも慥めた。「俺はあの病気が悪くなつたんだと思つてた」と云つた。「俺は此頃何か仕事をしてゐたかね」と訊く。長編を書きかけてゐる由を答へると、「さうかなア、ちつとも覚えてゐないなア、どんなものだい」「君がR市へ行つた時分のことから書き出してさ」「ア、さうか、俺はR市へ行つてたのかね」と、こゝらまで来ると、また、「一体俺はどうしたんだ」と初めの質問にあと戻りして、殆ど一つも狂はずに同じ順序でことを一順尋ねて了ふと、また最初の質問に直ぐ戻つて行く。そして、それほど記憶を失つて了つたと云ふことに全く何等の不安をも感じないらしい。初めのうち昌造は、「こりや悲惨なことになつて了つた」と思つてゐたが、一晩中少くも二十遍以上同じ返事を繰り返へさせられたので、仕舞には五月蠅く、少し肝癪さえ立つて来た。彼も亢奮してゐてとても寝られさうもなかつたのに故意《わざ》と横になつて目をふさいで了つた。それに、その記憶力を失つたことは一時的のことであらうと思はれたから。

翌る日午近く、昌造は血に染つた羽織や「罪と罰」などを風呂敷包みにして、炎天に寝不足な眉を顰めながらうちへ向つた。その時分には佐々はスヤ〳〵眠つてゐた。帰りしな外科医

の控室で医者に慥め得た所では、もう十中八九心配のないことも解つた。

――佐々も助かつた！

かう思ふと昌造は何かもの足らない気がした。彼は吃驚して、「俺は……ほんとに呆れ返つた人間だ！」と思ふ。が、然し彼は心の底では安心してゐた。「俺がしんからそんな男なら、ゆうべあんなに夢中になつて世話をしやアしない！」

佐々の怪俄はドン／＼快くなつて行つた。昌造は見舞に行つてよく佐々の母親や兄弟たちと一緒になつた。この上もなく佐々を愛してゐる祖母が、孫の枕もとで溢れるやうな喜びに老つた体を震はしてゐるのを見た時には、昌造は不思議な不安を感じた。「俺は佐々の生死よりも、この人たちの喜びが見たかつたのではなかつたらうか。若しこのお婆さんが喜びの代りに悲みで震えてゐたら……」

老祖母は繰り返し／＼昌造に礼を云つた。さうされると、昌造も、自分のしたことが何か特別善いことであつたやうな気がして来て、嬉しさうにニコ／＼してゐた。

――五年六月――

（「中央公論」大正5年7月号）

山荘にひとりゐて

田山花袋

一

山に面した明るい硝子戸の中で、私が独りで筆を執つてゐると、静かに外《そと》に人の来《く》る気勢《けはひ》がした。午前十時頃で、山は晴れて、長い斜阪《スロープ》の処々に草を焼く烟が白く真直に昇つてゐた。私の山荘の周囲は、用もない人がいつも覗《のぞ》いて通つて行つたりするので、私はちよつと其方に眼をやつただけで、別に注意をも払はずにそのまゝ筆を走らせた。しかしそれは矢張私をたづねて来たのであつた。

私は立つて行つた。私は一人の青年を見た。一人は二十一二歳、一人は十八九歳、共に白地の絣の単衣を着て、袴を着けて、新しい麦稈帽子をかぶつてゐた。

『何か用ですか？』

かうは聞いたものゝ、私は直ちにその用事を知つた。二人は唯私に逢ひに来たのであつた。二人は兄弟で、埼玉のものだが、辰野にゐる伯父の許に行く途中、此処に私のゐるのを知つてゐて、昨夜わざわざ其処で下りて、停車場の前の旅館に泊つて、そして今朝此処にやつて来たので、『今、そこに、爺さんがゐましたから、先生が忙しがつてゐるか何うか聞きましたら、昨夜、酒を召上つたやうだから、今朝はまだ勉強にかゝらないでせうと言つてましたから、それで上つたのですが……』かう言つて、莞爾《にこ〳〵》しながら私の顔を見た。

『まア、お上《あが》り……』

かう言つて私は二人を餉台《ちやぶだい》の傍へと導いた。私は不思議にもさびしい私の心が温かい二人の若い心の方に偏つて行つてゐるのを感じた。

『さうですか、甲府で下りたのですか。それから、昨夜、そこで下りて、停車場前で泊つたんですか。それぢや、すぐ来れば好かつた』

『でも、先生に、かうして、すぐ此処でお目に懸れるとは思ひませんでしたから』

かうして私に逢へたのが、二人にはいかにも嬉しさうであつた。そしてまたその嬉しさうなのが私の心を動かした。私は二十年も三十年も前に帰つたやうな気がした。暑中休暇の旅行、山上に渦き上る白い雲、谷合の涼しい水の音、私もよくかうして旅をして歩いた。其時分は山を見ても水を見ても唯嬉しかつた。愉快であつた。世間に触れない心は純で、死だの恋だの暗い心理だのにはまだ少しも触れもしなければ汚されもしなかつた。体には力が充ち、胸には若い心が溢れ、希望は花のやうに前途にかゞやき渡つた。口に自由を言はず、独立を唱へないでも、体も心も小鳥のやうに自由で、いかなる艱難も艱難とは思はなかつた。従つて私は今『先生……』などと言はれて、かうして訪ねて来られるのが、一方には嬉しく一方にはまた辛《つら》く悲しかつた。

『御邪魔ぢやないんですか。先生、本当に……』

『いや……今日はもう好いんだ。君達が折角来て呉れたのが嬉しいから、一日仕事を休んでも好いんだ。よく来て呉れた──』

こんなことを言ふ中に、私達の心は今此処で初めて逢つて、初めて口を利いたとは思へないやうな一種の親しさと融合とを感じた。『先生、これは、昨日、甲府で買つて二人で飲んだんですが、飲み切れないんです、二人では。先生、何うです？』兄の方はかう言つて、持つて来た葡萄酒の罎を餉台の上に載せた。三分の一ほどまだ酒は残つてゐた。

『先生、本当に一人なんですか。食ふものは？　皆な先生がなさるんですか？　自炊してるんですか？』かう言つて驚いたやうな顔をして、二人は室の内を見廻した。勝手まで続いて明放された室の内には、戸の釜だの鍋だのバケツだのが一杯に混雑《ごた〳〵》と散ばつてゐた。徳利や茶椀なども昨夜のまゝになつてゐた。床の間に積み重ねられてある夜着や蒲団を見ては、『蒲団が床の間にあるのは面白いですな』などと笑つた。

弟の方は殊に紅顔の美少年で、大抵は黙つてゐたが、それでも莞爾《にこ〳〵》と常に笑を頬のあたりに湛えてゐた。父親は埼玉のある中学の国語漢文の教師をしてゐて、年は五十一二ださうだが、矢張私のやうに酒を飲むことや、不遇で不平であつたが今ではおとなしくなつたことや、漢詩を作つたり漢文を書いたりすることや、もう一人県の師範に二十になる女の同胞があるといふことや、母親がやさしいためにのみ長い間の父親の不平が慰められて来たことや、いろいろなことを聞く中に、私の心は益々二人の生活と境遇とに深く入つて行くやうなのを覚えた。私は死んだ兄などのことを思つた。不遇な心が其処にも此処にもあることなどを思つた。続いて私の二人の男の児のことなども思ひ出されて来た。私は弟の書いたスケツチ帖などを展けて見た。

『旨《うま》いですね』

『いゝえ』

弟の青年は顔を赧くしてゐた。草花や、山や、汽車や、それから父親の横顔の写生などもあつた。『ははア、かういふ父《おとつ》さんだね、好いお父さんだ』

『でも、今はよくなりました。……自分で漢詩の評釈の大冊なのを拵へて、長年持つてゐますが、時々酒なんか飲んだ時に、それを出して来て、ひねくり廻して、何処かの本屋で引受けて本にして呉れると好いんだがなアなんて言つてをりますが……』

『君なんかも、これから大いにやらなくちやならないんだね』

『おやぢが不遇でしたから、俺の分も貴様達がしなくちやいけないツてよく言はれるんです』

『大いにやるさ』

かう言つた私は、私の通つて来た長い長いライフを思起さずには居られなかつた。過ぎるとなく私は長い年月を経て来た。さうだ、本当にいつ過ぎるともなく過ぎて来た。そしてそれは長い長い斜阪ばかりで、その間には絶壁もなければ急な阪路もなかつた。曲線ではなく直線であつた。

蕎麦の好きな話を私がすると、

『ぢや、先生、私達が頼んで来ますから、一緒に此処で午飯を戴かして下さいませんか』

『それはいゝけれど、君達に買はせては気の毒だ。僕が御馳走するから、使だけ君達が行つて呉れ給へ』

『でも……』

『好いから、さうして呉れ給へ』

『さうですか』

暫くしてから、二人は出かけて行つた。そのあとで私は昨日から一昨日にかけてのことを考へた。丸で違つた生活。丸でこの山中に思ひもかけないやうな生活。混乱と煩悶と苦痛と愛慾との生活。私は室の内を見廻した。脂粉の気の満ちた風呂場、この山荘にふさはしからぬ女の匂、柔かい紙、香水の小さな罎、空然訪ねて来た東京からの客、酒の半ば残つた罎、『跡』はそこにも此処にもあつた。

それは二日前の夜半であつた。突然、『電報』といふ声に驚かされて出て行つた私は、『アスアサ八ジツクマサ』といふ文字のそこに書いてあるを見た。私の体は戦えた。私は摺つたマツチの私の手から消えて行くのを知らなかつた。私は暫し闇の中に立尽した。

丁度私は其翌日東京から来る二人の客を期待してゐた。二人の客は昨夜東京を立つて、富士の八湖をめぐつて、今夜は精進に泊つて、明日は此方へ来る筈であつた。暫く考へた私は、『なアに、構はん。一緒になつたつて構はん。満更知らない同士ではないんだから』かう決心して、私はそのまゝ蚊帳の中に入つた。しかし其夜は何うしても寝られなかつた。

二

蕎麦を食つて了ふと、勝手の方に立つて行つた兄の方の青年は、

『風呂があるんですね、先生』

『あゝ』

『いつでも沸かすんですか』

『昨日、東京から二三人の客があつてね。沸したんだけれど……』

『ぢや、沸せば、まだ入《はい》れますね』

『しかし、もう汚《よご》れてゐるかも知れない』

兄の青年は、風呂の蓋を取つて見たらしかつたが、『なアに、まだ綺麗ですよ。二人や三人入つたツて汚なくなりやしませんよ。少し水を汲み足せばよう御座んすよ。先生、次手に、湯を沸して入れて頂いて行つて好いですか』

『好いともね』

『ぢや、おい、一緒に、水を汲まう』かう言つて、弟を促し立てゝ、二人は井戸の方へ行つた。

車井戸の鳴る音が頻りにした。

私は行つて見ると、二人は一生懸命に風呂に水を汲み入れてゐた。で、私も手伝つてやる気になつて、炭俵を解《ほご》したのを焚つけにして、火を釜の下に燃しつけてやつた。

『先生、好う御座んすよ。私達が二人でやりますから』

『でも……』

『好う御座んすよ。学校にゐる時分、かういふことは、もう始終仕つけてゐたんですから……』

『でも、唯ゐても仕方がない』

『本当に、彼方《あつち》に行つてゐて下さい。すつかり沸して、入《はい》るばかりにして、先生を入れて上げますから』

何うしても言ふことをきかないので、仕方がなく私は室の内へと上つて来た。あとでは、二人が一生懸命になつて、薪をさがしたり、火吹竹で火を吹いたりしてゐた。烟が一時室内に渦き上つた。

『かうして、先生と一緒に、蕎麦を食つたり、湯に入れて貰つたりしやうなどとは、昨日まで想像もしてゐなかつたね。先生に、お目にかゝれるか何うか、それすら期待してなかつたんだ

から……。唯、先生がゐる筈だから、一晩、山を見ながら、泊つて行かうツて言つて下りたんだからな』二人はこんなことを言つてゐた。

火が燃え附いたので、二人はやがて此方へと上つて来た。

『実に愉快だ』

『本当だ……』

二人はかう言つて、莞爾《にこ〳〵》しながら、餉台《ちゃぶだい》の処に来た。

『先生、何うでした。葡萄酒は？』

『少し甘いね』

『さうですかね』

『本場だから、質《たち》は好いんだけども、通俗相手に甘く拵へてあるから駄目だね』

『父も矢張、葡萄酒なんか甘くつて駄目だツて言ひますよ』

また種々と話が出た、何か聞きたいことが沢山にあるけれども、何から聞いて好いかわからないといふ風であつた。茶を飲んだり菓子を食つたりした。一昨日精進の方から来た客が持つて来た水蜜桃が籠の中にまだ三つ四つ残つてゐたのを二人に勧めたりした。

時々燃えさしの薪の落ちる音をききつけては、二人は代る〳〵立つて行つて風呂の火を見た。

静かな午後で、白い湧くやうな雲が八ケ岳の上に靡き渡つてゐた。蟬が何処か遠くで鳴いてゐるのがきこえた。草原にはギスの鳴く声がした。

『静かですね』

『本当に静かだ……』

兄は半ば私に半ば弟に向つて、『かうした一日があつたといふことは、僕等の日記に特筆大書して置かなければならないことだね。一生、忘れませんよ。先生』

『僕もお蔭で、一日さびしくなく暮した』

で、風呂が沸いて、それに入つて、午寝などをして、二人が暇を告げて行つたのは、山の襞がもう濃い影を帯びる頃であつた。五時半の汽車で、二人はまた旅をつゞける筈であつた。

『ぢや、先生』

『そこまで送つて行かう』

『いえ、もう』

かう辞退したが、私は下駄を穿いて、戸外へ出た。桔梗だの女郎花だのが美しく草藪の中に咲いてゐた。

『ぢや、其処を行くと、近いからね。すぐ大きな道に出るからね。』

『ぢや、左様なら、』

『左様なら』

折れ曲つて下に下りて行く路の見える中は、二人は何遍となく振返つて私の立つてゐる方を見た。私も純な若々しい心と情とをなつかしく嬉しく思はない訳に行かなかつた。私もその姿の見えなくなるまで見送つて居た。

一時間ほどすると、下りの汽車の通る音がした。私は立つて硝子戸のところへと行つた。山畠を隔て、谷を隔て、池を隔て、国道を隔てゝ、ずつと向ふに、汽車のレールの長くつゞいてゐるのが一ところ打渡されて見えたが、丁度其の時貨車と客車とを繋いだ長い列車は、白い烟を嵐気の中に漲らして通つて行くのが見えた。

三

其時、停車場の構外で、私は一刻毎に近づいて来る下りの汽車を待つてゐた。

乗客は既に大抵レールを越えて、向ふ側のプラツトフオムへと集つて行つてゐた。来て間もなく懇意になつた巡査は、その時後れて急いで停車場に入つて来たが、私の其処に立つてゐるのを見て、

『お乗りになるんぢやないんですか』

『いや、今日は客が来るもんですから』

『さうですか』

かう言つて、剣をじやらつかせて、そのまゝプラツトフオムの方へ出て行つた。汽車が汽罐車を前と後とにつけて、勾配の急な阪路を喘ぎ喘ぎ登つて来るのが、近寄つて来るその音で知れた。やがて折れ曲つた山と山との間から白い烟が颺つて、続いて長蛇のやうな汽車は、朝日の光線の漲り渡つた山の停車場へと入つて来た。

動いて行く客車の窓を一つ一つ見てゐた私は、ふと乗降の客の混雑の中をわけて、小さな信玄袋を抱えて此方へ下りて来る女を見た。

女も私の其処に立つてゐるのをすぐ見附けたらしく、其儘急いで改札口の方へと来た。女は昂奮したやうな蒼白い神経性の顔をして、黙つて、私に信玄袋を渡した。

並んで歩きながら、

『汽車が込んで、込んで、二等でも、横になることも何にも出来ないんですもの』

『夜行は何うしても込むよ』

『電報は何時頃《いつごろ》来て?』

『夜中に起されたよ。』

『びつくりして?』

『まさか来るとは思はなかつたからね。』

「迷惑?」といふ顔をしたが、すぐ、『さびしいとこね』

『ゐるところは、もつとひどいんだよ。周囲《まはり》に家なんかありやしないから』かう言つたが、『それに、困つたことがあるんだ。今日、東京から客が来るんだ。』

『客? 誰《だれ》?』

『社の人だがね……。N君とK君とが富士の裾野めぐりをして、今夜は精進といふところに泊つて、それから五六里歩いて、甲府から此方に来るツていふ手紙が来てるんだがね』

『NさんにKさん。そんなら好いぢやないの。逢つて知つてるんだから……』

『構はないには構はないけれど……』

『好いわ。逢つたツて……』

半ば笑ひながら、『私がお構ひして上げますよ』

二三歩歩いてから、『本当に、此頃は、気がくさくさしてしやうがないんですもの。それに、体がわるくつて、お座敷なんか滅多に行きやしないんですの。母《おつか》さんはね、よした方が好いだらうツて言ふんですけれども、何うしても来るツて言つて、無理にやツて来たんですの……。でも、電報を打つてツから、御迷惑かも知れないから、止さうかしらとも思つたんですけれどもね……』

『ちよつと待つて。何か買つて行かなくつちや、食ふ物も何もありやしないんだから』かう言つて、私は立留つた。其処には野菜などを並べた店があつた。

で、其処で茄子だの唐茄子だのを買ふ間に、女はその向ふにある菓子屋で甘いものなどを買つた。

私達は暫く黙つて並んで歩いた。

石を沢山載せた屋根だの、炭俵や薪を一杯に積んだ店だの、主婦が客の顔を剃つてやつてゐる理髪肆の店だのが続いた。此方から向ふに流れ落ちる谷川は、雨の後の凄じい音を立てゝ流れてゐた。ある大きな家屋の窓には、看護婦の白い顔などが見えた。

『病院？』

『あゝ、さうだ。こんな田舎にしては不相応なほど大きな病院だよ』

『それぢや、病気になつても大丈夫ね。好い医者がゐて？』

『かなりの医者がゐるよ』

警察の分署の前を向ふに出た時には、『さう、あそこが別荘、まだ昇るのねえ。大変ねえ』かう言つて、女は前に連つてゐる測候所や別荘や松原のある長い高い丘を見渡すやうにした。

『向ふから便《たよ》りがあるかえ？』

わざと砕けたやうにして、笑ひながらかう私が訊くと、女は大真面目《おほまじめ》で、

『郡山《くんさん》からあつたきりよ』

『何ツて言つて来たえ？』

『雨にふられて困つてゐるらしかつたわ。また、裸になつちまつたんでせう』

さう言ふことを女は常によく言つたが、私にはもうさうした言葉は沢山であつた。私は黙つて考へながら歩いた。かうして不自然に続いた関係が、燃えもせず消えもせず燻ぶつてゐるやうな状態で、また続いて行かなければならないことを私は考へずには居られなかつた。かうした山の中までも、その重荷を負つて来なければならないとは思ひもかけなかつた。しかし、私に取つては、女が来たことは嬉しかつた。単なる興味などといふ考は私にはもうなかつた。『何んな状態の下に置かれても好い。何うせ私には女房もあり子もある身だ。年も取つてゐる。唯、関係だけはそのまゝにして置きたい』かう突詰めて思つた

ことなどをもくり返した。

山に上らうとするところに来ると、『ひどい路ね。これぢや、下駄が台なしね』

『仕方がないよ』

『蛇がゐやしないかしら？』

『大丈夫だよ』

『ゐたら、何うしやう？　私、蛇が大嫌ひなんだから……』蛇がすぐ其処からでも出て来たやうに戦慄して女は其処に立留つた。

『大丈夫だと言ふのに……』

『でも……ひどいとこね。こんな路しかないのかしら？』

実際、丘に登つて行く路は、男にしてもひどい路で、草や萱が両方から深く深く蔽ひかぶさつてゐた。下駄なんか仕方がないと言ふやうにして、思切つて、女は歩いてゐたが、今度は胸を突くやうな急な嶮しい阪に面して喘いだ。『それ、子規が鳴く』と言つてきかせても、女はそれを耳に入れるどころではなかつた。

何うやら彼うやら別荘まで来た時には、女はほつと呼吸《いき》を吐いた。『まア、さむしいとこね。こんなところに、貴方はひとりゐたんですか』

女は室に入ると、帯を解いて、伊達巻一つになつて、まアこれで安心したといふやうにして餉台の前に座つた。机の上には罎にさしてある紫の色の濃い桔梗の花や、ひろげたまゝになつてゐる原稿紙や、雑誌や新聞などが一杯に散らばつてゐた。

『その代り、かういふ静かなところにゐれば、書けるにはいくらも書けるでせうね』

『それよりも涼しいから好いさ』

『さうね』

信玄袋の中からは、甘納豆、佃煮、海苔を巻いた煎餅、旅行用の化粧道具などが出た。その化粧道具は、私がかの女とかうした関係になつた翌年の夏に買つたもので、十年近くも経過した今日までには、単にそれだけにでも随分種々な思ひ出があつた。しかしその表の皮のところどころが古くなつてすれきれてゐるやうに、私達の歓楽ももう最初のやうな歓楽ではなくなつてゐた。

『もうつくづくとお座敷がイヤになつて了つた。それに、此頃のやうにひまでは、生中《なまなかで》出てゐて、着物や税に金をかけるよりも、いつそ引いて了つた方が好いと思ふんですがね』

『…………』

『もう何んなに小さな家でも好いから、さうしたいと思ふんですけどもね』

『…………』

「その前にまだ解決しなければならないことがあるぢやないか」とか、「それも好からう、誰かに引かして貰ふやうにするさ」とかいろ〳〵な言葉が私の口に出かゝつてゐたけれども、そんなことはもう度々言ひ古して、言ひ出すほどの意味もなくなつてゐたので、私は唯黙つてゐた。

『そら、また、黙つて了ふ。人が真剣に話をすると、すぐ貴方は黙つて了ふんだから……。ちつとも人のことなんか考へてゐては呉れやしないんだから。よして了へば、私なんか明日から何うなたつて構はないといふ腹なんだから……。本当に情がないんだから。だから、私が浮気をしたツて、それはさういふ風にさせた貴方がわるいんです。』

『だツて、仕方がないぢやないか。そんな金なんかありやしないもの』

『金、金ツて、貴方はすぐあゝだ』

『だツて、さうぢやないか』

此処まで行つて私達は又黙つて了つた。押つめれば押つめるほど際限がなかつた。『まア、来る匆々《さうさう》、そんな話をしないでも好いぢやないか。』

『でも今度は真剣に聞いて貰はなくつちや――』

女は暫く茶を飲だり菓子を食つたりしてゐたが、急に、着物を着更へて、紐を結び合せて襷にして、それを十文字にかけて、女の持つた天性を発揮したと言ふやうにすぐ勝手元の掃除にかゝつた。

『男世帯に蛆がわくツて言ふけれど、本当ね』

かう言つて、水を汲んで来て、ザアザア流元を洗つたり、茶椀やお椀を幾度も幾度も洗ひ更へたりした。『あゝいやだ。虫が……』頓狂な声をあげて、手長蜘蛛の羽目板を匐つて行くのを見詰めたりした。

しかし、新しい手拭を形の好い丸髷の上に載せて、白い二の腕を思ひ切つて見せて、せつせと働いてゐるさまは、このさびしい山の中の世離れた別荘に一種の面白い対照《コントラスト》を見せた。家にゐては、水仕事などには手も出したことがなく、三味線より他は持つたことのないやうな女が、かうして水を汲んだり物を洗つたりしてゐるのもあはれに思はれた。女の是非持たなければならない子供も台所も家庭も何も持つてゐない女の憐れさが、かうして働いてゐるのを見る中にも絶えず私の胸に往来した。

何うせ藝者になつたからには、進んで好い老妓になることを心がけたら好いぢやないか。男なんかはぐんぐん騙《だま》して、その上へその上へと出て行くやうに心がけたら好いぢやないか。金も沢山に取つて、自分で自分の地盤をつくり上げるやうにする方が好いぢやないか。母親が『お前は金が道づれさ!』と言つたのを薄情だなどと言つて怒らずに、自分で自分を築き上げて行つたら好いぢやないか。かう言ふことを私は度度言つたけれども、そんな風に考へることは人間として出来ないことであるやうに、女はいつもそれを否定した。否、かの女ばかりには限らなかつた。かういふ社会にゐる女達は皆な子供にあくがれ、家庭にあくがれ、男一人といふことにあくがれ、頼るべき柱にあくがれた。さうして普通の世の中の夫妻親子の団欒のさまを天国のやうに思ひ、自分等の生活をさながら溝竇の中にでも墜ちたもののやうに考へて悲観した。最初にこそ――年の若い美しい驕つた孔雀のやうな時代にこそ、栄華を夢み、玉の輿を夢み、ダイヤモンドを夢み、大きな邸宅を夢み、自動車を夢みもしたが、一日毎にその幻影は破れて行つて、普通世間の女達の得てゐることさへ得られない身であることをかれ等は次第に意識して来ると、堪らない焦燥と煩悶とを内部に感ぜずには居られなかつた。『矢張、人の細君にならなけりやいけないんだね』私はよくこんなことをかの女に言つた。

『奥さんにならないでも、本当に頼りになる人《ひと》があれば好いんだけども……』

『しかし、それは無理だよ』

『何うして?』

『だつて、藝者といふ稼業をしてゐる中は無理だよ。いくら愛してゐたつて、自分の他に、男がいくらでもあり得るといふ境遇では、男は何うしても十の愛情を五つしか注ぐ気にならないからね。現に、遠くにゐる人だつて、だから、真剣になれないつて言ふやうなところがあるんだよ。男を幾人も持ち得るといふことが不自然なんだよ。』

『だつて、仕方がない。お座敷に出ないわけには行かないから』

『つまり、藝者といふ稼業、情を売るといふことが不自然なのだ。それも、純然たる稼業といふ考へで、心の底にしつかりした自己を持つてゐて、単に、稼業として、商売関係でやつてゐれば、まだ好いのだ。ところが、男の方にしても、女の方にしても、商売関係ばかりではゐられないやうなところがある。そこが面白いのではあるが、又そこに不自然なところがある。だから、まことの愛情を得やうと思へば、何うしても、さういふ社会から体を自由にするか、心から一人を愛するかしなければならない。しかしこの社会にゐては、心《しん》からある一人を愛するといふことは、女に取つて危険だ。何故と言へば、男に甜められてるといふ形になるからね』

『それはさうね』

『だから、矢張、その日その日の風次第といふ風に生活して行くのがその社会の女達の本当の生活かも知れない。しかし、さういふと、そんな浮《うは》ついた薄情な気分ではをられないつて言ふから、それで困るんだ。』

『本当ね。だから、商売は止して了つた方が好いと思ふの?』

『だから、遠くにゐる人に、すべてを挙げて縋り附くといふ風にした方が好いんだよ。さうする方がお前の本当の生活の為めには好いんだよ。』

『だつて、駄目ですもの』

『いろんなことを顧慮してゐるからさ。将来が何うだらうとか、すつかり裸にされて了ひやしないだらうかとか、さういふことを顧慮してゐるからだよ』

『だツて、さういふことを考へずに居られない性分なんですもの。とても梅子さんのやうに、あんなにまでしても、男について行かうなどとは思ひませんし、それに、そんなことはとても私には出来ませんもの。矢張、ちやんと自分の腹の中で、出来ることと出来ないこととが、一番先にわかるんですもの』

『さうだね。さういふところがあるね。何と言ふのかな、矢張、打算に明るいといふやうなところがあるね』

『打算ツて？』

『勘定に明るいといツたやうなところだよ。だから、真剣になつて、恋が出来ないツていふやうなところがあるよ』

『さうね』

『そこが面白んだがね、僕には――』

こんなことを言つて私は笑つた。かうした会話は実はもう何遍繰返したかわからなかつた。私はそのをりをりについての心の状態やら細かい気分やらを思ひ出しながら、後姿を見せてせつせと物を洗つてゐる女の方を見た。

私は巻烟草に火をつけてそれをすぱすぱと吸つた。私は種々な思ひに満されながら、傍にあつた枕を取つて、それに頭を当てゝ、仰向に天井を見た。天井には蠅が五六疋黒くくつついてゐた。

私はいつか私の生活に深く思ひ入つてゐる自分を発見した。妻の顔、大勢な子供の顔、樹木の茂つた庭、さういふものが一方にあるとともに、働かなければならない社会、奮励努力しなければならない事業が、暗い大きな圧力を持つて私を圧した。四十近くなつて人間の陥つて行く穽、それに向つて真逆様に落ちて行くさまも絵巻物のやうになつて私の目の前に歴々《ありく》と描かれた。現にさういふ例はいくらもあつた。某君、某君、私の知つてゐる同年輩の人にも片手の指を屈するほどあつた。

私は妻に就いて、何うしたといふ考も持つてゐない。別に倦きたといふ訳でもない。毎日、顔を突き合せてゐるので、今では十日や二十日旅行などに出て逢はずにゐても、恋しいとかなつかしいとか言ふ考は少しも起らなくなつたが、しかし妻に愛情がないと言ふ訳ではない。忠実な愚直な女だけに殊にさうである。

しかし、この問題を解釈しやうとするには、もつと深く根本に入つて行つて見なければならない。生、生殖、さういふ境まで入つて行かなければならない。母親と子供との関係、夫妻と子供との関係、さういふ境までも細かく入つて行かなければならない。同伴者が心も体も子供に奪はれて、乃至は生殖の完成に満足して、結婚した当座のやうな生々した愛慾を発揮することが出来なくなつた場合、またその一方の同伴者が性の相違の下に自然に賦与されたある要求を他の同伴者が満足させることが出来なかつた場合、さういふ場合、更に一歩を進めて、神秘の境にまでその秘密の糸筋をかけてゐるといふ恋とか生命とか言ふものに対した場合、さうした場合などのことが私の心を往来した。

私はまた別なことを思つた。『何うも、仕方がない。お前が夫《をつと》を持つ場合には、僕は引下つて了ふばかりだよ。それは、今までのかうした細かい気分を一時に打砕いて了ふのだから、辛《つら》いには辛《つら》い。しかし、さうかと言つて、妻や子供までを捨てゝ、お前について行くわけには行かない。妻はまあ好いとしても、大勢の子供、中でも幼《おさ》ない子供を肉身の母親の手から離すことは出来ない。それは忍びない。かう言ふと、お前は薄情だと言ふかも知れないが、それは言はれたつて仕方がない。また、それを単に、薄情だと言ふやうなお前でもあるまい』こんなことを私は女に言つたことがあつた。その時、女の眼から涙が流れた。私の声も曇つた。

女が初めて私の家に来たのは、あれは去年の秋の末であつた。女は前から私の妻に逢ひたいと言つてゐた。妻もまた逢つて見たいやうな気がしてゐた。で、ある日、女はその妹を伴れてやつて来た。秋雨の静かに降る日で、玄関の前の木犀があたりの湿つた空気に強く薫つた。

私ははつきりとその時のさまを眼の前に浮べることが出来た。妻と女との初めての会話はブリ、アントなものであつた。私は妻の神経と女の神経との相触れてかゞやくやうなのを感じた。勿論、それは平凡な話題でもあり、会話でもあつたが、しかしその底に流るゝある暗潮は急でそして迅かつた。美しく話し、美しく打解けて、そして帰りには、女は私の末の女の児を借りて行つた。女の児は前に私が二三度伴れて行つて馴染んでゐるので、喜んで女に伴れられて雨の降りしきる中を出て行つた。

さういふ喜劇の幕を私は何故打つたか。或は私は不真面目として責められるかも知れない。自己の得意を誇つたこととして笑はるゝかも知れない。妻を侮辱し、子を侮辱し、また女そのものをも侮辱した不真面目な行為であるとして非難されるかも知れない。しかしさうした喜劇を打つ心理が人間の心の底に何故にかくされて潜んでゐるか。さういふ目新しい光景に向つて進んで行く心理が何故に人間の心の奥深く巣をつくつてゐるのか。

『貴方、お客様に風呂を立てゝあげるんでせう……』

かう勝手から女の声がした。

『あゝ』

『ぢや、水を汲んで下さいな』

『よし』

かう言つて私は立つて行つた。女は高く尻端折をして、二三日前に立てゝ滴《こぼ》さずに置いた風呂の水を小桶で汲み出して、せつせと風呂場や風呂などを洗つた。『だツて、汚ないんですもの。いろんなものがくつ附いてゐましたよ。それに、かういふ虫が沢山にゐるんですよ。それそこにも……』と言つて、げじげじの小さなやうな虫の其処に跂つてゐるのを指した。

水を半分ほど汲んだ時、井戸縄の代用にした細引はふつつりと切れて、一方のバケツが井の底深く沈んで行つて了つた。

『ヤ、切れた……』

思はずかう声を立てると、それをきゝつけて、女は勝手元から半分体を見せて、

『何うしたの！』

『切れちやつた！』

『困るわねえ』

女も出て来て井戸を覗いた。しかし何うすることも出来なかつた。私は残つた井戸縄を手繰つて、『でも、片方《かたつぽう》は使へる。好い塩梅に残つた細引の方が長い』かう言つて、私は落ちた方の先に丸太をつけてそして一方で汲むことにした。

『片々で汲んでは大変ねえ。向ふの別荘に何かないかしら？』

『この前にも、釣瓶がついてゐたのが落ちて、バケツも細引も別荘から借りて来たんだから、もう行つて言つたツて、さうさうは無いよ』

『でも売つてゐところはあるんでせう？』

『停車場前まで行けばあるだらうけれども……まア、好いや、これで、汲んで置かう。此方の縄はまだ大丈夫だから。』かう私は言つて、『あと、まだ余程汲まなけりやならないかね』

『さうね、まだ余程汲まなけりやならないでせう。半分位でせう、まだ……』

私と女とは勝手元に行つて、風呂の中を覗いて見た。それでも、もう水は五分の上に出てゐた。

『なアに、もう少しだ。汲めるよ、片方だけで……』

『大変ねえ。でも、風呂のあるとないのとでは、来た人には非常な違ひですからねえ。それに山阪を歩いて来るんだから猶更よ。風呂を立てゝおくのが、何よりも御馳走になりますからね』

『それはさうだ』

で、私は片方の釣瓶でまたせつせと水を汲んだ。鉄の車井戸はカラカラと絶えず音を立てた。井戸の周囲にある沢山の黄い月見草は、日中の暑い光線にすつかり萎れ果てゝゐた。

今度切れたら、それこそ大事だ。かう思ひ思ひ、注意しながら私は猶も細引を手繰つた。時々心配になつて、細引の結び目などを引張つて見たりした。しかし、幸ひに、切れもせずに、最後の一桶をも汲むことが出来た。

焼《た》きつけが沢山あるので、火は容易に薪に燃え附いた。

『まあ、お茶でも飲まないか』

『え、もう、私の方も片附いたから』かう言ひながら、女は小さな鏡を立てゝ、髪の乱れたのを直してゐた。

やがて女は此方に来た。

『何《ど》うでせう、こんな格好をして？　誰もゐないから好いやうなものの、東京では、ちよつとでも、こんな扮装《なり》はしてゐられやしませんね。着替《きが》へやうかしら？』

『なアに、それで好いよ』

『さう？』

嬉しさうな顔をして、『かうしてゐると、何うしても、別れるなんて言ふ気はしないわえ』

私もいくらか暢々《のび〴〵》した気分になつて、腹這ひに両足を長く延して、女の大きな丸髷などを見てゐた。外は静かであつた。家の周囲に来る百姓達も、養蚕の時期に入つたので、久しくあたりにその姿を見せなかつた。

『夜は一人で淋しくなくつて？』

『別に……』

『さう？　雨戸も閉めないの？』

『だツて、誰も来るやうなことはありやしないもの。』

『でも、何だか無気味ねえ。女はとてもゐられないわねえ』

『さうだね、女には無理だね』

こんな話をしながら、茶を淹れて、女は菓子や煎餅などを出した。

『でも、Nさん達、本当に来るかしら？』

『来るよ、屹度来るよ』

『来て、私がゐるのでびつくりするでせうね。』

『また、やつてるなと思ふだらうよ』「その代り先生方が帰れば、すぐ社に知れる。家にも知れるよ」かう言はうとしたが、私はそれを押へた。

『Mさんは来ないの？』

『忙しいからね』

『今、何処？　新聞？』

『先生がゐなくつちや、一日の新聞も出来ないといふやうな位置にゐるんだからね。忙しいツてこぼしてよこしたよ』

『Mさん、去年、此処に来てたんでせう？』

『先生のゐたのは、この家ぢやないけどもね。こゝから一里ばかりあるところの村の寺にゐたんだがね』かう言つて、『夕方になると、その村から若い人達がきつとやつて来るよ』

『矢張、Nさんなんか知つてる人なんですか？』

『矢張、雑誌の方で知つてるんだよ。屹度、停車場あたりまで迎へに行くかも知れない』

『さう？』

Y君がロシア人を伴れて来て、向ふの別荘に泊つて行つたことを話した時には、『さう？　Yさんも来たの？』かう言つて女は目を瞬るやうにした。女はYさんが私の結婚した時の媒酌で、私に対して、友達以上のある勢力を持つてゐることをも知つてゐた。一度逢つたこともあつた。

続いて、女はこの春遠くに嫁に行つた妹の話などをした。日曜毎に夫婦《ふうふ》してのんきに別府や耶馬渓や太宰府やその他の名所を歩き廻つてゐる話から、つひ来る時来たといふ端書を出して来て、『こゝに此間行つたんださうですがね。博多の人でも百人に一人《ひとり》も行かないやうなところなんですツて？　何ツて読むの？　これは？』

私ははがきを手に取つて見た。深い海の洞窟に小舟が静かに滑り入つてゐるやうな絵葉書であつた。

『お、芥屋《けや》の大門《おほと》、えらいところに行つたもんだね。』

『何ツて言ふところですツて？』

『けやのおほとと言ふんだ。えらいところだ。本当に滅多に人の行かないところだよ。矢張若い新しい夫婦だね』

『貴方は行つて？』

『いや、僕《ぼく》もまだ行きたいと思ひながら行つて見ない』

『さう？　そんなところなの？　よく行つたわねえ』絵葉書を引くりかへして見て、『この奥深いでせうか』

『五六町奥まで入れるんだらう？』

『さう？　二人は仲は好いから、兄さん、雪ちやんで、一緒に歩いてるのね。のんきな夫婦ね。』

『羨しいだらう？』

『さうね、』かう言つて笑つて、『でも、仲が好いのをきくと、嬉しくないことはありませんね。それ、赤阪にゐた時分、始めて貴方に逢つた時分から、さう言つてゐたんですからね』

『さうだね、もう遠い昔だね』

『十年近くなりますよ、もう』

『さうだな、あの時分から、妹は是非さうしなけりゃツて言つてたね。まア、結構だアね。お前の思ふ通りに行つたんだから……。犠牲になつたお前といふことが、すつかり酬ゐられたんだから……』

『だから、本当にさう思ひますよ。もう、私なんか何うなつたツて好いわ……』急に感情が胸に溢れて来たといふやうに、眼からはらはらと落ちる涙を袖に拭いた。私も女の半生に同情せずにはゐられないやうな気がした。

暫してから、私は笑つて、『だから、ちつとは浮気位して、母さんを困らしてやつたツて好いさ』

『また、始めた』

『だつて、さうぢやないか』

『好う御座んすよ』

急に愛慾の念が私達を捉えた。広い山の中の別荘は、何処に行つても人一人の影も見えず声も聞えなかつた。

『本当に、人気離れた奥山住ひね』女はこんなことを言つて笑つた。暫して行つて見ると、風呂の火は半ば燃えた薪を落したまゝすつかり消えて了つてゐた。

四

三時の汽車にはまだ来はしないだらうと思つたけれど、御馳走の準備も少しはして置かなければならないので、風呂の火をよく見て、新たに炭を加へなどしてから、私は停車場の方へと出かけた。

酒屋、料理屋、蕎麦屋、さういふところに一軒々々寄つて頼んで、持つて来て呉れ手のないものは自分で風呂敷につゝんで持つて、そして山の方へと帰つて来た。三時の汽車には果して客は乗つてゐなかつた。

阪に上るところに、豆腐屋が一軒あつた。其処に寄つて、豆腐を一つ買つた。赤い襷をかけてメリンスの帯をしめた娘は、『新しいのをお上げよ』といふ母親の吩咐通りに、大きな桶の清水の中から、豆腐をざるに入れて莞爾《にこ〳〵》しながら私に渡した。

阪路の半ばで、私は立留つて休んだ。前には潤い潤い高原が展げられて、八ケ岳の裾野のスロオプには白い烟がところどころに颺つてゐた。松林の中に散在してゐる村落、人家、その上に連亘した半ば雲に蔽はれた山、私は昨日から今日にかけての名状し難い心の状態をこの大きな自然に対照させうとした。私は包を草原の上に置いて、蹲踞んで、そして手を額に当てた。

颱風が此処まで襲つて来るとは知らなかつた。否、更に大きな颱風が私の前に待つてゐやうとは知らなかつた。否、更に更に大きな颱風が来て、自分の生活をすつかり打砕いて行つて了ふかもわからなかつた。歓楽や懊悩や煩悶や歓喜や啼泣や――さういふものは大きな自然の中ををりをり通つて行く雲や霧のやうなものではないか。またをりをり掠めて通つて行く雨風のやうなものではないか。しかしいくら何物が掠めて通つて行つても、自然はじつとして動かない。何の痛痒をも感じない。人の心の動揺の中にも、この大きな自然が横つてゐるのではないか。

私は苦しくなると、いつも自然に面して立つた。

家に帰つて見ると、女は風通しの涼しいところで、白い顔を此方に見せて、心持好ささうに午寐をしてゐた。昨夜寐なかつた疲労が一時に出たものと見える。私は硝子戸を明けて入つて行つたが、女はそれを知らなかつた。蒔絵の櫛が畳の上に落ちてゐた。

信玄袋、化粧道具、女の匂ひのついた衣裳、さういふものが私のさびしい何もない山荘の書斎にあるといふことが不思議な印象を私に与へた。私は静かに坐つてゐた。

しかし女は容易に起きさうにもしなかつた。で私は立つて風呂の方へと行つて見た。さつき炭を入れたので、それがカンカン起つてゐて、手を入れ見ると、もう少しで入れる位に温かい湯になつてゐる。

私は家の横を通つて、それから向ふの別荘へと通ずる松原の中の路へと行つた。こゝは夕暮などに私の独りで散歩するところで、私は其処を真直にある村からある村へと通ずる路のあるあたりまで行つて、そしていつもそこから引かへして来た。桔梗、女郎花、山百合などが草藪の中に咲いてゐた。

私はこの路を歩きながら、何遍愛慾の断ち難く、煩悶の去り難きを思つたか知れなかつた。私は此処で静かに分裂した思想と生命との統一を計らうとした。妻子のことも考へれば、女のことも考へた。ある時は、薄暮の孤独に堪へかねて、感傷の涙の両頬を伝つて落ちるのも知らなかつた。ある夕には、思ひを深紫の桔梗に托して、それを折つて来て机の上の罎に生けた。

しかし今日は心が騒いで、踊つて、いつものやうな静かな気分には何うしてもなることが出来なかつた。妻、女、遠くにゐる男、やがて訪ねて来る客、さういふものが唯雑然として私の胸を満した。

畠で爺さんが草を捞つてゐた。

『暑いね』

『さうだね。今日あたりは東京は暑いずら？』

『まだ、別荘の人は来ないかね？』

『まだずら？』

私はやがて引返して来た。女はまだ眠つてゐた。

『おい、おい、もう起きないか』

女はちよつと眼をあいたが、またすぐ寐反を打つて向ふむきになつて寐て了つた。

硝子戸の外に、誰か来た気勢《けはい》がしたと思ふと、それは酒屋の亭主が、自転車でさつき頼んだ酒やら醤油やらをとゞけて来たのであつた。

『よく、自転車でこんな山阪が通れるね』

『向ふから廻つて来ましたから』

かう言つて亭主は、莞爾《にこ／＼》しながら、罎やら紙包やらを其処に並べた。『難有う御座います』と言つてそしてまた自転車に乗つて引返して行つた。

ぱつちりと急に驚いたやうにして目を明いた女は、

『何か言つて？』

『いや！』

『ぢや、夢かしら？』

『いや、今、酒屋が来た』

『さう』

急に起きかへつて、『もう遅いの？』

『随分寐たね』

『もう、さつき帰つて来たの？』

『あゝ、帰つてから、一時間以上になつたらう』

『そんなになるの？　ちつとも知らなかつた。あゝよく寐た。貴方の帰つたのなどはちつとも知らなかつたんですもの。今、何か貴方が口を利いてゐるのを夢のやうにして聞いてゐたんですの』

『よく寐てたよ、』かう私は言つて、『湯がわいたよ。入つたら何うだ』

『さう？　もう沸いたの？　一体何時？』

『四時だらう』

『さう、よく寐たわねえ。ぢや、もうぢき来るわねえ』

で、風呂に入つて、女がおつくりして着物などを着更へたのは、もう五時に近かつた。女は派手な模様の出た帯を緊めた。

硝子戸を透して見える山の色は、次第に濃やかな深い影をつけて来て、襞と襞との間に夕日が一線深くさし込んでゐるのが鮮かに見えた。女が勝手元に坐つて、種々御馳走の準備をしてゐる間、私は餉台に向つて新聞を読んでゐた。と、戸外に人の足音がしたと同時に、村の青年の大きな麦稈帽子がちらと見えた。

私は立つて行つた。

『来たかえ？』

かう青年に言ひながら、向ふを見ると、N君とK君とが茣蓙を着て檜木笠を被つて金剛杖をついて莞爾しながら此方へと近寄つて来た。漸く目的地に着いたといふやうな風をして、疲れ切つたやうに呼吸をきらしてゐた。

『ヤ……』

『ヤ……』かう私も合せたが、すぐつゞけて、『丁度女が来てゝね。君等とぶつつかつちやつた。今朝来てね』

私の言ふことがN君にもK君にもすぐは飲込めなかつたらしかつた。しかし尠くとも私の顔には一種の表情があつたに相違なかつた。やがてそれとわかつた時には、N君も不思議な表情をした。はつと思つたらしかつた。K君は硝子戸から中を覗《のぞ》くやうにした。

そこに女は急いで出て来た。『まア、よく入らつしやいました。おくたびれでしたらうね。さア何うか――』

N君もK君も始めて女の顔と相対した。『や、これはめづらしい』かうN君は砕けた口のきゝ方をした。

『あゝ足がよごれてるんだね。今、水を取るよ』かうまごまごしながら私が勝手元の方へ行かうとすると、N君とK君とは、

『井戸があるんでせう。裏に……』かう言つて裏の方へ廻つて行つた。村の青年は何う挨拶して好いかわからないやうな顔をして立つてゐた。

『君は迎へに行つたの?』

『いゝえ、停車場へ用があつて行つたら、丁度、その汽車で御出になつたで、それで一緒に来ました』

『さうかえ』

『さア、お上んなさいまし』かう女は如才なく青年に言つた。

井戸で足を洗つたN君はやがて裏口から勝手元を横ぎつて、此方へと上つて来た。其処に行つた女は『まア、一番先に御風呂にお入んなさいまし。大変お歩きになつたんですツてね。おくたびれでしたらうに……』

『いや――』

『君、N君、すぐ湯に入り給へ。君等のために沸して置いたんだから』かう私は室の方から言つた。

『難有う』かう言つてN君は此方に入つて来たが、取敢へず挨拶として、停車場で買つて来たといふ葡萄酒の一罎と水蜜桃の一籠とを其処に出して、『もう少しでこの汽車に間に合はなかつたものだから、大騒ぎをしてね、狼狽てゝ飛込んだものだから、碌なものも買ふ隙もなくなつてね……』

『いや、こんな心配をしないでも好いのに……。それでも大変だツたでせう。女阪を越えて甲府まで何里あるんです、一体?』

『六里位……。なアに、それも半分は馬車があつたから、そんなに困難でもないんですけども、余り馬鹿にして、途中で昼寝なんかしたもんだから、』其処に入つて来たK君に向つて、『二時間寐たね、あれでも……』

『その位寐たね。目が覚めて、時間がなくなつて、狼狽《あは》てて、甲府まで駆足サ。それで、やつと間に合つた』

『まア、お風呂にお入んなさいましな』かう女は勝手元の方から言つた。

『さうし給へ。入るとさつぱりするから』

N君とK君は顔を合せて、

『ぢや、頂戴しやうか。』

『さうしやう』

かう言つて、二人は風呂場の方へと行つた。

不思議な気分が一室に漲り渡つた。それは丁度私達の間にある秘密がそのまゝ世間に露骨に現はされたといふ形であつた。N君とK君と村の青年とを透して、私達は世間に相対して立つてゐた。しかし、私も女も何も言はなかつた。

N君達もそれに対して成たけ触れないやうに、やうにとしてゐた。『不思議なところで御目にかゝりましたね』とも、『かういふところでお目にかゝらうとは思ひもかけませんでした』とも言はなかつた。私達に対する、殊に私に対する批評と感想とを沢山にN君やK君は持つてゐるのに相違なかつたが、しかし二人はそれをおくびにも出さうともしなかつた。

『昨夜、電報で知らせて来て、今朝突然やつて来たもんだからね』私は私で、これ以上に、女について深く入つて説明しやうともしなかつた。

風呂から出て、いくらかくつろいで、今回の旅行の話、富士八湖の話、それから、この別荘の眺望の好い話などをした。

『涼しいね。富士あたりの気候とは丸で違ふね』などとN君は言つた。

村の青年のS、Rの両君がやがてドヤドヤとやつて来た。一室は更に一層の賑かさと混雑とを加へた。S君とR君とは、私達のさまを見て、気をきかせて、N君とK君のために、向ふの二階の別荘を明けさせやうと尽力したが、生憎留守番の爺が留守なので、村まで行かなければ庫の鍵は何うすることも出来なかつた。私は言つた。『好いぢやないか君、向ふを借りる必要はないよ。二人位泊められる蒲団はあるんだから』

『でも……』

かう言つて、S君とR君は、別の方の広い室の雨戸を明けたり掃除をしたりした。

『此方の方が広くつて好いでせう。それに、此方なら、蚊帳がなくつても寐られますよ。硝子戸さへあけなければ、蚊なんかゐやしませんよ』S君はこんなことを言つた。

私達に対して加へられた気兼と遠慮と邪魔をしてはいけないといふ思ひやりとが、却つて私の心を暗くした。そんなにして貰はなくつても好いと私は思つた。『まア好いさ、僕のところに来た客だから、今夜一晩はゆつくりして泊つて行つて貰ふさ』これから上諏訪にでも二人を伴れて行かうとするやうな話がS君とR君との間に出た時、私はいくらか語調を強めて言つた。

その時分には、机と餉台とを並べて、その上に、酒だの肴だのが出てゐた。冷豆腐、胡瓜もみ、女の持つて来た佃煮、そんなものが其処に並べられて、薄暗いランプの灯が、やゝ酔つたK君の顔と、いかなる時にも頭を綺麗にすることを忘れないきちんとしたN君の姿と、その隣にゐて客の斡旋につとめてゐる女の白い昂奮したやうな顔とを照した。『貴方に上げませう』など、言つてN君は盃を女にさした。

一時間、二時間、何んな話をしたか、私ははつきりと覚えてゐない。また、女が何んな風にしてゐたか、それも覚えてゐない。しかし、一種の不思議な空気は依然としてこの一室に漲つてゐた。青年達は頻りに明日何処かに遊びに行く計画についての話などをした。

三味線なしでは、K君の唄も出なかつた。女は二三杯の酒に酔つて、いくらか気兼から忘れて来たと言ふやうに、『何うしても三味線がなくつちや駄目ね。今度は一つ是非旅持の三つ折れを一つ拵へませうね。此間、かうきでいくらで出来るつてきいたら、七十五円だなんて言つてゐましたがね。そんなんでなくつても好いから、拵へませうね、是非』など、言つた。N君やK君に向つては、

『この頃ちつとも入らつしやいませんね。ちつとは入らつしやいよ、私達の村にも？』

『え、』

など、N君は笑つた。

十時すぎになつて、村の青年達は、路が遠いからと言つて帰つて行つた。で、私達は寐る支度にとか、つた。『何うせ雑魚寐《じゃこね》ですよ』かう女ははしやいで言つて、ありたけの蒲団を其処に並べて敷いた。旅行用の夏の毛布までも其処に出した。『枕が足りない？　さう？　待つてゐらつしやい、今好いことをして上げますから』かう言つて、女は解いた帯をぐる〳〵と巻いて、その上を風呂敷で包んで、それをN君に渡した。

『大丈夫でせう、蚊帳なんか釣らなくつても。蚊はゐないぢやありませんか』

N君もK君もかう言ふので、そのまゝ私達は寐ることにした。K君、N君、私、それから女、かういふ順序であつた。『あゝ、寐るのが一番好い』などとK君は言つたが、『ランプを消しませうか』

『いゝえ、よう御座んすよ』まだ寐ずに其処に立つてゐた女は言つた。女の伊達帯を解く音が微かに聞えた。

蚊が矢張二三疋ゐた。『ゐるねえ、矢張』かう言つて、私達は再び起きて、蚊帳を釣つて寐た。

五

倏忽としてやつて来た颶風は、また倏忽として去つて行つて了つた。私は矢張ひとり山荘にゐる。

雑魚寐をした翌日は、午後五時に、村の青年が上諏訪に伴ふためにやつて来るまで、N君とK君とは矢張私の山荘にゐた。私はいろいろなことを思ひ出さずには居られなかつた。丁度その日の朝の十時頃であつた。汽車の小荷物の配達夫は、私の妻から送つてよこした一箇の渋紙の包を配達して来た。

『家《うち》から？』

かう傍で見てゐた女は言つた。

『うん、さうらしい……。何か旨いものがあるかも知れない』かう言つて、逸早く私はそれを解きにかゝると、『矢張、奥さんから来ると、嬉しいのね？』

『それは嬉しいさ』

私はそれを解《と》いて、『あ、茗荷、あ、唐辛子、あ、菓子、生薑も入つてゐる。こいつは旨いな』こんなことを言ひながら、其処等に散らばして出して、『矢張、嬶だけあるねえ』かう何の気なしに私が言ふと、

『それはさうですとも……奥さんですもの。』女はかう言つたが、暫くして、『私だつて、こんなものなら毎日でも送つて上るわ』

『呉れやしないぢやないか』

『上げますとも……』

N君もK君も見てゐて笑つた。それから何かの時に、夕立の話が出た。歌だの俳句だのを扇子やら檜木笠やらに書いたが、近所の山の中を歩きたいといふ話から、夕立に逢ふと困るといふ話になつた。その時、『お前なんか行かれるもんか、それこそ、「天ぷらの丸髷の上に夕立す」といふ句でも出来るよ』などと私は言つた。それが女の気に触つた。次に、藝者が情人《いろ》を持つには、三味線引が一寸面白いさうだといふ話が出た時、K君は、『相撲は何《ど》うだらう』と何気なく言つた。私はすぐ、『相撲は形が面白いさうだよ』と言つて笑つた。それがまた女の気に触つた。

始めは一緒に行くと言つてゐた上諏訪にも行かず、癇癪が起きて起きて仕方がないと言ふやうにしてゐた女のさまが、一人になつてから一層はつきりと繰返して思ひ出されて来た。女の言ふ通り、私は実際女を本当に愛してゐるのだらうか。

突詰めてゐては、到底完全に愛することは出来ないものではないか。完全に愛するといふことは主観的では出来ないことではないか。客観的にならなければ出来ないことではないか。

主観的では、愛の裏面は必ず憎である。所有の裏面は必ず破壊である。犠牲的になつて来なければ、完全な愛は到底成立しないものではないか。

犠牲といふ二字、それが急にはつきりと私の頭に描かれて来た。男性に取つて唯一の尊いもの、唯一の進んだものにされてゐる犠牲、その犠牲は主観的から考へて、いかに辛くさびしく悲しいものであらうか。私はあまりに多く『犠牲』に生きて来た。

翻つて考へた。『犠牲』は一面臆病者の口にする言葉ではないか。卑怯なるが故に、引込思案になるが故に、『犠牲』の二字を高調するのではないか。

溜息がひとり手に出た。

長い土手の朝に立つてゐる私の姿が歴々と私に見えた。川には野菜を載せた舟だの、赤煉瓦を積んだ舟だの、朝飯の煙を立てゐる舟だのが通つて行つた。対岸の家はまだ眠りから覚めず、朝日の光線を混ぜた金色の靄が茫と絵のやうに棚引いてかゝつ

てゐた。私は何遍其処に立つて、深く私達のことを考へたであらうか。

其処にも此処にも女の姿があつた。狭い四畳半の室、生花の見事に生けてある六畳の室、二階の欄干に添つた長い廊下、草花の見事に咲いた庭に面した細長い室……。ある夜は凄しい雨が二人の夢を埋めるやうにして降り頻つた。

遠くに行つてゐる男に最初に逢つた時のさまは、今だにはつきりと私の頭脳に印象されてゐた。それは丁度女が私の家に来て、妻と女と相対した形に甚だよく似てゐた。唯、男性二人と女性二人との相違があるばかりであつた。

嫉妬などと言ふものは、際限のないものである。『嫉妬する位ならやめる』かう始めは私は思つてゐたが、しかしそんな風に解釈して了ふことが出来るものでないといふことを私は段々味はせられて行つた。

私の今ゐる山荘に、私の来る前に、地方の豪家の息子とある女とが一月ほど一緒に同棲してゐた。息子は二十七八、女も矢張同じ年格好であつた。女は土地で酌婦などをしてゐたので、二人はあることを解決するため、――その解決のすんで了ふまで、村の人々のためにそこに置かれてあつたのであつた。

私は初めて来た時、七輪、鍋、釜、水の汲んである桶、汁の半残つた椀、女の捨てた丸髷の形、色の褪せたかせ掛などを見た。この二人の恋に私は誰より先に同情した。村の人達の誰れよりも、一番多く且深く私は男の傷いた心を思つた。

その恋の『廃墟《ルーイン》』のあとに私達が来たといふことは不思議であつた。私達は矢張その室に寐たのである。その人達の置いて行つた箪笥の中に私達の着物を入れ、その長火鉢に私達は相対して坐つたのである。そしてその二人の七輪で私達は矢張同じやうにして物を煮て食つたのである。村の人達は言ふであらう。『それでよめた、あいつらに同情したのはそれでだ！』

私はある時、その若い二十七八の息子に逢つた。息子は村の信用組合に勤めてゐた。息子と女の関係は私の二度目に来た時には、村の大勢の人々から仲をさかれて、女は手切金といふものを無理に押つけられて、そして倦きも倦かれもせずに別れて行つたが、この恋はこのまゝに終つて了ふであらうか。第三者の邪魔のために完全な『廃墟』になつて了ふであらうか。私はそれを疑ふ。そのことに携つた村のある有力者は、『あのことばかりは、へい、先生の眼鏡が違ひました』かう言つてゐたけれども、実際、さうであらうか。そのまゝ消えて了ふであらうか。再び恐しく爆裂作用を逞うすることはないであらうか。

私のその息子に逢つたのは、信用組合の中の一室であつた。息子は背の高い、色の白い、田舎の青年には多く見ないやうな『男のやさしさ』を持つてゐた。蒼白くやつれた顔、絶えず物思ひに沈んでゐるやうな姿、殊に、その顔には傷いたものの悲しさとさびしさとが歴々と刻みつけられたやうに現はれてゐた。息子は滅多に口もきかなかつた。私は其処に私の苦痛と私の悲哀とを発見した。

帰りに、私は私の伴れの一人に言つた。『矢張、女に苦んでゐる人の顔は、一目見てわかるね。深く神経が刻まれて、ぴりぴりと絶えず動いてゐるね。僕はあの顔を見るに忍びなかつた。』

『さうですかね』

かうその伴れの人は冷淡に言つた。矢張その人も、『それであゝいふことを言つたんだ!』かう言つて、今は私の心と境遇とを理解してゐるだらう。そして笑つてゐるだらう。

女が帰つたのは、N君やK君が上諏訪に行つた翌日であつた。女は二夜を私の山荘にすごした。一夜は私達は思ふやうに話すことが出来た。

停車場まで私は送つて行つた、信玄袋を私が持つて。

『それにしてもいつまでゐるの? もうこんなところにゐるのは、およしなさいよ。』歩きながら女はかう言つて私の顔を見て、『何時《いつ》、帰るつもりなの?』

『何時だかわからない』

『早く帰つてゐらつしやいよ』

『ひとりでゐる方が好い。本当のことが考へられて……』かう言つて私はちよつと途絶えて、『一緒にゐるよりも離れてゐる方が、お前のことでも何でも本当に考へられて好い。喧嘩なんかしないですむからね』

『あゝいふ皮肉を言ふんだからね、貴方は――』

女は笑ひもせずに言つた。

阪を下りたところにある池では、麦稈帽子をかぶつた人が二三人釣竿を垂れて頻りに魚を釣つてゐた。斜阪になつた山畠で働いてゐる百姓達は、私達の並んで歩いて行くのを、『あれや別荘に来てる客だんべい』と言ふやうな顔をして見送つてゐた。

『でも、帰つたら知らせて下さい』

『あゝ』

停車場まで行く間、私達は余り多く口を利かなかつた。それに、其処に行つてからも、長い間待つてゐる間もなかつた。女は私の手から信玄袋を取つて、切符を買ふのもそこそこにして、向ふ側のプラットホームに行つた。汽車はやがて来た。

六

私の経過した半生がをりをり絵巻物のやうになつて私の頭に来た。今更ながら追恨と悔悟との多い半生である。また今更ながら心の変化、姿の変化の多い半生である。城の沼のある畔の藁家で成長くなつた私、沼の錆びた水の色を朝な夕なに見て暮した私、幼くして父を喪ひ、母と祖父との手にさびしく育てられた私、蒼い顔をして人の前では碌々口もきけなかつたやうな私、女の前ではすぐ顔を赧くしたやうな私、現に、私の総領の男の児は丁度其時分の年格好で、矢張、人見知りで、黙つて、きまりのわるさうな風をしてゐる。矢張、私の総領の男の児も、私のやうな一生を得るのであらうか。矢張、私のやうなスツルムとドラングとを経て一生を終るのであらうか。

過去は実際不思議である。自分で今まで不思議にもせずに、平気で過ぎて来たのに驚かれる。先づ大きな一条の路があるとする。そこにいろいろな人が巴渦を巻いたやうにして行く。私もその中を歩いてゐる。そしてその一条の大きな路は、闇から出て闇へと入つて行つてゐる。生から死と言ふよりも、死から死へと入つてゐる。その中でゆくりなく邂逅した人が或は友となり、或は敵となり、或は妻となり、或は情婦となり、或は先輩となり、或は後輩となり、そして時には離れたりまた即いたりする。無意味に一生私のあとをついて来たりする。ちよつと近づいてそしてすぐ向ふに行つて了つたりする。実に不思議である。

　私は私の過去を材料にして将来を推し量らうとはしないが――さういふ断定は避けるが、しかし私の過去の中から、私の将来をはつきりと見出すことが出来ることは争はれなかつた。過ぎ去つて行くものゝの中に、矢張過ぎ去つて行く私がゐた。

　そしてこの一条の大路の中に、鮮かに色彩を際立たせて、その乾燥無味な一生を美しく見せてゐる愛慾――それが深く私の心に絡み着いてゐた。

　私は狭い六畳の書斎の籐椅子の上に、ぶるぶる戦えながら、恐ろしい嫉妬と瞋恚とに燃えてゐる自分を見ることが出来た。また、恋の歓楽に心も魂も蕩けて、生命も何もその美しいものの前に投げ出してゐる自分をも描き出すことが出来た。ある時は私はその苦痛に堪へかねて、山の寺に行つて、開かれぬ扉の前に立つて一心に祈念した。

『恋したものゝ、手をねぢるのは、赤児の手をねぢるやうなものだからね』

　ある時は私はこんなことを言つた。大きな体に不似合な女々しい涙をこぼしたりした。

　毎朝見る新聞記事の中でも、私に取つては欧州の大戦乱とか、支那の革命とか、政治家の一言一動とか、さういふものよりも、三面に書いてある心中とか、恋の遺恨とか、恨みの刃に流された血汐とかいふものゝ方が更に一層深い感動と印象とを与へた。ある時は私は言つた。『実に不思議だ、実に不思議だ。性《セックス》の道ばかりは、深く入つて行けば行くほど益々わからなくなる。今日見た新聞の中に二つとも出てゐたことだけれどもね。一つは女が多情で、ある男と切つても切れない仲でゐながら、常に他の男と関係して、いろいろな噂を立てられるので、男も考へた結果、自分の弟の家に女を伴れて来て、これなら大丈夫と思つてゐた。ところが間もなく女はその弟と通じた。兄はもうこらえてゐられなくなつた。度々三人で大立廻りをやつた。そしてある夜、酒を飲んで、泥酔して、弟の家に怒鳴り込んで、弟と女とを殺ろして、家に火を放つて、そして自分も自殺した。これはまア、よくあることだ。新聞の三面記事としてはめづらしくはない。しかし、これと同じ頁に、「三人心中」といふ題で、一人の男と二人の女と一緒に心中した記事が出てゐた』

『女は何ういふ女だね？』

『一人は内縁の妻、これは二十七八、それからもう一人は酌婦で、十七八、前の夜は三人で仲よく酒を酌み交して、床を並べて睦しく寐たが、朝起きて見ると、薬を仰いで、三人同じ枕に死んで居た。』

『へえ……』

聞いてゐた人も、不思議に堪へないやうな顔をして言つた。

『この二つの記事を同時に、同じ頁に見た時には、僕はモウパツサンの『愛』といふ短篇の書き出しのやうに、新聞を持つたまゝ、深く性《セックス》の問題を考へずには居られなかつた。一方は男が二人、一方は女が二人、これでその結果は正反対に終つてゐる。僕は何とも言はれない気がした。世の中は愛慾だなアと思つた。そしてこの愛慾を離れなければ、自分の生命も危いやうな気がした。山寺へでも行つて、仏の前に手でも合はせなければゐられないやうな気がした。』

『矢張、思ひ当ることがあるからだらう』聞いてゐた人はかう言つて私の方を見て冷かに笑つた。

しかしその二つの事実は、長い間私の心に絡みついてゐた。否、今でもその事実は私の胸にをり〳〵蘇つて来て、それが私の苦痛と一緒になつて流れた。ある時、私はその話を女にした。女には矢張それがはつきりとは響いて来ないらしかつた。『まアイヤねえ』かう言つて、三人心中の方には興味を持つたけれども、この二つの事実の対照については別に深く考へるといふ風でもなかつた。

『しかし、お前だつて、余り男をさういふ眼に逢はせると、危《き》険《けん》だよ』

女は唯笑つてゐた。

『ぢや、矢張、面白いのかねえ、さういふ風に、心を二つにも三つにもわけるといふことは！』

『何うですかね』

『何うですかねぢやないよ。考へて見なくつちやいけないぢやないか』

『だつてわからないんですもの』

『さうかなア、わからないかなア』

かう言つて私は溜息を吐いた。

自分ながら自分でわからないのは、愛慾の離れ難く捨て難いことである。第三者の言ふことなどは何うでも好いけれども、自分自身でもその際限のないのも知つてゐるし、その危険なのも飲み込んでゐるし、馬鹿馬鹿しいのを知つてゐる。それに、自分はもう分別の盛りをすぎた歳である。子供が五人も六人もある。普通の世間を見渡すと、私位の年齢の人々は、大抵は家庭に引込んで、落附いた顔をして、妻子眷属のためのみ心をそゝいでゐる。愛慾などもうめづらしくもないといふ顔をしてゐる。生殖といふ大きな義務をすましたといふやうな静かな態度を取つてゐる。それに比べると、自分も、時には耻かしいやうな気がしないでもない。しかし、自分は自分の生命の一部でそして色彩の多いこの愛慾を何うして捨て去ることが出来るであらうか。

ある人は言つた。『何うも矢張働くに限りますよ。一日労働して、晩酌でもやつて、ぐつと寐て了ふのが好い。それが一番無難だ』それは確かにさうである。しかし、この労働が愛慾と相連繋して、愛慾あるがための労働、労働あるがための愛慾といふ風になつたら何《ど》うか。

私に取つても、女が労働乃至努力の慰藉になつたことは尠くなかつた。女あるがための藝術、女あるがための努力、かういふ風に心の張り詰めて行つたことも一度や二度ではなかつた。その意味から言ふと、妻などは、私の藝術、私の努力などに対しては全く没交渉である。しかし、その対照である女の心が、単に私の熱した心を無限に吸ひ込む海綿であり、また十分に確実に所有することの出来ない沙上の家であるといふことは、私に取つて単に笑ふべき喜劇であるであらうか。

七

『もう、今日つきり来ないから』

『え、好う御座んすとも……』

女も張詰めたやうな顔をして言つた。私達は黙つて考へた。傍には女の母親が坐つてゐた。

『ぢや、左様なら……。』

かう言つた私は立上つた。

『まア、まア、落附いて……』

母親の達つて留るのを振切つて、私は戸外へ出た。

かういふ喜劇を私達は何遍繰返したであらうか。私はあの暗い露地を憎む。またあのじめじめした空気を憎む。また私を陥れたあの溝竇を憎む。私はそのをりをりの事実と奮激と嫉妬と、それをヒユマンドキウメントとしてこゝに説明したいと思ふけれど、今ではとても落附いて書いて人に示すことが出来ない。自分で自分を罵つても足りない。自分で自分の肉《しゝむら》を食つても足りない。考へて来ると、顔を蔽つて、穴の中にでも入つて了ひたいやうな気が今でもする。

女は憎んでも憎んでも足りない。しかしその憎むといふ裏面は即ち愛するといふことであるから、猶ほ堪らない。かうやつて別れて置いて、『え、好う御座んすとも……』などといふ立派な口をきいて置いて、すぐあとから女は詫の手紙をよこす。使をよこす。それでも目的を達しない時には、女は自分自身私の家にまでやつて来た。

奮激とか、激昂とか言ふことは、しかし何にもならないことである。いくら怒つて見たところで、それは却つて自己の愛と自己の愚とを表白するやうなものであつた。別れるなら、私は黙つて何事もないやうにして静かに別れて行かなければならなかつた。

『何うせ、私のことなんか、少しも思つてゐては呉れやしないんだから』かう言つては、女はよく私の作品を持出した。

『だつて、さうぢやありませんか。貴方なんか、商売で、かうして私とゐるやうなものぢやありませんか。でなけりや、何故あんなことを書いたんです? 何故、あんなことを書いて、人を怒らせたり何かするんです』

『だつて、それは仕方がない。書くことは、僕の生命だから、お前に捨てられても、僕は書くことをやめることは出来ない』

『それ御覧なさい。だから、私なんか何うでも好いんですよ。材料にさへされてゐれや好いんですから』

しかしこの問題に就いては、私は多く言葉を費やさなかつた。細かに説明して聞かせたところで、女には到底それがわからう筈はなかつた。

熱烈なる実行者、それを唯女は求めた。熱烈なる実行者で、且つ冷淡なる傍観者であるといふことは女にはわからなかつた。

其処まで行くと、私は暗い壁に突当るやうな気がした。女の家の六畳に面した小さな庭、それを私は何年つゞけて見たであらうか。父親の好きな盆栽の並んでゐる棚、土を運んで来て四角に拵へた草花の園、厠に接した竹の袖垣の前には、顔を洗ふ台があつて、その中の竹の簀子の上に、柘榴の花の咲いた鉢だの、睡蓮の大きな鉢だのが置かれてあつた。厠の手水鉢に接した方には、四角の木製の箱に綺麗な水が一杯に湛えられてあつて、小さな岩石や藻や沢瀉《おもだか》などの中を金魚が沢山に游いでゐた。

『亀の子はまだゐますね』

こんなことを言つて、私はよくそこをのぞいて見た。

床の間には幸四郎の弁慶の博多人形が飾られてあつて、竹を描いた草雲の軸がかゝつてゐた。その床の間を何遍私は張り詰めた心と眼とを持つて見たであらうか。また猜疑と嫉妬の恚を燃しつゝそれを見たであらうか。私は入つて行くや否、表面は落附いた顔をしつゝ、猫の眼のやうに鋭く注意してあたりを見た。何故なら、其処に男がゐるから……。男のゐた址があちこちに残つてゐるから……。

藝者でも買はうと言ふものが、そんなことで何うする。そんな了簡で何うする。通人の心理などと言ふことを少しは考へて見るが好い。かう言はれても仕方がない。それからまた『お前は一体いくつだ』かう問はれても仕方がない。矢張私は私なんだから。通人ではないのだから……。

或は静かに、或は激して、或は遊蕩児のやうに、或は通人のやうに、時にはまた一廉の立派な旦那のやうにして、私は其処に長い年月の経つのを見た。私の知つてゐただけでも、其処に雇れて来た下女は五六人は変つて行つてゐた。栃木の在のお照といふ二十一二の女、いやらしい口の利方をして六十近くなつても猶ほ白粉を手元から離さないやうな老婆、藝者屋の内部の秘密を手に取るやうに知つてゐる中年の女、さういふ人達は、皆な私と女との細かい空気、女と私との間に触れずに残つてゐる事実、さういふものを詳しく知つてゐた。女に関して私の知らないこともかれ等は皆知つてゐた。

その中で私はお照といふ婢を一番懇意にした。お照は二年ほどゐた。容色もさうわるくはなし、気立もやさしく、立働きも甲斐々々しく、女にも家の人達にも気に入つてゐたが、二年目の秋に、嫁に行くといふので、田舎に帰つて行つた。私はお照の田舎の番地などを私の手帳に書きつけた。私はいざといふ場合には、田舎に行つてお照の口から詳しく女の秘密を聞かうと思つてゐた。

しかし、さういふことも一つ一つ過ぎ去つて行つた。ワキとして私達の舞台に上場して来る人達が、銘々その持役を演じて行つて了つたあとには、いつも矢張私と女とが残つた。

それぱかりではなかつた。その細い巷路の中の人々の変遷もかなりに著しかつた。奥の待合の養女の梅子といふ藝者は、ある男に夢中になつて、その養母と共に、すつかり零落して、浅草の方へ引越して行つたし、隣の助六といふ藝者は、一時此方からのぼせ上つた役者と切れて、今度は新しい男をその長火鉢の前に坐らせたし、前の家には、幾人となく住む者が変つて、今は浅草あたりに出る女優が入つてゐるし、ある女は懐妊して男の児を産んだし、ある女は肺病が重くなつて死んだし、長い月日と事実と人生とは、其処にも凄しい烈しい巴渦を巻いてゐるのであつた。

『あの角の家も面白いのね』

かう言ふのをよく訊いて見ると、そこには細君と妾らしい女と一緒に同棲してゐて、細君には子供が二人あるのであるが、その子供は寧ろ妾の方になついてゐて、『をばさん、をばさん』と言つて後を慕つた。誰が見ても、妾の方が細君よりは上で、その妾の内職の刺繍からもかなりの生活費もあがるらしかつた。男といふのは、四十先で、何でも代書屋さんらしく、毎日朝早く出かけて行くが、四時すぎにはいつもきちんと帰つて来た。『その時には、細君が子供を二人つれて外へ出て行くんですとさ』こんなことを笑ひながら女は私に話した。何処も彼処も、愛慾の世の中だ。色と恋との世の中だ。世の中といふことは男女の中といふことだ……。そしてその間に、逡巡と躊躇と羈絆《きづな》と愛著との中に、人間は生命の浪費を敢てしつゝ、絶えず人生の大波の中に流れて行く。

現に、私もその一人だ。

八

若い二人の兄弟の学生の帰つて行つた後には、私の周囲は再び元の寂寥と孤独とに帰つた。

私の書く鉛筆の音がコツコツと机の上に静かに聞えると同時に、傍にある小さな時計は、微かにしかし正確にあやまつことなく時の経過を刻んで行つてゐた。

カツコウ、カツコウといふ閑古鳥の声が遠くきこえた。此頃はもう滅多に鳴かなくなつたので、めづらしいので、私は筆を措いて、耳を傾けるやうにして其方の方を見た。山の峡には雲が深く封じてあるところは湧くやうに渦き立つて見えた。

私はじつと眺め尽した。

何処かで人の声がする。笑ふ声もした。周囲の山畠に、百姓達が桑の葉を摘みに来たのであつた。向ふの別荘では、小さな亭を拵へるための大工や人足が二三人集つて、頻りに釿《てうな》や鉋をつかつてゐる気勢《けはひ》がした。

静かな静かな午後であつた。

ある朝は一間先きも見えないほど深く深く霧が四辺を埋めた。すぐ前にある松の林がぼんやりと海中に浮んでゐるやうに見えた。私は陶器の小さな釜の飯の熟するを待ちながら、長火鉢の前に坐つて、巻烟草を静かに吸つた。

紫の色をした烟はすうと長く靡き上つた。

何処かで子規が啼いて行つた。

やがて釜がプウプウ吹き始めたので、私は勝手元の方へと立つて行つた。勝手元にはいろいろのものが散ばつてゐる。馬鈴薯の屑、隠元の筴、萎び果てた生薑、まだ洗はない昨夜の茶椀や鍋は、そのまゝ洗桶に浸したまゝになつてゐた。

釜を下して、今度は鍋をかけた。味噌汁である。何か汁の実になるものがないかしらと思つて、私は野菜の入れてある桶の中をかき廻して見た。しかし生憎、何もないので、仕方がないので、立つて簞笥をあけて見た。簞笥の中には、皿だの小皿だの乾物などが入つてゐた。私は取敢へず麩の三つ四つを出してそれを汁の中に入れた。

簞笥をあけた時、ふと香水の匂ひがした。それは過ぎ去つた颱風のあとの匂ひである。それに、女は柔かい紙だの、櫛や三本足の入つたたとうだの、黒味がゝつた単衣だのを残して行つた。女はもう一度是非やつて来ると言つてゐた。

さういふものがなつかしくないことはなかつた。今に限らず、世離れた私の別荘の中に、蒲団に埋れて女の船底枕があつたり、櫛があつたり、女持の石鹸箱があつたりするのが微かに私の情味を誘つた。帰る日に、女は私のよごれた枕のおほひだの、襦袢だの、単衣だのを洗つて行つて呉れたが、それも私には嬉しかつた。私は白い綺麗なおほひのついた枕に私の疲れた頭を当てた。

夕方の酒を一本ほど飲んで、好い心持になつて、私はいつも向ふの二階の別荘の方まで行つた。自然は平凡だ、無関心だ、人間の苦痛とは何の交渉もない。それには相違ないけれども、静かに相対すると、私は言ふに言はれない慰藉を感じた。

ある夕暮には、別荘の留守番の爺さんが、まだ仕事を了《をわ》らずに、半ば出来かゝつた小さな亭のところでせつせと屋根を葺《ふ》いてゐた。

『精が出るねえ』

『もうしまふだ。一日働いても、一文にもならねえからな』

こんなことを言ひながら、爺さんは亭にかけた階子《はしご》から下りて来て、大工と一緒にそこに蹲踞んだ。

『監督が気がきかねえでな』かう大工は言つたが、すぐあとをついで、『わずかの金で年中の留守番をしてゐるんだから、そこは気をきかして、日当が六十銭のものなら、せめてその半分でも呉れると好いだがな』

『堅《かて》い旦那だでな。それア、もう滅相堅《かて》い旦那だで』爺さんは叩き潰した烟管の雁首をすぱ〳〵やりながらうそぶくやうにして言つた。

『一日働いても、一文にもならない？　そんなことはないだらう？』

かう私が言ふと、

『それでも、旦那、来れば、いくらか呉れべいよ』

この爺さんは、寒い寒い厳冬の中でも、その山の別荘の勝手の一間にちゞこまつて住んでゐるのであつた。息子はかなりに大きいのが一人ゐるが、媳にはもう余程前に死にわかれて、今では全く独りで暮してゐた。『あれでもあの爺さん、中々やるんですとも……後家狩を時々はやるんですよ』かう村の人達は言つたが、さう言へば、成ほど、夜も朝も何処かに行つてゐないやうな時がをりをりあつた。

『冬は寒いだらうね』

『冬は、へえ、お話にならねえ……』

かう大工は言つた。

爺さんは、『でもな、炬燵にもぐつてゐりや、そんなでもねえぞよ。雪はそんなに沢山にや降らねえだで』

『路はひどいだらうね？』

『なアに、雪の降つた時や、わらじでなけや駄目だけども、へい、ぢき解けて了ふで、下駄でも結構歩るけらア』

『さうかねえ』

突然、『お客さま、帰《けえ》つたけえ？』

『帰つた……』

『ぢや、一人《ひとり》けえ？』

『あゝ』

『また、来るけえ？』

『来るかも知れねえ』

日は既に暮れつゝあつた。冷かな山の空気は肌に寒く沁み入つて来た。で、私はわかれて帰つて来た。

夜は寝るより他に仕方がなかつた。私は蒲団を出して敷いて、蚊帳を吊つて、ひとりさびしく肱を抱いて寝た。女が帯をするすると解いて、巻いてN君の枕の代用にしたことなどを私は思ひ出した。

をりをり一歩を進めた考が私の頭を往来した。実行の出来ないのは、それは単に傍観者たるためではない。藝術を生命としてゐるためでもない。それはお前の臆病と卑怯とを体裁よく飾る言葉である。お前が実行しないで、お前が進んで行かないで、何うして女が出て来やう。何うして女が出て来られやう？　お前は卑怯だ。臆病だ。かう私の心の底の声は叫んだ。しかし、一方ではまた別な声が叫んだ。『そんなことが出来るか。そんな理由のないことは出来るか。自分はあの女のためには飽まで犠牲になるつもりではなかつたか。あの女の幸福のために謀る筈ではなかつたか。それが自分の通つて行く正しい路ではなかつたか。女の幸福は、私がそれを実行すると否とに由つて増減するであらうか。妻と離れて女と一緒になることが果して正しいことであらうか。年齢も違つてゐるではないか。お前はもうそんな惑溺を敢てする年齢ではないではないか』

『しかし、それは惑溺と言ふことは出来ない。ある機会とある動機とさへ来れば、私と女とはいつ一緒に地獄の焚火の中をかけるやうになるかもわからない』かう思つて私は悚然とした。

不真面目であり、浮薄であり、軽佻であつた今までのことがひしひしと私の胸に思ひ当つて来た。十年近い間、私のやつて来たことは、果して真面目で正しいことであつたらうか。単に歓楽として、乃至は玩弄物として女に対してゐただけではなかつたか。今でも――現に、つい此間までも、さうした行動を敢てして女に腹を立たせたではないか。女の不真面目と浮気と不節操とを咎める資格がこの自分にあるだらうか。

『もつと、真面目に、不幸な女の身の上を考へてやらなければならない』

私は私と妻と女との間に横つてゐる状態をもつと本当に視なければならないやうな気がした。しかし矢張、何うにもならないのが私達の状態である。女と別れることを計画した時分、『総てを破壊しやう。総ての自分の生活を破壊しやう。そして新規蒔直しをやらう』かう断乎として思つたことがあつたが、それが今また私の胸に浮んで来た。私は黯然とした。

一日一日とまた淋しく暮した。ある日は凄しい暴雨風がやつて来た。山上の孤屋の周囲には、風が凄しく吹き、雨が車軸を流すやうに降り、霧と雲とは蓬々として迅く迅く掠めて通つた。私は終日家の中に引籠つたまゝ一歩も戸外に出ることが出来なかつた。水がなくなつて止むを得ず裏の井戸端に出かけて行つた私は、ぬれ鼠のやうになつて辛うじて戻つて来た。

屋根に当つて凄しく鳴る風、硝子戸に礫《つぶて》のやうに打つける雨、何処かでぽたぽたと洩る音、さういふ中に、私はひとりぽつねんとして机に向つて座つてゐた。

硝子戸を透して見た草や木は、皆なぬれて、動いて、ざわついて、俛首れてゐた。

夜は殊にそれが凄しかつた。家はぐらぐらと根太から動いた。大きな山脈から大きな山脈へと渡つて行く風は、蓬々として、さながら自然の恐ろしさを私の前に展けて見せるかと思はれた。私は終夜眠られなかつた。私は蚊帳を外して、ランプを細く暗くつけて、机の前に坐つて起きてゐた。

一昨年、越後の赤倉に女と一緒に行つた時にも、矢張、凄しい暴風雨であつたことなどをも私は思出してゐた。

しかし、その暴風雨も、翌日の午後になつて晴れた。隣の測候所の天気予報の旗竿には、半ば赤く半ば白い旗がかゝげられてあるのを見た。

『少くとも、私はもつと深く考へて見なければならない』

かう思つて私は人気もない松原の中の小径《こみち》を歩いた。

九

『破壊か、実行か』

その二つの念は日毎に私を悩ませた。私は矢張躊躇と愛着とを脱することが出来なかつた。

ある時は女に寄せる手紙を五枚も六枚も書いて、それを封筒に入れて、出すばかりにして置いて、そのまゝまた一日二日を経つて行つた。

其間には、妻から手紙が来たり、女から物を送つてよこしたりした。女はあの時見た妻からの送物と同じやうな体裁にして、生薑だの茗荷だのくさやの乾物だのを銘々に細々《こま〱》と紙に包んで、それを大きな箱に入れてよこした。甘納豆の缶などもあつた。

ある時は、村の青年達がやつて来た。中で、S君は年も多いだけに、愛慾のことに就いてもやゝ深い開けた理解を持つてゐた。S君は山の裾野の村々にゐる多くのさぼしの話などをした。『なアに、へい、面白半分ですよ。そんなものに碌なものはありはしませんからね』などと笑ひながら言つた。その癖、S君も矢張中年の恋などといふことをそろそろ感じてゐて、夜になつてから一里に遠い山路を女の許に通つて行つたりした。

『本当ですな、愛慾の世の中ですな』

かう言つて笑つて私の話に同感した。

宗教の話の出た時には、私は言つた。『僕なんか、まださういふ話をする資格はないと思ひますね。何故なら、まだ、さういふことを痛感してをりませんから。それは、所謂宗教はわかる。世間の人の言ふ宗教はわかる。しかし私の宗教はまだ完成どころか、その半ばにも達しませんから。私なんか、矛盾が多くつて、分裂が多くつて、それに苦んでゐるのですから……。自分で自分のことが何うにもならないんですから。』

『しかし、宗教つて言ふやうな気分は感ずることはあるんでせう？』

『それはある。大いにある。実際、時には何も彼も捨てゝ、捨てゝ、仏の前に手を合はせたいやうな心持がすることが幾度もあります。現に、この山荘に来てゐても、さうした思ひに燃えることはよくあります。しかし、矢張統一することは出来ない。また、一方ではなまじいそれを小さく統一して了ふのは意気地がない。もつと深く深く触れなければならない。もつといろいろなことに当つて砕けて見なければならない。さういふ心が一方にあつて、そしてその分裂をわざと益々混乱させて見るといふやうなところがあります。』

『さうですかね』

S君は考へるやうな顔をした。

山荘に訪ねて来る人は、しかし稀であつた。私は全く世を離れてさびしく暮した。夕暮の散歩に出かけて行く路に、来た時には卯の花が白く咲いたり、杜若が紫に咲いてゐたりしたが、今はもうさういふ花も見えなかつた。夕暮の静かな空気が唯燃える私の胸に染みた。

松の疎らな林の間に、私の別荘の尖つた屋根を見る時には、私はいつも何とも言はれない寂寥と孤独とを感じた。私があそこにひとりゐる。かうした人生の重荷に悩み、かうした人生の別れ途に立つてゐる私が一人ゐる。さうして、一人物を煮て食つたり、考へたり、悩んだり、思ひ屈したりしてゐる。かう思ふと、私は全く空間に唯一人さびしく漂つてゐる生物のやうな気がして、さびしさに堪へかねて、私はいつも急いで別荘の方へと帰つて行つた。

ある夕暮、私はいつものやうに散歩から戻つて来た。それは霧の多い雨もよひの空の山気のしつとりと肌に染みるやうな夕であつた。私は松の林の角に来て立留つた。別荘の前に一人《ひとり》の男が立つてゐた。

私は急いで其方へと行つた。

『電報です』

男はかう言つて、それを私にわたした儘、急いで向ふの草原の路の中に入つて行つた。私は封を切つた。女はまた明日やつて来るといふのであつた。

私は頭を振つた。

(「中央公論」大正5年9月号)

死者生者

正宗白鳥

騒々しくつて埃《ほこり》もよく立つてゐるこの電車通りも、街燈の点《つ》く頃からは、外目《よそめ》には小瀟洒《こざつぱり》した涼しげな住みよさゝうな町として見られた。鬱陶しく繁つてしかも埃に汚れてゐる並木の桜も、白い燈光《あかり》を浴びて夕風《ゆふかぜ》にそよぐと、葉蔭《はかげ》がみづ〳〵した色を帯びた。麻暖簾《あさのれん》を垂れた碁会所《ごくわいしよ》には、団扇を弄びながら片膝を立てたりなど気儘な身構へして、三組四組の客が黒白を戦はせてゐる。その隣の玉突場《たまつきば》には無駄口《むだぐち》で賑はせながら紅白の玉を転《ころ》がせてゐる。筋肉の逞しい男達が汗みどろになつて激しい柔道の稽古をやつてゐるのが鉄格子の間から覗かれた。こんなさま〴〵な勝負事を立見《たちみ》しながら散歩するのも夏の夕《ゆふべ》の一興《きよう》であつた。見馴れない人々も親しげに思はれた。

玉突屋から二三軒隔てゝ、理髪店があつて、その直ぐ隣が八百屋だつた。土間《どま》を二つに仕切《しき》つて斜面に並べられた野菜や菓物は、夜目《よめ》には殊に色取《いろどり》が美しい。バナ、だの枇杷《びは》だの夏蜜柑だのゝ、甘酸《あまずつ》ぱいゝ匂ひが店先《みせさき》に漂つてゐた。魚屋《さかなや》や牛肉屋の汚い臭ひには自ら顔を背けても、果物の色や香りには食慾が刺戟された。

溜池《ためいけ》の方《はう》を本店にして此方《こちら》は支店として、仕事は職人まかせで、自分は監督役でをり〳〵見廻つてゐる床屋《とこや》の隠居は、蒸暑い晩などには、使ひ古しの籐椅子《とういす》を桜の木蔭《こかげ》へ出して、隣近所の様子を見ながら、時々は側へ寄つて来る近所の知人と世間話をしながら、屈託のない夕涼《ゆふすゞ》みを楽んでゐることもあつた。自分はペンキの臭《くさ》い臭ひが厭だけれど、仕事場を塗変《ぬりか》へたり、気持の悪い風をおくる煽風機を備へつけたり、本店に劣らぬやうに支店をも奇麗に飾つて繁盛させて、次男が兵役から帰つて来ると、自慢して引渡すのを、今から思浮べては楽んでゐた。

床屋《とこや》が奇麗になるにつれて、八百屋も次第に面目を改めた。際立つて変ることがないやうでも、絶え間なき栄枯盛衰は此処等の商家にも現はれてゐて、何時も店先に喰《くは》へ煙管で頑張つてゐた胡麻塩頭《ごましほあたま》で厳《いかつ》い顔した薬屋の老人は、忌中と書いた簾が出た後は、つひに姿を見せなくなつた。八百屋の看板の八百清《やほせい》といふ屋号が何時の間にか、八百信《やほしん》と変つてゐるのに、ふと目のつく散歩客もたまにはあるだらう。新しい棚が出来ていろ〳〵な鑵詰や罎詰が置かれた。以前よりも色艶《いろつや》のいゝ旨《うま》さうな上等物の水菓子が置かれてゐるやうだつた。代《だい》が変つたのかと思ふと、家《うち》にゐる人間は以前から見馴れた顔だつた。薄い髪を櫛巻にしてゐる顔の割に身体《からだ》の横幅《よこはゞ》の広い主婦《かみさん》が田舎訛《ゐなかなま》りで何か云つてゐた。ひどい反《そ》つ歯《ぱ》で色の赭黒《あかぐろ》い小柄《こがら》な下女が以前のやうに其処で働いてゐるのが殊に目についた。二十を少し過ぎたくらゐの女盛りで、派手な浴衣に紅い襷を掛けて、笑つてゐるやうな顔してゐても、木地《きぢ》の醜くさは隠されなかつた。で、通りすがりの縁のない人からでも、をり〳〵は侮蔑の目を向けられた。

「でも一生懸命に磨くと見へて些《ちつ》とは奇麗になつた。初めて見た時にや、まるでお化見《ばけみ》たいだつたが」と、床屋の隠居も独りでさう思つてゐた。

（二）

八百屋の下女のおてつは影日向《かげひなた》の差別なく素直《すなほ》によく働いてゐた。妹は飯倉のあるお屋敷に奉公してゐるのだが、姉の方はさういふ所では勤まりさうにないといふ母親の考へから手足を働かせさへすれば事の足りるやうな所ばかりを渡つて来た。が、おてつは何処へ行つても居たゝまれぬほどの不平を抱いたことはなかつた。怒鳴りつけられても打《ぶ》たれても涙の出るやうな思ひをしたことはなかつた。この八百屋でゞも最早一年あまりも安い給金で激しい仕事を辛抱した。家《うち》で下女の勤めをする外に、御用聞《ごようきゝ》にまでやられた。霊南阪の奥の方にたつた一軒飛離れた得意先の勝手口へも毎日顔出ししなければならなかつたので、雨の降る日には尻を端折つて籠を抱へて、傘の重みに難渋することがあつた。見掛けは頑丈な体格をしてゐても、よく酸《すつ》ぱい汁を吐いたり腹下《はらくだ》しをしたりするので、そんな時には力が抜けて歩きづらかつたが、自分から一日でも休むことはなかつた。

「親方の加減が悪いんだから、私が代りに一人で廻つてるのよ」と云つてゐたが、去年おてつが来た時から前の主人は青い顔して兎もすると床に就き勝ちで、買出しに行つて来ると、打《ぶ》つ倒れてせい〳〵息を切らしてゐた。

「借金だけやう〳〵払つて、これから商売が自分のものになると思つてると、こんな目に会ふだもの敵《かな》はない」と、主婦《かみさん》のおきくは零《こぼ》しながら、いろ〳〵な売薬を買つて来て、お粥の外に厭がる牛乳をも飲ませてゐた。

「こいつを飲むと逆《むか》ついて気持が悪い」

亭主の清吉は何を食べても腹に障《さは》るのにじれて、時としては女房にも当り散らした。近所の医者に掛つてもはか〴〵しい利《きゝ》目《め》は見えなかつた。

「東京の医者は薬代ばかり高く取りやがつていゝ加減な薬を呉れるんだから、幾ら飲んだつて役に立たん。おれはこんな者より大村さんの煎じ薬の方が利くやうな気がするぜ。」清吉は幼い時分の腹痛が一杯の煎じ薬で直ぐに癒《なほ》つたことをふと思ひ出して、矢も楯も溜らぬやうに、「あれはよく利《き》いた。こんな西洋の酸《すつ》ぱい水薬《みづぐすり》や何かよりや、あの苦《にが》い煎じ薬の方《はう》が腹の皮へ浸込《しみこ》むから効能も多いんだ。お前が信造に手紙をやつて至急に送らせるやうにして呉れ」

「東京から田舎へ薬を頼むなんて逆《さか》さまごとだ」と、おきくは亭主の気迷ひを笑ひながらも、自分もその気になつて、甲府在の亭主の従弟に宛てゝ端書を出した。亭主よりもおきくの方が文字をよく知つてゐるので、平生よく代筆してゐるのだつた。

「大村さんの煎じ薬が利かんやうなら、おれの病気は当分直る見込みはないかも知れん。直らないとすりや、おれもいつそこの商売を思切つて、誰れかに譲渡して、田舎でゆつくり養生して、死ぬにしても生れ故郷で死にたいと思ふよ」

清吉が稍々もすると故郷の家と人とを話に出して、あれほど熱心であつた今の商売を厭ふやうになつたのを、おきくは腑甲斐なく思つて、笑つて聞流してばかりはゐないで、時としては手酷《てきび》しく叱りつけた。

「田舎に家や田地があるぢやなし、誰れもお膳を据ゑて私達を待つてゐやしないよ。彼地《あちら》へ帰つたつてその身体《からだ》で荒仕事《あらしごと》が出来やしまいしね。第一出て来た時の事を考へると、見窄《みすぼ》らしい様《ざま》をして私は帰る気にやなれないやな。千両箱を背負つて、隣《となり》近所《きんじよ》へ大盤振舞でも出来るやうになつたら、そりや私だつて甲州の山の中へでも引込む気にならうけれど」

「おれの痛い痒いが分らんから、お前は勝手なことばかり吐《ぬ》かしやがる。こんな商売を何年やつたつてお大尽になれるんぢやなしさ。おれはこの身体《からだ》ぢや大《で》かい慾は持てない。粥の湯を啜つても御先祖の土地で安穏に暮したいぜ。おれが足腰が立たなくなりや、お前だつて気楽なことを云つちや居られまいがな」

「なあに、お前さんが一月《つき》や二月《つき》休んでゐても、私一人《ひとり》で結構やつて見せるわな。自分で買出しにも行くし、車でも曳いて来らあね。どんなことになつてもこのま〻で凹《へこ》みやしないよ。意地づくでもやり通さなければ私にや寝醒めが悪いだでな」

「おれは懶《なま》けるんぢやない」

清吉はつけ〳〵といふ女房の言葉を聞僻《きゝひが》んで、自分の苦しいのが相手には分らぬらしいのを抵悟《もど》かしく思つてゐた。もつと優しくいたはつて呉れて、自分が痛みを感じた時には女房の方でも痛いやうな目顔をして呉れるのが至当だと思つてゐるのに、自分の側でさも旨《うま》さうに味噌汁を啜つたり、舌皷を打つて四杯も五杯も温かい飯を貪つたりしてゐるので、清吉は忌々しくつてならなかつた。

「お前さんほど耐へ性《しやう》のない人はないよ」と、これほどの病気を無雑作に思つてゐるらしい女房の心を憤つて、側の茶碗を取つて庭へ投げたこともあつた。

（二）

おてつは此処へ来てから間もなく、病人の不意の差込《さしこみ》に手当《てあて》をするため、主婦《かみさん》の命令で夜遅く隣の床屋へ湯を貰ひに行つた。最早店を仕舞はうとしてゐるところで、職人どもは訝しげにおてつを見入つた。

「どうも済みませんですけど」と訳を話すと、

「へえ〳〵幾らでも持つてらつしやい、残りものだから」と、脊の高いのが茶化すやうに云つて、麦酒の空罎へ一杯鉄砲風呂の湯を詰めて呉れながら、

「昨夕《ゆふべ》夜中《よなか》にも親方の加減が悪かつたのですかい。私が便所へ起きた時分にお隣りぢや燈火《あかり》を点《つ》けて起きてゐたやうだつたね。主婦《おかみさん》の声も聞えとつた」

「私は二階に一人で寝るから些とも知らなかつたのよ」

「ぢやおれ達とお隣同士だね。一昨年《おととし》だつたか、占《うらな》ひの爺さんが室借《まがり》しとつた時には、夏の中は両方で窓を開放して、よく話をして居つたよ」と、脊の高いのが脊の低い職人に向つて云つた。

「僕は先日《こなひだ》の折に一寸覗いて見たゞけだが、隣の二階には畳も敷いてなさゝうだね」おてつが出て行つてから、脊の低いのが云つた。

「あゝ。易者の釜さんは面白い奴で、窓越しで賭《かけ》なんかをよくやつたものだ。角力が好きでね。なに見に行きやしないんだがね。夏場所十日間は毎晩商売から帰ると、翌日《あくるひ》の取組の賭《かけ》が初まるんさ。此方が先へ寝てると、あくる朝屹度店へやつて来て、十日間一日も賭を欠かしたことはなかつたね。易者だつて駄目だ。始終《しよつちう》見込み外《はづ》れをしてるんだから」

「どんな上手な易者でも自分の事は分らないものだとさ。……さう云へば、お隣の病人は長くは持たないぜ。胃癌だらうつて豊さんが云つてたよ」

「不断粗《まづ》い物ばかり喰つてるから病気になるのさ。易者の爺さんがさう云つてたが、そりや酷《ひど》いんだつてよ。あの主婦《おかみさん》は慾にかけちや耻も外聞も構はないのだからね」

「他人事《ひとごと》ぢやない、誰れしも不断の食物が肝心だあね」

二人が戸締りをして仕事場の燈火《あかり》を消して、小梯子《こばしご》を踏んで、二階へ上ると、小僧の邦太は隈つこに小さい頭を出して眠つてゐた。微かな鼾をかいてゐた。

「僕等の床をのべてるから感心だよ」

「邦公、おべつかつかつてやがるな。今から根性がませてゐていけない。君が拳固《げんこ》を喰らはせかけたから、御機嫌を取るつもりでこんな真似をするんだよ」

「でも可愛いゝぢやないか」

二人は毎晩の話の種にしても話し飽かぬほど楽しみにしてゐる愛宕下の馴染の売女のことも、今夜は口に出さず、親方の蔭口をも利かないで、寝床に就くと正体もなく眠入つてしまつた。

おてつは湯の入つた麦酒罎を主婦《かみさん》に渡して、うろ〳〵と介抱の手伝ひをした。が、病人の疼《いた》みは容易に薄らがなかつた。先日《ひだ》から飲みつゞけてゐる田舎の漢法医の煎じ薬は一時は病人の気休めになつてゐたが、今夜は何の利き目《きめ》も見せなかつた。

「上田さんに来て貰はうかね」と、主婦《かみさん》は止切《とぎ》れ〳〵に診《み》せてゐる近所の医者を呼ばうとしたが、

「遅いから、明日《あす》まで我慢しよう」と、病人は冷汗《ひやあせ》の浸出《しみで》てゐる身体《からだ》に力を入れて、歯を喰ひしばつた。

「我慢が出来りや、上田さんなんか呼ばない方がいゝよ。あの人のは一時のがれの誤魔化しだから、それよりやその中に評判のいゝ病院へ行つてよく診《み》て貰つて緩《ゆつ》くり治療することにしたらいゝだらう」

夜中に医者を叩起してもいゝ顔をしないだらうし、往診料だの何だのと無駄な入費がかゝるのだしと、主婦《かみさん》のみか病人自身でも念頭に置いてゐた。

「折角煎じたのだから、もう一口《ひとくち》飲んで御覧な。」

「苦《にが》くつてとても飲めない」病人は苦い汁を髯の延びた頤へだら〳〵と垂らしてゐた。そして、右へ左へぬたうちながら呻《うめ》いてゐたが、やがて、

「おれは二階に寝たいから蒲団を持つて行つて呉れ」と身体《からだ》を持上《もた》げた。

「何を云ひ出すんだね。動いちや悪いだらうによ。」

「寝床が変つたらいくらか気持がよくなるかも知れない」

「そんなことがあらずか」と、おきくはふと甲州訛《なま》りを出して叱つたが、病人が強いて望むので、おてつに夜着を持たせて、自分は病人を介抱しながら二階へ連れて行つた。天井は低いし、掃除など行届かないので、黴臭い臭ひがして気持が悪いだらうのに、病人は其処に寝倒れて、暫く呻いてゐた。

おてつは壁際へ自分の寝床をのべて眠つた。

「お前も寝ろよ。もう大分よくなつたから」と、病人は女房にも二階へ夜具を持つて来るやうに勧めた。

「気が利かなくつても、おてつが来て呉れてから、おれは余程気丈夫になつたぜ。どう云ふものだか、おれはこの頃は夜中に目が醒めた時に、誰れと云ふことはない知つた人間を思ひ出す

んだ。三人でも四人でも知つた者が側に寝てゐて呉れゝばいゝと思ふことがあるよ」

「病気のせいだが、お前さんも次第に妙なことばかり考へ出すよ」おきくは怠《だる》い笑ひを浮べて、「それで二階に寝る気になつたのかい。おてつの側に寝るのがいゝの。病気するとそんな好奇《ずき》なことが考へられるのかね」と冷やかすやうに云つた。

「それはさうぢやない」病人は真面目に打消して、不断望んでゐることを口には出さないで、窃かに思ひやつてゐた。……一日も早く稼業を止めて、親類縁者の住んでゐる田舎へ帰つたなら、身体《からだ》にもいゝし、どれほど心丈夫になるか知れないと日ましに思慕つてゐるのだつた。幾らも金は持つて帰れなくつても、こんなに患《わづら》つて生れ故郷を懐かしんで帰つて行く自分を、古馴染の人達が見殺しにすりやしない、皆んなして親切にいたはつて呉れさうなものだ。女房だつて稼業に気を取られてゐるから、おれの苦痛を充分に憐んで呉れないのだ。……

おきくは不承々々に夜具を運んで来て、病人と下女との間に横はつて、今まで我慢し切つてゐた眠たい眼を閉ぢると、おてつと二人掛け合ひで高い鼾をかき出した。清吉は独り目を醒ましてゐながらも、二人の寝息を手頼りとしてゐた。が、疼みが薄らいで来ると、自分の手だの足だのゝ目に立つほどの衰えが涙ぐまれるほど悲しくなつた。一度々々の激しい疼みに五体の肉の削がれて行くのを自分で撫でゝ見ながら、側の二人の女の憎いほど肥つてゐるのを羨ましがつてゐた。そして、女房が田舎行を承知しないとすると、信造をあの男の望み通りに此方へ呼寄せて、自分の代りにこの商売をやらせやうかと心が折れて来た。先日《こなひだ》からおきくも頻りに望んでゐて、親切ごかしに話を持出してゐるのを、自分の手伝ひをさせてゐる間に、横取りせられはしないかと気を廻して、何時も話を遮つてゐたのだつたが、今夜のやうな心細い思ひをする時には、信造でも誰れでもこの家にゐて呉れる方がよかつた。人手があればおきくももつと自分の介抱に身を入れて呉れるかも知れない。……

さう決心がつくと、直ぐにさう云つて女房を喜ばせたくて、「きく〳〵」と声を掛けながら、足を伸して女房の脛を突いた。が、熟睡に落ちてゐるおきくは何とも感じなかつた。強く突くと、足を避けて口の内で何やら寝言を云つた。「同じ食物《おんな》を喰つてゐながら、おれが次第に痩せるのとあべこべに、此奴《こいつ》はどうしてかう身体《からだ》の何処から何処までもぶく〳〵と肥るのだらう」と、足の指先で相手の皮膚を撫でゝ楽んでゐたが、すると、田舎で子供の時分に、おきくが女だてら川で泳いでゐたことが思出された。男の子に負けないやうに泳ぎも上手だつた。

「あゝ吃驚《びつくら》した。何をするんだね」おきくはふと夢を破られて頓興な声を出した。煤ぶつたランプの淡い光は病人の青褪《あをざ》めた微笑を照らしてゐた。

「お巫山戯《ふざけ》でないよ、明日《あす》も早く起きなけやならないんだからね」と云つて、おきくはくるりと脊を向けて、頭を枕に落した。

「お前に聞せることがあるんだ。……些《ちつ》との間《ま》起きとれよ」

「もう遺言なんか聞かないよ。私は明日《あす》の朝の仕事があるんだから、お前さんの遺言道楽のお相手にばかりなつちやゐられないよ」

「馬鹿。お前にもつと楽をさせやうと思つてるんぢやないか。おれもどちらつかずで愚図々々しとつても仕様がないから、信造を呼寄せやうかと思つてるんだ」

「本当にその気になつたのかい」

おきくは振返つて寝呆け眼で病人をちらと見たが、そのまゝ目を瞑つて快い眠りをつゞけた。清吉は飽気ない思ひをして、今自分が云つたことを考へ直してゐたが、人手を借りないで二人で汗水垂らして稼いで、日々の上り高を計へては励み合つてゐた昔の夜が懐しくなつて涙が流れた。

（三）

信造は一月も立たぬ間に、肥桶の臭ひを落して、角刈頭のきび〳〵した目鼻立ちの、八百屋の御用聞などには惜しいほどの若者となつた。主婦に熱心に仕込まれて、独りで買出しにも行けるやうになつた。自転車の稽古もはじめた。たまには骨休めに近所の活動写真や浪花節へも出掛けたが、そんな時には主婦かおてつかゞ案内に立つた。

「今日は信ちやんと葵館へ行くのよ」など、吹聴して、おてつはよく床屋の職人に揶揄《からか》はれた。

「羨ましいね。あんまり見せつけるものぢやないよ。」

「私ね、活動は飽き〳〵するほど見てるんだからさう面白くはないのだけど、信ちやんは田舎から来たばかりだから、そりや面白がつて見てるのよ。私ね、寝る前にはいろんなことを話して聞かせるの」

「今に二人で世帯を持つて別な商売でもはじめるんだらう。僕等も信《しん》ちやんにあやかりたいものだね」

「人を馬鹿にしてるよ」

おてつは揶揄《からか》はれたいために、隣の職人が手の隙《す》いてゐる時には、戸口に立つて笑顔を見せたり声を掛けたりした。

床屋と懇意になると、おてつは色の青白い目のぱつちりした可愛らしい小僧の邦太が、手荒らくこき使はれてゐるのを愍然《ふびん》に思ふやうになつた。筒袖に白い消毒衣をつけて、高足駄を穿いて仕事の手伝ひをやつてゐる邦太は二人の職人から不断に荒らい言葉をかけられるばかりでなく、兎もすると、首筋を掴まつて小突《こづ》き廻されたり、頬つぺたを殴られたりした。

「バリカンは鑢で消毒だけしときやいゝよ。お前なんかゞ下手《へた》にいぢるとまた壊れるぜ」客の耳の穴をほぢくつてゐた一人はさう云つて、横目で邦太の方を見てゐたが、やがて、「さうら云はないこつちやない」と云ふが早いか、耳搔《みゝかき》を持つたまゝ邦太の側へ寄つて、バリカンを取つて、「高木さんまた歯を壊したよ。……螺旋《ねぢ》を取つていぢつちや調子を狂はせてしまう。幾度云つても聞かないんだな」

邦太は頭の天辺《てつぺん》を拳骨で一つ二つ突かれた。が、彼れは目尻に微笑を湛へて、機械の先を見入つてゐた。

そこへ、親方が秋草を生けた花瓶を持つて奥から出て来ると、かの職人は口を尖らせて大袈裟に知らせた。「邦、親方に謝《あやま》らないか。戯談《じやうだん》ぢやないぜ」

「どうも済みません」邦太は指図通りに云つて頭を垂れた。

「此奴《こいつ》は少し生《なま》ちやんだからね」親方は花瓶の置場に迷ひながら軽く云つた。

「本当に剛情だよ。何が面白くつて機械いぢりをするんだね。お前達に機械は直りやしないよ」

「本店にゐた時にも吉の奴と二人で電気の球の中の針金を壊したことがあつたよ」親方はそんなことを云つて職人に跋を合はせてゐたが、やがて手を洗つて奥へ入つた。

高木と呼ばれた脊の高い職人は先つきから黙つて顔剃りをやつてゐたが、仕事が済むと、棚に置かれたバリカンの歯を意地悪い目付で験《しら》べてから、突如《だしぬけ》に邦太の頰を平手で二つ三つ続け打ちにした。先つきの拳骨とは異つてビシヤツと勢ひのいゝ音がした。

「馬鹿ツ。悪戯《いたづら》をさせに連れて来たのぢやないぞ」言葉は後から出た。

邦太は首を縮めて目をぱちくりさせた。涙が目蓋に浸出た。が、疼みが去ると元の通りけろりとして、表を通る自働車を玻璃越しに眺めてゐた。

おてつは通りすがりにちらとこの打擲《ちやうちやく》の様を隙見《すきみ》したのだつた。そして、暫く立留つて呆気《あつけ》に取られてゐた。何故《なぜ》あんな可愛いゝ児を惨《むご》い目に会はすのだらう。家《うち》の主婦《かみ》さんでさへ私を打《ぶ》つたり蹴つたりしたことは一度もないのにと、自分の弟の虐《しいた》げられるのを見たやうな腹立たしさを、脊の高い職人に向つて感じた。

で、あくる日の午過《ひるす》ぎに、本店から親方が連れて来た子供を乳母車《うばぐるま》に載せて遊ばせてゐる邦太に会ふと、

「昨日《きのふ》はどうしたの。痛かつたらう、あんなに打《ぶ》たれちや」と慰めてやつた。

「……」邦太は小鼻をぴくつかせて、ふゝんと笑つて答へなかつた。

「あんなに邪慳にされて、お前さんは辛抱がいゝわね」

邦太はこの女の言葉や乳母車の子供の泣声には気を留めないで、電車や自働車やの街上《まち》の騒々しい物音に心を取られて、のろ〳〵桜の木蔭を歩いてゐた。自転車に乗りたいと彼れはかねて望んでゐたので、自転車を軽妙に駛せてゐる人間を屢々羨ましさうに見送つた。八百屋の御用聞にでも牛肉屋の小僧にでも、自転車に乗れる家に使はれた方が、床屋で働いてゐるよりやどれほど仕合せであるか知れないと、彼れの子供心にもそれ一つが儘にならぬ浮世として、時々思出されてゐたのである。

何気なしに琴平の宮の前まで乳母車を押して行つた。嬰児の泣声があんまり烈しくなると、邦太は手でその口を蔽うて叱りつけたりした。薄い毛を頂いたこの嬰児が顔をくしや〳〵させ

て泣く有様は、醜い厭らしいものとして彼れの目に映つた。で、賺《すか》して泣止まらせやうといふ気にはなれないで、自分が高木などに打《ぶ》たれるやうに、自分もこの子をピシヤ〳〵打据《ぶちす》ゑたいやうな気がした。柔かい耳朶を引張つたり、鼻をいぢつたり、頬ぺたを抓つたり嬰児を玩具《おもちや》みたいにしてゐると、犬や猫を弄んだり、機械いぢりをしたりする時よりも、余程いゝ気持であつた。

で、往きにはあたりをきよろ〳〵見ながら機械的に乳母車を押してゐた彼れも、返りには屢々珍らしさうに嬰児のふは〳〵した肉付に指を触れて楽んだ。弄ばれると、嬰児も何時かへら〳〵微笑を洩らした。都の埃は立つてゐても、爽かな初秋の風は二人の頬に触れてゐて、邦太は久振りにいゝ気持で店へ帰つた。

「邦ちやん」と、その後おてつが会ふたびに親しげに声を掛けるのを、邦太は一度も返事をしないで訝しげに見てゐた。そして、側へ寄りつかれると、女臭い臭ひが鼻を衝くのが厭さに、直ぐに遮けるやうにしてゐた。が、時々嬰児の守をさゝれる時には、今まで知らなかつた愉快を感じ出した。涕《はな》や涎を垂れた顔は汚いけれど、柔い肉の塊《かたま》りのこの子の手でも足でも耳朶でも頬ぺたでも、恣まゝにいぢり廻し小突《こづ》き廻すのが、次第に彼れに不思議な快感を与へた。で、乳母車で近所を曳き歩くよりも、抱いたり負つたり、二階などへ連れて行つたりして、玩具にしてゐることもあつた。

「守をさせに来させたのぢやないぜ」職人は忙しい時には忍び音《ね》で怒鳴つた。

（四）

「矢張信造に来て貰つてよかつた」清吉は絞《しぼ》りの三尺を締めて、矢立《やたて》と煙草入とを腰の左右に差して、出て行く信造の後姿《うしろすがた》を見入つて、頼もしげに云つた。

「さうとも。あの人はもう田舎なんぞへ帰る気は些《ちつ》ともない、どうしても東京で仕上げて家を持ちたいと云つてるんだから、こんな商ひでも身を入れてやつてらあね。お前さんさへ元のやうに丈夫になりや、どし〳〵面白い商売が出来るんだよ。おてつなんかに廻らせといたのぢやいゝお得意は取れつこはありやしない。尾張屋ぢや先月には店の商《あきな》ひを別にしても、千円から入《はひ》つたといふぢやないかね。価《ね》が高くつても店が立派だとあゝ盛《さか》つて行くんだもの」

「尾張屋にてつ張らうたつておれ達には及びもつかないや」清吉は興もなさゝうに云つた。稼業が可成りに栄えて日々の生活《くらし》に障りのないのは元より有難いことだが、それよりも信造が実の弟も及ばぬやうに大切にして呉れるのが悦しかつた。「信造にしろおてつにしろ、些《ちつ》とも悪気《わるげ》のない人間だからいゝよ」

「おてつも使ふには重宝だけれど、この頃は妙だよ。」おきくは冷笑を洩らして、小唄か何か口すさみながら洗濯をしてゐるおてつを横目で見ながら小声で、「お前さんは気がつかないのかい。あの女《こ》がいやに身のまはりを構ふやうになつたよ」

「さうかい。歳が歳だから無理はないさ。」

清吉は寝床の上に胡座を掻いて、窪んだ目でおてつの方を顧みたが、信造が来てからおてつの様子が変だと訳ありげに云はれると噴出《ふきだ》した。

「まさか。……お前はそんなことに気を廻す女ぢやなかつたがなあ」

「さうでないにしても、若い者二人《ふたり》を二階に寝かすのはよくないと思ふよ」

「だつて外に寝かすところはないぢやないか。おれ達が二階に寝て、あの二人《ふたり》を階下《した》へ寝かしたつて同《おんな》じことだしさ」

「お前さんは目敏《めざと》いんだから、夜中にでもよく気をつけといでな」

おきくが真《まこと》しやかに云ふのを、清吉はうん〳〵と素直に聞いてゐたが、さういふ色つぽいことに思ひを馳せると自分の息まで臭いやうな気がした。

「いくら物好《ものず》きでもあの女ぢやあね」と力のない笑ひに紛らせて、寝床に横たはつた。

が、おきくは初めの中は心に掛けなかつた夜の二階から、この二三日は頻りに面白くない思ひをさゝれることがあつた。夜中にふと変な夢などから目醒めた時に、鼠の音だの寝言だのに胸騒ぎさゝれることがあつた。いくらお化《ばけ》見たいな顔をしてゐたつても、若い女と男とを一つ部屋に寝かしといては、どんな間違ひが起らないとも限らないと案ぜられ出した。おてつが湯上りなどに白粉《おしろい》や香油をつけたりするのは厭らしくて、つひ冷《ひや》かしたくなつたが、おきく自身、亭主の長患《ながわづら》ひにかまけて、汚《よご》れ次第に身装《なり》ふりを構はないでゐるのが省みられた。

おてつとは僅か五つしか歳が違はないのに、頭の髪をたゞの一度も満足に結はないで、手足を荒らしてばかりゐるのが多少気に掛らないではなかつた。鏡に映る自分の顔が歳よりも老けてゐるらしいのが今更のやうに目立つた。

で、三日置きくらゐに風呂屋へ行つたものが、隔日かあるひはつゞけて通ふやうになつた。久振りで薄い髪を洗つて髪結ひの手を借りた。

「主婦《おかみ》さん、私は一度島田に結つて見たいわ」と、おてつは主《かみ》婦《さん》の頭を見詰めて、ひそかに髪の毛の濃い自分を誇つて、島田に結つたならと、自分の影を幸福に描いてゐた。

「島田にでも女優巻にでも好きなやうに結ふがいゝさ、お前さんにはよく似合ふだらうから」

おきくは揄揶《からか》つたが、おてつに髪を結ふ余裕など与へるどころか、自分のしてゐた台所仕事も大方《おほかた》はおてつに働かせた。病人の肌着《はだぎ》でも下帯《したおび》でも自分のまでも、おてつに洗濯させるやうにした。汚らしいくらゐ何でもなかつたけれど、主婦《かみさん》が身仕舞《みじまひ》に気を取られ出してから、前よりも仕事が忙しくなるのがおてつにはつらかつた。

「そんなに働いてゐて、お給金がたつた一円五十銭なの。もつと上げて貰つたらいゝぢやないかね。お前さんのやうな人を私の家でも捜してるんだから、正直でよく働いて呉れる女中はなか〳〵見つからないのだよ」と、下女に出られて困つてゐる川瀬さんの奥さんが唆かすやうに云つた。

「何処へ行つたつて同じことだから、馴れた所に居《ゐ》ついてるのがいゝつて、お母さんが云ふんですよ」

「お給金を溜めてお嫁入の仕度をしてゐるのだらうね」

「私なぞ無器量《ぶきりやう》だから誰れも貰つて呉りやしませんよ。一生独りで通すつもりなのよ。その方が結局気楽でよ御座んすわ」と云つて、おてつはへゝゝと笑つて迷ひもしなかつた。

二階に信造と寝床を並べてからは、おてつののろい神経もいくらか鋭敏になつて、今まで気に留めなかつた周囲のことが、多少痒くも痛くも感ぜられ出した。そして、時々は信造に向つて話した。

「家の親方は病院へ入院したらいゝだらうにね。少々お金がかゝつても、早く直して稼いだ方が得だらうと思ふよ。信ちやんがさう云つて勧めるといゝわ。私でさへたまにはお腹《なか》の疼むことがあるんだから、親方はあゝ痩せるまでには随分疼みが酷《ひど》いんだらうと思ふと気の毒でならないのよ」と、他人《ひと》の疼さを感じたりした。

「なに、また直る時が来たら直らあ」信造は卒気なく云つた。日が経《た》つにつれて、おてつなぞと親しく口を利きたくなくなつてゐた。二階へ上るや否や、寝床へ入つて直ぐにぐつすり眠るやうにしてゐた。

「でも出来るだけのことはして上げたらいゝだらう。親方はこの先長かあないやうに私には思はれるよ。親方が死んだらこの家《うち》はどうなるのか知らん」

「どうなるのかなあ。おい等にや分らないが、死ぬるなんて縁《えん》喜《ぎ》でもないことを云ふなよ」

「さうしたら信ちやんがこの店を貰つて商売をするんだらう。親方が先日主婦《こなひだおかみ》さんにさう云つとつたもの。信造に此家《こゝ》を譲つてお前は田舎へ帰れつて、先日《こなひだ》遺言見たいなことを云つてゐたよ」

「おい等は一生八百屋稼業をやるために東京へ来たのぢやないや。へゝんだ」と、信造は相手を見下げたやうな目付口付《めつきくちつき》をして、戯れに威張つて見せた。

凜々《りゝ》しい口調《くてう》や体格はおてつを刺戟して興奮させた。「本当だわ。お前さんは八百屋の御用聞なんかには勿体ないわね」と、心《しん》からさう思つて云つた。「ぢや、何になるつもりなの」

「薬屋や質屋の番頭さんも座つてばかりゐるんぢや気づまりで厭だし、……おらあ先日《こなひだ》から自分に似合つた東京の商売を気をつけて見てゐるのだが、自働車の運転手になりたいなあ」

「だつて危《あぶな》いぢやないの。人でも轢殺《ひきころ》して御覧なね」

「おいらあ自分で自働車に乗れる身分にやなれつこはないんだから、せめて運転手になつて東京中乗廻して見たいなあ。車夫は御免だし、自転車もあんまり面白いものぢやないや」

「信ちやんも酔狂な人だよ。もつと地道《ぢみち》な商売をしやうとは思はないのかね」

ふと興に乗つて二人の声が高くなつたが、すると、階子段の方から尖つた声が聞えた。

「騒々しいぢやないかね。階下には病人が寝てゐるんだよ。分らないのかい」

階子段を中まで上つてから叫んだおきくは、それだけでは飽足らなくて、階上《うへ》まで上つて行つた。二人は寝衣のまゝ立竦《たちすく》んでゐた。おきくは迂散《うさん》臭い目付で男女を見比べたが、おてつのにや〱笑つてゐる顔付は小癪に触つて溜らなくつて、

「さつさと寝たらいゝぢやないかね。朝いくら呼んでも早く起きもしない癖に」と、つんけんと云つた。

「ぢや目醒時計を私の枕許に置いといて下さいな。主婦《おかみ》さんよりも早く起きますから」

「生意気お云ひでないよ。……お前は余計なお喋舌《しやべり》なんかしないで、自分のすべきことをちやんとしさへすればいゝんだよ」

おきくは相手が自分の前で恐入つてゐないのが、この時は無《む》闇《やみ》に腹立しくて、「黙つて寝ろつたらお寝よ」と、おてつの肩に手を当てゝ押倒すやうにした。先つきから夜具を被つて目を閉ぢてゐた信造は、おてつがどしんと寝倒れる音に薄目《うすめ》を開けて顧みたが、すると、主婦《かみさん》が此方《こちら》へ怖い目を向けてゐたので、慌てゝ寝返りをした。

「階下《した》には病人がゐるんだから、些《ちつ》とは遠慮してお呉れ」と、おきくは念を押して階下《した》へ下りた。

夜が更けたと云つてもまだ終電車の通るには余程間があつた。隣の床屋の職人は二人で俄かに思立つて、邦太に言含めて置いて家を忍び出た。「少しの間だから成べく起きとれよ」と命《いひ》つけて、八百屋のと向ひ合つた二階の窓は開けさせてゐた。

市中であつても虫の音が彼方此方《あちらこちら》に聞えた。邦太は窓に凭れて居睡りをしながら、月に一度か二度は吩咐けられる厭な役目を守つてゐたが、隣の二階の物音には何となしに聞耳を立てた。「喧嘩をしてゐるんだな」と面白がつたが、後はひそ〱話になつて静まつてしまつた。

（五）

昼間《ひるま》はさうでもないけれど、夜になつて亭主の側に寝てゐるのを、おきくは日に〱味気《あぢき》なく思ひ詰めた。悪いと云ひながらも時々起きて店先へ出たり、信造などを差図したりして、商売に気を紛らせてゐた頃は、その中には全快して、働き手揃ひで稼いで店も拡げる話などして、まだしも頼もしかつたが、寝床に就きつきりになつたこの頃の亭主の窶れた顔からは、将来の望みは何一つ得られなかつた。医者も首を傾げてゐたが、とても助かる見込みがないとすると、東京へ死にゝ来たやうな亭主の不運が可愛相でならなかつた。せめて生きてゐる間だけは好きなやうにさせて大事にしやうと思つてゐたが、真夜中などに訳の分らぬことをくど〲云はれるのにはつく〲悩まされ

て、早くこんな思ひから逃げられたらと、死ぬるものなら早く死ねと、むごい思ひが頭を掠めることがあつた。

胸が締めつけられるやうで、吃逆上《しゃくりあ》げる苦しさを覚えた時には、病人はよく「南無阿弥陀仏」を続けざまに口にした。それが不明瞭な力のない声で呟かれた。

「かう云つてゐると、いくらか気が紛れる」と云つてゐた。

「何か外の事を云つたらいゝぢやないか。陰気でいけないよ」

と、おきくが顔を顰めると、

「外の事を云ふ気にはなれないよ。南無阿弥陀仏だと御利益《ごりやく》があるかも知れんぢやないか。お前も神仏を拝んで呉れ。女でお前のやうに信心気《しんじんげ》のないものはないぜ」

「家《うち》にや神棚も御仏壇もないから拝《おが》まうたつて拝めないよ。南無阿弥陀仏なんか聞いてゝも哀れでいけないから、何糞《なにくそ》こんな病気ぐらゐと元気を出して御覧な。その方が屹度いゝよ。お前さんは病気に負けるからいけないのだよ」

「お前は病気をしたことがないから、そんな思遣りのないことが云へるのだ」

泥色《どろいろ》をした亭主の恨めしさうな口振りはおきくにも凄かつた。その長くのびた爪で此方の胸へ飛びついて来さうに思はれて身震ひした。

「お前さんが望むのなら金毘羅様へお百度でも踏むわよ。水垢《みつご》離《り》でも取らあね。」

「さうして呉れるかい。明日《あす》の日にでも金毘羅様へお詣りして呉れ」

「あゝ」おきくは気休めに受合つたものゝ、真面目に神仏へ祈願するやうなしほらしい心にはなれなかつた。東京へ来た当座一度遊びがてらに羽田のお稲荷様へ詣つて、商売繁盛を祈つて御供物《ごくもつ》を頂いた時には、何となしに御利益《ごりやく》があるらしく思はれたが、かうも衰えた死相を帯びた亭主の病気が、神仏の力で癒《なほ》らうとはどうしても信ぜられなかつた。

「おれは後《あと》一年でいゝから丈夫な身体《からだ》になりたいぜ。おれの寿命が尽きとるのならお前の寿命を一年取つておれの寿命に足しをして呉れ。お前は長生《ながいき》をするだらうから、一年くらゐおれに譲るやうに金毘羅様にお願立てをして呉れ」

「あゝいゝとも、二年でも三年でも」

「おれの云ふことを戯談にするんか」女房がいゝ加減にあしらつてゐるのを知ると、病人は心細くもあり腹立たゝしくもなつた。

「だつて困るぢやないかね。私の寿命を切取る訳にや行かないしさ」

「お前に親切気がないからだ」

「そんな無茶を云ふもんぢやないよ。私は一日働いて眠くつてならないのに、かうして夜中《よなか》に起きてるんぢやないか」

おきくも我慢しかねて荒々しく云つたが、すると、病人の窪んだ目には涙が溜つた。

「眠いくらゐが何だ。おれは今夜にも死ぬるかも知れんのに、お前は眠いくらゐがそんなにつらいのか」

「……」

おきくは例《いつも》のやうに御機嫌を取らないで、頑《かたく》なに口を噤《つぐ》んで目を背けてゐた。そして、病人が殊更めいた術《じゆつ》ない声して煮切《にえき》らぬことを言出すのを聞いてゐられなくて、ふと寝床を離れて寝巻に細帯を細めたまゝ、台所口から廻つて表へ出た。終電車も余程前に通つた後で、周囲は寝静まつてゐた。

薄着には冷た過ぎる夜風《よかぜ》に吹かれてゐると、胸の蟠《わだか》まりが融けて生返《いきかへ》つたやうな気持がした。月は東京のやうな市街《まち》にでも照つてゐるといふことを今初めて感じたやうに空を見上げて不思議に思つた。……おきくは病人の臭い息のしないところで、のび〱と手足を伸して心まかせに休息したかつた。

「主婦《おかみ》さん、どうしたんです」蹲んでゐるおきくの後から、突《だし》如《ぬけ》に声がした。

「おや、今時分何方《どちら》へ？」

「へ、ゝ、ゝ。……御病人は些とはよくなりましたかい」

「相変らずで困るんですよ」

「そりやいけませんね」

床屋の職人は二階を仰んで邦太を呼んだ。雨戸は開いてゐるのだが、寝込んでゐるのか返事がなかつた。例《いつも》なら一人が連れの肩車に乗つて隣の廂へ飛びついて、窓から二階へ入るのだが、今夜は主婦《かみさん》に見られてゐるので、さうも出来なかつた。

「仕様がないなあ」と呟いて、「邦。……邦公ツ」と声に底力《そこぢから》を入れて呼んだ。

女の所へ遊びに行つたのだなと、おきくは興がつて見詰めてゐたが、「私が二階から呼んで見ませうよ」と云つた。

「お気の毒ですがさう願ひませうか」

「どいたしまして」おきくは笑ひ〱云つて、「でも、朝まで家《うち》を空けないでちやんと帰つて来なさるから感心ですね。引留めたでせうに、さぞ」と些《ちよ》つと揶揄《からか》つた。

「そんなんぢやありませんよ」

「お二人《ふたり》とも色男だからね。油断は出来ないよ。……ちよんの間の隠れ遊びつて面白いものですつてね」

「主婦《おかみ》さんも口が悪いや」

おきくは珍らしく戯談口を叩いたのでいゝ気持になつて自分の家へ入つた。そして、病人が何か云つてゐるのを見向きもしないで、いそ〱二階へ上つて雨戸を開けて、「邦さん」と二三度呼立てた。はては、屋根へ踏出して隣の窓の障子を開けて呼んだ。

「落ちたら大変だ。泥棒見たいだね」と、二人を見下して云つた。

邦太は眠呆眼《ねぼけまなこ》をこすりながら窓から顔を出した。おきくは「左様なら」を云つて、雨戸を鎖したが、眠気《ねむけ》が去つて頭は冴えてゐた。先つきからの物音にも夢を破られないで、おてつや信造は正体なく眠つてゐた。階下《した》からは「おきく〱」と呼んでゐたが、その声を聞くと、おきくは階子《はしご》段《だん》を下りるのが厭で溜らなかつた。階下《した》の電気の光を受けて上り口が明るいばかりで、二人の寝姿はよく見えなかつたが、信造の男らしい深い息を聞いてゐると、そのきび〳〵した逞ましい身体が闇の中にも描き出された。

おきくは索り足で二階を彼方此方と歩いてゐた。二人の寝床の中へ割込んで眠りたかつた。

「おきく、貴様《おめえ》は何をしてるだよ」階下《した》の声におきくは眉を顰めて舌打ちした。返事をしないでゐると、暫くしてふと上り口に亭主の顔が現はれた。階子段に足音の前触れもしなくつて出抜《だしぬ》けだつたので、おきくはぎよつとした。見馴れた亭主の顔がまるで亡者のやうだつた。

「先つきから何をして騒いでゐたんだ」

病人はのそ〳〵上つて来たが、おきくが何か云はうとしても言葉が口から出ない前に、信造の足に蹶躓《けつまづ》いてばつたり倒れた。

「危い……」

おきくは思はず叫んで、病人を掻抱《かいいだ》いて、「じつと寝てればいゝのに。私は夜遊びから帰つた床屋の若衆《わかいしゆ》に頼まれて小僧さんを起しに来たゞけだよ」と、邪慳に云つた。

「そりや余計なおせつかいだ。外《そと》へ出たり二階へ来たり、おれが物を云つても返事もせんぢやないか。おれが疼い目をしても、今に今死んでも、お前は何とも思はんのだな」

「もう沢山だよ」

おきくはこの瞬間、亭主でも何でもない只の亡者に取付かれてゐるやうな無気味さを覚えて、持つてゐた手を離したが、すると、病人は獅噛みついて、髪の毛をも握つて、「出て行きたきや出て行け」と怒鳴つた。

「何をするだよ、この人は」

おきくは我武者《がむしや》に相手を突放した。寝床の側の騒ぎにやうやく目を醒ました信造は、訳が分らないので夢を見てゐるやうな気で、マツチを擦つてランプをつけた。胸をはたけて脛も露《あら》はな夫婦のしどけない様は滑稽だつた。おきくから訳を聞いて、病人を慰めながら階下《した》へ連れて下りたが、おきく自身は容易に下りて行かなかつた。

「吃驚《びつくり》したよ。おいらの腹の上れ打倒《ぶつたふ》れたのだもの」

信造は思出すと可笑《おかし》くつて溜らないやうに、おきくに向つて云つて、元の寝床へ藻繰込んで、「姉《ねえ》さんも早く階下《した》へお出でよ」と急立てた。

「さう追立てなくつてもいゝぢやないか」おきくは不承々々に階下《した》へ下りた。そして、物をも云はずに夜具を引被つて、直ぐに空鼾《そらいびき》をかいてゐた。

（六）

「今日は」と、床屋の職人に朝夕の挨拶するたびに、おきくは意味ありげな笑ひを送つてゐたが、先方ではあまり取合はなかつた。そして、職人達は、いけ好かない主婦《かみさん》として蔭口を利きてゐたが、おてつから夜中《よなか》の取組合《とつくみあ》ひの話を聞くと、それを誇張して考へて、寄つて来る近所の若い者に笑ひ話の種として吹聴した。

「主婦《おかみ》さんは毎晩二階へ匐つて来るのかも知れないぜ。お前さんは用心してゐないと信ちやんを取られるかも知れないぜ」と、職人はおてつを揶揄《からか》つたりした。

「いやな事云ふもんぢやないよ。信ちやんが聞いたら怒《おこ》るよ」

おてつは真《ま》に受けなかつたけれど、いゝ気持はしなかつた。先日《こなひだ》の晩夢現《ゆめうつゝ》で見てゐた騒ぎも、さう云はれて見ると、疑ひを容れられないでもなかつた。信ちやんに聞く訳には行かないが、これから寝たふりをしてそつと様子を見てゐやうと企てた。

で、例《いつも》は目を瞑《つぶ》りさへすれば直ぐに眠入られるのに、その夜は思ひ詰めた一心から、夜明《よあ》け前まで歯を喰締めて起きてゐた。かうして起きてゐると、夜の長いことがおてつにもつく〴〵感ぜられて、信造の前後不覚に寝てゐるのが不思議でならなかつた。階下《した》も静かで何時まで経つても人の来る気色《けはひ》などしなかつた。

天井で鼠の荒れる音や、彼方此方で吠える犬の声を聞きながら、夜中《よなか》といふものはこんなにも寂しいものかと思つて、耳を澄まして退屈な時を過ごした。

あくる日おてつは居睡りをしつゞけた。午過《ひるす》ぎに霊南阪のお得意へ品物を届けて来た帰りには、どうにも我慢出来なくて、道傍のお寺の石段に腰を卸して、一しきりぐつすり寝入つた。揺起《ゆりおこ》されて目を醒すと、巡査が前に立つてゐた。たゞ注意されたゞけで叱られもしなかつたが、頭を下げてお詫びをして家へ急いだ。

「何処をまご〳〵してたんだよ」主婦《かみさん》に剣突《けんつく》を喰はされたので、時計を見ると、短い針が最早四時を廻つてゐた。

二晩つゞけておてつは真夜中《まよなか》まで睡りを我慢したが、つひに堪へられなくなつた。病人の苦しさうな声は時々聞えても、何時もよく眠る信造の側には別に異常はなかつた。で、安心して平生《いつも》の通りに快い眠を楽んだが、しかし、以前よりも多少目敏《めざと》くなつたのか、真夜中にふと何かに脅かされたやうに目の開くことがあつた。

「信ちやんや主婦《おかみ》さんに後暗《うしろぐら》いことは些《ちつ》ともない」と、おてつは床屋の職人に向つて、一度厄鬼《やつき》となつて弁護した。

「戯談《じやうだん》だよ。そんな事のある訳はないやね」と、職人は笑ひ〳〵謝《あやま》つた。

が、この戯談半分の噂も何時となしに、信造の耳に入つたので、信造は驚いた。根も葉もないことを云はれるのも口惜《くや》しかつたし、殊に病人に対して気の毒でならなかつた。

で、「相談がある」と云つて、おきくを二階へ呼んで、

「姉《ねえ》さん、おいらは暇を貰うて故郷《くに》へ帰らうか思つてるけんど、」と少し顔を紅くして云つた。

「甲州の方に急用でも出来たのかい」

「おいらは矢張田舎で働いてゐるんが気楽でいゝと思ふよ。東京は口が煩《うるさ》いでな」

「お前さんのことを誰れか悪く云つたといふのかい。何だね、そのくらゐのことでさ」おきくはぼんやりある事を思つて笑つてゐた。

「姉さん知つてゐるんですか。外の事とは異つて厭なこつたからな」

「お前さんも気が弱過ぎるよ。おてつとどうかうつて、誰れかに揶揄《からか》はれたのだらう」

「あの女なんざ」信造は吐出《はきだ》すやうに云つた。「姉《ねえ》さんだつて知つたら厭になるに違ひないや」

信造が遠廻しに微見《ほのめ》かすのを、おきくは興ありげに聞いてゐた。「馬鹿にしてるよ」とにつたり笑つて、

「あんまり馬鹿げて怒られもしないぢやないかね。そんな詰らないことを気にして田舎へ行つちまうつてことがあるものかね。却つて変に思はれるわね」

「おらあ大将の病気を心配して、御利益《ごりやく》がありや塩断《しほだ》ちでも穀断《こくだ》ちでもするくらゐに思つてるのに」

信造は昂奮して云つたが、相手が噂などにさして驚いてゐないのを見ると、彼れの若い心にも多少の安易が得られた。

「初めから来て呉れなきや兎に角、今になつてお前さんに出て行かれちや、この商売は今日《けふ》が日から止めつちまはにやならないよ。それに、私でさへ見窄《みすぼ》らしい様《ざま》をして故郷《くに》へ帰るのは死んでも厭だと思つてるのに、お前さんは此方で何もし出かさないで、のこ〳〵帰つて行く気になれるのかい」

さう云はれると、信造は自分が軽はづみに過ぎたことや意気《いく》地《ぢ》なしに見られることが耻かしくなつた。そして、主婦《かみ》さんと差向ひでゐるのが極まりが悪くなつて目を外らした。今まで夢にも思つてゐなかつたことで心が濁らされた。

「本当に力になつてお呉れな。私はどうしてもやり通すつもりだから、信ちやんには味方になつて貰はにや困るよ」おきくは含羞《はにか》んでゐる信造を見守つて、「病人は無理ばかり云つて私をいぢめるし、信ちやんにまで愛想《あいそ》をつかされちややり切れないよ。……他人《ひと》がどんな噂を立てやうと関《かま》はないぢやないかね」

「……」信造は話を外らすために、病人は東京の評判の医者に診《み》せて、入院したのがよければさうしたらいゝぢやないかと、生真面目に注意した。

「私も以前よくさう云つてゐたのだけど、当人が病院へは行きたがらないんさ。上田さんの見立てぢや、どうしたつて助からないらしいから、当人の云ふやうにして楽に息を引取らせたいと私は思つてるんだよ。あの身体ぢや俥にも乗れりやしないし、じつと寝かしとくのが何より薬なのさ」

「癒る見込みはないのかね」

平生をり〳〵話合つてゐる病人の容体話は、つまり同じ言葉の繰返しであつて、何方《どちら》にも以前ほどの熱心は消えてゐた。

「私は半歳《はんとし》の余も介抱してゐるんだもの。根《こん》も尽きちやつたよ。こんなお役目《やくめ》はもうそろ〳〵切上げて貰ひたいものだね」

「主婦《おかみ》さん、親方が呼んでゐますよ」

おてつの声におきくは又かと厭々《いやいや》座を立つたが、信造は居《ゐ》づらい席から救ひ出されたやうな気がした。

が、頭に雲が懸つたやうで、それからは病人や主婦《かみさん》の顔を平気で見てゐる訳に行かなくなつた。二十二のこの歳まで女といふものを知らなかつた信造には、噂を立てられたゞけでも啻ならぬ身の上の事件だつた。

（七）

主婦《かみさん》と一つ膳で食事をしてゐる時でも、病人の看護をしてゐる時でも、信造は日に〳〵無邪気さを失つてゐた。そして、病人の窶れた姿を見てゐると、理由のない恐しさが感ぜられた。窪んだ鈍い眼で見られるのが凄かつた。

「おれは頭を剃りたいから床屋へ連れて行つて呉れ」と、病人は信造を招いて云つた。

「動いても悪くなけりや連れてゝ上げるけれど」

「なに悪くなつても構はん。おれはくる〳〵と坊主になりたいよ」

「さう伸びてゐちや気持が悪いだらうな。一分刈りにしたらいゝだらう」

「いやおれは髪が伸びて煩いから刈りたいのぢやない。坊主になりたいんだよ。仏様のお弟子になつたつもりで居りたい」

胸苦《むなぐる》しいをり〳〵南無阿弥陀仏を呟いてゐたゝめかと、信造は可笑《おかし》く思つて、頭を剃つて気が晴れるものならそれもよからうと同意して、肩を貸して土間まで連れて来た。店先には明るい日が差してゐて、そこらに並んだ色さま〴〵の水菓子や野菜物は、病人の目にくら〳〵と映つた。

「大丈夫かい」

信造はさう云つて、下駄を穿かせやうとしたが、骨と皮になつた足は下駄の重みにさへ堪へられなかつた。表を通りながら此方を顧みて顔を蹙めた者もあつたが、そこへ帰つて来たおきくは、

「何処へ行くだね」と血相変へて叫んだ。そして信造から訳を聞くと、「お前さんにも呆《あき》れるよ。病人が何と云つたつておいそれと外へ連れ出すつてことがあるものか。転《ころ》んで怪我《けが》でもしたらどうするんだよ」と、二人を叱りつけて、病人を抱へて元の寝床へ運んだ。

「床屋なぞへ行つて病気が悪くなつて御覧なね、私の所為《せい》にされるよ。これだけ気をつけてるのに、お前さんを疎末にしたやうに思はれちや全く割に合はないからね」

「ぢや、お前がおれの髪を剃つて呉れんか」

「私に剃れるものかね。何を云ふんだよ。坊主になるなんて縁喜でもない。もつと気分がよくなつた時に床屋の若い衆に来て貰つて刈つて貰へばいゝぢやないか」

「どう云ふ訳だか自分でも分らないが、おれは坊主になつたら気が安まるやうに思はれ出したのだ」

病人は今結つて来たらしい女房の髪を見入つて、「お前に親

切があるんなら、おれと一緒に頭を剃れ。お前が尼になつて其処にゐて珠数をつまぐつて、呉れゝば、今にでもおれは安心して死ねるのだぜ」

「私が尼になつたらよく似合ふだらうね」おきくは危く噴出《ふきだ》さうとしたが、白目《しろめ》を寄せて見上げてゐる相手の顔を見ると、自づから笑ひは留つた「坊主頭ぢや店へも出らりやしないよ。人が狂人《きちがひ》だと思ふよ」

「狂人《きちがひ》と思はれるのが何だ」

病人は恨めしさうに云つた。自分の心持がどうしても女房に呑込まれないのが抵牾《もどか》しくて、手も顔も足をもぶる〳〵震はせた。……狂人《きちがひ》と思はれるのが何だ。髪を剃るのが何だ。……自分のこの術ない手頼りのない気持は長年《ながねん》連れ添ふ女房にも分らないのだ。

「お前は髪を結つたりして、それが面白いのか」

執念《しうね》く詰《なじ》られるのに答へやうもないので、おきくは店の方へ出て行つた。そして、来合はせた客に向つてお世辞など云つてゐたが、病人はその快活な声を聞きながら、先つき久振りに出て見たいろ〳〵に色取られた店の様子を思起してゐると、ます〳〵心が焦立《いらだ》つた。昔見馴れた自分の店でも遠い所にある珍しい世の中のやうで、其処に立働いてゐる女房や信造やおてつが妬ましかつた。枕許の障子の裾の方に差してゐる光のしよんぼりしてゐるのに引替えて、表通りの秋の光は眩《まぶし》いくらゐに燦《きら》めいてゐたやうに彼れには思はれた。


で、病人はひとり憐れむやうに殊更に呻《うめ》いてゐたが、ふと簞笥の側の剪刀が目につくと、寝床から匐出して取つて来て、耳朶の上までも延びてゐる髪の毛を滅茶々々《めちゃめちゃ》に切り散らした。

「主婦《おかみ》さん、大変だよ」台所から覗いて見たおてつの叫び声に、おきくは駆けて来て剪刀を奪取つた。気が狂つたのかと見てゐたが、病人は頻りに髪の毛を摑んで、もつと切つて呉れと強請《せが》んだ。

「仕様がないね。ぢや、床屋に来て貰はうよ」と、おきくはおてつに吩咐けた。

脊の高い方の職人が道具箱を提げて来るまでに、寝床のまはりは大急ぎで掃除され、散らかつたものも片付けられ、病人の寝衣も取替えられてゐた。得度の式でも初まるやうに、信造も寝床の側に鹿爪らしく控へてゐた。

職人は病気見舞の無駄口を暫く利いてから、皆んなで評議した上で、一分刈にすることにした。信造は病人の身体を支えたが、垢臭い脂臭い歯屎《はくそ》臭い臭ひに鼻を外らしてゐた。

冷たいバリカンが頭の皮に触れるのはいゝ気持であつた。前に振り落される長い髪を見てゐると、長患《ながわづら》ひの自分の悩みをまざ〳〵と見せられてゐるやうに病人は感じて涙をこぼした。

「私はまたこのくらゐ髪の延びるまで生きちやゐまいよ」

「なあに髪なんざ直きに延びますぜ」職人は大急ぎに片付けながら、年の内に店の普請をする話などしてゐた。

「これで薩張《さつぱ》りしたらうね」と、女房の持つて来た鏡に自分の顔の映るのを、病人はちらと見たが、懶《ものう》いやうに鏡を推退《をしの》けて横になつた。

「奇麗なお坊さん」と、おきくは笑つて店の方へ出た。

「南無阿弥陀仏々々々々々」と、今は苦痛を紛らすためでなくて心《しん》から念仏を唱えてゐると、清吉の胸にも少しの間俗縁を離れた安らかな諦めが得られた。そして、暫くはすや〳〵と眠入つた。

「あんなことを云ふやうだと、もう死に時が来たのだよ」と、おきくは火鉢の側で一服吸つてゐる信造に云つた。

「大将は幾つだね」

「丁度だよ。こんなに早く弱るのは働き過ぎたからだらうよ。露月町に奉公してゐた時分には、其処の主人が肺病で寝たつ切りだつたので独りで何もかもやつてゐたのだつて。さういふ訳で店が潰れたのだから、碌にお給金も貰へないで、手ぶらで甲州へ帰つたのだらう。あの病気は露月町で伝染《うつ》つたのかも知れないと私は思ふよ」

「だつて、肺の病気が腹に伝染《うつ》るつてことはあるまい」信造は主婦《かみさん》の無智を腹の中で笑ひながら、「姉さんは大将と一つ違ひだつたね」と、来た時よりは小瀟洒《こざつぱり》して女振りが上つたと思つて見てゐた。

「私なんかもうお婆《ばあ》さんだわよ。身体《からだ》一つを資本《もとで》であがいてるんだもの」と、おきくは甘つたれた声を出した。

「なあに歳よりは若いよ」

「信ちやんもお世辞が旨いよ。」

だけど、身装《なり》ふりなんぞどうでもいゝ。うんと稼がなければならない。私はさう思つてゐるから、信ちやんも若い女なぞに目を移さないで、お金を儲けることに一心になつて呉れと、おきくはとろけかゝつた心を引締めて真顔で云つた。

「東京の若い女はなか〳〵油断がならないから浮かり迷はないやうおしよ」

「おいらもそんな馬鹿ぢやないさ」

信造は先日《こなひだ》から主婦《かみさん》の目顔や言葉付やいろんな者で、絶えず好奇心を刺戟されながら、何事もなく過ぎてしまうのを抵牾《もどか》しく感じてゐた。そして、真心《まごころ》から病人の介抱をしてゐるらしいのを見ると、一寸厭な気がした。

「南無阿弥陀仏」

病人の幽かな寝言に、二人は目を見合せて微笑した。

（八）

信造は最早おてつを優しく扱かはなくなつた。下女見たやうに差図して時々は荒つぽく叱り飛ばしたりした。おてつはそれを気にしないで云はれた通りに働いて、「信ちやん」と呼掛けて遠慮のない話を仕向けたが、快い返事は得られなかつた。活動写真や寄席などへも信造一人で出掛けることはあつても、一緒に連れて行かれることはなくなつたので、おてつは何よりの楽みを失つた。それどころか、主婦《かみさん》が言付けたのか、当人が望んだのか、信造は階下《した》へ夜具を持つて下りて、二階では寝なくなつた。

「親方が何時死ぬるかも知れないからだらう」と、おてつは独合点をしてゐた。

「若い者を同じ部屋に寝かしとくのは為にならんとお前さんが云つたから、信ちやんに階下《した》へ寝て貰ふことにしたのだよ」と、おきくは病人に言訳した。病人はそんなことを云つたかどうか覚えてはゐなかつた。信造が傍に附いてゐて呉れるのは一時心丈夫であつたが、若い者の太い寝息が衰えた神経の煩ひになることが多かつた。

「おれが夜中《よなか》にでも急に息を引取るやうなことがあるかと思つて、用心に信造を此処へ寝かしとくのだらう。それならさうとはつきり知らせて呉れ。おれも覚悟をしなきやならんから」

「さうぢやないと、よく訳を云つてるぢやないか」

「……おれは当分静かな所にゐたいよ。夜中《よなか》に目を開けて見ると、信造の大きな身体《からだ》が目障りになつて仕様がない」と、病人は目の前で払退《はらひの》けるやうな真似をした。

「ぢや見なければいゝぢやないないか。電気を消しといたらいゝだらう」

「消したつて駄目だ。元の通り信造を二階で寝させて呉れ。側にゐなくてもあれが二階にゐると思へばおれは手頼りにしてゐられるのだ」

「そんなに人間が邪魔になるのなら、私だつて此処にゐちやいけないだらう。私も二階の隅つこにでも寝てゐやうかね」

さう云つて笑つてゐるおきくの顔を、病人はぢつと見入つて黙つてゐた。（女房のがつしりした身体《からだ》や荒つぽい寝息が目に触れ耳に触れてゐればこそ、淋しい夜中《よなか》でも怖い物に魂を浚《さら》つて行かれないのだつた。疼痛が激しくて念仏の効目《きゝめ》もない時には、女房の五体を唯一つの身の置き場所でもあるやうに、その膝に身体《からだ》を投げかけ、その腕に縋りその肩に縋りついで呻くのだつた）

以前のやうにむづかつて無理を云つて、物を投げつけでもしさうな気振《けぶり》を見せる勢ひが最早なくなつてゐて、昨日今日《きのふけふ》はやゝともすると、憐れみを乞ふやうに相手を見据ゑるのだつたが、おきくには黙つてゐる夫《をつと》の心の中などはどうでもよかつた。今生の義務として時刻が来れば無理にも薬を飲ませたり、脊を撫でさすつたりしてゐたが、相手が黙つてさへゐれば、その苦痛は何とも感ぜられなかつた。そして、信造をおてつの部屋から離して自分達の側に置いてゐるといふことは、病人のためよりもおきく自身のためにどれほど心の安易が得られたか知れなかつた。

「信ちやん、お前さんは眠づらいのかい」おきくはある夜夜具の中でごそ〳〵音を立てゝゐる信造に声を掛けた。

「あゝ。……」

「どうしたのだい。お前さんは欧《なぐ》つても起きないくらゐの寝坊だつたのに」

「どうもしないけど、……」

「矢張りおてつの側の方が寝工合《ねぐあひ》がいゝのかい」と、おきくは一寸揶揄《からか》ひながら笑つた。

「馬鹿云ふなよ」

信造は怒つたやうに云つて主婦《かみさん》に脊を向けた。そして空鼾《からいびき》を掻いてゐたが、一捻《ひとひね》りで倒れさうな骨と皮との病人を汚いとも思はないで看護してゐる主婦《かみさん》の様子を見てゐると、自分が嬲《なぶ》り物《もの》になつてゐるやうな気がしないではなかつた。病人の寝床の悪臭は実際以上に彼れの鼻を衝いた。……六本木の活動写真で見た怪談の光景が夢ともなく現《うつゝ》ともなく彼れの頭に浮んだ。

「お前さん手を貸して呉れ」……ぐつと喉仏《のどぼとけ》を圧えると手応《てごた》へもなかつた。

ふと薄目を開けると、明るい電気の下で主婦《おかみさん》は病人の側にすや〳〵眠つてゐた。何だか声がしたやうだなと思つたのは病人の声だつた。

「信造……」

「苦しいのかい」

「あれは今さう思つてゐたのだが、おれが死んだら、おきくが何と云つてもお前は故郷《くに》へ帰れ。……」

幽かな声で云つてゐるのがこれだけは聞取れたが、その後《あと》はよく耳へ入らなかつた。

「あゝ、おれも田舎の方が呑気でいゝと思つてるよ」

信造は相手の顔は見ないで答へた。


八百屋の看板の書替えられたのは春になつてからだつたが、自転車の赤い文字の「清」が消されて「信」となつたのは去年の秋の末頃だつた。

信造がどうしても階下《した》では寝ないので、おてつ一人が階下《した》で寝るやうになつたことを、おてつ自身床屋へ来て話した。「信ちやん」といふ馴々しい言葉は彼女の口から出なくなつた。

「お前さんはまだ此方に奉公してゐるつもりかい」と職人が訊くと、

「何処へ行つたつて同なじことだから居馴れたところにゐるつもりなのよ」と、おてつは答へた。

そして、おてつはお用聞やら台所仕事やらで相変らず忙しかつた。二人の汚れ物の洗濯までしてゐた。

（「中央公論」大正5年9月号）

身投げ救助業

菊池　寛

　物の本によると京都にも昔から、自殺者は可なり多かつた。都は何時の時代でも田舎よりも生存競争が烈しい。生活に堪え切れぬ不幸が襲つて来ると思切つて死ぬ者が多かつた。洛中洛外に烈しい飢饉などがあつて親兄弟に離れ、可愛い妻子を失ふた者は、世をはかなんで自殺をした。除目に洩れた腹立まぎれや、義理に迫つての死や、恋の叶はぬ絶望からの死、数へて見れば際限がない、まして徳川時代には相対死など云ふて一時に二人宛死ぬ事さへあつた。

　自殺をするに最も簡便な方法は先づ身を投げることであるらしい。之は統計学者の自殺者表などを見ないでも、少し自殺と云ふことを真面目に考へた者には気の付く事である。所が京都にはよい身投げ場所がなかつた、無論鴨川では死ねない、深い所でも三尺位しかない。だからおしゆん伝兵衛は鳥辺山で死んで居る、大低は縊れて死ぬ、汽車に轢かれるなど云ふ事も無論なかつた。

　然しどうしても身を投げたい者は清水の舞台から身を投げた。「清水の舞台から飛んだ気で」と云ふ成句があるのだからこの事実に誤りはない。然し下の谷間の岩に当つて砕けて居る屍体を見たり、またその噂を聞くと、模倣好きな人間も二の足を踏むだ。何うしても水死をしたいものはお半長衛門のやうに桂川迄辿つて行くか、逢坂山を越えて琵琶湖へ出るか、嵯峨の広沢の池へ行くかより外に仕方がなかつた。然し死ぬ前のしばらくを充分に享楽しやうと云ふ心中者などにはこの長い道程もあまり苦にはならなかつたゞろうが一時も早く世の中を逃れたい人達には二里も。三里も歩く余裕はなかつた。それで大抵は首を縊つた。聖護院の森だとか糺の森などには椎の実を拾ふ子供が宙にぶらさがつて居る屍体を見て驚くことが多かつた。

　それでも京の人間は沢山自殺をして来た。凡ての自由を奪はれたものにも自殺の自由丈は残されて居る、牢屋に居る人間でも自殺丈は出来る。両手両足を縛られて居ても極度の克己を以て息をしないことによつて自殺丈は出来る。

　ともかく京都によき身投げ場所のなかつた事は事実である。然し京都の人々はこの不便を忍んで自殺をして来たのである。適当な身投げ場所のないために、自殺の比例が江戸や大阪などに比べて小であつたとは思はれない。

　明治になつて槙村京都府知事が疎水工事を起して琵琶湖の水を京に引いて来た。此の工事は京都の市民によき水運を具へ、よき水道を具へると共に、またよき身投げ場所を与へる事であつた。

　疎水は幅十間位であるが自殺の場所としては可なりよい所である。どんな人間でも深い海の底などでフワ〳〵して魚などにつゝかれて居る自分の死体の事を考へて見ると余りいゝ心持はしない、譬へ死んでも適当な時間に見付け出されて葬をして貰いたい心がある。それには疎水は恰好な場所である。蹴上から二条を通つて鴨川の縁を伝ひ、伏見へ流れ落ちるのであるが、何処でも一丈位深さがあり、水が奇麗である。それに両岸に柳が植えられて、夜は蒼いガスの光が烟つて居る、先斗町あたりの絃歌の声が鴨川を渡つて聞えて来る。後には東山が静に横はつて居る。雨の降つた晩などは両岸の青や紅の灯が水に映る、自殺者の心にこの美しい夜の堀割の景色が一種の romance を惹き起して、死ぬのが余り恐しいとも思はれぬやうになりフラ〳〵と飛び込んでしまふ事が多い。

　然し身体の重さを自分で引き受けて水面に飛び降りる刹那にはどんなに覚悟をした自殺者でも悲鳴を挙げる。之は本能的に生を慕ひ死を怖れるうめきである、然しもう何うともする事が出来ない、水烟を立てゝ、沈んでから皆一度は浮き上る、その時には助からうとする本能の心より外何もない、手当り次第に水を摑む、水を打つ、あえぐ、うめく、もがく。その内に弱つて意識を失ふて死んで行くが、もしこの時救助者が縄でも投げ込むと大抵は夫を摑む、之を摑む時には投身する前の覚悟も助けられた後の後悔も心には浮ばない。たゞ生きやうとする強き本能がある丈である。自殺者が救助を求めたり、縄を摑んだりする矛盾を笑ふてはいけない。

　ともかく京都にいゝ身投げ場所が出来てから自殺するものは大抵疎水に身を投げた。疎水の一年の変死者の数は多い時には百名を超したことさへある。

　疎水の流域の中で最もよき死場所は武徳殿のつひ近くにある淋しい木造の橋である。インクラインの傍を走り下つた水勢はなほ余勢を保つて岡崎公園を廻つて流れる、そして公園と分れやうとする所にこの橋がある。右手には平安神宮の森に淋しくガスが輝いて居る左手には淋しい戸を閉めた家が並んで居る。従つて人通りが余りない、それでこの橋の欄干から飛び込む投身者が多い。岸から飛び込むよりも橋からの方が投身者の心に潜在して居る芝居気を満足せしむるものと見える。

　所がこの橋から四五間位の下流に疎水に添ふて一軒の小屋がある。そして橋から誰かゞ身を投げると必ずこの家から極まつて背の低い老婆が飛び出して来る。橋からの投身が十二時より前の場合は大抵変りがない。老婆は必ず長い竿を持つて居る、そしてその竿をうめき声を目当に突き出すのである、多くは手答がある、もしない場合には水音とうめき声を追掛けながら、幾度も幾度も突き出すのである、それでも遂に手答がなしに流れ下つてしまふ事もあるが、大抵は竿に手答がある。夫を手繰り寄せる頃には三町ばかりの交番へ使に行く位の厚意のある男が屹度弥次馬の中に交つて居る。冬であれば火をたくが夏は割合に手軽で水を吐かせて身体を拭いてやると大抵は元気を恢復して警察へ行く場合が多い。巡査が二言、三言不心得を悟すと口籠りながら詫言を云ふのを常とした。

かうして人命を助けた場合には、一月位経つて政府から褒状に添へて一円五拾銭位の賞金が下つた。老婆は之を受け取ると先づ神棚に供へて手を二、三度たゝいた後郵便局へ預けに行く。

老婆は第四回内国博覧会が岡崎公園に開かれた時、今の場所に小さい茶店を開いた。駄菓子やみかんを売る小さゝやかな店であつたが相応に実入もあつたので、博覧会の建物が段々取払はれた後もその儘で商売を続けた、之が第四回博覧会の唯一の紀念物だと云へば云へる。老婆は死んだ夫の残した娘と二人で暮して来た。小金がたまるに従つて小屋が今のやうな小奇麗な住居に進んで居る。

最初に橋から投身者があつた時、老婆は何うする事も出来なかつた、大声を挙げて呼んでも滅多に来る人がなかつた、運よく人の来る時には投身者は疎水の可なり烈しい水に捲き込まれて行衛不明になつて居た。こんな場合には老婆は暗い水面を見つめながら微かに念仏を唱へた。然しかうして老婆の見聞きする自殺者は一人や二人ではなかつた。二月に一度、多い時には一月に二度も、老婆は自殺者の悲鳴を聞いた。それが地獄に居る亡者のうめきのやうで、気の弱い老婆には何うしても堪へられなかつた。到頭老婆は自分で助けて見る気になつた、余程の勇気と工夫とで、老婆が物干の竿を使つて助けたのは二十三になる男であつた。主家の金を五十円ばかり費ひ込んだ申訳けなさに死なうとした小心者であつた。巡査に不心得を悟されると此男は改心をして働くと云つた。夫から一月ばかり経つて彼女は府庁から呼び出されて褒美の金を貰つたのである。その時の一円五十銭は老婆には大金であつた。彼女はよく〳〵考へた末その頃やゝ盛になりかけた郵便貯金に預け入れた。

それから後と云ふものは老婆は懸命に人を救つた。そして救ひ方が段々うまくなつた。水音と悲鳴とを聞くと老婆は急に身を起して裏へかけ出した、そこに立てかけてある竿を取り上げて漁夫が魬《やす》で鯉でも突くやうな構《かまへ》で水面を睨んで立つた。もがいて居る自殺者の前に竿を巧みに差し出した。竿が目の前に来た時に取りつかない投身者は一人もないと云つてよかつた。夫を老婆は懸命に引き上げた。通りがゝりの男が手伝ふたりするときには老婆は不興であつた、自分の特権を侵害されたやうな心持がしたからである。老婆は斯のやうにして、四十三の年から五十八の今迄に五十幾つかの人命を救ふて居る。だから褒賞の場合の手続なども頗る簡便になつて、一週間で金が下るやうになつた。府庁の役人は「お婆さんまたやつたなあ」と笑ひながら金を渡した。老婆も初のやうに感激もしないで茶店の客から大福の代を、貰うやうに「大きに」と云ひながら受け取つた。世間の景気がよくて二月も、三月も、投身者のない時には、老婆は何だか物足らなかつた。娘に浴衣地をせびられた時などにも、老婆は今度一円五十銭貰ふたらと云ふて居た、その時は六月の末で例年ならば投身者の多い季《しゅん》であるのに、何うしたのか飛び込む人がなかつた。老婆は毎晩娘と枕を並べながら聴耳を立て、居た。それで十二時頃にもなつて、愈々駄目だと思ふと「今夜もあかん」と云ひながら目を閉ぢる事などもあつた。

老婆は投身者を助けることを非常にい、事だと思つて居る。だからよく店の客など、話して居る時にも「私にも之で人さんの命をよつぽど助けて居るさかえ、極楽へ行かれますわ」と云ふて居た、無論その事を誰も打ち消しはしなかつた。

然し老婆が不満に思ふことはたゞ一つあつた。夫は助けてやつた人達が、あまり老婆に礼を云はない事である。巡査の前では頭を下げて居るが老婆に改めて礼を云ふものは殆どなかつた。まして後日改めて礼を云ひに来る者などは一人もない。「折角命を助けてやつたのに薄情な人だなあ」と老婆は腹の裡で思つて居た。ある夜、老婆は十八になる娘を救ふた事がある。娘は正気が付いて自分が救はれた事を知ると身も世もないやうに、泣きしきつた。やつと巡査にすかされて警察へ同行しやうとして橋を渡らうとした時、娘は巡査の隙を見て再び水中に身を躍らせた。然し娘は不思議にもまた老婆の差し出す竿に取りすがつて救はれた。

老婆は再度巡査に連れられて行く娘の後姿を見ながら「何辺飛込んでも、やつぱり助りたいものやなあ」と云ふた。

老婆は六十に近くなつても、水音と悲鳴とを聞くと必ず竿を差し出した。そしてまたその竿に取りすがることを拒んだ自殺者は一人もなかつた。助かりたいから取りつくのだと老婆は思つて居た。助かりたいものを助けるのだからこれ程い、ことはないと老婆は思つて居た。

今年の春になつて、老婆の十数年来の平静な生活を、一つの危機が襲つた。夫は二十一になる娘の身の上からである。娘はや、下品な顔立ではあつたが、色白で愛嬌があつた。

老婆は遠縁の親類の二男が徴兵から帰つたら、養子に貰つて貯金の三百幾円を資本として店を大きくする筈であつた。之が老婆の望みであり楽しみであつた。

所が娘は母の望みを見事に裏切つてしまつた。彼女は熊野通二条下るにある熊野座と云ふ小さい劇場に、今年の二月から打ち続けて居る嵐扇太郎と云ふ旅役者とありふれた関係に陥ちて居た。扇太郎は巧みに娘を唆かし、母の貯金の通帳を持ち出させて、郵便局から金を引き出し、娘を連れたま、何処ともなく逃げてしまつた。

老婆には驚駭と絶望との外、何も残つて居なかつた。たゞ店先にある五円にも足りない商品と少しの衣類としかなかつた。それでも今迄の茶店を続けて行けば生きて行かれない事はなかつた。然し彼女には何の望もなかつた。

二月もの間娘の消息を待つたが徒労であつた。彼女にはもう生きて行く力がなくなつて居た。彼女は死を考へた、幾晩も〳〵考へた末に身を投げやうと決心した。そして堪へがたい絶望の思を逃れ、一には娘へのみせしめにしやうと思つた。身投げの場所は住み馴れた家の近くの橋を撰んだ。彼所から投身すればもう誰も邪魔する人はなからうと老婆は考へたのである。

老婆はある晩、例の橋の上に立つた。自分が救つた自殺者の顔がそれからそれと、頭に浮んで而も凡てが一種妙な、皮肉な笑を湛へて居るやうに思はれた。然し多くの自殺者を見て居たお蔭には自殺をすることが家常茶飯のやうに思はれて、大した恐怖をも感じなかつた、老婆はフラ〳〵としたまゝ欄干から、ずり落ちるやうに身を投げた。

彼女が正気が付いた時には、彼女の周囲には巡査と野次馬とが立つて居る。之はいつも彼女が作る集団と同じであるが、たゞ彼女の取る位置が変つて居る丈である。野次馬の中には巡査の傍に、いつもの老婆が居ないのを不思議に思ふものさへあつた。

老婆は耻しいやうな憤ろうしいやうな名状しがたき不愉快さを以て周囲を見た。所が巡査の傍の何時も自分が立つべき位置に、色の黒い四十男が居た。老婆は、その男が自分を助けたのだと気の附いた時、彼女は摑み付きたいほどその男を恨んだ。いゝ心持に寝入ろうとするのを叩き起されたやうな、むしやくしやした烈しい怒が老婆の胸の裡に充ちて居た。

男はそんな事を少しも気付かないやうに「もう一足遅かつたら、死なしてしまう所でした」と巡査に話して居る。それは老婆が幾度も、巡査に云ふた覚えのある言葉であつた、その内には人の命を救つた自慢があり〳〵と溢れて居た。

老婆は老いた肌が見物にあらはに、見えて居たのに気がつくと、あはてゝ前を掻き合はせたが胸の裡は怒と耻とで燃えて居るやうであつた。見知り越しの巡査は「助ける側のお前が、自分でやつたら困るなあ」と云ふた。老婆は夫を聞き流して、逃げるやうに自分の家へ馳け込んだ、巡査は後からは入つて来て老婆の不心得を悟したが、夫はもう幾十遍も聞き飽きた言葉であつた。その時ふと気がつくと、あけたまゝの表戸から例の四十男を初め、多くの野次馬が、物めづらしくのぞいて居た、老婆は狂気のやうに馳けよつて烈しい勢で戸を閉めた。

老婆はそれ以来淋しく、力無く暮して居る。彼女には自殺する力さへなくなつてしまつた。娘は帰りそうにもない。泥のやうに重苦しい日が続いて行く。

老婆の家の背戸には、まだあの長い物干竿が立てかけてある、然しあの橋から飛び込む自殺者が助つた噂はもう聞かなくなつた。恐らく彼女は他人の運命に不当に干渉する事の罪であることを、胆に銘じて知つたらしい。（一九一六・八・二四）

（「新思潮」大正5年9月号）

手巾

芥川龍之介

東京帝国法科大学教授、長谷川謹造先生は、ヴエランダの籐椅子に腰をかけて、ストリントベルクのドラマトゥルギイを読んでゐた。

先生の専門は、殖民政策の研究である。従つて、読者には、先生がドラマトゥルギイを読んでゐると云ふ事が、聊、唐突の感を与へるかも知れない。が、学者としてのみならず、教育家としても、令名ある先生は、専門の研究に必要でない本でも、それが何等かの意味で、現代の学生の思想なり感情なりに、関係のある物は、暇のある限り、必一応は、眼を通す。現に、昨今は、先生の校長を兼ねてゐる或高等専門学校の生徒が、愛読すると云ふ、唯、それだけの理由から、オスカア・ワイルドのデ・プロフアンディスとか、インテンシヨンズとか云ふ物さへ、一読の労を執つた。さう云ふ先生の事であるから今、読んでゐる本が、欧洲近代の戯曲及俳優を論じた物であるにしても、別に不思議がる所はない。何故と云へば、先生の薫陶を受けてゐる学生の中には、イブセンとか、ストリントベルクとか、乃至メエテルリンクとかの評論を書く学生が、ゐるばかりでなく、進んでは、さう云ふ近代の戯曲家の跡を追つて、作劇を一生の仕事にしようとする、熱心家さへゐるからである。

先生は、警抜な一章を読み了る毎に、黄いろい布表紙の本を、膝の上へ置いて、ヴエランダに吊《つる》してある岐阜提灯の方を、漫然と一瞥する。不思議な事に、さうするや否や、先生の思量は、ストリントベルクを離れてしまふ。その代り、一しよにその岐阜提灯を買ひに行つた、奥さんの事が、心に浮んで来る。先生は、留学中、米国で結婚をした。だから、奥さんは、勿論、亜米利加人である。が、日本と日本人とを愛する事は、先生と少しも変りがない。殊に、日本の巧緻なる美術工藝品は、少からず奥さんの気に入つてゐる。従つて、岐阜提灯をヴエランダにぶら下げたのも、先生の好みと云ふよりは、寧、奥さんの日本趣味が、一端を現したものと見て、然る可きであらう。

先生は、本を下に置く度に、奥さんと岐阜提灯と、さうして、その提灯によつて代表される日本の文明とを思つた。先生の信ずる所によると、日本の文明は、最近五十年間に、物質的方面では、可成顕著な進歩を示してゐる。が、精神的には、殆、これと云ふ程の進歩も認める事が出来ない。否、寧、或意味では、堕落してゐる。では、現代に於ける思想家の急務として、この堕落を救済する途を講ずるのには、どうしたらいゝのであらうか。先生は、これを日本固有の武士道による外はないと論断した。武士道なるものは、決して偏狭なる島国民の道徳を以て、目せらる可きものではない。却てその中には、欧米各国の基督教的精神と、一致すべきものさへある。この武士道によつて、現代日本の思潮に帰趣を知らしめる事が出来るならば、それは、独り日本の精神的文明に貢献する所があるばかりではない。惹いては、欧米各国民と日本国民との相互の理解を容易にすると云ふ利益がある。或は国際間の平和も、これから促進されると云ふ事があるであらう。――先生は、日頃から、この意味に於て、自ら東西両洋の間に横はる橋梁にならうと思つてゐる。かう云ふ先生にとつて、奥さんと岐阜提灯と、その提灯によつて代表される日本の文明とが、或調和を保つて、意識に上るのは決して不快な事ではない。

所が、何度かこんな満足を繰返してゐる中に、先生は、追々、読んでゐる中でも、思量がストリントベルクとは、縁の遠くなるのに気がついた。そこで、ちよいと、忌々しさうに頭を振つて、それから又丹念に眼を細《こまか》い活字の上に、曝しはじめた。すると、丁度、今読みかけた所にこんな事が書いてある。

――俳優が最も普通なる感情に対して、或一つ恰好《アンシュプレッヘント》な表現法を発見し、この方法によつて成功を贏ち得る時、彼は時宜に適すると適せざるとを問はず、一面には夫が楽である処から、又一面には、夫によつて成功する処から、動もすればこの手段に赴かんとする。しかし夫が即ち型《マニール》なのである。……

先生は、由来、藝術――殊に演劇とは、風馬牛の間柄である。日本の芝居でさへ、この年まで何度と数へる程しか、見た事がない。――嘗て或学生の書いた小説の中に、梅幸と云ふ名が、出て来た事がある。流石、博覧強記を以て自負してゐる先生にも、この名ばかりは何の事だかわからない。そこで序《ついで》の時に、その学生を呼んで、訊いて見た。

――君、梅幸と云ふのは何だね。

――梅幸――ですか。梅幸と云ひますのは、当時、丸の内の帝国劇場の座附俳優で、唯今、太閤記十段目の操を勤めて居る役者です。

小倉の袴をはいた学生は、慇懃に、かう答へた。――だから、先生は、ストリントベルクが、簡勁な筆で論評を加へて居る各種の演出法に対しても、先生自身の意見と云ふものは、全然ない。唯、それが、先生の留学中、西洋で見た芝居の或ものを聯想させる範囲で、幾分か興味を持つ事が出来るだけである。云はば、中学の英語の教師が、イディオムを探す為に、バアナアド・ショウの脚本を読むと、大した相違はない。が、興味は、曲《まが》りなりにも、興味である。

ヴエランダの天井からは、まだ灯をともさない岐阜提灯が下つてゐる。さうして、籐椅子の上では、長谷川謹造先生が、ストリントベルクのドラマトゥルギイを読んでゐる。自分は、これだけの事を書きさへすれば、それが、如何に日の長い初夏の午後であるか、読者は容易に想像のつく事だらうと思ふ。しかし、かう云つたからと云つて、決して先生が無聊に苦しんでゐると云ふ訳ではない。さう解釈しようとする人があるならば、それは自分の書く心もちを、わざとシニカルに曲解しようとするものである。――現在、ストリントベルクさへ、先生は、中途でやめなければならなかつた。何故と云へば、突然、訪客を告げる小間使が、先生の清興を妨げてしまつたからである。世間は、いくら日が長くても、先生を忙殺しなければ、止まないらしい。……

先生は、本を置いて、今し方小間使が持つて来た、小さな名刺を見た。象牙紙に、細《ほそ》く西山篤子《あつこ》と書いてある。どうも、今までに逢つた事のある人ではないらしい。交際の広い先生は、籐椅子を離れながら、それでも念の為に、一通り、頭の中の人名簿を繰つて見た。が、やはり、それらしい顔も、記憶も浮んで来ない。そこで、栞代りに、名刺を本の間へはさんで、それを籐椅子の上へ置くと、先生は、落着かない容子で、銘仙の単衣の前を直しながら、ちよいと又、鼻の先の岐阜提灯へ眼をやつた。誰でもさうであらうが、待たせてある客より、待たせて置く主人の方が、かう云ふ場合は多く待遠しい。尤も、日頃から謹厳な先生の事だから、これが、今日のやうな未知の女客に対してでなくとも、さうだと云ふ事は、わざわざ断る必要もないであらう。

やがて、時刻をはかつて、先生は、応接室の扉《と》をあけた。中へはいつて、おさへてゐたノツブを離すのと、椅子にかけてゐた四十恰好の婦人の立上つたのとが、殆、同時である。客は、先生の判別を超越した、上品な鉄御納戸の単衣を着て、それを黒の絽の羽織が、胸だけ細《ほそ》く剰した所に、帯止めの翡翠を、涼しい菱の形に、うき上らせてゐる。髪が、丸髷に結つてある事は、かう云ふ些事に無頓着な先生にも、すぐわかつた。日本人に特有な、丸顔の、琥珀色の皮膚をした、賢母らしい婦人である。先生は、一瞥して、この客の顔を、どこかで見た事があるやうに思つた。

――私が長谷川です。

先生は、愛想よく、会釈した。かう云へば、逢つた事があるのなら、向ふで云ひ出すだらうと思つたからである。

――私は、西川憲一郎の母でございます。

婦人は、はつきりした声で、かう名乗つて、それから、叮嚀に、会釈を返した。

西山憲一郎と云へば、先生も覚えてゐる。やはりイブセンやストリントベルクの評論を書く生徒の一人で、専門は確か独法だつたかと思ふが、大学へはいつてからも、よく思想問題を提げては、先生の許《もと》に出入した。それが、この春、腹膜炎に罹つて、大学病院へ入院したので、先生も序ながら、一二度見舞ひに行つてやつた事がある。この婦人の顔を、どこかで見た事があるやうに思つたのも、偶然ではない。あの眉の濃い、元気のいい青年と、この婦人とは、日本の俗諺が、瓜二つと形容するやうに、驚く程、よく似てゐるのである。

――はあ、西山君の……さうですか。

先生は、独りで頷きながら、小さなテエブルの向ふにある椅子を指した。

——どうか、あれへ。

婦人は、一応、突然の訪問を謝してから、又、叮嚀に礼をして、示された椅子に腰をかけた。その拍子に、袂から白いものを出したのは、手巾《ハンケチ》であらう。先生は、それを見ると、早速テエブルの上の朝鮮団扇をすすめながら、自分もその向ふ側の椅子に、座をしめた。

——結構なおすまひでございます。

婦人は、稍、わざとらしく、室《へや》の中を見廻した。

——いや、広いばかりで、一向かまひません。

かう云ふ挨拶に慣れた先生は、折から小間使の持つて来た冷茶を、客の前に直させながら、直《すぐ》に話頭を相手の方へ転換した。

——西山君は如何です。別段御容態に変りはありませんか。

——はい。

婦人は、つつましく両手を膝の上に重ねながら、ちよいと語《ことば》を切つて、それから、静にかう云つた。やはり、落着いた、滑な調子で云つたのである。

——実は、今日《こんにち》も悴の事で上つたのでございますが、あれもとうとう、いけませんでございました。存生中は、いろいろ先生にも御厄介になりまして……

婦人が手にとらないのを遠慮だと解釈した先生は、この時丁度、紅茶々碗を口へ持つて行かうとしてゐた。なまじひに、くどく、すすめるよりは、自分で啜つて見せる方がいいと思つたからである。所が、まだ茶碗が、柔な口髭にとどかない中に、婦人の語は、突然、先生の耳をおびやかした。茶を飲んだものだらうか、飲まないものだらうか。——かう云ふ思案が、青年の死とは、全く独立して、一瞬の間、先生の心を煩はした。が、何時までも、持ち上げた茶碗を片づけずに置く訳には行かない。そこで先生は思切つて、がぶりと半碗の茶を飲むと、心もち眉をひそめながら、むせるやうな声で、「そりやあ」と云つた。

——……病院に居りました間も、よくあれが御噂なぞ致したものでございますから、御忙しからうとは存じましたが、お知らせかたがた、御礼を申上げやうと思ひまして……

——いや、どうしまして。

先生は、茶碗を下へ置いて、その代りに青い蠟を引いた団扇をとり上げながら、憮然として、かう云つた。

——とうとう、いけませんでしたかなあ。丁度、これからと云ふ年だつたのですが……私は又、病院の方へも御無沙汰をしてゐたものですから、もう大抵、よくなられた事だとばかり、思つてゐました。——すると、何時になりますかな、なくなられたのは。

——昨日が、丁度初七日でございます。

——やはり病院の方で……

——さやうでございます。

——いや、実際、意外でした。

――何しろ、手のつくせる丈は、つくした上なのでございますから、あきらめるより外は、ございませんが、それでも、あれまでに致して見ますと、何かにつけて、愚痴が出ていけませんものでございます。

こんな対話を交換してゐる間に、先生は、意外な事実に気がついた。それは、この婦人の態度なり、挙措なりが、少しも自分の息子の死を、語つてゐるらしくないと云ふ事である。眼には、涙もたまつてゐない。声も、平生の通りである。その上、口角には、微笑さへ浮んでゐる。これで、話を聞かずに、外貌だけ見てゐるとしたら、誰でも、この婦人は、家常茶飯事を語つてゐるとしか、思はなかつたのに相違ない。――先生には、これが不思議であつた。

――昔、先生が、伯林に留学してゐた時分の事である。今のカイゼルのおとうさんに当る、ウイルヘルム第一世が、崩御された。先生は、この訃音を行きつけの珈琲店で聞いたが、元より一通りの感銘しかうけやうはない。そこで、何時ものやうに、元気のいい顔をして、杖を脇にはさみながら、下宿へ帰つて来ると、下宿の小供が二人、扉《と》をあけるや否や、両方から先生の頸に抱きついて、一度にわつと泣き出した。一人は、茶色のジヤケツを着た、十二になる女の子で、一人は、紺の短いズボンをはいた、九つになる男の子である。子煩悩な先生は、訳がわからないので、二人の明い色をした髪の毛を撫でながら、しきりに「どうした。どうした。」と云つて慰めた。が、小供は、中々泣きやまない。さうして、涕をすすり上げながら、こんな事を云ふ。

――おぢいさまの陛下が、おなくなりなすつたのですつて。

先生は、一国の元首の死が、小供にまで、これ程悲まれるのを、不思議に思つた。独り皇室と人民との関係と云ふやうな問題を、考へさせられたばかりではない。西洋へ来て以来、何度も先生の視聴を動かした、西洋人の衝動的な感情の表白が、今更のやうに、日本人たり、武士道の信者たる先生を、驚かしたのである。その時の怪訝と同情とを一つにしたやうな心もちは、未に忘れやうとしても、忘れる事が出来ない。――先生は、今も丁度、その位な程度で、逆に、この婦人の泣かないのを、不思議に思つてゐるのである。

が、第一の発見の後には、間もなく、第二の発見が次いで起つた。――

丁度、主客の話題が、なくなつた青年の追懐から、その日常生活のディテイルに及んで、更に又、もとの追懐へ戻らうとしてゐた時である。何かの拍子で、朝鮮団扇が、先生の手をすべつて、ぱたりと寄木の床の上に落ちた。会話は無論寸刻の断続を許さない程、切迫してゐる訳ではない。そこで、先生は、半身を椅子から前へのり出しながら、下を向いて、床の方へ手をのばした。団扇は、小さなテエブルの下に――上靴にかくれた婦人の白足袋の側《そば》に、落ちてゐる。

その時、先生の眼には、偶然、婦人の膝が見えた。膝の上には、手巾を持つた手が、のつてゐる。勿論これだけでは、発見でも何でもない。が、同時に、先生は、婦人の手が、はげしく、ふるへてゐるのに気がついた。ふるへながらそれが、感情の激動を強いて抑へやうとするせいか、膝の上の手巾を、両手で裂かないばかりに緊く、握つてゐるのに気がついた。さうして、最後に、皺くちやになつた絹の手巾が、しなやかな指の間で、さながら微風にでもふかれてゐるやうに、繡《ぬひとり》のある縁《ふち》を動かしてゐるのに気がついた。――婦人は、顔でこそ笑つてゐたが、実はさつきから、全身で泣いてゐたのである。

団扇を拾つて、顔をあげた時に、先生の顔には、今までにない表情があつた。見てはならないものを見たと云ふ敬虔な心もちと、さう云ふ心もちの意識から来る或満足とが、多少の芝居気で、誇張されたやうな、甚、複雑な表情である。

――いや、御心痛は、私のやうな小供のない者にも、よくわかります。

先生は、眩しいものでも見るやうに、稍、大仰に、頸を反らせながら、低い、感情の籠もつた声で、かう云つた。

――難有うございます。が、今更、何と申しましても、かへらない事でございますから……

婦人は、心もち頭を下げた。晴々した顔には、依然として、ゆたかな微笑が、たたへてゐる。――

×　　×　　×　　×

それから、二時間の後である。先生は、湯にはいつて、晩飯をすませて、食後、桜実をつまんで、それから又、楽々と、ヴエランダの籐椅子に腰を下した。

長い夏の夕暮は、何時までも薄明りをただよはせて、硝子戸をあけはなした広いヴエランダは、まだ容易に、暮れさうなけはひもない。先生は、そのかすかな光の中で、さつきから、左の膝を右の膝の上へのせて、頭を籐椅子の背にもたせながら、ぼんやり岐阜提灯の赤い房を眺めてゐる。例のストリントベルクも、手にはとつて見たものの、まだ一頁も読まないらしい。それも、その筈である。――先生の頭の中は、西山篤子夫人のけなげな振舞で、未だに一ぱいになつてゐた。

先生は、飯を食ひながら、奥さんに、その一部始終を、話して聞かせた。さうして、それを、日本の女の武士道だと賞賛した。日本と日本人とを愛する奥さんが、この話を聞いて、同情しない筈はない。先生は、奥さんに熱心な聴き手を見出した事を、満足に思つた。奥さんと、さつきの婦人と、それから岐阜提灯と――今では、この三つが、或倫理的な背景を持つて、先生の意識に浮んで来る。

先生はどの位、長い間、かう云ふ幸福な回想に耽つてゐたか、わからない。が、その中に、ふと或雑誌から、寄稿を依頼されてゐた事に気がついた。その雑誌では「現代の青年に与ふる書」と云ふ題で、四方の大家に、一般道徳上の意見を徴してゐたのである。今日の事件を材料にして、早速、所感を書いて送る事にしよう。――かう思つて、先生は、ちよいと頭を掻いた。

搔いた手は、本を持つてゐた手である。先生は、今まで閑却されてゐた本に、気がついてさつき、入れて置いた名刺を印に、読みかけた頁を、開いて見た。丁度、その時、小間使が来て、頭の上の岐阜提灯をともしたので、細《こまか》い活字も、さほど読むのに煩しくない。先生は、別に読む気もなく、漫然と眼を頁の上に落した。ストリントベルクは云ふ。——

——私の若い時分、人はハイベルク夫人の、多分巴里から出たものらしい、手巾のことを話した。それは、顔は微笑してゐながら、手は手巾を二つに裂くと云ふ、二重の演技であつた。それを我等は今、臭味《メッツヘン》と名づける。……

先生は、本を膝の上へ置いた。開いたまま置いたので、西山篤子と云ふ名刺が、まだ頁のまん中にのつてゐる。が、先生の心にあるものは、もうあの婦人ではない。さうかと云つて、奥さんでもなければ日本の文明でもない。それらの平穏な調和を破らうとする、得体の知れない何物かである。ストリントベルクの指弾した演出法と、実践道徳上の問題とは、勿論ちがふ。が、今、読んだ所からうけとつた暗示の中には、先生の、湯上りののんびりした心もちを、擾さうとする何物かがある。武士道と　型《マニイル》　と——

先生は、不快さうに二三度、頭を振つて、それから又、上眼を使ひながら、ぢつと、秋草を描《か》いた岐阜提灯の明い灯を、眺め始めた。……………（九・二十・五）

（「中央公論」太正5年10月号）

阿武隈心中（農民劇三幕）

久米正雄

人　物

阿久津留蔵。　農　夫。　五　十　歳。
同　留　吉。　その長男。　二十六歳。
同　留　二。　その次男。　二十三歳。
お　　豊。　そ の 姪。　十　九　歳。
今泉猪八。　その兄弟。　博　労。　三十五歳。
高橋七造。　留吉の友。　村役場書記。　二十五六歳。
伊東作太郎。　隣村の人。　農　夫。　四十歳位。
三瓶久作。　阿久津の旧家に働いてゐる農夫。　六十歳前後。
隣　　人。　村　の　娘。　郵　便　夫。　僧　侶　等。

時　　代。　現代。事件の起れるは或る年の秋の末。
場　　所。　東北地方の或る農村。

第一幕

阿久津留蔵の家。旧く暗らい百姓家の内部である。左半は土間で、そこの壁側には色々な農具類、莚、臼なぞが置かれてある。その正面に出入口があつて、そこからは庭の葉鶏頭や鳳仙花なぞの、秋の日を浴びてゐるのが見える。

　右半は一段高い莚を敷いた板敷で、その上り端には、大きな炉が切つてある。而してそのあたりに厨具類が散在してゐる。庭に面した正面は暗らい障子で立て切つてある。右手は鏡戸で劃られてゐて、奥の座敷へ通ずる。

　凡べては、煤けた乍らに、田舎の旧家である。


　幕あくと、此家の息子たちには従妹にあたるお豊が、正面の出入口から明りを取り乍ら、観客に背中を向け、繭を煮て、糸を繰つてゐる。繭釜からはゆるい煙がのぼつてゐる。懶い紡車の音と共に、程近い阿武隈の瀬鳴りが聞える。

　そこへ更に一里ほど離れた町の、紡績の汽笛が鳴る。丁度十二時である。

　彼女はそれを聞くと立つて、炉に火を焚きつけ、その雁木に鍋を掛ける。而して戻つて来て、又繭の糸を取らうとする。

　そこへ役場の書記の高橋が、古びた紋付に髪を分けた所謂田舎の青年会員顔で入つて来る。


高橋。やあお豊ちやん。おめえ一人かい。

お豊。あい。皆んな畑さ行つてるわい。何か用があるのかい。

高橋。いんにや。用なんて何にもねえけんぢよ、あの、留吉つあんが帰《けえ》つたちふから、会ふべと思つて来たんだわい。帰つたつてほんとうかい。

お豊。ほんとうだわい。昨日の晩げ帰つて来たの。

高橋。さうかい。そんぢや矢つ張り帰つて来たんだなあ。俺あもうあの人は東京さ行つた切りで、死ぬ迄帰つて来めえと思つて、心配してたんだ。ほんとに住《よ》つく帰つて来たなあ！お豊ちやん、おめえも嬉しかんべな。（少しはからかふやうに覗き込む。）死ぬほど待つてゐたんだもの。な。

お豊。（赤くなつて。）やんだおら。知んねえぞい、そんな事！

高橋。満更さうでもあんめえ。留吉つあんが出て行つたのもおめえの為め、帰つて来たのもおめえの為だべからな。

お豊。なんでそんな事が在つぺ。留吉兄さんは早《は》あおらの事なんど、忘れてゐつぺもの。東京にや、なんぼ愛《め》んげえ人がゐつか、解んねえもの。

高橋。なあにそんな事あつぺ。此度帰つて来たんだつて、おめえを思ひ出したから、帰つたんだべからな。

お豊。何んでそんな事あつぺ。おらなんて見向きもしねえんだもの。

高橋。そんぢや、何だつて帰つて来たんだべな。おらあ留吉つあんも身が定まつたもんで、嫁探しに来たんだと思つた。

お豊。東京で何してたんだか、何しに戻つたんだか、ちつとも云はねえんだもの。昨日から只黙つて、下ばかし向いてるんだぞい。

高橋。ふうむ。親父《ちやあ》にも何も云はねえのか。

お豊。あい。それに叔父さんはあゝ云ふ黙りんぼだもんで、きゝもしねえし、たゞしもしねえで、二人ともしんねりむつつりと座つてるばかりなんだわい。

高橋。そんぢや親父は怒つてるんかい。

お豊。さうでもねえやうだげんぢよ、別に悦んでもゐねえやうだない。

高橋。一体《てえ》帰つて来た時あ、どんな風だつたい。

お豊。おら丁度町さ行つてゝ、わかんなかつたげんぢよ、久作爺やに聞くと、晩方人の顔が見《め》えなくなる頃ひよつくら若え人が入つて来て、「親爺《ちゃあ》、今帰つた。どうか今迄の事は何にも云はねえで、堪忍して呉んちえゝ」つて云つたんだとい。

高橋。そしたら親爺《ちゃん》は何て云つたい。

お豊。暗くなりしなだつたもんで、父も誰《だ》んぢやか、ちよつくらわかんなかつたつけが、留吉つあんだとわかると、只「留吉か。まあ入れ。」つて云つたきりだつたとい。

高橋。ふうむ。それからどうした。

お豊。黙つてそこに出してあつた飯を食つたんだとい。

高橋。さうして？

お豊。それつきりだわい。

高橋。留二さんにも何とも云はねえのかい。

お豊。さうだわい。

高橋。おめえさんにも何とも云はねえのかい。

お豊。（少しは嬌態を見せて。）あい。

高橋。おめえが此処にゐたんで吃驚《びっくり》したつぺなあ。

お豊。はじめおらが誰んぢやか解んなかつたやうだつたわい。

高橋。さうだんべとも。おめえも三年前とは変つてつし、此の家さ来てつぺとは、夢にも思ふめえからな。

お豊。おらだつて父《ちゃあ》とおつ母あとが、去年の夏赤痢で死なねえければ、こゝへ一生来なかつたべにない！

高橋。ほんとうだ、ほんとに世の中て解んねえもんだない！ あん時あ、留吉つあんがおめえを嫁に欲しいつて云つたら、親父がたつた一言で刎ねつけっちまつて、「一人前《いっちゃうめい》の働きも出来ねえ中に、嫁どころであつか」つて怒つたつけが、あれが源因《もと》で留吉つあんは家出をするし、三年経つ中にあ、おめえの両親が死んでおめえは此処さ引取られつし、ほんとに縁ちふもんは奇体なもんだなあ！ どうせおめえをかうやつて引取つて置くんだら、あん時留吉つあんの嫁に貰つたらよかつたべに。

お豊。さうも行かねえんだわい。

高橋。それに何だちふでねえか。父はおめえを今では留二さんの嫁にしつぺと思つてるちふでねえか。

お豊。（伏目になつて。）留二さんが此間そんなこと云つてたけんぢよ…………。

高橋。今になつて留二さんの嫁にする気があんなら、あん時なあ！

お豊。おら何んだか留二さんなんか——。

高橋。厭だと云ふんかい。

お豊。いんや。さうでもねえけんぢよ…………。

高橋。留吉つあんが帰つて来たからにあ、そつちの方がいゝつて云ふのかい。

お豊。…………（点頭く。）

高橋。でもおめえには留吉つあんがゐねえ間は、留二さんの嫁になるつもりだつたんだべ。

お豊。そんぢやつて、仕方がねえもの。

高橋。何が仕方がねえもんだ。さういふ事を云ふ女《め》ろつ子の方が、よつぽど仕方がねえ。（間）どうだい。留吉つあんは立派になつて帰つて来たかい。

お豊。米沢紬とか何とか云ふんだべて、ぴか〳〵する着物を着て来たわい。もとよつかずつと顔が白くなつて。――

高橋。東下《あづま》りだもん、色男にもなつぺえよ。そんぢや又村の女ろつ子が騒ぐこんだべ。おめえに若え衆《てえ》が騒ぐやうにな。

お豊。（怒つたやうに。）あらら又、知んねえぞい！

高橋。知んねえこともあんめえ。この罪作りが。（近よつて。）この顔で！（頬ぺたをつゝかうとする。）

お豊。やんだつてば。

高橋。あ、誰か帰つて来たやうだ。留吉つあんなかな。（出入口から外を見る。）留吉つあんぢやねえ。皆《みんな》が畑から帰つたんだ。

お豊。さうかい。（紡車の処を去つて、炉にかけたる鍋を見る。）

（父留蔵、弟留二、雇人の老農夫久作と共に入り来る。）

高橋。今日は。いゝ天気だない。

留蔵。（挨拶をするのをぢつと見やり乍ら。）何か用かい。

留二。（傍から）、何か役場の用でゞもあんですかい。

高橋。いゝや、留吉つあんに会ひに来たんだわい。帰つたちふ話を聞いたから。

留二。（或る皮肉を以て。）そして其暇にお豊ちやんでもからかはうつて云ふんですばい。

久作。事によつと、そつちの方が本業かも知れねえな。

高橋。馬鹿な事云つちやあいけねえよ。なんでそんな真似しつぺ。お豊ちやんに聞いて見れあ解るわい、なあお豊ちやん。

お豊。（まるで知らないふりをしてゐる。）

留二。ほら、見つせえ。

久作。かう云ふ処《こゝ》さ来《く》つと、女子《をなご》の方が割りに正直だて。

高橋。へんとんでもねえ冤罪ちふもんだ。

久作。そんぢやから扇屋の爺《ぢ》さまは云つたで。人間は一度悪りい事をしつと、しもしねえ二度目のも背負ひ込まなくてなんねえつてな。

高橋。おらおめえ達に兎や角《か》う云はれるやうな事は、一ぺんもしたことあねえよ。

留二。しなけれあ猶のこつた。どうかこれからはお願えだから、お豊ちやん一人ん処へ、愚図々々してゐねえで貰ひやせう。

高橋。（一種の反抗を以て。）そんなにお豊ちやんが心配なのかい。大丈夫だよ、お豊ちやんは。昔から留吉つあんのものと定まつてるんだもの。側からどんな手出しをしたつて、ちよつくらでも靡くもんぢやねえわい。

お豊。（怒つて。）何云ふんだべ、此人は。もう沢山だぞい、そんな事！

高橋。だつておめえ先刻云つたでねえか。留吉つあんの外は誰れでも厭《やん》だつて。留二さんなんて、死んでも厭だつて。

留二。（蒼くなつてお豊の方を見る。）

お豊。（泣きさうになつて。）嘘！　嘘！　なんぼ何だつて、あんまりな嘘だ。

久作。（頭をふり乍ら。）かうなつちや老人《としより》は傍《むき》さ退《ど》いてべえ。

留蔵。（今迄むつつりと様子を見てゐたが急に高橋を捉へて入口の方へ突きやる。）高橋さん。又来て貰ふべ。

高橋。（出て行き乍ら入口処で悪叮嚀に。）いや、お邪魔しやした。（留二に向つて、もう一度。）お豊ちやんは御心配には及びやせんよ。（去る。）

留二。（黙つて高橋の去つた後を睨んでゐたが、つか〳〵とお豊の方へ進みよつて。）お豊ちやん。先刻高橋の云つた事あ、あれあ嘘だべな。

お豊。（泣いてゐる。点頭く。）

留二。きつと嘘か。え、え、え。

留蔵。留二。よせ！　何馬鹿を訊《き》くんだ！

留二。はい。（離れる。）

留蔵。お豊。早く昼飯《ひる》だ。

お豊。はい。（炉の方へ来て、鍋を下ろし、膳などを揃へる。）

留二。ほんに仕方がねえ野郎だ。あの野郎がゐるために、何ぼ村の若え衆《てえ》が悪くなるか、解つたもんでねえ。兄《あん》にやだつて、あいつが附つ突いたもんだから家を飛び出したんだ。鍬も手に持てねえ癖しやがつて。

久作。あいつばつかしぢやねえ。今の若え衆と云ふ若え衆は、大概《てえげえ》あゝだ。おらあ見てえに、土の上さ生れて、土と縁がきれねえやうに育てられたもなあ一人もゐねえ。ほんとの百姓つてもんは、おら等が代でお終ひだんべ。

留二。おれが立派な百姓になつて見せる。そして兄《あん》にやが棄てた此家で、立派に父《ちやん》の後を嗣いで見せるわい。

留蔵。（炉の向ふに座つて、黙々と聞いてゐる。）

久作。おめえさん一人位ぢや、時世には勝てねえ。留吉つあんだつて、もと〳〵此家が厭なんぢやねえんだ。みんな時世の故なんだわい。何と云つても時世がかうなつて行くんだもの。土に噛ぢりついて水薯ばつかし食つてゐるよりか、町へ出れあ煙草専売所で一日八十銭取れる時世だもの。ちよつくら東京さ行つて来れば、お蚕ぐるみの衣物で帰つて来られる時世だもの。かうなつて来れあ、俺なんざあ黙つて引込んでゐるより外あねえんだ。黙つてどうなつてゆくか、見てゐるより外はねえんだ。時世をとめるの何のたつて仕方がねえ。

留蔵。そんなら愚痴を云ふな。

（皆黙る。）

お豊。さあ御膳ができたぞい。

（皆黙つて、炉端に置いた黒い古風な腰高膳につく。）

留蔵。（お豊に。）留吉はまだか。

お豊。今朝出たきりですわい。

留蔵。そんぢや初めろ。

（皆々飯を食ひ初める。）

留二。それはさうと兄《あん》にやは、帰つて来てどうするつもりなんだべ。（答なし。）なあ、父《ちやん》。

留蔵。解らねえ。おめへ聞きたけれあ聞いて見ろ。

留二。はい。

久作。此頃の時世にあ、解んねえ事ばつかしだ。

留二。お豊ちやん。おめえにも何とも云はねえかつたかい。

お豊。あい。なんにも。――

（沈黙。皆々の飯を食ふ音だけが聞える。しばらくして留吉入り来る。頭を角刈りにした蒼白い青年、服装によつて商家の番頭であるのが知れる。）

留吉。只今戻りました。遅くなつて済みません。

留蔵。うむ。早く飯を食へ。

留吉。はい。

久作。若旦那、お先きに頂いてやした。

留二。野良へ出てつと腹が減つてなんねえから待つてねえで初めてゐたわい。

留吉。いや。遅くなつて済まなかつた。

（留吉は、お豊がいそ〳〵と取揃へて呉れた膳へ座る。）

久作。若旦那、今朝はどつちさおいででした。

留吉。墓参りをして来た。お母さんの墓だの、あの、（ちらとお豊を見やり乍ら。）お豊ちやんの両親の墓だの。

お豊。あら、どうも………。（お辞儀をする。）

久作。若旦那はまだ先のお母あさまのゐた時分の事を覚へておゐでゞすかい。

留吉。あゝ覚へてゐるよ。

久作。あの時分はまだ阿武隈川にも鉄橋はかゝらなかつた。まだ村にあ青年会なんちふものもなかつたけんぢよ、みんなは仲よく暮らし合つたもんだ。考へて見れあ、おかしなこつたが、俺《おら》にあ何だか、あの時分の方がお天気が毎日好かつたやうな気がする。

留二。俺の少《ちん》こい時分には、家ももつと賑かだつた。

久作。ほうだ。おらと同じやうな雇ひ人が、あと三人もゐたつけ。それが一人減り二人減りして、今あおらだけになつちまつた。時世がおらだけ取りのこして、ぐん〳〵行つちまつたんだ。おらにあもう用は無えだ。けんぢよも用が無えからつて死にも出来ねえ。死ねんだら、死んだ方がなんぼいゝか解んねえ。けんぢよもおら達にあ、死ぬ力せえ、無くなつちまつたんだ。

留吉。（ふと思いついたやうに。）何かの本で読んだことがある。東北と云ふものが、丁度さうなんだ。立ち遅れて進みも出来ないし、一と思ひにも死にも出来ない。止むを得ず、愚図々々と現状維持をして行く、最も憫れむべき状態にあるんだ。

久作。六ケ敷い理屈は俺にあ解んねえ。一体《てい》あんたは学問があり過ぎたんだ。が併し、そんなことはどうでもいゝ。おらはおらで此うやつて愚図々々してるより外はねえんだからな。

留吉。それが一番いけないと云ふんだ。かうして愚図々々してゐるのが。――

留二。（幾分かきつとなつて。）ぢや兄にやは此家なんぞも、一と思ひに潰しつちまへばいゝと思つてんだない。

留吉。一概にさうとは云はない。けれども他に栄える方法があるんなら、今、なまじひに愚図々々してるより、潰した方がいゝ、だらうと云ふのさ。

留二。（峻しく。）兄にや。おめえ此家を潰しに来たんぢやあんめえな。

留吉。此家を潰しに来た？　そんな事を思ふものか。俺だつて生れた家を忘れはしない。

留二。勝手な時だけ考へ出すんだべ。弟の俺の口からこんなことあ云へるこつちやねえが、勝手に飛び出して、勝手に帰つて。おら今迄黙つてゐたけんぢよ、おめえさんにや色々な言ひ分もあるんだぞい。おらばつかりぢやねえ。何も云はねえが、父《ちやん》だつて、おめえにや云ひてえこともあつぺと思ふんだ。

留蔵。留二。よけいなことを云ふな。

留吉。（沈み込んで。）それあ俺の身勝手なことは俺だつて知つてる。お父つあんだつて、おめえだつて云ひ分はあらう。そして俺の悪るい所は幾重にも詫まる。詫まるからどうか勘弁して呉れ。

留二。（少しくてれて。）おら何も兄にやに詫まらせてえつて云ふんぢやねえんだよ。

留吉。（改めて父に。）それからお父さんも、どうか許して下さいまし。

留蔵。そんなことはどうでもいゝがな、留吉。一体おまへこれからどうする心算なんだ。

留二。さうだ。それを先づ聞かして下せえよ。

留吉。かうなつた以上は、どの道申し上げずにはゐられません。実は僕、改めてお父さんにも、留二にもお願があるんです。

久作。（食ひ了つて。）おら畑さ行つてべ。（一人でさつさと下りて出て行く。）

留吉。お願と云ふのは他では御座いませんが、私お金を少々拝借が願ひたいと思つて、それで帰つて来たんです。一体なら成功でもしてからでなくちや顔向けも出来ないんでございませうが、拠ん処ない用事で、是非三百円ほど入用に迫られたものですから、此処へ来てお願するより外に道がなかつたんです。

留二。三百円？

留蔵。三百円と云へば大金だ。

留吉。はい。それが是非商買上必要なんでして、それさへあれば此際充分商買の方も見込みがつくんですから。

留蔵。商買つて何だ。

留吉。あの………呉服屋をやつて居ります。

留蔵。その資金にゐると云ふのか。

留吉。はい。い丶品物を見つけましたので、それさへ仕入れとけば、売込みの方は確実なんですから。

留蔵。それは解つた。が、おまへ此家させせえ帰つて来れあ、三百円なんて金がそこらにごろ〳〵転がつてると思つてるのか。

留吉。い丶え。決してそんなことは思ひやしません。

留蔵。ではどうするんだ。

留吉。お願と云ふのは実はそこなんですが、一時此家邸を私に貸して下さると思つて、抵当にするのを許して下さい。どうかお願です。（父答へず。）留二。どうかおまへも頼む。兄さんを助けると思つて許して呉れ。

留二。おら厭だ、そんぢや余り勝手過ぎるでねえかい。おら等が折角かうやつて汗水垂らして働いてる土地を、いくらなんだつて抵当に入れるなんて、俺あ厭だ。誰がなんちゆつたつて厭だ。父《ちゃん》！　おめえさうやつて黙つてんのは、兄にやの願を承知するつもりなのか。それぢや余りひどかんべぞ！　父だつておら丶があんなに一生懸命稼いで来たのが、何のためだか忘れはしめえ。みんな此家をもと通りにしつぺと思ふ一心ばかりでねえか。よ、父《ちゃん》！

留蔵。（沈欝に。）抵当にしたくも、する土地が無えよ。留吉。おめえはまだ子供の時の夢を見てゐんのか知らねえけれど、もう此家についてる田地と云ふのは、たつた百歩ばかりになつて了つたんだぞ。

留二。その百歩だつて、食ひとめたのは誰れの力だ。

留吉。（必死になつて。）ぢやあそれだけでもようございますから。どうかお願です。お願です。

留蔵。（それを耳にもかけず立上る。）留二。久作が待つてる。畑さ行くべえ。

留吉。待つて下さい。お父さん。

お豊。（思はずとめるやうに。）叔父さん！

留蔵。（支度をし乍ら。）何んだ。

お豊。…………（てれる。）

留二。（お豊にやさしく。）おめえなんぞ心配することあ、無えよ。（留吉下を向いてる。二人は出て行かうとする。出合頭に隣村の人、伊東作太郎入り来る。）

伊東。今日は。（二人立止まる。）丁度ゐてよかつた。鳥渡《ちゃっ》くら待つてお呉んなせえ。

留蔵。（不機嫌に。）何か用かな。

伊東。何か用かつて、留蔵さん、おめえ解つてるでねえか。俺の顔を見てゐ乍ら、さう白らばくれなくつてもよかつぺえ。

留蔵。だから何だ。

伊東。いつかの桑の代金よ。返《け》へす返へすつて云つて、一体何時返して呉れるんだ。さあ今日はきつぱりした返事を聞くべえ。

留蔵。銭なら今日ねえよ。

伊東。おめえの方でさう出るんなら、俺の方でも云はなくらやなねえ。一体おめえには川向ひのお定婆あ家《げ》さ、ちやんと桑の代を払つたちふでねえか。

留蔵。あつたから払つた。

伊東。そんぢやなんで俺の方を後廻しにしたんだ。

留蔵。廻りきらなかつたんだ。あつたら払ふよ。

伊東。そんなこと云はねえで、たつた十円ばかしぢやねえか。困つてんのはおめえばかしぢやねえ。俺だつて馬耀市《うまぜり》に一儲しなくてなんねえちふに、銭が足りねえくつて困つてるんだ。返して呉んつえよ。

留蔵。留吉。聞いたか。（留吉顔を伏せる。）

伊東。（留吉の方をちらと目尻にかけて。）それに東京から息子さんが帰つて来たちふでねえか。俺は今日どうしてもとるつもりで来たんだから、愚図々々しねえで渡して呉ろよ。

留蔵。無え！

伊東。そんぢや出来るまで此処で待つてらあ。俺あ今日は覚悟をきめて来たんだ。貰はねえ中あ、一歩も此処あ退《ど》かねえんだ。（腰をかける。）

留二。伊東さん。今日はね。父が少し機嫌が悪りいんだし、ほんとに銭もねえんだから、さう云はずに帰つて呉んちえゝ。おらが頼む。長えことは云はねえ。もう五日待つて呉んちえゝ。

伊東。聞き飽きたよ。五日待つんだら、此処さ座り込んで待つてらあ。これが水呑百姓ぢやあんめえし、立派な阿久津の大尽さまでねえか。十円位の金はねえ筈はねえ。出さねえんだ。

留蔵。おめえいつまでそこにゐる気か。

伊東。さうとも。

留蔵。（沈欝に）出て行け。

伊東。そんぢや銭をよこせ。

留蔵。出て行かねえか。

伊東。受取るまでは出て行かねえよ。

留蔵。出ろ。（答なし。）出ねえな。よし、出ねえたつて貴様を出さずに置くもんか。（近よつて襟首をつかまへる。）出て行け。

伊東。（振りもぎる。）何をするんだ。

留蔵。野郎出て行かねえと………（と云ひ乍ら壁側にあつた薪をとりあげる。而して沈欝に近づかうとする。留二、お豊ら急いでそれをとゞめる。）離せ、離せつたら。（伊東を陰欝な眼で睨む。）

伊東。打《ぶ》つんだら、打《ぶ》つて見ろ、誰が威かされるもんか。

留蔵。野郎、まだぬかすな。（猛然として留二を振りほどいて飛びかゝらうとする。留吉急いで中へ入る。皆々とめる。）

（此の騒ぎの中に叔父の猪八が入つて来る。博労で、田舎の遊び人らしいなりをしてゐる。）

猪八。何だ。大変賑かだな。どうしたんだ。

留二。あ叔父《おつ》つあん。いゝ処さ来た。今伊東さんが貸金を促《はた》りに出たもんで、父が怒つて手がつけられねえんだ。

猪八。さうか。哥兄、何だつてさう怒るんだ。おめえにも似合はねえぢやねえか。

留蔵。うむ。（又沈欝に返つて、薪を留二のとる儘にまかす。）

猪八。一体何だつてこんな事になつたんだ。留蔵兄にやの怒るつてからにや、よつぽどの事があつたんだべな。

留吉。い丶え、叔父さん、かう云ふ訳なんです。

猪八。やあ吉か。矢張り帰つたちふのはほんとうだな。うむ、それで………。

留吉。前に私が面白くない事を父に云つて、機嫌が悪るい時に、此人が来て、金を返さなければいつ迄も座り込んでると云つたもんだから、それで父が怒つたんですよ。

猪八。さうか。（伊東に。）ぢやあ伊東さん。おめえ座り込んだんだな。

伊東。そんぢやつて、俺も、猪八つあんの前だが、堪忍袋の緒が切れたんだわい。

猪八。一体貸つて云ふのは幾何《なんぼ》だ。

伊東。十円だわい。

猪八。十円か。——ちつとおめえに呉れてやるにあ高えが、よし、俺が出してやらあ。（皮財布から金をざら〱と出して。）今日は俺あ金持なんだぞ。これから馬羅《うまぜり》市さ行くんで、資本《もとで》を少《ち》つと持つてるんだ。さあ、十円だ。取つてつて貰ふべ。

伊東。いや。これあ難有うござりやす。これせえ貰へば文句なしだ。ではこれあ受取りです。

猪八。ぢやさつさと行つたらよかつぺ。

伊東。（金を収めて。）いや、大きにお喧しうござりやした。（去る。）

お豊。今泉の叔父さん。どうも有難う。おらやつと安心したわい。

猪八。（お豊をぢつと見乍ら。）おめえがさう云つて礼を云つて呉れれあ、俺あ本望だ。（一種の好色な眼で。）おめえいつ見ても愛《め》んげえなあ！

お豊。あら厭《や》んだ、叔父さん。

留二。ほんとに叔父《おつ》つあん、あんなに出してい丶んですかい。

猪八。なあに、羅市さ行けば、五円か十円どうにかならあ。

留二。さうですかい。

留吉。でもほんとに済みませんでした。

留二。（黙つて立つてゐる留蔵に。）父《ちやん》も一言《こと》お礼を云つて呉んちえ丶な。

留蔵。（黙つてゐる。）

猪八。なあに、そんなことあ云ふにや及ばねえや、俺あ哥兄の気象は呑み込んでるんだ。哥兄はこれで、俺が余計なことをしたと思つてるんだ。でも、俺が金を出すのを止《と》めなかつただけ、今日は穏かだよ、は丶丶丶。

留蔵。（突然に。）留二。畑さ行かう。

留二。はい。

猪八。ぢや行つて稼ぎなんしよ。俺あ鳥渡くら留吉が帰つた顔を見て、馬市さ行くんだから。明日は又寄らあ。

留二。そんぢや一と稼ぎして来べえ。

（留蔵と留二は行く。お豊は膳などの後片附をする。）

猪八。どうだ吉、久しぶりだつたなあ。

留吉。御無沙汰して申訳ありません。

猪八。おめえも俺も、真当な百姓が出来ねえんで、お互に困んたもんよ、なあ。そんでもおめえは、立派になつてよかつた。

留吉。立派どころですか。失敗して帰つたも同様です。

猪八。そんなことはあんめえ。おめえが失敗る訳がねえよ。東京では何をしてたんだ。

留吉。あの、株屋の番頭をしてゐました。

お豊。（ふと顔をあげて、不審な顔する。）

猪八。さうか。あれあ面白いもんだつてな。俺も一生に一度はさう云ふ事がして見てえ。田舎で馬を牽いて歩いたつて、根つから初まんねえからな。

留吉。（話題を転じやうとして。）耀つて云へば、昔しと変りはありませんかねえ。

猪八。うむ。厩が県の費用で立派なのになつたきりだ。それをぬかして、変つたことあねえ。

留吉。さうですか。僕も小供の時あ、よく行つたもんでした。埒の内を持主がぐる〳〵と引張り廻すと、四方に見てゐる博労が、てんでに「五両と云ふが――」「十両は如何に――」なぞと値を耀り上げたものでした。

猪八。さうだ。叔父さんなぞもあれをやるんだ。

留吉。而して夕方になると、博労が買ひ取つた馬を十匹も一緒につないで、今迄の飼ひ主を慕つて嘶くのをすかし〳〵連れて行つたものでした。

猪八。馬つて奴はあれで可哀い丶奴よ。なあ。親馬と仔馬が買ひ離される時なんぞ、ほんに人間みてえに嘶《な》きやがる。

留吉。叔父さん。儲りますか。

猪八。うむ。ちつたあ儲けなくては好な酒も呑めねえかんな。（煙草入れを収めて。）どれ、そんぢや一と儲け目論んで来べえかな。

留吉。もう行くんですか。

お豊。あら叔父さん。まだゆつくりしたらよかんばい。

猪八。おめえにさう云はれると、千年でもゐてえが、さうすれあ商売がすたらあな。ぢや帰りに又その愛んげえ顔を見に寄つぺえかな。左様《さい》なら。

留吉。左様なら、行つていらつしやい。

猪八。あばよ。（お豊の頬を鳥渡つ丶いて。）留吉！　この子をおめえに預けて置くのは、猫に鰹節みてえなもんだな。

留吉。冗談いつちやいけません。

（猪八、笑ひ乍ら去る。二人も顔を見合せて笑ふ。）

留吉。お豊ちやん。叔父さんの今云つた事を聞いてたかい。

お豊。はい。いつでも今泉の叔父さんは冗談ばかし云ふんだもの。

留吉。それも悪りいことぢやないよ。冗談から駒がでるつていふぢやないか。ね。だからおまへもそんなに遠くにゐないで、鳥渡此処へおいでよ。

お豊。はい。（従順に近く座る。）

留吉。帰つてもまだおまへさんと沁々話もしなかつたなあ。此三年間どうしてゐたい。俺の事も時々あ思ひ出したかい。

お豊。それどころでねえぞい。一生懸命で待つてゐたわい。

留吉。でも三年の間にあ、何度か此頬ぺたを触つて貰つたらうなあ。

お豊。そんな事。

留吉。ぢや留二には何度も甞めて貰つたらう。

お豊。あら、あん事云つて。おら一遍も無えぞい。一遍もねえぞい。

留吉。嘘だらう。だつて二年も同じ家にゐて、留二がこんな可哀い丶人を放つておくもんか。

お豊。だつて真実《ほんとう》だもの。真実に無えだもの。誰れが留二さんなんかと。——

留吉。嘘をついたつて駄目だ。ちやんと顔に書いてある。

お豊。どこに書いてあるい。有りもしねえ。

留吉。だつて留二はさう云つてたぜ。

お豊。嘘。嘘。そんぢやあの人い丶加減な事云つたんだ。

留吉。ほんとに無いのかい。

お豊。そんなに疑ぐんだら、どうでもして見つさんしよ。

留吉。眼をお見せ。やましく無ければ、ちやんと僕の方が見てゐられる筈だ。

お豊。（真面目になつて見る。）

留吉。（ぢつと見合つてゐたが、急に。）ね、お豊ちやん。どこか二人きりで会へるやうな処はないかい。

お豊。あの裏の納屋がい丶わい。

留吉。おまへ見つけて置いたのか。

お豊。はい。

留吉。そこで今迄留二か誰かと………。

お豊。あれ又——。

留吉。もうからかふのはよさうな。（間）併しおめえほんとに納屋に行く気かい。

お豊。（がつくりとうなづいて、男の顔を盗み見る。）

留吉。さうだ。忘れやう。忘れやう。おまへの顔を眺めてゐてすつかり何でも忘れやう。今分ぢやされが唯一の逃げ道だ。

（お豊は何の意味だか分らず、猶もぼんやり留吉の顔に浮んだ歓喜と苦痛の表情を眺めてゐる。）

幕

第二幕

納屋の前。正面には低い納屋の入口が見える。そこらには大小の藁塊が所狭きまでに積まれてある。而してそれを統べてゐるかの如く柿の木が一本。——

前幕の翌日、同じく秋の日の薄暮。前庭は一面に赤い夕日を浴びてゐる。

渡り鳥が啼いて過ぎる。阿武隈川の瀬鳴りが聞える。

幕あくと、舞台はしばらく空虚。やがて右手から、今洗つたばかりの鍬を担いで。父の留蔵と久作が帰つて来る。彼等は黙つて通り過ぎる。間。

左手から留吉、思ひに沈み乍ら出てくる。同時に右手から留二が、同じく二三の農具を肩にして、出て来る、二人は舞台の中央で出会ふ。

留二。あ兄《あん》にや、何処さ行《い》くんだい。

留吉。なに、そこらを鳥渡歩いて来やうかと思つて。——

留二。別に用があるつて訳でもねえんだない。

留吉。うむ。あると云ふ程の事は無い。

留二。そんぢや丁度いゝ。おら兄にやに鳥渡話があるんだげんぢよ、今聞いて貰へめえか。

留吉。(少し逡巡して。)うむ、聞いても差支ないが。——

留二。丁度誰も居ねえから、是非聞いて貰ひてえよ。まあ、手間は取らせねえ。鳥渡《ちよつ》くら、そこの藁の上へ、腰を下して呉んちえゝ。

留吉。(適宜な藁の上に腰をかける。)それで話と云ふのは。——

留二。(同じく腰を下ろして。)実は弟の口から、こんなことを云へることぢやあるめえけれど、それぢや又何時まで経つたつて果てしが無えから、今日は思ひ切つておらあ云ふ。話つて云ふのは外でも無え。おめえ………その、一日も早く東京さ帰つて貰へめえか。

留吉。うむ。それあ俺も帰る気だが。——

留二。帰つて来て一日か二日にしかなんねえのに、こんな追ひ立てるやうな事を云ふのは、何ぼ何でも余り非道いとおめえも思ふだらうが、ちつとは先づ俺たちの身にもなつて呉んねえ。さう云つちや気を悪くするかも知んねえが、此家のことにして見れあ、おめえが来てから面白くねえ事ばつかしだ。親父《ちやん》は親父で昨日から一言も口を聞かねえ。おめえはおめえで嘆息ばかり吐いてゐる。此頃ぢやお豊ちやんまで妙にそは〳〵と落着かねえし、お喋りの久作まで黙り込んでゐる。折角一日稼いで家さ帰つても、お互に他人みてえに向ひ合つて、まるで砂を噛むやうに飯を食ふ。——それはつて云ふのもみんな、兄にや、おめえが来てからの事なんだぜ。

留吉。それあ俺も済まないとは思つてる。これで内心どれだけおめえ達に謝罪《あやま》つてゐるか。

留二。おらあ何もおめえが謝罪るの謝罪まらねえのつて云ふんぢやねえ。おめえに全くそれだけの心があるんだら、お願ひだ。もう一足だけその心持を進めて、東京さ帰つて呉んちえゝ。頼む。おらが頼む。此上齢取つた親父やおら等に累《わず》れえを掛けねえで、此家は此家の儘で置かして呉んちえゝ。それあおめえも折角資本を探しに来たんだべから、それが出来ねえ中は帰らねえつもりかも知んねえげんぢよ、此家を抵当にするなんてことは、先祖様に対しても迚も出来た義理ぢやねえよ。それに親父があゝ一旦不承知を云ひ出したからにあ、何て云つたつて駄目だ。だからそいつは諦めて、早く東京さ帰つた方が、おらおめえの為だと思ふんだ。

留吉。それはおまへの指図を受ける迄もなく、俺もとうから考へてはゐるんだ。

留二。そんなら何故さうして毎日愚図々々してんだ。

留吉。いろ〳〵口で云へない訳もあるから、一日伸ばし二日伸ばしてはゐるんだが、さう云はれて見れば、思ひ切るより外には仕方がない。おまへの云ふ通り、俺は帰るよ。

留二。そんぢや何時帰つて呉れる。

留吉。明日。

留二。明日の何時《いつ》。

留吉。夕方まで待つて呉れ。俺もまだ会つて行きたい人や、話したい人もあるんだから。

留二。(間) おめえ、それほど迄にお豊ちやんが思ひ切れねゑのか。

留吉。(立上って。) 何を下らない！

留二。お豊ちやんの事なら、改めておらおめえに断つて置くが、あの子は俺が貰ふことになつてんだから、ちつとは気を附けて呉んちえゝよ。

留吉。(強ひて冷静に。) ふうむ。おまへの嫁と定まつてるのか。いつ、誰が定めたんだ。

留二。親父も俺も既《と》うからさう定めてるんだ。

留吉。そして本人は。

留二。本人も無論承知してるとも。

留吉。ほんとに承知してるんだな。

留二。嘘なんて云ふもんか。(間) 言葉ばかりぢやねえ。兄にやの前だげんぢよ、あの子はとつくにおらが物なんだからな。

留吉。おまへの云ふ事を聞いたことがあると云ふのか。

留二。(固まったやうな薄ら笑ひを浮べて。) まあ、そんな事だな。永い間一つ家にゐれば、その位え当り前ぢやねえか。何もそんなに目の色を変へて驚くにも当るめえよ。

留吉。ふうむ。さうか。(間) 併しおまへとそんな関係になつた更に以前に、俺と関係があつたとしたら、おまへはどうする。

留二。どうもかうもねえ。おらはどんな事があつたつて、お豊ちやんを貰ふことに定めてる。

留吉。併し問題はおまへとか俺とかの心にあるんぢやない。おまへがいくらさうと決めたつて、あの人が不承知なら仕方もないぢやないか。前にあつた関係とか何とかは、少しだつて此場合、あの子の所有権を定める問題にはならない。あの子がおまへのものになるか、俺のものになるかは、現在のお豊ちやんの心一つで定まるんだ。

留二。ぢや兄にやは、あの子がおめえに惚れてるとしたら、此処から連れてゆくつもりか。

留吉。あの子にその決心さへあれば勿論連れてゆくかも知れない。併しまだ真にあの子の心を聞いて見た事はないんだから、おまへがそれ程まで云ひ張るんなら、どうだい。一つ此処へ呼んで聞いて見やうぢやないか。おまへを取るか、俺を取るか。

留二。兄にや！　おめえもうお豊ちやんと隠れて約束でもしたな。そしてお豊ちやんと二人で俺に恥ぢを掻かせやうと云ふんだな。おめえは自分の勝つのが解つてるもんだから、それでそんな事を云ふんだべ。

留吉。ぢや一体どうすれあいゝんだ。

留二。（泣きさうな声で。）これほど云つても兄にや、おめえは聞いて呉れねえのか。おめえだつてそれぢや余り非道《ひど》かんべぞ！　おめえだつてまさか俺の幸福と云ふ幸福を、みんな叩き壊さうと思つて、帰つて来たんでもあんめえ。（殆んど泣いて。）どうか頼む。頼むから大人しく此儘帰つて呉んちえゝ。おまへが行つてさへ呉れれあ、お豊ちやんだつて、もと通り俺が嫁になるのを、否《いや》とは決して云はねえんだ。こんなことを云ふのは男らしくねえ、身勝手な事かも知んねえけんぢよ、俺あかうして手をついて頼むよ。

留吉。（長い間黙つてゐる。ふと閃電の如く。）留二。それぢや俺の望みも聞いて呉れるか。

留二。おめえの望とは。

留吉。家を貸して呉れ。（留二呆然として語なし。）それあこんな際どい談判で、殊に自分の女との交換条件に出すなんて、俺も考へれば恥づかしい話だ。けれども俺だつて、どうしても金が要る必死の場合なんだ。おまへの生活にお豊ちやんが要る以上に、俺の生活には金が要るんだ。俺は女を売るやうな事はしたくはない。けれども、おまへも俺の心持を、少しは察してかなへて呉れ。兄さんも頼む。な、な。

留二。（沈欝に。）それぢやお豊ちやんを俺に呉れるから、家を抵当に貸して呉れと云ふんだない。

留吉。さうだ。おまへ先刻俺がおまへの幸福をみんな壊すと云つたな。併し今俺が此儘帰つたとしたら、どうだらう。俺は俺の希望を二つとも壊されて、生きてゆく空は無いんだぜ。だからどうか承知して呉れ、頼む、頼む。

留二。（顔をあげて。）兄にや、おめえ真実《ほんとう》に、商買にや見込があるのか。

留吉。（悲しげに。）うむ。きつとどうにかなると思ふんだ。

留二。さうすれあ、借金の方は直ぐ返せるんだな。

留吉。さうだ。だから諾《き》いて呉れ。

留二。ぢや間違ひのねえやうに、きつと返して呉れるんだな。

留吉。うむ。潰すやうな事は決してしない。

留二。兄にや、仕方がねえ。おらおめに家を任せべえ。

留吉。貸して呉れるか。有難う。有難う。兄さんは此通り拝むよ。それでやつと助かつた。有難う。有難う！

留二。おめえはそんなに嬉しいべけんぢよ、俺あ余り心持がよくねえ。兄にや、おらこんなことまでして、お豊ちやんを貰ふのかと思ふと、おめえを恨まずにや、ゐられねえよ。

留吉。堪忍して呉れ、なあ留二。此償なひはきつとするぞ。

留二。（立上つて。）そんぢやあ、早く親父《ちやあ》ん処さ行つてその事を相談して見べえ。

留吉。さうして呉れるか。おまへも一緒に願つたら、お父さんだつて貸して呉れないこともあるまい。ぢや頼む。（立上る。）

留二。一緒に行つて頼んで見つぺ。併しお豊ちやんの方は大丈夫だべな。

留吉。うむ。大丈夫、おまへのものにする。

（二人は左手へ退場する。しばらく舞台空虚となる。渡り鳥頻りに啼き、瀬音の夕鳴りが其間にはつきり聞える。やがて左手から久作爺が首を振り乍ら出て来る。彼は何かとつぶやき乍ら、柿の木の下に干した豆類を片付け初める。そこへ隣人登場。三十歳を越した実直さうな農夫である。）

隣人。やあ久作さん。お稼ぎだない。

久作。あんまり稼えでもゐねえよ。

隣人。どうだい。旦那は、機嫌がいゝかい。

久作。余りよくねえ。よくねえつたつて、俺あ馴れてつからかまあねえけんぢよ、馴れねえ人にあ何だか怖《おつ》かなかつぺな。

隣人。そんぢや今日は行かねえ方がよかんべか。

久作。何か会はなくてなんねえ、用でもあんのかい。

隣人。用つちふ程の事あねえ。只、今日糶市場であの博労の猪八さんから言伝を頼まれただ。

久作。さうか。そんな事だら、おらが聞いとくべえ。今丁度母屋では、内輪の相談みてえなものがある模様だつたから、それで俺も此処さ逃げてゐるのよ。うん。今日はおめえ糶はどうだつたい。

隣人。毎年変りもねえけんぢよ。今年は一匹すてきもねえいゝ馬が出た。あゝ云ふのをアラビア馬つてゞも云ふんだべて。あんな馬あ、御料地の牧場でも出来めえつて、評判だつた。その値がよ、三千両たあ、魂消《たまげ》るでねえか。

久作。他人《ひと》の馬に魂消《たまげ》たつてしようねえ。三千円が五千円でも、俺たちあ係はりのねえこつた。

隣人。さうおめえ一概に云つちめえば、世の中にあ俺たちの面白えものあ、無くなつちまふべ。おめえみてえに、何でもかんでも、見てえとか聞きてえつちふ気を起さなくなるのは、あんまりいゝ事でもあんめえがな。

久作。それあさうだ。おらだつてそいつあ解つてるんだ。けんぢよも仕方がねえ。日にち毎日、のんべんだらりと成るやうになつて行くのよ。此頃あ糶だなんて、見る気もしねえ。

隣人。毎年同じやうなもんだけんぢよ、あれで俺たちにあ面白えよ。今年は馬の数も沢山出た。儲けた博労もあつたんべ。此方の猪八つあんも、大した景気だつた。

久作。さうかな。してその言伝ちふのは。

隣人。今日はもうすぐ帰つから、此家さ泊めて呉れるように、お豊ちやんに頼んで置いて貰ふべえちふ事だつた。

久作。なんだ、わざ〳〵そんなことかい。

隣人。あの端れの田中屋で、べろんべろんに酔つぱらい乍ら、云つたんだから、当にもなるめえけんぢよ、俺あ頼まれたら、云はなくてなるめえと思つて。――

久作。いや、さうかい。それあ御苦労だつたない。そんぢや言伝は確かに聞いときやすから。

隣人。そんぢや何分お頼み申しやす。左様なら、お稼ぎなんしよ。

久作。左様なら。有難ふごわした。

（隣人退場する、間。やがて又久作も片付け終つて、そこを去る。長い間。夕日がだん〳〵隠れる。

お豊、そーつと出て来る。四辺を見廻して柿の木へ藁を結びつけ、そーつと納屋の中へ入る。長い間。しばらくして、留吉、依然よりもつと物思ひ沈み乍ら、出てくる。而して柿の木の下まで来て、ふと合図の藁屑に目をとめる。悲しげに微笑む。それから軽るく二つほど咳をする。納屋の戸口にお豊あらはれ、そつとさし招ぐ。留吉、行かうとして、一応あたりを見廻す。ふと何かを認めて、急いでお豊に匿れるやうな合図をする。

書記の高橋、右手から出てくる。）

高橋。あ、留吉つあん。いゝ処にゐて呉れた。おらおめえさん家《げ》さ来つと、きつと又何か云はれつぺと思つて家の人にわかんねえやうに、どうかしておめえさんに話ができる法はねえかと、それぱかり工夫してたわい。

留吉。俺あ今鳥渡用事があるんだがね。一体話しつて何んなんだい。何なら、又晩にでも僕が君ん処へ行くから、そん時にして呉れないかい。

高橋。いや、すぐ解ることなんだ。実は、昨晩《ゆふべ》の君の話しだがない。高利《アイス》でも出来るんならいゝつちふ訳だつたか、俺の知つてる金貸が、今日ふいと役場さ登記に寄つてない。それから話してみたら、模様に依つて相談に乗らうちふんだ。それで向ふでも一応あんたに会ひてえちふもんだから、そこまで連れて来たんだがない。出来る出来ねえに係はらず、鳥渡くら会つて見ねえかい。

留吉。併し君高利でも抵当か何かは要るんだらう。

高橋。それあ有るに越した事はあんめえけんぢよ、表て向き無くつても、長男なら親爺か誰かの連判があればいゝんだとか云ふ話だぞい。

留吉。高橋君。僕あもう絶望だ。抵当も無けれあ、何にも無いんだよ。親爺が到底許さないんだ。いや、許さないのぢやない。許したくても無いんだ。もう去年の養蚕の大失敗の時、農工銀行から借りた金の抵当に大半入つてゐるんだとさ。

高橋。まあさう気を落しなさんな。さうならそれで亦覚悟の極めやうがあつぺでねえかい。まあ兎に角会つて見なせえよ。今日は只会つとくだけでもよかんべ。どんな時のたしになるかも知れねえから。

留吉。さうだねえ。

高橋。鳥渡顔を合せてだけ呉れ給へよ。でねえと、俺がいゝ加減な嘘を云つたようで、悪るいから。ほんとに鳥渡くらでもいゝから。

留吉。ぢや兎に角お目にかゝるだけかゝらう。どこにゐるんだ。

高橋。あの土橋の処に待つてるんだから、すぐだわい。

（二人右手へ急いで去る。長い間。お豊入口からそつと現れて戸外の様子を見送る。しばらくぢつと立つてゐる。やがて遠くから酔つぱらひの声が聞えてくる。だん〳〵近くなるとそれが猪八叔父の呼び声であるのがわかる。お豊急いで姿をかくす。博労猪八、泥酔して右手より入り来る。）

猪八。（舌のまはらぬ大声で。）さあ帰つたぞ………お豊！………出て来い、………女ろつ子！………水持つて来い………叔父さんのお帰《けえ》りだ。………約束通り寄つたんだ………お豊！………出て来い……出て来ねえな女《あま》！………（藁の上に倒れたまゝ喚いてゐる。）

（其時、納屋の中にゐたお豊は、あまりの見幕に恐れをなして、内から納屋の板戸をそつと閉める。）

猪八。（ふと納屋の戸の動くのを見つける。）おや。独りでにあの戸が閉《しま》りやがつたぞ！　不思議なこともあればあつたもんだなあ。誰だそこにゐるのは。誰れだ。（答なし。）誰れだ！（猪八猛然と起き上つて納屋の方に走り寄り戸をあけんとする。あかず。更に力をこめてぐつと半ば開ける。そこから覗き込んで。）やあ、お豊か。何んたつてこんな処にゐるんだ。（身をひるかへして、全く中に入る。而して一瞬の間に戸を閉める。）

（夕日は全く影を収めて、薄暗が蒼茫と漂つてくる。しばらくして留吉、左手より現はれ、又四方を見巡す。而して又誰れかを見出して、立佇つて心急き乍ら待つてゐる。郵便夫、同じく左手より入り来る。）

留吉。手紙ですか。

脚夫。「阿久津留吉殿、」あなたですか。

留吉。さうです。（受取る。）御苦労さま。

（郵便夫退場する。留吉急いで裏を返して見、慌てゝ封を切る。読む。読み進むに従つて彼の動作には明かに驚愕の様子が現れる。絶望の表情をする。彼は殆んど叫びを発せんばかりになつて、手紙を握りつぶしたまゝ、頭髪をかきむしる。その時、納屋の戸を静かに開けて、猪八蹌踉《さうらう》として出て来る、此度は無言にて、留吉の前を通り過ぎやうとする。）

留吉。（驚いて。）叔父さん。どうしたんです。（急に気づきて立上る。）叔父さんはあの納屋の中にゐたんですか。あのあそこにゐたんですか。

猪八。（答へず。異様な笑を残して、逃る、如く退場する。）

（留吉、一日叔父の跡を見送つたが、急いで納屋の戸口に向ふ。其途端に納屋からお豊、泣き乍ら現はれる。留吉暫時自失したやうに立つてゐる。）

留吉。（きつとなつて。）お豊ちやん。おまへ何してゐた。（答なし。）叔父さんと何してゐたんだ。（答なし、泣くのみ。）何をしてたんだ。泣いてたつてわからないぢやないか。（近づく。）云つたらい、ぢやないか。何をしてたか訊いてるんだよ。（急に狂ほしく。）何をしてた。云へ、云へ、云へ。（襟を捉へて突き倒す。）売女《ばいた》！　云ひたくつても云へめえ、どの口でおめえは昨日嘘を吐いた。どの口で男を知らねえなんて吐《ぬ》かしたんだ。どの口で留二とは何の関係もねえと白らばくれたんだ。叔父さんとだつて、昨日や今日初まつた事であんめえ。さあ返事をしろ。云ひ訳があるんなら云つて見ろ。

お豊。（泣き乍ら。）留吉さん。それあ余りひどい…………いくら何だつて、そんな事はねえ、そんな事はねえぞい！

留吉。駄目だ、駄目だ。口で打消したつて、現在の証拠があるから駄目だ。俺あおまへのやうな淫売婦に今までかうしてかゝり合つてたかと思ふと情けなくなるよ。おめえのやうな獣に、今の今まで心を引かれて、恥ぢを忍び乍ら此処に、おめ〳〵と残つてゐた俺は、何と云ふ馬鹿だつたんだ。（泣き声で。）かう云ふのも未練のやうなけれどもな、お豊、俺はたつた今まで何を失《な》くしてもおまへだけはまだ残つてゐると思つてゐたんだ。それがどうだ。俺にはもう何もない。全く何の希望《のぞみ》もなくなつて了つた。（ふと声を低めて。）俺はもう行くんだ。此家にも、穢れたおまへにも用はない。（行かうとする。）

お豊。留吉さん、待つて下さい。

留吉。何を云ふんだ。

お豊。おらが心はきつとあんたにお目にかけます。きつと申訳は致します。

留吉。そんなことは聞きたくもないよ。そんな必要はどこにあるんだ。俺はもう行つて二度とは帰つちや来ないんだ。おめえは留二の嫁になるなり、猪八叔父の嚊になるなりして、立派に暮らして行つたらそれでいゝぢやないか。俺はおまへに思ひ残りも無い。おまへだつて俺に思ひ残しをして呉れるな。ぢやほんとに俺は行くからな。おまへから皆に宜しく云つて呉れ。左様なら。

（お豊泣き伏す。留吉思ひ切つて行きかゝる。而して舞台鼻の所まで来て立佇る。ぢつと遠方の空を眺めるやうな眼で、真向ふを見る。それから静かに又お豊の泣き倒れてゐる所へ帰る。）

留吉。お豊ちやん。俺はおまへにだけ云つて置くがね。俺は到底東京へは帰れないんだよ。俺はな。ほんとは此処へ資金を調達に来たんぢやないんだ。実は主家の金で株へ手を出して、三百円ほどすつて了つたんだ、そして其才覚に来た訳なんだ。だから其金が手に入らない中は東京へ帰る訳には行かないんだよ。（間）殊に今来た手紙で見れあ、どうやら主人も感づいたらしい。だから愈々外《ほか》で金を才覚しなくちや帰れないんだ。

お豊。では東京さ帰らなければどこさ行ぐの。

留吉。解からないんだ。どこか友人でもたよつて探して見るんだ。（間）でも大方、行きつく所へ行くだらうよ。ぢや左様なら。俺のことを時々は思ひ出してお呉れよ。

お豊。では御たつしやでゐて下さい。此お詫びはきつとします。

（留吉右手へ退場する。お豊一人残つて泣いてゐる。長い間。四辺には闇が迫つてくる。阿武隈の瀬音がはつきり聞える。母屋の方で留二が「お豊ちやん、お豊ちやん」と呼ぶ声が聞える。その声を聞くとお豊はきつと立上る。而してぢつと耳を澄ます。それから四辺を見巡して、同じく右手へ去る。留二の「お豊ちやん、お豊ちやん」と呼ぶ声。——つゞいて留二、左手よりあらはれる。）

留二。（納屋の中や又四辺を見巡し。）お豊ちやん！　兄《あん》にや！　二人とも一体何処《てえ》さ行つたんだらう。

（彼は不安の面持でぢつと耳を澄ます。）

幕

第三幕

再び阿久津が家の内部。舞台は第一幕に同じ。只上手に壇を設けて白布を掛けた二個の棺が飾られてある。その辺香華の諸具よろしくある。

前幕の翌晩で、暗らい家の中には、煤けた洋燈が二つ三つ点もされてある。

家には留蔵、留二を初め、隣人、村人、村の娘などが四五人、通夜に集まつてゐる。幕のあいた時、仏前には僧侶が礼拝してゐる。丁度今枕経を終つた処なのである。

僧侶。（礼拝を終ると仏前を退き、皆に鳥渡会拶して座につく。）

留蔵。（沈欝に。）御苦労さまでした。

僧侶。い丶や。かう云ふ仏は近頃珍らしい事で、儂《わし》も功徳だと思ひやすから、念入れにお経を上げやした。

留蔵。有難ふござりやした。

僧侶。留蔵さん。あんたもかう一度に二人お取られなすつちや、淋しうごはせうな。

留蔵。い丶え。別に。——腹が立つ位なものですよ。死んだ不所在者は何にも知らずに往生しませうが、後に残つたわし共は、これから下らねえ噂話を聞かされるんですからな。死に耻ぢを晒すなんて、考へて見れあ馬鹿な奴等です。

僧侶。死なずに済まなかつたんでせうかな。

留蔵。それがでさあ、何も死んで耻を晒らさなくちやなんねえ訳が解んねえんでがすよ。尤もあの野郎の心持は、もとから少《ちつ》とも解んなかつたんですけれども。

僧侶。矢つ張り若気の過失《あやまち》かな。ほんに若え人たちには困つたもんだ。（娘たちを顧みて微笑する。）

留蔵。（娘たちに。）さあ〳〵。おめえさん達、折角来て呉つちやんだから、線香でも一本づ丶上《げ》げて行つて呉んちえ丶。而しておめえさん達も、よくおら家のお豊を見せしめにするがい丶。

僧侶。さうだ。全くだ。そして平生のお豊ちやんを見習つて、おとなしくするんだ。

娘一。でもおら等だつて一緒に死んで呉れる人があるんなら、死んでもい丶と思ふわない。

娘二。さうだわ。ほんとだわない。

娘三。だけんぢよ、死ななくては、一所になれないなんて、何て因果なんだべない。ほんとに可哀さうだわ。（互にうなづき合ふ。）

留蔵。さあ〳〵、いくらそんな事云つたつて初まらねえ。それよつか早く線香でも上げて呉んちえ丶よ。

娘一。ではおら等が先《さき》に線香を上げてい丶んですかい。

僧侶。さあ〳〵遠慮しねえで上げなんしよ。

（娘ら点頭き合つて、交る〳〵仏前へ進み、礼拝する。）

僧侶。どれそんなら出掛けべえか。

留蔵。もうお出掛けですか。留二。提灯をつけてあげろ。

僧侶。では皆さん。お先きへ左様なら。（黙って留二が差出す提灯を受取って。）いや、どうも難有う。留二さん。おめえも力を落しなさんなよ。人それぞれの持命てえものは仕方がねえものなんだからな。いゝかな。（留二黙ってうなづく。それを見て出入口から外へ出る。）ほう。天の川が真つ白ろだ。だん〳〵秋も深くなるて。左様なら。（去る。）


（沈黙。——

やがて娘たちもめい〳〵に挨拶して帰つてゆく。

留二、黙つたまゝ仏前に座り、長い間瞑目してゐる。久作帰り来る。）


久作。只今戻りやした。

留蔵。あゝ久作か。どうした用は。

久作。すつかり足して来やした。あの町の葬具屋では、丁度出来てた花があつたから、今夜の中に届けるちふ事でがした。それから、此方の墓地のことも、お豊ちやんの墓地のことも、よつく役場さ頼んで来やした。

留蔵。掘《ほ》り人《と》も頼んで呉れたか。

久作。為哥兄《せな》に万事頼んだから、心配ありやせんわい。

留蔵。さうか。御苦労だつだな。まあ早く上つて飯でも食へ。

隣人。久作さん。御苦労さまだつたなあ。

久作。やあ、新吉つあんか。三次郎さんもよく来て呉つちやなあ。お通夜は賑かな程いゝて。

村人。処が無口な俺達ばつかしでは、淋しくなつちまふばつかしだ。

隣人。時に今話してた墓掘りだがなあ、俺達も明日はそつちの方さ手伝ひに廻《まは》つぺ。二つの棺を入れるにや、墓穴も大きく掘らざなるめえからな。

村人。俺もそつちを手伝ふべ。

久作。いや、そつちの手は沢山なんだから、矢張りおめえさん達あ此処で色々な用をして呉んちえゝ。墓穴は別に二つ掘るんで、一つ一つ人を頼んで来たんだから。

隣人。そんぢや別々に埋めんのか。

久作。お豊ちやんはあの人の両親の埋まつた墓場さ埋めんだとい。

隣人。ふうむ。留蔵さん。ほんとにさうするんですかい。

留蔵。うむ。それが当り前だからな。

隣人。それあ可哀さうだよ、留蔵さん。一所に埋めてやんなせえな。ちつたあ死んだ仏の心持も酌んでやんなせえよ。

留蔵。おまへさんに死人の志が解るのかい。

隣人。だつて心中する位でねえか。

留蔵。どうしておめえに心中だと解るんだ。

隣人。だつて一緒に死骸が上つたでねえか。

留蔵。あの小泉の堰《せき》は、どんな水死人だつて、あそこで上るんだ。一緒に上つたつて、一緒に死んだとは云へめえ。

隣人。ぢや留蔵さんは心中でねえと云ふのかい。

留蔵。ねえとは云はねえ。が心中だとも云へねえ。俺には何だか此事にあ訳がありさうに思ふんだ。心中にしても、何か変つた訳があつたに違えねえ。余り様子が変だものな。

隣人。さう云へばさうだげんぢよ、二人が惚れ合つてたのは紛れもねえ真実《ほんと》だもの。矢つ張りさうと見てやるのが尋当《あたりめえ》だよ。

留蔵。いや、たとへ心中にしても。家《いへ》にはそれ〲の墓があんのだからな。

留二。（此時まで仏前に瞑目してゐたが突然。）父《ちやん》！　お願ひだ、おらも頼む。どうか兄にやとお豊ちやんを一緒に埋めてやつて呉んちえ丶。それでねえとおらあどうしても気が済まねえだ。一緒に埋めてやつて呉んちえ丶。頼む。な父《ちやあ》！

留蔵。おまへまで何でそんなことを云ふんだ。

留二。父、おめえは何も解んねえから心中でねえのかんのつて云ふけんぢよ、俺あ二人の心持はよつく解つてんだぞ。心中に違えねえ。きつと此世で一緒になれねえと思つて、一緒に死んだに違ひねえんだ。（泣いて。）父、今だから俺云ふがな。その二人の仲を邪魔したものは此のおらだ。おらあ兄にやがこれほどまでに思ひつめてるとは思はねえから、お豊ちやんに横恋慕をして、無理々々に兄にやから奪《と》つぺと思つたんだ。そして兄にやを追ひ出すべと思つたんだ。それで兄にやは死んだんだ。お豊ちやんを殺したのは俺だ。俺あ今更何ちふて仏様に詫びたらい丶か解んねえ。せめて二人の死骸を一緒にしてやるより外はねえだ。父頼む。どうか一緒に埋めて呉れ。頼む、頼む。おら一生のお願ひだ。さうして呉んねえとおらどうしても気が済まねえ。

留蔵。（黙然としてゐる。皆々も沈黙。）

留二。父《ちやん》！　ほんとにおらどうすれあい丶んだらう。おらあ二人を殺したも同様なんだ。（身を悶へて。）済まねえ。済まねえ。

留蔵。（静に。）おまへはおまへとしてさうするより外なかつたんぢやないか。なつたことは仕方がない。心配するな。

（一座は又痛ましげな沈黙にかへる。此時遠くから誰れやらの喚く声が聞えてくる。やがて猪八が、さきのように泥酔して喚き乍ら入り来る。）

猪八。さあ誰れだ。出て来い。お豊を殺したのは誰れだ。出て来やがれ。一と叩きに叩き殺して呉れつぞ！　お豊を殺したなあ、誰れだ。畜生！　出て来い。（上り框に腰を下ろす。）

留二。（血相を変へてつめよる。）叔父さん。それは俺《わし》の事ですか。その殺したのは俺だと云ふんですか。俺に出て来いと云ふんですか。

猪八。なに、おめえが殺した。馬鹿野郎。殺した奴あ神様が御存じだ。ふん。面白え。おめえが殺したのか。面白え、殺したと云ふんだな。畜生。さあ何だつてあの子を殺した。云ひ訳が立つなら云つて見ろ！

留蔵。猪八！　何だそんなに酔ひ狂ひやがつて。

猪八。酔ひ狂つた？　ふん、今朝からの葬ひ酒だ。酔ふなあ、あたりめえよ。酔つて悪るいのか。

留蔵。皆さんも来てゐて下さるんだ。ちつと静かにしろい。此処を何処だと思つてるんだ。貴様の目にや、二つの棺が見えねえのか。

猪八。ふん。棺が二つか。解つてらあ、吉公とお豊坊とのよ。洒落《しやら》くせえ、心中なんぞしやがつて。馬鹿な野郎だ。（間）併しこれにや何か訳があんだべ。さあ出せ。かう人間がぼか〳〵死んで溜るか。一体誰れが殺したんだ。どこのどいつが殺したんだ。（皆々沈黙、叔父吾れと吾が声の反響におびえる。低く。）みんな神様が御存じだぞ。

留二。（進み出で。）叔父さん。済みませんでした。堪忍して呉んちえゝ。俺が悪るかつたんです。俺が側からお豊ちやんに惚れてゐたのが悪るかつたんです。お豊ちやんを兄にやの手からとつて自分のものにしつぺと思つたのがわるかつたんです。

猪八。ふうむ。そんぢやおめえもお豊を取らうとしたんだな。ふうむ。而してそれが悪るかつたと解つたのか。（叱るやうに。）悪るいに違えねえ。悪るいと解つたか。

留二。えゝ解りやした。全くそれがなければあ兄にやもこんな事に、ならなかつたかも知れねえんです。

猪八。さうか。よし、さう男らしく後悔すれあ俺だつて許してやる。もう一度あやまれ。

留二。（真面目に手をついて。）済みやせんでした。

猪八。（ぢつと其様を見てゐたが、急に狂ほしく笑ひ出す。）はゝゝゝゝ。おまへ真面目であやまつてるのか。馬鹿め。はゝゝ。これつぱつかしの事に、何をさうくよ〳〵してるんだ、それつぱかしの事情で、何を詫まらうてんだ。なあ、おい。奴等の死んだのは、奴等のせいで、誰れの悪るい為でもねえ。てめえが悪るいの、俺が悪るいのつて、そんなことはねえんだぞ。世の中には悪人はゐねえや。なあ。みんないゝ人ばかりだ。悪るいことをするのは、何にも知らねえで、ついうつかりやるんだ。だから心配するこたあねえ。なあ留二。決して心配する事あねえぞ。

留二。いくらさうは思ひなほしても、心の苛責はぬけねえんです。

猪八。はゝゝ。おめえ見てえに気の弱え奴にあ、何よりも薬は酒だ酒だ。おい久作。酒を出せ。酒を持つて来い。お通夜に酒は附きものでねえか。愚図しねえで持つて来い。この臆病者に呑ませるんだ。

留蔵。おい猪八、おまへもうい丶加減にしてよさねえか。

猪八。哥兄。おめえ酒も呑ませねえと云ふのか。

留蔵。もう沢山だ。大抵にして帰れ。

猪八。あいよ。帰るよ。帰るなつて云つても帰らあ。併しなあ、帰る前に一言恨みを云ふからよく覚へて置け。一体あいつら二人を添はせめえとしたのは誰なんだ。仲を裂いた親玉は誰なんだ。死なして了つた張本人は誰なんだ。

留蔵。俺だと云ふのか。

猪八。さうよ。今やつと気が附いたのか。

留蔵。（沈欝に。）おめえがさう思ふんなら、さうでもいゝ。恨を云ふならいくらでも云へ。併しあとで正気になつたら、誰れが悪るいか考へて見ろよ。

猪八。何云つてやがるんでえ、老耄れ！　正気になつて考へたつて、悪るい奴はちやんと定まつてるんだ。神様がすつかり御存じだあ！

留蔵。さうとも。神様も許して下さらあ。

留二。（無意識に。）神さまも許して……下さる………

猪八。（急に。）おい久作。済まねえが水を一杯呉れろ。

久作。はい。水だら何んぼ飲んでもよかんべ。水にあちつとも障りはねえ。（茶碗を渡す。）

猪八。（受取つてぐつと飲む。）それでは俺も愈々行くかな。

留二。（叫ぶ。）あゝほんとに俺はどうすれあいゝんだ！

猪八。どうもかうもねえ。生き度けれあ生きる、死にたけれあ死ぬのよ。（立上つて。）さあ、俺あ行く。（蹌踉と出てゆく。）

留蔵。（あと見送つて。）酔ふと仕方がねえ奴だ。

隣人。ほんとに今夜はどうしたんですかない。

留蔵。気の知れねえ奴ばかりゐて困つて了ふ。

留二。併し叔父さんの云つた事あ、みんなほんとうだ。

留蔵。馬鹿を云へ。あんな酔つぱらひの云ふ事を聞いてたまるものか。人にあ一人づゝ、生きてゆく道があるんだ。そして其道でてんでに生きてゆかなくちやならねえんだ。留二。もういゝ加減にしてお豊の事は忘れて了へ。すつかり忘れて働けば、明日から又お天道様が照らあ。なあ久作。

久作。さうですとも。おめえさんはまだ若いんだもの。まだ〳〵いゝ日は続くべえ。

留二。さうだ働くべえ。そして淋しくても生きてゐべえ。

（葬儀屋の人夫ら白い葬用の造花を担ぎて入り来る。）

人夫。へい。今晩は。葬儀屋でござりやす。花を持つて参りやした。

留蔵。あゝさうかい。御苦労だつたな。ぢや休んで一服《ぷく》つけて行きなさんしよ。

人夫。へい。これで御注文の二対です。

（皆々花を受取つて、飾りつける。舞台には急に白く、寂しい色調が漂ふ。沈黙。）

人夫。（ふと阿武隈の瀬音を聞きつけて。）あの音は何ですか。

久作。あれあ阿武隈川の音だわい。

人夫。へゝえ。（煙草を吸ふ。）

（皆々沈黙して、瀬音に聞き入る。この時突然一人の村人入り来る。）

村人。御免なんしよ。又大変なことが出来やした。何たか此方の猪八さん見てえな人が川さ陥つて了つたぞい！

留蔵。何、猪八が？　そいつは酔ぱらつてゐたか。

村人。はい。わしが投網を打つべと思つて、すぐそこの川縁《かはつぷち》にゐると、何だか猪八さんのやうな人が、高声で何か云ひ乍ら土堤の所まで来たつけが、其儘真つ直に川ん中さ落ちて了つたんだわい。

留二。それで、――

村人。可笑しいと思つたから、急いで行つて見たけんぢよ、闇をすかして見ても、はあ水の上には浮きてゐなかつたわい。

留蔵。ふうむ。さうか。――

村人。あれあ何でも過失《あやまち》で陥《はま》つたんであんめえて。何しろ、早く行つて見てお呉んなんしよ。早く、おらこれから警察つ様さ行つて来つから。

留蔵。よしすぐ行く。おい皆んな行かう。

留二。飛んでもねえことになつたなあ。人違えであれあい丶が。

――

（皆々急いで出てゆく。只久作と葬儀人夫だけが残る。）

人夫。どうしたんだい。一体。――

久作。又一人川で死んだのよ。どう云ふつもりなんだか俺あ知らねえ。これも時世のせいだんべ。此頃のやうに轍《きし》み合つては、生きてられねえ人も出来て来るんだべえよ。

幕

（「新思潮」大正5年10月号）

蛇

田村俊子

一

隣室で大きな母親の声がしたので愛子は目が覚めた。顔を埋《うづ》めてゐた夜着の襟から、身体を摺《ず》り上《あげ》らせて、枕の上に仰向いた機《はづみ》にピンが畳の上に落ちて音を立てた。それと一所に、沢山な髪の毛がずるりと解けて垂れた重《おも》さが彼女の頭に感じられた。

何時だらうと思つたが彼女は起きやうともしなかつた。室の中には日光が仄かに何所からか射してゐる。その薄《うす》い静な光りがこの室の中を支配してゐるやうに、彼女の寝床の周囲が大層森《しん》と落着いてゐる。寝耳に聞いたと思つた物の音も、ぴつたりと止んでゐて、隣室まで静であつた。彼女は夜着の中から手を延《の》ばして解《ほど》けた髪の毛にさわつて見た。紫と青と朱を手綱《たづな》に絞《しぼ》つた縮緬の長襦袢の平袖《ひらそで》から彼女の真《ま》つ白《しろ》な二の腕が現はれ、緋の裏が恥かし気にその肉に絡んだり離れたりした。彼女は暫らくその手で心地快く滑《すべ》こい髪を撫で丶ゐたが、その手を引つ込めやうとした時に、何か枕許で触《さは》つたものがあつた。急いで仰向いて見ると、横手《よこて》のところに真つ赤なダリヤを二三十本も伊万里の壺に入《い》れたのが置いてあつた。その一本の茎に紙片が結び付けてあるのを愛子は見付けた。

「誰れがよこしたんだらう。」

斯う独り言を云ひながら、起き返りもしずにその姿《なり》の儘で紙片の結び目を解《と》かうとしたが、緊《きつ》く結んであるので片手の指先だけでは僅な力が益《やく》に立たなかつた。長い間、指と指を滑《すべ》らしたり縺《もつ》れさせたりしながら骨を折つてゐたが、頭の大な花の輪《りん》が打つ衝き合つたり揺《ゆ》れ合つたりして動くばかりで、肝腎の紙片は何《ど》うしても解《ほど》くことが出来ないと諦めをつけると彼女は止してしまつた。そうして深々《ふかぐ》と、冷《つ》めたくなつた片手を蒲団の中に入れて、寒くなつた肩先を襟の中に埋《うづ》めてしまつた。花を寄《よ》越《こ》した男も大概は彼女に見当が付いてゐる。珍らしくもない彼男《あれ》だとすると、その文句を読んで見る気もしなくなつた。

「私の好きな愛子さまへ。今朝ほどの御機嫌はいかゞ、昨夜のあなたの輝かしい美しい眼を、観客席の一隅から見守つてゐたある男より。」

きつとこんな気取つた事《こと》でも書いてあるのだらうと彼女は思つた。この頃毎朝のやうにその人から花を贈つてくるのであつた。それは何《なん》と云ふ男《ひと》で何所のものだか彼女は名も顔も知らなかつた。初めは好奇心を持つたが、この頃ではそれも慣《な》れてしまつて格別心を惹かれもしなかつた。そうしていろ〳〵な花を贈つてくるのが室の中に置場《おきば》に差支へて却つて邪魔になつた。

「こんな花なんか呉れるよりも、十円でもいゝから一どきにお金で贈つてくれる方が余つ程助《たす》かるわ。」と愛子は思つてゐるのだ。

彼女は煙草を喫《す》いたいのだが、今、紙片れを取らうとして骨を折つた後《あと》なので、すつかり物臭《ものぐさ》になつてもう手を延ばすのが臆劫になつてゐる。お時を呼ばうかとも思つたが、母親が来てゐると思ふと、彼女はそれに顔を合はせるのも気色が悪いので、成る丈此室《こゝ》に眠つた振をして引籠つてゐたかつた。そんな事をしてゐると、又うつら〳〵と夢の中へ引き戻されるやうな気がした。

手も足も温味の中に倦《だ》るく皮膚が延《の》びて痛んでる肉体の上を熱《ほて》つた絹《きぬ》の地《ぢ》と膨《ふく》らんだ綿《わた》とで柔《やは》らかく心地快く撫で解《ほご》されて行くやうな懐かしい休息の感覚が、再び彼女の身体の上に返《かへ》つて来た。もう一日でも一年でも、斯うして温かな夜着の中に横臥つてゐたかつた。自分を働かせやうとする小屋の雇ひ主や、女親や、父親や、それから債務者などが何所かへ消えて失《な》くなつて了《しま》つて、神様が一生涯でも斯うして自分を寝かした儘《まゝ》にしてくれたら、自分はどんなに幸福であらうと彼女は考へながら、室の中の薄い日光を瞼《まぶた》に映《うつ》した儘《まゝ》の意識した眠りの中に麻痺れるやうに沈んで行つた。

「何《なん》ですね。お起きなすつたのかと思ひましたよ。」

枕許でお時が斯う云つたのは、その時から五分も間《あひだ》がなかつた。愛子はその声で我れに返りながら、両手《りやうて》で額から髪の方までずつと撫で上げてから、元気《げんき》を付《つ》けるやうに夜着の襟を胸まで引き下《おろ》した。

「お母さんが来てゐらつしやるんですよ。あなたがもう目が覚めさうなもんだつて、ぶつ〳〵云つてゐらつしたが、摩利支天様へ行つて来《く》るつて出掛けました。それから浅田さんから電話がかゝつてゐますよ。この次ぎの興行の事で話があるから、館の方へ行く前《まへ》に今日は家の方へ廻《まは》つて行《い》つてくれつて云ふんです。それから又、何時も花を呉れる人が今朝も花を持《も》たしてよこしましたよ。今朝もやつぱりあの男の子が持つて来たんですよ。無駄だと思つたけれ共名前《なまへ》を聞いたんですけれ共、笑つて、云いませんでしたつけ。それからまだあるんです。」

愛子は黙つて聞いてゐるのが面倒臭くなつたので起き返つて、

「ちよいと。煙草を点けておくれ。」

と云つた。お時は巻煙草を一本引《ひ》き抜《ぬ》いて、それを寝てゐる愛子に渡してから、マツチを擂《す》つて、そつと火を持つて行つた。

「それからね。大家さんから厳しい催促が来たんですよ。今日こそ何《ど》うかして貰《もら》はなくつてはならないと云ふんですよ。」

「そんなこと云つたつてお金なんかありやしない。又、ずいぶん朝つぱらから催促に来《く》るんだわね。」

「朝なもんですか。もう十二時になりますよ。御らんなさいまし。日《ひ》がこんなに射してゐるぢやありませんか。」

お時は立つて行つて、椽側の方の戸をすつかり開け放つたので、寝床の中から庭が見えた。こまかい葉が黄色く萎みちゞんだ楓の木ばかりが軒の下に突き出てゐて、ひよろ長い檜葉の木の蔭に、小さな山茶花の木が、薄桃色の花をちらほらと付けてゐた。真昼の日はその庭一杯に輝いてゐた。

「ほんとに、今日は一円のお金もありやしない。」

愛子は床の上に起き直つて、煙草の煙を長く吐いた。その金は明日《あした》になつても明後日になつても入《はい》つて来さうもなかつた。妾同様になつて、月々の手当てを極めて貰つてゐるMと云ふ男から、もう可なり多額なものを始終強情《ねだ》つてゐるので、この間も「この上にも煩《うる》さく金々《かね〳〵》と云ふ様なら、お前には愛想を尽《つか》して手を切る。」と云つて威嚇《おどか》された。それを此方では冗談にして、それからも度々《たび〴〵》無心を云つたがMは強硬にもう五円の金も呉れやうとしなかつた。愛子の勤《つと》めてゐる館の方からも、もう借金に借金が嵩《かさ》んで、それもこの上館主に頼んでも出して呉れさうもなかつた。一年縛《しば》りで雇はれてゐる愛子は、その前借を二年の倍額も、もう館主から借りてゐた。計算して見るとこの先《さ》き一年と半分は、無報酬《ただ》で勤めなければならない様な負債になつてゐる。館主の方では一年先きの人気《にんき》を見越《みこ》してゐるので、その上は滅多《めつた》に好《い》い顔をして少しの金でも貸しさうにも思はれなかつた。

「誰れか少し貸して呉れる人でもないかねえ。」

溜息を吐《つ》いて、愛子はお時の方を見ながら寒さうに肩を窄めた。お時の顔を見てから、急にこんな金の事が胸に痞へて来たやうな気がしたので、何だかこの女が一人して自分にいろ〳〵な負債の責務《つとめ》を強《し》ひてゐるやうな小憎らしい思ひがした。

「借金なんか何《ど》うでもいゝぢやないか。何《ど》うにかならないかねえ。」

　すると、お時がMの事を云ひ出して、それに借金を云ひ込んで見るやうに勧《すゝ》めた。

「智恵のない人だわ。あれは駄目だよ。出すもんか。」

　お時がもう一人考へ出した。それはあんまり吝嗇なので此方から疎々しくして捨《す》てゝ了つたRといふ若い男であつた。

「月《つき》三十円であんなものに、日《ひ》も嫌はずの相手《あひて》をさせられて堪《たま》るもんか。」

　斯う云つて決して逢はないやうにして了つたRに手紙を出せと云つてお時《とき》は勧《すゝ》めた。

「そうしてね。三十円取つて、後《あと》は抛り出してしまへば好いぢやありませんか。手紙を出してごらんなさい。きつと彼の人はやつて来ますよ。吝嗇《けち》でもなんでもあなたには惚れてゐるんだから。」

　お時は吉原のある楼《いへ》で新造をしてゐた女であつた。この女を館主の方の世話で雇つてから、愛子は、客と云ふものに対するいろ〳〵な手管をこの女の智恵から習《なら》つた。女は無心を云ふ事が上手であつた。それから無心を云ふ機《とき》を知つてゐた。何《なん》でも男の気を大きくさせるやうにして置《お》いて無心を云ふのが好《い》い。不景気な雰囲気を作つてから無心を云つてはいけない。景気よく、男をわつと慢じさせながらその時に乗じて捲き上げろと云ふのだが、愛子にはそんな利口な術は出来なかつた。第一彼女は男に金を呉れと云ふ事さへも出来なかつた。

「だまつてゐても、呉れるやうな人はないものかねえ。」

　愛子は始終斯う云つてゐる。そのお嬢さん気《ぎ》をお時は何時も冷笑《わら》つてゐた。

「そんな位なら男の世話になんぞならないがいゝ。」

　とお時は云ふが、愛子は全く、男の世話になる気なぞはなかつた。不思議に、自分に惚れてくれる男はあるけれ共、自分に対して思ふほどに金を出してくれる男はない。

「やつぱり私が貧乏性なんだらう。」

　と愛子はあきらめてゐるが、お時の意見では然うではなかつた。どんな男だつて惚れたからきつと金を出すと云ふもんぢやない。殊に男と云ふものは狡猾で、自尊心が強くて、己惚れが強いから、他人が十円出してちやほやされるものなら、自分は五円でちやほやさせて見やうと云ふ了簡を持つてゐる。そうしてそれが男の好い器量で自慢《じまん》の種《たね》になるのだ。それを出させるやうにするのが女の手腕《うで》で、好い男に持ち上げながら金も出させるところに手管がある。――然しそんな附焼刃は愛子には何の様にも立たなかつた。愛子は館の芝居の勤《つと》めの報酬だけで一切の生活が償はれて行くものなら、もう男の世話になんぞはなりたくなかつた。それに愛子には昔《むかし》からの情人が一人ゐる。その水入らずの恋を時々楽しむ外《ほか》に、金の為《ため》に、自分の身体を任せなければならない男を持つてゐると云ふ事はもう大変な苦痛であつた。それに身体も疲れてゐた。昼と夜との二度の興行に、幾幕《いくまく》も通《とほ》してある役を演じなければならない愛子はもうそれだけで彼女の虚弱な身体に一日の仕事が多過《おほす》ぎてゐた。その上にも、彼女の色と肉とを貪らうとする貪欲な人間たちに疲らされる事は堪へられないほどであつた。

「ほんとに何所かに善《い》い人がゐて、私の為だけを思つてくれる人がゐて、そうしてだまつて千円ばかりのお金を貸《か》してくれたらねえ。」

愛子は今もそれを繰り返した。債権者はみんな無慈悲であつた。そうして彼女の美《び》に媚びやうとするやうな都合の好いものも一人もゐなかつた。三百円ばかり借りてゐる女の高利貸は、殊にやかましく彼女を責め立てた。ついこの間も家財を差押へるやうな事を云つて騒《さわ》ぎ立てた。

お時は頻りにRに手紙を出す事を勧めたが、「三十円ばかり取つたところで何《なん》にもならない。」

と云ふ愛子の剛情《ごうじやう》な云ひ条で、お時のその思ひ付きは捨て去られた。

「三十円だつて無《な》いよりは増《ま》しぢやありませんか。大家さんの方へ一と月をやつてもお小遣が余《あま》るぢやありませんか。」

お時は機嫌を悪るくしながら云つた。米屋の払ひ、洋食屋の払ひ、車屋の払ひ、呉服屋の払ひ、牛肉屋の払ひ——もうこま〲としたものまでお時は云ひ立てた。毎日のやうに責められるこの借金の云ひ訳はみんな自分が為《し》てゐるのだと云ふ事まで云ひ出した。

「でもRは私は嫌ひなんだからねえ。三十円ぽつちで、そんな我慢は出来ないよ。」

「だからあなたは我が儘だと云ふんですよ。何所にか好きな人にばかり世話になつてゐる結構な身の上があるもんですか。借金には責《せ》められてゐるし、お金が欲しい〱と云ひながらそんな我が儘は通さうと思つてゐるんですからね。」

三十円三十円と云ふけれ共、この三十円呉《く》れる人が五人あつたら何《ど》うする。と云ふやうな事まで云ひ初めたので、愛子は癇癪声を出して怒《おこ》り付《つ》けた。

「人を何だと思つてゐるんだい。いくら困つたつて淫売《ぢごく》の真似はしないんだよ。借金に責《せ》められたつてお前の世話にでもなりやしまひし、だまつてゐてお呉れ。」

「まあ、なんでせう。あなたの為を思つて云つて上げるんぢやありませんか。」

「私の為なんぞ思つて呉れなくてもいゝよ。大きにお世話だよ。」

「然うですか。ぢや黙つてゐませう。」

お時は其の儘すつと出て行つた。こわれた銀杏返しと、荒い双子縞の筒袖の袢纏をきつちりと着たお時の後姿が愛子の眼に残つた。何時ともなく滲染み出た涙で、愛子の睫毛が霞《かす》んでゐた。

「今日はきつと不愉快な厭な事が起るにきまつてゐる。朝つからあの女と云い合ひなんかしてしまつて。」

　さすがにお時を怒《おこ》らして了つた事が愛子には頼《たよ》りなかつた。其れに今朝起きたら、直ぐにお時を信濃屋へ質物の使ひにやらなければならないのだつた。其の用事も忘れてゐる内に、お時を怒《おこ》らしてしまつた。

　愛子は寝床の中にもう一度横になつたが、時刻を考へるともうそろ〳〵と出勤の仕度《したく》にもかゝらなくちやならないし、寝てもゐられないと思つて、思ひ切つて夜着の外に這《は》ひ出《で》て、脱《ぬ》ぎ捨てゝあつた褞袍を上から引つかけながら、お時を呼んだ。

「何か御用ですか。」

　生青《なまあを》い、むくんだやうなお時の顔が襖の外に現われたが、其所に突つ立つた儘で、中へ入《はい》つて来なかつた。愛子は自分の羽織を二枚信濃屋へ持つて行つて小遣《こづかひ》に代《か》へてくるやうにお時に頼んだ。

「へえ。」

　お時は厭な顔をしながら、まだ其所に立つてゐた。

「機嫌をわるくさして済まなかつたわね。Rの事も考へておくわ。」

「何もあなたに楯《たて》を突くわけぢやありませんけれどもね。私だつてあなたの為には随分苦労をしてゐるんですからね。」

　お時は、全く愛子の為には尽《つく》してゐた。この頃では慾得《よくとく》を離れて了つて、この女主人に逆上せてゐた。自分の貯《た》めた金も使《つか》はれて了《しま》ふし、着物まで借りられてゐた。

「きつと今に何《ど》うにかするから、辛棒してお呉れ。お前《まい》の恩は忘れないよ。」

　斯う云つて、美しい窶れた顔に本気《ほんき》なものを浮《うか》べながら心を籠《こ》めて云はれて見ると、お時はこの若い滲《いた》ましい人に同情して、親もなし兄弟もない自分は一生涯でもこの人に附添つて面倒を見たいやうな気にもなつた。

「この人の為に、こんなに心《しん》から考へ込むと云ふのも、宿世の何かの因縁だらう。」

と彼女は始終思つてゐる。男に対して手管がないとか、あんまり露骨《あけすけ》だとか云つて其れを責めるやうなものゝ、お人好しで、他人に苦しめられるとも他人を欺く事などはまるで考へた事もない愛子を、彼女は嬰児《ねんねえ》扱ひにして愛してゐた。

「ほんとに困つてしまひますね。」

　お時は、わざと自分を折つて見せないで、一層眉を顰めて不快な表情をした。

「ちつともないんですか。」

　愛子の紙入れの中に、昨日の朝七八円入《はい》つてゐた事をお時は聞き立てした。だが愛子は其れに就いて黙つてゐた。あれは昨夜情人の波之助と二人で飲食に使ひ尽してしまつたので、其れを云ふと、又お時の機嫌を悪るくすると思つたからであつた。

「知つてますよ。ほんとにあなたは、だらしがなさ過ぎますよ。」

信濃屋へ持つて行く羽織と云ふのは、愛子の平生《ふだん》の袷羽織と大島の袷羽織と二枚であつた。

「この羽織を持つて行つちまつたら、あなたは着るものが無くなるぢやありませんか。」

「仕方がないわ。お母さんにも今日は何《ど》うしたつて遣《や》らなけりやならないし、コートを着てゐるから羽織は一日や二日なくつても済むわ。」

紅色に日光の影が上窓《うはまど》の障子に当《あた》つてゐた。お時は其の下の箪笥の前に立つて抽斗を抜いた。羽織を持つて行くよりは、まだ長襦袢を一枚持つて行く方がいゝと彼女は呟きながら、愛子の寝衣《ねまき》にしてゐた長襦袢を見返つた。

「私はまだ考へてる事があるんですよ。」

自分の見計ひで三品ばかり、引《ひ》き解《と》き物《もの》などを交《ま》ぜながら風呂敷包みにしてお時は、毎朝のやうに花を寄越すあの男を、何《ど》うかして客にしやうと云ふ様な事を漏《も》らした。愛子はお時のその言葉でふつと思ひ出して、花に結んであつた紙片れを取つて見た。

あなたのやうな天才が、あゝした小屋《こや》に其の容色と一所に藝までも荒《すさ》ましてゐる事を私はほんとに悲しんでゐます。あなたの声は嗄《か》れてしまひ、あなたの踊る足許はよろ〳〵してゐるぢやありませんか。何と云ふ哀れな疲労でせう。この悲しいあなたの生活を、私は夜も昼も考へ続《つゞ》けてゐます。

と紙片れにはペンで書いてあつた。

「この人はきつと詩人だよ。」

と愛子は云つた。何とも知れず気恥かしい思ひがしたので、彼女はその紙片れを丸《まる》めて傍《わき》へ投げた。

「世間には、私の為にこんな余計な事を考へてゐて呉れる人もあるんだわ。」

お時には其の紙片れの文句の意味が分らなかつた。

二

母親が入用の金高《かねだか》は、この間約束してをいた十円では足りないと云ふので、愛子は母親と言ひ合つた。

「お父さんは中気が起りさうなんだよ。右の拇指が利《き》かないと云ふし、変な事を云ふから早速お灸を据えさせにやつたところが、もう一週間打つ捨つて置けば中気が出ると云つたとさ。あの人はまだ袷を着てゐるよ。綿入れも出して来てやらなけりやならないし、大方お小遣も使つたし、いろ〳〵払ひも溜《た》まつてゐるし、中々十円ばかり貰つて行つたんぢや足りないよ。」

「あゝもう、分つたよ。」

愛子は落胆しながら、今しがたお時が信濃屋から持つて来た二枚の紙幣を其の儘母親に渡してしまつた。お時が沸かして持つて来てくれた牛乳も今朝《けさ》は飲みたくない。何だか胸が一杯に支へてる。其れに頭が重《おも》く、身体中が痛んで、うつかりすると昏倒しそうな不快な気分になつてゐる。

「お酒がここいらに溜《た》まつてゐる様な気がするんだわ。」

愛子はお時の方を見ながら、自分の額を指した。

「この頃すつかり私の身体は悪るくなつてゐるんだよ。其れを考へると自分ながら心細い。お母さんなんか後生楽《ごしやうらく》なもんだわね。」

「あんまり然うでもないよ。」

愛子は母親の皺んだ赤い指に、真珠の指環が嵌まつてゐるのを見た。

「お母さん。いゝものを嵌《は》めてるのね。何《ど》うしたの。」

それは母親の方へ始終出入りする古道具屋が持つて来たもので、母親は其れを一円五十銭で買つたと話した。

「そんな年《とし》してゐながら、指環なんか嵌めたいのかね。だから私が楽《らく》が出来やしない。」お父さんの綿入れだつてお母さんの飲み料に質入れをしたんぢやないか。然うしておいて「まだ袷を着てゐる」もないもんだ。一円だつて二円だつて、私の稼ぎのお金の中から取られるのはほんとに辛《つら》い。

と愛子が云ふと、

「其れは私だつて察してゐますよ。」

と母親は柔順に笑ひながら云つた。これが自分の真実の母親かと思ふ程若々しい血色をして、廻《まは》りを出した櫛巻の毛が、娘よりはずつと豊満《たつぷり》してゐた。お洒落で、見得坊で、直《ぢ》きに

「私だつてお召のコートぐらゐ着なくちや一寸外へも出られないからね。」

と云ふ風《ふう》であつた。他人の洗《そゝ》ぎ洗濯《せんたく》や、お針などをやつて五十銭一円の稼ぎをするなら、この世間には生《い》きてゐないと云つてゐる。其れで始終花札《はな》をひいたり、詰《つま》らない賭《か》け事《ごと》などをやつて無性に暮《く》らしてゐる。取《と》つたものはみんな贅沢に飲食して了ふので、結局は二人の生活費はみんな愛子の手から出さなくちやならない。

「そんな事を云つたつて、好い腕を持つてゐるお前ぢやないか。」

「ところが其《そ》れも、もう、当《あ》てにはならないんだよ。館主の方ぢや始終私の人気も昔のやうぢやないつて云つてるんだからね。代りを探《さが》してるつて噂だわ。お母さんだつて然う年を老つたと云ふ訳でもなし今の内に自分だけも食べて行かれる方覚を仕てお置きよ。ほんとに私たちは乞食にでもなつちまふかも知れないよ。」

「お前に云はれなくつたつて、頼《たよ》りにしやしないよ。私は私でやるから宜《い》いよ。構つて呉れなきや構つて貰はないまでさ。」

「構はないとは云やあしないけれど、少しは私の事も可哀想だと思つてくれゝばいゝんだわ。」

「大層弱い事を云ふぢやないか。しつかりおしな。これから花を咲かせるんぢやないか。世の中にはもつと大きな事をしてゐる女もあるぢやないか。」

「そんな人《ひと》はそんな人《ひと》さ。」

愛子の眼から涙がほろ〳〵と落ちた。

「私は今朝なんだか悲しくつて仕方がないんだから、お母さん

ももう帰つてお呉れ。お母さんと喧嘩したつて仕方がないんだからね。」

「然うさ。」

母親は愛子の巻煙草入れを取り上げて、其の中から煙草を抜き出した。何《ど》うしたのかその手先きが震えてゐるのを見付けると、愛子は母親が一途《いちづ》に可哀想になつた。

「お金が出来たから、今日はお父さんにも何か御馳走をしてやる方が好いわ。」

愛子は然う云つて椽側の方へ出て行つた。悲しさが一杯で、彼女は何うする事《こと》も出来なかつた。何所か暗《くら》い隅へ行つて大きな声を出して泣いて見たいやうな気がする。彼女は顔を上げて晴れた青い小春の空を仰ぎながら椽側の柱に凭れて、白粉の塗《つ》いてゐない彼女の頬は黄色さを帯びた青白い色に、柔らかに艶をもつてゐた。黛で濃くひいた眉毛の上に、括《くゝ》つて下げた髪がいた〳〵しく振りかゝり、細《ほそ》い、摘んだやうな高い鼻の傍《わき》に侘びしい陰翳が作られてゐる。上を見上げた時、彼女の長い瞼毛が、瞼に薄く影を落した。

こんなに悲しい訳が彼女にも解つてゐた。其れは先つきの紙片れに書いてあつた言葉が彼女にいろいろと昔の事を思ひ出させたからであつた。天才だと云ふやうな、立派な高尚な言葉を久し振りで耳にした彼女は、三年前に、自分がある新らしい劇の団体へ入つて、初めて出演した時に、自分を取巻いて、「女優の天才」だと云つて賞揚してくれた有名な文学者の二三人を思ひ出さずにはゐられなかつた。そうして、其の頃の自分の生活に伴《つ》れてゐた懐かしい一人の男を彼女は悲しい心で思ひ忍んだ。髪の長い貴公子のやうな華奢な美しい容貌を持つた青年が、匂やかな薄い光りの幻に包まれながら、彼女の眼の前に浮《うか》んできた。

妙齢《としごろ》になつてから叔母の手許で養はれてゐた愛子は、そこで娶はされる約束だつた従兄《いとこ》が厭で、十八の時に他の男と北海道まで駈落した。その男に捨てられてから、彼女は自分の容貌を餌にいろ〳〵な人の手に落ちて、何うにか生計《くらし》を凌いで行かなくてはならない境遇に沈んで、方々を流浪して歩いた。そうして東京へ呼び戻されて、刑罰の為に叔母の手で何所かへ売られやうとしてゐた頃に、偶然に近所の洋食店で彼女の浮気な視線に落ちた男があつた。其れがある新らしい劇団の群れに交ぢつてゐた進藤《しんどう》であつた。

叔母の家を逃げた愛子は、進藤と二人して暫らく世帯を持つて隠れていた。藝術の尊い事を頻りに男から聞かされたのもこの時であつた。西洋の戯曲の研究や、日本の演劇の批評を、彼女は絶えず男の口から耳にした。斯うして男の智識が女の理解を育《そだ》てゝ、愛子はだん〳〵に舞台の藝術がわかつて来た。唯、舞台へ出るのが面白さうだと云ふばかりでなく、もう少し地道《ぢみち》な考へを芝居の上に持つやうになつて、彼女は三味線を弾いて無駄な言を饒舌つてゐる暇に、進藤の友達などを相手に、一生懸命に芝居の稽古を初めた。そうして、人間の理智、感情――

その自然な理解から特殊な技藝が、形や台詞の上に造られて行く事を、彼女は初めて知つた。

　彼女の最初の出演は成功して、みんなから賞賛された。彼女の作る舞台の気分が、新らしかつた。それから彼女の演技の上に、流れる感情が豊潤であつた。みんなは彼女の顔の美いのも云ひ立てた。彼女は脊が高く容貌が勝れてゐた。

　そうして二人はまじめに可憐らしい生活を続けてゐた。食べるものが無くなつて襦袢を売つたり、前垂れを売つたりしたこともあつた。この劇団は潰れてしまひ、二人は貧乏に貧乏をかさねて、下宿をしたり間借りをしたりしてゐたが、彼女はとう〱、自分の容貌を見込んで買ひ入れやうとした公園の浅草《せんきう》館《くわん》へ半年の前借で自分の身体を売つてしまつた。

　その当時、半年で五百円と云ふ金が、何《なん》にもない自分のある価を表示してゐるのかと思つた時には、彼女は不思議でもあつたけれ共、其れが又誇りでもあつた。その五百円は、彼女の肉を買ふ料ではないといふ事が、今迄の彼女の肉を売つて報酬を得てゐた生活の習慣《しふくわん》から、其れがどんなに立派な事であつたか知れなかつた。然う云ふ高価な買値《かひね》が付くまでに彼女は舞台を踏んだ覚えもなかつた。一寸した自分の嘗ての経験が、これだけの相場を作れば其れは大したものだと思つた。けれども其れも追々に粗漫な新派劇が上手に演れるやうになり、自分の小供の時に習つた踊りが舞台で役に立つやうになつてからは其の報酬も彼女に取つては安いものになつて来た。五百円ばかりは、彼女の見得つ張りな贅沢な手から直《す》ぐに失くなつていつた。其の上にも必要な金は彼女を逼迫させて、そろ〱又、彼女は別《べつ》途《と》に、月々の手当てを呉れそうな男を探さなくてはならなくなつた――

「悲しい生活。哀れな疲労。」

　彼女は胸の底から涙がせぐんでくるやうな気がした。そうして、昔、初めて舞台へ出やうとして、日本の戯曲家の書いた「春」と云ふ演劇の稽古に夢中になつてゐた頃の、自分の魂の中に宿つてゐた大層気高い、純朴な、勝《すぐ》れたものが、今、彼女の精神《こゝろ》のおもてに、物を引写しにするやうに、ふと映つたと思つた。見も、知りもしない男が偶然に「天才」だと云つた言葉が、思はず彼女の忘れてゐた過去からこんな尊いものを引きだして来たのであつた。彼女はその頃の自分が慕はしかつた。その慕はしい過去の自分の側に、同じやうに慕はしい進藤の面影があつた。彼女から見れば、意気地のない、世間のわからない、貧乏な、美しい青年に過ぎなかつたけれ共、その青年は彼女にいろ〱な、知識の上の勝《すぐ》れたものを与《あた》へたり教へたりした。

　その進藤とも、この生活に落ちてから何時となく別れてしまつた。進藤は始終、彼女の現在の生活を悲しんでゐた。丁度、先つきの紙片れに書いてあつたやうな事《こと》を云つて、其の人も彼女の上を悲しんでゐた。

「僅な金で人の妾をしてゐるよりは、思ひ切つて自分の負債を払はせるやうな男を見付けて、そうして今の境涯から救つて貰ふやうに考へた方がいゝ。」と進藤は愛子に云つたことがあつた。

母親が帰ると云つて、其所から声をかけてゐたのを愛子は聞き流して、何時までもぼんやりと立つてゐた。今まで晴れてゐた空が何時の間にか曇つて、彼女の目《め》の先《さ》きの日影《ひかげ》が消えてゐた。顔を上げると黄色い葉の色ばかりが灰色の空間に目立つて、そこに淋しい微な風が吹いてゐた。それをぢつと眺めてゐると、隣で「電話ですよ」と云つて此方《こちら》へ声をかけてるのが愛子の耳に入《はい》つた。続いて庭口からお時がかた〳〵と駈け出して行つた。間《ま》もなく愛子の傍へ戻つて来たお時は、館主の浅田が、もう自宅を出るので、館の方で話をするから自宅の方へは廻《まは》らないで宜しいと云つたと伝へた。

「あなたもう、其れにしてもお出掛けなさらなけりや。時間ですよ。」

「今ね。花を呉《く》れた人の事を考へてゐたんだわ。」

愛子が云ひながら室内へ入つて来た。

「どんな人だか見当でも付きましたか。」

「どんな人だか知りやしないわ。お前がお客にすると云つたから、あんな人はお客にはならないと思つて考へてゐたのさ。あの人はきつと進藤見たいに貧乏な人なんだらう。然うでなければあんな詩人見たいな事は云はないわ。あんな事を云ふ人に限つて、お金なんてありやしないんだわ。」

新う云つた自分の言葉で愛子はくさ〳〵した心持が掃《はら》はれてしまつた。

「お金がなくつちや駄目だわ。いくら私に同情ばかりしてくれたつて。そんな同情は何《なん》にもなりやしない。」

お時が着せてくれたコートを着て、薄いびろうどの襟巻をくる〳〵と巻き付け、今日、非常に身分のいゝ人でも、あの小屋へ来《き》て、そうして自分を見染めてゞも呉れるやうな仕合せを空想しながら、鏡台の上の香水の瓶を取つて、襟巻の端へ振りかけた。熟《う》れた物の匂ひが、その香水の刺戟でぱつと散つた。

「子爵の息子さんか伯爵の息子さんでも見染めてくれないかねえ。其れで、其れが美《い》い男で――。」

彼女はふつと進藤の面影を目《め》に見ながら、

「そうして好き勝手な贅沢な生活でもして。」

「うんと手切れが取れますね。」

「然うね。そんなものは何うでもいゝわ。」

彼女は自分の顔を鏡に映しながら、中指の先きで紅《べに》を眼尻にちよいと射《さ》した。彼女の顔が恐しく艶麗かに引つ立つた。

「そんな夢見たいな事は後《あと》にして、Rをお呼びなさいよ。二十円だつて三十円だつて今のところ結構ぢやありませんか。」

愛子が格子を出やうとすると、お時が後《うしろ》から斯う云つたので愛子は、

「あゝ。」

と首肯いた。

「全く、困るんだから仕方がないわ。」

「ぢや宜《よ》うござんすね。会社の方へ電話をかけて見ますからね。あなたが逢ひたいつて。」

「あゝ。仕方がないわ。」

愛子は家を出た。

「それからあなた。今日は木曜日ですよ。」

とお時が、あわてゝ後から追ひかけて来て、愛子に念を押した。

三

木曜日はMに逢ふ約束の日であつた。愛子は公園の奥の、其の人を待合はせる家まで車を向けさせた。

空が曇つて町には木枯らしが吹いてゐた。愛子は行く途中も、自分に何か話したいと云ふ館主の用件を時々気にしては思ひ出した。以前のやうな人気もないので、館主は自分に飽きが来てゐることを彼女は知つてゐる。そうして新奇な女優を入れ代へやうとして、他を探してゐると云ふ事も聞いてゐた。今日の話と云ふのはそんな事に違ひない。彼女は然う考へると、彼所を逐はれたら、もう何所へも自分を売る的《あて》もない気がして、心弱く思ひ萎れた。何うしたのか、先きから先きまでが考へられるやうな心細い日であつた。愛子は車の上から毎日通り馴れてゐる町の家並《いへなみ》を眺めた。其辺は貧民窟で、家根裏に窓を開けたやうな所から、男が顔を出してゐる家などがあつた。今日はどの家も、破れた障子が閉て切つてあつたり、雨戸が閉ざされたりして、襤褸のやうな灰色の通りは森として小供の影もなかつた。一間ほどの狭い間口《まぐち》に、木綿の綿入れや、印半纏の古着を吊るした家の軒下に、顔色の青い、銀杏返しに結つた娘が佇んでゐるのが愛子の目に付いたりした。

何うして今日に限つて、こんなにくさ〳〵した考へばかりが浮ぶのか、自分にもわからなかつた。今迄に別して全盛だつたと云ふ時代もなかつたけれ共、其れでも彼女はその日〳〵に驕つて、斯くして生活してゐれば何うにかなつて行くものと高を括つてゐた。無理な借金から見得の限りを尽して、女案内人たちが目を見張つて驚くやうな金《かね》ものづくめの粧で、そうして出来るだけ自分の驕りをひけらかした。彼女の贅沢や美々しさは、土地の仲間での唯一人であつた。

その驕りがもういよ〳〵お終ひのやうな気がする。自分はもう然う云ふ世間からは離れて行くやうな気がして心細かつた。そうして誰れからも見捨てられ放逐されて、行きどころのない哀れな自分が、こんな所でうろつく様な生涯の終りが眼に浮んだ。

「羽織まで脱いでしまつて、コートで胡麻化してるやうな自分の風が、こんなに自分をじめつかせるんだわ。」

愛子はきつと然うだと定めてしまつた。だがそんな事ぐらゐで気が退《ひ》けるやうでは堪らない。今夜にもどんな吉《い》い事がないとも限らない。一と晩で百円の纏頭もはづんでくれるやうな、そんな人がないとも限らない——彼女はふと、館主に一度百円で買はれた事を思ひ出した。其れは口留《くちど》めを兼ねた纏頭だつたけれ共、その時の嫌悪の感じは、百円でも二百円でも代へられない様な気がした。——

　夕暮のやうに公園の景色が沈んで、人寄せの楽隊の音が、寂寥の中を響いてくるやうに鈍く張りのない音を出してゐた。旗の布れも疎らに群れてゐる人々の上に垂れて、それに鼠色の雲の光りが薄く反映してゐた。愛子の車はこの裏手を通り過ぎた。

　時間が遅くなつて、Mはもう帰つてしまつた後であつた。今夜は泊《と》まれる都合なので、身体が明《あ》いたら此家へもう一度来るやうにと云ふ言伝てを主婦に残して行つたと愛子に告げた。

　愛子は上にあがつて暫らく遊んだ。今起きたばかりと云ふ風《ふう》で、島田に結つた女が椽側に鏡台を持ち出して、鬢の癖直しをしてゐた。家の中は、こまかな仕切《しき》り〳〵が開いてゐるので、何時になく広々とがらんとしてゐた。昨夜波之助と逢つた四畳半が見えた。茶の間に居た主婦は島田の女と二人で、石炭酸を呑んで自殺をしたおのぶと云ふ女の話をしてゐた。そうして、彼女が庭の方を見てゐる内に——垣根から椽側まで一尺ほどの空地のところに小さな稲荷の祠があつて、その傍に小菊が咲いてゐた——そこに、はら〳〵と雨が降つて来た。

　雨は今一層こまかに降り出してゐる。車《くるま》の幌に雫が流れてゐた。Mに逢つたお蔭で彼女は一枚の紙幣を持つて来《く》ることが出来た。質入れした羽織の為に男が其れを与《く》れたのであつた。

　それから館へ着くまで愛子はおのぶと云ふ女の身上を思ひ廻《まは》はしてゐた。其の女には、今の家で度々《たび〳〵》顔を合はした事があつて知つてゐた。おのぶは十九ぐらゐであつた。その女は病気の為に自分で食べられなくなつて死んだのだと話してゐた。病気に罹《かゝ》つてから誰れも女を買はなくなつた。女は其れで、糊口が凌《しの》げなくなつた。

　青く膨《ふく》らんだやうな顔に、ぶつ〳〵と何かできてゐたおのぶの顔が愛子には見えた。根の抜《ぬ》けた大きな島田。ふところ手。白粉垢の付いた半襟。そうしておのぶは何時でも寒がつてゐた。腫れぼつたい眼に笑ひを浮《う》かせて黙つて会釈する時の印象が愛子の眼に残つてゐた。


　館主の話は、愛子の考へてゐた事とは違つてゐたけれ共、其の代りもう一層厭な難題であつた。其れは次ぎの興行に本物の蛇を使つて芝居を演らうと云ふ趣向で、新奇に書き下す芝居の中に「蛇責め」の一と幕を拵へ、愛子の半裸体に蛇を巻き付かせて、女の苦悩を見物に見せ、それで人気を取らうと云ふ館主の考へであつた。

「何うだらう。度胸があるかい。水島さんになら蛇は使へるだらう。」

と肥太《ふと》つた館主は笑つてゐた。他の事務室の人たちは勝手放題に淫らな文句を口にしながら、其の思い付は必らず客を呼ぶに違ひないと云つて手を拍《う》つて騒いでゐた。

「蛇は馴れてる奴なんだから恐くも何《なん》ともないんだと云ふことだ。尻尾をこんな風に。」

丸く太つた手で、物を摘み上げるやうな形をして見せながら、

「持ち上げると、をとなしく、ぐる〱と腕にでも頸にでも巻き付くんだそうだ。其奴《そいつ》をちよいと逆にやつて、うまく塩梅《あんばい》をすると、又、する〱と解けるんだそうだ。極《ご》くをとなしい奴なんだそうだね。だが巻き付かれるつて奴が、馴れないと気味が悪るいからね。何うだね。度胸が出さうかね。」

蛇は六尺ぐらゐな大きさなもので、其《そ》の手《て》の興行師から借りる工夫になつてゐる。

思ひ切つて演つて見る度胸があるか、後《のち》までに返事を聞かせること。若し厭なやうならば、誰れか度胸の好い女優を外から雇つて、この思ひ付を演らせる、愛子の人気も、もう以前のやうぢやないんだから、そんな事でもすれば、又人気が盛り返せるやうなものだ――そんな事を一とつ〱愛子は聞かされた。

愛子は部屋に戻つてから、其れを思ひ出すと慄然とした。鏡に映る自分の半裸体を眺める時も、それに巻き付く蛇の形を想像すると、全身が水を浴びたやうに粟立つた。部屋の連中は、作者の長谷部からもう其の話を聞いて評判をしてゐた。

「おゝ。いやな事だ。」

厭だ厭だと云ふ女たちの声が、騒々しく方々で聞こえる。男から一寸脅かされたものが金切声を上げて部屋の中を逃げ廻つたりしてゐた。

「その女主人公の役は水島さんでせう。たまらないわね。」

誰れか然う云つたのかと思つて愛子が振返ると、其れは真つ白に白粉を塗《つ》けてゐる花子で、愛子と顔を見合せた時に、笑ひで白粉を亀裂破《ひゞは》らしてゐた。

「ちつとも堪らなくないわ。平気だわ。」

愛子は自分の大嫌ひな出過《です》ぎものゝ花子を睨んで云つた。

「そこが水島さんだわ。」とか、「度胸のある人は違つたもんだわ。」とか、まだ女たちが云ひ合つてるのを聞きながら、

「あなたたちよりは度胸があるわ。」

と云はうと思つたが彼女はもう止めてしまつて黙つた。

意地で花子に彼様《あゝ》は云つても、愛子は其れを一人で考へてゐると、何うにも気味が悪るくつて堪らなかつた。自分の首の周囲に垂れ下がつてゐる髪の毛の触覚にも震えながら、其れを我慢して自分の手で丸《まる》めたりした。蛇の幻影に襲はれると、両袖を緊《しつ》かりと抱き合はせて其の中に顔を埋めたり、行李の上に突つ伏したりした。

「ぐる〱と巻き付く。する〱と解ける。」

館主の云つたこの言葉を、何所に居ても彼女は繰り返した。まるで全身の悪寒を耐へてゐるやうな、息苦《いきぐる》しい心地が続いて、冷めたくなつた身体が急に熱くなつたり、熱した身体が一時に冷えたりして、身体が変に疲労した。舞台に出ても身体が重く、硬張つた筋肉が自由にならなかつた。

斯うして愛子は一日その難題で屈托した。何う思ひ直しても其れだけは気味がわるい。自分には兎《と》ても我慢が出来そうもない。けれども館主の方では自分が厭だと云へば、他の女を雇つ

てもその芝居を演りさうな意気込みでゐる。「愛子の人気ももう以前のやうぢやないんだから、こんな事で人気を盛り返したらい丶だらう。」と館主の云った事を思ひ出すと、愛子は口惜しくなつて胸が塞がつた。

「何方にしても、自分はもうそんなに要り用《いよう》はないと思つてゐるのだ。その内に借金の半分も働かして自分を抛り出そうと云ふ館主の腹《はら》だ。其れでも、こんな事でも我慢しやうと云ふなら、又使つても宜いぐらゐに考へてるんだらう。」

そうして、館主の考へが癪にさわる傍から、今直ぐにこ丶から見放されたくはないと云ふ意気地のない弱い考へが浮いてくる。そうして若しそんな事で盛り返せる人気なら、思ひ切つて見物を驚かせるやうな事も演《や》つても見たくなつた。人気者として大切に館主から取扱はれる思ひ上つた心地快さを彼女はもう一度繰り返しても見たくなつた。

幕の間に、見物の前に立つてゐる時、其れをふと考へ出すと彼女はもう自分が身惨めで可哀想で堪らなくなつて、胸が悲しさで乱れた。この世の中で自分のやうに虐げられてゐる女はないやうな気がする。そうして、自分を見てゐる見物も、みんな自分の為に悲しんでゐて呉れるやうで、ヒステリーになつた彼女は舞台の上で無暗と涙を落した。芝居は沙翁の有名なある芝居を日本の時代物に直したもので、その中の狂乱の姫を愛子は演つてゐた。台詞が現代の調子で、この着付とはまるで不調和な言葉を、役女の癇高な上滑《うはす》べりのした声で云ひながら。相手の公達《きんだち》に扮してゐる男優の前《まへ》へ行つて、持つてる花を渡そうとした時には、嗚咽してゐた。前に結んで下げた鴇色の扱帯がその涙で濡れたのを男優は見た。

「水島さんはヒステリー見たいに舞台で泣いてゐる。」

その男優が部屋で愛子に云ふと、彼女はもう笑《わら》つてゐた。そうして他の女たちに自分の意気地なさを見られるのは厭だと云ふ反抗で、蛇責めの話が出ると、愛子は、

「お互さまに蛇に巻き付かれるより、もつと厭な事もしてゐるんぢやないか。其れを思へば何でもありやしないわ。却つて蛇の方が可愛い丶くらゐだわ。」

と大きな声で云つた。

芝居が済んでからも、何う返事をしやうかと思ひ迷つて、彼女は長い間鏡台の前で考へ込んでゐた。自宅《うち》から電話だと云つて、女の案内人が愛子のところへ知らせて来た時まで、彼女は部屋にぼんやりしてゐた。重《おも》い息をしながら顔を上げると、電燈が彼女の鼻先きに一刻も早く休息を求めるやうに疲労を見せて光つてゐる。その光りを見ると、彼女は何も彼も一時に気が付いたやうにあわた丶しく眼の色を動かして周囲を見廻した。自分の他にはもう誰れも居ないのかと思つたのに、隅の方で脊中を丸く蹲踞まりながら、一人残つたのが足袋を穿きかけてゐた。彼女は其れを見ると、

「佐保子さん。まだ居たの。」

と声をかけた。彼女の太い嗄《か》れた声が、空虚な部屋の中で佐保

子の方まで静に波動を打つて行つた。泣虫と仇名のあるその小さい女優は、先つきまで一人してくす〳〵と泣いてゐたやうだつたが、もう泣くのもお終ひにしたと見えて、愛子の方を振向いた顔は奇麗になつてゐた。今帰るところだと云つて、青いマントを着た佐保子は部屋の外に待たしてあつた若い書生と一所に直ぐに帰つて行つた。

愛子はその人たちと一所に階下に降りて電話室へ入ると、自分を待たせたと云つてお時が電話口で怒つてゐた。お時の用は、

「あれがうまく行つて、今来てゐるから、外へ廻らずに帰つてくるやうに。」

と云ふ事だつた。

「何うです。一件はやる事になつたの。」

電話室から出やうとした時に、狭い廊下で打つ突かつたのは長谷部であつた。眼鏡をきら〳〵と闇の中に光らせながら、髪の油の匂ひをさせた長谷部は、其所に立止つて愛子に聞いた。

「やる事に決《き》めておくわ。」

「やる?、其れはえらいね。思ひ切つてやるかね。」

愛子は序に事務室を覗いたが館主の姿が見えなかつたので、引つ返して来て長谷部に言伝てを頼んだ。

「蛇はもう館主の家に来てゐるとさ。今電話がかゝつて来たところだ。」

長谷部はこれから其の蛇を見に行くのだと云つた。

「蛇使ひのお爺さんが一所に来てゐるんだとさ。」

愛子は其れを聞くと、長谷部と一所に蛇を見に行かうと思つた。

「Rの顔を見るより、蛇でも見て来た方が余つ程増《ま》しだ。」

そうして彼女の感情がひどく残忍になつて来た。自分が蛇を使つたらRはきつと身震ひして逃げ出すだらう。其れからMも――厭な奴に対する脅喝。世間へ対する脅喝。それから弱い自分に乗《じよう》じて自分を虐げやうとする館主への脅喝。――蛇は其れに味方をしてくれる。

「小気味がいゝつたらない。」

彼女は長谷部を待たしておいて部屋へ戻つた。コートを着たり、手提《てさ》げを持つたりして再び下りて来るまでには、いろ〳〵な計画が出来てゐた。この仕事をやるからにはそれだけの報酬を館主から貰ふことを考へた。そうして館主などは恐《こは》くも何《なん》ともなかつた。

外へ出ると、雨がやんで、雲から漏れた月の光りが道の上に流れてゐた。長谷部は呑気に煙草をふかしながら、何か着込みをしてやる方がいゝ、襦袢でも着れば余つぽど感じが違ふ。と云ひながら歩いてゐた。

「そんな事をしちや面白くないわ。やつぱり直《ぢ》かにして見せなくちや。やるからには序にいろ〳〵やるんだわね。」

自分を「天才だ」と云つた男の事が、ふと彼女の胸に浮んだ。

「私の生活を悲しい生活だと云つたが、それを見たらあの人は何《なん》と云ふだらう。」

彼女はその男まで馬鹿にしてやるやうな快《い》い心持がした。

（十一、十六）

（「中央公論」大正5年12月号）

花物語

吉屋信子

その一　鈴蘭

初夏のゆふべ。

七人の美くしい同じ年頃の少女が或る邸《やしき》の洋館の一室に集ふて、なつかしい物語にふけりました。その時、一番はじめに夢見るやうな優しい瞳をむけて小唄のやうな柔かい調《トーン》でお話をしたのは笹島ふさ子さんといふミツシヨンスクール出の牧師の娘でした。

――私がまだ、それは小さい頃の思出でございます。父が東北の大きい或都会の教会に出てをりましたので、私も母といつしよに其の町に住んでをりました。その頃、母は頼まれて町の女学校の音楽の教師をつとめて居りましたの、その女学校は古い校舎でして種々な歴史のある学校だつたさうでしたの。

母はうす暗い講堂で古い〳〵古典的《クラシック》なピヤノを弾き鳴らして毎日歌を教へてゐたのです。授業が毎日の午後に終りますと、母はそのピヤノの蓋をして鍵をかけ、銀の鍵を自分の袴の紐に結びつけて、家へ帰るのでした。

或日のこと、校長室へ母は呼ばれました、白いひげのふさ〳〵とした校長は、変な顔をして母に申しました。

『貴女《あなた》はあの講堂のピヤノの鍵をお宅へおもちになりますか？たしかに。』

と。母は『ハイ持つて帰ります。』と返事をしました。さうしますと校長は、ます〳〵けゞんな顔をして、『ハハア、たしかに鍵は貴女より外の人の手には渡さないのですか。』といひます。母はおかしく思ひまして。『私より外誰もピヤノの鍵は持ちません。』と、いひました。

校長は首を曲げて、何か考へて居りましたが、やがて母に話しました。

『実は、あの講堂のピヤノのことで不思議なことがあるのです。毎日放課後、生徒が皆校内から帰つてしまつて校舎の中は静《しづか》になつてゆく、寄宿舎の生徒が自修を始める、すると、どうです、人ツ子ひとり居るはづのないあの講堂から、妙《たへ》なるピヤノの音が響き出るのです。はじめは寄宿舎の生徒たちも、誰かゞ鍵を先生から拝借して弾いてゐるのかと思つたのですけれども、あんまり毎日の宵ごとに続くので怪しんだのです。それで今日鍵のことを念のためにお伺ひ致して見たのです、放課後みだりに講堂で勝手にピヤノを鳴らさせるのも、校則にはづれますからな。』

と、遠まはしに校長は母をうたがつてゐるらしいのです。母は放課後はたしかに銀色の鍵を自分で持つてかへります、どんな生徒の手にも秘密で貸してやる様な、不公平なことはした覚えがないのですもの、その校長の話を聞いた時、どんなに不快に思つたでせう。

これは誰かゞ講堂に忍び入るのであらうか？でも鍵は私の手《て》許《もと》に有《あ》るのに、どうしてピヤノが弾けやう、母は考へると、わからなくなりました。けれども、どうしてもピヤノの鍵をあづかつてゐる責任者として、自分のうたがひをはらさねばなりません。

母は、どうしてもその不思議なピヤノの音をたしかめやうと決心しました、そして、その日の夕、私を連れて忍びやかに女学校の庭に入りました。私と母は講堂の外の壁に身をひそめて居りました。それは夏の日でしたから、庭のポプラやアカシアの青葉が仄《ほのか》な新月に黒い影を落して、水を打つたやうに校庭は静でした。私は母の手に抱きよせられて息をこらしてゐました。あゝ、その時、講堂の中で、静にピヤノの蓋のあく音がしました、そして、やがて、コロン……コロン……と、水晶の玉を珊瑚の欄干から、振り落すやうないみぢくも床しい楽曲の譜は窓からもれ出でました、それを聞いた時、母の顔色は颯《さつ》と変りました。その楽曲は海杳《うみはるか》な伊太利《イタリー》の楽壇に名高い曲だつたのです。やがてピヤノの調《しらべ》はやみました。小窓が音もなく開くと見る中に、すらつと脱け出た影、黄金の髪ブロンドの瞳！月光に夢のやうに浮き出た一人の外国少女の俤《おもかげ》! 私は思はず、『あつ』と声をあげやうとしました、母はあはてゝ私を抱きしめて注意しました。かの外国の少女は思はぬ物蔭に人の姿をみとめたので吃驚《びつくり》したらしく一寸《ちよつと》立ち止りましたが、やがて夕闇の空の彼方に儚なく消えゆく様に姿を見失ひました。

母は黙つてたゞ、ため息を吐くばかりでした。

母は翌日校長にたづねました。

『あの講堂のピヤノは学校でお求めになつたものですか?』

その時校長は申しました。

『いゝえ、あのピヤノは、よほど前のこと、伊太利の婦人で当地へ宣教師として来て居たマダム、ミリヤ夫人が病気でなくなられた後紀念として寄附されたものです。』

母は、これを聞いて、ほゝえみました。――翌日の夕、いつもよりははるかに高らかに哀ふかくかの講堂のピヤノは怪しき奏手の人の指によつて鳴つたのを、母は校庭で聞ました。

あくる朝、母が登校して講堂に譜本を持つて入りますと、ピヤノの蓋の上に、香りもゆかしい北国の花、気高い鈴蘭の一房が置いてありました、そして、その花の根もとには赤いリボンで結びつけられた一つの銀の鍵がございました、その下に、うす桃色の封筒がはさんでありました。母は轟く胸を、おし静めてひらきますと、鵞《が》ペンの跡の匂ひ高く奇麗な伊太利語で、

感謝をさゝぐ。

昨夜われを見逃したまへる君に。

亡きマダム、ミリヤの子。オルテノ。

と、しるされてあつたばかりでした。母はその時鈴蘭の花に心からの接吻をして涙ぐみました。

そして、その日かぎりもう永久に、夜ごとに鳴りし怪しいピヤノの音は響くことはありませんでした。

後で聞けば、その近き日に故国に帰るため、その町を立ち去つた異国の少女があつたと伝へられました――。

伊太利……。いまはあの戦ひの巷にふみにぢられた詩の国の空――に、優しきかのピヤノの合鍵の主オルテノ嬢を、私は今もなほ忍びます――。』

ふさ子さんのお話はかくて終りました。息をこらして聞とれて居た他の少女たちは、ほつと一度に吐息をつきました。花瓦《はなが》斯《す》の光が静に燃ゆるばかりで、誰ひとり言葉を出すものもなく、たがひに若い憧がれに潤んだ黒い瞳を見かはすばかりでございました。

(「少女画報」大正5年7月号)

湖水の女

鈴木三重吉

一

昔ウエイルスの或山の上に、寂《さび》しい湖水がありました。その近くの或村に、ギンといふ若ものが母親と二人でくらしてをりました。

　或日ギンは湖水のそばへ牛をつれて行つて草を食べさせて居りますと、ぢき間近の水の中に、知らない若い女がふうはりと立つて、金の櫛で徐《しづ》かに髪を梳《す》いて居りました。下にはその顔が、鏡にうつしたやうに、くつきりと水にうつつて居りました。見ると、それは〳〵言ふに言はれないほどうつくしい女でありました。

　ギンはその女がすつかり好きになつてしまひまして、しばらくぢつと立つて見て居りましたが、そのうちに自分の持つてゐる、大麦でこしらへた麺麭《ぱん》と乾酪《チーズ》を、何だかその女にやりたくなりましたので、そつと岸へ下りて行きました。女は間もなく、髪を梳いてしまつて、すら〳〵とこちらへ歩いて来ました。ギンは黙つて麺麭と酪乾をさし出しました。

　女はそれを見ると首をふつて、「かさ〳〵の麺麭を持つた人よ。私は滅多に捉《つかま》りはしません。」

　かう言つて、すらりと水の下へもぐつてしまひました。

　ギンはせつかく好きだと思つた女が、それなり隠れてしまつたものですから、急に悲しくなりまして、牛をつれてしほ〳〵と家へ帰りました。そして、母親にそのことをすつかり話しました。

　母親は女の言つた言葉をいろ〳〵に考へまして、

「やつぱり、かさ〳〵の麺麭は厭だと言ふのであらう。だから今度は焼かない麺麭を持つてお出でよ。」と教へました。

　それでギンは、その翌《あく》る日には、麺麭粉を捏《こ》ねたばかりで焼かないままのを持つて、まだ日も出ない先に、急いで湖水へ出て行きました。

　そのうちに日が山から出て、だん〳〵に空へ上つて行きました。ギンはそれからお午《ひる》じぶんまでぢつと岸に待つて居りました。けれども、湖水には、たゞ黄色い日の光りがきら〳〵するばかりで、昨日《きのふ》の女はいつまでたつても出て来ませんでした。

　それからたうとう夕方になりました。ギンはもう諦めて家へ帰らうと思ひました。

　すると丁度そこへ、夕日を受けた水の下から、女がやつと出て来ました。そして昨日よりも、もつとうつくしい女になつてをりました。ギンは嬉しさのあまりに口がきけなくて、たゞ黙つて麺麹粉の捏ねたのをさし出しました。

湖水の女はやつぱりかぶりを振つて、

「湿つた麺麹を持つた人よ。

私はあなたのところへ行きたくはありません。」

かう言つて、やさしく微笑《ほゝゑ》んだかと思ふと、またそれなり水の下へ隠れてしまひました。

ギンは仕方なしにとぼ〳〵家へ帰りました。

母親は話を聞いて、

「それでは固い麺麹も柔らかい麺麹も厭だといふのだから、今度は半焼にしたのを持つて行つて御覧よ。」と言ひました。

その晩ギンはちつとも寝ないで、夜が明けるのを待つてをりました。そしてやつとのこと空が明るくなると、急いで湖水へ出て行きました。

さうすると、間もなく雨が降つて来ました。ギンはびつしよりになつたまゝ、また夕方までぢつと立つて居りました。

けれども女は一寸も出て来ませんでした。しまひにはだん〳〵と湖水も暗くなつて来ました。

ギンはそれこそがつかりして、もう家へ帰らうと思ひました。

すると、不意に、一と群の牛が湖水の中から浮き上つて、のこ〳〵とこちらへ向けて歩いて来ました。ギンはそれを見て、ひよつとするとあの牛の後から湖水の女が出て来るのではないかと思ひまして、ぢつと見てをりますと、ちやんとそのとほりに、間もなく女も出て来ました。その上に、昨日よりもまたもつと美しい女になつて居りました。

ギンは何とも言ひやうのない程嬉しくて、行きなりざぶりと水の中へ飛び下りて迎ひに行きました。

女は今日はギンがさし出した麺麹を微笑みながら受け取つて、ギンと一しよに岸へ上りました。ギンはそのときに、女の右足の靴の紐の結びかたが、すこし違つてゐるのがちらと目につきました。

ギンは、やうやく口をきいて、

「私はあなたが好きで〳〵たまりません。どうか私のお嫁さんになつて下さい。」と頼みました。

併《しか》し女は容易に聞き入れてくれませんでした。ギンはいろ〳〵言葉をつくして、いくども〳〵頼みました。女はしまひにやつと承知して、

「それではあなたのお嫁さんになりませう。ですけれど、これから先、私が何の悪いこともしないのにお撲《ぶ》ちになると、三べん目には私はすぐに湖水へ帰つてしまひますがようございますか。」と念を押しました。

ギンは、

「そんな乱暴なことは決してしません。あなたを撲つくらゐなら、それより先に私の手を切り取つてしまひます。」

かう言つて堅《かた》く誓ひをしました。

さうすると、どうしたわけか、女は黙つて水の中へ下りて行

つて、牛と一しよにふいと姿を隠してしまひました。

ギンはびつくりして、自分もいきなり後を追つて飛び込まうとしました。すると、後から、

「これ〳〵お待ちなさい。そんなにさわがなくてもい〻。こつちへお出でなさい。」と、だれだか大声で呼び留めるものがありました。

振り向いて見ますと、少しはなれたところに、真つ白い髪をした品のい〻お爺《ぢい》さんが、二人の若い女をつれて立つて居りました。ギンはこはごは側へ行きました。よく見ると、その女の一人はたつた今水の中へ消えたばかりの湖水の女でありました。それからもう一人の女を見ますと、不思議なことには、それもさつき自分のお嫁さんになると言つた同じ湖水の女でありました。ギンは自分の目がどうかなつてゐるのではないかと思ひました。

お爺さんは、

「これは二人とも私の娘だが、お前さんはこの二人のどちらが好きなのか、それをちやんと間違ひなく教へておくれなら、望み通りにお嫁に上げませう。」と、やさしく言つてくれました。ギンは一心に二人を見くらべましたが、二人とも顔も背丈も、着物も飾りも、そつくり同じで、ちつとも見わけが附きません。もし間違へたらそれきりだと思ひますと気が気ではありませんでした。けれどもいつまで見較《みくら》べてゐても判断がつかないので、どうしたらい〻かと困つて居りますと、ふと一人の方が、片足をかすかに前へ出しました。それも、目に見えないくらゐほんの少し動かしたゞけでしたが、一生懸命になつてゐたギンには、その足の靴の紐が、さつきちらと見たやうに、ちがつた結びかたがしてあるのがちやんと目にとまりました。ギンは、やつとそれで見別《みわ》けがつきましたので、

「解りました。この人です。」と、勇んで前へ出て、その女の手を取りました。

お爺さんは、

「成ほどよく当つた。それではこの娘を上げるから家へつれてお帰りなさい。私は、一と息で数へられるだけの羊と、牛と山羊と馬と豚を、娘にお祝ひにやりませう。併しお前さんが、これから先、この娘を何の罪もないのに三べんお撲ちだと、それきりこちらへ取りもどしてしまひますよ」と言ひました。

ギンはこの上もなく喜んで、

「決してそんなことはいたしません。この人を撲つくらゐなら、私の手の方を先に切つてしまひます。」と、改めてお爺さんにも誓ひました。

お爺さんはそれを聞いて安心して、微笑みながら、娘の方へ向いて、欲しいと思ふだけの羊の数を一と息で言つて御覧なさいと言ひました。

娘はすぐに、

「一《ひい》、二《ふう》、三《みい》、四《よう》、五《いつ》――一《ひい》、二《ふう》、三《みい》、四《よう》、五《いつ》――一《ひい》、二《ふう》、三《みい》、四《よう》、五《いつ》――」

と、一度の息がつゞく限り、五つづゝ数をよみました。

すると、それだけの羊が、すぐに水の下から出て来ました。

お爺さんは、今度は牛の数を一と息でお言ひなさいと言ひました。娘がまた同じやうに、

「一《ひい》、二《ふう》、三《みい》、四《よう》、五《いつ》——一《ひい》、二《ふう》、三《みい》、四《よう》、五《いつ》——一《ひい》、二《ふう》、三《みい》、四《よう》、五《いつ》」と息がつゞくまで数へますと、その数だけの牛がまた一度に湖水から出て来ました。

同じやうにして、その次には、山羊、山羊の次ぎには馬、それから豚といふ風にすつかり揃つて、牛は牛、山羊は山羊で順々に並びました。

それと一しよに、お爺さんともう一人の娘は、いつの間にか姿を隠しました。

湖水の女とギンとはこの上もなく仲のよい夫婦になりまして、二人で家を持つて長い間一しよに楽しくくらしました。

二

湖水の女はネルファークといふ名前でありました。二人の間には可愛らしい男の子が三人生れました。

そのうちに一番上の子供が七つになりました。すると、或とき知合の家に御婚礼がありまして、ギンも夫婦でよばれて行きました。

二人は、自分たちの馬が草を食べてゐる野原を通つて、その家へ出かけて行きました。さうすると、ネルファークは、途中から、あんまり遠いから、私はよして家へ帰りたいと言ひました。

ギンは、

「だつてこればかりは、どうしても二人で行かなければいけない。もし歩くのが厭ならば、お前だけは馬で行けばいゝ。あそこにゐる馬をどれか一匹捕へてお置き。私はその間に家へ行つて、手綱《たづな》と鞍《くら》を持つて来るから。」と言ひました。ネルファークは、

「ようございます。それではちやんと捕へておきますから、序でにテイブルの上においてある私の手袋を持つて来て下さい。」と言ひました。

ギンは急いで引き返して、馬の鞍と手綱と、ネルファークの手袋とを持つて出て来ますと、ネルファークは、そのまゝぢつとそこに立つたきりでゐましたので、

「お前何をぼんやりしてゐるの。早く馬を捕へてお出でよ。」と、持つて来た手袋の先で冗談に一寸《ちよ》いと肩を叩きました。

「まあ、あなたはこれで一つ私をお撲ちになりました。私が何の悪いこともしないのに。」

ネルファークは溜め息をつきながらかう言ひました。ギンは結婚のときに約束したことをすつかり忘れて居りました。

ネルファークは間もなく馬に乗つて、二人で向うの家へ行きました。

それから幾年もたつてから、二人は或とき、今度は、或家の

名附けの祝ひによばれて行きました。

人々はそれ〴〵席について、皆で愉快に盞《さかづき》を上げました。するとネルファークは不意に涙を流して、一人で悲しさうにすゝり泣きをしました。ギンは愕いて、ネルファークの肩を叩いて、どうしたのかと聞きました。

「だつてあの罪のない赤ん坊は、あんなに体がひよわいんですもの。あれでは折角生れて来ても一寸《ちつと》もこの世の歓びといふものを受けることは出来ません。見て居て御覧なさい。きつと病気で苦しみ通して早く亡くなつてしまひます。ですがあなたはこれで二度私をお撲ちになりましたよ。」

かう言はれてギンはしまつたことをしたと思ひました。

もうあと一度になりました。もう一度うつかり撲ちでもしたら、ネルファークはそれきり湖水へ帰つてしまふのです。ギンはネルファークを心から好いて居るのですし、三人の子供たちに取つても大事なお母さまなのですから、ネルファークに行かれてしまふと、それこそ大変でありました。

ギンはそれからは毎日気をつけて、そんなことにならないやうに要愼《えうじん》して居りました。ネルファークに行つてしまはれるといふことは、考へたゞけでも胸が裂るやうな気がしました。

それから間もなく、ギン夫婦が名附けの祝ひによばれて行つた赤ん坊が、やつぱりネルファークが言つたとほりに、ひどい病気をしてたうとう死んでしまひました。

ギン夫婦はそのお葬ひに行きました。さうすると、ネルファークは、みんなが泣き悲しんでゐる真ん前で、一人うれしさうににこ〳〵と笑ひ出しました。みんなはあつけに取られて、ネルファークの顔を見ました。

ギンも愕《びつく》りして、

「おい、ネルファーク、何といふことだ。静かにおしよ」と、あわてゝネルファークの肩に手をかけました。ギンはみんなの人にきまりが悪くて顔から火が出るやうな気がしました。

「だつて嬉しいぢやありませんか。赤ん坊はこれですつかりこの世の苦しみをのがれて、神さまのおそばへ行くのですもの。」

ネルファークはかう答へて、

「あなたはこれでたうとう私を三べんお撲ちになりました。ではさやうなら。」と言つたなり、さつさと出て行つてしまひました。

ネルファークはそれから急いで家へ帰つて、湖水から出て来た羊と牛と山羊と馬と豚とを、一々呼び集めました。

「灰色の班点《ぶち》の牝牛《めうし》よ、
大きなぶちの牝牛よ、
小さいぶちの牝牛よ、
白い班点の牝牛よ、
みんなこゝへお出でよ。
芝原にゐる、
その四匹もお出でよ。
それから灰色のお前も、

王さまのところから来た、
白い牝牛も、
鈎《かぎ》にかゝつてゐる、
その小さい黒い小牛も、早くお出でよ。
さあ〳〵皆でお家へ帰りませう。」

かう言つて呼びますと、そちこちで草を食べてゐた牛はすぐにネルファークの側へ集つて来ました。小さい黒い小牛は、殺されて鈎に引つかけられてゐたのでしたが、それもちやんと活きかへつてかけ出して来ました。

丁度春先でしたので、四匹の牡牛は畠を歩いて居りました。ネルファークは、

「おい〳〵、その畠の灰色の牝牛よ、
お前もお家へ帰るのだよ。」と、その牛も呼びました。

それから羊も山羊も馬も豚も、すつかり集つて来ました。そしてみんなで列を作つて、ネルファークのあとに附いて、湖水の中へ帰つてしまひました。

ギンは気狂ひのやうになつて、あとを追つかけて行きましたが、もう女の姿も牛や羊や馬の影も見えませんでした。ひろ〴〵とした寂《さび》しい湖水の上には、たゞ、四匹の牡牛が引いた行つた鋤《すき》のあとが、一とすぢ残つてゐるばかりでありました。ギンは悲しさの余りに、そのまゝその湖水の中へ飛び込んでしまひました。

残された三人の子供は、恋しいお母さまを尋ねて、毎日泣き〳〵湖水のふちを彷徨《さまよ》ひくらしてをりました。するとネルファークは或日水の中から出て来て、三人を慰めました。そして、

「お前たちは、これから大きくなつて、世の中の人たちの病気を直す人になつておくれよ。それにはお母さまがちやんといゝことを教へておいてあげるから、こちらへ入らつしやい。」

かう言つて三人を或こんもりした谷間へつれて行つて、そこに生えてゐる薬になる草や木を一々教へておいて、再び湖水へ帰つてしまひました。

三人はそのお蔭で、ウエイルス中の一番えらいお医者になりまして、殿さまから位《くらゐ》と土地と、人を療治するお許しを貰つて、ミツトフアイといふところでくらしました。そして沢山の人の病気を直してやりました。

「ミツトフアイの三人の医者」といへば、後の世までもウエイルス中でだれ一人知らないものはありませんでした。

牛がつけて行つた鋤のあとは、今でもその湖水の面にあり〳〵と残つて居ります。ネルファークが薬を教へた谷は、今に「お医者の谷」と呼び伝へて居ります。

（大正5年12月、春陽堂刊『湖水の女』）

童話の研究（抄）

高木敏雄

第一章　童話　昔噺　御伽噺

童話とは如何なるものか——童話といふ成語——京伝の「骨董集の徴証」——曲亭馬琴の説——適切な正しい熟字——キンデルメールヒェン——「グリムの童話集」——御伽噺と昔噺——用語の濫用——濫用の原因——中古の御伽文学——娯楽と教訓——「御伽文庫」と「新編御伽文庫」

童話とは何であるか。この問《とひ》に答へるには、童話の形式と内容とを考へて、その性質を明かにする必要があるのは勿論のこと、童話を歴史的に考へて、その起原、発達、変遷の跡を審《つまびら》かにし、童話と童話に類似するものとの区別を論じて、童話の範囲を定め、更に進んで、実際上の方面からして、童話の目的、応用、児童の教育の資材としての童話の取捨選択の標準、話し方などまでも論じなければならぬ。若《も》し尚更に一歩を進めて、純科学的の立場から童話を観察する段になると、右に述べた事項の外に、童話の分類にまで立入つて比較研究を試みなければならぬ。大体の見地からして、童話とは如何なるものかと云へば、誰も知つてゐる「猿蟹合戦《さるかにかつせん》」や、「かち〳〵山」や、「一寸法師」の話や、「舌切雀」のやうなものだ、との答《こたへ》で十分である。唯学問的に簡単明瞭な定義を立てることが如何にも困難である。

先づ、童話と云ふ成語から説く。

童話の童は児童の童、話は説話の話、従つて童話は児童の説話、或は児童のための説話である。説話とは勿論物語の義である。この童話と云ふ成語は、明治時代に成つてから新しく出来たのでもなければ、欧羅巴《ヨーロッパ》の語に対する訳語でもない。今少しく早い時代に於て、一般には認められなかつたけれども、或一部の学者の間に用ひられてゐた。歴史的の面倒な考証の結果は知らぬけれども、日本で此の熟字をはじめて此の意味に使つたのは、山東京伝《さんとうきやうでん》と曲亭馬琴《きよくていばきん》あたりらしく思はれる。

山東京伝の「骨董集《こつとうしふ》」上編中之巻の二十一条に、

異制庭訓《いせいていきん》に、祖父祖母の物語とあるは、むかし〳〵ぢゞとばゞとありけり、といふ発語をとりて、名目《みやうもく》としたるものなるべければ、童《わらべ》の昔ばなしは、いとふるきことなり。おのれ二十四五年前、童話《むかしばなし》の出所をたづねて、かきとゞめたるもの、童話《どうわ》考《かう》と名《な》づけて一冊あり……

と出てゐる。童話の二字を、或ところでは「むかしばなし」と訓じ、或ところでは「どうわ」と読ませてゐるのは、面白いと思ふ。そればかりではない、山東京伝は童話の二字を、吾々が今日用ふると全く同じ意味に使つてゐる。其の証拠には、同じく「骨董集」の二十一条に、「猿蟹合戦」の起原を考へて、次のやうなことが云つてある。「義楚《ぎそ》六帖《てふ》」と云ふ書の二十四に、仙人の話が出てゐる。仙人が果樹の下に坐つてゐると、猿が来て果実《くだもの》を投げた。それが仙人の額に当つて、額の皮が破れた。仙人は痛いのを我慢して、ぢつと辛抱してゐた。暫くすると猟師が出て来て、仙人と心易く成り、これも同じく樹の下に坐つてゐる。猿が又果実《くだもの》を投げた。すると猟師は怒つて、猿を射殺《いころ》した、としてあるが、「猿蟹合戦」の話は此の話を原《もと》にして枝《えだ》葉《は》を添へたのらしい。童話の原《もと》を尋ぬるに、多くは仏説から出てゐる。尤《もつと》も国史物語により、或は支那の故事に基いてゐるものもある。つまらぬ説のやうでも、よく其の理を分解して見ると、児女《じぢよ》の勧善懲悪の助けにならぬものでもない。「異制庭訓《ていきん》」は五百年も昔の書であつて見れば、祖父祖母の童話も、随分古くから有《あ》つたものだ。五百年昔の童話が、児童の口から口へと伝はつたばかりで、今まで残つてゐるのは不思議である。かやうに山東京伝は云つてゐる。

曲亭馬琴は其の著「玄同放言《げんどうほうげん》」に於て「景清《かげきよ》」「玉藻前《たまものまへ》」「久《く》米仙人《めのせんにん》」「酒顛童子《しゆてんどうじ》」などの伝説の考証を試み、史実と伝説とを区別して、伝説の方を史実に対して小説と名づけ、伝説の研究に一生面を開いた篤志の文献学者であるが、童話の方面に於ても、少しばかり考証をしてゐる。即ち馬琴は其の著「燕石雑《えんせきざつ》誌《し》」の四の巻に於いて「猿蟹合戦」「桃太郎」「舌切雀」「花咲翁」「兎大手柄《うさぎのおほてがら》」「猿猴生胆《さるのいきぎも》」「浦島子《うらしまし》」合せて七つの民間説話の考証を試みた。説明は頗《すこぶ》る精密であるが、今日の学者の眼から見ると、間違つた点が少くない。しかしながら、馬琴が「浦島太郎」の話を歴史的伝説としないで、他の六つの話と同じく民間説話として論じたのは、実に非凡の卓見と云はざるを得ない。馬琴は右の七篇の説話に、童話と云ふ名をつけて、童話の二字を「わらべのものがたり」と読ませてゐる。馬琴が歴史的伝説もしくは地方的伝説と、民間童話との区別を明瞭に理解して、童話の二字を正しく使つたのは、京伝と共に特筆すべきことである。此の点に於て、彼等両人は、明治大正の所謂《いはゆる》御伽噺作者に比して、数等立勝つてゐる。

世界の文明国を通じて、此くの如き適切な正しい熟字は、自分の知つてゐる限りでは、日本語に於ける童話と独逸語《ドイツご》に於けるキンデルメールヒェンと唯二つしかない。キンデルは児童の義、メールヒェンは元来「はなし」の義であつたのであるが、今では童話の義に用ひられ、学問上の議論でメールヒェンと云へば、必ず童話のことに極つてゐるやうに成つた。英語にも、仏蘭西語《フランスご》にも、このメールヒェンに相当なる語《ことば》がない。英語でナーサリー・テールと云へば、乳母が児童のためにする話のこと、フェアリー・テールと云へば、フェアリーと云ふ空想的実在の出て来る話のことで、どうも童話と少しく喰違つてゐる。フェアリーと云ふのは、人間界以外の超自然実在で、日本には此に比較すべきものが無いが、強ひて云へば天狗とか山姥《やまうば》とか云つたやうなもの、、今少しく恐しげが無くて、温かみが遥《はるか》に多く、人間に親みやすい可愛らしい精霊見たやうなものである。フェアリー・テールがメールヒェンと如何に異つてゐるかと云ふことは、実物について見ると直ちにわかる。仏蘭西語にはコンツと云ふ語《ことば》が有るけれども、矢張り英語のテールと同じく、唯「はなし」と云ふ意味を示すだけで、明瞭と精確とを欠いでゐる。そこで、学問上の立場から童話のことを論ずる学者は、英国でも仏蘭西でも、独逸語のメールヒェンと云ふ語を使つて、誤解を防ぐやうに努めてゐる。

独逸の童話集で、「グリムの童話集」と云つたら、世界で有名なもので、今の日本でも誰一人として知らぬ者は無い位である。グリムは此の童話集の表題として、「キンデル・ウント・ハウスメールヒェン」と云ふ長い名前を選んだ。これは児童及び家庭童話と云ふ意味で、これが正しく京伝馬琴両人の使つた童話と云ふ語に該当するのである。グリムが単にメールヒェンと云はずに、児童と家庭の二語をそれに冠せたのは、深い意味の有ることとである。

自分はグリムの所謂《いはゆる》「キンデル・ウント・ハウスメールヒェン」の意味に、童話と云ふ語を使つて見たい。二十世紀の今日に於ては、かく使ふのが正しい、否かく使ふのが、童話と云ふ語の唯一の正当な使用法であると信じてゐる。

日本には童話の外に、御伽噺《おとぎばなし》と云ふ語《ことば》がある、昔噺《むかしばなし》と云ふ語がある、略して単にはなしと云ふこともあるが、遺憾ながら、童話、御伽噺、昔噺の三熟語は現在に於て甚しく濫用され、更に益〻濫用されようとしてゐる。その濫用の原因の一つは、云ふまでも無く使用者の無学無識で、今一つは出版と著作とによりて利益を得んと欲する、或は欲せざるを得ない一部の職業的著作者と出版業者との行為である。彼等は児童の好奇心を刺戟し、児童の歓心を買はんがために、種々の作物、出版物に御伽もしくは御伽噺の文字を冠らせる。内容が何であらうとも、子供らしい口調で、子供らしい文体で書いてさへあれば、それが御伽噺である。此くの如くして、以上の三熟語は、今日の濫用を見るに至つたのである。

但し昔噺と御伽噺との二つの語は、本来から云へば、決して童話と同一の意味を示すものではない。昔噺は即ち昔の話で、過去のことを材料とした一切の話は、悉《ことごと》く昔噺である。唯特に昔噺と云ふ語を、童話と同じ意味に用ふるやうになり、かく用ふるのが正しくあるやうに思はれるに至つたのは、童話の発端には大抵「むかしむかし」の一句が有つたから起つたのである。

御伽噺の方は、少しく意味を異にしてゐる。御伽は即ち徒《つれ》然《ぐ》を慰めるために相手をするの義で、この目的のために綴られた娯楽と教訓とを旨とする平易な通俗文学に、御伽の二字を冠せるのは、今日新に始まつたことではない。その起原は、遠く中古の時代にある。中古の草子を集成したものに、「御伽文庫」と云ふのがある。平易な通俗文学で、一般読者の娯楽を目的として、傍《かたは》ら教訓の意を寓してゐる。教訓を旨とすると云ふことが、御伽文学を他の文学から区別する点である。「御伽文庫」の読者が文字を解する中流以上の社会であつた、と云ふ点から見ると、今日の御伽文学が全く児童を相手にしてゐるのとは、大に趣《おもむき》を異にしてゐるけれども、此くの如きは、要するに時勢の相異に基く結果で、其の内容と傾向から見ると、両者の間には何等著しい根本的相異はない。

「御伽文庫」の内容は甚だ雑駁《ざつぱく》で、その中に収めた物語の数は、長いもの短いもの合せて二十三篇に達してゐるけれども、厳格なる意味に於ての童話と云ふべきものは、四分の一に足らぬ位である。その姉妹篇たる「新篇御伽文庫」に至つては、この傾向更に甚しく、総数二十篇の中で、童話と名をつけ得べきものは僅かに二篇しかない。

第二章　童話の目的

童話の定義――五個の要件――中古の「御伽文庫」――時代の要求――「千一夜物語」――世界童話文学界の無類の珍品「パンチャタントラ」――「五部経」の序文――「五部経」の内容――童話と教育――「本生譚」――童話の与へる教訓――俚諺と童話――ペンタメロンの徴証――印度の例――日本の例――童話の当面の目的――娯楽と教訓――童話と御伽話――俚諺と童話――三者の関係――「猿蟹合戦」

童話は娯楽を旨として教訓の目的を有し、児童のために家庭に於て物語られる民間説話である。この定義は

(一)娯楽を旨《むね》とすること、
(二)教訓の目的を有すること、
(三)児童を相手とすること、
(四)家庭に於て物語られること、
(五)物語文学の形式を具へること、

以上五つの要件を含んでゐる。童話はこの五つの要件に合格するものでなくてはならぬ以上、この五つの要件の中で、何れが一つ欠けても最早童話たる資格を失ふことは云ふまでもない。

中古の「御伽文庫」は、全体としては右の要件に合格しない。「御伽文庫」は如何にも娯楽を旨とし、教訓の目的を有する家庭的の物語文学であるけれども、児童を相手として綴られたものでなくて、文字を解する一般の社会を相手としたと云ふ点に於て、換言すれば五個の要件の中で四個までを具へて一個の要件を欠く点に於て、童話たる資格を失ふのである。勿論「御伽文庫」の中には、純粋の童話がある。併しながら、作者はこの童話を童話として取扱はずに、普通の物語として取扱つてゐる。児童に容易に理解される物語も、「御伽文庫」の作者の筆に上ると、児童に理解されなくなる。

此くの如きは、独り我が国の「御伽文庫」ばかりでなく、何《いづ》れの国に於ても、児童教育の一般に普及されない時代の作者の筆で綴られたものは、児童に理解され難い。児童が文字《もんじ》を解するやうに成つたのは、寺小屋式教育の普及した後の時代のことで、其の以前に於ては、文字で書綴られたものは、成人の読むべきもので、書綴る者も亦成人を相手として筆を執つたのである。児童は家庭に於て、祖父祖母の口から童話を聞いて、それ

で満足してゐた。童話が児童を相手にして書綴られ、刊行されるに至つたのは、徳川時代の中葉以後のことである。

若《も》し近世以前の童話的文学が、右に列挙した五つの要件の中で第三の要件、即ち児童を相手とすると云ふ要件を欠いてゐるのが欠点であるとすれば、此の欠点は時勢の然らしむる当然の結果として、誠に止むを得ぬ欠点である。「アラビアン・ナイト」と云ふ名で普《あまね》く日本に知られてゐる波斯《ペルシャ》の「千一夜語」も、矢張り此の欠点を免かれない。この物語集は其の分量に於ては「御伽文庫」の数十倍に達する位で、とても比較にならぬけれども、その内容の雑駁なる点に於ては頗《すこぶ》るよく似たところがある。数百語で尽きる短篇があるかと思へば、数万語に亙る長篇の恋愛物語がある。何《いづ》れも成人を相手にして書綴られたものである。

然《しか》らば昔のものには、児童を相手にして編まれたものは全く無いかと云ふと、決してさうでない。茲《こゝ》に一つの、恐らく唯一つの例外として、世界童話文学界の無類の珍品とも云ふべき童話集がある。それは現今《いま》から大凡《おほよ》そ千五六百年余り以前の印度《インド》の本で、原名を「パンチャタントラ」と云ふ、仮りに訳して「五部経《ぶきやう》」として置く。この書物は純然たる童話集と云ふべきもので、多くの民間童話を収録してゐるが、唯《たゞ》個々の童話と童話の中間、ならびに同じ童話の中間にも、多くの金言格言を挿入してゐるのが此の書の特色で、丁度仏典の中の譬喩《ひゆ》譚《ものがたり》の中に、長短種々の偈《げ》を挿《はさ》んであるのと同じ式である。この童話集の由来は、今日からは到底知ることが出来ぬが、その編纂の目的は其の序文で窺はれる。茲《こゝ》にこの序文の全訳を示して置く。

帰命頂礼《くゐみやうちやうらい》

ヰシニュシャルマンは、人間生活のすべての教訓書を精査して、この喜ぶべき五巻の書を編纂した。

其の由来に就て伝へてある。

南の方に、プラマダーロピヤと云ふ都がある。王様の名はアマラシャクチ、人間生活の凡ての教訓書に通暁され、その御脚《おんあし》は、最高の君主たちの宝冠の宝珠《はうしゆ》の光に包まれ、王様は凡ての藝術に通じてゐられるけれども、惜しいことには、三人の王子ワスシャクチ、ウグラシャクチ、アナンタシャクチは、揃ひも揃つて、愚鈍の性質を具へてゐて、種々《いろ〳〵》の教訓書を読ませて見ても、何の役にも立たなかつた。そこで大王アマラシャクチは此の事を嘆かれて、大臣たちを呼んで仰せられるには、汝等の知る通り、三人の王子は教訓書を馬鹿にして、少しも賢く成ることが出来ぬ。この事を思ふと、広大無辺の王国も、吾身に取つては少しも嬉しくない。「愚かな児よりも死んだ児が増しで、死んだ児よりも生れぬ児が増しだ。生れぬ児と死んだ児の為めに流す涙は、暫くすると乾く時があるけれども、生きてゐる愚かな児は、親の胸を焦す火と同じで、一生苦労の絶間がない」と云ふことがある。それからまた「仔も生まず、乳も与へぬ牝牛《めうし》は、何の役にも立たぬ。愚かな子を生んでも、何の楽みもない」と云つてある。「どうにかして、三人の王子を賢くする方法が有《あ》りさうなものだ。朕《ちん》の俸禄で衣食してゐる博士は、五百人も有るではないか。その五百人の智慧を絞つたなら、朕の願の叶ふやうに出来ないことはあるまい。」王様がこのやうに仰せられると、二三人の大臣が口を揃へて、「陛下よ、因明《いんみやう》の書を学ぶためには、十二年懸ります。苦心惨憺して、此を学び了つた後にはじめて、道徳、処世、慈愛の書を学び、此を学び了つた後にはじめて、人間は聡明になるのでありまする」と申しあげた。すると、其の座にゐたスマチと云ふ大臣が、今の言《ことば》を聞いて、「人間の生命は限りあるのに、文法学の書を学ぶのに十二年を要すると云ふのは、あまりに長い。今少し簡単にして教へたらどうであらう。聞けば博学多識で有名なヰシニュシャルマンと云ふ婆羅門《ばらもん》がゐるさうな。その婆羅門に王子たちを頼んだら、きつと早く賢くお成りなされるであらうと云つた。そこで王様がその婆羅門をお呼びになつて、王子たちの教育を頼まれると、ヰシニュシャルマンは早速承諾して、「その日から六ケ月の中には、必ず万人に勝れるやうに王子たちを教育して、立派な人間に仕上げてお目にかける」と申し上げた。王様は此の約束を聞いて、少からず驚かれたけれども、博学多識の婆羅門の申す事であるので、一も二もなく信用されて、早速三人の王子を頼まれた。婆羅門は王子たちを自分の家へ伴ひ行き、この五巻の書を編んで、王子たちに教へた。すると果して六ケ月の中に、三人の王子は万人に勝れた聡明な人間になられた。其の時からして、この五部経は青年の教訓書と成つた。

此の聖典を不断に誦みまた聴く者は、何時如何なる場合にも、人の笑ひを招くと云ふが如きことは決してない。帝釈天に対しても、決して敗を取ることはない。

偖《さ》て「五部経」の内容は、

第一巻　友達同志の仲違《なかたが》ひ
第二巻　友達を求めること
第三巻　梟鴉《けうあ》戦争
第四巻　一旦得た物を失ふこと
第五巻　思慮なき行為

の五部に分たれ、各巻、十乃至《ないし》三十篇の童話を収めてゐる。総計八十篇の童話の中で、その半数即ち四十篇は所謂鳥獣譬喩《ひゆ》譚《ものがたり》と云ふ種類に属するものである。此等の童話の内容そのものは、頗《すこぶ》る平易単純で、大部分は児童にも容易に理解されるものであるが、唯その間に挿入散布された無数の金言、格言、人生訓、処生の法則などの中には、甚だしく高尚深遠なものがあつて、青年期に達しなくては理解されぬ。兎に角、青年と児童との差こそあれ、成育期の人間を相手として、教育を目的としてゐると云ふ点に於て、「五部経」は世界童話文学界の明星である。教育に応用された童話文学の例として、この「五部経」程卓出したものは、何処にもない。童話の教育上の効果を吹聴した其の序文は、恐らく空前絶後の大気焰である。

「五部経」の中に見える童話は、仏典中の「ジャータカ」即《すなは》ち本生譚《ほんじやうたん》と多く一致してゐる。パリー語の「ジャータカ」は五百余篇の本生譚の結集であるが、仏典中に散在する本生譚の数は、更にそれよりも多数である。如何なる宗教の経典にも、童話を利用してあるけれども、仏典の如く盛に利用したものは、他に例がない。本生譚及びその他の童話が、多く仏典の中に見えるのは、印度に於ける童話文学応用の例として、大《おほい》に注意すべき現象である。

然《しか》らば童話の与へる教訓は、果して如何なる方面のもの、如何なる性質種類のものであるかと云ふに、これも一般の社会を相手とした昔の童話と、単に児童のみを相手とする理想的の童話とによりて、区別が有るべき筈であるから、一緒にする訳には行かぬけれども、概して云へば、童話の与へる教訓は、出来得る限り多方面で、出来得る限り多趣多様である。出来得る限りと云ふのは、児童に理解され得る限りの意である。単に教訓と云ふ点からばかり観察すると、童話は俚諺《りげん》と同じである。俚諺の与へる教訓が千万無量《ばんむりやう》であるやうに、童話の与へる教訓も千万無量である。児童に理解され得る限り、童話をコンデンスしたものは俚諺で、その反対に、俚諺を物語にしたものは童話である、と云つても、一面の真理は含んでゐる。

伊太利《イタリー》の有名な童話集「ペンタメロン」即《すなは》ち、「五夜物語」の中に収めてある童話には、民間俚諺《りげん》を題辞にしてゐるものがある。巻頭の数行の序文は、次のやうなことを云つてゐる。

「爾《なんぢ》が求む可からざることを求めよ、然らば爾は必ず爾が欲せざる所のものを得るに至るべし」と云ふのは古い真理の俚諺である。「他を陥《おとしい》れんとして穴を掘る者は、却つて自ら其の中に陥《おちい》る」と云ふ俚諺も、同じやうに古い真理である。一生跣足《はだし》で歩く身分でありながら、俄《にはか》に玉の輿に乗らんとの野心を起した女黒奴《をんなこくど》も、矢張り右の真理を悟るべき運命を持つてゐる。不正の財は禍である。此くの如くして、かの女黒奴は終に九天《きうてん》の上から九地《きうち》の下へ墜落したのである。此から順を追うて、その次第を物語る。

此の序文の次に、全篇の序とも見るべき話があつて、それから愈《いよ》〻五人の婦人が五日間引続いて、順番に物語をするのである。物語る童話の題辞に成つてゐる俚諺には、次のやうなものがある。

馬鹿者の成功。
播《ま》かぬ種は生えぬ。
棚から牡丹餅《ぼたもち》。
巧《たくみ》な舵は暗礁を避ける。
鬼を壁に描くな。
智慧よりは運。
忘恩は恥のもと。
云はれても聞かぬ者は叩かれる。
嫉妬は身を滅ぼす基《もとゐ》。

贖《あがな》はずに消える罪はない。

恩知らずの多い世の中。

恋の楽みに苦労の薬味。

因果応報。

昔の苦労は今の楽みの薬味。

進退谷《きは》まつて天の助け来る。

嫉妬は身を傷《きずつ》く。

人を呪はゞ穴二つ。

運命は避けられぬ。

拾つた物は惜くない。

神の誠は何時も新しい。

地獄の苛責《かしやく》は此の世で現れる。

神の恵みは万人平等。

辛抱は成功の金棒。

驕るもの久しからず。

火事に遇つた児は火を恐がる。

正直の外に幸福はない。

人の智慧は頼むな。

一身二君に仕へる事はむづかしい。

善行の果報。

正直の頭《かうべ》に神宿る。

徳孤《とくこ》ならず。

人に施しても直に忘れよ。

一刻の快楽は千年の苦労に勝る。


印度の「五部経」も、各〻《おの》の話の発端に必ず其の主意を述べてゐるが、その中で俚諺らしく思はれる面白いものを拾つて見ると、

他人の事に手を出すものは、楔《くさび》を抜いた猿のやうに死を招く。（此の発端を出して、楔を抜いて死んだ猿の話をする。それが此の童話集のやり方である。）

君《きみ》の寵臣《ちようしん》を軽蔑するものは、ダンチラのやうに君寵《くんちよう》を失ふに至る。

力で及ばぬ時は智謀。

智は力である。愚なる者は力なし。愚なる獅子は山の中で兎のために殺された。

知らぬ者を頼むな。

味方を棄てゝ敵を味方にする者は、愚者カンダラバのやうに身を滅す。

敵の力を知らずに戦ふ者は敗を招く。

宿命は免れ難い。

賢い敵は愚かな友に勝る。

不和は滅亡の基《もとゐ》。

弱い者でも強い者でも友にするがよい。森の中で捕まつた獅子は、鼠に救はれた。

一旦破れた友垣《ともがき》は再び結ばれぬ。

互の秘密を守らぬ者は身を滅す。

似たもの夫婦。

末のことを考へる者には福がある。

窮する者は乱を起す。

善人の助言に従はぬ者は身を滅す。

位ある者には従へ。強い者には水をさせ。弱い者には施せ。

似たり寄つたりの者に出会つたら腕力に訴へよ。

慮《はか》つて後に行へ。

知識よりも思慮分別。

無謀は身を滅す基《もとゐ》。

旅は道伴《みちづれ》。


「宇《う》治《ぢ》拾《しふ》遺《ゐ》物語《ものがたり》」の中にも、教訓を旨とした話の結尾には、多くの場合に於て、其の教訓の主意を述べた一句がある。今その二三を示すと、

物羨《ものうらやみ》はせまじき事なりとか。

されば心にだに深く念じつれば、仏も見え給ふななけりと信ずべし。

あやしの所には立ち寄るまじきなり。

人の悪心はよしなきことなりと。

ものうらやみはすまじきことなり。

猶心長く物まうではすべきなり。

「今昔物語《こんじやくものがたり》」にも、

此を思ふに、身を棄てゝ行ふと云乍《いひながら》も、無下《むげ》に知らざらむ所には行くべからず云々《うんぬん》。

然《さ》れば人の不信にして口早き事は努々《ゆめ〳〵》止可《やむべ》し。

然れば蜂すら物は知けり。心有らむ人は人の恩を蒙りなば、必ず酬ゆべきなり。

此を思ふに、獣なれども恩を知ることなむ有ける。何況《なんぞいはん》や心有らむ人は、必ず恩をば知るべき也。

我に増《まし》たらむ物を傾け犯さむと思はむ心は努々《ゆめ〳〵》止むべし。此く却て我が命を失ふ事ある也。

然れば心賢き者は下衆《げす》なれども、此る時にも万《よろづ》を心得て思ひがけぬ所得をもするなりけり。

世には此《かゝ》る嗚呼《をこ》の者もあるなりけり。

此様な者の人謀らむとする程に、由《よし》なき命を亡す也。


之に反して不忍文庫本《しのばずぶんこぼん》の「福富草子《ふくとみさうし》」の発端には、「人は身に応ぜぬ果報をうらやむまじきことになん侍る」としてある。此の童話が教訓の主意を冒頭に掲げて、それから物語をはじめるところは、全く「五部経」や「五夜物語」と同じである。

併《しか》しながら、此くの如く教訓の主旨を掲げだすのは、何《いづ》れも童話集編纂者《へんさんしや》の老婆心から出たことで、実際に於ては、童話そのものは、決して其の発端に教訓の主意を述べるやうな事をしないのである。「桃太郎」の話でも、「かち〳〵山」の話でも、乃至《ないし》は「猿蟹合戦」でも、発端は判で押したやうに、むかし〳〵である。元来童話そのものが、教訓を目的とするとは云ふものゝ、教訓は決して童話の正面の目的でもなく、また唯一の目的でもない。童話は物語文学として、娯楽を与へるのを当面

の目的として、娯楽の裡に教訓の目的を達するのである。児童が好んで要求する種々の食物の中には、営養上有効なものがある。児童にこの種の食物を与へるのは、児童を喜ばせるのが当面の目的で、営養の目的は副産物として自ら達せられると丁度同じやうに、童話の与へる教訓は副産物として、徐々に、暗々裡にその目的を達するのである。

此の点に於て、童話は寓話と異つてゐる。寓話は説話の衣裳を着けた俚諺見たやうなもので、物語の体をなしてはゐるけれども、面白く聞かせるのが当面の目的ではない。従つて成るべく簡単である。場合によると、容易に其の主意が了解されぬばかりでなく、聞いて少しも面白くなく、却つて飽かせることの多いことがある。即ち寓話は教訓を唯一の目的とするので、吾々の悟性に訴へる割合が大きい。教訓を与へるにも、与へ方がある。幾度となく首を傾け考へて、或は他の説明を待つてはじめて会得するやうな教訓では、説法を聞くのと同じである。苦いけれども、滋養に成ると云はれて、我慢して飲む薬と、効能を知らずに舌打鳴らして食ふ肉とは、大に其の趣が異つてゐる。希臘《ギリシヤ》の古代以来の「イソップ物語」の中に見える短い話の中には、説明を聞かなくては、何処に主意が有るやら、一寸《ちよつと》わかり兼ねるものがある。読んで見ても、勿論面白くも何ともない。此くの如きものがファーベル即ち寓話の好適例で、独逸《ドイツ》のレッシング一派が作つた寓話の如きも、余り意味深長で簡潔で、智力の発達してゐない農民や児童には、なか〳〵理解されない。

演説や議論の装飾として引用されるのは、大抵俚諺又は寓話である。民間童話が同じやうに応用された例は殆んど無い。童話は長過ぎるので、演説や議論に引用しては、却つて反対の目的を達する恐れがある。支那の文学は、寓話や俚諺の引用に関しては、頗る巧妙な多くの例証を持つてゐる。何《いづ》れも引用された場合では、適切で面白味を感ぜさせるけれども、別に引放して読んで見ると、索然として興味が乏しく成るやうな感じのすることが往々ある。

同じく教訓を与へると云つても、俚諺は直截簡明を旨として、一句の裡に一個の真理を述べ、人をして反省考慮せしむるに反して、童話は一篇の説話の形式を有して、娯楽の裡に教訓の目的を達せんとしてゐる。教訓的文学ではあるけれども、その直接の目的は娯楽であるから、純粋の文学のやうに、教訓の目的を度外視することはないけれども、教訓を直接の目的とする寓話とは異つてゐる。営養分に富む種々の材料を巧に調合して出来た料理が童話であるならば、特殊の材料から滋養分のみを抽出した越幾斯《エキス》が寓話である。前者を食する者は、その中に含む営養分の性質や種類や分量のことなどは、少しも考へずに、唯《ただ》口腹《こうふく》の慾を充たすために箸を取るのであるが、それで営養の目的は達せられる。後者は営養と云ふことを念頭に置いてはじめて取られる食料品である。

此の関係を表で示すと、

教訓＜俚諺
　　＜寓話＝俚諺＋説話
娯楽―童話＝俚諺×説話

　俚諺と寓話とは、その有する教訓の主旨が判明に意識されて、初めて其の目的を達するのであるが、童話は唯聞いて面白くありさへすれば、それで宜《よろ》しいので、教訓の目的は知らず識らずの間に、必ず達せられるのである。童話は物語である以上、その有する教訓は、決して俚諺や寓話に於けるが如く単純でない。見方によつて、聞く人によつて、話す人によつて、童話の教訓は同一なることを得ない。また一篇の童話は、種々の教訓を含むことが出来る。例《たと》へば「猿蟹合戦」の与へる教訓は、単に因果応報と云ふことだけではない。武士道を好む者の心には、死んだ蟹の遺子が親の讐《かたき》を報いたと云ふことが愉快に感ぜられるであらうし、或人は蜂や卵や臼《うす》などが蟹の味方をしたと云ふ点に教訓を求めるであらうし、また或人は猿が油断をしたと云ふ点に意味があるやうに思ふかも知れぬ。猿は蟹や蜂などに比べて、体力の点に於て遥かに勝つてゐるのに、敗《はい》を取つたのは智慧が足らなかつた為めである、と云ふ風に観察すると、この童話は文化の動機たる智力の勝利を歌つたものである。尚また卵や腐れ縄《なは》などが奇効《きかう》を奏したのは、物は用ひ場所によつては、どんな役にでも立つものだ、と云ふことを示したものだとも見られる。此くの如く「猿蟹合戦」唯一篇の童話に於ても、種々の教訓が含まれてゐるが、之を悉《ことごと》く児童に向つて説明して聞かせるのは、旧式の道話講説者一派の仕方で、児童教育の本義に矛盾する。童話と説法は一致しない。面白い童話に厭な説法を加味するのは、児童の興味を殺《そ》ぐ所以《ゆゑん》である。童話の教訓は他の説明を要せずに、児童みづから会得し得る性質のものでなくてはならぬ。必ずしも即座に、且《か》つ完全に、且つ判明に会得される必要はない。幾度か繰回《くりかへ》してゐる裡に、次第々々に無意識に会得されてゆくのである。

　教訓と云ふも、娯楽と云ふも、極めて広い意味に見て取つた教訓また娯楽である。小学や中学の修身教科書を標準としたやうな、堅くるしい教訓と思つてはならぬ。娯楽と云ふ中には、滑稽も含んでゐるのは云ふまでもない。一般に教訓と云ひ、娯楽と云ひ、すべて児童の心理作用、観念世界を標準としての話で、成人を標準としての話ではない。

（大正5年1月、婦人文庫刊行会刊）

評論

評論
随筆
記録

精神界の大正維新

「中央公論」社説

(一) 独逸を引照す

ビスマークは独逸の国家を偉大ならしめたれど其個人を縮小せりとは識者の論評なり、独逸統一の大業成りてより茲に殆んど五十年、今や独帝は世界の列強を相手に乾坤一擲の大戦争に従事中たり、国家としての現在の独逸は敵ながら偏へに感服の外なしと雖も独逸人個人としては多くは是れカイゼルの鼻息を伺ふに汲々たる利名に狂奔するの徒のみ、其学者中復たゴヱーテなく、シルレルなく、フイフテなく、其政治家中スタインなく、シヤーンホルストなく、ハルデンブルクなし、其学者と称するもの多くはカイゼルの命を奉し国家の為めに其研究の結果を呈供せんとするに過ぎざるもの、其政治家なるものは即ち是れカイゼルの秘書役たるに外ならず、独逸人民は宛も一大軍隊の如く、唯だカイゼルの命の儘に其世界政策を奉行すれば能事了すとせば今日の独逸の国情は殆んど理想に近しと謂ふべきに似たり、真理の研究に専心し世界の木鐸たるべき学者にして多く曲学阿世を以て終らんとする如き決して国家の慶事に非ず、又た堂々たる帝国大宰相の身を以て国際の時変に順応すべき機会を捉ふること能はず慢然強大の兵力を擁して列強を威嚇せんとし、終に今次の大戦乱を誘致するに至れるが如き決して其責任を解するものと謂ふ可らず、其他実業界に於ては造兵業に於けるクルツプの如き英才を出だし、総じて工藝の発達は世界其比を見ずとするも、独逸の人心は漸く唯物化し来りて殆んど崇高偉大の傾仰すべきもの地を掃はんとするに似たり、仮令今次大戦の結果独逸の敗屈に終らず寧ろ勝敗未決を以て互角引分けに帰するとするも其結果は決して独逸の為めに慶賀すべきことに非ず、況んや其敗辱に終るが如きに於てをや、其罪の帰する虚独逸に一人の人物なく、カイゼルを諫めて今日の惨禍に至る途より救ふ能はざりしに在り、蓋し近代五六十年間独逸人民は頻りに国家的成功に酔ひ、皇帝を以て神に代へ、名利を以て正義に換へ、上下交々利名を征して其国危からんとするものに非ずや、最近の学者中に在りてもオイケン、ハルナツクの徒の如き好学の士と謂ふ可らざるに非ずと雖も彼等が軍国主義の独逸を以て世界文明の先達者と做し之に刃向ふものを呼びて文明の賊と做すに至りては其愚実に笑ふに堪へたり、独仏戦争の前後の独逸は士気剛健、之を四隣の国風に比較するに同日に論ず可らざるものあり、殊に仏国がナポレオン三世の権謀に籠蓋せられ人情日に淫靡浮薄を極めたると対照せば、比公をして『我等独逸人は神を恐る、其他何ものをも恐れず』と云はしめしも誇張の言と云ふ可らず、実に五十年前の独仏戦争に際しては正義独逸に在りき、然れども今日の独逸人はカイゼルを畏る他に何物も此世に恐るものなしと云ふが如きの人情の下にあり、強大世界第一の陸軍を後援とするカイゼルの一命下ると共に挙国一致して軍務に服するの一事は頗る感心すべきに似たれども、蒙古人種が成吉汗の一令の下に水火を辞せず世界を横行せしと果して何の択ぶ処かあらん、其弊の及ぶ所、独逸に人物なく、カイゼルをして独り社稷を憂へしむるに至るの状察す可らずや、更に戦陣の事情に関し現在の独逸軍を以て七十年戦役のそれに比較せんに、兵数に於て今日は前日に十倍し且つ軍器の精鋭、軍隊組織の整頓等亦た遥に前日に優るものありと雖も軍人間士気の一点に至りては遥かに前日に及ばざるものあるに似たり、輓近の独逸軍隊が著るしく軍紀の弛廃せるもの丶如く、昨秋開戦以来各方面に於ける奪掠其他犯罪の頻繁なる殊にヴエルヅーン附近に於ける皇太子の内命を帯べりと称せらる丶奪掠行為の如き頗る世界の識者を顰縮せしむるものあり、之に反して前年の独仏役に際しては独人の節制比較的に称するに足るものあり、当時ヴエルサイユの旧王宮に滞在せる比公の如き其飲料の葡萄酒類を悉く本国より取寄せて敵の分捕品を消費せざるを誇りしことあり、又た直接士気の一斑として云ふには非ざるも、前回の役には遂に白耳義の中立を犯すに至らず能く中立国の権義を認めて国際条約の神聖を尊重したるも、今次の戦争に於ては其開戦第一の行為は即ち白耳義の中立を侵犯するに在りしことを記せざる可らず、世間一部の論者は英国が開戦を宣するに際し白耳義中立問題を以て宛も試験的事件と做し、独逸が其中立尊重を保証せざるを以て宣戦の主因となせしを怪しみ、寧ろ是れ一種の辞柄を構ふるに過ぎずと云ふものなきに非ざれども、国際条約の神聖は即ち国内に於て法律の神聖なるが如し、殊に列強に保証されたる小国の権利に至りて最も之を尊重せざる可らず、若しも之を尊重せず強国の必要の前には条約なく中立の権義なしと云ふに於ては是れ根本に文明立国の基礎を破壊するものに非ずして何ぞや、吾人は玆に至りて益々比公の深謀遠慮を称し現皇帝の驕気侮慢遂に公法の根本を犯して今日の惨禍を招くに至れるを歎ぜずんばあらず、是れ即ち多年の成功に酔ひ気随気儘を世界に立通ほさんとする心意の荒廃を示すものに非ずや、此等の数例を以てするも独逸魂の堕落歴々蔽ふ可らずと謂ふべし。

（二）我国情独逸に髣髴たり

吾人が前段独逸を論ずるは他なし其興廃隆替の跡に就き最も例証に富めるを見ればなり、抑も独逸統一の大業成りしは宛も我が王政維新と相前後し其雲蒸龍変人材掘起の状亦た頗る相似たるものあり、而して我邦維新前後の人材を以て今日の所謂人物に比較するに其懸隔の遠きに独逸に於ける前後人材の対照よりも更に甚だしきものあり、独逸最近開戦当時の参謀総長モルトケ将軍を以て七十年役の老モルトケ大将に比較し宰相ベートマン・ホルウエッヒを以て比公に比較し巧慧多能の現皇帝を以て重厚円熟の維廉一世と比較すれば時代の推移自ら明なり、然れども我邦現在の所謂政治家を以て吉田松蔭、坂本龍馬、木戸、大久保、西郷に比較せば如何、世界的知識を有するの一事に於ては今代の人物素より維新前後の人物に優るものあるべしと雖も、此一事を除きて外は、其胆気に於て其愛国の至誠に於て到底比較の限に非ず、過日尾崎行雄氏は木戸松菊の韻に和して述懐の詩を詠し之を知友に示せりと聞けり、恐らく其詩の劣作なりしは其人物の木戸と比して甚だ劣作なると毫も択ふ所なけん、若しも現在の人情時勢の間に橋本左内、高杉晋作の輩を投ぜしめば彼等果して多数党の首領たるを得べきや、恐らく世間は彼等を狂人視して殆んど真面目に之を相手にするものなからん、近時維新志士の碑を立て其祭祀を行ふの風潮あるは頗る同情すべきことなり、乃木将軍に対する崇敬の如き亦た世道を裨益すること少なからざるを思はずんばあらず、然れども先輩の祭祀を行ひ其紀念に忠なるは必ずしも先輩の志を継ぐ所以に非ざるを記憶せざる可からず、士気頽敗せる末世に於ては却て先輩の偉業を紀念して誇らんとするの風あり、和蘭領なる南洋ジャワ島の首府バッテンブルクに於ては一のワートルルー紀念碑あり其碑銘に依れば是れ和蘭の軍隊にして英軍を援けてナポレオンに最後の打撃を与へしものの為めに建てらるとあれど、実際ワートルルーにては和蘭兵は開戦前夜にブルッセル府に引揚げ、当日は一兵だも該歴史的戦場に形を露はさざりしと云へり、即ち或る場合には人は祖先の無実の勲蹟にも誇らんとするものなり、況んや有実の勲蹟に於てをや、然れども是れ真に祖先の精神に同情せるか故にはあらで寧ろ一種の虚栄心に駆られて遠きを追ふの形式を踏むに過ぎざる耳、又た或る一部に於ては偉人を視ること偶像を視る如く之を崇拝すれば宛も不可思議の神助にても与かるが如く思惟するものあり、而して彼等の精神は偉人の心と全然没交渉なり、若しも然らずして真に精神より偉人を崇拝するものとせば世間の風潮も現在の如くに唯物的に落ち且つ軽佻浮薄ならず尚ほ幾分当年の元気を残存すべき筈ならずや。

独逸の統一が国家を偉大ならしめて個人を縮小せしか如く、我邦にても維新政府の基礎成りて中央集権の政策着々実行せらるゝに従ひ青年学生の志気漸く衰へ其規模は痛く萎縮せられたり、開国前後の我邦の志気は頗る豪邁なるものにして、幾多敢行冒険の気分を含蓄し、殆んどエリザベス朝の英国を聯想せしむるものあり、当時幾多有為の青年は国禁を犯かし且つ僅かに風帆船の便を求め水夫の業務に服し洋行を企て、印度洋を渡り喜望峰を迂回し七八月の久しきを経て倫敦又は紐育に達したりき、当時一詩あり何人の作なりしか知らざるも汎く青年間に膾炙せらる、其詩に曰く

海城寒柝月生潮、波際連檣影動揺、従是二千三百里、北辰直下立銅標、

此詩の文義に拘泥して観れば宛も北極探険を詠ずるかの如く思はるれど、作者の真意は恐らく単に冒険遠征の情思を言はんと欲するに在るべく、以て開国当時に於ける青年有志輩の意気の壮大を察するに足れり、降りて明治七、八年に至れば征韓論の勃発するありて国内の志士は血湧き肉躍るの感に堪へざりしが、台湾征討の挙あり続いて西南の役あり僅かに欝勃たる蛮気の一部分を発散するを得たるも、人心の動揺は容易に沈静せず国家変を思ふの情は自由民権の主張となりて発し国会請願の大運動となりて現はれ来れり、此不安の国情を鎮撫するは只た国会を開設して一種の安全弁を設くるの外に策ある可らず玆に於て明治十四年の詔勅により二十三年を以て国会の開設あるべきを宣せられたり、是より時の政府にては鋭意法治国の基礎を置くに努むると同時に憲法制定の為めに全力を注ぎ、明治十八年には始めて内閣制の創立ありて帝国の政治組織を一新し、此と前後して華族の五爵を置き位階勲等の規定を立て又た恩給の法を定めて官職を奉ずる者の名誉利禄を保証せり、是れ実に自由民権を唱説して動もすれば常規より離脱せんとする人情を調整して国家人心の統一を計るの方法として頗る効果ありしも、又た進んでは今日の理想なき唯物的征利的小成的風潮を促せる一大原因ともなれり、試みに思へ衆議院議員の如き固より人民の代表者にして行政府司法府に対しては常に監督者の位置に立つものなり、故に其身自ら官吏たるものとは職責の趣を異にするものありて、位階服を着し勲章を佩ひ得々たる官吏とは其撰を同ふせざるものなり、然るに代議士にして位階勲章を羡み中流官吏の対遇を得れば以て頗る満足の色あるが如きは不見識も亦た極まらずや、日露戦争の終りて後ち貴衆議院議員中叙勲を希望して頗る運動に努むる処ありしと聞きしが当時は軍国の政に参画したる稜に由り一般に勲四等を賜はりき、今次の大典に際し何の勲功と称すべきものもなきに係はらず又た叙勲の運動を為すものありしと云ふが如き誠に沙汰の限にして、議院の世間より尊重せられざる誠に故なしとせざるなり。

（三）国家主義教育の弊

然れども人心を鎮静して自由放慢の弊より救はんとする明治政府の政策上より観れば故森有礼子に由り行はれたる学制改革は最も著るしき効果を齎せり、森子は明治十八年の伊藤内閣に入り文部大臣として最も特色を発揮したる人なり、其主張は国家主義の下に教育制度の一統を謀るに在りて、彼は全国に向つて劃一なる学制を施行し、当時異分子視せられし宗教学校を排斥せり、而して各学校の教授法なるものは主として口授に由り新智識を子弟の脳髄に注入せんとするに在り、想ふに注入法の教育は必ずしも森子により始めて主張せられたるに非ず、従来の儒教々育其物已に極端に注入的にして文字を記憶するに過当の重きを置けり、即ち注入教育法は我邦伝来の教育法にして、偶々西洋の教育制度を輸入するに当りても遂に旧弊を一掃して啓発的教授法を採用するの必要に着眼する能はざりしものなり、例せば小学より中学、高等学校を経て大学に至るまで十七、八年間に亙りて我青年子弟は偏に注入教育に由りて記憶力を浪費し且試験の関門多きが為めに精神を疲弊し、其終に業を了へて大学を出る頃には多くは其脳髄弾力を失し其元気消耗するを常とす、多くは是れ注入教育の罪に帰すべきなり、更に注入教育の弊は先例に拘み指導に服し、在学中は素より卒業後と雖も永久に柔順なる弟子たるを脱する能はざるに至る、自ら工夫発明し、先例をも破り師説をも翻へし以て学界の開拓者と為るが如きは到底注入教育の結果に待つべからざるなり。

然れども我邦教育の弊は単に注入教育に止まらず所謂国家主義の下に行ひ来れる劃一教育の弊亦た頗る甚だしきものあり、従来我文部省の目的は青年子弟の思想感情を一定の鋳型より打出さんとするに在りて各人に付き其自然独特の賦性傾向を参考とせず、其独創の見地を開拓せしめて自然の発達を為さしめず、却て其感ずべきことを示し其思ふべきことを教へ未来永劫師説の範囲を脱せしめざらんとするに在るか故に、何かの方法に由り其の元気を虚脱せしめて卒業後に於て自由に思索して進歩発展すること無からしめんことを要す、即ち注入教育、試験教育、利禄名誉の拘束、忠君愛国の服従要求等は遂に文部省の目的を達するに頗る効果ありしもの丶如し、更に消極的方面に就て之を観るに政治と宗教を学校内に禁制したるは文部省型の教育をして一層活気なく、一層自発力なきものたらしめたり、抑も政治と宗教は明治十年の前後より殆んど併行して我邦に其勢力を増大し来りて、十八年の学制改革の頃に在りては当局の眼には最も危険なる異分子として映せしなる可し、全国各地に開設せられて頗る繁昌せる宣教師学校が一面自由思想の養成所と認められし如く、天下到る処に開催せられし政談演説会は謀反人の教唆所なりと思惟せられたり、故に政談聞く可らず、宗教は学校の門内に入るを許さずとは文部当局内規の方針なりしなり、如何にも学生として極端に政治に狂奔することの甚だ可ならざるが如く宗教に凝結して学事を忘却するも亦好ましきことに非ず、然れども宗教か人の性情を開発するに最も有効なるが如く、政治の修養は能く人をして其国家的社会的職分を理解せしむ、故に政談宗教を禁制したるは一応の理由なきに非ずして当時の状況に照らし当局の処置に対し其心事を諒とするに足れりとするも、同時に我各学校を卒業する青年をして世事に疎く時勢を解し得ざる偏頗者ならしめたるの責なき能はざるなり、

之を要するに我邦の教育は、其長所を言はんと欲せば一朝一夕の能く尽すべき限に非ずと雖も、其弊や人心を萎疲し元気を消耗し、一切の雄渾偉大の気象を発生するの余地なからしめんとするに在り、若しも明治十八年に於ける森文相の教育政策を観て之を迂濶となし効果を見るの日を待つに懶しとせし人あらば、彼等は必ずや未だ二十年を出でざるに着々其効果の現はれたるに驚きしなるべし、当年の活気横溢して動もすれば放慢に流れ易かりし青年子弟は日露戦役前後に至りて其気風遂に一変し、最も柔順なる官吏候補者となり又は会社員志願者と為れり、

若しも森子自身をして其学制の弊遂に玆に及ぶを見せしめば恐らくは早く已に矯正の法を講ぜしなるべし、不幸子は憲法発布の当日を以て凶刃に係りて逝き、その後に文相たりしもの多くは凡庸の器にして劃一政策の弊を認むること頗る遅きに失するの怨あり、近来に至り稍弊の甚だしきを暁れるが如きも今や病膏盲に入りて一大英材の出づるを待たざれば容易に改むること能はざらんとす、亦た歎息す可らずや。

(四) 現代の精神的堕落

之を要するに我国家は維新以来長足の進歩をなし我国勢は年と共に開展し、日清日露の両戦を経て既に韓満を奄有し、更に今次の世界争乱に際会するや一躍東洋の覇権を把握するに至れるも、内に国民の精神状態を顧みれば其志漸く荒廃し苟安小成を希ひ、国家の偉大国民の縮小とは正に反比例を為すものの如し、現代の国民は国家をして今日の偉大を為さしめん為め維新の先輩が如何の苦辛を甞め如何の犠牲を払ひしかを忘却するもの、如し、表面には頻りに其功勲を賞し崇仰の形を示すも其精神は日々益之に遠ざからんとするに似たり、勲章、年金、爵位、恩賜を目標として活動する処の現代人士が到底当時の誠忠にして犠牲的なる高崇雄大の精神を理解し得べきよう無ければなり、而して犠牲献身の気魄なく高崇雄大の精神なき今日の縮小せる国民にして果して無難に先輩の遺業を継承し行くことを得べきや否や、是れ実に現代の有司、軍人、政客、学者、教育家、宗教家輩の正に自反再思して深く憂慮すべき処に非ずや、試みに一例を以て之を云はんに玆に徒手一代にして数百万の身代を作れる人ありと仮定せよ、彼若しその貧賤に生立ちしを恥じ其子女をして華奢の生活に慣れしめば一朝不諱の事あらんには果して其不肖児の代に至り其家依然として繁昌するを得べきか、今代の我邦人は之を維新前後の日本人に比較して果して不肖児に非ずと云ふことを得べきや否や、而して今に於て速に自反覚醒することなしとせば遂に能く維新の大業を継承進展し得べきや否や深く関心憂惧せざるを得ざるなり、

今や我文部当局は学制問題の解決に没頭するもの、如く吾人は其労を多しとせざるに非ずと雖も、学制の改革は必ずしも今の教育界を刷新すべき根本的手段に非ず、学制の改革素より必要なり、然れども教育方針の改革、学風の一新は寧ろ学制問題以上に重要なりと云はざる可らず、従来の注入教育に代ゆるに啓発教育を以てし、良民教育に代ゆるに偉大国民教育を以てし、自由雄渾の思想を鼓吹して以て下劣俗悪なる利己的感念により糜爛せる我国民の心腸を一洗するは実に今日焦眉の急ならずや、然れども凡庸なる当局に対して吾人は望を嘱するの愚を演ぜざる可し、天もし我邦に幸せば必ず近き将来に於て第二の森子を出だし巨人の手腕を借りて我学界の宿弊を一掃せしむることあらん。

転じて我宗教界を観るに名僧名識と称せらるるもの少なからずと雖も教界の寂寞未だ曾て今日の如きはあらず、今の俗化し

腐敗せる人心に向ひ一人の新鮮なる福音恵報を伝ふるを聞かざるは何故ぞ、我邦幾万の教師僧侶中豈に一人自己の使命を自覚するものなきか、前古未曾有なる世界の大乱は彼等の道念に何等の刺激を与ふることなきか、我国民の危機は未だ彼等の魔酔せる眼瞼を開かしむるに足らざるか、近頃宗教的有志の会合なる帰一会に於て目下の我国民の精神状態に対し之を指導すべき宣言を発するの議ありと聞けるは聊か空谷の跫音たるの感あり、帰一会員諸氏は流石に今の時勢を以て太平無事憂慮を要せずとは思惟せざるものに似たり、然れども果して幾許の徹底したる考を以て世間を観察し居れるやがは吾人夫の宣言に接して之を推測せんとする興味ある問題なり、但だし天下の革新は委員会の決議を以て成遂げ得べきものに非ずとはカーデナル、ニウマンの名言として世に伝へらるゝ処、帰一会の宣言可ならざるに非ずと雖も之に多くを依頼せば恐らく失望に終らん、大凡革新運動は徹底せる見識に基づき確実ある一大人物の心腸より湧出する唱説に由ることを要す、我邦に於ても法然あり親鸞ありて真宗の運動起り、日蓮出でゝ法華の宣伝となり、仁斎東涯ありて儒教の徳育起り、又た海外に於てもルウテル、カンウインありて新教的革新は開始せられ、朱晦庵王陽明ありて死せる儒教に両派の新生面を開きしが如し、吾人は帰一会の宣言以上精神界の刷新運動を期待するの情に堪へず、想ふに天下蒼生亦た大旱の雲霓を望むが如きものあらん。

我政治界に対する大正維新の運動、即ち憲政擁護運動は、吾人が曾て屢々論じたるが如く全然失敗に帰したり、而して政界は全く中心力を失ひ混沌として其紛擾日に益々甚しからんとす、故に政界の刷新は有識者の最も心を労すべき問題たるは論を待たずして、吾人亦た機に触れ折に接して論説を怠らざるべし、然れども政界根本の刷新は国民の精神状態を一新するより起らざる可らずして、一種新清にして偉大なる理想の発現して我精神界を刷新するに至らば政界の事蓋し亦た見るに足るものあるに至らん、殊に多年独逸流の国家主義を実施したる結果、国民を軍隊視するの傾ありて、個人の自然的発育を害する少なからず、想ふに或る意味に於て独逸流の応用は富国強兵の政策を行ふに頗る便利なることあるは否定す可らず、現に独逸の今日ある又我邦が近年長足の進歩を成せる組織的国家主義に負ふ所甚だ多きは睹易き道理なり、然れども現在の国難に際し英仏両国民が能く発憤興起し克く其智力を尽して倦まざる状態を見れば個人主義亦た実に侮る可らざるを知らん、而して戦後の国情を予想せば吾人は勝敗の如何に関はらず英仏の状態が必ず大に独逸に優るものあるべきを信じて疑はず、真の偉大なる国家は個人の上に於ても亦た偉大なる国民たらざる可らず、是れ吾人か国家として偉大にして国民として縮小せる我国の現状に対し一大革新の必要を唱説する所以なり。

（「中央公論」大正5年1月号）

日本婦人の社会事業に就て伊藤野枝氏に与ふ

青山菊栄

伊藤野枝様

まだお目にかゝつた事はありませんがお書きになつたものは時々拝見いたして居ります。私が青鞜を手にする事はごく稀なのですがその時にあなたのものを見のがさずに居ります。私はあなたの議論に敬服するよりもあなたのわき目もふらぬ一心な態度に引きつけられて居ります。幼稚であらうと大ざつぱであらうと心からの叫び程尊いものはありません。あなたに前条の欠点はあつてもそれは智者とか学者とか云はれる人々の取り済ました悟り顔とは比較にならぬ微瑕にすぎません。斯ういふ様な訳で私はあなたが好きなのです。好きな丈にあなたのお書きになつたもの、中にお考の不十分な様に思はれる点を見出すといかにも残念な気持がいたします。

其の残念な気持をそのまゝ消し切れなくてあなたの前に披瀝したくなつた結果が此手紙なのです。

さて何がそんなに残念かと云ひますとそれは青鞜十二月号所載の日本婦人の公共事業に就ての論文のうちの所々の御議論でした。前半に就ては私はあなたの論旨に異議はございません。自分自身何等の識見無く反省なき無知無能の連中、貴婦人と呼ばれる人間性を失つた特殊の民族が時々花を売るとか旗を売るとか愚にもつかぬ遊戯を思ひついて通行人の妨害をするのは以ての外の事です。私共忙しい貧乏人はどの位迷惑するか分りません。彼等の慈悲心がそれをさせずにおかないとかいふ事なら何も往来へ出てやらずともの事です、そして通行の貧乏人――どうせ人に施す位の余裕のある金持は馬車か自動車でつかまらない様に駈け抜けて了ひます――を強請つておいて博愛顔をせずともの事です。彼等の家にはさういふ遊戯に適当な広い芝生や美しい築山がある筈です。彼等の指環、彼等のブローチ一個でも私達の十年の労働より高価であるに違ひないのです。何を好んで彼等は今日の糧を案じる人々の血の様な金を強奪したいのでせう。私は暗夜に戸外を窺ふ覆面の男より白昼辻に立つ美装の強盗をより恐れより憎みます。

私は曾て或養老院に資金を出して居る富豪の寡婦と話して居ました。寄辺のない年寄達の身の上をきくと、子供や孫に慕はれて賑かに暮して居る世間の老人と比較して実に気の毒な気がしましたので、

「随分寂しいことでございませうね」

と私が云ひますと其の人は

「何寂しいことがありますものか、多勢一所に居るんでござい

ますもの」

と平気で居りました。そしてその人はその多勢が寂しくなく幸福にして行かれるのは幾分自分のお蔭だといふことをにほはせ、それに対して称徳の言葉を私から聞きたい様子でした。金持は第一に自分が何故富んで居るのか、貧乏人が何故貧乏なのか考へて見た事があるのでせうか。もしそれを考へて見たなら、そしてそれが分つたなら慈善などゝといふ馬鹿な真似は出来ない訳です。その代りに他人の労働を盗むことを即刻にやめ、蓄積した資財の一切を擲つて身自ら額に汗してパンを獲やうとしなければなりません。そして慈善がしたくても出来ない世の中、貧乏人の居ない世の中を早く作り出さうとしなければなりません。以上はあなたの論文の前半に就て私の賛意を表したにすぎません。さて其の次の条、「婦人矯風会」の事業の一部について私はあなたと多少異つた意見をもつて居ります。婦人矯風会とは一体何をする会なのか私は少しも知りません。多分今日まで人に知られる丈の何事をもして居なかつたからでせう。しかしその会が主になつて居るのかどうか知りませんが公娼廃止運動といふ事はあなたの仰しやる程無意味な無価値な問題では無い様に思ひます。それ所か為た方が好く亦為なければならぬ事だと思はれます。私も曾てこの問題に就て全然無知であつた頃にはあなたと同じ様な意見を持つて居りました。しかし此頃それに就て少し許り調べて見た結果、公娼が名実共に私娼より不正であり有害である事を知りましたので勢ひ廃娼論者とならざるを得なくなりました。その調べた結果は一月から創刊の「社会政策研究」といふ雑誌に出る筈ですから是非御一覧を願ひます。公娼にも集娼散娼の二種あります。日本の遊廓制度は前者で外国のは多く後者です。無論両方とも風俗衛生等の点に於て優劣はありません。何にせよ売淫を公然の生活手段として許す以上いかに取締つても甲斐はありません、亦公娼の弁護者の迷信して居る検黴なぞの全く無効な事は日本及欧米の医者が公然証明して居ります。日本の公私娼の黴毒は共に七〇パーセントだといふのを見ても分るではありませんか。又日本の公娼制度は日本の封建制度が産出した特殊のものであつて外国には全然類の無い悲惨と残酷とを供へて居ります。第一に私娼とは肉体的自由の点に於て非常な差があります。廓外に出る事は無論、大抵は戸外に出る事も許さないのです。また食事などに至つてはお話にならないのです、何しろ一日二食で一度の副食物が一銭といふのですから。殊に売れない娼妓なぞは絶食させられても文句はないのです。そしていかに稼いでも儲けは皆楼主のものになつてしまふので年限は延び借金は増す一方なのです。御参考迄に山室軍平氏の「社会廓清論」の一節を左に。

「娼妓の前借金に不思議な事は彼等が娼妓を勤める事に依て前借金が減る代りに却て増すのが多いといふ事実である。もとより其精算勘定がどうなつて居るかといふ様な事を知つて居る娼妓など殆ど無い。大概は皆貸座敷営業者が娼妓の印形を保存して居て、其時々に勝手な事を帳面に書き込み好きな様に捺印するのであるから斯ういふ結果を見るのも不思議では無い。私共が取調べた百人の娼妓の中自分の前借金の増減を自分で弁へて居る者は只二十六人に過ぎなかつた。然らば彼等が娼妓になつた当座と比べて其後前借金の増減は如何やうになつて居たかと云ふに、

前借の増したもの　　一八
前借の減じたもの　　八

即ち増した者七に対する減つた者三の割合である。増した中には、

前借金二百六十円にて娼妓となり、五年三ケ月勤めて三百二十円に増したもの
前借金二百八十円にて身を沈め一年七ケ月勤めて三百七十円に増したもの
同三百四十円にて身を沈め満二年の後に四百円に増したもの

等がある。其反対に減つた者の中には、

前借金四百五十五円にて娼妓となり二年一ケ月勤めたる後四百五十円になりたるもの、即ち二年一ケ月の醜業に就て漸く五円丈返済し得たものなどがあつた。」

こんな制度を公認しておいて好いでせうか。同じく悲惨でも当人の為めには私娼の方がまだしもなのです。私娼の害毒が公娼と同程度であるならば公娼を廃しても差支はない訳ですし、斯うした奴隷売買兼高利業を保護する政策はやめなければならぬとはお思ひになりませんか。私娼の取扱に就ても私が読んだ二三外国の書籍には、売淫を犯罪とするならば其犯者たる男子も同罪であり、背後に居る使嗾者も亦処罰すべしと論じてありました。フオーセツト側らしい一英国婦人は「婦人運動の将来」といふ小冊子の中に之に言及して「AとBの二少年が共同して林檎を盗み、A丈発見された時、社会はAにBの罪まで被せて二重に復讐して好からうか。売笑婦の処罰は之に類して居る。売淫は婦人が単独に行ひ得る行為で無い。之が其犯者は堂々社会に幅を利かせて居るのに婦人のみ独り汚辱を被る謂れがあらうか。」と云つて居ります。それは兎も角も一切の売笑婦の供給を断つ為めには社会の改造が必要です、無知と貧乏が凡ての醜悪な行為のもとなのですから。それから一つは男の身勝手ですね、どうしても之を制さなくてはなりません。あなたは「もしも彼女たちの云ふま丶にあの花柳界の女たちのして居る事が賤業であるとしてもあ丶した業が社会に認められて居るのは誰でもが云ふ通りにやはり男子の本然の要求と長い歴史がその根を固いものにして居る。それは必ず存在する丈の理由をもつて居るのである。彼女たちがたとへ六年間を誓つたとて十年間を誓つたとてそれを全廃する事がどうして出来やう」と云つていらつしやいます。それならば今日の社会制度は凡て左様ではありませんか。歴史が長く根が固いといふことは正しい存在の理由を構成しては居りません。それは惰性と同義である場合が多いのです。又歴史が長く根が固い故に悪い制度を廃するこ

とが不可能だと云ふならば女は有史以来の屈従の歴史を尊重してをとなしく引込んで居る方が好く、又いくら反抗してもそれは駄目骨だといふ事になります。あなたは之を是認なさいますか。又あなたは「男の本然の要求」と仰しやいます。しかし私の調べた所によると売淫制度は不自然な男女関係の制定に伴て起つたもので男子の先天性といふより不自然な社会制度に応じて出来たものなのです。女の拘束の度に比例して隆盛を極めるものなのです。ですから女を自由にすれば自然消滅せざるを得ないものなのです。仮に一歩を譲つてたとへそれが男子本然の要求であるとしても自身反証を挙げて居る男子は少くありませんが――あなたはこの制度を承認しやうとなさいますか。いかに男子本然の要求であつても女子にとつて不都合な制度なら私は絶対に反対致します。「男子本然の要求」だからと同性の蒙る侮辱蹂躙を冷然看過してお出での所を読んだ古い人々は「さて〳〵新しい女にも似合はない殊勝な心掛けだ」とさぞかしよろこんだ事でございませう。

外国の公娼は日本の私娼に類するので只鑑札がある丈ですがそれも喧しく段々廃されて行きます。その結果は良好なのです。公娼を廃せばそれ丈私娼が殖えるといふのは偽です。公娼が無い土地は私娼も振ひません、公娼を廃せば大抵は私娼も減ります、減らない場合でも殖えはしないのです。つまり公娼が減つた丈――日本で云へば五万人――醜業婦が減少する訳なのです。欧洲の廃娼都市の統計を見ますと公娼廃止後黴毒が減少して行く傾があるのです。特に日本の公娼制度が悪いのは公然挑発誘惑の設備を許されて居る点です。その為無用な好奇心をそゝり情欲を刺戟して青年を堕落させる機会が多いのです。又私娼の方が引込まれ易いと仰しやいますが、抜ける事も容易ですからつまり公娼より生活程度が高い丈亦公然挑発しない丈増しでせう。要するに日本の遊廓制度は不自然に需要供給を造出して社会を腐敗せしめ、他人の非倫行為に依て利を博せんとする奴隷営業の保護政策なのです。打捨ておいても長い間には公娼は自然と無くなりませう。今でも衰微する一方ださうですから。それは公娼は全く籠の鳥なので世間話一つする事も出来ないので私娼の方が面白いのだといふ人もあり、張見世などの下品な不自然な制度が多少進んで来た人間に悪感を催させるからだといふ人もあります。多分両方でせう。しかし悪い事はいかに小さな事であつても自然の成行に任せずに出来る丈除去しなければなりません。この意味に於て私は公娼廃止に賛成いたします。

又外国人の手前見えをおもつて廃娼を主張する事が悪い様に仰せですが、それは浅薄な理由にしても差支ない事だと思ひますね。自分で気がつかずに居ても人から見供ないと云はれゝばよさうかしらと思ふのは人情です。又事実よした方が好い事ならそれで結構ではありませんか。私共が往来で羽織の襟がたてかぶりになつて居たり帯がほどけさうになつて居るまゝ歩いて居る人に一寸注意したとしますね、其時其人はひらきなほつて沈思瞑想し、果して羽織の襟を正し、帯を結び直す事が見供ない事であるや否やを考へ、内から湧く已むに已まれぬ欲求を待つて直さなければほんとで無い、真面目でないと云へるでせうか。見供ないと人にも云はれ事実見供ない事に相異ない公娼制度も之と同じ事でさつさとやめるが好いのです。但しあなたが見供なく無いと仰しやればそれ迄ですが、さう仰しやる前に市内の遊廓を一見なさる様おすゝめ致します。

無論智識の普及に依て個人の自覚を促す事は最大の急務です、しかし同時に今目前にある有害な制度も黙認してはおかれません。人が自分の咽喉を締め様とした時は誰しも極力争ふでせう。其時、この人は無知だから斯う云ふ事をするのだ、一つ教育を施してその不可なる所以を自ら覚らしめなければなるまいなどゝ考へて居るうちに殺されてしまつたらどうなさいます。私は婦人の自覚と同時に諸制度の改革を必要と認めて居ります。あなたは社会百般の事象は表面に表はれる迄には必ず確たる根をもち立派なプロセスをもつて居るものであり、偉大なる自能力の最も力強い支配力のもとにある不可抗力であつて、僅かな人間の意力や手段では誤魔化せない正真正銘のねうちを失ふ事のない力であると仰しやいます。果して左様でせうか。大化の革新は人間の手に依て成されました、封建制度も人間に作られました、そして又人間の意力に倒されて明治となりました。立憲政体も人間が作つたのです、陸海軍も人間が作つたのです。要すに凡ての社会制度は人間が作つたものであり、こわしたい時にはいつでもこわせるものである事は古今東西の歴史に現はれた大小無数の革命が証拠です。又現在の事実も皆それを証明して居ります。又あなたもそれを信じていらつしやればこそ女に不都合な世の中を改革し様と志していらつしやるのではありませんか。もし仰せの様に社会百般の事象が人間の意力で左右し得ぬ不可抗力であるとすればあなたの戦は畢竟徒労です。もしあなたの敵があなたの論を武器として在来の制度は不可抗力なるが故に、且僅かな人間の意力や手段では動かせない正真正銘のねうちある力なるが故に、女は飽迄在来の女の運命に甘じてお花やお茶に日を暮せと云はれた時、あなたは何とお答へになります。あなたは自然の威力といふものを迷信していらつしやいます。人間の作つた社会を支配するものは人間です、人間は自然を利用して行く丈の事で自己の事は一切自己で仕末の出来る程賢い動物なのです。畢竟権力者達の作つた不都合極まる制度を自然の不可抗力だなどゝ認めるのは無知な卑屈な奴隷思想です。人間の進歩を阻む危険思想です。

私は公娼廃止の可能を信じて居ります。当局者の意向次第で明日にもやめ得る事は事実なのです。六年かゝらうと十年かゝらうと出来る事であり為甲斐のある事なら為た方が好いではありませんか。無論売淫問題は婦人問題の一部にすぎず、公娼問題はまだ其一部にすぎませんが特に顕著な有害な一部である以上看過しておく事は出来ません。工女問題などゝ云ふより大きな問題も私共の手を待つて居りますけれどもさし当つて解決のし易い手近な問題から片づけて行くのは決して無意味でないと思ひます「誰でもが云ふ様に」と売淫制度の存在を是認してお出の様ですが、あなたは「誰でもがいふ事」は正しい事と信じてお出なのでせうか。それが「傲慢狭量にして不徹底なる日本婦人」と他を痛罵する資格のある「深く物を考へた」聡明なる婦人のお言葉でせうか。「本当に物の根本をひとりで考へる程人間はずつと謙遜にならずに居られない」なら第一あなた御自身の態度はどうですかと伺ひ度い。

私は矢島さんといふ方は直接には知りませんが、やり方で見ると鳩山某女とか山脇何子とか云ふ様な連中程下等では無い様ですね。何しろ八十を越した年寄ですから目がかすんで物を見ちがひ感ちがひされるのも無理はありません。毎年議会に提出される案などはあの方の偶像なのです、あなただつてお祖母さんの仏いぢりは打捨ててお置きになるでせう。あの方の仕事はその位に見ておけばい丶のです。日向でお念仏を唱へて居るおばあさんより外にまだ相手がありさうなものではありませんか。私共の周囲にはもつと〳〵有害な偶像をもつて衆を欺き人を抑圧しやうとして居る連中が一杯です。私は矢島さんの仕事の中で女子学院と公娼問題だけは小さい乍らも価値を認めて居ります。其他については批評する価値を認めませんから打捨つておきます。そして私の精力をもつと有害な価値の打破に用ゐたいと考へて居ります。

いろ〳〵失礼な事を申上ました。お目にか丶る機会を楽しんで居ります。進んでその機会を作るには私は余りに不精者に生れて居ります。お二人のお母様では大変ですね、お察し申します。あなたとあなたの愛していらつしやる方々の御健勝を祈ります。

（十二月五日）

（「青鞜」大正5年1月号）

青山菊栄様へ

伊藤野枝

青山菊栄様

あなたの公開状は本当に、私には有りがたいものでした。私は幾度も〳〵読み返しました。勿論、不服な事もありますがそれはおい〳〵申上げる事にして、先づ公娼廃止についてのあなたの考へ方は正当です。私はそう云ふ方面に全く無智なのです。私はまださういふ詳しい事を調べるまでに手が届かなかつたのです。その点では私はあゝ云ふ事を云ふ資格は全くなかつたのかも知れません。あれは私は或田舎の新聞に頼まれて書いたものなのです。別に深い自信のあるものでもなんでもありませんでした。けれども全く、私はあなたのお書きになつたものを拝見して始めてさう云ふことを気づいたのです。勿論、私はさういふ娼妓の生活状態に就いて無智な者ではないのです。私は可なりあの人たちの生活についてはもつと子供の時分から知つてゐましたのです。さうしてさういふ処に気のつかなかつたのは私の自重のない態度がさうさしたのです。私はあなたにその事を気をつけて下すつた事を感謝いたします、そして、あなたのやうな考へ方から見れば公娼廃止と云ふことも尤もな事です。もうその事については何にも云はない方が立派な態度かもしれません。こんな事を云ふのは卑怯な負惜しみと見えるかも知れませんが、私があれを書いた時に主として土台にしたのは矯風会の人たちの云ひ分でした。私はそれ以外に深く考へることをしなかつたのは私の落ち度ですが彼の人たちからはさう云ふ深い事は聞きませんでした。若しもあの人たちが本当にさう云ふ、あなたのやうな意見を以て向ふのなら、私だとてあんな事を書きはしません、私は矯風会の人たちからはまだそんな立派な事は聞きませんでした。それで、根本の公娼廃止と云ふ問題はあなたの抑つしやるやうな正当な理由から肯定の出来る事ですが、私は矯風会の人達の云ひ分に対しては矢張り軽蔑します。あの人達の云ふ事はあなたのゝ程徹底しては居ないと私は思ひます。

さて此度は、私とあなたの思想の差異になつて参りますが、私はすべての議論が何時でも何の人達のでもお仕舞ひにはつまらない言葉のあげあしとりになつて、水掛論になるので議論と云ふ事は本当に嫌やなのです。さういふいやな事をしまいと思へば一々その言葉の内容からしてさがして行かなければならないと云ふ面倒な事になつて来ます。さうしますと、だん〳〵に本来の問題よりも枝葉の事に渡つて来ると云ふ順席になります。私は今私の考へを述べる前に、どうかこの事がさうしたなりゆきにならないやうに出来る丈けお互ひに丁寧に、あつかひたいと思ひます。

先づ、何よりも先きにあなたに申しあげなければならない事は、私が公娼廃止に反対だと云ふ風にあなたが誤解してお出になるらしい事に就いて、私は左様ではありませんと云ふ事です。私は勿論肉の売買など決して、いゝ事だとは思ひません。悲惨な事実だと思つてゐます。さういふ事をしないでも済むのならそれに越した事はありません。細かしい事はおい〳〵云つてゆきますが先づ大ざつぱに、私の見たあなたの、私の云つた事についての御批評は、あまりに表面的で独合点でゐらつしやいます。それは、あなたが私の書いたものにこれ迄あまり注意して頂く事が出来なかつた故かも知れませんが。

あなたは私が売淫と云ふ事が社会に認められてゐるのは男子の要求と長い歴史がその根を固いものにしてゐるので、それは必ず存在する丈の理由をもつてゐるから彼女たちが六年をちかつたつて十年をちかつたつてどうして全廃する事が出来やうと云つたのを、私が絶対に全廃することが出来ないとでも云つてゐるかのやうにむきになつてゐらつしやるやうですが、成程私の言葉の足りなかつた処もありますけれども私は、それを絶対の意味で云つたのではなかつたのでした。私はいろ〳〵な深い根本の事を考へてゐますと、すべての「存在」と云ふ事について深い不審をもつてゐますが、さう云ふ「存在」と云ふ事実がある以上、局部的にはその理由を一つ〳〵認めることが出来ます。あなたの態度から云ひますと立派なものでなくては存在の理由がないやうな風になりますが、どんなつまらない事でも「存在」する以上相当の理由と価値とは必ずあります。たゞ価値と理由が、その存在を長くしたり短かくしたりする丈けだと思ひます。根、と云ふものはそんなに絶対のものではありませんよ、浅かつたりゆるかつたりすれば忽ち引つこぬかれます。どんなに深く這入つたものでも固いものでも生命がなくなれば駄目ですし、相当の労力と時間を費せば掘り出すことも出来ます。長い歴史が根を固くしてゐると云ふことは正しい存在の理由を構成しないとあなたは仰云つてます。さうですとも正しい存在でないものには正しい理由のある筈がありません。勿論惰性と同義だと云ふ事はあまりに分りすぎてゐます。それがおわかりになつて何故私が公娼廃止が絶対に行はれないやうに考へてゐるなど、誤解なさるのでせう。此処ではあなたの方が却つてその存在にもつと正しい理由がある事のやうに是認してお出になるやうに見えますよ。で、私が全然その事を不可能だなどゝ云ふ馬鹿な考へを持つてゐない事をおわかり下さいましたか？

さて、此度は要求と云ふ事の側になりますが、あなたはそれを男子の身勝手と云ふ簡単な言葉で片づけてお出になりますが、私は男子の本然の要求が多く伴つてゐると云ふ主張は退ける事が出来ません。もと〳〵売淫制度が不自然である以上、不自然な制度に応じて出来たものであることは云ふ迄もありません。

其処で、あなたのお調べになつた事がます〳〵その売淫制度と云ふものが男子の本然の要求を満たすために存在するものだと云ふことを完全に証拠だてます「女子の拘束の度に比例して売淫が盛んになる」と云ふ事実が。

私はあなたにその事実を承認するかと詰問なさる。「私はこれは惨ましい事実だと思ひます。」と云ふ以上に立ち入つた言葉でお答へしたくはありません。さう云ふ事を簡単に承認するとかしないとかそんな事で片づけやうとなさるあなたは人間の本当の生活と云ふものがそんなに論理的に正しく行はれるものだと思つてゐらつしやいますかと私は反問したい。あなたはあんまり理想主義者でゐらつしやいます。「如何に男子の本然の要求であらうとも女子にとつて不都合な制度なら私は絶対に反対いたします」と云ふあなたの言葉はあまりに片意地に聞こえすぎます。あんまり物事を極端に云ひすぎます。もう少し冷静に考へて頂きたいと思ひます。

あなたは前に、女子の拘束が売淫制度を盛んにすると仰云ひましたでせう?その不自然な拘束が男子の自然な要求を不自然に押へなければならない様にするに相違はないのですけれどもさうした要求が長く忍んでゐなければならない事でせうか、また出来る事でせうか、そんな不自然な抑制は体をいためたり素直な性質をまげたりする他何にもいゝ事はありません、そんなにまでして忍ばなければならないと云ふ理由が何処にありませう。私は私自身としては可なりコレヴエンシヨナルな考へとして非難は受けましたが誇りとか何とか云ふことよりも何よりも私自身の一種の潔癖からヴアージニテイを大切にすると云ふ事を主張しました通りに矢張り同様に男子にもそれを要求したいのです。そしてそれを苦痛を忍んでも抑制すると云ふ気持に美しい一種の感激をもちます。けれどもそれは私一個の考へであり望みなのです。普通の場合としては前に云つた通りそれは先づ不可抗性を帯びた要求ですからそれを是非押へなければならないと云ふことはあんまり同情のない考へ方だと思ひます。まして男女の人口が不鈞衡になり、ます〳〵結婚が困難になつて来るやうな不自然な社会にあつてはどうしても売淫を避ける事は出来ないと思ひます、その不自然な社会制度を改造する迄は。「男子の本然の要求だからと云つて同性の蒙る侮辱を冷然看過した」とあなたはお責めになるけれども、看過せない、と云つてどうします。私は本当にその女たちを気の毒にも可愛さうにも思ひます。けれども強制的にさうした処に堕ち込んだ憐れむべき女でさへも食べる為、生きる為と云ふ動かすことの出来ない重大な自分のために恬然としてゐます。彼女等をその侮辱から救はうとするには他に彼女等を喰べさせるやうな途を見付けてからでなくては無智な、何にも知らぬ女たちにとつてはその御親切は却つて迷惑なものではないでせうか?公娼廃止と云ふ事は成程あなたの仰有るやうな理由で出来るかもしれませんが売淫と云ふ侮辱から多くの婦人を救ふことは先づこの変則な社会制度が破壊される迄は不可能な事ではないかと思ひます。それ丈けは私たちがいくらもがいても時が来なくては駄目だとおもひます。あなたは看過することの出来ないと仰有る程又それを看過するとはあるまじき事だと私をお責めになる位熱心にその事にたづさはつてゐらつしやるらしいやうですからそんな手ぬるい考へではあきたらないとお思ひになるでせうがそれは各自の考へ方の相異、歩き方の相異です。あなたは何をおいてもその為めにお働きになる事に一番意義があるとお思ひになるのも尤もですし、私はまだ何をおいてもさう云ふ運動をして大いに婦人の為めに尽さうと思ふ程その仕事に生き甲斐を見出し得ませんから先づ自分のまはりかり先きに片づけて行きたいと思ふのです。あなたにとつては私のこの態度はあんまり自分の事ばかり考へすぎてゐる手前勝手者のやうにお思ひになるでせうがそれが私とあなたとの違つてゐる処ですから仕方はありません。序でに、公娼が廃止になれば私娼も少くなると云ふ事実は少し私には首肯が出来かねます。吉原が衰微に傾いた今日市内の私娼の増加は驚くに足ると云ふ事実を何で説明して下さいますか？公娼が公然挑発、誘惑の設備を許されてゐるから青年の情慾を刺戟して堕落させるが私娼は公然挑発しないと仰有るのは少し変だと思ひます。私は浅草の十二階下辺の私娼がさまぐ〳〵に変粧して迄男子を誘惑すると云ふ話を可なり沢山聞きましたし、彼処の客と云ふ者が学生が多数を占めてゐると云ふたしかな事実も聞きました。要するに公娼も私娼も大した違ひはないと思ひます。売淫と云ふ点はどちらも同じなのだと思ひます。今の日本の私娼と云ふものも同じく他人に抱へられて借金をして稼いでゐる点では公娼と大したちがひはないやうに思はれます。外面的にはずつと私娼に勝れてゐるやうに見えても案外情実のからみついた彼れ等の社会は矢張りさうたやすくぬけられるものでもないやうに思はれます。

あなたが廃止運動が大切だと躍起になりになるのにも、私が知りながら呑気らしい顔をしてゐるやうに見えるのにも相当の理由があるのです。あなたはあなた、私は私なのですから、お互ひに他人の態度を気にするよりも、まあ自分の事をした方が結局お互同志の為めです。あなたは万事にあんまりむきに、大げさに考へすぎて、私には何だか滑稽になつて来ます。外国人への見栄を、私は決して悪い事だとは云ひません、たゞそれ丈けの理由ではあまりに浅薄だと云つた迄です。あなたのそれについての比喩はあんまり真面目すぎて、「他人を馬鹿にしてゐる」と怒りたくなるやうな馬鹿々々しい理屈です。頭がどうかしてゐるんぢやありませんか？

それから私がすべての事象は表面に現はれる迄には必ず確たる根をもち、立派なプロセスをもつてゐるものであり、自然力の力強い支配のもとにある不可抗力で、それは僅かな人間の意力や手段では誤魔化せないと云つたのに対して疑ひをおかけになりました。さうしてすべての歴史を通じての革新や制度が人間の手に作られたり随時にこはされたりするものであるからこそ女に不都合な世の中を改革しやうとしてゐらつしやるぢやありませんかとの仰せ、もつともですと申上げたいのですが、どうもあなたの頭は余程をかしいと思はずにはゐられません。人間が造つたりこはしたりすると云つた処で、偶然に作らうと思つて造つたりこはさうと思つてこはしたり単純に出放題なことは決してやれるものではありません。子供が粘土細工をするやうな訳にはゆきません。必ず其処迄ゆくには行く丈けの理由とプロセスがあつて人間の意力を其処まで導いてゆく他の力があるに相異ないと私は信じます。破壊にも建設にも必ず相応な理由があります。それを運んでゆくプロセスがあります。それをさう導く力は何でせう。時はすべての問題を支配します。その時を駆使する力は何でせう。偉大なる自然力の前に人間の意力はどんなに小さいものかお考へになつた事はありませんか。人間の意力で百般の事を左右し得なければ私たちの戦は徒労だと仰有る。御心配下さいますな。私たちは何時でもその自然力の味方である真理に後を向けませんから大丈夫です。私はその不可抗力を知つてゐます。ですから決して無謀な反抗に生甲斐を見出し得ませんから、静かに先づ自分丈けの事からやつてゆきます。自分の意力の届く範囲だけで出来る丈け立派な道を歩いてゆきます。私の小さな意力は他人に迄も強制的に及ぼす事の出来ない事を私は知つてゐます。あなたの私に対する反問は皆上走つてゐて少しも核に触れてはゐません。「人間の造つた社会は人間が支配する。」と云ふお言葉は尤もに聞えますがその人間を支配するものがありますね、その人間を支配する者が矢張り社会も支配しはしないでせうか。社会は人間が造つたのでせうけれど人間は誰が造つたのでせう？果して人間は何から何まで自分で自分の仕末の出来る賢い動物でせうか？まあ一寸考へて見ても人間は時と云ふものに駆使されてゐます。気の毒な程、処が利口な人間は時を利用することは知つてゐますが自由に駆使することは出来ないでせう？それ丈けでもまだ人間はそんなに威張る資格はありませんよ、権力者の造つた制度が不可抗力だなど、云つた覚えは更に私にはありません。権力者たちの造つた制度のなか〳〵こはれないのはせい〴〵時の問題位なものです。時が許しさへすれば何時でも破せます。そら、其処でも矢張りいくら人間がもがいたつて時が許さなければ駄目でせう。それ丈けの制度の根を固める為めには権力者たちも相当な犠牲を払ひ骨折をしてゐるのですからいくら不自然だつて何の償もなしにその株に手をかける事は許されない道理でせう？私は公娼問題の事はもうおしまひになつたのかと思へば又ですか？本当に頭がどうかしてゐはしませんか？其処でお答へする丈けは充分しておかないと又二度繰り返すやうではいやですから。

さて公娼廃止は私も先づ可能と信じます。それで今度は「誰でもが云ふやうに」売淫制度の存在を是認したと云ふことのお責めにあづかる訳ですね、先づさうですね、誰でもの云つてゐる事が真実だと思へば私はいくら「誰でもが」云つてゐても真実だとしますよ、私は衆人が口をそろへて云つてゐるからあれはうそだなど云ふ理屈はないと思ひます。「誰でも」は決してまがつた事ばかり云つて正しい事を云はないとかぎつてゐないことは百も承知でせう？いくらあなただつて！あなたは本当につまらないあげあしをとつてゐますね、煩さいぢやありませんか、傲慢だとか傲慢でないとかそれが私の態度なら面倒臭いからどちらでもあなたの下さる方を頂戴しておきますよ、どつちだつて私に変はありやしないから。もうあとの事に一々お返事するのは面倒だから止めます。仰有る通りに折りがあつてお目に懸つたらまたお話しませう、私はあなたのお書きになつたものは翻訳を除いては初めてですからどうかしたら感ちがひをした処があるかもしれませんからそんな処がありましたら御注意下さいまし。但し大抵これで私の考へ方はお分り下さる筈と思ひますからもうこれ以上この問題について云々することは御免蒙りたいと思ひます。失礼な事ばかり申上げました。おゆるし下さいまし。

（「青鞜」大正5年1月号）

進むべき俳句の道

＝雑詠評＝

高浜虚子

各人評に移るに先ち

往年子規居士は新俳句を鼓吹するに当つて、よく其新趣向を論じた。或は複雑といひ、印象明瞭といひ、中間未了といひ、其等は古来無くして我新俳句の新趣向のもとに初めてあるものであるといふやうな事を好んで論じた。今私は旅先に在るので一冊の参考書も持たぬから当時の議論を詳しくこゝに引用することが出来ぬが、今記憶に残つてゐるもの一二をいへば

赤い椿白い椿と落ちにけり　碧梧桐

といふ句の如きは落椿を咏じた句のうちで古来嘗て見ざる印象明瞭の句である。即ち白椿の樹下には白い椿の花がかたまつて落ち重り、赤椿の樹下には赤い椿の花がかたまつて落ち重つて居る、其を恰も地上を白い色と赤い色とで塗り別けたやうに印象明瞭に描いて居る。

橋越えて郵便出しに秋の暮　虚子

行き過ぎて蝙蝠多し町外れ　同

といふ句の如きは、初めの句は、若し今迄の俳人ならば秋の暮に郵便を出しに門を出るといふ事だけを描いて其で満足するであらうに、此句は更に橋を越えて行つたといふ事迄叙してゐる。次の句は、町外れに蝙蝠が沢山飛んで居るといふ其だけの光景ならば普通であつて古人の尚ほ為し能ふところであるが、其がどういふ場合に見た景色かといふと、用事があつて或家を尋ねた時、其家が見当たらずにいつの間にか町外れに出てしまつた、さういふ場合であると言つた為めに新生面を開いてをる。二句共に複雑な句となつて居るのが新趣向である。又た、

水酌んで氷の上に注ぎけり　虚子

宿借さぬ蚕の村や行き過ぎし　同

といふが如き、注いでからどうした即ち氷が溶けたのか溶けなかつたのか、又行過ぎてからどうした即ち次の村に宿を見出したのか見出さなかつたのか、さういふ結果が叙して無しに中間未了のまゝを叙し去つて平気でゐるやうなことは古人以外の新趣向である。と斯ういふ風に其頃の我等の作句をつかまへて、当時の新らしき趣向と見るべきものを常に推挙することを怠らなかつたのであつた。

今私が以上の事を突然此に持出したのは、居士が斯く推挙を怠らなかつたことを改めて諸君に告げ知らせたい為めでは無いのである。実は斯く推挙しながらも居士は常に次に陳ぶるところの一事を決して忘れなかつたとのことを特に諸君に告げたいが為めなのである。其は何ぞや。曰く。新趣向は新趣向である。併し新趣向だから是等の句を必ずしもいゝとは言は無いのである。善悪の論は別に在るべきである。即ち新趣向の中にもいゝ句もあれば悪い句もあるのである。特に新趣向と取立てゝいふべからざる句のうちにも亦いゝ句もあれば悪い句もある。其区別をしないと、新趣向の句であるから直ちにいゝ句と解釈する恐れがある。と斯ういふことであつた。

此の事は居士の著書の中に在つたか、或は居士の口話であつたか記憶が朧であるが、いづれにせよ、居士が斯ういふ考の上に立つて常に俳句界を率ゐて行く事を怠らなかつたことは此際特に諸君に告げて置く必要があると思ふのである。碧梧桐君が新傾向を鼓吹して沈酔せる俳壇を覚醒しようとしたことは、嘗ても言つたやうに其志は諒とするところであるが、以上陳べたやうな子規居士の如き用意を欠いて居つた為めに遂に今日の結果に陥つたのであらうと思ふ。否、碧梧桐君許りで無く見渡したところ文藝界の新傾向論者は皆此点の用意を欠いて居る。一時は天下を席巻するやうな勢があるに拘らず、忽ち大勢の反動に逢つて秋風落日の観を為すものは皆此の用意を欠いてをる為めである。

私は当時居士が新趣向を論ずる場合に碧梧桐君や私の句を主として引合ひに出し、特に推重する傾があつたに拘らず、私は其等の自分の句を余りいゝ句とは思はず、寧ろ自分のいゝとする句は外に在るやうに思つてよく居士に反問したのであつた。

其が此の居士の意見を聞き知るに至つて初めて其用意のある処を看取し俳句界を率ゐて行く人の苦心を了解し得たのであつた。時代々の新趣向を明にして行くことを怠れば忽ち俳句界は沈睡する。為政者が人心を倦まざらしむることを以て第一の要義とするのと同じことである。けれども唯新趣向を讃美することを知つて句の善悪を直ちに新旧の標尺によつてのみ断じようとする俳句界は忽ち惑乱する。最近の碧梧桐君の新傾向論の如きが其である。若輩な政治家の失敗も多くこゝに基因する。私は斯る俳句界の惑乱を喜ぶことは出来ぬ。惑乱の結果は絶望となり疲労となる。沈睡せる俳句界を鼓舞せんとする当初の志は却つて又疲労の極、沈睡以上の死滅を誘引せねば止まぬことになるのである。愚なことゝいはねばならぬ。

　私は嘗て一度守旧派なりと大呼した。是れ惑乱し絶望せる俳句界を沈静せしめ安心せしめん為の応急の叫であつたのである。どうして旧株を墨守する事のみを以つて文藝の第一要義とすることが出来よう。俳句界の人心をして倦まざらしめん為めには常に新趣向に着眼して之を闡《せん》明し鼓舞することを忘れてはいかぬ。先づ我徒の俳句が子規居士以来の客観趣味より漸く主観趣味に移りつゝある此の趣向の大波を挙揚し闡明するが如きも畢竟此に基くのである。併しながら斯く言へばとて、主観句に非れば俳句に非ずとは言はぬのである。新趣向を代表せる句を以つて必ずしも好句なりとは断言せぬのである。俳句界の新趣向はと問ふものに対しては主観的と答ふると同時に、我が俳句界には斯く〳〵の高材逸足の士ありて各々自ら其道を拓きつゝありと答へようと思ふ。或一人の句の趣向を験ぶる場合には其処に所謂新趣向に合致するものもあらう、又之に逆行するものもあらう、或は又更に没交渉なものもあるであらう。其等は必ずしも其人の句の価値に影響し無いのである。要は個人々々の句の真価を明にして、其処に其人々をして適従するところを知らしむるに在る。

　或小さい主張のもとに強ひて多くの人を推し込めようとするのは愚なことである。小さい虫けらでも各々異つた方向に歩む。名も無き草花でも各々違つた色と形とを具備して居る。各々の俳人をして其生れ得た儘の違つた方向に歩ましむることは即ち各々の俳人をして其処を得せしむるのみならず俳句界全体をして欝然として繁茂せしむる所以である。私は此論の緒言に於て次の如きことを言つたことは読者の記憶に新たなことゝ信ずる。

「諸君の進み来つた道は諸君の進むべき道である」

　然り、諸君の進み来つた道は諸君の進むべき道である。尚ほ私はこれから個人々々の評論に移るに先立つて、「此の雑詠評は強ひて或一つの方向に進んで居るといふ事を演繹的に述べることをしないで、さういふ方向もある、あゝいふ方向もある、斯んな道もある、あんな道もある、といふ風に成るべく種々雑多の違つた道を指定して見ようと思ふのである。」といふ緒言中の一節を更に繰り返して置き度いと思ふのである。

渡辺水巴

渡辺水巴君は省亭画伯の息であつて、父君の愛護の下に衣食の道に窮迫したやうな苦痛は一度も嘗めたことなしに今日に来て居る。三十幾歳の今日でも自ら稼いで自ら食はねばならぬといふ差迫つた生活上の難義にはまだ出逢は無いのである。けれども其家庭は平和であり乍ら普通の家庭とは稍〻異つて居て、今日は慈母を亡くし一人の妹君と父君の膝下を離れて淋しく暮して居る。父君の溢るゝ如き愛は一貫して変るところは無いけれども水巴君の主観の上に或淋しい影を投げてゐるものは此の家庭の事情では無いかと思ふ。親思ひ妹思ひの水巴君は父君の喜び妹君の喜びが何よりも自分の喜である。「あれは大変父が喜んだ。あの事は非常に妹が喜んだ。」といふ事は屢〻私の耳にした言葉である。今でも独身である水巴君は妹君の大切な愛護者であり、妹君は又水巴君の唯一の慰藉者である。水巴君は又我儘に育てられ愛撫された所謂我儘つ子である。自分の少しでも嫌ひと思ふものにこちらから一歩を譲つて附合ふといふ事などは思ひもよらぬことである。さういふ点に於て極端な潔癖家である。本当の江戸趣味が判らずして江戸つ子がるものなどは殊に君の指弾を免れ無いのである。田舎ものも嫌ひである。西洋かぶれも嫌ひである。自分の解し無い点に立脚してゐるもの、並に自分の解してゐる点に半可通なものは共に悉く虫唾が走るのである。

水巴君は自分を慕つて来たものは非常に熱愛する。其代り、こちらの思ふ程先方の慕はぬことが判つた場合其鋭い神経は容易に仮借し無いのである。水巴君の方から先輩になついて行く場合でも同じ事である。水巴君の方から十の心を以てなついて行くのに先方が十の心を以つて答へてくれぬといふやうな事は其得堪へぬところである。殊に其がてきはき行かねば合点が出来ぬのである。響の物に応ずるが如く来ねば不満足なのである。

水巴君は物事を大概にして置く事の出来ぬ人である。其一二の例を挙げて見よう。水巴君が盛に私に俳句を見せて居つた頃は同君は綺麗に清書した草稿を送つて来て其の選を私にせよといふ。選をしてかへすと、又綺麗に清書したものを送つて来てもう一度選をせよといふ。其は以前見せた草稿のうちで一点以上に取つた句をもう一度私に選めといふのである。仕方が無いから更に其内で等差をつけてかへすと、今度は妹君が車で駆けつけて来て、其好句としたものゝうちでもう一度選をせよといふ、さうしてあれではいかぬ、もつと厳選をしてくれといふ。そんな事で私は水巴君の同じ句を三度も四度も選をしたことを覚えて居る。そこ迄行かなければ水巴君は満足が出来無いのである。今一つの例は最近に虚子句集の選を依頼した時、同君は其為めに浜町の家から丹後町の家に引移り其処で数十日を費し、幾度といふ事無く点験し、句の意味の判らぬものは一々私に問ひたゞし、清書も自分でし、一頁に乗せる句の数から割り出して、なるべく一題が二頁に渉らぬやうに題を排列し、丁度原稿紙一枚が書物に印刷して一頁になるやうに拵へ、校正も自分でし、凡てに全力を注いであの書物を拵へ上げてくれたのであつた。唯私が二三頁を試に組ませて同君の校正を経た上、全体を組ますことに約束して置きながら、其を失念してしまつて、いきなり全体を組ませた為め、大分同君の意思に背くものが出来上つたらしく、其を私は恐縮してゐるのであるが、其にしても同君は同君の力の及ぶ限りを傾注してくれたのである。

水巴君は病弱である。いつも寝てゐるといふやうな病人では無いけれども絶えず頭が病ましいやうである。殊に酒を飲むと一層あとが悪いやうである。一旦酒を飲むと平生の欝憤が逆り出て、巻舌で啖呵を切るやうなこともある。さういふ場合は英気颯爽たるものであるが、酒がさめてしまうと陰欝な沈黙に戻る。併し乍ら其は一旦感情の激発した時であつて、平生は温厚なる優男である。鋭敏な神経は絶えず眉字の間に閃いてゐるけれども決して漫に争を好むのでは無い。疳癪が抑へ難くなれば静かに其場を避けてしまう許りの事である。

水巴君は芝居には格別の趣味を持つて居る。固より其は団菊などを中心とした新富、歌舞伎の大歌舞伎趣味である。帝劇などは恐らくまだ一度も門をくゞつたことはあるまいと思ふ。自ら弁天小僧位は遣るのである。

以上は私の見聞した水巴君の境遇性癖の概略を叙したのであるが、此等を明にして置くことは同君の句を解釈する上に重大なことゝ考へるから敢へてこゝに之を陳べたわけである。或は余計なことをいふと同君の怒にふるゝかもしれぬが、私が同君の句を翫味するには常に斯ういふ同君の性癖境遇を背景に置いての上の事である。自然其句に対する評論をせうと思ふには是位の事は言つて置かぬと其意が通じ無いのである。

水無月の木蔭によれば落葉かな　水巴

句意は、六月頃の真夏に或木の蔭に立寄つたところがはら〳〵と落葉がして来たといふのである。が、深く味つて居ると此句はさういふ客観の事実を叙した外にやさしい作者の主観が出てゐることを気づくやうになる。どうせ真夏の事であるから木蔭に立つといふ以上、日蔭を選つて其処に立つたものとは考へられるけれども、其が炎天か日盛とか言はずして水無月と言つたところに已に作者の或る主観がある。水無月の木蔭といふ言葉は炎天の木蔭といふよりも客観性が余程少くなつて来てゐる。炎天の木蔭といふと暑い日の照り渡つてゐる大樹の下といふ事がすぐ想像がつくが、水無月の木蔭といふと其程適切に客観の光景は浮んで来無い。其代り卯月とか文月とか葉月とかいふ言葉が一種のやさしみなつかしみを以て人に迫るやうに矢張り水無月といふ言葉が、六月といふ意味を運ぶ上に別に一種の情緒を伴つてをる。又其時はら〳〵と落葉がして来たといふ事も唯偶然の事実をつかまへたといへば其迄であるが「によればば」といふ文字などから自然に、作者は此の木を有情のものと見て、作者が其木蔭に立つた時其木は情あるが如く落葉を降らして来たとさう観じたのである。即ち此の情懐が炎天とか日盛とか言はしめずして水無月といはしめた所以でもあるのである。尚ほ之れは余事であるが此木は常盤木と見るも然らずと見るも孰れでも差支無いこと、思ふ。夏の落葉であるから強ひて常盤木と見ねばならぬといふ理由は無いと思ふ。

斯く無情のものを有情に見ることは水巴君の句を通じて最も顕著なる特色の一つである。尚ほ一二の例をいへば

窓に月のありけり雛は既に知る　水巴
櫛買へば簪がこびる夜寒かな　同
落葉して汝も臼になる木かな　同

の如き句が先づ其著しいものである。

「窓に月」の句は、雛を飾つた一間の日暮方の光景で、いつかもう月が出て、其が窓から見えることを雛は先に知つて居たらうが、自分は気がつかなかつたと言つたのである。何も雛が先に知つて居るわけは無いけれども其を一個の生物と見て斯く想像して言つたのである。

「櫛買へば」の句は、秋の夜寒の店頭に立つて櫛を買つた。ところが其傍にある簪が、自分も買つてもらひ度いやうな風をして人に媚びてをる、といふのである。これも簪が媚びるので無く、其実は人の方があの簪も美くしいと見やつたのであるけれども、其情を簪に寄せて簪の方が人に媚びてをると言つたのである。矢張り簪を生物の如く見たのである。

「落葉して」の句は、或大木が落葉して、葉の茂つてゐる時でも大きく見えた幹が落葉して愈ゝ大きく見えるやうになつた。其木を人の如く見て話しかけたので、お前も其内切られて臼にされるのだよ、と言つたのである。擬人法は無生のものを有生のもの、如く見るのと、動植物の類を人間の如く見るのと二通りある。此句は後者に属するのである。

以上三句の如きは、前の「水無月」の句などよりも更に明白に無情のものを有情のものと見た句であるが、斯く迄明白に叙して無くつても

立ち去れば水も淋しや谷の梅　水巴
日輪を送りて月の牡丹かな　同
蓮台に牡丹も越すや大井川　同
芭蕉葉を延べて事無き天地かな　同
秋晴れや岬の我と松一つ　同
笠干せば蜻蛉なつかし旅戻り　同
道の辺に暮るゝ野菊と我とかな　同

の類も皆冷かなる客観の叙写では無くて、自然物を恰も生物の如く見た心持が十分にある。又、

花鳥の魂遊ぶ絵師の昼寝かな　水巴
神の魚族日々に釣らるゝ霞かな　同
山百合に雹を降らすは天狗かな　同
山神の御遊にふれそ月の人　同

の如き句は、花鳥に魂がありとしたり、魚類を神の族としたり、雹を降らすものを天狗としたり、山神が月明の夜に遊んで居るとしたり、凡て自然界に或精霊を認めたやうの傾のあるのも、

矢張り前の無生のものを有生のもの丶如く見るのと同じ傾向とせねばならぬ。

水巴君は前に言つたやうに酒でも飲んだ時は気焔をあげたり、菊五郎の声色を使つたり、時には素人芝居位やらぬことは無いけれども、どちらかと言へば、田舎者の跋扈する、西洋かぶれの横行する、半可通の江戸つ児の多い贋物の多い、こちらが十の心を以つて行つても向ふは十の心を以て返さぬ、そんな人間社会よりも、こちらの情を其まゝ受入れてくれる、少しも抵抗もせず気障な処も無く、広い懐で人間を抱き入れようとするやうな自然界の方が好きに相違無い。水無月の木蔭に立よれば木は直ちに我に応へて落葉を降らす、其処に水巴君の慰藉もあれば安心もあるのであらう。親思ひ妹思ひではあるけども、或意味に於ては親よりも妹よりも自然物の方により多くのなつかしみを見出すのであらう。是等の句は其処の情懐から生れたものと思はるゝのである。

（「ホトトギス」大正5年1月号）

渡辺水巴（続）

冬山やどこまで上る郵便夫　水巴

いづこまで臼こかし行く枯野かな　同

斯ういふ句を見ると、やるせのない心細げな作者の心持が直ぐ受取れる。木も枯れ石も冬ざれてゐる山路を郵便夫が上つて行つて居る、家といつたところで只ところ〴〵に一軒か二軒かほかない模様であるのに、郵便夫は猶だん〴〵と山路を上りつゝある、あの郵便夫はどこまで上るのであらう、職業とは言ひながら僅か一本か二本の郵便を届ける為めに際限もなく山路を上りつゝある郵便夫に同情して、まアどこまで上るのであらう、とその単調な行為の果てしがないやうなところに或る淋しさを覚えた点が此句の生命となつてゐる。次ぎの「臼こかし行く」の句も同じことで、一人の男が臼をころがしながら他にこれといふものもない枯野の中の道を行つて居る、全体どこまであの臼をこかして行くのであらうと、其果てしないやうに見える、単調な行為の上に或るやるせないやうな淋しさを覚えた点が此句の生命となつてゐる。郵便夫も、いづれ遠からぬうち目的の郵便物を配達して山を下るのであらうし、こかし行く臼も其うち或家に達して用を果たすのであるといふことは十分予想の出来ることであるけれどもそれをどこまで際限もなく連続するのであらうかといつた所に作者の主観の色が強く出てゐる。

つゝましき蚊帳の人やな月を見る　水巴

夜濯ぎの心やすさよ飛ぶ蛍　同

情ありて言葉少なや月の友　同

これ等の句を見ると、けば〳〵しいことを好まぬ、つゝましやかな作者の性質の一面がうかゞはれる、少くとも作者は此句に現はれた如きつゝましやかな人の状態を好きこのむのである。

行水のわれに月古る山河かな　水巴

秋風や机の上の小人形　同

庭見せて僧又とざす秋の雨　同
木犀や家風になれて静心　同

これ等の句も矢張作者の静かなおとなしい一面が出てゐて、これ等の句を見ると左程ものに激するといふやうな激越な傾きはどこにも見られないのであるが、然し静かに自己の運命に安んじて波のない池の水のやうな心持で常に此作者はあるのかといふと、それは決してさうでない。

人の船に鯊釣るゝ見て午餉かな　水巴

此句の如きは如何にも平らかに事柄が叙してあるに拘はらず、午餉をとりながらも、よその船のしきりに鯊の釣れるのを見て稍〻じれるやうな騒立つ心持が現はれてゐる。

病めるさまの荷持を返す芒かな　水巴
激論をして別る丘の落葉かな　同
風に去る失意の友や丘落葉　同
水鳥の江や行くとなき愁人　同

病めるさまの荷持を返すのは、人の病気をいたはるのに過ぎないので、自分の心の憂といふべきものではないけれども、かゝる人事の煩ひは常に此作者の心を痛ましめる傾きが多いやうである。激論の句や、失意の友の句なども同じことであつて、失意の友は、友自身の憂ひに過ぎぬのであるけれども、それが恰も作者自身のことのやうに其の憂となるのである。激論の句になると、相手の人のみならず、作者自身も亦心の静平を破られた場合である。水鳥の句に到ると全く愁人としての自分自身を描いたもので、恰も屈原其人の如き心の破れを繕ひかねた情懐を詠じたものである。

けれども大体からこれを見ると、此作者はいつも自分を持ち扱ひかねてゐるといふやうな激しい心の動揺は無いやうであつて、彼の水無月の木かげに倚つて、其落葉に慰藉を見出すやうな、自分で自分を慰めようとするつゝましやかな、おとなしい心持は、これ等の句の上にもつきまとうてゐて、真に激越の調といふやうなものはなして来らん。君が酔つぱらつて啖呵を切るやうな調子は其句の上には殆ど表はれてゐない。寧ろ平常の無口な静かな本居の性質が円く穏かに其句の上に現はれてゐるやうである。

雨来ぬと灯を掻く妹や桜餅　水巴
芝居町行遇ふ人も袷かな　同
櫛買へば簪が媚びる夜寒かな　同

斯ういふ句を見ると直ぐ水巴君の句が脂粉に満ちた句だと解釈する人があるかも知れぬが、然し其脂粉もあくどい色のものではないことを注意しなければならぬ。自ら素人芝居の勘平位をやつたり、声色を使つたりする同君としては、寧ろさういふ臭気が句の上に現はれることの少い方である。只武士の長刀を横へ、禅僧の鉄如意を握つてゐるやうな颯爽たる趣や枯淡な風格はどうも君の句には欠けてゐるやうである。これが一部の人から慊らずとせられ、全体の句に女性的な傾きがあると認めらるゝ所以であらう、豪壮趣味、枯淡趣味は正しく君の句に欠くる所であるけれども、それは少しも君の句の長所を煩はすに足らぬことである。欠くる所は欠くる所、長所は長所、それは別問題である。

大濤に沈む日も見えず田打かな　水巴
領土出れば身に王位なし春の風　同
日輪を送りて月の牡丹かな　同
蓮台に牡丹も越すや大井川　同
僧兵の庭に屯す牡丹かな　同
芭蕉葉を延べて事なき天地かな　同
館出で、吹雪に消えし奴かな　同
大雪や還啓延びて里灯る　同

これ等の句は比較的壮大な材料、もしくは心持を咏つたものである。けれどもこれ等の句でも只徒らに尨大な句といふではなくつて、どこまでも気の利いた、ぬかりのないところがある。田舎者がだぶ〳〵した着物を着てゐるやうな趣ではなくつて江戸ツ子が頭の先から足の先までそつのない着こなし振りをしてゐるといふ趣がある。さうしてそれが反つてこれ等の句の壮大な趣をそぐやうになつてゐるのは是非もない。

水巴君の句の特色は前に述べたやうに其生活若しくは境遇などから来る或主観にあることは相違ないことであるけれども、然し其主観の色彩の強いものが、必ずしも好句といふことは出来ないのであつて、其色彩の薄い、純客観句に近いもの丶うちに好い句が少く無いことは注意しなければならぬ。例へば、

提灯にほつ〳〵赤き野萩かな　水巴
草花に只日の当る田舎かな　同
酒さめて匆来を急ぐ芒かな　同
旅人に鮹茹であがる霙かな　同
葛水やかんばせ青き加茂の人　同
秋風や机の上の小人形　同
障子しめて木々に風あり秋の雨　同

の類が其である。

之を要するに水巴君は或一面に於て他人の追随を許さぬ一家の調をなしてゐる。けれども奔放自在といふやうに種々雑多に異つた種類の句を作るといふことは其長所ではないのである。これは必ずしも咎むるには当らぬことであるけれども前言つた風に其特に欠けてゐる枯淡とか、豪壮とかいふ方面に更に一境地を開くことが出来たならば君の句風はいよ〳〵大をなすであらうと考へるのである。

（「ホトトギス」大正5年2月号）

村上鬼城

村上鬼城といふのは既に旧い名前である。「新俳句」を読んだ人はすでに鬼城といふ名前に親しみを持つて居ねばならぬ。独り俳句のみならず、ホトトギスの早い頃の写生文欄に鬼城の名前はしば〳〵現はれてゐる。それが暫くの間、句にも文章にも余り其名を見なかつたのであるが、数年前高崎に俳句会が催

されて鳴雪翁と私とが臨席した時、其席上に鬼城君のあることを私は初めて知つた。実は其会に列席するまで、此日鬼城君に会はうといふことは格別待ち設けてゐなかつたことで、私は鬼城君が高崎鞘町の人であることは十分承知してゐながら、此席上に同君を見受けようとは予期しなかつた程、私は其頃同君を頭に止めてゐなかつた。といふのも畢竟同君の名を其頃ホトトギス誌上に見ることが稀であつて、同君は同じ時代の多くの俳人の如く今はもう俳壇に気を腐らして、ホトトギスも見ねば俳句も作らずに居るといふやうな状態にあるのであらうと予想してゐたのであつた。ところが此日地方で社会的地位を保つて居る多くの人とか若くは衒気一杯の青年俳人等が我物顔を振舞つてゐる陰の方に、一人の稍〻年取つた村夫子然たる人が小さくなつて坐つてゐた。それが初対面の鬼城君であつた。其時は別に運座があつたわけでもなく課題句を二句宛持ち寄つたのを鳴雪翁と私とが選抜するのであつたが、其時私の天に取つた句が計らずも鬼城君の句であつた。僅か一人二句宛の出句であるから十分に同君の手腕を認める事も出来なかつたけれども、其二句共に稍〻群を抜くものであることは直ちに了解された。其時俳話をせよとのことであつたので、私は何かつまらぬ事を喋舌つた。大方忘れて仕舞つたが、唯此地方に俳人鬼城君のあることを諸君は忘れてはいかぬといふやうなことを言つたことだけは覚えてゐる。其後私等は席を改めて会食した其中に鬼城君も見えた。鬼城君が不折君以上の聾であることは此夜初て知つた。同君は極めて調子の迫つたやうな物言をしながら、こんなことを言つた。

「どうも危《あぶな》くつてとても人中へは出られません。ちつとも耳が聞えないのだから、人が何を言つてゐるのか更に解らない。どうも世の中が危《あぶな》つかしくて仕方がない。今夜のやうな席に出たことは今日がはじめてである。」とそんなことを言つて笑ひもせずにまじ〳〵と室の一方を視詰めてゐた。

其後同君の句を見る機会は非常に多くなつた。独り高崎の俳人仲間で頭角を現はしてゐる許りでなく、雑詠の投句家としても嶄然として群を抽ん出てゐて、今の若い油の乗り切つてゐる俳人諸君と伍して少しもヒケを取らぬばかりか、流石に多年練磨の跡が見えて蔚然として老大家の観を為してをる。

もし同君を見て単に偏俠なる一畸人となす人があるならば、それは非常な誤りである。同君が高崎藩の何百石といふ知行取りの身分でありながら、耳が遠いといふことの為めに適当な職業も見つからず、僅かに一枝の筆を力に陋巷に貧居し、自分よりも遥かに天分の劣つてゐると信ずる多くの社会の人々から軽蔑されながら、ぢつとそれを堪へて癇癪の虫を噛み潰してゐるところに、溢れる涙もあれば沸き立つ血もある。併し世間の人は其を了解するのに余り近眼である。

或る時同君は私に次のやうな意味の手紙をよこしたことがあつた。

「人生で何が辛いと言つたところで婚期を過ぎた娘を持つてゐ

る程苦痛なことは無い。自分は貧乏である。社会的の地位は何もない。さうして婚期を過ぎた娘を二人まで持つてゐる。私はそれを思ふ度にぢつとしてゐられなくなる。かと言つて何うすることも出来ない。いくらもがいたところで貧乏は依然として貧乏である。聾は依然として聾である。今日も一日の労働を果して家へ帰つて来て此二人の娘を見た時に、私の胸は張り裂けるやうであつた。私はもうぢつとしてゐられなかつた。……」

同君の眼底には常に此種の涙が湛へられてゐる。同君は只かりそめに世を呪ひ、人を嘲るやうな、そんな軽薄な人ではない。同君の写生文が常に刺《とげ》のある皮肉な調子のものであるが為めに同君を衒気縦横の人であると解釈するのは皮相の見である。同君の皮肉は、其忠直なる真面目の心からほどばしり出るのである。其人を刺すやうな刺《とげ》の先には一々暖い涙の露が宿つてゐる。同君が婚期を過ぎた二人の令嬢――尤も今日では共に芽出度く片附いて居られることゝ想像するが――に向つて注ぐ所の涙は、軈て禽獣草木に向つて、時には無性の石ころに向つてすらも注ぐところの涙となるのである。同君の句を読むものは、不具、貧、老等に深い根ざしを持つてゐて憤りも、悲しみも嘆きも乃至慰藉も安心も、総てそこから出立してゐることを明かにするのであらう。

世を恋ふて人を怖るゝ夜寒哉　鬼城

「世の中が危つかしくて仕方が無い」と言つた同君の心持は其時の言葉以上に深く強く此句に現はれてゐる。同君が世の中に出ないのは人を怖れて出ないのである。世を厭ふて出ないのではない。同君が世間の人を怖るゝのは世間の人が皆聾でないからである。世間の人が皆聾であつたならば、同君は大手を振つて人に馬鹿にされず、人に圧迫されずに大道を濶歩することが出来るのである。只世間の人が皆よく聞える耳を持つてゐる。さうして耳の遠い聾者や眼の見えぬ盲者などを、軽蔑する獣性を持つて居る。同君が人を怖るゝのは其為である。恰も人間が人間以上の武器――爪とか牙とか――を持つて居る猛獣を怖れるのと同じやうな心持である。そこで何彼につけて尻込みをして人中に顔を出さずに居ると近眼な世間の人は直ぐ畸人だといふ一言のもとに軽く其人の心持を忖度して仕舞ふ。さうして自分等の住んでゐる世間とは全く没交渉な人のやうに解釈して仕舞ふ。何ぞ知らん鬼城君の世間を恋ひ慕ふ心持は普通の人間以上であつて、普通の人間以上の熱い血は其脈管の中に波打つてゐるのである。此熱情は或時は自己に対する滑稽《ユーモア》となり、或時は他の癈人若くは人間よりも劣つてゐる生物等の上に溢れるやうな同情となつて現はれるのである。

耳聾酒の酔ふほどもなくさめにけり　鬼城
春の夜や灯をかこみ居る盲者達　同
痩馬のあはれ機嫌や秋高し　同
己が影を慕ふて這へる地虫かな　同
冬蜂の死にどころなく歩きけり　同
夏草に這上りたる捨蚕かな　同

耳聾酒といふのは社日に酒を呑むと聾が治ると言ふ言ひ伝へから其日に飲む酒を耳聾酒と言つてゐる。そこで自分も聾だから、其耳聾酒をのんだが、ぱつと酔ふたと思ふ間もなく醒めて仕舞つたといふのである。初めから耳聾酒で聾が治るといふやうなことにはさう信用も置いては居ない。けれどもさういふ言伝へがある以上兎も角も飲んで見る気になつて飲んだ。一時ぱつと酔つた時は好い心持であつたが忽ち醒めて仕舞つて、もとの淋しい聾に戻つて仕舞つた。そのはかない酔に軽い滑稽を感ずる。同時に又其酒を飲んでみる気になつて飲んだ自分に対しても軽い滑稽を感ずる。此「耳聾酒」のやうな句を読んで只軽みのみを受取る人は未だ至らぬ人である。此表面に出てゐる軽みの底には聾を悲しむ悲痛な心持が潜在してゐるである。

「春の夜や」の句は聾者が盲者に寄せた同情の句で春の夜の長閑な心持を味ふのは必ずしも健康な人に限られた訳ではなく、不具の人も亦これを楽むのである。少くともこれを楽まうとする欲望は十分にあるのである。眼の見えぬ盲者に灯は必要のないことであらうと考へるのは普通の人の考であつて、矢張春の夜らしく灯を置いたもとに盲人達は団坐して楽しげに語りつゝある。其楽しげに語りつゝあるといふことのうちに反つて淋しみがある。盲者が灯を囲んでゐるといふことは一つの矛盾で滑稽である。此句も表面には滑稽の味があつて裏面には心の痛みを隠してゐる。

「痩馬の」句は癈人に対する同情が、動物に及んだものであつて、馬も肥え太つたものであれば恰も世に時めく人のやうに所謂天高く馬肥えたりといふ時候に高く嘶いて居るのを見たところで、それは当然のことで別に人の注意をも引かない。少くとも此作者はさういふ肥馬に対しては余り同情はない。所がそれは痩馬である。それが矢張他の肥馬同様、秋になつて空の高く晴れた時分に好い心持になつて機嫌よく働いてゐる――痩馬には不似合な重い荷物を運んでゐる――へと〳〵となつて疲れ切つてゐるか、若くは不機嫌で馬子の言ふことも聞かずに打たれても撲られても動かずにゐるといふ風なのならば、同じく痩馬の憐れむべき所を見出したにしても最早疲れ切つて用をなさなくなるとか、或は不貞腐れて馬子の意に背くとかそこに人間に対して有意若くは無意の反抗がある、ところが此句に現はれた痩馬はそんな反抗心は少しもない。分不相応な重い荷物を引かされながらも、秋の好い時候に唆かされて、たゞ好い機嫌で働いてゐる。そこに反つて前の反抗する馬に比べて一層深いあはれがある。痩馬が好い機嫌でゐるといふことは一寸聞くとそれも軽い可笑しみを感ずるのであるが、其底には沈んだ重い悲しみがある。此痩馬に対する格段な作者の同情は軈て作者自身に対する憐憫の情である。

「己が影」の句は冬の間久しく地中に籠つてゐた地虫が所謂啓蟄の候となつて地上に出て来た。そしてよろ〳〵と地上を這つてゐる。其時の光景を描いたものであるが、今迄久しく地中にあつたものが久振りに地上に出て暗い所から明るい日光の下に出たのであつて何となく心細気である。それで此虫は地上に映つてゐる自分の影を慕ふて歩いてゐる。太陽は地虫の這つて行く方向の反対の側にある為めに、地虫の影は常に地虫に先だつて映つて行く。小さい穴の中から空漠たる地上に出て何もたよるもの丶ない地虫は只己が影をたよりに這つて行くといふのである。地虫は只無心に這ふ。地虫の影は地虫が這ふ為めに無心に動く。それに対して作者の深い同情は「慕ふて」といふ意味を見出すのである。此作者が其蝸牛の廬を出で丶広い往来を歩く時には往々かゝる考を起すのではあるまいか。仮令往来を歩く時にかゝる考を起さないにしても斯ういふ心持は平常何かにつけて作者の心の奥深く醸成されつゝあるのであらう。

「冬蜂」の句は、前の「地虫」の句と似寄つたところもあり、反対なところもある。地虫は籠居してゐた穴を出てこれから自分の天地となるのである。仮令穴を出た当時は心細げに己れの影を慕ふて歩いてゐても、ゆく〳〵はそこを自分の天地として横行濶歩するやうになるのである。ところが此句の冬の蜂の方は、最う運命が定まつてゐて、だん〳〵押寄せて来る寒さに抵抗し得ないで遅かれ速かれ死ぬるのである。けれどもさて何所で死なうといふ所もなく、仕方がなしに地上なり縁ばななりをよろ〳〵と只歩いてゐるといふのである。人間社会でもこれに似寄つたものは沢山ある。否人間其物が皆此冬蜂の如きものであるとも言ひ得るのである。

「夏草に」の句は矢張作者の同情が昆虫の上に及んでゐる一例で、例へば桑が足りないとか、若くは病が出来たとかで昨日まで飼つて置いた蚕を人はどこかの草原に打棄つた。ところが其蚕は其辺の地上に散らばつて各〻食物を探して歩いてゐる。その中に若干の蚕はそこに秀で丶ゐる夏草の上に這ひ上つたといふのである。此句には「己が影を慕ふて」とか「死に所なく」とかいふやうな主観詞は別に用ゐてなく、只客観の光景が穏かに叙してあるばかりであるが、其でゐて何うする事も出来ぬ此蚕の憐れむべき運命の上に痛み悲しんだ作者の心持は十分に出てゐる。

　　五月雨や起きあがりたる根無草　　鬼城
　　小さうもならでありけり茎の石　　同

作者の同情が動物のみならず植物にまで及び、生物のみならず無生物までに及ぶ一例として此二句を挙げる。「五月雨」の句は刈り取られたか、引抜かれたか兎に角根の無くなつた草が地上に打捨てられてあつた。それが五月雨が降る為めに、今迄萎れて其まゝ枯れようかと思つてゐたのが、意外にも頭を擡げて起き上つて来た。それを見た時に作者は憐れを催して、此草は生き返つた如く、かく頭を擡げはしたが、それは降りつゞく雨の間のことで、雨がやんで日が当つたら忽ち枯れて仕舞はなければならぬものだと、反つて一時かりそめに起き上つたところに深い憐みを持つたのである。

「小さうも」の句は、古く用ゐ来つた茎の石は別に小さうもならずゐる。と言つたので石が小さうならぬのは当然の事であるけれども、多年古妻の手に持ち古された石に対する同情が、斯ういふ心持を作者に起さしめたのである。

次に作者の句に最も多いのは貧を詠じたものである。

麦飯に何も申さず夏の月　鬼城

月さして一間の家でありにけり　同

草箒二本出来たり庵の産　同

茨の実を食ふて遊ぶ子あはれなり　同

庵主や寒き夜を寝る頰冠り　同

いさゝかの金ほしがりぬ年の暮　同

冬の日や前にふさがる己が影　同

「麦飯に」の句は、特に「貧」といふ前置が置かれてゐる句である。自分は貧乏で麦飯で飢をしのいでゐるやうな境界である。然し自分は何も言はない、決して不平がましいことなんかを言はうとは思はない、自分は仕方がないものとあきらめて分に安じて居る、そして此中天にかゝつてゐる涼しい明るい夏の月を領してゐることをもつて無上の光栄とも感じ慰藉ともする、といふのである。

「月さして」の句も同じことで、これは秋の月が檐深くさしこんで、畳の上に清光を落してゐる。我貧居はたゞの一間であるが、それでも此明るい月がさし込んでゐるので金殿玉楼にも勝るやうな心持がするといふのである。

「草箒の」句は自分ところに植ゑた箒草で、草箒が二本出来た。それが非常に嬉しいので貧しい暮しをして居るささやかな住居であるけれども、自分の庭に生えた箒草から草箒が二本出来た。即ちこれが我庵の産物であると、誇りがに言ふのである。草箒二本を庵の産物として誇るところに作者の貧によつて乱されぬ安心がある。が其奥底には強ひて草箒をもつて庵の産物として誇らねばならぬ心の淋しさがある。富貴を忘れ去らうとするの心の抑圧がある。前二句の月を伴侶として総ての不満足を忘れようとするのも同じ傾向である。

「茨の実」の句は恐らく貧児を描いたものであらうと思ふ。もとより子供のことであるから貧しく暮してゐない子でも、遊ぶ方の興味から飯事《まゝごと》などをする時に食ふやうなこともあるかもしれぬが、此句はさういふ子供ではなくつて、茨の実すら食ひながら遊んでゐる。貧児を言つたものであらうと思ふ。平常空腹勝であつたり、仮令さうでなくつても砂糖其他の美味な菓子に食欲を満足さしてゐない子は、茨の実をすら食つて遊んでゐるのである。それをあはれと見たのである。

「庵主や」の句は、冬も殊に寒さの烈しい夜は仕方がないので頰冠をして寐るといふのである。布団も十分に重ねる事が出来ず、ストーヴは素よりの事火鉢に火を埋めて間暖めをする事さへ出来ない。まゝよ頰冠でもして寝ろと手拭を冠つて寝たといふのである。貧に屈託しない磊落な心持もある。同時に又貧を憤るやうな心持も潜在してゐる。

「いさゝかの」の句は、年の暮になつて頻りに金が欲しい、それも沢山な金といふのではない、それは僅かばかりの金である。

富者ならばほんの小使に過ぎない程の金である。然も其金が容易に手に入らない。といふのでこれもどうすることも出来ぬ天福の薄い貧者の境遇を言つたものである。

「冬の日」の句は、自分の影が自分の前に塞がつてゐるといふので、それが春とか秋とかいふ快適な時候でなく、冬といふ貧乏人には殊に不向きな時候で、寒さに顫へ、温いものも十分に食へず、聽ては年の暮も近づいて来るといふ時に、何だか自分の影法師が自分の前に立塞がつてゐるやうな、物の壅塞してゐるやうな感じを言つたものである。此句の如きは月の清光を誇りとし、草箒の産を得意とするやうな負惜みすらよう言はないでつく〴〵貧者の行きつまつた心持を言つたものである。

今朝秋や見入る鏡に親の顔　鬼城

綿入や妬心もなくて妻哀れ　同

「今朝秋」の句は、自分が年取つて、恰も秋の立つた日に鏡を見ると鬢髪漸く白く、額の皺もやゝ刻まれて、自分が子供の時見馴れて居つた父の顔によく似てゐる。われながらよく似て居るものだと、暫くの間凝乎と鏡に見入つてゐたといふのである。

「綿入や」の句は自分の妻の老を詠じたもので、冬になつて丸く綿入を着重ねてゐる妻は、もう嫉妬心もない位に生気が衰へてゐる。それが流石にあはれに感じられるといふのである。

此二句は自分並に妻の老を詠じたものであるが、尚ほ其他に老といふことを此作者は好んで題材とする。

御僧の息もたえ〴〵に午寝かな　鬼城

柿売つて何買ふ尼の身そら哉　同

癈疾、弱者、貧、老、等に対する作者の熱情は勢ひ又方外の人にも及ぶ。僧が老いて午寝をしてゐる、その寝たところを見ると息をしてゐるかしてゐないか解らぬ位の模様で、半ば死んだ人のやうに、殆ど木石かとも疑はるゝやうに眠つてゐるといふのである。次の句の方は尼を詠じたので、その尼は尼寺の檐端の柿を商売人に売つてゐる。尼はその柿を売つた金で何を買はうといふのであらう、金を持つ楽しみといふものも畢竟身につけるものとか、口に甘いものとか、耳目を喜ばすところのものとか、さういふものを得たいが為めである。この尼は頭を円め、墨染の衣をまとひ、粗末なものを食ひ、貧しい田舎の尼寺に住まつてゐる身である。柿を売つて若干の金を得たところで、それで何を買つて楽まうといふことも出来ない境遇のものであるではないか。全体其金を何にするかといつたのである。斯く言つたところで敢て尼をなじつたといふ訳ではない。さういふ境遇にゐる世捨人としての女性を憐んで言つたのである。

斯く叙し来ると君の俳句の境界は余程一方に偏つてゐるやうに考へられるであらうが、必ずしもさうではない。

初雪の美事に降れり万年青の実　鬼城

土塊に二葉ながらの紅葉かな　同

樫の実の落ちてかけよる鶏三羽　同

露涼し形あるもの皆生ける　同

これ等の句は聾を忘れ、貧を忘れ、老を忘れ、眼前の光景に打たれて其まゝ吟懐を十七字に寓したものである。此種の句も亦此作者に少くはない。

鹿の子のふんぐり持ちてたのもしき　鬼城
袴着や将種うれしく広額　同

等は更に進んで稍ゝ積極的の心持を現はした句である。けれども彼の心を躍らすものは、ふぐりか若くは広額である。彼の句中何処を探しても女性的の艶味あるものは一つも見つからない。僅に探し当てた所のものでも、

玉虫や妹が箪笥の二重ね　鬼城
風呂吹や朱唇いつまでも衰へず　同

の類で其着想なり調子なりに、どこまでも強味が伴つてゐる。君の句を見て軽々しく其滑稽味を非難する人も、女性的に厭味があるとして君の句を非難することは、それは木によりて魚を求る類で、終に出来ない相談である。

終りに君の句が主観に根ざしてゐるものが多いに拘はらず、客観の研究が十分に行届いてゐて、写生におろそかでないといふことも是非一言して置く必要がある。

昼顔に猫捨てられて泣きにけり　鬼城
草箒二本出来たり庵の産　同
夏草に這上りたる捨蚕かな　同
瓜小屋や蓆屏風に二間あり　同
土塊に二葉ながらの紅葉かな　同
樫の実の落ちてかけよる鶏三羽　同
庵主や寒き夜を寝る頰冠り　同
小春日や石を噛み居る赤蜻蛉　同
御命講や立ち居つ拝む二タ法師　同
道ばたの小便桶や報恩講　同
初雪の美事に降れり万年青の実　同
冬蜂の死どころなく歩きけり　同
落葉して心もとなき接木かな　同

是等の句を見るものは、其客観の研究の苟めでなく、写生の技倆の卓抜であることを誰れも否む事は出来まい。

君の句も君の文章と同じく、昔から上手であつた。然し乍ら他の何物にも煩はさるゝ事なく、自己の境地を大手を振つて濶歩するやうになつた、其確かなる自信を見出した事は、或は最近の事ではあるまいか。君の句に曰く、

糸瓜忌や俳諧帰するところあり　鬼城
蕪村忌や師走の鐘も合点だ　同
煮凝やしかと見とゞく古俳諧　同

（「ホトトギス」大正5年3月号）

飯田蛇笏

富士山が神洲秀麗の気を萃めて其長い裾を甲州の方に曳いて居る。その日かげになつてゐる寒い山国に飯田蛇笏君は生れ育ち今も住んでゐる。君の家庭のことに就ては詳しく知らないが、私が初めて君に遇つた時は君の頭には早稲田の制帽が乗つかつ

てゐた。其頃君はホトトギス並びに私の担任中であつた国民新聞に俳句を送つて来て抜群の成績を示してゐたのみならず屢〻私のところに来て俳句に対する不審を訊したりした。それより前早稲田には高田蝶衣君が居て吉野左衛門君、赤木格堂君等から順次伝統されて来た早稲田吟社の首脳者となつてゐたが蝶衣君が早稲田を去つてからは自然蛇笏君が中心人物になつてゐた。蛇笏君去つて後の早稲田には終に俳人のあとを断つたやうな形になつた。その蛇笏君がまだ早稲田吟社の主宰者とならない前、丁度明治四十一二年の頃私は癖三酔、三允浅芽、東洋城、松浜、蝶衣、水巴の諸君等としば〳〵会合して俳諧散心――近来楽堂君等によつて復活されたものがそれである。――をやつてゐた。その中に有為の青年俳人であるといふので蛇笏君を加へたことなどもあつた。

其後私がしばらく俳句界と無交渉であつた三四年間は、君は東洋城君等と尚熱心に句作をつゞけ、その前に述べた早稲田吟社の主要なる人物として立つてゐたやうであつたが、それも君が早稲田を退いて郷里の境川村に帰つてから暫く俳句界に消息を断つてゐた模様であつた。

ホトトギスに雑詠を復興して以来、古い俳人で句をよせて来るものも少なからずあつた。その頃はもう当時の青年俳人であつた蛇笏君も古い俳人の一人に数へねばならなかつた。その蛇笏君の寄せ来る雑詠の句は寧ろ当年の蛇笏君の句以上に立派なものであつた。少くとも当年の句に比して著しい特殊の色彩を持つてゐた。さうして其色彩は月を重ね年を重ぬるに随つて今やいよ〳〵顕著になりつゝある。茲に引証する句はホトトギス雑詠集第一巻に収めたものに止まるのであるが、その特殊の色彩は寧ろ其後に至つていよ〳〵色濃くなり増りつゝあるものと見るべきである。

察するところ君は生計に困るやうな人ではなさゝうである。父祖の産をさへ守つて居れば生活上の苦痛は余り無いことゝ想像する。だから君の句には鬼城君の句に見るやうな貧を詠つた句などは尋ねても見ることが出来ない。其代り君の句には又別種の苦悶がしば〳〵詠はれてゐる。

蘆の湖に溺死せる従弟萍生を函嶺に荼毘にして

荼毘の月提灯かけし松に踞す　蛇笏

秋風や眼前湧ける月の謎　同

萍生の骨を故郷の土に埋む

葬人《はふりびと》歯あらはに泣くや曼珠沙華　同

此三句は君の従弟の医科大学生であつた萍生が蘆の湖で溺死をした、その死骸を受取りに君自身で行つて其時に出来た句の一二である。其序に君は鎌倉の私の家を訪ねて呉れて、暫く振りに私は面会したのであつた。此萍生の死は余程君の心を刺激したと見えて其当時君の作る句には、これ等の句に見るのと同じやうな響を伝へてゐるものが多かつた。例によりこれ等の句意を略解すると、先づ「荼毘の月」の句は、その萍生の屍を荼毘に附すべく火葬場に送り届けた、折節大空には月がかゝつてゐる、柩を火葬場に入れて万端の準備をする間、手にさげて居つた提灯を松の枝にかけて、其松の根かたにしやがんで居たといふのである。たゞ其時の事実を叙したといふに過ぎないけれども、どことなく此句のうちに従弟の死に就いて、人生の死に対する懐疑の念が頭を擡げようとしてゐるやうな心持が窺はれる。それが「秋風や」の句に至つていよ〳〵顕著に現はれてゐる。眼前に湧ける月の謎といふのは、決して月の謎ではなくつて、眼前従弟の死から喚起された人生の謎が月に対して湧き起つたのである。「葬人」の句は骨肉の骨を土に埋めるに当つて皆が自己の体面をつくろふことも忘れて歯をあらはにむき出して泣いてゐるといふのである。従弟の死が蛇笏君の心を掻き乱した上に、其逝けるものを惜しみ悼む人間の取り乱した状態が又蛇笏君の心を強く刺激したのである。「塚も動けわが泣く声は秋の風」と言つた芭蕉は自分の心の痛み悲しむ有様を其まゝに述べたのであるが、此蛇笏君の「歯あらは」の句は会葬する人々の取乱し嘆く様子を静かに客観しながら、人生に対する痛悼の心を深くうちに潜めてゐるのである。物を客観するのは冷やか状態だといふことも言へるが、或る極端な場合には熱すれば熱するほど反つて心に落着が出来て冷やかに物を観察することが出来るのである。葬人が歯をあらはにむき出して泣くことに眼をとめたのは決して一通りの冷やかな意味ではない。其心の底に深く〳〵熱情が潜んでゐなければ言へないことである。一通りの月並な涙の眼ではとても見つからぬ対象であつて、ありふれた涙を振ひ落した揚句の乾いた眼でなければ見つけることの出来ぬところのものである。

君は又異性に対して強烈な熱情をもつてゐるやうである。

埋火に妻や花月の情鈍し　蛇笏

花月の情といふのは異性の間の情を形容していふこともあるが、これは必ずしもさうではあるまい。又文字通り花や月に対する風雅心といふやうな狭い意味のものでもあるまい。夫に対し自然に対し文藝に対しすべて濃い熱い情をもつてゐることをいつたものであらう。寒い日に埋火に手をかざして妻はぽつねんとしてゐる。何事にも神経の鈍さうな様子をして、傍らにある夫に対しても冷やかな様子をしてゐる。其時の物足らぬ心持を夫の立場から詠じたものが此句であらう。尤もこれは細君の方が人並勝れて冷やかだといふやうなわけではなく寧ろ細君に普通の人以上の情を責める夫其人の方が破格に熱情的なのかもしれないのである。

妻激して唇《くち》蒼し枇杷の月に立つ　蛇笏

ヒステリー的な妻は夫の何物かに激して真蒼な唇をして縁側に出て外面を見ながら立つてゐる。庭には枇杷の花が咲いて居つて空には月がかゝつてゐるといふのである。妻をして憤激せしむるのも、夫の冷淡からではなくて寧ろ過度の熱情からであらう。

つぶらなる汝が眼吻はなん露の秋　蛇笏

愛する余りにまん丸つこい可愛い眼をしてゐる其女の眼を接

吻してやらうといふのである。「露の秋」の下五字は此句に於て別に大した意味を持つてゐるわけではない。たゞ上十二字ばかりでは余りに肉感的に陥るのを広潤な清澄な露の秋といふ感じで、それを救ふてゐる積極的な働きをしてゐると見るべきであらう。此句の如きは一方からいへば随分危険な句である。然しながら何の顧慮もなく小説的なかゝる着想を俳句界に持ち来したといふ点に於て君の功績は没することは出来ない。

落葉踏んで人道念を完うす　蛇笏

これも異性に対する比倫の愛を言つたものか、若しくは他の種類に属する罪悪の念慮を言つたものか、孰れにせよ人生の道徳に違反するやうな考にとられて日夜懊悩してゐる。他人に話すことも出来ず、独り心をなやましてゐる。家を出て人の居ない林間を逍遥しつゝ最後に良心は其妄念に打ちかつて道徳を完うすることが出来たといふのである。此句は前の「つぶらなる」の句に比し反道徳を描いた点に於て一層危険なるものともいへるのであるが、然し其結果は道念の勝利となつて、前の句よりは数段高い地位に居る。然も此句の如き又従来の俳句には未だ曾てなかつたところのもので、小説などにのみ取扱はれてゐて俳句とは殆んど無関渉のものと考へられてゐた材料を大胆に俳句に持込んで来た点は大に認めねばならぬ。前の萍生を痛む句に就いて云つても、人の死は古来数限りもなく俳句に詠まれてゐる、然も「眼前湧ける月の謎」といふやうな小説的着想は新しい時代の産物とせねばならぬ。即ち蛇笏君の句を通じて、先づ第一の特色と認むべきことは以上の小説的といふところにある。これ今の文壇に小説家として名をなしてゐる早稲田出身の人々と同じ教育を受けたといふことも主なる原因の一つであらう。

雁に乳張る酒肆の婢ありけり　蛇笏
梵妻を恋ふ乞食あり烏瓜　同
情婦を訪ふ途次勝去るや草角力　同
枯萩やせはしき針に情夫なし　同
父と疎く榾焚く兄の指輪かな　同
叛く意を歯にひしめかす榾火かな　同

これ等の句は客観的に叙してあつて前に掲げた数句に比べると熱情は欠けてゐるが、然も小説的材料を取扱つたといふ点に於ては共通の性質を備へてゐる。「雁に」の句は田舎の料理屋などに奉公してゐる女が情夫の種を宿し、子を生み落したけれども、其子は死んで仕舞つたとか、若しくは里子にでもやつたとか、親しく自分の手許に置いて育てることは出来ない。そこで飲むものゝない乳は張るばかりである。大空には雁が啼いて渡つてゐるといふ小説的な人生の或一角を描いたものである。「梵妻」の句は、或る寺に渋皮の剝けた大黒が居る。それをよく其寺にも立入つたり、常に其辺を徘徊してゐる一人の乞食が恋慕ふてゐる。其寺の門内には木にぶら下つてゐる烏瓜が赤く色づいてゐるといふ句である。昔筑前の黒木の御所では庭掃の老翁が后を恋ふたといふ話もある位で、不倫だとか醜悪だとか一概に言つて仕舞へない人生の或あはれな一面がある。此の句も前の「露の秋」の句と同じやうに、烏瓜といふからびた自然物を配合したことによつて情景が緩和されて小説的事実が俳諧化されてゐるのである。

「情婦」の句は昔の草双紙などにあるやうな事柄であるが、一人の若物が情婦の許へ行く途中、不図路ばたに村の若いものが集つて相撲をとつてゐるのを見てゐるうち、自分から進んでとつたか、それとも他の若者等に挑まれたか、いづれにせよ其中に這入つて相撲をとると誰れも其若者に叶ふものが無かつた。若者は其儘また着物を引つかけて情婦の許へ行つたといふのである。勝ち去るやといふ言葉が無造作な軽快な言葉であつて、其草相撲の勝敗を大して念頭にかけるでもなく、気軽く去つたといふところに気持のいゝ勇者らしい面影がある。

「枯萩や」の句は貧しい家に老いた親などを背負つて立たねばならぬ若い女の境遇を言つたので、他にたつきの方法もないので只一生懸命に縫物をしてそれに全力を打込んでゐる。村の若い娘達は情夫などを拵へてみだらな日を送つてゐるものもあるが、此娘はそんな方に少しも心を外らさずに、只縫針のみを一生懸命にいそしんでゐるといふのである。

「父と疎く」の句は、弟の立場から見た句で、自分の兄は指環などを箝めてにやけた風をして家業をなまけてゐる。父はもとよりそれが気に入らない。そこで同じ炉ばたにあつた榾火を取囲んでゐながらも、父と兄とは互に疎々しくてゐる。とさういふ句で、其弟の眼にも何人の眼にも其榾の火にかざした兄の手の指環が目立たしく厭に光つて見える心持が強く出てゐる。

「叛く意を」の句はこれも似寄つた趣向で、榾火を取囲んでゐる二人の人の間に意見が一致されないで、其目下な方の人は目上なものに対して叛く心をもつてゐる。それが口を開けて物を言ふ度とか、若しくは其他の場合でも歯を現はしてどうかすると或は歯を咬み合はして鳴らすとか、兎に角其叛く意を強く歯に現はしてゐるといふのである。

昔子規居士は蕪村の「お手討の夫婦なりしを衣更」の句を珍らしい小説的の句だと言つて推奨したとがあつたが、蛇笏君は遥かにそれ以上に出て、縦横に小説的材料を十七字に斡旋し得る技倆をほのめかしてゐる。其思想がかゝる傾向にある以上、何の顧慮するところなく君は此方面に其手腕を振つて見るがよからうと思ふ。然も小説的だからそれ等の句が悉く佳句であると言ひ得ないことは勿論である。新しい一の趣向としてこれを認めること、佳句として之を認めることゝは自ら別問題である。

次に、甲斐の山国に住まつてゐるといふことが又君の句の一特色をなしてゐる。例へば、

大峰の月に帰るや夜学人　蛇笏
野分雲湧けど草刈る山平ら　同
紅葉踏んで村嬢塩を運びけり　同
芋の露連山影を正しうす　同

或夜月に富士大形の寒さかな　同
書楼出て日寒し山の襞を見る　同
春隣る嵐ひそめり杣の炉火　同
蕎麦を打つ母に明うす榾火かな　同
鶏泊めに夕日に出でつ榾の酔　同
束の間の林間の日や茎洗ふ　同
霜どけの囁きを聞く樵夫かな　同
冬山に僧も狩られし博奕かな　同
山晴れをふるへる斧や落葉降る　同
山がつに葱の香強し小料理屋　同
餅花に髪結ひ栄えぬ山家妻　同
大江戸の街は錦や草刈るゝ　同

等枚挙に暇がない。

「大峰」の句は、どこかに集つて夜学をしてゐる子供、若くは若者が宅へ帰つて来る時の光景で、山国のことであるから一方に聳え立つてゐる高い山の頂に月がかゝつてゐる。それを見ながら淋しい麓を戻つて来るといふのである。

「野分雲」の句は山上の平らで草を刈つてゐると、野分の吹いて来さうな恐ろしい雲が湧き出した。けれども別に怖れもせず矢張草を刈りつゞけてゐるといふのである。

「紅葉踏んで」の句は謙信が信玄に塩を送つたといふ古事も思ひ出さるゝ句で、甲州は山国であるから、海のある国から塩をはる〴〵と運ばねばならぬ。そこで秋になつて天地の紅葉するころ、其紅葉を踏んで村の女が塩を運んでゐるといふ光景を叙したのである。

「芋の露」の句は秋の暁の景色で、秋の朝、野に出て見ると、今朝も打晴れた天気で、芋の葉には一つづゝ大きな露をたゝへてゐる、向ふに連つてゐる山には形をとゝのへて正しく並んでゐるといふのである。

「或夜」の句は、或夜不図見ると大空に月が懸つて居つて、甲斐の方に背中を見せて居る裏富士は、馬鹿に大きくはつきりと中空に聳えてゐる。それは最う秋も末の寒い晩で、其の富士の形が月の光に大きく見えてゐるといふことが殊に寒い心持を強めるといふのである。

「書楼出て」の句は、自分の書斎を出て見ると、向ふの山に冬の日が当つて居つてはつきりと山の襞が見えるといふのである。

「春隣る」の句は、もう冬も尽きて春が近くなつた頃、樵夫の炉の火には嵐がひそみ隠れてゐるやうな心持がするといふのである。四辺が雪に閉ぢられ、風物蕭条として総てのものが死んで仕舞つたもの丶のやうであつた冬がもう尽きかけて、間もなく春を迎へ得るといふ時の心持は恰も炉の中に一つの春といふ力が潜んで居つて、春が来るや否や其力は表面に出ようと待ち設けてゐるやうな心持がするのである。此場合の嵐といふのは力の別名位に見て置いてよからう。

「蕎麦を打つ」の句は、母が蕎麦を打つて居る、其手許が暗い。けれども別に灯をともすでもなくやつてゐるのでせめて榾火を盛んにして其手もとを明るくしてやるといふのである。

「鶏泊めに」の句は、昼間鶏は自由に逐ひ放してあつたのをもう夕方になつたので、其鶏を鶏舎に入るゝ為めに、夕日の当つてゐる庭に出た。それも久しく内に籠つて榾に酔つたやうな気味であるので、其酔を醒まし旁〻出たといふのである。

「束の間」の句は、山間にある林の中で茎漬の菜を洗つてゐると、日が山や木にさへぎられずに手もとに当るのはほんの僅かの間であるといふのである。東京あたりでも茎漬の菜を洗ふ日などは寒いのが常である。況して山国の林間の川水などで洗つてゐるのは余程寒いに相違ない。それも十分に日が当つて居ればまだしのぎ易いのであるが日の当るのは束の間であるとすると、いよ〳〵寒い心持が強い。同時に又其束の間の日影は如何にも明らかに尊とげな心持がする。

「霜解け」の句は、朝霜が一面に下りてゐる。樵は其中を木を樵りに山に行く、其うち日が当つて来て、だん〳〵と霜が解け始めて来る。其霜が解けて雫になつて落る時の音、若くは其滴となつて落るまでの種々の音――霜が解けて木の葉を伝ふ音の類――それも際立つて高い音ではなくて、幽かな音が沢山集つて、僅かに物音として耳に達するといふやうな囁くやうな音を樵夫は聞くといふのである。

「冬山に」の句は、冬枯の山で博奕を打つてゐる所を巡査に嗅ぎつけられて大方捕縛された。其中には坊主も交つて居つたといふのである。これは小説的の句のうちに入れてもいゝやうな句であるが、同時に又実際的の句として山村らしい力強い感じを喚び起す。

「山晴れ」の句は、前の霜解の句に続いたやうな句で、これは日中の光景で、冬日和が心持よく晴れ渡つてゐる、其晴れた山にあつて樵夫は満身の力を斧に籠めて或木を伐り倒してゐる。斧を振ふ度に其木の葉は降るやうに落葉するといふのである。

「山賤に」の句は、樵夫の如き山で働いてゐる者の為めに出来たやうな小料理屋がある。もとよりさういふ所であるからいゝ肴はない。酒も酒精分の強い悪酒である。さうしてそこでは常に葱の香をプン〳〵と高く香はしてゐるといふのである。山に働いて僅かの所得で一時の快を買はうとするのであるから、何でも刺激の強いものでなければ満足が出来ない。酒は酒精の交つた悪酒、肴は香の強い葱、さういふものでなければならぬのである。

「餅花」の句は、山家にも正月が来て餅花を飾つてゐる。平常は碌に髪も結はずにたばねたまゝに居る女房も、美しく髪を結つて、飾られた餅花にもふさはしいやうに結ひ栄えて、正月らしい有様であるといふのである。

「大江戸」の句は、蛇笏君が山居してゐて目前に草枯の淋しい光景をのみ見乍ら遥かに東京の町を想像した句で、東京の町は冬といへども美しく飾られ、人は織るが如く往来し、恰も錦を織つたやうな様子であらうと単調な淋しい山家の生活に飽いて曾て幾年かを過ごした東京の繁華をなつかしく思ひやつた句であらうと思ふ。尤も大江戸とあつて維新前の江戸の街の如く言つてあるけれども、それは大して問題とすべきでもなからう。

此大江戸の句に就いても思はれるのであるが、蛇笏君は鬼城君の如く貧でもない、聾でもない、其生活は父祖の財産で安楽に保障されてゐる、一寸考へると何の不足もない境界のやうであるけれども、然し早稲田にあつて高等の教育を受け、同窓の多くが都会に出でゝ、それ〴〵地位を得、名をなしてゐる間にあつて、その産を守るといふ事の為めに、山間に蟄居してゐなければならぬといふことは、又相当に苦痛なことであらう。殊にそれは富士の日陰になつてゐる寒い甲州の山中である、蛇笏君は決して生活の上に何の不満もないとはいはれまい。さういふ意味に於て或一種の不満を抱いてゐるといふことは恰も貧や聾が、鬼城君の句の根柢の力となつてゐるやうに、蛇笏君の句の根底の力となつてゐる。君が去年の夏、暫時出京して俳諧散心などに列席した時の句は余りに強く私を刺激するものは見当らなかつた、が又甲州の山廬に戻つてからの句は再び惻々として人に迫る底のものとなつた。

又此等山居より得来つた句は何の巧む所もなく、何の苦しむ所もなく自然其儘に悉く立派な句になつてゐる。他の一面の特色をなす小説的の句よりも、これ等の句の方が俳句としては安全と価値とを併せ有して居る。只彼には一種の冒険が伴ひ、同時に鋭い君の特色をなしてゐるといふことだけは否認することが出来ぬ。此は又安全にして然も完成されたる俳句であるだけそれだけ特色としての鋭さは乏しいやうである。然も亦終に特色たることは失はない。

君の句には又鋭い君の感覚を証明してゐるやうなものがある。例へば、

木瓜噛んで歯の尖端に興動く　蛇笏
雪晴れて我冬帽の蒼さかな　同

の類がそれである。歯の先に木瓜の花弁を噛んだ時の一種の鋭い感覚は、君をして黙つてゐることが出来ないで、尖端に興動くと言はしめたのである。此叙法は説明的で、必ずしも好句とは思はないが、其敏感をとる。「雪晴れて」の句は、今迄降つてゐた雪が晴れて日が明らかに照つて居る。山野は一面に白くなつて居る。其中に自分の冠つてゐる冬帽の蒼いことに気がついて、特に其蒼い色に鋭い感興を起したのである。これも亦敏感の点をとる。同時に句としては木瓜の句より出来栄えが好い。

又君の句には、

古き世の火色ぞ動く野焼かな　蛇笏
幽冥へ落つる音あり灯取虫　同
涕かんで耳鼻相通ず今朝の秋　同
竈火赫とたゞ秋風の妻を見る　同
人既に落ちて滝鳴る紅葉かな　同

の類の句がある。焼野の火を見て、これは古い時代の火の色であると観じたり、灯取虫の畳に落つる音を聞いて、これは幽冥界に落つる音であると観じたり、涕をかんで耳と鼻とが通じた

と観じたりするのは、或は冥想的、或は概念的と言ふべきであらう。又一種の句として之を認める。――生理的にいへば耳鼻は実際相通じてゐるものだといふことであるが、此句に表はれたのは、さういふ生理上の問題ではなくつて、主として感覚から来たものと解する。

秋の日竈の火の燃えてゐる前に細君が居るといふことを、たゞ秋風の妻を見るといつたのは、矢張作者が主観の色彩で塗抹したもので、冥想的とも概念的ともいへるだらう。人が華厳の瀑のやうな滝へ飛込んだあとで、人の形は更に見えず、只轟々と滝が鳴つて、其辺には紅葉が赤く彩つてゐるといふのは、実際其場合に当つて作つた句とは、どうしても思へない。さういふ場合を空想的に想像して描いた句としか受取れぬ。これ又冥想的とか概念的とかいふ批評を、受取ることであらう。然も此二句の如き、又一種の句として私は之を保存する。

又君の句には、

昼顔に乾く流人の涙かな　蛇笏

雁を射て湖舟に焚くや蘭の秋　同

今朝冬や軍議に漏れし胡地の城　同

狩くらの月に腹打つ狸かな　同

等の古典的なものもある。昼顔の句は俊寛なぞを想像し、雁の句は王侯の舟遊を思ひ、今朝冬の句は支那の軍記を読むやうな心持がし、狩くらの句は、我国の古い物語などにありさうである。

君が叙景叙事の上に一種の格段な技術を持つてゐることは今迄の句で大凡推量されたことであらうと思ふけれども、尚一二の弁を費して見ようならば、

刈田遠く輝く雲の袋かな　蛇笏

火を埋めて更け行く夜の翅かな　同

等の袋と言ひ翅といふのは西洋の文章などを読むやうな擬人的の叙法である。擬人的の句は古来少くなく、殊に一茶などにはそれが滅多矢鱈に頻出するのであるが、此雲の袋、夜の翅といふやうな純西洋趣味のものは古人はもとより、近代人の句にも余り沢山はない。

窓開けてホ句細心や萩晴る、　蛇笏

晴れ曇る樹の相形や秋の空　同

或夜月に富士大形の寒さかな　同

寒夜読むや灯潮の如く鳴る　同

蒲団畳む人に去来す栄華かな　同

叛く意を歯にひしめかす榾火かな　同

霜解の囁きを聞く樵夫かな　同

山晴を振へる斧や落葉降る　同

ホ句細心といふやうな言葉は初めて聞く言葉である。心にこまぐ〵と俳句を考へてゐることを、ホ句細心と言つたのである。樹の相形も珍らしい言葉である。姿とか形とか景色とかいふべきを相形といつた為めに此句は価値を増してゐる。富士大形といふ言葉も珍らしい言葉である。「寒夜読むや」の句は冬の夜

燈下に読書をしてゐると灯が音を発して鳴つて居る。其音はかすかな音であるけれども四辺が静かなのと、心が落ついてゐるのとで、其音はだん〳〵と高くなつて来て恰も潮の鳴るやうな、強大な音に聞えるといふのである。潮の如く鳴るといふ言葉も珍らしい。人に去来す栄華といふ言葉も珍らしい。人間の生涯に栄華は何時迄も続かない。来り又去る、そこに無常の姿がある。栄華を活物の如く見て、蒲団を畳みつゝある或女の上に、其栄華は来たり又去るといつたのである。「歯にひしめかす」といふ言葉も、「霜解のさゝやき」といふ言葉も「山晴れ」といふ言葉も珍らしい。山晴れなどゝいふ言葉は一度使はれると殆んどありふれた言葉のやうに人は見るけれども、然も初めて使ふといふことには価値を認めねばならぬ。独り是等の句にとゞまらず、用語の奇警、調子の緊縮、といふやうなことは君の句を通じて見る所の大なる特色である。

君の句境を完全にするのには、此上平坦な、さうして奥底に深い味ひを持つてゐるやうな句をも併せ有することである。けれども熱情迸しるが如く、活気の横溢せる現在の君にこれを求めることは無理であらう。君は何等顧慮するところなく、君の長所に向つて驀進せなければならぬ。

（「ホトトギス」大正5年4月号）

浦上村事件

木下杢太郎

此《ここ》に浦上村事件と云ふ標題を掲げたのは、羊頭《やうとう》を懸けて狗肉を売ると云ふ誹《そしり》を免れないかも知れぬ。何故となれば私は決して彼の明治初年長崎在浦上村に起つた基督《キリスト》教徒迫害事件の顛末を歴史的に詳密に物語らうと思ふものではないからである。第一、私は長崎をば漫遊したことはあるけれども、浦上村の地理情勢を知るものではない。第二に彼《か》の事件の真相を探究する為に何等の便宜もなく且《かつ》文献をも持つて居ない。私は、唯、嘗て私に浦上村事件の挿話《エピソオド》を物語つてくれた成瀬老刀自《とじ》を追懐し、そして微《かす》かにも尚私の記憶に残つて居る老刀自の面影を後日の忘に備へ、併せて同じ事件に興味を持たれる読者に或る暗示《ヒント》を与へたいと思ふばかりである。

私が初めて成瀬刀自《とじ》を訪問したのは明治四十一年十二月六日の日曜日の午後であつた。是れが前にも後にも唯一度の訪問であつた。私が長崎を経過して来た古渡りの舶来文明に対して異常の興味を持つて居た頃、有名の箏曲家鈴木鼓村氏が私を同刀自に紹介してくれたのであつた。其後私は刀自を再び訪問しようと思つたことが幾回あつたか分からなかつたが、其度毎《そのたびごと》に他用にかまけて其意を果さなかつた。近ごろ偶《たま〳〵》鈴木氏に会し、この事を話すと、刀自はもう此世《このよ》の人でないと告げられた。成る程時は彼の日よりは既に七八年経過してゐる。当時七十余歳であつた老刀自の盲目にして温雅なる顔容は今尚鮮かに私の目に残つて居るが、生滅因縁の理に繋がる刀自が現身《うつしみ》の今既に亡いのは無理ではない。

刀自は年六十に近き御舎弟と一緒に閑寂な暮しをなされて居《を》つた。門を入ると玄関の次の部屋の長押《なげし》の上には古い木彫薄肉の聖母子の像があつた。吉利支丹詮議のやかましかつた世に、どうしてかかるものが個人の家に伝はつて来たかは、寧ろ不思議であつた。

刀自は支那伝来の楽器一絃琴の名手であつた。この楽器は、本邦今に伝ふるもの甚だ稀で、刀自の他、唯一二の弾手《ひきて》あるばかりと云ふことであつた。蓋し鈴木氏の刀自を知れるは、か丶る音曲上からの関係であつたのである。

嚮《さき》にも言つた通り刀自は両眼共に盲《めしひ》て居た。而も些《ちと》の蒼味を帯びたる顔面の皮膚は清らかに且冷く、其間優雅温潤の相を漂はせたるは、そのかみの美しさを偲ばせて残りあるものであつた。刀自の音声はや丶細く且朗らかに、而して其言語は昔の長崎の訛に上品なる漢語を交へたものであつた。

事のや丶岐路に走る虞《おそれ》があるが、私は元来人の言葉に対して異常の感受性を持つて居る。自分の話す言葉は蕪雑で且《かつ》非音楽的であるが、他人の相語る言の美醜を強く感ずる耳を持つて居る。是れは決して東京弁を以て最上のものとなすの謂ひではない。方言もまた愛すべきものがある。私の郷里の村落の言葉には「うらア（俺が）猫がひやアん（灰の）中えひやアツて（這入つて）ひやアだらけになつた」と云ふのがある。斯くの如きは無論野人の鄙調《ひてう》であるが、決して不愉快ではない。寧ろ其一種滑稽の響きは、拉《ら》つして以て戯曲中人物の語にするに足るのである。それに反して鼻音多く、且つ語尾揚《あが》り、語音撥《はね》る所の栃木茨城県下の農夫の言語は余り快《こころ》よい印象を与へないのである。ら音に代ふるにや音を以てし、dzu《ヅ》と ju《ズ》、加《か》と火《くわ》を正しく区別する鹿児島の方言には一種素朴の響きがある。大阪人は少ない言語に、音調を以て多様なる感情的意義を現すかの如くである。「大《おほ》きに」の如き、其一例である。而かも私の知つて居る限りで、耳に向つて最も柔かに且《かつ》快よき感じを与へるのは紀州の方言である。矍鑠《くわしやく》たる銅顔の老漁夫は、其相貌一見頑固なるが如きも、一旦椿の葉もて巻かれたる煙草の口より「のう」の語尾多き会話を聞くものは忽ちにして心易さを感ずるやうになる。殊に童女の相語るのを聴くのは甚だ快よい。それ故に私は嘗て戯曲「南蛮寺門前」中、順礼女子の言葉に此の方言を藉《か》りたのであつた。ハウプトマンが好んで伯林《ベルリン》或はシユレジエンの方言を用ひたるも、亦彼の国人の耳に一種の情趣を喚起するに足りたのだつたらうと思ふ。

さて彼の成瀬刀自の言葉はまた特別であつた。女子の用ひる漢語は今尚往往耳ざはりである。殊に今の女学生の語の、一種翻訳体の漢語を多く交ふるが如き、甚だ不快である。刀自の用ひられたる漢語は其語彙全く尚今のものとは別であつた。即ち刀自が其幼若なりし明治初年に、女子としては水準を超えたる高き文化に浴して居たといふことを暗示するに足りるものであつた。それが程なく、我々の耳に或る回顧的且異国味的《エキゾチック》の感ある長崎訛（これにロクトル、ボオスマン等の和蘭語《オランダ》をも入れたる——）と調和してゐたので、一層印象が鮮かであつた。私は後に速記者を伴つて再び老刀自を尋ねようと思つたことがあつたが、それはやはり実行が出来なかつた。

刀自は盲目《めくら》の常として、顔をやゝ上に向けるやうにして、且《かつ》近き人に話すとしては、やゝ高きに過ぐる声で、我等の問《と》ひに応じて、昔の長崎の話をされた。或は絵踏の話である。或は異国交易の話またはそれに関する異聞である。或は出島の異人館の光景と私かにそこに出入する妓女《ぎぢよ》の奇習。或は諏訪祭、「てんとぼさまつり」、乃至《ないし》長崎の奉行所等に分宿したる魯西亜《ロシア》水夫の無邪気なる悪戯《あくぎ》の話であつた。我々は其話に聴きほれたんのうし、彼の奇書「長崎夜話草」の化して人となり、而して我々の前に在るのではないかと疑ふくらゐであつた。浦上村事件の話は是等の坐談のうちの一つであつた。

老刀自が言葉を休めて口を噤《つぐ》み、盲目《まうもく》の顔をやゝ上に向けて沈黙する時は古へ長崎の市街、庭階、繁劇の小巷《こちまた》、華潔《くわけつ》の車馬《しやば》、麗艶《れいえん》の画棟《ぐわとう》、絡繹《らくえき》たる居民《きよみん》、凡《すべ》て「長崎土産話」乃至歌川豊春が「異国浮絵」の版画に見る所の情景のそこに蘇生するかと思はしめた。

刀自の物語は今は私の頭でこんぐらがつて居る。個々の話は覚えて居るが其関係が分らない、而も却てそれが私の頭の中へ一空想境を開くに至つたのであつた。

それは正月の雪の降る日であつた。刀自がまだ若い娘盛りの時分——下女一人を連れて、お宮詣りに行つた。傘を指して坂を下つて来ると、石階《いしだん》の途中でふと下駄の鼻緒が切れたのである。そこで二人が困つて居る。

その時坂下の街道を人の群れの通るのが見えた。それが折よく、自分の親戚なる長崎奉行と其の一行であつた。彼等は踏絵の役人として町を廻るのであつた。

「それで丁度寺屋から中島の方へ行くとであつた。」（刀自は其時確にさう云ふ言葉を用ひたが、なほ記憶が不確《ふたしか》であるから「帰つて来たら△△さんに聞かうや」と曰《いは》れた。）

そこで手を挙げておおい、おおいと呼ばはつた。雪中の人もこなたの声を聞いて近づいた。そして其下僕の一人を遣はして下駄を買ひにやらした。

長崎の市《まち》の絵踏は正月の四日より始まつたさうである。そして一日に二廻りする。夜明けから始まつて、午後二時には済んだ。一番絵、二番絵と之をいふのである。八百屋町、銀屋町以下長崎の諸街区を廻つて是れが一週間位で終る。市内が終ると、十二枚の銅板は役人に依つて天草、平戸《ひらど》等肥《とうひ》筑豊《ちくほう》の各地方に分ち運ばれるのである。

十二面の踏絵板は、その後一面闕けて十一面となつた。それは船で以て之を運ぶ間天草灘に波荒れ、其一面は飛び去つたのだと伝へるのである。

十二面の銅板は、其役が済むと奉行所内の「宗門倉」の中に収められ奉行之れが保管を為した。

絵踏の板《はん》が寛永五年戊辰の年に水野氏の意見で作られた（或は三年に井上筑後守）といふことは既に普《あまね》く人の知るところであるが、初めは紙に画いたのが、容易く破れるので銅板を以て之に代へたのである。而してこの板を鋳た所の工人が役人の為めに殺されたと云ふことも、諸書伝ふる所の有名なる挿話《エピソオド》である。

刀自の言に拠《よ》るに、工匠《こうしやう》の家は鍛冶町の思案橋に近き所であつた。十二枚の製品を役人に収めるとき、役人がもつと製することが出来るかと問ふた。いくらでも出来ますと答へたら直に斬罪の刑に処せられた。ソフイスト風の洒落で人の命を取ることの出来た時代の戯曲的挿話《エピソオド》である。

踏絵板の或者は今上野の博物館に陳列せられて居る。美しき聖母の顎《あぎと》、十五世伊太利亜《イタリア》画家の常套を襲ひたる襵《ひだ》多き其衣、或は身労《みつか》れて、母《マアテル》の膝に倚る受難のジエズス・キリシテの裸の肩は、古来幾億の人の足蹠《あしのうら》の為に磨滅して硬靱の銅板、猶護謨の如き滑沢柔軟の面を現して居る。（其一枚の半ば欠損せるものは予は筆以て之を臨摹《りんぼ》し、旧著戯曲集「南蛮寺門前」の装幀に供した。）

踏絵板を以て市中を廻る役人の事に就ては、古来の書未だ之を明記するものがない。刀自の語る所に拠るに、おとな一人（名主？）組長二人（町内の戸長）町びしや一人、日行事一人、下役二人と他に二三人の番太とであつたといふことである。是等の名称の何を現すかは詳《つまびらか》にしがたい。

そしてまた踏絵を踏むの吟味はどこで行はれたか善く分らない。恐らく仏寺などでしたものであらうと思ふ。また名主の玄関に筵を布いて為たとも刀自は語つた。殊に人の多く集る場所にては、其互《そのたがひ》に先を争ふ為に、屢《しば〳〵》喧嘩が起つたと云ふことである。

板を踏むには足袋《たび》をはいて居てはならぬ。また長崎の住民にして遠く旅するものも、一月の其日までには必ず帰つてゐなければならぬ。役人は人別帳を以てまづ戸主を呼び、其妻を呼び、長男を呼び終《つひ》に下婢下男に及ぶ。是等のものは孰《ど》れも予《あらか》じめ其菩提寺の僧より「私檀下に相違無之候《これなくそろ》」の書状を貰つて置かねばならぬ。踏絵の事を記す古書には屢「当歳転び」の字を見る、転びは蓋し改宗の義である。初生の幼児も始めより吉利支丹ではないと云つたのでは証拠《あかし》が立たぬ。邪宗なれども仏門に転んだといふ文書をかゝねばならぬ、それを当歳転びといふのである。

長崎丸山の妓女の絵踏をする日は、其状最も華美にして、見物の人が多く集つたといふことである。彼等は皆美装して来た。そして皆足袋を脱がせられた。刀自の言を藉《か》るれば皆「よか着物を着て板の上に坐つた」のであつた。「長崎風土記」にも亦その事を記した項がある。

「此仏を毎年正月長崎にて人々に踏ませ申候《まをしそろ》。いたりて重き事に御座候《ござそろ》。から金全板《かねぜんはん》にいろいろ死罪科人《とがにん》のやうなものを彫りつけ有之候《これありそろ》……此《この》仏を踏む時、おのれはおのれを土足にかけるかといふ声聞え申候」

先年小林古径《こけい》氏の美術院出品の絵に「異端」といふことがあつた、三人の女の踏絵板の前に立てるの構図であつた。蓋し丸山の踏絵は氏が此着想より更に華美にして、更に戯曲的且《かつ》絵画的であつたらうと思ふ。

病人の場に到る能はざるものには、人其家に赴きて臥位のまゝ、板を其足蹠《そのあしのうら》にあてがつたといふことである。

絵踏に関する挿話《エピソオド》には尚興味あることはいくらでもある。然し私は今それを凡て記述しようとは思はぬ。

絵踏は明治になつてからも尚二三年は行はれた。それよりも更に悲惨なるは明治三年に行はれたる、浦上村全村《ぜんそん》焼打のことである。

不幸にして刀自は其政治的意味の真相と、其事件の詳細とに通じて居なかつた。私もまた其後《そのご》之《これ》を研究する隙《いとま》がなかつた。伝聞する所に拠《よ》れば、人の或は此の研究に着手したものがあるといふ事であるから、或は既に其報告の世に発表せられたものがあるかも知れない。私はまだそれを知らないのである。

然しそれらの表筋の研究では決して求め得ることの出来ないものが刀自の話のうちにあつた。そは刀自自《みづか》らが親しく其の光景の一部を目睹《もくと》したからである。

その日も亦雪の降る日であつた、(私は刀自がお宮に詣つた日と同じ日と覚えて居たが、さうではないかも知れない。)長崎遊撃隊の人々(さう刀自は語つた。)が吉利支丹部落たる浦上村全村を襲つて、人家に火を懸け、小供老人に至るまで、住民は悉《こと〴〵》く之を縛した。之を長崎の牢に入れるとしては人数多きに過ぎ、且在留欧人の抗議するものあるべきを慮つて、其夜私かに之を港口の船に送つた。

どうして刀自が深夜に其街を通つたかは聞かなかつた。或は態々《わざ〴〵》見物の為に行つたのだつたかも知れない。伴《とも》を連れ、傘を指して八百屋町より銀屋町に至る街道を横ぎらうとすると、一群の不思議なる行列の為に道を遮られた。それで余儀なく人の家の軒下に雪を避けながら眺めて居ると、数限りなき一群の人々は皆珠数繋ぎにされて、悄然として跣《はだし》走で街道を歩んだ。役人警卒之を護るけれども、一つの燈も点さぬ。人々は皆黙してゐる。偶《たま〳〵》声を発するものがあれば、忽ち邏卒《らそつ》の為に叱せられた。それ故に人の足の地をする音の他には、唯時折、堪ふる能はずして発する嗚咽の声のみであつた。幼児は母なる人が之を負つた。また老病の人々の畚《もつこ》に荷はれて行くのもあつた。

是等の人々は、怪《あや》しき夜鳥の群の如く、八百屋町より銀屋町、そこよりまた奉行屋敷に到り、更に本通を経、西屋敷に達し、海に出て、大埠頭に着し、そこに待てる火船（蒸気船）に分乗せしめられて、加賀、土佐等の諸藩に分け預けられたといふことである。

刀自の話はそれで尽きてゐる。私の知る所も亦それで尽きる。其後偶《たま〳〵》明治五年の郵便報知新聞を見ると東京横浜間鉄道建設竣工の噂、七歳の津田梅子米国へ留学のこと、苗字名前の改称を禁ずる布令、或は漢字を廃し仮名を用ふべしといふ、一米利堅《メリケン》国留学生の寄書《きしよ》と共に、鳥取県下に預けられたる浦上村の住民の解放の事が出て居た。

「鳥取県へお預けになりたる肥前の国浦上郷の異宗門徒百六十三人の内追々《おひ〳〵》悔悟して改心せしもの百余人に及び、九十六人既に送り帰されたり。改心せるものは宗祖の金像を踏ませ、氏神の守札《まもりふだ》を持たせ其証《そのしよう》とすることなれども、彼の教の人に入るもの深ければ表面仮りに悔悟の体をなすも其真偽《しんぎ》如何と云へる者もあり。然るに何《ど》れも至愚の者にて斯る謀《はかりごと》あるべきものにあらず、且一証《いっしょう》となすべきは改心の方不改心の方各幼稚の児ありけるに、自然讐敵の勢をなし、是れは其不改心を憎み、彼れは其変心を憤り、一邸内に居て共に遊ばず、時々塀を隔てゝ互に相罵る。是れ切利支丹よと譏れば、彼れ改心の奴よと嘲けり、彼れ汝等死して楽土に到りがたしと云へば、是れ楽土は現世に在りと云ふ。且汝等死後の楽土はさし置き、今に頭を斬らるべしと云々。毎日争論大抵此の如し。無意無心の小児輩修飾の仮託もあるべきやうなく、皆純一真情より発するもの、其証甚だ明かなるにあらずや。是れ固より主者積口懇諭の功に因ると雖も全く仁政の波及する所なるべし。」

今から見れば甚だ以て不思議な文章である。

サン・フラアンソア・ザヰエ氏以後の基督教が如何なる故に、かく深く我国民の間に浸潤したかに就ては、西洋の教会の出版の記録を除いては、古来邦人の之を論ずるもの甚だ罕《まれ》である。御禁書の制ありし古昔は暫く措き、近年に於ても福地桜痴が「長崎三百年間」乃至、新村氏、村上氏の新著に於ても、猶靴を隔てゝ痒きを掻くの感がある。当時代の一般の精神的文化がどの位の程度まで発達して居たか知り難いのである。「日本西教史」などに伝ふる殉教《マルチリ》の事はかなり激烈なるものがある。西教徒の信仰の厚かつたことは之でわかるが、果してどれ程異教の精神を理解してゐたかは今にはかに断ずることが出来ない。

然し兎に角彼等がうすうすに、海のあなたに鬱然たる文華の国のあることを感知したことは確であらうし、また形式と神秘とに入つて、何等清新なる道徳的感情を与ふることを知らなかつた仏教の代りに溌剌たる文化的感情と結合した耶蘇教の宗教的道徳が一般民衆に喜び迎へられたのは事実だつたのだらう。

私は刀自の話を聴きながら、ゆくりなくも一戯曲的光景を空想した。後私は之に「絵踏」といふ題をつけて、幾齣《いくせき》の楽劇《がくげき》にする積りであつたが今まだ、其《その》序曲（之は旧著「南蛮寺門前」中に収めてある）よりは出来て居ない。而も今後も到底此戯曲は纏りさうではないから、今こゝに其の主要の趣旨《モチイブ》を記さうと思ふ。

長崎の大きな観音堂に於ける絵踏の日の有様である。役人が名を呼ぶ。前の幕で紹介せられたる一群の民衆は押しあひしあひして、踏絵を踏む。堂の一隅より、其奥の間に掛けては、之を踏むを拒んだ人が珠数繋ぎにされて居る。

やがて此戯曲の主人公が呼ばれる番になる。彼の近親及び其情人等は遠くより目くばせして、早く彼れに踏むべく促す。彼絵の板を踏まんと欲して、心なほ忍びざる時に、堂奥の囚人の中に忽ち一異声（佈景の後ろの内哄）起る。

「そなたはどうあつても転ばぬのぢやな。」

是れは役人の声である。忽ち寂寞になる。

「どうぢや、どうぢや。」と役人が一人の男を責めるやうである。

「たとへ身は焼かれ、軀《むくろ》は温泉が岳の火の穴に抛《はう》られるとも転ぶことは致しませぬ。」一人の男の悲痛なる声である。

大衆の合声にて「転ぶことは致しませぬ」と同じ言葉を繰返した。

この合唱《コオラス》の音楽的効果が舞台上の若人《わかうど》の心に影響して、彼は忽ち心を翻して、板を踏まざらんと決心する。近親の人々は之を見て心を痛め、更に激しく彼に目くばせをする。

再び堂の奥より、人々の役人の為めに苦責せられる凄絶の声がする。恩愛と、恐怖と、彼は再び心を翻へして、板を踏まんとする。

その刹那また「決して転ぶことは致しませぬ。」といふ大勢の人々の悲痛なる而かも喜びに満ちたる合唱が聞える。

彼は三たび心を翻へした。そして身を屈めて板の上なる聖母像を吻《す》つた。

之を見たる近親の人々の間には落涙と啼泣とが起つた。

既に板を踏みたりし一少女が彼の為に感激し、群より身を跳らして、板に近づき、また彼に倣つて之を吻つた。

是れが第一のモチイヴである。それより以後の幕のことは、読者予が旧稿「絵踏」の序曲を読み、之と比較して、各自に空想し、自ら作曲の興を味ひ給へ。

浦上村事件の話も、本題は僅で、大ぶ岐路に外れたが、南蛮渡来以後の舶来文明が古への我国人に及ぼしたる精神的並に物質的影響の研究は興味あるものである。唯当時異教禁圧の制激しく、以て明治初年に及び邦文之を録する文献甚だ寥々たるものがある。新村博士の「南蛮記」の如き、此の間にあつて、我々の渇を医するに足る物である。

若し夫れ事実の詮議は暫く之を措き当時民人の欧洲文明に対する反応を趣味として楽まんと欲せば古来荒唐の書、必ずしも其数に乏しくはない。「南蛮寺興廃録」の如き、「長崎叢書」中の諸書の如き、或は「崎陽日録」其他天草一揆に関する雑著の如き、枚挙に遑がない。

私もまた「天草四郎と山田右衛門作」といふ習作に於て当時

の精神文化に対する戯曲的感照を試みたことがあるが、その時代の悲痛なるExotism（異国熱）に対しては、更に研究する時あらんと欲する。
浦上村事件を少年として経験した人は、今尚同地方に多く居られることと思ふ。この蕪雑なる小稿が機会となつて、さう云ふ人から人の未だ知らざる真相或は細目の物語られるのは、われ人の切に望むところである。

（大正五年正月二日、後夜の鐘をき丶ながら）
（「大阪朝日新聞」大正5年1月24日）

実話　モルガンお雪

関　露香

「自働車と電車と衝突して、お雪は上顎に傷を負ひ、それが為め性来の美貌も損はれ、遂に入院したれば事件は法律の問題になるだらう」といふのがお雪の消息を語る最近の巴里電報である。

○

夫モルガンの客死の地方から漸く巴里に帰つたかと思へば今又此の椿事で京都では一方ならず心配して居る、殊に今年八十になつた実母のお琴は金よりも何よりも一目お雪の顔見て死たいといつて居る、姉の継香《つぎか》や兄の音次郎なども落藉金の四万円に湿《うる》はふて今では別に慾の皮も張らず、俊さんも彼の通り○○銀行の重役になつて陰ながらお雪の健康と幸福とを祷つて居る、それに何時までも巴里に居たなら諺にいふ女やもめに花が咲き遺産金の温味《ぬくみ》で虫が着《つ》く、扨ては亡夫モルガンの名にもか丶るやうなことがあつてはと余計な心配や種々な取越苦労で京都まで一方ならず気を揉むで居る、何には兎もあれ此際一先帰つたらと皆んながさういふて居る。

一　胡弓の名人

花なれば未だ蕾の十四の春に、お雪は縄手の貸座敷尾野亭を見習茶屋として舞妓《まいこ》に出た、顔といひ、舞といひ、一点非難のない、姉継香《つぎか》の流を汲むで、年齢《とし》には以合はぬ胡弓の名人、それが第一に呼物となつて祇園新地は広しといへ、お雪に追付く舞妓は一人もなかつた。

明治三十四年六月五日、じと〳〵と降る雨漸く霽れて、円山公園の新緑一際目立つ午後五時から六時の頃に、お雪は銭湯から帰つて鏡台に対ふとまもなく見習茶屋であつた尾野亭から口が掛つた。当時十九になつたお雪の湯上り姿は、東山の新緑よりも鴨川の清き流れのソレよりも遥かに美しかつた、お雪は平常の通り胡弓提げてトン〳〵と二階へ上つて行つた、其の途端に仲居のお高が「お雪ちやん異人さんどすぜ」といつた、御座敷にはお雪よりも先きに五六人の舞妓も藝妓も居た、三人の異人さんは縕袍を着て気楽さうに両足を投出したり、キチンと行儀よく座つたり、肘枕で横になつたり、胡座をかいたりして、三味線や踊りに見惚れて居た、お雪が胡弓を取出して十八番の鶴の巣籠を一曲弾くと、三人の視線が悉くお雪に引締められて恍惚として居た、十時頃お雪はお座敷を了《しま》ふて屋形に帰つた。

二　一声五十円の祝儀

翌六日の未明に也阿弥《ヤアミ》ホテルの印袢纏を着た車夫が威勢よく尾野亭の前で梶棒を下した、「旦那此家《ここ》だつか」といつてドン〳〵戸を叩いて見たが何うしても起きて来ないので、俥の上に居た御客がもどかしがつてすぐと車から飛び降り太い洋杖《ステツキ》の先きで破れる程戸を叩き続けた、漸つとのことで十二三のオチヨボが眼を擦りながら潜戸を明けに来た、「お高はん昨夜《よんべ》の異人はんがまた来やはりまつたぜ、早うおきておくれやす」と眠気半分ひよろめく足を踏みしめながらおちよぼは仲居のお高を起しに往つた、お高はふくれ面《づら》して前を掻き合せながら出て来るとお客は昨夜の胡弓の藝妓を連れて十時頃に円山《まるやま》の温泉に来てくれといふのであつた、お高も斯んなに早く叩き起されたが不平でたまらなかつたけれども昨夜の纏頭に免じて容易《たやす》く請合つた。

お雪は仲居のお高に連れられて温泉で待つて居ると、荒い縞羅紗の背広を着た三十二三の昨夜の御客の中では一番年の若い異人さんが、ニコ〳〵顔でさも嬉しさうにやつて来た、けれどもお雪には英語は解らず、御客の方では充分に日本語が話せず、お互にモジ〳〵と睨合あつてるうちに料理が出たので三人共無言の業で箸を下したり上げたりして漸つとのことで食事をしてしまつた、帰がけに御客は上衣の内ポケットから祝儀の入つて居るらしいものをお雪に渡した。

お雪は屋形に帰つてそれを開けて見ると十円札で五十円あつたのに驚いた。

「お母はんどないしやう五十円おすぜ」

「えやないか取つておきいな」

「でも薄気味悪いさかい返《もど》したらどうどす」

「それはおまはんの心しだいにおしやす」

と実母のお琴は承諾の裏書してもお雪の胸には何ともなくそれが末おそろしい約束の手形でも受取るやうな気がしてオイソレと其儘には受取れなかつた、それ故にお雪は仲居のお高を訪ねて祝儀を無理にお客へ返へしてしまつた。

三　モルガンの日本趣味

也阿弥に宿泊《とま》つて居たモルガンは飽くまでも日本趣味を味いたいといふので閑静な景色のいゝ岡崎公園の附近に下女のお松を連れて一戸を構へた、家にはお松より二つ年したの仲居ありのおきよといふのも居た、お松は若狭国三方郡西郷村字松原の田中といふ百姓の娘で十九のときから中京《なかぎやう》の〇〇商店に五年間奉公して奥の人たちにも店の若衆にもお松々々といはれて非常に調法がられて居た、お松は百姓の娘に似合はず気転が利いて居る上に女としては可なり判断力に富むだ、肉つきのいゝ色白の顔も十人並の女であつた、おきよはお松の姪で其頃は富小路万寿寺下る料理店魚寅に仲居をして居たのをお松がモルガンには表向き垢の他人といふので雇ひ入れたものであつた。お松とおきよはモルガンに連れられて毎日〳〵台所の道具や室内の装飾品などを買ひに出た、モルガンは金に任せて何んでも乎でもお松の言ひなりしだいに買つてやつた、家は何所までも紳士的の日本風に出来あがつた、四季を通じてモルガンの日本服もお松の見立で大丸や高島屋から持つて来た、当時三十二歳のモルガンは金椽眼鏡に日本服を着て脇息に倚り奥座敷の八畳から雅趣に富むだ庭先を眺めて喜むで居た、万事万端斯した工合で手落ちなく取揃へられたけれども尚此の家には何にか一つの不足した者が未だ摑《つか》まらずに何所かに逃げて居た、お松自身では奥さま気取りなんかで万事を扱つて居たに拘はらず、モルガンの胸にはアリ〳〵と胡弓の藝者お雪の姿が撮影《うつ》つて居た。

お雪は尾野亭と円山の温泉でモルガンと知らずに線香《おはな》に行つたきり其後は病気して二た月余も稼業を休むで居た、それとも知らずにモルガンは此所彼所の貸席を渫つてお雪に口をかけて見たが何時でも病気々々と許りで一向要領を得なかつた、始めは外国人の自分を嫌つて仮病の鉄条網を張つて居るのだと独りで合点して居たが、本当の病気と知つてからはそれが自分の邪推であつたと悟つてそれから我心に幾分かの落付を見た、それまでといふものは少しもぢつとして居られないで、毎日幾回となく家を出たり入つたり、鎖細《さゝい》のことに腹ばかり立てゝ居た、お松は恋に捉はれたモルガンの此の状態を充分に了解して居たが可能《できる》ならば人手にかけず自分でそれを療治して見たいと思つて居た。

四　お雪は始めてモルガンの気を知つた

お雪の病気中モルガンはお松に内證で帳場の車夫に托し、病気見舞として洋菓に香水一打を贈つた、お雪は此時始めてモルガンの名を知つた、そして其人が世界一の金満家の息子で、病気中は諸方《はうばう》のお茶屋から幾回となく口をかけて呉れたことも仲居の誰彼から聴された、病気が全快してから祇園新橋の貸座敷菱里楼《ひしきと》から口が掛つた、お雪のほかに浪龍《なみりやう》、笑葉《えみば》と舞妓《まいこ》の手鞠《てまり》、静子、光勇、光千代、友千代に幇間の梅八、丈八の二人も招かれて居た、お客は其所に居ないで一同《みんな》が俥で岡崎の或る別荘に行くのだといふのであつた。

俥は威勢よく玄関に着いた、主人公のモルガンは羽織袴に金椽の眼鏡を掛け頭髪も綺麗に撫でつけて玄関に出迎へ「お、きに御苦労さん」といつた、座敷には三人の外国紳士も居た、モルガンは座敷開きを兼ねて此等の紳士を饗応するといふのであつたが、其の実はお雪を招《よ》んで見たかつたのである。そして何時かは斯いふ風に二人でお客をして見たいといつた風の謎を我れと我心にかけて解いて居たのである、お雪は病気見舞のお菓子のことや、自分の病気中は諸方から幾度も御座敷を知らせてくれたことのお礼を述べた、モルガンは花のやうなお雪の姿を見たり、天使のやうなお雪の言葉を聴いて、身も心も何所かに掻浚《かつさら》はれて行かれるやうな気がした、「あなた病気なをりましたか、私大変悦びます」とモルガンはいつた、饗宴は夜の九時まで続いた。

五　日本語の研究

モルガンの日課は日本語を研究するのと英字新聞を読むのとお雪を招《よ》むで昼食や夕飯を共にするのと此の三つを除いては先づ何にもないといつてよかつた。それ故にお松は殆んど毎日のやうにお雪を呼びに行つた、それは自分を踏みつけるやうに思はれてお松には頗る癪だつた、けれども主人の命令《いゝつけ》であるから仕方がなかつた、斯うしてモルガンがお雪と一所に居るうちは上機嫌で浮れきつて居ても、小雪が帰つてしまへば茫然《ぼんやり》と瑣細のことにも小言ばかりいつて居た、然しながらお雪の来ない時にはお松はモルガンと一所に食事をして居た、お松は下女であつてもサンづけにされて居た。

「お松さん」とモルガンの呼ぶ声を聞いてお松は「それ始つた」と台所で自分の下駄を踏み鳴らして「あほらしい又呼びにいけいといふのやらう」とおきよに不平を洩すことも度々あつた、「そんなに恋ひ焦《こが》れても対手《あいて》のお雪さんには一向応つておまへんのや」とお松は嫉妬とじれ気味で窃に罵つて居た。

モルガンは何時も夕食を済ますと英語の歌を口吟《くちずさ》むで、椽側を行つたり来たり二三十分間も運動するのが習慣であつた、そして其の後でプイと出たつきり夜半になつても帰らなかつたこともあつた、或時には翌日の十時頃になつて気まり悪るさうに茫然《ぼんやり》と帰つて来たこともあつた、お松も始めのうちはモシヤと思つたが、モルガンの此の行動はお雪には関係なしに、何所か他方面にあること、思つて深くも研究しないで其儘打棄て、置いた、何となればお雪のモルガンに対する素振がお松をして自分の判断力に充分の信用を置かしめたからであつた。

六　お雪の所謂藝者道徳

或日のことモルガンはお雪に対ひ

「私アメリカに帰ります、貴女《あなた》決心つきましたか、」

と今日こそは真剣の決答をお雪に促したやうであつたけれどもお雪は例《いつも》のやうに

「私《あたえ》には旦那がおます御親切は難有ござりますけんど」

と風に柳と吹き流して居た、モルガンは飽くまでも自分の金力に信頼してお雪の此の決心を翻さうと努力した、けれどもお雪の胸に燃えて居た俊さんの恋の情火は江河満溢の水でも容易に消止めることが不可《で》能《き》ない程熾烈であつた、お雪は勿論モルガンを通り一遍のお客として取扱つて居なかつたけれども、而も金力ばかりが自分の意思を自由にし全然それを征服しきれるものだと思つて居なかつた、が愛嬌を売るのは自分の商売である以上は可能るだけ対手を怒らせず、成るべく対手に満足を与へてやりたいといふのがお雪の常に心掛けて居た藝者道徳といふのであつた。

明治卅四年九月二日モルガンは下女のお松に万事を托して亜米利加に帰つた、出発の前夜モルガンはお雪を招むでお松と三人で名残の晩餐を共にした、お雪はモルガンに餞《はなむけ》すべく珍らしく胡弓を取出して鶴の巣籠を一曲弾いた、此の悲しき哀れな曲にモルガンは身も心も熔けんばかり恍惚として、竟には其の悲《かな》哀《しみ》に耐え得ないでほろ〱と涙を流した、お雪も矢張り弱い女であつた、彼女はモルガンの斯の如く切なる心情に絆されて我が眼に涙の湧き来つたのを覚えなかつた、お雪は「モー止めときます」と胡弓を自分の前の卓上《テーブル》に置いた、傍に居るお松も矢張り女であつたと見え主人の心を察して何うしても泣かずに居れなかつた、モルガンはせめてもの思ひ出でに胡弓をお雪の手から譲受けて帰つた。

七　兄が細工の贋手紙

お雪は五人兄弟の末子である、第一の姉のおうたは本年五十一歳で祇園新橋の貸座敷加藤楼を経営して居る、其次の姉おすみは末吉町に藝者屋をして居る、其の次のおなをは西陣の帯地商に縁付いて居る、兄の音次郎は三条富小路に今では可なり大きな散髪屋を開いて可なり繁昌して居る、兄の音次郎はお雪がモルガンを取逃して金の蔓を切《き》断《ら》してしまつたとお雪に会ふ度毎其の腑甲斐なさを罵つて居た、モルガンはお雪と別れる時に英字で自分の所番地を書いた二十枚の西洋状袋を渡して置いた、そしてお雪から約束の消息が必らず届くものだと信じ切つて居た、モルガンは横浜から乗船するときにも、桑港に着いたときにも、無事に紐育へ着いたときにも金釘流の片仮名でお雪の許へ手紙を送つた、手紙の文句は極めて簡短であつたけれどもお雪を思ふモルガンの溢るゝ熱情が片仮名の廻らぬ筆の跡にもアリ〳〵と認められて居た。

お雪はモルガンから渡された状袋を誰にも知らさず自分の用箪笥の中へ大切にしまつて置いた、それが何時の間にか音次郎に見付け出されて一枚だけ何時の間にか抜き出されて居たのであつた、音次郎はモルガンとお雪の間に立つて何にか一藝当演《や》つて見たいと予てから思つて居た、幸にアドレスの書いてある状袋を見つけ出したので、音次郎はニヤリと心の裡で笑つて早速それを利用してモルガンに手紙を送つたのであつた、手紙の意味は「都合に依て義理ある旦那と綺麗に手を切つたから可能ならば直ぐに日本へ来てくだされ」といふやうなものであつた。

八　口から出任せの四万円

神ならぬ身のお雪は自分の兄が斯んな手紙を送つたとは夢にも知らなかつた、そしてモルガンは此の手紙を見るや否や取るものも取り敢へず、直に出発の準備を整へ尚お雪の許にも此旨を認めて明治三十五年一月二日に紐育を出立し一月二十四日に横浜へ着いたのであつた。

ホテルに入ると間もなくモルガンはボーイを呼むでお雪に電報を打つた。

「今横浜に着いた、明日午後沢文で会たい」

驚いたのはお雪であつた、畢竟これは兄音次郎の細工に相違ないと思つて用箪司を調べて見ると果して状袋が一枚不足して居た、意外とはいへ余りの意外に呆気に取られたお雪は此際如何して我身を処置したらよからうかと、暫らくは茫然《ぼんやり》と思ひ悩むだ末に兄の音次郎へ人を走らした。

お雪は電報を兄の前に突きつけて、必らずこれには覚へがあらうといつた風の顔付で音次郎を凝つと見詰めて居た、音次郎はお雪の此の狼狽《うろた》へかたを心の奥で冷やりと笑つた。

「それが何うしたといふのじや、お前だつて何時までも藝者して居らるもんやないし、今のうちに足洗ふて年とつたお母はんや私に安心させたはうがなんぼえやないか、洋人《ゐじん》さんといふ所でもモルガンさんなら男もよいし、金もあるし、こんな結構なことが何所へえたとてありやへん、先方《むかう》では当方《こつち》のいゝなり次第お金を出すといふのやないか」

音次郎は敷島を喞へながら一向動ずる気はいも見せなかつたのでお雪ははたと当惑した。

「なんぼお金を出すとおいやしても私はモルガンさんに身をまかすのは嫌《いや》どすぜ、兄《にい》さんが勝手に手紙をだしやはつたので、こないなことになつたのや、明日にもモルガンさんがお越しだつたらお前《あんた》がいで何んとか此の始末をつけておくれやす、私は死むでも嫌やどすぜ」

と力をこめてお雪は兄の忠告や勧誘を刎ねつけた、流石の音次郎も「こりや困つたナ」と腕を組むで思案投首の体《てい》であつた。

明れば一月二十五日の早朝に麩屋町二条下る旅館沢文から

「今沢文に着いた直ぐ来て下さい」と名刺の裏に片仮名で書いたものを携《もつ》つて出入りの車夫がお雪を迎へに来た、お雪は吃驚仰天して起つても居てもおられず、「少しぐあいが悪いので寝て居ますさかい後からお伺しますといふておくれやす」と車夫を返へしたあとで早速音次郎を迎へにやつた。

「さあ此の通り愈々モルガンさんがお越しや、兄さんどないしてくれる」

お雪はモルガンの名刺を兄の前に投つけたので音次郎は「何にもそんなに騒ぐことはない己れが行つてチヤンと話をしてやる」

と一も二もなく大安請《やすうけ》に請合《うけあ》つたもの丶「敵手は何分毛唐やから始末に終へぬ」と囁きながらお雪の家を出た、去ながら音次郎の立場としては之れこそ所謂宝の山に登つて宝を得ずして帰るといふものだ、何んとか善《い》い工風のないもんかと只それのみを考へ込むで側目《わきめ》もふらず沢文に行つた。

「私兄さん知りません、兄さんに用ありません、お雪さん病気なら此の毛布にくるまつて車でも籠でも乗つて来て下さい」

と取次の女にプン〳〵怒つて音次郎を追返してしまつた。

「お雪、やつぱりお前が行かんと納まらぬわい」

「それ見たことか言はんことやないし兄さんどないしてくれる」

「どないもこないも乃公じや駄目や矢張お前いてくれ、先方《むこう》やてアメリカ三界から態々きたのやないかお前もその辺の所をちと思ふてやれ」

お雪は故《わざ》と頭髪《あたま》を乱し如何にも病人らしく見せかけて母のお琴と兄の音次郎に連れられ渋々ながら沢文に行つた、取次の女中は母と兄には用はない何所かに待せて置いてお雪さんのみ奥に通して呉れとモルガンさんがそないにいふて居るといつた、此の挨拶を聞いてお雪は進《すゝ》まぬ足を静々と奥の一間に運むだ、雨に悩む海棠のそれよりも尚濃艶なお雪の姿を一目見てモルガンは「お雪さん」と一言いつたばかりで其の手を堅く握りつめた、そして暫ばらくは何んとも言得ないで電気に打たれた人のやうに五艶をブル〳〵ふるはして居たが軈て詞を次いで「あなた約束の旦那と手を切りました、私大変悦びますモー構ひせん」と嬉しさの余りモルガンは顔の造作を崩し魂を宙に飛ばしてしまつた。

お雪は彼の手紙は兄の細工で造《つく》りあげた真赤な嘘の贋手紙であつたとは今更口にも言ひ出しかねて、何んでも之れは大袈裟に吹かけて金で愛想づかしをやるより他に仕方がないと覚悟した、「旦那と別れる話つきましたけんど四万円ちうお金がないと妾《あたい》の身《からだ》が自由になれまへん」といつた、お雪は咄嗟のうちに只訳もなく此位なら先方《むかう》も定めし驚いて必らず尻込みするに違ないと思つたのであつた、流石のモルガンも四万円と聞いて驚かずには居られなかつた。

「東京でも一万円一番高価《たか》いと聞ました、それに四万円、それをあんたは何うするのです」

「三万円は旦那の手切金であとの一万円は妾の借金や其他《ほか》の費用に」

お雪は我が心にもなき申出をしたのであつた、モルガンは暫時《しばし》思案に暮れて沈《じ》つと考へて居たが「宜しい私考へて置きます」といつて別室に待せてあつた母のお琴や兄の音次郎を我が室に呼び入れてお雪の紹介でお互の挨拶を済した、モルガンは自分の好きな魚の鯛と鰻の料理を命じ、四人一緒に種々と面白き世間話などして夕方まで楽しく其の日を暮らした、七時頃になつて母と兄とはお雪より先きに家に帰つた、それと入れ違ひに下女のお松は柳行李や合財袋を提げて若狭から急いで出て来た、モルガンは京都に着くと直ぐ駅からお松に電報を打つてあつたのであつた、お松は自分より先きにお雪の此所に来て居たのを不平面で眺めた、夜の九時過お雪はモルガンの強いて引止めるのも聴かず「明日また来ます」といつて無理に末吉町の屋形に帰つてしまつた。

九　二千円と四百円の指輪

お雪の帰りを今か今かと待ち倦むで居た兄の音次郎はお雪の帰りが余り遅《おそ》いので帰つてしまつたが、翌廿六日は朝早くからお雪の所に来て、母のお琴とお雪と三人で何にか頻りに話し合つて居た、十時前にお松はお雪を呼びに来た、「旦那は貴女《あんた》のお越しが遅ひによつて迎へにいて来いと私を追ひ出すやうに攻め立てますので私はお迎ひに来ました」とお松は迷惑さうにいつた、お雪はお松に伴れられて進まぬ足を沢文に運むだ。

モルガンはお雪の顔を見るより「四万円のこと昨夜から種々考へて見ましたが今直ぐと返事できません、二月十二三日頃相談する人来ます、其の上で極めます」といつた、それを聴いてお雪は漸《や》つと胸を撫で下し、座敷の隅にあつた碁盤を引張つて来て、退窟まぎれに何時もモルガンのする五挺列べを勧めた、昼飯はお松さんも一緒にとお雪の差図で床の上に三人食べた、それが済むでお雪が帰らうとするとモルガンは床の上にあつた鞄から、「お雪さん貴女にお土産あります」と中から取出した二個の指輪は価格二千円の大きなダイヤ入りのものと今一つは純金に唐草模様を彫刻した宝石入りのもので価格は四百円だといふのであつた、お雪も女として殊に藝妓の身としては咽喉から手の出るやうに欲しかつたらうが、只さへ義理の重なる上にそんな物を貰ふては自分で自分を縛るやうな者だと再三再四断つて見たけれどもモルガンは何うあつても承知しないので遂にそれを貰ふことにした、勿論お雪も其時には夫れ程金高のものでないと思つて居たのであつたが、懇意の時計屋や姉さん株の誰彼れに見て貰つたら「お雪さんこれはあんた大したものでおますぜ、とても五百円や千円で買へまへんぜ、それにあんたがモルガンさんに両手を取られて此の指と此の指に嵌められやしたら、それは日本でいふ結納とおんなしものやと私共《わたいら》聞いてます、あんたは之れで愈々モルガンさんに身を任したといふやうなことしになりますぜ」と岡焼せられペチヤクチヤと雀の囀づるやうに諜舌りつけられたのでお雪は吃驚仰天し、早速車に乗つて沢文へ飛むで行つた、そしてお雪は両手から指輪を抜取つて「斯んな立派なものを私が嵌めてるとどんな災難に遇ふやら分りまへんさかへ一先づ御返し申します」とモルガンの前に二つの指輪を差出した、モルガンはお雪の此の処置を見てムツとした、そして顔色を変へて「お雪さんそんな心配ありません、私折角亜米利加から持つて来ました、貴女私の顔つぶしますか、私少し腹が立ちます」とモルガンは稍々不安の体で無理にもそれをお雪に押つけやうとした、けれどもお雪は何うあつても再びそれを受取らうとしなかつた、斯して押問答したあとで結局お雪は価格の安い方を一つだけ貰ふことにして屋形に帰つた、其後お雪は隔日位に沢文に行つた。

十　四万円即金で押通す

モルガンは下女のお松と仲居上りのおきよとを呼び寄せて沢文の奥座敷二室を占領して殆んど一家族のやうに宿泊《とま》つて居た、其所にお雪が加はつて他愛もなく日を送つて居るうちに、二月八日の朝突然横浜からモルガン宛にて電報が届いた、電文は「今着いたビゲロー」といふ至極簡短なものであつた、けれどもモルガンには極めて重大な関係のあつたものと見えて渠は此の電報を手に取るや否や狼狽して横浜へ出発した、翌九日の夜にモルガンはビゲロー博士夫妻を伴れて京都に返つて来た、ビゲロー博士は紐育の弁護士でモルガンの依頼を受け報酬五千円の契約でお雪落籍の法律上の顧問として態々米国からやつて来たのであつた、博士夫妻は都ホテルを宿としてモルガンと毎日のやうに往来した、其の結果落籍金は即金で弐万円、あとの弐万円は二千五百円づゝ八ケ月間に実母のお琴に支払ふてお雪はモルガンと一緒に亜米利加へ連れて行かれるといふ一方の相談だけは首尾よく纏つてしまつた。

口でこそ四万円といつたものゝお雪の胸には何うして此の大した金が現金で自分の手に渡さるゝであらうか、何んぼ金持でも之に愛想が尽きて落籍は必らず中止になるだらうと我れと我心に極めて居たのに、条件附とはいへ兎に角四万円出すといふのでお雪も吃驚仰天した、最早此上は四万円即金説を固持して飽くまでも此の難境を脱れ出んものと、内と外との大敵を引受けながら彼女は逃られる所までは逃げ通うさうと決心したのであつた。

十一　お雪の情夫は大学生

そぼ降る雨を衝いて威勢よく馳け来つた俥の幌の中から「最う此の辺でよろしい」と女の声がした、俥は南禅寺町の、とある長い築地塀の角で梶棒を下した、半分すぼめた渋蛇の目の傘に顔を隠してコートの濡れるのも厭はず、両側の生垣に沿ふて小径《こみち》を東に二三町歩《い》つたかと思ふと女の姿は消えてしまつた。母家から二三間隔つた離れの西窓の半障子を外から窃つと一寸ほどあけて家の様子を窺つて見たが誰れも居ないやうであつた、東に廻つて椽側の隅に足駄を重ねて八畳の座敷の障子を明けて見ると、床の間には書籍や新聞や雑誌などがだらしなく散乱して机の傍の火鉢に火も消へて居た、次の四畳半には新聞を拡げて塵《ごみ》のか丶らぬやうにしたる飯台があつた、其の傍の炭取とマツチを持つて来て折詰の空箱で頻りに火をおこさうと女は焦心《あせ》つて居た所へ、三十一二の少し苦味《にがみ》走つた顔に八字の髯を蓄へた書生風の男が手拭に石鹸を包むで口に煙草を啣へながら庭石を伝ふて、一段高い切石の上に足を踏み掛けて今しも傘をすぼめやうとする途端に、渠の視線は鋭く椽側の隅にあつた女の下駄に注がれた。

　障子を明けると室内に濠々と立籠つて居た煙が逃口を見付けて椽側の天井裏から軒下を伝ふて庭の植木を烈しく咽ばてて居た、「留守に来て斯んなことをすると彼《あ》の口喧しい母家の下女に咎められてどんなことを言はれるか分つたもんじやない」と男は叱るのではないが稍々重い調子の小声で女の不注意を詰《なじ》るやうにいつた。

「斯んな寒いのに一人でぼんやり待つて居らりやへん」と女は少し不平面《づら》で答へた、男は机の前の大きな座布団に坐つて女を凝つと視詰めながら「今日は又何うしてそんな服装《なり》して来たのか」と折かへして問ふたが、女はせつぱ詰つた苦しい心のうちを知りもしないでそんな小言らしいことがよくも言へたことか、といつた風の顔付で返事もしないで黙つて俯《うつむ》いて居た、「例の一件か」と男は追かけて問ふたが女は未だ返事もしないで黙つて居た、女は心の中で残らず打明けて言つてしまはうか夫れとも飽くまで隠して自分独りで所決しやうかと取《と》つ置《お》いつの烈しい争闘に思ひ悩むで居た、けれども今日の新聞にあんなに書かれてしまつたからには最早何にもそんなに隠す必要もないと覚悟して、「あんた今日の新聞をお見やしたか」「見たけんど嘘だと思ふて別に驚きもしなんだ」と男は答へた。

「四万円といふたら吃驚して尻込するやらうと思ふたらそれだけ出すといわはるので最うのつぴきならぬことになつてしまひました」

「それでお前は何うしやうといふのか」

「そやさかい貴君《あんた》はんに相談しやうと思ふて来たのどす」

「己だつて此の場合お前に何うせよ斯うせよと指図がましいことはできない、それはお前の心一つで極めるがよからう」

「それでは貴君はんは何うでも善いといふのどすか」

「何うでも善いとはいはんが己《おれ》もお前から学資を貢がれて謂は丶飼犬同然の今の身の上であつて見れば、それを判然と斯《こ》うせ彼《あ》うせと命令する権利も何にも無い、卒業までは己も何んとかしてやつて行く積りだからお前一人りで処決したら可い」

「あほらしい私《あた》へはそないな水くさいことを聴に来たのやおまへん、何うでも四万円即金やないと旦那と手が切れまへんと言ひ切る積りなんどす、そしてもう一度亜米利加に帰《い》むでもらう積りなんどす、そしたら何日のまにか忘れはるやらう、私は殺されても身を任かすのは嫌やどす」

斯うして女は身も心も一切男の意の動く通りに任せ切たと宣言してから、暴風《あらし》の空のやうであつた彼女の胸も忽ち晴れ渡つて静かにどつしりとした落付が来たのであつた、「川上さん私もう帰《いに》ますわ」と夜の八時頃に女の影は此所から消えてしまつた。川上は鹿児島県の士族で明治三十年頃東京○○省の腰弁であつたが、公用で京都に来て円山公園の平野家でお雪の舞妓姿を見たのが始りで、其後大阪の保険会社や銀行の社員となりソレ以来足繁くお雪の許に通ひ、遂には未来を契る夫婦約束の証書まで取替して、之より一奮発と京大法科に入つて南禅寺町の或家の閑静な離れを借りて自炊して居たのであつた。

十二　沢文の奥座敷で落花狼籍

京阪の諸新聞紙は筆を揃へてお雪も四万円で到頭モルガンに落籍さるゝことになつたと事実みたやうな想像を加へて旺んに書き立てゝ居た、そして此時から四万円藝妓の名が一時にパツトと拡つた、四万円といふレコード破りと対手が外国人だといふので花柳界は勿論のこと、何所でも彼所でも寄ると触ると総て此話で持ち切つて居た。

音次郎とお松とは事件の蔭に隠れて旺んに何事かの計劃を廻らして居た、下女のお松は隠然お雪落籍の排斥者であつたけれども、沢文の二階で音次郎と密会してから両者の間に何かの秘密条約が結ばれたと見えて、お松の態度がからりと変つてしまつた、お松はこれまで何かにつけてモルガンとお雪を引離さうと考へて居たのが、近頃になつて裏面からお雪の落籍をモルガンに勧めるやうになつたといふのに就ては何か曰くがなくてはならなかつた、お松の斯うした態度は色気を離れて慾気に岸《かし》を変へてしまつたのであつた、音次郎はお雪の四万円即金説が到底ビゲロー博士の容るゝ所でないと悟つてからは、三万円即金で後は月賦といふのでお雪を説服せしめ、お松はモルガンに説いて音次郎の折衷説に聴かんことを勧めた、そして若し之が首尾よく成功した場合にはお松は四万円の三分の一即ち一万三千三百三十余円のコンミツシヨンを音次郎から直接受取るべく充分の協議が纏つて居たのであつた、それ故にお松はモルガンに勧めて毎日のやうにお雪を沢文に伴れて来た、一方音次郎はお雪の屋形に日参して兄の威光を振翳し「愈お前が皆んなのいふことを聞かなけりや川上にも会はさないやう此の兄が仕向けてやる」と啖呵《たんか》を切つて脅迫した、お雪はお座敷も受けないで只泣いてばかり居た。

巧妙なお松の運動が漸く成功してモルガンは愈々即金三万円を何時でも音次郎に手渡しせうといふことになつた、お松は天にも昇るやうな気分になつてお雪を連れて来た、モルガンは愈々お雪を掌中の玉と握る気運の漸く熟し来つたのを大に悦むだ。

「お雪さん兄さんやお松さんのいふ通り私三万円即金出します」

エーと顔色を変へたお雪は

「私そんなこと未だ承知しまへん、兄やお松さんが何んといやはつても私は何うでも四万円即金やないと旦那に言訳ありまへん」

決然お雪は席を蹴立て丶逃げ帰らむとするので遉《さすが》のモルガンも嚇と急ぎ上げ顔色忽ち土の如くなつて、「それ貴女《あなた》何んといひます」と五艶をブル〳〵顫はしながら突然襖を突き破り、狂気のやうになつて何んでも乎でも手当次第投げ散らし蹴散らす騒ぎに、お松もおきよも呆気に取られて逃げ迷ひ、此の上如何なる椿事が起りはせぬかと只ガタ〳〵と顫ひ怖れて居るばかりであつた、其のうちにお雪は漸くモルガンに取縋り胸に顔押し当て丶さめ〴〵と泣いて居た、モルガンも漸く気を取直し怒を鎮めてお雪の肩を撫で、「私、大変悪るい、最う泣くこと入りません」と宥め賺して「今日は此の話やめます、そして貴女の一番上手な鶴の巣籠聞きませう」と昨年帰国の際お雪から譲受けた胡弓を取出してお雪の手に渡した。

お雪はそれを見て何んと思うたであらうか、モルガンは何所に行つても此の胡弓をお雪と思ふて片時も離さず、帰国中を我が書斎に懸けて只それ許り眺め暮らして居たといふのである、流石にお雪もそれと聞いては泣かずに居れなかつた、お雪はそれやこれやを思ひ煩ふて心は糸の如くに乱れた、そして手に胡弓を取りあげるだけの勇気も出なかつた、彼女は雨に悩む花のやうに重たく頭《こうべ》を垂れて、今しも心の苦痛にウト〳〵と寝入るやうな茫うとした気分になつた。

モルガンは一時の感情に激して狂人《きちがい》のやうに猛《たけ》り狂ふた我が粗暴を頻りに詫びて居た、そして乞食の物乞ふやうに「胡弓を胡弓と」頻りに頼むで居た、恋に捉はれた男といふものは総じて斯んなものかとお松は心のうちで冷やかな笑をもらして居た、金鉄も熔けさうな熱い涙がお雪の瞼を張切つてポロリと一滴《しづく》膝の上に落ちた。

お雪は胡弓の音締を整へて漸く弾き始めた、一高一低の楽調は神を喚び妙に入り、最《いと》も悲しく哀れに聴へた、モルガンは魔の如き胡弓の威力に翻弄されて、其れが夢か現かと聞き惚れて居た、斯くしてお雪は一曲を奏し終つたので、情に熱したモルガンの心は恰も炎々と照る暑の日に驟雨一過後の爽《さや》けさを覚ふるやうになつた、お雪の心も一転して重い悩の裡に咲き出した蓮の花を見るやうな気がした、お雪はモルガンと晩餐を共にして家に帰つた。

十三　お雪自殺を計る

夜の十時頃にお雪はフイと家を出た、而して夜半の一時頃になつても帰つて来ない、母のお琴は狼狽し始めた、三条の音次郎に聞いても知らぬといふ、西陣の姉に使を出しても来ないといふ、加藤楼の姉に聞いたら一寸来て帰つたといふ、沢文に電話をかけたら八時頃に帰つた切りだといふ、夫れでは必然《てつき》り情夫の川上だと見当をつけたが川上も居ないので駈落だと極めてしまつた。

草木も眠る午前の三時か四時の頃にお雪は霜を履むで茫然《ぼんやり》

と帰つて来た、「まあ、この寒いのにお前《ま》はんは何所に」と老母のお琴は涙ぐむで訊ねた、けれどもお雪は一言の返事もせずに長火鉢の前に黙然と坐つて居た、島田もガツクリと根落して蒼白いお雪の頬に鬢の毛が五六本乱れて居た手足も氷のやうに冷くなつて身体にも顫ひが来て居た、「早う火燵に入つてお寐んか」と老母の切なる情を酌み取つてお雪は其儘転《ご》ろりと寐床にころがつた。

兄の音次郎の圧迫やモルガンの切なる情や、情夫の川上の将来などを思ひ浮べてお雪は此際何うして我が身を処置すべきかに迷ふた、而《そ》して此等の大問題を彼女自身で適当に消化させるだけ夫れ丈け彼女の意力も能力も充分でなかつた、彼女は此の世に於ける自分の存在が消滅すれば其れと同時に此問題も自然に解決するものだと考へた、其れ故に彼女は他所《よそ》ながら此の世の名残りを川上に告げやうと思つて無断で屋形を出たのであつた。

四隣閑として声なき夜半に独りインクラインの水の音のみ轟々と疏水のダムに湧き返つて居た、漸く東山《ひがしやま》の空を離れて月は玉と砕けて其所に飛び散つて居た、森々と昼尚暗き松の繁みを縫ふて疏水に近く人影が認められた、間もなく「お雪さんお雪さん」と世間体《てい》を憚る圧《おし》つけた重苦しさうな声で男は呼び止めながら追跡して来た、女は狼狽して立ち止つたかと思ふ間に男の手は女の右腕を鷲掴みにして粟田口の方へ引張つて行つた、而して二人の影は智恩院境内の何所かで消えてしまつた、半時余り経つて影は再び祇園新地の末吉町に現はれた、お雪は無事に我が屋形に送り届けられたのであつた。

十四　お松は色気より慾気に岸を変へた

日頃の烈しい感情と昨夜の苦しい悶《もだ》えとに労れ切つてお雪は火燵の中で四五時間も気持よく眠り通うした、寐返りを打つてもう一寐りと思ふ際どい瞬間にお松の声がしたので、彼女の胸が俄かに波打つた、「どないしやう」と母のお琴が小声で窃《そ》つと知せに来た、「お上りといふとくれやす」とお雪は答へて其儘起きた。

色気よりも慾気に勝味を占められたお松は進むでお雪を迎へに来た、然ながら肝心の本人が飽くまでも我を張つてはモノになりさうかなどお松は思つて居た、お松は有らむ限りの智慧を絞つてお雪に説いて見たが翻つてお雪の話を聞いて見ると兄が関係して居る以上は縦しモルガンが三万円即金で出すといつた所でそれはお雪の手に一文も落ないで音次郎に皆掻はれてしまう、それよりは最う一度モルガンに帰国を勧めて其中ゆくりとお松と相談して兄との関係を断つたら、四万円の半金はお松と折半にしやうとお雪からの相談を持ちかけられてお松も一応それは最もだと心を動かし始めた、けれども只つた今落籍のことのみ勧めて未だ其の舌の根も乾かぬうちにモルガンに一先づお帰りなさいとはお松としては如何にも言出しかねた、お松は智慧袋の底を掻浚つて持つて来た策はビゲロー博士夫人を利用するにありと考へた、それ故に彼女は沢文に足を向けないで都ホテルにと取つて返へした。

通弁の井上と一緒にお松は応接所で博士夫人に会つた、お松はモルガンの不品行を店卸して外国の紳士として顔にかゝるやうな事件の発生しない前に最う一度モルガンを連れて帰つて貰らいたいといふのが博士夫人に頼むだ大体の主旨であつた、お松の語る所ではモルガンは東京の新橋では南金六町の藝妓真島とよと紅葉館の女中お鹿と、而して京都では島原の雛窓太夫大井太夫薄雲太夫、祇園では鈴香の外に五人の娼妓を敵手として銭を湯水の如うに費ひ扨てはお雪の落籍話に殆んど毎日のやうに新聞種を供給して紳士としての体面を汚し居ることとなれば今一応主人モルガンに反省を促がすやう、尚ソレにはモルガンを日本から離してほとぼりを冷すより外に途はないと力説したので、博士夫妻は早速電話でモルガンをホテルに呼び寄せお松から聴取つた一部始終をモルガンに告げて一先づ帰国したらばと説き勧めた。モルガンは今までの我が私行を忌憚なく曝露されて顔から火が飛出るやうな思をした、が何故かお松を叱責《しか》らずに、通弁の井上を出抜けに廊下で敲つて真蒼白《まつさを》になつて沢文に帰つてしまつた。

お松はモルガンの尋常《たゞ》ならぬ様子を見て不安に思つたが主人の自分に対する態度は別に異つて居ないで大に安心した、「お雪さん未だ来ませんか」とモルガンは心配さうにいふた、お松は「お雪さんは御座敷で家に居《ゐ》あはりません」と答へたのでモルガンは落胆《がつか》りした。

十五　扨ては短銃自殺か

博士夫妻は帰国の準備を整へて横浜へ出発した、モルガンは見送の為め博士と同行したが翌日直ぐと京都へ引返して来た。沢文の自分の客室に充てられた一室が留守中に山口農商務省技師の一行に占領されて居たのに憤慨して女中のおてるが夕飯の膳部を運むで来るのを引捉へ其儘それを隣室の襖に投つけてしまつた、それ以来モルガンは一室に立籠つて外出もせず欝々と思ひ悩むで四五日を経過した。

三月六日になつて久振りでお雪が沢文に来た、モルガンは非常に悦むで「お雪さん決心つきましたか」と膝擦り寄せて問ふて見たがお雪は「四万円現金やないと旦那はんと手切ること難《むつか》しうおます、貴君はんが京都にお居やすと何にかにつけて都合が悪るいさかい、一先づお国へ帰《いな》はつたら其の後でお松さんと私と相談してきつと都合のよい手紙あげます、私可愛さうとおもはつたら克く聞分けて是非帰《い》んでおくれやす」と詞を尽して熱心に説き勧めたのでモルガンは非常に失望し、「私両親と朋友に対して会す顔ありません、貴女の手紙嘘でないと思つて来ました、それに今独りでは帰られません、ビゲローさんにも恥きかました、モー私決心しました」と鞄の中から短銃を取出すより早く我と我が咽喉と銃口向けてアハヤ一発引金を惹かんとする刹那、お雪はアレと一声叫むで飛鳥の如くモルガンに飛びか丶り短銃を奪ひ取りながら声を顫はし「貴君危い何うなさる」と其儘に泣伏して暫らくは顔も得あげなかつた、斯うしたモルガンの神経昂奮が軈ては純粋の発狂に導く径路を今は一歩づ丶辿つて居るやうに思はれた、お松とおきよは買物から帰つて来た、そして此の尋常ならぬ二人の様子を見て「またか」といつたやうな顔付きで別に気にも止めなかつたが、短銃の転がつてあるのを見てお松にギクリと胸を轟かした。

十六　七百五十円の女持金時計

花の国に来てもモルガンは我が思ふ花も手折れず、徒らに意外の花に戯れて遣瀬なき欝をやつて居たが、竟に意を決し三月九日神戸解纜の膠州丸で独逸の伯父を訪ねた上、六月紐育に帰り九月再び京都に来てお雪落籍の最後の活劇を試みん予定で下女のお松おきよの外旅館沢文番頭等に手廻りの荷物を托し、九月早朝神戸へ先発せしめた其の後でモルガンはお雪を呼び、昼飯を共にし、名残の胡弓を聴き、河原町二条下る写真館盈科園《えいくわえん》にお雪の写真を督促し漸く其を受取つた後で、モルガンは餞別として鞄の中から両蓋十八金の女持懐中時計に三尺余の純金鎖(時価七百五十円)を添えてお雪に与《や》つた、お雪は嬉しくもあり懼しくもあつたが、兎に角手に取つて時計の蓋を開けて見るとコハ抑も如何に其の裏には自分の定紋である扇伏蝶が彫刻してあつたのに驚いた「何うして貴君はこれを」とお雪は訊ねたら「昨年帰国のとき貴君から譲受けた胡弓の縮緬の袋にそれが染抜いてあつたのを紐育の時計屋に頼むで彫刻させた」とモルガンは得意の顔に笑を洩らしながら答へた、お雪は女として斯くまでに心尽しのモルガンを不憫なりと心に思はないことでもないが、何にしろ自分には川上といふ未来を契つた法科大学生があり、そして自分は其の恋の王国に俘虜となつて鉄の手錠や足枷を嵌められてからは我が身でありながら我が体が自由になれなかつた、それとも知らずにモルガンはお雪の所謂旦那といふのは普通の所謂旦那であると思つて飽くまでも其の旦那と手を切らせうと焦つて居たのであつた。

如何に別を惜むでも遠慮なく刻むで行く時計を引止むる訳には行かなかつた、モルガンは旅館の門までお雪に送られ三人曳の腕車に飛び乗つて恋の活劇舞台の京都から遂に其の姿を隠くしてしまつた、お松は五百円おきよは百円の餞別を貰つて郷里の若狭に帰つてしまつた。

十七　恋に破れたお雪の狂態

四万円の藝妓とかモルガンお雪とかいふ冠詞を被つた祇園新地の藝妓お雪の名が全国の諸新聞紙に依て藻汐焼く漁村の隅々までも拡つた、而已ならず京都では芝居や二輪加にまで仕込まれお負けに西陣ではモルガンお雪織といふ帯地や反物までも織出す騒ぎとなつたそして川上俊介も着物の裏地や芝居の道具として是非なくてはならぬこと丶なつた、事情を知らぬ鹿児島の川上の両親が煑返るやうな此の世評に驚いて俊介の帰郷を促がすことが愈急であつたことも強ち無理でもなかつた、俊介は兎も角も両親に安心させやうと思つて親戚の某女と婚約を結むで京都に帰つた、そして間もなく大学を卒業して法学士の称号を荷ふた。

斯うしてお雪と俊介の恋は結局不成立に終つた、お雪が血を吐く思ひをして人知れず学資を貢いだことも、貞操を固守してモルガンに其身を売らなかつたことも、苦悶に堪え兼ねて幾度かの自殺を謀つたことも、素人の服装《みなり》をして川上の自炊を助けたことも、嫌な座敷に笑顔を作つて努力奮闘したことも其他何にも乎も今は全く一夜の夢と化してしまつた。

斯うなつてはお雪の操行も若しくは其の心理状態も已むなく変調を来さねばならなくなつた、それ故にお雪は今まで嗜むで居つた酒もガブ〳〵と飲むやうになつた、別に可笑しくもないのにゲラ〳〵と笑ひ出すこともあつた、悲しいこともないのにクス〳〵と泣き出すこともあつた、そして夜などは不意に寐床から飛び起きてモルガンの名を呼むだり、川上の惚気を言つたりして老母お琴の涙を搾らしたこともあつた、彼女は斯ういふ病状の下に四ケ月あまり稼業を休むで居た、それにも拘はらす、四万円藝妓の顔を一度なりとも拝みたいといふ信者が益々殖へて来た、彼女が再び左褄を取つて「ヘイ今晩は」と言ひ出したときに、九州の石炭王貝島某は祇園新地の大嘉楼に陣取つて四万円藝妓が居らぬといふなら要所々々に網張つて否が応でも引捉へ来いと、金の威光で殆んど美人に極つた溺死女を捜索するやうな大騒ぎを演じたこともあつた、斯くして石炭王は数日間大嘉楼に流連したあとで遂に老妓おえんの執持ちで二人は大津の石山方面へドロンを極めた、其れに次いでは上州の絹布王下橋某といふ老人は旅館杉の井を根拠としてお雪の尻を追かけ廻したがこれは到頭ものにならなかつた。

十八　雛窓太夫の落籍

卅六年六月横浜阜頭に三度びモルガンの姿は現はれた、お松は自分の横浜下着まで何にもしてはいけないとの返電をモルガンに打つて置いて其の足で若狭を出た、モルガンは前回のお松の不平に懲りてお雪よりも先きにお松へ知らせた、お松はお雪と約した落籍金四万円の折半を首尾よくお雪の手から受取れるか何うかと不安に思ふて最早其れを断念して居た、それ故にお松は今度こそは一回もお雪に会さず、恋に燃ふるモルガンの心に他に転換させて、自分は矢張りモルガンに吸ひ付いた蛭のやうにジリ〳〵と血を吸ひ取らうと思つて居たのであつた、「お雪さんに電報打ちます」といふモルガンの詞を捉へてお松は「いけません、貴君お雪さんに知らせると直ぐ又新聞に出ます、さうすると出来る相談も出来なくなります、今度はそつと内証でお雪さんの様子を見た上でのことにしませう」との忠言を納れてモルガンはお松と一緒に京都に来て再び旅館沢文に投宿《とま》つた。其夜お松は島原の角屋《すみや》に電話をかけた、用件は雛窓太夫を聘むで置いて貰らいたいといふのであつた。

角屋では四万円大臣のお越とあつて何から何まで手落ちなく準備した、当時二十一歳の雛窓は花なればパツト開いた許り色も白い肌も餅肌《もち》だ、眉も濃く、眼は涼しく、そして未だ廓に慣れぬ素人臭い愛嬌を頬の何所かに漂はせ、燃え出しさうな緋縮緬の湯巻を煽つてぼつてりと肥太つた股のあたりを散らつかせながら心落なくモルガンを待遇した、斯して彼女の動作は勿論渇き切つたモルガンの情慾を唆り出したに相違ない、「雛窓さん大層綺麗になりました、久振りでしたな」とモルガンは非常に満足して翌日沢文に帰ると間もなくお松を伴れて南禅寺附近の明別荘を捜しに出掛けた。

雨に洗はれた東山の新緑を眺めてモルガンは新たに借り入れた南禅寺橋畔の中村氏別荘の縁側に其の身はソフアに横えながら今までにない雛窓太夫が待遇振《もてなし》を惚気半分お松に戯《からか》つて居た、お松は此所ぞと突込むで「日本の女かてお雪さんのやうに薄情の人ばかりでもおまへん、もつと美うて親切な人幾らもおます、お雪さんには情夫《いろ》があります。何んぼ貴郎が恋ひ焦れてお慕ひやすかて、夫りやあきまへん」と罠に罹つたモルガンを此の手で絞めつけやうと試みて居た、別荘にはお松の外に例のおきよ、お滝、おちえ、そして高等淫売上りのお梅といふのも居た、此の五人の中でお梅は年も若く其上一番愛嬌があつて而も顔は綺麗で肉附きも良かつた、お松の心の中ではお雪に対するモルガンの心機転換策は外では雛窓太夫、内では何れでも撰《え》り取りの大安売だといふやうな献立をして居たのであつた、そして自分は飽くまでもお雪を排斥して一家の主婦であるやうに振舞ひたかつた、雛窓がモルガンの気に入つて万一落籍さる丶やうになつてもお雪に比べたらより以上に自分を尊敬するに相違ないと思ひ込むで居たのであつた。

モルガンは殆んど毎晩のやうに島原に通つた、お松は稍不安に感じたが自分の蒔いた種子に折角芽生の来たのを無残にも踏みにじらうとはしなかつたが、折に触れてはモルガンに意見の一つもして見たい気がした、雛窓は遂に落籍されて別荘に引取られた。

十九　化物屋敷のモルガン邸

お雪はモルガンの京都に来て居ることも知つて居た、そして南禅寺橋畔の中村氏別荘には種々と取合せた妙な女で毎日賑つて居ることも知つて居た、左様いふうちに時日は遠慮なく経過して卅六年も圧《お》し詰つた十二月の中旬《なかば》となつた、或夜のことモルガンが覆面の強盗に脅迫されて俄かに怖気たち、帰国するか転住するか、何れか思ひ迷つて居ることもお雪は新聞で読むで知つて居た、モルガンは堅く門を閉ぢて一歩も足を外にせず毎日欝々と何か考へこむで居る様子もお雪は風の便りで薄々知つて居た、然しながら今となつてはお雪もお松の手前もあり世間体もあつて自から進むで南禅寺方面に足踏み向ける訳に行かなかつた、モルガンの斯うした態度は総てお松の差金だといふこともお雪には充分読めて居たが、去ればといつて今の状態をモルガンに知らせやうとするのは以前の我が心に愧ぢて、お雪としては到底出来ない藝当であつた、それにも拘はらず彼女は殆んど半年余もモルガンから一言の消息も洩らして来ないのは何ういふ訳かと異むで、女としては誰にもある普通の嫉妬心で南禅寺を横眼で睨むで居た、其の癖真剣にモルガンの方から斬込むで来たらお雪は逸早く踵を見せて逃出すのであつたかも知れない、何には兎もあれ南禅寺町と末吉町の間には濛々と何時動ぐか知れない疑問の雲が充ち満て居た。

　お雪は化粧を終つて今しもお花に行かうとする午後の六時頃に、表の猿戸を明けて「御免」と一声女の這入り来つた様子にお雪の胸は波打つた、老母のお琴は未だ風呂から帰つて来ないので障子を明けたお雪はお松を座敷に上げた、お松は我が心に愧ぢて今までの経過を一々お雪に報告するだけの勇気が出なかつた、それに今鉄面皮にもお雪を訪ひ来るといふのは彼女に取つて非常な苦痛であつた、それにはお松をして此所まで足を運ばせる丈けの理由が是非なくてはならなかつた、お松はお雪に斯う言つた。

「主人は突然《いきなり》明後日帰《いな》はりますと言《い》やはつたので私共は貴女《あんた》はんのこともあるさかい最う暫時《ちつと》居てくれはつたらと御願したけど一向聴かはれまへんので何うしたことやと心配して居るうちに是非一度貴女はんに来てもらうやうにお願ひにあがれと私を打つたり蹴たりしますかい私は直ぐと国に帰《いに》ますといふたら又機嫌を直しやはつて一時間でも二時間でも美《え》いさかへ貴女はんに来て貰ふやう頼むで来いと言はりますのでお願ひに参りました」

「あゝ、さうどすか、私もモルガンさんの京都に居はることを薄々知つて居ましたけどお知らせのないのに行きましてもと思ひまして遠慮して居りましたのどす、それでは明日午後《おひる》からお邪魔に出ませう、何卒《どうぞ》よろしう」

とお雪はお松を帰して御座敷に行つてしまつた。

　暮の二十六日で世間は何んとなしに騒《ざわ》ついて居た、お雪は島田髷を故ざと揚巻に結ひ直し白襟紋付の丁度仕立あがつて来たお正月の着物に金通しの帯を行儀よく太鼓に占めて帳場の車で南禅寺の別荘に著いた、何日にも以合はず大門が一杯に開かれて其附近さへ綺麗に掃除した箒の跡があり〳〵とお雪の眼に認められた、お雪の心は何んとなく気憶れして居た、夫れと察してモルガンはフロツク姿で白襟紋付のお松を引き連れて恭しくお雪を迎へ入れた、お雪は何んのことやら薩張り訳が分らなかつた、それであるのに予て噂に聞いて居た島原の雛窓太夫や高等内侍のお梅や其他の女中の影などが一つも見当らず家内は寂《ひつ》然《そり》として誰も居らない様子にお雪は尚更驚いた、「他のお女中は」と問ふたら「今日は皆んなでお芝居に行かはりました」とお松は答へた、モルガンは極り悪るさうに迂路々々して珈琲やお菓子のお世話まで焼いてゐた、軈て二時頃になると何所かの料理屋から大変な御馳走がドシ〳〵と運ばれた、床の間には雪舟の山水の幅が一対掛つてある、其の下に見事な盛花がしてある、其の右にお雪の譲つた例の胡弓が飾つてある、そして違《ちがひ》棚《だな》の上にお雪の胡弓を弾《ひ》いて居る写真も立てかけてある、上座に坐つたお雪は何んとなく手もち不沙汰であつた。

「貴郎明日帰《い》なはりますさうで」

「私六月に来て一度も便りしません、貴女の稼家《しやうばい》に触るとお松さん言ひますから遠慮して居ました。私明日一寸帰ります、又来年来ます、日本の新聞五月蠅さいです、亜米利加でも最う評判あります、雛窓さん落籍しました、これは人の噂取消す為めであります、然し私の心少しでも貴女を忘れたことありません、私貴女の定紋腕に刺青《いれずみ》しました、旦那さん何うなりましたか」

お松はモルガンの詞を遮つて「お雪さんの身の上話し少しもしません約束しました、モーいけません」と意地悪く口出したのでモルガンは俄かに悄気返つて「話、最うしません、私約束忘れました、許して下さい」とそれより三人で御馳走を食べながら種々と世間話をして楽しく一日を暮らし、お雪は夕方になつて「それでは御機嫌よう」と挨拶して帰つてしまつた。

二十　お雪モルガンの妻となる

モルガンの帰国は全然虚偽《うそ》であつた、これはお松をして術中に陥しいらしむべき表面の口実であつた、お松はモルガンに勧めて雛窓を落籍せしめ淫売上りのお梅を押つけて自分は純然《すつかり》主婦気取りてモルガンを自由自在に翻弄して居たのである、モルガンは此の蜘蛛の巣に引掛つて悶え苦み半年余りもお雪に会ふことが可能《でき》なかつた、斯うしてモルガンを掌中に握つて居たお松は最早《もう》これで安心といふ一寸の間隙を見せた、愈明後日帰国するから一目なり共お雪に会ひたいといふモルガンの切情をお松が同情心で受け容れたのが間違つて居た、モルガンもお松も服装を改めてお雪を迎へたといふのは最後の会見といふ意味も含まれて居た、それが出来上つて居たお雪の正月着と偶然にも一致したものと思はれる、余りに穿ち過ぎたやうであるがモルガンとお雪がお松に依て交通を遮断されて居る中に音次郎といふ陰影が両者の間に動いて局面一転の動機を造らせたといふ人もある。

愈々出発といふ朝になつてもモルガンは一向平気で済し返つて居た、お松はこれは又何うしたことかと呆気に取られて居た、彼女は髪を逆立て眼尻を釣り上げてモルガンに喰つてかゝつた、「貴郎虚言《うそ》吐《つき》あります。私最早《もう》知りません、直ぐと国へ帰ります」と呼吸も絶え〱声を顫はして泣き叫むだ、モルガンはお松の此の権幕に懼れ縮み上つた「私お正月をしてから帰ります」といつて平身低頭お松に詫びて怒気を鎮めやうと試みたけれども駄目だつた、お松は狂言にしろ皆んなの手前もあり一旦は家から足を踏み出たが夜になつて窃つと帰つて来た。

モルガンは卅五回目の新年を迎へた五日目に瓢然と我家を出た切り帰つて来なかつた、祇園新地末吉町のお雪の屋形にも問題の女四万円お雪の影が見えなくなつた、其後二十日の日附で京都下京区役所に一通の書留郵便が舞ひ込むだ差出人は横浜市

山下町十番地加藤ゆきとしてあつた、書中の文面

国籍喪失届

京都市下京区新橋通大和小路東入一丁目
橋本町三百八十七番地加藤音次郎妹

加　藤　ゆ　き

明治十四年十二月七日生

右は明治三十七年一月二十日北米合衆国人民同国紐育市ジョージ、デニソン、モルガンと婚姻を為し随つて同国戸籍を取得し日本国戸籍を喪失仕候間此段及御届候也

右　加藤ゆき㊞

明治卅七年一月二十日

戸籍史

中山研一殿

京都市下京区役所に提出したお雪の国籍喪失届中に不備の点があつて其れが訂正さるゝと同時に戸籍謄本が横浜山下町十番地小林米珂方加藤雪宛で届いた、謄本を手にしたお雪は朱筆で十文字に我が名の抹殺されたのを見て、暫らくは凝つと其れを睇視して居たがこれで愈自分も日本人でないのかと思へば何所ともなく寂しさを感じた、然うして熱い涙が一滴ぽろりと彼女の眼から搾り出された、彼女はこれ切り日本人でないといふやうな恐ろしい死の宣告を幾度も我が耳の傍で聴くやうにも思ふた、区役所に死亡届が出ると戸籍吏は死亡本人の姓名欄を朱筆で抹殺する、国籍の喪失も戸籍面上それと同じやうに取扱はれて居るのである、此の故にお雪の血管には縦し日本人としての血は流れて居てもそれは窃《そ》つと内証で言ひ得ることで表面では彼女はモルガンの妻として立派に米国人となつてしまつたのであつた、そして昨日まで日本人であつた彼女は最早親兄弟にも日本人として語ることも出来なくなつた、東山《ひがしやま》の緑も鴨川の流れも彼女に取つては最早日本人としての眼で見ることが出来なくなつた、同じ一日の日であつても昨日と今日の境界線は彼女に取つて極めて遠い昔であつたかのやうに思はしめた、お雪は種々と斯ういふことを思ひ浮べて其日一日を沈痛の裡に暮らしてしまつた。

　卅七年一月廿二日モルガンとお雪の結婚式が横浜の小林米珂氏宅で行はれた、立会人は兄の音次郎と在横浜紐育病院長ロビー博士と小林夫婦其他数名のもので、正式の結婚式はモルガンの郷里紐育府で興行さるることになつた、此のことを伝へ聞いた祇園新地は殆んど転覆《ひつくり》かへる様な騒で何所でも彼所でも総てお雪の話で持ち切つて居た、お雪も到頭四万円で操を売つたとか、落籍の金高が四万円であるとか無いとか、情夫川上の寐返りで今度はお雪の方から進むでモルガンの妻になつたとか、お雪もモルガンの三年越の恋に心から哀を催して川上の面当に今では金に眼もくれず自分の方から持かけたのだとか、何んとか

乎とか云ふ人聞く人各々思ひ〳〵の想像で尾に鰭を付けた評判をして居た、然しながら落籍金はお雪の最初に云ひ出した通り果して四万円であつたか、或はそれ以上であつたか、そして其の金が何いふ風に分配されたかといふことは当事者以外誰にも分らなかつた、然しモルガンはお雪と結婚する為に現金十万円の用意をして居たことは事実であつた。

二十一　お松も雛窓も新聞で吃驚

お正月を京都で迎へてそれから直ぐと亜米利加に帰るといふモルガンの口実を夢にも知らなかつた雛窓太夫は、お松に対ひ、「旦那はん何日お帰《もど》りやすやろ、えらい遅うおますな」と心配さうに問かけたのをお松はそれに就ての事情を知り抜いて居るやうな顔付で「そりや貴女《あんた》旦那はんはお雪さんと一緒どすもの何時お帰《もど》りやら分らへん」と雛窓の嫉妬心を誘き出す積りで自分も岡焼半分暗夜に想像の鉄砲を放つて見たのが不思議にも命中して居たのでお松も嘸吃驚りしたことであつたらう、勿論斯いふことにかけてはお松も茫やりとした女でないから今までとは変つて居たモルガンの様子や態度に充分注意はして居たもの丶正さかに斯うまで話が進むで居たものだとは思はなかつた。

廿三日の朝早く玄関に投げ込まれた大阪朝日新聞に「四万円お雪遂にモルガンの妻となる」といふ看出の記事があるのを見て下女のおきよは「お松つあん旦那はんとお雪さんが新聞に出ておますぜ」ときんきら声を張あげてお松に知らせた、寝巻の儘飛び出して来たお松は「どれ、何所に、まあ、何んちうことやらう」と凝つと紙面を睨むで居たが、続いて奥から出て来た雛窓に新聞を手渡してお松は暫時く我が胸に打つ動悸の波を静めやうとして居た、雛窓もそれを見てギクリと胸を跳らしたがお松ほどに動ずる気色も見えなかつた、根が正直で、柔和で何所かユツトリとした性格を有つて居る雛窓は早晩此の事件が湧いて来ると予て覚悟を極めて居たからである、それにしても、斯うまで迅速に低気圧が襲ふて来るとは夢にも知らなかつた、お松も雛窓も一身上俄かに不安を感じた、「此の先き何うなるのやらう」といふ疑惑の雲が二人《ふたり》の頭に往来した、然しながら雛窓にして見れば縦しお雪が落籍になつてもお松とお雪とが入れ代るばかりで自分に取つては却て其方が良ささうにも思はれた、そして自分はモルガンから決して犬猫のやうに直ぐと追出れるものでないといふ信念を何所かに漂はせて居た、がお松は雛窓と違つて始から事件に関係して居る上に大切な金といふ問題を解決しなければならないので一層不安に感じたのであつたら。

二十二　お雪と雛窓太夫

廿四日午前七時何分かの七条駅着下り列車の一等寝台室から、男は先きに年の若い女を護衛して何となく世間を憚るやうな態度でプラツトフオムを早足に、駅の出口に待つて居た幌馬車の中へ其身を投げた、御者は馬の尻に一鞭加へて烏丸通から四条を一直線に、円山公園を粟田口に抜けて東の坂をグイ〳〵と押上げつゝ洋館のホテルの前で馬車を停めた、ホテルの支配人始め数名の館員等は礼装して此の二人を出迎え直ぐと第卅一号の見晴らしの好い室に導き入れた、男は心の底から嬉しさうな顔をして客室《へや》を出たり入つたり何から何迄一人で世話を焼いて居た、女はグタリと安楽椅子《ソフア》の上に身を投げて汽車か何にかの疲労《つかれ》を医やして居るやうであつた、軈て一時間も経つたかと思ふ頃に五六人の盛装した女客があつたがそれらの人々が間もなく帰つたあとで、年の頃は廿一か二の色の白い肉づきの良い中肉半脊の柔順《おとなし》さうな女が太い棒縞の御召の重ねに日本人にはない鹿の首を染抜いた五つ紋の黒縮緬の羽織を着て怖気《おじ》〳〵と気まり悪るさうに入つて来た。

　安楽椅子《ソフア》の女はそれと見て直ちに起き上つた。

「使ひが届いて、あら、まあ、さう、もちつと傍《わき》にお越やす、お松はんは」といふ詞尻を受取つて今入つて来た女は

「お松はんはお腹が痛いちうて寝て居はります」

ソフアの女は矢継に問ひかけて

「皆はん知つていてゝか、まあさうどすか、昨日の新聞で、早いもんどすな、はあさうどすか」

と聴ては独りで合点して居た女は何により先きにお松の挙動を知りたかつた、そして此際彼女は何う所置するかに就ては細心の注意も払はねばならなかつたが、それは自分が取捌《とりさば》く用でもなく横浜で極めた通りにすればそれで良いのだと思つて更にまた二人で問答を始めた。

「貴女《あなた》のお母《か》はんは、粟田口に一人りで、さうどすか、ぢや山《やま》城《しろ》の方は、姉さんと妹さんと弟の新さんと、そしてお父はんは五年前に死なはりました、へえさうどすか、貴女も随分不幸《ふしあはせ》な方どすな、私共は廿七日に此所を出て廿九日の船で亜米利加に行つて、来年の夏頃帰《もど》つて来る積りなの、それまで貴女はんはお母はんと一緒に南禅寺の方で留守番してとくれやす、貴女はんには私の方から月々三十円づゝお小遣をあげるやうになつて居ますさかい、いゝえそれは主人も知つて居ますのやさかい何にもそんなに気兼することはないのどす、その外のことは横浜の小林さんとビロー博士さんとが引受けてやつて呉れます」

雛窓は不幸な我が身の上話をして顔も得あげず始終鼻拭《ハンケチ》で涙を拭いて居たが、月々三十円の小遣料で一ケ年あまり留守番の役目を授けられたので一刻も早く母に知らせてやりたいと思ひながらホテルを出た、母のすみえは此際親子《おやこ》二人の運命が何う成り行くものかと廿三日の一夜はマンジリと寝つかれもせず、とつおいつ二人の中に夜を明して茫然《ぼんやり》と尚火鉢の傍で考へこんで居た所へ、娘のおふさが帰つて来たので俄かに居直つて「お前はんそんな服装《なり》して何所に」と事情を知らなかつた母は娘に問ひかけた、「今都《みやこ》ホテルでお雪はんに会《か》ふて話がすつかり極つてそれをお母んに知らさうと思ふて」とおふさはいふた、そしてホテルで聞いたお雪の話のうちには温い同情心が籠つて居ることや、ホテルでは女王のやうにお雪を取扱つて居ることや、

お松は金と交換にお払箱になつて若狭に帰りさうなことや、何にや乎を言ひ聞かして雛窓のおふさは先づ之れで一安心と火鉢にすり寄つて立膝《たてひざ》の長煙管で一ぷく煙の輪を吹いて居た、が尚彼女の心の奥にはお雪に対する嫉妬の焔《ほのほ》がちらほら燃えて居ない訳でもなかつた、殊に母のすみえに取つてはお雪と我の娘のおふさとが入れ替つて居たらといふ慾望心がむら〳〵と湧き返つて居た。「お雪さんだつて新地の藝妓《げいこ》さん、おふさだつて島原では二と下らなかつた太夫さん」それが本妻と妾といふ掛け離れた此の運命を慾には限りのない母のすみえはもどかしく思ふて居た、「それにしてもお雪はんは豪らいもんや、未だ肩上げの取れるか取れない十八や十九で、大学生を情夫にもつて内証で月々何十円といふお金を貢いで居やはつといふのやないか」と独りで斯んなことを言ひながら我が娘の腑甲斐なさを隠然《あんに》罵つて居たやうにも聞へた。

廿四日の都ホテルのブックにはルーム番号《ナンバ》に次いで

Mr. G. D. Morgan

Mrs. Yuki Morgan

と英語で列べて書いてあつた。

二十三　モルガンとお雪の出発

崖の上のホテルの窓から直ぐ下に松の陰に隠れてモルガンの別荘がある、西へ降《くだ》れば直ぐとお雪の屋形で、ホテルと末吉町とは眼と鼻の間である、それにも係らず二人とも我が家の方へは一歩も足踏み入れず、親兄弟の外ホテルでも面会謝絶でモルガンとお雪は出発の準備に忙殺されて居た、室内にはモルガンの晴れの衣裳として、上着は黒羽二重の五つ紋、下着は白羽二重の二枚重ね、羽織も黒羽二重に矢張り鹿の首の定紋、袴は仙台平、帯は綴織《つゞれおり》、お雪の方もモルガンと同じ布地《きれぢ》で三枚重ね伏蝶の五つ紋付に両裾模様、帯は幽谷織であつたが一層のことお雪の定紋だけを馬の首に変へたらモルガンの定紋の鹿の首と釣合が取れて良かつたかも知れなかつた、新調の婚衣の外に数十枚の四季を通しての和服、尉と姥の島台其他のお土産物はホテルの一室に累々と山の如く積み重ねられてあつた、モルガンは紐育の東六十一街の自宅に帰つた上は純日本式で正式に結婚式を挙げる積りで儀式に関する一切の必要品を買ひ整へて居たのであつた。

廿七日は愈京都出発であるからモルガン夫妻は早朝から盛装して二頭立の幌馬車でお雪の母や兄弟を歴訪した、それからお雪の実父の墓所である東福寺塔中同聚院にも参詣した、そして其の朝の八時六分七条駅発の上り急行で横浜に出発すること丶なつた、此の日は兄の音次郎も三条の店を休むで新調のフロツクに大きなステツキなんかを振り廻はし、何うして此男が散髪屋の親方かと思はれぬ程男振りを上げて、これ見よがしに何にかの世話を焼いて居た、そして祇園新地から七条駅にかけての道路は宛然《まるで》陛下でも御通行遊ばさる丶時のやうな騒ぎで、見物人が両側に堵列して塩小路《しほこうじ》署が取締の為に巡査を派遣したといふ位であつた、モルガンとお雪を乗せた馬車が駅に着くと、見物の群集は我れ先きにお雪を見んとてワツショ〳〵の掛声で押合ひ圧合《へしあい》大混雑をした、モルガンもお雪も此の騒ぎでは汽車に乗ることが出来ず、出張巡査の制止で漸《や》つと出発することが可能《でき》たのであつた、モルガンは先づお雪の手をとつて一等寝台車に入れてから自分はプラツトフオムに帰つて来て見送りの人々に一々丁寧に挨拶して、それからお松と雛窓の手を取つて幾度も幾度も握手なんかして、そして三ケ年かゝつた恋の堅城を漸く陥め落した凱旋将軍であるかのやうに出発した。

　廿九日お雪は横浜出帆に際し金五百円を恤兵部に献金した。

二十四　嵐山に花吹雪の一夜

　嵐山の濃き緑を染分けて今を盛りと桜が一ぱい咲いて居た、橋の河上の水は堰かれて陰暗き淵の水面の花の影がぼんやりと浮いて居る、春の淡い夕陽を浴びて嵐山電車から降りた肥太つた男の背後《うしろ》に艶かしい女の影が一間も二間も離れて右に左に人を避けて附いて居た、来る人よりも帰り客が多くなつた此《この》近辺を件《くだん》の男は只ぶら〳〵と無意味に歩いて居た、花に誘はれて出て来たのでもないらしい、さればといつて嵐峡の景色に憧がれて居る様子でもない。

　彼は女を連れて嵐峡館に入つた、其の時には最う電燈がついて居た、二階の八畳の真中に彼は温袍を着て気味の悪い程白い毛脛を露はして居た、彼は餉台の上に列つてある鮎のフライやオムレツ見たやうなものと其他二三点の日本料理などを、一つ〳〵味はつて見ながら、コツプに盛《もり》あがつたビールの泡を吹き飛ばして一気にグイと飲み干しては、又一杯といふ風に女の前にこれを突出して居た、そして見る間に二本のビールを平げてしまつた、其頃には彼の眼のふちがホンノリと赤くなつて居た、彼は覚束ない日本語で女に話かけた。

「モルガンさん、エール大学卒業しました、私同じ学校、仲の良い友達ヨ、私ネ矢張日本の娘さん好きです、貴女柔順《おとな》しネ、私国の娘さん大変活潑《かつぱつ》ヨ、日本の娘さん皆遠慮ありますネ、」

　彼は一言いふ毎に始終俯いて居る女の顔を覗きこんで独りで喋舌つて居た。女の気は少しも引立つて居ない、頻りに何にか考へて居るらしかつた。彼女は仲居が運むで来た会席膳に対ひ吸物とお飯を少し食べた位で其他のものは何にも咽喉を通らないやうであつた、彼女は南禅寺の別荘を出る時に早や屠所に牽かるゝ羊であるかのやうに感じた、嵐山に来て花に酔ふた他の女を見る毎に我身を怨めしく思ふた、彼女は我が心に懸けた鉄の重《おも》りの為に足が竦《すく》むで少しも歩けない様な気がした、嵐峡館に入つてから今にも魔の手が彼女を鷲掴みにせはすまいかと、彼女は男の一挙一動に注意してビク〳〵として居た、時は移つて最早十二時近くになつた、女は怺《こら》えかねて、「お母はん案じて居やはるさかい私いなしてもらたい、」と言つた時には早や座敷に寐床が二つとつてあつた、女は刻一刻と我が身に近づく恐怖の念に襲はれて座敷の隅に小さく体を縮めて居た、此時彼女は端なくも子供の時分に我家の裏の堤防が崩れて大洪水《みづつき》のあつたことをフト思ひ浮べた、泡立ち沸返つた水が見るまに床を浸し水量がズン〳〵と下座敷一杯になつて、彼女は家人と共に物置の二階から家根に避難して、今にも家諸共押流れさうになつた其の物凄い光景を恰度今夢見るやうな心持《こゝち》で想ひ出して居た、彼女の心は其時と同じやうな恐怖に浸染《ひた》されて居た。

俄然電燈が消えて室内は真暗《まつくら》となつた、同時に「アレー」と叫ぶ女の声ドタンバタンと烈しく抵抗する物音、宛然嵐山に花吹雪の光景、隣室の襖がガラリと開《あ》いて電燈の光が煌《くわつ》々と室内に流れ込むだ。

＊　＊　＊

「横浜の小林さんからも返事がないし、あのことから月々の手当も貰へないし、ナーおふさ、最う一ぺん島原へ出るより仕方がないじやないか、明日にでも私が木村の親方に話して見やうか、なおふさ」

と南禅寺の別荘から追出された雛窓親子が三条通粟田口の自宅で首を集めての相談であつた。

「そやかて、旦那はんやお雪さんに話もせないで無断《だまつ》て行くのは悪いやろう、B博士さんも見かけによらむ人どすな、始めうちは大変親切にしてくれはりましたのに」

四月の始めからB博士は監督の為め南禅寺のモルガン留守宅に来て居た、其の当時これも矢張りモルガンの学友で精神に稍異状のあるウイリアム、クラツカーといふ者が病気保養の為め京都に来て都ホテルに滞在して居た、B博士はウイリアムの保護者である関係から彼を引取つた、これが雛窓親子を放還するB博士が表面の理由ともなつた。

二十五　人形は腹で泣く

ピアモント、モルガンが世界的の富豪として名高いだけに其の甥に当るジヨージ、モルガンの名も米国中普く知らない者がなかつた、殊にお雪事件から米国でも一層名高くなつた彼が今問題の女お雪の手を引いて郷里紐育に帰つて来るといふので到る所の新聞紙が何れも筆を揃へて熾んに書き立てた、滑稽なのは紐育の名高い新聞で麗々と金閣寺の写真を掲げて之が京都に於けるモルガンの別荘だなどと吹いた、甚だしきは手当り次第美人絵はがきの我が藝者の顔などを掲載して、花の国の花の姿なるお雪さんなど、お雪の姿を四つにも五つにもして出した、そしてお雪の親は日本で名高い刀鍛冶で備前に生れて維新の際京都に移住したのだといふのもあつた、而も当時は日露開戦中であつたからお雪は到る所で歓迎された。

六十七歳になつたモルガンの父は諧謔に富んだ頗る面白い老紳士であつた、彼は世間の噂や新聞で評判になつて居るお雪の姿を誰れよりも先きに見たいもんだと思ふて居た、レノツクスの別荘にお雪を迎へ入れた時彼はお雪を盆 裁《ズワフツリー》のやうだと観賞した、少さくて完全した綺麗なものだといふ意味だつたさうな、言語が通じなくても人情学や社交術を研究して居たお雪の眼は口よりもヨリ以上にモノ言ふた、お雪は総ての人から美しい着物を着せた人形だと言はれて居た、人形は口をきかないが腹を押せば泣いた、親兄弟に別れ万里の波濤を乗切つて、風俗も習慣も一切変つた此異人種の一大家庭では、遉がにお雪も腹で泣いた、祇園新地でお客の機嫌気褄を取るのに比べると此の方が余程勝手が悪かつた、お雪は日本語に熟達した一婦人を家庭教師として熱心に語学を研究した、根が怜悧《りこう》な女であるから其の方の進歩も余程早かつた。

お雪は何所へ行くのにも華美な和服で押通した、それは着慣れぬ洋服を着れば工合の悪るいカラクリ人形のやうで総ての点に於て調子が取れなかつた、唯つた一度着て見た所が誰れも彼もクス〳〵と笑ひ出したので洋服は夫れ切りやめてしまつた。

モルガン家の人々はお雪を人形のやうに可愛がつたが只一人モルガンの継母であつたサラ、ヱリザベツトのみは常に毒々しい悪《にく》しみの眼でお雪を睨らむで居た、彼女は五十八歳で父モルガンの後妻となつてから家庭には風波の絶ふる間もなかつた、同じ兄弟の中でも彼女はジヨージ、モルガンを眼の上の瘤《こぶ》のやうに取扱つて居た、親子の仲が斯いふ風であつたからジヨージは世界漫遊の途に上り、そして京都でお雪の恋に落ちたのであつた、夫れ以前にジヨージ、モルガンにはマツケーといふ婚約の美人があつた、マツケー嬢の父とモルガンの継母とは紐育で懇意の間柄であつた、然るにジヨージ、モルガンが二度目に京都から帰つた或日のこと、モルガンは此のマツケー嬢と湖上にボートを浮べてお互に久振りの恋を物語つた、モルガンは暑さに耐え兼ねて下着の薄い襯衣までも捲り上げた、モルガンの左の腕に刺青があつた、彼女の穿鑿的眼光は忽ち其を捉へて蒼白になつた、或はそれがお雪の似顔であつたかも知れない、之が為に婚約が直ちに破棄された、そして継母のサラ、エリザベツトは父モルガンとも衝突してレノツクスを去つて海風徐ろに吹くバア港湾の別邸に閑居した、それ以来彼女は父のモルガンとも子のジヨージとも顔を合せなくなつた。

お雪は恁る家庭の不和を聞いて非常に心を痛めた、彼女は何によりも先きに家庭の此の風波を平定《おさめ》ることが自分の責任であり又功名手柄であると感じた、それを決行するのには継母の顔を立てゝ夫モルガンを抑制《おさ》へ自分は三人の間に立働いて其の楔子とならねばならむと思つた。

お雪は嫌がるモルガンの手を無理に引張つて度々継母を訪ふた、蛇のやうにお雪を嫌つて居た継母も、熱情の籠つたお雪の待遇《もてなし》を無理に刎ねつける訳にもいかなかつた、そして継母の胸に張詰めて居た冷たい感情の氷も漸次《おいおい》と解かけて来た、同時に弱い女の情として彼女はお雪を可憐《あはれ》に思ふやうになつた、此の機を外さずお雪は夫モルガンに勧めて暫なりとも継母と同居すべく説き勧めた、斯ふしてお雪は継母を征服して今までに不和であつた親子三人の手を握らせた、藝者として鍛え上げられたお雪の冴えた腕は異人種の此の家庭に於て遺憾なく発揮された、此に於てか純日本式の結婚式も行はれ、其れに次いで米国の法律に適応した公然の儀式も済むでモルガン夫妻は新婚旅行として巴里に向つた。

二十六　お雪京都に来る

卅八年三月十日神戸埠頭にモルガンとお雪の姿が現はれた、日も麗らかに照る春の光を浴びてお雪は一年と二ツ月目で恋しき故郷の土を踏むだ、彼女は茶色綾地御召の下着に鳩羽色無地の御召の上衣を重ね、其の上に絹絞薄羅紗の外套《コート》を着け、純白羽毛の襟巻をふはりと風に流し、そうして両手の指には純金、宝石、ダイヤの指輪を幾つとなく光らせつゝ、左も嬉しさうな夫モルガンの腕に縋り多数の出迎人に擁せられて米利堅波止場に上陸した、老母のお琴は一目お雪の姿を見るや群がる見物人を押分けて一声、「お雪!」と呼むだ許り其儘お雪の腕に縋りついた。

お雪は携帯の手荷物五十余個を夫モルガンに托し、午前十一時四十三分三ノ宮発の上り列車で京都に着いた、祇園新地の旧朋輩連は小紋縮緬の盛装で駅に出迎へた、相も変らず七条駅は見物の野次連でごつた返した、人騒がせのモルガンお雪が来て又もや京都の空気が緊張した、花柳界はいふに及ばず何所でも彼所でも寄ると触るとお雪の話で持ち切つて居た。

＊　＊　＊

到着の夜十時を過ぎてみそぼらしい服装《みなり》をした五十近くの女がお雪を尋ねて来た、ホテルに取つては大切なお客さまであつたモルガン夫婦に斯んな乞食見たやうな女を取次いで良いか悪いかゞ彼等の中で問題となつた、女は玄関の隅にショボリと我がみなりを恥《はに》かんで立つて居た、「お雪さんは最うお寐みになりました」と言ひ聞かされて女は細目に明いたガラスの戸口から水に流されるやうにスーツと影を隠してしまつた、「おふさ、お雪さん遇《あ》やはらへん」と何か悪いことでもして逃げ出して来たやうに粟田口の我が家に帰つて来た彼女は落胆《がつかり》して、「明日にでも最う一度お前が行つて見たら」と尚一縷の望を心の奥に繋ぎ止めつゝ母のおすえは貧苦に窶れ切つた娘の顔を振向く勇気もなしに力の抜けた低い声で言つた。

おふさはお雪の心を探ぐるべく母のおすえを瀬踏に出したのであつた、が見事に刎ね付けられて忽ち不安と疑懼の念に襲はれた、そして一時は親子の運命も既に夫れで決定したのでないかとも思つたが、今夜は時間も遅いし、お雪さんも労れて居るし、お負けにホテルでは母の顔も知らないで、左様した取扱ひをしたのであらうと独合点して、「では、お母はん明日《あした》私が行つて見ますさかい何所《どつか》で着物を」とおふさは借衣の用意を母に頼むで置いた。

都ホテルの食堂はモルガン夫婦来着の祝宴を張るべく立派に飾られた、晩餐《デンナ》は午後六時といふので招待を受けた二三十名の盛装した婦人連が既に控室に詰かけて居た、其の中にはB博士も兄の音次郎も居た。

お雪は別室で熱心に若い女の話を聴ながら時々眼に鼻拭を当てながら涙を拭ふて居た、「さうどすか、人は見かけによらむもんどすな、あのお方はんに限つてよもやそんなことがあらうとは夢にも知りませんでした」とお雪は自分の留守中に生《お》きた意外の出来事に驚いて其の女の強い味方となるやうに慰めて居た。

使丁《ボーイ》に呼びかけられてB博士は何事かと思ひながらお雪の居間に入つて来た、お雪は米国にある女裁判官のやうな権威でB博士に臨むだ、「おふさはんに限つて決してそないなことおまへんのや、それは誰かが妬むでいわはつたのどすやらう、留守中に情夫をこしらへて其人を別荘に引入れたりするやうなそんな大それたことをしやはるおふさはんじやおまへんのや」、とお雪は怒気を含むでB博士の返答を促して居た、其所へコツ〳〵と戸を敲いてモルガンは入つて来た、モルガンはお雪の只ならぬ顔付を見て何事が始つたかと驚きながら聞いた、そして其の事件は昨日の汽車の中でB博士から聞いたおふさの話であつたのでそれならば別に心配する必要もないといつた調子で、「おふささん不都合あります、私会ふことできません」と博士の言葉を信じ切て居たモルガンはお雪に対つていふた。

B博士はおふさを落すべく昨日汽車中でモルガンに話した虚偽の事柄を今は心に愧ぢておふさを弁護するやうになつた、左なくばお雪から直接嵐山事件を話されては我身に取ての一大事と悟つたからであつた。

かつきりと時間通り食堂が開かれた、そして食卓《テーブル》の一隅に雛窓のおふさも居た。

四五日経つてモルガン夫婦はホテルを引払つて南禅寺の別荘に移つた、同時に博士と万歳狂のウイリアムとは京都を去つて横浜に転じた、ウイリアムは戦争の号外が出る毎に日米の両国旗を携つて往来に飛び出したり提灯行列が通ると直ぐと其の列に加はつたり、そして或時には女の長襦袢を引かけて「エライ、コツチヤ万歳々々」の連中にも仲間入りして狂ひ廻つたりしたのであつた。

二十七　モルガンお梅

南禅寺橋畔のモルガン邸には十七から廿一を止めにして七人の女を使つて居た、主人夫婦の外、別に手のかゝる人があるでもなし七人とはちと贅沢だとの陰口もあつた、其の中、上京区神泉苑町姉小路上る神戸松太郎の妹であつたお梅といふのは年齢《と》《し》は十九で何所かに人をチヤムさせる素質を有つて居た、色の白いのが七難《なん》かくすといふ女の特色を備へて居る上に、顔の造作も夫れ相応に揃つて申分なかつた、殊に涼しい眼と左頬の靨とは容易に人を悩殺する彼女に取っての唯一の武器とも見られた、家は亀岡の旧藩士で御維新の際、慣れぬ士族の商法に手を出してスツテンてんの丸裸となつてから一家の者は已むを得ず離ればなれの情けない境遇となつた、十八歳の時お梅は京都在住華族の〇〇家に小間使となつた、簪豆な主人公のお手が着きお極り通りのお払箱となつてからは有名な某骨董家の手先に使はれて、肉を餌食《えじき》に外国紳士を引張り込む所謂客引となつて居た、所がモルガン邸で気の利いた若い女中が入用と聞いて直ぐとお目みえに行つて採用された、流石のお雪も此の小娘の被つた猫の皮を引剝がすだけの眼識がなかつた。

　お梅の美貌が、忽ちモルガンの眼を惹いた、最初はモルガンもお雪の手前を憚つて其の肉的慾望を抑へて居たが日を経るに従つて殆んどそれが制し切れなくなつた、斯くと見たお梅は誘ふ水の萍《うきぐさ》か風に靡く柳である事のやうな態度を示した、去ながら胸に一物あるお梅のことなれば満を持さねば容易に落ちさうにしなかつた。

　恋のヂレンマは斯うした工合に持続して春は逝き夏も過ぎて秋九月の萩咲く頃となつた、此の間にモルガンとお梅の肉的関係が付いたやうでもあつたがお雪には其れを確め得べき証拠を握ることが能《で》きなかつた、それにしてもお梅に対する他の女中の嫉妬やストライキで頻繁と二三女中の更迭が続き、今までは平和であつた家庭に波風たちさうな気色のほの見ふる以上は最早お雪も無言《だま》つて居る訳にいかなかつたお雪はお梅を我が部屋に呼び入れて、

「私もこれといふ証拠がないけんど旦那とお前が何うやらおかしいやうにも見えるし、それに人の陰口もうるさいによつてお前の方から綺麗に暇をとつてもらいたい」

とお雪は決《きつ》然として言ひ放つた、ギクリと胸を刺いた此の詞にお梅は種々と弁解して見たが勿論それは駄目だつた、其夜お梅はモルガンに暇乞ひして帰らうとするとモルガンは顔色変つて立腹した、「私、許しません、誰がさういひました」といふ其の詞尻を押つてお雪は「お梅のお母さん病気あります、一週間か二週間看病して恢復《なを》つたら又来るのどす」、お雪の横鎗にモルガンも漸く怒を和らげ「それなら宜しい、恢復したらすぐと又来るよろしい」と幾度かお梅に握手して帰へしてやつたものゝ、モルガンの不平は容易に治まらなかつた、そして何にかにつけて爆発しさうでもあつた。

二十八　魔の手モルガンを捕ふ

　今までは滅多に外出しなかつたモルガンは、運動不足の為に胃腸を害し、其の結果神経衰弱を起したといふ口実の下に食後は必らず散歩に出かけた、始めの内はお雪も別段異しみもしなかつたが、或時には三時間も四時間も又或夜の如きは十二時を過ぎてブラリと帰つて来ることもあつたのでお雪はそれとなく注意をして居た。

　松の枝から洩れ来る九月十三日の月を眺めてお雪は庭石伝ひに裏口の築山に足踏み掛けやうとした、其の途端に二つの影が垣根越しに彼女の足音に驚いて西と東とに別れて消え、確かに一人は六尺近くもありさうな脊の高い男で今一人は其の肩ほどにも届かない女の影らしかつた、お雪の胸は俄かに轟いた。

　モルガンは何所に風が吹くかといふやうな顔して帰つて来た。

木屋町二条下る河崎楼では異人さんが洋妾《ラシャメン》を連れて月見に来るといふので、裏二階の見晴らし佳い一間を明けて待つて居た、が九時になつても十時になつても、それらしい人の影も見えないので、階下の一室に待て居た汚ない婆さんと職人らしい男に談じ込むだ、けれども丸切狐につまゝれたやうな話で要領を得ずにすんでしまつた、お梅はモルガンを此の家に銜え込む積りで母のおかつと兄の松太郎を其所に待たせてあつたのだ。

南禅寺橋畔のモルガンの別荘から幾らもない平安神宮の境内には今を盛りと萩が咲いて居た、お梅は母のおかつと兄の松太郎に連られて今日こそはと遠見越しに網《あみ》を張つて居た、案の如くモルガンはステツキを振りながら向ふからやつて来た、然し此の前と違つて非常に早足で急いて居るやうだつた、お梅はそれと見て風に飛ぶ木の葉のやうな恰好で摺れ寄つて来た、モルガンはステツキでお梅を追払ふやうにして「此所いけません、私のあとついてくるよろしい」と言ひ捨てながら後を構はずドシ〳〵と疏水の電車通りに出て慶流橋で電車を待つて居るやうだつたが、お梅の姿が未だ見えないのでブラリ〳〵と智恩院の方へ歩き出した、一町ばかり歩いたかと思ふ所でお梅が来た、「奥さん知つて居る、私家を出るときあとから誰か附いて来たやうだ、これから私都ホテルに行つて直ぐあと田中村のB博士さんの所へ行ます、四時頃貴女来るよろしい」といつてモルガンはお梅に別れた。

お八重とお花は息を切て帰つて来た、そして鬼の首でも討取つたやうな顔をして苦しい息気《いき》を吐きながら、

「奥さま、あのお梅はんがあの旦那さまを見やはるとじきに何所やらから飛び出して旦那はんに何にやらいはうとしたら、旦那はんがステツキでぶつやうにしはつたのでお梅はんが又其のあとから」と未だ其の詞も言ひ終らないのにお雪はこれを遮つて、

「じや何んで貴女《あんた》らが旦那のあとをつけて行かなんだ」

お雪の放つた角袖のお八重とお花が思ふた通り充分の功果を荷ふて来なかつたにしろ、対手は矢張りお梅だと聞いてお雪も今更のやうに驚いた、そしてこれから此の事件の取扱ひを最つと厳重にしなければならないと思つた。

二十九　二つに折つた百円札が三枚

都ホテルから使のお八重が帰つて来た、「旦那はんが一時間ほど前に神戸の副領事さんと連れ立つて何所かへお行やした」といふのであつた、其中にお花も帰つた来た、「B博士さんの所では近頃旦那はんがお越しになつたことがないと言やはります」と聞いてお雪は、「それじや領事さんと一緒に神戸にでもお越しになつたのやら」とむしやくしやして居たお雪の心もこれで漸く落付いた。

B博士は万歳狂のウイリアムを亜米利加に送り返してから再び京都に来て田中村に住むで居た、けれども嵐山のおふさ事件

をお雪に知られてから博士とお雪の間が前通りにはいかなかつた、博士は其れを非常に愧ぢて成るべくお雪と顔を合はさないやうにして居た。

モルガンは下女のお花と殆んど摺れ違ひに博士の家に来た、「たつた今貴君の家から使が来て貴君を探して居た」といふ、B博士はモルガンを応接室に導き入れた、半時間程たつてお梅も其所に来た、博士はニヤ〳〵と笑ひながら其の場を外した、門の外にお梅の母も兄も来て居た。

モルガンとお梅は何ういふ話をしたか知らないが十分も経つか経たないのにお梅は門の外に来て横封の西洋状袋を母のおかつに渡した。

三人は何にか頻りに話合ひながら急《いそ》いで家に帰つた、

「え、二つに折つた百円札が三枚？」

翌日の正午までにお梅の服装《みなり》がすつかり出来上つた、誰が踏むでも何所かのお嬢さまとしか見えない、お梅は約束の時間通り神戸の旅館吉野屋に行つて今か〳〵とモルガンの知らせを待つて居た。

漸く夜の九時頃になつてオリエンタル、ホテルから電話がかゝつた、そして直ぐとホテルに来てくれといふのであつた、翌朝六時の一番汽車でモルガンはお梅を伴れて東京に向つて神戸を出発した、それから先き二人は何所に何うして居たのやら一向分らなかつた。

お雪はそれぞと思ふ所に電報で聞き合せて見たが返電は一つで、「来ない」といふのであつた、日一日とお雪の心配が増して来た、あれ程までにしたモルガンの我身に対する恋が斯うも迅速《はや》く冷たくなるものかと彼女は過去の追想から現在の状態やらを思ひ浮べて独りで胸を痛めて居た、三度の食事は素より進まず夜は落々と寐付れもせず、暫時《しばし》まどろむかと思へば直ぐと眼が冴えて、それからそれと我が胸に浮ぶ空想を追かけ廻して居た、煩悶と睡眠の不足が鋭どく彼女の神経を刺戟して天性に潜むで居る彼女のヘステリー的性分を遺憾なく唆り出した、彼女は初恋の川上と関聯して間近《まぢか》き疏水の貯水池《ダム》などを思ふたりした、そして一層彼の時死むで居つたらといふやうな考を起さないでもなかつた、金《かね》、そして其れが何んであるかと彼女は窃かに其れを我が心で詈つて見た、平和、享楽、安心、恋愛、そんなものが金の力のみで買へるかしらと彼女は疑つて見た、彼女は左褄を取つた以前の藝者であつた方がヨリ多く幸福であつたかしらと思ふて見たりした、お雪の心は斯いふ風に思ひ乱れてそして顔の色も悪くなつて居た。

モルガンが淫売のお梅を連れて何所かに姿を隠し、その為にお雪が心配して病気して居るとかの評判が一時にパット祇園新地へ拡つた、斯んなことにかけては神経過敏の彼等が尾に鰭を付けて此の話を四方八方に持つて廻つた、「姉はん貴女知つてゝか、お雪はんが高等淫売に旦那を取られて気違ひにならはつたて」左も小気味よさゝうに話しかけると、「さうどすか、何うせ永くは続くまいと私等も思ふて居た」と合槌打つながら、事実は果して其の通りであれば溜飲が下つて胸がスイツトするといつた風にそれからそれと話が伝つた、嫉妬や虚栄を羨む此の社会では或は事実左様であつたかも知れない。

　モルガンは家を出てから八日目の九月二十三日の午後四時頃にぼんやりと帰つて来た。

　我が家ながら遉かにモルガンも心に愧ぢて玄関でマゴ〳〵して居た、下女のおたけが「旦那はんがお帰り」と突調子《とつぴよし》もない大きな声を張りあげたので、おはる、お八重、おはな、おます、おたか、小菊といふやうな丸で一流料理店の仲居然たる下女連中が一人も残らずドヤ〳〵と駈け出して来た、「まあ、ほんまに旦那はんが」「何所に何うして居やはつたのやらう」と口には言はないがお互の心の内であきれ返つて居た。

　家の内は俄かに陽気となつた、「奥さんは何所に」とモルガンはお八重に聞いた、「奥さまは御病気」と語尾を強く押へてお八重は飽くまでも御雪に同情して居るといつた風に答へた、モルガンは其の足でヅカ〳〵とお雪の病床を見舞ふた、お雪は寐乱髪を掻きあげながら寐床の上に坐つてモルガンを迎へた、ほんの僅か許りの留守中でも顔にはお雪の心労があり〳〵と認められた、眼の落ちこんだ所が著しく目立つた上にフアリとした頬の肉も幾分こけ落ちて、そして顴骨のあたりにほんのりと差して居た桜の色も消えて居た、モルガンは心の内で「悪るかつた、済なかつた、何卒か容して」と言つては居るもの丶口では辻褄の合はぬ理窟をつけて種々と弁解して居た、お雪はニヤリと凄い笑を洩らした切で何にも言はずに直ぐと晩餐の用意を命じた、餉台に向つたモルガンの箸の先きにはお梅の姿が粘り付いて居るやうでもあつた。

　モルガンは以前のやうにお雪が快活でないのを見て九月二十五日から神戸のタムソン商会の主人夫婦と一緒にお雪を連れて函根、鎌倉、日光方面へ保養旅行として出発した、お雪の姉おなをは留守番を頼まれて来て居た、二十八日の真夜中に二人の窃盗が家人の寐息を窺ひ裏の垣根を破つて忍びこんだ、警察の取調書に依れば盗難品は全部お雪のもので衣類が八十余点に指輪、頸飾、金時計と合せて時価四千六百円と計算されてあつた、姉のおなをは驚いてお雪の行先〳〵へ電報を打つたが何所も皆出発したあとで十月三日まで電報はお雪に届かなかつた、お雪は日光のホテルで始めて盗難を知つて急いで帰つて来た。

　女の生命は殆んど衣服であるやうに流石にお雪もガツカリと気を落した、此頃のやうに斯ふ頻々と種々な事件が湧いて来ては堪らない、軈て自分も其の中運の陰路を辿るやうになるのでないかと思つた、お雪は足元の明るい中に京都を去つて再び亜米利加から巴里へ行かうと決心した。

　お梅は母のおかつを連れて神戸山の手に一戸を構へた、其後モルガンも何かの用事に託つけて屢次神戸に行つた。

　明治三十九年十一月二十九日盗まれたお雪の衣類が全部新調さる丶と同時にモルガン夫婦は京都を去つて米国に向つた。

本編は大阪朝日新聞京都支局員中神直三郎君から殆んど全部供給された材料に尚私が昨年御大典の際京都に滞在中蒐集した所の断片的なものを附け加へて覚束なくも一枚の着物に仕立あげたのです。中神君は二十余年京都花柳界の探訪記者として有名なものです。殊にモルガンお雪のことに就て誰よりもよく知つて居ます、私は始めて斯いふものを書いて見ました、読みにくい所は偏に読者の寛恕を乞ひたいと思ふのです

(「中央公論」大正5年8月号)

民衆藝術の意義及び価値

本間久雄

一

所謂民衆藝術といふことが最近心ある人々の注目を牽くやうになつて来た。一体民衆藝術とはどう云ふ藝術を指すであらうか。特に民衆といふ文字を冠した藝術といふのはどう云ふ藝術であらうか。かういふ疑問は、民衆藝術といふ言葉乃至文字に遭遇したそも〳〵の始めに於て、誰しも抱く疑問に相違ない。民衆とはいふまでもなく平民の謂である。すなはち上流階級乃至貴族階級を除いた中流階級以下労働階級のすべてを含んでゐる一般民衆、一般平民の階級に属する人々である。従つて民衆藝術とは平民藝術といふことに外ならない。更に言葉をくだいて云へば一般民衆乃至一般平民のための藝術といふことに外ならない。

尤も、すべての藝術は見様に依つては一般民衆のための藝術であるとも云へる。苟も真の藝術であるならば、今更事々しくトルストイの藝術論を借りるまでもなく、誰人にも、上下貴賤

の一切の階級を絶して、誰人にも理解され、鑑賞さるべき種類のもの、トルストイの所謂「一般的藝術」であること無論である。従つてトルストイ一流の「一般的藝術」の立場に立つとき、特に民衆藝術なるものゝ存在理由《レーゾン・デートル》を認めるに及ばないといふ結果にならないこともない。しかしながら、特に民衆のための藝術、平民のための藝術といふ以上、そこにはそれ独特の意義があるべき筈である。民衆のためならざる藝術、平民のためならざる藝術と対比して、特に民衆のため、平民のためとして存在する特殊の意義が必ずそこにあるべき筈である。かの浩澣なる『ジァン・クリストフ』の著者として現に世界的文豪の一人に数へられるフランスのロマン・ロオラン氏は、その著『民衆劇場』に於て、又、かの現代における女流思想家の随一であるスエデンのエレン・ケイ女史は、その『更新的修養論』と題する意味深い長論文において、何れもこの民衆のための藝術、平民のための藝術といふことの特殊の意義を論じてゐる。私は、今これら就中ケイの上記の一篇を中心として所謂民衆藝術なるものゝ意義と並びにそれに伴つて観察さるべき価値とを少しばかり考へて見やうと思ふ。

二

或ひは民衆のためといひ、或ひは平民のためといふ。この場合、私たちの注意の焼点は依然としてやはり民衆乃至平民といふ言葉の含む概念そのものにある。これらの言葉は今も一言した通り、中流階級以下、最低級の労働階級のすべての人を含んでゐる。しかしケイ女史並びにロオラン氏は、特に、最も多く、下流階級及び最低級の労働階級の人々といふことに力点を附してゐる。従つてこの二先覚に依つて提唱された民衆藝術とは、とりも直さず労働者のための藝術といふことに外ならないのである。さて、これら先覚者たちはどういふ立場で、どういふ態度で、又どういふ論旨で、労働者階級のための藝術を主張してゐるか。

エレン・ケイの『更新的修養論』の一篇は、最も鮮かに、最も推理的に、又最も情熱的に、以上の疑問に答へてゐる。こゝに改めて贅するまでもなくエレン・ケイといふ人は、「人生の使徒」といはれるほどの人生の熱愛者であるだけ、とりわけ労働者とか、下流社会の人々とかに対しては、常に慈母のやうな温情を向けてゐる人である。女史は、現代の社会、殊に労働者階級の社会の惨めさと醜くさとを人一倍深く感じ、そして人一倍深くそれを憐んでゐる。そこには——中流階級も無論さうではあるが労働者階級は殊にさうである——烈しい生活難がある。物質上の不満の甚だしいものがある。そこには労働の過労があるばかりで、それに報いるに足る何等の慰安も何等の娯楽もない。そこには労働の極端な専門化と極端な機械化とがあるばかりで、人間と人間とが互ひに抱き合ふやうな情味や、人間としての生の享楽などいふことは薬にしたくもない。彼等の生活は全く文字通りの意味における荒れ果てた沙漠を亙るやうな生活である。そしてかゝるす枯れ果てた、情味のない、潤ひのない、味ひのない生活を送りつゝある彼等は絶望的に、低劣な、不生産的な快楽に沈湎して、そしていよ〳〵ます〳〵、個人としても、衆団としても、彼等は頽廃し堕落してゆく。そして、いよ〳〵ます〳〵野蛮性を帯び、獣性を帯びた「蛮人《バーブアリアン》」となつて了ふのである。ケイはかう云ふ考へから、更に進んで、彼等労働者が、常に、精神上の統一がなく、又、その「風習が粗野であり無作法である」こと、及び「何等の内的感激なしに友人と交つて居り、彼等に取つて適当である以上に多く物を食つて居り、彼等の趣味に合はない着物を着て居り、彼等が得る以上の金を費して居る」こと、か、又は、彼等が彼等の生活に対して「さま〴〵の異つた部分を統一した一種適当なる均整、並びに彼等自身とその内的人格との間の調和にまで到達する」上の何等の計画をも持つてゐないことなどを一一指摘してゐる。要するに彼等労働者には、惨めさと醜くさとがあるばかりである。

蓋し、彼等労働階級の人々の如上の惨めさと醜くさとを救ふにはどうすればよいか。エレン・ケイは次に思索をこの問題に転じてゐる。女史の考へるところに依ると、彼等労働者を救ふべき唯一の道は彼等を「教養する」にある。彼等個々人の生活の様式が「一層完全な諸形式を獲得する」やうに彼等を教養するにある。そしてかく彼等を教養するためには、彼等のその靡爛し、疲弊し、困憊してゐる心身に何よりも先づ一種の清涼剤を与へることに依つて始めなければならない。そしてこの場合の清涼剤とはとりも直さず、彼等の心身に「更新《リクリエーション》」を与へるところの快楽である。

女史は、この心身に「更新」を与へる快楽といふことを、更に別な言葉で、それはその人に「活動性《アクテヸテー》」を与へる快楽、乃至「生産的」な快楽、すなはち、精力の消費と供給との釣合のとれる場合の快楽、「思想感情、意志を一層充実させるやうな快楽、更に新たな精神で、人生のもろ〳〵の仕事に奮闘させるやうな快楽」、更に一言で云へば所謂「生の増進」を贏ち得るやうな快楽であると云ひ、転じてかう云ふ更新的快楽が現代の殊に労働階級において等閑に附せられてゐることを衷心嘆いてゐる。ケイ曰く、

あらゆる階級の中の大多数の人々は空虚な快楽に身を委せてゐる。けれども、かくの如く空虚な快楽に身を委せることは労働者の階級において最も甚だしいものである。蓋し、劣等なる快楽に耽ることに依つて精神的に害を蒙るといふことは、単に労働者の階級ばかりでなく、すべての階級の各個人に取つて有害であることといふまでもないが、しかしながら、「第四の階級」たる労働階級――人間全体の直接の将来の問題がその手中にある――がさういふ精神的の害を蒙るといふことは人類の全体に取つて遥かに有害であるからである。労働者の階級は、彼等の仕事に対する活力を増進させ強固にするためには、いかなる方法でも用ゐようとしてゐる。従つて彼等労働者が現に享楽してゐる空虚な閑暇、又は彼等が得ようと

望んでゐる余暇の増加は、実際において無価値な娯楽のために費されてゐるか、或ひは又は真の更新のために、すなはち肉体的又は心的なさま〴〵の力の更新のために費されてゐるかといふことが、最も重大な問題であるのである。

生活が切迫すればするほど、人生が索漠になればなるほど彼等労働者は絶望的に空虚な、有害な、不生産的な快楽に身を委せるやうになる。彼等は「彼等の生活の様式が、彼等の常に、より高い人生観及び常に美に対するより深い感覚を与へるものであるか否か」などいふことについては何等の注意をも払つてゐない。彼等はたゞ「大口を開いて笑つてさへ居られゝば、又は騒々しく騒いでさへ居られゝば、又は酩酊したり、夢中になつたりしてさへ居られゝば、それで彼等自身を享楽《エンジヨイ》してゐる」といふのである。そしてそれが彼等自身の霊魂と肉体とに、どう云ふ悪影響を与へるかといふことについては何等の責任感をも感じてゐない。事実又、彼等労働者は、さういふ責任感を感じ得ないほど切端詰つた状態にゐるのである。乃至さういふ責任感を感ずるには余りに彼等は心身共に疲れ果てゝゐるのである。併しながら、かういふ心身の困憊疲労の状態は、いかやうにしても改変されなければならない。彼等の外的状態、すなはち彼等の労働が彼等に適当なる配当を齎し得るやうな状態に彼等の境遇を改造することが無論必要な重大事ではあるが、それと共に、彼等の内的状態、すなはち彼等が個人として乃至社会の成員として一種教養ある人間としての内生活を送るやうに彼等を向上させなければならないのである。彼等をして、彼等自身、より価値なきものに対してより価値あるものを犠牲にしたり、または、わるいさま〴〵の習慣に無感覚であつたりするといふ境地を脱することに依つて、または、無知な行為を斥けて高尚な行為を選ぶことに依つて、または空虚な享楽を斥けて生産的な享楽を選ぶことに依つて、「たゞに一個のよりよき人間となるばかりでなく、その社会的理想の上から云つても一層よい理想の奉仕者」とならしめるやうな、さういふ教化乃至教養を彼等に与へなければならないのである。

蓋し、彼等労働階級の人々をして、かくの如く教養ある人々たらしめるところに、換言すれば如上更新的快楽を彼等労働者たちに与へるところに現代に於ける教化運動の最も重大な意義があるのであるが、それと共に、かゝる教化運動の機関乃至様式たらしめるところ、そこにこそ、所謂民衆藝術なるものゝ最も根柢的の意義があるのである。と、かうケイは考へてゐる。

三

エレン・ケイの教化機関乃至教化様式としての藝術といふことから、直ちに思ひおこされるのは、かの近英の大批評家マシュウ・アヽノルドがその著『教化と無秩序』の中に於て力説してゐる主張である。

マシュウ・アヽノルドは近代の思想家中、最も多く教化の必要を高潮して、その時代の思潮及び風習のすべての分野に瀰漫してゐたバーブァリズム乃至フィリスチニズムに向つて痛烈に批難の矢を投げ与へた人である。彼れは「教化」といふことを以て「現代をして更によりよく、より幸福な世界たらしめようとする貴ぶべき渇望」に根ざした社会的な動機から生れた努力で、一言で云へば「完全といふことの研究」であると云ひ、そしてこの「教化」の中心要素は"sweetness & light"であると論じてゐる。「教化は人間の一切の階級の区別を排除しようとする。それはこの世において知られ且つ考へられた最善のものを、いづこいかなるところにも伝播しようとする。すべての人をして優雅《スヰートネス》と光明《ライト》の雰囲気の中に生活させようとする。」彼れはまた次のやうにも云つてゐる。「教養ある人とは社会の一端から他の一端へ、その時代の最善の知識、最上の観念を伝播させ、普及させようとする情熱を持つてゐる人の謂である。すべて粗笨な、卑俗な、難解な、抽象的な、職業的な、排他的な知識を取り除いて、それらに代らせるに、ヒューマナイズされた知識を以てする人の謂である。」ア、ノルドはかう云つて教化の必要を力説し、高潮し、そして、それから牽いて教化の一要素としての文学藝術の効果を暗示してゐる。

尤も、ア、ノルドが教化力説の対象としたのは、今からは四五十年も前の当時の英国一般の社会であつて、ケイのやうに特に「民衆」「平民」又は労働者階級といふやうに、ある限られた社会階級に焼点を置いたものではなかつた。従つてまた特に民衆のための藝術といふことの主張もア、ノルドにおいては鮮かには見られなかつた。とは云へ、彼れが、いち早く今から半世紀も前において一般の社会の文化の廃滅を認めて、それを痛嘆し、新たに文化教養の必要を力説したのは流石に一代の卓見と云はなければならぬ。ケイ女史並びにロオラン氏等の主張も、その対象の範疇こそ異なるが、——一は平民階級、一は一般社会といふ——教化を説き、文化を説き、教養を説くその根本要求乃至態度に至つては共に軌を一にするものである。

たゞし、ケイ女史やロオラン氏等がこの教化運動を殊更に平民又は労働階級の人々に連関させて考へたのは、一つは前にも一言したやうに、現代における労働者階級が殊にケイの所謂「更新」を必要とするからであること云ふまでもないが、一つはまたこの二先覚が平民又は労働者そのものに極めて文化の進展上重要な意味を認めてゐるからであることまた云ふまでもないのである。前に挙げたケイからの引用文に依つても明かであるやうに、ケイは労働者階級を上流乃至中流の階級などよりも遥かに文化の進展上に重要視して「人類全体の直接の将来」が一に彼等の教化の如何に懸つてゐると云ひ、ロオラン氏亦「たゞただ第四階級たる労働階級が社会的改革と道徳的改革とを遂行し得るときこそ、私たちは真に新しい社会を獲得する時である」と宣明してゐるが、すなはちこれに依つても、ケイ女史やロオラン氏がいかに労働階級そのものを重要視してゐるかゞわかる。同時に、これら先覚者たちの所謂民衆藝術なるものが、とりも直さず労働階級のための藝術といふことの別名であるといふ理由も亦おのづから明かになるわけである。そして又同時に、ケイ女史が「藝術といふ言葉の適当な意味における藝術とは、すべての民衆の生活をして、次第々々に豊富ならしめ、現在よりは一層完全な、将来の実在といふことの直覚を呼びおこすやうな藝術」と云つてゐる藝術、ロオラン氏が「再生の湯船にも比すべき藝術、人間相互の間に一層親密な羈絆を創造し、個人々々の間に一層偉大なる勇気を創造するやうな藝術」と云つてゐる藝術、乃至はやはりロオラン氏が藝術をして、一切の圧制、一切の卑俗、一切の悪意を憎悪する一念を民衆に喚起せしめよ。そしてそれと同時に各個人をして、更によりよき理解に於て融和せしめ、各個人相互をして、更により深厚な同胞感を抱かしめるものたらしめよ」と云つてゐる藝術、さう云ふ藝術を、何故にケイ女史やロオマン氏等が民衆藝術の主張として掲げ出してゐるかといふことも容易に推測し得べきことである。

四

以上で、所謂民衆藝術なるもの丶意義、換言すればその目的観の上から見た意義の大よそを述べ終つた。すなはち一般平民乃至労働階級の教化運動の機関乃至様式としての所謂民衆藝術の意義といふことの大よそを述べ終つた。次に問題となるのは、民衆藝術そのもの丶形式である。言葉を換へて云へば如上民衆藝術たるためには、いかなる形式の藝術が最も効果があるかといふ問題である。詩、小説、絵画、彫刻、音楽乃至演劇の何れが果して最も多く効果があるかといふ問題である。無論これらの藝術形式は本質的に云へば、それ自らに於て、すでに民衆藝術たる可能性を持つてゐる。しかしながら、苟も民衆藝術といふことを力説する以上、その「民衆のため」といふことの条件に準じて、そこに適不適の形式が生じて来るのは自然のことである。この立場から見るとき民衆藝術として最も好適なものは云ふまでもなく演劇乃至演劇類似の藝術である。といふのは演劇は今更云ふまでもなく所謂綜合藝術の最好典型であつて、最大多数の最大快楽を贏ち得るものであるからである。そして又こ丶に云ふ「民衆のため」とは、前にも屢屢述べたやうに労働階級の人々のためといふ意味であるから、その藝術は、所謂「高等文藝《リベラル・アート》」とはちがつて、彼等労働者にもよく鑑賞され、理解されるほど、通俗的な、普遍的な、非専門的なものでなければならない。従つて、民衆藝術の最高典型は、最も普遍性を帯びた、そして通俗的な、非専門的な演劇であつて、而も如上教化運動としての価値あるものでなければならないと云ふことになるのである。

ロマン・ロオラン氏の『民衆劇場』は云ふまでもなく、最近独逸、仏蘭西あたりで切りに提唱される民衆劇場なるものは、何れも如上の条件に適した演劇を上演することにその最善を尽してゐるといはれてゐる。例のオーベルアンメルゴオの受難劇《パッション・プレー》の如き、又はその他、現に独逸、瑞西などの各地で流行してゐる「野外劇場」の如きも亦、その目的とするところは如上の民衆教化にあるといはれてゐる。そしてこの種の所謂民衆劇場及び所謂野外劇場の多くは、すでに今日、民衆藝術としてそれ〴〵にその効果を収めてゐるといはれてゐる。

エレン・ケイは、民衆藝術の一形式として——といふと語弊があるかも知れないが、少くも民衆藝術たり得る要素として——如上演劇の外に、活動写真、素人芝居、年中行事等をも数へてゐる。たしかに、これらのものは労働階級の教化運動としては、その利用の仕工合に依つては極めて効果のあるものである。ケイは素人芝居を以て、労働階級の青年男女が、依つて以て、最もよく自分の活動性を表現し得るものであるといふことを例証評論し、又年中行事といふことも、仕方に依つては、「老人をして追懐の中に幸福を感ぜしめ、青年をして勝利の中に幸福を感ぜしめ乃至小児をして同様な勝利の希望の中に幸福を感ぜしめ」たり、その他、索漠たる人生にさま〴〵の色彩と味ひを附加するものであることを述べてゐる。この点においては云ふまでもなくケイの見解は肯綮に中る。もし夫れ、活動写真が労働階級に取つて教化的立場から最も効果の多いものであるといふことはケイを待つまでもなく、誰人も容易に推測し得ることである。しかしケイは、一面に於て、活動写真が今は堕落してゐること、すなはちその映画の多くが、徒らに卑俗であり、徒らに猥褻であり、徒らに挑発的であつて、却つてこれに依つて現代の労働階級の人々の多くが悪影響を受けつゝあることを認め、その点に向つて痛烈な批難を加へ、心ある人々は「社会民主々義が資本家たちの無法の徴収に、断乎として反対するとおなじく、かういふ娯楽上の興行主の無法の徴収——性格、知識、感情の——にも断乎として反対しなければならない」と云つて、活動写真をして何よりも先づ教化運動の具、すなはち民衆藝術としての活動写真たらしめることを力説してゐる。これ又肯綮に中る主張であることいふまでもない。

民衆藝術は、上来述べた通り、所謂「高等文藝」乃至専門的な予備知識を持たなければ了解されないやうな高級藝術とは全然異つたものである。私は今こゝにこの両者の価値を比較しようとするものではない。しかしながら、通俗的であり、非専門的であるといふの故を以て、所謂民衆藝術そのもの、価値を無《な》みしてはならない。否、「新社会的環境の創造力」の暗示とし、機縁としての藝術といふことを高潮してゐるかのギュヨーなどの社会学的美学の立場から云へば、寧ろ、民衆藝術そのものこそ、最も価値ある藝術となるわけである。実にギュヨーの所謂新社会的環境創造の機縁であり、乃至彼等民衆に取つての「よりよき生活へ」の暗示であるところに所謂民衆藝術の一切の価値がかゝつてゐるのである。

翻つて思ふに、我が国の現時の状態の如き、とりも直さず、また、如上民衆藝術を最も多く必要とするものではないであらうか。私たちは今更のやうに、この偉大なる先覚者エレン・ケイやロマン・ロオランの叫びに耳を傾けずには居られない。

（「早稲田文学」大正5年8月号）

「遊蕩文学」の撲滅

赤木桁平

一

精神的文明の頽廃と靡爛《びらん》に促《うなが》されて、徳川幕府の中葉以後現れ初めた文学上の一傾向であるが、わが国の文壇には、予《よ》の自ら呼んで以て「遊蕩文学」となすところのものが、久しい間《あひだ》非常な勢力を揮《ふる》つてゐた。現に明治期の事実に照して見ても、硯友社一派の文学のごときは、その本質に於いて、多く「遊蕩文学」の域を去るものではなかつた。然るに日露戦役以後、自然主義の勃興につれて、藝術に対する新しい自覚が吾々の意識に上り初めてから以来、漸く文壇の一角にのみ残喘《ざんぜん》を保つてゐた。如是《かくのごとき》文学的傾向が、最近に至つて再び文壇一般の人気に投じ、且つ、かゝる作品を創作する作家が、最も世俗的意味のポピユラリチーを博せんとするの傾向あるを示してゐる。

果して然らば、予《よ》の「遊蕩文学」とは抑《そもそ》も如何《いか》なるものか。――この疑問に対して適宜の解釈と説明とを与へることは、一国の藝術的発達に対して常に真面目な考慮と研究とを怠らない人士に向つて、所謂《いはゆる》「遊蕩文学」の本質に関する徹底した知見と評価とを与へることであり、兼ねて如是《かくのごとき》文学的傾向が最近に至つて漸次その勢力を増進しつゝありといふ事実が果して欣ぶべきか否かといふ問題に就いての誠実なる考究を強要することでもある。この意味に於いて予は以下すこしく詳細なる説叙を費して見たいと思ふ。

二

予の呼んで以て「遊蕩文学」となすところのものは、主として遊里に於ける“Saufen und Huren”（ドイツに於ける某文学史家の語、適切なる訳語なきが故に、姑《しばら》く原語のまゝ襲用す。）を中心とした人間生活――言葉を換へて云ふと、人間の遊蕩生活に纏絡する事実と感情とに重きを置いて、人性の本能的方面に於ける放縦淫逸《はうしやういんいつ》なる暗黒面を主題とし、好んで荒色耽酒《くわうしよくたんしゆ》の惑溺境を描出せんとするものである。従つて「遊蕩文学」の徒が慣用する藝術的境地は、常に酒楼《しゆろう》と娼婦とに囲繞《ゐねう》せられた浮《ふ》華狂噪《くわきやうそう》の世界であつて、吾人の実生活を経緯する大部分の境涯、即ち、静謐なる感情と冷徹なる理知とに依つて司配せられた生活に至つては、彼等の殆ど一顧をだに払ふを肯《がへん》じないところである。

蓋し、彼等「遊蕩文学」の徒の根本的態度に於いて著《いちじる》しく看取せられる特徴は、彼等が一様に人間生活に於ける“Saufen "und Huren" の一面にのみ興味（価値）を感じ、大体に於てかゝる生活を肯定しようとする意思を暗示する所にある。否、仮合《たとひ》肯定しないまでも兎に角 "Saufen und Huren" に人間生活に於ける最も重大なる意義を発見しようとし、"Saufen und Huren" の生活に従属する総ての生活情調に陶酔して、あくまで人間の理知若くは意思によつて統整せられる生活を蔑視しようとするところにある。この意味に於いて、彼等の根本的態度を律する人生観的傾向は、概《おほむ》ね現世的（彼等自身は現実的と云ふを欲するであらうが、決して現実的とは云へない）であり、主情的であり、享楽的であり、片面的《へんめんてき》であり、頽廃的である。

然のみならず、かくのごとき彼等の人生観的傾向は、内部生命の必然なる要求に孵《はぐゝ》まれた誠実なる体験と精到なる思索との修錬を経由したる生活経験の所産ではなくて、多くは個人の気質に培はれた趣味的の発露たるに過ぎないから、厳密なる意味に於いて、「彼等自身のもの」ではない。――彼等の文学が概ね軽佻浮華の色を帯び、藝術の本質を閑却して、常に彫琢の末技をのみ趁《お》はんとするの傾向を有するのは、全くこの源因《げんいん》に基くものである。

しかも「遊蕩文学」の徒が心窃《こゝろひそ》かに得意とする彫琢粉飾の技に於いても、彼等の有する技巧は単に形式外容の糊塗《こと》に過ぎないものが多く、従つて、創作せられたるものゝ有する美しさは、本質そのものに何等《なんら》の根差《ねざ》しもない形態上の美感に留まつてゐる。この種の形態上の美感は、彼等の描出する "Saufen und Huren" の趣味生活をして、益々鼻持ちのならない醜悪にまで近邇《きんじ》せしめるのみであつて、藝術的には何等の効果をも創出してゐない、最も適切な、最も具体的な比喩を借れば、「遊蕩文学」の有する美しさは、徹頭徹尾娼婦の有する美しさに依つて象徴せられてゐる。

三

上述の如く、予の所謂《いはゆる》「遊蕩文学」は、等しく "Saufen und Huren" の生活を肯定的に描出するものではあるが、人生に対する真面目な懐疑と苦悶との洗礼によつて見出された最後の誠実なる「信仰」を告白するものではないから、かのオスカー・ワルイド一流の享楽主義の文学とは、全然その本質を異にしてゐる。言葉を換えて云ふと、前者の享楽的態度は単なる趣味生活の所産であるが、後者の享楽的態度はあくまで信仰生活の結果である。従つて、後者を代表する作品が、多くその主観的背景に沈痛なる悲調を潜め、惻々《そく》として人を動かすだけの力を有するのに反し、前者を代表する作品を彩るものは、概《おほむ》ね浮つ調子のけばけばしさに過ぎない。「通」と呼び、「粋」と称する浅薄なる人間生活の技巧化が、洗錬されたる人間生活の藝術化と同視せられて、動《やゝ》もすると、不合理な跋扈《ばつこ》を恣《ほし》いまゝにするのも後者の世界である。

また「遊蕩文学」、はその描かんとするところの "Saufen und Huren" の生活を以て、人間生活の真実なる一面なることを主張せんがために、自家の偏執なる主観を交へず、あくまで純粋客観の立場に終始して、人間生活の暗黒面をその細微に亘つて披発しようとするものではなく、その“Saufen und Huren”の生活中に自己を没入して、あくまで特趣の生活情調を楽まうとするものであるから、かの自然主義文学に依つて示された藝術的境地よりも異なつてゐる。従つて、吾々自然主義文学に依つて屢々《しばしば》教へられるがごとき、人生に対する深刻なる批判なり評価なりを到底前者の藝術的境地から汲み取ることは出来ない。況や前者の藝術的境地は与へられたる人生を生々しき現実に於いて凝視するよりも、寧ろ一種の回避的態度に依つて、これを朦朧たる意識の裡に誤魔化し去らうとするものであるから、人生の真実味に根《こん》したものと云《い》つては、殆んど何物をも見出すことは出来ない。予が如是《かくのごとき》文学的傾向を説明して、既に「現実ではない。現世的である。」と断つて置いたのは、全くこの点を意味したものである。されば、自然主義勃興当時、一派の批評家等が、動《やゝ》もすると、西鶴とモーパッサンとを同列に置いて論じようとしたことなどは、勿論彼等の浅見と没理解とを曝露したものに過ぎない。

また「遊蕩文学」は好んで人生の表裏に纏絡《てんらく》する生活情調を描かうとはするが、その生活情調に一種の「哲学」を見出し、その「哲学」によつて、あらゆる人生現象を解釈し去らうとするものではないから、最近の井ーン文学などに於いて見られるやうな所謂《いはゆる》情調藝術とも異つてゐる。殊に「遊蕩文学」の徒が読者の低劣なる興味に迎合せんがため、わざわざ猥穢なる衝動的事物を描出する点に至つては、藝術家としての彼等が有する見識は、昔時帳中秘戯の細写を職業とした春本作者のそれと、その間に何等の軒輊《けんち》するところもない。試みに、坊間流布《ぼうかんるふ》の春本と、戯作者の作と、シユニツツレルのある作とを比較せよ。蓋し、思ひ半ばに過ぎるものがあらう。

要するに、「遊蕩文学」の本質といふべきものは、前三者の欠点乃至弊所の集団であつて、その中《うち》に幾分たりとも藝術的のものがあれば、それは一種の詩的情調であらう。しかも、その詩的情調たるや、単に語彙句法の彫琢と、感傷詠嘆の濫費とによつて捻出せられたものであるから、深く人間の内部生命に滲徹して、沁々吾人を動かすに足るだけの尖鋭なる力もなければ、また放縦なる空想を駆使して、全く現実の人間生活を忘却せしめるに足るだけの魅力もなく、たゞ纔に婦人小児の涙を促す安価なる感激と、俗物愚衆の興味を唆る低劣なる情緒とを有するばかりである。蓋し、この種の文学が屢々通俗的勢力を得るに至るとともに、また世道人心に著しき影響を及ぼす所以のものは、全くこの点に存してゐるのである。

四

予の「遊蕩文学」に対する一般概念に就いての説明は、以上の叙述に於いて略々《ほゞ》尽してゐると思ふが、然らば、この一文の冒頭に於いて、予が明言した最近の「遊蕩文学」を代表する作家は、果して如何なる人々であらうか。——この疑問とともに、直に予の脳裏に浮かび出づるものは、長田幹彦、吉井勇、久保田万太郎、後藤末雄、近松秋江諸氏の名である。その他の屑々たる徒輩に至つては、わざわざ茲《こゝ》に列挙するほどの必要もあるまい。

　これら諸氏の作品が、その内容式に多少の差違こそあれ、大体に於いて予の所謂《いはゆる》「遊蕩文学」の範囲を出でないことは、平生氏等の作品に親しみ、且つ、上述の詳細なる予の説明を理解してゐる人ならば、何人と雖も直《たゞち》に承認するであらう。実際氏等の描くところは、殆ど遊冶郎《いうやらう》と醜業婦との間に於ける“Saufen und Huren”を中心とした生活であつて、それらの作品に藝術的価値の著しく稀薄なことは、一般の「遊蕩文学」に就いて予が縷叙《るじよ》した通りである。然るに氏等は文壇の一角に蟠《ばん》居《きよ》して有力なる地歩を有するばかりでなく、最近の傾向から察すると、寧ろ文壇の通俗的勢力に於いては、到底他の諸作家等が企て及ばないほどの強味を有してゐる。現に、道途《どうと》伝《つた》ふるがごとくんば、長田幹彦氏は一般読書界から最も歓迎せられる作家であり、また吉井勇氏の歌集は、晶子女史を除き現代歌人の歌集中最も売れ行き宜きものであるといふのを見ても、充分這般の消息を覗ふことが出来る。況や近松秋江氏の作品に於けるがごとき低劣なる乞食文学が、猶ほ五版十版と版を重ねつゝあるといふに至つては、文壇の好尚果して那辺にまで堕するか。前途を思ふと、坐《そゞ》ろに空恐ろしい感がある。

　殊に最近文壇の実状に照して見ても、これまで比較的真面目な作家、比較的藝術家らしい作家として認められてゐた人々が、一面「遊蕩文学」的作家として、その節操を二三にしつゝあるの事実が現はれてゐる。これは素より彼等の有する藝術的良心の脆弱なことや、藝術的才分の貧寒なことにも由るであらうが、その原因の一半は、慥《たしか》に生活上の経済的圧迫に強ひられて、むしろ一般の好尚に迎合すべく、通俗的方面に最後の活路を見出さうとするところにあらう。この事実などは明かに「遊蕩文学」の悪影響を立証するものであつて、善《ぜん》藝術の健全なる発達と繁栄とを祈念するものにとつては、軽々しく看過しがたい重大問題である。この意味に於いて、文壇に於ける「遊蕩文学」の存在は、恰も「獅子心中の虫」ともいふべきものである。

（「読売新聞」大正5年8月6日）

五

「遊蕩文学」の作家として見るべき近松、後藤両氏の作品に就いては、予が既にその無価値と無意義とを幾度となく反覆力説した通りであつて、今更かれこれいふだけの余裕も興味も持たないが、爾余《じよ》の諸氏、即ち長田幹彦、吉井勇、久保田万太郎諸氏の作品に就いては、この機会を利用して、極く簡単に予の見るところを語つて置きたいと思ふ。

　長田幹彦氏の作品は、氏が始めて文壇に紹介せられた当時のものこそ、遉《さすが》に純真なる藝術的感激の産物たることを示したものもあるが、爾後《じご》氏が文壇の流行児として一般読書界の人気を博するに至つてよりのものは、殆んどそのすべてが売文工匠の手になつた贋造藝術たるを思はすものばかりであつて、近松氏の作品とともに、わが文壇に於ける典型的な「遊蕩文学」である。従つて氏の作品も、また近松氏のそれに於けるが如く、単に実在の形式にのみ跪拝する幼稚なセンチメンタリズムと、生命の外容にのみ憧憬する劣等なロマンチシヅムとの所産であつて、到底高等な藝術批評の享受に均霑《きんてん》さるべき性質のものではない。殊に低級読者の至大な喝采を博しつゝありといふ氏一流の繊軟柔麗な筆致の如きも、これまた近松氏の慣用する俗悪下凡の鵺《ぬえ》的技巧と相距《さ》ること五十歩百歩の代物であるのを見ると、仮令その間に如何なる理由が介在するにしても、氏が獲得したる今日の文壇的地位は、兎に角奇怪事だと評するの他はない。惟《おも》ふに、氏のごとき作家は最早高級なる文学界に首を突込んで、かれこれ藝術家並の口を利くべき柄ではあるまい。寧ろ従順に、且つ謙虚に、所謂通俗小説家等の世界に退いて、せつせと金儲け大切と心掛けるのを得策とするであらう。予は、文壇のため、また氏自身のために、敢てこれだけのことを勧告して置く。

「遊蕩文学」の作家の一人として、予が吉井勇氏の名を挙げたのは、戯曲家としての氏に対してよりも、むしろ歌人としての氏に対してゞある。今更説明するまでもなく、氏の短歌は遊蕩児の生活と感情とを、浮華な、衒誇《げんこ》な、繊麗な文句を以て歌つたもので、形式に於いては立派な抒情詩であるが、内容に於いては、たゞ安価な感傷と憂悶とがあるだけである。尤も氏の短歌には、前掲両氏の作品に於けるがごとき一種の卑俗と嫌味とが乏しく、且つ、作歌の技巧に氏の天分に具はる一種の巧緻が存してはゐるが、その内容の空疎にして、その態度の浮華なる、到底「遊蕩文学」の範囲を出でない。これは余談であるが、予は人ごとながら、いい年齢《とし》をして、「紅燈行《こうとうかう》」だとか、「柳橋竹枝《りうけうちくし》」だとか、「芳町哀歌《よしちやうあいか》」だとかいふやうな、たわいもない、脂肪ざかりの少年でも云ひさうなことが、いつまでもよく云つてゐられるものだと思ふ。

最後に久保田万太郎氏に就いて、一言を附け加へる。氏の作品はこの種の作品中にあつて、比較的粉膩《ふんじ》の厭ふべき匂ひが乏しく、且つ、色気と衒気《げんき》との紛々を擺脱《はいだつ》しえたところはあるが、太体に於いて、矢張「遊蕩文学」の失を多分に備へてゐる。殊に氏の作品のあるものに至つては、如何なる点から見るも殆んど無意味に近いものがあつて、その製作衝動の果して那辺に存するやが疑はれる場合もある。これは作家の心境に捕捉されたる藝術的境地の不確実を語る者であつて、旧「三田文学」の諸作家に通ずる一般的欠点である。

六

以上予の縷説するところによつて、所謂「遊蕩文学」なるものが、藝術的にどれだけ無価値であり、無意義であるかは、大抵想察することが出来るであらう。しかも、この無価値であり、無意義である「遊蕩文学」が、直接間接に及ぼす悪影響に至つては、独り善藝術を滅ぼして、悪藝術を助長するがごとき文壇的傾向、——即ち、優秀なる文学及び文学者の生長発達を阻碍《そがい》し、読者の藝術的自覚を低劣ならしめるがごとき傾向を醸成する虞れがあるばかりでなく、更に他の一面に於ては、一般の世道人心に於ける頽廃と糜爛とを挑発して、人間の誠実なる精神生活を蠧《と》毒し、健全なる倫理的意識を稀薄ならしめる危険がすくなくない。況んやかゝる功利的見解は那辺に堕するにせよ。予は予の約束する藝術の理想よりして、絶対にかゝる文学的傾向の存在を容認することは出来ない。何故なれば、予は自己をより若くし、より完《まった》きものにしようとする努力のもとにのみ、真当の意味の藝術が生れて来ると信じてゐる。而して、かくのごとき努力は、人生に対する真摯なる考察と、誠実なる態度と、素樸なる感激とに依つてのみ孵《はぐく》まれ、遍満せる倫理的意識に依つてのみ育て上げられる。——この事実は古来の大藝術を見てもすぐ分るだらう。

かやうな意味に於いて、予が最も熾烈なる嫌悪の念を以て対するものは、云ふまでもなく、前記「遊蕩文学」の諸作家である。予が個人として何等の恩怨をも有しない諸氏の作品に対し、毫《かう》も仮借なき批判を加へて顧みないものは、全くかゝる信念に憑依《ひょうい》するからであつて、更に卒直なる予の感情を披瀝すれば、予の藝術に対する理想と諸氏のそれとは到底両立しないもの、従つて、予は予の信念に忠ならんがため、またしかすることによつて、予自身の誠実なる自己に生きんがためにあくまで諸氏の藝術に対して宣戦せざるを得ない。諸氏の藝術が事もなく栄えることは、軈《やが》て予の藝術的理想が地に委したことを意味するものであつて、到底予の忍従する能はざるところである。されど予は予の一般藝術に対する批評の筆を棄てざる限り、あらゆる機会と、あらゆる方法とを尽して、かゝる「遊蕩文学」の撲滅に専心する考へである。（五、七、三〇）

（「読売新聞」大正5年8月8日）

葛飾小品

北原白秋

葛飾から伊太利へ

（一）

K君。

伊太利《イタリー》は今藤の花が真盛りだといふ君が羅馬《ローマ》からの絵葉書は、麻布から附箋《ふせん》がついて、万葉のあの古い真間《まゝ》の手児奈《てこな》の墳墓《はかば》の傍まで廻つて来た。私達（私はこの五月に結婚したよ。）は恰《ちやう》度《ど》その頃真間山《ままさん》の下の亀井坊といふ日蓮宗の庵寺に間借してゐたものだ。その裏庭には一本の棗《なつめ》の花が咲いてゐてね、手水鉢《てうづばち》の中や蔭の葉蘭や陰気くさい洞《うろ》のできた枯石の上、又は厠《かはや》の窓から見える、やつと掌《てのひら》ほどの茄子の畑に、細かな細かな昆虫のやうな淡黄色の花を数限りなく散らしてゐた。そのつい左手に手児奈の昔汲み馴れた亀井といふのがあつた。その水は玉のやうであつた。私達はその冷たい水で顔を洗つたり、お飯《まんま》を炊いたり、青い野菜を濯いだりしてゐた。その前の古い湯殿が私達のあはれな台所さ。何処からお坊さんが見つけて来たものか、壊れて脚のもげた流しの台を煤けたボロボロの壁へくつつけて呉れたのは嬉しかつたが、使ひすての水はそこへ其儘流しては困るといふのだ。それで鍋の中や飯櫃の中へ一旦溜めて置いて、ずつと山蔭《やまかげ》の菊苗の畝《うね》まで棄てに行つたものだ。それはね、そのつい裏に青い葦がやつと二三十本、生へそろつた汚ない古池がある。それが矢張り手児奈の故蹟で、その昔身を投げたその人の、白鳥のやうな死体を浮かした処ださうな、それ故勿体ないと云ふ。葦の葉も悲しんでか今も皆一方にばかり靡《なび》いてゐる。それで「片葉《かたは》の葦」。日ざかりにはよく青い蛙《かはづ》が啼いてゐたが、其処には白いあやめの花がたつた一つ咲いてゐたよ。

恰度、日本は梅雨《つゆ》の中でね。亀井戸の藤も散つて了ひ、京成電車の中にも、菖蒲《しやうぶ》の花を画いた堀切《ほりきり》のビラなどがちらほら出《で》初《そ》める頃だつた。君がナポリの露店で枇杷《びは》が出てるのを見たり、ポンペエの道でシトロンの鈴状《すゞなり》になつた果樹園を見たり、「即興詩人」でお馴染みのベスヸオの噴火を見たりして居た、それから一月も遅れて、やつと此方《こちら》の草葺家根《くさぶきやね》には棕梠の黄房《きぶさ》がぶら下り、蓴菜《じゆんさい》ケ池に蟇《ひきがへる》の子が湧き出した。

真間山弘法寺《ぐほふじ》の末寺《まつじ》亀井坊も、冬枯《ふゆがれ》の頃なぞは嘸《さぞ》いい景色だらうと思はれるほど閑静だつたがね、世も澆季となれば坊主の耳には山の松風の声も聞えず、祖師堂《そしだう》の蔭に白い栗鼠《りす》が啼いても心を澄ます風情もない。後《うしろ》の山は切り開く。手児奈廟の周囲《まはり》の広い蓮花の沼は埋立てる。それかあらぬか、そこら一面真赤な原つぱにされて了つて、トロツコは走る、埃《ほこり》はあがる、チヨボチヨボと生へた草の中には正物《しやうもの》の蟇口《がまぐち》迄がピシヤンコに干乾び、鴉はわめく、何も彼も浅間《あさま》しい夏の炎暑が来かかつた。

その原つぱへ、時たまするると、活動写真の赤鬼や青鬼どもが、昼の日中にひよつこり出て来て、欠伸《あくび》なぞ為ながら、真間の小川の一本橋に寐ころんだり、虱取《しらみと》つたり為てゐるものだ。紙張の鉄棒《かなぼう》なぞは草の中へ抛つたらかしよ。其処へ黒い蝙蝠傘へ青風呂敷をひつかけて、お尻をまくつた田舎の太郎兵衛どんが、へいへい御免なせえと渡つて来るのだ。腹ん這になつた赤鬼が大儀さうに、これは失敬と土手へすべり落ちると、厚紙の白い生爪をひとつ剝がしたと云つて、わざとらしく悄気《しよげ》た見得を切る。一人の青鬼が怎《どう》も俺もちとトラホームらしいぞ、一寸《ちよつと》見て呉れと青い目ばりの中から白眼玉をむき出す。ああいい天気だねえ、何の因果で鬼なぞになつたかなあ、あゝ〳〵、つまんねえやと、赤い奴がまた、橋の上に匍ひ上ると、下から青いのが酔つぱらつて、兎角浮世は金《マネ》次第さ何のと利いた風を云ふ。

空は蒼く晴れ渡つて、雲一つ無い。鬼どもに煙草《たばこ》の火を貸しながら、私がお前さん達は何だと訊ねると、なあに壺坂《つぼさか》の作り換えでね、俺《わつち》どもは狼の代りに出て来たのでさあと呑気なものだ。

土手の向ふに杉を一二本立てると壺坂観音堂の山の景色になる、下の小川が谷底ださうだ。笑ふと、なあに写真は二つに切り離すから立派なもんでげすぜと常盤座《ときはざ》の半被《はつぴ》を着た若い衆が澄ましてゐる。さあ始まり……と禿頭が手を上げると、矢庭《やには》に黄と藍の荒い格子縞の悪漢《わるもの》が一本橋から真逆様《まつさかさま》さ、背広の写真師がお出たねと、カチカチ、フイルムを廻《まは》す。鬼はどうした〳〵と云はれて眠りこけた赤と青とが吃驚《びつくり》飛びあがつて、そこへ駈け出すが早いか、大手を拡げたり、両足を上げたり、指ざしたり噪いたり、ものゝ五秒も驚いたと云ふ風を見せて、へえ何の事つた、莫迦々々《ばか〳〵》しいと戻つて来る。浅い川の中でしばらくあぷあぷ苦しんで見せて、悪漢《わるもの》は、もういゝかいと水の中から大《おほ》たぶさの髢《かづら》を抛りあげる、髢の青い月代《さかやき》がテカテカ光つて原つぱへ転がると、男役者の観音様が蓮歩《れんぽ》ばた〳〵駈けつけて、早速神韻縹緲《しんゐんへうべう》といふ体、お白粉《しろい》真白《まつしろ》の素裸《すつぱだか》に金ピカの装飾《かざり》を着け、頭の上から三越《みつこし》ヴエルのやうなものを被つて、眼を半《はん》眼《がん》に開け、間にあはせの手拭《てぬぐひ》の未生蓮《みふれん》を斜に持つて構へると、風が裳裾《もすそ》を吹きあげるといふ騒ぎ、睾丸《きんたま》が見えますよ、アツハヽヽ、でだいなし。やり直し――と云ふ作者の声、フイルムがまたカチカチ……。随分莫迦にしてるぢやないか。

ついその下手《しもて》では始終糞舟《しよつちうくそぶね》が四五艘《しごはい》は溜つてゐて上の一本橋から糞尿《こえ》をざぶざぶ桶から其儘舟の中へあけ流しだ。その傍《そば》に浮島弁天《うきじまべんてん》といふ小さい祠《ほこら》がある。そこには薄紅《うすくれなゐ》の野茨《のばら》の花が今を盛りに咲いてゐて、ちらほら水と舟とに散つてゐた。

日和《ひより》は続いても南風《なんぷう》が吹くので、原つぱの塵埃《ほこり》で障子は開け。

られぬ、それに暑い盛りに臭ひはする。庭に紫蘭の花は咲いて、ふくら雀は来啼くと云ふ条、折角の閑居も全く幽《かす》かな心持はうち消されて、机も畳もザラザラだつた。それに書院の前の廃《すた》れ田圃《たんぼ》に疣蛙《いぼかへる》は啼く。静かに思索する事などは思ひもよらぬ。

　思ひのほか真間は俗なところだつた。赤人《あかひと》が「来ても見つ人にも告げむ」と涙涕悲傷《るいていひしやう》為すすべを知らなかつた真間の手児奈の奥津城は、朝から晩まで南無妙法蓮華経ドンドコドンドコと太鼓を敲《たゝ》いて盛んなものだ。手児奈が安産の神様にされて了ひ、真間の継橋《つぎはし》が今に新らしい石の橋に架け換えられやうといふ時節だ。御堂の中では小坊主の観妙が木魚をポクポクぶつつけながら私達が通れば一寸こつちを向いて失敬と片手を上げる。柴又の帝釈様《たいしやくさま》は年に二万両の御賽銭《おさいせん》が上《あが》る、羨しい〳〵と、白いヘルメツトの坊さん達が、日がな終日《いちにち》埋め立ての赤い原つぱへ出て、愈《いよ〳〵》家作の相談ばかし。手児奈の縁由《いはれ》を訊《きい》てもわからず、何でも万葉に歌があるさうですから、それよりいくらか時代がついてゐませうとの話。つく〴〵呆れて了つたね。上人様《しやうにんさま》の留守中は、一役僧も、飯炊きの男も、その十二になる子悴もせつせと御経の暗記にいそがしい有様、それに盗人《どろばう》は恐がるし、蛙が啼けば喧《やかま》しいと出て行つて石油をぶつかける、一にも金、二にも金だから、その他の事は推して知るべし。

　うき吾れを寂しがらせよ閑古鳥、閑古鳥でも啼きさうなその庵寺も、住つて見れば矢つ張りうき世の風に荒《すさ》んでゐた。男のやうな白髪《しらが》のお婆さんが病気で、和尚《だんな》が井戸端でその汚れ物を洗濯する日が多くなると、蛍が出盛《でさか》り、丘の上の畑の麦は刈り倒され、新藁の山が在家の庭に山のやうに積み上げられた。愈《いよ〳〵》六月も末となつた。馬鈴薯の味がうまくなり、棗《なつめ》の花も散つて了ふと、私達はまた鳥のたつやうに、此処《こゝ》の三谷《さんや》へ飛んで来た。

　そこのお寺へ置土産《おきみやげ》の歌を一つ御目《おめ》にかけやう。


蓮の池埋めてまま食ふ真間の寺南無妙法蓮華経今の日蓮

（「読売新聞」大正5年10月1日号）

(二)

K君。

君が羅馬《ローマ》からナポリへ、ナポリからポンペヱへ、ポンペヱからまた羅馬《ローマ》へ帰つた頃、私達はやつと麻布から真間《まゝ》へ移つて、新らしい塒《ねぐら》を作つたばかしだつた。君はまた、これからシヱンナ、ピザを見て瑞西《スヰツル》のゼノヴより仏蘭西《フランス》へ帰る予定だと云ふが、私達は真間《まゝ》から川を一つ隔てたばかしの、此処《こゝ》の三谷《さんや》へ巣を変えたばかしだ。君は今頃はゼノヴ湖の月明りに白い帆をかけた快走船《ヨツト》でも走らしてゐる事であらう。君は日本なぞに帰へり度《た》くないと云ふが、それは本当かも知れん。私は君がつくづく羨しいよ。君は空を翔《かけ》る一羽の燕《つばめ》、私達は風に揉まるる枝垂柳《しだれやなぎ》に揉まれ乍《なが》らも矢つ張り嚙《かぢ》りついてる二羽の雀さ。巣はありながら他《ひと》の巣でね、何時《いつ》また追つ立てらるゝかわからない。一羽の雀は元気だが、一羽の雀は病気でね。元気な雀は何処迄も啼いたり飛んだり翔つても行きたいが、二羽になつては仕方がない。せめて一羽の快《よ》くなるまで、大人しく此処のお宿で我慢をします。君も巴里《パリー》へ帰つたら、日和次第に日本には帰りたまへ。待つてる、みんな待つてる。

K君。

何だか話が感傷的《センチメンタル》になつて済まない。私もさういふつもりでこの消息を書き出したのでは無いが、若《も》しさうなら、それはみんな此の怪しいラムプの光の為すわざだ。あゝ、この古びたラムプのかげ！　ホヤが煤《すゝ》けて、時代のついた紙笠までが嗅げば黴土《かびつち》の香《にほ》ひがする。恐らく幾年か、棕梠縄《しゆろなは》や、枯れた黍《きび》がらと一緒に乾草小屋の隅つこにでも抛《ほう》り込まれてゐたものであらう。私は今その黄色いぼやけた光のもとで、きりぎりすの啼く声を聴きながら遥かに君を忍んでゐる。ああ、ランプ！　巴里《パリー》や羅馬《ローマ》の紫の円弧燈《アーク》や蒼い瓦斯や強い電光飾《いるみねーしよん》に馴らされた君には、この語を聞いてすら、今更不思議なお伽譚《とぎばなし》の中へでも引き戻されるやうな時代錯誤の気が起るに違ひない。東京から僅か三四里離れた此の片田舎に来た私でも、何やら果敢ない里心が湧いて、あどけなかつた昔の事さへ思ひ出されて仕方がない。

私はその鈍い羅曼的《ロウマンチツク》な光のかげに、恰度《まるで》子供のやうな気になつて君を思ひ私自身を語つてゐる。今夜あたり君は何処《どこ》の旅路の高いホテルの窓から、乞食どもが掻き鳴らすマンドリンの夜曲を眺め下ろしてゐる事であらう。ラムプの笠には虫が来て啼く、やつぱし此処《こゝ》は日本の葛飾だね。

私は今安らかだ、極めて安らかだ。すつかり落ちついた。さうして心の底から平和《やはらぎ》と神の恩恵《めぐみ》とを乞ひ求めてゐる。私は田舎に来てよかつた。私は気が晴々《せい〱》する。私は一時商人にならうと為た。然し私はやつぱし詩人だつた。あの急がしい阿蘭陀《おらんだ》書房の二階にゐて、強ひて市街の喧騒《ざわめき》や算盤《そろばん》の音に交つても、私が何を為《し》でかす事が出来やう。寂しい儘に身はいつか頭をまろめた発心者《ほつしんじや》のやうになり、雨につけ風につけ隣り家の雀とばかり親しんで、末は茶の煙のやうに消え失せやうとした私は、今思へば夢のやうな気がする。

私がこの四五年来たつた一人の女性の為《た》めに、どれほど心を掻き擾されたか、而《しか》して諦めても諦めのつかぬ此の人生に強ひて悟り澄ましたやうな気になるまで、どんなに真実を傾け尽し、どんなに苦労をして来たか、君も聞いて呉れたら涙を落して呉れるだらう。私の傷きはてた心が、今や新たなる女性の為めに甦り、昔の若々しい「思ひ出」時代の血が再び自分の脈管に燃え立つを覚える。喜んでくれ。今度の妻は病身だが、幸に心は私と一緒に高い高い空のあなたを望んでゐてくれる。而《そ》して私を信じ、私を愛し、ひたすら私を頼つてゐる。この妻は私と一緒にどんな苦難にでも堪へてくれるだらう。たとへ私が貧しくとも、曩《さき》の日の妻のやうに義理人情を忘れて、あはれな浮世の虚栄に憧れ騒ぐ事もあるまい。私は今元気で呼吸《いき》が軽い。私は今極めて安らかだ。

（「読売新聞」大正5年10月5日号）

㈢

K君。

今、妻が傍に来て香をたいてくれてゐる。それは夜風が非常に匂ふからだ。風はこの上なく涼しいが、肥料の臭ひが随分強い。にほどりの葛飾野辺《かつしかのべ》もこれには私も弱らされる。けふ、その話を母屋《おもや》の主人にすると、さうですかねえ、いや、あれは庭の沈丁《ぢんちやう》でせうと云つた。今も其話をして二人で腹を抱えてゐるところだ。蚊も随分多い、はたはたと団扇《うちわ》ではたくと、ランプのかげからほのかに白く、蚊遣の煙も靡《なび》く。蚊遣の煙もいゝものだ。

空には星が出て、虫がじいじい啼く。夜遊びの村の若い衆が尺八を吹いてる。夜はまだ早い。私はゆつくりと君に新居の逐一を書き綴つて見やう。君も異国の何処かの空で旅の夜長に見てくれ給へ。

それはつい昨日のことだ。而《しか》も暑い日中でね。愈《いよ〳〵》亀井坊から引移ると云ふので、私達はあはれな私達の家具（それも詩集や花瓶、それに簡単な食器類位だ。）を車の上に整《をさ》めて、その上に真つ白い鉄砲百合の一鉢を載せて貰つて、よぼよぼの運送屋を先に出した。妻と助《す》けに来てくれた婆やとに後の掃除を委《まか》して、車の後《あと》から私はたつた一人、壊れかかつた小鳥の巣をポケツトに入れ、青銅の燭台の、大きな釣鐘状《つりがねがた》の硝子《ガラス》の笠ばかりを一対両腋に擁えて、あの長い市川の長い長い橋を渡つて行つた。硝子《ガラス》がピカピカ日に光るのではらはらして、その橋を渡りきると畑は茄子や南瓜《かぼちや》の花盛りだ。もう其処《そこ》は昔の葛西領、今の南葛飾郡となる。四方の眺望《ながめ》は更に広々となつて、明るい円天井の下《した》でお百姓達は肥料をふり撒き、みそ萩の咲く在家の庭から雞《にはとり》や犬の声が聞こえ、子供は泳ぎ、雀は雀で到るところのもろこしの葉に翼《はね》も頭も光りかへつて、飛んだり噛《かぢ》りついたり為てゐた。而《そ》してまだ蕾んだばかりの蓮花や見渡す限りの青い田の遥か向うに、真黒くなつてあがる本所あたりの煙が見え、而《そ》して畔の秦皮《とねりこ》の下には糞舟が休んでゐたり、裸の人間が飯を食つたりしてゐた。

私は途々《みち〳〵》これはいゝところに来たと思つた。同じ葛飾でも東と南はかうも明るさが違ふものかと思つた。赤土のあの原つぱに較べると、此方はすつかり真青《まつさを》で、みづみづしくて、稲葉を渡る肥料の臭ひまでがプンプンして気持がいい。全く新鮮だ。

歩いてゐると両腋《りやうわき》の硝子《ガラス》の笠が重くなる。土手の道芝の上に下《お》ろして、額の汗を拭いてると、後《うしろ》から自転車が来た。擦れ違ひ様にヒラリと下《お》りた人を見ると此家の主人だ、千駄木先生そつくりの顔をしてゐる。前の貸間を見に行つた時、その人は乾《ほし》草商で、秋になる迄はいつもブラ〳〵遊んでゐますなどと莞《にこ》爾して話した。この呑気な無学の鷗外先生が不相変《あひかはらず》私の顔を見て莞爾《にこ〳〵》した。「もう引越して来ましたよ、実は今日御返事する約束になつてゐましたが、面倒ですから早速荷物を出して了つたところです。お貸し下さるでせうね。」と云ふと「どうも驚きましたねえ。」とまた莞爾《にこ〳〵》した。「何《なん》でも彼《か》でも荷物を担ぎ込んで了ひますよ。」と私が笑ふと、「どうもどちらが貸すんだか借りるんだかわかりませんねえ。呑気だなあ。」と煙草《たばこ》に火を点ける。私も呑気だがこの人も随分呑気だ。「もう荷物は多分着いてゐます。」と云ふと「それは。」と流石《さすが》に狼狽《あは》てゝ、それではお先にとまた駈け出した。白状するが実は私は前の日その離家《はなれ》を見に行つただけでまだ確《しか》とした約束は為《し》てゐなかつたのだ。

（「読売新聞」大正5年10月6日号）

(四)

小岩村の小岩田の三谷《さんや》、そこにたつたひとつ赤い郵便函の下《さが》つた家、前は柴又と千住の別れ道、石の地蔵が一体立つてすぐ下手《しもて》に橋がある、これが矢つ張り地蔵橋。橋の横手のこの草葺の家を遠くから見ると、南に柳が枝垂れて風情がいい。店にはラムネや果物や雑貨品が並んで、上り框《がまち》には腰掛けた村の若い衆たちが煙草でも喫《の》むでゐると、外庭には無くてはならぬやうにちやんと掘ぬき井戸がある。井戸には水がなみなみと溢れて、溢れた水が板張の流しに周囲《まはり》からこぼれてゐる。その傍《そば》に紫の花あやめが誂向《あつらへむき》に咲いてゐて上に粗末な竹棚がある。まるで光琳模様そのままだ。その家を前の日河を渡つて見に来た時の嬉しさつたら。

「離家《はなれ》をお貸しなさるさうで。」と訊ねると、誰かが井戸の右手を指《ゆび》さしてそちらの開扉《ひらき》があいてるだと云ふ。廻つてゆくと田圃《たんぼ》に出る。隅《すみ》つこには小さい河楊《かはやなぎ》が一本白い葉裏を翻してゐる。そこに黒い門があつて中に入ると芭蕉庵と云つた風。少し陰気なやうだが森閑としたものだ。門から槙《まき》の木、泰山木、二三の盆栽物と続いてみんな青い。廻り縁《えん》の前に一本の百日紅《じつこう》がある。それもまだ花が咲くには間がある。例の青い柳の枝垂《しだ》れて垂れかぶさる下にはささやかな古池がある。池には柳河《やながは》の所《いは》謂《ゆる》ガメノシブタケが一面に青く生へてそのふちには稗草《ひえぐさ》や真菰《まこも》が茂つて、何処からが庭だか池だか堺がつかない。壊れて倒れかかつた向うの竹垣の上から蔓草や稲の葉がのしかかつて来て、その上から広々とした野つ原や遠い林や人家さへ見える。西日が射すのかその方の廂《ひさし》に葭簀《よしず》が一枚下つてゐる。葭簀を透かして檜葉や青い橘の木が見える。その実も葉がくれに矢つ張り青い。どうも愈《いよ〳〵》古池の芭蕉だと思ふと何だか少々擽《くすぐ》つたくなつたが。――

その家の柳が愈《いよ〳〵》見えて来た。急いで行くと荷車が先へ来てあやめの傍《そば》に休んでゐる。三谷の鷗外先生も白い鉄砲百合の鉢を下し乍ら笑つて居る。もう占めたものだ。「たうとう来ましたよ。」と笑ふと、店にゐた皆なも笑ふ。これが私の引越しだ。

門から入つて、障子をすつかり取はづして貰ふと、素敵に明るくなつた。昨日《きのふ》は何《なん》だか寂び過ぎて陰気くさく見えたのは雨の前で全く空が曇つてゐたせいかも知れん、この分では安心だと、小鳥の巣を一番に坐敷へ投げ出すとその中から真紅《まつか》なダリヤが畳にころげ出した。畳も新らしい。

部屋は二間《ふたま》しかないが、八畳の方には床の間も違い棚もあるし、次の六畳には冬の用意に炉も切つてある。小さい台所も別に附いてゐて、今度は坐つた儘で御飯が炊けるやうになつてゐる。これで私も落つきますと後《あと》から来た妻のA子も喜んだ。

床の間に紅表装の仏足石の石の擦紙の軸をたつた一つ掛け流して、人がせつせと後片付をしてゐる間に素早く外へ逃げ出した私の狡《ずる》さを笑つてくれ。

（「読売新聞」大正5年10月7日号）

(五)

どうも此方《こちら》はいい、素敵滅法界《すてきめつぽふかい》に明るいね、南瓜《かぼちや》はごろごろ畑に寝つころがつてゐるし、瓦焼の煙は上るし、緑の甘藍《キャベツ》は生物のやうに弾けかへつてるし、虫は啼くし、人はぢよきぢよき草を刈つたり、担いで歩いたりしてゐるし、……私は真間《まゝ》から来て溜飲の下つたやうな気がした。

然しそれよりも先づ私の驚いたのは、向うの鴻《こう》の台の上からむくむく湧きあがる真白な入道雲の塊《かたまり》だ。それは眼に入る何物よりも一番強く光り、一番力があり、一番奥底が知れなかつた。それが見てる間に糶《せ》り出して一大ヒマラヤ山脈を現出すると、奥の奥の銀灰色のかげから幽《かす》かな日中の雷鳴が転がつてゆく。素晴らしいぢやないか。天の景色は豪放で、彼等のほしいままだ、その上は真青で鳥が一羽飛んで行つた。土手へ上《のぼ》つて見ると江戸川が洋々《やうやう》と流れてゐる。川向う一帯の連丘は雲の峰に圧しつけられて低くなり、前には千畳敷の青葭原《あをよしはら》が寂《しん》として何だか騒いでゐる。葭切《よしきり》だ、聴いてゐると羽ばたきの音まできこえさうに澄みきつてくる。而《しか》も日光は水一面に反射して葦間に靄《もや》つた糞舟まで銀象眼の屋根舟のやうに小さく上手《かみて》に光つて見える。その遠くに巨大な煙突が二本煙を黒く噴きあげてゐる。

「いい景色だね。」と草刈に話しかけると、「へえ、これ満洲の景色だちふてね、昨日《きのふ》東京の活動が撮しに来ただあ、何でも沖《おき》禎介《ていすけ》が向うの坂から馬で駈け下りるてえと、後《あと》から露助《ろすけ》の奴やつぱり馬で追つかけて行くだ。東京の奴らそれ見に金出してだまされに行くだあから莫迦《ばか》だあ。」と笑つてる。ぞくぞく嬉しかつたね。

ポツポツポツポツ……と河蒸汽が波を蹴立《けた》ててのぼつてゆく、続いて白帆がいくつもいくつものぼつて来る。

草の中へ仰向になつて眼を瞠《みは》つてゐると何だか涙がこぼれ落ちさうになる。眼を瞑《つむ》るとつくづく自分がいとほしくなる。じつとしてゐると何処やらで人間が大きな声で話してゐる。笑ひ声もきこえる。雀も騒いでゐる。蝉も啼いてる。

K君。

此処《ここ》は人間離れがしなくていゝ。此処の畑に働いてゐる人間は皆此処の地面にぴつたり合つてる。野菜も人間も皆地面《ぢべた》から湧き出した儘だ。私は再び土手へ上《あが》つて、三谷の方を振りかへつた。

おお広々とした葛飾の野、見える限りの青田には鵠の鳥のやうに百姓が留つてゐる。大きな紅い太陽が西の空に廻りはじめると、その点々は火のやうに耀き、風はわたる。もう日暮に間もあるまい。ただ明るい一円の野つ原から、人家の煙が賑やかにあがりはじめ、東京の方でゆるやかな汽笛が吼え立てた。

ああ、その親しい風景の中に私に一番近く、柳が枝垂《しだ》れ、ほそぼそと紫の煙を立てはじめた草葺の家、あれこそ私の家ではないか、妻がもう夕餐《ゆふげ》の煙を立ててゐる。私はたまらなくなつて茄子やもろこしの間を駆《かけ》抜けた。

紫の煙！紫の煙！私は私達のこの畑の中の新居を、その晩、紫煙《しえん》草舎と名をつけた。

*

その紫煙草舎《しえんそうしや》に蚊遣が靡《なび》く。香のにほひも幽《かす》かに煙る。青い蚊帳を吊らせると、古池の真菰《まこも》のかげから小さな蛍が来てとまる。涼しい、夜は涼しい。

いい住居《すまゐ》だ。私の思つた通りだ。私はけふ一日泥足の儘で地面をぺたぺた歩き廻つた。いたるところ青田と蓮田続きである。田の畔《くろ》には秦皮《とねりこ》や楢の木が光りてそよぎ、何鳥の糞か白く乾いた板橋もところどころの小溝《こみぞ》に架つてゐる。而《さう》して日盛りは糞舟がいくつもいくつも綱を曳いて遥かの蒼穹《あをぞら》の際までのぼつてゆく。

朝早く起きて、井戸端で、紫のあやめを見ながら顔を洗つてると、まだ露にぬれた田舎の一本道を、郵便脚夫が手を振つて来る。午《ひる》ちかくなると豆腐屋も通れば、時折には、柴又さしてダリヤや紫陽花をいつぱい載せた花屋の車も前の土手を通つてゆく。江戸川べりの河舟にゆけば新らしいピンピンする鯉《こひ》や鯰《なまず》が買へる。肉類その他《た》は市川迄十二三丁行かねば無いが、鑵詰で済ませば済む。野菜はそこら中の畑から真青の奴をもいで来てくれる。東京には近い。住み馴れて見たら、さほど不便も感じまい。不便でもいゝ。私はこの地面《ぢべた》にぴつたり合つた生活がしたい。百姓達に交つて、生れた儘な明けつ放しの素朴な、みづみづしい、真実の人間らしい生活がして見たい。私はこれから愈《いよ〳〵》素つ裸だ。

今庭の向うの曼陀羅《まんだら》村《むら》の秦皮林《とねりこばやし》を紅い燈をつけた押上行《おしあげゆき》の電車が通つた。あれは恐らく今夜の最終のものだらう。

明日は暗いうちから飛び起きて、また、そこらの蓮田でも見に出たい。泥の中を尻までからげて、ちやぶちやぶ歩くのはいゝ気持だ。

夜がふけた。君も此の手紙を畳んで、つい上の電燈の光を消したまへ。さうしたら異国の青い月明りや遠い街のぞめきが、君の白いベツトのあたりに幽《かす》かに流れ込むであらう。而《さう》して君を少年の日の祭日《まつりび》の囃子《はやし》や、庚申《かうしん》の晩の黄色いラムプの夜話にまで君をほのかに連れ戻してくれるであらう。
私も今は日本の重い雨戸を閉めに立たねばならぬ。
星が流れる、明日も天気か。
二伸。君はもう巴里《パリー》のファルギエエルの画室に帰つたかも知れぬ。と思ひながら、わざと、この手紙は羅馬《ローマ》あてに出して置く。この手紙がいろいろの附箋が附いて、伊太利《イタリー》から瑞西《スヰツル》、仏蘭西《フランス》へと後から同じ旅してゆくかと思へばなつかしい。私は今は葛飾のお百姓の一人だ、せめては私のこの言葉だけでも異国の匂ひにひたらせたい。

（「読売新聞」大正5年10月8日号）

蛍

「思ひ出」の首の赤い蛍の時節になつた。今朝《けさ》も妻が蚊帳を畳むでゐると、その中から蛍が二三匹出て来た。それを私がひとつひとつつまんで庭の小池の睡蓮の葉に留《とま》らせてゐると、例《いつも》の如く、村の子供たちが入つて来た。

私どもの朝飯の済むまで、子供達は縁側の前の泰山木の下に集まり、誰はじむるとなく、相互に可憐な両掌《りようて》を開いて、それらをうち合してゐた。一人の子の掌《てのひら》は雪のやうに白い。観てゐると、非常にかはいゝ。私がいきなりその掌《て》を捕へると、その子は驚いてばたばたする。それを無理に引き寄せていぢくり廻してゐるうちにふと、怪しい好奇心が湧いた。一寸《ちよつと》お待ちいゝものを描いてあげるから。

私が硯《すゞり》や筆を取りそろへて、引き帰してくるまで、その子は、大人しく元のところに待つてゐた。私はその子の小さな掌《てのひら》を開かせて、そこに朱であかい金魚をひとつ描いた。たつた一匹。

眼を円《まる》くして周囲《まはり》から見てゐた外《ほか》の子供達も一斉に歓呼の声を挙げた。無心な子供達！彼等は疑《うたがひ》もなく神の奇蹟を信じ得る。少くとも彼等の信じてゐる私の奇蹟を。それは彼等の澄みきつた黒い眼、それらが凡てを語つてあまりある。何といふ謙譲な而《しか》も正直な眼だ。

子供達は一人々々に私の前にその両掌を開いた。泥まみれな全く汚ない掌《てのひら》だ、然し活々《いきいき》とした掌、愛と力とに満ち、紅みがゝつて指の尖《さき》まで膨れかへつてゐるそれらの掌《てのひら》、そこには、抑へきれぬ生《いのち》が今にもはぢきれさうに躍つてゐる。快い活潑な発育！

日光の中に突き出せ、光のかゞやく泥まみれの掌《てのひら》を、而《そう》して力一杯にそりかへして見ろ、その十本の指さきを。

私は確乎《しつか》とそれらのひとつひとつを握りしめた。あるものは稲の葉つぱの匂《にほひ》がした、又あるものは馬鈴薯の花の匂が、而《そ》して又あるものは地面《ぢべた》の匂がし、野菊の匂がした。さうしてどれもどれも日光と人間の汗と脂とに依て色づけられてゐないものは無い。私はそれらの掌《てのひら》の中に子供達の望むが儘に、赤い花、雀、蝸牛《かたつむり》、舌の赤い蛇、あかんぼが小便するところを描いた。又は蜻蛉《とんぼ》、蛙の類、或は清新な緑の葉を。

子供達の欲する画題は極めて簡単である。而《そ》して真実だ。而《そ》して凡てが彼等の生活に昵近《ぢつきん》な而《しか》も粗野な生物ばかりである。而《そ》して凡てが彼等のみづみづしい愛の対称たらぬものはない。然し子供達は多きを望む。片つ方の掌《てのひら》に描いてやればまた片つ方のに外のものを望む。而《そ》して意識せずして模倣をする。一人がダリヤと云へば既に蜻蛉《とんぼ》を描いて貰つた外の子供迄がもひとつ俺《おら》あにもダリヤを描いてくんねえなと云ふ。

子供達よ、多きを望まぬものだ。欲しいものはたつた一つでいゝのだ。一番お前達の愛するもの、たつた一つでいゝのだ。而《そ》して他人の欲するものを模倣してはいけない。真に自分一人で発見することだ。

子供達は私《わたくし》のこの言葉を素直に受入れてくれた。可愛いゝ子供達お前達は全く純粋だ。いゝ言葉の前には皆異議なく頭《かしら》を垂れる。

然し、ここに一人、私の言葉を心《しん》から肯《がへん》ぜぬ子供が一人ゐた。それはその中で一番小さい女の子で一番掌《てのひら》のいたいけな子だ。やはらかな紅葉《もみぢ》のやうな手、その手はまだ母親の乳の匂がした。私はその子を抱き寄せて後ろからその手の小指に接吻した。而《そ》してその小指だけに可憐な首の赤い蛍を描いてやつたのであつた。その子は三歳《みつつ》であつた。それが泣き面をして首を振る。俺《おら》あこんな小ちやいの、たつた一匹ぢやいやだあと云ふ。いゝ子だ、それではお前の指一本に蛍を一つづゝ描いてあげやうねえ、やつぱり一つづゝだよと云ふとうむと合点々々をする。かはいゝぢやないか、私は溜らなくなつて指を一本一本吸つてやりながら黒と朱で点をうつて行つた。

小さな両掌の十本の指、その指さきの一匹の蛍。何といふすばらしい画面だ。何といふ立派な装飾だ。有難い。私の愛は今や全くその児の掌《てのひら》をそのまゝ私自身の藝術品にした。

人間の掌を画面にして確かに藝術として装飾を施すことが出来る。私は曾て印度《いんど》の古画に於て、その掌を朱泥で塗つた歌舞宴楽の女を見た。私はけふ不図子供の掌の図案に就て、意外に発見するところがあつた。初めはたゞ漫然と子供の望む種々《さま〴〵》の物の形を画いたが、中ごろから私は全く私の藝術を創造するつもりで、一切夢中になつた。私は私の愛と私の天稟《てんぴん》とで爾後《これから》私の愛する子供達の掌を立派に画面として活かして見せる。

子供達よ、毎日私のところに来い、而《そ》して毎日たつた一つでいゝからお前達の手の中に描かしてくれ。

私の嘆願する迄もなく、子供は大喜びで賛成してくれた。而《そ》して早速父やんや母やんに見せてくべえと云つて、相互に躍り上りながら駈けて行つた。

転ぶなよ、転んでお前達の掌の中のものを落すなよ。これはお前だちの一番愛してゐるもので、一番大切なものだ。

子供達が帰つてから妻の章子が私にも描いて下さいと云ふ。私はその右手の、五本の指を、今後は下向に開かして、小指の薄紅に爪の中に、小さい黒い蛍を一匹描いて、赤い点々をふたつ点《う》つた。妻よ私がお前にあげるのはたつたこればかりだ。私は貧乏な詩人で、私の愛するお前に金剛石《ダイヤモンド》や紅玉《ルビー》の指輪を買つてあげる僅かの金子《かね》すら持つてゐない。

***

昼餐ののち、私が江戸川の土手へ出てゐると、白い野菊の花の中から一人の女の子が現はれた。而《そ》して私の傍《かたはら》に来て、さつきは難有《ありがた》うと云ふ。

私は訊ねて見た。

――どうしたい、父やんや母やんに見てもらつたかい。

――えゝ。

――何と云つたい。

――あのね、それはよかつたねえつて、そしてね、済まねえから、今度葡萄が熟《な》つたら、汝《われ》も持つてつてやれよと云つたよ。

――さうかい。それはよかつたねえ。

私はまたこの帰途に、玉蜀黍《たうもろこし》の畑を通つた。すると、まだ紅い髪の毛の出かゝつたばかりの間《あひだ》から、また一人の女の子が出て来た、而《そ》してなつかしさうに笑ひかけた。

私はまた訊ねて見た。

――さつきの画はどうしたい。

――父やんや母やんに見せたよ。

――何と云つたい。

――あのね、先生はいゝ人だねえつて、そしてね、済まねえから、今度玉蜀黍《とうもろこし》が熟《う》れたら俺《おら》が持つてつて行《や》るべえつて。

――さうかい、それはよかつたねえ。

私は帰つて来ると、私の家の前で、一人の小さい女の子が、足元に紅い一本の鳳仙花を落して泣いてゐるのに出遇つた。それはあの一番かはいゝ紅葉《もみぢ》のやうな手の持主であつた。私はその子の頭を撫でゝやり、言葉優しく訊ねて見た。

――お前、何故泣くの。何がかなしいの。

お菓子が欲しいのかいと云へば、うゝんとかぶりを振つて、欲しかないと云ふ。それぢや奈何《どう》したのと云へば、小さな声で転んだのと云ふ。

転んだつて泣くんぢやない。どれ、お見せ、さつきの蛍が、そおれ、消えて滅《な》くなつたぢやないかと云へば、その子はつくづく両掌を開いて見て、また火のやうに歔欷《しゃく》りあげた、眼のふちには蛍の黒と赤とがついてゐる。

泣くな、泣くな、お前が泣くから、ほたゆは飛んで行つちやつたんだよ。私が今描いてあげるからね、今度はお泣きでない。

足元の鳳仙花を拾つてその子の手に握らせると、

――これ持つてきたの。

と、云ふ。

――さうかい、それはよかつたねえ、難有《ありがた》うよ。

私はその子を連れて帰つて、改めて十の可愛《かあ》いゝ蛍を描いてやつた。而《そ》してその子が喜んで門を出て行つてから妻に話した。皆の子供達が喜んで、あのように鳳仙花を持つて来て呉れたり。今度は葡萄や玉蜀黍を御礼に持つて来ると云つてゐる、かはいゝぢやないかねと云ふと、妻の章子はほんとにね、こゝの人達はみんな優さしいからと云つて、それでは私は小指に蛍を描いて頂いたお礼に何を差上げませうと笑つた。私は、それはね、私がお前を愛したのは、はじめから何も報酬を予期して為《し》た事ではないし、どうでもいゝけれど、お前が済まないと思ふならね、それはと云つて私はその手を急に引寄せた。

妻の小指の首の赤い蛍が飛んで私の襟頸に留つた。

（「新潮」大正5年11月号）

馬

江戸川の水は濁ることがあつても、おきんの家《うち》に煙のあがらぬ日とてはない。おきんの家《うち》は貧しいけれど、それでもお百姓である。何がなしに、ほそぼそとでも、日にち毎日お飯《まんま》の煙だけは上げてゐる。おきんの家《うち》はお百姓でも、高が葛西の小作人に過ぎない。馬も持たねば田地《でんぢ》も持たぬ。畢究《つまる》ところは他の田である。よしや秋に一度の収穫《みいり》はあつても、それは地主や村の税から多分は差引かれる。ただ掌《てのひら》ほどの畑に、茄子や胡瓜《きうり》や人《にん》参《じん》や、時節時節のせん菜ものを、植ゑて培《つく》つて捥《も》ぎ取つて、暗いうちから、遥々神田の市場へ持つて行つたところで、たいした収益《みいり》のある筈はない。それに旱《ひでり》が続き、風が暴れ、雨がどしや降り、水でも一時に出るとなると、それこそおしまひである。野菜は根こそぎ、穀類は皺枯れて了ふ。それにおきんの家《うち》は子沢山で稼いでも稼いでもおッつかない。

今日は村の水神様《すゐじんさま》のお祭だといふので、日暮頃から、他家《よそ》の子供達は、さつぱりした浴衣《ゆかた》に紅い帯をしめてもらつて、手をつないでは地蔵橋を渡つてゆく。おきんのとこでは小悴《がき》らに着せる衣類も無いと云つて、こぼしてゐたが、今日はどうしたことかと思つて、晩飯を済ましてから私と妻とで見に行つてやる。薄明《うすあかり》の頃である。おきんの家の垣根には夕顔の花がいつぱいに咲き絡んで、まだほのかに白かつた。四辺《あたり》にはいろ〳〵の虫が啼いて、庭からはほそぼそと夕饗の煙が靡《なび》いてゐる。今晩はと入つてゆくと、家の中《うち》はもう小暗くなりかけて、土間の地面《ぢべた》にそのまゝ藁をもやしてゐる。火がちよろ〳〵赤い。見ると煤《すゝ》けた天井から、真黒な土瓶がぶら下つて、ぐつぐつ湯気を噴き立てゝゐる。傍《そば》にしこたま積み上げた藁束《わらたば》の山から、小忰《がき》らが眼をきよろきよろさしてゐる。それが廿日鼠《はつかねずみ》のやうに、いくつもいくつも出たり引込んだりする。屋外《そと》で竈《へつつい》の前で蹲踞《しやが》んでゐたおきんのお袋が、私達を見て慌てゝ汚ない前掛で顔を拭き拭き立つて来る。婆さまは赤ん坊を抱いて蚊帳を半釣りにした中から、上り框《かまち》の方に匍ふやうにしてにじり出る。さうしてくど〳〵と、おきんに衣類《きもの》いたゞいた御礼を述べ立てる。畳が汚ないからと云つて、莚を一枚ひろげて、まあお掛けなさいと云ふ。私達が腰を掛けると、面《かほ》も手も足も泥だらけにした小さな三郎《さぶ》公《こう》が、稲の穂と大黒様のついた破れ団扇を一本持つて来る。暑い夕方で、蚊のうなりが早くもそこら中にきこえる。足元をはた〳〵と団扇ではたくと、そこには紅い鳳仙花が咲いてゐて、それがはら〳〵とこぼれる。

おきんの家《うち》はまだ晩飯前でいそがしい。お祭に行かないかと云ふと、子供達がぞろ〳〵積藁の中から転げ落ちて来る。どれもどれも垢じみに筒つぽを着て、青洟を滴《た》らしたり、藁屑を頭から被つたりしてゐる。中には面中墨だらけにしたり、真紅な玉蜀黍《たうもろこし》の毛で八の字髯を附けたりしたのもゐる。思はず吹き出すと、先生、俺ら偉《えらう》なつただんべえと髯が出しやばる。誰だ誰だと覗くと尻退みして、お祭に行くならまくわが欲しいだと云ふ。よし〳〵皆《みんな》に買つてあげやうと約束をすると、どの子もどの子も犬ころのやうに走り出す。私が無邪気だねえと云ふと妻もほんとにねえと云ふ。而してかはいさうですから沢山まくわを買つてやりませうよと云ふ。水神様《すゐじんさま》の月明りに、この真黒な洟つたらしどもが、眼ばかり光らして、まくわ瓜に噛りつく有様が思ひやられる。

裏のもろこし畑に出ると、露が上つて、風が吹くのか、さら〳〵と広葉《ひろは》長葉《ながは》が揺れてゐる。空はよく晴れ渡つて、紅いまん円《まる》なお月さまが、鴻《こう》の台《だい》の営舎の上から、恰度今躍り上つてくるところだ。道ばたの茄子や南瓜《かぼちゃ》の畑には轡虫《くつはむし》が啼き、薄靄《うすもや》の中からかへるがころ〳〵と咽喉を鳴らしはじめた。

二人の上の男の子はすこし先に行つた。女の子と三郎《さぶ》公《こう》は背後《うしろ》から、悪戯《いたづら》為ながらやつて来る。

振り返つて「三郎ちやんは幾歳《いくつ》。」と妻が御あいそをすると、「おつ開《ぴら》きだあ、」と女の子がのさばり出る。さうして二つの鈍栗眼《どんぐりまなこ》をくるつと刮く。紅つちやけた頭の頂点《てつぺん》に小さいお蝶々を載つけてゐる。面中《かほぢう》鼻の吹き拡がつた、いかにも頓狂な子だ。この村にも大勢子供はゐるが、この子位百姓らしい子は無い。自然で、がさつで、無遠慮で、だんべえ言葉で云ひ度い三昧の事を云ふ。色も黒くて汚ないが、どこやらに野良の臭ひがぷん〳〵する。

「おつ開《ぴら》きつて、何だい。」と訊くと、

「おつ開《ぴ》きだたらおつ開《ぴら》きだあ、」と片つ方の掌を開いて、莫《ば》迦《か》だなあ、わかんねえかいといふ風をする。

「ほゝゝ、五歳《いつゝ》なの、」

「さうだよお、」

はゝゝゝ、えらいなと私も笑ふと、
三郎公まで小さな掌《て》をひろげて「おつ開《ぴら》きだい。」

いつのまにか地面《ぢべた》がしつとり湿《ぬ》れてゐる。ちよろ川には水藻の花が、暗い中にもほのかに白い。子供達はもとより素足である。

「来《こ》う、蛍がゐるだあから、早く来うよお。」と行手の露の中から上の子達の声がする。急いで行つて見ると、無数の青い宝石を夜の葉に鏤めた珊瑚樹が一本、月の光に夢のやう。下には何やら山と積まれてむし〳〵白い烟《けむり》を立てゝゐる。

「臭えな。」と一人の子がいふ。

「東京の糞尿《こえ》だあもの、臭えや、」とまた一人が、横つちよの笹葉を掻き分けながらいふ。蛍の可憐な燐光《ひかり》がその糞尿《こえ》の上を飛んでゆく。

「何故臭いんだえ。東京の糞尿《こえ》だつて同じじやないか。」

「あゝれ、あんな事云つてるよ。東京の糞尿《こえ》ほんとに臭んだよお。」女の子がまた後《うしろ》から出て来る。

「何故。」

「何故つたつて、東京の奴ら、いろんなもの食うだからよ。」

「ほう、いろんなもの食つてるから臭いんかな、それぢやお前達は何を食つてる。」

「俺《おら》さ、南瓜《かぼちゃ》とお麦だ。」

「まくわも食つてるだ。」と、外《ほか》の奴が蛍を追つかけながら取り逃して引き帰して来る。

「まくわなんか無《ね》えじやねいか。」

「よそんだつて、食つてるから食つてるだ。」

「あゝら、あんな事云つてるよ。」女の子が眼をパチクリさせる、「亀ちやん。泥棒でい。」

「泥棒だつていゝやい。家《うち》に無《ね》えんだから仕方がねえだ。俺《おら》あ食ひていだ。」

「俺《おら》も食いていだ。」今度は三郎公。

「あはゝゝ、まくわはいくらでも食はしてやるよ水神様《すゐじんさま》に行つたら、沢山《どつさり》あるだらう。」

「あるとも。」

「あるともさ。」

「そんなら急げ。」

子供たちが一斉に走り出した。女の子が一番先。

土手をのぼると私達の紫烟草舎《しえんさうしや》の前に出る。井戸端にはおきんが野良姿の儘《まゝ》でせつせとバケツに水を汲んでゐる。おきんは総領《そうりやう》だけれど継娘《まゝむすめ》。貧乏で着るものも無いといふから、妻が洗ひざらしを一枚呉れてやると、喜んで、たゞ貰つては済まねえだと云つた。済むも済まないも無いけれど、気にかゝるのなら、野良帰りに水を瓶に一ぱいづつでも汲んでおくれ。また何か上げやうからと私も云へば、そんなら日が暮れてからでもいゝかいと云ふ。いゝともいつでもね、お前の身体《からだ》の閑《ひま》な時でいゝからと、妻も傍《そば》から労《いた》はつてやつてから、日にち毎にち、雨がふつても風が吹いても、おきんは瓶に水をいつぱいづつ、井戸からせつせと汲みに来る、そのおきんが月明りの中から此方《こちら》を透かして、

「うまよお。」と呼んでゐる。

「何だよお、姉やかい。」と、女の子が立ち留まる。

「うまよお、何処へ行くだあ。」

「水神様《すゐじんさま》へ行くだ、まくわ瓜食いに。」

妻が思はずほゝと笑つた。

「貴方《あなた》、この子の名は何と云ふんでしやう。おまつでしやうか。」

「さう、おきんが何《なん》とか云つたね。おい、お前の名は何《なん》て云ふんだえ。おまつちやんかい。」

「あゝら、あんな事云つてるよ。(これはこの子の口癖らしい)うまだよお。」

「うめかい。」

「うまだあ。」

「うまかい。」

「さうだよお、うまだよお。」

「変だね、馬かい、あのひゝんと嘶く。」

「さうだあ、馬だよお。」

「ほゝゝゝ、まあ、貴方《あなた》。」

さつきからこのちぐはぐな、私とこの子の問答を傍聴《かたへぎき》してゐた妻の章子は、今は溜らず、笑ひ転げてとめどがない。腹を擁えたり、背中を後手《うしろで》でたゝいたり、私も思はず大笑《たいせう》した。

「あは……、さうかい、馬かい、いゝ名だねえ。」

お馬とは如何にもお百姓式だ。だが、まあ馬とはあまりに奇抜過ぎる。

「馬ちやん、お前のところには馬がゐるかい。」

「馬なんかゐねえだ。」と悄気《しよげ》る。

「さうだつたねえ。」

私ははつとした。あの貧乏なおきんの家に、高が人の小作をしたり、僅かばかりのせん菜ものを市に出したり、その日ぐらしの子沢山な、あのきんの家に、どうして馬など飼つて置く余裕があらう。同じ百姓なら田地も欲しからう。馬に秣草《かいば》もやりたからう。馬が買へねば、せめてはその子に馬といふ名を附けてやるべいとでも、この子の親は諦らめたかして、「馬なんか無えけれど、俺が馬だからいゝだあ。」と、この子も云ふ。

「さうだねえ、お前が馬だから、馬なんかゐなくたつていゝさ。」

そよ〳〵と風が渡ると、葛西一面肥料の匂《にほひ》がしみじみとそよぐ。地蔵橋から見わたすと、近くに水神の森、在所の煙も幽かになつて、曼陀羅あたりは白い蓮の花が月夜に青田に霞んで見

える。葡萄色をした空の下にぽうつと紅いのは、浅草本所の燈あかりか、夜目《よめ》にも東京の方は明るい。

（「文章世界」大正5年11月号）

蓮の花

八月二十七日正午。簡単な紫烟草舎の昼餐時《ひるめしどき》、不意に、門のところから、大きな白い蓮の花が一本歩いて来た。おやと思ふうちに、その下から子供の頭があらはれて来た。蓮の花があまり大きいので、子供の頭は猶さら小さく見える。観てゐると、その頭がくるりと此方《こちら》を向いた。面中《かほぢゆう》が笑つてゐる。三郎《さぶ》公だ。

お馬の弟の今年おつ開《ぴら》きの三郎《さぶ》公が今や真盛りの白い蓮の花を持つて来て呉れたのだつた。三郎公は泥まぶれになつた両方の手で、一生懸命に、自分の頭より大きな蓮の花を高く捧げてゐる。三郎公は椽側の下から延びあがらうとするが、身体《からだ》が小さいので、面から上だけしか見えない。その面も又泥まぶれになつて、その上水洟までたらしてゐる。面中の笑ひがくづれると、澄まして、また、白い蓮の花を高く捧げた。而してその花の清高《すず》やかな一瓣でも落すまいとする精一杯の努力が、益々彼の可憐な口光を引締《ひきし》めるらしく見える。それは全く思慮と意力に富むだ大人《おとな》の口元であるその大きく見張つた黒い眼《め》、それは無邪と愛とに満ちてゐる。而してこれいい花だんべい。俺《おら》あいいもの持つて来ただんべい。見てくれいやといふ得意と満足の微笑が、その底から底から現はれる。それはいいものと信じて、そのいいものを人に与へ得る聖者の心である。外に何にもない、純真まざりけなしである。何しろ三郎公は一生懸命だ。見えこそしないが、彼のいたいけな両足は、恐らく庭の地面《ぢべた》に力いつぱいふんばつてゐる事であらう。面が上気したやうに生々《いきいき》と紅《あか》みざして来た。そのいきいきとした面《かほ》。蓮の花はかすかに揺れてゐる。

葛飾の夏の真つ昼間である。澄みわたつた太陽光は庭の泰山木の厚葉を透かして、鮮やかな緑色の光線を投げかけてゐる。蓮の花の上に、而して子供の頭の上に。而して光線と一緒に、それらが幽かに揺れる。子供の頭が緑になり。眼に見えぬ背光が子供の全身から溢《あふ》れ漲り、それも緑に燃え上るかとさへ思はるる。三郎公は黙つて益々花を高くさし上げた。葉も何にもないただ一本の蓮の花を。

「いい花だねえ、三郎《さぶ》公、いいものを持つて来れたねえ」と私は早速声をかけた。「ほんとにいい花だこと。三郎ちやん。」——妻も私と一緒に箸を置いた。而して二人で椽側へ出てその花を受取ると、三郎《さぶ》公はほつとしたやうに、それを手放して、はじめて泥手で洟を啜つた。

「三郎《さぶ》公、何処《どこ》に咲いてゐた。」と私がたづねると、うんと云ふ。さうして白い眼をする。

「何処《どこ》から取つて来たの、三郎《さぶ》ちやん。」と妻が改めて訊《き》いて見る。

「ううん、俺《おれ》んちのだあ。」と少らず不満らしい。さうだ、さうだ、三郎《さぶ》公の家《うち》には掌《てのひら》ほどの溜池があつた。糞尿《こえ》溜《だめ》のうしろのあはれなどぶ泥の中にも、時節が来ると白い蓮の花もほのかに咲いたに違ひはない。私が悪《わる》かつた、お前はお前の家《うち》の溜池に、正直、足を踏み込んで、この花を取つて来て呉れたに違ひない。私が悪《わる》かつた。

「難有うよ、ほんとに難有う」私は心から感謝した私の妻も両手に頂き乍ら、言葉を尽くして感謝した。何といふ尊い贈り物だ。貧者の一燈といふ事はあるが、これは猶更清浄で、より以上に無心である。悔恨も無ければ懺悔も無い。もとより釈尊の足元にひれ伏して新らたに帰依髄順の涙を流した信心者の心では無い。子供は生れながらの仏である。三郎公はまだ赤んぼである。その赤ん坊が、自分を愛してくれ、自分もまた好きな隠居所の先生の為めに、「俺《おら》がの好きな花を持つて行つてやるべい」と思うて持つて来てくれたのである。三郎公は自分の好きな花は矢張り先生も好きであるに違ひない、「持つて行つたら悦《うれ》しがるだんべい、どんなに悦《うれ》しがるだんべいか」ただそればかしである。

　私達がしみじみ礼を云ふと、三郎《さぶ》公はにつこりした。而して今さら極りの悪いやうな面をして「フフン」と鼻を鳴らす。

「いい児だ、何を上げやうねえ。」と云ふと「要《い》らねえや。」と云ふ。「まあ、お待ち、何かあるでせう。」――私が目くばせするまでもなく、妻は蓮の花を捧げたまま立ち上つた。而して戸棚などを探してゐたが。引き返して来ると、「あなた、けふは何にもございませんの。三郎《さぶ》ちやん困つたわねえ。」と済まなさうな面をする。「さうかい、それはいけないな、」――貧しい二人の生活が思はず顧られる。何か買つてやらうにもけふは文《もん》なしで、この無心な子供にでも充分に礼をする事が出来ないかと思ふと寂しい。私はただその児の頭を撫でてやり、妻はその児の水洟を拭いてやつた。而して私はその児に詫びた。――

「三郎《さぶ》公、けふは何にも上げるものがなくて済まなかつたな。また上げやうね。」

「要《い》らねえや。」と三郎《さぶ》公は云ひ棄てて。威勢よく門から飛び出して行つた。さうだ、あの児には何にも要《い》らなかつたのだ。あの児が一本のこの蓮の花を持つて来てくれた心持には、もとより何の報酬も予期してゐる筈はなかつた。彼には純真無垢な愛があるばかりである。酬《むくひ》無くして人に与ふる心、それは私のやうな大人にはなか〳〵できる事ではない。大人の愛はいよいよ汚れてゆく。

　白蓮の花は早速床の上のキユウソウ壜に挿す事にした。花が大きいので壜が倒れさうになる。やつと紅表装の仏足石擦紙の軸の下に安定させる。花が静かに薫り出した。

　しばらくして、私達はまた元の食卓についた。冷たい白のお飯《まんま》に白い瓜の漬物をいただきながら、改めて蓮の花の方を観てゐると、寂しい。寂しいが何かしら嬉しい。

三郎公は今何処《どこ》の野つ原を、飛び廻つてゐることやら。

○

火本は、樋口富小路とかや、病人《やまうど》を宿《やど》せる仮家より、出で来りけるとなん。吹き迷ふ風に、とかく移り行くほどに、扇をひろげたる如く、末広になりぬ。遠き家は、煙にむせび、近き辺は、只管焔を地に吹きつけたり。空には灰を吹きたてれば、火の光に映じて、普く紅なる中に、風に堪へず、吹き切られたる焔、飛ぶが如くにして、一二町を越えつつ移り行く。その中の人現心あらんや。或は、煙にむせびて倒れ伏し。或は、焔にまかれて、忽ちに死ぬ。或は又僅かに身一つ、辛くして遁れたれども、資財を取り出るに及ばず。七珍万宝、さながら灰燼となりにき。其費いくそばくぞ。このたび公卿の家十六焼けたり。況してその外は数を知らず。下略。（鴨長明）

（「アララギ」大正5年11月号）

日本に於ける未来派の詩とその解説

萩原朔太郎

ヹルレーヌ、ボードレエル等によつて発見された象徴派の大精神が、近世の詩壇はもちろん、引いては絵画音楽にまで影響をおよぼしたことは人のよく知る所である。

ここに象徴といふ言葉の定義については、いろいろな人のいろいろな異説があることと思ふ。併しそういふ文字上の議論はどうでもいい。事実は解りきつたことだ。だれにでも解りすぎるほど解りきつたことである。要するに後期印象派の絵画の精神は、最も徹底した意味での象徴の精神を説明するものである。即ち『物の概念（物質）を描くことの代りに、物の生命（神経）を描く』といふことである。思ふに象徴に関するあらゆる議論は栓じつめる所でこの結論に帰元しなくてはならない。

近代の詩が（日本では蒲原有明氏以来）その主張、流派、傾向の如何にかかはらず、その表現の根本精神に於ては、何れも等しくこの象徴主義の精神に立脚してゐることは言ふまでもない。ただ目下に於ける此の種の問題の要点は（若し問題があるとすれば）ただ『どの程度まで象徴を取り入れるのが好いか、悪いか』といふ程度の問題にすぎない。さもなければ象徴に伴ふある種の気稟とか趣味とかいふ、言はば其細部《デテール》に関する愛憎好悪の争論である。（たとへばある派の人人はマラルメ風の漂渺たる情趣をもつた象徴を愛する。また他の人人はボードレヱル風の情味を愛し、他の人はデエメルの香気を好むといふ工合である。而して此等の主張は要するに象徴のにほひに対する各自の趣味性の主張争論に止まるので、象徴そのものの本質とは関係のないこと言ふまでもない）凡て此等のことはかの進化論が、今日では何人も異説をさし狭むことのできない真理として認められるにもかかはらず、今尚その学説のデテールに関して種種の紛議が絶えないのと同じ現象である。

それ故、今日の詩檀でもし『象徴派』とも称すべきものがあるとすれば、それは『象徴派中での最も極端な象徴派』といふ意味でなければならぬ。そしてその最も極端な象徴主義の藝術こそ、とりも直さず『未来派』の藝術でなければならぬ。

思ふにカンジンスキイやマリネツチイ等によつて起された未来派の運動は、その藝術上の主張に於て種種の新らしい生命や道徳をもつたものにちがひない。けれども要するにその表現の精神に於ては後期印象派の精神を一層行きつめたものに外ならない。即ち『物の概念（物質）をまるつきり描かないで物の生命（精神）ばかりを描く』といふことであるらしい。象徴主義もここまで栓じつめると余程不可思議なものである。そこには物質がなくて神経ばかりが呼吸する唯心主義の世界が展開される。日本に於ける此の種の藝術は、絵画の方面では旧『月映』の恩地孝氏等によつて久しい以前から宣伝されてゐる。（『月映』告別号に恩地孝氏の発表した『叙情』と題する作は色と線との一種の交錯からその恋人に別れる時の複雑した美しい感情を極めて叙情的に表現したものであつた）。日本では絵画が外の藝術よりも一足先へ進み出してゐるやうに思ふ。少なくとも絵を描く人人の頭は詩を作る人人の頭よりも聡明で、新らしいものに対する理解があるやうに思ふ。かうした日本の詩檀で山村暮鳥氏のやうな詩人が生れたのは、頗る異数なこととして我我の驚異する所である。何となれば氏の詩篇の中には所謂『未来派』の精神から出発した作品が尠なからずあるからである。しかも氏の詩扁は西洋の『未来派』の詩のやうな不徹底な拙いものではなく、氏独特の驚くべき表現と独創とをもつた立派な新藝術である。（凡ての新らしいものが群衆から非難されるやうに、氏の藝術はしばしば難解といふ理由を以て非難される。甚だしいのは狂人のウワコトだと迄罵つた人もある。併しかういふ種類の偽非難が多くの場合に於て難者自身の不明と鈍感とを告白するものであることは言ふ迄もない）私自身の個人的意見から言へば、もちろん此の問題に関しては多くの議論がある。『言葉に非ず、音である。文字に非ず、形象である。それが真の詩である』

と山村氏はその詩論にのべてゐる。私はこの説に対しては七分通り賛成で三分通り反対である。その説く所は甚だよし。而してその行為には危懼を感ずるからである。あまりに進みすぎたるものは、遅れすぎたものよりも危険が多いのである。

とはいへ自分は今ここで此等の藝術に対する可否の論議を述べるのが目的ではない。ただ山村暮鳥氏の詩のもつてゐるある一種の新らしい表現とその独創的なリズムを紹介しやうと思ふのである。もちろんそれらは現代の世界詩檀に於ける最も新らしい最も珍らしい現象の一つであるにちがひない。

次の一篇は『聖三稜玻璃』全巻を通じて最も難解と称されるものである。そして最もよく氏の特質を発揮した詩篇である。題は『だんす』。そこには舞踊そのものが動き画のやうに描かれて居る。不可思議な生きもののやうな感じがする詩篇である。

あらし
あらし
しだれやなぎに光あれ

『あらし』『あらし』といふ最初の二行の言葉から、読者は突然その前面の舞台を燕のやうに飛び交ふあるものの運動を感知する。それは烈しい狂燥的な、それで居てどことなく女性的の優雅さをもつた運動のやうに思はれる。そして『しだれやなぎに光あれ』といふ言葉の感覚から、読者は更にその運動するあるものの容姿を感知することが出来る。それは何となく優雅なしなやかの姿態をもつた若い娘で、全体に光る白つぽい衣装をきてゐる。疑もなくいま読者の前面の舞台では美しい軽快な舞踊が展開されて居るのである。
(『だんす』といふ標題の暗示が此等の感覚に具象な色彩を与へて居ることは言ふ迄もない)

あかんぼの
へその芽

水銀歇私的利亜

踊り子は軽く腰をかがめた。ここには何となく狡猾らしい、それで居て愛嬌のあるしなが感知される。

急に爪先で痙攣的に立あがつた。

はるきたり

この瞬間ではもう優雅な叙情詩的運動にうつつて居る。崩れるやうな気分の変化が眼に見えるやうだ。

あしうらぞ

あらしをまるめ
右足をのばして大きく図を画いた。

愛のさもわるに
烏龍茶《うーろんちゃ》をかなしむるか

ここでは非常に複雑した曲線美と、叙情詩風の運動が感知される。形よく肥えた乳房と、肉づきの好い肢体の種種なる曲線的表情を感知することができる。この感覚の来る原因を考ふるに、主として『ら』行の発音から来るものらしい。『さもわる』『うーろん』『かなしむる』等何れも一種のまるみを生びる曲線とその運動とを感じせしむる言葉である。

あらしは
天に蹴上げられ

最終曲の急調なテンポ、狂燥的な運動。一瞬間、踊り子は立止つて片足を高くあげた。その光る靴の爪先は天を蹴る。同時に幕がおりる。
この最後の瞬間に於ける印象、動から静にうつる一瞬間のポーズは非常に美しく鮮明な印象を読者にあたへる。

附　記

勿論、この種の詩篇は音楽に於けるシンホニック、ポエムと同じことであつて、標題なしには意義をなさないものである。そしてその解説も読者の趣味や感覚の相違によつて一人一人に多少の相違のあることは言ふ迄もない。尚、私のこの紹介について何等かの異見を抱く人があつたら、是非聴かせていただきたい。

（「感情」大正5年11月号）

自然主義前派の跳梁

生田長江

深切な目を以て見れば、如何《いか》につまらないと云はれてゐる物にでも、どれだけかの善いところがあるものである。

しかしながら、その一面に甚だしく悪いところがあつたなら、その僅かばかりの善いところを苦もなく呑みつぶしてしまふほどに甚だしく悪いところがあつたなら、そしてその悪いところが、他のさまざまな善い物を悪くしてしまいさうに思はれる位であつたなら、その物はもう立派に存在の理由をなくしてゐるのである。

ここに武者小路実篤といふ人がある。私はこの人の書いた物を、ほんの少しばかりしか読んでゐないが、その事の為めに私の非難されねばならない理由は、一もないといふことを確信して置いてから私の議論を進めよう。

私の読んだ範囲内に於て云へば、武者小路氏と一所に「白樺」で勢揃ひされた人々の中にも、武者小路氏より立派な天分と仕事とを示してゐる人の一人二人はたしかにあるやうである。

しかし世間の目には、武者小路氏が「白樺」の中堅になつてゐるやうに思はれてゐる。武者小路氏をとりまいて、白樺派なるものが形作られてゐるやうに思はれてゐる。

私も便宜上この見方に従つて云へば、所謂《いはゆる》白樺派は「白樺」をその本店とし、白樺臭いいくつかのより新しい雑誌をその支店としても、武者小路氏よりずつと立派な天分を示し、ずつと持ちのいい仕事をしてゐる人の、一人二人はたしかにあるやうである。

しかし世間の目には、武者小路氏が白樺派中、最も大きな過去と最も大きな将来とをもつて居り、その中心人物であるやうに見えてゐる。

便宜上かうした見方に従ふとき、雑誌「白樺」を本店とし、白樺臭い大小いくつかのより新しい雑誌をその支店とし、オメデタキ人武者小路実篤氏を総支配人とするところの白樺派は、近来の文壇及び思想界にかなり景気よく売り出して来てゐる。

さて此《この》白樺派が近来の文壇及び思想界に、かなり景気よく売り出して来てゐるのは何であるか。如何なる種類の品物であるか。

前にも言つた如く、深切な目を以て見れば、如何につまらないと言はれてゐる物にでも、どれだけかの善いところがあるものである。所謂《いはゆる》白樺派の文藝及び思潮にも、何等かの善いところがあるのは言ふまでもないことだ。

しかしながら、前にも言つた如く、どれだけの善いことをもつてゐる物といへども、その一面に甚だしく悪いところがあつたなら、その僅かばかりの善いところを苦もなく呑みつぶしてしまふほどに甚だしく悪いところがあつたなら、そしてその悪いところが、他のさまざまな善い物を悪くしてしまひさうに思はれる位であつたなら、その物はもう立派に存在の理由をなくしてゐるのである。所謂白樺派の文藝及び思潮にどれだけかの善いところがあるとしても、その一面にその僅かばかりの善いところを無残に圧倒してしまふほどの悪いところがあつたなら、そしてその悪いところが、文壇及び思想界のさまざまな善い傾向や潮流を沮害《そがい》してしまひさうに思はれる位であつたなら、白樺派なるものも、現在占めてゐるやうな地位を引きつづき占めて行くことを許されないわけである。

　そもそも白樺派のもつてゐる善いところとは何であるか。それは白樺派の連中自らが、並びに彼等に雷同的の共鳴をしてゐる連中が、彼等の善いところとして数へ立ててゐるものの中から、私がここに彼等の悪いところとして指摘するものを控除し去つた残余であると思へばよろしい。

　所謂白樺派のもつてゐる悪いところとは何であるか。精一杯手短かな言葉に代表さして云へば、「お目出度き人」と云ふ小説か脚本かを書いた武者小路氏のごとく、皮肉でも反語でもなく、勿論何等の漫罵でもなく、思切つて「オメデタイ」ことである。

　再びことはつて置く。私は右の「お目出度き人」と云ふ小説だか脚本だかをまだ読んでゐない。そしてまだ読んでゐないのをちつとも悪い事だと思つてゐない。加之《のみならず》、あの小説だか脚本だかを読んでゐないでも、武者小路氏及び氏によつて代表されてる所謂《いはゆる》白樺派の文藝及び思潮が、本当にオメデタイものであることを言明し得られると思つてゐる。

　彼等は彼等自らのオメデタイことを誇りにしてゐる。そして彼等のオメデタイのは、トルストイやドストイエウスキイなぞのオメデタイのと同じ意味に於てオメデタイのだと己惚《うぬぼ》れてゐる。まことにいい気なものである。

　ナザレのイエスは、幼児《おさなご》のごとくならなければ天国へ行かれないと教へた。それはさうだ。それにちがいない。

けれども「幼児《おさなご》のごとく」は既にその言葉の示してゐるごとく比喩である。しかも、しばしば真実の意味を穿きちがへられるかも知れないやうな比喩である。

「幼児《おさなご》のごとく」が単に常識的見解から見ての「幼児《おさなご》のごとく」だけであるならば、如何なる「老熟」を含畜にもつことをも心要としないものであるならば、あのイエスの教訓ほど下らないものはない。折角天国へはいれる幼児が、わざ〳〵その資格をなくする為め、大人になつて行くほど馬鹿げたことはない。人間はみんな幼児である間に死んでしまふことだ。そして、そんな教訓を垂れたイエスよりも、二歳以下の幼児をみんな殺してしまへと命令を出したヘロデ王の方が、ずつと救世主らしくなつて来るわけである。

トルストイやドストイエウスキイのオメデタサはただのオメデタサではない。白樺派の連中のもつてゐるやうなオメデタサではない。極端にまでオメデタクないところと、脊中合せをしたオメデタサである。尋常人の間には見出すことの出来ないやうな、オメデタサとオメデタクないところを合せもつてゐたところに、トルストイやドストイエウスキイの偉大があるのだ。所謂《いはゆる》白樺派の連中は、単純で正直で、真面目であると云はれてゐる。

しかし私共の無遠慮に鋭い目で見れば、彼等の単純は、何等の複雑を包容した、消化した、克服しきつた単純でない。トルストイやドエストイエウスキイ等の場合に於けるが如く、あらゆる近代的十九世紀的複雑に疲れきつた人達の、息も絶えだえになつてやつと見出し得たやうな高価な単純でない。あの連中の単純は、浮世の風にあたらないあらゆる箱入息子の例外なしにもつてゐるやうな、極度にまで廉《やす》つぽい単純である。あまりにも単純な「単純」である。

所謂《いはゆる》白樺派の正直は、まだ世の中の如何《いか》なる不正直をも知るに至らない赤坊の正直である。彼等は正直である為《た》めに彼等の努力をも、彼等の勇気をも要しない。

彼等の真面目は、人間以外のすべての動物が笑はないでゐるごとく、単に笑はないでゐるといふだけの真面目だ。より善く且つより悪しくならうとして、死にもの狂ひの生活をつゞけてゐる人間の真面目がどんなものであるかは、彼等にまるつきり知られてゐない。本当の真面目は尋常人の社会に於てよりも、狂人と犯罪者との間に於てより多く見出されるかも知れないと云ふやうなパラドックスは、一切価値の顚倒を体験するに至らない彼等にとつては、全然意味のない言葉と聞えるのである。

故斎藤緑雨《さいとうりよくう》氏はうまいことを言つた。曰く、「泣いて非理を訴ふるものは女なり」と。私は此《この》面白い命題をもつと包括的なものにする為めに言ひたい、「泣いて非理を訴ふるものは女子供なり」と。更に再び増補して言ひたい、「泣いて非理を訴ふるものは女子供と所謂《いはゆる》白樺派の理想家となり」と。

赤木桁平氏の所謂「真理に対する熾烈なる情熱と、藝術に対する靭強なる愛着とを以て、終始一貫、理想の一路を驀進し」来つてゐる白樺派の連中が、その態度に於て、緑雨氏の所謂《いはゆる》「泣いて訴へる」人々であることは私共も認める。それと同時に私共は、彼等から毎々泣いて訴へられるところのものがあまりにも他愛のないものであることを、彼等の為めに気の毒に思ふ。又彼等が自ら泣いて非理を訴へるのみならず、私共のごとく多少なり、「笑つて道理を説いてゐる」ものを尊敬することを知らないのを、彼等の為めに少々気の毒に思ふ。

彼等は、私が曾つて雑誌「新潮」に、「二つの時代を対照して」と題して述べたる如く、大体に於て人生を肯定する者の態度をとつてゐる。そして、所謂自然主義の作家等がかつて取つてゐた、並びにその中の大部分の人々が今尚ほ取つてゐるところの、人生を否定する者の態度と著しき対照をなしてゐる。

私一個の現在の心境から云つて見ても、人生の肯定は人生の否定よりもいゝことだ。

しかしながら、人生の肯定はあくまでも、人生の否定のゝちに来るものでなければ価値がない。否定しては肯定し、否定しては肯定し、かくして果てしなく否定と肯定とを反覆して行つたのでなければ価値がない。

天使は堕落して悪魔になつた。悪魔は更に神の位に登らうとする。

魔道と正道とは、正反対の方向にむかふのでなく、同じ方向へすれすれに相並んで進むところの二の道筋である。

小さなトルストイの小さな人生の肯定よりも、大きなフロオベルの大きな人生の否定が、遙かに大きなトルストイの大きな人生の肯定に近い。

所謂《いはゆる》白樺派の人生の肯定は、何の造作もなく、たゞナイイヴに、たゞオメデタク人生を肯定してゐるのである。彼等の肯定に意義がないのは、彼等がその前に必要な手続きとして一旦人生を否定して来てゐないからである。

彼等は世の中が、否自分自身が、どれだけ暗黒と醜悪とに充ち満ちてゐるかを知らないでゐる。彼等は「人生の破産」といふことが、どんなに恐ろしいものであるかを知らないでゐる。無邪気なる彼等は「死滅」のものすごさ恐ろしさを知らないで、たゞ復活祭の楽しい歌を楽しげに歌ひはやしてゐる。

所謂白樺派は、好んで正義と人道とを口にする。このさきいよ〳〵口にしさうである。しかしながら、前にも言つたごとく、常識的見地からしてのみ単純で、正直で、そして真面目な彼等にあつては、その正義人道も極めて他愛のないものである。切言すれば、彼等の正義と云ひ人道といふのは、単に正義と云ふ言葉であり、人道と云ふ言葉であるにすぎない。

此点については、十月号の「新潮」誌上、広津和郎氏が「武者小路実篤論」の中に述べてゐられる一節を、是非々々紹介して置きたいと思ふ。広津氏は曰く――

『……「正義」とか「人類」とか云ふ旗印を掲げて、縦横自在に社会や文壇の批評をする。丁度何か事があると天皇を担ぎ出した昔の僧兵達に敵対する事が、何だか不忠なやうな気がして昔の人間共に出来なかつたやうに、人の好い今の文壇は、正義と云ふ旗印に敵対する事が不正義であるやうな気がして、武者小路氏を批評することを躊躇してゐる。先《ま》づ武者小路氏の云ふ「正義」とか「人類」とかを解剖する事が今の文壇の急務だ。これは武者小路氏自身に取つても急務だ。「正義」が「不正義」よりも好く、「人類」が「非人類」よりも好い事は、「善」が「悪」よりもいゝと云ふ事を証明する位、人の頭にのみ込み易い事である。併し私の云ふのはその内容である。どの位の深さがあるかゞ問題なのである。武者小路氏の自己批評は「正義」とか「人道」とか迄行くと立止まつて了《しま》つてゐる。氏の懐疑は「正義」にまで、「人道」に迄の懐疑である。「正義」とか「人道」とかは、彼は解剖すべからざるもの、如く信仰してゐる』

云々と。

広津氏の此批評は、此の場合私の言ひたいと思ふところのもの、一部分を遺憾なく痛快に言つてくれてゐる。かくの如き有力な加勢者を獲た私は、更に深く突つ込んで行つて言ひたいことがある。

所謂白樺派は、――武者小路氏によつて最もよく代表されてゐる白樺派の正義や人道と、教会的基督《キリスト》教徒等のやくざなる正義や人道との間に、そも〳〵どれだけの距たりがあるか。

白樺派の人達は勿論、教会的基督《キリスト》教徒等ほどに厚顔で、無耻《むち》で、狡猾ではない。彼等の如く意識的な偽善者でないことはたしかである。けれども、その正義と云い、人道と云つて、癇高な声でわめき立てゝゐるものゝ空虚なる点に於ては、全然同一範疇の物を以て取扱はるべきではないか。

殊に厄介なのは、所謂《いはゆる》白樺派の連中が、所謂《いはゆる》自然主義運動の後《あと》を承けて出現したものゝ一であるにも係はらず、依然として人間を、純粋の善人と純粋の悪人とに両分するといふがごとき、最もよくない意味に於ての理想主義と稚気とをのこしてゐることである。

彼等の創作をよみ、彼等の評論をよんで見れば、すべての人間は神様のごとく徹底的に善であるか、悪魔のごとく徹底的に悪である。神様でもなく悪魔でもないやうな人間性は、神様であると共に悪魔であるやうな人間性は、全然彼等に存在を認められてゐない。

――かくの如く、所謂白樺派の厄介な特色を箇条書きにして列挙して行けば際限がない。さすがに私も煩はしくなつて来た。即ち発端に持ち出して置いたあの手短かな言葉へ引き返すことゝしよう。

「お目出度き人」の作者武者小路実篤氏を中心人物とする所謂白樺派の文藝及び思潮は、何等の皮肉でもなく、固よりまた何等の漫罵でもなく、思ひ切つてオメデタイものである。

彼等のオメデタサは、彼等が近代の所謂自然主義思潮を一度もくゞつて来てゐないことを証拠立てゝゐる。彼等は自然主義思潮の洗礼を受けて来てゐないのである。彼等の一団に一の便利なる名称を与へれば彼等は自然主義前派である。

彼等自然主義前派が多少でも今の文壇思想界に跳梁するかの如く見えるのは、遺憾ながら我が日本に於ける最近思潮の一逆転であると云はなければならぬ。

かくの如き悲しむべき思潮の逆転を来したことの責任は、往年の自然主義運動に従事した人々、並びにその本流を承け継いで立つべき人々の、疲労と懶惰とに帰すべきは勿論である。けれども私共は、此際これらの人々の疲労と懶惰とをあまりに大声疾呼して咎めることの軽挙を慎みたい。なぜならば、その為めにいよ〳〵以て、所謂自然主義前派の跳梁を甚だしからしめるかも知れないと思ふからである。

兎もあれ、自然主義前派は自然主義運動によつて一応の元服をすました我が文壇及び思想界の、正当の相続人たるべきものでない。文壇及び思想界の本流らしく見えるところへ近づかしめて置くさへも大なる災厄である。

彼等自然主義前派の笑ふべき単純と、正直と、真面目とは、彼等の笑ふべく空虚な正義と人道とは、文壇及び思想界の小さな片隅へ片附けて置かれねばならぬ。

そしてもし、雑誌「白樺」で武者小路氏等と一所に勢揃へしたばつかりに、漫然白樺派として一括されてゐる人々の、所謂自然主義前派ならぬしつかりした人々が一人でも二人でもあるならば、例へば志賀直哉氏だとか里見弴氏だとか云ふやうな人々がゐるならば、それらの大切な人々を其悪い周囲から救い出す為めにでも、彼等の集団を解体さしてしまはなければならぬ。

私の所謂自然主義前派の掃蕩は、遊蕩文学の撲滅といふやうな仕事よりも百倍も千倍も急務である。

私はこの急務を、疲労した大家連と怠惰なる中家連とに委ねるよりも、もつと年若くもつと新進気鋭なる、そして所謂自然主義前派の目にあまる跳梁に憤激して立つところの人々に托したいと思ふ。

（「新小説」大正5年11月号）

生田長江氏に戦を宣せられて一寸

武者小路実篤

上

生田長江氏は今月の「新小説」と「文藝雑誌」とで僕に向つて犬殺的棍棒をふり廻すことになつた理由を説明してゐる。その内に同感な処もある。例へば氏は「あの人位、世間から将来を期待された人、期待されてゐる人は滅多にあるものではない。其「世間」と云ふ奴が一々癪にさはる僕達にとつて、あの人が世間そのものの如く癪に触るのは不思議はあるまい」と云つてゐるのは兎も角として、（なぜかと云ふのに、ここで氏が「世間」と云ふのは何処の世間をさすのかはつ切りしてゐないから、僕は比較的少数の人からは生田長江氏より遥かに尊敬され、期待されてゐるが、「世間」一般から云へばまだ〳〵長江氏の方がずつと少くも尊敬されてゐるから。その点長江氏はまだ安心していいのである）そのすぐあとで、「僕達はあの人たちとあまり念入りに異《ちが》つてゐる。北を指す針と南を指す針との異ふほど異つてゐる。あの人達やあの人達の仕事を高く買はれるのは、そのまま僕達や僕達の仕事がそれ丈低く買はれることだ。無関心ではゐられないわけである。」と云つてゐるが、それは事実であるだらう。自分は君達と云つて君達の内に長江氏以外に誰がふくまれてゐるか知らないが、又知る必要もないが、生田長江氏を尊敬して僕を尊敬する人はあり得ないやうに、僕を期待する人で生田長江氏にまだ期待をもつ人はあるまい。

しかしそれは長江氏が悪人だからではなく、長江氏の頭が零《ゼロ》だ、少くも零《ゼロ》にちかいと思ふから、僕は長江氏を軽蔑するのである。長江氏のものを僕は少し切り読んでゐないが、読んだ限りでは少しも書く必要の感じられないこと許り書いてゐるからだ。氏はよく批評を書く、しかしそれは他人を型に入れるだけで、自己の内に表現しないではゐられないものがあつて表現するとは思へない。トルストイは長篇を書く人で、ニイチエは短文を書く人だ。小トルストイは偽善家になりたがり、小ニイチエは偽悪者になりたがる。少し名文（?）をわるく翻訳したかも知れないが、かう二人をならべて対にして見て、夫《それ》で真面目に云ひたいことを云つてゐるつもりらしいが、云つても始まらないことを云つてゐるとしか僕には思へない。氏はそれでうまいことを云つた心算かも知れない、しかしそんなうまみは直ぐ鼻につく。深くないからである。

氏の文は説明以上に出ることは稀でその説明は型以上に出ることは稀だ。

氏は僕に戦ひを宣して、「僕がこの戦ひを宣したのは、洒落でもぜうだんでもない。もうよく〳〵我慢が出来なくなつたからのことである。生殺しにはしないつもりだ」と云つてゐる。僕は氏がさう云ふ気を起さないではゐられないのを憐れむと共に、生殺し処か、負傷一つでも僕達に与へることが出来ると思へば、自惚《うぬぼれ》だと云ふことを明言しておく。僕は氏に戦ひを宣せられても別に戦ひを宣せられた気もしない。零《ゼロ》に何が出来る、戦ひを宣するなどは恐ろしいと思ふ。

（「時事新報」大正5年11月5日）

中

氏は僕達を自然主義前派と云つてゐるが、僕達は日本の自然主義が自己を生長さすことに無頓着だつたのに我慢が出来ずに立つたのだ。自己の主観を生殺しにするのに反対して自己を生かし切らないでは我慢が出来ないので立つたのだ。内の要求に立つてゐるのだ。（それが自然主義前の傾向だつたか知らん?）生田長江氏達の様な自分の事を棚に上げて世間のことや他人のことに気を使つてゐれば気が済む人間とは内の要求が違うのだ。生田長江氏の自惚れは何処にあるか知らないが、氏はどんな仕事をしたか知りたいものだ。よきものを翻訳したことは認める。しかしよき自己の仕事をしたとは嘗て聞いたことがない。僕は鷗外さんと夏目さんの評を書いてゐるのを見た時から、氏の頭の大ざつぱと単純と自分の庖丁で料理のしにくいものはどん

〳〵平気ですてる人だと思つた。そして何時《いつ》も同じ深さ切り入れないくせに、解り切つたことをくり返しくり返し云つて平気でゐる頭のわるい人と思つた。この第一印象は嘗て氏のもの、ために破られたことはない。氏は自分をお人わるだとか、悪人だとか云つてゐるが、又世間でも氏の才と利口さを認めてゐるが、自分は嘗てその世評に賛成したことはなかつた。風葉氏のお弟子にならうと思つた小説（？）を読んでなほ氏に愛想をつかした。もう随分前の話である。氏は世間を軽蔑してゐるやうなことを云つてゐるが、世間が氏を軽蔑することは遅すぎても早やすぎることはなかつたのである。

僕達さへ出なかつたら氏達はもつと安眠が出来たであらう。お気の毒なことである。氏は志賀や里見をほめてゐるが、志賀や里見は氏より僕の方を遥《はるか》に信用してゐてくれることは云ふ迄もないことだ。

僕は自分で自分を「お目出たい」と云つた。しかしそれは世間をからかつて云つたのは分り切つたことだ。世間は僕をお目出たく思ふだらう。長江氏のやうに、その上氏は世間と同じ考へをもつてゐる。しかし見よお目出たく思ふ僕こそ、実は本当の道を歩いてゐるのだ。自分はそのことを事実によつて示せることをあの時から知つてゐた。それで当時一番人にいやがられる名。「お目出たき人」「世間知らず」と云ふ名をつけたのだ。生田長江氏も知つてゐるであらう。当時は浅薄な人間が如何に深刻がりたがり、馬鹿な人間が利口がりたがり、深い経験もない人間がどんづまりの経験した顔をしたがつたことを。そんな顔をしなければ文壇に生きてゆかれなかつたことを。そして世間からそれに同感されるのを笑つてゐたのだ。今時になつて読みもしない長江氏がその題をとつてよろこんで僕をからかうのは、五六年おくれて僕の落し穴におつこつたやうなものだ。

（「時事新報」大正5年11月6日）

下

僕は自分が自然主義前派かどうかは僕の本を全体読んでくれてゐる人には分り切つてゐることだ。「生長」「後ちに来る者に」「Aと運命」「その妹」「ある青年の夢」を読めば分り切つてゐることだ。今更真面目に弁解する程お人よしではない。尤も長江氏に僕の価値を知つてくれとは云はない。それは長江氏に自殺を勧めるやうなものだから。「世間」はまだ〳〵僕を認めるのに吝《やぶさか》である。「世間」はもつと〳〵僕を賞讃していいのである。「世間」はまだ〳〵長江氏を認めすぎてゐるのである。長江氏はこつちに戦ひなど宣せずに、ニイチエの翻訳をやる方がいいのである。さうすればこの世に一つの仕事をすることが出来るのである。わるいことは云はない。自己の今迄した仕事で及び今後する仕事で、僕を押しつけられるなら押しつけるがいいのだ。

いくら氏の軽蔑する世間でも、氏がこつちを攻撃すればする程、氏を軽蔑する。こつち達のことはそつとして置いて、自己の仕事をこつ〳〵やる方がいいのである。それでは我慢が出来ないと云ふのは既に氏の弱味である。こつちは氏があはてればあはてる程、勝利の自覚をはつ切りする許りである。今迄こつちを無視することによつて、氏は自己の立場を保つことが出来たのである。氏をして喧嘩買ひをしないでは我慢が出来なくしたことは、我等に取つて一つの滑稽である。

　自分達は氏達に傷けられるには少し生長し過ぎた。仕事をしすぎた。だから自分は氏達がいくら騒いでも安心し切つてゐる。自分は文壇に出てから八九年になる。可愛がられて茲迄来たのではない。戦つて来たのだ。長江氏の悪口などは僕の鍛へられた表皮を貫く力もなく、跳《はね》つ返される。

　自分の最も旧《ふる》い知己の一人の志賀（志賀と自分は特色を異にしてゐるが）は、自分が六七年前「お目出たき人」の悪評を喰つてゐた時、「君は今五六年後の復讐を前に受けてゐるのだ」と云ふ意味のことを云つて慰めてくれた。前に受ける復讐には少しは弱つたが、もう鍛へられた今、復讐などは恐れてゐない。黙つてゐられないやうにして、其上議論よりは仕事で押つける予定は前から計算に入つてゐた。たゞ其の計算を長江氏等によつて満たしてもらへるとは思はなかつたが、この計算によると後一二年僕の敵が振ひ起つても、四五年後には其の敵は一先づ消えることになつてゐる。この予定は今迄その通りになつてゐた。今後も予定通りゆくことは自分は信じてゐる。今日は之で。

（十一月二日）

（「時事新報」大正5年11月7日）

詩歌

詩
短歌
俳句

詩

阿毛久芳＝選

室生犀星

上野ステエション

トツプトツプと汽車は出てゆく
汽車はつくつく
あかりつくころ哀れである
北方の雪を屋上につもらせ
つかれてあつい息をつく汽車である
みやこやちまたのあかりに
とをい雪国の心をうつす
私は私でふみきりの橋のうへから
ゆきぐにの匂ひをかいでゐる。
いつもながらにほろりとさせる
浅草のあかりも見える橋の上だ。

自転車乗り

つばくろを初めて街《まち》で見た日に
つれの友人《ともびと》は
つばくろ有難《ありがた》うと言つた
あの尾《を》のさきのほうで
マリネツテイのＲＲＲＲがおどります
すばしこい洋服屋《やうふくや》の小僧さんも
けふはもう青い麦藁帽《むぎわらぼう》をかむつて
自転《じてんしや》転で
新らしい自転車《じてんしや》で
先づ瓦斯《がす》燈《とう》を一ト廻りやります
又たそこに
ちいさい小《こ》ぢんまりした喫茶店《きつさてん》の窓さきに
こまどりのような給仕女《きうじをんな》が
椅子《いす》にかあいらしい格好《かくかう》で座《すわ》つてゐる
きばやな自転車乗《じてんしやの》りのことゆゑ
紅赤《まつか》な襟飾《ネクタイ》をひらひらさして
並木《なみき》のしたを
まじめな一直線《ちよくせん》で走ります
見るからにすがすがしい夏の麦藁《むぎわら》が
しまひには

（「詩歌」大正5年3月号）

天《てん》へまで登《のぼ》つてしまいさうに
ぴかぴかぴかぴかぴかと走つてゆく。

（「新日本」大正5年9月号）

山村暮鳥

雪景

山《やま》はプリズム
山山山《やま〳〵》
山上《さんじやう》更《さら》にまた山《やま》
雪《ゆき》のとんがり
きららかに天《そら》をめがけ
山《やま》と山《やま》とは相対《あひたい》して
自《みづか》らの光《ひかり》につぐる
雪《ゆき》の山山《やま〳〵》
きらり燃《も》ゆる雪山《ゆきやま》
山《やま》と山《やま》との間《あひだ》に於《お》いて
折《を》れたる光線《くわうせん》
せんまんの山《やま》を反射《はんしや》す。

（「文章世界」大正5年4月号）

雪景

直線曲線
雪雪雪
ゆきがらす
雪雪
をんなのめ
みつめるかほがめになり
めはひとつ
かずかぎりなく
曲線直線
雪雪雪
うづまくめ
もえあがるめ。

おなじく

地上一面白金光……

りきゆーるの罎をさがして
伸ばしたわたしの手の指さきに
何といふ静かな昼だ
わたしはつひいましがた
まつくらな瞳の中からあたまの上にでて

きたのだ
もう鬢のことなどはわすれて
やわらかい雪の上を
鴉にまぢつて飛んでゐる

地上一面白金光
その雪の感触のうしろで
鮮かな方尖塔の陰影は
悲しくすこし左に傾いてゐる。

雀ひもじさに

雀ひもじさに
笹の葉かげの雪をたべ
ひねもす藪にこもる
崖下をはしり行く
おもちやの電車
それをながめて
あくびする
わかもの耶蘇
　ま昼うららか。

（「詩歌」大正5年5月号）

早春

わたしの手はまだ銀のやうに冷たい
ポケットからでてきた
わたしの白い手をみつけて
卓上のコップは躍り上つた
よせばよいのに、もうチユリプは真赤にひらいて
こつそりと霊魂《たましひ》のうれひを嗅いだ。

（「詩歌」大正5年6月号）

川路柳紅

忍従

耕《たが》やす人は鋤《すき》をとめて
今日《けふ》も終りとなりしと呟《つぶや》く。
路《みち》にひく耕作車《こうさくぐるま》、空《むな》しく野をゆき
一畝《うね》の土をも砕《くだ》かず。

吾は凍《い》てたる畑《はた》におりたち
うす濁る入日をながめて
木の小舎《こや》に眠るものなり。
明日《あす》を同じき今日《けふ》の色にと染むるまで

さはれ吾は緑の温《あたゝ》かき沼
かすかなる底に動めく光りを知る、
固き土《つち》を足に踏みて未知の朝《あした》を
疲れたる額《ひたへ》の上に迎ふまで。

（「詩歌」大正5年4月号）

白鳥省吾

日々祈れ

日々祈れ、
青空《あをそら》を仰ぎて深く呼吸し
大地の幽遠なる輝きを思へ、
深く遥かなる大地のリズムの上に
輝き踊る自身のリズムを知れ、
その尊さを。

（「詩歌」大正5年5月号）

萩原朔太郎

雲雀の巣

おれはよにも悲しい心を抱いて故郷の河原を歩いた。

河原には、よめな、つくしのたぐひ、せり、なづな、すみれの根もぼうぼうと生えてゐた。

その低い砂山の蔭には利根川がながれてゐる。ぬすびとのやうにくらくやるせなく流れてゐる。

わたしはぢつと河原にうづくまつてゐた。

おれの眼のまへには河原よもぎのくさむらがある。

ひとつかみほどのくさむらである。よもぎはやつれた女の髪の毛のやうにへらへらと風にうごいてゐた。

おれはあるいやなことをかんがへこんでゐる。それは恐ろしく不吉なかんがへだ。

そのうへきちがひじみた太陽がむしあつく帽子の上から照りつけるのでおれはぐつたり汗ばんでゐる。

あへぎくるしむひとが水をもとめるやうに、おれはぐいと手をのばした。

おれのたましひをつかむやうにしてなにかをつかんだ。

干からびた髪の毛のやうなものをつかんだ。

河原よもぎの中にかくされた雲雀の巣。

ぴよぴよぴよぴよぴよぴよぴよぴよと空では雲雀の親が鳴いて

ゐる。
おれは可愛そうなひばりの巣をながめた。
巣はおれの大きな掌の上でやさしくも毬のやうにふくらんだ。
いとけなく、はぐくまれるものの愛に媚びる感覚があきらかに
おれの心に感じられた。
おれはへんてこに寂しくそして苦しくなつた。
おれはまた親鳥のやうにくびをのばして巣の中をのぞいた。
巣の中は夕暮どきの光線のやうにうすぼんやりとしてくらかつ
た。
かぼそい植物の繊毛に触れるやうな、たとへやうもなくDELI-
CATEの哀傷が、影のやうに神経の末梢をかすめていつた。
巣の庭のかすかな光線にてらされてねずみいろの雲雀の卵が四
つほどさびしげに光つてゐた。
わたしは指をのばして卵の一つをつまみあげた。
生あつたかい生物の呼吸が親指の腹をくすぐつた。
死にかゝつた犬をみるときのやうな歯がゆい感覚がおれの心の
底にわきあがつた。
かういふときの人間の感覚の生ぬるい不快さから惨虐な罪が生
れる。罪をおそれる心は罪を生むこころのさきがけである。
指と指とのあひだにはさんだ卵をわたしは日光にすかしてみた。
うすあかいぼんやりしたものが血のかたまりのやうに透いてみ
えた。
つめたい汁のやうなものがかんじられた。
そのときゆびとゆびとのあひだに生ぐさい液体がじくじくとな
がれて居るのをかんじた。
卵がやぶれた。
野蛮な人間の指がむざんにも繊弱なものをおしつぶしたのだ。
ねずみいろの薄い卵の殻にはKといふ字がほんのりとかゝれて
ゐた。

いたいけな鳥の芽生、鳥の親。
その可愛らしいくちばしから造つた巣。一生けんめいでやつた
小動物の仕事。愛すべき本能のあらはれ。
いろいろな善良な、しほらしい考が私の心の底にはげしくこみ
あげた。
おれは卵をやぶつた。
愛と悦びとを殺して悲しみと呪とにみちた仕事をした。
くらい不愉快なおこなひをした。
おれは陰鬱な顔をして地面をながめた。
地面には小石や硝子かけや草の根などがいちめんにかがやいて
ゐた。
ぴよぴよぴよぴよぴよぴよぴよと空では雲雀の親が鳴いて
ゐる。
なまぐさい春のにほひがする。
おれはまたあのいやのことをかんがへこんだ。

人間が人間の皮膚のにほひを嫌ふといふこと。

人間が人間の性殖機を醜悪にかんずること。

あるとき人間が馬のやうに見えること。

人間が人間の愛にうらぎりすること。

人間が人間をきらふこと。

ああ、厭人病人。

ある有名なロシヤ人の小説、非常に重たい小説をよむと厭人病者の話がでて居た。

それは立派な小説だ、けれども恐ろしい小説だ。

心で愛するものを肉体で愛することの出来ないといふのはなんたる邪悪の思想であろう。なんたる醜悪な病気であろう。

おれは生れていつぺんでも妹たちに接吻したことがない。

ただ愛する小鳥たちの肩に手をかけてせめては兄らしい言葉をいつたことすらもない。

ああ、愛する、愛する、愛する小鳥たち。

おれは病気の父をおそれて旅行した。

おれは家をはなれたときに、おれは汽車の窓につつぷして泣いてゐた。

おれは自分の病気を神さまに訴へた。

旅さきで、まいにちおれは黄いろい太陽をながめくらした。

そうして父がまつたく快《よ》くなつたときに、おれは飢えた狐のやうに憔悴してわが家へかへつてきた。

ああ、きのふもきのふとて、おれはたいへんのおこなひをしてしまつた。

おれはくさつた人の血のにほひをかいだ。

おれはくるしくなる。おれはさびしくなる。

心で愛するものを、なにゆゑに肉体で愛することができないのか。

おれは懺悔する。

懺悔する。

おれはいつでもくるしくなると懺悔する。

利根川の河原の砂の上にすわつて懺悔をする。

ぴよぴよぴよぴよぴよぴよぴよぴよと雲雀の親たちが鳴いてゐる。

河原蓬の根がぼうぼうとひろがつてゐる。

利根川はぬすびとのやうにこつそりと流れてゐる。

あちらにもこちらにも、うれはしげな農人の顔がみえる。

それらの顔はくらくして地面をばかりみる。

地面には春が疱瘡のやうにむつくりと吹き出して居る。

おれはいぢらしくも雲雀の卵を拾ひあげた。

○

過去一年間の沈黙は私にとつて何物にも代えがたいほど有意義なものでした若しあの沈黙がなかつたら私は今でも「興味」とか「趣味」とかいふものにひきつけられて居たかも知れません、私は私を惨醜にみつめました、そしてほんとのことを知らずにすんだかも知れません、そして「人間として」三文の価値もない醜悪な自己を憎むことの高潮に達しました、私のやうな劣等な動物によつて弄ばられる藝術といふものを皮肉的に考へました。そして私はどん底に陥入りました。そしてしまひに救はれました。私は神を発見したのです、これは実に容易ならぬことです。

過去三十年間の私の生活を根本からひつくり返した問題です、「神を発見する」といふことは昔の純撲な人間にとつては何でもないことです、併し我々のやうに理智や常識の発達した近代の人にとつては殆んど奇蹟に近いことです。私の神はもちろんキリストではありません、仏でもなければ哲学でもありません。よく人が「新生」といふことを言ひます、私もある場合に使つたかもしれません、今から考へると、うかうかこんな言葉を使ふことは滑稽でもあり恐ろしくもある、ほんと「新生」のよろこびを私が味つたからです、私の神を発見した（発見といふよりは神の手にふれるといふ方が正しい）ことは私一人のよろこびでなく人類全体の福音だと思ひますから詩歌次号からひきつゞいて発表したいと思ひます。

拙詩（雲雀の巣）過賞にあづかり恐縮します。「雲雀の巣」は新生以前の作です、どん底時代の作です。（萩原朔太郎）

（「詩歌」大正5年5月号）

およぐひと（泳ぎの感覚の象徴）

およぐひとのからだはななめにのびる、
二本の手はながくそろへてひきのばされる、
およぐひとの胴体はくらげのやうに透きとほる、
およぐひとのこころはつりがねのひびきをききつつ
およぐひとのたましひは月をみる。

（「LE・PRISME」大正5年5月号）

ロダン夫人の賜へる花束

与謝野晶子

とある一《ひと》つの抽斗《ひきだし》を開《ひら》きて、
旅《たび》の記念《きねん》の絵葉書《えはがき》をまさぐれば、
その下《した》より巴里《パリー》の新聞《しんぶん》に包《つゝ》みたる、
色褪《いろあ》せし花束《はなたば》は現《あらは》れぬ。
おおロダン先生《せんせい》の庭《には》の薔薇《ばら》のいろいろ………
我等《われら》二人《ふたり》はその日《ひ》をいかで忘《わす》れん、
白髪《しらが》まじれる金髪《きんぱつ》の老貴女《らうきぢよ》、
潤《ひろ》き薄黄《うすき》の色《いろ》の衣《きぬ》を被《はお》りたる、
けだかくも優《やさ》しきロダン夫人《ふじん》は、
みづから庭《には》に下《お》りて、
露《つゆ》おく中《なか》に摘《つ》みたまひ、
我《われ》をかき抱《いだ》きつつ之《これ》を取《と》らせ給《たま》ひき。

花束《はなたば》よ、尊《たふと》く、なつかしき花束《はなたば》よ、
其日《そのひ》の幸《さいは》ひは猶我等《なほわれら》が心《こゝろ》に新《あたら》しきを、
纔《わづか》に三年《さんねん》の時《とき》は、
無残《むざん》にも、汝《なんぢ》を、
埃及《エヂプト》のミイラに巻《ま》ける、
五千年前《ごせんねんぜん》の朽《く》ちし布《ぬの》の、

すさまじき茶褐色《ちやかつしよく》に等《ひと》しからしむ。

われは良人《をっと》を呼《よ》びて、
曾《かつ》て其日《そのひ》の帰路《きろ》、
夫人《ふじん》が我等《われら》を載《の》せて送《おく》らせ給《たま》ひし、
ロダン先生《せんせい》の馬車《ばしや》の上《うへ》にて、
今一人《いまひとり》の友《とも》と三人《みたり》、
感激《かんげき》の中《なか》に嗅《か》ぎ合《あ》ひし如《ごと》く、
額《ひたひ》を寄《よ》せて嗅《か》がんとすれば、
花《はな》は臨終《りんじう》の人《ひと》の歎《なげ》くが如《ごと》く、
つと仄《ほの》かなる香《か》を立《た》てながら、
二人《ふたり》の手の上《うへ》に、
さながら焦《こ》げたる紙《かみ》の如《ごと》く、
あはれ、悲《かな》し、
めらめらと砕《くだ》け散《ち》りぬ。

おお、われは斯《か》かる時《とき》、
必《かなら》ず冷《ひや》やかにあり難《がた》し、
我等《われら》が歓楽《くわんらく》も今《いま》は、
此花《このはな》と共《とも》に空《むな》しくやなるらん。
許《ゆる》したまへ、
涙《なみだ》を拭《のご》ふを。

良人《をつと》は云《い》ひぬ、
わが庭《には》の薔薇《ばら》の下《もと》に、
この花《はな》の灰《はひ》を撒《ま》けよ。
日本《にほん》の土《つち》が、
之《これ》に由《よ》りて浄《きよ》まるは、
印度《インド》の古《ふる》き仏《ほとけ》の牙《きば》を、
教徒《けうと》の齎《もた》らせるに勝《まさ》れり。

（「文章世界」大正5年7月号）

みなぞこの月

三木露風

水底《みなぞこ》の月《つき》の影《かげ》
さびしく病《や》めりとなし
暗《くら》き緑《みどり》の藻《も》をわけて
音《おと》なく、その身《み》をゆりながら。

ああ、定《さだ》まらぬ、胸《むね》の影《かげ》
揺蕩《たゆた》ひつ、住《す》みかねつ
さはされど
安《やす》らかならぬ隈《くま》はなし。

沈黙《しゞま》の夜半《よは》よ
白《しろ》き輝《かゞやき》、ただありぬ
白《しろ》き輝《かゞやき》、月《つき》ならず我《われ》ならず
夢《ゆめ》と真《まこと》の淵《ふち》に住《す》む

（「文章世界」大正5年8月号）

大手拓次

合掌の犬

七つにわかれたる尾《を》の犬《いぬ》、
ちひさなる影《かげ》をふんで、
窓《まど》をかけのぼる。
合掌《がつしやう》の戦慄《せんりつ》は石《いし》のごとくゆらぎ、
まんまんとして孕《はら》む懺悔《ざんげ》の愛《あい》を汲《く》む。

朝のいのり

ことばを水《みづ》にしづませよ、
朝餐《てうさん》のいのりに心《こゝろ》の怪《け》をはらひ、
凝視《ぎようし》の霧《きり》のなかにひざまづくわたしわ、
今《いま》や、あらはなる正身《しやうしん》の発気《はつき》をうけて、
ゆるされたる懶惰《らんだ》の夢《ゆめ》をたどる。

（「新日本」大正5年8月号）

湿気の小馬

かなしいではありませんか。
わたしはなんとしてもなみだがながれます。
あの、うすいうすい水色《みづいろ》をした角《つの》をもつ、
小馬《こうま》のやさしい背《せ》にのつて、
わたしは山《やま》しぎのやうにやせたからだをまかせてゐます。
わたしがいつも愛《あい》してゐるこの小馬《こうま》は、
ちようどわたしの心《こゝろ》が、はてしないさざめ雪《ゆき》のやうにながれてゆくとき、
どこからともなく、わたしのそばへやつてきます。
かなしみにそだてられた小馬《こうま》の耳《みゝ》は
うゐきやう色《いろ》のつゆにぬれ、
かなしみにつつまれた小馬《こうま》の足《あし》は
やはらかな土壌《どじやう》の肌《はだ》にねむつてゐる。
さうして、かなしみにさそはれる小馬《こうま》のたてがみは、
おきなぐさの髪《かみ》のやうにうかんでゐる。
かるいかるい、枯草《かれくさ》のそよぎにも似《に》る小馬《こうま》のすすみは、
あの、ぱらぱらとうつ Timbale のふしのねにそぞろなみだぐむ。

（八月二十六日作）
（「新日本」大正5年11月号）

森のうへの坊さん

坊《ぼう》さんがきたな、
くさいろのちひさなかごをさげて。
鳥《とり》のやうにとんできた。
ほんとに、まるで鴉《からす》のやうな坊さんだ、
なんかの前《まへ》じらせをもつてくるやうな、ぞつとする坊《ぼう》さんだ。
わらつてゐるよ。
あのうすいくちびるのさきが、
わたしの心臓《しんざう》へささるやうな気《き》がする。
坊《ぼう》さんはとんでいつた。
をんなのはだかをならべたやうな、
ばかにしろくみえる森《もり》のうへに、
ひとひらの紙《かみ》のやうに坊《ぼう》さんはとんでいつた。

草の葉をおひかける眼

ふはふはとうかんでゐる、
くさのはを、
おひかけてゆくわたしのめ。
いつてみれば、そこにはなんにもない。
ひよりのなかにたつてゐるかげろふ。
おてらのかねのまねをする、
のろいのろい風《かぜ》あし。

ああ、くらい秋だねえ、
わたしのまぶたに霧《きり》がしみてくる。（十一月九日作）

（「新日本」大正5年12月号）

＊＊＊

野のうすあかりをかきたててすすんでゆく
さびしい病気の犬、
おまへのはだからは
夕月のやうなつめたいことばがながれる。
おまへのはだからは
針のやうなかなしさがとぼとぼとこぼれる。
あをあをとしたおまへのねどこのうへに、
ほうほうとゆたかにほえることのできないおまへは、
ほんたうにかはいさうだ、
夜の毛皮がひとつひとつはがれてゆくこのくるしいあけがたに、
おまへはひとりでとほくの木立の方へとあるいてゐる。

（草稿）

児玉花外

小さな靴

神田の篠懸の秋の青葉に

若い支那女の色裳《いろずそ》が光つた、
小さな靴も光つてチヨコ〳〵と歩行《ある》く

国歩艱難のうちの女と思ふ、私の目をそれ
光る異服の子は、電車の台へ
白兎のやうに跳び上つた。

尨大な闇《くら》い国よ、小さな靴よ、
私の哀しいローマンスずきの瞳は
光る靴のまぼろしを趁つた。

（「早稲田文学」大正5年11月号）

日夏耿之介

心

こころをわけちらすなかれ
秋の日の林間に滴り落ちる小泉の水沫をながめよ
すくない水はつねに神のやうに澄みまさる
君の古瓶《こべい》にこころしてはやく満たせよ
昏うるほひこころは浄まりしか
まなこをあげよ
ああ海に消えゆく白き帆の行衛に就いて知るか瑠璃色の中空に
心は三ケ月のやう航しゆけども
ああ、空に消えゆく白き雲の行衛に就いて知るか

（「詩人」大正5年12月号）

北原白秋

こども

こどもがないてる、こどもが、おほごゑでないてる。
どうした、どうした、こどもよ、わたしはあたまをさすつてやる。
それでもないてる、こどもは、いつまでもないてる。
どうしていいか、こどもよ、わたしもなみだがながれる。

（あかんぼせんせい）

（「烟草の花」大正5年11月号）

〔現代詩人号〕「感情」

鴉

北原白秋

鴉は水浴ぶ、ちやぶ〳〵
真菰すすきのかげにて。

鴉は水浴ぶ、ちやぶ〱
青い太陽の光に。

鴉は水浴ぶちやぶ〱
水玉四方に飛び散る。

鴉は水浴ぶちやぶ〱
閑《しづ》かに閑《しづ》かに、心安く。

夕の合奏

樹のかげ長くひけり
舂《うす》づく日の空は
葉と葉との中より輝く
かつて眠れることなき
黄金《わうごん》の霊《れい》の力
引絞る真弓《まゆみ》の空に
頽瀾《たいらん》の光を現《げん》ず。

長き堤の一列
高き枝《えだ》を戦《そよ》がす
簇《むら》がれる緑の重き蔭を
ゆるくゆるく環《めぐ》れる
血の風の合奏。
ととのふる非情の歌か

蕃《しめ》やかにあかるき時を。
金銅《こんどう》と鋼《はがね》と延べし
浄まれる夕《ゆふべ》の空
そが前に樹の聳立《そばだ》ちし
葉の睦《むつ》む時こそあれ
空の隈《くま》、地の隅《すみ》より
夕靄の湧きていづれば
安住界に、木も風しばらく和《わ》すとぞ見ゆる。

三木露風

我家

我家の屋根は高くそらを切り
その下に窓が七つ
小さい出窓は朝日をうけて
まつ赤にひかつて夏の霧を浴びてゐる
見あげても高い欅の木のてつぺんから
一羽の雀が囀り出す
出窓の下に
だんだんが三つ

高村光太郎

だんだんから往来一面
露にぬれた桜の葉が
ひかつて静かにちらばつてゐる
桜の樹樹は腕をのばして
くらい緑にねむりさめず
空はしとしとと青みかかつて
あかるさ譬へやうもなく
夏の朝のひかりは
音も無く
ひそやかに道をてらしてゐる
土をふんで
道に立てば
道は霧にまぎれて
曲つてゆく

ああ此の我家
根の高い四角な重たい我家
小さい出窓のまつ赤にひかる我家
夏の朝の力にひそむ我家
貧しい我家のたまらなく貴い朝だ
たまらなく可愛いい朝だ
ああ、いつでも探してゐた魂の故郷
此の我家、此の我家

猟師

福士幸次郎

ああ地に敷いた落葉
そそり立つ骨まばらな老木
今私は銃を手にして
鳩でもない、山鳥でもない
その梢に鳴く頬白を射てやらうと
なぜか鉄砲をむけてゐる

ああなぜ小鳥を射る
その美しい声の主を?
その声があんまりよいもんだから
私を魅いしてしまふもんだから
原あり
透き透つてる溜り水あり
木あり巨大な枝をさし交してる老木の林があり
白い雲の中に見える瑠璃色の穏かな空あり
枯れ草日に輝やく草の床あり
その景色に彼の小鳥の声があんまり鋭どく
心持よいもんだから
吾が心に頭をもたげた悪戯心《いたづらこころ》が
お前ののどをねらはせたのだ

此の世は何故に斯うも美しい？
ああ鋭どい秋の野の朝景色
無心に銃の筒先きをむけるのだ
私は其の鋭どい心持よさに釣られて
不意に囀り出す時
ただお前がこの野原一面の沈黙を破つて
私はお前を打ちはしない
（八月二十六日）

詩二篇

水野盈太郎

盗む勿れ

盗む勿れ
私の心は恐れながらつぶやく。
あからさまに照らす太陽の明るさの真中で
自分の影を見ながら

自分の心を恐れ危みながら
ぬすみ視しながら
ひそかに我と我につぶやく
愚かなる蠢動
盲目なる暴力
今は仮りに眠つて居るが
目を覚せばこのからだに力をふるふ。
盗みをし、腐肉を食ひ
口なめづり
そして又眠るもの
私の肉の底の底
組織のあらゆる微分子の中
私のいのちの生ひ立ちの昔から
私のからだの中に在るもの
私はみづから手でからだを抱きしめて
戦慄する。
日をあびて立つて居ながら
私は自分のからだの暗い処を見る。

欺けども欺けない存在を見る。

私のからだにはひるが居る。

祈り

限りなき私の懺悔を聞くものは
この土である。

私の口から流れ込む毒汁を消すものは
大空である。
このからだの組織の微い一分子へ
生き生きした力をそそぐものは
緑の草の葉から立つ蒸気である。
ああ恵深き自然よ。

海を恋して

白鳥省吾

疲れきつた頭
坑道のカンテラのやうな心
ああ私は濁つてゐる、
どうしてこんなに疲れたのか？
私は健康な光る自分を取りかへさなくてはならない
砂塵が街を吹きまくつて
泥の堀割の上を燕が飛んでゐる、
それらは一層私を疲らすばかりだ。

私はしみじみと海を恋してゐる
新鮮な香《かほり》、青く豊かに輝く歌
海こそはつねに新しい疲れ知らぬ魔物だ、
海が心の奥で声をあげてゐる、
海が砂まみれの街を越えて
はつきりと目に浮ぶ気持がする、
海の香が心をつつんでくる
ああ海こそは輝く自分を取りかへしてくれる。

鈴懸の樹

九月
プラタンヌ青く
散らぬこそ哀《かな》しけれ、
砂塵ふきまくなかを
こころさびしく歩めば。

青草

十坪に足らぬ青草が
風に吹かれてゐる。
賑やかな街の路の傍に
不思議にも残された青草。
建物、電車、自動車、軌道、群衆
光つた空の下に憂欝な
都会は凸凹《おうとつ》の奇怪に鋤かれた畑《はた》のやうで
その鋤きのこされた美しい青草は
匂はしく風に吹かれてゐる。
曠野を思はせるに充分《じゆうぶん》な

十坪に足らぬ青草は
風に吹かれて……
風に吹かれて歩む私をしみじみと涙させる。

（三篇九月十一日午後）

少人だちに与ふるうた

日夏耿之介

八月はなほ野の白宵《ゆふべ》に驕れども
都城《みやこ》よりのをとめだち
その悲しきまなざしを片丘にほろび
山ふもと
洋館は白き仔羊《こひつじ》のごとく
つひに若き七つの瞳《ひとみ》をまばたきそめけり
ああ神神も今やその黄色きおん手を延《のば》して
海上とほく夕映の黄金砂《きんさ》を鏤《ちりば》めたまひけり

きみがちちははも
人よ
その秘めたる麗人も
その胸痛《いた》みたまへる姉君も
きみが仇敵のひとむれも夙《と》くつどひたるぞ

ああまんまろき青空のもと
しどけなき砂丘に攀ぢて
夏夕風《なつゆふかぜ》のをもむくなべに
涙に露じめるその胸うちひろげて
きみがかなしみかぎりなき愛の頌《うた》に生きよ
しばしなりとも

――一九一六年、湘南――

にがき盃五章――わが暗き日の思ひ出――

川路柳虹

かなしきさけのあぢはひを
くらきひにこそおぼえける
こころくるはずきえたたず
あすをおもひてさめしとき。

あかるきかほにかげさして
まぶたおもげにうなだれぬ
おもひとどかぬこころかと
きかれてなほもうかぬひよ、

A Jug of Wine, a Loaf of Bread
—and Thou beside me
Singing in the Wilderness.
OMAR KHAYYAM.

けふをたのしめさけはかめにと

ぺるしやのふるきしじんはうたひけり
けふをたのしめさけはにがきと
たがさかづきにしるしけむ。

あめはそとにもふりしきり
さけはかめにもからとなる
めのみもえたちひえびえと
こころさめたるたそがれよ

ふたりみつむるさかづきに
ふたりのこひもうちしづむ、
あはれ云ふべきさかづきに
などてつめたきうをはすむ。

ぬかるみ

加藤介春

泥濘《ぬかるみ》道を歩いて帰れば
くらき夜の泥濘道を歩いて帰れば、
手と足を酔ひどれの如く
ふり動かしつつ歩いて帰れば、
しみじみと厭やになり
莫迦莫迦しくなり死にたくなれり。
莫迦莫迦しけれど矢張り歩む、
食はざるべからず、
食ふために働かざるべからず、
夜遅くまで働かざるべからず、
そうしてくらき泥濘道を
喘いで帰る。
今日も疲れてくらき夜《よる》の
泥濘道を喘いで帰る、
つくづくいやになり死にたくなれども
私は早く家に帰りて
燈火《ともしび》をつけざるべからず、
元気を恢復せざるべからず。

パンを得ざりし男は倒れて死せり、
ゆき暮れしくらい泥濘道の
くらい底から立ち昇る湿りは
いたいけなる彼れの命にしみ入り、
彼れの命は冷たくなりてうち慄ひつつ
飢えたる男は倒れて死せり。

けれど私は倒るるべからず、
おもき靴を引きずりゆく
二本の足を別別に感ずる重さ、
私の靴が夜《よる》のくらい大地に

すひつけられてはなれぬ重さを
ぢつと堪へて。
泥濘道に倒るるべからず、
しやんとせよ、
ぶつ倒るれば足蹴《あしげ》にさるべし。
石くれの如く踏まれるべし。
獣の如き足が
泥濘道をいくつも通る。

蚤

山村暮鳥

渠、蚤は知らなかつた
颱風《あらし》の方向を、死を、

指尖は諸観念の表示
そして静寂の蒼白さは！

炉の中で、祈禱なく
小さな音をたてた

凝視《みつ》められた霊魂、汝

臍の下での幻想

つげよ、真実とは何《ど》んなものか。

岬の上にて

瞳《め》の中のしののめ
指尖のしののめ
耳たぶのしののめ
皮膚の上のしののめ
われ幽にしののめを意識す
しののめは刺をもち
われは一ぴきの鱈を釣らんと
大海に鈎を垂れる。

孤独

萩原朔太郎

田舎の白つぽいみちばたで
つかれた馬のこころが
ひからびた日向《ひなた》の草をみつめてゐる
ななめに、しのしのとほそくもえる
ふるえる、さびしい草をみつめる。

田舎のさびしい日向《ひなた》に立つて
おまへはなにをみてゐるのか
ふるえる、わたしの孤独のたましひよ

この白つぽい風景の顔に
うすく涙がながれてゐる。

白い共同椅子

森の中の小径にそふて
まつ白い共同椅子がならんでゐる
そこらはさむしい山の中で
たいそう緑のかげがふかい
あちらの森をすかしてみると
そこにもさびしい木立がふるえてゐて
まつ白な椅子の脚がならんでゐる。

永遠にやつて来ない女性

秋らしい風の吹く日
柿の木のかげもする庭にむかひ
水のやうにすんだそらを眺め
わたしは机に向ふ。
そして時時たのしく庭をながめ
しほれたあさがほをながめ
立派な芙蓉の花をながめ
しづかに君をまつ。
うつくしい微笑をたたへて
鳩のやうな君をまつ。
柿の木のかげがうつつて
しつとりした日ぐれになつて灯をつける
夜はいく晩となく
まことにかうかうたる月夜である。
おれはこの庭を玉のやうに掃ききよめ
玉のやうな花を愛し
ちひさな笛のやうなむしをたたへ
歩いては考へ
考へては空を眺め
そしてまた一つの塵をものこさず
掃ききよめて永遠にやつてこない君を待つ。
うれしさうに
姿は寂しく
ああそれをくりかへす終生に
いつかはしらず祝福あれ
いつかはしらず祝福あれ。

（「感情」大正5年10月号）

室生犀星

〔詩壇九人集〕「文章世界」

生ける宮

三木露風

今《いま》しも天《てん》は満《み》ち満《み》ちて、
峰高《みねたか》き岩角《いはかど》と、岩角《いはかど》との間《あひだ》より
孤状《こじやう》なす、そが胸《むね》を横《よこ》たへぬ、
いとも、厳《いつ》しく重《おも》く、ふくらかに。

ああ天《てん》、この日《ひ》に折《をり》たたむ翼《つばさ》
須臾《しばらく》、ここに休《いこ》はんと
望《のぞ》み見《み》て翔《かけ》りきたれる如《ごと》くなり。
打畳《をりたゝ》む片側《かたがは》は光《ひかり》にあふれ耀《かゞ》やき
又他《またた》の一方面《はうめん》は杳《はる》かの陰《かげ》に向《む》けて、
へし曲《まが》り突《つ》き入《い》りぬ。

峰《みね》に黒《くろ》める岩角《いはかど》は
天《てん》の真下《ました》に駄駄羅《だゞら》ふむ
(ああ雄《を》雄《を》しきプロメシユース)
縛《いまし》められて括《くゝ》られて
しかと突《つ》き張《は》る、その胸《むね》を。

峰《みね》に黒《くろ》める岩角《いはかど》を
天《てん》は優《やさ》しく眺《なが》めけり
神通《しんつう》の光《ひかり》を以《もつ》て温《あた》ためて
力《ちから》と、天《てん》の香《かほ》りとを以《もつ》て守《まも》らせて。

かくて見《み》よ山山《やま〱》は
生《い》ける殿堂《でんだう》と響《ひゞ》くなり
善《よ》き、大《おほ》いなる谿隈《たにくま》は
腎痛《ぢんつう》の唸《うめ》きを以《もつ》て
聖《きよ》き真《ま》洞《ほら》を造《つく》るなり。

ああ急《いそ》げ、創《つく》れ、プロメシユース
黒《くろ》き悲《かなしみ》は遺《のこ》らん
夕日《ゆふひ》の光《ひかり》、早《はや》も今《いま》
鱗《うろこ》なす天《てん》の翼《つばさ》に流《なが》れたり、
風《かぜ》は峰《みね》をば吹《ふ》き布《し》けり。

流水の岸に立ちて

ゆるき流《ながれ》のふちに
我《われ》はも蹲踞《うづく》まりて
たはむれ、時《とき》を過《す》ごす
日《ひ》は輝《かゞ》やかに照《て》りて
水《みづ》の面《おもて》より我顔《わがかほ》に反射《はんしや》しぬ。

流《ながれ》は雪《ゆき》を載《の》せ
耀《かゞや》くうづまきとなり、運《はこ》びゆく
苦痛《くるしみ》と快楽《けらく》とのその間《あひだ》
はやく、はやく。

流《なが》れくる水《みづ》は我手《わがて》を愕《をど》ろき衝《う》ち
白日《まひる》の世界《せかい》に声《こゑ》を上《あ》ぐ
一《ひと》つの笑《ゑみ》は指《ゆび》を潜《く》ぐり
また一《ひと》つの重《おも》き嗟嘆《ためいき》は指《ゆび》のめぐりに逆《さか》
　らひつつ。

ああ春のつよき叫《さけ》び
光《ひかり》は汝《なんぢ》を趁《お》ふ
されどまた、冬《ふゆ》の陰《かげ》は汝《なんぢ》を攫《つか》む
重《おも》く繋《つな》がれし汝の運命《うんめい》は。
我《われ》はあそびぬ、手《て》すさびに
掬《むす》べる水《みづ》をまた散《ち》らす
我手《わがて》なるその水《みづ》よ
無尽《むじん》の珠《たま》の流《なが》れなし
忽《たちま》ち合《あ》ひてまた離《はな》れ
相通《あひかよ》ひ、照《て》り貫《つら》ぬき
かくて均《ひと》しき元《もと》の水《みづ》。
来《きた》り、また往《ゆ》く元《もと》の水《みづ》。
我《われ》はも時知《ときし》らず、日《ひ》を暮《くら》す
流《ながれ》のふちの痴心地《しれごこち》
音無《おとな》き世界《せかい》の耀《かゞや》く水《みづ》に手涵《てひた》して。

月夜の病人

白鳥省吾

月《つき》が高《たか》く夜《よ》はふけて
緑《みどり》の木立《こだち》や家々《いへ〳〵》の静《しづ》かな夢《ゆめ》の湿《しめ》り、
凡《すべ》ては柔《やはら》かい嘆《なげ》きに似《に》た幸《さいは》ひに燃《も》え
明《あか》るく透《す》く夜空《よぞら》の下にある。

この夜《よ》ふけを急病人《きふびやうにん》が人《ひと》に負《お》はれて
とある医院《いゐん》の扉《と》をたゝく、
『一寸《ちよつと》お願《ねがひ》したいんですが
病人《びやうにん》を連《つ》れて参《まゐ》つたんですが……』

その声《こゑ》は深夜《しんや》の空気《くうき》を伝《つた》ふ
凡《すべ》てがひつそりして幸《さいは》ひのなかに、
人間《にんげん》の悲《かな》しみを湧《わ》き立《た》せて
月夜《つきよ》の下《した》に門《もん》をたゝく。

深夜の犬

犬《いぬ》は静《しづ》かに堅《かた》い大道《だいだう》に横《よこた》はる
黒《くろ》い毛並《けなみ》に置《お》く露《つゆ》、
深夜《しんや》の大気《たいき》は澄《す》みきつて
空《そら》は淵《ふち》の青《あを》さに無数《むすう》の星《ほし》を鏤《ちりば》めてゐる。

人間《にんげん》の疲労《ひらう》の澱《よど》む
微《かす》かな大地《だいち》の響《ひゞき》を犬《いぬ》は聴《き》く、
犬《いぬ》の上《うへ》に槲《かし》の大木《たいぼく》の若葉《わかば》が
海底《かいてい》の藻草《もぐさ》のやうにそよぐ。

堅《かた》い大道《だいだう》には人《ひと》ひとり通《とほ》らず
犬《いぬ》のために安《やす》らかな床《とこ》、
夜《よ》の自然《しぜん》の神《かみ》は
星《ほし》と語《かた》る深夜《しんや》の犬《いぬ》のねむり。

星夜の祈り

深《ふか》い夜空《よぞら》が私《わたし》の上《うへ》にある、
私《わたし》はしづかな呼吸《いき》に輝《かゞや》く力《ちから》で
漂渺《へうべう》とした大気《たいき》が私《わたし》を美《うつく》しく瞬《またゝ》かせる。

澄《す》んではてもない空《そら》が
山《やま》や川《かは》や樹立《こだち》や殊《こと》に都会《とくわい》の建物《たてもの》や灯《ひ》に
薄明《うすあか》るく照《て》りかへして、
大地《だいち》に無言《むごん》無限《むげん》の恵《めぐみ》を垂《た》れる。

あゝこれらの静《しづ》かな一切《さい》に対《たい》して
祈《いの》るより何物《なにもの》のこゝろを持《も》たない、
はるかな星夜《ほしよ》の果《は》てに美《うつく》しく瞬《またゝ》きながら。

生命の流へ

風《かぜ》の自由《じいう》
大陽《たいやう》の赫灼《かくしやく》
大地《だいち》の健康《けんかう》
星《ほし》の永遠《えいゑん》。

それら一切《さい》のごとく
形体《けいたい》の束縛《そくばく》を脱《だつ》して、
恒久《かうきう》の苦悶《くもん》に堪《た》へ
歓喜《くわんき》の大道《だいだう》を歩《あゆ》め。

私《わたし》は時《とき》として寂《さび》しくなるのは
神《かみ》が私《わたし》を恵《めぐ》むものだ、
私《わたし》は寂《さ》びしさが喜《よろこ》びに輝《かゞや》くまで
静《しづ》かに歩《あ》るいて行《ゆ》きたい。

空《そら》はいつも快活《くわいくわつ》だ、
今宵《こよひ》も（やゝ黒《くろ》みがかつてはゐるが）
青《あを》い空《そら》には一杯《ぱい》の星《ほし》が光《ひか》つてゐる。
暗《くら》い雲《くも》の閉《と》ざしてゐる時《とき》でも
嵐《あらし》の時《とき》でも、憂鬱《いううつ》に見《み》えても、
空《そら》は永遠《えいゑん》に輝《かゞや》くものを忘《わす》れない。

秘法林

日夏耿之介

黙禱

黄色《きいろ》き地平《ちへい》のかなた——世界《せかい》の隣室《りんしつ》より
異相《いさう》の人《ひと》うちのぞかる
人々《ひと〴〵》はまことに俯伏《ふふく》せよ
すべて擲《なげう》て、すべて拒避《きよひ》せよ
すべて草《くさ》の葉《は》のまことの言葉《ことば》を彳《たゝず》み聴《き》け

力《ちから》あるまことの言葉《ことば》は命運《めいうん》の将来《しやうらい》せる二の世界《せかい》なり
爾《なんぢ》は爾《なんぢ》のたましひの所在《しよざい》に就《つい》て苦《くる》しむ
すべて人々《ひと〴〵》は生《せい》のかなたに就《つい》て思《おも》ひ煩《まど》ふなり

力《ちから》ある言葉《ことば》はかく天《そら》のかなたより生《うま》れ来《き》て
われらに示唆《ししゆん》するは二の世界《せかい》なり
あゝ神《かみ》よ
爾《なんぢ》の姿《すがた》現《あらは》れ出《い》でかつ沈《しづ》みゆくとき
われら人間《にんげん》のあまたは枯《か》れかつ萌《も》え出《ず》るなり
神《かみ》よ
爾《なんぢ》が力《ちから》ある言葉《ことば》を永劫《とこしな》へならしめ玉《たま》へ
稚淳《ちじゆん》なる草《くさ》の葉《は》は嵐《あらし》を慊抑俯伏《けんよくふふく》しけり
人間《にんげん》は無限《むげん》にしてかつまどへるかな

ことごとく驕《おご》れる知見《ちけん》の触覚《しよくかく》を亡《なみ》したまへ
あゝ神《かみ》よわれら久《ひさ》しく爾《なんぢ》が言葉《ことば》をきく
われらをしてまことに草《くさ》の葉《は》の一片《ひとひら》ならしめたまへ

双手は神の膝の上に

双手《さうしゆ》をあげよ
こゝろゆくまで
その脈搏《みやくはく》うち途絶《とだ》えて
燃《も》ゆる血行《けつかう》の悉《こと〴〵》く萎《な》へはてんまで。

さらに双手《さうしゆ》をあげよ

天心《てんしん》たかく——眼瞼《まぶた》ひたと瞑《と》ぢて——
気《き》澄《す》み風《かぜ》も死《し》したり
あゝ善《よ》き日《ひ》かな
双手《さうしゆ》はわが神《かみ》の御膝《みひざ》の上《うへ》に在《あ》り

睡れる花に於ける死

夏《なつ》の日《ひ》の後園《こうゑん》に燃《も》えたつ花《はな》は
恒《つね》にやはらぎて睡眠《ねむ》れるなり
かつ燃《も》えかつ睡眠《ねむ》れるは爾自《なんぢみづか》ら在《あ》るのみ、
日輪《にちりん》はひねもす
爾《なんぢ》がもの哀《かな》しき小《ち》さき花《はな》の片丘《かたをか》に光《ひかり》の塔《たふ》をきづく

風吹《かぜふ》き日《ひ》も亡《な》びし白宵《ゆふべ》
われはまことに睡眠《ねむ》れる花《はな》のさなかに逝《ゆ》くなり

黒き夜の月

あらし吹《ふ》く夜《よ》の急湍《きふたん》に渦巻《うづま》くは
おびたゞしき泡沫《うたかた》のむれ
性急《せいきふ》に徂徠《そらい》する雲間《くもま》をさしのぞく
青空《あをぞら》のうちより
いと黒《くろ》き月《つき》は
小《ち》さきながれに泊《は》てしなり
われらかゝる渦巻《うづまき》をかづ多《おほ》く見《み》たり

トラピスト修院詩集

富田砕花

アヴエ・マリアの鐘

聖堂《みだう》のなかの
ものとしてその影《かげ》の幻《まぼろし》ならぬなし……
信乏《しんとぼ》しきものは心《こゝろ》を脅《おびや》かして
影《かげ》のかたちの動《うご》く。
吊《つ》られたる聖燈《みあかし》の
赤《あき》きたゞ孤《ひと》りの小《ちひ》さき光《ひかり》
その生《う》む諸《もろ〳〵》のかたちの影《かげ》――幻《まぼろし》。

荘重《さうちよう》な寂寥《じやくれう》と平和《へいわ》とがこゝを領《りやう》してゐる、
そして生《い》けるものは『神《かみ》』だけ、
動《うご》く黒《くろ》い影《かげ》は、幻《まぼろし》は――生《い》きものではない。
そこには『神《かみ》』だけが在《おは》す。
おゝ勤行《ごんぎやう》が滞《とゞこほ》りなく進《すゝ》んでゆき
やがて讃頌《さんしよう》と聖楽《せいらく》が響《ひゞ》き………
アヴエ・マリアの鐘《かね》鳴《な》る。

すゞしき鐘《かね》の音《ね》は
野《の》を越《こ》え、沢《さわ》を渉《わた》り、
山《やま》に反響《こだま》し
海《うみ》の方《ほう》へながれて
遠《とほ》く消《きこ》える――
その響《ひゞき》のするゐに
静《しづ》かな祈禱《いのり》が揺曳《えうえい》する。

草場の修士

窓《まど》の外《そと》の
一列《れつ》の白楊《ポプラ》の防風林《ぼうふうりん》
そのむかふのはてしない草場《くさば》を、
風《かぜ》に吹《ふ》かれて翻《ひるが》へりゆく白《しろ》いかたち
神《かみ》か、魔《ま》か――

夢《ゆめ》のやうな、現《うつゝ》のやうな生《い》きもの。
音《おと》のない真昼《まひる》、
強《つよ》い日光《につくわう》に刺《さ》されて
すべてのものは喘《あえ》いでゐる。
折《をり》から蒸《む》された草場《くさば》の映布《えいふ》にうつる
白《しろ》い羊毛《やうもう》の衣《ころも》を纏《まと》ひつけた修士《しうし》
(否《いな》、)精霊《せいれい》のかたちが風《かぜ》に翻《ひるが》へる。

痛悔

野《の》に
山《やま》に
黙々《もく〳〵》として働《はたら》ける修士《しうし》を集《あつ》むる修院《しうゐん》の鐘《かね》。
初秋《はつあき》の太陽《ひ》は落《お》ちんとして
あか〳〵としばし雲《くも》燃《も》ゆ、
われは為《な》すことなくして
この日《ひ》をも暮《くら》しつ。

虫の音

聖堂《みだう》のなかの
ともしびはたゞ孤《ひと》つなれど
赤《あか》き光《ひかり》いよ〳〵明《あか》く――心《こゝろ》を貫《つらぬ》く。
跪《ひざまづ》き
或《ある》ひは起《た》ち、
人《ひと》か、非《あら》ず――たゞ幻《まぼろし》にして。
夜半《よは》の祈禱《いのり》の
一向《すら》なるほどに
繁《しげ》き虫《むし》の音《ね》。

草の葉

草《くさ》の葉《は》よ、
卿《おんみ》の生《い》きんとする強《つよ》き力《ちから》をおもふ、
自分《じぶん》はいま涙《なみだ》ぐんで、
卿《おんみ》に対《たい》する。
誰《た》れか卿《おんみ》をかよわいものといふぞ、
見《み》よ、卿《おんみ》のその生《い》きやうとする強《つよ》い力《ちから》を。
何《なに》ものに比《くら》べても劣《おと》ることない
その力《ちから》!
健康《けんかう》を喪失《うしな》つたものに
卿《おんみ》が有《も》つ力《ちから》は
耐《た》え難《がた》く痛《いた》みを覚《おぼ》えさせる。
生《い》きなければならない
どんなことがあつても、

自分《じぶん》には生《い》きやうとすることそれだけのために、
あらゆるものを喪失《うしな》つてもいゝのだ、
そしてさう思《おも》ふことが力《ちから》であり、生命《いのち》である。

漂泊者の歌

行《ゆ》け！
行《ゆ》け！
汝《おまへ》は行《ゆ》かなければならない、
止《と》まることをゆるされない漂泊者《へうはくしや》だ。

黙《だま》つて行《ゆ》け、
汝《おまへ》の伴侶《みちづれ》は雲《くも》だ、
風《かぜ》だ、
嵐《あらし》だ——それらは汝《おまへ》みづからだ。

太陽と皮膚

児玉花外

欧羅巴《よーろつぱ》と亜細亜《あじあ》に亙跨《わたりまたが》れる大邦
自然《しぜん》と政教権《せいけうけん》と、あらゆる矛盾撞着《むじゆんどうちやく》
雲《くも》と焔《ほのほ》の中《なか》に棲《す》む、巨獣《きよじう》のやうな生民《せいみん》、
廿世紀《せいき》の東雲《しのゝめ》より、目《め》は覚《さめ》めかゝり
此国《このくに》の群集《ぐんしふ》の中《うち》より、大気《たいき》の中《うち》より
天《てん》と海《うみ》のどよめきに巨鐘《きよしよう》は響《ひゞ》き鳴《な》らんとす、
スラブ族《ぞく》の荒《あら》き肉団《にくだん》より赤《あか》い霊《れい》の響《ひゞき》
狂熱《きやうねつ》を空気《くうき》に光波《ひかりなみ》うたせつゝ来《きた》る。

日露戦争《にちろせんさう》の前後《ぜんご》より弾丸《だんぐわん》よりも烈《はげ》しく
ドストエフスキー、トルストイの文藝《ぶんげい》は
魔術《まじゆつ》か、毒薬《どくやく》の如《ごと》く、我邦人《わがはうじん》の頭脳《づなう》に喰入《くひい》る、
漂泊《へうはく》と労働《らうどう》と、海《うみ》と野《の》より来《きた》りし人《ひと》
ゴルキーは強《つよ》き北方《ほくはう》の夕焼《ゆふやけ》のやう
我日本《わがにほん》の若《わか》き人々《ひと〴〵》の群《むれ》に染《そめ》なし、
雪《ゆき》と太陽《たいやう》に向《むか》つて泣《な》いて祈《いの》りし声《こゑ》
自《みづか》ら笞《むち》うつ力行苦艱《りきかうくかん》の血《ち》のひゞき。

太陽《たいやう》は万古《まんこ》より若《わか》き狂乱者《きやうらんじや》のやう
黒《くろ》き皮膚《ひふ》の絶《た》ゆるときなき悲哀《かなしみ》
黒《くろ》き袋《ふくろ》に盛《も》られたる赤《あか》き血《ち》よ
栄《は》えある草《くさ》にほろびゆく印度人《いんどじん》の一生《しやう》、
象《ざう》と豹《へう》と蛇《へび》の夜《よ》にあらで酔生夢死《すゐせいむし》
寧《むし》ろ牡獅子《をじし》の威力《ゐりよく》にはづる、鈍眼駄肉《どんがんだにく》、
諸々《もろ〳〵》の抒情詩人《じよじやうしじん》は山《やま》に河《かは》に琴《こと》を抱《かゝ》へ
涙《なみだ》は砂《すな》にまろびきゆ亡国《ぼうこく》の韻調《しらべ》。

色々《いろ〳〵》の花《はな》と色々《いろ〳〵》の鳥《とり》の楽土《らくど》
甘《あま》き蜜《みつ》は流《なが》れて、女《をんな》の甕《かめ》に尽《つ》きるなく

黒《くろ》き肌《はだ》を獣《けもの》のやうに戯《たはむ》れ寝《ねむ》る、
今《いま》や全印度《ぜんいんど》の黒《くろ》き民族《みんぞく》の上《うへ》
白《しら》き手《て》は雪山《せつざん》の雪《ゆき》よりも重《おも》くかゝる、
我日本《わがにほん》の空《そら》より黒《くろ》き悪魔《あくま》のやう追《お》はれ
まぼろしの如影薄《やうかげうす》く消《きえ》うせし
若《わか》き二人《にん》の印度人《いんどじん》の行方《ゆくへ》を知《し》るや風《かぜ》。

南欧《なんおう》の花《はな》、伊太利《いたりー》の血《ち》
天才《てんさい》の児《こ》ダヌンチオよ、
羅馬《ろーま》の風《かぜ》は新詩人《しんしじん》の帽《ぼう》を勇《いさま》しく吹《ふ》き
飛行機《ひかうき》に跨《また》がり、古英雄《こえいゆう》の如《ごと》く
熱烈《ねつれつ》なる掌《て》に、爆弾《ばくだん》を握《にぎ》りし刹那《せつな》
祖国《そこく》に対《たい》する義務《ぎむ》と真《しん》の人生《じんせい》を知《し》れり
常《つね》に強者《きやうしや》の詩《し》を描《えが》き歌《うた》ひたる
君《きみ》が見《み》し戦線《せんく》は真赤《まつか》なりき。

自由革命《じいうかくめい》は墓地《ぼち》にも燃《も》え
三色旗《しよくき》は花《はな》よりも美《うつく》しく
今仏蘭西人《いまふらんすじん》の血《ち》は葡萄《ぶだう》の酒《さけ》よりも紅《あか》し
独逸《どいつ》と戦《たゝか》ふに、激《はげ》しき遊戯的《いうぎてき》
生死《せいし》を超越《てうゑつ》し戦《たゝひか》の神《かみ》に捧《さゝ》ぐ生命《いのち》、
仏蘭西《ふらんす》の上《うへ》を照《て》らす太陽《たいやう》は
国人《こくじん》と葡萄《ぶだう》の美酒《びしゆ》に酔《ゑ》へる紅《こう》

総《すべ》ての藝術《げいじゆつ》は歌《うた》の気分《きぶん》!

紳士的《しんしてき》の風《かぜ》は牧場《まきば》にも吹《ふ》き、正理《せいり》の巌《いははほ》
曾《かつ》てキツプリングの歌《うた》ひし七海《かい》の詩《し》の名残《なごり》
今日《こんにち》でも英吉利《いぎりす》は軍艦汽船《ぐんかんきせん》と海《うみ》の国《くに》
而《しか》も太陽《たいやう》の輝《かゞや》かぬ所《ところ》なき大邦《たいはう》に影《かげり》あり
五月《ぐわつ》に愛 蘭《あいるらんど》は革命《かくめい》の血《ち》を見《み》んとして
ピーヤズ、アツクドノー、ブランケツトの三詩人《しゞん》
この若《わか》き青春《せいしゆん》の花《はな》をちらしぬ
波《なみ》の国《くに》に自由《じいう》と希望《のぞみ》と世界《せかい》に光《ひかり》あれ。

其昔《そのむかし》 独逸深林《どいつしんりん》に哮《ほ》ゆる狼《おほかみ》の如《ごと》く
ニーチエ強者《きやうしや》 哲学《てつがく》の流《ながれ》を酌《く》み
トライチゲの英雄崇拝《えいゆうすうはい》を描《えが》き
帝国《ていこく》、軍国主義《ぐんこくしゆぎ》の理想《りさう》を実行《じつかう》すべく
カイゼルは血眼《ちまなこ》にて世界《せかい》に叱咤《しつた》す、
やがて剣倒《けんたふ》れたる山《やま》のかなたに
夕《ゆふ》べの虹《にじ》と大事《だいじ》は消《きえ》うせなんよ
唯憫《たゞあはれ》むべきは木《こ》の葉《は》と朽亡《くちほろ》ぶ人《ひと》の子《こ》。

ポーの見《み》たる怪《あや》しの美《うつく》しき夢《ゆめ》は
太平洋《たいへいやう》の青淵《あをぶち》か、岩《いは》の藻草《もぐさ》に求むるものなく
高塔《かうたふ》に煙《けぶ》れる太陽《たいやう》の空気《くうき》を呼吸《こきふ》し

そこに精力的《せいりよくてき》なる現代人《げんだいじん》が群《むらが》り住《す》む、
昔《むかし》自由《じいう》の緑《みどり》の大陸《たいりく》は
冒険《ばうけん》、探偵小説《たんていせうせつ》を生《う》むの本場《ほんば》、
ホヰツトマンの燃《も》ゆる大詩想《だいしさう》は
米国《べいこく》に鉄《てつ》と油《あぶら》と金《かね》の快楽歌《くわいらくか》とかはる。

四千年《ねん》の形式《けいしき》の古大国《こたいこく》
仁義道徳《じんぎだうとく》は花《はな》とさきしも萎黒《しぼみくろ》く、
第三次《だいじ》の赤《あか》き革命《かくめい》を経《へ》て
慷慨悲歌《かうがいひか》は水《みづ》のやうに逝《ゆ》き
青《あを》いロマンチツクは鳥《とり》の如《ごと》く去《さ》れり、
自利自己《じりじこ》に固陋《ころう》の其果《そのはて》は
滅亡《ほろび》に瀕《ひん》せんとする老大国《らうたいこく》を見《み》る、
噫楊子江《あゝやうすかう》より波《なみ》は上《あが》れ、新《あたら》しき尨大《ばうだい》の
思想《しさう》。
太陽黄色《たいやうきいろ》に燃《も》ゆる下《した》
花《はな》のいろ〱、人種《じんしゆ》の皮膚《ひふ》は異《こと》なれど
血《ち》は熱《あつ》く赤《あか》き一色《ひといろ》なり、
国《くに》は興《おこ》り、国《くに》は亡《ほろ》ぶも
嵐《あらし》は吹《ふ》けり、生活《せいくわつ》の行進《かうしん》の曲《きよく》、
弱《よわ》き民族《みんぞく》と河水《かすゐ》とは往《ゆ》かしめよ
唯其強《たゞそのつよ》き者《もの》を、強《つよ》き藝術《げいじゆつ》にて讃《たゝ》へ
行路《ゆくて》を戦闘《たゝかひ》の血《ち》の色《いろ》に塗《ぬ》りて進《すゝ》まむ。

夜の歌三章

加藤介春

たましひの集り

夜《よる》となれば
たましひは暗《くら》き屋外《をくぐわい》へ抜《ぬ》け出《いだ》して
海《うみ》へ野《の》へ林《はやし》へ急《いそ》ぎゆく、
その時人《ときひと》はふかき眠《ねむ》りに入《い》りて
死《し》せるが如《ごと》し。

眼《め》に見《み》えぬたましひは
眼《め》に見《み》えぬ道《みち》を辿《たど》る、
夜《よる》はくらき底《そこ》の底《そこ》より
『たましひよ疾《と》く来《きた》れ
大《おほ》いなる自然《しぜん》の意思《いし》に従《したが》つて』と呼《よ》ぶ。

人間《にんげん》のたましひが来《きた》れば
魚《うを》や虫《むし》はつたへ聞《き》きて集《あつま》り、
木《こ》の葉《は》は互《たが》ひにそよぎて知《し》らせ合《あ》ふ、
大《おほ》いなる自然《しぜん》の意思《いし》の下《もと》に
夜《よる》の集会《あつまり》は初《はじ》まる。

人間《にんげん》の知《し》らざる集会《あつまり》あり、

人間《にんげん》の知《し》らざる言葉《ことば》あり、
そうして彼等《かれら》は盛《さか》んに語《かた》る、
たましひは野《の》に山《やま》に林《はやし》に海《うみ》に
人間《にんげん》の秘密《ひみつ》を語《かた》る。

人間《にんげん》の秘密《ひみつ》は海《うみ》が知《し》り魚《うを》が知《し》り鳥《とり》が知《し》る、
人間《にんげん》の陰謀《いんぼう》は野《の》が知《し》り星《ほし》が知《し》り獣《けもの》が知《し》る、
けれどもくらい夜《よる》があくれば
たましひは又人間《またにんげん》へ
そ知《し》らぬげに帰《か》へり来《きた》る。

梟

私《わたし》はおそろしい夜《よる》を見《み》た、
くらい夜《よる》の帷《とばり》に映《うつ》りし
くらい夜《よる》のフヰルムを見《み》た、
私《わたし》はおそろしい夜《よる》の姿《すがた》を見《み》た。

臆病《おくびやう》な木《こ》の葉《は》は
さまよへる暗《くら》い影《かげ》におびえ慄《ふる》ひ、
小《ち》さな花《はな》は露《つゆ》に湿《ぬ》れて冷《つ》めたくなり
小鳥《ことり》は悪夢《あくむ》にうなされる。

気《き》まぐれな風《かぜ》は夜《よる》の湿《しめ》りを
いづくともなく吹《ふ》き送《おく》り、
夜《よる》は激《はげ》しい力《ちから》で真中《まんなか》へ引《ひ》きしまり、
つめたい殺気《さつき》は一面《めん》に張《は》りつめる。

怒《いか》つた獣《けもの》は
眼《め》の前《まへ》を一心《しん》に凝視《ぎようし》し、
狂《くる》ふた魚《うを》は
真《ま》つくらい水中《すゐちう》を泳《およ》ぎ廻《まは》る。

真《ま》つくらい夜《よる》の底《そこ》に
何物《なにもの》か知《し》らぬけれども、
叫《さけ》び、
罵《のゝし》り、
悲鳴《ひめい》を上《あ》げる。

私《わたし》は人殺《ひとごろ》しにゆく男《をとこ》の姿《すがた》を見《み》た、
泥棒《どろぼう》の手《て》に刃物《はもの》の閃《ひら》めくを見《み》た。

○

私《わたし》は終夜《しうや》おどろきおそれ、
私《わたし》は終夜《しうや》慄《ふる》ひわなゝく、
けれども夜《よる》が次第《しだい》に明《あ》けると
おそろしい自然《しぜん》の戦《たゝか》ひが終《をは》ると
あらゆるものが静《しづ》かな元《もと》の心《こゝろ》に帰《かへ》ると

私《わたし》は静《しづ》かに眼《め》を閉《と》ぢる、
私《わたし》に暢気《のんき》な昼寝《ひるね》が来《く》る。

手を高く

まつ暗《くら》い夜《よる》、
広《ひろ》い野原《のはら》へ行《ゆ》きて
私《わたし》は高《たか》く高《たか》く手《て》を差《さ》し上《あ》げる、
私《わたし》の手《て》は真直《まつすぐ》に空《そら》へ向《むか》ひ、
はげしい力《ちから》が溢《あふ》れ出《いづ》れば
夜《よる》の空気《くうき》は慄《ふる》ひ、
夜《よる》の世界《せかい》はうち慄《ふる》ふ。

草のはつぱは僕等の詩だ

室生犀星

あゝ
あの空《そら》
僕《ぼく》と君《きみ》とでこの草場《くさば》に坐《すは》つて
その無限《むげん》を感《かん》じてゐる間《あひだ》の蒼《あを》いこと!
あの空《そら》
あの空《そら》
とんでゆく小鳥《ことり》
なんともいへない高《たか》さ
僕《ぼく》のからだにさわつてゐる名《な》もない草《くさ》の
その微妙《びめう》なりんとした生《い》き生《い》きしさ
そよそよそよげば
なんともいへない優《やさ》しさ
空《そら》を見《み》ろ
あの蒼《あを》い深《ふか》さはどうだ
あのひろびろした
気《き》の遠《とほ》くなるやうな世界《せかい》はどうだ
この世界《せかい》にあるものはみんな冴《さ》え
この世界《せかい》にあるものはみんな輝《かゞや》き
この世界《せかい》にあるものはみんな綺麗《きれい》だ
あゝそして君《きみ》や僕等《ぼくら》の詩《し》
僕等《ぼくら》の求《もと》めてゐる永久《えいきう》の詩《し》
永年《えいねん》飢《う》ゑと寒《さむ》さとできたへて来《き》た肉体《にくたい》
あゝ絶《た》え間《ま》もなかつた苦行《くぎやう》
ひときれのパンをかじりながら
それが世界《せかい》のなにものよりも尊《たう》とくかんじながら歩《ある》いた月夜《つきよ》
鉄《てつ》のやうに固《かた》くなつた腕《うで》
その心《こゝろ》
報《むく》いず救《すく》はれもしなかつた一本《ぽん》の遠《とほ》い
遠《とほ》い道《みち》のりの
海《うみ》につゞいた松並木《まつなみき》のかう〳〵と鳴《な》るやうなこゝろもち
いまは夜《よ》ごとに点火《てんくわ》す暖《あたゝ》かい室《へや》で
幸福《かうふく》と道《みち》づれになつて働《はたら》く

ちからある人間《にんげん》のうたうたひながら
悲《かな》しめるものに涙《なみだ》をあたへながら
見《み》てくれ兄弟《はらから》
僕《ぼく》のよろこんでゐること
僕《ぼく》の心底《しんてい》から仕事《しごと》に輝《かゞや》いてゐること
僕《ぼく》の手《て》のよくはたらくこと
なんといふ空《そら》の美《うつ》くしさだ
なんといふ晴々《はれぐ》した世界《せかい》だ
しかもちつぽけな小鳥《ことり》のさへずり
いつきいても堪《たま》らない可愛《かあい》さ
微妙《びめう》な僕等《ぼくら》にのみ判《わか》つてくる言葉《ことば》
そして僕等《ぼくら》の求《もと》めてゐるものは詩《し》だ
永久《えいきう》の詩《し》だ
ふかい女性《ぢよせい》がする微笑《びせう》のやうな詩《し》だ
いつもかはらない
いつまでもつかねることのない
あの空《そら》のやうなふかい詩《し》だ
ことりのやうなあとげない言葉《ことば》だ
草《くさ》の葉《は》つぱ一枚《まい》で
二千年《ねん》かゝつても描《か》きれない、うたひきれない微妙《びめう》さで生《い》きて
　ゐる世界《せかい》だ
見《み》たまへ
森《もり》をはなれて
寂《さび》しくも立《た》つてゐる一本《ぽん》の木《き》を
森《もり》といふむれからはなれて
明《あか》るい中《なか》にのび〳〵して育《そだ》つたかれは
その立派《りつぱ》な高《たか》い頂《いたゞ》きを
風《かぜ》にすりへらされ
枯《か》れ枯《か》れしながら聳《そび》へてゐる
森《もり》を出入《でいり》する小鳥《ことり》らは
森《もり》を出《で》るときも入《はい》るときも
その枯《か》れた頂《いたゞき》でやすんでゆく、来《き》てとまる
けれどもいつもひとりきりになつて
森《もり》をはなれて
美《うつ》くしい空《そら》をいたゞいて
いつまでもりんとして離《はな》れてゐるきれいさ
そしてまた僕《ぼく》らのやつてきた道《みち》の
たまらなくくるしかつたこと
愛《あい》さるゝことなく
慰《なぐさ》められたことも無《な》かつた日《ひ》ばかり続《つゞ》いたこと
そして怨《うら》まず
憎《にく》まれず
盗《ぬす》みをせず
たゞ泣《な》いて
がむしやに歩《ある》いて歩《ある》いて歩《ある》きゝつたこと
あゝ恐《おそ》ろしい大東京《だいとうきやう》の寒《さむ》い街裏《まちうら》に

飢《う》ゑた犬《いぬ》のよに
やぶれた靴《くつ》をひきずり
夏《なつ》はあせながし
はらをへらしながら
ポール、ウエルレーヌに涙《なみだ》をながし
僕等《ぼくら》の歩《ある》いて歩《ある》いて歩《ある》きゝつたこと！
あゝ
あの空《そら》
あの空《そら》
見《み》ればみるほど僕等《ぼくら》のふとつたことを知《し》る
見《み》れば見《み》るほどはつきりしてくる
僕等《ぼくら》のうごき出《だ》した日《ひ》のことを
僕等《ぼくら》の活潑《くわつぱつ》なはじきれかゝつた果実《くわじつ》を
おれだちの仲間《なかま》はうたつた
くる日《ひ》もくる日《ひ》もうたつてくらした
たまらないそのうたごゑ
かなしい
たよりない
ほそ〳〵したそのうたごゑ
あゝしかしそれは僕等《ぼくら》の胸《むね》つかむやうに今《いま》も立《た》たしめる
おどらしめる
とほくとほく、波《なみ》のよに
あゝみんな出《で》てこい
飛《と》び出《だ》せ
なんともいへない美《うつ》くしい空《そら》をいたゞいて
なんともいへない草《くさ》のはつぱをふんで
なんともいへない快活《くわいくわつ》な気《き》になつて
あゝ
なんともいへないこの心持《こゝろもち》！
あの空《そら》はよ。

肉体の反射

山村暮鳥

さみしさのきはみにありてひたすらに雪《ゆき》を期待《きたい》す
さはれ林檎《りんご》に溺《おぼ》るる窓硝子《まどがらす》の憂欝《いううつ》
薔薇《ばら》は肉的《にくてき》にして擬似《ぎじ》ヒステリアの状態《じやうたい》にあり
時計《とけい》の数字《すうじ》蚤更紗《さうかうしや》空《そら》榲桲《まるめろ》電線《でんせん》汽罐車《きくわんしや》煉瓦《れんぐわ》の匂《にほ》ひ、蛇雲雀《じやひばり》キユラ
ソオの罎《びん》の行列《ぎやうれつ》
射入《さしい》る光線《くわうせん》は愛《あい》せられて金《きん》ペンの如《ごと》く
恐《おそ》ろしき性慾《せいよく》は平静《へいせい》なる鼻《はな》の尖唇扉《せんしんドア》のハンドル、さては眼鏡《がんきやう》の蔓《つる》
に密集《みつしふ》す
はやくも瞳《め》に立《た》つはつ冬黄昏《ふゆたそがれ》
まろべるコツプたえがたく
酔《よ》ひくるふ蟋蟀《こほろぎ》、その感覚《かんかく》をひえびえとをどりあがり且《か》つ鳴《な》き
いでつ

指触《ゆびふ》れたるもの　就中《なかんづく》優秀《いうしう》にして即《すなは》ち金属《きんぞく》悲痛《ひつう》のイルミネエシ
　ヨンをもつて自《みづか》らも搔《か》けり。

風景

まきたばこ
けむりを立《た》て
ぴちぴち跳《は》ねる魚《うを》
卓上《たくじやう》なぎさ
なみひるがへれ
ひるひなか
手《て》のほとり
海《うみ》の陰影《かげ》
ゆゑなし
泡《あは》のかなしみ。

この残酷はどこから来る

福士幸次郎

どこで見《み》たのか知《し》らない
わたしは遠《とほ》い旅《たび》でそれを見《み》て
寒《かん》ざらしの風《かぜ》が地《ち》をドツと吹《ふ》いて行《い》く
低《ひく》い雲《くも》は野《の》天《てん》を覆《おほ》つてゐる
その時火《ときひ》のつく様《やう》な赤《あか》ん坊《ばう》の鳴《な》き声《ごゑ》が聞《きこ》え
さんばら髪《かみ》の女《をんな》が窓《まど》から顔《かほ》を出《だ》した

ああ眼《め》を真赤《まつか》に泣《な》きはらしたその形相《ぎやうさう》
手《て》にぶらさげたその赤児《あかご》
赤児《あかご》は寒《さ》む風《かぜ》に吹《ふ》きつけられて
ひい〱泣《な》く
女《をんな》は金切《かなき》り声《こゑ》をふり上《あ》げてぴしや〱尻《しり》をひつ叩《ぱた》く
死《し》んでしまへとひつ叩《ぱた》く
風《かぜ》に露《む》かれて裸《はだか》の赤児《あかご》は
身《み》も世《よ》も消《き》えよとよゝと泣《な》く

ああ野《の》中《なか》の端《はし》の一軒家《けんや》
涙《なみだ》も凍《こほ》るこの寒空《さむぞら》に
風《かぜ》は悲鳴《ひめい》をあげて行《ゆ》く棟《むね》のうへ
雪降《ゆきふ》り真中《まなか》に雪《ゆき》も降《ふ》らない此《こ》の寒田《かんでん》の
見《み》る目《め》も寒《さむ》い朝景色《あさけしき》
暗《くら》い下界《げかい》の地《ち》に添乳《そへぢ》して
氷《こほり》の胸《むね》をはだけた天《てん》
冬《ふゆ》はおどろに荒《あ》れ狂《くる》ふ

ああ此《こ》の残酷《ざんこく》はどこから来《く》る
ああ此《こ》の残酷《ざんこく》はどこから来《く》る
又《また》してもごうと吹《ふ》く風《かぜ》
又《また》してもよゝと泣《な》くこゑ

（「文章世界」大正5年11月号）

短歌

来嶋靖生＝選

雀と蓮花

北原白秋

朝ぼらけ一天晴れて黍の葉に雀羽《は》たたくその声きこゆ
飛びあがり宙《ちう》に羽たたく雀の子鳴きて飛びつくもとの小枝に
黍畑《きびばたけ》一天晴れて風吹けば雀逆《さか》さに消し飛ばむとす
地の上に雀下りたり二羽三羽地には五穀の実ぞこぼれたれ
黍畑の黍のうしろの蓮の田の白蓮の花いま盛りなり
澄みわたり白くかがやく蓮の花向うに細く立つ煙あり
絡駅と人馬つづける祭り日の在所の見えて白蓮の花
去るものは日々にほのかになりはてて寂しきものは白蓮の花

（「アララギ」大正5年1月号）

雀の宿

北原白秋

澄みとほり光つめたき小竹《ささ》の葉に雨蕭々とふりいでにけり
雨ふれば小竹《ささ》は小竹《ささ》とし葉を鳴らし雀雀と濡れとほりゐつ
木にとまり雨にうたたるる子雀の頭《あたま》を見たりふびんなるかも
初時雨羽《はね》をひろげて寒竹《かんちく》の枝から飛ばんとする雀かも
初時雨狩野法眼元信が墨絵の雀飛びにけるかも
おのづから水のながれの寒竹の下ゆくときは声立つるなり
深藪に人家《じんか》の燈《あかり》あかあかと入りとどかねば啼かぬ雀か
しめやかに竹と竹とにつもる雪紅《あか》き提灯つけて人来も

（「アララギ」大正五年3月号）

春のめざめ

北原白秋

深き睡眠《ねむり》おのづと覚むるたまゆらは蓮華声して開くがに思ふ
深き睡眠《ねむり》おのづと覚めて目ひらけば晴れたる空に木のそよぐ見ゆ
蒼穹《あをぞら》見え子供のこゑもきこゆなり春のめざめの何か安けさ
子供のごと吾が泣き尽しぐつすりとねぶりければか今朝《けさ》の安けさ
目は開《ひら》けど朱墨つきたる掌《てのひら》などしみじみ見つつ起きんともせず
ぐつすりと眠りて覚めし安らけさ床に一輪花活けてあり
はればれとしたる朝かな春なれば木の芽田楽食《を》さむなど思ふ
空よく晴れ何か喋舌《しやべ》くる雀の声あなあはれよとききて寝て居つ

（「アララギ」大正5年5月号）

閻魔の咳

北原白秋

冬の光しんかんとして真竹原《まだけはら》閻魔大王の咳《しはぶき》きこゆ
口赤き閻魔大王の前の藪しんかんとして雀の交《つる》み
空は晴れて風もそよがね笹の葉に寂しくてならぬ雀のをどり
真竹《まだけ》原冬わかみかも人無くて火の燃えあがるくれなゐのゆらぎ

永日

ふかぶかと墓地《ぼち》に穴掘る人の声春永うして消えがてなくに
天竺の沙羅《さら》の白花《しらはな》ひえびえと墓地《ぼち》に咲き盛り日は永きかな
墓原に雉子《きぎし》あらはれうつくしき尾を曳き遊ぶ真日《まひ》澄みにけり
春永うしていたづらに吹くそよ風に垂尾《たりを》の雉子《きぎし》あらはれにけり
朝《あした》に咲き夕《ゆふべ》に凋む沙羅《さら》の木の木かげの雉子《きぎし》声澄みにけり
沙羅双樹の花の盛りに子供のこゑ遥《はる》かにきこゆ遊ぶ子供の

道灌山

道灌山夕《ゆふ》越えくれば煤烟《すすけむり》ふかくとのびく春ふかむらし
春浅み烟《けぶり》の中の梅の花咲きの煤《すす》けて観る人もなし

飛鳥山

春がすみところさだめず飛ぶ鳥の飛鳥《あすか》の山に二人来にけり
飛鳥山葉ざくら茂りいたづらに雀羽たたく春ふけぬらし
滝野川ながれのきしに啼く鶏《かけ》の垂尾《たりを》のながき日も暮れにけり

雪暁

うつそみの命恋しく鈴ケ森紅《あか》き提燈つけて急《いそ》がな
雪ふかき笹藪いでて冬の夜の紅《あか》き提燈吹き消す吾《わ》れは
松が枝《え》に深雪《みゆき》ふりつむ夜の明けがた鴉のこゑも徹《とほ》りてきこゆ

寒夜

夜はふかし垂尾《たりを》地に曳き鳴く鶏《とり》の長鳴鳥《ながなきどり》のこゑのきこゆる
今はただ深く眠らむ小夜《さよ》ふけて母の寝息《ねいき》のかすかにきこゆ

葛飾

葛飾《かつしか》の真間《まま》の手児奈《てごな》が跡どころそのしののめの白蓮の花
水のべに蓮花《れんげ》声する夜明け方睡眠《ねむり》めざめつ吾《わ》れもふしどに
父母を今朝《けさ》は離れてその子二人《ふたり》泣きて飯食《ままく》ふ白蓮の花
汽車みちの右と左の蓮の花その葛飾《かつしか》の十五夜の月

白藤

吾が尿《ゐまり》汲みに来ましし葛西《かさい》びと今朝《けさ》白藤の花賜《た》びにけり
吾が糞尿《こそ》と代へてたびたるひと房の白藤の花垂り咲きにけり

ある寺

人間のかたち彫《きざ》ます人間の高村光太郎恙《つゝが》あらせそ
人間の病を癒す人間の木下杢太郎恙あらせそ
人間の狂《ふ》れしこころを人間の茂吉守らし恙《つゝが》あらせそ
藝は長くいのち短し千代紙の鈴木三重吉恙あらせそ
矢筈草浮世すてたるうきよびと荷風宗匠恙あらせそ
歌麿の上の息子とわれを見てまた相《さう》したべ晶子おんもと
れいろうとして玉のやうなれうつそみのこれの隆吉恙なかれよ

かりそめごと

人みながわれをよろしといふ時はさすがうれしゐ心をどりて
人みながわれをわろしといふ時はさすがさぶしゐ心ぼそくて

財布

ある人より軟かきなめし皮の財布をもらひて

菅の根の永き春日に鳴く鳥の鶯いろぞわれの財布は
なつかしき人がたびたる革財布あはれなる金かきあつめ寝む
菅の根の永き春日も暮れはて丶鴉啼くなり父母の家

沙羅の花

ありたけの金をはたきて沙羅の花朝の間《ま》早く買うて来にけり
常あらぬものと知りつ丶沙羅《さら》の花ひねもす瓶《かめ》に挿《さ》して見にけり

曼陀羅村

葛飾《かつしか》の曼陀羅村を見わたせば瓜や蓮花《れんげ》の花盛りなり
子供あそび日のてりわたる一本《いっぽん》みち地には蓮花《れんげ》の実ぞこぼれたれ
蓮《はちす》の実ひとつひとつに口に入れ蓮花《れんげ》見て居り童《わらんべ》は泣き
安心して子供遊びてゐる玉蜀黍《たうもろこし》はそばに真紅な毛を垂れてゐる
日の光いっぱいに浴《あ》び飛ぶ雀黍の葉の間《ま》に羽たたけり見ゆ
産土《うぶすな》の土に鍬うつ葛西人《かさいびと》真日《まひ》澄みとほるすこし休《やす》ませ
畑《はたけ》からもぎてたびたり葛西《かさい》びと赤きトマトを褒めて通れば

（「三田文学」大正5年9月号）

露仏

島木赤彦

信濃の農夫、暁の霧に山深く入り、草刈鎌磨ぎすまし居るま丶に、霧のうち自《おのづ》から明るみ来りて光明仏誠に眼前に現れ給へりとぞいふなる。一人は一体を拝み、他の一人は年を隔て三体を拝みたりと我に語る。信濃の山域地邃かにし寔に此の異霊あるか。尊かりける事どもなり。

日の光明るむ山の霧のなかに仏見たりといふ物語
霧の中に草刈鎌を打ち落し驚ける眼《め》の前にゐる仏
霧のなかにぴつたり跪《ね》たる百姓の頭《あたま》の上のまことの仏
山深き霧の中なる露仏《ぬれぼとけ》眼にこそ見つれ得やは語らん
ひつそりと霧の青葉の雫落ちま近かりける三尊の仏
あなをかし仏の姿眼には見て耳は聞えずなりたる百姓
霧のなかに仏見しとは虚言《そらごと》と言ふ百姓の眼《まなこ》も驚く
信濃なる諏訪の高木の丘の上仏見しとふ草の跡どころ
三尊仏心なつかしさ限りなし況《ま》して農夫の見しとふ仏
理学者は映像ならんと思ひ居る霧の中なる百姓の仏
故さとの高木の丘に草茂り仏見しとふ人老いて居り

○

明かあかと雪隠《せつゐん》の屋根に南瓜咲き中に子どもの唄の声おこる
便所のなか豈図らんやわが子ども乃木将軍の唄うたひ居る
み仏は妄言《まうごん》すなと申せども便所に唄ふ子は疑はず
便をなし心静かになりたらん屈託もなき子の唄聞ゆ
雪隠を出で来りたる子どもの眼朗かに南瓜の黄の花の盛り

蓮の花

曇天《どんてん》の池一ぱいに蓮《はす》の葉立ち揺れもこそせぬ紅《くれなゐ》の蓮《はちす》
ぽつかりと朝の曇りの中に開く紅蓮華《あかれんげ》こそ大きかりけれ
蓮葉の広葉のかげのこもり水光るともなし朝の曇りに
蓮の花咲き満つる朝の曇り久し上野山より鐘鳴り響く

おのづから曇りの中ゆ明るみさす紅蓮《ぐれん》の花に鐘鳴り響く
ほの〴〵と蓮の浮葉に明るみさし青く濁れる水は深けれ
赤々と眼《まなこ》の前なる蓮華の花遠く咲きつづく花も揺《ゆす》れず
水を抽く茎真直に立てりけり傾かんとする紅の蓮華
一人来て寂しき歩みするものか赤く咲きたる蓮池をめぐり
（「アララギ」大正5年1月号）

独座

島木赤彦

朝の茶の茶碗を膝におきにけり待ちくたびれて音信《たより》は待たず
夜《よる》の街更けて嵐のきこゆなり来《き》ぬと決まりしたよりは待たず
わが友の茂吉も来なく十日経たり火鉢に向きて火を吹く夜なかに
夜更くれば炭火の上に己が頬《ほ》を寄せ居り今は逢はんと思はず
つらしとは人《も》を思はねど夜半《よは》に起きて火を吹く心寂しくもあるか
冬深き信濃の国の善光寺雪に埋もるるみ仏思ほゆ
火の番の柝《ま》を撃ちて過ぐる音よりも遠き工場の鎚の音止みぬ
葦原の木の橋渡り親しめるふたり寂しきところに来る
（「アララギ」大正5年2月号）

新年

島木赤彦

町の家松の内なる四五人に眺められてゐる女の踊り
夜の室に踊りををどる外《そと》は雪しんしんと降り枝《し》づるる音す
扇の手止《と》めて雪ふる音すなり外《と》の面《も》の夜《よる》の更けにけらしも
ふるさとの山の谿なる夜の雪酔ひて眠りぬ昔の人と
山深き信濃の町につもる雪夜ぶかく酔ひて帰るすべなし

補遺三首

曇り深し蓮の蕾のいただきに臀《しり》低くゐるおしろひ蜻蛉
蓮葉の池の向うに人の往来ぞろぞろと曇り今日も暑からん
一斉《いっせい》に蓮の広葉ぞ傾ける昼の曇りの風あまたあらぬ
（「アララギ」大正5年2月号）

山腹

斎藤茂吉

まなかひにあかはだかなる冬の山しぐれに濡れてちかづく我《あれ》を
ものの行《ゆき》とどまらめやも山峡《やまかひ》の杉のたいぼくの寒さのひびき
いのち終りて眼《まなこ》をとぢし祖母《おほはゝ》の足にかすかなる輝《ひゞ》の寂しさ
命たえし祖母《おほはゝ》のあたま剃る父をかくみて立てるうからの目のなみだ
蠟の火のひかりに赤しおほははの棺《ひつぎ》のうへの大刀のいろはも
朝あけて父のかたはらに食《を》す飯《いひ》ゆ立つ白息《しろいき》も寂しみて食《を》す
さむざむとあかつきに起き麦の飯《いひ》おしいただきて食《を》しにけり
ゐろりべにうれひとどまらぬ我がまなこ煙《けむり》はかかるその渦《うづ》けむり
十方に音たえにけり矛杉の秀立《ほたち》のうれに霜か降るらし
あつぶすま堅きをかつぎねむる夜のしばしば覚《さ》めて悲し霜夜は
日の入りのあわただしもよ洋燈《らんぷ》つりうらがなしさに納豆《なつとう》を食む
土のうへに霜いたく降りあらはなる玉菜《たまな》はじけて人音もなし

おほ母のつひの葬《はふ》り火《び》田の畔《くろ》に蜱《いとゞ》も鳴かぬ霜夜はふり火
終列車のぼりをはりて火をまもるひとり現身《うつしみ》の嚏《はなひ》るさむし
うれひつゝおほ母はふる火の渦《うづ》のしづまり行きて暁《あけ》ちかからん
冬の日の今日も暮れたりゐろりべに胡桃をつぶす独語《ひとりごと》いひて
冬の日のかたむき早くくぬぎ原こがらしの中を鴉《からす》くだれり
ここに来て心いたいたしまなかひに迫れる山に雪つもる見ゆ

（「アララギ」大正5年1月号）

海浜雑歌

斎藤茂吉

腹あかき舟のならべる浜の照り妻もろともに疲れけるかも
みちのくの勿来《なこそ》へ入らむ山峡《やまかひ》に梅干ふふむあれとあがつま
日《ひ》焼畑《やけばた》いくつも越えて茎《くき》ぶとのこんにやく畑にわれ入りにけり
うらわかき妻は悲しく砂畑《すなばた》の砂はあつしと言ひにけるかも
みちのくへあがつまをやりて足引の山の赤土《はに》道《みち》あれ一人ゆく
みちのくに近き駅路《うまやぢ》日はくれて一夜《ひとよ》ねむると眠《ねむり》ぐすり呑む
平潟《ひらがた》へちかづく道に汗は落つ捨身あんぎやの我ならなくに
いり海の汐おちかかる暁方の舟の揺れこそあはれなりけれ

（「アララギ」大正5年1月号）

渚の火

斎藤茂吉

まかがよふ真夏なぎさに寄る波の白波はしる其の時のまを
六人の漁師《れふし》が囲《かく》みあたりをる真昼なぎさの火立《ほたち》のなびき
真夏日のなぎさの砂に燃えのぼる炎のひびき海人《あま》はかこめり
くれなゐのひらめく火立《ほたち》まひるまの渚の砂に見らくし悲し
まかがよふ昼のなぎさに燃ゆる火の澄みとほるまのいろの寂しさ
すきとほり低く燃えたる浜の火にはだか童子《どうじ》は潮《しほ》にぬれて来《く》
ひとり来つ大津《おほつ》の浜に昼もゆる火のなびきさへ寂しきものを
いばらぎの大津みなとの渚べをい行きもとほりひと日わらはず

（「アララギ」大正5年1月号）

春雪

斎藤茂吉

ゆく雷《らい》のとどろく空ゆながらへて消《け》につゝたまる白雪《しらゆき》あはれ
あまぐもの雷《いかづち》ひくし夜《よ》の土《つち》にはだらにたまる雪を目守《まも》るを
雷《らい》つたふやよいの夜空《よぞら》なりひびき地響《ぢひゞ》くほどろ雪ながれ来《く》も
ぬばたまの暗き夜《よる》ひかり雷《らい》ひくゝ鳴るたまゆらのこの泡雪《あわゆき》を
おのづから夜《よる》に入りつゝ雷《いかづち》のとどろく空ゆ白雪《しらゆき》ながる
雷ひくゝい鳴り渡れる夜空《よぞら》よりもはらに降《ふ》りし雪は消《け》につゝ
ひたぶるに雷《らい》わたる夜《よ》のいつくしく雪しらじらと流れけるかも
ぬば玉の黒き夜ひかりゆく雷の音《おと》とほそきて雪つもりけり

（「三田文学」大正5年5月号）

雨蛙

斎藤茂吉

あまがへる鳴きこそいづれ照りとほる五月《さつき》の小野《をぬ》の青きなかより
かいかいと五月青野《さつきあをぬ》に鳴きいづる昼蛙《ひるがへる》こそあはれなりけれ
五月《さつき》の野《ぬ》青きにほひの照るひまの歎《なげ》けばひとぞ幽《かす》かなりける
五月野《さつきぬ》の草のなみだちしづまりて光《ひかり》照りしがあまがへる鳴く
五月《ごぐわつ》の陽《ひ》照れる草野にうらがなし青蛙《あをがへる》こそ鳴きたちにけれ
かいかいと草のひかりに鳴く蛙《かへる》さびしけれども空にひびけり
青がへるひかりのなかになくこゑのひびきとほりて草野《くさぬ》かなしき
あをあをと五月《ごぐわつ》の真日《まひ》の照りかへる草野《くさぬ》たまゆらかへる音《ね》にいづ

（「アララギ」大正5年6月号）

五月野

斎藤茂吉

しげりあふ五月草野《さつきくさぬ》の日のひかり人は音《おと》せねあまがへる鳴く
行きずりに聞くとふものか五月野《さつきぬ》の青がへるこそかなしかりけれ
さびしさに堪ふるといはばたはやすし命《いのち》みじかし青がへるのこゑ
青がへる日光《につくわう》のふる昼の野にほがらに鳴けばましてかなしも
昼《ひる》の野《ぬ》にこもりて鳴ける雨蛙《あまがへる》ほがらにとほるこゑのかなしさ
真日《まひ》すみて天《あま》づたふとき五月野《さつきぬ》のうごきて青しものの音《ね》ぞする
命《いのち》あるものの悲しき白昼《まひるま》の五月《さつき》の草《くさ》にあまがへる鳴く
くやしさに人なげくとき野の青さあまがへるこそ鳴きやみにけれ

（「アララギ」大正5年6月号）

朝の歌

若山牧水

木槿

浜街道《はまかいだう》妻《つま》を看護《みと》りてかり住《す》みの籬根《かきね》の木槿《むくげ》盛《さか》り永きかも
この浜《はま》の不漁《しけ》の続《つゞ》くや風《かぜ》よけの窓辺《まどべ》の木槿《むくげ》むらさきぞ濃《こ》き
年々《とし〴〵》に見《み》たる木槿《むくげ》の其処彼処《そこかしこ》その秋々《あき〴〵》のわが身《み》あらはに
籬越《かきご》しに街道《かいだう》を行《ゆ》く人馬車《ひとうまくるま》 見《み》居《ゐ》つゝさびしむらさき木槿《むくげ》
南《みなみ》 吹《ふ》き西吹《にしふ》きて浪《なみ》の遠音《とほね》さへ日《ひ》ごとに変《かは》り木槿咲《むくげさ》き盛《さか》る
たま〳〵に出《い》でゝ歩《ある》けば其処《そこ》の家彼処《いへかしこ》の籬根《かきね》木槿《むくげ》ならぬ無《な》き
魚買《うをか》ふと寄《よ》りし藁家《わらや》の軒深《のきふか》く魚《うを》の匂《にほ》ひて木槿窓越《むくげまどこ》しに
ところがらならぬ玻璃戸《はりど》に風《かぜ》ぞ吹《ふ》く木槿《むくげ》に晴《は》れし日《ひ》の続《つゞ》きつゝ
降《お》り立《た》ちて砂《すな》ぼこりせる花木槿《はなむくげ》しみ〴〵見《み》れば疲《つか》れたる身《み》ぞ
さびしきはむらさき木槿花《むくげはな》びらに夏日《なつぴ》の匂《にほ》ひ消《き》えがてにして
砂《すな》ほこり吹《ふ》きまきし風《かぜ》の夕凪《ゆふなぎ》に玻璃戸《はりど》は重《おも》し木槿輝《むくげかゞや》き
散《ち》るとなく散《ち》りゆく花《はな》の木槿籬《むくげがき》出で入《い》るわれのあした夕暮《ゆふぐれ》

枇杷の花

貧《まづ》しさを嘆《なげ》くこゝろも年々《とし〴〵》に移《うつ》らふものか枇杷咲《びはさ》きにけり
静《しづ》まらぬこゝろさびしも枇杷《びは》の花咲《はなさ》きさかりたる此処《こゝ》の山窪《やまくぼ》

朝

暫《しばら》くは歯《は》をみがきつゝ立《た》ちつくす井戸辺埋《ゐどべうづ》めし 暁落葉《あかつきおちば》
散《ち》りつくし梢《こずゑ》むなしき朝風《あさかぜ》の冬木《ふゆぎ》につどふ朝日子《あさひご》の影《かげ》
顔洗《かほあら》ふと昨夜《よべ》吹《ふ》き散《ち》りし井戸《ゐど》の落葉細《おちばほそ》くかきわけ水《みづ》くみあぐる
苔清水《こけしみづ》湧《わ》きつゝ溜《たま》る細井戸《ほそゐど》の水濁《みづにご》らせじこの朝静《あさしづ》に

朝《あさ》なれやわが浴《あ》ぶる水日《みづひ》に光《ひか》り狭《せま》き井戸辺《ゐどべ》の冬木《ふゆき》にぞ散《ち》る

（「文章世界」大正5年1月号）

旅の歌

若山牧水

津軽黒石町

黒石《くろいし》の町の坂みち登りつゝ、春は深しといひにけるかも

秋田千秋公園

鶸繡眼児《ひわめじろ》山雀燕《やまがらつばめ》なきしきりさくらはいまだ開《ひら》かざるなり

瀬上より飯坂温泉へ

花ぐもり昼浅《ひるあさ》みかもみち芝《しば》につゆの残りて飯坂遠《いひさかとほ》し

飯坂温泉

君が脊《せ》に辛夷《こぶし》のはなのさき枝垂《しだ》れその花を脊《せ》に君はまだ酔《ゑ》はず

阿武隈河

つばくらめち、ととびかひ阿武隈の岸の桃の花いまさかりなり
福島の歌妓《うたひめ》とんぼ川ごしの桃をながめて唄うてやまず

（「三田文学」大正5年6月号）

春の歌

若山喜志子

すがの根の長き春日《はるび》をはた〳〵と鶏《とり》の羽ばたき尊くもあるか
空に白雲流らふなべに桃の花うす紫に見えわたるかな
都はいま朝顔苗の売声《うりごゑ》のすがしきを聞く朝寝《あさい》なるらし
里《さと》の謡《うた》につゝじ椿は奥山てらす金《きん》らんどんすは腰よ照らすとふ
あやめ草地《ち》には匂へど初夏《はつなつ》のひとり居《ゐ》さむくけふも北風《ならひ》す
枇杷の花ちりぬるなべに古き葉も散りかさむかな春の真昼を
松をはじめしゞに茂れるときは樹《ぎ》のあまたは春に落葉《おちば》するかな
青嵐とを〳〵わたる榛原《はりはら》を黒牛《くろうし》ひとつよこぎりてゆく
北風《ならひ》すとよろこび勇み海人《あまびと》の久々《ひさぐ》にしていさりに急ぐ
裸男《はだかを》のあま人《びと》浜にいそぎゆくうしろ手寒し五月《さつき》の北風《ならひ》

（「三田文学」大正5年6月号）

シベリアの旅　一

石原　純

生きものもなき赤肌《あかはだ》の山見ゆる我れ北のくにに航《わた》り来しかも
赤肌の山を浸せる大海《おほうみ》のうたたさびしも死のいろなして
四月なほ雪ふく空を大ふねは港にいりぬ朝明《あさけ》なりきも
税関吏《ぜいくわんり》厚き外套に軀《み》を纏ひ船に来るも不気味なりけり
我がまへに其のくろき姿立てりけりろしや人《ひと》の体《たい》ぞ偉《おほい》なりける
むくつけきろしやの税吏は肯《うなづ》きて我れをゆかしむ肌やや寒し
桟橋《さんばし》をゆけば我が小《ち》さし手荷鞄《てかばん》を傍《わき》に挟みて街《まち》に急げり
我れ始めて異《こと》くにに在る不安さに街を歩めば空灰いろす
我が耳に痛き音して辻馬車は街を走りぬ冷《つめ》たき街を
堪へがたしこの広きみちの一面に凸凹《たかひく》なせるまろ石ふめば
辻馬車の馬のひづめは痛々し何ゆゑろしやの人は鈍しや
辻馬車はあはれにさびし御者台に重たき体《たい》をはこべばさびし

街角《まちかど》に覚束なげに佇めりろしや酒うる舗《みせ》をながめて
裏べには北支那の人の雑《まじ》り住む汚《きた》なき街もありにけるかも
空はなほ灰色なしぬ寺院《てら》のうへ黄金《きん》の十字架がひかりけるかも
ひたさびし街を歩めばひたさびし振りかへり見ぬ我が来し街を
心いそぎ停車場に来てひたうごく空気のなかに浸りぬ我れは
あやしき異様《ゐやう》のことば耳に聞き落ちゐぬこころ肉食《にくじき》をせり
（「アララギ」大正5年1月号）

シベリヤの旅　四

石原　純

黒き豚野にあゆみゐる支那領《りやう》は様異《さまこと》なれり支那びとら居《ゐ》て
荷を搬《はこ》ぶ支那びとかなし停車場の赤煉瓦や、冷ゆる朝《あした》を
朝冷ゆる気がすがすがし汽車ぬちに夜をスチームに蒸されし面《おも》に
しべりやに入れば再び大いなる野にろしやびとら寂しく住めり
ばいかるに注《そゝ》ぐ河卑《ひく》くながれけりやうやく汽車に我が飽きぬる日
天垂る、遠きさかひにばいかるは限りなく白く浮びいでにけり
しべりやの潤《ひろ》き地《ち》のうへにばいかるの湖《うみ》浮べりき白くたゞ白く
天《あま》ぐもり地《ち》のはて近きしべりやは尚寒き日なり湖凍《うみこほ》りつゝ
くろき地《ち》がたゞ広ごれるしべりやに凍れるうみの聖《きよ》さを見るも
常《つね》はながき午后のすべてを岸に沿うて汽車はしり来《く》れど湖《うみ》なほ尽きず
めづらしく空霽れゆきて湖傍《うみばた》に地《ち》のはてらしき山あをく立つ
裸なる山脈《さんみやく》きたり湖《うみ》のなかに突きいでにけり荒《すさ》べるさまに
湖べりの岨《がけ》のあひだに隧道の数のおほきがこゝろうばへり
涯《はて》なきこほりのうへを橇ひきて馬がゆきにけり真はだかの馬が
ゆふ空は灰いろになりぬいやしろきばいかるのうみ死にゆく如く
うみぞひに赤煉瓦の家くろずみてひとつ見えにけりうみ静かなる
我が汽車は小さやかなる停車場を素通《すどほ》りゆきぬうみ昏《く》る、とき
ばいかるの湖《うみ》を離れて街明《まちあか》るきしべりやの首都《しゆと》に夜着きにけり
（「アララギ」大正5年5月号）

朝ゆく道

古泉千樫

ひさびさに一夜の眠り足《た》らひたりつつましくして街にいで行く
朝早み電車のりかふる三宅坂鴨ゐる濠を立ちてこそ見れ
朝早きさくら田の濠靄にほひ鴨うち群れていつぱいにゐる
鴨むれて濠にみちたりつくづくと眼鏡二つかけ立ち見るわれは
朝日てる向ひの土手に鴨むれてつらなり並ぶその枯芝に
水の面に鴨はしづけしただ一羽飛び返りつつ下りがてなくに
水の上に下りんとしつつ舞ひあがる鴨のみづかきくれなゐに見ゆ
濠のへにたたずむものは吾れ一人朝日あかるく鴨なくきこゆ
わりびきの電車はいまだ通りけり日は濠に照り鴨なくきこゆ
日あかるき濠にむれゐる水鳥のしづかなるこそあはれなりけれ
満員の電車に乗りて濠見ればうつらあかるく鴨はむれゐる

茂吉に寄す

蔵王《ざうわう》に雪かがやけばわが茂吉おのづからなる涙をながす
みちのくの秋ふかき夜を善根《ぜんごん》の祖母《おばば》しづかに目を眠りませり

おのづからこのうつし世の縁《えにし》つきてみ仏の国へまゐられにけり
あかあかとま昼の山の湯に浸りおのれ頭《かうべ》を撫でて悲しも
山上のまひるの光あかあかと十方浄土あかるかりけり
ふるさとにうま寝《い》よくして長き夜のあかつきしづかに目さめけらしも
（四年十一月）
（「アララギ」大正5年2月号）

雨降る

古泉千樫

雪の上に夜の雨ひたにふりそそぎいのち乱るる春きたるらし
雪の上にぬばたまの夜の雨そそぐ代々木が原をもとほる吾れは
調練《てうれん》のあとすさまじき雪の野に雨こそそそげ宵ふけにつつ
ぬば玉の夜《よる》の雨ふり土の上の雪しみじみと溶けつつあるなり
ぬばたまの夜《よる》の雪はら青白み雨ふりやまず吾れひとり立つ
ひとり立つわが傘《かさ》にふる雨の音野に満ちひびく夜《よる》の雨のおと
しんとして夜の雨野に立ちゐつつ縦横無礙の力を感ず
雨そそぐ夜の雪原にくろぐろと松は一本《いっぽん》立てりけるかも
宵ふかみ雨うちそそぐ雪の野を提灯ひとつにじみ見え来し
雨くらき夜の原なかを人は来《く》れしはぶきのこゑつづけてきこゆ
この夜みちともし火持ちて来る人はつれはあるらし語るこゑきこゆ
ぬば玉の雨夜の野路の行きあひに傘にひびかふ雨のおとはも
移り香の木肌の匂ひしんとして人は行きすぎぬ暗き夜みちを
雨の夜のこの原なかに行きあひし人のあしおときききて居にけり

ぬば玉の夜の原なかにひとり立ちみだり高ぶる吾れならなくに
早春《さうしゅん》の雨夜ふけつつ橋わたり水のながるるおと聞きにけり
帰りきて雨夜の部屋に沈丁花匂へば悲しほてる身体《からだ》に
雨滴《あましたたり》しみにぎはしはしけやし寝《い》ぬるを惜しみさ夜ふけにけり
（「アララギ」大正5年3月号）

偶成四首

土岐哀果

たやすくもおのれを信じ悩みなくひとをののしれば足りぬべからし。
死ぬまでもまことのわれを言はざるか、まことのわれを思ふひまなきか。
路ばたにくるしき声をあぐるとき、人はわらひて立ちて見むとす。
わが前に職を求むる青年のこの一事にし疲れしむるか。
（「生活と藝術」大正5年3月号）

やまぶきの花

土岐哀果

叱るばかりに妻にいひつけて挿させしが、さびしき書斎のやまぶきの花。
ややしばし呼吸をとめて、死ぬときのくるしみをそつとおもふこともあり。
休むほどの病ひにいまだかからぬを損のごとくに来てはよる机。
がみがみと小言をいひて、その声のわが声なるにいたむ心ぞ。
朝晩にひとつづつのむ丸薬の、忘れがちにして春も暮るるなり。
ふるさとへいまはと帰りゆく友あり、いかにしづかに帰りゆくならむ。
もしあらば、われのとりえは疑はずひとを信ずることにあるべし。

大きなる庭かなと仰ぐやへ桜、わが貧しさのおきどころなし。
池みづにゆたかにちれる桜ばな、わが見るものにあらざるごとし。

（「生活と藝術」大正5年5月号）

雑沓

土岐哀果

その顔、その顔、わがスミスよ、空よりおりて素知らぬ顔をせり。
やすやすと黄なる煙を仰がせて空をあるくはわれにあらなく。
プロペラはきらめき響き、天日の下に遥かにわが立ちてある。
砂埃顔にきしめば、ほんたうの労働をして帰る思ひか。
こつそりとぬけ路すれば、その路も人こみあへり、ゆくところなし。
込みあへる電車の窓に、さきたりと見あげ過ぐる赤坂見附の桜。
わが前に肩おしゐるる、その肩の黄なる埃をいかがすべしや。
ぐんと押せど何ともせざる、人ごみの男の顔をひそかに憐れむ。
おさるれば何処《どこ》までもへこみ終るごとき、この雑沓のわが腹あはれ。
どうせいつか帰らねばならぬわが家へ、はやく帰りて眠るにしかず。

せめてわが自由になるものを
自由にせむ、自由になるものの
三つか二つを。

（「生活と藝術」大正5年6月号）

冬の日

結城哀草果

いつくしく冬日晴れたり雪冠《かむ》る杉の小枝の動かざりけり
うららかに冬の日晴れて米を搗くわが窓近く雫し止まず
わが寝舎《ねや》のうしろの小竹《さゝ》に音高くこがらし吹きて夜ぞ更けにける
米搗《つ》きに疲《つか》れてをれば隣家《となりや》の馬舎《まや》に馬糧《まぐさ》を切る音きこゆ
山高《たか》み夕ゐる雲《くも》のあひだよりほのかに光る峰の雪かも
睦《むつま》じく妻と談《かた》りて草鞋《わらじ》つくるうれしきかもよ冬の長夜《ながよ》は
閑《ひま》を得て書を読みをれば向うより掘抜井戸《ほりぬきいど》を掘《ほ》る音きこゆ
電燈の明《あか》るき家にたまに寝《ね》て眠《ねむ》らえぬかもその明《あか》るさに
児を抱《いだ》く古妻《ふりづま》なればよしゑやしみだれたる髪たけといはなくに
汽車の響《ひびき》とほりて高しかき曇《くも》り雨降《ふ》るらんか頭重《あたまおも》しも
氷《こほ》れる大根《おほね》つるす日向《ひなた》の小屋《こや》の壁に冬日暖《あたゝ》かくこまやかに射《さ》す
米搗《つ》きをやめて藁打つ夕の間《ま》を推肥《たいひ》に風呂《ふろ》の水かつぎけり
暁のめざめの耳に吾妹子《わぎもこ》が扉拭《とびらふ》く音きこえゐるかも
草鞋《わらじ》つくる窓に暖《あたた》かく日は照りてこのごろ梅のつぼみふくらむ
田作《たつくり》の頭《かしら》さしたる豆の木を扉《とびら》に立てて鬼の目を打つも
みちのくは雪降る国と光るまで大雪いまだ降りも来《こ》ぬかも
雪照らす月夜《つくよ》の屋根《やね》に下男《しもべ》らと火事見てをればいたく寒しも
田の畔《くろ》に雪は残りて春浅《あさ》み鴉《からす》は啼くもその田の畔《くろ》に

（「アララギ」大正5年3月号）

囲炉裡

結城哀草果

一人寄《よ》る秋の真昼《まひる》の囲炉裡《ゐろり》なかいきなり栗ははじけるかも
昼餉をはり囲炉裡に寄ればうとうとと稲苅り疲《つか》れ居眠《ゐねむ》りにけり
吾妹子は雨降るなかを稲苅るとさびしがりつつ出でゆきにけり
鍋をかく妻の背なかの吾児《あこ》をとり抱きてをれば真愛《まことかな》しも
山道に許多《ここだ》ころがる馬糞《うまくそ》を樵夫《きこり》とともに踏みてゆくかも
あかねさす昼の厠の壁《かべ》にあたりひたぶる飛びて蜂はおちたり
日《ひ》に向けてひろげ乾《ほ》したる傘《からかさ》にあまたつどひて秋の蠅飛べり
柿の葉の散りて敷きたる駅路《うまやぢ》に扉《とびら》を伏せて梨売れるかも
土堤の色さびしくうつる濠の面《おも》に秋の夕べの雨あはただし
田の畔《くろ》の豆を藁火にあぶりつつ稲番の夜の更《ふ》けて寒しも
おしなべて紅葉《もみぢ》しにける東《ひんがし》の高山脈に時雨《しぐれ》降るみゆ
稲番の藁屋に夜着《よぎ》も無く寝《いね》て身ぶるひをれり霜夜の寒さ
洋燈《らんぷ》のもと母と対《むか》ひて飯《いひ》を食《を》す父の額に汗ながれみゆ
かくばかり髪はのびぬと手をあてていとまなき身を悲しみにけり
夜《よる》の空に風冴えて寒し稲番の藁火の火立《ほだち》なびきけるかも
田の畔《くろ》に稲子《いねご》積みつつ天《あめ》走る飛行機を見をりあれとあが妻
ひそひそと夜を降る雨に稲番の藁火の灰はかたまりにけり
まさびしく秋の夕日の照れる土堤わが苅る草はかすかぬくめり

（「アララギ」大正5年12月号）

幻と病

与謝野晶子

幻がまぼろしとして消ぬ薬われのみぞ持つ君のみぞもつ
人の云ふ歎きつかれし身のごとく恋するわれも思ふものかな
病して三日《みか》に一日《ひとひ》はこし方のうらめしさをば思ふ身のほど
そのかみの帯襟などになぞらへて一日《ひとひ》見くらす海棠の花
その中によしなしごとも見は見つれなつかしきかな忘られぬかな
病むことの多き一人は一人より恋の思ひのまさるなりけり
なつかしき境において君としぬわれ泣くこともたはぶれごとも
君ゆゑに生きんといともしめやかに思へる人の病癒えよかし
天地のいたづらになることよりも愁ふることは君に唯ごと
木の花のさくらとわれをなす人か思はれずとて身をそばむるは
かなしみのいみじき身かとわがことを自ら問はる何ならむこれ
生死《いにしに》の中の渓をばさまよへる今の病に恋も似たりし
なほおのれ病み呆《ほう》けしにあらねども薄道心を得たるならねど
相住みて片恋をすとゆゆしかる大ひがごとを云ふ人となる
わがいのち三日四日ののちいかにとも知らぬ時さへあはれに恋し
思はれてこしわれならばと云ふことを夢寐も忘れぬ身と生れけり
ことのさま裏と表を置きかへて思はれてこしわれと思はむ
いのちもて人を思ふとあらはなるわがありさまも片恋のため
恋と云はば恋と云はさむ寛容をしめし給へど世とともに泣く
かたはらに秤《はかり》を持てる女居てむかしと今の目のみかぞふる
思ふ子とありのすさびに立ち別れわが片恋に高名《かうみやう》となる

悲しやとおよそ十《と》年《とせ》に三度ほど洩らせることを思ひつつ死ぬ
彼をいと妬しと云へばかれを今殺さむと云ひ門を出で行く
誰ならむ世のつねごとのかたはらに人を忘れむ苦行《くぎやう》をつむは
わが家は目醒めてなほも眠るをば願へる子等がをだやかに住む
それもまたいまだまことにかばかりにわれを憎むと知らぬなりけり
片恋に涙ながしてあるここちせめてわれのみ知れるなりせば
すなほなる友なりしかないつはりもなくかく思ひ涙ながせる
春の日と椿の花のくれなゐのしみとほり来て胸の苦しき
ふる柳ほのぼのもえぬ乱れたるわが髪もまた春に逢へかし

（「三田文学」大正5年4月号）

朝焼

前田夕暮

はだら雪はだらにかきて夕あかりわが児葬むる檜葉の木のかげに
児の柩うづめにければ雪まじりもりあがりたる春の赤土
ひともとの青き櫁をさしにけり雪はだらなる児の墓どころ

×

あかつきの街上の雪踏みさくみいのち死にたる児をいとほしむ
街上の雪まのあたりあかあかと朝焼のしてあけにけるかな
朝焼のはる〴〵赤く流れたる雪の上をゆく心ひきしまり
ほのぼのと生れてやがて死にゆきしわが児を思ふ朝焼の雪
産科院の濃青の屋根につもりたる雪にもうつるこの朝焼けは

×

うすあかみほのかにのこる死顔の女児《をみな》なりしをいかで忘れむ
ほのぼのとふらんねる着て抱かれしうす紅き頬の吾児の死顔
うす赤くひきしまりたる唇にそとふれてみしわが小指かも
きれながのとぢられし眼のほのぼのとひらくを思ふ親心あはれ

×

今ぞただ生き死にの境はげしかる生む苦しみを感ずるらしも
汝が生みの激し力に手握りし痛みほのかに指にのこるも

×

きさらぎの地上の雪の光るみて吾児の柩に釘うちゐたり
をみなごのほのかに紅き児の顔の今は氷らめ雪のもとにて
名もなくていのち死にたる児の墓に白玉椿たわわにも植う

病院にて

夜の廊下歩めばきしみ鳴りにけり更らに淋しく階子をくだる
窓にみなカアテンをひき児のためにパンを焼くなるこの旅ごころ
わが児抱きて帰る心になりにけり病院のドアのそとの夜の雨

（「詩歌」大正5年4月号）

草木と人（一）

前田夕暮

吾は今、我が幼かりし日の追憶と、生れたる郷土の土のにほひにまじる亡き母の思ひ出と、その外「吾」といへる憂欝にして神経質なりし幼き者の環境を歌はむとしつつあり。

胡麻殻

胡麻《ごま》たたき納屋のうしろの胡麻たたきそそと敲くは母にあらじか
色あせし襷をかけて胡麻たたきしたまふ母をさみしとはみし
我が母のうしろのかたによりそひて蓆《むしろ》にくろき胡麻の実をみつ
我が母の日暮近きに納屋裏に胡麻殻立てておはすをみてゐし
こほろぎの啼くをいづくとたづねしにたてかけられし胡麻がらの下
荒壁の藁などみゆるそのもとにたてかけられし黒き胡麻殻
胡麻殻の一本たをれたりけれど日暮れにければそのままにせし

焚火

ちろちろと焚火のうつる古障子あけて来よとぞ母はよびしか
裏藪に冬の凪きて音たつる日暮を母と焚火にあたる
夜を池の鯉がをどりて水をうつ音たかくしてはつ冬きたる

初冬の朝

寝小便わが口惜しくもしにければ父の顔みず納戸《なんど》にかくる
あな悲しぬれたる着物きてありく裏畑寒き水霜の朝
つぐみつぐみききと啼きゐる裏藪のなかの欅の空さす梢《うれ》に
池の水素足にぬれし袷きしわが前に澄み寒さ身にしむも
父のみぬさきに母きてそれとなくいたはりたもれあな寒し今朝は

父に叱られて家を出て町の祖父の許に走る

雁が啼く穢多村添ひの河原路草履ひたひた走る日暮れを
小走れば草履ひたひたか、とうらにあたりて鳴るに悲しさをたゆ
穢多村の大き赤犬橋わたりのそりときたり吾をかぐかも
附紐《つけひも》のとけかかりしを持ちそへて走る河原の石ころ路を

（「詩歌」大正5年10月号）

槻の道

中村憲吉

大幹《おほみき》の槻より渡るわか葉風我が嚔《はなひ》れば寂しくし覚ゆ
煉瓦家《れんぐわや》の深きかげ行けば若葉風濃《こ》く吹きわたる槻の大幹
槻竝《なみ》の濃きかげ行けば煉瓦みち靴音ひびくその家蔭へ
高槻の濃き芽を吹けば教室の煉瓦どほりは夏になりたり
蔭ふかき槻の大樹の一《ひと》ならび木柵《もくさく》によりて遠き人来も
槻若葉さやさや映《うつ》る煉瓦路ゆきつゝ我れの素肌《すはだ》寂しも
青あをし槻の並木のれんぐわ路《ぢ》に麦藁帽子ひかり行く見ゆ
大幹の槻並《つきなみ》なれば向う側やや先は見えず近づく足音
槻並に風吹き行きて坂の下とほき若葉のひかりたる見ゆ
槻の道蔭ふかみかも夕まけて下枝《しづえ》にゆるる若葉尠《すくな》し
使丁《してい》ひとり黒き樹間《じゆかん》を横ぎりて建物《たてもの》の壁に消えたるあはれ
槻の道にゆふ日が霧《き》れば家かげに医科大学の鶏なきにけり
ゆふ槻の若葉かげにて教室は戸を鎖したり深き夕戸を

教室の暗き戸口に入居らし教授の車夫の欠伸なるらむ
教室の槻の葉かげに燈火《あかり》つき人こそ見ゆれ窓のその影
教室の槻の葉かげに燈火点《あかりつ》き校内はふかく夕暮れにけり
ゆふ槻の教室通りの扉より人出て行けり戸の締まる音
暗闇に星こそ見ゆれさやさやと槻の葉揺るる頭《かしら》の上に

（「アララギ」大正5年6月号）

緑蔭製薬

中村憲吉

若葉深くわが入り来れば製薬《せいやく》の匂ひしたりぬ我が真《ま》近くに
赤羅《あから》引《ひ》く昼にこぼせる薬液《やくえき》の煙るなるらん強く匂ふは
黄に揺るる若葉のなかの真日《まひ》の照り薬のにほひ焦《こ》げ臭く覚ゆ
薬の香《か》劇しく吹けば若葉より緑素《りょくそ》を吐きて吹く心地すれ
この路の眼のかぎりなる若葉より緑素《りょくそ》したたる心地こそすれ
製薬の匂ひを嗅《か》げば群肝《むらぎも》のこゝろは痛むわか葉の中に
春深きわか葉かげより製薬の匂ひのするは寂しかりけれ
薬にほふ若葉が蔭に硝子《がらす》窓ふかく鎖せり人こもるらむ

（「アララギ」大正5年6月号）

悼　須田実

植松寿樹

須田君はわが学友なり。病臥一年、其の間一度居を移すに際して、しみぐ〵空を見たりと喜び語りき。然も移り住んで半歳、遂に再び空を見ずして逝けり。囲碁を嗜みて吾には一日の長なり。碁品堅実、木訥なる其の為人を思はしめき。土佐の人、享年二十六。

かなしかる知らせ持て来し人の顔おどろきあまり見つめたりけり
なきがらの実《みのる》が顔のやすけさに覚えず笑みてわれ泣きにけり
なきがらの実を見ればあな安ら仏となればかくも安けさ
落葉する家にうつり来いちゞくの青の芽立も見て死にゝけり
無花果の青の芽だちは秋の木のおちばするにも増して寂しき
この白き棺のなかにぞ眼とぢ臥《こつ》せるものは友のみのるか
盛りあげし飯《いゝ》に二本の箸をたて供へしみれば人のかなしさ
遠からず病は癒えん打ちよりて酒のまんよと云ひにけらずや
芝浦に漕ぎ出しふねやわれも乗り実がこぎし忘られなくに
晴れわたり諸々のもの鮮やかに眼にうつれども実は在らぬ
学校の廊下を歩みうしろより実来ずかとふとしおもふも
なきがらの実を今し馬車にのせて焼場にやると時は迫り来
もの皆は陰をかぐろく持つ日なり柩の馬車のうごき出づるも
柩をばのせて曳くなりあなあはれ馬は動かすその両の耳
桐ケ谷に月夜をくろく立つけむり実を焼きて立ちかものぼる

（「国民文学」大正5年6月号）

月の夜

尾上柴舟

月の夜を風ふきくれば木か花かわかぬにほひのつたはり止まず
すがやかに初夏の月かたぶけばすこし病ひ身を起してもみる
いかならむ方にゆくともよしゑやし眩暈《めまひ》の中にわがとれる筆
あきらかに絖《ぬめ》のひかりの眼を射れば心いささかおびえ筆とる
「汝が心いとまありや」と人問ふな悲しくもわがなせる手習
癒えがたき病とききてあふぎみる初夏の空のあはれなつかし
初夏の光を強みうす病めば失ひやすきわれの中心
われも病み妻もやめればにはかにもくらき家内《やぬち》となりにけるかな

江の島に行きて

見つつあく細松林雨靄のきらひて奥のほのぐらきかも
風あらき浜の砂原帽おさへ見やる島回の夏の雨靄
うすぐらき靄の中より重なれる人家の見えて島し近しも
こまやかに雨のしぶけば桟橋の板間の波をみてばかり行く
朝の汐たかまる夏の海みればいまだ死なじと身を思ふなり
すきとほる島の真水に身をひたし緑の中に湯浴みするかな
青ぐろき潮につづきて午後の雨白き島回をわがひとり見る
若葉皆葉うらをかへし島風の響こちたき中にただよふ

（「水甕」大正5年6月号）

家うつり

岡　麓

春さむきとしにてありきむかつ家《や》に一もと梅の咲るみつゝも
坂下のくぼみになれしいへはなれけふさか上に移り来にけり
ふる家はとりこぼたれて今ぞ移るこの住ごこち春の日あたる
春の草もゆる二葉のはつかにも我いのちをばみるべかりけり
うつりすむ庭木の枝の烏瓜《からすうり》の枯れづるたぐりたぐるはるの日
坂むかひ春のゆふばえ洋館のきつ立つ屋根を児らみて悦《よろ》こぶ
ひきゝより高きに移りあちらこちら見《み》のよろしきに桜花咲く
瓦ぶき屋根がはらより雨《あま》だれのひさしをつたふおとの春の夜

（「アララギ」大正5年7月号）

梧　桐

岡　麓

あを桐は幹をみる木と窓ちかく植ゑしむかしが今ぞこひしき
あを桐のみきにとまりて蝸牛《でゞむし》はひろ葉よりちる露に生きけり
あを桐の日かげになりて垣もとにうゑしへちまの苗延《のび》もせず
人の身のまはり合せはすべなさに梧桐《あをぎり》の葉をながめ居たりき
あを桐のわか葉ひろごりふは〳〵とわたる風にも慰《なぐさ》めにけり
降りたらぬ雨気《あまけ》の風があをぎりのわか葉をわたる夕《ゆふべ》なりけり
あをぎりは青々したり直立《すぐた》ちのみきにえださしあを〳〵したり
あを桐のひろがれる葉にさす夕日かくろひて後《のち》も明《あか》りしか

（「アララギ」大正5年7月号）

田園興趣

尾山篤二郎

清々と野には充ちたり大空の懸かる果まで延びし大麦
野に充ちてかぎりしられぬ青き麦かゆきかくゆき路うしなひぬ
武蔵野のこゝに靡ける大麦の茎は枯れたりいまやみのるか
麦の茎ふきて鳴らせと強る子はまだをさなくていとほしきかな
此日頃ありわびけるよたま〳〵に来れば野の麦みんな刈られぬ
みのりして刈りつくされし麦の畑あらはになりて見えのさびしも
茄子の苗今は土にししたしむやはじめてつくる紫の花
秋茄子の苗をううると麦の間の乾ける土を人のふみけり
素足して踏みのよろしき土なればよき野の貢こゝに生ふるなり
おのが身を地に触れしむるしたしさに人はうれしみ耕すものか

雲雀

夏深き空になくなる鳥の声雲雀はなけどたゞ一つなり
淋しきか空に照る月のくるしきかたゞに啼けども雲雀のこゑは
短夜のしのゝめ近き空になく雲雀をきけばうれしくてさめぬ
庭つ鳥かけのひよこは愛《かな》しけれ親をはなれず麦生のうへに
くだかけの長鳴き鳥はひもすがらおのが嬬つれこゝと鳴き居るも
庭鳥の稚ひよこはその母のはがひに入るとみんな来て寄る
くだかけの雛《ひよこ》をさなくその母の大いなる脚にふまれて啼くも

（「国民文学」大正5年8月号）

朝霧

松村英一

かたじけなたらちねの母があかときを起きてたきたるこの米の飯
松風はわれとわが家をめぐりつつひねもす吹けどしづかなるかな
霧降りて山の樹立ちは見えなけど深くこもれる鳥の声あはれ
霧降りて路のなやみに堪へやらずしばしを立てば鳥の声聞ゆ
鳥の声しげきをききつあかつきを刈れる萱草霧に濡れたり
泥沼に花の無ければ男の子ども蓮の茎の太きを抜くも
泥沼の泥をさぐりて蓮の根の太き抜き取り喜ぶ童
曇り空の久しくて今か日は照れり蓮根掘りは泥沼に入る
泥沼の蓮葉の揺らぎ久しくてひよつこり出づる蓮根掘りの顔
まなぶたのあつきにわれとかなしくて日のするどさに眼閉ぢたり
朝の川海の潮は満ちたれど曇り久しくして船つどひをり
川下の海近きところ朝霧の揺れ揺れて黒き船浮ぶ見ゆ
川口に潮を待つ船一かたまり朝明けたれど霧晴れ行かず
風吹けば風吹くままに声をあげ山の一樹はひねもす揺らぐ
風やめば風やむままにしづかなり山の一樹の揺らぐともせぬ
人は皆寝静まりたる夜を起きて心今かも張り切れる如し
杉山の路の極みに立ちとどまり昼くらき空に月見たるかな
一帯の防風林に夕風吹き今か波立つ海荒るらしも

（「国民文学」大正5年11月号）

緑葉神経

岩谷莫哀

狂ほしく青葉のかをり部屋に満つうた寝にして魘《うな》されにけり
ゆるやかに昼の青葉が手を伸ばしあちらで招くこちらで招く
ひとりでに青葉がやをら動きだし吾が足われを支へかぬるも
見つむれば青葉の奥に憂欝の扉おとなく開かれにけり
きら〳〵とおもき瞼にかがやきて木立の青葉そよぎ渡るも
この日ごろ櫛もとほさぬわが髪に青嵐こそかをれするどく
奥の方ゆ青葉のこずゑそよぎ来てやがて一葉《いちえふ》前に散りけり
目とづれば五臓のつかれいちじるく身におぼえけり青葉の前に
苔が吐く山の匂ひをうつゝかもはだへにしめて立てり午過ぎ
いさましく菌のやから根をはらむあをき香ぞする森の下草
露木立葉洩れ日かげの散斑《ばらふ》なす湿地《しめぢ》に苔のかをり居にけり

（「水甕」大正5年7月号）

青波

土田耕平

望佐渡三首

青波《あをなみ》を切り行く船の音寂しまともに見ゆる孤《ひと》つ島影
人はみな疲れて寝《い》ねぬ青海《あをうみ》のうねりに乗りて揺らるる我が船
暑き日の甲板《でつき》に出でて見やりたり眼近《まぢか》に浮ぶ青き島山

佐渡沢根にて三首

船下りて小磯の浜に夕月のかかるを見たりその磯松に
草臥《くたびれ》て小磯の岸に宿かれば今宵の月はおぼろなり海に
夏の夜の月とはいへどただに寂し荒磯《ありそ》の村の屋根にさす影

雨中三首

山青葉ひた降りそそぐ雨の音道とほく来てさびしきものか
山なかの青葉しみみに降りそそぐ雨の音こそさみしかりけれ
走り行く郵便脚夫見ゆるなり青葉を消して雨しぶき降る

小木にて二首

夏山を越ゆれば遠き船が見ゆ島の岬《さき》尽きて海の色深し
この真昼の深き入江の静もりに影ひたるなり青葉島山

折にふれて

一しきり薮蚊のうなり軒近し日暮れてひとりさびしくもあるか

大島独居三首

木の暗《くれ》に蚊の鳴《なり》きこゆおのづから草屋《くさや》暮れ行くその木のくれに
木下闇薮蚊のうなり暮れゆきて草に乏しき虫の声何
乳牛のなく声かなし草の家に萱草《かやくさ》刈りて島子はかへる

夕暮二首

きて見れば木の間の畑に重々し麦の穂うれて遅日の曇り
匂はしく若葉島山暮れぬれば星影見え来《く》靄の中より

（「アララギ」大正5年8月号）

亡児を歎く

窪田空穂

亡き子の葬送に先だつて、神官は霊代に霊移しの式を行つた。幽界に神にその事を祈る言葉を聴いてゐると、我にもなく涙がこぼれた。

久方《ひさかた》の天《あめ》なる神に請ひ禱《の》みてなき子が霊《たま》をここにとどむる
父母《ちちはは》の家ならずして行くところなき子と思《も》へば涙ながるる
この家を去らぬ霊《たま》としなるからにいよよあはれとなりまさるかな
うれしげに笑ひし瞳《ひとみ》ちちははに向けてゐよかし眼には見えずとも

火葬に附した骨を、十日祭までと思つて家の中に据えておいた。その前にあつて、ともすると情痴に陥らうとする自身を、いかんともすることの出来ないのを思つた。自身の血肉を次ぎの代へ伝へようとする、この生物に通有な本能の、自身に取つても如何に強いものであつたかといふ事を初めて意識し得た。

生えずとてうれへし歯はもかわゆきが灰にまじりてありしといふか
さみしくはあらせじものともし火をともし継ぎつも夜のふけ行くに
親しかる人よりの文《ふみ》かたはらに置きてひらかず懶くしあれば
はるかなるものとし聞ゆこの軒に来馴れて啼ける雀の声も
その部屋の襖あけてはのぞきこみ驚くものかなつ子が居ぬに
幽《かす》かにも子が泣く声のきこえ来つ立たんとしては驚くものか
眼の前に畳見つめてあるほどにふとこそ涙こぼれ落ちたれ
わが顔を鏡のうちにうつし出でしみじみと見つ何のこころぞ
そぞろにも涙ぐましき心地して親しき人の顔うち守る
ひとりしてをらんと思へひとりをれば物思《も》ひ繁くをり難《がて》なくも

（「国民文学」大正5年9月号）

武蔵野

窪田空穂

白石実三君と夏の暑い日の一日を武蔵野の狭山《さやま》を遊びまはつて、西所沢から汽車で帰らうとして駅へ入つた。駅の前に井戸があつた。私たちはその水を汲みあげて、貪り飲み且つ汗を洗つた。

武蔵野の真中に掘れる井を深みをぐらき底にひかる水かも
武蔵野の真中に掘れる深き井の暗き底より水汲みあぐる
武蔵野の深井の真水わがたぐる縄に吊られて光りつつあがる
武蔵野の深井の真水汲みあげし釣桶《つるべ》かたむけむさぼり飲むも
武蔵野の深井の水かわが飲むは眼《まなこ》につづく青き空かも
武蔵野の深井の水を汲みあげて汗にまみれしわが肌《はだへ》あらふ

家の近くに鬼子母神出現地といふがある。小高い杜の蔭に萱ぶきの御堂があつて、中から題目を唱へ《よ》るが声もれて来る時がある。町へ出ようとして私はをり〳〵その境内を過ぎる。

献燈のひかりさし入りひとところ闇にせせらぐ水のおもて見ゆ
小板ばし渡りてゆけば夜を深みせせらぎの音のさやかに聞ゆ
暗きよりさやかに起る水のおと怪しと聞きてたたずむや童《わらべ》
せせらぎに足をひやして黒の馬うれしくやあらん長き尻尾振る
籠りにし御堂《みだう》たちいで女ばらひぐらし啼ける樹立あふぐも

立太子礼を視し奉る

すめみまの皇子《みこ》の尊の高光る日嗣の皇子《みこ》と立たす今日かも
高光る日嗣の皇子《みこ》と貴皇子《うましみこ》立たせたまへば尊くもあるか
遠つ神わが大君は神剣《かむつるぎ》いまか授けます日嗣の皇子《みこ》に
五百万千万神《いほよろづちよろづがみ》の天《あま》がけり見そなはしまさん今日の斎庭《ゆには》を

白馬《しらうま》の太馬《ふつま》に積《つ》みて国つ神今日のみ為と菊たてまつる
今日の日を生く日足る日と大八洲千万の民のことほぎまつる
厳《いか》し御代ことほぎまつる千万《ちよろづ》の民の声は宮もとどろに
都路の道の八衢《やちまた》よろこびて笑めるみ民の満てる今日かも

雀

裏庭の秋菜ばたけに楽しげに物いひあそぶ十余《とをま》りの雀
裏庭の秋菜ばたけに砂浴《あ》むと首をならべし十余《とをま》りの雀
雀らが砂浴みつつも見やる眼に青くかがやく秋菜なるかも
裏庭の秋菜ばたけに砂浴むる雀のむれの今は見えずも

護国寺門前

護国寺《ごこくじ》に老いし高松上《たかまつかみ》つ枝《え》の木垂《こだ》れきたりて土にかもつかん
護国寺の観音堂に住む鳩の餌をしあさると御堂《みだう》はなるる
護国寺の土手の青笹秋の日にひかる細葉に手もてさはりつ
護国寺の門《もん》あきをりてくらき夜の真夜中となりし門《もん》の内《うち》のみゆ
護国寺の観音堂の青銅《からかね》の屋根を照らして月さしのぼる

銀座の夜霧

ひさかたの天《あめ》の御中《みなか》に涌く霧のただよひ来り都をつつむ
ほの白き夜霧の底にともる灯《ひ》の夜霧を照らしともりつらなる

（「国民文学」大正5年12月号）

大晦日　　釈　迢空

机ひとつ本箱ひとつあたゝかくふとんかぶりて眠りけるかも
除夜の鐘つきをさまりて静かなる世間にひとりわが怒る声
大正の五年の春となり行けど膝もくづさず子らをのゝしる
墓石の根府川石に水灌ぐ師走の日影たけにけるかも
何処《どこ》の子のあぐらむ凧ぞ大みそかむなしき空のたゞなかに鳴る
天づたふ日の昏《く》れ行けばわたの原蒼あをとして深き風吹く

熊野行

山あるき二日人見ずある山阿《くま》の山蟻の孔に蹲《つくば》ひ見入る
にはかにもこの日は暮れぬ高山の岨路《ほきぢ》風吹き鶯鳴けり

（「アララギ」大正5年9月号）

森の二時間　　釈　迢空

森ふかく入り坐《ゐ》て寂し汽笛鳴る港の村にさかれる心
この森の一方にふたり声すなり暫く聴けばめをと草刈る
この森のなかに誰やら寝て居ると話しごゑして四五人とほる
まのあたりもとあら木々の幹あまた日の直射《たゞさ》せる見つつ久しも
此《こ》は一人《ひとり》童子坐《ゐ》にけりひよつくりと森の熟寝《うまい》ゆ覚《さ》めし我が目に
わが頭上《づじやう》楢の一葉がかさかさと落ちず久しみたそがれにつつ
うす闇に乞食《こつじき》ふたり来逢へれば懐しくしてもの言ひにけり
鎌倉のもみぢに来つつこの谷《やつ》に在《あ》らくさびしくひとりなりけり

（「アララギ」大正5年12月号）

草の穂

木下利玄

秋づけば露深小野のせゝらぎのこもらふ水に揺《ゆ》るゝ草の穂
日によれば秋めく、入江の岸の辺《べ》の草になく虫あはれに思はれ
杉立つ峰俄かにくもり雨来り繭煮《まゆに》る村の屋根雫すも
山みちに雨はれ畑の桑の葉のぬれの照《て》りこそあつけかりけれ
月見草すでに萎れてうす雲を日のすく雨に峠くだるも
地にあさる頬白とびぬ山みちは日かげになりてそこにまがれり
山かひのわづかの畑のさゝげ豆畑つくり人今日は来ずけり
水ふえてたひらにうごく川のいろ光にぶりて岸をひたすも
向ふ岸の山影ひたる川のいろくもりしづみてうごくともなし
夕空のいろにひたりてくもる川にぶくなめらにわが前ゆくも
浅宵のあかりくもれる河心《かしん》より舟のきしみのきこえくるかも
幅ひろの街道ひくししん／＼と流れ暮れたるくもり川べに

（「心の花」大正5年9月号）

遠渚

木下利玄

○

蒼海原《あをうなばら》ふりさけみれば張りきれる一本《いつぽん》の線《せん》に天《てん》とはなれたり
磐床《いはとこ》に帆布ほされてすでに午四《ひるし》面《めん》の潮の青のゆれかも
磯岩にひろげおかるゝ重帆布《おもほぬの》十二時前の日は真上なり
没義道《もぎだう》に風吹き上げて磯山の草ひたなびき山はだに伏す
川岸の篠の新立《にひだ》ち舟ひくみ朝空の澄《す》みにぬきんでゝ見ゆ

○

遠渚《とほなぎさ》よる波しろく夕日てりこの磯かげの冷えそめしかも
降《ふ》らんとし動きくる雲海くらし沖つ白浪いちじるく見ゆ
沖つ浪かぐろみて見ゆ風にのりうごき来る雲すでにか降れる

○

落日《らくじつ》は海に遠くあり光よわく荒磯《ありそ》の岩におよびたるかも
荒磯の裏山にして椿葉の暮れくろみつゝ猶光りたり

○

村里のともし灯《び》しめり家々のはなしふけたり星空の下《もと》
夜くだちに月しろならむ山の端の夜空の雲のあらはれにけり
里の家寝しづまりつゝ山の端は月しろならむ雲しらみたり
山際《やまきは》は月しろとなりさむ／＼と川音さやけみ夜はくだちけり

（「白樺」大正5年10月号）

伯耆国三朝温泉

木下利玄

このねぬる朝けに見れば三朝《みさゝ》川今朝も今朝とてたぎちゐるかも
山川にわたせる橋にあたる陽《ひ》を踏みわたりけり向ふの岸へ
凩の中山木かゞやき蒼《あを》き空《そら》するどくすめり冬遠からず
山川は人里をすぐ河原には冬の着物をあらひはりすも
はるかなる高峰《たかね》の松を見上げつゝひたすらはこぶ歩みなるかも
わがかげのうつる日なたの街道をすでに何里かあるきてゐたり

山みちに日のかげろへばむらさきのさゆる草の花に心よわしも
朝川のたぎちの水泡青白み巌《いは》かげさむくとよみたるかも
巌かげにさむきたぎつ瀬かげをいで旭《ひ》にほひつゝ流れさるかも

三徳山三

山清み杉立つ峰のした萓のもろ葉さむけく光りつらなる

村の路傍、小高き処に、日露戦役
戦死者の墓あり。二首。

戦死者の墓はも可なり古りにけり赤い夕陽《ゆふひ》に曼珠沙華咲き
戦場に命死にけむその際《きは》に此の村里をこひにけむかも

（「心の花」大正5年11月号）

伯耆の大山

木下利玄

いこひゐて目はすぐ前をみつめたり秋の陽《ひ》あつき草むらなるかも
花のありか小さく瑠璃にかぎりたる竜胆《りんだう》の花を目はみつめたり
大山《だいせん》の峰の木原は遠入日あかくそめゐて光あらずも
大山《だいせん》の木原の上に星さえて夜さむ嵐のさわがしきかも
さむざむと木原の奥に月ひくゝくらき嵐の吹きすさぶかも
大山の弥山《みせん》に雲はたゝなはりあかつき近み星しらみたり
路をきる山のせゝらぎすみとほりくらき木原にながれ入りたり
山の霧しばらくふれり木原には雫の音のきこえそめつも
山のきり次第におもくなりまさりやうやくしげき木原の雫

（「白樺」大正5年11月号）

開く花

山田邦子

夕日影かげりの暑く夕顔の青きつぼみはいまだとぢたり
白妙にひらかむとして夕顔の夕かたまけて未だふくめり
時の間をひらかむとする夕顔の花のふくらみをめぐる蟻かも
眼の前にひらききりたる夕顔の白妙の花のそこ青み見ゆ
見てあれば黒蟻の列のめぐりゐる大き夕顔の花しづかなり
清きもの命みじかきか白妙の夕顔の花の咲きたる見れば
白妙の夕顔の花咲きにけりあすの朝《あした》に見らんと思へや
夕明りほのかに残る庭かげに開きにけらし夕顔の花

（「アララギ」大正5年10月号）

蛾

山田邦子

夜更くるまで書はよみしか障子には虫の羽音の折々に聞ゆ
わが心まことに寂し灯のもとに大蛾の羽をおさへけるかも
小夜深く蛾をおさへたるわが心灯火のもとにさびしとぞ思ふ
この寂しさよりどころなくなり来り大いなる蛾を殺しけるかも
夜の蛾の羽のひびきのびんびんくるりくるくる止めがてぬかも
おそ夏の土手の上なる老松を仰げば寂し夕蟬のなく
朝早み日影涼しき土手の上を静かなる猫すぎにけるかも
昼顔のまだ色うすき朝の花猫はしづかにすぎてゆきしも

（「アララギ」大正5年10月号）

松葉牡丹

原　阿佐緒

秋づきし日向《ひなた》に干《ほ》せる干梅《ほしうめ》の匂かなしもひるのこほろぎ
孔雀草花はつ〳〵に咲きそめて吾らが別れとこしなへかも
掌《たなそこ》に昼のほたるの赤き首《くび》しみ〴〵見るも淋しきものを
何かなく心落ちゐず来てを見し爪紅の茎に小蟻居りつも
しく〳〵に歯は痛みつゝ人言のいやかなしくて触りし爪紅
人言をうらなげきつゝ鳳仙花夕明かき土にちるを目守らふ
しく〳〵に身を寂しみつ爪紅の花の紅さに見いるゆふぐれ
爪紅の根本の茎の赤ら透き見る目よろしもあさあけの窓
夜の小雨降り出でつれば花の鉢窓より屋根にそと出しけり
鉢の爪紅夜来の雨にほろ〳〵とこぼれてありき屋根の瓦に
ぬれ光る屋根の瓦に爪紅の赤くこぼれてありし朝かな
爪紅を揉めば沁み出し紅汁に吾が児の頬を染めてうれしも
朝《あした》見る松葉牡丹は黄に紅けにみなふゝみ居りいとしくて触《さ》やる
朝づく日未だ冷《すゞ》しく松葉牡丹露になびきつなほもふゝめり
まだ咲かぬ松葉牡丹にひっそりと暁起きの息すも寂しく
朝見て待ちがてにせし松葉牡丹昼さり来たり咲きそろひけり
日の盛りつく〴〵よしと蟬は鳴き松葉牡丹の花照り暑し
かぎろひの夕さり久し松葉牡丹あへかに萎み思ひまさるも

×

児がくれし焼玉蜀黍を食《を》しつれば何かかなしき思い出湧くも
たゞひとり目を覚めてきくさ夜の雨心よろしみなほ書を読む
屋根の辺のかそけき音をあやしみし瞬間の後の雨のうれしも
蒸《む》し暑き夜ぞとかこちて肩《かた》の肌もあらはに寝しが雨となりけり
枕並め寝し友も児もな覚めそよこのさ夜ふけをしみ降る雨に
つばらかに思《も》へばさみしも玉きはる命の限り孤りしなれば
夜はくだち虫もひそみて遠鳴ける犬のこゑのみしるし寂しく

わが老叔父七日の夜より突然に病みて九月十日と
いふに終ひにみまかりぬ

叔父かなし一夜のからにうつそ身の魂もありなしに病みほけにけり
かなしくもうつゝの眼ともおもほえぬその眼をひらき吾《あ》をまもります
かそかにも吾が名呼びますその口をまもれば涙せきあへずけり
木彫りなす皺の額に吾《あ》が手触り肉身の血を感じけるはや
煤びたる障子暗しと開けつればにらの花白く霧らふかなしさ
叔父はもよながつき十日かぎろひの夕さるなべにかぐろひぬはや
黒く濡れし土さながらに松葉牡丹鉢にうつしてわが持てまゐる
松葉牡丹かなしきかもよ忌机の香の煙の中にゆらぎて

（「詩歌」大正5年10月号）

吾か児

原　阿佐緒

うち離《さか》りありける母のかへり来しに何をか泣くぞ吾児よわが児よ
久しくも病みて涸れたる空乳房《むなちぶさ》児めづらしみ吸ふはかなしも
横《よこた》はる生木《なまき》の匂ひ身にぞしむ別れをいたむ秋のやまぢに

別れ来て髪にいつしか萎れ居し山草の花に人のしぬばゆ
人と逢ひてこもれるひまにさいかちの葉もいつしかに落ちつくしたる
さいかちの葉はおちつくし黒き莢かはきさやげり秋風の中
母とのみの夜居を淋しみ児はいでて遊ばむといふ寒き月夜を
遠つ人見むと云はじかかくばかりおよすげし児をけうらなる児を
見むと云ひし月をも見ずに母の背にぬくもりぬればはやもねいる児
背には児の寝息のみして今は今は虫も鳴かなき夜の細道
豆柿も日にけに霜に黒みそめやうやく近しみちのくの冬
山住みもまこと久しくなりけりと鄙さびし児を見ておもふかな
蔵の前の日向の土に降りて鳴く雀ら追ひてひとり遊ぶ児
一心に水に石投げ遊べる児目には守りつつものおもふ母
うち沈む母にまもられ一心に児は河の面に石うてりけり
児と二人河に石投げ遊びつつ日の暮れ待たなすべなき母は
秋晴れの明き河原に光る砂児とひろひつつ余念なしいまは
ここの野にひと夜を寝つつきはめなばあるひはとけむなやみなるかも

（「アララギ」大正5年12月号）

動揺

佐佐木信綱

わが心動揺やまず秋の風にもまれもまるる樹木の如し
ちりひぢの中にいくとせまみれたる吾がたましひの声たてて泣く
今のわが心にふさへり時ならず十二時をうつ狂ひ時計も
何おもひをりやと山の鳥が来てわれに語らふ静けき昼かな
彼の日こそわれてふもの、うせにしか何の心の何を泣くらむ
書とづれば夜の戸うちし雨の音もまどほになりぬ静かにねむらむ
釣人はうきを見つめてまじろかずわれ何をしも得まくほりする
みじめなる心の影をかへりみてかつはあはれびかつ歎きける
海の夕日山にを照れば山の上の老楠の幹光り匂へり
かくばかり心よわくもなりぬるか読む書の上に涙おちけり
十月も半ばになりぬ夜ふけて仰ぐみそらに星ひややけし
門の辺に道をとふ子よまことには我も道をし知らぬかなしさ

（「心の花」大正5年11月号）

俳句

平井照敏＝選

ホトトギス巻頭句集

二三疋落葉に遊ぶ雀かな　鬼城
お机に金襴かけて十夜かな　同
僧の子の僧を喜ぶ十夜かな　同
生々《なま〳〵》と打殺されて秋の蛇　同
蓮の葉の完きも枯れてしまひけり　同
出水や牛引出づる真暗闇　同
白竜の月にかゞやく白さかな　同
玉階の夜色さみしき芭蕉かな　同
稲かけて菊かくれたる垣根かな　同
秋水に孕みてすむや源五郎虫　同
山畑や茄子笑み割るゝ秋の風　同
七夕や暗がりで結ふたばね髪　同
秋雨や柄杓沈んで草清水　同

（「ホトトギス」大正5年1月号）

小春日に七面鳥の濶歩かな　鬼城
尼法師に石蕗の花さく小春かな　同
影法師の壁にしみ入れ寒夜の灯　同
琴碁書画生きて声あり寒夜の灯　同
つめたかりし蒲団に死にもせざりけり　同
秋耕や四山雲なく大平ら　同
籾ふるふ静かな音や青唐箕　同
秋風や子を持ちて住む牛殺し　同
秋雨や鶏舎《とや》に押合ふ鶏百羽　同
蚊柱や吹きおろされてまたあがる　同
大寺や霜除しつる芭蕉林　同
煤はいて蛇渡る梁をはらひけり　同
蒲団かけていだき寄せたる愛子《まなご》かな　同
打連れて足袋の白さや御坊達　同
春待や草の垣結ふ縄二束　同
榾の火にあぶりて熱き一壺かな　同
赤く塗つて馬車新らしき吹雪かな　同
茎石や泥にもならで泥まみれ　同
麦蒔や西日に白き頬冠　同

憶左千夫

野菊さいて新愁をひく何の意ぞ　同

（「ホトトギス」大正5年2月号）

大石や二つに割れて冬ざるゝ　鬼城
寒き日や髪もおどろの古御達　同
石蕗さくや猫の寐こける草の宿　同
さゝ啼や蕗の薹はえて二つ三つ　同
煤掃や一帙見ゆる草の宿　同
維摩会にまゐりて俳諧尊者かな　同
凩や手して塗りたる窓の泥　同
いさゝかの借もおかしや大三十日　同
新米を食うて養ふ和魂かな　同
毒竜の襲うて痩する夜々の月　同
秋耕や馬いぼり立つ峰の雪　同
冬川や小さき石に浪の花　同
元日やさみしう解ける苞納豆　同
福寿草咲いて筆硯多祥かな　同
春の日や高くとまれる尾長鶏　同
春山や家根ふきかへる御ン社　同
秋の暮水のやうなる酒二合　同

亡妻廿三年

女房をたよりに老うや暮の秋　同

（「ホトトギス」大正5年4月号）

山寺の扉《と》に雲遊ぶ彼岸かな　甲斐蛇笏
百鶏を放てる神や落椿　同
尼の珠数を犬も喰へし彼岸かな　同

舟行

行春や人魚の眇《すがめ》我を視る　同

（「ホトトギス」大正5年5月号）

巣営む蜘蛛に灯青し庭灯籠　高知大我
山房に鹿の子を待てる団扇かな　同
庭掃く僧見慣るゝ蛇を叱りけり　同

（「ホトトギス」大正5年6月号）

葛《くず》の蔓大樹目がけて日永哉　信州土音
囀りの大樹ゆるがして飛びにけり　同
子を連れて木鼠の遊ぶや余花暗し　同
水打てば土喰ひに来る雀かな　同
耕しに出て炭黒しいつ迄も　同

桑黒焦

遅霜や人を威して旭上る　同
（「ホトトギス」大正5年7月号）
種蒔くや先づ神の庭に一と拋り　信州土音
野良飯や畦に飛びつく青蛙　同

草刈

拋り草又もかゝるや麦の穂に　同
草刈れば春草の実や流れ行く　同

春早三句

股も張りさけよと計り打田哉　同

倒れ芥子露草の中に咲きにけり　同

松の虫石の落ちては這ひにけり　同

電燈一箇なし

書くものに蚕糞飛び来る硯哉　同

畑打

他愛なき野鼠の子を打ち出しけり　同

（「ホトトギス」大正5年8月号）

新鍬の切れ味見よや土の秋　丹波泊　雲

芋畑や二階の額を見つゝ語る　同

水落して又とつかわと歩行きけり　同

枝戦へど幹静かなる野分かな　同

蟷螂壁に白日濁る野分かな　同

草の中に小家漂ふ野分かな　同

巨木伐るに下広く刈る芒かな　同

草の花仔牛とばせて面白し　同

大木を伐るこしらへや霧の中　同

蛇のとぐろほどきぬ百合の花　同

（「ホトトギス」大正5年9月号）

小枝抱きて生けるが如し蟻の蟬　鎌倉はじめ

囮ありて森狭くありく朝かな　同

囮鳴かず疎林夕日の落葉かな　同

囮近く一鳥生みぬ木瓜の叢《むら》　同

囮据ゆれば早や応へある谷幽か　同

雨蕭条山鳩来たる鳴子かな　同

稲穂の浪に鳴子進むが如く也　同

朝顔の萎みもあえぬ風雨哉　同

芙蓉落ちて石這ふ虫に秋明し　同

（「ホトトギス」大正5年10月号）

芝草に踏む迄飛ばぬ蜻蛉哉　信州土　音

芙蓉ほめて人鶏頭にありにけり　同

蚕籠落ちし蚕や桑の草を抱いて　同

草庵

森へ飛ぶ雀は稲につかぬなり　同

茶の藪にやがて絶えなん菊なるが　同

稲熱穂に及んで生色なし

穂に出で、枯れたる稲や情なし　同

右の手首に腫物出づ

吾血なめて蠅居たりしが交み去れり　同

田草取終る

鬼蜻蛉早出て飛ぶや稲の上　同

旱

刀豆の花吸ふ蟻と知らざりし　同

子規忌にもれて

大根の葉を喰ふ虫を殺し居る　同

（「ホトトギス」大正5年12月号）

『山廬集』(抄)

飯田蛇笏

大正五年四十一句

新年

楪　ゆづり葉に粥三椀や山の春

春

早春　春あさし饗宴の灯に果樹の靄
髪梳けば琴書のちりや浅き春
立春　立春や朴にそゝぎて大雨やむ
木の芽時　舟を得て故山に釣るや木の芽時
彼岸　尼の珠数を犬もくはへし彼岸かな
山寺の扉に雲あそぶ彼岸かな
舟行
行く春　ゆく春や人魚の眇《スガメ》われをみる
空林の火に馬ねむる暮春かな
田畑を焼く　反逆にくみせず読むや野火の窓
連翹　連翹に山風吹けり薪積む
花　やまびとの大炉ひかへぬ花の月
轡はれてちる花に汲む泉かな
うきくさにながあめあがる落花かな
竹の秋　空ふかくむしばむ陽かな竹の秋
椿　百鶏をはなてる神や落椿

夏

夏の川　やまがつのうたへば鳴るや皐月川
硯洗　うき草に硯洗へり鵜匠の子
蟬　神甕酒満てり蟬しぐれする川社
毛虫　毛虫焼く火幽し我に暮鐘鳴る
罌粟の花　罌粟の色にうたれし四方のけしき哉
萍の花　曲江にみる萍や機上の婦
桐の花　花桐や敷布くはへて閨の狆
瓢の花　瓢箪の花にひともす逮夜かな

秋

月　詩にすがるわが念力や月の秋
甲斐の夜の富士はるかさよ秋の月
露　葬人は山辺や露の渡舟こぐ
秋の山　秋山の橋小さゝよ湖舟より
秋の海　舟人の莨火もえぬ秋の海
稲刈　稲扱くや無花果ふとき幹のかげ
燕帰る　魚喰ふて帰燕にうたふ我が子かな
白林和尚故郷和歌山へ旅立つを送る
芋　芋秋の大河にあらへたびごろも
煙草の花　開墾地のたばこの花や秋旱

野辺に病者の寝具を焼く
秋の草　秋草にあはれもゆるや人の衣

冬

亡児二七日寺詣――龍安寺
寒　苔はえて極寒におはす弥陀如来
冬の風　道のべに痢して鳴く鵜や冬の風
霰　揚舟や枯藻にまろぶ玉あられ
蒲団　おもひ入つて人闇にたつ布団かな
大正四年霜月二十五日誕生の女児生後十五日にして病む
火鉢　冷ゆる児に綿をあぶるや桐火桶
富士川下り
鴛鴦　舳に遠く鴛鴦とべりいしがはら
病児近く
枇杷の花　枇杷に炊く婢にこぼたすや薬壜

『八年間』(抄)

河東碧梧桐

(昭和7年12月、雲母社刊)

雪卸ろせし磊塊に人影もなき
雪踏のふり返る枯木中となりぬ
水仙の地にへばる花の伸び端なれ
水仙は葉折れたる根白艸なれ
水仙の古きに片付ける床
水仙に松古葉揃へる掻く
冬田空工場の入日となれり
砂を築きたる冬田水湧く
冬田の蓬葉重ねたる
草枯に立つ垣の山に展びたれ
草枯る丶会ふ人の一人づ丶に
草枯の蕨に雨の落ち来る
萱枯る丶茨の実に刺にいや高う
草枯に根裾る山荒瀬の橋に
氷砕く黒塀の迫る也
池氷る町よりの風埃立つ
脊の綿の青さ起ち居や田の氷
蒲団干す朝犬の逐ふ鴉哉
蒲団綿の紙包みなる鏡の前
蒲団にした丶る水の挿し花の夜
木の間ありきぬ冬日落つ雨ざれの砂
山に圧さる丶町尻の冬日の谺
冬日さす年寄りを妻との客に
冬日の中槻罩むる烟揚れり
木の間冬日銀杏には尚ほ隔たれる

凧糸の棗にかゝり寒の明く
手の跡の二つまで寒明きの塀に
寒明きの大根の青首の折れ
寒ン五日頃日の和ミ珠根掘りたれ
水鳥群るゝ石山の大津の烟
水鳥の東雲の群れを形づくれり
連れ立ち過ぐる水鳥の漂へる波
夕凪の風が荒を吹く木の芽
芽吹く木に愚かしく出て芝寝せり
棗芽吹く土塀の角さ劃れり
恋猫のふむ八ツ手ノサばれる枝
猫交かる夜の庇畳む影
猫さかる声夕霙雲の中
枯芝にをる黒猫の恋の雨
晒布の水梅林は滅びたり
梅林の道ポプラより入りたれ
梢の花日全くかげる梅
梅林暮るゝ焼鯊の並びたり
猫柳に塵取をはたきそめる
雪漂へる水焚火の跡に
冴返り衣冷たきに灰こぼれ
冴返り降る雨の芝は刈りたり
冴返る日かげり砂利なだれたり

冴返り散る梅に麁朶たぐひたり
干底の水に道づくりつゝ
沙田の橋渡り行き遠浅の曲り
旗振山の人声の汐干たり
陽炎へる雪滑め草の昼泊り
陽炎へる水迫り来鏡しぬ
鶯の靄中の爪先きの萌え
鶯の鳴き初めし昼は鴉の木
鶯絶谷見え渡りたり
草餅の一ならべ蓋合せたり
搗き上りし餅草の俎板の昼
豌豆盛り車離されし牛
豆の花吹き靡く川口の水
豌豆の花青桐ニタ本の奥に
埋土高き桜埋れり豆の花
げん／＼野山据わる花菜とりまはし
雨さめ／″＼と裏がへるげんげ名残咲て
げん／″＼の飛生えや椎芝ざれて
いつまで建たで芝地奥ある囀れる
崖辛夷も囲ひとる掃除囀れり
花苺に囀れり山吹に山移る
明易き水増さりつゝ磧雨名残り
明易き雲匂ふ次第に紫峰染む

石畳這ふ水に明易き土こぼれ
ポプラ並木の水の空柳翻る
柳垂れずれる瓦畳む影
柳に蔓れる紫陽花の嵐の跡
摘草を打返すつちくれを選る
摘草の膝にこぼるゝ袂いとほし
草摘みの晴榾林過ぐる
草つみの呼声の遠〳〵しきさへ
鳴く燕行くに日暮るゝ外出
梁の燕の巣に下り行けり
髪そゝけたる立尽くす鳴く燕
李に山のつゝじの燃ゆれ鳴く燕
げん〳〵田水田の燕立端なる
隙間洩る春日のゆら〳〵と影
春日の杉菜蟹の爪かけし
芒の台に出る道の春日の家
木の間の水春日さすまゝのゆらぎ
汐照れる春日中釣竿立てし
雪田の石屑吹きおろしなる
草場膨らみ雪田一角の照り
俎板なす雪休みたる足跡づくる
雪残るずり谷の焼岳頭
小屋の雪二尺なぞへに残れり

辛夷の下蜷殻の網さばく
辛夷に曇り来そよげる花に
雪籠りせし辛夷の底まはり
雪雀埃り飛ぶ曠《あら》野の家に
三本の木瓜弱々と槙
木瓜ちりのこり遺言を念
しどみ咲き布く駒ケ岳の上り口なれ
重き戸に手かけし春霞の晴れ
耕しあるに山仕事霜名残りたり
足もとの莚うち重ねある別れ霜
種蒔きし山どゝと下る道
種を蒔く夫に馬引き寄りぬ
種を蒔く夕はろ〳〵に畑人よ
種蒔きし畝作りいとゞ太しき
桃畑の鍬束ね解く旦
金園の花選りの若き女房等
鮎うけの袋とるけふ干しぬ
鮎飛ぶ音の足もとに水づく
鮎若き禁漁の桜咲く
学校休む子山吹に坐り尽しぬ
山吹咲く工女が窓々の長屋
坑夫の妻子を作る山吹がさく
この山吹見し人の行方知らぬ

かしこまり坐る火鉢一つ山吹に
山吹の三泊りになりぬ
熊蜂巣作るに灯さす窓
巣の蜂怒らせし竿を捨てたり
蜂声湧く枯萱の芽立ち
蜂つかむ篠の皮落ちたり
藤棚大きさ父子の暮しになりぬ
藤棚の坪土塀に沿うて廻りたり
木挽裸が鋸屑の中に藤名残
石に身を搏つ蜂の藤垂るゝ
魯桑葭切の真近なる朝
夜の声葭切に変圧所の灯
葭切の水運河に泡の行きつゝ
一眠りせし吹かれをる行々子
行々子日落ちての乗合の夕風
工女の払ふ綿ぼこり日ざかれり
真上の雷日あたりそめし
神鳴遠く水搏てる棹
物ころ〳〵と籠の蛍哉
葉柳動き仏像の綿とりし
女学校の放課後の六月柳
子守が悪事を語る夏柳哉
飯屋の蝿取りの据ゑ処

楓葉のこぼれ茎の全き
摘桑を押す中に楓の黄茎
鮓の夕暗み楓のそよぎ
赤薔薇潰れ五月に入りぬ
五月葉の無花果毛麦隔れり
五月の水の飯粒の流れ
五月木めぐり木の国山暦
間を割く根立てる雲の
峰づくる雲明方の低し
雲の峰稲穂のはしり
清水ある道の人声の蕗
麦無き車前草に道つく清水
楊《やなぎ》川筋の白樺湧く水
笠紐とりし顔こゝは清水場
清水汲み来る塩屋の一桶
日ざかる海道に踏みかゝる蓆帆
寝苦しく暑き覚め合へる声音
蛾羽ばたける虫殻の朝
蚊帳めぐる虫に灯消したれ
足立てありく虫に灯搏ちくらみ
灯による虫の下の空地《あからさま》なる
蝶遅れたる天井の灯にはいる
宮守つく灯の逝く水の虫

木下の水虫鳴れる灯の射たり
虫指ふれし臭ひの蚊帳の灯
坊主桑残る葉の麦秋の風
麦稈嵩に締め合せある障子
蚊すり飛ぶ果なかる屛風
雨地に染まず蚊の夕来る
蚊の腹白き眉近く過ぐる
繭づくるまぶしのかさばりたもつ
繭倉の窓明け放ち行けり
蚕棚脚高く繭むしるなり
蠅打つまで蠅叩きなかりし
葉にをる蠅と明方の我れ
蠅を追ふ手の日さすまゝ
蕨の蠅の斑猫《はんみょう》に立つ
蓮の葉風町づくりゆく
蓮に手とゞく傷きゆけり
蓮ふまへたる水蜘蛛若し
蓮茎立ち水馬深し
水出まされば蓮折れて
扇の絵蝕み通したる
扇握りゐたる指を開けり
日ざかる朝顔の芽皆摘む
水汲みし石垣の日ざかり迫る

錨綱の張り水底に眼開く
泳ぎたうなりし筆は擱きたり
泳ぎ上りし滴り高き脊よ
蜀麦《もろこし》の道の泳ぎ場通る
漁夫等網ふむ蹠《あうら》 真白さ泳ぐ
泳ぎ出でたる陸立ちさわぎ
瓜の水にも日覆の羽蟻
蟻地獄に遠しつぶらなる蟻
蚊遣の線香のたち易き眠る
木瓜の木の衰へに蚊遣せり
蜘蛛の働きのさなか蚊遣れり
蚊遣しつかれし軒端の空よ
土用稽古半ば過ぎたる顔並べ
土用稽古控へたるカンナ咲き
土用稽古の三間の打通し
土用果てたる門の戸濡れをり
土用燕田枯らしにとぶ
土用過ぎ行くはづさゞりし障子
すずみし裸の袖とほす衣
すずむ雨落つベンチを立ちし
すずみ居る前濃き蟻の道
すずみに出でし風あたる銀杏
すずみ足の汐ざれの二人

ダリヤ蕾の茎伸びの夏
妻に腹立たしダリヤに立てり
ダリヤに立ちて支へ木多し
ダリヤ伸び〳〵茂れる早き
ダリヤ作る藁帽があり
眼の前の幹蟬の抱きつき
素焼の壺蟬這ひかゝり
下艸茗荷仰向けな蟬
頭上鳴く蟬鳴かずまだをる
蟬さし竿立てし人通る
日覆せしに遅れたる馬車
日覆の布の縫ひ合はざりし
橋より人来る日覆とりし
日覆出でし店あけしまゝ
壁にペタと蝙蝠の音の蛍火
薪おろし行きし音なき蛍火
蛍見るうしろ広間の開く
蛍籠目の下におろしたる

伊藤氏別墅

幹赤うなる松秋空透り
萩も芒もなし砂焼けたり
繭籠するゐし茄子もぐあがり
昼寝の机押しやりしまゝ
昼寝時柱にもたれてゐたり
次の間に寝る物干の風
鉢数になり列べらる秋晴れて
野見たがる女よ秋晴れすごす
つぶら〳〵栃を踏む晴れ
穂なき粟畑黍畑通る
枝淋しき銀杏の下葉
黒き汁吐く蝨に多し
蝨さし来し数の減りけり
曼珠沙華句はしき外出よ
栗ひろひ拾ひそめたる
干栗二タつらあはたゞしき日よ
退学の夜の袂にしたる栗
栗を盛る虫栗の一つかな
西山北つらの芒の御墓
赤土よごれ墓おほけなく
樒ほど〳〵　ちらばれり
本堂よりまはりて参る墓
弟の墓ものかげに小さかりけり
父の墓の前そろへる兄弟
大林寺裏墓参の人めでたき
十二の墓樒かはりたり
釣れそめし沙魚我が二タ竿よ

沙魚の呑みし針の深けれ
餌に沙魚がたかりをる竿の影
沙魚釣れし数竿を収むる
沙魚が釣れて魚籃に並ぶ哉
霧晴る丶刈田底の日
霧下りし次の朝の霜
梢に漂へる霧沈み来る
墓の木の早や葉無かりけり
鵙が啼くたしかに目覚めて居り
倉の屋根ふむ鵙翔りたり
眼縫はれし百舌鳥の空見る
二人して野菊持ち日高く戻りぬ
野菊に立ちて袴ずりけり
酔うて町より戻る野菊よ
夕べに立ちいで丶花満てる野菊
雪来ん稲野菊伏し倒れ
枕辺に蜜柑むぐ我のみなり
蜜柑皮干す蓬干すやうに
蜜柑園垣結ふ海色づけり
親のけふの羽織れるたち居青蜜柑
蜜柑園出入りの娘等に笑はる丶
蜜柑すず熟りの老木の十年
蜜柑すずなりの一枝藁塚にさし
煤藁吹き落ち葉蕪と青みかん
飯櫃空らな返り花挿しあり
返り花を見し戻りなり
返りさく麓一帯の芒よ
返りさく畑茨ひつか丶り
梨狂ひ咲く園丁国に帰る
よき婆の話聞く十月の宵
墓参の土とりし菜種の赤葉
中庭の棕梠竹よ火鉢の用意
火鉢銘々に我がふしど横はる
亡き骸隔つ襖火鉢を囲み
火鉢を買ひカラな袋戸棚
火鉢ブ厚な膝をす丶むる
裸木よろ〳〵の物干に出る
裸木の股の横うねる皺
冬荒れの浪けふになりけり
根下ろす草の枯れそよげり
木の葉鳴る風の飯焚きて間あり
ぶらつきに出る猫の屍の冬の水
衣裳一杯な行李冷づく畳
鬢の固さわが脊の冷ゆる
大根引く嵩の昼一人也
大根の霜鳴る門辺離る丶

ぬきしまふまで大根のまゝ
大根噛りて女と言ひつのれり
大根漬ける朝から水だらけ
ふだんの綿入朱つくことよ
山番屋で夜が明ける鴨を吊り
立ち残りし浮寝の鳥ら曇る
外套著しまゝ妻との夜中
会の日の炭俵朝はたきけり
炭つかむ片手よごれたるまゝ
布団のび〳〵畳流れたり
布団敷きつめし夜なべの眼鏡置きぬ
布団の裾踏み立ちてそのまゝ坐りぬ
甕青き立ち水仙に動く影
水仙の水人の埃せり
水仙の葉の珠割く青よ
水仙に水させば我明かなり
水仙の葉さば〳〵ヒタと畳に
水仙の葉の折れみぞれ摧くる
青籠《せいろう》の鴨わが手の夕明り
鴨の青首のやはらかに静かなるよ
鴨網の話する其の手の太し
茨にかゝれし鴨の毛凪吹く
禁猟の鴨池の平蕪なるかな

鴨むしる肌あらはるゝ
鴨来る頃二頭減りし牛
柚落す竿にて尖れり
しぐるゝ足元ありかくてゆく哉
袴をはき門はなるゝよ時雨
しぐれてあるく磧足跡よ
しぐるゝ並木鼻通りたり
手に持て私つまゝ父の冬帽子
冬帽子きる炉ぶちに立てる哉
水ほしき硯膝頭凍てし
外出の穿き物の土間の新藁
炭挽く手袋の手して母よ
人坐りてありし座布団重ねられ
二階に上りし日のさす日南ぼこ
燐寸の火よ草燃えつけり
野枯るゝ野に出でゝ行先ききはまる
縞枯れ山まとも行く原
白足袋裾ずれこの用もあの用も
洗面器にも菜カタケの霰ふる
菜二タ株縄からげたる汚れ
足袋つけし水灰こぼれけり
水排けがわるい大根葉つパ
蕪を煮くらす火鏝二本よ

食好み忘る、壮健な冬
原稿一篇は書上り手の白ロ冴ゆ
この二階は隣が近い雪除けの松
阿武松原の浪音の蜜柑もぐ
（大正12年1月、玄同社刊）

〔大正五年〕

高浜虚子

鳥飛んでそこに通草のありにけり
（「ホトトギス」大正5年1月号）

起り来るところのものを松の内
（「大阪毎日新聞」大正5年1月5日号）

東《ひんがし》に日の沈みゐる花野かな
（「ホトトギス」大正5年3月号）

水満て、春待つ石の手水鉢
（「ホトトギス」大正5年3月号）

これより後恋や事業や水温む
（「ホトトギス」大正5年4月号）

種嚢縁に並べて蒔きにけり
（「大阪毎日新聞」大正5年4月10日号）

静かさや花なき庭の春の雨
（「国民新聞」大正5年4月17日号）

恋はもの、男甚平女紺しぼり
（「ホトトギス」大正5年7月号）

浴衣著て老ゆるともなく坐りけり
（「国民新聞」大正5年7月18日号）

生涯の今の心や金魚見る
（「ホトトギス」大正5年8月号）

恋さめて金魚の色もうつろへり
（「ホトトギス」大正5年8月号）

涼しさは空に花火のある夜哉
（「大阪毎日新聞」大正5年8月16日号）

露の幹静かに蟬の歩き居り
（「ホトトギス」大正5年10月号）

盲ひたる夫に暗しや露の宿
（「ホトトギス」大正5年10月号）

秋雨や石に膠す蝶の羽
（「国民新聞」大正5年10月1日号）

主じ自ら小鳥焼きくれて山河あり
（「ホトトギス」大正5年12月号）

虎落笛子供遊べる声消えて
（「ホトトギス」大正5年12月号）

『雑草』（抄）

長谷川零余子

大正五年

春

初　午　夜鳥過ぐる空に初午の行燈かな

雁風呂　か丶り船の舳広さや雁供養

野尻湖にて

春の雲　島に上りて春の雲見る鳥居かな

蜆　蜆籠に汚る丶草の戸口かな

梅　梅園の戸に大釜や古き門

桜　花風に立ちて眼つぶる女かな

夏

鹿の子　草を喰ふ鹿に親しき鹿の子かな

月見草　高潮に咲いて小ひさし月見草

新甘薯　山水繚乱たり新芋生れけり

秋

鈴　虫　鈴虫や一人生き残る疫痢の子

蝗　水心にもがく蝗や草遠し

紅　葉　紅葉狩女ばかりの家族かな

謡曲殺生石

芒　石魂と法と闘ふ芒かな

家と塀の狭きところに芒かな

冬

入　営　駒ケ岳乗鞍除隊入営の道乾きし

湯　婆　湯婆の淋しく高し子の寝顔

時　雨　釣瓶あぐれば水面くぼみし時雨かな

食堂雑話時雨明りを頬に受けて

氷　炉火燃え上る畳に氷る射鳥かな

狐　火　狐火を見じと眼つぶる厠かな

鷹　岩に立ちて鷹見失へる怒濤かな

浪にもまる丶草を見てあれば鷹現はる丶

鴛　鴦　鴛鴦飼うて朧に住むや草館

（大正13年6月、枯野社刊）

解説・解題

海老井英次

編年体　大正文学全集　第五巻　大正五年　1916

解説　一九一六（大正五）年の文学状況・展望

海老井英次

1　「大正維新」の風潮

一九一六（大正五）年、世界はヨーロッパを主戦場とした第一次世界大戦下にあり（一九一四年七月勃発、八月二十三日に日本はドイツに宣戦布告）、対中二十一箇条の要求問題もあり、既得の権益を守る為を口実に、日本は中国大陸に出兵しており、対外的な緊張感は戦時体制に等しかった。一月にはロシアのゲオルギー大公がロシア皇帝の名代として来日したが、その歓迎の宴からの帰路に、首相大隈重信伯爵が暴漢に襲われる事件も出来《しゅったい》し、年初からただならぬ状勢にあった。

一九一〇（明治四三）年の幸徳秋水事件から始まる、「日本人の思想にとって、文字どおりきびしさのかぎりをつくした冬だった。人は、この時代を堅氷時代ともいい、また、氷河時代ともいう。社会思想にかんする本が本屋の店先から、全国的に一そうされただけではない」「高等学校の校友会雑誌のようなものでさえ、発行ごとに二部ずつ内務省に届け出ろというきびしい達示があり、新しい検閲制度が確立したのもじつにこのときであった」（江口渙「わが文学半世紀・プロレタリア文学運動の源流」第二部（一）、「新日本文学」昭和二八年九月）と言われる、「冬の時代」が影を落としていた。しかし、大正改元から四年を経過した前年十一月十日には、京都御所紫宸殿において大正天皇即位の大礼が終わり、名実共に新しい時代の始まりを実感したのはこの年であり、時代の変化を予感したり予想する言説が繰り広げられるようになっていた。

「中央公論」は新年号（第三一年第一号）に「精神界の大正維新」（＊本巻所収、以下本巻収録作品には＊を付す）と題する「社論」を巻頭に掲げた。時しも第一次世界大戦下にあるドイツの現状を、「ビスマークは独逸の国家を偉大ならしめたれど其個人を縮小せり」、「蓋し近代五六十年間独逸人民は頻りに国家的成功に酔ひ、皇帝を以て神に代へ、名利を以て正義に換へ、上下交々利名を征して其国危からんとするものに非ずや」と把握し、それに似た我が国の現状を観た上で、「国家主義教育の弊」「現代の精神的堕落」を指摘して、個人主義の「実に侮る可らざる」を言い、「真の偉大なる国家は個人の上に於ても亦た偉大なる国民たらざる可らず、是れ吾人か《ママ》国家として偉大にして国民として縮小せる我国の現状に対し一大革新の必要を唱説する所以なり」として、「個人」の拡充と自由とを核とした「大正維新」を唱道したものであり、これは確かに新しく始まる時代への一指針を示したものであった。

文藝界に目を転じてみると、当時新進評論家として名を成し始めていた広津和郎の以下の発言が認められる。

文壇の様子は大分変つて来た。何時か若い人々が大家を圧せんとしてゐる。新時代の喜びが到来しつゝある。明治三十八九年のナチユラリズムの革命以来の革命が来りつゝある。だがそれと同時に私には非常に悲しい気持がある。それは今無気力な、職工的な作物を惰力的に書いて若い人々の軽蔑を招いてゐる大家達が、未だ漸く四十前後の人々であると云ふ事だ。彼等だとて明治三十八九年の時には、今の若い人々と同様に、積極的であつた。力強かつた。それが僅か十年の間に、あのやうな無気力を表はし初めたのだ。――日本人の老い易さ！（中略）

我等に最も必要なものは偉大なる思想の形骸美ではない。性格の厚みだ。インテンシテイーだ。安価なる生の肯定は再び打破しろ。安価なる生の躍動は更に再び打破しろ。自分を疑へ、疑へ、何処までも疑へ、疑つて〳〵疑り抜いて、そして後信じろ。簡易なる「信仰」に入り易きは「否定」に入り易き以上の性格の弱さの曝露である。（「ペンと鉛筆」―「洪水以後」第一号　一月）

広津が指摘し、いわば時代の雰囲気として多くの人々が実感するようになっていた、新旧が入れ替わろうとしている文藝界の、その旧の方に比重を置いて状況を捉えたものとして、近松秋江「文壇現状論」（「文章世界」八月）がある（「文壇現状論」の表題の下、一が近松秋江、二が武林無想庵、三が柴田勝衛、四を木下杢太郎が担当執筆）。

近松は現時小説家の活動の舞台となっているのが「中央公論」「新小説」「文章世界」「太陽」「早稲田文学」「新潮」「三田文学」の諸誌であるとした上で、それらにおいて「一枚（四百字づめの原稿用紙）壱円前後以上の稿料を払ひ、そして雑誌の方から依頼して書いて貰つてゐる作家」として、「森鷗外、夏目漱石、田山花袋、島崎藤村（三年間洋行で留守であつた）、徳田秋聲、正宗白鳥、上司小剣、谷崎潤一郎、長田幹彦、中村星湖、小川未明、有島生馬、後藤末雄、里見弴、田村俊子、野上弥生子、岩野泡鳴、永井荷風、高浜虚子、小山内薫、森田草平、久保田万太郎、鈴木三重吉、武者小路実篤」の名を連ねた上で、中でも活動的な者として、「田山、徳田、正宗、上司、谷崎、長田、田村、小川、中村」の名を挙げて、「真に十人乃至《ないし》十五人未満の少数である」と既成文壇の人材不足を指摘している。そして、かつて谷崎潤一郎や長田幹彦が文壇にデヴューした時のような、既存の者に挑戦的なものはみられない、とも嘆いている。因みに近松が名を挙げた者に彼自身をも加えた作家たちの、この年の活躍ぶりを見てみると、以下のようである（『　』は刊本、「　」は雑誌等に掲載のもの）。

田山花袋　1月「二人の最後」「毒薬」「をばさんのImage」「祖の心願」 3月『旅の者』 4月『東京の近郊』「息子への手紙」「二年後に」 5月『合歓の花』『泉』 6月「黄い小さい花」「山の町まで」 7月「山村」「一周忌の頃」 8月『帰国』 9月『時は過ぎゆく』「出水」「山荘にひとりゐて」(*) 10月「ある轢死」 11月「丘の上」 12月「一兵卒の銃殺」

徳田秋聲　1月「兵営へ」 3月『奔流』「盗心」 4月「陰影」 9月「犠牲者」「穴」 11月「骨甕」

正宗白鳥　1月「催眠薬を飲むまで」「姉の夢」「田舎者」 3月「旧家の子」 5月「牛部屋の臭ひ」 6月『入江のほとり』「混沌」 7月「母と子」「仮面」 9月「死者生者」(*) 10月「避病院」「伊香保土産」「梅鉢草」 12月『死者生者』『夏木立』

上司小剣　1月「雀の巣」「巫女殺し」「お春」「孕み女」「台所の事」 2月『金魚のうろこ』「洪水」 3月「春は悲しや」「石女の写真」 4月「第三の母」「暴力」「掌中の珠」 7月「早婚」「妾垣」「美人画」 8月「引力の踊」「開かぬ扉」 9月『巫女殺し』「二代目」「泥亀」 10月「草雲雀」「わかれ道」

谷崎潤一郎　1月「神童」「鬼の面」 2月『お艶殺し』「鬼の面」 3月「恐怖時代」(*) 6月『金色の死』『神童』 9月『鬼の面』「亡友」「美男」 11月「病褥の幻想」

長田幹彦　1月「落葉の歌」 2月「法灯」 5月『舞扇』 6月『孔雀草』 7月『情炎』『埋木』 9月『紅夢集』 10月『浮草』

中村星湖　1月「人間の夜」、翻訳アンリ・マッシイ『バレエスの伝統主義』 2月「灰ふるひ」 3月「煙」 4月「故郷」「ながらへて」 6月「廃兵院長」(*) 10月「侏儒の運命」 12月「髯」

小川未明　1月「彼と社会」「隣人」「幸福の来る日」 2月「野獣の如く」「わが星の過ぐる時」 3月「歔欷」「賑やかな街」 4月「廃園の画」「呼吸」 6月「落日後」「樹蔭」 7月「夜風」「草の上」 8月「垣根の蔭」「遠い路を」「自画像を描くまで」

田村俊子　1月「放浪」「栄華」「裾模様」 4月『お七吉三』「お松彦三」 6月「緑色」「いつ迄」 7月「二つの生」「不安」 11月「秋雨」 12月「霜月」「蛇」(*)

近松秋江　2月「惜春の賦」 3月「春の悩み」 4月「葛城太夫」 7月『蘭燈情話』「はらから」 8月「四条河原」 9月「車窓」

これらに、「渋江抽斎」(一～五月)、「寒山拾得」「高瀬舟」(*一月)、「伊沢蘭軒」(六～九月)と史伝と歴史小説で存在感を示した森鷗外、五月から十二月に至る「朝日新聞」紙上に「明暗」(*)を連載し続けた夏目漱石、『新橋夜話』『牡丹の客』を上梓し「花瓶」(*一～二月)「腕くらべ」(八月～六年一〇月)を発表した永井荷風、「江島生島」が話題となった小山内薫、それに「白樺」派の武者小路実篤、有島武郎、里見弴などの活躍を集大成したものが、大正五年度の文学界であったと言えよう。

こうした既成文壇に対して、新しい勢力として、この年に頭を擡げたのが、芥川龍之介たち「新思潮」に拠った人々であった。九月に「芋粥」を「新小説」に、十月には「手巾」(*)を当時文壇への登竜門と目されていた「中央公論」に発表して「文壇への入籍届」を提出したと言っている芥川が、私淑した夏目漱石の死に遭い、衝撃を受けると共に、この一年を回想して次のように記述している。

　文壇は来るべき何物かに向つて動きつゝある。亡ぶべき者が亡びると共に、生まるべき者は必生まれさうに思はれる。今年は必何かある。何かあらずにはゐられない、僕等は皆小手しらべはすんだと云ふ気がしてゐる。(「校正の后に」「新思潮」大正六年一月)

一九一六(大正五)年から翌年にかけて文壇に変化がはっきりと予想されていたようである。

この年に確認された、その他の新しいものの萌芽としては、宮島資夫『坑夫』(*近代思想社、一月五日)の刊行が、まず挙げられよう。発行後直ちに発売禁止処分となり、当局に紙型まで押収されてしまい、再び日の目を見たのは一九二〇(大正九)年に一部削除の上のことだったから、多くの人々の読むところとはならなかったものだが、労働者のアナーキーなエネルギーが生々しく横溢した作品の出現は一部に注目された。例えば「早稲田文学」(二月)には中村星湖筆の次のような紹介が見られる(「最近思潮」〔日本之部〕)。当時「早稲田文学」の編集に携わっていたために偶々読む機会を得た中村は福田正夫の詩集『農民の言葉』(南郊堂書店　一月一日)との対比で『坑夫』の特色を次のように指摘していた。

　福田君の詩集が、作者の思想家であつて同時に詩人である風格を偲ばせるのに比べると宮島君の『坑夫』は、その取材の点に於ても観察の点に於ても、作者がより実行家的であるらしく感ぜしめる。『農民の言葉』のうちにも経済的乃至政治的観察が無いではないが、それ等の点がむしろ

←左より宮島資夫、水守亀之助、加能作次郎、宮島信三郎

←宮島資夫『坑夫』

作物の基調をなしてゐる『坑夫』の前ではそれは全く異なつた側に立つてゐると見なければならない。（「『農民の言葉』と『坑夫』と」）

とした上で、「或地方の小鉱山の坑夫生活を背景として、一人の自然児の生涯を写したもの」であり、「『農民の言葉』が前記の意味の傍観的乃至客観的であるのに、これは余程傾向的主観的で」、「殊に自然描写などは詩にし過ぎたと思はれる程で」あるとする。「等しく自然を背景としながらも、『農民の言葉』には自然乃至人生に対する敬虔の情があり『坑夫』にはすべての生活に対する反抗と破壊とがある。前者を退嬰的とのみ見る事が過りである如く前《ママ》（後）者を生活のどん詰りであると見る事も過りであらう。この二つは或一つの物に統一されなければならない」と結んでいる。

「新潮」二月号の「新春文壇の印象」では、小川未明が「宮島資夫君の「坑夫」を面白く読みました。素朴の感情が好きです。簡潔にして力のある叙景が自然を生かしてゐます。其の叙景に単調の嫌ひはあるけれど、少しの厭味がない。要するに柔弱な作品の多い中に独り異彩を放つてゐます。たゞ私はこの作品の主人公にはあまり同感するものでない」と、その感想を述べている。

さらに十七歳の良家の令嬢中條百合子が「貧しき人々の群」を「中央公論」に発表しデビューしたのも九月のことである。「貧しき人々の群」に関しては、「中條百合子女史の処女作『貧しき人々の群』は、まだ十八とか十九とかいふ若い婦人の物としては、驚くべき出来栄と言はなければならない。そのどちらかと言へば男性的の力強い筆致、観察点の屢々移動した事が形式上の一大欠点だとはいへなか〳〵巧妙な布置結構、それから作者が一種の階級観を持つてゐる事など、まことに見上げたものである」（中村星湖「九月の文壇」、「早稲田文学」一〇月）、「侮りがたい把握と表現力を認めねばならぬ。ヒユメンドキユメントに向つての作者の熱誠と勇気とが喜ばしい。所々わざと悪摺れのした軽佻な筆癖は作者の為めに採らないが九月の創作中決して劣つた作ではなからう」（無署名「九月の小説から」、「新公論」一〇月）との評に見られるように、正宗白鳥「死者生者」（*）、田山花袋「山荘にひとりゐて」（*）と、上司小剣「二代目」、徳田秋聲「犠牲者」とに挟む形で掲載した「中央公論」の扱いも破格であったが、評判もまた群を抜いたもので、この一年の文壇の収穫として数えられているのである。

この三つの新しい徴候はその後の文藝界の趨勢を示していた。そして、そうした文藝界の新旧の対決を明確にしたのが、赤木桁平「遊蕩文学の撲滅」（*「読売新聞」八月六日～八日）によって火を付けられた遊蕩文学論争と、生田長江「自然主義前派の跳梁」（*「新小説」一一月）によって口火を切られた「白樺」派批判に対する、武者小路実篤の反論「生田長江氏に戦を宣せられて一寸」（*「時事新報」一一月五日～七日）を中核とした、それへの反駁であった。それについては後で述べる。

2 「青鞜」終刊、「婦人公論」発刊

一九一一（明治四四）年九月に「女流文学の発達を計り、各自天賦の特性を発揮せしめ、他日女流の天才を生まむ事を目的」（「青鞜社概則」、「青鞜」創刊号）として平塚らいてうを中心として創設された青鞜社の機関誌「青鞜」は、この年二月発行の第六巻第二号（総冊数五二冊）をもって終刊した。「元始、女性は太陽であつた」とのらいてうの発刊の辞はよく知られているが、四巻十二号までは中野初子、それ以降は伊藤野枝が編集に当たっていた。「新しい女」の牙城と目されて、婦人問題に関する論説を広く展開し続けて来ており、社会的関心を集め、一九一二年には「五色の酒」事件（飲酒問題、六月）、「吉原登楼」事件（遊郭見学、七月）など、当時のジャーナリズムによって中傷されたこともあったが、婦人問題史上画期的な存在であった。一九一五（大正四）年一月（第五巻第一号）に、らいてうの「青鞜と私―青鞜を野枝さんにお譲りするについて」と、伊藤野枝「青鞜を引き継ぐに就て」が同時に掲載されて、編集人の交替を見るとともに、大杉栄の影響下に「無規則、無方針、無主義、無主張」を唱える野枝の主宰のもと、文藝誌としての性格よりも、「貞操」や「公娼制度」などの婦人問題を論じる性格を強め、激越な言説が主流となった。

当時、婦人問題をめぐっては、一八八六（明治一九）年に設立された日本基督教婦人矯風会が、廃娼運動を中心に目覚ましい活動を展開していた。前年暮れの十二月二十四日に、矯風会会長矢島楫子他千二百五十五名が姦通所罰に関する請願を衆議院に提出し、衆議院はその請願を受理したが、その請願の内容は以下のようなものだった。

婦女子の社会的地位向上に鑑み一夫一婦制度の本旨を完うせんが為め婦女子が当然男子と同等の尊敬権利節操の三要求を叫ぶことは宇内の大勢なり現行法は果して此の新要求を容れ居るや即ち左の二件に基きて民刑法の改正を行はれんことを望む

一、姦通とは有妻の男子他の有夫若くは無妻《ママ》（夫）の女子に通じ有夫の女他の有妻若くは無妻の男子に通ずるを云ふ

一、有妻の男子にして妾を蓄へ娼妓に接するは姦通なり

一、姦通の場合には配偶者の一方は離婚の請求と同時に相当の償金を請求する事を得

一、現行刑法第百八十三条の「有夫の婦姦通し云々」とあるを単に「姦通したるものは云々と改正されたる事」

（「早稲田文学」二月、「最近思潮」〔日本之部〕中の「婦人運動の一面」と題した記事）

青山菊栄の論「日本婦人の社会事業に就て―伊藤野枝氏に与ふ」（＊「青鞜」一月）と、それへの野枝の反論「青山菊栄様へ」（＊）は「青鞜」の同じ号に掲載する形を採り、当該問題に関する対論を試みたものであるが、その後もさらに青山の再

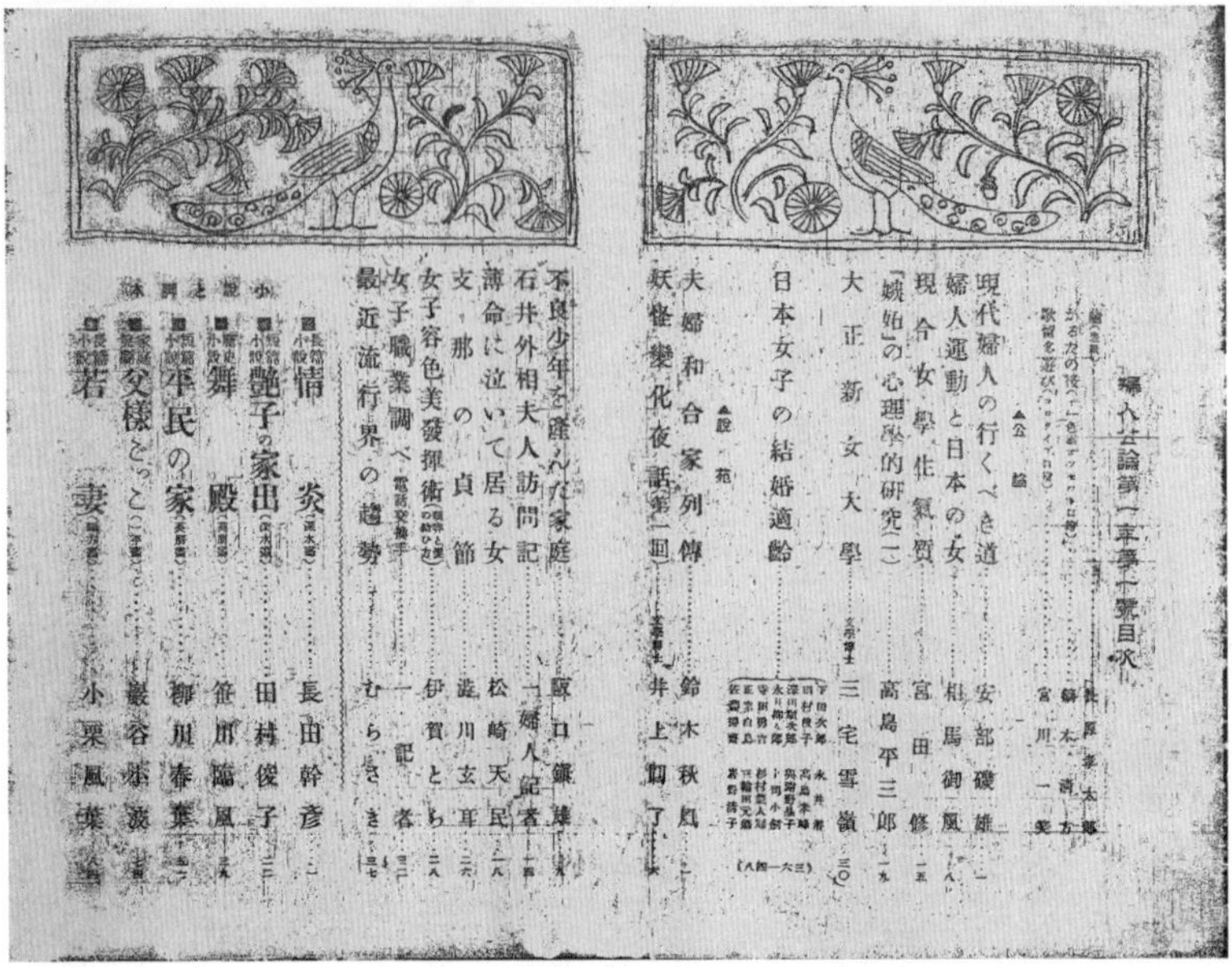
婦人公論第一年第一號目次

▲公論
現代婦人の行くべき道……安部磯雄 一
婦人運動と日本の女……相馬御風 八
現今女學生氣質……宮田修 一五
「嫉妬」の心理學的研究(一)……高島平三郎 一九
大正新女大學……文學博士 三宅雪嶺 三〇
日本女子の結婚適齢

▲說苑
夫婦和合家列傳……鈴木秋風
妖怪變化夜話(第一回)……文學博士 井上圓了
不良少年を産んだ家庭
石井外相夫人訪問記……一婦人記者 一四
薄命に泣いて居る女……松崎天民 一八
支那の貞節……澁川玄耳 二六
女子容色美發揮術……伊賀とら 二八
女子職業調べ(電話交換手)……一記者 三二
最近流行界の趨勢……むらさき 三七

長篇小說 情炎……長田幹彦
短篇小說 艶子の家出……田村俊子
歴史小說 舞殿……笹川臨風
短篇小說 平民の家……柳川春葉
家庭喜劇 父様ごっこ……巖谷小波
長篇小說 若妻……小栗風葉

「婦人公論」創刊号目次

論（「更に論旨を明かにす」「青鞜」二月）に対して野枝の駁論「再び青山氏へ」を同号に載せるなど、活発な誌面構成を見せたが、実際は極めて感情的な言説となり、野枝が一方的に論議を打ち切ってしまったため、論議の方は不毛であった。

文壇では近松秋江（署名は徳田秋江）が「有婦姦と廃娼運動（矢島楫子女史の提案を評して且つ希望を述ぶ）」（「婦人公論」二月）を公表して、男性側の考え方を示した。

廃娼運動など、いへば、いかにも公明有徳なる事業のやうに思はれるが、それで人類に買春及び売春的行為が跡を絶つかといふにさうぢやない。（中略）

矢島女史などが如何ほど運動せられても、それは遂に徒労に帰するに決まつてゐる。大隈首相や高田文相の賛意が遂に一場の御座なりに帰してしまふのは止むを得ぬ次第である。（中略）いくら高遠な主張のある運動でもそれが到底実行を期せられない運動であつては、却つて常識ある者の笑ひを招き、為に折角の美しい主張も、貫徹しない恐れがある。むしろ実行出来得べき範囲の運動こそ望ましい。

との見解を吐露し、「前借制とそれに基ずく借金の増加の問題」こそが問題の根底であると指摘し「それ故弱者の儲《もう》け高—働《かせ》き高—花の売りあげ高に就いて仔細の勘考を費した上で規定せねばならぬことだが、本人の働き高の幾分は彼等もその分け前にあづかり、借金を早く全済し得るやうな方法を立てやらねばならぬと思ふ」との提言をしている。

経営が困難になるとともに、野枝の個人的な問題、夫、辻潤を捨てて、大杉栄に走る事件などのスキャンダルにまみれて、「青鞜」は終刊になった。

「青鞜」の出現に刺激される形で、総合誌などにも婦人問題に関する活発な論説が見られるようになっていたが、中央公論社ではこの年の一月に「婦人公論」を発刊し、時勢に応えた。「婦人公論」創刊号目次は写真に見るとおりである。

「婦人公論」は「青鞜」などが開拓した女性読者層をターゲットに、男性をも加えた広い執筆陣を組み、「中央公論」の女性版との趣をその編集に表しているが、啓蒙性が強く出るのは時代の趣勢であったろう。

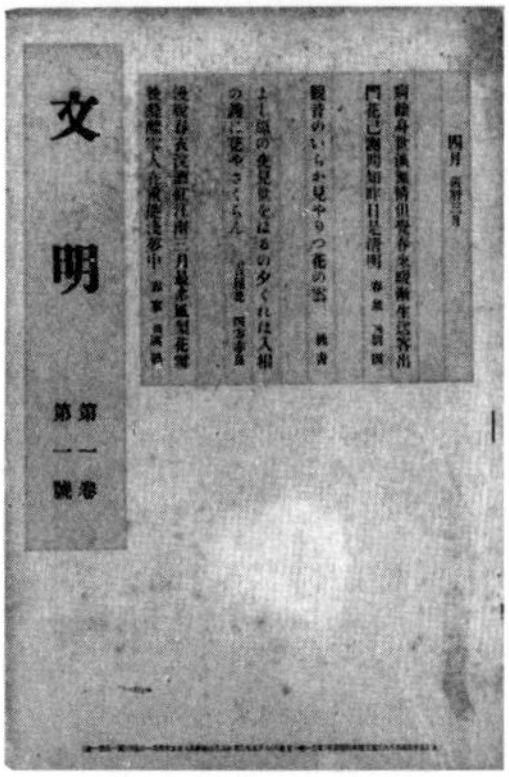

「文明」創刊号

3 「三田文学」編集を退いた永井荷風、上田敏死去

一九一〇（明治四三）年九月に創刊されて以来、永井荷風が編集してきた「三田文学」は、単に慶應義塾大学の文藝雑誌と言うに止まらない重さを文藝界でも有するようになっていたが、この年の四月に急に荷風が編集人を辞め、一つの大きな節目を迎えることとなった。荷風は「三田文学」の編集人のみならず、慶應義塾大学教授をも辞してしまったのである。劇的とも言える、その身の振り方について荷風自身の言に依ってみよう。

この度慶應義塾大学文科教授を辞するにつき自然雑誌三田文学とも別れぬば《ママ》ならぬことになつた。

その理由は別に取立てゝ云ふべき程の事はない。世間によく有触れた学校内部の擾乱でも軋轢でも何でもない。私は唯教授といふ地位の堅苦しい事を避けたいと思つた丈けの事である。教授といふ堅苦しい名称はこの七年間絶えず重荷の如くに私の肩を押さへてゐた。一方にかくの如く堅苦しい教授の職責を担ひながら、一方には雑誌記者また小説家として立つて行かうといふのは此の上もない矛盾の事として常に私を苦しめてゐた。（中略）

慶応義塾の内部には三田文学第一号の発行以来私に対する擯斥の声の起つてゐた事は事実である。明治四十三年五月第一号を発行した時それに掲載した三木露風君の「太陽其の他」の詩篇並に山崎紫紅君の戯曲「着物」に対して東京朝日新聞記者が道徳的の悪罵を試みた。すると其の新聞の批評をば慶應義塾大学部教員室の壁にれい〳〵しく張付けたものがあつた。無論誰の業ともわからない。其の悪評は半年ばかりも張つたまゝになつてゐたが何時の間にやら又誰が取つたとも知れず剝されてしまつた。

理財科教授にして衆議員《ママ》議員たる堀切善兵衛君は交詢社の或会合に於て永井荷風はいかん、中村春雨を代りに入れろと遊説した事があつた。

私は此方から辞職せずとも先方から元通りの自由な身にしてくれる折があるに相違ない。それは今月の教授会議か明月の理事会議かと心待ちに待ちあぐみつゝ知らず〳〵に七年の歳月を送つてしまつたのである。私はいよ〳〵我慢が出来なくなつた。丁度一方には杖とも柱とも頼みに思つてゐた森先生の寄稿がこの両三年ぱつたり途絶《とだ》える。一方には雑誌の編輯に対する内部の干渉が年一年に厳しくなつて来た。谷崎潤一郎君の小説「飈風」を掲載した頃は学校の意見と編輯者及び寄稿家の意見とが最も一致しなかつた時代であつた。(中略)

私の拙作「色男」と題するもの(今新橋夜話中に収む)は色男といふ名前が下等だからと云ふので急に若旦那と改題した事があつた。

森先生の「藤巴」と題する短篇小説を掲載した時には森博士までが女のことを書くのだからと眉を顰める人があつた。

こんな具合に三田文学は発行毎に内部の攻撃干渉を受けてゐた。其の結果として雑誌は年々活気を失ひ記事は号を追うて無味平凡に陥つて行つた為め段段売行がわるくなつた。第二年目三年目あたりには文学雑誌としては意外と云つてもよい位の利益を見ることが出来てゐたのであるが、遂に去年あたりからは毎月莫大な損失つゞきで、とう〳〵寄稿家に対して原稿料の制限が始つた。

私は編輯者として学校に御損耗を相掛け申訳がないといふ口実の下に弥々身をひいた次第である。(「発刊の辞」「文明」第一巻第一号　大正五年四月)

荷風はその後籾山書店の協力もあって、個人誌とも言うべき「文明」を発刊し、前出の文章もその「発刊の辞」の一部なのであるが、自由な発言の場を実現した荷風は、やがてそこに名作「腕くらべ」(八月～六年一〇月)の連載を始めることになる。

一方、京都帝国大学教授として西洋文学の講筵を開くとともに、名翻訳詩集『海潮音』(本郷書院、明治三八年一〇月一三日)でその名を知られ、海外の文学評論を紹介したり、翻訳や評論で活躍し、文壇の新気運の開発に貢献していた上田敏が七月九日に四十三歳の若さで急逝した。「三田文学」は九月号を追悼号とし、与謝野寛「故上田敏博士」を始めとして、「逝かるゝ前後」の題の下、井川滋、沢木梢、久保田万太郎の追憶文を編集している。

北原白秋はこの年五月に江口章子と結婚、千葉県葛飾に居を移して、紫烟草舎を興し「烟草の花」を創刊した。一九一三(大正二)年に人妻、松下俊子との恋愛問題で未決監に拘留されたり、郷里柳川の北原家の破産問題も重なり、苦境の中、神奈川県三崎、小笠原父島と流浪し、俊子との離別などの精神的危機の克服の過程を経てのことであった。本巻所収の「葛飾小品」(*)は、随筆集『雀の生活』(新潮社、大正九年二月二〇日)所収の諸編とともに、そうした生活の一端を窺わせるものである。

七月四日に三年余りの滞仏生活を切り上げて、島崎藤村が帰国した。姪のこま子との過ちに端を発した渡仏であったが、第一次世界大戦の戦火に包まれたヨーロッパに身を置き続ける事も出来ず、余儀ない帰国だった。その帰国は直ぐにマスコミに報じられた。その折りのことは、後に『海へ』(実業之日本社、大正七年七月一〇日)の「第五章」として収められた「故国に帰りて」(「朝日新聞」九月五日～一一月一九日)に詳しい。藤村はやがて姪との問題を未だ渦中に身を置きながら告白した問題作「新生」(「朝日新聞」大正七年五月一日～八年一〇月二三日)の執筆にかかることになる。

また田山花袋は書き下ろしの長編『時は過ぎゆく』(新潮社、九月五日)を刊行した。明治維新前から大正初期に至る時代の激動の中に翻弄される、三家族三代の人間ドラマを描いたリアリズムの力作である。その執筆の期間の生活に取材した、淡々としたスケッチ風の作品が「山荘にひとりゐて」(*)に他ならない。

4　遊蕩文学撲滅論、自然主義前派論

赤木桁平がこの年の八月に発表した「『遊蕩文学』の撲滅」(*)と題する一文は、文壇に大きな波紋を巻き起こした。まず、主として遊里に於けるSaufen und Huren(注、暴飲と淫蕩)を中心とした人間生活―言葉を換えて云ふと、人間の遊蕩生活に纏絡する事実と感情とに重きを置いて、人性の本能的方面に於ける放縦淫逸なる暗黒面を主題とし、好んで荒色耽酒の惑溺境を描出せんとするものである。と「遊蕩文学」なるものを規定し、その下に具体的に長田幹彦、吉井勇、久保田万太郎、後藤末雄、近松秋江等の名を挙げて、近松、後藤の作品に就いては「無価値と無意義」と切り捨てた上で、長田幹彦、吉井勇、久保田万太郎に就いて「彼等の文学が概ね軽佻浮華の色を帯び、藝術の本質を閑却して、常に彫琢の末技をのみ趁はんとするの傾向」を有し、「善藝術を滅ぼして、悪藝術を助長する」ものであり、さらには「一般の世道人心に於ける頽廃と糜爛とを挑発して、人間の誠実なる精神生活を蠹毒し、健全なる倫理的意識を稀薄ならしめる危険がすくなくない」と激しく論難して、それらの「撲滅に専心する」と宣言したのである。

赤木がこのように激しい言説を展開し、それが文藝界に波紋を呼び、動揺を与えたについては、彼が言う「遊蕩文学」、当時の文藝界の用語では「情話文学」と言われていたものの流行

があったからであり、それが赤木たち大正期の新しい理想主義を掲げる者たちによって、旧式のものとして攻撃されたと言うことなのである。

確かに前年頃から、「情話文学」の大流行をみた。例えば、新潮社からは「情話新集」として企画された

第一編　近松秋江『舞鶴心中』(四年二月・一一版)
第二編　長田幹彦『舞妓姿』(三月・一二版)
第三編　田村俊子『小さん金五郎』(四月・六版)
第四編　長田幹彦『小夜ちどり』(七月・一〇版)
第五編　田山花袋『恋ごゝろ』(九月・六版)
第六編　谷崎潤一郎『お才と巳之介』(一〇月・五版)
第七編　岡本綺堂『箕輪心中』(五年三月・四版)
第八編　小栗風葉『みだれ髪』(四月・四版)
第九編　田村俊子『お七吉三　附録　お松彦三』(七月・三版)
第十編　近松秋江『葛城太夫』(七月)
第十一編　小山内薫『江嶋生嶋』(一〇月)

などの諸作が刊行され、華々しく宣伝されていたし、版を重ねていた(一一月の時点で、「新潮」掲載の広告欄に記されている版数を参考までに紹介している)。

また、三育社からは「情話叢書」の名の下に「読切」のシリーズ第一輯(九月発行)として、「部屋簪」(田村俊子)、「伊達の下帯」(前田林外)、「蝶々の紋」(岡田八千代)、「CAFEの女」(吉野臥城)、「追善会の帰り」(久保田万太郎)が発売されていた。その他にも単行書として、長田幹彦『祇園夜話』(千章館、四年四月)『鴨川情話』(新潮社、一〇月)『舞扇』(春陽堂、五年五月)『情炎』(春陽堂、七月)『紅夢集』(春陽堂、五年九月)、近松秋江『閨怨』(植竹書院、四年七月)『蘭燈情話』(蜻蛉館、五年七月)『情話黒髪』(賀集文楽堂、一〇月)、永井荷風『新橋夜話』(籾山書店、五年一月)、谷崎潤一郎『お艶殺し』(千章館、四年六月)、吉井勇『祇園歌集』(新潮社、四年一〇月)『黒髪集』(千章館、五年四月)、『東京紅燈集』(新潮社、五月)、上司小剣『お光壮吉』(植竹書院、五年六月)などが続々と刊行されて版を重ねており、諸雑誌にも長・短編併せて数多くの作品が発表され、誌面を賑わせていたのである。

「新潮」六月号の「文壇時事」欄で「情話の流行」と題する文章で、筆者の「青頭巾」は次のように流行の原因について分析を行っている。

情話流行の原因を尋ねて見る。その最も主なる一つは自然主義文学に対する反動である。厳粛なる主観——といふやうな事を説いて、所謂真剣な態度を強要した自然主義文学の反動として、この陶酔自恣の作品が迎へられて来たのである。又、一面から観察すると、自然主義の文学は、人生対自然の考察に於て終始した。(中略)近来傾向は更に一転して再び社会的興味を主調とする文学が生れて来た。問題小説といふもの、如きこれである。特に問題小説と云

はぬ迄も、近時の新主観主義文学の大体の傾向が対社会の興味を主とするにあるといふ事は争はれない。情話も亦此の傾向中の一派である。

情話流行の他の一原因として、通俗小説の需要といふ事を挙げ得る。所謂通俗小説は、従来のものは一種の型にはまつてゐた。家庭小説の名を以て称されるやうに、主として家庭生活に於ける波瀾を描いたそれらの小説は、複雑なる現代の生活味を盛る事が出来ない。新しき通俗小説出でよ！といふ要求は、声なき声によつて連りに叫ばれてゐた。情話出でゝ、その要求の一部に投じたのである。情話は勿論男女の情を写すもので、人間に最も普通なるは男女の情である。情話はそれ自身の本質に於て既に通俗たり得る要素を有つてゐる。

赤木の論は直接的にはこうした状勢に対しての痛憤の一矢だったのであるが、その的が余りに狭く特定の作家に絞られていたがために、余計な論議を呼ぶことにもなった。まず、真っ正面から否定的扱いをされた作家の中では、近松秋江が一手に引き受ける形で反論した。

新潮社「情話新集」の企画に「あづかつて」もいた秋江は、まず「日光より」(「読売新聞」九月三日)で、「売れる・売れない」の視点から「長田幹彦君のものが売れるからとて、同君及び同君の愛読者を悪くいふのは野暮である」と軽くいなした上で、自然主義運動が一段落し文壇が「倦怠」している際、長田幹彦の登場は「文壇全体の景気なほしといふべきである」とした上で、永井荷風の「冷笑」などは遊蕩文学の「模範」であり、谷崎潤一郎、長田幹彦の輩出は「自然主義運動で冷たく凝結してゐた文壇の堅氷に温かい春の水が注がれたやうなもの」で歓迎されたのだという。そして、

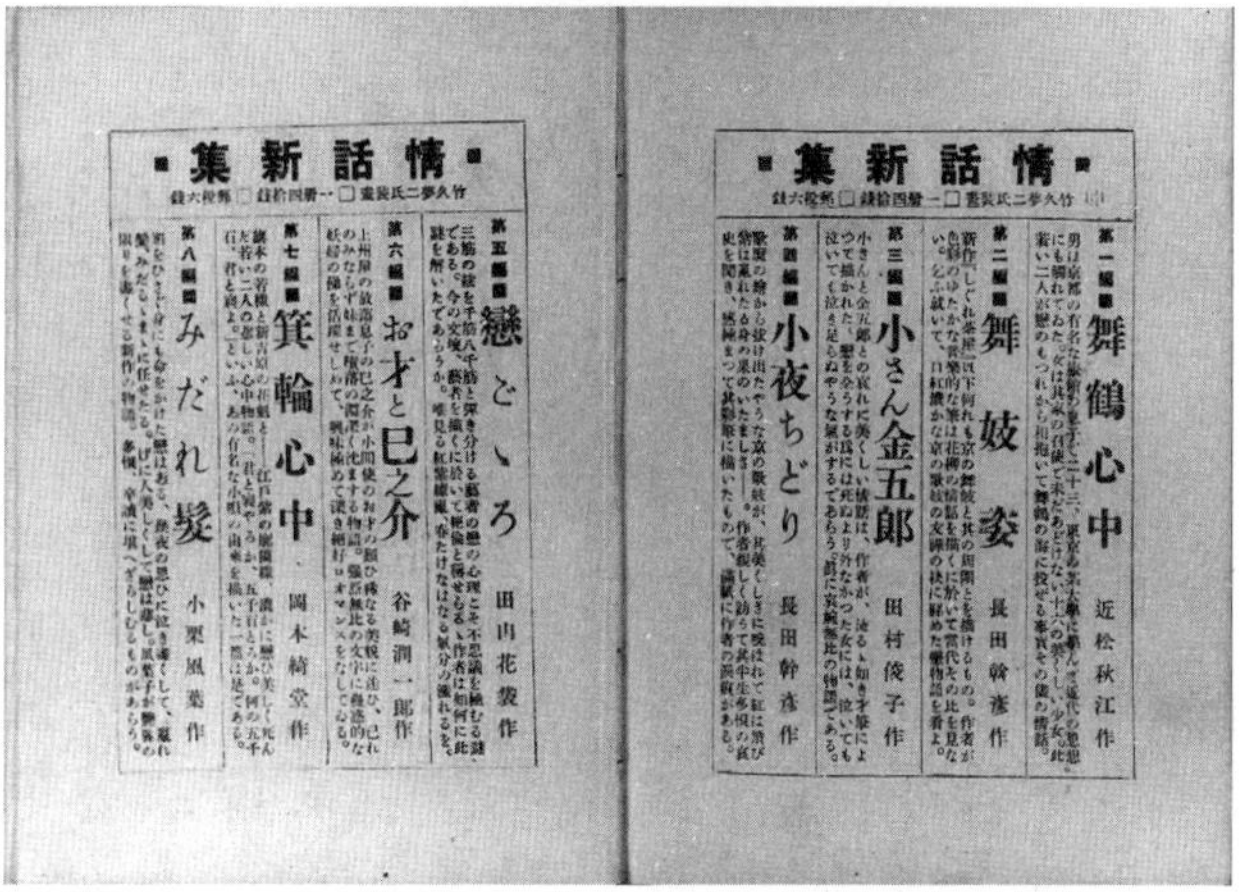

新潮社版「情話新集」雑誌広告

性欲描写にしろ、遊蕩的気分にしろ、それが部分的描写に終らねばをはらぬだけいよ〳〵意味を以て来る。それを書くのに何の妨げかあらん。又、かういふこともいはれる。歌麿や春信はどんなつもりで浮世絵を描いたか、詮じつめればつまり自分が、かきたいからかいたのだと思ふ。小説家も自分で書きたいから好きなことを書くので、避暑にゆきたいから避暑にゆくのと同じである。

とした。さらに、「遊蕩文学論者を嗤ふ」（『新公論』一〇月）では、「最初此の議論を持ち出した人の説が文学論としていかにも浅薄で幼稚である」とした上で、赤木批判を展開したが、もはや個人攻撃に陥ってしまっている。

小山内薫「所謂「遊蕩文学」に就て―吉井勇君へ」（『時事新報』八月一二日～一七日）は「ドン・ホアンも持つてゐれば、聖《セント》フランシスも持つてゐる所に詩人の値打ちがあるのです。（中略）藝術家の心事を論ずるには、まだまだ藝術家の心の知り方が足り」ないと赤木の限界を突き、これを契機に本間久雄「所謂「遊蕩文学」と現在の文壇」（『中央公論』九月）、安成貞雄「『遊蕩文学』撲滅不可能論」（『新潮』九月）などの論考が出たが、その上でさらに赤木の反論「藝術資料としての遊蕩生活」（『時事新報』九月八日～一三日）、「予の「遊蕩文学撲滅論」に対する諸家の批評に答ふ」（『中央公論』一〇月）などが追加された。赤木は「作品に対する作者の道徳的関係、描写の明晰、作者の態度の真摯」の三点が「藝術の本質」と言うのみで、問題点の核心が噛み合わないまま、論議は深められず、むしろ赤木の論舌の激しさが、新しい時代の到来を告げるものであるかのように強い印象を残したのである。

むしろ、そうした文壇の論議とは別に、当時未だ同人誌「新思潮」に立てこもっていた芥川龍之介の私信に見られる以下のような感想に、かえって鋭い把握が見てとれるのではあるまいか。

あの議論を見ると遊蕩を主材とする小説を否定するのでなくて長田や何かの小説のやうな観照の態度なり表現の技巧なりを非難してゐるらしいさうするとそれは遊蕩文学と云ふよりもつと外包のひろいものになつて来はしないか赤木の議論をよむとさう云ふ態度や技巧が遊蕩生活以外の材料をとりあつかつた場合にも非難さる可きかどうかわからない僕はあんな事を云ふより文壇の情話的傾向の跋扈を非難した方がいいと思ふ赤木の意もそこにあるのだらうがあの議論はピントが少しはづれてゐるだから逆に非情話的傾向による遊蕩小説は存在の資格を十分持つてゐるその上赤木が永井や小山内を遊蕩小説の中に数へないのは議論の行きがかり上確に不公平だと思ふ（八月九日付け　松岡譲宛）

結局のところ、自然主義文学が私小説に偏向したのと同じベクトルの下で、耽美主義文学が偏向したのが「情話文学」であり、そうした流れに対して、新しい理想を掲げる赤木たちが、新しい文学観を繰り広げたのである。赤木は十月には早速関連論考を集めて『藝術上の理想主義』（洛陽堂、一三日）一巻を刊行している。

　この論争は時代の趨勢を示すものであり、「情話文学」を通俗文学の方へ追いやったのは疑いのないところであり、小説家ないしは藝術家の生き方をめぐっての考察を促し、例えば永井荷風の『散柳窓夕栄』（籾山書店、大正三年三月五日）に刺激されて書かれた、芥川の「戯作三昧」（「大阪毎日新聞」大正六年一〇月二〇日～一一月四日）には、そうした文壇的空気に対する芥川の態度表明を読み得る。

　次に、「白樺」派、特に武者小路実篤の「自己否定」を経ない「自己肯定」を「オメデタイ」ものとして「自然主義前派」に過ぎないと論断した生田長江の論と、それに対する武者小路実篤の反論は当巻に所収している。並べて読めば、生田長江の「自然主義前派」説も一面ではなるほどと肯ける節がないではないが、「幼稚」なりに揺るぎない武者小路の「自己肯定」の姿勢に、やはり新しい世代の台頭を認めざるを得ないであろう。

　一九一〇（明治四三）年四月に発刊された「白樺」に集った若者たちの文筆活動については、毀誉褒貶様々な言説が繰り広げられたが、赤木桁平「新進作家論―『白樺』派の諸作家」（「文章世界」二月）の論あたりから積極的に評価されるようになり、翌月の「新潮」の特集「新進十家の藝術」では武者小路実篤、長与善郎、里見弴、志賀直哉の四人が新進作家として取り上げられており、その中で久米正雄（「段違ひの作家」）は志賀、武者小路はすでに別格扱いするべきであると述べている。確かにその通りで、志賀は偶々この一年は休眠期間で作品を発表していなかったが、両者はすでに不動の地位を文壇に樹立しているとみるのが当然の存在であった。さらに、「新潮」十月号には赤木の論「白樺派の傾向・特質・使命」が公表され、諸家の「武者小路実篤論」が特集されて、「白樺」派の活躍が公認されていた。そうした風潮に対して生田論は一時冷水を浴びせるものであった。

　論争は生田・武者小路のそれから「白樺」派の評価をめぐっての、赤木「所謂「自然主義前派」に就て―生田長江氏に与ふ」（「新小説」一二月）、「予は果して「自然主義前派」に属するや―生田長江氏に与ふ」（「帝国文学」一二月）と生田「重ねて自然主義前派を論ず―赤木桁平君に答ふ」（「黒潮」大正六年一月）の論争へと発展していったが、広津和郎「生田武者小路両氏に」（「文章世界」一二月）なども出たものの、文学論として本格的に深められることはなく、新旧の対立の図式を浮かび上がらせた形で終わってしまっている。

5 「新思潮」派の文壇登場

　第三次「新思潮」に発表した「湖水と彼等」（大正三年二月）、「蟲惑」（同年三月）などで注目された豊島与志雄は、この年二月に「球突き場の一隅」（＊）を発表したが、「此作者が好んで取扱ふ adultere の心持を、ずつと婉曲に遠回しに書い□（カケ）もので、デリケートの線で畳みあげて行くところはいつもながら感服する。けれども、人間は氏が描写するやうな重箱の隅を楊子で突つくといつたひそやかな心持ばかりで生きてゐるのでなくて、もつと打開いた、不用意な一面をも持つてゐるであらう。智識に捉はれ過ぎてゐるのは此作者の長所であつて同所《ママ》（時）に短所である」と「早稲田文学」（三月）の「二月の創作」欄で中村星湖に言われている。

第三次では主に戯曲を発表し、「牛乳屋の兄弟」（第二号）が認められて、同年六月に三崎座で上演されるという幸運なデビュウを果たしていた久米正雄は、第四次創刊号に「父の死」を発表し小説家としての才能も示していた。さらに、エツデイ著・久米正雄訳『立体派と後期印象派（美術叢書第八輯）』（向陵社、大正五年九月一三日）を出版している。同書は一九一四年に出版されたアメリカの美術批評家アーサー・ジエローム・エツデイを原著者とするものであり、啓蒙的なものではあるが同時代の藝術的最先端を解説したものであり、萩原朔太郎の「未来派」論（＊）など、大正期作家と美術との関連を見る上で、再評価されてよいものと思われる。この「新思潮」創刊号には、芥川龍之介が「鼻」を発表しており、創刊に際して第一の読者と彼等が想定していた夏目漱石に届けられたが、漱石は私信（大正五年二月一九日付　芥川龍之介宛）の形でそれに応えている。

拝啓　新思潮のあなたのものと久米君のものと成瀬君のものを読んで見ました　あなたのものは大変面白いと思ひます落着があつて巫山戯てゐなくつて自然其儘の可笑味がおつとり出てゐる所に上品な趣があります　夫から材料が非常に新らしいのが眼につきます　文章が要領を得て能く整つてゐます　敬服しました　あゝいふものを是から二三十並べて御覧なさい　文壇で類のない作家になれます　然し「鼻」丈では恐らく多数の人の眼に触れないでせう　触れてもみんなが黙過するでせう　そんな事に頓着しないでずんずん御進みなさい　群衆は眼中に置かない方が身体の薬です　久米君のも面白かつた　ことに事実といふ話を聴いてゐたから猶の事興味がありました　然し書き方や其他の点になるとあなたの方が申分なく行つてゐると思ひます

余りによく知られた書簡であるが、この書簡が契機になって作家芥川龍之介が誕生したと言っても過言ではない、そうした意味では文学史的な意味を有する書簡であり、批評であったと言えるものである。次に例示しているような、自然主義が文壇の主流を形成していた当時の状況の中で、芥川たちの作品が不当に冷眼視される中で、漱石のお墨付きは彼等の心の支えになっていた。この漱石との係わりから、当時「文壇への登龍門」と目されていた「中央公論」へ執筆のチャンスを芥川は手に入れたのであり、それに応えた作品が「手巾」（＊）に他ならなかった。その前に「芋粥」を有力誌「新小説」（九月）に発表していたが、やはり「中央公論」への執筆は特別な思い入れがあったようで、確かに力みがみえる。

芥川の小説「手帛」が中央公論に出る。（中略）新理智派とも称すべき彼の小説中、殊に文明批評を狙った「手帛」の如きは、殊に注意して読んで頂き度い。（K記るす）
（「編輯の後に」「新思潮」一〇月）

と同人仲間からは推されているが、それに対して田山花袋が

第四次「新思潮」創刊のころ。右より成瀬正一、芥川龍之介、松岡譲、久米正雄

「文章世界」（一一月）掲載の「一枚板の机上・十月の創作其他」で

　かういふ作の面白味は私にはわからない。何処が面白いのかといふ気がする。この前の「芋粥」でも何に意味を感じて作者が書いてゐるのか少しもわからなかつた。対照から生ずる面白味、気のきいたといふ点から生ずる面白味、さういふもの以外に、何があるであらうか。

と痛罵を喰らわせて、門前払いに近い扱いをしたのである。が、それに対してさらに菊池寛が、

　田山花袋氏が十一月の文章世界で芥川の「手巾」を評して何処が面白いのか分らんと云つた、夫は僕達が田山氏の作品を読んで何処が面白いのか分らぬと全く同じだ。ゼネレーシヨンの相違は如何ともしがたいものだ（「校正の后に」「新思潮」一一月）。

との感想を述べている。芥川も田山評は全く問題にしないで、「文壇入籍届」を出したと言っているのであって、同じ小説執筆者の世界でありながら、全く異なるものであるかのように、両者が乖離してしまっていることが知られる。

　個性の成熟とそれ故の分化とが進み、多くの個性的な雑誌が創刊され、それらを根城に新しい個性の競演がなされた。そうした趨勢は一九一〇（明治四三）年に「白樺」「三田文学」「新思潮」などが創刊された時から動き始めていたことであるが、そうしたものがくっきりと新しい物の優勢として認識されたり、

自覚されたりしたのがこの年あたりであったと言えよう。芥川たちの作品が文壇に紹介されるようになり、それに対する同時代の文壇の大家たちのほとんど無視に近い扱いや批判的言説に対して、もはや若い世代が何等の痛痒も感じなくなっており、むしろそれに対して嘲笑を浴びせるが如き言説すら取り交わしているのであり、この点にすでに何かが動いたと云う感じが強くもたれる。

「新思潮」派の場合、それに先立つ第三次において、先にも触れたように豊島与志雄や久米正雄が注目されて、文壇に認知されていたが、第四次になって状勢は一変した。その契機になったのが、「鼻」が夏目漱石の破格の賞讃を勝ち得たことであった。もちろん事実としては、漱石はその私信において芥川作品を賞讃したに過ぎず、それ自体は決して文壇的出来事であったわけではなかったはずである。しかし、漱石の周りにいた文壇関係者、特に滝田樗陰との係わりによって、芥川たちの文壇への道は一気に開かれたのであった。

6　外国と肩を並べる日本・「日本精神」への傾斜

一九一三年にノーベル文学賞を受賞したインドの詩人・小説家ラビンドラナート・タゴールが、五月二十九日に神戸港着で来日し、河口慧海師、横山大観、佐野甚之助、勝田松琴、高野山の長谷部隆諦などを歓迎委員として、「印度哲人」、「印度詩聖」、「聖人」の官民挙げての大歓迎が為され、新聞紙上に連日その動向が報じられた。タゴールの来日が決まってから、その思想や文学を解説するものが、数多く見られるようになっていたが、タゴール原著・三浦関造訳者兼発行者『生の実現　森林哲学』（玄黄社、四年二月一二日発行）は、五月一日にはすでに八版を発行していることが確認出来る。文壇でも野口米次郎「短篇小説家としてのタゴール」（「三田文学」五月）、井部文三「タゴオル哲学とその背景」（「三田文学」六月）、武者小路実篤他「如何にタゴールを観る乎」（「新潮」七月）、田中王堂「タゴオル氏に与へて氏の日本観を論ず」（「中央公論」七月）などを始めとして、多くのタゴール紹介が為されており、来日中の六月中旬には、絵画も嗜む彼が持参した絵画作品を中心とした「印度絵画展覧会」が日本美術院主催で開催されている。

六月一日、まず朝日新聞社主催の講演会が大阪の天王寺公園公会堂で開催され、会場は聴衆で溢れたが、その講演の大略は新聞紙上に報道された。

さらに、六月十日に東京帝国大学法科大学新講堂で行われた「印度から日本への使命」との演題の講演は、新聞のまとめによると、以下のような内容だった。（「時事新報」六月一二日）

「日本は古いが、また新しい。東洋伝来の修養によつて、日本は利害得失に心を失はぬだけの教化を積んで居る。あらゆる物の中に無限の面影を見出だし、宇宙に魂の存在を認めて居る。日本は悠久無限の過去を持つ所の東洋を双肩に担つて、深い水の中から秀麗に咲き出た蓮花《ロータス》のごときものである」と。これより泰西の物質的文明を呪ひ、軽率なる模倣の危険を説き、日本の使命は、「その心血に浸透し、骨髄に透徹し居る東洋魂を現代に応用して、新しき創造を表現するに在り」となし、もし日本がこの使命を遂行するならば、今日の「欧羅巴が問題として居る個人と国家、労働と資本、男性と女性の相互関係や、利害の貪欲と精神生活との衝突、各国民の私利的主張と人類の高尚な理想との衝突のごときは、すべて吾等亜細亜人によつて答へらるべく、その結果、近代文明の色調を一変し、ただ一片成功利得以外に、真と美との生命を世界に齎すことが出来るであらう」と叫ぶ。更に論鋒を一転して、東亜の全体が一連になつて居た過去の歴史から、日印交通の関係を縷述し、「今日諸君が驚くべき革新を経て、しかも今なお失わずに所有されるその魂は、古代平和と愛とを以つて東亜の交通が開かれた時から、既にすでに創造されて居たものだと云ふことを忘れてはならぬ。日本が今日かくのごとき変革を成し遂げたのは、一に人間の心の奥底に潜む霊性の賜物であつて、機械や競争や詐偽の外交や偽善の時代によつて造られたものではない」と主張する。（中略）「我々は自国の文明を世界の歴史に調和せしめ、皮殻を破つた樹木の種子が世の光を求めて生長するごとく、その生長を世界に向かつて示さねばならぬ。万嶽の上に聳えて美はしき事は処女のごとく、しかも固く強く静かに雄大な富士を持つ日本国民は、かくのごとき近代文明に対して、いつそう高く深き人道の生気を吹き込むべき使命を持つて居る」と結んだ。

これら二つの講演を新聞紙上で読んだ岩野泡鳴は、次のようなタゴールへの直言を発表した（「タゴル氏に直言す」「読売新聞」六月一六、一七日）。

一昨年来かと思ふが、君がわが国に俄に評判になつたやうに見えるのは、ただ新しいものを紹介してパンの種を得ようとする一部の翻訳家並に出版屋の所為に過ぎなかつた。そして見識あるもの等には君の詩並に思想に感服してゐるのは余り少いやうである。それは君の傾向がわが国の思想的傾向と余りに縁遠いからである。（中略）君の二回の演説を取りつめて見ると、その根本に於いて物質文明の否定と、精神生活の誤解と、思想若しくは生活を旧式固定化する悪傾向がある。

とした上で、日本の現実がタゴールの思想を越えているものであることを言い、物質文明の否定への疑問、肉霊合致の文明と生活を提供しており、『人間神』の独得思想に到達して刹那的な現世充実主義を実現している、日本の現実までタゴールの思想が未だ至っていない、との直言をなしたのである。

文壇でのタゴール評価は、この泡鳴の姿勢に大方は近かったのであり、彼への関心は一部を除いて急速に冷めてしまい、九月二日のタゴールの離日は余り大きなニュースにならないありさまであった。

田中王堂「タゴオルは来た、そうして去つた」（「新公論」一〇月）は、タゴール来日決定とともに起こった翻訳・紹介の流行現象から歓迎騒ぎまでの「空騒、馬鹿騒」を指摘した上で、むしろ日本人の問題点に眼を転じて、次のように述べている。

外国の学術がこんなに久しく、こんなに旺んに行はれて居るに拘はらず、(尤も私が多少の自信を以て語り得るのは、主として、哲学と文藝とに限られて居るが、)未だ、対等の意気を以て外国人の著作を批評し、相当な成蹟を挙げて居るもののあるのを聞かない。対等の意気を以て、其等を批評して見ようと心懸ける考さへあるのを聞かない。彼等の学修の未熟に依るのであらうか。或は彼等の精神の尫弱に依るのであらうか。いづれにしても、私は之れが共通原因として彼等の学術の国民化されず、個性化されずに居ることを挙げねばならぬ。

ノーベル賞詩人とは言え、アジアの後進国の詩人であったこともあり、また当時の日本の現実では、未だ近代主義的発展を疑問視する目よりも、近代化即西欧化を肯定的に捉えるとともに、日本の伝統への回帰の姿勢が顕著になってきた時期であり、タゴールの思想がわからないままに、それを日本の経てきたもの、過去の問題に過ぎないと片づけられてしまっている感がある。

日露戦争(一九〇四年~五年)後、世界の五大国の一つである一等国を自負するに至っていた中で、大正時代の到来とともに伝統回帰に目を向けた、「日本主義」を唱道する者が次第に増えており、この年にも、岩野泡鳴「国家と個人―新日本主義の意義」(「新潮」一月)、三井甲之「原理としての日本」(「新日本主義」一月)、三井甲之「藝術上の日本主義」(「日本及日本人」三月)、岩野泡鳴「僕の日本主義」(「日本評論」一〇月)、安部磯雄「日本精神と社会主義」(「日本評論」一〇月)、鹿子木員信「日本的精神」(「日本評論」一〇月)、津田左右吉『文学に現れたる我が国民思想の研究』(洛陽堂、八月二〇日)などの言説が確認される。芥川龍之介の「手巾」(*)も、関露香の「実話モルガンお雪」(*)も、そうした時流に於いて読むことも出来るであろう。

7 発売禁止問題

宮島資夫の『坑夫』(*)が発売禁止となりその紙型までも押収されたり、谷崎潤一郎の「恐怖時代」(*)のために「中央公論」三月号が発売禁止になり、扉絵の「聖セバスチアン」のゆえに「白樺」三月号も発禁になるなど、当局の出版活動に対する、干渉・弾圧は目に余るものがあり、「大正維新」を期待した言論界には非常に苛酷な現実があった。

印刷物の発売禁止処分の根拠になったのは、明治二六年四月一四日に公布された「出版法」であり、そこには

第三条　文書図画ヲ出版スルトキハ発行ノ日ヨリ到達スヘキ日数ヲ除キ三日前ニ製本二部ヲ添ヘ内務省ニ届出ヘシ

第十九条　安寧秩序ヲ妨害シ又ハ風俗ヲ壊乱スルモノト認

ムル文書図画ヲ出版シタルトキハ内務大臣ニ於テ其ノ発売頒布ヲ禁シ其ノ刻版及印本ヲ差押フルコトヲ得

などの規定があり、これらに反した場合に、発売禁止処分が下されたようだが、「安寧秩序紊乱」、「風俗壊乱」の基準は必ずしも明確でなかったから、「朝日新聞」にはそれを違憲とする論陣も張られたのである。六月二十一日と二十三日に東京市中発行の多くの新聞が発禁処分を受けたが、二十一日の方は「爆弾事件に関する弁護士の過激なる弁論をそのまま記載」したためであり、二十三日の方は「巴里の経済会議に対する武富蔵相の批評を掲げた」ためで、まったく不当なもので「憲法の精神に違背したる違憲の沙汰と云ふを憚らず」と論難したのである（六月二五日付け）。

自作の「恐怖時代」の為にその掲載誌「中央公論」が発売禁止処分を受けたことを知った時に、谷崎は次のような所感を明らかにしている。

出版物を取り締るに方つて、当局者が今少し親切に、且理解を持つて欲しいと云ふ事は、多くの人が望んで居る。

（中略）

然るに今の当局者は、何故に、何処が悪いと云ふ事を摘示しないで禁止を喰はせる場合が多い。これでは当局者に誠意の認むべきものがなく、唯折々の気紛れで官権を濫用するやうに誤解されても仕方があるまい。私は彼等がいかに気紛れであるかと云ふ事実を証するに足る滑稽な逸話を沢山にき、込んで居る。それから、彼等がほんたうに社会公衆の秩序良俗を標準にして取り締まるのなら、形式よりも実際を考へて貰ひたい。此の点に於いても綿密周到なる注意と親切とが欠けて居るやうに思ふ。（「発売禁止に就きて」「中央公論」五月）

「白樺」三月号が、その口絵（マンテニヤの「聖セバスチアン」）が「あまりに残酷」ということで発売禁止になった際、新聞記者が取材した結果、当局者の次のような姿勢が示された。当時の湯浅警保局長の言である（「時事新報」三月七日）。

「元来発売禁止の命を下すものは大抵、風俗壊乱、惨酷、破廉恥、犯罪の径路を描写したなどのものである。近頃社会風教が堕落したのか、それとも文学者が堕落したのか、そこは疑問であるが、小説にしても普通の題材では読者を惹くことが薄いために、或いは惨酷、或いは破廉恥というような極端から極端のものを競ふて題材にする傾向がある。是れは社会の風教上大いに取締らねばならぬが、我々は宗教家のように、積極的に風教の指導をすることが出来ないため、只《ただ》消極的にかかるものを取締るより外にない。三月号の『白樺』の口絵も有名な絵ではあるが、一見して誠に悪感を催すのみならず、かかる惨酷な絵を見て多くの読者をして平然ならしめるは、従つて殺戮等を平凡の事件のごとく感ぜしめる虞れがある。しかしながら当局に於いても、文士諸氏の努力と多額の費用を空しくせしめぬために意を用いて、『もし口絵だけを取るならば発売しても好い』と一度は注意を促した訳である。しかしながら今後に於いてなお敢えてかかる物を載せるならば、当局に於いては厳重にその処分をする考えである」。

こうした表面上の理由付けの背後に、政治、思想、信条に係わる禁止処置があったことは明らかであり、その意味での「冬の時代」は終わっていなかったのである。

「時事新報」に取材されて、その思うところを述べた長与善郎は翌四月号の巻末に「記事の訂正、及び其他」を書いて、新聞記事の誤りについて抗弁した上で、当局の処置については「余り上は手過ぎて腹も立たずに只白○の気○ひの○つぱらいが往来で乱暴をしてゐるのを見る時のやうに笑ふより外はなかつた」と言って、余りの馬鹿馬鹿しさを言っている。その後の「編輯室にて」には、武者小路実篤の言と思われる記事が載っている。

しかしあの絵で発売禁止になるとは思ひがけないことだつた。自分達は挿画を選ぶ時発売禁止に大丈夫ならないと思ふ画だけを選ぶことにしてゐる。(中略)安全な画ばかり選んでゐた。マンテニアの聖セバスチアンの画がわるいとは夢にも思はなかつた。我孫子に行つて志賀や柳に逢つて志賀の処へ一泊して帰つてくると留守に洛陽堂から電話便が来てゐた何かと思ふと挿画で発売禁止になつたとかいてあつた。自分はその時心から不快を感じた。「こんなに遠慮してゐてもまだおいつかないのか」と云ふ気がしたからだ。もう遠慮してはゐないと云ふ気がした。洛陽堂の報告ではどの画でやられたのか書いてなかつた。あとでマンテニアの画が残酷なのであつたと聞いた時、自分は力ぬけしたやうな気がした。(「白樺」四月号)

しかし、その猛威ぶりは常軌を逸したものであり、この一年の主要雑誌に限ってみても以下のような惨状が知られる。

一月　「早稲田文学」「文章世界」「近代思想」「新公論」
三月　「中央公論」「白樺」「処女」「多津美」「新社会」
四月　「秀才文壇」「処女」「新公論」「文藝倶楽部」「帝国文学」
六月　「東亜之光」「洪水以後」「新社会」
七月　「第三帝国」
九月　「新小説」「新社会」
十一月　「三田文学」
十二月　「日本及日本人」

この他にも、大杉栄『労働運動の哲学』(東雲堂書店、三月一五日)、フロオベエル作、中村星湖訳『ボヴリイ夫人』(早稲田大学出版部、六月一四日)など数多くの単行書が発売禁止になっており、しかも禁止処分の具体的な内容については詳しい説明が一々はなかったようで、それ故に出版側の自主規制も次第に強められざるを得なかったようである。

六月二十七日には、東京市各新聞通信記者三十余名の会合がもたれ、発売禁止対抗策のため言論擁護記者会組織の結成が同意されている。

8　夏目漱石死去

この年も押し詰まった十二月九日に、夏目漱石が死去した。永年苦しんできた胃潰瘍による死であったが、「朝日新聞」に連載中であった「明暗」(*)は一八八回を以て中絶となった。文豪の死は社員として籍を置いていた「朝日新聞」はもとより、各紙に大きく報道され、文藝誌を始めとして雑誌で追悼号を編集したものも五誌にのぼった。「文豪の死」として、一時代の終焉を象徴したものであったが、明治天皇の薨去や乃木希典の殉死の場合のように「明治の終焉」と言う括り方で捉えるのは間違いであろう。むしろ、明治と言う時代をまるごと生きた者としてありつつ、それを越えて近代という時代全体に存在性を示したところに漱石のスケールの大きさがあったと言える。例えば、一九一三(大正二)年に発表した「行人」の主人公、大学教授長野一郎は真に自由人たろうとした自らの生の帰結を「死ぬか、気が違うか、それとも信仰にはいるか」と言う三極に見ざるを得ないところに追い詰められているが、それは他でもなく近代主義的自由人の生の帰結であったのである。文壇に於いては、一九二七(昭和二)年から翌年にかけて宇野浩二が発狂し(二七年六月)、芥川龍之介が自殺し(同七月)、葛西善蔵が小説に殉じて亡くなる(二八年七月)という三人の作家の悲劇として現実になったものである。その意味では漱石は「行人」に於いて早くも「昭和二年」を見通していたと言えるのである。その後の「こころ」(一九一四年)、「道草」(一九一五年)、そして「明暗」で書かれていることは、単に明治・大正の歴史の中に閉じ込められる問題ではなく、現代まで問題性を投げかけているものであり、その意味で漱石は未だに死んではいないのである。それゆえに漱石の死によって括られるものを見るよりも、むしろそれによって問い直されている現代的課題をこそ考察すべきであろう。

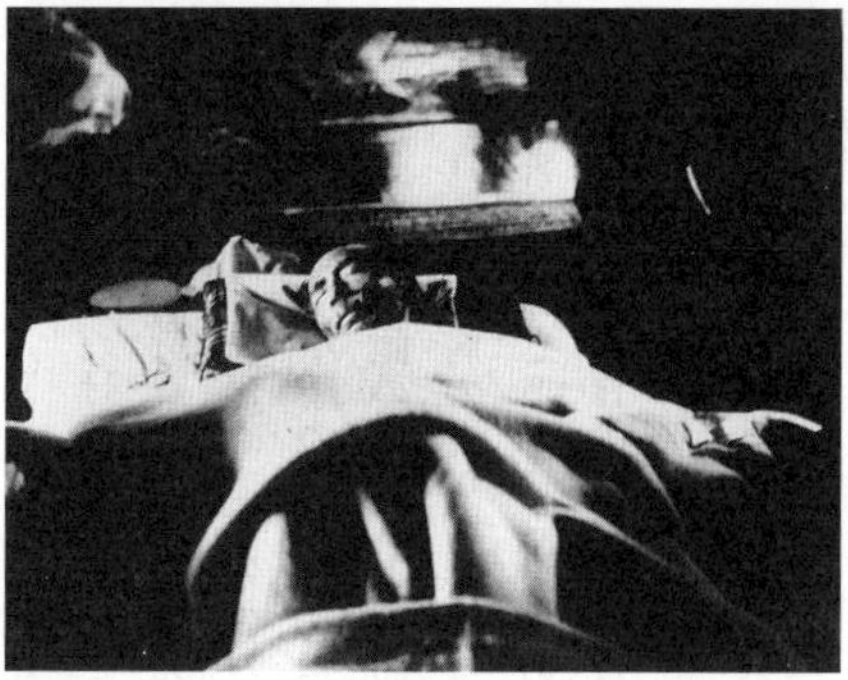
臨終直前の夏目漱石

五月二十六日に第一回が「東京朝日新聞」に発表されて

(「大阪朝日新聞」にもほとんど同日に掲載)から、ほぼ毎日掲載(その間一四日分だけ休載)されてきた「明暗」であるが、十二月九日に漱石が急逝した時には完結しておらず、遺稿として残されていたものを含めて、死後の十二月十四日掲載の、百八八回の連載を以て中断のやむなきに至った。

　漱石氏が此の第百八十八回を執筆したのは先月十五日で、翌日から持病の胃が痛み出した、それで五六日精養するから書けないと云ふ知らせがあつた、病状を問へば大した事はない、五六日後には必と書き続けると云ふ事であつたが、二十二三日頃から急に悪くなつて、遂に思ひがけなくも之が最後となつて了つた。(「大阪朝日新聞」一二月二六日、最終回の後に)

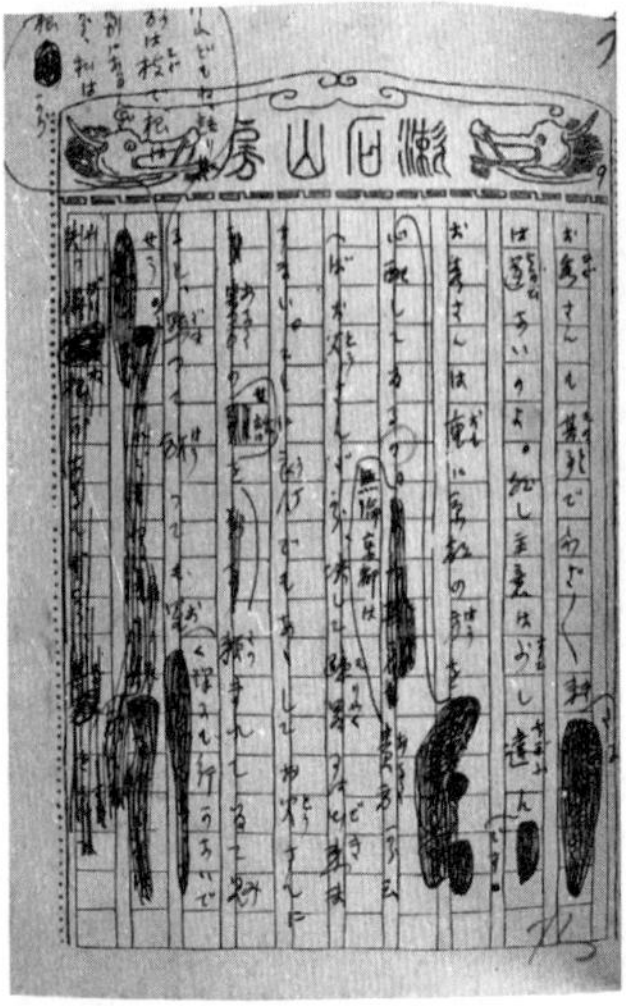
「明暗」原稿

余りに惜しい漱石の逝去と、多くの問題をはらんだままの「明暗」の中絶の意味を後世に投げかけている。未完の作品ではあるが、直ちに単行書として出版されたこともあり、批評が直ぐに現れている。

「明暗」評を特集した「早稲田文学」(大正六年三月)には、相馬御風、本間久雄などの批評文が載っている。

　『明暗』は未完のまゝですから、全体として作者はどういふところを狙つたのかわかりません。たゞ私が一番この作から興味を感じた点は、そこには、吾々―今少し限つて云へば私―といふ人間の内面の姿、而もそれは醜くい、汚らはしい人間性の一面をまざ〳〵と描かれてあるといふ点であります。事実私は、この位深刻に私達の醜くい、汚ない一面を鋭く描かれた小説を近頃見たことはありません。

　どんな点が醜く汚ないか。それは外でもない。作中人物の多くに見る利己と偽善と虚構とです。(中略)

『明暗』一篇を読み去つて一番深く私の頭に残つたものは自分自らに対する憎みと嘲りとの外にはありませんでした。この意味で私は『明暗』一篇の中にまざまざと自分自身の世界を見たやうな気がいたします。(本間久雄「自分の世界と他人の世界」)

時の推移に連れて、時代の変遷を越えて、「明暗」評価は漱石文学の最高傑作としてのみならず、近代文学の金字塔としてその声価をますます高めている。多くの夏目漱石追悼の声の上がる中で、大正五年は暮れたのである。

解題　海老井英次

凡例

一、本文テキストは、原則として初出誌紙を用いた。ただし編者の判断により、初刊本を用いることもある。
二、初出誌紙が総ルビであるときは、適宜取捨した。パラルビは、原則としてそのままとした。詩歌作品については、初出ルビをすべてそのままとした。
三、初出誌紙において、改行、句読点の脱落、脱字など、不明瞭なときは、後の異版を参看し、補訂した。
四、初刊本をテキストとするときは、初出誌紙を参看し、ルビを補うこともある。初出誌紙を採用するときは、後の異版によって、ルビを補うことをしない。
五、用字は原則として、新字、歴史的仮名遣いとする。仮名遣いは初出誌紙のままとした。
六、用字は「藝」のみを正字とした。また人名の場合、「龍」、「聲」など正字を使用することもある。
七、作品のなかには、今日からみて人権にかかわる差別的な表現が一部含まれている。しかし、作者の意図は差別を助長するものではないこと、作品の背景をなす状況を現わすための必要性、作品そのものの文学性、作者が故人であることを考慮し、初出表記のまま収録した。

〔小説・戯曲〕

高瀬舟　森鷗外（→解説1）

一九一六（大正五）年一月一日発行「中央公論」第三十一年第一号に「森林太郎」の署名で発表。少なめのパラルビ。一九一八（大正七）年七月十五日、春陽堂刊『高瀬舟』に収められた。底本には初出誌。

朝比奈三郎兵衛　小山内薫

一九一六（大正五）年一月一日発行「三田文学」第七巻第一号に発表。パラルビ。一九一八（大正七）年六月二十日、玄文社刊『英一蝶』に総ルビとして収めた。底本には初出誌。

坑夫　宮島資夫（→解説1）

一九一六（大正五）年一月五日、宮島信泰を著作兼発行者として近代思想社より刊行されたが、直ちに発売禁止となった。一九二〇（大正九）年六月聚英閣刊『恨みなき殺人』に一部削除して収めた。底本には初刊本。

花瓶　永井荷風（→解説1）

一九一六（大正五）年一月一日発行「三田文学」第七巻第一号に「一」から「三」までが発表され、同年二月一日発行の第二号に「四」以下が掲載された。パラルビ。一九一八（大正七）年一月一日、籾山書店刊『断腸亭雑稾』の「附録」に、いくらかの修訂をほどこし収められた。底本には初出誌。

球突場の一隅　豊島与志雄（→解説5）

一九一六（大正五）年二月一日発行「新小説」第二十一年第二号に発表。総ルビ。一九一九（大正八）年四月十五日、新潮社刊『蘇生』に収められた。底本には初出誌。

番町皿屋敷　岡本綺堂

一九一六（大正五）年一月作、二月の本郷座で二世市川左団次主演で初演され、翌年十二月八日（国会図書館所蔵本は、十二月十四日発行とゴム印により訂正）、『新脚本叢書第十編　番町皿屋敷』（平和出版社）として刊行された。総ルビ。底本には初刊本。

フランセスの顔＝スケッチ　有島武郎

一九一六（大正五）年三月一日創刊の「新家庭」第一巻第一号（三月号）に発表。総ルビ。初出誌目次には「小説　フランセスの顔」とある。底本には初出誌。

恐怖時代　谷崎潤一郎（→解説7）

一九一六（大正五）年三月一日発行「中央公論」第三十一年三月号に掲載されたが、この作品のため同誌は発売禁止処分となった。谷崎は翌々月号に「発売禁止に就て」を書いて抗議した。底本には初出誌。

明暗（抄）　夏目漱石（→解説8）

一九一六（大正五）年五月二十六日（一〇七三四号）から十二月十四日（一〇九三六号）まで百八十八回にわたって「朝日新聞」に連載されたが、作家死去（十二月九日）により中絶された。総ルビ。翌年一月十六日、岩波書店より「漱石遺著」として刊行された。ここでは冒頭「一」から「三十八」までをとった。底本には初出紙。

鴉　後藤末雄

一九一六（大正五）年六月一日発行「新小説」第二十一年第六号に発表。総ルビ。底本には初出誌。

廃兵院長　中村星湖

一九一六（大正五）年六月一日発行「新小説」第二十一年第六号に発表。総ルビ。一九一九年（大正八）年七月一日、天佑社刊『失はれた指環』に収録。底本には初出誌。

善心悪心　里見弴

一九一六（大正五）年七月一日発行「中央公論」第三十一年第七号に発表。パラルビ。同年十一月十五日、春陽堂刊行の『善心悪心』の巻末に収められた。その際「書肆の注意に依り、原文より三十三字削除」したと付言されている。一七五頁上段十行目「いぎなたく…」より次行「…見入ってゐる」、十二行目「彼の兄の部屋から、」が削除されている。底本には初出誌。

山荘にひとりゐて　田山花袋（→解説3）

一九一六（大正五）年九月一日発行「中央公論」第三十一年九月号（秋期大附録号）の「大附録小説」として、正宗白鳥「死者生者」、中條百合子「貧しき人々の群」などとともに発表。パラルビ。底本には初出誌。

死者生者　正宗白鳥（→解説1）

前項と同じ「中央公論」第三十一年九月号に発表。パラルビ。大正六年一月一日、春陽堂刊『死者生者』に収録。底本には初出誌。

身投げ救助業　菊池寛

一九一六（大正五）年九月一日発行の第四次「新思潮」第一年第七号に発表。パラルビ。一九一八（大正七）年八月十五日、春陽堂刊に収めた。底本には初出誌。

手巾　芥川龍之介（↓解説5）

一九一六（大正五）年十月一日発行「中央公論」第三十一年第十一号に発表。パラルビ。翌年五月二十三日、阿蘭陀書房刊の『羅生門』に収められた。底本には初出誌。

阿武隈心中　久米正雄

一九一六（大正五）年十月一日発行の第四次「新思潮」第一巻第八号に発表。標題の下に「農民劇三幕」とあり、パラルビ。一九二一（大正十）年六月五日、新潮社から刊行した『戯曲集阿武隈心中』に収められた。底本には初出誌。

蛇　田村俊子

一九一六（大正五）年十二月一日発行「中央公論」第三十一年十二月号に発表。パラルビ。

〔**児童文学**〕

花物語　吉屋信子

一九一六（大正五）年七月一日発行「少女画報」第五年第七号に発表。底本には初出誌。

湖水の女　鈴木三重吉

一九一六（大正五）年十二月二十一日、春陽堂刊の『湖水の女』に収録。底本には初刊本。

童話の研究（抄）　高木敏雄

一九一六（大正五）年一月三十一日、婦人文庫刊行会刊の『童話の研究』より第一章、二章を抄出。底本には初刊本。

〔**評論・随筆・記録**〕

精神界の大正維新　「中央公論」社説（↓解説1）

一九一六（大正五）年一月一日発行「中央公論」第三十一年一月号に発表。底本には初出誌。

日本婦人の社会事業に就て伊藤野枝氏に与ふ　青山菊栄（↓解説2）

一九一六（大正五）年一月一日発行の「青鞜」第六巻第一号に掲載された。底本には初出誌。

青山菊栄様へ　伊藤野枝（↓解説2）

前出青山論文への反論であるが、青山論文と同じ「青鞜」第六巻第一号に掲載された。署名は「野枝」とだけ、表題は目次では「青山菊枝氏に」となっている。底本には初出誌。

進むべき俳句の道＝雑詠評＝　高浜虚子

一九一六（大正五）年一月一日発行「ホトトギス」第十九第四号（二百三十三号）、同年二月一日発行同誌第十九巻第五号（二百三十四号）、同年三月一日発行同誌第十九巻第六号（二百三十五号）、同年四月一日発行同誌第十九巻第七号（二百三十六号）に発表。一月号に「名人評に移るに先立ち」「渡辺水巴」、二月号に「渡辺水巴（続）」、三月号に「村上鬼城」、四月号に「飯田蛇笏」がそれぞれ掲載された。少なめのパラルビ。翌々年七月十五日、実業之日本社刊『進むべき俳句の道』に収められた。底本には初出紙。

浦上村事件　木下杢太郎

一九一六（大正五）年一月二十四日の「大阪朝日新聞」に掲載された。総ルビ。一九二一（大正十）年三月十日、叢文閣刊の『地下一尺集』に収められた。底本には初出紙。

実話　モルガンお雪　関露香（↓解説6）

一九一六（大正五）年七月一日発行「中央公論」第三十一年第八号〈世界大観号〉に発表された。底本には初出誌。

民衆芸術の意義及び価値　本間久雄

一九一六（大正五）年八月一日発行「早稲田文学」第百二十九号の巻頭に掲載された。パラルビ。底本には初出誌。

「遊蕩文学」の撲滅　赤木桁平（↓解説1、4）

一九一六（大正五）年八月六日の「読売新聞」（一四一一九号）に「一」から「四」までがまず掲載され、八日（一四一二〇号）に「五」「六」が掲載された。同年十月十三日、洛陽堂から刊行した『藝術上の理想主義』に、関連文「藝術資料としての遊蕩生活」「予の『遊蕩文学撲滅論』に対する諸家の批評に答ふ」とともに収められた。底本には初出紙。

葛飾小品　北原白秋（↓解説3）

「葛飾から伊太利へ」は一九一六（大正五）年十月一、五〜八日の「読売新聞」（一四一七五〜一四一八二号）に掲載。総ルビ。「蛍」は同年十一月一日発行の「新潮」第二十五巻第五号に発表され、文末に「(葛飾小品)」とある。総ルビ。「馬」は同年十一月一日発行「文章世界」第十一巻第十一号（一五四号）に発表された。総ルビ。「蓮の花」は同年十一月一日発行の「アララギ」第九巻第十一号に発表された。パラルビ。修訂をほどこし「葛飾小品」としてまとめられ、同年十月二十三日、阿蘭陀書房刊『白秋小品』に収められた。「葛飾小品」として一括して掲載しているが、底本はそれぞれの初出紙誌によった。

日本における未来派の詩とその解説　萩原朔太郎（↓解説5）

一九一六（大正五）年十一月一日発行「感情」第一巻第五号に発表。ルビ一語のみ。底本には初出誌。

自然主義前派の跳梁　生田長江（↓解説1、4）

一九一六（大正五）年十一月一日発行「新小説」第二十一年第十一号に発表。総ルビ。底本には初出誌。

生田長江氏に戦を宣せられて一寸　武者小路実篤（↓解説1、4）

一九一六（大正五）年十一月五、六、七日（一一九三五〜七号）の「時事新報」に「上」「中」「下」の三回に分けて掲載された。総ルビ。単行書未収。底本には初出紙。

〔詩〕

上野ステエシヨンほか　室生犀星

上野ステエシヨン　一九一六（大正五）年三月一日発行「詩歌」第六巻第三号に発表の「新生八篇」のうちの一篇。　自転車乗り　同年九月一日発行「新日本」第六巻第九号に発表。

忍従　川路柳虹

忍従　一九一六（大正五）年四月一日発行「詩歌」第六巻第四号に発表。

雪景ほか　山村暮鳥

雪景　一九一六（大正五）年四月一日発行「文章世界」第十一巻第四号に発表。　雪景・おなじく・雀ひもじさに　同年五月一日発行「詩歌」第六巻第五号に発表。　早春　同年六月一日発行「詩歌」第六巻第六号に発表。

日々祈れ　白鳥省吾

日々祈れ　一九一六（大正五）年五月一日発行「詩歌」第六巻第五号に発表の「輝く大地」三篇のうちの一篇。

雲雀の巣ほか　萩原朔太郎

雲雀の巣　一九一六（大正五）年五月一日発行「詩歌」第六巻第五号に発表。　およぐひと　同年五月発行「LE PRISME」第二号に発表。

ロダン夫人の賜へる花束　与謝野晶子

ロダン夫人の賜へる花束　一九一六（大正五）年七月一日発行「文章世界」第十一巻第五号に発表。

合掌の犬ほか　大手拓次

合掌の犬・朝のいのり　一九一六（大正五）年八月一日発行「新日本」第六巻第八号に発表。　湿気の小馬　同年十一月一日発行同誌第六巻第十一号に発表。　森のうへの坊さん・草の葉をおひかける眼　同年十二月一日発行同誌第六巻第十二号に発表。　＊＊＊＊　草稿。

小さな靴　児玉花外

一九一六（大正五）年十一月一日発行「早稲田文学」第百三十二号に発表。

こども　北原白秋

一九一六（大正五）年十一月五日発行「烟草の花」第一号に発表。

心　日夏耿之介

一九一六（大正五）年十二月四日発行「詩人」第一巻第一号に発表。

〔現代詩人号〕「感情」大正5年10月号

一九一六（大正五）年十月一日発行の「感情」（第一巻第四号）は、「現代詩人号」として全頁を挙げ、本巻所収の十二名の創作を掲載した。

〔詩壇九人集〕「文章世界」大正5年11月号

一九一六（大正五）年十一月一日発行の「文章世界」（第十一巻第十一号）は、特集を「詩壇九人集」として、本巻所収の九名の創作を掲載した。

〔短歌〕

雀と蓮花　北原白秋

一九一六（大正五）年一月一日発行「アララギ」第九巻第一号に発表。

雀の宿　北原白秋

一九一六（大正五）年三月一日発行「アララギ」第九巻第三号に発表。

春のめざめ　北原白秋

一九一六（大正五）年五月一日発行「アララギ」第九巻第五号に発表。

閻魔の咳　北原白秋
一九一六（大正五）年九月一日発行「三田文学」第七巻第九号に発表。
露仏　島木赤彦
一九一六（大正五）年一月一日発行「アララギ」第九巻第一号に発表。
独座・新年　島木赤彦
一九一六（大正五）年二月一日発行「アララギ」第九巻第二号に発表。
山腹・海浜雑歌・渚の火　斎藤茂吉
一九一六（大正五）年一月一日発行「アララギ」第九巻第一号に発表。
春雪　斎藤茂吉
一九一六（大正五）年五月一日発行「三田文学」第七巻第五号に発表。
雨蛙・五月野　斎藤茂吉
一九一六（大正五）年六月一日発行「アララギ」第九巻第六号に発表。
朝の歌　若山牧水
一九一六（大正五）年一月一日発行「文章世界」第十一巻第一号に発表。
旅の歌　若山牧水
一九一六（大正五）年六月一日発行「三田文学」第七巻第六号に発表。
春の歌　若山喜志子
一九一六（大正五）年六月一日発行「三田文学」第七巻第六号に発表。
シベリヤの旅 一　石原　純
一九一六（大正五）年二月一日発行「アララギ」第九巻第二号に発表。
シベリヤの旅 四　石原　純
一九一六（大正五）年五月一日発行「アララギ」第九巻第五号に発表。
朝ゆく道　古泉千樫
一九一六（大正五）年二月一日発行「アララギ」第九巻第二号に発表。
雨降る　古泉千樫
一九一六（大正五）年三月一日発行「アララギ」第九巻第三号に発表。
偶成四首　土岐哀果
一九一六（大正五）年三月一日発行「生活と藝術」第三巻第七号に発表。
やまぶきの花　土岐哀果
一九一六（大正五）年五月一日発行「生活と藝術」第三巻第九号発表。
雑沓　土岐哀果
一九一六（大正五）年六月一日発行「生活と藝術」第三巻第十号に発表。
冬の日　結城哀草果
一九一六（大正五）年三月一日発行「アララギ」第九巻第三

号に発表。

囲炉裡 結城哀草果

一九一六(大正五)年十二月一日発行「アララギ」第九巻第十二号に発表。

幻と病 与謝野晶子

一九一六(大正五)年四月一日発行「三田文学」第七巻第四号に発表。

朝焼 前田夕暮

一九一六(大正五)年四月一日発行「詩歌」第六巻第四号に発表。

草木と人(一) 前田夕暮

一九一六(大正五)年十月一日発行「詩歌」第六巻第十号に発表。

槻の道・緑蔭製薬 中村憲吉

一九一六(大正五)年六月一日発行「アララギ」第九巻第六号に発表。

悼 須田実 植松寿樹

一九一六(大正五)年六月一日発行「国民文学」第二十三号に発表。

月の夜 尾上柴舟

一九一六(大正五)年六月一日発行「水甕」第三巻第六号に発表。

家うつり・梧桐 岡 麓

一九一六(大正五)年七月一日発行「アララギ」第九巻第七号に発表。

田園興趣 尾山篤二郎

一九一六(大正五)年八月一日発行「国民文学」第二十五号に発表。

朝霧 松村英一

一九一六(大正五)年十一月一日発行「国民文学」第二十七号に発表。

緑葉神経 岩谷莫哀

一九一六(大正五)年七月一日発行「水甕」第三巻第七号に発表。

青波 土田耕平

一九一六(大正五)年八月一日発行「アララギ」第九巻第八号に発表。

亡児を歎く 窪田空穂

一九一六(大正五)年九月一日発行「国民文学」第二十六号に発表。

武蔵野 窪田空穂

一九一六(大正五)年十二月一日発行「国民文学」第二十八号に発表。

大晦日 釈 迢空

一九一六(大正五)年九月一日発行「アララギ」第九巻第九号に発表。

森の二時間 釈 迢空

一九一六(大正五)年十二月一日発行「アララギ」第九巻第十二号に発表。

草の穂 木下利玄

一九一六（大正五）年九月一日発行「心の花」第二十巻第九号に発表。

遠渚　木下利玄

一九一六（大正五）年十月一日発行「白樺」第七巻第十号に発表。

伯耆国三朝温泉　木下利玄

一九一六（大正五）年十一月一日発行「心の花」第二十巻第十一号に発表。

伯耆の大山　木下利玄

一九一六（大正五）年十一月一日発行「白樺」第七巻第十一号に発表。

開く花・蛾　山田邦子

一九一六（大正五）年十月一日発行「アララギ」第九巻第十号に発表。

松葉牡丹　原阿佐緒

一九一六（大正五）年十月一日発行「詩歌」第六巻第十号に発表。

吾か児　原阿佐緒

一九一六（大正五）年十二月一日発行「アララギ」第九巻第十二号に発表。

動揺　佐佐木信綱

一九一六（大正五）年十一月一日発行「心の花」第二十巻第十一号に発表。

〔俳句〕

ホトトギス巻頭句集（虚子選）

一九一六（大正五）年一月一日発行「ホトトギス」第十九巻第四号（二百三十三号）。同年二月一日発行第十九巻第五号（二百三十四号）。同年四月一日発行第十九巻第七号（二百三十六号）。同年五月一日発行第十九巻第八号（二百三十七号）。同年六月一日発行第十九巻第九号（二百三十八号）。同年七月一日発行第十九巻第十号（二百三十九号）。同年八月一日発行第十九巻第十一号（二百四十号）。同年九月一日発行第十九巻第十二号（二百四十一号）。同年十月一日発行第二十巻第一号（二百四十二号）。同年十二月一日発行第二十巻第三号（二百四十四号）。

山廬集（抄）　飯田蛇笏

一九三二（昭和七）年十二月二十一日、雲母社発行。

八年間（抄）　河東碧梧桐

一九二三（大正十二）年一月一日、玄同社発行。

〔大正五年〕　高浜虚子

一九一六（大正五）年一月一日発行「ホトトギス」第十九巻第四号（二百三十三号）。同年一月五日発行「大阪毎日新聞」（一一六五八号）。同年三月一日発行「ホトトギス」第十九巻第六号（二百三十五号）。同年四月一日発行同誌第十九巻第七号（二百三十六号）。同年四月十日発行「大阪毎日新聞」（一一七五四号）。同年四月十七日発行「国民新聞」（八六八二号）。同年七月一日発行「ホトトギス」第十九巻第十号（二百三十九号）。同年七月十八日発行「国民新聞」（八七七四号）。同年八月一日発行「ホトトギス」第十九巻第十一号（二百四十号）。同年八月十六日「大阪毎日新聞」（一一八八二号）。同年十月一日発行「ホ

トトギス」第二十巻第一号（二百四十二号）。同年十月一日発行「国民新聞」（八八四九号）。同年十二月一日発行「ホトトギス」第二十巻第三号（二百四十四号）。

雑草（抄）　長谷川零余子

一九二四（大正十三）年六月二十五日、枯野社発行。

＊本巻収録の詩歌・児童文学については、本全集全十五巻の通巻担当者である、阿毛久芳（近代詩）、来嶋靖生（短歌）、平井照敏（俳句）、砂田弘（児童文学）の選による。

著者略歴

青山菊栄―あおやま　きくえ―一八九〇・一一・三〜一九八〇・一一・二　評論家　東京都出身　女子英学塾（津田塾大学）卒　『婦人問題と婦人運動』『女二代の記』

赤木桁平―あかぎ　こうへい―一八九一・二・九〜一九四九・一二・一〇　本名　池崎忠孝　評論家　岡山県出身　東京帝国大学法科卒　『藝術上の至上主義』『夏目漱石』

芥川龍之介―あくたがわ　りゅうのすけ―一八九二・三・一〜一九二七・七・二四　小説家　東京都出身　東京帝国大学英文科卒　『鼻』『羅生門』『河童』

有島武郎―ありしま　たけお―一八七八・三・四〜一九二三・六・九　小説家・評論家　東京都出身　ハヴァフォード大学大学院卒　『或女』『惜みなく愛は奪ふ』

飯田蛇笏―いいだ　だこつ―一八八五・四・二六〜一九六二・一〇・三　本名　飯田武治　俳人　山梨県出身　早稲田大学英文科卒　『山廬集』『山廬随筆』

生田長江―いくた　ちょうこう―一八八二・四・二一〜一九三六・一・一一　本名　生田弘治　評論家・小説家・戯曲家・翻訳家　鳥取県出身　東京帝国大学哲学科卒　『自然主義論』『何故第四階級は正しいか』『円光』

石原　純―いしはら　じゅん―一八八一・一・一五〜一九四七・一・一九　歌人・物理学者　東京都出身　東京帝国大学理科卒　『靉日』『相対性原理』

伊藤野枝―いとう　のえ―一八九五・一・二一〜一九二三・九・一六　本名　伊藤ノヱ　社会運動家・評論家　福岡県出身　上野高等女学校卒　『出奔』『無政府の事実』

岩谷莫哀―いわや　ばくあい―一八八八・四・一八〜一九二七・一一・二〇　本名　岩谷禎次　歌人　鹿児島県出身　東京帝国大学経済学科卒　『春の反逆』『仰望』

植松寿樹―うえまつ　ひさき―一八九〇・二・一六〜一九六四・三・二六　歌人　東京都出身　慶応義塾大学理財科卒　『庭燎』『光化門』『枯山水』

大手拓次―おおて　たくじ―一八八七・一一・三～一九三四・四・一八　詩人　群馬県出身　早稲田大学英文科卒　『藍色の蟇』

岡　麓―おか　ふもと―一八七七・三・三～一九五一・九・七　本名　岡三郎　歌人・書家　東京都出身　東京府立一中卒　『庭苔』『小笹生』『涌井』

岡本綺堂―おかもと　きどう―一八七二・一〇・一五～一九三九・三・一　本名　岡本敬二　劇作家・小説家・劇評家　東京都出身　東京府中学校卒　『修善寺物語』『鳥辺山心中』

小山内　薫―おさない　かおる―一八八一・七・二六～一九二八・一二・二五　演出家・詩人・小説家・劇作家・演劇評論家　広島県出身　東京帝国大学英文科卒　『奈落』『演劇新潮』『大川端』

尾上柴舟―おのえ　さいしゅう―一八七六・八・二〇～一九五七・一・一三　本名　尾上八郎　歌人・国文学者・書家　岡山県出身　東京帝国大学国文科卒　『静夜』『永日』『日記の端より』

尾山篤二郎―おやま　とくじろう―一八八九・一二・一五～一九六三・六・二三　歌人・国文学者　石川県出身　金沢商業中退　『さすらひ』『明る妙』『草籠』

加藤介春―かとう　かいしゅん―一八八五・五・一六～一九四六・一二・一八　本名　加藤寿太郎　詩人　福岡県出身　早稲田大学英文科卒　『獄中哀歌』『梢を仰ぎて』『眼と眼』

川路柳虹―かわじ　りゅうこう―一八八八・七・九～一九五九・四・一七　本名　川路誠　詩人・美術評論家　東京都出身　東京美術学校（東京芸術大学）日本画科卒　『路傍の花』『波』

河東碧梧桐―かわひがし　へきごどう―一八七三・二・二六～一九三七・二・一　本名　河東秉五郎　俳人　愛媛県出身　仙台二高中退　『新傾向句集』『八年間』『三千里』

菊池　寛―きくち　かん―一八八八・一二・二六～一九四八・三・六　本名　菊池寛（ひろし）　小説家・劇作家　香川県出身　京都帝国大学英文科選科卒　『父帰る』『真珠夫人』『話の屑籠』

北原白秋―きたはら　はくしゅう―一八八五・一・二五～一九四二・一一・二　本名　北原隆吉　詩人・歌人　福岡県出身　早稲田大学英文科中退　『邪宗門』『桐の花』『雲母集』『雀の卵』

木下杢太郎―きのした　もくたろう―一八八五・八・一～一九四五・一〇・一五　本名　太田正雄　別号　きしのあかしや　詩人・劇作家・小説家・美術家・キリシタン研究家・医学者　静岡県出身　東京帝国大学医学部卒　『食後の唄』『和泉屋染物店』

木下利玄《きのした　りげん》一八八六・一・一～一九二五・二・一五　本名　利玄（としはる）　歌人　岡山県出身　東京帝国大学国文科卒　『銀』『紅玉』『一路』

窪田空穂《くぼた　うつほ》一八七七・六・八～一九六七・四・一二　本名　窪田通治　歌人・国文学者　長野県出身　東京専門学校（早稲田大学）卒　『まひる野』『濁れる川』『鏡葉』

久米正雄《くめ　まさお》一八九一・一一・二三～一九五二・三・一　小説家・劇作家　長野県出身　東京帝国大学英文科卒　『父の死』『破船』『月よりの使者』

児玉花外《こだま　かがい》一八七四・七・七～一九四三・九・二〇　本名　児玉伝八　詩人　京都府出身　同志社予備校・仙台東華学校・札幌農学校予科・早稲田大学中退　『社会主義詩集』『花外詩集』『天風魔帆』

後藤末雄《ごとう　すえお》一八八六・一〇・二五～一九六七・一一・一〇　小説家・仏文学者　東京都出身　東京帝国大学仏文科卒　『素顔』『桐屋』

斎藤茂吉《さいとう　もきち》一八八二・五・一四～一九五三・二・二五　医師・歌人　山形県出身　東京帝国大学医学部卒　『赤光』『あらたま』『童馬漫語』

佐佐木信綱《ささき　のぶつな》一八七二・六・三～一九六三・一二・二　歌人・歌学者　三重県出身　東京帝国大学古典科卒　『山と水と』『佐佐木信綱歌集』『評釈万葉集』

里見　弴《さとみ　とん》一八八八・七・一四～一九八三・一・二一　本名　山内英夫　小説家　神奈川県出身　東京帝国大学英文科中退　『善心悪心』『多情仏心』『極楽とんぼ』

島木赤彦《しまき　あかひこ》一八七六・一二・一七～一九二六・三・二七　本名　久保田俊彦　歌人　長野県出身　長野尋常師範学校（信州大学）卒　『柿蔭集』『歌道小見』

釈　迢空《しゃくの　ちょうくう》一八八七・二・一一～一九五三・九・三　別名　折口信夫　国文学者・歌人・詩人　大阪府出身　国学院大学卒　『海やまのあひだ』『死者の書』

白鳥省吾《しろとり　せいご》一八九〇・二・二七～一九七三・八・二七　詩人　宮城県出身　早稲田大学英文科卒　『世界の一人』『大地の愛』

鈴木三重吉《すずき　みえきち》一八八二・九・二九～一九三六・六・二七　小説家・童話作家　広島県出身　東京帝国大学英文科卒　『千鳥』『桑の実』

関　露香―せき　ろこう―経歴未詳

高木敏雄―たかぎ　としお―一八七六・四・一一～一九二二　童話研究家　熊本県出身　東京帝国大学独文科卒　『童話の研究』

高浜虚子―たかはま　きょし―一八七四・二・二二～一九五九・四・八　本名　高浜清　俳人・小説家　愛媛県出身　第三高等中学校、東京専門学校(早稲田大学)中退　『俳諧師』『柿二つ』『五百句』

高村光太郎―たかむら　こうたろう―一八八三・三・一三～一九五六・四・二　詩人・彫刻家　東京都出身　東京美術学校（東京芸術大学）彫刻科卒　『道程』『智恵子抄』『典型』

谷崎潤一郎―たにざき　じゅんいちろう―一八八六・七・二四～一九六五・七・三〇　小説家　東京都出身　東京帝国大学国文科中退　『刺青』『痴人の愛』『春琴抄』『細雪』

田村俊子―たむら　としこ―一八八四・四・二五～一九四五・四・一六　本名　佐藤俊子　小説家　東京都出身　日本女子大学国文科中退　『あきらめ』『木乃伊の口紅』

田山花袋―たやま　かたい―一八七二・一二・一三～一九三〇・五・一三　本名　田山録弥　小説家　栃木県出身　『蒲団』『田舎教師』『東京の三十年』

土田耕平―つちだ　こうへい―一八九五・六・一〇～一九四〇・八・一二　歌人　長野県出身　私立東京中学卒　『青杉』『斑雪』『一塊』

土岐哀果―とき　あいか―一八八五・六・八～一九八〇・四・一五　本名　土岐善麿　歌人　東京都出身　早稲田大学英文科卒　『NAKIWARAI』『土岐善麿歌集』

富田砕花―とみた　さいか―一八九〇・一一・一五～一九八四・一〇・一七　本名　富田戒治郎　詩人・歌人　岩手県出身　日本大学植民科卒　『悲しき愛』『地の子』

豊島与志雄―とよしま　よしお―一八九〇・一一・二七～一九五五・六・一八　小説家　福岡県出身　東京帝国大学仏文科卒　『生あらば』『野ざらし』

永井荷風―ながい　かふう―一八七九・一二・三～一九五九・四・三〇　本名　永井壮吉　小説家・随筆家　東京都出身　東京外国語学校（東京外国語大学）清語科中退　『ふらんす物語』『すみだ川』『日和下駄』『濹東綺譚』『断腸亭日乗』

中村憲吉―なかむら　けんきち―一八八九・一・二五～一九三四・五・五　歌人　広島県出身　東京帝国大学法科卒　『林泉集』『しがらみ』『軽雷集』

中村星湖―なかむら せいこ―一八八四・二・一一～一九七四・四・一三 本名 中村将為 小説家 山梨県出身 早稲田大学英文科卒 『女のなか』『少年行』

夏目漱石―なつめ そうせき―一八六七・一・五～一九一六・一二・九 本名 夏目金之助 小説家 東京都出身 東京帝国大学英文科卒 『吾輩は猫である』『こゝろ』『明暗』

萩原朔太郎―はぎわら さくたろう―一八八六・一一・一～一九四二・五・一一 詩人 群馬県出身 五高、六高、慶応義塾大学中退 『月に吠える』『青猫』

長谷川零余子―はせがわ れいよし―一八八六・五・二三～一九二八・七・二七 本名 富田諧三 俳人 長谷川かな女の夫 群馬県出身 東京帝国大学薬学科卒 『雑草』『零余子句集』

原阿佐緒―はら あさお―一八八八・六・一～一九六九・二・二一 本名 原あさを 歌人 宮城県出身 宮城県立高等女学校中退・日本女子美術学校（都立忍岡高校）入学 『涙痕』『白木槿』『死をみつめて』

日夏耿之介―ひなつ こうのすけ―一八九〇・二・二二～一九七一・六・一三 本名 樋口国登 詩人・英文学者 長野県出身 早稲田大学英文科卒 『転身の頌』『黒衣聖母』『明治大正詩史』

福士幸次郎―ふくし こうじろう―一八八九・一一・五～一九四六・一〇・一一 詩人 青森県出身 国民英学会卒 『太陽の子』『展望』

本間久雄―ほんま ひさお―一八八六・一〇・一一～一九八一・六・一一 評論家・英文学者・国文学者 山形県出身 早稲田大学英文科卒 『エレン・ケイ思想の真髄』『生活の藝術化』

前田夕暮―まえだ ゆうぐれ―一八八三・七・二七～一九五一・四・二〇 本名 前田洋造 歌人 神奈川県出身 中郡中学中退 『収穫』『生くる日に』『原生林』

正宗白鳥―まさむね はくちょう―一八七九・三・三～一九六二・一〇・二八 本名 正宗忠夫 小説家・劇作家・文芸評論家 岡山県出身 東京専門学校（早稲田大学）英語専修科卒 同文学科卒 『何処へ』『毒婦のやうな女』『生まざりしならば』

松村英一―まつむら えいいち―一八八九・一二・三一～一九八一・二・二五 歌人 東京都出身 愛知県熱田尋常高等小学校中退 『春かへる日に』『やますげ』『初霜』

三木露風―みき ろふう―一八八九・六・二三～一九六四・一二・二九 本名 三木操 詩人 兵庫県出身 早稲田大学、慶応義塾大学文学部中退 『廃園』『白き手の猟人』

水野葉舟―みずの　ようしゅう―一八八三・四・九～一九四七・二・二　本名　水野盈太郎　歌人・詩人・随筆家・小説家　東京都出身　早稲田大学政治経済科卒　『微温』『草と人』

宮島資夫―みやじま　すけお―一八八六・八・一～一九五一・二・一九　本名　宮島信泰　小説家　東京都出身　四谷小学校高等科卒　『坑夫』『第四階級の文学』『遍歴』

武者小路実篤―むしゃこうじ　さねあつ―一八八五・五・一二～一九七六・四・九　小説家・劇作家　東京都出身　東京帝国大学社会学科中退　『お目出たき人』『友情』『人間万歳』

室生犀星―むろう　さいせい―一八八九・八・一～一九六二・三・二六　本名　室生照道　詩人・小説家　石川県出身　金沢高等小学校中退　『抒情小曲集』『性に眼覚める頃』『杏っ子』

森　鷗外―もり　おうがい―一八六二・一・一九～一九二二・七・九　本名　森林太郎　小説家・戯曲家・評論家・翻訳家・陸軍軍医　島根県出身　東京帝国大学医学部卒　『青年』『雁』『高瀬舟』

山田邦子―やまだ　くにこ―一八九〇・五・三一～一九四八・七・一五　歌人　徳島県出身　諏訪高女卒　『明日香路』『こぼれ梅』

山村暮鳥―やまむら　ぼちょう―一八八四・一・一〇～一九二四・一二・八　本名　土田八九十　詩人　群馬県出身　聖三一神学校卒　『聖三稜玻璃』『風は草木にささやいた』『雲』

結城哀草果―ゆうき　あいそうか―一八九三・一〇・一三～一九七四・六・二九　本名　結城光三郎　歌人・随筆家　山形県出身　『山麓』『すだま』『群峰』『まほら』

吉屋信子―よしや　のぶこ―一八九六・一・一二～一九七三・七・一一　小説家　新潟県出身　栃木高女卒　『花物語』『良人の貞操』

与謝野晶子―よさの　あきこ―一八七八・一二・七～一九四二・五・二九　本名　与謝しよう　歌人・詩人　与謝野寛の妻　大阪府出身　堺女学校補習科卒　『みだれ髪』『君死にたまふこと勿れ』

若山喜志子―わかやま　きしこ―一八八八・五・二八～一九六八・八・一九　本名　若山喜志　若山牧水の妻　歌人　長野県出身　『無花果』『芽ぶき柳』『眺望』

若山牧水―わかやま　ぼくすい―一八八五・八・二四～一九二八・九・一七　本名　若山繁　歌人　宮崎県出身　早稲田大学英文科卒　『別離』『路上』

編年体 大正文学全集

第五巻 大正五年

二〇〇〇年十一月二十五日第一版第一刷発行

著者代表――宮島資夫他

編者――海老井英次

発行者――荒井秀夫

発行所――株式会社 ゆまに書房

東京都千代田区内神田二―七―六

郵便番号一〇一―〇〇四七

電話〇三―五二九六―〇四九一代表

振替〇〇一四〇―六―六三一六〇

印刷・製本――日本写真印刷株式会社

落丁・乱丁本はお取替いたします

定価はカバー・帯に表示してあります

ISBN4-89714-894-4 C0391